i

想象另一种可能

理
想
国
imaginist

刘天昭

无中生有

上海三联书店

图书在版编目（CIP）数据

无中生有 / 刘天昭著. -- 上海：上海三联书店，
2018.8（2018.12 重印）
ISBN 978-7-5426-6355-9

Ⅰ.①无… Ⅱ.①刘… Ⅲ.①长篇小说 – 中国 – 当代
Ⅳ.① I247.5

中国版本图书馆 CIP 数据核字 (2018) 第 133595 号

无中生有

刘天昭　著

责任编辑 / 杜　鹃
特约编辑 / 罗丹妮
内文制作 / 李丹华
装帧设计 / 里　巷
封面图片 / 游　莉

出版发行 / 上海三联书店
　　　　（200030）上海市徐汇区漕溪北路331号
邮购电话 / 021–22895557
印　　刷 / 山东临沂新华印刷物流集团有限责任公司

版　次 / 2018 年 10 月第 1 版
印　次 / 2018 年 12 月第 2 次印刷
开　本 / 880mm×1230mm　1/32
字　数 / 830千字
印　张 / 34.25
书　号 / ISBN 978-7-5426-6355-9/I247.5
定　价 / 136.00元

如发现印装质量问题，影响阅读，请与出版社发行部门联系调换。

一个说明

　　我知道这本书写的事简直像是全是真的。其实也有张冠李戴，也有捕风捉影，也有借用谣传，另外很多人物事件纯粹杜撰。许多情节在记忆中是真的，但是记忆本身就不可靠，偶尔拿出来一讲，跟相关人士的版本差距很大。

　　这本书归根结底是一本小说，不能拿书中的人和事当事实来理解。

　　也因为任何真实的人都比作品中的人物丰富自由，他们身上迷人的封闭性和随机性抗拒观察和叙述。对号入座不公平，是歪曲和矮化。就连我自己，也并不是三娜，我没有她那么"好"，并不能够时时自省、努力公正，但是我仍然觉得我比她好，因为我比她更混乱、更未知。

　　我不觉得自传体在文学上是需要辩护的，只是希望可以减少一点误解。

目录

第一章

空洞

[2002.8.24-25]

1

于文说，李石说你是学建筑的。三娜说，嗯，本科是。出去是学建筑历史与理论。但是其实啥也没学。李石就嘿嘿笑。于文说，现在回国正是时候，奥运场馆马上就招标，我看北京这次要天翻地覆。三娜说，我还记得我刚上大学那会儿，有一次我姐要写稿怕影响让李石带我去大观园，特别奇怪，摊开地图看半天最后决定去大观园，然后在公交车上，李石望着窗外的北京，就跟我说，外电报道，中国就是一个大工地。李石笑嘻嘻说，我真是个记者啊！于文说，你刚上大学的事儿，记这么清楚。三娜说，我还记着回来下小雨，我冲上公交车占了俩座儿呢！到家我姐正好写完了，《春秋文艺》绿格儿稿纸一小打儿摆桌子左上角儿，文章标题叫《病人的权利》。李石说，她们是记忆力特别好。三娜有点知道自己失控，也知道管不住，继续大声说，我在英国才意识到，我在中国住过的每一间房子，都能在窗口看见塔吊。怎么样，像记者吧！外国记者肯定喜欢这句直接引语，配在图片底下作说明。笑了一会儿，李石说，这大工地现在才真是要动工了！车里晒得热烘烘的，空调吹出来非常臭。三娜看着机场路两旁的杨树，暗示自己说，北京。什么记忆都没有唤醒，倒更觉得是梦幻。实在太累，感受都抽干了，语言机器一直运转生产。三娜看见自己说，如果让你选，可以投胎到现在的中国，一求导数贼大，充满机会，或者欧洲吧，比如瑞典瑞士什么的，成熟稳定高度发达文明社会，你选哪个？车里沉默了一下，于文说，那还是选欧洲吧。李石说，这很难讲啊，得看是投胎成什么人啊。三娜说，不是说那么具体，那样就没法比了。我觉得 developed 和 developing 两个词特别生动，就是 ed 和 ing 的区别，就是你愿意坐在高速匀速的火车上吃东西读小说看风景还是坐在不断加速你必须得绑紧安全带的飞机上呢，这个比方也不太对——，这么说吧，你觉得状态和趋势哪个更重要呢？李石想了一下，说，那可能还是趋势重要吧，人都是跟自己的过去比较，跟自己的期待比较。三娜说，但是你不会觉得那些机会的诱惑其实让人不自由。李石说，你说的自由到底是什么呢？自由不就是有很多选择么？那当然是机会多，选择多，更自由。三娜有点反应不过来，情急之下乱说，不知道，我说的自由可能其实是一种真空状态，没有外在压力，一切都要靠纯粹的内部驱动的那种。李石说，首先我觉得你说的这种自由不太可能存在，也没什么意义。然后这个事要是按你这说法，我觉得很有可能是这样，一个人如果自我比较弱，容易被外界影响，那他在静止的环境肯定更不行，他可能就更加需要诱惑甚至需要义务、需要被强迫，一个人要是，像你说的，内在驱动也好，自我也好，生命力也好，比较强，那这个所谓的外在负担对他来说很有可能其实是个生活的乐趣。于文笑说，我怎么觉得你说的这两种人在现实中看起来可能差不多——。李石笑，说，反正都忙忙活活的特来劲——。三娜说，算盘打得啪啪响，以为世界正围着自己转。大家都笑。笑够了三娜说，李石的意思是说他是个强者。李石笑说，那确实不敢当。于文说，那你是愿意生在中国了？李石摸着自己的脑袋说，还没想好啊，要是这么笼统说，是不是还是当个瑞士人风险比较小啊，中国人你说——。停了一下，又笑着说，哪国人不重要，关键我爸得是超级富豪，我就整天提笼遛鸟——。三娜说，你不是要成就感、要跟自己的过去比较么。李石说，那不是说大话么——。都笑，笑声停下来的时候像是有点不自然，车声嗡嗡的。虚腾的兴奋冷落下来，三娜觉得烦躁，因为隐约地想到自己应该就是那种空心人，又承担不了寂静，又不甘心被外力驱使。不愿意承认，眉头紧皱着，怎么都打不开，头非常疼。她看见自己接着说，肯定还得是生活在发达国家好，要不咱们现在这么追求变成发达国家不就成了笑话了。李石说，没错儿。但是三娜继续、毫无必要地、似乎就是为了舒缓烦躁的心情、根本就没有想好也并不真的兴奋、几乎是顺嘴胡说起来，她说，我不知道但是我觉得我那些同学，英国人德国人比利时人就不用说了，就连台湾同学都是，他们为自己找到的那种热情的寄托，我觉得都特别地飘，就是中间儿有一个比利时人学艺术的要做一个作品让我沿着马路走啊自言自语啊什么的他在前头扛个摄像机拍，我不知道我可能也没有搞清楚他这个短片的主题是啥他到底咋想的我不知道是我没听懂还是他根本没想明白，但是我确实觉得那东西其实挺没劲的。我不知道我觉得可能也挺难的，他们好像真的是要拔自己头发离开地面的那种——。李石忽然地、不耐烦地说，这有啥难的！这确实太矫情了何三娜。你这就相当于一个无忧无虑的小孩儿，是吧，打游戏，打游戏总也打不过关——这！三娜心虚地说，那对他本人来说，这游戏就是全部生活啊。李石说，你这要算难，那吃不上饭的怎么算！生病没钱治的怎么算！人生是非常艰难的何三娜——，语气缓和下来，继续说，说实话我确实看不起年轻人的虚无，不光是钱的问题非常实在，生老病死都是非常实在、非常沉重的。三娜早就知道李石的立场，平常也不可能说这些话，像撞枪口一样。但是也许这失控的几乎是言不由衷的脱口而出的梦话才是盘绕在心头的真实想法？可能归根结底是想要证明虚耗生命无所依托是普遍而合理的、甚至也许想要认为这是"深刻"的？这个词也真是让人脸红。来不及细想，也顾不上生气，只感觉到尴尬。于文看了一眼后视镜，温和地说，那你是觉得在中国，因为有各种各样的现实困难需要解决，所以更容易获得意义感，是这意思么？三娜刻意拿出跟之前一样的语调，说，可能有一点儿吧。但是当然我大多数时候还是羡慕他们，也不是羡慕，就是经常在心里模拟他们，设想做那样的人是什么感觉。我刚才这么问也是因为我经常设想自己如果，比如说是个比利时人，我现在的烦恼会不会有所不同。这一段话像是说得结结巴巴，停下来车里的空气僵硬得像石头。于文说，不好意思，但是我没听明白，你现在的烦恼是什么？三娜忽然就涩住了，脸都红了，李石接过来说，三娜她是那种，从小过得好，没受过什么委屈，所以见到穷人就特别难受，把人想得比事实上还苦，就是那种、在饭馆儿吃饭要跟服务员赔笑——。于文说，就是太善良了。李石嘿嘿笑，说，这个我觉得啊三娜，像你这个情况，你到了发达国家，估计就得去非洲当个志愿者什么的。三娜说，别扯了根本不是那样的，我都是装的！你不用觉得得罪我了又往回说。李石笑着说，你想太多了，我这也不是表扬你，我从来也不认为做志愿者是什么了不起的事，那也就是一个工作。像是谈话告一段落，三娜也没有力气再去软化气氛了。跟李石聊天可不就是这样，像撞墙一样。出国那一年好像已经被排出体外，三娜看见自己又落入从前的境地，什么都没变。他总是提醒她那些她下意识想要回避的事，也许并不是一件坏事。但是当然还是觉得非常厌烦，非常丢脸。三娜确实看到穷苦人就感到痛苦，也因为这感情竟然几乎是结实的，她偷偷希望它可以成为人生的动力，光荣的救赎。但是又始终心虚，始终知道这里面的谎言：那同情的痛苦并不是她的痛苦的全部，也绝对不是根源，不过是唯一的冠冕堂皇，被夸大了拿出来以偏概全。也许我意愿性地加强了这痛苦，也许我根本就是在表演。也许我已经歇斯底里到了自己无法正视的程度——。李石说，三娜你今年是不也二十五了？三娜笑说，咋的，你想找茬儿啊。

李石笑说，我不知道啊，你这青春期是不是也太长了点儿，大学五年是吧，出国一年，回来，还是那个调调。三娜说，啥调调，不切实际的调调。李石说，不好说啊。于文说，年轻人迷茫很正常。三娜说，再说我也不是故意的。李石呵呵笑说，这就确实是要赖了。三娜说，这话我自己也正要说。我觉得自嘲有一个副作用，就是缓解了被批评的痛苦，变得知错不改，我这么多年一直要赖，可能跟这个有关系。于文说，你这句话也属于自嘲，也属于知错不改。他说完就呵呵乐，显得非常憨厚。三娜不知不觉开始设想于文眼中的自己，真是一个聪明有趣善良敏感的小姑娘！真是一个不同寻常的人！按捺不住的窃喜像锤子举起、令她猛然醒悟，这就是我一直想要扮演的角色啊——无地自容。她赶紧说，你们这些记者我觉得也有点误导人。我们大学班里有个中学入党的，特爱看报纸，有一天他买了一条真维斯牛仔裤，其他男生就笑他，他就说，我这是为国家做贡献，拉动内需！然后觉得自己太时髦太幽默了，呵呵呵呵乐了很久，四处环望。这事儿我一直记得很清楚，觉得特别典型儿。我觉得你们这些鼓吹市场经济的人传播了一种似是而非的观念，就是假装自私是最正义的，自私就是主观为自己客观为社会，一切不自私的想法都是虚伪的或者迂腐的。我觉得这观念有问题，而且我觉得任何观念被时尚化之后再传播出去都会有问题。李石说，你先说说主观为自己客观为社会这观念有啥问题。三娜说，我觉得这是狠斗私字一闪念的反面儿，是一种逆反或者说负模仿或者是对冲之类的东西，它离开了它反对的东西自己本身并不正确，落在个人身上其实显得非常不健康。在一个良好秩序中私人领域和公共领域分得清清楚楚，谁也不会那么 defensive 地捍卫那么高调地宣称自私。李石说，你这说的又是理想状况，进步都得是左脚一步右脚一步，我觉得最重要的是开放，开放之后，这些偏执自然会被纠正，你要相信这个过程。于文说，而且咱媒体也没这么说过啊，公开宣传自私，好像还不能这么说呢吧。在传播学中有一个理论我不知道你听说过没有啊三娜，就是说受众会将接受到的信息和观点简化并且极端化，所以你说的这个时尚化的过程啊，我觉得其实也不能避免。不能指望所有的读者都像你似的独立思考，举一反三。三娜说，举一反三越想越复杂也不一定是啥好事儿，因为其实也可能是在利用智力活动掩盖和逃避简单的真理和真相——。她一边说一边觉得自己正在语言的冰面上游戏，那种似是而非简直比说谎还要不严肃。李石说，对自己也挺狠啊三娜。三娜说，就是狠也没用啊。人改变自己很难的，不光是说我这种神经病不好改，怎么说呢，我觉得人生给定的东西太多了，大部分都是认识到了也不过就是只能接受。有一天我在宿舍院子里看到十来个人站在那儿不知道干吗呢等人呢可能，有四五个东亚人，我觉得其中一个肯定是大陆来的，然后我那深圳来的同学认识他说确实是西安的。当然我就特别得意，因为也并不是穿衣打扮什么的这些真的都没什么区别我不知道就是有一种说不清楚是生气委屈还是傲慢无礼还是愤世嫉俗的心情隐隐约约的，总之不是真正的理直气壮坦然自在——。三娜一边说一边看见自己和一个日本女孩站在盛夏空寂的院子里，午后阳光直击下来。公交车上认识的，她费力地想出跟中国的一点联系，说喜欢喝龙井茶。又过很久来邀请三娜去看温网，——不是很好的场次，但是我没有看过，很想去一次，有多余的一张票，送给你不用钱。她说出最后一句话的时候脸真的涨红了。三娜不想去。她像是冒犯了三娜一样，严肃地道歉，鞠了一躬。当然早在电视里见过，现场还是非常震惊，僵住了不能反应。那是极端陌生的、几乎是远古的、几乎是传说中的、尊严。那是她几乎已经不相信的东西。三娜正要把这故事也说出来，听见李石说，你说这个我同意，我第一次去香港也有这个感觉，一出机场都觉得是自由的空气，当然肯定有自我暗示在里头，但是你在中环你看那些人是吧，那精神风貌确实不一样，文明的气息！三娜说，你这个语气就典型儿的第三世界啊，怎么都转不过去的，我觉得人没办法变成自己向往的样子是因为不能舍弃那向往本身。于文说，有点道理。李石嘿嘿笑了一阵，说，但是不用气馁，乐观估计也就一两代人，二十年后你再看，香港你说其实，经济起飞到现在也就二十多年是吧！三娜说，你是不是想说，让我们拭目以待[1]。全都大笑起来。李石说，很多人都以为自己意识到了，其实还是认识得不充分，咱不用说政治进步，只要政治上不倒退，未来几十年中国的社会发展，可能在人类历史上都非常罕见。运气太好了，赶上全球化。三娜说，真是做梦也没想到啊[2]。又笑了好久，像潮水涌上来，落下去就露出沉重的疲惫。三娜低头看手中的可乐瓶，瓶壁上还挂着几滴，她觉得很脏。建筑理论课小胖子老师说有一次参加聚会六个人来自四个不同大洲结果都在喝可乐，说完就很得意地笑，两块脸蛋儿红扑扑的，两颗尖牙特别尖特别亮——这片记忆在远处嗖地飞过去，竟然也十分清楚。更远的地方有微弱一丝意识知道自己过度动员所有记忆都预热了一触即发。深深叹气，一张脸酸沉得就要垂落了。她听见于文说，是他妈运气好——。

安静了好一会儿。杨树叶子灰白发亮，一动不动。三娜看见这辆车从东北角插入城市，仿佛要融入其中，又不可能。心里紧了一下，像是有点疼，避开了，可是仍然在造句：不能融入是因为我的目光不会离开，我的目光它是不被照料的，它就是孤独。推着行李车在机场大厅环顾四望，远远看见李石和于文，打招呼之前好像有一个停顿。于文握着一瓶冰红茶，李石握着一瓶矿泉水，他们之间可能的对话像电脑开机时黑色屏幕迅速上划的白色字符在心头拂过，引起一阵短暂

1　当时的新闻稿经常以"让我们拭目以待"结尾。

2　当时的新闻稿经常以"某某人做梦也没想到"开头。

的窒息。她即将打招呼的他们、北京、世界，都是完整的，与她无关。这意象几乎令人满意——也许就是疲惫把批判压下去了。三娜不由自主地重新启动起来：我觉得还是要解释一下啊李石，我觉得我假装迷茫了这么多年，确实一直在重复，但是重复本身是有意义的，现在能意识到重复，同时也感到厌倦，这些问题在我的能力范围内就只能激起这么多泡沫了可能我觉得，我不知道为什么现在还是在重复，可能是惯性，但是厌倦也正在发展，这世界上怎么会有纯粹的重复呢，可能相当于吃六个馒头吧，——李石手机响，看了一眼递给三娜。

她说，姐！一娜说，坐上车了吗？三娜说，嗯，机场高速。一娜说，一点儿没睡么？三娜说，睡了吧，就半睡半醒的，反正也过得挺快的。三娜闻到飞机上那种塑料烧焦了似的极度干燥的气味。每次迷迷糊糊醒来，看见大屏幕上一只小瓢虫缓缓地爬，爬过西伯利亚，爬过蒙古国，她的头脑中完全空白的蒙古国——完全空白这件事，不知道为什么有一种诗意。一娜说，那怎么可能睡实！我跟你说，北屋床单什么的是二胖前几天回去新换的，二胖那屋被李小山造得够呛，我还没收拾呢，你先不要进去。还有我给你买的最最漂亮的纱裙子放在北屋衣柜里了，你回去就先试一下啊。三娜说，啊，我都没给你俩买好东西，我后来来不及了。一娜说，行了别啰唆了，你给李石。

李石拿过去，过一会儿说，嗯，嗯——，好，好，知道了。挂了电话，李石说，你姐嘱咐，不要跟你说话，说你容易亢奋。三娜说，说得真准啊。李石嘿嘿笑，跟于文说，她们姐妹、互为母女、非常可怕。于文说，好像姐妹之间是跟兄弟不一样，我姑姑家也是三个姑娘，也是感情特别好。李石笑，说，不能理解，令人窒息。三娜说，我可不以为耻反以为荣呢。李石说，你要觉得累可以躺一会儿，还需要点时间，周末说不好什么地方堵车。三娜说，我还是挺着吧，说说话还好些，分散一下注意力，其实我现在又恶心又头疼，——蒙古是社会主义国家么？于文说，原来是，苏联解体之后他们也转成多党制了。三娜说，啊好有知识！我怎么从来没在新闻联播里听到过蒙古。李石说，应该是中苏交恶之后就一直关系紧张，差不多到九十年代才好转。三娜说，你们都什么时候在哪儿看的这些啊？参考消息么？李石笑说，你也要尊重记者这个专业啊！三娜说，你们的专业就是国家大事么？我看我姐肯定跟我一样，对蒙古国一无所知。于文说，一娜是做社会新闻，偏人文关怀。三娜没有接话，心里想一娜听见肯定笑死了，人文关怀。汽车堵在四环入口上。旁边司机摇下车窗，探出头来向左前方射出一口痰。太阳炽白爆热，照在金属壳儿反光镜上，令人心烦意乱。为什么太阳照在杨树叶子上就摇摇的像一树银币呢。为什么我的思维这么散乱呢。真想已经洗了澡躺在床上睡觉啊——。她竟然重新开口，说，四环都堵车了啊，就二〇〇〇年的时候，实习老师开车带我去工地，路面还是崭新崭新的煤黑色，前后都看不见车，开得飞快，还是阴天，简直像外国。于文和李石在看路况，像没有听见一样。三娜顾不上尴尬，已经看见工地里足球场一样大的大坑，下面的小黄安全帽像碗里的移动玩偶。板房二楼办公室里十几个男人全在抽烟，简直看不清人脸，烟味混在他们久不洗澡的体味里，臭得非常浓重。那是具体化的底层生活，她坐在角落里头晕恶心，觉得自己欠他们的。汽车终于捱过事故点，缓慢但是平稳地游在车流中。李石缓缓地说，上地都堵车了。三娜说，我们九八年搬进去的时候在窗口还能看见玉米地呢。于文说，中国不是大工地么。都笑，又沉默了一会儿。于文说，你回来是打算去设计院？三娜犹豫了一下、说，可能不会吧。于文笑说，那是有什么宏伟计划？三娜说，没有啊。根本也没想，就想赶紧弄完论文回国——我论文还引用哈耶克了呢！李石说，厉害！于文说，建筑理论还读哈耶克啊。三娜说，没有，我就是胡扯六拉瞎引用一通，他们这种一年制的硕士项目根本就是骗钱的，一共就四门课，四个作业论文一个学位论文，只要交上去就都能通过——。三娜几乎是故意地看见黑色大塑胶袋里一摞一摞都是粉红色的人民币，她坐在下半夜空无一人的机房里聊天室里捱着厌恶自己到了极点。于文说，那不能吧，伦敦大学是名校啊，张爱玲本来就是要去读伦敦大学，考了远东地区第一名，结果二战爆发。三娜说，你都从哪儿看的这些啊？张爱玲那时候想学什么专业啊？于文说，这个真不知道。三娜说，那她没准儿就不写小说了。于文说，我倒觉得她不管学了什么到最后也还是会写作，别人不敢说，张爱玲还真是天生的作家。三娜说，也是，她又很清楚自己的天赋，不是还写过一个《天才梦》自嘲么。于文说，我不知道啊，咱也没有什么特殊的天赋，也没有这个体验，但是我这么想，可能一个人知道自己是个天才，也是很大的负担，不是也有人说天才是一种诅咒么。三娜说，有天赋天赋是个负担，没有天赋生命就是个负担啊。李石忽然说，生命自己有欲望啊三娜。

2

　　家里闷热，一进屋就像熟透了。于文和李石把大箱拖到北屋，说，你这超重了吧。三娜说，没有，学生票三十公斤。她看见她和 Irene 和叔美站在地铁车厢里大声说话，箱子横在腿中间。她迫切地想睡觉，让这些碎片落下。茶几上一层灰，一只空玻璃杯杯壁乌突的有水印，不知道放了几天。于文和李石的饮料瓶放摆在旁边，更显得非常临时。于文坐下，掏出烟，李石打开茶几，翻出一包已经开封的雪茄，递过去说，何二娜买的，上个礼拜你接的那个。三娜心里晃了一下，看见二姐在茶几跟前走过。她没有坐，也从茶几跟前走过，把小红箱拖进北屋，蹲下打开，看见地板干裂，缝里都是黑泥，这个家好像一个亲戚衰老无言。她大声说，我什么礼物也没带啊。李石说，没关系！他们俩在谈论一个叫郭广昌的人，三娜知道是个企业家，但是就像是听新闻联播，总觉得是发生在另外一个电视里的事。衣柜里果然有一件豆沙色碎花半截纱裙，没有叠好，散在衣服垛上，也许二姐打开试过。不觉得有那么美，是裹在身上的样式，非常女性化。三娜看见一个高大的金发女人，趿着人字拖，也许戴一顶草帽？走在旧金山高低起伏的街上，夕阳从海上照过来？连明信片也参与塑造我，三娜想。还是春天时候，一娜打电话说给她买了一条裙子七十美元——要穿好一点，穿贵一点，不要不好意思打扮！我有一次在街上看见一个女的，非常高大，简直可以说健壮，穿了这么一条薄纱裙子，非常轻柔，又非常随意的样子，特别特别迷人！我跟她后面走了好久！一娜在伯克利访问一年，似乎非常享受那寂寞，寂寞里有幻觉和自由。但是也经常发神经，写一封邮件用几十个感叹号，假装嬉皮笑脸，掩盖抒情。

洗澡出来于文已经走了。三娜说，我睡会儿。关上门，试了裙子，又换上睡裤，在想象中扑通一声，躺下去，身体又沉又软，脑袋里急促的噪音渐渐消散，几乎安静下来，露出飞机上的轰隆声，仿佛五脏四肢都在那个震颤里，从未停止。以为翻个身就可以睡着，头发湿漉漉冰凉的，耳后大血管嘣嘣跳，信息流速越来越快，终于快得看不清了，最后一句清楚的想法：没有什么比睡觉更幸福，为什么人们畏惧死亡——心里咯了一下，想要记住。

敲门声响过一次，挣扎一下就听不见了。又响——三娜？你要不起来吃点东西？三娜听见自己问几点了，又像是睡得很沉，又一直想着得起来了。太阳反射进来落在西墙上粉红的一抹，好像冬天一样，空气又热烘烘的。她想起东北边有一栋绿色玻璃楼，应该正照着通红的一块，像个伤口。北京的夏天已经快过完了啊，不知道为什么觉得欣慰。心跳疲惫，浑身肿硬，但是好像暴风骤雨都停了，河水流得舒缓。

小区门口的大排档几乎坐满了，三娜说，就吃这个吧，中国特色。李石说，还是吃点正经饭。三娜刻意又回头看，在那个热烈的气氛里，人生根本不需要意义。可是也知道这答案无法接受。不过是游客穿上本地风情服装的心情，热爱它的前提是坚信自己不会成为本地人。出租车窗开着，热风涌进来竟然也猎猎作响，就不用说话。不知道为什么，三娜觉得富有充沛，好像拥有过去未来，好像过去未来都无所谓。感觉真是完全不可靠的东西。不能当真，不能用它们当论据，就看着它们吧。

以前路上有个高大的胖子，秋天穿一身蓝色劳动布衣服，很旧了，洗得很干净，有时看见他新理了头发，知道家人照顾得很好，遥遥起敬意。总是下午四五点钟，三娜骑车从学校回来，远远看见他微微探着肩，急匆匆走在杨树下。近了听见大声讲话，情绪激昂，又一个词语也没有。现场就觉得像文艺电影，作为寂寞的陪衬，或者隐喻寂寞底下饱胀的疯狂。路口高压线上的风筝也挂了两年，后来不知道怎么就没有了。那微小又顽固的好奇并没有什么意味，只是注意力临时的落脚点，注意力迫切地希望逃逸。那时候根本是希望自己消失，不存在——，又不敢。清冷的深秋早晨骑车去学校，在"家乡鹅"门口停下来吃早餐，十指鼻尖冰凉的，额头发烫，眉头紧皱，想把头痛挤出去。最好把生命一并挤出去。感觉到下面流出白带冰凉的，黏湿腌臜，那是肉体活着的证明。从书包里摸出冻得僵硬的浅绿色塑料钱包，瑟瑟地拉开拉链。套上假绸子弹力手套，打开车锁，不知道为什么，连手套上绣着的小梅花也能加重自厌。应该再也不会那样了吧，也不是太有把握。脏乱冷腻的心绪已经侵袭上身，只剩表面浅浅一层还在此刻。

三娜说，你知道么，"家乡鹅"的服务员每天上午在这门口做广播体操。

李石说，队形儿还非常整齐。现在很多服务行业都搞这个，不知道是怎么流行起来的，社会主义特色。

　　三娜说，你知道么，有一个对民主的反驳我觉得特别犀利，它说即使在民主制度比较完善的国家，人类生活在其中的大部分机构也都是威权或半威权式的，比如家庭、学校、科层制的公司和行政机构，在这样的安排下，个人对于有威权性质的体制其实是相当适应的，人人生而向往自由平等可能并不是事实，我复述的也不是特别准确啊，是一大篇英语文章我只看了导论，但是我就想起了肖申克的救赎里那个监狱里的图书管理员，被迫出狱之后就自杀了——。

　　服务员端了鹅头上来，打断了三娜无法停止的毫无意义的不受欢迎的演讲。服务员依旧穿着深红色制服。往日远远地过来，快到跟前消散了。李石戴了手套，说，尝尝么。三娜说，看了害怕。又赶紧说，但是欲望并不是自由意志啊。李石说，有一个马斯洛需求理论你听说过没有。三娜说，是说仓廪实知礼节那么。李石说，差不多，我觉得一个人要满足口腹之欲，又要赢得尊重，已经相当困难，如果运气好，都实现了，还可以追求自我实现，挑战个人极限，这事儿你说，那还不是永无止境。只要你接受自己这些需求，生活不会缺少目标，只会觉得人生太短不够用。三娜像是忽然想到，也没有检查破绽，立即说，如果是这样有意识的欲望，可能就有点像意志了吧。我觉得我一直抗拒欲望可能就是因为它是无意识的，或者说，它是不受控制的，让人觉得自己是个傀儡，是被设置的，而且因为它是不受控制的，它也成为自己面对世界时的一个弱点。所以如果是有意识审批意志控制的欲望，可能就是好的了吧，意志这种词说起来也是很空洞的，需要具体落实下去跟欲望合二为一的，可能是这样一个道理吧，我也不知道，我觉得自己一直在模糊混乱地使用中文词汇，我说明白我的意思了么。李石低头吃鹅头，把一个大拇指伸到桌子中间来。三娜也有点得意，觉得心嘣嘣嘣跳，继续说，新年的时候我跟苹苹许愿了，要从胃开始，发掘欲望，怎样！对症下药吧！把苹苹笑得！她请我去吃正式的法国饭了，我也没留意好吃不好吃，净观看解读取笑各种符号来着。其实我从来没觉得自己压抑，当然可以理解为压的劲儿太大超出弹性范围已经定型儿了——。李石非常认真地吃鹅头，三娜一边说一边觉得那情景本身就像是一种嘲讽，但是也只有继续说下去：你知道么，我去巴黎，苹苹去火车站接我，我们坐地铁去新华社，还没到站就已经不再说你说我，直接说人类了！李石嘿嘿笑了两声，说，你和苹苹第一次见？三娜说，在北京见过两次啊，有一次跟你在新华社旁边一家湘菜馆，你都忘了啊，苹苹还很紧张，来晚了，说是在家研读《财经》来着。李石笑，说，这么说好像有点印象，苹苹也是喜欢高估别人啊。三娜说，热情呗，需要赞美世界不管世界值不值得。三娜说着就像是稍微坦然了一点。

又冷又晴的冬天，跟罗菲苹沈丹秋第一次见面，说是逛天坛，什么都没看见，大声急促地讲了几个小时，高速旋转的涡轮，忙不迭要把自己交代出去。有几次呼吸间几乎是刻意地看见蓝天下黑绿的松柏，知道应该镇静一下，根本不可能，暑天晌午吹过一丝风，越发知道天上地下烧透了。

三娜又说，我那时候简直比现在还能说话啊，一边走一边说，跟着火了一样，什么信息进来都能引发出一大套。谄媚加表演复合型人格，就是无论如何要 impress 别人，跟孔雀开屏一样，孔雀开屏真难为情啊。

说到这里有点怅然，角色停下来，仿佛突然地，只想在黑暗中沉沉地无尽地落下去。但是她继续说，是不是失控就叫 high 啊，反正就是让一个东西比你大，忘我。停了一下，又说，真是别扭，很想要 high 的时候，也还不能，会害强迫症，一直看着自己，怎么演都蹩脚，尴尬。

李石吃完了鹅头，摘下手套，笑，你都什么时候想要 high？回头招手叫服务员催菜。

猝不及防，这原本是话赶话说出来的，话赶话果然不可靠。三娜说，可能就是有时候想要戏剧化吧。我不是下辈子要当个演员么，那样才不会难为情。

酸汤鱼端上来，半天才把火打着。三娜等得不耐烦，服务员一离开她就说，当演员这事儿我想过了，越想越觉得实在太好了，一个是满足对戏剧性的渴望，另外一个是，我觉得啊，每个人其实都潜在地是好多人，向往好多角色，但是生活中别人的预期啥的，你过去的惯性啊，已经把你约束在一个角色里了，所以其实那些不能出来登台表演的，都很压抑。所以当演员可能会比较释放，过得比较充分吧！

李石盛了一碗汤，用手指着，说，相当好。三娜低头看着自己拿勺子的手，它就好像在抖，端起来喝下去，又没事，意识就是这样吧，是一种负担，她暗自想。李石说，你都想扮演谁啊。三娜说，谁都行啊，丑角啊，坏人啊，都行啊。李石就嘿嘿笑，说，这么狂野？三娜说，去年大学毕业的时候他们去唱卡拉OK，我不会唱但是也挺好奇的，就跟着去了。李石说，从来没去过？三娜说，嗯。然后我看我们同学啊，前奏都还自嘲呢，唱着唱着就投入了，就像变成了另外一个人似的。那可能就是一种释放吧，我觉得，我也没唱过我不知道。而且我还有一个感想，我感想太多了，就是旋律，也包括歌词的发音节奏韵律也包括因为它们被使用的历史因此自然附着的联想什么的，那些东西其实是与语义无关的，但是它会蛊惑人，就是直接激发人的感情什么的，怎么说呢，其实有点像巫术。我以前一看很古代的历史从巫术啊祭祀啊乐器啊说起，就觉得很不耐烦，觉得跟现代文明没关系，但是现在想，形式、不就是不诉诸理性直接诉诸感官，因此在某种程度上可以控制他人的一种东西么，这样一说就感觉非常危险啊！说远了。

李石笑，停了一下，非常有针对性地说，他人没那么容易控制，也没那么脆弱，他人也会想办法为自己负责的。

三娜说，这个地方我始终非常矛盾，肯定要假定人人都能为自己负责，而且在这个意义上才有平等，然后那些民主啊什么的才有可能性，但是另外一些时候我也很质疑这一点，因为很多人看起来都是被无意识支配的，比如说被各种宣传啊什么的蛊惑。

李石拿起可乐，笑嘻嘻说，欢迎回国，何三娜！

三娜拿起来碰了一下，说，你说这是真的还是假的呢！

李石嘿嘿笑。

三娜说，这种小戏剧约定俗称就像是成语一样啊。

她说着也有点得意，脑子像上了油一样转得很快，知道非常失态但是停不下来继续说，形式这个词可能也用得不太对，我不知道怎么说才能比较准确，就是比如说音乐旋律对情绪的调动比较强烈，色彩形状空间其实也有暗示作用，然后戏剧性对情绪的操控我觉得是最强烈最直接的，当然戏剧那个比较复杂它是通过内容接通了经验的所以最直接，但是怎么说呢，我觉得它也还是有一个比如说铺垫啊，制造紧张啊，然后释放啊，当然最主要是对内容的挑选啊，有好多这种故意的安排可以加强或者弱化内容对情绪的冲击。我就是想说这种，跟人的经验和理性都没有关系的，能直接作用到人的生理上的，能直接刺激激素啊什么的，这种东西，可能这个是不是就应该叫艺术啊我不懂啊，但是反正这个我觉得它挺危险的，就是一种操控人的情绪的技术。这样说一说好像就想得清楚了一点，在那种地方就不必使用形式这个词了，说成是艺术好了。其实我想说的是——，我可能经常说的形式其实是指一种秩序，是与混沌无序对立的，就是说，我绕来绕去终于说到这个地方了，我觉得人对自己的人生有戏剧性的期待可能不仅是虚荣心，更不是追求刺激，而是对意义的追寻什么的。生活混沌一片又有单向不可逆的时间性，而回忆的格式我觉得是有一种静态永恒性质的，叙事可以说就是用形式感压缩这个时间性，这样回忆才成为可能，可以被很文艺地说成抵抗流逝之类的。对称地，幻想也一样——。

李石说，这确实说远了。你一开始预设的需要辩护的戏剧性，其实是指那种传奇，按照你说法，可能是对情绪的一个刺激和满足，然后有些人刻意去模仿，就非常假，非常难为情，本来说的是这个。

三娜觉得自己的头脑烧着了一样停不下来但是那扩张狂奔的内部有种空虚之感，她立即接过来说，对，是那样，可是我觉得反传奇几乎是不可能的，文学上不是讲究反高潮么，但是最后那个反高潮本身也要凝聚为一种形式，某种意义上的高潮。我有时候幻想起来就非常有野心，觉得应该用生活的混乱把叙事彻底冲垮。但是从逻辑上讲就不可能，而且也没意义，因为仍旧是在忠于冲垮这个动机，而不是对生活的混沌本身的忠诚。不可能用一生去回忆一生。激动劲儿过去了知道不过就是个新颖的写法，作为缩影的混乱其实就沦为一个概念了。不可能用语言去反对语言。

李石靠住椅背，皱着眉头说，我觉得你排斥的不是形式，当然这也存在语义模糊的问题咱们不讨论，我觉得你是排斥讲述者甚至包括读者的主观意愿。

三娜以前乱想的时候也路过这里，有点恼自己没有抢先说，就笑，说，所以不管聊什么都是这个问题哈，我倒是非常的一致统一。我不知道我有时候觉得这可能是我对"自我"的一种特殊的执着，一种真正的自恋就是想追求或者拥有一个和世界彻底无关的自己或者说我渴望一个原始状态就是按钮按下去之前我是我世界是世界互相不认识的时候彼此的样子。

李石好像有点替三娜不好意思似的笑嘻嘻地看着她说，这么极端？

三娜完全失控地继续说，我不知道我觉得我绕绕绕绕到这一两年差不多也有点集中起来了就是想要对付这个问题，就是所谓的接受自我吧，这么说也非常的模糊反正你知道我的那个意思，但是我不知道要怎么做，要怎么才能改变自己从哪下手，我根本不知道自己是怎么运行的，是被什么支配的。你知道我意思吧，不仅不知道自己吃的这碗酸汤鱼最后怎么运行消化营养热量到了我的哪一个细胞，很多时候也不知道自己的烦恼、快乐、和行为抉择真正的动因是什么。就是个无意识动物。所以在认知上意愿上想通了或者以为自己想通了要做一个什么样的人，这个步骤往下，要怎么把这个决定贯彻下去进入无意识的我成为我的性格、精神面貌和自然而然的行为方式，首先我不知道这个事情是不是一定能实现，其次似乎实现的办法只有不断训练催眠洗脑，这个过程我不知道我现在这么一想就觉得肯定也经常要被自己抵抗，怀疑这一切都是作假你知道吧，那个时候就得把前面不断碰壁啊不断绕圈子最后得出这种结论的过程再复习一遍，我不知道我觉得太难了，而且怎么说可能到最后还是发现意愿不足，因为其实这个过程有点像是要走进一条隧道有一种告别无辜的感觉，算了不说这种软弱煽情的话了，我干脆问你吧，你觉得你相信人能够通过智力活动无中生有地建造一个自我么？

李石停顿了一下，似乎是在认真想，又似乎是要帮三娜降一降节奏，他说，我觉得至少可以强化。

三娜脑子已经空了，不转了，但是在张口启动的时候像是心念一动，她听见自己说，我不知道，我想试试，但是你知道很奇怪的，就在刚才我想要说我想试试的这一下，我感觉到我其实是可以选择的，就是可以选择相信也可以选择不相信，然后接下来的"试试"就会受到这个念头的干扰，这个情况就跟科学上的实验很不一样，而且那个念头虽然非常细小微妙，但是那个念头本身并不是智力结果，它的成分是不同的。

李石说，那你刚才是选了信还是不信呢。

三娜说，你等我安静一下——，不行，你这样等着答案我没办法聚集精神，我自己慢慢想吧。

3

睁开眼睛以为是在伦敦，看着自己缓缓来到此地。她觉得非常轻松，头脑又空又慢。听说做梦是信息碎片的释放，想起黄叶漫天，终于风停树静，那画面像九十年代的 MTV。空气凉涔涔，仿佛有小风一扑一扑，躺着不想起，窗帘缝切进来的光白森森的，也许只有十二点。九八年春天，还非常冷，三娜跟姐去对面电话局，走廊里静悄悄，新房子浮着水泥灰味儿，尽头办公室开着门，只有一个小伙子，笑嘻嘻的，牛仔裤屁股兜儿别一把钳子，提着工具箱就跟来了。小区的电话网还没接通，她们是第一家，临时甩一根线从北窗缝儿接进来，整个春天窗子都关不严，窗台一层黑灰。

客厅静极了，不自觉就把脚步放轻。门口挂钟停在八点四十几分，当初分针再也走不上去了，三娜不禁想象它最后的放弃，又轻轻嘲笑自己，拿着玻璃杯到厨房，工地的强光灯照进来，铁灰的。再也看不见环岛了，西北边的大厦巍巍然，脚手架拆了一半，露出白瓷砖挂面。从前打桩的声音在耳边响起，一帧画面都没有，坐在图桌跟前的心情倏忽上身，像打开的墨水瓶翻转着沉落水中。半夜里恍惚分不清真幻虚实，简直想要掐自己一下，又想像淋湿的小狗拼命抖落，精神集中上来立刻就散了。打开水龙头洗杯子，回客厅接水，把手指头伸进嘴里咬了一口，就只像一滴雨落下，云雾不开。还不如干脆疯了，疯了还能怎样——，三娜发现自己停住不会想了。看着自己使劲儿喘口气儿，慢慢放出来；一口一口喝水，感觉水通过食管，想象一张解剖图，好像从来没有喝得这么慢，这样试图充满意识，而意识始终在上一层监视之下抖动。冰箱突然启动了。看它，仿佛好奇它，表演好奇给自己看，制造语言，语言轻飘飘。电视遥控器在沙发上，想象打开电视，立刻静音，过一圈频道，想象有卖减肥药的，凤凰电影台正在播放洪金宝年轻时候演的电影。知道那样立即就放松了，可是好像被寂静压住了，甚至竟然舍不得离开，仿佛这里面有什么真实。想起来电话上有时间，一点三十六分，也不知道准不准。以前有一块不喜欢的绿色粉花卡通手表，挂在北屋门口书架侧壁上。过去看果然没有了，难看的玉坠子也不见了。高中毕业暑假用嫩苞米皮编的手镯，裹一根红丝线，一只小铜钱，忽然像贴近了，在心里纤毫毕现。不知道什么时候，都收在哪里了。三娜以为自己躲过去了，还是在转头间以余光看见那茫茫一大片恍惚混沌，失魂落魄。心往下沉，又像是一直堵在那里。小小的蓝色燕子风筝依然挂在门上，竹条干缩，碰一碰就要碎了，显是被遗弃的房间。伸手摸一下，触觉真切了半秒，随即无可阅读。二娜拿回来的。跟她放风筝的人三娜见过一次，住在姐南面那栋宿舍一楼，姐在他电脑跟前坐下，好像对那房间和书桌都很熟悉，三娜站在门口等他给姐拷贝磁盘。是个精紧匀称的南方人，趿拉着拖鞋，乜了三娜一眼，也没有笑，那心中有数的样子，令年轻人感到恐惧。他用实验室的相机给二娜拍过几张黑白照片，自己冲洗出来，二娜说照得好，说他非常会拍，三娜觉得有点难为情。第二年有一天二娜拿着风筝出去了，一娜叫三娜去找她吃晚饭，迎春花开得要腐烂的样子，大风扬尘，扫在脸上又冷又脏，对面中学操场上只有几个人，三娜远远看着姐姐收线，她张不开嘴，也不想走过去，隔着一张屏幕。深夜里想起来非常像电影，像他们说的残酷青春。回忆说谎，美无情。

两点二十，聊天室里没有人。Barbara 没有回信。叔美和 Irene，

Natalia 都发来邮件问平安。苹苹群发两篇短文，法国报纸夏季开专栏讲历代文人艳情八卦，她都收集起来，最近得闲翻译，取名"文人犯大骚"。三娜看见苹苹笑嘻嘻恶作剧的样子在深夜里像是压着声音狂笑，有种鬼魅。聊天室来了一个人，叫"qunq"，三娜心里蹦了一下，程远的女朋友叫群青。打一个问号过去，没有人应。过了也许两秒，在完全的寂静中，一行灰字显示对方下线了。聊天室里只剩下三娜随手敲的一个"d"。像是太疲惫，空滞了一会儿，断开网，关了电脑重新躺下。头疼，一个铁球咕噜噜在后脑勺里来回滚动。叔美和 Irene 帮忙拉着大行李箱从宿舍走到地铁站，下午两点多，Camden Road 上为什么会有一种温暖的空旷？ Natalia 怎么没去地铁站，是在宿舍门口告别的么？竟然想不起来了。拥抱的时候总能感觉到她胸前那两个温暖的肉球。有一天在宿舍厨房，两个人坐着没有话，眼见无聊的大象快要踩下来，Natalia 提议玩一个叫 hot/cold 的游戏：藏起一块小石头让对方找，靠近就说 hot，远离就说 cold。当然总是很快找到。笑声都像很吃力似的，一停下就有一段闷雷似的寂静。电话竟然响了，Natalia 带 Sarah 上来，也是伸开双臂抱抱，香气里有股清甜。Sarah 才读本科一年级，正在享用漫长的暑假。她爸爸要搬家，约在 Camden 看房，她来早了，她说走啊一起去啊。天气好，阳光和阴影都像是被水洗过，建筑树木清楚得令人惊异。三娜一个人走在前面，听她们在后面说得热烈，转身看见她俩手撑膝盖弯着腰笑的样子，觉得此时此刻如此清晰如此偶然简直无法忍受，想象自己蹲下大哭起来，竟然就觉得眼睛酸了，三娜跟自己说，这是荷尔蒙，说了两遍那阵风就停了。Sarah 说三娜回来就是这一栋——。伦敦最普通不过的白房子，门前小块草地上有一个废轮胎。They would never get married, Sarah 突然说。三娜转头看见一对男女远远走来，树木筛落的阳光映在他们戴着墨镜的晒成棕色的脸上，像电影里的一幕，中年人的人生与爱情。他是意大利人，比较文学教授，Sarah 的妈妈是法国人，结婚后在巴塞罗那生活，直到 Sarah 十二岁他们离婚他来伦敦。所有这些都像电影，只有电影可以援引，让她觉得有点间接的亲近。Sarah 轻松地说四种语言——"四种思维方式，我受益于此"，她轻巧地得意地说，三娜看着那动物般深渊的绿眼睛，只觉得自己的一切揣测都要失效，赶紧去拉她的手，回到现场。那是春节时候，她来吃饺子，露着一截白细的小腰，肚脐上挂着小金环儿。有一次她突然对三娜说，I like you, although we don't talk. 三娜也喜欢她，觉得她对青春坦然，又怀疑这是自己臆想。我想跟她交换人生么？每一个外国人都诱惑三娜往他的人生深处去猜想，总是走到一半就失去信心，创作不出命运向他们展开的那些丰富曲折，只能相信与自己那份一样备感空虚又无可穷尽——到穷尽处就不能再踩实。有时几乎什么也没想，直接跌入浩渺的遗憾：仿佛"本来"可以是任何别人，但是最终也只能偶然地成为一个人，从此被禁锢。

三娜在黑暗中躺了也许很久，不知道自己在想什么，胃里的酸汤鱼结成一块酸石头，硌着睡不着，又起来喝水，拿下一本《我走了》。一个男人要坐破冰船去北极。当然，离开妻子。起来换一本《大众文化研究》，翻到中间儿，"禾林小说使日常生活不再沉闷，它反复描写女人如何梳头，如何够着身子把盘子放到高架子上去（要是有一个旁观者的话，会看到她的膝盖从裙子的下摆处露出来），女人做着她们每天都要做的事，这种固定不变的状态中潜藏着性欲。"看到"性欲"两个字三娜心里缩了一下。之前她已经模糊想到过，女人在有性经验之前，无法确认那些念想心绪就是性欲。就我自己而言，没有任何看得见的想法指向具体的性行为——，三娜好像早就准备好了这句话，没有合适的机会说出来。夜深人静，忽然没有畏惧，一字一字在心里说，女人无法知道自己想要什么。这哲学意味令人欣慰，她兴奋地翻身仰躺过来，又想：把不可控的情绪行为都归于荷尔蒙，这是学习来的抽象知识，不是来自经验，总有点不甘心，比如我思维发散又活跃，不论看见什么人事都要琢磨个没完，这事情为什么也是荷尔蒙？不能是纯粹的求知欲么，不能是智力的惯性么。不甘心也是因为这说法令人感到羞耻。如果热情烦躁焦虑都是性欲表达，如果这些症状都会伴随性交消失，那么她就要怀疑自己随时随地都在传达匮乏和饥渴，赤裸的悲惨。这是穷人的羞耻，做什么都觉得是因为穷。性真的是这样压倒性的需求么？到目前为止只是听他们这样说。还有人认为一切人类行为本质上都是为争取更多交配权，都是从此演化来的。简直太可笑了。即便进化论真的可以证据充分逻辑缜密地解释一切，这个解释在今天也没有多大意义。人的社会性已经发展得如此繁复，这种"本质"根本没有机会彰显——。这样想着，为这辩驳感到满意，这满意瞬间就干涸了。

可能是热醒的，想起早晨听见李石出门，想起下午方容要来，腾地坐起来，到客厅打开电视，十一点多了。外面非常晒，饿得头晕，走到小铁门那才看见记忆流动，也给那太阳照得曝光过度了似的，一帧一帧浅淡地晃过去，看不清楚。有一下好像回到非常小的时候，站在姥家淡黄色的细碱土院子里，也是太阳照在头顶上白得眩晕。从梦游似的这一年醒回来，发现青春那一座大山已经被推入记忆，从前被它挡住的少年往事隐隐约约的原来都还在那里没有丢失。也来不及回味。高胖的山东女人好像怔了一下，随即笑了——头些天你姐姐来了，都寻思你们搬走了呢，是不你也出国了，真行。三娜也觉得好像昨天还来过似的，笑着说，都有葡萄了啊。山东女人说，多昝[1]就有了，这巨峰好，今早上新上的——。刚住进来她就来了，卖菠萝，左手戴旧式白线劳动手套，右手拿刀子在围裙上一抿。扁平大长方脸儿，黑

1　多昝，什么时候。

红结实的两片大脸蛋儿，细长一条缝儿似的眼睛，细长的鼻子，总是接近于高兴的神气。冬天把围裙扎在棉袄外面，脏得像铁打的，更像古代人。她丈夫很瘦小，不知道做什么的，偶尔来了坐在门口小塑料凳上抽烟。有一天铺子关门，傍晚看见他们夫妻俩在小区里散步，像是有心事。有一年四月才来，说是婆婆生病了，三娜这才真的意识到这个齐鲁女人早晚要走的，竟然有些不甘心似的。

郭志强倒是早就走了。小卖部还放着佛号，柜台后面一个陌生的黑瘦的女人，深抠进去的盯着人看的圆眼睛像是有无名之恨。可能她走了我会无动于衷，因为本来就不愿意接受——三娜这样想着，还是堆上笑来。

刚搬到上地的时候，有一次忘带钥匙，在小卖店等姐，跟郭志强聊天，他说自己是财校毕业的，正经考上的中专，那时候中专也不咋好考，——我哈尔滨纺织厂，坐办公室的，效益不咋好，不咋好像我们这年轻的也都能给安排，但是老爷子老太太非要来，那我能说啥？我妈是北京人，正红旗，我姥姥这一家都在北京，这不就来么，回去就不放心他俩呗，那早晚还不是得来，在这地方太闷屈了，一天天地窝在这屋儿里，再说咱们这也不像人西单王府井儿，你说咱这能算北京么，街边子[1]地方——。郭志强一张肉黄的狮子脸，肿眼皮，厚嘴唇，每说一个字都像硌了一下，更显得憨厚可信。秋天的中午三娜跟姐吃午饭回来，在十字路口遇见他，竟然戴了一顶棒球帽，帽檐儿还压得很低，背一个黑色双肩旅行包，相当时髦的样子，说要去爬香山。三娜跟姐笑了一阵，都觉得非常寂寞。

三娜笑着说，那种巧克力夹心儿的棒棒面包现在还有么。抠抠眼睛的女人转身拿一个放在柜台上。三娜也意识到了，稍微冷却了一点，

1　街〔gāi〕边子，城市边缘，城乡接合部。

说，再要两包康师傅，要那个红的，速溶咖啡有么。这才看见柜台里面蹲着一个小男孩，跟前一个水盆儿，漂着一个小塑料杯子，几条硬币大小的塑料鱼，金黄的，湖蓝的，红的绿的，也许是零食附送的。像是相机聚焦，有那么一下，那红黄蓝的颜色非常清楚，三娜感觉到背后外面太阳白亮亮的，是的，此刻。那女人说，二十八块五。三娜说，啊差点忘了还要两节五号电池。

　　饮水机的水还没烧开，三娜就把面包吃了，齁甜齁甜，也像是在国情里落地。给一娜打电话，她和二娜正在学校食堂吃饭，非常吵，没说什么就挂掉了，本来也没事。三娜一听见学校两个字就想要逃开。正是她最深陷泥潭的那年冬天，爸妈要她做自己家的教学楼方案，没办法推辞，——清华大学的高材生，不比长春设计院整得好！设计当然做得非常差，盖出来更不像样子。三娜打开电视声音，吐露吐露大声吃泡面，那尴尬难堪还是在胸中卡了很久，不知道什么时候落下去的。电视里一对母女，大概四十几岁和六十几岁，在厨房做果酱，好大一张木桌摆满小玻璃瓶。十八九岁的女孩子来了，脸蛋儿胸脯屁股都很饱满，倚在门框上跟她妈妈拌嘴。可能是东德，或者其他东欧国家，警察出来的时候带着恐吓的气氛。三娜意识到自己并没见过任何吓人的警察，这些事也并没有那么表面化，不过那符号通用，观众也只想看他们期待的东西，跟后殖民主义东方主义那些是一样的，观看带来的扭曲会被被观看者意识到反作用在自己身上，那既不是表演也并不是第一层的真实那算什么——三娜这样乱想着，犹豫要不要就着热汤再泡一包面，看见面口袋上写着"就是这个味儿"。啊？？她直接感觉到时代狂飙——这就开始怀旧了？几乎是刻意地调动出四毛五一袋的华丰方便面那柠黄色的塑料口袋的记忆，但是立即也就觉得那感想不是真的。本来在此时此刻浩浩的水域中浑然不觉，不是适应流变，不是追逐流变，人就是流变，此刻已经是一个新我，是另外一个人——这也太极端，再一次踏空不可信。电视里的女孩在野地画画，风很大，草浪翻腾，下起大雨。真是寂寞啊。像磅礴的青春缺少一个借口。三娜眼睛忽然就湿了，真真切切想到自己。水彩实习的时候有一晚失眠，天一亮就出门，迷路一般爬上一座小山，宣泄似的乱画。太阳热起来下山，两条腿上咬了几十个蚊子包，停下来狂抓，像带点表演性似的，像摔花瓶给自己看似的，像是要把腿撕烂似的，在暴躁的嗡鸣中终究还是使不上力气，也就泄了。回头看那是多么饱满的沮丧，几乎也算是一种结实了。结实就不脏。当时觉得非常脏。几十个同学住在县城招待所，公共水房里所有男生都不穿上衣，嗅觉都能辨别出是荷尔蒙。但是总不甘心，总觉得应该还有别的。也是因为不能做实。二十岁，还根本没有做过春梦，那种事连想都不曾想得真切，远远就掉头了。三娜转了一圈儿频道又换回来，非常轻巧几乎不可察觉地，已经平静了。她非常愉快地回忆起一个惯常的心得，电影因为是狭小的时间密室而自带一种寂寞。拙劣的剧情片也让人唏嘘，人物被放置在简单稀疏的网络中，你能看到他非常私密的情态，又以为他并不拥有可以迷失其中的繁复污腻的生活。像那些只是认识又并不熟悉的人，偶尔听说他的任何故事，都会感慨真是身若浮萍。郭志强坚持了两年，临走跟三娜打招呼，——我要回去了，过年前儿跟几个老同学唠得挺好，都说让我回去，回去想法儿干点啥儿。三娜把他们在哈尔滨小饭馆儿吃饭喝酒的场景补出来，也还是误以为他就只认识那么几个人，在路灯照耀下孤单凄寒。理性纠正不过来，理性无法凭空捏造具体的人与事，不能还原那裏挟着人的无意识的洪流，但是在那洪流中才有当事人真实的感受。三娜跃跃想到，可惜郭志强不知道有人这样慨叹他——原来我自己是希望被慨叹的，这也是一种自我物化的心态，自我物化是在存在的孤独跟前懦弱自欺——嘿——。深秋淡金色的草坡上三把椅子稍稍分开，祖母还在打毛衣，女孩和妈妈喝着酒，说着不打紧又似乎意味深长的话，句子都给风声吹飘了，镜头拉远，从放大而模糊的草尖儿摇到清凉淡蓝的天上，就出字幕了。像舞台剧。音乐渐强，终至滔滔，海上风暴侵袭过来，意识感觉到威胁，立刻锁紧了。没有歌词的音乐尤其像是侵犯——已经把电视关了。在沙发上坐了也许有十秒钟，余韵落净，像送了客回到空而乱的房间。方便面像一团塑料丝又臭又硬堵在胃里。三娜盯着自己站起来，去门口把钟摘下来，拽了几张卫生纸沾水擦灰，换了电池，重新打开电视，十二点四十二分，调钟，挂上，洗碗，收拾客厅，冲个澡。忙忙碌碌中她想到，如果有镜头照着，也会拍得好像我只认识方容一个人似的。其实在人事间隙里独处，感觉是多么饱满多么完整啊。她几乎笑起来。

4

转过十字路口，就看见方容笑眯眯走过来。三娜说，你还真记路啊！方容说，那是！三娜说，长头发啊。方容就看看三娜，两个人大乐起来。

方容说，你家有人么？

三娜说，没人，就我自己。

方容说，你姐呢？

三娜说，她俩都回长春了，我妈腿摔坏了，要不我也不会这么早回。就我大姐男朋友——叫姐夫太奇怪了，姐夫上班儿去了。

到小铁门儿往七区转弯儿，转过来是一条死胡同，拐角处孤零零一个凸面镜。方容笑着说，真像做梦一样。

三娜说，就转换的时候最像做梦，而且过后记得特别清楚。

方容说，在美国我头一段儿待了七个月，还是不行，总觉得不真实。

三娜说，可能再待得久一点，或者下定决心移民，慢慢儿的图底关系就倒过来了。

方容笑说，要是能下定决心，我肯定就下定决心回国了。

前年冬天方容跟三娜一起做作品集，最后几天住在上地，熬得昏天黑地，下半夜不知道几点，两个人呆呆盯着小打印机一寸一寸吐出样稿。方容说，你说我为什么要出国啊？三娜说，因为就这个不需要问为什么啊。也是太困了，歇斯底里笑了很久。

三娜说，那到底为什么不能回呢。

方容说，不知道啊，我也不知道为什么周围的人都全力以赴要留在美国。

三娜说，他们出去就是为了留在那吧。

方容说，那你说又是为什么呢？

三娜说，别人我不知道，咱们同学这种，我觉得可能有点盲目竞争的心理，就是什么难来什么那种。

方容就笑。三娜说完也有点得意，仿佛唯有自己跳出了圈套。

方容说，我给你讲过么，我上二年级的时候，有一次没打双百，可能考了第五名之类的，回家我妈就说我，我就忍着不哭，那时候我们家住在海河公园儿旁边一个大筒子楼里，我妈去做饭我就一个人到公园儿长凳上去坐着，我也还是哭不出来，我就想，有什么了不起，以后打双百不就得了么，省着你们跟我啰唆。我这两年有时候想起来，觉得简直就是我一生的写照啊。

三娜说，真是傻啊。

方容说，可不傻么。

三娜说，按照文艺作品的模板，所有这种铺垫全是为了你早晚爆发，破坏力特强，一下全扔掉不要了的那种。

方容笑着说，我觉得不可能，我就是发神经也是拖泥带水的，你看我这德性。

三娜说，不用换鞋了，拖鞋更脏。

方容说，挺干净的，我后来总想起在你们家住的那一段儿，特像假的，但是就是记得特清楚。

三娜说，你是没在别人家住过吧，别人家就是那样，每一样东西都千言万语的，反正我是，一去别人家就瞎兴奋，然后就录得画质特别好。

方容说，不是不是，你们家跟别人家不一样，我不是跟你说了么，我来过你们家，见过你姐之后，就觉得你长成这样一点儿都不奇怪了。

三娜说，好得意哦！太得意了！我在英国有个台湾同学，她喜欢摇滚乐，给我放大门啊，电台司令（Radiohead）啊什么的，有一次我听见一首歌，里面重复放一句，you're so fucking special……

说到一半三娜意识到，方容不可能相信她和叔美有多亲密，就像她也总是以为方容和之前之后的同学都是肤浅的关系。感觉真是不可靠，而且无法修改，除非理性可以调动相应的近似经验——所以经验多了就通达了？似是而非，踏空了。

方容说，你知道我画图的时候放什么歌儿么？

三娜说，不是《伤心太平洋》么？

方容大笑说，不是，比这个更傻。以前每次交图前最后一晚上不是有很多人熬夜么，到下半夜陆晨就放上 don't break my heart，一到副歌儿就变成大合唱。

三娜说，我们专教我印象最深的是有一次好像是交教学楼吧，一直放一盘林志炫，每次一唱到"没有星星的夜里我用泪光吸引你"方致远就大声喝一句，好贱！你就觉得时间过得好快，一眨眼就又到这首歌儿了，方致远又说，好贱！

方容说，循环播放这事儿太可怕了。回头再听全是那时候的自己。

三娜说，你过几年再听，没准儿就是波士顿的自己了呢。都混一块儿就不好了。

方容懒懒地说，啊？那可怎么办。

三娜说，很难讲的，我大学过得那么难受，有时候还故意想要让那感觉回来一下呢。熬夜印象最深的是中间儿去上厕所，我总想在那个小隔间里清醒过来，攒攒拳头似的，但是也抓不住，门儿一开又下河了。有时候是傍亮天儿去上厕所，从小隔间儿出来看着屋里那阴忽忽的蓝色，那真是！简直了。——这西瓜没凉透，你说放到冷冻层行不行？

方容说，你放里可别忘了。

三娜说，你中午吃饭了没？

方容说，吃了。

三娜说，火车饭么？

方容说，没有，在外面吃的。我昨晚儿就过来了。

去宿舍找方容她经常不在，回来也不会说去哪。有一次忽然说，我刚跟张牧去了一趟西单。倒意外，原来她也觉得有压力。那就是快毕业了，春天学校运动会，张牧和苏晓阳都把自己的奖牌拿给她，可能有点模仿电视剧，更显是憨厚真心。他们彼此又并不知道，都是赌上了自尊心。方容拿出来给三娜看，坐在床上笑，三娜觉得特别残忍。

三娜说，你见着苏晓阳了？

方容说，嗯。

三娜忍了忍，还是说，你这到底是在干吗啊。

方容说，我不就是这样么。

三娜似乎并不知道自己很愤怒，就笑起来，说，我都怀疑我是同性恋了，在英国我也是跟女生好，世界各地的女青年到我房间来谈心，然后他们外国人你知道吧，就说，SanNa，你不知道你是不是，你应该好好考虑一下，最好试一试！我也想啊，不要害怕啊，得对自己诚实啊，得有一颗开放的心啊——正在这时！世界杯开踢了。我站我香港同学门口朝她那小电视就瞥了一眼，我就知道，我肯定不是啊，我爱奔跑的青年雄性！然后当场我就觉得这个故事太好了！只想到处说！

三娜那时候有点希望自己是同性恋，一下就被拯救了，甚至成了一个特别的人。但是她不是，不能假装，还不能接受自己假装——还不能那么可怜。

笑够了，方容说，你说同性恋真是天生的么？

三娜说，不知道，我那个台湾同学，她大学时候好像跟女同学好过，可是我觉得她并不是同性恋，他们年轻时候同性恋一下就跟吸毒一下似的好像，我觉得都有点表演性的，我不知道，我觉得人有时候假装要什么都试一试才知道自己喜欢什么这一套也是谎言，我觉得人其实一直知道自己要什么当然这个想要的东西会变但是其实一直知道只是害怕面对或者是实在得不到，我也不知道也许就是我自己从来没有年轻过所以总觉得别人是表演。

方容说，其实就是，演着演着就成真的了。

三娜说，那就更不敢演了，往哪个方向演呢，太难了，又没有正确答案。

方容看着三娜笑了一下，又落下去，像是很累了，说，你知道我签证三签才过吧。

三娜说，我知道啊，是因为"九一一"么。

方容说，二签是，一签还没"九一一"呢。我二签没过就直接约了三签，然后跟苏晓阳去了一趟内蒙古。我那时候已经一摊泥了，怎么着都行，我本来也不是多想去美国你也知道，但是他就是不说。

三娜说，我觉得也能理解，要不然他永远觉得是他单方面爱你。

方容说，可能也是吧。但是你知道我，肯定会去签的，结果就签过了。我也不知道，我越是这种时候越没有劲儿，就想什么都不管了。

她说完又笑了一下。

三娜说，那你去了美国你们还联系么。

方容说，很少。

三娜说，那贾勇呢？

方容说，他还那样。每天打个电话。我觉得他就是要做完美男友，跟我没什么关系。但是谁也不傻，他其实是在等我说分手。我不说他就继续，五月份还特意请假，到波士顿来帮我搬家。

三娜压住高兴，说，其实也都挺狠的啊。

方容说，作用力与反作用力，很公平的。

三娜说，要说都是愿打愿挨的事儿，可是这样下去社会伦理就丧失基础了。微观世界和宏观世界不能统一太让人恼火了。

方容说，也说不好是不是"愿"打"愿"挨，我觉得都是身不由己。

三娜说，你那身不由己是故意的好吧，不要推脱责任啊你。要不然人就不配成为责任权利主体了。

方容说，我不就是不想要权利责任么我。

三娜说，不能忍了，就温乎着吃吧。

拿西瓜到厨房，一刀切下去，又回到在厨房门口，三娜说，我还跟人吹你说你沉着自持气定神闲，结果这么禁不起细看！

方容笑说，我是无欲则刚你懂不懂。

三娜说，我一直有一个理想我跟你说了吧，就是用彻底投降的姿势胜利，就是说用完全不计回报不抱怨的心情对一个人好，但是其实根本做不到，不仅做不到，从挑这么一个人开始就全是算计。

方容说，你就是韩剧看多了。

三娜说，这怎么能是韩剧呢，这是甘地啊，佛啊。

方容说，要不就是精神病儿。

三娜说，哦对，还可能是游坦之[1]。

两个人乐。三娜以前说苏晓阳快要变成游坦之了。他大一入学就爱上她，闹得人人皆知，后来真的几乎就是情圣了，三娜跟方容背后说他是入戏太深，不肯全信。

三娜说，按照通俗版本里的佛教故事的逻辑，我这种小算盘啪啪响得失心太重的人应该一转身就大彻大悟了什么的吧。

方容说，你那算盘水平还不够极致。

三娜说，太小看人了。毫无保留地爱一个人这种想法本身都是我算出来的你知道么——三娜憋了憋劲儿，继续说，就跟苏晓阳后来顺坡下驴变成情圣差不多，各种羞耻各种丢脸之后这么一说就显得很有尊严啊你不觉得么。

方容说，对对对，有的人就是越输越赌，但是输到底还是为了赢个大的。

三娜说，果然人与人之间只有战争啊。不过本来也就应该这样啊，从字面的意思上讲，互相占有就是彼此侵犯，这也没什么不正当的，但是为啥要管这个叫爱呢！而且这个到底有啥可歌颂的！

方容笑说，有一段儿，刚好在一起那一段儿，也还是挺好的，就整个人都跟平常不一样儿，就算是荷尔蒙，也还是有神奇之处。

三娜心里浮跳跳的快乐一下就都落下去了。她不知道那是什么感觉。

方容说，这西瓜还挺甜的。我跟你说了吧，贾勇特别喜欢美国。

三娜打起精神，说，所以你要回国就等于跟他分手？

---

1 游坦之，金庸武侠小说《天龙八部》中的角色。

方容又笑，所以我一回美国就得开始投简历。

三娜说，服了。

方容就笑。

三娜说，你是年底毕业？

方容说，嗯！年底我应该就回来了！

三娜说，你就作吧！你去三签的时候也是这么想的吧。

方容说，那时候还有点复杂，我也有点生气。

三娜说，那你去签证递材料之前那一刻到底是怎么想的啊。

方容说，闭眼睛等死啊。

大笑一阵。

三娜说，多好的墓志铭啊：这里躺着一个在决定性时刻闭眼睛等死的人。显得非常有文化！或者再加一句：在我看来，所有其他人都是瞪大眼睛瞎选。

更使劲儿地大笑了一阵。

三娜说，你回来吧，你回来咱俩住，反正我也不是同性恋。我姐他们买房子了，十一交钥匙，正好年底就搬出去了。

方容笑说，你姐肯定不会把你一个人扔下不管的。

三娜说，我还挺想自己待着的。不知道呢。

方容说，就这么想一下，咱俩在这儿住，我找个班儿上，好像也挺好的。

三娜说，不会好的，总有人追你你还神秘兮兮的我肯定会嫉妒的。

方容笑嘻嘻的，说，我哪神秘兮兮的了，我不全坦白了么。

三娜说，坦白了也不好，感觉也很变态。

方容笑说，本来就挺变态的。

三娜假装轻快地说，我有两次在聊天室里碰到程远，有一次可能是这边早晨三点多，聊天室里只有两个人，我也不知道他怎么认出我来的，大概说了有一个小时？很奇怪的，我都感觉到熬了夜早晨有点冷。我当时在学校机房，快到傍晚那时候，也是只有我一个人。后来我把我写的那个东西发给他了，他给了我一个邮箱，他还挺会说的，说会细细体会我的美好感情。我高兴了很久，好像这一整个事情很美好似的。

方容说，就是还挺美好的。而且话是说挺好的。

三娜说，我不知道，可能因为预期非常低所以觉得有一点被认真对待了吧。但是根本不美好，我自己知道。我已经丧失了美好地爱与被爱的可能：首先我不能接受我本来即使不讨厌但是也并不喜欢的人喜欢我，简直觉得被冒犯；其次我一旦喜欢谁了就不能等，猴急的样子难看但是控制不了；最后我不能奋不顾身地喜欢别人，奋不顾身地爱一个人的前提是能够明确自己的心意，我不具备那个明确自己的心意的决定性力量，一言以蔽之，没有自我爱是不可能的。

方容坐在沙发里笑着看着三娜，三娜讲到这里就停下来了，再说下去可能会哭，可能会非常尴尬，——起头儿是假的，喜欢一个特别受女的欢迎又同时被有效的小圈子认为写得特别好的作家，这事儿听着挺酷，就像我有点希望自己是同性恋一样，是对之前没有谈上恋爱这件事的一个解救。但是我心底里不能相信这就是爱，以这种原因决定认为自己喜欢，就只是虚荣、计算，这怎么会是爱呢，这太让人失望了不行我得给"爱"留个空位。可是激素就被调动起来了，开始期待，又忍不住要讲出去，觉得委屈，觉得他配不上，恶意地鄙视他，恨，怀着痛苦的侥幸，设想他对我不忍心，设想他能够完全地了解我，设想他对我有激烈的感情——解救我。这设想本身让人耻痛。我的所谓喜欢，不过是暗自批准他喜欢我，这是把自己当成什么了，所以遭罪也都是活该——这样鞭挞也没有用，就是委屈，出丑，更委屈。最委屈的是，委屈这事会上瘾。堕落就是这样。挂在聊天室里那种肮脏的感觉，会上瘾——。

三娜意识到自己无法看得更清楚、无法去辨析了，痛苦的预感不断浮上来把她托住。她很庆幸自己及时地停下来，——我并不是真的想让人觉得我可怜，我其实是偷偷希望有人跟我说三娜你陷入这样泥潭是因为真诚或者别的随便什么罕见的美好品质。这想法一闪而过，像是看见了什么不想看到的东西，三娜几乎脸红了。奢望是可耻的，何况是为了自欺、逃避。

她笑了起来，接着说，会不会有人爱上我逻辑清楚啊！

方容说，都被你吓死了。

三娜一直有点喜欢这个说法，没有人爱她是因为害怕她。害怕她的——严肃。但是她并不相信，这个说法太方便了，是方便的安慰——敷衍，我的痛苦惹人烦，而且我根本也并不严肃，经常说谎掩饰——一定都看出来了，觉得太尴尬躲开了！

三娜诱惑她接着说，吓人啥？多温柔多懦弱啊！

方容顿了一下，说，对自己还是挺狠的。

就有点高兴。

方容接着说，一般人都对自己可好了，怎么舒服怎么想。

三娜有点故意地说，但是那都是表面的啊，内心深处大家始终知道什么是真什么是假啊。不说破就能混过去么，能混过去那也不叫真了。

方容说，行为当然是按真的来啊，谈恋爱都是待价而沽锱铢必较，想找个自己能找的最好的，而且也都是互相试来试去的。但是人家都觉得那个过程挺甜蜜的，觉得特别像恋爱，就是恋爱，就可满意了。

三娜说，嗯，跟照婚纱照似的！

方容笑说，婚纱照也能给人带来幸福感的。

三娜说，好吧。那我也觉得没什么可遗憾的了——，我去伦敦电影节看了程远的电影你知道么。

话一出口三娜就觉得亏了，委屈，好像被程远占到了便宜一样。

方容说，啊？

三娜说，我那时候还生你气呢，都不想搭理你了。

方容说，我知道你生气，但是我那时候都快死了真的没劲儿了。

三娜说，算了我就不跟你计较了。

方容笑，电影好么。

三娜不自觉就兴奋起来，也许是想把之前说的什么东西覆盖掉，她说，不好，我觉得不好，情节搞得特别猛显得不自信你知道吧，又自杀啊又强奸啊什么的，但是又像都是无缘无故的反正就是有点艺术电影的那种每个人都是精神病的假设——，不知道，太像要得奖的电影了，没法评价。

似乎是早就准备好的影评。是因为在感情上需要瞧不起这个电影，但是这样言之凿凿似乎也能成立。本来会觉得那电影好么，根本无法追回那个本来。

方容说，他小说我就读不下去。

三娜说，可能是实在是太男性化了吧。我不知道我觉得我可能也有一半是假装的，是为了表示自己勇敢、有品位什么的，不知道反正有很多虚荣的东西。

方容说，哎，你别老戳自己，你这让我说什么啊，话都没法儿接。

三娜笑着说，这样是不是也可以被理解为是在掩饰某种纯情事实上更加纯情。这可能也是我实施了一半的诡计现在又反悔了想要戳破它，虽然现在这样辩解，这种所谓坦承本身应该也是出于虚荣。简单地说所谓我喜欢程远这件事就是我又想让自己听起来有故事，又想要否认自己喜欢他，往哪边多说一句都要立刻否认，两边来来回回虚荣就是这么轻浮——

眼泪就出来了。非常尴尬。

方容说，你干吗呀。

三娜勉强着笑出来，又在笑的那一下觉得自己有点演，她说，我这是勇敢的泪水你知道么，就是因为说出这话要憋着劲儿所以就出眼泪了——，大便干燥严重了不是也会出眼泪么——。

方容笑，说，你——。

三娜接着说，说出来解脱了很多，就是会稍微喜欢自己一点觉得自己是说出这些虚荣的真相的自己而不是那个虚荣的自己。

方容叹了一口气，说，我是真的觉得不值得，为这么个人，犯得上把自己绕成这样么，当然你也不是为了他，但是你说、是吧——。

三娜说，全当是以此为借口深入了解自己的阴暗和软弱了——。

沉默了一会儿，像是放那尴尬慢慢顺水流过去。方容说，这些事怎么说呢，我觉得也并不是那么本质的，怎么说呢，就是如果你顺顺利利的，就说那时候王宇吧，我觉得如果那时候你们好了，就没有后面这些了，可能也就傻乐了，可能你就是另外一个样子了现在。

三娜有点反感，这说法只会让自己更愤怒，更难平复。她说，不知道，可能有些东西是经受考验的时候才会表达吧，就是生病也是有外因有内因的，但是谁能运气那么好一辈子不会受到考验。

一辈子——，忽然觉得人生可能也很短。这念头晃过去就没有了。三娜大声地、假装兴高采烈地转换话题，她听见自己说，你记不记得我猜到过陈杰邮箱密码？！

方容笑说，啊？你没跟我说过啊，你这也太吓人了！

三娜说，啊我以为肯定说过了呢。就有一回我等他邮件等得精疲力竭，躺在床上忽然想到，打开电脑一试，就对了。看了十几封邮件实在受不了了给他打了个电话让他改一下，结果改完我忍不住又猜了一下就又猜中了你说可怕不可怕！

方容说，不行，我得回去改下密码。

三娜说，陈杰人还是挺好的，也不生气，也不得意，就像对待一个病人似的，特别无奈地说，你别猜了。

方容笑说，他，他，他肯定还是有点得意吧。你都看着啥了。

三娜说，没啥，就看着他跟一个上海女生写的几封情书，写得非常让人难为情，不是感情上的难为情，是字里行间都在模仿，具体的都不记得了，我就记得陈杰跟我说过那个女生披个披肩，然后网名儿叫 echo，说是三毛就叫 echo，你说这是啥品位啊。

方容说，可能就是长得好看吧。

三娜心里给刺了一下。

方容说，你们还有联系么。

三娜说，早没有了，他刚出国的时候写过几封邮件后来就没了。然后去年暑假有一天我去学校干什么啊，从西门儿进去，在游泳池边儿上看见他了。哎，我还是，远远看见他立刻想起了自己穿的什么衣服，我那天穿的我那条粉的百褶裙你记得么，就是跟台灯罩儿似的那个，穿了件鲜红的清华的 T 恤衫，我当时心里还一阵庆幸，觉得还挺美的。而且去年夏天我不是还挺瘦的么，就还挺高兴的。站着说了两句话，之后也没有联系，今年毕业了吧，他那个我记得是两年的。

方容说，问问马海波就知道他去哪儿了。

三娜说，我也不关心了。

方容忽然说，程远你也别再见了。

三娜心里别了一下，说，我不知道。我是早就非常讨厌这件事了。我给你讲了么，我出国前他不是来我们家了么，后来冯谦与就说起我姐很漂亮，我不知道，我觉得非常失望，我觉得他肯定是把这点破事儿跟人讲了。

方容说，哎，真让人失望啊。

三娜说，而且就是觉得人都真是渺小啊端起来生活都是只有那么一小碗。

方容说，你快别理他了我真是越听越烦他。

三娜说，我本来是要说什么来的——，想起来了，我是想说啊执着心起来了非常可怕，不仅是猜邮箱密码啊。那天我送程远出去，就在小区十字路口那个小破街心花园坐了一会儿他就说要回去了，然后路上他含糊其辞地说可以去伦敦看我，我当时就心里一动，然后我就回家一搜，果然有个伦敦电影节。我刚到伦敦的时候举目茫然你肯定明白的，然后就更加格外地像是抓住了什么一样，没有几天就想起这件事了，搜了几次才搜到，快开幕前才有一个电影列表。那时候我还不能用自己的电脑上网，跑到机房去搜，把时间地点场次记到小本本上。哈哈，这要是有个录像头在右上方拍着，光看行为真的完全是纯情啊。

三娜看见自己的手在空中舞动，觉得荒唐可怜，不肯承认那就是自己。但是像被按了播放键的录音机，像被加载了程序运转起来，她继续说，越说越快，像自行车踩飞了——算了我就不给自己辩护了，比这更有戏剧性的是，电影开始前几天，有一天我在街上逛啊逛，就在无印良品买了一件一百二十英镑的大衣。说不上，好像也不太敢设想真的可以见到。好像也不全是为了见面穿好一点。当然我本来也没有那个季节穿的大衣，但是不可能买那么贵的，你知道吧，刚到那的时候真是不敢花钱啊，一个三明治四块八，掐指一算五十块钱啊，简直想要饿死算了。我觉得啊我当时就是作为一个编剧觉得应该是这样的剧情你知道么。最可怕的是我觉得这种动机其实是非常强劲的、而且我怀疑可能是普遍的，就是受了现成的戏剧的套路的暗示甚至压迫而去做一件事，那个东西它代替了本能代替了自己的意愿，我不知道别人啊，我觉得我的本能如果真的有的话也是早就被压抑得非常孱弱或者面目模糊了，或者说我的意愿总是带着对这意愿的恐惧同时出现堵车似的互相遮挡总是要过去很久才能慢慢看清楚，我不知道这也是一种叙述说得跟真的一样反正总之吧我在现场总是搞不清自己到底想要干吗所以这时候有个现成的戏剧的套路在那儿等着就肯定会受诱惑的，但是我的问题是我始终能意识到这个动机始终知道这行为是有表演性的所以总是演不好你知道么。

后面半段是顺着话头说出来的，头脑好像在高亢的音乐中爬山，一步一步又结实，又轻松。在那个速度下在那个音乐中不必去核实是否真的能与事实对应起来，非常痛快。不舍得结束，三娜继续说，可能一个很普遍广大的事实就是，几乎没有什么事情是简单一对一的因果，而且几乎永远真正的原因跟人们自己以为的并不一样，就不要说人们讲出来的那个原因了。你不要笑我并不是说不能承认自己买大衣这件事是因为对在伦敦见面这事有期待，肯定有期待啊，但是因果真的没有这么简单，当然反正这种事解释也没有用，观众我是说你啊作为观众也只会按照自己的意愿来观看和理解。我不知道我有时候也怀疑自己是被为了反对而反对的那种意愿支配扭曲但是我真的是自己心里没有过纯洁美好的感情也从来不记得天真过，我不知道天真是啥是指无意识么无意识到底有啥好赞美的。

三娜看着自己的得意忘形，可是总要说出一段完整的话才能停下。

方容倒是配合，停顿了一会儿，说，你回头把这些写成你那些小文章吧，光这么说都浪费了。

三娜说，啊这个不是应该拿去写文化研究的论文什么的么，怎么舍得写小稿子呢！

方容说，先写小稿子，再写论文，反正他们谁也不看谁的。

三娜说，不知道，这些东西都是刚想出来的时候觉得新鲜有意思，再过一阵就习以为常了，而且觉得很多扭曲不准确。总觉得是在一个过程中，不踏实，不觉得有一个结实确定的东西可以说。

方容说，都是需要一个靶子，凭空说都是四不像的。

三娜说，可也是啊，我的靶子就总是我自己，可是不知道为什么要写自己讲自己总是很丢脸的。

方容说，倒不是丢脸，我就是看你写那些东西心里特别难受，我就想你得多难受啊。我就怕你越写越跟自己过不去，在这条路上就越走越远了。

三娜觉得感激。说，这也不是写不写的事，我是一颗追求真理的心无法阻挡啊！

方容就乐，说，哎我知道我说了也是白说。

三娜说，哎你要不要看一下那件大衣，我觉得特别好看。在那种情况下很容易瞎买的，但是这件大衣真的特别成功。

方容跟过来到北屋，说，我得回去了。哎确实挺好的。

三娜套上说，显瘦！

方容说，你给我发的那张照片，就倚着一个玻璃墙抽烟那张，是不就穿的这件。

三娜说，是呀，效果好吧。

方容说，我上趟厕所啊。

三娜说，你要回天津了？

方容说，是啊。

三娜说，几点的车啊？

方容说，随时，二十分钟一趟。

三娜说，你等我一会儿，我要去给彭琦送东西，朱雪峰给她捎的，满满一只小行李箱！

方容说，你送学校去？

在箱子里翻找记了地址的笔记本，三娜想起跟朱雪峰在宿舍门口交接的情景，不禁有点恍惚，觉得此刻像云朵踩不住，她说，要送去她家，谢谢你啊特意来看我。

方容说，我对你好吧。

三娜说，我现在打算认为那些看着很酷的人内心也都是一锅粥！

方容说，就是都挺苦的，哪有得意洋洋的坏人啊。

三娜说，没有得意洋洋的坏人这种想法也特别俗套你知道么！特别故作严肃故作现实还特有关怀的样子！所以我也一直不太敢相信。

——简直想要相信自己是在将勇敢地窝囊作为一种探索。这句话在嘴里成形了没有说出口，三娜觉得噎住了但是也在心里奖励自己说，忍得好。

方容说，俗套你就只跳出去一层就好了，跳太多层了就偏了。

三娜说，你是想说负一的 N 次方么。

方容说，对对对。

三娜说，这个模型也是太简化了我也不信你知道么。

方容就一直笑。

5

方容在西直门下车以后，三娜几乎立即回到谈话掠过的模糊地带——其中的隐痛始终在吸引她。去看电影那天非常阴冷，中午怕赶不及没有吃饭，喝了半瓶可乐，更冷了，心浮上来跳得轻飘飘的。放映厅也许有十个人，身后隔两排一对情侣，一直抱着。不能集中注意力，不能深入情境，好像随时在写影评，每一句都像是紧张的碎片，每一句都被不可告人的意愿扭曲。散场出来知道这件事过去了，从门口宽阔的台阶走下来，看着自己双手插在口袋里，看着自己伸出一只脚下去，脚是软的。也还是有点演，也还是希望通过表演糊弄过去。但是骗不到底，知道这不是干净的悲伤，脏东西始终在那儿。三娜在心里厌恶地别过头去，还是看见一块脏抹布溻着。几乎是故意的，挑最刺痛的部分去想，乱针扎似的，皱紧眉头去回顾那一段关于表演的雄辩。说的时候就有点知道是谎言：可能并不是本能被压抑造成动机真空，可能正好相反，可能是想要分散注意力不去看那忐忑和兴奋。那忐忑是生理性的，不能否认。可能是表演表演、想要在表演的掩护下释放本能同时把它弄得像一个玩笑？就为了蒙骗自己？还是我先已经蒙骗了自己，造成茫然无所适从的假象，然后受到诱惑投靠了表演？如果不是买了大衣，忐忑和兴奋到底又能支配我做什么？如何化为具体的行动？也许就是熬过去。这样混乱的叙述之后，三娜意识到自己已经没有信心还原现场，越看越是污染，再也抓不住那个"本来"。想搪塞自己说，可能什么都有了吧。又想搪塞自己说，所有的动机都戴着面具，我真的是一个特别虚伪的人。搪塞不过去，那脏东西还在。弄假成真的"爱"带来的羞耻，爱而不被爱的虚荣的羞耻，还有"弄假成真"的委屈。怎么可以弄假成真，怎么可以这样作弄自己。真的就是激素么，不管抓住了什么影子它都要现形、要表达。动物性才是人的本质？那么在本能之外这一切——好吧即使对本能的掩饰和厌恶是社会教条和人际虚荣的结果——但是在此之外、此时此刻我对所有这一切的审视和探究，到底又算是什么？那是唯一一个我喜爱的自己，她只想把其他的自己都吃掉，她永远吃不干净，也不可能在这个时空里显形，她不占据时空——想玄了，停。"没有自我爱是不可能的"，这句话忽然冒出来。跟方容说的时候就像是有一粒小石头在急速的河流里沉下去。现在捡起来，忘记了前因后果，顾不上似是而非，只想一言以蔽之，享受短暂的斩乱麻的快乐。

从彭琦家出来有点堵车，司机说咱们打清河这么过去吧。过四环有一段土路，路西靠近清华那一大片平房快拆完了，剩一间食杂店坚守着，花花绿绿，证明生活永不停歇。毕业之前有一天张光华邀三娜去他的出租屋看画册。那是这一片中比较好的一间，白瓷砖挂面，锃亮的不锈钢护栏，灰漆安全门。租了三个月一天也没住过，转给一个读研的"学长"了。这词比"师兄"还让人难为情——因为那伦理和情感已经没有了。三娜清楚地想起那个四字班男生，白瘦，总站不直似的，故意地有点滑稽，也算是撑出一个角色。有一年"五一"在空荡荡的系馆大厅遇见他，站着说了两句闲话。节日里那暖烘烘的寂寞忽然就上来了。三娜在记忆中扭头，看见无声的大白正午，她在出租屋里等着，张光华骑着电单车出去了。只有他骑电单车。又身材高大，常穿正装衬衫，坐在车上一动不动，简直像个正经过日子的爸爸。在台湾念过一个专科、又当了兵来的，对每个同学都像是带点兄长的爱怜。有时候请三娜吃饭，笑眯眯往椅背靠过去，要叹气。三娜喜欢那里面的惋惜的心情，小心地享受那一毫克的安慰，怕他真的看破了，真的觉得她可怜。正午闷热，三娜坐在临街的门槛儿上，觉得自己像一条纳凉的狗。不能理解自己为什么坐在这里，又很喜欢这迷惑，好比不理解宇宙为什么运行，有纯粹之感。远远听见电单车嗞嗞声，张光华在跟前停下，一头汗，polo衫后背湿了一块贴在身上。车筐里有两瓶冰红茶，雾着水珠，车后捆了几个压扁的旧纸箱，早就说好让小卖店的人给攒着。三娜帮他把书都搬到地上，他摞了几本画册坐下，一本一本翻看，也有装箱的，也有淘汰不要的，也有特别推荐三娜看的。"三娜你嘞——"她其实总听不懂他在说什么，有时候疑心他非常笨，另外一些时候想也许他见过更广阔的世界，有更跳脱的角度，即使这样想也还是听不下去。这友谊符合她的虚荣心。她从没有暧昧的想法，所以也没有理由讨厌他。他搬到西王庄，找三娜跟方容去作客，路上方容说他也讲过喜欢她。看起来没有多痴心，在方容的名单里不过是充数。方容并不经常讲这些，但是说出来也确实掩饰不住得意，只有一丁点儿，也足够让人反感。三娜明确地知道自己的恶意，因此更加要做最亲密的朋友，甚至发展出征服欲，可能还有点复仇心。她平静地想到这里，觉得自己有点勇敢，但是又意识到语言粗暴肢解，本来浑然一体充满弹性。重新看见自己坐在绘图凳上，拿一本杂志扇风，几乎听见那一动不动的寂静，每扇一下脑子里都跟着嗡一声，张光华一拍膝盖，笑起来，哎呀忘记了，我有拿风扇过来，不晓得放在哪里了，最近事情太多，头脑非常乱……在书桌下面找到一个纸箱，三娜说别弄了，一会儿还得装回去，但是当然他照旧打开，拉过插线板，把电扇放在桌角，摇着头轮流吹。三娜这时候想起来，有点觉得那画面是温暖的，但是立即提醒自己，当时只觉得荒废烦躁，不能理解他的耐心，不能理解他为什么要以这样的兴致租房子、买电扇、收拾书、搬家，人为什么要生活——人需要的是意义啊。

也还是堵。双车道的小路，一辆老式三门儿公交一扭一扭，也只能跟着它。快到傍晚金色的阳光落在枝叶细密的国槐上，有焕然一新的喜悦，秋天正从夏天中醒来。树下行人匆匆，都像是要回家做晚饭，看电视，教导孩子写作业。邮局，面馆儿，服装店，熟食店，音像店，眼镜店——三娜扒车窗看着，心生感激，热腾腾什么东西往上涌，但是立刻就觉得了，热泪盈眶也不是，憋回去也不是。她看见自己说，这是哪里啊师傅，怎么好像发展得很成熟的样子？师傅说，这不毛纺厂么，清河镇哪！马路那边儿就是二炮，前身儿是清河军校，那比黄埔还早呢！三娜说，二炮我知道，但是这边儿没来过，师傅您怎么这么熟啊？师傅张了一眼后视镜，说，我可不熟么，我二姨家就毛纺厂的！我二姨父没退休那会儿是毛纺厂保卫科的科长！三娜说，就住刚才那片儿宿舍么？师傅说，我怎么常来呢，我姥姥跟我二姨家住。本来呀，我姥姥我舅舅跟我们，都是前后院儿挨着，有个照应不是。但是我二姨就有了我表弟了，完了你说怎么着啊，我二姨父他爹，就我表弟他爷爷，抗美援朝把腿打没了，老太太自己身体也不好，再加上照顾老爷子，哪顾得上啊！我姥爷不乐意来，我姥爷当年就没看上我这二姨父！没辙啊，不能看着不管不是！我表弟小时候，那叫一个野！可把我姥姥累坏了。我一到寒暑假也没人管呢，我妈就给我送我二姨家来，跟我表弟俩，跟他那同学朋友，我们成天的可不就在这外头逛，刚才过去那片儿，那后头原先是片荒地，草长一人来高，进去大人就找不着。三娜说，幸福时光啊。师傅说，那真是！无忧无虑！他们家条件好，我二姨是厂子食堂的，那年头谁家天天吃肉啊，我一到寒暑假我就能长出一截子来。师傅说高兴了，往后视镜里飞了一眼，撑开手指比划"一截子"。挺壮实一条黑胳膊，戴一串珠子。三娜说，您家住哪儿呢。师傅说，那可远了，南城呢，大红门儿您去过么。三娜说，还真去过，那可真够远的，您怎么来啊，坐火车么？车猛地减速，三娜往后一趔趄，一辆自行车从挡风玻璃前横穿过去。师傅摇下车窗，伸出头去，你妈了逼的眼睛长鸡巴上了往哪窜呢！骑车的是个中学生，穿白绿相间的运动校服，回头白了一眼，绕过公交车回自行车道去了。司机师傅摇起车窗，嘿嘿笑着，说，真给你说着了，坐那往昌平去的慢车，清河有一站——哎我操——。车速放慢，往右贴住刚才那孩子，按喇叭。他前面停了一辆面包车，躲不过去了。师傅从车窗前绕过去，那孩子跨自行车站住，仰头儿看他。三娜有点担心，不敢摇下车窗。后面一直按喇叭。像是身处一场事故，轻微的焦虑中有一丝愉悦的实感——成为街上的一个人。

　　师傅回来，说，不好意思啊，等到了给你抹两块钱。三娜说，不用。师傅笑呵呵说，吓唬吓唬他。三娜说，我还以为你要打他呢，想着也不至于啊。师傅说，这要是大人可真说不好，小孩儿骂他几句知道怕就得了。我最烦这骑车不看道的，还有那过马路不走人行道的，就咱北京人现在这素质，怎么开门儿办奥运哪——哎我抽根儿烟行么？三娜说，抽啊没事儿，我自己有时候还抽呢。师傅乐了，说，来一根儿？烟不是啥好烟。三娜说，谢啦。接过来弹出一根儿，又接过打火机点着了。三娜说，我也开窗了，咱把空调关了吧。马路上的声音轰隆隆涌进来，汽车尾气刺鼻的味道混在热烘烘的灰尘里，让人非常眷恋。师傅把胳膊伸出去弹烟灰，就势往窗外看，也不再说话。三娜看着自己半侧脸望着流动的街景，觉得这姿态真像个女知识分子，作为流行文化符号的女知识分子，原来自然而然也可以刚好路过。作为观察者与世界分离、完整地拥有自我的错觉，在某些时刻也是真的。当然是先有真的，才模仿出假的来，流行本身哪有创造力。这样想着，不知不觉就放纵地陶醉了一会儿。

在电话局跟前的路口下车，隔车窗又跟师傅道谢，他笑着摆摆手，开走了。三娜觉得一身轻松，非常愉快，早就想好了去鸿毛饺子吃饭。吃完出来在傍晚的微风中走过马路的时候她看见自己是一个跳动的意志，在人潮车流里又孤独又傲慢，想到这才是真正的自恋，还是非常愉快。转进小路就安静下来，菜店门前那一片水泥地上没有人，絮暖的夏暮停着。小卖店朝东开门，又有外间菜店挡着，这时候已经摸黑了，响着佛号，迈进去那一步觉得像古代的傍晚。小时候在大遛姥家院子里，某一天晚饭后的心情，在身体里轻雾似的漫起，来不及体会就退散了。郭志强妈站在黑暗里，没有表情，也没有话。三娜想起她总是无精打采，并没有任何神秘——竟然有一点失落。买了四瓶可乐，两盒饼干，出来觉得胸腔饱胀，有眼泪。又觉得自己这样随时融化，其实是很宝贵的。心情好的时候，也真是非常的放纵。但是也不敢再往下想。又忽然扎了一个猛子，勇敢、几乎是莽撞地想到，自我陶醉自我褒扬才是真实愿望吧，知道会遭到讥笑，才千方百计地批判压制、自我贬损。放在社会评价中看，我这翻来覆去都是病态——，想到这个程度，心情仍然是轻快的，三娜看着自己脸上不易察觉的微笑，迎着淡橘褐的暮光有一种喜闻乐见的文艺的和谐。

洗澡出来，湿着头发没有吹，去厨房拿上午洗干净的玻璃杯，倒了可乐，在沙发上坐稳，才打开电视。没有开灯，好像是偷偷在享受。电视两个年轻女孩，开夜车，说着话。副驾那个漂亮一点，坐在那儿说，他很早就跟我妈离婚，现在他比较喜欢新家庭，他抓到我妈跟智障上床，所以不肯付赡养费。

胖女孩说，操。

——骗你的，我妈赡养费多得很，我只是老被私立学校退学。

——我还以为你是想要看起来永远完美的小公主。

——很好，我就是要别人这么想。

——其实你是爱说谎的危险荡妇。

——我还以为你是自命清高的怪胎，整天愁眉苦脸搞自杀。

——天哪，我才不是。

——人总是表里不一。

——没有人在意。

镜头切到两个六十来岁的男女，并排坐在长沙发上看电视。三娜有点想要倒回去重放，坐起来翻茶几，果然没有，李石怎么会去领节目单。电视里那男的说起自己小时候，女的把手松开，在客厅另一边出现她与另一个人做爱的幻象，伴随着几乎是欢快的音乐，有种刻意的调皮嬉笑。很快肥皂泡破灭了，音乐止息，女人脸上渗出微渺的笑意，重新握住男人的手，不知怎么那气氛非常压抑。接着是一个年轻男的，镜头摇晃逼近，变形的惊奇又似乎愤怒的脸。好像是几个人在吸毒，有两个躺在地上胡言乱语。三娜有点不耐烦，文艺作品里的吸毒就好像通俗故事里的白血病，让人替编剧难为情。她站起来找笔，在手背上写"节目单"，明早出门顺便要一张，看一下这电影叫什么名字。"我还以为你是自命清高的怪胎，整天愁眉苦脸搞自杀。"都已经讽刺这个了，怎么还是要吸毒。当然年轻人总是想法走得很远，行为和意愿还留在原处。也许想法跑得越快就越轻飘，越不能压入意志。大概导演也没想那么多。——我简直怀疑一切行为与意愿的正当与真实，不是仍然热切地想要出演"愁眉苦脸搞自杀"的角色。知道自己不诚恳，就格外希望观众信以为真，越发不能入戏。全都搞砸了。本来的沮丧和痛苦好像是真的，一想到要拿出来展示就变得可疑了。整个人被动员成一片浮躁，没有力量，怎么可能自杀，连沉静的愁眉苦脸都不能。只有临时的想法是实在的，像布朗运动，像一个动荡的国家——这比方太夸张，立即感到了羞耻，又不舍得放弃，辩护着：至少此时此刻真心实意觉得贴切。电视里那个年轻男的去找女朋友道歉——那么你原谅我了？

——当然，为什么不？

——那就好。现在轮到你了。

——你要我道歉？

——没错。——因为你利用比利的病和康纳来访将我推远，对我产生的强烈反应感到不耐烦，还有老要我调整行为感觉，但是自己从不调整。

——好，这样很公平。我道歉。

——部分的你希望我离开。

——你说得没错。

——为什么？

——因为我不曾跟任何人发展到如此地步，从好久以前就没有了。因为每次我相信幸福结局下场总是浑身是伤。对不起。

三娜对这解释感到满意，并不嫌它俗套。随即轻轻想到，我内心相信有真爱这回事。我甚至不知不觉相信人的核心永远是脆弱，那脆弱是最终的真实。这是多么庸俗！三娜没有意识到自己并不是因为这观念本身缺少反省而不安，而是因为这观念被普遍接受而嫌弃它，嫌弃自己跟别人一样。她在模糊的厌烦中转脸为导演辩护：不然这些带着勇气说出的话，又能到哪里去终结呢，也许他并不是描写一种纯粹的人性的真实，而是描写一种在观念影响下的人性的表现。穿了衣服的人性。但是纯粹的人性到底啥样呢，有没有这种东西？真的能认为有一种"本来的""永恒的"规则先于一切人造观念支配人类行为么。这本身是一个信念——不是一个事实或论证的结果，无法争辩。一切都不可信也是信念？是现代社会的信念？因此信念降级为可以罗列的选择，选择以后也不过是临时的执迷？——像是迷宫里的一个死胡同，又像是推演的快车忽然熄火，三娜停下来不会想了，赶紧回头望了望，看见刚才想法跑得飞快，看见这些想法并没有带来任何改变——她对纯粹的爱的渴望纹丝不动，她对纯粹的自我的渴望纹丝不动。没有自我爱是不可能的——，怎么又来了，又是这一套，不想再温习了。

6

李石要给爸妈买两件衣服捎回去，约在当代商城一楼星巴克等。车过北大东门就有点堵，三娜几乎是有意地，回想去年那一晚从星巴克出来，坐冯谦与的车回家，他跟程远在前面聊得很轻快，夜风把车浮起来，三娜亢奋成一片空白，什么都不觉得。现在看回去，那个镜头有点像逃离——到陌生人中从头开始做另外一个人。小学毕业，初中毕业，高中毕业，每个暑假她都殷切地规划新角色，一分钟也没执行过，一见到人一开口说话就现回原型。三娜意识到自己再也没有信心那样狂热地幻想了，但是似乎也并不伤心，只是觉得应该为此伤心。是啊，又是九月，我——留学归来。在心里为留学归来这四个字笑，忽然想到，刚才的回忆并没有带来羞耻感，更没有任何漩涡要把人卷进去。在聊天室约好，赶到星巴克，程远穿件明黄色T恤从容地微笑，就坐在对面，可是好像离得很远。他像看着一个无知的人那样，对三娜全无好奇，让人生气，又有点放心，那优越感里会有一点可靠的善意。聊了一会儿冯谦与打电话，可能事先说好的，如果要上床，他就不用来了？如果见了很烦，好托词走掉？程远接电话的时候三娜这样猜想，语言都没有浮上来，因为不能面对上床这个词，别的词也好不到哪去。可是也并不紧张，回想起来那是任凭摆布的心情，非常平静。大概那姿态也令人兴味索然。我已经取消了被羞辱的可能？这是多么隐秘的策略，我竟然毫不知情！最终在我身上胜出的，是自尊心还是怯懦？这些词语都变成中性的，三娜只想体会发现的快乐。能够毫无负担地回想此事，也意外地令人满意，好像自己干净了一点点。

人们都在热烈地交谈，举目四望没有座位。她看见自己茫然站着，有点得意，仿佛自己是在场唯一从无意识中飞升的人。造句：他们看起来都正在被某种欲念占用，潜意识里相信自己很重要，在谈的事情很重要——这一条交给上帝；这场景应该被外国财经新闻拍去，表现中国的活力和机会——这一条交给历史；以后一个人在家吃泡面的夜晚可能想起这一幕假装这就是我错过的红尘——这一条交给人生……终于有两个女人站起来，三娜看着自己赶过去，放下书包，收了桌，一口气喝下半杯芒果星冰乐，凉到了鼻子，向沙发椅背靠过去。她想到等李石出现，自己就会被按下按钮，朝他挥一挥手，高谈阔论得比在场的诸位都凶。也是没办法的事。拿出《大众文化研究》看，不断看见自己在咖啡厅读书的样子。在伦敦住了一年，咖啡厅仍然属于想象，不能习惯坦然。Jane说她去埃及，喝不惯当地咖啡，找到一家星巴克就特别高兴——你完全可以信任它，它的味道在哪里都一样，感谢星巴克，感谢全球化。轻巧的知识分子幽默感，在过分友善但是不太亲密的毕业聚会里特别恰当。三娜看见她高细的鼻子，镇定的微笑，有所保留的兴奋，那情境忽然浮上来，六月青紫色的夜空，大朵奔腾的白云，咖啡馆背后的小庭院，椅子旁边擦到腿的小蔷薇，咖啡桌上摇晃的飘在一只小水盘里的烛光，Nina 和 Julia 低头私语的侧影，Alan 手握啤酒的笑容——一个镜头轻摇，连同现场的恍惚，恍惚中清浅的赞叹和自我感动，几乎是沉兜兜地在心中拂过，带着一丝可以享受的刺痛——已经失去了，还是这样生动。

　　Jane 是 part-time 学生，在福斯特 [1] 事务所工作，自我介绍时大家都"哇"了一声。有一晚三娜逛到那著名的建筑 [2] 跟前，灯火通明的，想也许 Jane 正在里面加班，有一点不过如此的感觉——可以到达，虽然三娜只是偶尔跟她打个招呼，疑心她根本不记得自己的名字。毕业聚会挨着坐，她很自然地问三娜回国打算，也许并不完全是敷衍，但是应该也没有预备听那样长篇大论。回想起来真是又得意又脸红。也许是受了冷场的胁迫，也许是下意识觉得跟陌生人胡说可以不负责任，当然主要是自我展示的癖好发作——三娜说我要做一个调查，关于中国农民的精神生活，打算找家报纸或者杂志合作，想在中国多走一些地方，这种事情本身可能也帮助不了什么，很难在事实上改变什么，不过我觉得他们被关注得不够，他们总是被当成一个问题一个集体，我是要去了解他们每个人，当然了解每个人也不可能，一个人完全了解另一个人都不可能，总要压缩的——扯远了，我就是想找几百个农民，问问他们的世界观人生观价值观，他们对生活的反省和对人生的敬畏。我其实也没想明白这么做到底有什么现实意义，好像就是一个姿态。最诚实的说法是，我自

1　Norman Foster，英国著名建筑师。
2　福斯特事务所大楼本身就是著名的建筑物。

己对这件事情感兴趣。我总有不了解社会现实的感觉，所以就想干脆从距离最远的人群开始了解。不过如果仔细去看，这里面还是有"致命的自负"，可能因为是中国人，我有时候想，如果我是一个英国人，我的梦想会是什么样。我关心政治，关心社会公正，至少我认为我关心这些，到底是来自内心的热情还是环境的压迫，这我还没搞清楚（此处有较长删节）……三娜一边说，一边有点觉得自己在欺负她，在利用他们发达国家的好人的原罪感。又有点惊讶怎么英语都好起来，高谈阔论，越扯越远，"我是这样渴望别人对我感兴趣"——这想法倏忽划过，根本阻挡不了胸中车轮滚滚。Jane 俯身过来，手肘支在椅子扶手上，戳着下巴，不时点头，像有镜头照着，看三娜演讲完毕，松开手仰靠回去，半开玩笑地说，你让我觉得我的人生毫无意义。三娜好像早就准备好了，说，如果可以选择，我宁愿人生毫无意义。我们奋斗的目的，就是为了让人生毫无意义啊——。笑。不安开始向上浮。三娜始终知道这些事可以被说成这样，激扬的、堂皇的，——我始终都是被这光彩的一面诱惑着、被其他人也包括分裂出来的某一个我自己的掌声诱惑着——怎么才能让阴影里那个什么也不相信的喋喋不休的人闭嘴！快乐像出笼的猛兽，怒吼一声，就把障碍都清除了。三娜坐在北京的星巴克里回想起来，都感觉失控的危险和紧张，简直脸都红了，带着几乎是感伤几乎是怜悯的心情清楚地回想起散场之后独自走在 Camden Road 路灯下，痛快得像是下过一场暴雨，羞恼薄薄一层，灯笼皮儿似的挡不住汹涌的快乐的光：她无法按捺地设想 Jane 会如何看待这一番演讲，如何看待自己这个人；她设想她相信了"意义"、"责任"和"雄心"，并且震惊于她在激情奔突的路上充满勇敢谨慎的思辨；她设想她有一点羡慕，以为她与他们不同（比他们沉重，比他们光荣）；她设想她在幸运儿的羞愧中只允许自己这样想。那狂热在回忆中没有速度，三娜清楚地看见自己真正的渴望，是的，赢过他人，又要被爱。奇异的是，她没有感到羞愧，什么感觉都没有，无比轻快地躲开了，几乎立即就忘了。我害怕我的欲望——这一句也是几乎没看见。芒果星冰乐喝完了，用纸巾擦了桌上的水滴，团一团从插吸管的大圆孔塞进杯子，摸一摸发现书在书包里了，怎么也想不起来什么时候放进去的，——沉醉时的坐姿如何，什么表情？如果能想起来那也不叫沉醉了——这一类轻飘无害的小想法，在这种时候大受欢迎，三娜以为自己没看见，她以为她忘记了、她深深的不安。

外面不那么热了，风落到身上还是暖和的，沉甸甸的。三娜说，要是七月份，从这种大空调里出来热气一烘，最得劲儿了。李石笑着说，现在还早啊，要不要看个电影儿？三娜说，有啥电影啊。李石说，蜘蛛侠好像。三娜说，你想看吗？

九八年四月，和王宇一起在双安对面的李宁华奥看午夜场《泰坦尼克号》，两点多回学校，在路口掐住车闸等红灯，因为意识到故作文明，大声狂笑起来。三娜看见他们在麦当劳面对面坐着，过于明亮的灯光照在粉红色的草莓奶昔上，甜腻得恶心，王宇说他最爱吃奶昔，你们女生都应该最爱吃奶昔吧。三娜这才意识到他其实充满善意——是因为要拒绝我提前愧疚么？她飞快地掠过那片黑黢黢的洼地，同时肯定自己抵制了自辱的诱惑。

李石说，无所谓。

三娜说，今天过得真恍惚啊，而且特别长。

李石说，你要累了咱们回家吧。

三娜说，回家去地下室的酒吧么？

李石笑，说，倒闭了！有一天我跟李小山想去喝一杯，结果发现铁门锁着。

三娜说，可能从开业到倒闭就只有咱仨去过。

晴朗的礼拜天下午，三娜跟大姐和李石在家里聊天，说要不出去吧，又不知道去哪儿，想起小区门口新挂牌一家"杰克酒吧"，名字可笑，尤其让人想要去看看。下楼梯之后有一道铁门，有点像地牢，里面很宽敞，光线昏暗，音乐震动，空无一人。要了三杯橙汁，觉得自己太好笑了，不一会儿就重新夸夸高谈阔论起来。一娜抱住肩膀，向后一靠，说，这个世界的问题就都交给你们俩了，我很放心！一会儿又说，哎呀我是不应该拿个小本儿记下来。

过了马路，从人大东门儿进去，李石说，"实事求是"看见没有？

三娜说，看见了，九四年我自己来北京找我姐，就从这个门儿进来的，就看见这个石头了，有一个人用网兜儿拎一个西瓜一直在我前头走，走着走着又顶到头上扶着，一会儿拿下来拎着一会儿又抱住，一直快到学九楼才往右拐了。

李石说，是得当作家，记性太好了。

三娜说，我还记得上大学那年火车对上铺那个女的，早上醒了连吃了十三个鸡蛋！带了十五个，剩俩！挺瘦一个女的，在百货大楼上班儿，可能是个管理人员吧，来北京参加培训。我还记得路上下小雨，一会儿下一会儿停，我心里就想，也不知道是时间还是空间因素，两个未知数一个方程，解不开的。啊这就是六年以前了！真吓人！

李石说，你还能记住自己当时怎么想的！一般这种想法都过去就忘记了。

三娜说，可能有点得意吧，觉得可以把很多生活里的事想成数学，一下就像非常简洁有力了似的。我也不知道，可能就是这种意识妨碍我集中注意力，我觉得自从这种意识发展起来，我就越来越难以集中注意力了，甚至在高考的现场都一边做题一边有许多别的想法，这道题太简单了之类的，好像头脑特别清楚，但是其实那样思路格外涣散。

李石说，就是心理素质差，不习惯压力。

三娜说，但是做没有压力的事情又觉得自己不止于此，不甘心。

李石看三娜一眼，说，那当然也不是说让你逃避压力。勇敢一点，很多压力都是自己吓自己造成的。

三娜笑说，我给你讲过希瑞的故事么。

李石说，什么故事。

三娜说，就是关于勇气的故事。希瑞就是一个英雄具体的你就不用知道了，然后她遇到一个困难，必须得去一个山洞里拔出一把宝剑才能解决，然后这个山洞，已经有几百年无数个勇士进去都没能再出来，大家提起都觉得非常恐怖，然后她就到了山洞口，就有一个神秘的声音说，如果你在走进这道门的那一个刹那，内心有一丝恐惧，你就再也出不去了，如果没有任何恐惧，就什么都不会发生。就是那个门那儿有一道七彩光幕跟安检似的可以测验出你是不是有恐惧，是不是真正的勇士。当然希瑞是真正的勇士。这还是小学时候看的动画片儿，当时就非常非常震惊，总觉得中间儿有一个神秘的东西理解不了。最近两年又想起来，觉得关于勇气和自信，没有别的故事说得更准确了。

李石笑说，有点意思。

三娜有点得意。

李石又说，萨特有一句名言你听说过没有，"是英雄让自己成为英雄，是懦夫让自己成为懦夫"。

三娜说，没听过。怎么听着跟北岛似的。

李石笑，说，但是我觉得他跟你说的那个故事的意思可能正好相反，我觉得他是说人其实是可以选择成为什么样的人的。

三娜说，但是是什么样的人来做这个选择呢。

李石说，就是你现在谈论这些事情的这个人吧。

三娜说，嗯，我觉得这个人只会谈论，不会决定啊。

李石就笑。

三娜继续说，我觉得我的这些绕来绕去没完没了的话啊其实并不是什么思考，倒确实可能是懦弱的结果，我有时候看着自己就觉得就好像是用锥子去扎一块铁板然后力量不足就没办法穿透就很容易顺着墙面刺溜出去绕一圈弄出很多无意义的划痕和噪音，我脑子中觉得懦弱就是这样一种形象，然后我收集的这些意识啊想法啊其实就都是那些噪音，而且我因为长期逃避，又要逃避对逃避的意识什么的，结果就像养病毒一样，养出了花样翻新的自我意识。有时候甚至觉得应该观察这些意识，就像观察小蝌蚪变青蛙那样，但是又知道这观察本身也是那噪音的一部分，而且整个的这一团观察又空洞又毫无意义，因为它也没有明确的指向性，没有一个问题核心在里面，不知道为什么要观察。

三娜心里想的是，我正在进行一种独特的人类实验，不断滋长的意识本身好像是一团光，有一种神秘感和感召力，仿佛那样重复下去会有一个终点和答案。她不能这么说，因为自己也不敢相信，怎么看都像是意愿，美化逃避的意愿，获得意义的意愿。

她说，不知道是懦弱导致的自我意识增强，还是反过来。我记得上中学时骑自行车穿过南湖公园，在大坝上一边骑一边看到自己，觉得无法处置，就数路旁的柳树，那个时候可是一派顺利，毫无压力，那应该就是智力发育的一个必然结果吧。我也不知道，也许不应该把这俩事儿挂上钩儿，我承压能力差可能就是因为长期太顺利，缺乏锻炼吧。

李石说，对，一是缺乏锻炼，另外一个，我觉得自我意识这东西，还是要为我所用，它说白了不就是个自我认知的深度么，那如果能够对自己认识得比较清楚，肯定会提高决策质量的。所以说应该不是坏事，不要沉溺就行了。

三娜说，是啊，沉溺。而且好像也没什么好决策的。

李石干笑了两声，说，反正没有问题你就这么过，等真遇到问题或者真觉得这样下去不行，自然你就能做出决定了。

三娜说，怎么听着也像相信市场是一个意思呢。

李石说，没错儿，顺其自然。

就都乐了，因为落入了"顺其自然"这个俗套。

三娜说，但是我觉得我确实变了，什么都没发生，就是每一个状态自身都包含着变化的因素，这可能就是所谓的自然而然吧。但是当我发现自己会变化，而且这个变化完全在预期之外以后，我就觉得绝望是不可能的，就是绝望之为虚妄正如希望一样，因为你设想未来的时候代入的全是此时此刻的自己，但是自己一直在变的所以总是猜错。而且自己这个变量，它随时间变化的那条函数曲线，根本也就算不出来。说起来可能是被环境和际遇改变，环境和际遇又是从前那个自己选择出来的，至少是一个二元二次函数吧——我数学不够用了这是瞎说，形象思维在这里特别不适用，一想就是两个镜子互相照，或者很多很多镜子互相照，没完没了，全是光污染，心烦意乱——所以需要数学，无穷元无穷次函数写起来也可以很简洁。

李石说，人生肯定就是摸石头过河这么一个过程，对比较远的未来只能有一个大致的方向，远见卓识有时候也是撞上的，回头一说，觉得自己特别英明。

三娜说，你说的那种，对外部世界的判断，就更复杂了，那是一百万个参数在变化呢。

李石说，但是你会发现，对那些真的跟我们密切相关的事，这一百万个参数的影响可能都没有我们自己的意愿重要，在多数时候，人的意志仍然是决定性的。

三娜说，那是，说了要芒果星冰乐就能喝到芒果星冰乐。要不世界就没办法运行了。我觉得一个人总愿意规划或者畅想比较长远的未来，其实主要就是一个安慰，壮胆儿，自我说服。

李石笑起来，说，你如果不是要做职业思想家，我认为准备工作可以到此为止了。这些问题想一次，重要的结论记住就行了。

两个人在图书馆广场前的矮墙上坐下，眼前的主干道人来人往，也有拎着水壶的，也有背着大书包的，正是暑假才回来，一个长头发女生推着自行车停住，跟另一个女生说话，就在斜前方可能五米远。一娜和二娜有一张合影就是站在这里，照片夹在一娜每周寄来的信里，三娜兴奋地拿给同学看，说不清楚到底在炫耀什么。她忽然想到后来一切都与那时想得不同，那失望像天空落进湖里，竟然从来没有跟自己好好地承认过。如果诚实起来，就会有一场大雨从天而降——这想法含含糊糊，晃了一下，躲过去了。

李石说，我有时候想到我爸，放了一个别人的肾在身体里，但是只要吃一点药，那药按说也不是专门给他这一个人生产的，可是他也还活得、算挺正常的。当然你说长时间，这个肾和药的组合会失效，跟一个健康的肾毕竟不同，但是身体的这种容错能力，仔细想想还是非常惊人。

三娜说，你是想说要相信生命么？

李石笑了起来，说，总之勇敢一点吧。

三娜说，我觉得我最需要勇气的地方，是接受自己的渺小平凡，放弃任何非分之想。你别笑话我，但是我好像归根结底以为自己跟别人不一样，普通的赢都不行，要跟人竞争就觉得委屈。——眼泪打转，三娜努力控制声音——我现在说这些也是鼓起了勇气，想给自己打个对号鼓鼓掌什么的，但是其实距离真的接受，真的拿自己当个普通人儿，那真的还差得远呢。

三娜又赶紧说，我也不知道，有时候会怀疑，想法和行为真的能联系起来么，我有时候摸黑儿[1]想事儿的时候也感觉到了勇气，就是

1　摸黑儿，在夜里，此处是在一片未知中的意思。

有种恶狠狠的气魄，往疼处去想，然后每次也是捏出一个结论来，可是很快就忘了，就是反复复习也没用，到了各种做决定的现场，快得来不及，就全是本能和习惯。我觉得一个人啊，和一个国家一样的，要有政府，要有知识分子，还要有群众，我呢，有点无政府主义，想放纵知识分子，瞧不起群众又不能杀光，所以就是这样混乱掉了。昨天咱们不是非常乐观地都认为思考最后有可能能够堆砌成意志么，可是经常在很多很多的没有信心填充的空白里我觉得就好像水变不成盐，普通的物理化学反应根本不行啊。

李石好像想了一想，说，我还是认为可以，至少是非常有帮助的。当然每个人情况不同，我看你还是把这些想法娱乐化了。

三娜说，也不是故意的，就好像程序中了病毒，就自己一直跑一直跑，其实脑力计算这事本身是无意识的，如果说出来呢可能好一点，不说出来有时候想过就忘了。我跟你讲了么，王宇有一次说吃饭太麻烦了，要是能变成电脑就好了，插上电就行。

从学校回家的路上无端端地心里慌张，拐到23号楼去找王宇——辅导员有义务接受心理垃圾，而且她总有点以为他应该觉得欠她的。门开着，半截门帘下面不断出入水房的小腿和拖鞋，他们急速地说俏皮话，填得满满的没有沉默，又觉得心酸，又感到纯粹的智力的快乐，我们是多么聪明的人啊，三娜心里偷偷知道。他坐下铺床沿儿上，三娜坐他电脑椅，半转过来，身后电脑屏保的三维管道匀速增长，又平静又随机偶然。那画面在眼前像照片一样清楚，情绪没有跟来，比那种镜头一摆的恍惚还像是往事，是已经安顿、没有活力的记忆。

李石笑嘻嘻，用升调说，还忘不了王宇？

三娜说，我就知道你要这么说，特别有意思吗？你不觉得我这么说是很坦然的样子么？

李石就非常乐。

三娜说，王宇还说，就想找个虚荣的女朋友，每天用鞭子抽他逼他去赚钱，他就爽了，就能充满活力精神抖擞了。

李石说，这么色情？

三娜说，你看你乐的，有那么好笑么！至于么！

李石说，这还不好笑！

三娜说，王宇说他大学时候那个女朋友，听起来就是那种，也不好说是虚荣啊还是争强好胜，反正就是不管什么都直截了当要争第一，我忘了他是怎么说的了，反正就是那么个意思。我也不知道，也没见过，但是我也有点能理解那种人的魅力，就是能自我驱动呗，我不知道王宇那么说当然是开玩笑但是也说不好是拿真话掩盖事实，我觉得我们这种不想承担自己的人，如果没有这些反思完全由着懦弱的本性来的话可能就是那种所谓的奴性人格吧，就是他们说的独裁或者威权政治的基础——，终于把内心世界和社会政治都连在一起了，简直是打开了一条思想家之路啊！

一个穿白汗衫格子短裤的男生，手里卷着一本书在眼前走过，走过去又回头看了一眼。三娜意识到自己说话声非常大，从矮墙上跳下来，说，啊呀，腿有点麻了。

李石说，你说得很对，他人即地狱，自我很大的人肯定不太讨人喜欢。但是时间长了，尤其是需要做事的时候，你会发现这样的人更好打交道，反正我更愿意选这种人，可预期，可谈判，直截了当谈条件，不用猜来猜去照顾对方感受。我喜不喜欢他，他喜不喜欢我，有什么关系呢！你又不是要跟每个人都谈恋爱，对吧。你说温情脉脉，你喜欢我喜欢你，这个喜欢到底是什么意思呢？很空洞。人和人之间，本来就是一个竞争关系，妥协与合作都是后来发展出来的，也就是所谓的文明。但是文明也只是为了实现更多人的利益最大化，并不是为了一个温情脉脉。

三娜说，理论上早就接受了，而且我根本也不是利他主义，我是懦弱，谄媚。也不知道是先天自我比较虚弱还是后天的不安全感之类的，当然我也不信但是按照他们外国人发展的那种粗陋的心理分析，我这肯定会被说成是小时候父母不在身边因此发展出来的一种生存策略，然后大概意思就是说你小时候被验证为有效的策略会在你心里划出一条轨道来，一遇到任何不安立刻就跳转成那个模式了，大概是这意思——

李石说，这种我最不信了，啥童年阴影，那你说我小时候，是吧，我爸把我和我姐送上车去县城找我妈希望我妈因为我们跟他复婚，我那时候七八岁，我都知道我爸非常痛苦是吧——，我现在我怎么了，我不觉得我有任何问题，有问题也跟这事没啥关系。

三娜说，是，我也不信。我是觉得这说法也太头脑简单了，人怎么可能会那么简单呢。

李石说，没错儿，你说从小父母不在身边的孩子——是吧，千千万万，那顶多是说在概率上，你更有可能有这种倾向，但是概率——

三娜说，概率落到个体身上就只有 0 或 100。

李石说，没错儿，而且影响人性格行为的因素太多了，根本你很难排除其他影响。

三娜说，而且在这个事情上追究原因也不一定就能改变结果。

李石说，是。

又说，所以我看三娜你没有任何问题，从来我也不觉得想太多会是什么坏事，说到底还是你喜欢想事情，所以还是过得太好——。咱们往回走吧。

连一娜有时候也说，恋爱了就好了。李石从不这么说，三娜有点感激他。她说，我其实也是为了聊天儿——哈哈吹牛了——这儿是不离西门儿更近啊——秋天有点来了啊。你知道么，九四年来北京的时候，有一天下雨，我姐带我去吃肯德基，回来就走到这儿，有个水坑，一辆轿车从我们旁边开过去，溅了我一腿水，我姐就特生气，正好那车在学九楼跟前停了，她就过去指责那个司机，我当时可紧张了，而且非常吃惊原来我姐还可以这样啊。

李石说，这是个显著的优点啊。

三娜说，是啊，不就是她平时看着不像么。

她清楚地想起马星月。犹豫了一下没有再开口，说得累了，似乎也是想珍藏这个故事。去清华报到前一天，下着毛毛雨的大清早，跟着姐来人大给朋友送行，姐大学时候的朋友特别多。在学九楼门前看见马星月，穿一件宽大的洗旧的白色 T 恤衫，淡黄色白花长纱裙子，正拖着大行李箱艰难地上台阶，转头看见姐，简单地说，哦，我回来了——好像昨天还见过面，好像不需要解释。三娜觉得她非常美。本来是话剧社女主角，毕业分回新疆档案馆，做一年多辞职来北京，并不知道来北京要做什么。三娜后来再没见过她，但是经常想起学九楼门口那一幕，风把头发吹到她脸上，她扬头甩开，非常自然，像是无所畏惧，又像是心灰意冷。回想起来那是她第一次在一个具体的人的形象上清楚地看见漂泊，三娜自己后来也总是在茫茫无着的情绪中。

西门出来大马路，轰隆隆的非常吵，三娜和李石都累了，安静地站在路灯的光束里等着。三娜暗示自己说，这是初秋的北京清凉的夜晚，这是我离开长春的第六年。也不觉得什么。但是坐上出租车，关上车门那一下，她想起那些年在南湖边的小路上送姐去北京，转身回家的时候心里总是想着那辆出租车，继而是那列火车，在黑夜中一直开过去，开过去天亮了是另一个世界。

第 二 章

回家

[2002.8.27-29]

7

　　火车窄小的厕所里荡着蓝色清晨，凉森森的，三娜睡得滚烫的身体，像开门迎进旷野。好像醒了，又并不是醒成一个人，思绪轻袅袅，觉得自己非常干净。从车门方窗望出去，正路过一段黄褐色山岩，逼得很近，岩石缝里斜出的小灌木，被火车带起的大风折弯。过去就是广阔的田野，没有一丝日光，深蓝的空气直落在绿色的玉米叶上，一棵一棵像大战前的士兵。

　　有一年暑假回家，火车出故障，在沈阳附近的郊野停了八个小时。路基下的碎石小坡过去是一条长满野草的土沟，沟那边就是玉米田，站到跟前才知道每一棵都高壮，有野气。但是正午的太阳像是有千金重，什么生命都眯着眼睛蜷缩了。每节车厢门口都站了几个人，有的拧了湿毛巾蒙在头上。火车一动不动。两个男生从地里跑出来，可能是掰了玉米，有人围过去看，喧闹声像一簇烟花，开在那边传不过来。远远望着，觉得人非常渺小偶然。

　　有时在夜车上听汽笛悲鸣，听哐当哐当没有止境，三娜会主动想到，我正在穿越华北平原，然后是东北平原。她喜欢山海关这个词，那诗意是头脑中的真实，跟实物对应起来不仅失望，简直觉得是在说谎。

　　远处一片民房，有十几家，过了杨树趟子又有一片，竟然有一户炊烟。出远门么，起得这样早？三娜意识到自己设想他们是大姥和小姥。小姥还活着，也几乎是记忆中的人。

薄薄一层红光在玉米叶上浮起，贴住玻璃侧望，地平线上金红发亮的一条细线，把整个天空托成一朵巨云。她期待火车转弯，也许可以看日出。厕所传来冲水声，一个高胖的男人出来，看了三娜一眼，到另一侧门口抽烟。应该也是望着一样的田野，一样惊叹于光明上升的速度，转眼杨树叶子亮了，蓝色几乎已经褪去。

过道口站满排队洗漱的人，窸窸窣窣，倒是都不说话，可能也都没有彻底醒过来。也只能挤过去。下铺和对面中铺都起来了，两个女孩大概是同学，压低了声音说话。窗帘拉开，阳光扫进来，落在人脸上，落在背后的隔板上，光影跟随火车轻轻跳动，像文艺电影里的长镜头。一眼就看尽了，注意到自己并没有什么感受——似乎本该如此。这是混沌的时刻，尚未落入任何具体、具体的想法或语言。这样想了一下，爬到上铺，闭眼睛平躺，觉得胸中层云荡生，即将化为语言翻转流动。我将开口，同时感到空虚。原来这句话这么好。三娜激动起来，一动不动，想看这饱满如何衰退，结果令人沮丧——渐渐地，又几乎就是一瞬间，那能量都流动给目光本身了。这是观察对观察对象的剥削。她心里这样想。还是观察对象对观察的逃逸。啊，语言真的是、似是而非的东西。

声音渐渐嘈杂起来，多数折叠凳上都坐了人，望向窗外的样子总像是很沉静。对铺的胖姑娘起来了，跟下面那两个大声说，我早就醒了，听着你俩嘀嘀咕咕，跟蛐蛐儿似的！穿牛仔裤的胖屁股在三娜眼前一晃，下去了，非常自信地甩动长头发，扎起来。近处，也许就是隔壁，一个男的声音非常结实——煎饺子啊，那行给我留两个，留两个等到我到家再煎，那玩意儿凉了不好吃——！要是姐在就好了，可以互相看着笑。三娜意识到自己脸上浮起的淡淡的几乎不可见的笑容，并不是节制，是一种表演，——今天早上醒来以后我一直在扮演深沉的人啊，完全给自己看。

火车上短暂封闭的时空有点像梦境，提供不负责任的自由。三娜有时被激发起来，扮演想象中的角色，像即兴创作，像释放囚犯，很快乐。有一次对铺坐了一个老太太，狮子脸涂得油亮的，文了两条红眉毛（可能美容院说是棕色，比较自然），头发很少，烫得一根根像过电的金属丝悬停在空中（以为可以显得头发多些）。三娜觉得非常亲切，几乎有种爱意，耐心地听她讲她大姑姐的孙女儿没有考上清华，就差两分儿，她爸搞破鞋，把她奶奶气得中了风——嘴歪眼斜，见着我这么的、这么的跟我打招呼，我这心里可不好受了，要说我跟我大姑姐俩年轻的时候没少闹叽嘎[1]能不闹么……——啰里啰唆，夹叙夹议，无限具体。三娜尽职地唏嘘，见缝插针地说，专业其实特别重要，能读个好专业也挺值的……那孩子肯定分心，搞不正经怎么也不挑个时候！……她妈也真是的，再咋的得忍住啊，当爹的不懂事怎么她也不懂事呢，等孩子上大学咋闹还不行……。三娜一边说一边知道这差不多是在戏弄她，但是也不觉得自己坏，情不自禁的。

另外有一回只买到慢车硬座，对面一个转业军人，四十几岁，好像做部队生意，有点钱，也许是在调情，想要让女大学生崇拜他？坐下就滔滔不绝，对任何事都有偏狭而激烈的结论——……中国人的民族性有问题，根本就不适合民主制度……女人也得学会喝点酒，得能陪男人玩儿，忸忸怩怩的像个娃娃似的有什么意思……一个男人如果酒后有德，那就基本过关了……。三娜竟然并没有生气，不知哪来的灵感，不管他说什么，她都说，哦，是么？哦，你是这么想的。哦，好吧。那个男人后来大概真的被激怒了，又喝了两瓶啤酒，眼睛直直看着三娜，有种动物性。三娜觉得恶心，也有一点害怕。车厢里关了

1　叽嘎，小别扭。

灯，邻座的女人歪着头打鼾，窗外大圆月亮沉沉伏在黑紫的田野上，增加了恐怖。可是角色自身有种魔力，好像一盏灯静静绽放，三娜看见自己镇定异常，转头扫了那男人一眼，比之前更冷漠，更无畏，他就别过头去，仿佛要睡了。简直遗憾，余勇还可以再来十次，情况再紧张一点就好了。第二天晨光晃晃，对面换了一个呆胖的半老头儿，三娜又疑心整出剧情都是自己的臆想。

完全孤单的困境之一就是陷入臆想，因为无人作证，追究真伪的时候，有一种强烈的诱惑让人想要逸出理性。有一次上车倒头就睡，半夜起来去上厕所，出来就非常想抽烟。晃荡荡从窄小的过道走回来，在心里看见自己倚着隔板墙，微微仰头，凄然的样子，半夜里也没有自嘲。事后想起总以为真的发生过，幸好确凿地知道回长春的火车上自己不可能带烟。

爸跟昊宇站在月台上，不知在说什么，扬着头正迎着浅金色的晨光。三娜像是忽然醒过来，像是从自己的深渊中一跃而起，有了形态和重量。

爸看见三娜就笑起来。昊宇说，老姑——，伸手就把箱子拉过去了。

三娜说，来多半天了？

爸说，才进来，姆俩在车里等多舒服啊。

爸晒得很黑，脸上肉皮都像是厚实了。三娜不太自然地扯一下他的夹克衫，假装活泼地说，穿这么多不热吗？

爸说，不热，爸不怕热。

跟着人群走进地下隧道，阴冷又有一股霉味。明明只有十一个月，可是像隔了一座小山，从前许多次走进这隧道的感觉无法一下子回到身体里来。我在中国的现实里了，三娜又一次跟自己说，还是觉得隔着一层纱。在北京有几次几乎踩下去，总是踩在云彩上，那复合的饱满的兴奋落不下来。这一次又使劲儿睁了睁眼睛，看见墙壁白灰开裂，中间一截给摸得黑灰油亮，台阶也掉碴儿了，覆着一层黑泥。人们背着书包，提着蛇皮袋，把纤维绳捆绑的纸盒箱扛在肩头，很吃力，又似乎干劲儿十足。都换上拉杆箱也没用，这距离不够修坡道，要大规模改建——三娜这样想着，觉得眼前就是历史一幕，想象一幅摄影作品，那画面竟然是美的。审美在道德跟前是自由的，审美比道德来得更早？她感到轻微不安。昊宇回头提醒，——别踩着，谁家孩子这么缺德，在道当中拉屎。一个年轻人从身旁健步走过，背着真正的行李，格子褥单包裹，军绿色行李带勒出深深一个井字，双肩背着，几乎挡住了脑袋。可能是军校学生。三娜指给爸看，她说，打得挺方正啊。

爸看了一眼，说，还可以吧。

声音嘈杂，就可以不用说话。

学校提供被褥，只带奶给的绿毛毯，对折裹在皮箱外面，蒙上旧床单先绑一道，塑料布外面再勒紧。爸过来提了提，说，老姑娘行啊！三娜帮拽着，又紧了一遍，蹲在西屋门口床和缝纫机之间的一小块空地上配合默契。那是完美无憾的时刻，不能停留。拿录取通知书送到火车站去托运，领回一张行李票。行李票，当时就觉得像小说里，青春远行，迫不及待。后来的事情都超出想象。也是因为想象得太热烈，成为常驻的意识和参照，让人变得不自然。去年回来不觉得，这时候忽然想到，以后再也不是学生了——没有这个身份掩护了。这想法扎下去，肉皮都没破，就松开了。即便是失落或抑郁，在轨道上也是轻松的。

从检票口挤出来，人群在落着巨大阴影的站前广场上散开。昊宇说，往这么¹老姑——。广场外一栋尚未完工的建筑，绿色纱围褪下一截，露出淡米色大理石贴面，映着朝阳刺茫茫的。没有窗，似乎是

---

1 往这么，东北话，往这边来。

个商场。陌生的感觉冰凉地浮上来——好像这是世界上随便一个地方，"我"不过是在此时"来到"此地——随即溶进体温不见了。常有这样的瞬间，清楚又轻松，仿佛包含某种启示，晃一下就过去了。三娜也根本不敢相信有什么启示。

车里装了白色棕蓝格子座套，两个屁股印儿溻成浅棕色。可能是爸跟昊宇在照明不佳的中东批发市场买的。设想爸挑选花色，也有他的理由和直觉，可能也觉得有乐趣——想不下去，不知道是因为觉得滑稽和伤感（这是很无礼的事），还是愧疚于自己对爸的无知。

昊宇说，给我奶去个电话儿吧。

爸说，不给她打！让她着急！

昊宇就乐。

爸拿出电话，说，俩未接电话，这是急的啥呢你说说这奚玉珠，喂，赵香玲儿啊，你跟你老姑说，对对，在道儿上了，用不上半小时，二十五分钟吧！

三娜想象妈半躺在床上，侧过头来望着这个叫赵香玲儿的人接电话。忽然有点迫切，想要快点回去。

三娜说，我妈咋样？

爸说，啥事儿没有，能吃能睡，就是不能动弹！嘿嘿。

三娜说，大夫说得多长时间？

爸说，伤筋动骨一百天么，但是我看你妈呀，能躺五十天就不错了。有福不会享啊奚玉珠，过得多自儿啊，在家往床上一躺，看看电视，看看报纸，想起来啥事儿还能打个电话遥控。你看老爸在外头造的这一天天的。

三娜说，累吧爸。

爸说，累倒不要紧的，就是你妈瞎指挥烦人。

爸说着就笑得很高兴。

三娜心里揪了一下。一听说妈摔了腿，她就开始紧张这件事。以前妈叫爸去厨房一起做饭，爸总说，要不你做要不我做奚玉珠。三娜觉得很能理解，妈确实太爱管人儿，只有她自己不觉得——你爸总说我管他，我管他啥了！

昊宇说，我何爷这里里外外的。再有我大姑，我看走道儿都比原先快了，嗖嗖地，跟我奶差不多了，不紧走几步儿都跟不上啊。

爸说，真没想到啊！我大姑娘有点魄力，而且非常务实。

爸点着一支烟，手伸到车窗外。他有时候说，我得感谢我大姑娘，给两个妹妹带了一个好头儿。是对待长子的心情。但是妈说是因为大姐长得像三姑。也只有大姐跟爸亲近些。有一年年底《南华周末》让写回乡记，爸陪姐回大遐，两个人在马场灰黄的土房跟前照了一张合影，大姐围着时髦的围巾，脸冻得通红的，爸站在她旁边高大、严肃，有由衷的喜悦。那是三娜不可能去做的事。她总不想面对他，从没仔细想过，就是觉得尴尬。

汽车从居民区阴蓝的小路开出来，回到明亮宽阔的人民大街。像从水底回到沙滩，空气中有涩涩细尘。正是长春的初秋——一波海浪从旧日涌来，三娜看着它落下去，继而对这冷漠感到满意。

昊宇说，老姑咋样？坐多长时间飞机？

三娜说，十一个半，差不多十二个小时。

昊宇说，也不咋远哪。

爸说，它是那么的，从北边儿走，圈儿小。是不那么的？

三娜心里微微震了一下，想起高中时候有一阵几个男生竞争背诵国家首都，下了课围着墙上的世界地图看。三娜说，爸你真厉害，就是从西伯利亚过来的。

昊宇说，那差多长时间啊，那边儿不得比咱们晚么？

爸笑说，说是早也行，说是晚也行，汉语不精确！

三娜说，反正他们现在还是27号晚上，十一点多。

爸说，人家那是标准时间，零度经线从格林威治天文台穿过么，时间就是从人家那儿算起的。

昊宇说，咋的，这玩意不从哪儿算起都一样么。

爸笑说，那对，地球是圆的。

三娜说，我姐在美国前儿，我们正好一人差八小时，转一圈儿。

昊宇因为想明白也很高兴，说，啊，英国和美国也差八小时，正好二十四小时。

爸没去过外国，有几次说等老了没事儿了想去西安看看。三娜有点故意地想到自己躺在宿舍床上昏沉沉一天又一天——。打了个哈欠，像是要逃开这想法，满眼都是泪，就真的觉得困了。

她说，我姐在家么？

爸说，这都几点了啊孩子？七点早自习，早班车六点二十到物贸。

三娜说，才开学两天就上早自习啊？我二姐也去了吗？

爸笑嘻嘻说，那我可不知道。小二拗子跟屁虫，跟你大姐后头，姐，姐，姐——跟小时晚儿[1]一样一样的。

妈说爸年轻时不知道稀罕孩子——谁知道是谁把你姐带学校去了，三四岁儿自己跑着玩儿呗，你爸正上课呢，你姐趴教室门口喊爸爸，农村那教室不都直接朝院子开门么，也没个走廊儿啥的，你爸横是觉得丢脸了呗，到门口儿一脚就把你姐卷出去了，一点儿不赖玄[2]，踢出去能有五六米远，你大姐呗！这前儿说我最稀罕[3]我大娜了，大

---

1 小时晚儿，小时候。

2 赖玄，夸张，编造。

3 稀罕（xie han），喜欢，疼爱。

娜这么的大娜那么的,不回来就念叨,你爸想你们好像比我还邪乎[1]呢。

三娜不太相信,真是一脚踢出去,怕是得受伤吧。二娜说她五岁来长春,因为没人带,安排到电大院儿里的清华路小学,每天早上跟爸一起坐班车,觉得非常威风。父母子女本来就应该是这样自然的事吧。

昊宇说,老姑去过学校没有?

三娜说,去过。

心里被抓起一团褶皱。一帧画面也没有,就只记得有这么一件事。妈带外贸学院的人去看房子,说让三娜给介绍介绍,"你不是能讲得好一点么","看看自己的作品,看你爸给你盖成啥样"。这句话现在想起来还刺痛,攥紧了不让那针扎进去。妈没有讽刺意味,也许已经成功自欺,认为那房子设计得不错。她对清华大学盲目崇拜,而且向来觉得没有三娜做不好的事。有一次打电话来,问她"前不见古人后不见来者"的作者,妈说是李白,爸说绝对不是、但是一时懵住了。家里有本《唐诗鉴赏辞典》,他们可能不知道后面有名句索引,反正老姑娘就是正确答案。三娜挂了电话还能想象,爸说,我说你还不信,跟我俩犟犟,老姑娘说了咋样——。

爸说,叫外贸学院那些学生造的!光宿舍门就换了八个!

三娜说,那是质量太不好吧。

爸笑说,你没看看多少钱一个呀!

昊宇说,这回行了,新换这个成[2]结实了。

爸说,那个陈兴华不咋地!

昊宇说,那人是皮包公司,现接活儿现找的厂子。你没听他说么——

1　邪乎（hou），严重。

2　成，可。

省实验的老日本楼粉成了刺目的柠黄色，新铺了明艳的红瓦，在幸存的高大的雪松的掩映下，是簇新得意的神气。转过来一晃看见新建的校门，淡黄花岗岩镶嵌橙红大理石，镌刻几行草书，显见是毛泽东书法，不知哪一段。三娜心里一动。她竟然以为他已经被遗忘了。（此处有删节）

　　三娜说，零二四这是修啥呢。

　　从前正对环岛的大门两侧种着大片花坛，永远是仲夏寂静的正午，热火直落，蝴蝶翩飞。

　　昊宇说，修路，东南湖大路。

　　三娜说，从零二四里头穿过去啊。

　　她发现自己完全不伤感。反正心里的东西永远不会失去——真的么？慌了一下，躲过去了。

　　爸说，零二四校长有点骨气！跟李述拍桌子了听说是。

　　昊宇笑嘻嘻说，拍啥也白扯！政府要整你还不一个来一个来的！

　　爸说，可也不亏。

　　昊宇说，那亏啥，这路修好了，这地角儿盖啥不是钱！

　　汽车拐进小区，朝阳正打进来晃到眼睛。一辆擦得锃亮的黑色轿车迎面开出来。昊宇说，这又是哪个当官儿的。

　　爸说，啥时候跟董事长申请申请，咱也买个 A6 开开。

　　昊宇笑嘻嘻说，那可老钱了，像一般的，养都养不起，要不都是公家买了？

　　5 号楼真切地就在眼前了。楼头老干花家的金盏菊依然老而干地开放着。三娜忽然身心迫切，打开车门跑出去。

　　九九年秋天，爸妈在人民大街对面的湖东小区买了一套复式房子。爸特别高兴，打过几次电话专门跟三娜商量楼梯。妈说，你没看这架势兴奋的，跟你老叔你大姨父仨人儿在地上这通划啊，呛呛呛呛差点儿没干起来！寒假回来，爸在湖波路口等着，带三娜去新家，阴天飘小雪，一楼大而无当的客厅非常冷，一点不觉得有喜气。又回来两次，三娜才有点明白过来，他们一家五口在湖边三居室里的生活结束了。后来想到也有点庆幸。好像一张画完成了，应该收起来，保管好，另找一张白纸再来。但是她总也不真的觉得这里是家。新房子陌生，几乎同时，长春这座城市也变得陌生。斯大林大街改名叫人民大街，机动车道扩宽，绿化隔离带没有了，人行道补种一排细弱的小树苗。倒

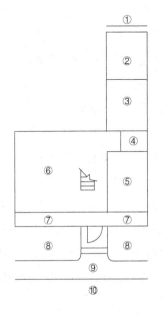

　①北阳台（设煤气灶）
　②厨房
　③餐厅
　④卫生间
　⑤姥姥房间
　⑥大傻客厅
　⑦沦为储物间的长条阳台
　⑧蓬勃杂乱的小果园
　⑨方砖小路
　⑩公共绿地

不觉得路宽，只嫌车多吵闹，尘土飞扬。从前修剪齐整的绿篱里面杂草丛生，花木团簇，高大的白杨和雪松路灯般一棵一棵挺立，春日蓝天下笔直的，一道新绿，一道苍蓝，美得简单直接，充满力量，夏天在浓荫下骑自行车，像在绿色驳金的河里游弋——是成年人与儿童的目光不同，是现实与记忆的滤镜不同，但是现实也确实变了。时代横冲直撞，在北京视而不见，回长春就总觉得是在破坏，不愿意接受，真是自私到了极点。当然新旧交替的这一节也确实难看，像不会游泳的人下河扑腾，只有那胆气压倒一切。小区里也有两片草地，回想起来却总是黑柏油，白瓷砖外墙直戳上去，黑白之间的裂缝里长出野草，蒲公英开着小黄花摇摇的。墙裙和散水哪去了，建筑师哪去了？过去那些年的建筑教育不足以支持爆发的城镇建设，过去那些年的贫瘠生活也不足以滋养成熟的审美趣味——带着这样宏大的历史感，三娜知道自己可以转换出全新的视角，看出这黑柏油、白瓷砖、大片不分格的铝合金窗、蓝色绿色光污染玻璃和刷白漆但是很快生锈的防盗护栏之间，自有它们的呼应与和谐、它们存在的强烈意志——它们的场所精神。一种毫无教养的趣味展示它崭新的自负，令人惊恐。对市场的未经充分反省的几乎是报复性的时髦信念让人期待这从负数开始的趣味自有它无限进化的前程——只是粗劣丑陋的建筑已经存在，还要存在许多年。历史的狂飙是无意识的，仔细想一想觉得非常惊悚——这些想象不过是逃避，是遮挡和装饰，诚实地定睛再看，现场没有任何线索，现场是凝固的尴尬，是乏味的丑陋，不包含任何深思熟虑的心意。搬家第二年春天回来，门前草地上三棵小树已经开花，东边一棵柳叶梅很旺盛，一堆堆烂粉色，染着浓黄的花蕊，脏且满不在乎；西边两棵梨树站在一起，那样枯旧的白颜色，也跟火一样，汹涌着，又冲不破自己的汹涌。三娜记得自己站在窗前看晴天大风，觉得家乡并不记得从前那个家乡，世界无所谓新旧。她只能觉得回忆是懦弱的。

从绿地北边的方砖小路走进来，左手第四户就是三娜家。复式单元直接对外开门，门旁窗下附赠两片菜园。妈随意种了小菊花，蜀芹儿，扑腾高，扫帚梅，杂乱无章似乎更加富于生机。门口有几棵西番莲，东北叫大老丫，妈特别钟爱，在花根儿底下埋瓜子皮儿，灌淘米洗菜水，到十月果然开得壮大而艳丽。妈说，你们要回来带上相机，也给我这花照个相，要不开过就没有了，谁还能记着它！两片菜地加起来还没有客厅大，小姥竟然又种了茄子、黄瓜、西红柿、辣椒、小白菜，只有两垅豆角，也许七八棵，好像也没有施肥，到高峰时候竟然吃不完。门口台阶旁有两棵天儿天儿[1]秧——那是你姥娘专门给你留的，说小三儿乐意吃天儿天儿，你姥娘啊，太稀罕你了，你都不记得了，那前儿摘一饭盒天儿天儿往过捎，到长春都汀乎了，你都不记得了？妈竟然不知道这样说会让人反感。小姥现在是个真正的老人了，中午太阳好的时候坐在门口台阶上拣米虫，拣绿豆，动作非常慢，几乎是一尊超越时间的静物，身后灰铁安全门上贴着春联福字，是鲜明霸道的此刻，又觉得残酷，又觉得越是鲜明就越是虚幻。春联总是被大风扯破，透明胶条粘着红纸头垂在门边。妈忘带钥匙等开门，随手拽下来，一边换鞋一边喊三娜清干净——我要不张罗就都跟没看见似的，这家人家，就没一个上心的！这事可能并没有发生过，但是妈就是那样，抱怨起来也是生气勃勃的，没有一丝阴郁，发起脾气来电闪雷鸣。

铁门进来两边都是加建的窄长阳台，跟所有邻居一样，封闭起来，装上窗，装上铁皮顶，外面再套鸟笼护栏。下雨的时候屋顶特别响，让人怀疑哪里漏了水，并且想起一个形象模糊的失眠的古代人。要在这簇新无情的环境里展开联想，就像要在岩石上播种，要等生活

1　天儿天儿，黑加仑果。

繁衍再繁衍，铺展它的温暖絮碎。阳台上东西很多，两边尽头打了木架，堆着旧纸盒箱，旧衣服包拎[1]，打成卷的浅粉格子小褥子——每一件东西都是虚掩的记忆的大门，也不必推开，匆匆一瞥就知道都在那里。爸请老叔用三角铁焊了一个三层花架，放在客厅窗外，后来也都是堆杂物。印象中家里植物很多，摆进这大房子就像消失了一样。从前三娜她们住的西屋窗台上有一盆奶留下来的仙人球，从来也没开过花，似乎也没有长大，就始终活着，三娜有时候看到它会觉得有一点恐怖。有一次爸妈吵架，爸偏拣这一盆摔了，瓦盆碎了土洒一地，三娜找盆重新栽上，谁都不再提起，搬家过来那盆花就找不到了。吊兰也只剩下一盆，长长的秃茎挂着几片新叶，没人管了。以前二姐回家总要大举收拾，站在书架下头突出的柜面上，托着小碟子小花盆一起拿下来，说，小三儿——，三娜接过来，放在柜面上，红格边儿镶蓝牙子搪瓷小碟子积了脏水，粘着几片枯叶子。姐把书架顶上铺的塑料挂历掀下来，递给三娜，三娜用手攥着，仰着头看姐把事先准备好的新塑料挂历铺上去，压平，边子折直，再压平，跳下来，捋过她手里的旧挂历，扔进垃圾筒，笑，你傻啊，搁手攥着。三娜也笑，看着姐把花盆放到塑料脸盆里，把小碟子拿出去洗净擦干，把吊兰上的枯叶子摘净，浇上水，放在小碟子上，爬上书架，说，给姐——，三娜应声举起来，白绿条纹的吊兰叶子垂在眼前。那是快过年的气氛，书架柜面上散放着小红塑料袋装的柑橘。下午太阳从西窗铺进来，爸妈都过来在她们小小的房间里说话，三娜像小时候一样由衷地对她们家感到满意。

　　搬来那年新买一大盆蝴蝶兰，紫艳艳的像假花，三娜觉得非常触目，在灰黄萧索的冬天里有种侵犯性。但是妈很喜欢，说，你看一枝

1　包拎，包裹。

儿一枝儿的像伸个小手儿似的多带劲！三娜恍然明白，爸妈不仅是爸妈，他们是他们自己，没有义务固守在孩子的记忆里。应该是值得庆幸的事，父母在精神上并没有衰老，新房子里的新生活饱含着人生无尽的潜意识——那简直是一切的源泉。爸不知从哪里看来，贴客厅北墙抬起一个弧形小舞台，对应弧形吊顶，射灯打在背墙上。舞台上供奉着电视，电视两边各摆一只微缩版陶瓷罗马柱。妈说，像啥，屋里摆俩四不像的玩意。爸说，这你就不懂了，老姑娘你看爸这两个罗马柱咋样？三娜觉得尴尬，当然支持爸，又非常内疚，自己过得太好了，踩在爸妈的肩膀上离开了，把他们留在这里，对生活的想象都是贫瘠的，啼笑皆非，千言万语。

　　客厅非常大，一整套宽扶手红皮沙发放下去还是显空，显是新房子。靠楼梯多加一条木质沙发长椅，尺度宜人，样式随和，铺着灰黄斑点的花布软垫、肉胖的小天使衔着普蓝色玫瑰花。难以理解的设计，坦然的劣质感，又似乎与一个极其广大的世界相连。每次瞥见那模糊巨大的影子都立刻别过头去，随即就真的忘了。玻璃茶几一套三只，细金属腿裹一层深红色塑胶，与沙发呼应。玻璃面儿永远擦不干净，摆一盆烂斑点的李子或者小西红柿，搪瓷盆还是原先那两个，妈有时候也说，这盆儿使多少年了！好像最不起眼的人历经时代风浪安然无恙，证明生活在历史传奇之下稳如河床。木沙发旁的高瘦小几刚够摆下仿古电话，金色听筒高高架起，号码按钮排成圆盘，按下去会有小红灯"温馨地"亮起。三娜偶尔也动用复杂的计算终于觉得它是可爱的，同时知道这思维的游戏太轻浮。不管是历史的暗语，还是全面贫瘠的人的滑稽，这观看本身总像是逃避和背叛，必须努力正视的现实混乱无序，新旧不分，亢奋粗暴，超越审美和评判——这样一想就像是要爆炸了，随即死机。

　　大厅东边是楼梯，楼梯东边有一个小门洞，迎面一个洗手间，分开南面是小姥房间，北面是狭长的餐厅与厨房。近年流行把灶台挪到阳台上，屋里就像是开放式厨房。原来家里最洋气的黑色聚酯长方桌瘸了一条腿，搬过来挤在厨房西南角，贴在与餐厅之间永远打开的镶花玻璃拉门上。那拉门两千块一扇，四扇就八千！爸说过好多遍。桌上还是从前的日子，剩菜碟子，酱碗，姥的咸葱叶碟子，剩饭淘出来盛在小盆里，靠墙角拼在一起，盖一张报纸。一张报纸要用很久，总是残破腌臜，菜盘印出油黄的弧线，热汤呵出圆形的褶皱，边上缺了一角，那是拿去垫鱼刺或者肉骨头了。二姐照旧回家就要打扫，到厨房也只好投降，换上一张新报纸盖住剩饭剩菜，同时说，不能细想！油墨有毒！三娜就高兴地跟着笑。她们有许多排演熟练的小小情景剧，既是假的，又是真的，不然不知道要怎么表达。三娜读大学以后再回家就总是置身事外的心情，但是经常也因为那块报纸想起小时候是多么羡慕别人家有个纱布罩子，竹片或钢条弯成十字拱，蒙上绿的或者蓝的塑料纱。心里暗暗比较，还是更喜欢蓝色，蓝色更加宁静，宁静的正午苍蝇在纱布外盘旋，是幸福的温暖的家的等待。

餐厅意外地非常舒服，位于建筑正中，又几乎是封闭房间，像盒子里的盒子，有加倍的内部感和安全感。越过总是打开的玻璃拉门、阳台门、北阳台封闭窗，也可以看见白亮亮的外面。有时人影贴着护栏走过，有时走过的人讲着电话，格外令人心安。饭后碗筷拣下去，桌面擦干净，泡上茶慢慢喝；下雨就更好，起身去开灯的那一下，就是想象中的人生的从容——这样简单的事也并没有真的发生过。想象是多么新鲜轻快！

餐厅东墙打整墙酒柜，兼做博物架，当然其实只有杂物。从前别人送的两瓶洋酒，酒瓶很大，好像是人头马XO，从没仔细看过，下意识就想要回避，因为不知道为什么就联想到广东那边的暴发户，不知道为什么就非常难为情。又有三瓶茅台，盒子都揉皱了，"贵州茅台"四个字认认真真斜上去，有种满不在乎，三娜偷偷地有点满意，希望这包装永远不变，立即明白这是另一种迎合。因为这种非常小的事，也会想起鲁迅说"立于无物之阵"，仿佛那是可能的。考大学那年开了一瓶茅台，给叔叔阿姨敬酒，弯眼睛笑眯眯。知道全是误会，还是忍不住要骗他们喜爱，同时真的感到遗憾，怎么对"好"的想象这么匮乏狭隘，啊，他们永远都不会懂！那时候她真的觉得自己即将起飞，不知道是要落地。又有两瓶郎酒，两瓶剑南春，一瓶五粮液，五六只绿玻璃瓶榆树大曲，给奶上坟去爸喝着好，当地亲戚帮买了两箱。牙签盒，速溶咖啡纸盒，玻璃水杯，小玻璃酒杯，一套棕黑格子花纹咖啡壶咖啡杯——不记得是谁送的，人走了打开看，妈说，拿出来使吧，留着干啥！三娜惊异极了，怎么会这样阔气。连爸也还没喝过咖啡，可能是在小说里读到的，他知道多出来那两件是奶杯和糖盒。当然没有用过。还有仿造的唐三彩的马，石膏漆金小长城，里面有两只棉绒小猫头像的椭圆玻璃镜框，引颈高歌的鹅的形态的玻璃花瓶，每样东西都拖着一段因缘。有时候在余光瞥见旧花瓶的刹那，往日时光像灰喜鹊飞过窗口，屋里黑一下几乎注意不到。过去就没有了，那倏忽而过的梦幻和激醒可遇不可求。

姐去景德镇采访买了一套细瓷茶具，小得拿不住的小茶杯小茶壶上画着古代小孩儿游戏，头发细软扎成小辫子飘着，红的蓝的衣裤晕晕柔柔只有一笔。离家之后才有的东西，就总觉得是新的，没有感情，但是这一套三娜非常喜欢，有时候特意从酒柜的高处拿下来看。古代的富足村镇，中等人家，比如袭人的表妹，就会有那样的喜乐融融吧。

日常生活，人间烟火，是时间之上自顾延绵的景观，几近永恒——永远要吃，永远要繁衍抚育后代。人有树木的一面，自带生存的使命，欢乐和悲哀都有内定的色彩、韵律与姿态。可是充满决定性事件的历史也并不是一个笑话，它的因和果都在生活里——世界只有一个。停在这里固然满意，不过人又并不是树，人到底有没有自由意志。这事想下去要发疯，又绕不开，总是不期而遇。有时候三娜觉得所有的疑惑都引向这个疑惑，或者所有疑惑彼此相连，互为因果，是同一只大象。

三娜知道平凡的生活从来不是那样，人不能生活在淡橘色的永恒里。那旁观的悠远的镜头摇下来，拉近了，都是流逝的波纹和波纹里污腻的泡沫。家里有一个用一分钱纸币折叠拼插的大帆船，一尺多长，甲板栏杆上挂着救生圈。在银行工作的学生送的，还有一个菠萝，两分钱做叶托，五分钱做叶子，叶子总是掉下来。那时候妈在自考办，万瑞新常来咨询，妈看他老实嘴笨，可怜他，找人帮划过考试范围。好像也不为什么，萍水相逢的，只说，这孩子太笨了，咋考都考不过，咋整。当然来家总不空手，拿水果，带鱼，银行纪念币，深秋托着几个烤地瓜；知道爸腰间盘突出，还帮找过偏方膏药。敲门，三娜问，谁？听不见回答。再问，谁啊？很小很小声，我。你是谁啊？我。开门见他脸憋得通红，额角渗出大汗珠。白胖的短方脸，大鼻子，肿眼泡，厚嘴唇，总是有话说不出、憋得着急的表情。有时候赶上吃饭，他说吃过了，坐沙发上等，妈拿点水果，他站起来摆着手说不用了真不用了奚姨。不走，也不看电视，双手合十夹在膝盖里，身子向前探着、浅浅坐个沙发边儿。

妈说是个苦命的人。他爸死的早，有个哥，嫂子特别厉害，心眼儿不好，欺负他妈，更不给他好脸儿。五口人住两居室，他和他妈还有小侄子住北边小间，坐没坐地方站没站地方。他妈是个老实人，儿媳妇当面骂、背后打，打了也不敢吱声，还得带孩子做饭。这故事典型得像是假的，而且当然是一面之词，但是三娜也知道有时候事实比拙劣的叙述还要简陋生硬，狠心的人欺负软弱的人，像是没进化好的动物。妈说，万瑞新那孩子多老实啊，能敢惹他嫂子么，就寻思考个文凭，熬个一官半职，分房子好有份儿，跟他妈搬出去过。上哪找对象去，家里这情况，也不像人家小伙子能言会道的。人真是好人，就是屁股太沉，咋坐下就不乐意走呢——。搬家以后没再见过他。有一次把那菠萝叶子碰掉了，三娜说，妈，那个人呢？妈说，可有时候没来了，这一晃也三十多了，得有孩子了吧，能像年轻时候么有都是闲工夫。妈对这有头无尾的缘分似乎也毫不遗憾，因为本该如此。大帆船赶上妈的好时代，似乎也象征好运，十分珍视，摆在组合柜玻璃柜门里，有时候拿东西碰散了让三娜小心装上，妈在旁边感慨，这孩子，可是好耐心烦儿了！这一个一个叠，容易呢！费多少心思！费多少工夫！趁新家装修，刷了一层透明漆，结实了，也不怕落灰，油亮亮摆在酒瓶子中间，像个赝品。三娜每次想到那些耐心里的感情，就觉得这人世繁花无尽，深不可测。

9

一个高个子女人开门，三娜高喊着，妈！我回来啦！小姥！我回来啦！妈的声音从屋里传出来，说，跑啥跑，还跟小孩儿似的！——叫赵姐！三娜不自觉就更像小孩似的，说，赵姐——，换了鞋跑到妈床边，表演式撒娇式大声说，妈！

妈躺在客厅窗下临时一张单人床上，原本是阳台的位置，在梁架自然形成的大门洞之外，像个玻璃龛明亮安稳。拍床边儿让三娜坐，三娜说，我衣服脏，妈说，不要紧的。三娜忽然看妈的脸，有一个恍惚觉得她老了，立刻抹掉，只去注意她头发很油，显得更少了，贴在头皮上。

三娜说，你这地方不错啊，还能看着外头人来人往的。

妈说，这都是没法儿了，——昊宇啊，进来吃饭哪？

昊宇在门口说，不的，我让王阳给我打了，回去吃。

妈抓三娜手拍一下，说，去洗手吃饭。

爸直接去餐厅了。妈喊，洗手！何海岳！

爸不理她，踏踏踏走去餐厅，三娜看着他的背影，麻木底下隐隐约约地有点难受。赵姐把箱子拉到楼梯口，说，这箱子我拿上去啊？

三娜笑说，不用不用，放那儿一会儿我自己拿。

赵姐六角脸，高颧骨，眼角下垂，可能四十多岁，笑落下去就是平常的愁容。姐写邮件说她"完全不像农村妇女"，有点惋惜。穿一件红黑横条子线衣，一条黑裤子，胯骨很宽，年轻时应该腰身很细，现在也并不胖，但是溜肩膀，微微含胸，走路慢软无力的。

妈说，咋铰这么短个头发！显得脑袋太大了。车上睡没睡着？

三娜说，躺下就睡着了，但是不到五点就醒了，还是有时差。

妈说，得倒几天，你二姐到家得有一个礼拜，你瞅那脸色儿啊才算缓过来。可也缓过来了，可也该好走了——快溜儿去洗手，洗手吃饭。

三娜说，我姥儿呢？

妈说，睡觉呢，天还没亮我就听她咳嗽，不是咋着凉了。没告诉她你回来，不的[1]该盼了。去看看吧，要没醒别招呼她，让她睡。

知道姥听不见，还是轻轻推开门，就在门口站住了。姥靠边儿侧躺，缩着头，上面手臂落到枕头上，伸手掩住额头，两腿整齐地弯着，脚并在一起，还穿着小黑布鞋。房间里有姥身上的味道，三娜预感到许多记忆要晃进来，就有点不自然，而且提前就疲惫了，退出来把门关上。

爸在餐厅端起碗来喝粥底儿，喝完啪地一撂，撑桌子站起来，三娜知道他要上楼去刷牙。爸牙齿不好，有四五颗假牙，吃完饭要拿下来冲干净，漱了口再戴上。他走到餐厅门口，说，你在家休息休息，

1　不的，不然。

陪陪你妈妈，要上学校给老爸打电话，老爸派车来接你——咱家不差那点儿油钱。

桌上一盘煎玉米面饼，还剩三个，一小碗萝卜条咸菜，一小碗蒜茄子只剩一条了，另有一个煮鸡蛋，一碗大米粥，一副干净筷子。"我回来了"，真实感像一个哆嗦来到身体里，定睛一看立即就衰退了，浑浊了，注意力缩回去，仍旧在头脑中空游无所依。真实不自由。三娜说，蒜茄子还有吗？

赵姐说，有。

赵姐过来拿碗，三娜盯着她看，她就笑了，牙齿特别整齐。

叔美跟三娜说一开始有点怕她，因为她一直盯着她看，非常有侵犯性。三娜本来不觉得，听她那样说就有点得意，也不知道是在得意什么。

三娜不太自然地说，咱家今年腌糖蒜了么？

赵姐说，没有吧，那得是春天前儿嫩蒜。

三娜说，嗯，嫩蒜才有一层一层的皮儿。

有一年妈腌了糖蒜，吃完又腌蒜茄子，坛子倒出来又腌辣白菜，从春到秋目不暇接。三娜独自去阳台上掀开坛子检查辣白菜，暗自希望可以每年如此。那是她上小学的时候，妈也许正热情无着，只有跟同事邻居学习过日子。

听见爸咚咚咚下楼，他说，奚玉珠我问你，明天下午教委开会，到底派谁去，是老尚啊，是张义啊。妈说，开啥会呀。爸说，谁知道啥会，要求这几个民办高中负责人去，下午两点到中教处。妈说，你不没啥事儿么你去呗，老尚是啥负责人。爸说，人家是校长啊。妈说，你这话说的，有溜儿没溜儿[1]。爸说，那不得请示么，谁知道奚董事长是啥想法啊。

---

[1] 没溜儿，没正经，没谱儿，不着边际。

听声音并没有不高兴，也不是寻衅，他又大声说，老姑娘啊，爸走了啊。

咣一声门响。妈以前常说，啥门架住[1]这么摔，不带好好关门的，这一辈子就没好好关过门——！现在好像也不讲了。

赵姐从卫生间拿着两块抹布出来，探头说，吃完搁那儿我一会儿下来就收拾了。

她上楼去了。三娜把蒜茄子放进粥碗，端到客厅来，大声说，妈！

妈说，干啥，去好好吃，吃点咸菜。

三娜说，你还疼吗？

妈说，差异了[2]，能挺住，哎呀，那头两天给我疼的！就不用说了！下黑儿[3]啊疼睡不着觉，还不能翻身，一动也不能动换[4]，后背火烧火燎的，哎呀就不用提了。

妈说着眼睛就泛红，向来眼泪来的特别快。

三娜赶紧说，没事儿，一天比一天好的事儿，大夫说没说啥时候能下地？

问过爸了，也只有再问一遍。

妈说，那可早呢！要听大夫的不到俩月不能下地，那我昨天我也自个儿上厕所去了，轮椅给我推过去的，那也行呗，我先头儿都不大很敢吃东西，怕拉粑粑呗，不吃还不行，让喝那骨头汤，那才油呢，也不吸收啊，总想上厕所，你说缺不缺德。

三娜倚着妈床脚站住说，太惨了。从小到大没遭过这种罪吧。

1　架住，禁得住。

2　差异了，好些了，不那么严重了。

3　下黑儿，晚上。

4　动换（huan），动弹。

她设想这种情境下应该说这样的话，其实心里只是烦躁，不知道哪里有出口可以自然地结束这个话题。

妈说，还真是啊！要说精神上苦闷啊，你大姥去世啊，"文革"时候心情不好啊，跟你爸打仗生气啊，都有，但是跟这身体上遭罪可是两回事儿。

三娜继续说，心理苦和生理苦哪个更可怕？

妈说，那还是身体疼痛受不了。我也有些体会啊，你看我这么大岁数了，那也有以前不明白没想到的事儿。我就寻思啊，那前儿你爸腰疼手术，还有那年疼得下不来地你记着不的了，我在边儿上看着也知道是疼，但是总有点儿是寻思他没挺头儿[1]，疼还能疼啥样儿呢，现在我是知道了，这玩意吧，你没经历过你就光寻思那是不能知道的。

三娜说，相当于不养儿不知父母恩是吧。

妈说，对了（liǎo）！

三娜笑说，你这语气咋这么像我爸！

妈笑说，可不是咋的，你不说我还不觉着。不稀[2]像他，烦人。——你上那坐着吃，这孩子站着干啥晃晃荡荡的。

妈指着床脚下竖放的一张折叠床，应该是赵姐晚上照应。

三娜说，我不坐，我这就吃完了。

她端着碗想结束关于病痛的谈话，她说，没事儿，这都是眼瞅着能养好的，就当放假了，又不像是慢性病啥的能咋地的。

妈说，就怕股骨头坏死啊，那就完了，就瘫痪了，要不我天天喝这骨头汤呢。张挺立头两天来了，说问题不大，但是那也得有点儿瘸，瘸瘸吧，我这么大岁数了，没人看。反正也不一定，说要恢复得好也

---

1 没挺头儿，不能忍，娇气。

2 不稀，不屑。

看不出来。因为一般人其实也一腿长一腿短，就是差多差少的事儿。

大姥就是一腿长一腿短，年轻时候从马上摔下来。爸也是，腰间盘突出，右腿神经常年被压迫，不犯病的时候也是麻，非常偶尔撸开裤子，你看这条腿，比那好腿细多少。爸腿特别白，三娜总是有点回避。讲社区规划的老师说，我们平常做设计，潜意识里总以为使用者是完全健康的成年人——，当时心头一震，过后还是以为都是、完全健康的成年人。

三娜笑嘻嘻说，到时候给短的那边儿多垫个鞋垫儿，或者鞋底儿打个掌。

妈说，净扯王八蛋。

三娜说，你这么一直坐着行吗？

妈说，坐会儿行。净躺着了。你把报纸给我拿来，昨天的报纸你大姨给我拿来的有一篇文章挺好我还没看完呢。谁知道了，这腿摔坏了眼睛也不行，看时间长了咋还干巴呢。

三娜说，喝骨头汤喝得上火了吧。

妈说，那备不住。这孩子你看，是把报纸给我拿来呀！

去厨房把爸的碗筷一起洗了，沾了水更觉得手指僵硬。浑身都肿的。在北京两天太累，之前二十天更是救火一样。身体自己知道到家了，松弛下来，麻木应承，思维又特别跳跃。

回到客厅拉开箱子，那两件衣服浮摆在最上面。三娜说，太好了没压出褶儿！

妈接过去，说，不说不让买么，多少钱哪？

三娜说，八百九十八！

妈说，啥玩意他妈的进到那大商场就得翻倍。

三娜说，这样的衣服别的地方也没有啊。

妈说，咋没有，你也混你姐似的，就寻思贵就好呢。这是毛料儿的啊还是啥的，沉兜儿沙棱儿[1]的，现在这玩意整的，都不认得了。色儿也好，我最稀罕这茄花儿紫了，但是咋没有领儿呢，这秃光儿的像啥。

三娜说，你里头不得套衬衫儿么，或者系个纱巾。

妈说，我看看裙子，啊，筒裙儿啊，多大腰儿，啊，能穿，不瘦，这不还有一骨碌[2]松紧带儿呢么。拿叠上吧，今年算穿不上了，等明年春天吧——

爸的外套拆开抖开，三娜说，跟我爸所有衣服都一样。

妈摸涩着说，人这可是正经精纺毛料儿！好衣服啊！多钱？

三娜说，比你那还贵呢，一件儿五百八。

妈说，好，这布料儿啊，做工啊，都好。她把衣服又抖起来，递给三娜，说，啥好衣服给你爸穿都完，用不上两天就给烧个窟窿。去吧拿上去搁他床上，大姑爷买的，你爸可看重这个了呢！你没看你大姐给他买两件短袖儿，到哪都说，我大娜给我买的！你看得多少钱！这架[3]嘚瑟的。

大姐刚工作那年冬天，三娜跟她去《人民日报》社门口的宝嘉超市，给爸买了一套三枪牌线衣线裤。姐做得特别自然，让人觉得完全是出于感情，而不是礼仪。三娜特别感激她。那些被倡导的事本来可以是自发、美好的。姐给她买了一件胸罩，爱慕牌。十九岁还没穿过胸罩，因为平胸不需要，而且也不好意思。妈自己一辈子没穿过，说老姑或者老婶，"穿个大奶罩"，鄙夷至极。

三娜说，哎呀，我啥也没给我爸买，买个打火机啥的好了。

妈说，不用叠那么好，啧啧，你还能装回去？手巧啊！手巧那都不是随我啊，随你们老何家人。

1　沙棱儿，指布料脆爽不黏腻。

2　一骨碌，一截儿，一段儿。

3　这架，这架势，形容后面的行为夸张。

隔窗看见小园子里几株蜀芹儿花，在心头晃了一下，竟然有点失落，好像平白丢掉了一年，——本来也已经不在长春生活。

妈说，这啥呀，哎呀这太好看了，在哪儿买的。

三娜说，这是按女王的首饰盒做的一模一样的。在白金汉宫门口的礼品店买的，有授权。

阴冷的冬天，跟三个中国同学一起出门，穿过摄政公园，看福尔摩斯纪念馆，又去海德公园，巨大的红叶树木笼在朦胧的冷雾中，不知道为什么令她感到非常痛苦。独自走得飞快，想法极速演进，像瀑布直落无止无休，像机器旋转不管不顾。发现自己站在不认得的小路上，等了好像很久，他们三个小小的身影转过街角，远远走来，两个男生探着头说话，刘琳琳离开一点，手插在大衣口袋里，身体向后挺，有点像电影里的人。空气灰暗沉柔，路灯还没亮，似乎与这场景毫无关联，三娜感到无比疲惫，在想象中蹲下，蜷缩着，等着。像冬夜的岩石等着黑色的大海升起。又不可能被淹没，又不可能被带走。总是只有一个头顽固地挣扎在水面之上，那就是我么？不过就是青春的情绪，每一次在现场都以为复杂丰厚又独特，不相信任何人能够理解。——在妈面前的这个人是虚假的么？

妈把那黄铜拼花镶绿色紫色玻璃的手链拎出来，说，哎呀这个真带劲哪！一堆儿买的呀这个。

三娜说，这是在卢浮宫礼品商店买的。

妈说，卢浮宫不法国的么？

三娜说，是啊，我冬天去巴黎时候买的。

啊，去卢浮宫的那天。也是——什么都没发生，什么都没看见——全是情绪。总为浮云遮望眼。

妈比到手脖上观赏，三娜过去给她扣上，胸口脸上热乎乎的，太真切了让人想要逃避。她抬起手来又看，说，太好看了，多少钱？

三娜说，我爸要在家就得说，你咋就知道问钱呢奚玉珠！

妈白她一眼，说，得个几千子！

她笑起来，说，没有！才九十欧元，合人民币七百多。本来就是你的钱。

妈说，更不贵！我有时候寻思咋没人做个花儿的镶石头的手链儿呢，也寻思差不多这样儿的，但是没寻思人这么好，那还得是人法国人会美呗！

三娜用撒娇的声音说，喜欢吗？

妈说，喜欢，太好看了。

三娜说，家里有咖啡吗？

妈说，喝咖啡干啥呀，可是说呢，你咋还不去睡觉啊！快溜儿去睡吧，睡醒了再来黏糊。

三娜说，我不困，我是肿得难受，你看我这脸。我出去买一盒。

妈说，有！你二姐天天喝，谁知道搁哪了，你上饭厅找找去。

一盒速溶咖啡还剩三袋。待会儿出去再买一盒，别忘了。从厨房黑桌子底下拿出水壶，接水烧上，——妈你喝不喝点茶什么的？

妈说，我不喝。刚喝的水饭。我说你呀，哪有这小岁数浮肿的，也没长病也没咋的，肾不好呗，你们家人都肾不好。

竟然就有点高兴，真的有病就解脱了。在楼梯上坐下，腰腿膝盖折叠起来都是棒硬的，倒有种实感。

妈说，浮肿更不能坐地上了，你寻思呢，这一楼可凉了。哎你先把我这手链儿解下来呀。

三娜说，你戴着呗。

妈说，这戴它干啥呀，看刮坏了唔的[1]，哎，对了，还装那小盒儿

1　唔的，语气词，表示一种可能性。

里，先搁这儿，搁这儿等会儿给你姥看看，再给你大姨看看——她们都不稀罕这套玩意，就知道问多少钱——，你咋还不上楼呢？

三娜说，我这不等水开呢么。

妈说，快溜儿去看着去，看忘了，可容易忘了。

三娜说，不是会打鸣儿么？

妈说，打多咎就不好使了。快去！

水壶是买电视送的。东芝牌"背投"电视46寸，要两万块，爸有时会突然很舍得花钱，感受"有钱人"的自由。妈说，能是送你的么，不都在电视那价儿里么。爸说，要不说奚玉珠你烦人，人不送你你不也得买么！那是气氛好的时候，斗嘴有点表演性。

听见妈朝楼上喊，赵香玲啊，看看洗澡机插上电没有？

赵姐说，啊！

话音落下之后就非常安静。站在厨房似乎等了很久，水才烧开了。用一块洗得僵硬的灰抹布垫着水壶把儿冲咖啡，蒸汽嘘上来，几乎觉得冷了。红色半球形瓷杯，带个小小的耳朵，大二寒假跟高芸芸去太阳城买书回来在六路车站路灯底下板车上买的，只要两块钱——连这小故事也寒缩了，像冬夜里的小火苗，越发让人看到黑暗。除非就在自己的火焰里活着，除非自己熊熊燃烧——语言再往下就要踏空。

冲好咖啡端出来，妈说，你过来扶我一下，我要躺下眯一会儿。你是洗澡是睡觉啊随便你，上楼消停儿歇着，别在这儿黏糊了，兴奋。

妈有时候也说自己，"兴奋"，都是带点批评讽刺，因为失控。

三娜说，我确实兴奋哪，这也不是自己能控制的，你把我生得这么容易兴奋我还没赖你呢！

妈闭着眼睛，说，净扯王八蛋，行了，终了啊。我真困了，到点儿了，天天这时候我都眯一会儿。

妈不再出声，挥手示意她上楼。立即就是紧密的寂静，许多未处理的信息，未落地的情绪，轻飘飘挤在一起，一屋子灰白的气球。听见楼上洗手间里搓洗的声音，三娜想等她下来自己再上去。端着咖啡杯站在门洞口，犹豫了一下，开门进姥房间，又把门轻轻关上。

门口衣柜旁有一把黑漆钢架灰呢布面软椅，从前跟黑色聚酯餐桌配套。大姐刚上大学那年冬天，快要过年，爸妈带三娜在百货大楼顶层买的，一套八百块，当时是巨资。妈不喜欢黑色，又觉得太沉不好搬挪，爸说，这你就不懂了奚玉珠，就是沉才稳当呢，飘轻的是啥玩意！到底是因为三娜坚持，认为有"现代感"，像"那个世界"。爸妈带她一起去商店，好像就只有那一次。三娜知道那椅子四角不平，小心坐下，腰塌下来，握着咖啡杯搁在腿上，几乎是安稳的。开着窗，外面白亮亮的，好像时间是在窗外流过，跟这岛上没关系。姥还是那个姿势，也看不出呼吸起伏。红漆花瓶台灯的老式开关坠在她眼前，看得痒痒的。爸特意买的，"老太太半夜起来方便"。姥为放亮儿，把灯罩摘了收在柜子里，白天在秃灯泡上苫一块蓝色旧手绢。三娜知道那手绢上画着猪八戒吃西瓜。八五年儿童节，爸带她去电大游园会，李倩找宝得来送给她。李倩细高个子，大波浪卷发用白手绢扎一个马尾，送她一块泡泡糖——蹲下来伸出手掌，连那亲切都是时髦的。她不会吹泡泡，也根本不舍得打开，上了蜡的糖纸上一个小女孩吹泡泡的侧影，也是扎一个马尾辫，她也羡慕她。一回城妈就把她辫子铰了，说长头发"愚蠢"。可能有点刻意，三娜重又聚焦看那手绢，想象走过去、拿起来、再看一看那图案，当然坐着没动。

台灯旁边是大座钟。大遢泥草屋里靛蓝的霉气扑过来，还没有到鼻子，就散了。夏日的午后小姥打开座钟玻璃门，把小纸片放在钟盘下面的空格里；她在炕上看着，感觉到很重要，但是不作声，过后屋里没人，靠过去，不敢伸手去拿，不敢碰。又怕姥忘记了，随时准备着提醒姥，姥从来没有提起过。那是寂静又略微紧张的时刻，整个人凝聚起来。那种简单的完整再也没有了。钟早就停摆了。三娜记得玻璃门上有图案，原来是椰子树、波纹和白帆。下意识就启动了卫星视角，看见东北平原上一大片白色盐碱地里，一小块绿色草场上，一间找不到的泥坯房里，一只当当作响的座钟上写着"南海风光"。文明的末梢令人悲伤，但是他们拥有想象——三娜心里偷偷说。这算是刻奇么，还是现代文艺扩展了人的思维？她不情愿地想到，当事人可能根本不觉得，悲伤和想象微乎其微，当事人活在自己——的火焰里。心猛跳了两下，好像在肯定自己的勇敢。咖啡早就喝完，身后的洗手间传来水流过管道的声音。三娜看着自己呆坐，想要飞得更高一点看到更大一个画面，想要看到自己不断发散毫无结构的思绪的整体，想要看到这一天、这三四天、这一年、这二十五年——总以为摆在一起就是形式——自动压缩，可以把握。但是做不到，这个野心本身令她呼吸困难，想要逃避。忽然就停下来，不会想了，都堵在意识里。终于听见赵姐轻轻走下楼梯，走进洗手间，拉上门。三娜站起来，听见站起来时身体里的声音，像一个瓶子摇了一下，沉淀物翻上来浑浊了，再慢慢沉下去。这时候出去也不太好，怎么偷偷摸摸的。只能在门口站着，不敢出声音，自己也觉得那画面可疑可笑。脑海里莫名闪过，从伦敦回来的飞机上厕所门口排在前面那个披着褐色长发的女孩。十一二岁，很瘦，光着脚，塞着耳机，侧头看舷窗外，高空晨光耀眼，她脸上一层浅白细小的绒毛。

10

大姐穿浅蓝色衬衫，浅米色短裙，半长直头发披着，像碧浪或肯德基广告里的女人。她在电话里用怪里怪气的声音说，我要转型啦！

她深信自己不可能改变。二姐穿灰色 T 恤衫，紫粉色麻布裙子，可能是跟大姐借的，回国两个礼拜应付一下就算了，三娜自己回长春都是挑不太喜欢的那几件衣服带回来。

她站在教学楼与宿舍楼之间宽阔的过廊上，看姐姐从宿舍那边走过来，两个人不知道在说什么，二姐露出整齐的牙笑着。大姐说，胖胖！二姐说，你这头发咋铰的。当然是不拥抱的，不到一米远的距离，拉一下手，又松开。三娜想感受一下久别再见，只觉得眼前她们两个样子轮廓特别清晰，坚硬光滑，无法附着任何联想。她又一次想到，真实就是这样。

大姐也说，你这发型不行，净瞎搞，去年走的时候多带劲啊。

二姐说，别以为剪短头能酷，根本不行，除非去特别高级的理发店，一般理发师剪出来都跟二傻子似的。

三娜揉了揉头顶，说，这不是正在留长么，本来刚剪完人人都说好。

二姐说，看着照片儿了，有点儿装，还抽烟，太不好意思了何三娜，嘻嘻嘻嘻嘻。

三娜打她肩膀，她就往后一缩。

大姐假装严肃地说，别闹了，学生看着了。

三娜继续跟二姐说，你咋那么烦人呢。

大姐说，嗯、好像又长胖了。

她是故意的，说完就笑。但是立刻落下去，眉头微微皱着。

三娜又一次觉得、这真实自顾自滑过去、简直想伸出手去摸姐一下。她说，有点肿。

大姐又笑，说，你咋也跟二胖似的呢，一说她胖她就说浮肿。

二姐说，我现在很瘦！

她把手叉在腰上，扭了一下屁股，说，你看二姐！小三儿你就不想体验一下轻盈的感觉么？啊哈哈哈哈！

大姐说，行了！别嬉皮笑脸的了！我说话像不像小学老师，嬉皮笑脸——行，你俩先玩儿，我得去找尚校长了啊——。

一个四十多岁的女人走过来，说，一娜啊，王美华老师说，她班学生多出两个跟二班一起住，她想把四个人那间换成六个人的，说都住一块堆儿了好管理。

大姐说，谁还不想住阳面儿，她想跟谁换她自己商量去吧，咱们不管。

大姐说，三娜，张姐。

三娜说，张姐。

张姐笑眯眯，露出一排密实的小黄牙，上下看，说，长得像我老师。

三娜知道自己脸上也是笑眯眯的。

大姐皱眉头，直直看着张姐，半天举起一个手指头说，啊——想起来了，刚才吴莹找我，说她柜门打不开，我忘了她说她住哪屋了，张姐麻烦你查一下告诉张昊宇去给修修。

她说完叹了一口气。

张姐说，吴莹一班的，是不。

大姐说，对。

张姐说，嗯那我知道了，你就放心不用管了，再有这事儿你让学生直接找我就行。一边说就往宿舍那边走。身体微微前探，仰着头，走路很快。三娜想起妈说，抬头老婆低头汉——都不好斗啊！

三娜说，谁啊？

大姐说，回头再跟你说。

二姐在胸前乱摆了两下手，表示混乱说不清，说，哎呀你不知道，可多奇怪人了，哎呀没法儿说，哈哈哈哈。

大姐说，姐走了啊，小胖你跟二胖玩儿会儿，等大姐搞完去找你们。

三娜说，那你上哪找我们啊。

大姐说，上哪还找不着你俩，行了别啰唆了，别站这儿东张西望的，啊，找没人地方眯着[1]吧。

一边说一边走了，几步之后低头，仿佛在看自己的脚。三娜设想那一刻她在自我意识中，那总是忧郁的喘息。

大姐有时候特别像家长，二娜三娜很自觉就幼稚起来。爸在她们离家的时候常说，大娜啊，照顾好你两个妹妹！三娜觉得好笑，这样郑重，只能理解为表演，谁会当真呢。从来没有想过当姐姐是什么感觉。

和二姐拉着手走到前院儿，很不自然地松开了。姐的手热乎乎的。三年级冬天三娜转到光机小学，二姐六年级，大清早下小雪，她拉着她的手过马路，带着保护人的气势。记忆中的人物非常简洁，那心情也像飘落的雪花一样可以观赏。不像此刻两团意识像棉花盔甲罩在身上。

前院儿铺了方砖，两旁种花圃，花圃后面小小的几棵雪松，留足了间隔，那来日方长的意愿有点让人心酸，轻轻酸一下就过去了。扑腾高开得五颜六色，又涩涩的仿佛有一层灰尘。从来到处都是这便宜的花，一走一过就有许多往事的虚影，像清风拂面。那一小会儿的愉悦诱人要往深静处落下，但是立即就像是作假，像是表演给自己看，烦躁如期追上来。三娜说，姐你知道么，伦敦没有蚊子。

姐说，西雅图也没有。外国那种草皮跟地毯似的那种都不是自然生态，你没看天天得洒水么。

快毕业的时候清华也铺上了那地毯一样的草坪，骑自行车路过喷水柱能看见小彩虹。那美好令人不安。不能以平常心看待，仿佛是一种背叛。

校门关着，一个矮胖的也许五十岁的男人从收发室走出来，说，出去啊？姐说，不了，看看。马路对面野草丛生，没有人迹。过来的

1　眯着，不引人注意地待着。

时候昊宇说要建一个超大型冷库，——等贷款呢，谁拿个人¹钱做买卖啊这年头儿。这还行呢，里头还挖了一个坑这么的看不着，像那一般倒地皮的，比划都不给你比划啊，买来就搁着等涨价。都政府有人，不的²根本买不上。再说让半年必须动工，人仨月就倒手卖出去了！像我爷我奶这样买了地自己盖的，整个高新区也没有第二家！三娜总觉得这些事跟自己无关，但是听了立即觉得自己家亏了，而且在致富的竞争中要落后了！那遗憾又像生气的感觉清楚强烈，甚至都并没有意识到自己跟这疯狂欺诈的世界里的其他人没有任何分别。

矮胖男人并不进去，手插兜站在门口看着。姐拽三娜转过来，她几乎是下意识地低下头，但是已经瞥见那张广告牌，高高挂在教学楼侧墙顶端。过来路上远远就看见了，姐妹三人都被P上博士帽，旁边大红字写着姓名学历。三娜说，不都招生结束了么，跟妈说摘下来吧。姐说，假装没看见得了，过两天就走了。三娜说，你不知道老叔的事么？姐说，知道，快别说了，真是受不了。

暑假二姑来置办食堂，老叔来帮忙搞水电，看见这宣传牌，晚上跟爸在食堂喝酒，这算咋回事儿啊三哥，啊我三嫂是董事长，完了一娜她们仨是董事，三哥你在这个家算是打工的呗！爸回来就不高兴，后来因为别的事吵起来，说，旁人都看不下去了！妈说，那旁人是谁？是不何海峰！不是何海峰就是何艳荣，要不就是董延力！妈心里有数，别人不可能说这种话。爸大概是怕影响二姑，还要在食堂一直相处，就承认了是老叔。爸一到吵架就说不上去，总不是妈的对手，憋到最后急了，凭空发火，更显理亏。妈永远最委屈，最无辜，在电话里越说越激动，这不是挑事儿这是干啥呢？我当董事长咋的，钱是

1　个人（gé ren），自己。

2　不的，不然。

我挣的，地是我买的，办学执照写的是我名儿我是法人代表，我不当董事长谁当！他何海峰算老几轮到他伸个臭嘴来瞎戛戛，喝两口酒不知道咋地好了！是为你三哥好哪！挑唆人两口子吵架！不的你爸也动歪心眼子，问我多少遍，这学校到底是谁的！那不他盖房子有功了么！我还嫌乎叫董事长砢碜呢！咋那么砢碜，董事长，谁一说这几个字儿我就犯膈应[1]！那不聘人家尚方达当校长了么，要不我还不想当这个董事长！他们哥们儿这么作[2]我还非当不可呢！三娜记得自己坐在宿舍飘窗上，举着电话离开耳朵有一点距离，心里像是有一道铁闸放下来，一丝褶皱都不起，以为一句都没放进去，这时候回忆起来这样清楚。挂了电话很久，她发现自己趴在床上，正在想自己这一年花了妈妈太多钱了。可能就是懦弱的人不能持久的恨意，想划清界限。

楼里上课铃响，问姐，几点了？

姐说，第三节，三点二十。

操场南边栅栏外有三四排大杨树，可能是从前田间的防风林，刚坐车从那边过来，马路也是油黑崭新的，还没铺人行道，公交站牌歪立在树下杂草里，一个等车的妇女站在杂草中织一件红毛衣，秋天午后的阳光直白地照着。那一晃而过的画面在三娜心头激起了眷恋之情，不理解是为什么。也许是不舍得理解，理解是一种消融。跟姐顺着操场跑道走下去，心里那些细小褶皱渐渐舒展开。秋阳斜落在教学楼大片玻璃窗上，静谧中有点刚强力量。只有一楼教室开着几扇小窗，低矮谦卑，更显得高楼空寂四野旷荡。一丝风也没有，女教师的高声像水中的刀尖儿，远远的，一下一下捅上来，几乎是抽象的。三娜想得出那严厉的隐隐有怒气的表情。继而听见齐声朗读，因为都是女生，

---

1 膈应，恶心，生理性反感。

2 作（zuó），无理取闹。

声音不够一个"朗"字，但是也非常明亮而富有弹性。西边听说是动画学院，还没有启用，这边先种了两排圆柏，圆柏后面铁栅上晾着两床被子，一床黄粉条子还挺好看的。三娜想起四年前在相公镇支教，晚饭后他们四个"老师"出去散步，沿着田埂走出去很远，遇见一个人赶着两只羊大概是回家，过一会儿又有一个女人骑着自行车远去。暮云低垂，灰纱几乎是在眼睛里落下，草里藏着闷热的虫鸣。没人说话的时候，三娜心里看到广阔的田野里那几幢黄泥堆的平房，早上学生聚在教室门外，每一件颜色衣服都触目。疑心学校收了钱，不然为什么有人没来。四十几个人，还是觉得不够热气，像一丛篝火，离开两步远就凉了。

问姐，都是农村的吗？看着很惨么？

姐说，谁知道了咋整的，闹不闹挺。大姐可真行。装得贼像！

三娜说，她是真的能应付得了么？

姐说，好像也行，别人好像也不知道她是装的。哈哈哈哈。走啊，咱俩上实验室打扫卫生去啊。

三娜说，你疯啦？

姐说，昨天送来好多仪器，还没拆呢。

三娜有点高兴，这样早早装备了实验室，比较像是兑现了招生简章上的承诺。她根本也没有看过招生简章。

三娜说，你去收拾了回头别人找不着。

姐说，爸让我登记，你不用管，我收拾，你看着就行。要不待着干啥。

三娜故意说，那你得让我坐着。

说完觉得有点生分，不知道怎样亲近，才会这样刻意。

冬天昏黑的下午二姐打电话到上地，说到一半，三娜你是不坐着呢？你给我站起来！舒淇的减肥方法就是站着你知道吗？我都没要求你蹲马步呢，莫文蔚人家蹲马步！

三娜说，西雅图好么。

姐抬起眼睛，说，还行，到处都是海。

又说，但是也没啥意思，就那么回事儿呗，跟我也没啥关系。

三娜说，这个在哪都一样。长春又跟你有啥关系。

姐说，不知道，说不清楚。

像是要掩饰什么，又像是忽然来了兴致，姐说，有个女生叫唐月颖儿，又黑又胖，起个英文名儿叫 Michelle，以前生物技术系的，到美国就转生物统计了，好找工作，在北大我就知道她，也住四楼，在走廊儿看着谁都叫亲爱的，还有些肉麻女生管她叫小影子，啊哈哈太可怕了，一见面就拷住我胳膊，说，二娜，我觉得你特别会打扮！穿得像个美国人！贼直白。也不咋烦人，就是喜欢讨好人，跟你似的。图啥呀你们这些人！过春节组织联谊会，一天十几封群发邮件，谁说句啥她都回，假装很幽默，我本来看她怪可怜的想对她好点儿，春天的时候忽然就信教了，宣布跟一个教友结婚，写得像公开信似的，谁知道了，贼肉麻，幸好是英语，英语我都不好意思看。她男朋友，不对，她老公——哈哈哈哈，你看二姐厉害吧，啥都敢说，就是我们系下一级的一个男生，广西农村的，特别特别穷，一直到毕业还穿军训时候发的军装，又瘦又矮，总是这样式儿的，低头斜眼睛看人，好像心里很阴暗的样子，当然也可能是自卑，怪可怜的，谁知道了，拍婚纱照，唐月颖能给他装下，然后那些人还都夸，郎才女貌！咋想的，咋能说出口啊！谁信啊！唐月颖儿特意到加拿大去烫的头，算上机票还是比美国便宜，她说，我是蓬发基因，必须得拉直，拉直了还是满满一脑袋，哎呀贼惨，幸好婚礼那天我去周泽那儿了，我说是提前订的便宜机票不能改都贼能理解那肯定不能浪费啊。昨天又收到她邮件了，群发的，又开始吃全食了，礼拜天要在家里搞全食 party！你说说，还真有人去，估计都是去蹭吃蹭喝的，留学生你不知道，听说哪有 seminar，都拿饭盒去装一下子小点心回来。

三娜说，啥是全食？

姐说，就是要吃苹果连苹果核一起都吃了。你说咋想的，学这么多年生物！

三娜有点高兴，知道姐其实是在谈论那个深渊——平时她总以为二姐倾向于认为那些事都是三娜和大姐她们谈论出来的，说就有不说就没有，是伪造的思想，人格的装饰，出于增加魅力吸引他人的虚荣心。

三娜说，其实还挺典型的，对人特别热情可能也是为了自我泯灭。

姐冷笑说，又来词儿了，快别分析了，别说这些了。

三娜说，你是突然想起来怕我发疯吗？我不可能的，要是能那样没准儿就好了。别人看着可怜闹心，自己没准儿很爽呢。

姐说，你敢，我揍你。

三娜初中写过一段日记，人生到底有何意义？很激动，好像不知不觉前面忽然就是狂暴的大海，只想欢呼大叫，只想叫人来看，天哪我见到了海！那兴奋遮掩了恐惧。时隐时现的被观看的愿望让人变得不自然，她也有点知道自己拿腔拿调，并不是完全真诚。日记本埋在衣柜尽里边平常不打开的包拎里，有一天伸手去摸，怎么都摸不到。二姐说，你找啥呢三娜？惊恐又恼火，几乎要哭了，——给我！二姐笑嘻嘻说，给你啥？眼泪在眼眶里打转，急恼恼，——给我！大姐也过来了，说，你给人家吧，二胖。二姐说，我什么都也没看见，我看见的其实都是幻觉，连我自己都是幻觉！——后面两句是三娜日记里的话。她抄起缝纫机上的羽毛球拍扑杀过去，想捂住姐的嘴，想要她没有说出那句话，像小儿童大哭大闹，想要改变已经发生的事。

三娜说，你不用担心，我这么能自嘲，别说发疯了，简直都无法化身人形儿。

姐说，别说说就跟真的似的！语言这东西！

三娜说，但是你能不用语言思考么。

姐说，这些事不是靠思考的，其实都是自己本来就知道。

三娜说，如果是那样的话，如果有个本来的话，语言不就只是一种释放的渠道么，那又有什么好担心的。

姐说，这就好像一个痘，你越抠它越发炎越大。

三娜说，那你得首先坚信你不抠它它自己能好。

姐说，不跟你说了。你看你又兴奋了。

三娜说，我觉得我可能就是有很多情绪啊什么的，然后又不会唱歌也没有其他方法，就只能通过假装的思考释放掉，可能就跟小时候背诗似的，不应该把朗读的或者思考的内容当真，促使它形成的那些情绪愿望才是真的，是可以顺着这个思路好好想想。但是姐你说我多可怜，都是因为小时候你们偷看我日记导致的我这么压抑，我本来是一个站在讲台上背革命烈士诗抄的人啊，我现在要是能那样可能我就好了。

姐说，你想咋的？想坐北大西门儿草地上背海子啊。哎呀，我都不好意思说出海子这俩字儿，咋想的，叫海子。

三娜说，人都死了，这么说不太好吧。

姐说，你知道大姐在《英语六级词汇》上抄诗么？

三娜说，知道，"一只蜘蛛爬过我的脊背，我有太多的时间对着大地出神"[1]。后面还有一页，在右边，上面空白的地方写着"酒神精神"，你看着了没有。

1　"一只蜘蛛爬过我的脊背，我有太多的时间对着大地出神"，西川，《芳名》。

姐说，看着了！在T或者S附近。哎呀，我可说不出口。我那时候就怕人看着，完了展顺芬还跟我借，我又不好意思不借给她，不是竞争么！

三娜说，二姐你太惨了！

姐说，你不知道，大姐是我们宿舍女生偶像。

三娜说，大姐跟李石在一起之后就不那样了。她那时候不是爱沈曾么。

姐说，对，沈曾，太烦人了。大姐半夜来找我，站走廊里哭，哭哭就蹲那儿了。走廊里好多人，都是上晚自习回来，要出去打热水，时间很紧！都走得很快！我就站那儿，你说我能咋办。哎呀你都不知道。跟我上自习，在文史楼，座儿可难占了，都是背托福GRE的，她拿一本《世界美如斯》，别提了。

三娜说，李石不是讽刺大姐专门爱诗社社长么。

姐说，真烦人，总像能看透别人似的，说一些好像很聪明的话，我看也有点装。

三娜说，那你说咋样才能算不装呢。

姐说，像二姐这样呗！

稍微严肃了一点，又说，你说，人咋能忽然说变就变呢？

三娜说，你说忽然信教啊？

姐说，包括大姐。为啥要来搞学校啊？

三娜说，不知道，你有时候会想成为别人么？

大姐跟李石谈恋爱之后，就再也不好意思搞文艺那一套，而且忽然发展出王小波的女主人公的那种活泼。现在又回长春来表演成熟世故。在三娜看来都是一回事，有一种彻底放弃的无所谓、虚无。当然这话不能说，太难为情。

二姐说，我有时候想要是能不学生物就好了。但是我也没啥爱好，像画画，我挺喜欢的，但是其实没有那么喜欢，而且画得也不怎么好。周泽都比我画得好。你看过周泽画的驴么，特别好笑。

走进教学楼东侧的角门，光线忽然暗下来，三娜心里咯噔一下，感激姐把话说破，但是不忍心接下去。那时候只是听说生化系录取线最高，毕业容易出国。姐一进大学大家就意识到她很痛苦，没有人开口劝她转专业——仿佛那是屈服。转眼她已经学了九年。姐拽着三娜嗖地越过一扇打开的教室门，转过来迈上楼梯。教室里一个洪亮的男声说，"改革开放的总设计师是谁啊，总设计师说了，科学技术是第一生产力，那么在科学技术当中，物理，可以说——"姐像妈那样捏三娜的手，回头嘻嘻笑，小声说，没准儿有些贼笨贼认真的女生还往本儿上记呢，写错一个字儿就用涂改液涂掉重写。

会议室双扇门紧闭着，有人慢声说话。凉鞋踩在瓷砖地上哒哒地响。姐径直走到校长室，推门进去，在办公桌前挨个儿拉抽屉。

办公室跟教室同跨，显得窄长。门口一半是会客区，黑色皮革长沙发，木色贴皮茶几，对面两张软垫折叠椅。折叠椅背后是大写字台，高背黑皮扶手转椅。桌旁有一个支形衣架，往里两只玻璃门书柜直到窗前，棕色横条子化纤布窗帘掩着。书柜对面一张单人床，铺蓝白格子新床单，被子叠得整整齐齐，盖着水橘色提花毛圈枕巾，倒不旧，但是那水橘色啊——。以前听说电大校长办公室放一张床，妈说哪个单位领导都是，三娜觉得无法理解，废寝忘食？疑心是延安作风，传下来成为公仆的装饰。爸从来看不起校长，但是也许羡慕这特权。三娜坐在沙发扶手上，被这些具体压住，知道这是爸的新生活，雄心一丝不苟。爸快六十岁了。她从不相信这个学校会成功，只是不肯面对，因为那悲观的核心是爸妈已经老了，渐渐失去勇气。可是他们仍然比我强，我简直是非要做个弱者不可——三娜全无悲哀地想到，甚至有轻微的下坠的快意。

姐说，肯定就在这个抽屉里。

那抽屉锁了，能轻微拉动——总是质量不太好。

三娜说，爸应该就在那屋开会吧。

姐说，你去啊，我可不想去，烟咕隆咚[1]的都看着我。

她开始整理桌面，拿起烟灰缸递过来，说，去刷一下。

走廊里阴凉凉，新刷过的墙煞白的，有股粉尘味儿。厕所门口还是有点臭，灰白色塑料标牌已经开始掉漆了。水房倒很宽敞，水槽镶着白瓷砖，积薄薄一层湿，十分静谧，没有一个龙头漏水。北窗开着，透进灰紫色的冷气，走过去正看见后院儿，也没有人，食堂后门开着，蓝色塑料珠帘纹丝不动。几乎是下意识地站直了退回来，因为还没过去看望二姑和老婶儿。放开水龙头刷洗烟灰缸，同时想起刚才那一瞥，强烈的阳光把雨棚的阴影打在橘粉墙上，那美与寂静的感觉，在嘈杂人事驻扎的此刻难以处置，它是不恰当的，但是它是来自伟大的永恒，对人间的一切都没有分别心。

姐用卫生纸擦桌子，抬头说，水房有拖布么？三娜说，没注意，好像没有。她接过烟灰缸，擦干了放下，说，算了，有也贼埋汰。又另撕一叠纸，从一次性纸杯里倒出一点水来沾一沾，擦那把黑皮转椅，说，这啥破纸啊。三娜过去看，黑皮面上沾了许多白色的纸毛，她说，还是新的呢，能有多脏。姐说，你看这缝儿里，全是灰。三娜说，那不是也擦不着么。姐说，你帮我一下。两个人合力把椅子反扣在地上，三娜扶着，姐使劲儿拍打。

姐有洁癖，床单铺得一个褶儿都没有，三娜小时候喜欢坐被垛，喜欢趴床上看书，都不行，指使她洗抹布倒垃圾，不情愿，但是也没办法。后来姐说是因为担心爸妈吵架，总想在妈下班前把屋子打扫干

1　烟咕隆咚，形容烟气腾腾。

净，也许妈心情好些。小孩儿那种全力以赴的心情想起来真是难受。但是显然不足够解释洁癖，三娜和大姐都没有。三娜有时候疑心自己特别不能忍受别人自欺与此相关，那时候听多了爸妈吵架，每听一句在心里纠正一句，累积的愤怒始终没有释放过。也许像一团老火，不论什么时候一点就着了。这说法也非常诱人，三娜从来不敢相信，命运怎么可能这么简单，人的那点智力太自大了。而且那也太悲惨，所有的丰富曲折都缩陷成一个偶然的事故，像个笑话。她宁愿相信人的内心有幽暗的神秘，真正的主人像山洞里的黑衣人，一切的歇斯底里都不过是它的面具。当然也并不相信。

三娜说，咱们去食堂玩儿啊，我是不是得去看一下二姑。

姐说，有病啊，假装没来不就得了，你那么主动干啥？

三娜说，要是碰见不是不太好。

姐说，碰见再说呗，就说才来呗。二姑跟我生气了你知道吧。

三娜说，我知道，爸生气了么？

姐说，不知道，没有吧。要去你自己去吧，我可不去。

二姑承包食堂，三娜在英国听说了都头皮发麻。大姐也是怕以后有矛盾，说还是签个合同，两边都同意了，妈让二姐起草，二姐多加一条，"承包一年且只有一年"，二姑非常生气，哪有这样的侄女！可能本来以为侄女会偏向姑姑，都是老何家人？——这预期想想也心酸。当然她想不到三娜她们内心深处觉得所有亲戚都威胁爸妈和睦。

三娜说，那算了，就在这屋待着吧，等大姐来再说，我也不想自己去。

姐狡黠地笑，你不是假装活泼可爱么？最能装了何三娜！亲戚不都喜欢你吗？哈哈哈哈。

三娜说，你不是也假装自己最虎。

姐说，是，你看我省多少麻烦。

又说，我反正不在乎，别人喜不喜欢我无所谓。

三娜说，别吹了。

姐说，不是吹，我从小就没有朋友，就知道大人都不喜欢我。

三娜说，你这也太夸张了吧。妈本人就经常公开表达最稀罕你。

姐说，妈说这你还当真啊。妈稀罕谁啊说实话。我看也就稀罕小姥，或者还有小哥。

三娜说，你不是最讨厌说这些了么。

姐说，不说是不说，但是难受的事儿我心里全有。你不知道，二姐心里有个小盒儿，里头一下子蟑螂，我都不敢打开。

三娜说，咦——，瘆人！

姐说，算了，姐给你讲点有意思的！董向男穿尖头皮鞋你知道吗，就是那种盖盖鞋，肯定出门儿前用抹布擦过，油光锃亮儿的，鞋头贼尖，溜瘪，然后后面脚贼胖，突然挤的一个脚趾头一个脚趾头的，啊呀哈哈哈哈，等待会儿你去看一下！

大姐推门进来，说，说啥呢，笑嘻嘻的。

三娜说，散会啦。

大姐说，差不多。哎呀，熏得我好恶心。

她绕过桌子，走到里面，在二姐刚整理过的单人床上躺下，然后说，哎呀，还是一股烟味儿。

二姐说，你咋的了。

大姐说，可能要来例假了，有点头疼。没事儿我躺一会儿就好了。

二姐说，你喝不喝水。

大姐说，不用。不用管我。等我休息一下，咱们先回家吧。

王阳把金杯面包车开到方砖小路的路口，说，不用上医院么大姑？

大姐说，不用，快回去吧王阳。

听声音还有点精神。

二姐站住看着大姐，说，你咋样？晕车了吗？

大姐说，我跟你似的！没事。

三娜说，我去给你买药吧。

大姐说，我有，你俩不用管。

姐在上地的书桌附带一层搁板，上面永远放着一盒乌鸡白凤丸。总是疼了才想起来吃，桌角一个打开的小白球壳儿，三娜把蜡封揭下来捏着玩儿。想起来就是来暖气前阴冷的秋天，她们围着电暖气在姐那屋看书，其实也看不下去，杯里的热水转眼就凉了，像是独居在荒原上。那情境轻轻拂过，心里一下就冷硬起来。现场都是浑浑的，回忆起来才能确认是痛苦。立即就躲开了。

老干花家白色刺绣纱帘照旧拉得严严实实。小园子围着绿漆铸铁矮栅栏，贴边儿整整齐齐一圈儿万年红，中间儿密密实实的金盏菊，平整得像两块花地毯。二姐瞥一眼，说，咋整，跟市政府似的！都大笑起来。大姐说，二胖最坏了！笑声落下，露出傍晚之前那一段空白时光。三娜回头看姐，觉得有淡灰色的秋意。好像起了凉风似的。有一些瞬间忽然如画，并没有任何启示。审美是即兴的乐趣，比如举起相机，就有一个画框。

赵姐开了门，探出半身等着，淡金色的阳光正照在她脸上，她眯起眼睛，倒像是在农舍门口。三娜赶紧笑，想到自己会在不知不觉中熟悉她，那过程完全无法观察，就像肉体衰老——你不知道自己是如何运行的。妈说，笑啥呀这么高兴！正要打电话让你们回家吃饭，刚送来那些鲫鱼!

　　大姐直接上楼,三娜跟妈说,我姐来例假了头晕恶心。

　　妈说,这可咋整,肚子疼啊?

　　大姐说,没事,就是有点累,昨天也没睡好。我眯会儿啊,吃饭也别叫我了。

　　妈说,吃乌鸡白凤丸!

　　妈说,热水袋在你姥那屋桌子底下那柜门儿里呢。冰箱门儿上有一口袋红糖,你去,给你姐冲点儿。亏气亏血啊这孩子。

　　二姐立刻转身说,我去。

　　小姥端一只小碗,从餐厅走出来,跟二姐在楼梯后擦肩而过,二姐伸手在她肩上抚了一下,像带着重大任务一样匆匆走进小姥房间。小姥回头,又转回来,高兴地笑,这老二拗子!三娜走到姥面前,姥笑呵呵望着她,把碗放她手里,推过来,碗里半下子剥好的黄菇茑儿。姥带点自嘲,说,还乐不乐意吃菇茑儿了?三娜趴她耳朵说,乐意!最乐意吃菇茑儿和天天儿!姥身上有浓郁的老人味儿,可能是小时候闻惯了,三娜觉得温暖沉稳,一刹那有如归人。姥又说,不吃些洋玩意?都吃啥?三娜跟妈说,我小姥儿更能讽刺人哪!姥说,吃了姥娘再给你剥,哎呀造那老些呢。妈说,王淑萍拿来那老些,给你大舅送去一兜儿,还有那些都吃不了,也不咋好,不少烂的呢!这孩子虎的你说!菇茑儿那玩意还能搁了!三娜心里乱糟糟的,但是在一个明净的间隙里忽然觉得像红楼梦——有人来家送吃的,又分赠给亲戚。不禁就要浮皮潦草地抒情,细细琐琐覆盖着时间表面的小事啊,绵密得像被子一样令人眷恋——像被子一样令人想要掀开。

　　小姥甩开三娜的手,向前摆,——我个人慢儿慢儿的。

　　三娜坐妈床儿,妈说,我刚吃了,吃多拉肚子,你也别多吃。

　　三娜说,拉肚子最好了,坐飞机倒时差,根本不拉屎。

妈拍她手一下，咋那么埋汰人[1]！挺大个姑娘。

二姐端着那只五彩凤凰图案白瓷杯上楼，三娜看了一眼她的背影，接通无数往事的杯子，连同往事本身、人生、自己，都在一个瞬间陌生、并清晰起来，几乎眩晕。这感觉也常有，总是快得看不清楚，像电影错了一帧，又像是暗示神秘——时空之外，生命另有一个维度？也就挡在这里了，是推不开的门。她总是要想到不可知才觉得踏实放心。

她说，妈你知道么，美国有一个大学的校长，我也没记住是哪个，反正好像很有名的，在迎接新生的演讲里说，每天有两件事是重要的，一是阅读圣经，二是大便通畅，前者保证你的灵魂健康，后者保证你的肉体健康，我不骗你，真的。

妈说，可别扯淡了！大学校长还能说这话！还当着学生的面儿说！净瞎编！不是你编的就是那写书的人编的！我可不信！

三娜说，那肯定是因为你大便通畅，不能理解拉屎这件事的重要性。

妈也笑了，说，越说越晒脸[2]，不让说非说。

又说，谁知道了，咱也没这问题，咱也不能理解，你奶那时候就是啊，总吃香蕉，喝蜂蜜，自己说，我这大便干燥啊——

妈模仿奶拖长腔的声音，自己就非常乐，她只要模仿人就非常乐，今天又似乎心情格外好。

小姥终于挪到跟前儿，看三娜手里的小碗儿，笑起来，呛[3]了了？这老胖子！拿给我。

三娜不给她，站起来趴她耳朵说，不吃了，要吃我自己整。

姥摇头，拿过小碗儿，回身又往厨房去。

三娜说，王淑萍上哪去上班了？

1　埋汰人，此处指让人感到脏。有时候是侮辱人、往人身上泼脏水的意思。

2　晒（sài）脸，越说越来劲，有点撒娇式的挑衅。

3　呛，吃得慌忙。

轻轻关门声，二姐下楼来。

三娜望着她，妈侧头说，喝没喝？

二姐说，能喝么？说恶心要吐。我看她好像得了美尼尔。

妈说，那也备不住啊，忙的，一忙事儿一多，心烦恶心，就像有点美尼尔似的呗。我有时候忙大劲儿了也那样。这可咋整，这不是替我遭罪呢么，我是干着急啊。

是平常的陈述的口气，但是眼角就有几滴小眼泪。她的情绪来得非常快。铁球坠了一下，又落不下去。语言之镜忽然照见这恐惧：妈做不来弱者，远远地有模糊的怒气，早晚要发作。三娜在伦敦听说妈骨折要卧床，立即浮现的不安就是这个，并没有余心真的担忧她疼或者为学校的事着急。但是她在电话里说，妈你着急吧！——作为对自己的掩饰。

小学时有一次妈翻吊柜，让三娜扶椅子，没有扶稳，妈下来时脚被椅子腿重重踩了一下，三娜立刻大哭起来——不赖我！不赖我！是你没站稳！这事也成为家庭笑话，都说三娜最逗了！后来她学会抢先说对不起，甚至抢先关切对方，其实是一回事，只想着自己。

在短暂的寂静中听见二姐在厨房用压低但是响亮的声音说，你去歇着吧，我挑得快！

妈说，你去跟你姐说，让你小姥慢慢儿整，好容易有个营生有点意思。

餐厅竟然开着灯，桌上一大堆菇莛儿，一个铝盆儿，小姥跟二姐俩人正挑烂菇莛儿。

三娜说，妈说让你进屋歇着，让姥自己慢慢挑。

赵姐坐在厨房地中央的小板凳上打扫鱼 [1]，抬头乐呵呵地说，嗯呐

1　打扫（dá sao）鱼，指清理鱼鳞内脏等。

二娜，人我大奶这是个乐儿，让你给抢了你说说。

二姐扑落扑落手，趴小姥儿耳边说，你自己慢儿慢儿玩儿吧！

小姥儿笑呵呵点头，刚才那小碗早装满了，推给三娜，——老外孙闺女吃！

三娜拿着吃起来，走进厨房蹲下看鱼，没话找话说，这是鲫鱼么。

自己也觉得装得过了，可能赵姐都觉得尴尬。

赵姐说，嗯呐，晚上炖点儿茄子。

三娜说，不是说鲫鱼炖豆腐么。

赵姐说，姆们农村要是赶上夏天晚儿都是搁茄子，没有茄子搁粉条儿。

三娜说，哪来的？

赵姐抬头笑，我也不认得呀，好像是爷俩儿，才刚送来的。

三娜趁机站起来，说，我去问问。

她用刻意的自然的大声说，妈，谁给拿的鲫鱼啊。

窗外一个男人走过。三娜在赵姐小床坐下，看见那个人黄蓝条子T恤衫背上有一大块橙黄色的日光。她知道她已经完全失去控制，这状态也很熟悉，像无人驾驶的高速火车，但是在安全的轨道上。意识像即将断电的探照灯，不定时一闪一闪，照到偶然的东西，立即熄灭了。

妈说，是你小哥的连乔儿[1]认识的这么一个人，求我给他办事儿的。咋的你问这干啥。

三娜说，不咋的，办啥事儿啊。

妈说，这说起来就复杂了，他有个弟弟，弟媳妇儿得病死了又找一个，完了他这侄女吧就跟这后妈不对付，天天打，听那意思他弟弟是个窝囊人，不是窝囊人也都是稀罕媳妇儿，尤其那后找的媳妇儿，

1　连乔儿，连襟，指妻子是亲姐妹的两个男人之间的关系，也是他们之间彼此的称呼。

那还了得，你看小张儿那么虎你二大爷还向着她呢不向着雪妮，男的都虎！单说来这人儿，他弟弟就想给他姑娘打发出去，离远点儿省着总打仗，混当两年结婚就拉倒了。那小姑娘自己也要出来，要上长春，要说这前儿打工不难，但是不是小么，毛岁才十六啊，一般的人也不敢雇，雇去了家也不放心，再说没吃没住的。

妈信手拈来知道无数人生。

三娜说，怪可怜的。

妈说，咋不可怜，从小缺爹少妈的孩子都命苦。今天领来了，笑模盈儿[1] 的挺好个小姑娘。

模模糊糊硌了一下。

姐说，你给找着工作了？

妈说，不找着能领来么你看你说的！你寻思你妈是一般人呢！你小嫂跟我一说我这心里就有算盘了，到晚上我就问你二姑大英儿电话，打过去说正缺卖货的！管吃管住一月三百，正相应！你没看今天给那爷俩儿乐的呢，行李都送去了安排妥妥儿的了，要给我扔俩钱儿我说啥没要，咱能要人这钱么，也不是啥困难的事儿。你瞅我办事儿，我还真不是图意要那两个钱儿，我就是联系上了心里高兴！

三娜说，跟介绍对象儿似的，看见潜在供需就忍不了，是天生的商人啊妈你。

妈说，啊——你这么一说我才明白，啊可不是么，你大姥儿你大舅，都乐意介绍对象儿，张罗事儿，做买卖，我还就寻思是遗传，没寻思说这是一回事儿！还得是我老姑娘！

姐说，大英儿是谁？

妈说，大英儿你还不知道么，周有的姑娘，周有是你奶的侄女

1　笑模盈儿，笑盈盈。

婿！在红旗街卖服装，你二姑说的包好几个柜台呢。

三娜说，咋从来没听说大英儿妈来长春，总是说周有。

根本也没见过大英儿。那时候她从榆树来跟二姑卖布，成为亲戚们闲谈的话题。三娜她们并不经常见到亲戚们，也不关心这些事，潜意识里相信长春的一切都像是虫茧，早晚要抛弃的。

姐挥挥手，说，整不明白这套事儿！妈你咋乐意整这些呢！

妈笑嘻嘻说，单说我心眼儿多呢，我跟大英儿说这孩子是你小嫂的外甥女儿，大英儿那人多奸呢，一听就说，指定好好照顾！放心吧六舅妈！

姐说，为啥？

妈说，那她不俩孩子呢么，以后能不求着你小哥么，不得溜须么。

三娜说，别露馅儿了。

整颗头已经石化，薄薄一层头皮任意反射，竟然相当迅捷，活跃，那随机性几乎像是灵感，又短促得捉不住。一翻身就可以睡着。那些忙碌的梦可能也就是这样，思绪的碎片更加轻飘无序地释放消散。

妈说，不能，我都教她了，就说曹敏娜是你小姨，问你就说你妈姓曹。

三娜说，那要是亲姨平时放假啥的不得常来串门儿，时间长了能看不出来么！

姐笑嘻嘻说，三娜你真能想啊！

三娜说，撒谎就是很难周全啊，我每次一想要撒谎就从各方面看出漏洞，就退缩了。

姐说，妈，三娜缺心眼儿。

妈说，你还说人家缺心眼儿呢，我看你最缺心眼儿！

姐用装小孩儿的语气说，王淑萍来干啥？为啥送菇茑儿？

三娜说，你还认识王淑萍呢！

姐说，你不认识王淑萍么。我跟她一起写信封儿来着，字写贼砢碜，管我叫二外甥女儿，然后自己就贼乐。还有一个女的，留长头发，不咋搭理我们，整天插个耳机，叫啥我忘了。

妈早先办计算机学校跟零二四租的旧楼。一楼办公室的木窗给树丛掩得绿茵茵的，像农村、像刚刚过去的那个时代。天气闷热，三娜还是关上门，独自坐在桌前，信封堆得像座小山，心里纺出薄薄一层平静。偷偷计算着，这点工作还不够偿还自己一天的花销。又吃力地辩护，这不是欺骗，只能算是宣传推销，学生和家长总要来问清楚才会决定——总也不能自圆其说。民办学校不能参加统招，每到夏天妈给市招生办的人塞点钱，打印出中考四百分以下学生名单，挨个发录取通知书。也有家长慌忙来问，我们孩子被你们学校录取了，是不是就不能去别的学校了？要反复解释，告上去都是事儿——当然是违规的。

妈说，啊，那谁，管玉珍，是不挺瘦的，长瓜脸儿，长跳白儿[1]挺好的。管玉珍，长大师范的大专毕业生儿，相当骄傲。

三娜说，骄傲啥？

妈说，顶数她学历高呗！奚柏红啥也不是不用说了，小萍子不是中专毕业么，小彦就更不行了，自考的。

二姐说，不知道，可能是吧，问我喜不喜欢无印良品，我上哪知道无印良品去，我就稀里糊涂说还行吧。

三娜说，是唱歌的，俩男的嗓子都贼细，本来是个日本衣服牌子，就是也没有商标也没有装饰，你们西雅图没么，伦敦好多专卖店，一般就在麦当劳旁边，你想想得有多多吧，我还买了一件大衣，在北京没拿回来。

1　跳白儿，形容很白。

二姐说，我看着你穿了，照片上有。

妈说，买就买点儿好的，别整那些水裆尿裤[1]左一件儿右一件儿的。

心里晃过一团不安的灰影子。三娜说，可是正经好衣服了，等冬天我穿回来给你看。

二姐说，王淑萍干啥去了？

妈说，做买卖呢，更能耐人家。我给她安排到欧亚当收银员，干两天又不干了，说都是女的找不着对象儿。

三娜说，都直说啊。

妈说，那不直说咋的？可着急找对象儿了，都二十三了。

二姐说，你不知道，王淑萍贼逗。

妈说，那孩子是有点儿虎超的[2]，但是心眼儿也不少，跟她同学俩开个叫饰品店，就卖头绫子小掐针儿那路的，我问了，她有点吹的乎的，说一个月能挣八千，我这么寻思不能，估计四五千块钱儿，那俩人儿分不也一人两千多，比上班儿不强多了！

三娜说，卖头绫子能挣那么多么！

妈说，现在都有钱！小丫头蛋子都去买花掐针儿了，小耳环啥的戴。

二姐说，那卖饰品不也找不着对象儿么？

妈说，听那意思就是来让我给她介绍对象儿来了，我没好打拢儿[3]，咋的长得太不好了，瞎姆刺[4]的小眼睛不大点儿，谁知道那孩子咋长的，人她奶是大眼睛双眼皮儿，相当标准了，她爹那时候是个小孩儿呢，四五岁儿，我记着也是大眼睛啊，必是她妈小眼睛。

三娜说，啥亲戚啊，辈分还这么大。

---

1 水裆尿裤，邋遢不整齐。

2 虎超的，虎，愣，莽撞。

3 打拢儿，搭茬儿。

4 瞎姆刺，指眼睛小眯眯着。

二姐起身上楼去，楼梯那里已经暗氤氤的。不知道大姐睡着了没有。阳光转到身后，镀一个金边儿在窗边墙上。正是象形的临界时刻，可惜此刻没有剧情可以隐喻。

妈说，哎呀啥亲戚，小萍子她奶，是我爹的亲姑舅表姨，要说远可也不咋远。

三娜说，你跟她就相当于何冬昀的孙女和苏雪晴的孙女，对吧。

四五岁就喜欢抢着讲亲戚之间的关系。姥家炕上也总是只有一块阳光，一恍惚天就黑了。傍晚的怅然不知不觉照在小孩心底，在回忆中凝结起来有琥珀的实感。三娜看见自己躬着背坐在这临时的小折叠床上，来不及想什么，就有眼泪往上涌，像是要把这热辣辣急躁躁的虚亢冲垮抚平。冲上来就落下去了，她仍然躬背坐着，看见妈的声音由远及近：……一般的亲姨都不一定能容啊，我和我妈俩在人家住多前儿[1]！有大半年来的。再说也不知道啥时候是头儿啊，那就那么住下去呢，一回也没撑过，一回说给脸子看，那都没有。

三娜说，啥时候的事儿啊这是？

这好奇心是真的，几乎挑起了精神，穿透半截疲惫。一两年前开始对爸妈有兴趣，也没有明确的诱因，可能是青春的气球终于松软，辨认出那乏味空虚，转身看见长辈有人生，十分羡慕。

妈叹一口气，说，那就是六一年呗，你大姥劳改到期，给通知说不让回来了，那前儿叫劳改就业，分到情外的劳改农场。我妈就带着姆们上乾安，那时候哪有地方住，王淑萍她奶她家就一间房，人一家挤挤住南炕，让我跟我妈俩住北炕，到月底你大舅你大姨还回来呢！要不你小姥儿总惦心小萍子小萍子，乐意让她上咱家吃饭，那不是在最困难的时候帮过我们么！一般人你小姥能乐意让吃饭么，吃饭了得！

1　多前儿，多长时间。

三娜忽然想起，指指厨房，小声说，现在不管吃饭了？

妈挤挤眼睛，摇摇头，更小声说，不管，不管，等明天的明天我跟你说！

大姥去世，妈把小姥接来，雇一个老李陪她。姥差不多顿顿说，你咋吃那么多？老李虎超的，不当回事儿照样吃，盛上尖儿两碗饭。姥就只好自己少吃，一口菜不夹，俩礼拜就塌腮了。这老李还是小姥外甥媳妇的妹妹。妈只好跟她说，我妈要上我大哥那去了，你就先回去吧。老李还问，大哥家不用人哪？

像是为了掩饰前面一句鬼鬼祟祟，三娜故意大声说，我还寻思我小姥儿光知道记仇呢！

妈说，你姐睡觉呢！继而得意地、但是压低了声音说，人我妈是个是非分明的人。你小姥因为啥最恨奚柏红你知不知道？

现在说都跟故事似的！五八年你大姥在镇赉挨改造，说头年儿允许家属去看看，捎点东西啥的。正是送公粮的时候，西头儿奚柏红她爷爷，跟我爹是一个太爷爷，要说也不远，我们都管他叫西头大爷，赶大车的，要送公粮，头黑儿我妈就去说了，那能抹开[1]说不让去么，就说明儿早上过来吧。起大早啊，冬天啊，下半夜儿两点多钟就起来——起那么早干吗？——不起早不行，交公粮排大队，当天得赶回来呢。我都睡着不知道了，就记着头黑儿我妈搁布口袋装了一下子粘豆包儿，那就是最好的了，又在包棱里装的一双新布鞋，一双新布袜子，哪能买起洋袜子，要说那前儿——三娜其实觉得非常温馨，而且太累了，不想补出些艰辛来纠正，只是刻意地想到小姥此刻正坐在餐桌旁挑菇茑儿，鼻梁上架着大姥那副红褐色塑料框眼镜儿。——我妈跟我姐俩起早就上道儿上等去了，我妈不是不识字么，到公主岭还得

1　抹开，抹开脸面、好意思。

坐火车呢，都没出过门儿，找不上哪是哪。我姐那年、那就十四呗，正上小学呢，不管咋的字认全了，再说你大姨闯荡[1]，到哪都不怕。奚柏红她爷爷看你大姨来了就不乐意，说的，马都跑不动，这些粮食呢。我妈寻思他说是这么说，人都来了能不让带么。结果你大姨刚一上车就叫奚柏红她爷给撺下来了，又要往上坐，又撺下来了，你说缺不缺德，撺下来挥起鞭子马车就跑起来了，你大姨就在后头追，那黑天瞎火的，一点儿亮儿都没有啊，哪有灯谁家点灯，你大姨就跟在后头跑，一直跑出去二十多里地，奚柏红她爷爷回头一看，大姑娘还在后头跟着呢，这才停下来让上车了，你说缺不缺德。你小姥记他一辈子，不让奚柏红来，因为给奚柏红安排上班儿跟我急眼了都，伤心呗，那不欺负人么，你大姥还不在家。

阳光彻底离开了，大厅昏昏的，妈脸上有柔腻的微亮。絮絮往事像一盆火炭，灰白底下隐隐有炙热的金红的光。这形式的恰好的圆满在心里咔嗒一声，三娜造句说，正是傍晚啊。赶紧躲开了，再想下去就弄脏了成了假的。

仰头躺下，舒服地长叹一声，说，为啥不让我大姨坐啊？

妈说，怕牲口累着呗！他是赶车的，心疼马！就是那路小人，你不求着我了么，我得欺负欺负你。谁知道了，也没听说我爹得罪过他呀，东西屯子离挺远的。奚柏红她爷爷不是好人，跟我大舅妈还有我大舅妈姑娘搞破鞋，前后屯子都知道，不是好人。

听见楼上马桶冲水的声音。三娜说，啥？跟娘儿俩儿搞破鞋？

难道是想占小姥便宜？有这事妈也不会讲的，说不清显得小姥不清白。小姥高大端正，相貌上几乎没有缺点，但是也完全不美。妈说大姨和小姥年轻时候非常像，那就是像玉米或者杨树，正大光明，朴

1　闯荡，胆子大，去陌生地方不胆怯。

素强健，几乎没有性别感——几乎不可能搞破鞋。

妈说，那可不咋的。我那大舅妈可风流儿了，哎呀，那故事可多了，我哪天再给你讲。单说你大姨你说能耐不能耐，到公主岭火车站她去买票，有主意啊，就买了一张给你姥，把你姥送进去排队，说妈你就跟着队走啊，待会儿检票你就把票给他，我去撒泼尿。完了她就出队了，顺着大栅栏往没人的地方跑，一翻身就迈过去了，反正那前儿管的也不严，但是你说她咋就敢呢！

二姐一边下楼一边笑嘻嘻说，说谁坏话呢？

姐开了灯，天棚上圆圆一个惨白的发光体。天没有黑透，灯就像是照不出来。

三娜说，你拉屎了？恭喜你呀！

妈用唬人的声音，哎——。

三娜说，我故意的。

妈说，你姐睡呢？

姐说，躺着呢，不知道，胖三儿你起来，没事儿躺着干啥。

妈说，你让她躺着吧，多累啊，这两天造得！

姐递来一个小纸盒儿，说，给你。

一个黑色石头包金的项链坠儿。姐说，蛇石，snake stone，说是你们射手座的幸运石。

三娜说，不是绿松石吗，我也买了一块儿，很大一个，就是个石头，啥也镶不了。

说着像是摸到了，那石头焐得温热，又踏实又羞耻。

拿给妈看，妈说，你姐给我看来的，好看，妈给你个金项链戴上。

三娜说，我可不戴金项链儿。

像成年人。

姐说，用个皮绳儿穿上戴也行。

妈说，皮绳儿像啥呀，还得是金项链儿正对，你看这不包的金边儿么——

忽然变更小声，挑起眼睛说，有都是都戴不过来，留着干啥呀，等（赵香玲）不在家的，我告诉你拿来，二娜你也挑一个，有个活动啥的戴上。

姐笑嘻嘻也小声说，你咋那么多心眼儿呢妈。

妈用压低的大声说，赵香玲儿啊！

赵姐进来，甩着湿手。一个晃神间觉得像话剧。

妈说，那鲫鱼是不一锅炖不下。

赵姐说，嗯呐，够呛，反正少搁点儿茄子也行。

妈说，这么的，你费点事炖两锅，人多看不够吃，不是还有个小大勺么，一锅炖茄子，一锅炖粉条儿，粉条儿那玩意吧黏的糊的，得带点儿汤，茄子呢得是炖的干乎的，明不明白？

赵姐就笑，说，嗯呐，知道了。

妈说，晌午的排骨炖豆角还有你把它热了，不吃看搁坏了，那排骨才好呢。

赵姐说，嗯呐，我也是这么寻思的。

三娜僵在那儿什么也说不出来。而且像是累透了，那虚火也渐渐得暗淡了。

赵姐进厨房了。

妈小声说，可高兴了，打看着人给送鱼来就开始乐。

三娜心里缩着不让这句话进去，又特别担心她说的是实情。

妈说，给你爸打个电话，看他回到哪儿了。

二姐去打电话。三娜重新躺下，说，我睡会儿。翻过身，把头埋进被垛和墙之间黑暗的角落里。心里刚悬停了一朵云，再累也要盯着它看，把它看散了才能睡。

到伦敦第三个礼拜，连着下了两天雨，晚饭之后十分凄冷，可能是想要抓住并加强这个感觉，穿了粗厚的男式米色夹克出门。上学都是往北走，那天就一直往南，过了加油站左边一片居民区，转进去越走越深，就迷路了。原来迷路这么好。像离家出走的人，像完全自由的人，像孤身来到海上。真的看见雨中的黑亮的树，别人家橘红的窗，也觉得美，也觉得印证想象，也觉得虚幻，也觉得那虚幻最真实。意识像一盏灯，在一个玻璃罩子里烧起来了。怅惘凄然，深醇陶醉，意识也没能稀释它——可能是生理性的亢奋，有实感，经得起光照。走了也许有一个小时，街边一家小店孤零零亮着灯。可能是厌倦了雨声和身体里脚步的节拍，三娜走进去，停下来，看见玻璃橱桌里有一块核桃大小的绿松石。说要十五块钱，太贵了，还是趴着又看。店主也许六十岁，高瘦挺拔，半白头发很蓬松，挂着几串长长的大彩珠项链，把石头拿出来托在手上，冷漠地微笑着，说，十英镑。还是觉得贵——每一分钱都是用妈妈从更穷的人那里赚到的人民币兑换来的，但是拿出一张二十英镑给她找。走出店门三娜就意识到找还给她还是一张二十英镑，没有立即回头，再走几步就更加不能回头了。无耻地自欺起来，认为这是神秘的礼物。一路用手摸涩着，好像真的得到安慰，自欺的安慰。然而意识一直在，像一层塑料膜。"吸毒的兴奋与戒毒的痛苦共处的时刻"，一块悬浮的明亮。三娜再也没往那一片走过，刻意想象那家店铺并不真实存在。那块石头的形状和纹路，有时觉得像大脑，有时觉得像心脏——全是一些躲避审视的时刻。三娜把它装在睡衣口袋，有时候早上醒来发现在手心里。后来甚至于出门时放在左侧胸罩里，假装不知道是在迷信什么。这石头是她跟自己开的一个玩笑——是的她用它祈祷，因为她实在是需要祈祷。结果竟然聚集了勇气，说出了真实的愿望，其实非常简单，非常具体——哦，不能说，还是难为情。所以上帝就是令你不必难为情的人么。三娜并没有觉得可悲，但是知道有那样一种视角，可以认为这事非常可悲。她得到了很多沉静而痛苦的时刻，很多安慰。是的，吸毒，但是没有伤害什么，她深信不可能走得更远——睁一眼闭一眼是理性失守的极限。

12

睡得很沉，在不见天日的密林里疲惫穿梭，情节紧迫，又非常自由。听见姐的脚步声，听见妈小声发布指令，知道客厅灯关了；知道天色几乎完全黑了；知道自己睡得很沉；在半透明的意识中对沉睡十分满意。

听见爸大声说，这车堵的！五点半就出来了，一堵到这前儿！

灯开了亮晃晃，用手臂挡住，又翻身朝墙里。爸带着笑意，大声说，这是谁呀这前儿睡觉！起来起来！吃饭了老姑娘！

躺着不动，想混过去。但是灯太亮了。

妈说，说让你上楼好好睡，咋样。

翻身平躺着，使劲儿伸胳膊，酸沉松软，浑身都疼但是非常舒服。

二姐从洗手间出来，拿一个湿毛巾递给妈，妈擦一把脸，姐又拿去洗。她从爸身旁走过，三娜侧躺着看，心里震动——这平常的几乎无可阅读的时刻，如果你去看它，也可以感觉某种生动——转瞬即逝本身。所以是目光本身带来了一切么——三娜太知道如何在表面上轻松地击败唯心主义了。

妈说，可是我问你呀何海岳，今天给班主任开会，王美华整没整事儿啊？

爸在楼梯口握着扶手，转身说，大孩子没跟你说么！王美华今天叫我一顿好呛[1]！我不管那个！

　　爸说着就上楼去了。

　　妈说，哎你看你这人呐！说说也让我痛快痛快！

　　爸说，你等我抽根烟的！

　　妈说，咋还抽！在车上能少抽么？

　　爸笑说，我可不想抽咋的！兜儿就剩一颗烟！

　　三娜心里像亮了一盏小灯，有微微的愉快的光晕。他俩这会儿是一伙儿的，当然也就是这一会儿，好坏都是暂时。以前他们打起来，真的屋顶都要掀起来了；但是过一段平静下来，说起单位人事，开着台灯窃窃私语，像两根织针，编出一条温暖的毯子。爸总是很能分析，妈有时恍然大悟，说，我还真没想到。妈真心佩服爸的时刻，三娜总是感到一种脆弱。

　　爸用力握着扶手，脚步很沉，像是很累。三娜躺在那儿一动不动，感觉到记忆、感觉到自己、感觉到自己已有的那不太多的人生，一点一点在身体里活跃起来。她设想妈说，啥时候走路都这样，腿没病时候也没见过轻飘儿利索儿的。妈有时候午睡起来，说爸，踏踏这通走啊，刚要睡着走两步，刚要睡着走两步，心烦劲儿的。

　　盯着看一个人走路，总可以觉得他很孤独，即便他刚刚还很快活。如果真的全凭观看者的意愿，就毫无意义——心里笃定地这样说，同时觉得这笃定有些空洞，要再做考察。当你看一个人的时候，两个人之间就像竖起了一面玻璃，变得不可接近。但是如果对方是幽暗深渊，或者自己意识太明亮，玻璃就会变成镜子，只能看见自己了。这比方竟然如此完整，突如其来一涌狂喜，同时知道一定有漏洞。

　　二姐回来在床尾坐下，拍三娜的腿说，起来吧！手捏一下被角，

――――――――――――

1　呛，指故意说出令对方难堪、无法应答的话。

小声说，也不嫌埋汰。

妈手指向厨房，也小声说，埋汰，就长的干净样儿，总也不洗手。洗澡就不用说了，打来洗一回。

大姐下来，二姐说，你睡着了么？

大姐说，好像睡着了。

妈也扭头，说，好没好点儿。

大姐说，好点儿。

三娜坐起来，觉得有点冷。说，咱们把桌子搬这边儿来一起吃啊。

妈说，人我都吃完了！

三娜说，啊？几点了。

妈说，都快七点了。你二姐饿够呛，我让她先挑一碗粉条子吃她还不干。

二姐就笑，谁乐意吃粉条子啊！全是淀粉！

妈说，哎哈！粉条子还不好的了！真讲话儿了[1]！

大姐在二姐旁边坐下，说，你倒睡挺香啊好像？

三娜说，对不起啦。

她倚床头坐着，有点不好意思转过来，那样她仨就是并排坐了，像一张摆拍的合影。妈在对面看了高兴么，身后窗玻璃上有三个女儿的影子。

大姐说，刚一睡着李石就打电话，烦人。

妈说，有啥事儿咋的。

大姐说，没啥事儿，就这期编完了，白天在家睡觉，睡醒了有点无聊。烦人，我昨天还跟他吵一架。

妈说，因为啥呀吵架。

---

1 真讲话儿了，那还用说了！

大姐说，没啥，就是他烦人！

大姐有点故意的小孩语气，有点让人难为情，但是也觉得放心。

妈叹一口气，说，要我说二娜回去你就跟她一块儿回吧。

大姐说，过了教师节就回，妈你不用管。李石过几天也要出差。

妈说，得回[1]我大姑娘啊！

妈又朝楼上喊，何海岳！都等你吃饭呢！孩子饿够呛等你呢！

妈又自己说，粉条子都坨了。——可是王美华说啥，你爸说叫他怼回去了？

大姐说，哎，就说，既然搞快班，就应该把前四十的学生分过来，进度也可以调快，还说油高儿都是这么搞的，每学期期末再重新调一遍，我爸说，咱们是新办的学校，不能啥都跟油高儿比，不能接受咱们新学校情况的，老师也好，学生也好，该上哪上哪去，咱们也不强留。王美华也没吱声，我爸说得挺凶的，张义就赶紧说些别的就拉倒了。

妈说，给她两句算对了，那娘们儿，得寸进尺，本来咱们根本没打算分快慢班儿，怕引起矛盾，一开学事儿这么多，哪整起了！再说老师你让人备两份儿课还得加钱，要不能乐意么。就王美华说的，人油高儿都是一上来就分快慢班儿咋咋地，这架势油高儿这几个老师抱团儿啊，寻思他们要是一起走了咱们这个学校不就黄了么！不敢得罪啊。这架势，张口闭口油高儿，赶上附中省实验了，人老尚还是省实验校长呢，人更有深沉[2]，很少提省实验咋咋地的。

大姐说，王美华后来就说班里有事儿先走了，不知道回去又跟那些老师呛呛[3]啥呢。随他们便吧，我看根本也不能辞职，都是出来挣钱的。

1　得（děi）回，多亏。

2　有深沉，知趣，自尊，矜持，能把持住自己。

3　呛呛，议论。

妈说，这女的才缺德呢，等我找着好语文老师的，我肯定让她走，不是个好东西，扇乎个老大屁股，哪儿有事儿都有她，啥她都得抢尖儿说了算。那不是仗义[1]跟张义俩有点儿不正经么！

大姐笑说，这我可没看出来。

妈说，这可不是我瞎说，招生时候张英杰告诉我的，老任没啥事儿跟她说的。在油高跟副校长搞破鞋，她男的到学校来打！多硌碜，不嫌硌碜，腆个大胖脸嘿嘿嘿，嘿嘿嘿笑。

妈学人家嘿嘿嘿笑，自己也乐起来了。笑嘻嘻说，美人儿！年轻时候肯定是非常漂亮的，现在胖了你瞅着也有些风韵。

小姥从餐厅慢慢走出来，嘴里还在嚼东西，嘴唇儿油亮儿的，远远地好像往这边望着，好像在笑。

大姐说，我看三班邹老师挺好的，总是笑眯眯的，穿的也很朴素，在走廊看见我还说，一娜啊，你妈咋样，问你腿啥时候能好。不卑不亢的，很不错。

妈说，那人课教得才好呢，原先是二中物理组组长！试讲前儿我去听了，高中物理我都不大很会了，这前儿课程也难，但是我一听就都听懂了，讲得非常清楚。

爸下楼来说，那你可说错了，恰恰这个邹丽红是个大问题！

（此处有较长删节）

赵姐正在洗碗。

餐桌上两大盘鱼，一盆凉拌菜，四碗米饭。二姐拿起一碗，去厨房扣回电饭锅。

大姐说，你看人二胖，多有毅力！

二姐说，谁不知道就着米饭吃菜最香啊！

1　仗义，凭借、依靠。

三娜说，不行，我半夜会饿醒的。

爸说，老姑娘，去上冰箱给爸取一罐儿啤酒来。

大姐说，哎呀，我也吃不了这么多。

爸说，多什么多！

大姐起来，爸说，给老爸吧。

大姐拨一半米饭到爸碗里。三娜坐在对面看着，无名的感情涌上来。仔细看它，在心里读出来——特别平常的事，但是其实并不会发生多少回。是伤感么，还是喜悦？无法分辨。跟这两种感情都无关，语言确实会误导。但是也顾不上了。新鲜的感受像水滴形果冻落入怀中，只想享受这片刻的充实。

二姐有两次听三娜说什么，大概是无节制地繁衍下去有点像个精神病，实在是烦了，截住她说，你把一切都 verblize 是为了啥，有意义么。当然是像警钟敲得心头震动。是什么时候染上这强迫症的？是为了"可以把握"的幻觉么？是为了纳入可推演可联系的计算系统么？是为了逃避现场么？是为了怕忘记么？误入歧途了么？伤害／篡改了感知能力么？可逆么？会有一天感到厌倦么？

二姐挑了一碗凉菜。爸说，来口酒不的二姑娘？

二姐又去拿玻璃杯，三娜说，我也要。

大姐说，你算了小胖。

爸笑得脸上都是褶儿，说，我老姑娘又让她姐管着了！

这是多么轻松的时刻，但是也无法配合。三娜始终无法"语言化"与爸相处的困难。以前她们三个吵架，妈严厉又不耐烦地批评，爸也是这样高兴地笑，为缓和气氛，但似乎也是真心觉得是个乐子——军阀重开战哪，洒向人间都是怨！总是这句，后来爸才要张嘴她们就都乐了。最亲密的时候也就是这样，爸实在是不会。

有大概二十秒的沉默。三娜不知道为什么忽然想起 Natalia。人心还真是自由、无所住。她们俩走在去地铁站的路上，天空非常明媚。想不起来是哪天的事，也许是多重记忆被处理过，根本不是写实。似乎是愉快、空白因而微微惆怅的心情。这不可能，Natalia 一定在讲话，她比三娜更爱讨好人，除非独处否则不能忍受沉默。可是画面里只有微风，仔细听就是马路上的车声。

爸说，二拗子你脖子见不见好？

二姐说，嗯，好多了。

三娜说，咋的了。

二姐说，疼呗。

三娜说，找张挺立针灸吗？

赵姐从三娜身后走出去，到姥房间。也许是擦点擦手油？

二姐说，嗯，跟我一块儿去啊？

三娜说，行啊，你啥时候去。

大年初二，破败的医院小楼里没有人。爸趴在又高又窄的床上，等着牵引。张挺立没来，他的一个徒弟，一脸青春痘，很憨厚的样子，挂了重物，出去了。三娜坐在远处椅子上，爸不时发出轻微的哼声。冬天的阳光平照进来，老旧温暖，凋敝安详，更显得疼痛尖锐刺目，生命有妖气。

大姐说，你这到美国咋办哪！

爸开玩笑说，回来跟着老爸办女高算了！

大姐说，真是的，学生物太累了！

爸其实带点认真，说，办一所好高中，那不也是一辈子的事业么！

三娜有点紧张起来。听见妈跟小姥大声喊，她自己不乐意去新学校！我让她来！她不乐意！人家做买卖挣得多！

大姐说，说谁呢。

三娜说，王淑萍吧，今天来了，送了一大堆菇莼儿。

妈又大声喊，我哥他家有的是！都吃不了！他还问我要不要呢！

爸说，你小姥儿啊，啥好东西都寻思给她儿子拿去！这准是问这鱼呢。

三娜说，姐何明华现在干啥呢？

爸说，还在农大当老师呗！咋的，问她干啥！

三娜说，我问我姐同学何明华，不是何冰华。

大门砰的一声，三娜站起来到门洞口，说，谁啊？

妈说，赵香玲儿！说出去溜达溜达。

爸说，啊，光机小学那个孩子，原先是大队长吧！考哪去了！

赵姐一个人在黑暗中散步。既凄楚，又其实是沉甸甸的好时光。连自怜也是结实的，不虚妄。立即疑心这想法是为了自己轻松，越发觉得对不起她。

大姐说，光机学院，毕业留在团委当老师。现在好像去后勤了还是什么。其实她很适合在团委，又会画画，又会唱歌，也喜欢张罗事儿，对学生也好，何明华其实很纯真的。

二姐可能是听了纯真这样的词都觉得不好意思，说，那些人是那样，总想相信一些美好的事儿。不能面对现实呗。

大姐说，真犀利啊。

（此处有较长删节）

大姐说，我不吃了，这鱼太油了。

三娜说，你要上楼么。

大姐笑说，你放心吧小胖子，我在楼下坐着。

她起来去客厅了。

二姐也撂下筷子不吃了，她说，行了说点儿别的吧。

三娜说，啊就剩我啦。

二姐说，你也别吃了，啊，听二姐的。

她说完就对着三娜挤眼睛傻笑，假装"假装小孩儿"。

爸举一举杯子，说，没事儿老姑娘，老爸留着这口酒等你。

三娜说，爸，你是唯物主义者吗？

爸笑，应该是吧！

三娜说，是恩格斯说的吗，真正的唯物主义者是无所畏惧的。我总觉得这话仔细想想挺瘆人的。

二姐笑嘻嘻把三娜筷子收了。

爸也笑，说，他妈的老二拗子！

说着把酒喝了。

妈在客厅大声说，不用收拾，一会儿赵香玲就回来了！她晚上也没啥事儿。

爸直接上楼去，妈说，少抽一根儿行不行？饭前刚抽的！

爸笑嘻嘻说，饭前那根儿是补车上的！

三娜跟二姐说，咱俩把沙发转过来啊？

妈说，往哪转呢？黑天瞎火的。

三娜说，就朝你这边儿呗。茶几也搬过来，来人也好坐。要不现在来人也都坐小床，不方便。

小姥坐在小床上，说，干啥？

大姐坐在靠楼梯的长沙发上，把手机往旁边一撂，说，那大姐我就不管啦。

三娜跟二姐齐力推沙发。这一天可真长，三娜想着，从伦敦宿舍出来已经有一百个小时了吧，旅程好像还没结束，我还没有在家里安顿下来。大旅行箱敞在宿舍地上，下面灰蓝的地毯，再盯下去就能看见地毯的纹理。三娜刻意感觉手与沙发之间的压力，那真实感微弱徒劳，像一掌打在水上。

二姐让三娜擦茶几，自己拿笤帚把沙发底下的灰扫了。

妈说，这赵香玲干活儿啊，跟绣花儿似的，拿个小抹布慢悠悠儿，轻飘飘儿，一点儿劲儿不带使的，擦地腰都不大很弯。

去洗了一大串葡萄，许多南国梨，又切了半个哈密瓜，用三个盘子端上来。想哼出命运交响曲的"当当当当！"，哼不出来，就憋在舌头上。

妈说，过家家哪！给我个梨吧。给你姥拿块哈密瓜。我不敢吃，太甜，下黑儿该咳嗽了。

大姐也说，三娜又来劲了！

这是家里例有的笑话，说她爱过节，喜欢搞气氛。中秋吃月饼，元宵吃元宵，一点儿不能差。有一年端午节前三娜发现没有粽子，大哭大闹了一场——她自己不记得了，他们言之凿凿。倒也像是家里最小的孩子。家庭序列跟性别一样，是从头开始的角色，非常像是本质，辨不清楚。小时候带几个小女孩玩过家家，总是串门儿，过年，过生日，做蛋糕，送礼物，三娜喜欢生活里甜暖的那部分，永远不腻。

她踩着沙发，侧坐在宽阔的扶手上，好像角色上身，又好像很自然、就拍起脚来，搞家庭聚会啦！爸，快点儿！大姐你坐过来呗。

大姐说，我偏不。

大姐盘腿坐在妈妈床尾。

三娜说，你啥也不吃啊？

大姐得意地说，嗯，我可不像你们，馋，吃饱了还想吃。

妈说，不吃不吃吧，都是凉的。大宝肚子还疼不疼？

二姐端一个玻璃茶壶过来，说，去把那几个玻璃杯拿来，我都洗干净了。

心里咔嗒一声，又像是意外相逢，又像是顺理成章，记忆中的事忽然又发生了。几乎同时就轻轻失望，果然现场总是稀薄。

以前冬天吃过晚饭，五口人团坐在拐角沙发，茶几上五六只大个儿苹果和苹果梨，水滴滴盛在黄色搪瓷盆儿里。有时候二姐泡一壶茶，总是茉莉花茶，妈喜欢的，闻着比喝着还好。爸说，对咯，来点儿茶喝喝。妈说，少喝，看睡不着。三娜就不大敢喝，可是实在是喜欢那气氛，老早坐着等，又着急又不舍得开始——一开始就要结束了。妈用小水果刀削皮儿，说你们都削得太厚，瞅着心疼。切几块儿分，妈说，到啥时候我都是吃苹果核的命啊。爸说，给我给我。回忆中那个时刻完全饱足，像吃下一大块蛋糕。

爸一边下楼一边说，早说啊！爸刚刷完牙！这扯不扯！

妈说，不刷牙也不能让你吃啊，都是甜玩意。

小姥吃完瓜，拿着瓜皮儿，望着大姐。大姐回看她，她笑嘻嘻说，你瞅啥！

三娜说，爸你啥时候查出来的血糖高啊。

妈说，这都几年了！自己不知道控制，眼瞅着就是糖尿病。

三娜觉得很惭愧。

二姐说，有易感基因的话，很难控制的。

三娜，啥是易感基因。

二姐说，就是遗传，尤其是 2 型糖尿病，也就是最常见的，多数都是家族病。

三说，真专业啊。

二姐说，去你蛋儿的。

妈说，那可不是遗传咋的！你大爷这都多少年了，天天饭前打一针胰岛素！跟我说，全报啊玉珠，全报！你知道多少钱不的。

因为模仿大爷，妈又自己乐起来。

爸也笑，说，奚玉珠你专门诋毁我们家人干啥玩意呢！

赵姐开门，涌进一团凉气。她笑呵呵的。

三娜说，赵姐，吃水果。

赵姐说，不吃了，晚上吃成饱了，那些排骨我看也不能再剩了。

爸看着她说，吃点儿水果！

三娜拿过去一块哈密瓜，她就站在楼梯口吃。

大姐说，我应该什么时候去看看大爷。

三娜跟二娜都看着大姐。

爸说，这好办，哪天没事儿了，让张昊宇开车，爸带你去。

妈说，就像谁不知道你有个车似的！遥哪[1]显摆。你有个车你哥哥为你高兴啦！都嫉妒你知不知道！

大姐说，有点嫉妒也很正常吧。

妈说，那咋能正常呢，谁知道你们家人隔路[2]横是。姆们可不的，像我哥我姐，看我过得好，那都是为我高兴。你没看咱们搬家那年，你爸乐的，张罗让这个来让那个来，说看看我这跃层儿房子，你大爷你二大爷你老叔，一个也没来啊，还是你老姑，要出国前从青岛来，上咱家两趟。一到现在你大爷你二大爷也没来过呀！

赵姐过来，还离挺远，弯腰把哈密瓜皮放茶几上，转身去厨房了。

爸说，奚玉珠我哥为啥不来咱家，你不知道啊。

妈说，孙广民把我坑啥样儿，还赖上我了！

三娜说，咋又扯上这些了，这都多少年了。

妈说，就说你大哥是因为孙广民跟我俩生气，你二哥为啥？

二姐赶紧说，雪妮干啥呢？

妈说，在家抱孩子。这架势稀罕的，不撒手啊。眼瞅着三岁了，或是送幼儿园或是扔给老婆婆，你是该干点啥干点啥，还不到三十呢在家待着哪行呢。我还寻思问她，要做点儿小买卖啥的我帮帮她唔得，没妈的孩子你说说。根本不打拢儿，不错眼珠儿瞅她那孩子。

1　遥哪，到处。

2　隔路，跟别人不一样，古怪，略有贬义。

爸笑着说，你看没看着小妮那孩子，可招人稀罕了！

三娜说，爸你也开始稀罕小孩儿啦！

爸说，老爸老咯！

妈说，长得好！溜儿鼓溜儿鼓的奔儿喽头[1]，黢黑儿黢黑儿俩大眼睛，溜圆儿的红脸蛋儿，好看！一点儿不像小妮像小虾米似的。

小姥撑着床尾栏杆站起来，缓缓走到妈跟前，手往自己房间一比划。都看着她。黑玻璃窗上映着灯光，一家六口人。三娜几乎毫无知觉地跨过"满意"那道线，后面是混沌一片的"也就是这样"，疏冷但是几乎是安定的。小时候不这样，小时候看不见外面的茫茫黑夜。

妈拍着姥的手，说，嗯哪，回屋躺着去吧！左溜儿[2]你也听不着！

三娜才想起来，赶紧问，我小姥好啦？

妈说，好了，老太太更能耐，早上像有点不自在似的，晌午给吃一片小索密痛就好了。

爸说，咋样啊老姑娘，伦敦好不好啊！

三娜忽然立起腰来，说，看照片啊！

妈说，哪天再说吧，别翻扯了。

爸说，去吧，去拿下来给老爸看看！

三娜说，姐你们的照片洗出来了么，我也要看。

二姐说，都在书架儿底下呢，就放那摞相册上头了。

起身上楼，二姐说，咱俩明天出去买新相册整理照片啊？

三娜说，行啊！

打开书房灯，站在书架跟前，听见楼下大姐说，三娜她不愿意搞建筑就算了，也没什么，忙完这一段我俩要去搞一个农民调查，你

1　奔儿喽头，额头。

2　左溜儿，反正。

们不用管，我们搞点有意义的事。二姐说，好啊，你俩好。爸说，你们要调查什么玩意？……三娜好像已经站在岸上，这谈话和谈话中的"三娜"都与她无关。以对话、场景、事件和隐情裹挟她的河流，自顾自流淌，另一个三娜、她的幻影或者她的实体还在其中，她已经站在岸上。没有什么是必然的，没有什么神秘不可控的意志，任何人力划出的格子，都被随机性溶解，叠加为更繁复的偶然。人对世界的整体性的幻觉、或者说对真理的一致性的"信念"，是顽固的心理需求吗？这心理需求本身也是不具备真理性的客观世界的小小一部分吗？所以人能够对自己的无意识本质具有意识吗？现在的情况是，这一小段突如其来的思辨带来一阵饱满的喜悦，既是智力也是精神的满足，但是它并不包含任何启示——关于如何度过一生。三娜蹲下来找照片，有点舍不得这一刻过去，听见自己大声说，姐在哪儿啊？没有啊？

13

　　三娜跟姐姐们在南湖边上从前三间房的西屋看地图，说怎么怎么走，就到一个地方，有点像相公镇，又像美国印第安人聚居区，二姐要去树林里找一个走失的人，很神秘，不知道是谁，三娜和大姐给一群小孩儿上课，人渐渐多起来，好像都特别穷，三娜说，咱们都回家吃午饭吧，因为担心他们为自己带来的午餐羞愧。有三个女孩不肯走，在门廊长条凳上坐着，大姐坐一把椅子，三娜站她身后。女孩子们也许十一二岁，都浮肿，眼眶乌黑，问说是睡不好，三娜说睡前用热水洗一洗，一个女孩说，不能用热水洗，那要用好几次盆——三娜会意是怕后妈骂，心里紧缩着并且后悔问起，另一个女孩说，要是用一盆水，洗到脚也就凉了——后面三娜就一直在哭，号啕一声醒了，发现并没有眼泪，几乎立刻就想到、也许做梦同时已经想到：我对穷人的愧疚之情是真诚的。睁开眼睛，仔细体会胸腔里刚刚下过的大雨，那舒适的酸痛。黑夜寂静，一辆汽车开过人民大街，像一座远山划过火车车窗，最好是淋着小雨的车窗。不知道几点。暗自要求自己进一步醒来，用意识反复拍照，还是不放心。一定要记住这个梦，作为真诚的证明——三娜发现自己在幻想接受记者采访，从容深情地讲起这个深夜，镜头在房间一绕，刚才听到的车声也作为抒情的一部分，作为自己痛苦而伟岸的精神形象的背景——虽然不知道其中的协调性到底在哪里，但是似乎都是这样讲述。令人满意的幻想跑得飞快，等她意识到羞耻，大部分都回忆不起来了，或者实在是不忍心去回忆。大概这就是意淫。随即想到性，立即就逃得非常彻底，像贴着眼皮竖起铜墙铁壁。不知道什么时候又睡着了。

二姐进来掀开被子，——起来了何三娜！

哗的一声窗帘拉开，对面楼的大白墙给太阳晒得好像很烫。

姐拉开窗，转身出去了。清新的空气和炒菜的香味一起进来，又听见锅铲翻炒。午饭之前有一段，住宅区里静悄悄的。小时候中午放学，路上说说笑笑都是回家的人，春秋天气晴朗，家属楼群宁静清晰。童年里蓝天又深远万物纯粹的感觉忽然就回来，立即又消失了。记忆有时候清新响亮，有时候像块半透明的玻璃在心头晃过。

三娜打开电脑去洗漱，跟楼下喊了一声，我查下邮件！

没有人应。

聊天室没有人。Barbara 没有回信，三娜松了一口气，想起来把苹苹发来的短文下载了。聊天室来了一个人叫"123"，说，hi。又一行，男女？三娜心里一阵烦，把网络断开了。

楼下凉涔涔的，妈妈被子上的阳光特别晒。正是刚开学的那种空气。三娜说，妈！

妈正看报纸，没有抬眼，说，啥事儿啊，昨晚我听你也呲呲联网来着。

三娜说，我回来之前把论文发给导师，说一个礼拜之内给我修改意见，到现在也没回信。妈你咋了。

妈看她一眼，轻松地笑，说，咋也没咋的啊。你这论文没整利索啊，不让你整利索回来么。

三娜说，整利索得十一月呢。这些事儿都可以在家整，你就别操心了，赶趟儿[1]，十月底之前印好寄到就行。

妈低头看报纸，说，嗯呢抓紧啊。

三娜说，知道了，妈你咋的了。

妈说，这孩子你说，不告诉你了么咋也没咋地。

又继续看报纸，眼睛有点红。

三娜到沙发躺下，继续享受沉软松弛，赖唧唧说，妈你别看报纸了跟我说话呗。

窗外白晃晃的。现在开门出去，肯定也要感叹，啊，果然还是外面好啊！外面有种生气，天地间全是活力小虫飞啊飞。回想那愉快的感觉，又不为所动，竟然有点像自由。我是多么善于玩弄自己啊——三娜这样欢快地想着。

妈说，你看正有篇文章我要看看呢。

推开铁门，看见二姐在门口台阶上坐着，双手抱着垫在膝盖上，扭头看看三娜，站起来。三娜说，你在这儿干啥？姐说，没事儿，我进去了。三娜说，你咋的了。姐说，没咋的。三娜说，我去买咖啡你去不去。姐说，不去了，我进去了。

没有风，蓝色的空气光滑无声。暗示自己深呼吸，把小小的好奇

1　赶趟儿，来得及。

压下去。然后就看见两棵梨树清清楚楚一动不动，修剪得像没有生命一样的绿篱在不远处逸出一枝，虚停在空中。没来得及体会美与存在与偶然的生趣，已经觉得这观看及其情调都是不自然的，但又似乎并不是假的。

　　小卖店里一个陌生的小姑娘，也许只有十五岁，额头很圆，瘦白干涩的小方脸儿，圆眼睛偏黄，直愣愣看人。化了妆可能很上相呢，三娜想。她说，有没有大盒儿的？小姑娘到货架这边蹲下找，说，还有一盒儿来的，那就是叫我姨卖了，这小盒儿你要不的？十六块五。她站起来的时候甩了一下辫子，马尾扎得很高，散散落落在白外套的风帽里，外套洗得很干净。像一辈子都很照顾娘家、但是不被感激的女孩子。三娜多情地想。结账的柜台后面有一张床，一道花布帘子拉开了，床上散着许多吸管，一小堆儿编好的小星星。三娜有点懊恼地看着自己无法控制、非常兴奋地说，你这小星星是怎么弄的？——

　　赵姐端一个大盘子过来，米饭，肉丝炒蒜薹，西红柿炒鸡蛋。

　　三娜故意说，伙食不错啊，有红有绿的。

　　妈放下报纸，接过盘子，说，你俩也吃饭去，早点儿吃完好针灸去，要不肚子溜鼓往床上一趴多难受。

　　二姐笑了一下，说，谁吃肚子溜鼓啊！

　　餐桌已经摆好，小姥跟赵姐坐在厨房黑桌子跟前刚开始吃饭。

　　三娜说，咱俩也进屋吃啊。

　　姐说，行。

　　她把两盘菜互拨一半进去，又把唯一那碗米饭拨了一半给三娜。

　　三娜说，你也吃半碗吧。

　　姐不理。三娜还是跟在她后面，蹭着鞋底儿走。同时意识到，这是故意扮幼稚，也许是想装饰一下气氛，也许是下意识想回到小时候，家里气氛不好，三娜就寸步不离跟着姐。

妈笑嘻嘻说，啊，你俩学我啊。

三娜说，把沙发挪过来好吧！

妈说，好！我也想来着，寻思费事。还是你们年轻人呗，干啥不打怵。

三娜说，妈你咋的了？

妈说，这孩子！没啥事儿，就是想你二姐要走了伤心。你们哪，啥时候当妈啥时候能明白。

三娜说，在北京不也是不在家吗。

妈说，那可不一样，北京说回来就回来，我跟你爸俩啥时候想去就去，这老美国，隔着一个太平洋，心里就觉得像是可远了似的。

姐说，我寒假再回来。

妈用唬人的声音说，可不行回来！坐十几个小时飞机闹笑话呢！还得转机，吐的呀，我寻思寻思都上火！不行回来啊我告诉你！

三娜说，她乐意回回呗，你管她。

姐说，我还想回来继续针灸呢。

三娜说，周泽两年都没回啊。

姐说，他没有假，得给老板干活儿。再说他不想回，不知道，他本来也不愿意回家，过年坐大年三十儿下午火车，初二就回学校。他说过年时候学校没人可好了。周泽很怪。

妈说，哎呀！你说生儿子干哈，当妈的多伤心。

周泽妈每年给妈寄小米和红枣，白布袋子缝得结结实实，一笔一画的钢笔字。妈总觉得没啥给人拿的，不好意思，过年抢先打电话——问你和老周过年好！挂了电话还是有点兴奋感。新角色像新玩具一样，没有老人这回事。

姐说，他家也不乐意让他回，有那机票钱还不如寄回来呢。很多留学生都不回国，暑假票很贵，圣诞节就更不用说了。石云舒出国这么多年，就回来一趟，把儿子送到老婆婆家，就不管了。

妈说，石云舒孩子多大了。

姐说，谁知道了，三四岁。王雪松来微软了，租一个房子比我宿舍还破，连床也没有，买个旧床垫儿直接搁地上。

妈说，石云舒在哪儿呢？还不在一块儿啊。

姐说，在湾区。哪那么容易找工作找到一起的。他们俩当时出国也不在一起，都分别转学才转到一个学校的。

石云舒和王雪松是大姐同学，从小数学竞赛得奖，两个名字永远连在一起说。高中物理竞赛分别是省里第一名第三名，都保送北大，石云舒也在生物系，还是永远第一名。她是她们仰慕二十年的智商传奇，姐说她参加英语测试，连口音都是百分之百 local。可是也就是读博士，生孩子，找工作。

三娜说，周泽那儿到西雅图有多远。

姐说，两个半小时。

妈说，比北京到长春还远呢。

脑海中印出地图和航班弧线。睡得头脑这样干净，中午世界这样明亮，想这样无聊的事，说这样轻细的话，觉得浪费，好像一百块钱破开了。不然想点什么呢。我是多么自恋啊，三娜心里喃喃地说，真的好像是在抚摸自己。

姐说，我俩那点儿钱都花机票上了。

妈说，哎哈又忘了，你现在就给你爸打电话，让他上银行给你换五千美元。

姐说，我不用！

妈说，三娜啊，你给你爸打电话。

没人接。姐收了盘子去厨房。三娜抱着脚坐到妈床上，说，晒阳阳。

妈挑起精神，笑嘻嘻说，你是老太太呀你晒阳阳。

三娜说，你大学校不错啊。

太阳真的晒在后背上热乎乎的。三娜在作假之余平静地想，真的是回来了啊。这么清醒地身处此时此地，为什么觉得这么滑——。

妈眼睛里真的亮起小火苗，说，好吧。

三娜继续说，每次去都觉得很满足吧。

妈说，那可不咋的，有几回一走一过，也没进去，不租给人外贸学院了么，就开车路过，看着大院子，大操场，心里都敞亮。寻思我奚玉珠没权也没势，全靠自己，也盖个大楼，有个大校园，算没白干。

妈眼里的光、脸上的神气，好像大姥活过来。像太阳升起一样。

三娜说，我大姥要是见着就好了啊。

这是故意要说到妈心坎儿里去，三娜沉着地看着这做作，心里硌了一下就混过去了。二姐咚咚咚上楼。

妈说，那说啥了。

仍然是高兴的声音，但是神情也停了一下，随即就真的落下来一片安详的沉默。妈穿着一件白色小碎花棉线睡衣，去年夏天小嫂给三娜买的，已经完全不白了，镶蓝边的领口里出外进，小蝴蝶结缩成灰蓝的一团。我未曾详细参与的妈妈的生活啊——三娜看着妈脖子上皮肉松弛，颜色暗黄，许多正在加深的密纹。中午的太阳黄灿灿地照在她的上半身，像一幅画。三娜为自己的意外感到羞惭。她说，妈，我给你洗洗头吧——。她感觉到很完整的温柔。

妈说，前天洗的。

三娜说，油汲汲的。

妈摸摸脑袋，说，等睡醒觉儿的，我让赵香玲给我整点水洗洗，她会整，都洗好几回了——你大姨来了。

一开门像白银的大海涌进来。三娜说，大姨！

大姨说，嗯哪三娜你回来啦！昨个儿晌午来你妈说你睡觉呢，没召唤你，我寻思我老外甥闺女坐飞机怪累的。

三娜说，不累！

大姨说，能不累么，都瘦了。

三娜说，胖了！大姨你好像没怎么变哪！

大姨两手往下一拍，拍到大腿两侧又弹起来，说，嗯呐，我不总这样儿么！

大姨永远笑嘻嘻的。妈有时说，姆家人都这样儿，你瞅吧，怀德来的这些人儿，只要是姓奚的，个儿保个儿都是龇牙乐。

大姨说，我看门口小黑板儿上有你名儿，是不有你信哪还是咋的，我骑车一晃儿就过来了，都过来了我才想起来，给你拿过来多好啊。

趿着鞋出去，空气非常轻松，太阳非常晃，猝不及防地，汹涌的此刻灌进身体里，几乎没有意识的空隙。谁寄来的信呢，没有留过这个地址啊。

秦文寄来两张照片，一张便条，已经回到北京，祝三娜一切都好。没有留地址，当然这关系是无以为继的。那心思读得分明，一阵交流无碍的愉悦，又一种诀别的惋惜，轻盈、微小，但是完整，像一只小蝴蝶呼扇着飞过一块冰山。偶遇的陌生人秦文坐在泰晤士河边的长椅上，三娜在她眼前的方砖路上来回踱步，发表演讲，是啊，人生！是啊，中国！——真是难为情。这到底有什么可难为情的？三娜不敢在回忆中把那些话调度出来，惴惴想着秦文可能觉得自己很幼稚，三娜有点恼火但是也有点喜欢被人这样看待——天啊多么羞愧啊。后台一团火热淤塞，三娜以为自己没有看见，用微薄的意志要求自己伸出手来触摸路边修剪平整的绿篱，姐说这是小叶黄杨——她在心里一字一字说。她看见她的飞鸽牌单杠斜梁小红自行车停在门口，几株直立的蜀芹在太阳底下纹丝不动。这饱满的正午啊！大姨给自行车套了一个胖大的黑色车座，后货架上绑一团白色塑料绳。她没有点击进入，同时想到，往深处回忆是不自然的，是刻意的享受。啊，我几乎已经逃出来了，按门铃的时候三娜这样想，但是并没有感到轻松。

妈说，谁给你寄的啥玩意啊？

三娜说，在大使馆碰上的一个人，给我拍了两张照片寄来。

妈说，男的女的，中国人外国人哪！

三娜说，女的！中国人，国务院新闻办的一个人，去LSE也是读一年硕士的，我都不记得她跟我要地址了。

秦文跟二姐同岁，结婚了，还没有孩子。她怎样看待生活，她有什么烦恼，有什么目标。没有问，也没有去感受揣摩，就只是表现自己，傍晚时候分开，在地铁上回味自己说过的妙语。秦文只是说，你这想得都挺好的——，说得轻描淡写，没有一丝波澜。三娜此刻回想起来格外觉得刺痛，一定是看穿了，是隐蔽的嘲讽。怎么会看不穿呢，那么歇斯底里，这个手舞足蹈的家伙就是想要impress别人！到底是为了什么？想要抓住随便任何人的爱？三娜这样恶狠狠地打了自己两拳，发现自己早已轻盈盈分出去另外一个人一直在底下幻想，特意寄照片来至少不是恶感，也许对她来说是特别的经验，也许她觉得我——聪明纯真可爱！心里真的在发抖。像是忽然奋起，决定记住这可耻的事，总比自欺好些，继而又自我劝慰，所有这些都是我啊，这不是也有知羞知臊的一个么！蒙混不过去。

大姨说，这后头这大轮子是干啥玩意的啊。

三娜说，这一个一个都像小玻璃房子似的，里头有座位，人坐进去完了这轮子一转，就把人转上去了，转到顶上，能看见整个伦敦，就跟站山顶上似的。

妈说，是么，啥玩意拿我看看。

大姨说，啊，这都是像小房子似的，啊，还有这玩意哪，你上没上去坐坐？

跟 Irene 一起坐伦敦眼的情境就要在眼前的空气中幻化出来，裹成一团。不知为什么三娜躲开了，同时想到，有时候回忆来得猛烈自然，躲开也是一种刻意。那些瞬间的几乎不被察觉的决定都是怎么形成的？人啊归根结底是无意识的不是么。被造物。这想法是一种解放，从责任中解放——也因此像一个借口。

大姨撂下照片，说，你说我昨天看着谁了玉珠？

妈说，谁呀。

大姨说，小军呗。

妈说，哪个小军哪。

大姨说，李丰他弟弟呗！

妈说，啊小军啊！

三娜想起妈以前说年轻时候去大姨父家借住，大姨父妈妈给她煮碗面条，小军小剑不大点儿都在地上瞅着。图片已经开始渲染了，又像醒来似的觉得这想法本身像是从"人的一生"这种慨叹里诱发出来的。这感慨是早就准备好的么？还是妈当初讲的时候，她就多看了炕下那两个小孩一眼？——看不清楚，再去分辨就要臆造了。三娜很高兴自己还有多余的一层力量把这些无聊的自我玩弄的想法终止了，没有意识到这些都是对那烦躁羞耻的逃逸。

妈说，是不说偷车让人抓起来了，那个是小军还是小剑？

大姨说，就是他！小军！这不正是劳改队在外头干活儿呢，就你这大门口儿，修路呢！

小姥看着三娜问，说啥？

大姨过来趴小姥耳朵说，我在道上碰上小军了！李丰他弟弟李军你还记不记着了？

小姥眼睛亮起来，为自己听懂了而高兴，说，小军来干啥？

大姨说，偷车让人抓起来了，在外头修路呢！

小姥兴奋地说，在哪外头？跟前儿啊？

姥的表情非常直接，没有修饰，没有成年人的含糊矛盾犹豫。是人老了枯缩了。但是盛年那些难以阅读的细密心思也许只是一种装饰一场游戏？不能这么想，骨头与肉是平等的存在。好像也不对，要先决定在一个什么尺度内衡量，不能啥都上帝视角。三娜觉得自己的头脑不知道什么时候开始已经脏了。

大姨说，嗯哪，就在道边儿，我领你去看看啊？

小姥摇头，说，借钱哪？

妈和大姨就都乐了。大姨说，没有！借啥钱借钱，他在监狱里管吃管喝，要钱干哈！

大姨说，昨儿个我从你这儿出去，那不正晌午休息的时候么，那干活儿的都坐那大水泥管子上歇着呢，我老远就瞅那人像小军，过去一看可不小军咋的，更没瘦啊，我看还像胖了似的。

妈说，那还能胖，必是浮肿！

大姨说，不是肿！脸色儿可好了呢，红扑儿的！你咋不说没酒了呢！他家这人不就是喝大酒么！

妈说，可也是。

大姨说，我回去不就告诉李丰了么，李丰就出来看他兄弟来了。没多大工夫回来了，我寻思咋这么快呢，李丰说，在哪呢，是不走了，你看差了吧。我说我咋能看差呢我都跟小军唠嗑儿了，我又跟他出去领到跟前儿，李丰才认出来，你说说逗不逗乐儿！

妈说，我觉着李丰眼睛挺好啊！

大姨说，咋不好呢，又不近视又不花，人眼睛可好了呢！可是瞪瞪着啥也看不着！就我迎面儿走过来要是不打招呼他都看不着我你信信。

妈乐了说，嗯，我有时候在走廊碰上他，他像没瞅着似的，我还寻思是生我气了？

大姨说，生你啥气呀，不是生气，他就那样玩意！看不着！

妈说，可是李丰给没给扔俩钱儿？

大姨说，给钱干啥呀，给他他也都造化了。李丰在小卖店拿两包烟，小大儿买了个西瓜给送去的。我说你买西瓜干啥呀，那都不叫那些干活儿的给分了，小大儿好排场，说的，请大伙儿吃呗，完了别人儿有不也分给他么。

三娜看见大姨父站在路边给小军点烟，没有话，问一句，一天能铺多少米，或者看一眼，说，这砖质量不咋地。这平静被拍摄下来就很煽情。事实可能是，他们并没有刻意压抑什么。也许不善表达，也许情绪自行涌起落下。贾樟柯每一秒钟都在讲述他自己的感情。这里面有令人不舒服的东西，可能是滥用了那些平凡的命运。三娜遥遥地感到不安，自动停下来了。

妈说，啧啧，啥也吃不着，你说说。到底判几年哪？

大姨说，十三年！九八、九九——这才五年头上。

妈说，那也忒重了，就偷一个车，还是旧车你说说。他大舅子判几年？

大姨说，使上钱了，都赖小军拉倒了，要不能判那么重么。那前儿法官给捎话儿了，拿两万块钱就能给判三年。上姆家来借来了，我没借给他。

妈说，都直接要？

大姨说，哎呀妈呀都直接要。开庭完说找家属，直接开价。都那么的，曲里拐弯儿的这些人再听不懂呢！

妈说，哎呀，烂透透儿的了。

大姨说，李丰也说不借给他，他还不上，本来就拉的饥荒[1]都还

---

1 饥荒，债。

不上呢，喝酒，耍钱，啥都有了！进监狱更好，管吃管喝的，省着出来祸害人！

妈说，媳妇儿走道儿了[1]吧。

大姨说，这边儿才判下来，还在看守所呢儿，人那边儿戴春华就拿离婚手续上来了，不到半年就又结婚了。

妈说，孩子呢？

大姨说，有一个小丫头，十来岁儿，带走了，那不带走咋整，想扔也扔不下啊，没人哪。

小姥说，来没来家？做几个菜？

大姨又喊，蹲监狱呢！让人看着在外头干活儿呢！

小姥说，劳改啊？

大姨又喊，对！不让出来，不能来家，来家我也不借给他钱！放心吧啊！

二姐穿了牛仔裤和灰条子短袖衬衫下楼来，说，何三娜你换下衣服得走了。

三娜拿照片起来。二姐说，大姨。

大姨说，嗯哪二娜啊。

妈说，快溜儿的你跟你姐去吧，就中午人少点儿。

大姨又说，小军怕我，他们哥儿几个都怕我，个个喝酒耍钱，怕我说他们。我还不像你似的，我都是好好说，但是他家人更好脸儿[2]啊，不让说！你看李丰，整啥整差了都不让说，小大儿他们，都是，脸儿小。我就说的，我说小军你又欠多少饥荒啊？那不就唠嗑儿么，他就可没面儿可没面儿的了，就不咋来。到长春就更没联系了，打官

---

1 走道儿，此处作"改嫁"讲。

2 好（hào）脸儿，自尊，要面子。

司这套事儿还是小华学[1]给我的呢。

妈说，可是关哪了。

大姨说，就黑水子。

妈说，这五年来的李丰也没去看看？

大姨说，去过一回，再就没有，他家人成死性了。你说要像搁咱们，那不得说一周看一趟，也得一个月看一趟你说是是玉珠。

妈说，那叫亲弟弟呀，是老疙瘩[2]吧，他大还是小华大？

大姨说，小军大呗，小华是老姑娘。那不要个姑娘要个姑娘，最后要着的小华么——

在二楼洗手间，闭上眼睛擦洗面奶，看见大姨家的红砖地，蓝色炕革，真切得吓人。同时觉得这一大片对话像是印在纸上，又知道是真的，又并没有当真。要使劲儿，要去设想，要把看过的经历过的填上去联系起来，要很不自然，才能有点感受到那里面骇人的力量。语言当然是虚掩的玻璃门，身临其境好像也一样，可以无动于衷、可以像蜻蜓从水面掠过——是自我保护的本能，还是承受者没有闲暇去感受？坐在水泥管子上吃西瓜的李军是怎么想的，关于人生？——我真的可以了解么？如果不能了解他，不能对其他人有一个普遍的结论，我就不知道应该如何生活，如何在人与人组成的世界中生活——既然我的吃穿用度一切都是他人劳动，不可能逃出去。我是真的卡在这个困境里，但是既然别人没有，那么是因为我更懦弱还是更正直？啊，在截然相反的两种自我评价中摇摆，我是不是应该搅浑水认为自己同时更懦弱也更正直？我总想把懦弱归因为正直是不对的！洗干净脸，擦了一点大姐的润肤霜，三娜因为似乎想清楚了什么而感到振奋，换

1　学，讲，复述。

2　老疙瘩，老幺儿，家里最小的孩子。

了衣服，意识到楼下完全安静，轻悄悄走下去，二姐站在门口，妈已经躺下要睡午觉了。

大姨扶着姥才挪到姥房间门口。

三娜说，我陪我姐针灸去了大姨。

大姨说，嗯哪，我明天还来！有没有啥要吃的大姨给你买！卫星路市场啥都有！沙果要要？

妈说，你大姨还寻思你是小孩儿呢。

三娜说，我要吃沙果儿！

大姨高兴地说，嗯呐，明天指定给你拿沙果儿来！

灰铁安全门晒得滚烫，二姐说，你咋这么慢呢——我拿钱了，咱俩买好东西去啊！

三娜说，我也拿钱了！你拿多少！

14

九八年底，有一天下午飘小雪，三娜坐在二姐房间窗台上，大姐问她生日希望得到什么礼物——你不是最重视生日了么？姐是怕她尴尬故意把这嘲讽甜蜜地说出来。她们当她是小孩，容忍她贪婪的自怜。三娜就哭了。屋里昏暗，她一边哭一边想到自己逆光坐在窗口的画面正符合想象——随即觉得可耻。她们应该认为她单恋王宇，故意不说，她含糊地这样讲过，装扮成害羞。三娜不能决定是否应该将错就错，坐实"我爱王宇"这样一件她内心无法确认的事。这样犹豫着就哭了。大姐故意用欢快的语气说，干脆，咱们仨出门大买衣服一场！决议每人拿出一千块钱。平时去小饭馆去利客隆都是大姐花钱。每学期家里给三娜三千块生活费，到中间总有别的原因又给一些，她从来没有为钱忧虑过。

第二天仍然下雪。先到北大南门外林红英的店，评头论足，啥啥看不上，决定去西单——三娜和二姐都没去过西单。打不到车，也不着急，在路边大声说笑，绵软的雪花飘在嘴唇上化了。也用余光瞥了几次全景，三个人很渺小，可是是唯一结实的，树木街道车辆店铺行人，都在雪中模糊了。

西单商场光线昏黄，顾客很少，老式玻璃柜台后面店员都半睡了。越发像是逛博物馆，看看可笑的人类怎么会生产、并预期有人喜欢、肯定确实有人喜欢——这些东西！……——你看这个！丑的！也是挖空心思啊！——姐你快来看这个！估计妈觉得不错！——你记不记得曾令华了，有那么一件，粉的，胸前全是飞边儿，衬个大黑油脸！——这怎么像周薇的衣服，穿上老头子们都觉得不错，以为女大学生就应该这样！——你是想说清纯吗？我啥都能说出口！……被那睥睨一切的快乐灌醉了，升腾的狂欢的情绪托着，落不下来。根本就什么都不想买。根本不能意识到自己有多猖狂。根本不可能去想，在本能深处，自我中心理所当然，自我膨胀必须必要。可能理性，平视、换位思考、整体意识，本来就是作为工具和策略发展出来的，太过习惯它们就会陷入空虚？无法接受这样便利的辩护。是因为傲慢么，是因为想从"本质上"跟那些几乎是毫无意识地被本能支配的人有区别么？这傲慢的需求也是未经反省啊！她们什么都没想，放纵地大笑，老旧的西单商场不堪一击。干脆去看布！甚至去看毛线！每一个颜色都像一首诗，每两个颜色的搭配都是另外一首诗！三个颜色，四个颜色，当这些颜色以不同的比例不同的顺序搭配，就会形成独特的抽象的形式，你总能找到某种微妙的人类经验与之呼应，天啊活着能够感受！那些花布，那些格子！那些无缘无故的图案，难看的，漂亮的，尴尬的，微妙的图案！色彩、纹理、材质，都可以接通联想，打开某种特定的生活情景，某种特别的角色性格，某种热爱或者厌倦！这些无辜的偶然的花布啊，只要我们打开接收器，它们就能在我们的身体和头脑中演奏，是的，在直觉和历史两个大乐器上演奏！在直觉与历史彼此镶嵌的大乐器上演奏！它们中任何一个都不能为自身提供存在的理由。在那高速旋转的感受与思辨的漩涡里购买的决定也是在喜剧表演的层面上完成的。她们买了米白，棕绿，孔雀蓝，大红的粗棉布，店员用黄纸包好，纸绳捆住，三娜望着店员灵巧的双手感觉到令人愉快的告别的哀愁。

隔天二姐大搞卫生，把那几块布罩在沙发上披得整整齐齐，简直不敢去坐。上地的蓝底绿花沙发非常漂亮，听说是意大利进口，爸说太贵了，看大姐喜欢，还是买了。真是豪举。还有一套磨砂起棱儿玻璃碗，碗底写着"Made In France"，三娜总觉得不可思议，仿佛法国不可能还有工人、还有制造业。竖条子玻璃冷水壶，也像是来自明信片上那种的生活，玫瑰花斜放在茶边，镶金边儿的描花细瓷茶杯托在小碟子上。那怎么可能是真的！夏天买过几次柠檬，切片泡水，很兴奋，但是过去就忘了。倒是经常从利客隆带回来六枝马蹄莲，插在那水壶里非常漂亮。多插几次就觉得理所当然。有一次同学来家，回学校路上无话可说，三娜只能说，我们家好吧，同学冷冷说，你们家是有钱人。三娜心里像给刺了一下——确实没想炫耀，炫耀这个等于承认自己本人无可炫耀，而且没见过世面，哪里算得上有钱人。可是这怎么解释，三娜后来再见到那个同学心里就像有点防御。

有一次王宇笑嘻嘻地忽然说，你妈破产你就好了。三娜说不会，因为我看我爸也并不快乐，他几乎一直因为钱不自由。王宇说，那没办法了，基因啊。三娜心里莫名就有点得意，随即感到可耻。总是这样。

那是三月底，爸从长春过来搞装修，晴朗暖和的礼拜六的上午三娜跟他去银行取一大笔钱。一个瘦小的保洁员，穿一身宽大的宝蓝色工作服，用一只足有一米宽的干拖把，擦灰黄色瓷砖上的灰脚印。人来人往，擦干净了又有，擦干净了又有。一双小白布鞋给宽大的裤脚挡着，一走动就露出白脚尖。三娜故意去看黑色大理石柜台，金色栏杆，在意识监视中、在自我感动的要求下，她如愿地加强了羞愧，旋转着沉重锋利起来——直接变成自杀的想象。那时候想象自杀已经非常熟练轻飘，都是不能自杀的耻辱和痛苦。缓释痛苦的办法就是观看它，进一步感动并进一步厌恶自己。总是这样。

她颇有心计地记下银行里的这一幕痛，想要跟人述说。觉得可耻，同时按捺不住兴奋——像是拿到一个新玩具。下午回学校，坐在系馆门口的台阶上看同学们跳大绳——系里要举办一个趣味运动会。在春天傍晚之前黄金般的空气中，运动的欢声一个一个膨胀了，像彩色的气球挤闹着，此起彼伏。三娜真实地感觉到此刻的尖锐，然后习惯性地、几乎是自然地，想到这是文艺电影的铺垫，下面应该发生残酷阴郁的事。来不及自嘲，单只预想一下，身体里已经掀起潮涌的感动与自我感动。等跳绳结束，同学都散了，她坐在马路牙子上跟王宇讲银行那一幕，说着就如愿哭起来。知道骗不了他，又在外面包裹表演性表演，严肃的辩护，机智的玩笑，亦真亦假的卖弄，最后混合成一种令人厌恶的对爱的歇斯底里的绝望的渴求。大学生活几乎一直如此，长期慢性、非常难看的自毁。那里面有过什么珍贵的东西么？回想起来在核心在起始的地方，那羞惭是真实的、完全无辜的吗？算得上美好吗？已经不重要了，垃圾桶里就是有珍珠也没办法拣出来。

妈后来说，这房子买错了，整天待在家里，上哪找对象。可是三娜不能设想，一直待在学校，她会在自己跟前出多少丑，演到没有下台阶会不会弄假成真伤害自己？大概也不会，她相信自己的懦弱。逃了很多课，褪掉了身体里的课程表，时间像荒原漫开。初春停了暖气，北边房间阴寒逼人，脱了衣服钻进被窝，被子拉上来只露眼睛。也不困，也没什么事情可想，也不能抚摸自己那太凄惨，也不能盯着天花板因为立刻就看见自己盯着天花板，也不能看书看不下去精神已经溃散，无始无终地在草原上放马。似乎出现过许多精彩的想法，不可能记住，也没有那个心力和斗志。偶尔也惋惜，侥幸地想，这些想法早晚都会变成什么吧，要么凝结出来，要么改变我、成为我？那些被忘记的，都刚好是次要的、衍生的、重复的、并没有带来真正触动的——可以如此信赖这个我根本不知道它是如何运行的系统吗？如果只是流逝不见呢——反正早晚要流逝不见——这是敷衍自己啊，于是又感怀——永远也感怀不完。跟文艺作品试图误导的不一样，那心境姿态一点都不美。向自怜屈服是深渊无底，不能反弹——所以说是病态。

　　不知道从什么时候开始，渐渐的就像是好了一些，自我厌恶的情绪涌上来，有时候会卷入，也有时候可以看着它涨落，不理它。也许会越来越好——，也不敢期待。有没有过触底反弹那一下？有没有决定性时刻？三娜这样幻想过，在几乎彻底黑暗的时刻，只剩一线意识喃喃自语，仅仅是想到了戏剧性转折、那形式力量仅仅像微风吹过、就改变了箭头的方向。这是美妙的故事，不是事实。她不止一次试过，根本不能确认哪里是最低点，永远踩在软绵绵的泥泞中，无底可触。即便是精神世界，大部分变化也发生在意识监视之外。现场无法还原，叙事几乎是自由的。但是其实她隐隐约约始终知道是什么东西在底下坚持。是自尊心。自辱本身也是因为自尊心，像白细胞大战病菌——她几乎被那战争，被那羞耻的高烧本身毁灭了。但是自尊心是从哪里来的，它是多么接近于虚荣，最顽固的那部分虚荣，曾经有一时一刻真正忘记他人的目光么？但是她知道自尊心不止于虚荣，在所有对他人评判的想象之外，她要对自己交代、要对自己诚实，她希望在自己面前是好的。但是那个自己又是什么？它的评判标准从哪里来？这里面有神秘的东西么，还是后天习得的、不过是经验的累积与演化？

两千年初三娜去考 GRE，做完数学，打开逻辑做了两道，取消成绩就出来了。像木偶一样不费力气按下"确认"键，麻木地知道自己麻木，丝毫也不吃惊。晴朗无风，甚至都不冷，走在中关村大街上，她看着虚弱的平静，像死了一样，盯着看也没有起波澜。那乏味死寂恰好符合文学的期待，多么像决定性的时刻！但是除了自我暗示，她什么都感觉不到。倒是再一次想到自己的文学要取消决定性瞬间，因为戏剧性的缺失才是主要的常见的惊奇。这雄心动荡了一下，立即觉得可耻、在这情境下简直是自欺自慰、心里一阵紧抓。怎么还是轻浮？没有能力痛苦吗？像是很久以来第一次探下去，想要直面内心，一瞥之下目光慌忙地浮上来。天桥上有个人摆摊卖梳子，她走过去，设想自己蹲下来无心地细看，但是并没有，继而看见自己走在这一刻，银白耀眼的阳光从右边散射过来，路上的车和人都虚出一条尾巴。想成为那虚影的一部分。想跳下去。这想法跟着那画面上来，轻飘得像小刀片轻轻刮过。她没有理会这次轻浮，转而去想自己到底是受了庸俗的叙述的诱惑以便为此刻作证——"我还记得那天天桥上有个人摆摊儿卖梳子——"；还是为了把注意力转移得更远更外在？两者都非常合理。立即又跳转出来意识到此刻这些所谓思考也是逃避。事实上那种必须面对这些年的持续跌落必须统一清算必须让结实的痛苦砸下来的紧迫感一直在后台逼促着，正如那逃跑的本能一直在驱动智力发出噪音。我仍然在制造噪音——这一句之后忽然停下来，随即意识到这停顿，又起来——"像电视转台时房间里忽然黑了一下"，她跟自己造句说，竟然有点得意。刚要批评清洗这得意又想起来这是在逃避……不知道什么时候失去了监控——已经有点累了，但是话语在虚亢中自行衍生的速度非常疯狂。"如果这混乱就是真实的痛苦呢，如果此刻这照在公交车椅背上的阳光和它的温暖就是痛苦的内部缝隙呢？"这一句流过去，又流过去好几句，她像是忽然醒过来，又追回来重新想，如果此刻的自我厌弃、无以自处已经可以被认定为痛苦呢？被谁？我有这个权力么？这是不是自欺？在想象中已经看见自己上岸，但是不能，她不相信自己已经在结算中。信与不信这事无法作弊。"我依然没有得救。"她几乎是放心地想到。

　　365 路汽车上乘客稀落，更显得叮叮咣咣。她留意到自己的肩膀，随着车厢的震动而微微抖动，抖动的幅度似乎被意识加强了，在那之前一刻完全是真的。身体酸软松弛。"放任自流"，这个词滑过以后，像是新打开一个空间，几乎是清白的，伴随目光的巡视越来越广大，轻松而且完全干净，几乎要稳固下来。应该谴责自己么，她犹豫了。如果那松弛是身体"自发的"反应，如果生命内置了重启程序，我能说它是自欺么？想要忘记过去重新焕发，就是通常人们赞美的生命力么？我能说它是无耻的么？那白色空间渐渐散开银色的光亮，初春般的愉悦和生动几乎要贯彻在身体中——猝不及防，沮丧和羞耻感汹涌而来，胃里一阵抽搐。第一个意识是眼睛并没有酸——没有哭的冲动，因此感到欣慰，似乎可以证明这不是表演、是真的——意识之下的变形是另外一回事。监控不知不觉又中断了。汽车停下又启动，身体前倾、又向椅背砸去。她回过神来，试图追忆刚刚过去的茫茫一片，只觉得灰心疲惫。半天只有一个句子，像一根绳子从混沌中递出来——我到底是轻松还是沮丧，难道是一分为二？果然就看见一个房间隔开两半，一半浑浊灰暗，一半清新空白。她知道这是语言的创造，才能如此清晰——有力？但是在几乎被语言抽干的空虚中，她觉得差不多可以认为那黑白分明就是真的。如果接受这种描述呢？就能变成真的么？什么算真的？还是我根本就在玩不可知论的游戏？她像是忽然想到，又隐隐明白自己在语言的河网中不止一次泛舟路过此地但是并未留意并未真的凝神去体会，她想到——也许意识本身就是真实。意识不只是（对"真实"的）观察，语言也不只是描述，它们内在的格式，它们在长期的内外反馈中形成的价值偏好，也许都应该被接受为动力之源——与本能相对应，比本能更容易把握？二分法是粗暴的，意识与本能应该是彼此联结、合作——是不是在搅浑水？她小心翼翼地维持着高速的运转和近乎愉快的心情，几乎力不从心地继续想到：比如此刻，我可以选择接受鉴定结果，认为内心同时呈现出两种渴望：一是想要鼓起勇气凝聚精神痛苦、自责并清算；二是想要放弃"沉没成本"，培育新生，从头开始。我可以选择新生，并且立志不忘今日之背叛。我也可以选择自我惩罚，既然能够相信意识对内心的鉴定，就能够估算出恰当的量刑，当我感到"足够了！"，也许就能简单地获得新生。这清晰之感是多么令人愉快。我是否已经在语言自身的轨道上走得太远，回头能否在行为中找到明确的对应？掠过隐隐的不安，迎接语言幻化出的轻浮乱真的感受：三娜看见自己站在自由和光明的起点，仿佛拥有一帆船，仿佛金色的阳光洒在微澜的海上。再一次猝不及防，灰暗潮涌，在一个瞬间几乎完全充满了。她感到满意，看着它落下来。像海水冲毁沙堡留下一段平缓，那虚弱而略带伤感的平静是惬意的——她立即感到自己不配享用。看着自己在酸楚和羞愧的笼罩下，回忆刚才快速转过的所谓思想。看着自己拿出纸笔，把这些想法写下来，像计算数学题一样继续推演：我能够因此做出决定么？在只有两个选择的情况下，在关于自由最简易的模型面前，我能找到外在的理由或者内在的力量帮助我做出决定么？还是既然没有偏好就相当于两个选项完全相同，可以任意、随机、偶然（这不是自由的真意！）地选一个并且心甘情愿地承受它的后果（这是自由的真意？）？把自己交给任意、随机和偶然，这就是我刚刚几乎以为找到的关于人生的解答？语言早就已经踏空，几乎完全是游戏。收起纸笔，看着公交车上的自己，刚才好像冲上去又退下来终究没有在山顶站稳，这描述带来自我感动——再次陷入熟悉的自我厌弃的漩涡，它像呕吐物一样恶臭而温暖。意识细若游丝若隐若现地说，这是太累了，能量落下来了。

下车的时候她几乎在浑浊中停滞了。冷而清甜的空气把身体唤醒，觉得饿，又冷，心提上来一阵急抖。小区向北的路上亮堂堂的，没有阴影，也没有人。想要深呼吸，怎么都压不下去。深秋新栽的两排小树各自撑着三四根木杆，树枝稀疏清楚，一动不动。没有任何倾向的普通景色，更显出冬天深处那令人惊异的平静。几乎是温和的，像雪山顶上不结冰的火山湖。隐约知道自己是想方设法铭记这一刻。但是显性地想起长白山，一会儿要给妈和姐打电话。她知道自己，一定会拿出极其沮丧的声音，他们甚至会安慰她。这是多么卑鄙啊。悬吊着的紧缩着的心像一个小铁锤荡了一下，几乎想要吐。要是能吐一场就好了，她热切地想。

小铁门跟前有个烤地瓜炉，她模糊觉得自己不配买个热乎乎的烤地瓜回家吃，同样模糊觉得这是自欺，肯定还是要吃饱。啊又是这个小女孩！前几天还在清华小北门见到，才比炉子高一头，戴非常脏的一副花布套袖，一双手伸出来红肿得像十个小地瓜。守着炉子怎么会冻成这样？离清华三四站呢，推车走过来的？三娜加快脚步，几乎是小跑着回家。有一副露出半截手指的彩色条子毛线手套，终于在顶柜上找到了。急急送过去，假装顺便买了两个地瓜。小女孩定定看着三娜，脸蛋冻得紫红的，一双眼睛颜色非常浅，几乎是灰色的。没说什么，手套接过去拿在手里。三娜匆匆走了，不敢回头，心里有点满意——这就是差不多最糟糕的那一天发生的事。仿佛正因为它轻巧微小，正因为逻辑或情调都不相干，才尤其真实，尤其值得铭记。继而，像饿极了的人吃了一口饭越发饿得汹涌——她感到空虚广大无边，与眼前的冬日浑然一体，雪白冰冷。好像不脏了，但是连脏也是值得怀念的了。

那一整个冬天都在暗示和期待之中。考 GRE 前两个礼拜要交酒店大堂室内表现图，前一天熬到一点钟也还是没有动笔。像给魔住了一样，看着时间过去，看着自己心慌得厉害。如果是电影里，秒针的嘀嗒声就会越来越响，催至疯狂。好像也没睡着，颅腔热胀，思绪飞奔更胜平常。又似乎睡着了，因为很快闹钟就响了。坐起来心嗵嗵跳了两下，要从肋骨里跃出。姐都不在北京，家里只有几盒牛奶，热得滚烫的，坐在床上围着被子喝了，又躺下，努力地深呼吸。脉搏只有九十下，根本不算什么，不能成为正当理由——而且也许到医院又慢下来。交三草以前大姐带她去过一次，大夫说没事儿，让做个心电图。在灰暗拥挤的走廊里排队，姐拍她的背，说，小胖子！姐什么都知道。真是无地自容，简直是在装病。确实是太希望生病了。检查室床边挂着豆沙色灰格子花布帘，特别乌突难看，手常拉的地方明显黑一块。药膏抹在胸前，冰凉滑腻，秽亵，——我只是一块肉。也许那已经是最低点，不能确定，其实也不重要。大夫说一切正常，看她一眼，又说，胸闷啊，心悸啊，这个年龄女性很常见，过几年自然就好了，没事儿。低头写方：谷维素，维生素 B。三娜觉得特别窘，妈更年期吃谷维素，大概与性激素有关。不能忘记医生那一眼，在浑噩中扎了一下，就凝在那里，不能舒散，也不会尖锐心疼。拿药出来，她终于开口说，姐，我想开个假条。姐说，不早说！转身就往回走。她喏喏说，我自己去就行了。姐说，没事儿，我跟他说。她心里稍微松了一点，站在医院门口等着，没有力气感激。姐什么都知道。连续三次设计课没去，老师让同学带话，生病要有假条。终于对付了一张草图去上课，老师看完脸色阴沉，三娜赶紧就低头躲开了，捱着，盼他走开。不敢仔细想，自己怎么变成这样？给了六十五分，至少不用重修。她觉得是因为老师嫌麻烦，也许觉得她可怜——每届都有这样的？这个年龄女性很常见？正赶上班里有个女生轻度精神分裂，臆想有人跟踪，窃听电话。老师离开三娜绘图桌的时候，她在心里用力标记了一下——已经在沮丧中察觉到痛快，偷偷渴望更尖锐沉重的一击，后台那个自己简直迫不及待，盼 GRE 快来，要破罐破摔——彻底解放。仍然挣扎着要背单词，对着单词书不断逃逸，拽回来，观看自己浪费时间，又拽回来，重新规划剩余时间仿佛还来得及还有希望。是真的焦虑，并不是躺着等着或者干脆就不去考了。想起来都是昏黑的北屋，开着吸顶灯绘图灯还是昏黑的，偶尔出门就觉得那白日晃晃的非常残酷——有意无意，这意象也帮助她定义那"最糟糕的一个冬天"，但是她始终知道这是自己定义出来的。连体重都达到顶峰，开春就渐渐瘦了，到第二年春天姐甚至说她重新变好看了。也许只是因为即将毕业，无论如何另起一段，像赌徒刚拿到一大笔钱——即使是借的，即使还欠着债。

15

零二四（二航校）东门口挖过沟填了土还没有铺柏油，一辆蓝色小货车拖着一团灰雾，突突突正开进去，起落杆随即落下。站岗的士兵很瘦小，制服不合身，皮带上下都打着大褶子。小时候三娜每天路过零二四正门，远远看见士兵纹丝不动，总有一点紧张，他们像雕像一样庄严，而我是不合格的，永远都不会合格。那自卑的心情其实很愉快。当然记忆不可靠，而且小孩的眼睛在现场就不可靠。可是成年人看到的也未必就是真实。在英国看过一档游戏节目，让人钻进漂在水上的气膜球，球内完全光滑，没有抓手，人要摸爬滚打尽快到对岸。是无心之作，又像神来之笔，是鲜明的比喻。人被囚禁在透明而变形的想象中，怎样努力都与世隔绝。

大柳树枝条不动，长春是没有蝉的。三娜跟姐走在窄窄的浓荫下。

姐笑说，真奇怪，为啥那时候要请一个部队的人当辅导员啊？

三娜说，可能还是觉得军人又红又专吧。其实你想一下，咱们上小学的时候"文革"都还没结束多久呢，现在应该没有了吧。

姐说，"文革"是咋回事儿你知道么？

三娜说，我也不太知道，也没人好好讲过，能看到的也不能信啊。

姐说，最烦课外辅导员了，戴个红领巾假装是雷锋。有些高个儿女生下了课还凑上去说话，有啥可说的你说，我当时就替她们不好意思，不知道躲哪好。

三娜说，幸好我是矮个女生，但是我那时候还有点羡慕呢，觉得像作文选里写的。

姐说，你是那样儿，总想融入主流儿。

融入主流儿这词从二姐嘴里说出来太逗了，两个人大笑，同时觉得这笑声在安闲的午后太过响亮，简直孤单，天上忽然飘起彩色气球。三娜伸手扯住一根柳条，拽着，松开，又扯一根。一个女人骑自行车经过，挡泥板变形了，噌噌蹭着车轮，渐渐远去。一个老头光着褐红色的上半身，但是戴着草帽，骑一辆破三轮，一颠一颠，嗒——嗒——嗒——，竟然非常响亮。他们在马路两边，三娜看着他们交错别过。

有一年"九一八"，有个同学家长帮忙，全年级一起到零二四参观飞机。午后非常晒，远处野地的毛毛狗都是亮晃晃的。停机坪只有半个操场大，停了两排飞机，飞机比想象的小很多，像小鸟儿，每一只都很孤独。水泥地面透过鞋底烫上来，站在队列中三娜不想走近。那可能是她从大遇回长春之后第一次见到空旷，倏忽豁然，向回忆洞开，照见一束空白，立即闪过去了。急忙忙去寻找爱国主义，自觉地造句，要是五十年前有这些飞机，我们就不会遭到日本帝国主义的欺凌。她不确信这些飞机有那么神勇。她有点知道这句子来自另外一些句子，跟现场没关系——又不敢知道，只是隐约觉得不妥，好像什么地方踩空了。从小虚荣懦弱，从来不曾是皇帝新装里的小孩，但是也并不能够彻底自欺。

校外辅导员是零二四学生，清明节开主题中队会的时候请来，戴上红领巾坐在教室最后一排，临结束上台讲话，白胖的圆脸涨得粉红的，南方口音，吃力地郑重，同学都憋着笑。三娜又着急又沮丧，本来就觉得她们的队会粗陋，结果连辅导员本人也不合格，自己的生活离理想的形式差太远了。

姐说，我最烦高个儿女生。不像你跟谁都打成一片。我跟你说过么，五年级我不是数学竞赛得奖了么，老师就对我好点儿了，安排我跟学习最不好的邵石峰同桌，表示我是好学生了你懂吧，这下可糟了，邵石峰欺负我，把我文具盒里的笔全拆了放回去，他整天拿个牙签儿抠牙也不洗手哎呀可恶心了。但是班里有些女生喜欢他，谁知道了咋那么早熟呢，五年级就知道喜欢男生！有一天下课薛爽叫我，说何二娜你来我有事儿，你知道吧，高个儿女生都很成熟的样子，要跟我谈谈，我就只好跟她到走廊儿，她很神秘地说，你知道吗，邵石峰喜欢你。给我吓的，不骗你我一直担心自己怀孕！

三娜说，你傻呀！

姐也笑，说，笑啥笑，贼惨！

三娜说，特别适合写进小说，但是一写就没人信了。

姐说，三娜你傻。不要相信文学！语言都是骗人的你仔细想想。

三娜说，我明白你意思，语言的格式呗，人有时候好像是有完形的欲望什么的，就往上凑。但是要不然用啥了解所谓客观呢，本能吗？本能也都是带了利益立场之类的扭曲啊。真的追究到那个层面，真实到底是啥都成问题。

姐瞥她一眼，说，真能说啊。心里明白就行了呗，非说出来干啥，累不累挺。你不觉得说这些话的时候心脏不断地往上抽血么，那种感觉。

三娜说，嗯，有点儿，但是也有点儿爽。

姐应该是故意要换话题，说，马腾儿咋样？

三娜说，不知道啊，听说长到一米八了。——参加小学同学聚会黄蕊说的。

姐说，咋想的，小学同学聚会！

三娜说，他们初中也都在子弟校，还一直是邻居，爸妈互相都认识，所以确实感情好吧。

姐说，那你去干啥？见着康晓林了么？

三娜说，见着了，很尴尬。好像好多人都知道，所以非叫我去不可，打了好多遍电话。好几个女生都喜欢康晓林——哎呀不说了。

姐说，他哥也那样，就喜欢学习好的，可奇怪了。洪秀秀对眼儿——有一只眼睛斜视，你想想吧。

因为学习好？！当然这不重要，总之她不能接受非常喜欢她的人。有一年"五一"康晓林帮她买火车票，只好两个人一起回长春，半夜三娜去上厕所，看见他在车厢连接的地方倚着墙壁抽烟，有令人信服的伤感。康晓林长得非常好看。三娜几乎看见自己走过去拥抱他。当然站着没有动。只是贪婪地、擅自珍藏那一幕，火车穿过春天的茫茫黑夜。

我也还没有卑鄙到利用他来满足我对戏剧性的渴望——三娜想，暗自以为也算一种胜利。

三娜说，洪秀秀跟康晓林他哥结婚了吗？

姐说，不知道。洪秀秀一到美国就勾搭一个教授，她肯定是那样的，一点儿也不觉得自己丑，不知道自卑。后来好像没成吧，又去找晓林他哥。都咋想的，这么多年都没怎么见过，一个在美国一个在北京，咋恋爱啊，还搞得好像很那啥似的。

三娜说，你是想说轰轰烈烈么？

姐大笑说，对！哈哈哈哈哈。

姐说，都是张寰宇说的，张寰宇你知道吧，在加拿大给我打电话专门说这些，一个男生！

左边一座四层楼，灰粉水刷石挂面，眼见是新换的铝合金大片推拉窗。两扇木门还是从前的，新刷猪血红漆，嵌着窄长的整块玻璃，微微倾斜的两条不锈钢管推手，推开它的人本应穿一件中山装。午休寂静，推开咯吱一声。门厅里青阴沉沉，药水味道，下意识就停止了交谈。左边楼道的黑暗里走出一个女人，哒哒哒哒，白大褂裹着巨大结实的胸，胸前端着一只细长不锈钢盖玻璃保温杯，满杯褐色茶水。昂着头，目不斜视走过门厅，走进右边楼道的黑暗里。镶进长镜头，就会有一种不动声色的悲剧气氛。像某种东欧艺术电影，寂旷压抑。把心里那个镜头摘掉，会看到什么样的本来？

三楼正对楼梯一个玻璃橱窗嵌在墙上，第一栏右上角一个军人半身相，胸前挂许多徽章，家常微笑着，似乎富于感情。照片底下是介绍文字，打印在白纸上一行一行剪下来又贴上。三娜看见勤务兵拿着文稿坐在打字员身后看着电脑，就是教育学院后身那小小的打印社，下两步台阶进去，复印并兼卖文具。姐拽她手，用气声说，看啥。三娜转头间瞥见几幅毛笔字，宣纸没有裱糊，又有几面锦旗，红丝绒镶金黄穗子。离开家好像也是为了远离这些，现在看到又觉得非常温暖。这冲突的感情像小说里的人，三娜想到，并且暗自生出虚渺的希望，也许自己正走在"正道"上？

还是爸做牵引那间诊室，一个矮胖老头儿坐在地中间儿小凳上，张挺立医生正捏他的肩膀，抬眼说，来了，坐下稍微等一会儿。病人抬不起头，费力地向上看了一眼。张挺立说，这是老三吧。三娜笑说，张叔叔。张挺立说，坐——看着二姐说，怎么样，感觉好点没有？姐说，好多了。

——什么时候走？

——礼拜二。

——那不剩几天了，礼拜六礼拜天都过来吧。

——嗯，周末是上午还是下午。

——就这时候就行，吃完晌午饭过来人少。膏药买了没有？

——买了，不知道让不让带。

——膏药坚持贴，怕不好看就睡觉贴，枕头枕低点儿，能不枕不枕也行。你这情况挺严重，往后更要遭罪。

——我早就不枕了。枕了疼得睡不着。

三娜侧头看姐，努力想象她的疼。她黑亮的长发松松编着，剩一绺儿弯在耳朵后面。不知道是病痛所意味着的那些麻烦，还是不能感同身受的隔阂，甚至也许是姐作为一个如此具体如此生动的人近在眼前所引发的那种对生命的神奇和短暂的感怀，三娜心头一阵闷堵。无法仔细分辨，知道它一会儿就会消退，不久又有非常类似的东西回来——这让人厌倦，也让人放心。

姐说，现在都好多了，我回国时候，坐飞机脖子不敢动，一直贴着靠背，后来整个后背都疼。

张挺立说，要是能连续针灸两个月，差不多能巩固住。现在这情况容易反弹。

病人低着头闷声说，都是这个病，头年张大夫都给我治好了，又犯了。

张挺立一手抚住他的头顶，一手按住脖子后面突出那块骨头，忽然使劲儿，老头儿哎哟一声。医生说，你这情况可比人家严重多了。

九九年寒假回家，爸躺床上起不来，身体躬成 90 度去上厕所，不敢看，可是在余光里就永远记住了。十五年前手术的地方水肿发炎，保守疗法失效，也不能再手术。正赶上爸妈几乎决裂。三娜习惯在他们吵架时麻木封闭，这一次也知道很难挽回、无法敷衍。她在那麻木中被刺痛了，恨爸不争气，被妈抓实了把柄。北屋常年昏暗，到冬天中午都要开灯，照得青皓皓的，爸抽得烟雾缭绕。烟味在墙壁和纺织品上日积月累，那臭味有毒似的。乍一进去觉得是卡拉马佐夫式的歇斯底里，坐一会儿就只是灰冷空滞。都担心从此就这样了——爸在这复合的耻辱里再也不能挺起腰板。不忍揣摩体会，但是远远地、隐隐地已经设想起来，是逃避，还是要提前消费那戏剧性？在那紧张僵硬中几乎没有反省，有也看不见不记得。最糟糕的情况当然监视器不能幸存。张挺立来了，脱下大衣，里面穿着白大褂，那白色像干燥的手掌十分温暖。他双手插兜站在床边，说到北京进修学到新疗法，中空的粗针灌上消炎药，扎进穴位里去——反正是特别疼。三娜倚在门口看着，木然无法反应，不知道事后会记得这样清楚。

三娜说，现在都整天用电脑，颈椎病得特别多吧。

张挺立说，多，腰间盘也比以前多，而且发病提前，现在很多三十来岁儿腰就不行了。

三娜说，那有啥预防的办法吗？

姐拽她一下，她知道是告诉她不用没话找话。

张挺立说，起来吧。老头儿起身抻抻背心儿。张挺立走去办公桌前，同时对三娜说，就是不能久坐，坐一会儿站起来活动活动，要是有时间游游泳。

他送老头儿到门口，回头说，稍微等一下，我出去帮他打个车，他眼睛不好。

三娜说，我去吧。

张挺立说，不用，还得去药店把药买上，我们这儿没有。

就出去了。听着走廊的脚步声，下楼的脚步声。

三娜跟姐说，人真好啊。

姐说，是，人那么好干吗？你知道他女儿——算了。

三娜说，咋的？

姐说，待会儿出去再跟你说。

三娜说，烦人。

一只麻雀从窗口划过。她和姐并排坐在门口椅子上，看着纱窗上许多细小的光芒，外面白亮亮的天。像是夏天，像台湾电影。又觉得自己的注意力也像麻雀一样东飞一下西停一下，没有规律和目的，是一种布朗运动。

小时候有一个礼拜天，她们仨拿了爸钥匙去电大玩儿。整栋大楼都没有人，说话声音传出去，好像一直传到隔壁房间。玩儿卖票的，把所有椅子排成一排，假装是公共汽车；稿纸裁出一摞儿小纸片，铁夹子夹上，假装是车票。一会儿大姐说没意思，她要去何明华家拿作文本，不带她俩。她和二姐又玩儿了一次，很快就被那落寞淹没了。天更阴了，也许黄昏来得早，屋里青浑浑的看不清，二姐脸上一团黑，觉得旷然，像是裸露在宇宙里。舍不得开灯，又有点怕，还是开了，白灯管儿映在窗上。二姐说何明华家就在后面那栋楼，两个人到窗口去贴着玻璃往外看。小土坡上晾着几片白菜，这时候格外白。走来一个女人，一团东西放地上，开始摞白菜。她们看着她把白菜摞成一堆，抖开地上那两张塑料布，苫好压上砖头，又腰站了一会儿，转身往回走，一边走一边拽套袖，拽下来搭在一起，甩了两下。一直看到她消失在转弯里。茫茫的水墨色，什么都是静止的，远处一扇窗倏地亮起，像黎明的鸟声，尖细轻嫩，却是从无到有，生命来了。三娜不想看窗灯亮成一片，预感到平庸的辉煌。转过来房间里白亮亮，像是做了一个梦，大姐还不回来。这是真的么，怎么可能回忆得这么真切？三娜站起来到窗口，说，姐你平时在窗口看见的是叫1号公路么？沿太平洋的那个？

姐说，是。还能看见太平洋。有时候是觉得挺壮观的，但是没啥用，你以为，还不是都寻思自己那点事儿。

三娜转身看姐，姐歪着头，像是真的有点灰心的样子。

姐说，你瞅啥，贼困，待会儿趴床上干脆睡觉，淌些哈喇子，哈哈哈。

三娜说，真的到了外国，原来想象的那些就都被眼前具体真实的东西冲散了。

姐说，你说啥。

三娜说，可能正好相反，每一件具体的事都用来证实和证伪，并且因此永远记得自己的假设永远与眼前的真实保持距离和隔阂——算了，我脑子也是一团糨糊。

姐说，是那样，谁都想一些这种事，也想不太明白，以为想完就忘了，其实都在心里呢。留学生不就是么，总觉得啥事儿都吃不准，像脚不着地似的。

三娜说，就吃全食吗？

姐笑，说，那都算好的，不管咋的信的是基督教。张二民我跟你说过没有？

姐眼睛亮了一下，好像也不困了。三娜说，没有，这都啥名儿啊。

姐说，张二民贼有意思，我们都是英语班上的，他是河南农村考到北大的，发音比我还差，老师让做演讲，他上去就说——二姐说着站起来，歪仰着头，一条腿斜支出去，脚打着拍子，每个词都用降调，说，Internet is a kind of net——

三娜忍着，轻声地大笑。

姐重新坐下，说，我还没讲完呢——。

三娜说，是戴墨镜的那个么？

姐说，啥戴墨镜的。

三娜说，就是大姐说你最刻薄，说有一次跟你一起在学校碰见个留学生，戴个墨镜，你就跟人家说，哎，那谁，你人格挺复杂啊，还戴墨镜。

姐笑，说，啊，不是，那是王喆，二姐到哪都能碰到一个叫王喆的你说说。王喆是，你说，长春人，穿个纱王裤子你知不知道那种，浅棕色的，得里得梭[1]的，印一条大裤线，都是他妈给他在地下商场买了寄到美国去的，美国便宜牛仔裤十块钱一条有的是，还穿那个——有一段时间贼时髦的袖子是格子布的牛仔服，你知道那个吧，领子上也翻出一样的格子，从上大学就穿那么一件，下头穿个纱王裤子，完了戴个墨镜，你说闹不闹挺。

姐又说，王喆没啥，到哪都把自己照顾得挺好的，跟郭旭似的，全班第一个穿线裤儿，也不管腿粗不粗。不像张二民，哎呀，张二民可让人心里难受了。哎呀说不明白，他不是英语不好么，后来就没拿到 TA，然后就贼穷。到处借钱，一开始大家都以为他是真没钱，后来发现其实是赌博。

说到赌博一句，讲故事的兴奋语调就降了下来。

三娜说，到哪赌去啊。

姐说，谁知道了，中国城吧。平时看着可老实了，哎呀别提了，我一看见他就想起大舅，也是那样，低个头，斜眼睛从下往上看人。长得特别瘦，从来没站直过。你一跟他说话你就知道了贼聪明，能啥也不想么。哎呀不说了，不敢仔细想。

三娜说，赌博这事儿按妈说可能是天生的吧。

1　得里得梭，指布料爽脆抖动。

仿佛这样就不残酷了。其实只是这样就不那么愧疚了。

姐说，有的可能是，有些不一定，就连同性恋都是，都是需要激发的。有些基因可能一直都不表达。张二民后来退学了，有一回我在路上碰见他，他问我借五块钱，我给他十块，他还不要。听说住在一个破汽车里，你知道吧，就像那种车房。

三娜说，那他怎么还能留在美国呢，都退学了。

姐说，谁知道，已经彻底消失了。

姐露出黯然。她当然知道那些玩笑是自己跟自己混。

走廊里有脚步声，隔壁诊室钥匙开门声，水龙头打开的声音。三娜猜想他们睡了午觉还没彻底醒过来，特别从容的、生命里的一天。

姐到里面诊床趴下，张挺立从抽屉里拿出一个铝盒儿，三娜别过头去。楼下一片荒芜草地，近处几棵刺儿玫，星星点点还剩几粒灯笼似的小红果，三娜记起那刺激性的粉甜的香气，初夏时候开得挤挤挨挨，招蜂引蝶，有一种轻贱快乐的气氛。路边一排龙爪槐，间隙里一个垃圾箱，许多废旧泡沫、纸盒和木条堆在旁边。离开稍远一点，单独一只靠背椅，棕色人造革面破了L形大口子，翻起来，露出弹簧和纤维棉。这情景适合细雨天，春秋都好，似乎春天更好，春寒的残酷更有力量。也许有一桩杀人案，也许有一个患绝症的人。三娜这样想着，同时觉得狭隘，又绝望——真的能逃出审美和逻辑么，怎样才能看见未经处置的信息？——如果存在这种东西，纯客观这概念本身误导——到这里也就停住了，因为已经接近语言的自我繁衍。小路对面一栋坡顶二层红砖楼，在大雪松的阴影里潮湿神秘。门口一辆黑色轿车，新擦过，像覆着一层水油，更显得巨大，有冒犯感。也可以认为它为画面带来力量，哪怕是搅扰的力量。好像电视剧里八十年代北京胡同里第一个去广东做生意的人回来了——三娜愉快地想。

有一天放学，同学带她来零二四玩儿。走了很远，松树林里忽然一块空场，过人高的铁栅栏围出半圆形院子，直径处是一长条两层楼，蓝色木门，红色窗框，窗玻璃上贴着彩色泡沫纸剪的太阳，白云，绿树，小草，艳色花朵。院子里有沙坑，木马，跷跷板，转亭。不知道为什么没有人，从略宽的栅栏缝儿钻过去，安静得让人害怕。呼啸着推动那六角形的转亭，快得跟不上了才跨上去，尖叫着，绿漆铁皮地板咚咚作响，是空茫里流星一样的欢乐——上去就渐渐慢下来，正像拖着一条尾巴。一遍又一遍。头晕，下去院中间站着，仰头看郁青的天空旋转。下起小雨，她们在亭里坐着，总是有点摇晃，像船。同学倚在柱上，几乎是少女，三娜萌起一丝温热的爱慕，即刻冷却了，在浩然的荒凉里。好像再也无法回家，这里与家不在同一个世界、无法连通。十一月的草原卷着无始无终的长风在心里铺展。那感受像阴天里的事物，有种奇异的无光无影的清晰——这是当时的体验，还是此刻的观感？忽然觉得心力不足，无法还原这段记忆本来朦胧轻柔的模样。记忆不可靠，但是也不能真的无中生有，比如此刻三娜无论如何也看不清楚与她同去的同学到底是谁，把谁放进去都不对。这又能说明什么？终归存在一个"底本"？是发生那一刻、还是今天提取之前？这二十几年它在储存室里都窜染了什么？——在万物流变的过程中"真"这个词语内置的永恒性本身就有问题？她预感到这里将繁衍出无数新问题同时语言词汇本身的不确定性将把她带入纠缠混乱的大网，自动死机，想要破罐破摔拥入虚无，可是在那个边缘上看到有一条细丝不能被溶解，不知道是理性，意志，还是信念——她不知道别人怎么称呼它，但是这又有什么关系，那一条细丝带来的实感已经令她兴奋起来，忽然又开始自由地造句——不，我不会坠落。这句话本身的抒情气息让她难为情又不舍得——在更多的怀疑如退潮海水重新涌起之前，让我捡起这枚小贝壳吧。她随即就意识到这个比方不错，功利心立刻跟上来，跟自己说，最好记住，谁知道什么时候能用上。

这小小的负担让她紧张，以致揪起一小撮烦躁。三娜转过身，发现时间才过去也许只有一分钟。还在扎针。

三娜说，疼吗。

姐说，有点麻。

张挺立说，麻就对了，还得有点酸。

那床头有一个洞，姐把脸放进去，直直趴着。脖子上，肩膀上，手上，胳膊上都扎了针。

张挺立说，正好儿你在这儿陪她一会儿，我上门诊去，有啥事儿上门诊找我，一楼右手边儿109。

他带上门，静悄悄出去了。

三娜说，应该在床底下放个小电视，像飞机座椅靠背上那种。

姐说，带个电脑来不就行了。

三娜说，是啊。你知道我给联想公司写信了么，建议他们开发一种能把屏幕拉起来的电脑，技术上肯定能解决，像拉杆箱那种，长期工作的时候支起来。因为就是键盘和屏幕离太近，手舒服脖子就不舒服。

姐说，给你回信了？

三娜说，没有。可是我看要不然人人都要得颈椎病的。

姐说，你图啥呀？

三娜说，不知道啊。我还画了一张示意图拍下来放附件里了。

姐说，没事儿闲的。

三娜想起兴冲冲画示意图那天，巧克力色旧木桌。Max Rain 整个夏天都没什么人，防火门在身后紧闭，电梯总是空的，对门永远穿黑裙子的德国女生经常在傍晚时候拉一阵大提琴。

她说，我给你讲一个我认识的人吧，也是很让人心里难受的。

姐说，行，你讲吧，我快睡着了。

三娜说，就是我们宿舍那院子里有个女生，经常坐在走廊的破沙发里打投币电话，把脚翘得特别高架在墙上，好像已经说了很久。长得特别好看，特别白，然后粉红的脸蛋儿，金发蓝眼睛，像画儿上的人，你别在心里偷着笑，真的特别好看，而且估计自己也知道，打扮得非常随意，有时候在头顶揪一个歪辫儿，有时候在耳朵那儿别一朵特别特别大的浅紫色的绢花。你发现了么其实外国人都穿得非常保守，没事儿别朵大花也挺触目的。其实就是没人说，心里全互相 judge，而且你也知道别人在 judge 你——

姐说，是那样，还都假装不在乎，谁能不在乎别人的看法啊。行你快说吧，这人咋的了。

三娜说，后来夏天搬宿舍，都住了好多天了，我发现她跟我一个 flat，就斜对门儿，有两次在厨房看见她坐窗台上抽烟，她好像根本不吃饭，从来没见过她吃东西。特有礼貌，外国人你知道那种，看我来做饭就问介不介意她抽烟。后来我发现她也挺想唠嗑儿的，都很寂寞。第一回说话她就跟我说她本来订婚了，暑假要办婚礼，但是马上要结婚的时候分手了。说得特别无动于衷，一点儿也看不出伤心啊还是痛快啊什么的，但是好像也有点希望有人赞同她的决定。很奇怪，她好像没有朋友，我都没见过她跟人说话，她都不跟我们 flat 的其他人打招呼。

姐说，都不一定是真的，可能瞎编的我跟你说。

三娜说，你咋这么烦人，你听我说啊，这个女生她真的挺穷的，你发现没有外国学生其实都挺穷的，不像中国学生一人一个笔记本电脑。但是这人比普通外国学生还穷，好像一共就两套衣服，而且我都怀疑她是吃不上饭，她说她一直在 Student Union 做保安，说自己，我穿那种荧光黄的制服也好看。有点精神不太好，但是挺逗的，她是原来东德的，研究中世纪文学，然后她说，人人都有一个阶段想研究中世纪文学，说完也不笑，她跟我一样是读一年硕士，也应该是十月份毕业，但是她延期了，说本来因为要结婚度蜜月，所以延期了，谁知道了，可能也不是瞎编的，然后就想去美国一个啥啥出版社做实习生，有一天特别高兴跟我说对方接受她了，但是给的钱不够在那边生活。听着特别像浪漫爱情轻喜剧的开头，不过不在纽约，在洛杉矶。

姐说，你到底想说啥，你这样咋搞写作啊，抓不住重点。

三娜说，她有两次上我房间找我，也没啥事儿，就是寂寞吧，暑假真是太寂寞了，大部分都出去度假了什么的，她还邀请我去她房间，她房间简直啥也没有，桌子上书架上都是空的。就床上有一条织了一半的翠绿围巾，地上有一双粉色兔子毛绒拖鞋，她要么光脚要么穿那双拖鞋，大夏天的你说说——三娜想起她苍白的必然有蓝色血管的细柔的两条腿。她总是穿一套简直像童装一样的粉色棉线背心短裤。——然后她给我看墙上唯一的一张照片，书桌上面的墙有一块松软的可以钉东西的木板你知道那种吧，她就只在那上面钉了一张5寸照片儿，她爸，她爸现在老婆，她妈，她妈现在丈夫，他哥，他哥男朋友，还有她，没有她未婚夫。七个人站在一棵大雪松跟前，好像是阴天，每个人都在笑，不知道为什么让人觉得非常凄惨。她说是她哥婚礼，在荷兰一个小镇，她说那天特别高兴，因为是她爸她妈这么多年来第一次见面，好像也不是炫耀，摩登家庭什么的，我不知道。后来有一阵这人就消失了，有一天在她房门口看见她，穿个小背心小短裤，门开个缝儿挤出来，袅儿悄儿[1]的转身关门，像个贼似的，到厕所门口非常小声跟我说她去 Brighton 玩儿了两天，找了一个男朋友。然后还说，他真的非常好，我觉得他非常好。你知道吧，那种，说得人心里贼难受。后来我一直也没见着她，每次路过她门口心里都难受一下。我也不知道，你觉得是我想多了么。

姐说，是有人那样，就是好像有一根线，一旦突破了，就啥事都

1　袅儿悄儿，蹑手蹑脚。

能干出来，但是其实怎么都不能好了我觉得。哎呀我说不清楚，不敢想，挺吓人的。所以姐说自欺欺人非常重要！你以为！

三娜说，都知道是自欺欺人的应该也不算吧。我觉得这个 H 根本自己也不信，不能真的算自欺不知道说不清。叫 Henrynett，自己说叫 H，更搞得像卡夫卡里的人。我走的那天，箱子都收拾好了，就等出门了，她来了，也不知道咋知道我要走的，还是穿个小背心儿小裤衩儿，光着脚儿，背着手儿，到跟前伸出手摊开，送我一个特别细的小项链儿，也没有坠儿，就是一条小细链子盘在手心儿上，等回去我拿给你看，也不知道她在哪搞的，甚至都不是银的。我也不知道为啥，我跟她也谈不上有多少友谊。也没留电子邮件，就拥抱了一下，一点也不尴尬，就说，have a good trip，就回自己屋了，还是开个缝儿，里头黑乎乎的，她就闪进去了。

16

太阳还是非常晒，桂林路正是周五下午的繁忙，62 路无轨电车掉辫子了，喇叭声此起彼伏，三娜跟姐左避右让在人行道穿梭，没什么可急，只是想快点摆脱这嘈杂，但是她也觉得有点像人海茫茫怀揣心事的气氛。

总算到自由大路路口，等红灯。马路对面树荫儿底下停了一溜儿车，后面人行道上挤挤插插都是人。

三娜说，糟了，赶上附小放学。

姐说，走回去得了。

过了冰激凌胡同，转过同志街大弯儿才算清净下来。

姐看路边的红砖楼，说，这儿以前有个供销社你知道么。大娘家住这儿楼上，你都没来过。

三娜说，咋没来过呢，有一年在她家过年，大娘用苏打做的汽水儿，搁大白搪瓷缸子盛的。我记得我很无聊，磕了满满一手心儿瓜子仁儿一口气都吃了。后来咱们走路回家，路上全是花炮。

外屋灯光昏暗，三娜自己守着小几上一盘瓜子儿，别人都去哪儿了？后来雪妮过来了。

姐说，贼埋汰她家。别看铺个白桌布，其实贼埋汰。跟二大爷家差不多。

三娜说，我还记得有一年妈派咱们仨到桂林路买花，给了十五块钱巨款。让顺便去二大爷家看奶。你记得么。

雪妮从外面回来，在外走廊敲北屋窗。窗上蒙了塑料布，冬天中午看着灰雾雾的，又脏又暖和，雪妮笑嘻嘻的。北屋半空走炉筒子，搭着两条线裤儿，烘干了硬邦邦像个壳儿。奶拿出半包柿子饼儿，三娜没吃过，但是坚决不拿。爸妈不在旁边，没有人批准，就不能拿。

大年初二或者初四，爸妈带她到二大爷家，只有二娘在家，下了大夜班回来，正坐床边儿上看电视，两个古代人儿摆着袖子唱。二娘说她就喜欢越剧，三娜不能理解，暗生敬意——必定是了解了什么神秘的东西，谁会假装喜欢越剧。南窗也是蒙塑料布，滤进来的阳光混沌静谧。大人说话，三娜打开衣柜，看见一卷没开封的卫生纸，其实早就想问，但是那一天脱口而出，为什么叫"妇女卫生纸"？被妈喝止。妈跟二娘笑。

姐说，能不记得么。还有一回二黑跑出去找不着了，好像二娘已经死了还没有小张儿呢，雪妮跑出去找二黑，咱们在那儿等，雪妮找一圈儿也没找着，回来气够呛，后来咱们回家就晚了，天完全黑了，我就担心妈妈惦记咱们，心里特别着急。

三娜也记得，屋里没开灯，奶坐在床里昏昏的，雪妮站在门口一身冰气，小脸煞白。是非常惊慌的凄凉的黄昏。

冬天深处没风的日子几乎是暖和的，杨树枝一动不动，看得人痒，卖糖葫芦的人站成一幅画。花炮摊摆在树下，三娜跟姐蹲下来挨个看，从三十儿到初六，外加元宵节，算着日子算着钱全都安排好，心里万分妥帖。也是走这条路回家，右前方低低照来温暖的光，人脸都映红了，但是冷疼起来，渐渐没有话，天就黑了。大学时候回长春都不觉得，这次许多回忆都被唤醒，是因为在国外彻底隔绝过？还是攥了太久的心终于松动？初夏的礼拜天，杨树才绿透了还很新鲜，中午妈带她从桂林路回来，晒得衣服贴在后背上。三娜忽发奇想，跑起来，到树荫儿底下回头看着妈妈笑嘻嘻走过来，出去阳光里再跑。树木离得太近，跑不痛快，但是非常高兴。

三娜说，你记得二娘死的时候吃一种药叫安宫丸吗。好像非常贵，只买了六颗，还没吃完就死了。

姐斜看她一眼，说，记得，你不是一直有一个小蓝缎子药盒儿么，六角形儿的，里面是黑色大绒。

她总设想有首饰可以放里面。冬天下午，天已经黑了，站在北屋窗前摆弄小药盒，反复惊奇怎么有这么好看的东西。妈回来了，门厅没有开灯，只见人影。三娜抽象地感觉到灾难，从此二大爷家在她心中就永远是黑魆魆的。

有一年在他家过年，二娘因为是小组长要下午才放假，妈带三娜中午就过去好帮干活儿，炉子烧得热烘烘的，南屋门大开着白光晃晃，简直像要开春儿了一样。二大爷扎着围裙双手双刀剁肉馅儿，笑嘻嘻的，指着二黑跟三娜说，你得管他叫二哥！大哥是谁知不知道？

路边有个卖冰棍儿的。三娜觉得正是逛街的情调，停下要买。姐说，不行！吃那干哈，全是糖精，吃完嘴里胶黏！已经走过去了。三娜有时候喜欢姐对她专制，是一种亲密。

姐说，张挺立的女儿是领养的你知道吗？

三娜说，啊？为什么。

姐说，待会儿再说。

要过马路，姐拽住她的胳膊。工农大路也堵车，正好从车缝里走过去。中学时候的回忆像海水茫茫地涌上来，没有人事物景，不能聚焦，淹没性的、几乎是生理的，一个温和的冷战，就退下去了。公园栅栏外湖堤底下有几排老圆柏，太密了，一棵一棵高瘦无力，针叶枯疏，在湖堤大柳树的阴影里从来没有焕发过。终究是绵长一条树林，在喧闹拥挤的路边是盛大的松弛。三娜带姐找到栅栏被掰掉一根的地方，钻过去，陡坡上有踩实的脚窝，上去就是柳岸长堤。湖上吹来水腥气，又开阔又温柔。三娜说，咋回事儿啊？

姐说，不能生育呗。

三娜说，是他还是他老婆啊。

姐说，那谁知道。还有可能是夫妻俩不匹配呢。

三娜说，啊。

她意识到自己一直默认张挺立过着最平常最安稳的生活。世界上根本没有平常安稳这回事？这结论也够偷懒的。

姐说，关键是这个张雪璐看着就很笨，还特别胖，来报到我帮她送到宿舍，带了一大兜子小食品。跟奚晶儿似的。

三娜说，可能因为不是自己生的，所以对她更好，有那样儿的。真是太可怜了。

姐看三娜一眼说，可能吧，谁知道了。

三娜说，太可怜了，接受这种事的过程，你想想。

湖水的凉气侵得久了，胳膊觉得非常凉。

姐说，你说咋有这样的人呢，一点儿也不装，对谁都特别好。一点儿破绽都没有。

三娜说，所以才觉得心里难受啊。

姐说，咱们都不是太好的人。

三娜说，嗯。但是我也不太相信郭靖那种故事，好像憨厚纯直就能有大智慧并且逢凶化吉无往不利。我觉得天生纯良很可能一直被欺负过得很惨的，过得很惨可能也会慢慢生出坏心眼儿的。

姐说，你永远没办法知道。他们有他们生存的办法。比方说周泽，我总是不知道他是咋想的，我看他啥都觉得不对，总想管着他，想让他按我的方法来，但是其实人家不认识我的时候也过得挺好的，还是学院红人儿，还当辅导员，还偷偷攒了两万块钱呢！

三娜说，嗯，咱们都是自负。可是人以为自己的选择是唯一正确的，这好像也是普遍的自欺吧，也很好理解啊。

姐停了一下，说，你说周泽啊，你跟他说话你总觉得他没听明白，但是有时候哪嘟一声吓人一跳，有一回忘了说啥了，他说，为什么你那么傲慢呢！其实说得贼对，咱家人都特别傲慢你知道吧。

三娜心里也震了一下，恍恍惚惚一直知道，但是不肯知道。

她说，哎，知道了是这样也根本改不了，简直就是做人之本，改了就不知道自己是谁了。

姐说，我以前除了跟你和大姐，对别人都不了解，一般的不就是看一眼就给归一类就完了么。跟周泽在一起之后，其实也挺开眼界的。

三娜说，你们这算是两个世界的成功相遇吧。

姐说，词儿真多，你再说一遍，两个世界啥，我回去跟周泽说，假装是我自己想出来的，啊哈哈哈哈。

正觉得十分珍贵，姐这样正经说话。不知道是怎么进入这片港湾的，语言和情绪的河流啊——这就要拐出去了么。

三娜说，不是我想出来的，在哪看着的，是一句诗来着。

姐说，周泽其实挺逗的，他那个拿假手枪拍照的女同学，那照片是他主动翻出来给我看的，其实他自己觉得很正常，但是知道我会觉得好笑。

三娜说，懂你！

姐推她一下，说，去你蛋儿的何三娜！

姐又说，其实谁能理解谁啊。你以为你理解大姐么，我就不理解，为啥那么喜欢李石啊。

三娜说，那你为啥喜欢周泽啊。

她说完有点担心。

但是姐说，我就是觉得应该找对象结婚。而且周泽也挺好的，又喜欢我。谁喜欢二姐啊，那时候二姐脸上有块记。

很残忍。

三娜说，周泽真是很有眼光啊！

姐说，谁知道他咋回事儿，脑子有毛病。

三娜说，你咋不知好歹呢。对周泽好点儿！

总是用这句话敷衍。她不了解周泽。跟他聊天经常觉得擦肩而过，逸出轨道——他这些想法都是从何而来？以经验以同感心去想是想不通的。又总不太敢用心理分析或文学模型去揣拟他人，即便偶尔能够契合，也还是觉得粗暴，真的像是举了刀去砍，碰准了是解剖，碰不准就是伤口。不了解就不能评价，说不清喜欢还是不喜欢。"我觉得他挺好的"或者"我觉得他也就那样"都是傲慢——假装了解。了解的冒犯在于，难道你的经验能覆盖我的经验？难道你的"知识"能够概括我的人生？怎么可能！

思路自己跑太快了，像偷偷摸摸的很着急。总是有点觉得对不起姐和周泽，这对不起的心情本身其实证明她并不喜欢周泽？对他评价不高？三娜觉得手心冒汗。

可是姐接着说，妈有一次说得特别狠，说要不是那时候我脸上有一块记，她根本就不会同意我跟周泽在一起。

三娜招架着说，她不也不同意姐和李石么。

姐说，我跟大姐可不一样，妈要不同意我肯定就拉倒了。我最害怕家里人吵架。

现成的漏洞是，爱情呢。不能说，残酷还在其次——既然已经说到这个程度。难为情。爱情这两个字连着说都觉得可怕，顶多说，爱呢。也不行。好比说，彩票呢。期待、追求、确认和谈论——爱情，都会暴露歇斯底里。要掠过那一片沼泽。

三娜说，你现在治好了我才敢说，我一直也没有仔细想过，脸上有一块青记是什么感觉，不敢想。

姐说，你就想想你长了痘是啥感觉。

三娜逃跑似的说，哎，现在好了真是太好了。应该好好谢谢王梦华。

姐说，王梦华说，那机器一进来，协和好几个女生都想起我来了。肯定当时都看着觉得挺难受的，但是都假装没看见。别说了，太惨了。

姐忽然假装小孩兴高采烈地说，我应该买些新衣服！补偿一下！

三娜说，刚才那个裤子买了就好了。

姐说，不咋喜欢。我去年买了五条新裤子！都不好意思了！周泽特别愿意让我买新衣服，downtown 有一个商店，每条裤子都好看。你别以为都是牛仔裤，穿上效果完全不一样。

三娜说，周泽真是情圣啊。

姐说，哎呀别提了。

阳光斜落，半湖碎金。三娜倒过来走，正面看着姐，姐把衬衫折过来双倍穿在这边肩膀上。三娜说，你挺奸哪。

姐说，你是不也有点颈椎病。颈椎不好就怕风吹。

三娜说，我觉得可能是风湿。我在伦敦的时候，夏天一下雨我还开暖气呢，烤着腿就觉得贼舒服，要不然觉得两腿很沉。

姐说，是那样，咱家人都贼怕冷。西雅图雨季特别可怕，很压抑，我把四扇窗的百叶都放下来，暖气开到最大，穿个背心儿裤衩儿在屋里随便！

三娜说，随便是随便干啥。

姐说，就是啥也不干啊。干躺。但是躺一会儿就得做作业。姐贼惨，这么多年都要做作业。

入夏有一天夜里打电话，姐那边下午，听见她气喘，说是在去洗衣房的路上，怕电梯没信号，走消防梯。也不知道楼梯扶手是金属还是木头。听见叮叮咣咣，想是正在放衣服，用耳朵夹着电话很不舒服，洗衣房里空气又潮又热又黏，洗涤剂味道刺鼻。三娜不讲话，等她弄完。坐在窗台上可以看见圣保罗大教堂的穹顶。独处在回忆比什么都好，那里面有审美自发的过滤和欺骗。要提醒自己，摆脱琐屑人事干净爽快的感觉只是一瞬间，不能停留，那纯粹的自我——如果真有，也总要落在具体的事务中。

三娜说，姐你要不然别学了。

知道不可能。半途而废在心里永远是个事儿。

姐说，是不太愿意学，没意思。但是干啥？我也不想写东西，BBs上很多人写，都可肉麻了，根本不好意思看。人为啥要把自己的感想告诉别人。

三娜说，寻求共鸣呗！

姐说，都装模作样的。其实根本不是他们写的那样的，全都自我美化，一些想象，而且想象得也不咋高明，就为了让人羡慕呗。

三娜说，可能也不全是为了让人羡慕吧，也是自己多看几遍就当真了吧。你想想咱们挑照片儿，不好看的都收起来不看，专门看好看的，然后偷偷地其实就以为自己长那样儿。

姐说，那是谁都那样儿，但是不是这个意思，哎呀怎么说呢，就是他们觉得的好看就有问题，有一次陆强为推荐给我看 BBS 上一篇文章，跟我说，文笔贼好，一定要看！文笔！你想想！文笔！哈哈哈。

三娜也笑，那你看了么？

姐说，哎呀都不好意思说，太可怕了，啥见山是山，见山不是山，根本不敢往下看！哈哈哈哈哈。

风大，吹得笑声一团一团不见了。

三娜说，也怪可怜的，搞不好非常向往文艺，而且可能很容易被迷惑。

姐笑说，不能，我们宿舍人看完《他乡明月》都去上自习，一点也不分心！也有很逗的，有个人发一个帖子说，男的不聪明，女的不漂亮，人们都是怎么相爱的？笑死了，说得贼对。你仔细想想，是那么回事儿。

三娜大笑着说，太狠了，反人类啊。

姐笑说，关键是我发给周泽，你猜周泽说啥？

三娜说，肯定是说你既聪明又漂亮吧。

姐说，去你蛋儿的！周泽说，是情人眼里出西施的意思么？咋样，这思路？

三娜说，服了。

她看着姐笑嘻嘻的样子，忽然想到，也许姐是难为情，不肯承认自己跟周泽好？这是常见的心理，仿佛连累了娘家都跟着吃亏了似的。姐刚才说得那么狠，多少有一点吧，像是一种表白。三娜心里悬置的小球落了一落，仍然不踏实。但是这事即便是姐本人都未必能够踩实，反倒只有表面是确凿的、也就是真的——他们在一起。

姐说，我说你呢小三儿，要认清现实，别动不动就夸这个好看那个好看！都没你好看！当然要是稍微再瘦点儿就更好了，头发留长。

三娜说，别扯了。我就这样儿了。我已经摆脱了作为客体的可观赏性和被观赏欲。我觉得这样最好，既不好看也不难看相当于没有相貌，最轻松了。

姐说，你说啥？你再说一遍？

三娜说，你别装了。

姐说，我觉得不可能的。相貌对人影响太大了。

三娜说，是那样，跟钱一样的，穷总是不太好。

陈杰跟三娜说，我还是喜欢美女。真是残酷时刻，过后很久都没有碰过，远远知道那一团羞耻紧实坚硬简直像一块金子。

掠过那一块刺痛，并没有停下来，几乎是没话找话地接着说，但是反正不穷不富普通过也行吧。我不是阴阳脸么，有时候有点好看，或者穿了件新衣服什么的，出个门就满脑子都是自己的样子，总以为别人在看我，简直啥都干不了，然后同时又觉得自己非常可笑，非常可怜。我控制不了，非常讨厌自己那样。

姐看了三娜一眼，说，人人都那样。

三娜说，我总觉得别人看出来我非常 desperate 了。

姐说，不是觉得根本没人看你么。

三娜说，就往最坏处想呗。而且我有时候，在图书馆或者地铁上，看见那样的女生，穿个瓢鞋鞋上别个金属扣子什么的，你能想象她们在商店里犹豫的样子，选择这一身衣服也都是有理由的，当然那些理由多半都是不切实际的想象，估计出门的时候也是带着那些想象相当满意相当自信，但是掉进人群中根本就看不出来。我觉得我从她们身上也看到我自己，或者是我把我自己投射到她们身上了，反正总之我觉得非常徒劳而且可笑。

像是被激发了，语速很快，一边隐隐地对于她们忽然一本正经地交流到这样的深度有一点吃惊。二姐对一本正经最敏感，总是立刻开玩笑捣乱。

姐好像想了想，哎，其实你还是觉得自己跟别人不一样。周泽说得对，咱们都很傲慢。

三娜说，准确地说，我可能是隐隐地以为自己有机会跟别人不一样吧。

姐果然不搭这个岔儿了，她说，我问周泽了，我说，我妹长得好好看？周泽你知道吧，以为自己很奸，说，这话不应该我来说吧。哈哈哈哈，周泽太可笑了。

三娜说，反正周泽觉得你是"真正的女孩子"！

姐说，我揍你何三娜！

三娜说，姐你也挺能装的啊。

姐说，我早露馅儿了，都说我傲慢了。谁能瞒了谁啊。

三娜说，反正周泽浪漫。

周泽从来没有一丝犹豫动摇。像日剧里说的，他有坚定的心意——向来那是最难的。三娜忽然起了敬意，但是那敬意没有内容、无法展开——不能理解、就总是有疑心、这疑心也是傲慢。寒假周泽来长春，年二十九下午坐火车回老家，情人节打电话说有个礼物在书房桌子最下面抽屉里。浅粉色纸盒里一个纯金素圈儿戒指，里面刻着"true love"。友善地笑了一个寒假。但是也许友善的笑本身就非常可恶——归根结底以为自己的经验的囚笼之外的一切都是假的——天啊这是多么愚蠢啊！——天啊这是不是一个真正的发现、是不是一扇透气的窗？！三娜几乎激动起来，但是在谈话的河流的表面上沉不下去，她知道她记不住。

转过沙滩浴场，只有树林杂草中一条踩实的小路。姐说，这能出去么？

三娜说，能，南湖大桥边上有个口儿。

有两年冬天走路上学，总要穿这片树林。天没亮就出门，冷风从湖上横扫过来，树林滤一遍，吹在脸上还是非常疼。在浅紫的雪地上踏出深深的脚窝，心里揪着。——这样一想，那身体的感觉就上来了，不太透彻，又退下去了。三娜几乎是漠然地看见那个小孩，总是着迷一样想着心事，走得越快，想得越快，像烧着了一样。她像是忍住了什么一样，强迫着自己清楚地跟自己说，她反正要走到今天，没有悬念。

一夜大雪醒来，第一个推开楼门，事先就知道将要划出一片四分之一圆形痕迹，将要踩出第一串脚印。非常不情愿，胆怯温柔；非常不自在，那脚印太随便、太偶然了。渐渐透明的黑蓝色底下是完全被白雪覆盖的世界，几洞橘红的冷紫的窗，后面是睡眼惺忪吃着早饭的人吧。风把积雪吹起来，在门口打着卷儿，呼叫着，掠过去。刚刚过去的一夜，世界属于它们——她这样想到。伴随这想法涌起柔情，意识随即闪过——是的，自我感动。自我感动本身也曾经是非常自然的。当她踏入深雪覆盖的树林，当她深入其中几乎像是某种迷失，这感动就澎湃得像交响乐一样了：天地啊！这感慨像山顶一样片刻不能停留，随即失望地意识到：这后面并没有什么"所以"，根本也没有什么启示。

三娜说，测不准原理真的像说得那么简单么？

姐说，我也不是太懂，应该就是那样吧。咋了？

三娜说，我觉得这个原理太文学化了。所以怀疑自己变成了喜欢动用科学术语乱打比方的文科生。我小时候经常试图设想一个没有人的地方，当然每次都发现那是不可能的，因为我去了就有人了，而且简直觉得我这样一设想，那个地方就不一样了。但是很奇怪，我特别愿意反复确认这件事。

姐说，那应该并不是你说的这个意思。量子力学我也不太懂，但是大家都爱说牛顿和爱因斯坦后来都信了上帝，我觉得也根本不是他们想的那样。

三娜说，咱们对爱因斯坦的想象可能也有点像是觉得皇后每天都吃柿子饼儿那种吧。

姐说，咱们都挺普通的其实，你不觉得么。

三娜说，我知道，但是经常忘，可能就是不甘心吧，真是太难为情了，说出来好多了。

姐说，行了你，这附近是不是有个公共厕所？

三娜说，现在还有，看见了么？你要上厕所吗？

姐说，我疯啦？

三娜就哧哧笑，故意说，翻修了，原来是灰砖，现在是白瓷砖儿了，应该是冲水的，要不早就闻着了。

姐说，别说了。外文书店呢？

三娜说，打啥时候就没有了！我上中学时候就没看着了。

只进去过一次，还是住两间房的时候，也许是八六年？寒假里妈过生日，她们三个攒了钱，到南湖商店二楼买一支眉笔。出来天色就有点暗了，外文书店在灰褐色的树林中亮着灯。踏雪过去，屋里异常温暖，空中拉一条线，挂满没见过的外国卡片。新年早就过去了，还是仰着脖子看了很久。只有她们仨，没有别的顾客，也没有售货员。不敢使劲儿看，那梦幻的记忆就要溃散。

三娜说，想想那时候可能也有人骑车过来买一本外文诗选什么的呢。

想是浓荫夏日。苏式灰砖大平房独立密林，四方都没有路。姐说，三姑。

三娜说，啊。

浮跃的心绪里打中一枚石子。沉默中走了也许只有三步，头脑中的灰尘纷纷地落下，身上一层薄汗忽然觉得凉了。

姐说，奶太惨了。

三娜觉得这一幕非常像电影。镜头不动，满画绿色，两个人小小的，往前走。随即觉得这美感是背叛和逃逸。

她说，人的经历能遗传么？妈说生大姐的时候心情不好，所以大姐神经衰弱，生我的时候"文革"刚结束，特别乐，所以我就特别乐。

姐说，有影响，叫表观遗传，我也不是研究这个的，但是也都不是那么直接的因果关系。

三娜说，人是不是出生了以后基因就不会变了啊？

姐说，你中学生物咋学的何三娜！DNA除非是基因变异，那东西反正你也控制不了。

三娜说，我就是想，要是一生不变，我是不应该很快就重新高兴起来了啊。

姐说，没用，基因表达受各种各样事情的影响。你跟谁分一个宿舍都有影响。这事儿不能想，想想觉得啥都不归自己管我跟你说。

又说，你小时候是挺逗的，像个威风凛凛的小胖猪。

三娜说，那你还不愿意让我去班里找你！把我推出来干啥！

语气有点假，意识到已经来不及了。

姐说，谁知道为啥，不好意思呗，我也不知道。有点讨厌你非要人见人爱的样子！哈哈哈哈。

三娜说，我有那么烦人么？

起先不让走树林，怕遇上坏人，冬天穿过省实验操场去坐6路。下雪的时候天色灰红，抬不起头，只看脚下两米远。戴毛线帽，外面是大衣的风帽，围巾拦在脸上，在风帽后面系紧，只露出两只眼睛。又挂一个月票袋，又有手套带，手套带太长了，脖子后面系一个疙瘩。全家都笑她，她就非常得意。有一天二姐说，今天曾令华跟说我看见你妹了何二娜，我说是挂着手套和月票袋么？哈哈哈哈哈……，三娜非常兴奋，接下来好多天都希望遇见曾令华，希望认识姐的同学，希望他们喜欢她。

姐说，也有点烦人，你想想吧何三娜。不能做自己么！

三娜说，不太能，你能么？

姐空望着前方，她们似乎走得更快了。姐说，我也不能。不知道自己想干啥。但是也不像人家，不管自己想不想，都能干劲儿十足。

三娜说，那不就是盲目么。

姐说，也不是，很多事情都没那么复杂。好多人出国一年就转系，学计算机，好找工作，要不就学生物统计，好当教授，都特别有计划，我也挺想那样儿的，但是就是不行，打不起精神来。强打精神特别累。

三娜隐隐觉得那样的人生也早晚都要露出破绽的，不好意思说，自己也不敢信实，因为太像是自我安慰。

她说，听说人脑子里有一个东西管这个的，就是强迫自己做自己不感兴趣的事的能力，是一种激素还是啥指标——

一辆自行车迎面过来，姐拽她的手往路边躲。一个年轻男的，戴棒球帽，两个膝盖分得很开，歪歪拧拧滚过杂草中的小路，摆手表示歉意。

姐啪地拍一下胳膊，拎起蚊子尸体给三娜看，姐说，我算完了，估计腿上全是包，你带这啥路啊！

三娜说，臭厕所之路啊。

姐说，刚才过去那人长挺好看的。

三娜说，没看着脸。身材好像可以。

姐说，哎三娜你喜欢足球么？

三娜说，听说了，你变成球迷了。

姐说，对，贼喜欢齐达内。

三娜说，你挺专业啊！

想起同性恋与世界杯的故事，姐可能会担忧她，或者揭穿她故意想要与众不同，作假。

姐说，我跟没跟你讲，有一天我梦着齐达内了，我去球场看球，完了齐达内进球了，进球了就上看台来，要跟我拥抱！

三娜说，一臭美就醒了吧！

姐说，没有！你听我讲啊，我一边儿拥抱一边儿后悔，我为啥要穿绿羽绒服啊！要是穿小背心儿多好！给我后悔的呢！

三娜说，真痴迷啊，冒充中学生啊你。

姐说，那咋的，我都想买张海报挂墙上。

已经走到湖边，芦苇毛毛都灰黄了，微风吹着茸茸的，水汽又腥又沉。姐停下叹了口气，她们沿着芦苇岸往前走，从桥边石阶爬上去，水上的日光晃晃的映上来，有一个呼吸间混沌散开，露出空白，几乎是美好的。

17

赵姐说，老姑那我走了啊。

妈说，嗯哪快去吧，这都几点了。

赵姐说，嗯呐我都切吧得差不多了。

妈说，快去吧给他整利索得了，那几个老眉喀哧眼[1]的整哪儿都是的。待会儿我让三娜先把大米饭做上，你快溜儿走吧。

赵姐就笑。三娜看着她从窗前走过，先是低着头，又抬起来。

三娜说，干啥去啊。

妈说，你大舅捎话儿说要蒸年糕。

1　老眉喀哧眼，形容年老相貌不佳。

二姐笑着看三娜一眼，噔噔上楼去了。三娜也觉得有点像韩国家庭剧——像过家家。像河流里随时绽放随时熄灭的浪花。不太敢强化这浪漫的视角，觉得不可靠，虽然浪花几乎也是永恒的。

三娜说，我姥呢？

妈说，晌午你大舅来领去了，说家翻出那些陈豆子，让你姥帮挑挑，蒸洒豆年糕，跟你大舅妈俩在家没意思呗，都管着他不让出门儿多憋屈。单说你得去看看你大舅呢。

三娜说，嗯，等二胖下来的，家没人啊。

说完觉得身后的阴凉侵上来，这屋子太大了，听见楼上淋浴的声音。她想要不要一会儿就去大舅家，趁人多，又洒年糕，总归好混一些。

三娜说，妈你咋还没洗头？我给你洗啊？

妈说，寻思来着，但是咋这么困呢，你大舅来我都没大很[1]睁眼睛，这架势这梦做的，就不用提了。一到你们进屋我才睡醒。

转身要去烧水，说，现在洗吧。

妈着急地说，不地，你听我话！你去烧点水儿，把我这杯子刷了，放两个新茶叶粒儿。

三娜说，你这白天睡觉下午喝茶能行么。

妈说，所以说让你少放呢。我这两天还喝上茶了呢，就像有点恶心似的。

三娜说，你还是肝不好。别喝骨头汤了。

厨房黑桌上一盘切好的肉、土豆片和青椒，半盆切好的干豆腐丝儿，一大碗粉丝泡在水里，另一盆里一根洗干净的黄瓜和几根去了顶还挂着水珠的茄子。家是这么具体，这么空旷，过得人来人往，也就是这样。

1　没大很，没怎么。

妈说，还有两顿的，喝了歇歇。一回熬一大锅，搁冰箱搁时间长了也有一股怪味儿。我跟她说把骨头敲成小块儿，一回少搁点儿不就少熬点儿么。图意省事呗，谁给你那么尽心的呢。

是真的也让人心烦，是妈的成见也让人生气。三娜在餐桌前坐下。没有开灯，对面镜子里自己似乎有点好看。四周的空气沉落下来，一簇毫无指向的精神像酒精灯的火焰。继而为这陶醉羞愧，这精神完全是虚浮的啊，远远不如一块没有光泽的石头——这是用来比喻什么？她从时钟的滴答声中烦躁地站起来。

妈扭头看她，忽然说，我老儿可真是回来了。

眼睛亮晶晶的，有喜气。

她害怕那感情，知道是真的，尤其害怕。但是也有点觉得这是好时光，就端着咖啡在沙发上坐下，窗口通亮的，像动画片儿里的时光门。

三娜说，我姐说张挺立的女儿是领养的。

妈说，嗯哪，张雪露，在女高儿呢。我都不愿意让来，非要来，说送这儿放心。多担责任呢，好了好，不好呢，这么多年都挺好的这关系。

三娜说，你咋知道的。

妈说，他自己说的，上哪打听这个去。也没说是因为啥没孩子，就说露露是抱养的。张挺立那人好啊，真是他媳妇有啥毛病他也不带有别的想法的。你没看稀罕[1]这闺女稀罕的呢，又胖又笨的一个家伙，当个宝儿似的。

三娜说，张挺立媳妇儿干啥的？

妈说，谁知道了，从来不提他媳妇儿，像没媳妇儿似的，就有一回，说他胃病挺重的，吃馒头好点儿，说露露她妈是南方人，不乐意

---

1 稀罕（xiē han），喜欢、疼爱。

吃面食，他净在食堂打饭吃。反正他那工作也忙。

怎么好像跟媳妇儿关系不咋好呢。谁的人生都是秘密啊。

三娜说，那他姑娘知道自己是领养的么。

妈说，谁知道了，可也没说不能让人知道，我也就闲唠嗑儿在家说了。知道了也不能咋的，张挺立对她比亲生的还好呢！

可能会有点得意吧，自己是个有故事的人。三娜立刻这样揣度，并不觉得阴暗。会一直好奇亲生爹妈么？设想另一种人生？应该也无从想起，而且那好奇也并不是一件坏事。妈说三娜刚出生时，大姑父出差顺道来大遏，饭间说起老三又是女孩，想送人，同来的卡车司机说他认识两口子，都是师大老师，那人才好呢，指定能对孩子好。抱上车了，妈又要回来。三娜听过好几遍，从未觉得委屈——怎么会觉得委屈！很满意抱上卡车那一节，觉得妈是站在地上仰着头跟司机说话，卡车旧了，仍然是翠蓝色，笔直巨大，停在灰白阴冷的冬天里。这画面已经想得非常真切，贪图它鲜明的戏剧性、竟然是真的。那会是什么样的人生？有几次这问题清晰地落下来，就没有下文，因为实在是没有线索。不过是想起命运偶然——我本来可以是其他人——但是立即又忘了。

三娜说，怎么好像以前很多领养的事。

妈说，哎哈搁这老些茶啊，中啊，少喝两口得了。就现在也总有！哪个屯子都有两个，那没孩子咋整，不就得抱一个么。照样养老。张英杰你看着没有，就是抱养的！人可孝心了，一般的亲生的都比不上。这玩意，就看人品，那有良心的，不在亲生不亲生。

三娜说，我看着张英杰了，是你学生吧，说我长得像"我老师"。

妈说，我是她班主任呢，她跟她弟弟俩挨排儿，她弟弟张英志是你大舅妈班上的。

三娜忽然想到，爸妈大舅和大舅妈都在中小学当老师，姥家那时候真是一户体面好人家啊。

三娜说，咋还有个弟弟。

妈说，也是抱来的，是老张婆子亲妹妹的儿子。张英杰就是屯子东头那家姓孙的，山东人，后来搬走了，生一窝姑娘，到了也不知道要没要着小子。

三娜说，她自己也知道是抱养的？

妈说，咋不知道呢，知道怕啥的。人老张婆子可稀罕这闺女了，比那些亲生的还好呢。供销社进个新鲜花布，准得扯一块儿给做布衫。场子那些班儿对班儿的 [1] 小姑娘，顶数张英杰穿得好。可也没白稀罕，比她那儿子，那不是亲外甥么，有血缘关系的，比那还强呢。张英杰说的，他爹死前儿，他妈就问他姐俩儿，说你俩谁跟我过，手里剩这点儿钱连房子就归谁。她弟弟就不吱声。能有多点儿钱，老农民一辈子。张英杰说的，那你说咋整老姑，那不就得跟我么，我妈多为难呢。一直伺候到老，搬到哪带到哪儿，一直到卧床起不来了，都是张英杰一个人儿伺候的，你看人这姑娘要的。

三娜故作精通世故，说，她丈夫也同意啊？

妈说，张英杰多厉害的人呢，又能干，那还不全得她说了算，她男的啥也不是的玩意，要不能生出个大傻王阳来么。见着王阳没有，大黑胖子，一脸疙瘩。

三娜说，昨天王阳开车送我们回来的，挺随和的，爱说话儿。

王阳上车就换了一盘儿磁带，说，我估摸我大姑能乐意听这个。"……只是冰冷铁窗……"，三娜探头去看另外那些磁带，王阳说，你看那好听的，黑豹王菲啥的，那都是我买的，那没皮儿的杂牌儿的那是他们的。三娜直接想，总要为身份挣扎。"伤，伤，伤……"，二姐

1　班儿对班儿的，一般大的。

捏她手，笑，真敢唱啊。

妈说，那孩子吐露吐露[1]总有话。可不像他妈，人他妈一句多余的话不说，那人才奸呢，滴水不漏。

三娜说，你这女子中学，搞些年轻男教工，行不行啊。

妈笑，说，那不能，王阳能有多大胆子，再说在他妈眼皮底下，他妈是多要脸儿的人哪，咋也管住了。你别看他长那么大个坨儿，看着他妈躲得溜儿溜儿的。单说我今天看着那个小丫头，我寻思让大英儿考察考察，要是人品各方面不错，介绍给王阳不是正好儿。

三娜说，你看你一提介绍对象儿咋就满脸放光儿呢。

妈还是笑嘻嘻的，像小孩儿一样说，混我爹似的有点儿虎呗，能不虎么！

一小下沉默。这对话往下走轻车熟路，就有点像是复习剧本。三娜把目光空放在妈床脚的小被子上，似乎停顿了一下，又重新醒过来，看见那被子藕荷色缎子面儿映着太阳，热烘烘的一片银亮。没见过那布料，也不是旧衣服改的。簇新的蓝白格子被里儿大大方方折过来，没有拼接。这搭配真是自由。

三娜说，这小被子哪来的？

妈说，你二姑做的，说剩的布头儿，没事儿做了好几个，给我一个。显摆自己活儿好。活儿是好，你们家人都手巧，那也忒乐显摆了，就直接夸自己啊，三嫂你看我这针脚儿，我这小被儿最实用了，搭个脚啥的，要不这布头儿搁那儿也浪费了，都是好布，一百多块钱一米呢。啧啧，这架夸的，近乎的。这不是要来包食堂么，又跟我好上了，平常好几年都见不着影儿。

三娜说，那不都是这样，平常你也没跟她多好啊，你根本也不想

---

1 吐露吐露，形容说话一串一串的。

跟她多好吧。

妈说，那倒是啊，我也不是挑她，我就是说人哪，这势利啊，都不掩饰，非常可笑你知不知道。

妈经常是跳脱的看戏的心态笑嘻嘻的，只要那样去看，可不是到处都很滑稽。

姐下来，头发湿漉漉的揪成一个揪，说，三娜你洗不洗？

三娜说，我晚上再洗。

妈说，一天一洗干啥。啧啧，这架势去外国更学坏了我看。

姐说，你们说啥呢。

三娜说，说张英杰也是抱养的。

姐说，我知道。

三娜说，你信息挺灵通啊。

姐说，她跟我推销安利。

三娜说，啊？搞传销啊。不能卖学生吧。

妈说，我跟她说了，她不能，再说学生哪买得起，那玩意才贵呢，卖给老师备不住，老师乐意买买去呗咱管那干啥。

三娜说，那她原来是干啥的？

妈说，没啥正经工作，在小学当过几年代课老师，早就不干了。搞传销搞老多年了，乾安县第一批，人现在啥也不干一个月就给她卡里打进五六千，你寻思呢，富户！

三娜说，安利那么贵，她在大遐卖给谁去啊？

妈说，人早就上县城了。她老头子原来给场子开车的，横是像王阳似的会黏糊人儿呗，县里劳动局的到大遐来那不得搞接待么，开车下去看看唔的[1]，就相中他了，回来就调上去开小车了，人这玩意你看，

1　唔的，语气词，表示一种可能性。

说不上哪件事儿办对了就借上光儿了。

三娜说，给领导开小车儿能咋的。

妈说，修车卖油儿呗，现在这司机，一色儿都卖油儿，再有跟领导溜须，吹吹风儿办个事儿啥的，劳动局赶上了[1]！

三娜看见一个干巴瘦老头儿领着一对农村夫妇在天擦黑的时候敲局长家院子门儿。不知道为什么觉得是个干巴瘦老头儿，王阳那样，他爸应该是胖大的吧，而且胖哒哒的更容易黏糊人儿。

三娜说，你不说王阳他爸窝囊啥也不是么。

妈说，那咋说呢，是个面糊[2]人儿，但是你仔细品又非常奸，有这样儿的你懂不懂。

三娜说，奸这个词太微妙了。

妈说，那你是说对了，奸和聪明可是两回事儿，你看你爸你大爷，都聪明吧，但是非常虎，虎透腔儿的家伙。像人张英杰两口子，聪明肯定算不上，但是非常奸，你看王阳那蠢样子，也会来事儿，笑嘻嘻的不招人烦。不像张昊宇，有点儿奸大劲儿[3]了，心眼儿太多，你心里寻思啥他都知道，像有个人儿盯着你似的，让人不那么自在。

三娜一直在心里模模糊糊设想，那个孤儿一般的小姑娘如果嫁给王阳，会不会对这个完整甚至和睦的家庭非常认同？还是对成年女性家长有一种惯性的不信任？按照心理分析的俗套，也许已经变成防御型攻击性格？三娜看见一个娇小的年轻女孩在张英杰家门口换鞋，喊，"妈！"，又温暖又孤独。

三娜说，那我看还是张昊宇招人稀罕，说话不费劲。

妈说，是聪明，你没看你爸稀罕的，上哪都喊，昊宇啊！

1　赶上了，敢情儿好了。

2　面糊，面，软弱，随和。

3　奸大劲儿，过分奸，"大劲儿"有过犹不及的意思。

三娜说，真可惜啊。

妈说，那可不咋的。白瞎了，要念书那是个好工程师的料啊！水电暖气，看啥会啥。

昊宇来的时候十六岁，看起来也只有十六岁，坐在沙发上笑嘻嘻的。妈说，咋不念书！他说，学习不行啊，数学物理啥的还行，那历史外语，一个也记不住，哪回考试都超不过十分儿！说得很乐。妈说，这孩子懒的，都是你爸你爷给你惯的，那还不好背的了，下功夫呗。昊宇说，不行，一看字儿就眼睛疼，疼得成邪乎[1]了，连带脑袋都疼。妈严肃地说，你那是青光眼吧，青光眼就是乐意眼睛疼。放假回去查，果然是青光眼。

三娜说，奚柏红傻啊，不跟张昊宇好还想跟谁好啊。

姐端了咖啡从厨房出来。三娜说，给我来一口呗——我得上大舅家去了。

姐说，你这不刚喝完么，你以为我没看见哪！

妈说，二娜你跟三娜俩一起去，你这不是要回去了么呢。我这儿一时半会儿用不着人儿，要人干啥呀。

姐说，我不去，我刚洗的澡，明天再去。

妈说，你大舅家不埋汰。埋汰啥。

姐笑嘻嘻、试探着、看着妈，说，谁愿意去啊，一进门就拽住手不放。

妈说，要说没良心啊，你们小时候整天往你大舅妈那屋跑！

三娜在沙发扶手上坐下，不能决定要不要自己去，忽然就清楚地感觉到疲惫。她说，那我明天跟你一起去吧。说着仰面躺下去，白色的天花遥远紧闭，也有一种真实的强硬，拒绝她又要唤醒她似的，轻微一震之后又回来，还是紧闭着。三娜心里隐隐觉得不能这样，不能

1　成邪乎了，可严重了。邪乎，严重。

再这样了，不能这样随风摇摆——像风铃被不可预测的风随意弹奏。立即抓住这个比喻，加重描黑了两次，还是怕忘记，皱起微小明确的一簇烦躁。又坐起来、一边说一边厌恶自己、这个身体里没有一丝意志的影子、为什么还在继续这搅糨糊一样的对话？不是应该拿一本好书看么，哪怕独自站在二楼的窗前看看初秋的下午！——她几乎是带着破罐破摔的心情轻松地说，奚柏红她家为啥反对张昊宇啊？

妈说，嫌乎是农村的！这架势嗻瑟的！有个俊姑娘不知道咋地好了。你没听你大姨说宝贤跟她学的，说柏红她妈坐炕头儿上说，老奚家东西两个屯子上百口儿这些人，哪个姑娘媳妇儿也赶不上她家柏红！这架势美的！

姐说，不好看奚柏红，像中年妇女。

妈说，那孩子就体型不好，没腰没胯骨，两个大奶子支出挺远，上身儿胖吧完了两条小细腿儿，就像生养过似的。——二姐就看着妈笑，妈继续说，其实那路团团脸我也不稀罕，但是男的都稀罕，那些来上课的男老师了，还有那些老头子，老朱头子了，原来老李头子，包括你爸你大舅，进办公室都盯着小柏红看。

三娜心里像是突然被揪了一下，立即说，不至于吧，这你都观察到了？

妈说，都不掩饰！进屋就瞅柏红！你爸，你大舅都是！回家就瞅赵香玲你没看着么，原先那些保姆从来不瞅不问，榔榔[1]个老驴脸，这赵香玲可不一样，啥时候见着都笑嘻嘻的——

姐说，妈你净瞎说。

三娜看着妈，不能把她的话当成事实去设想，但是也不敢认为都是瞎说。

她赶紧说，那你咋不劝劝奚柏红她爸妈。

妈说，我跟柏红她妈打电话了，你大姨不让我打，说管那闲事干啥，我看俩小孩儿太可怜了，我说我打一个照量照量，我就说张昊宇小孩儿咋咋好，人家里咋咋好，做媒人那不得带担保的！但是这死媳妇儿才缺德呢，油盐不进，支支吾吾，——啊，我说了不算哪，这都是柏红她爹说啥不干！啥柏红她爹，当爹的哪管那些，再说壮子我记着一小儿就是个老实人，混柏红似的，一说一笑儿的，哪能有这么大主意！

三娜觉得自己耳朵里像是装了一层玻璃，都听见了，又都没进去。

姐说，张昊宇伤心了啊？

妈说，咋不伤心，那孩子心事重啊，上火上得小脸儿黢青，寒假回去一到过了十五还没回来，打电话说长病了，我都寻思备不住不能来了。

三娜稀里糊涂地说，不来在家干啥？

妈说，在家种地娶媳妇儿呗！张昊宇都二十了！可不得娶媳妇儿了！人家五间大瓦房，四十多垧地，啥样媳妇儿找不着！

三娜像个傻子似的说，咋整那么多地！

妈说，开荒。老早他就打听着政策了，说鼓励开荒，人那也是不惜力的人哪，就上那河边儿上把那荒地都打上垄，洒上些种子让它多少长出来一些。完了政策一下来，他就捞着了呗！这一下子就妥了。

三娜继续说，那为啥不人人都开荒。

姐看着她笑，说，你还真想知道啊？

三娜心里像是忽然松了一下，说，了解了解呗。

她心里搁着妈说的爸看赵香玲的事，好像是个隐忧。爸妈关系好像也不会更坏了，倒是在担心赵香玲觉得受了侮辱——单只是爸有这想法就是侮辱——如果妈说的是真的。

妈自顾自说，张昊宇家呀，我这么估摸能有二三十万！你看孙树发吹，还真不定有人家殷实！张作修你看笑呲呲的，那是正经过日子人。人还有手艺，混张昊宇是的，没有修不上的玩意，早些年自己做农具卖，都不少挣。还做枪呢，叫人给抓起来差点没蹲监狱。

姐说，为啥？

三娜说，私人不能持枪，你以为是美国哪。

姐说，我问为啥要做枪，买枪干啥。

妈说，打大雁呗，狍子！谁知道好不好吃啊，男的都好那玩意。张昊宇说他爸到现在还藏着一把呢，瞒着他妈和他奶，就他们爷仨儿知道。你说逗不逗，爷仨儿一伙儿糊弄他奶和他妈。

轻飘飘地想这也像电影——现实原产的细微但是也许常见的浪漫？同时觉察到自己心中一喜，仿佛又找到一段证据，证明她和姐要去做的"农民精神生活状况调查"（在心里说出这几个字都非常困难）是正当的、不是做作。她不知道她在心底里深信这件事是做作的，她不知道这短促尖锐的自我肯定是那庞大的焦虑再露峥嵘。三娜没看见自己对爸的忧虑在此时凝结成玻璃珠，滚入角落没有消失但是安定下来。连意识本身也成为遮蔽物，人在更深的无意识中。三娜在更深的无意识中看着自己像看电影那样回忆起张作修：黑红的长方脸，眼睛带血丝，也是笑眯眯的，坐沙发上没话。妈说，一天喝三顿哪？张作修笑，露出一口细碎的小黑牙，说，嗯呐，晃常儿[1]得四顿，下午没啥事儿了，老爷子要喝，我不得陪着。妈更乐了，啥老爷子要喝，就你要喝！张作修还是笑，真离不了，你看饭不吃可行。说完又没话。

姐笑说，张作修我见过，笑呲的，一看就很逗，跟张昊宇不像，张昊宇像小姥儿，净寻思正经事儿。

1　晃常儿，有时候。

妈说，心眼儿忒多了那孩子，那些老师都不稀罕他，包括你大姨，都稀罕魏金龙戴双他们——。

魏金龙穿一条亮白亮白的裤子，扎一条金色链条腰带，红彤彤一个方脸膛，憨厚地说，校长！戴双小眼镜，灰突突小尖脸儿，不抬头，不正眼看人，小声嘟嚷着，校长。三娜想象不出学校里的小社会——在那急切的心情里连这些毫无意义的场景也都像电影了。

——要说张作修儿还真不是那样儿，焉不唧儿的非常重感情的一个人，你像这些年，见着你爸跟我俩还是可亲了似的呢。其实你爸当时还真不咋稀罕他，稀罕孔繁龙岳德荣。这张作修儿家是大遛屯子的，没啥事儿放学了就来咱家，来了也没啥事儿，就坐炕沿儿坐着，打小儿就笑呲的没话儿，没话儿也不走，啥时候看着烧火做饭了，帮你把火点着就走了。不言不语的可有眼力见儿，看缸没水了就给你挑上。晃常儿回家，从家回来行李也不撂，先就上咱家，拿一口袋瓜子儿了，几个香瓜蛋子了，柿子了，往炕上一放，也不说啥，就往炕上一放。

三娜说，很害羞啊。

妈笑嘻嘻的，也知道自己讲故事讲得好，继续说，就农村人不会说啥，但是你看是不有感情儿！还有一回呢，我印象非常深，当时我就觉得很逗乐儿。杨春荣你知道吧，我不是给她介绍的赵跃才儿么，赵跃才儿他家是山东人，后搬来场子的，最老实最老实那路人了，那能相上杨春荣那是相当满意了，具体那些过程我就不学了，单说赵跃才儿他爸，最老实最老实的老头子，现在说也就四十来岁儿，那在农村可不就是老头子咋的呢都要当爷爷了，赵跃才儿他爸在后山老远了放羊，有一天傍黑儿前儿，冬天那前儿天黑也早，老赵头儿来了，穿个大羊皮裤裤，裤裤你懂不懂，就是这么抿一下子，这地方儿松笼儿的就能放点儿东西，他进屋也不打招呼，也不坐，从羊皮裤裤里摸出四个冻梨，挨排儿摆炕沿儿上，完了就走了，从头到尾一句话也没说，我说老赵大叔你坐会儿暖和暖和！他回头儿摆摆手儿，他那一群羊都在院子外头咩咩叫呢，你说咋样，纯朴不纯朴！

不禁神往。不知道在什么时候那东西绷得太紧了断裂了，三娜松弛地感到那健康清淡的气氛，感到愉悦。

姐笑说，你瞎编的吧？

妈说，正经呢！我编这玩意干啥！

三娜说，编还编不这么好呢！

妈眼皮儿挑起来，得意地继续说，我再给你们讲高军啊，高军跟张作修儿黄文起，都是你爸班上的，那时候你爸都回长春了，他们几个天天来给挑水来，你寻思呢，有情有义！完了我不是养个大鹅么，我寻思这要走了早晚得杀了，就不敢整，才念叨两句，大虎高军，一米八十多大个子，站起来拎斧子就出去了，我跟到门口一看，大鹅脑袋都砍下来了，没脑袋伸着脖子还满院子走呢！拉拉[1]哪都是血，这架势给我吓的！我现在一说还寻思得真亮儿的呢！

在灰黄色的大遐马场，我们的草房里有一张紫檀色三屉书桌，一个绿漆小书架。爸是省城来的大学生，妈是聪明的眼睛锃亮儿的年轻女老师。年轻学生当然会神往吧——。三娜喜悦地想着，觉得那画面非常明亮，五月份新鲜的天。

三娜说，在大遐过得真浪漫啊！

姐说，我也记得，有一个叫啥，总上咱家来补课，坐那个紫檀色儿桌子那儿，我爸给他讲题，是谁？

妈说，啊，那不就岳德荣么，你爸最最稀罕的就他了！复习高考。就岳德荣一个，孔繁龙一个，你爸就这俩得意门生，天天给辅导，不

1　拉拉，形容一边走一边洒。

来还上赶子¹找人家去！要说你爸呀！

　　家里最好的一张合影里就有孔繁龙，穿一件横条子翻领短袖衫，皱个眉头站在妈旁边，比妈高不了多少。三娜总想把他抠掉。他考上天津大学，成绩优异毕业留校，就职前的暑假到长春来看望爸，特意全家去游南湖公园，在四角亭请人照相。妈说，猴头巴相的脑袋好使啊。后来第一拨下海，在北京辗转两年回到长春，说要投资一个化工厂，爸借了他一万块钱。那时候的一万块钱！前两年才还上，中间这些年一直不敢来。老婆早就离婚了，带女儿移民去澳大利亚了。他又找一个，开美容院的，也带着一个女儿，智障。妈说，要不你爸那么稀罕他呢！跟你爸一样呗，又聪明又虎，又总以为自己聪明，不知道自己虎。三娜想爸是因为自己在绝境中被搭救过，见到即将被埋没的年轻人特别不忍心。那感情投射到后来，可能就有点像父子？妈总说爸"把钱把得登登的"²。

　　姐说，我知道岳德荣！是不是眉毛特别浓！

　　妈说，对对对。二娜记性是好，你那才几岁啊，两三岁儿啊。岳德荣现在人是吉林省农委主任！那人才全面呢，要不叫考大学眼瞅着就当场长了！杨春荣就相中人家了呗，岳德荣不干，嫌杨春荣丑，就这么的杨春荣才嫁给赵跃才儿的，赵跃才儿蔫不唧的最最窝囊不过，当时说让我介绍我都非常震惊，但是杨春荣非常实际，说的，那老师你看这班儿对班儿的还剩谁了？我这一寻思可不是咋的，差不多的都结婚了，就剩赵跃才儿不管咋的初中毕业呢。那他就合适³了呗，高攀！杨春荣了得！要不赵跃才儿他爹能给我送梨么！但说人杨春荣，那时候才二十二三岁儿，人那时候就是大遄党委副书记，人也自视很

_____

1　上赶子，主动，有自降身份的意思。

2　登登的，紧紧的。

3　合适，占便宜。

高的，但是在婚姻问题上非常实际。

三娜说，你想说啥？

妈说，我可没说啥，一说该炸猫儿了。

姐笑嘻嘻说，就是，跟康晓林好得了。

妈叹气说，管不了啊！

三娜说，我咋没见过岳德荣？

妈说，头些年还你爸在电大前儿来过，在办公室坐了一会儿，很客气，不像张作修儿似的，谁知道是当官儿了还是咋的，就像不那么亲似的。要说还就他借着你爸光儿了，要不叫那么补习，上哪考大学去。

三娜在心里想着这一群农村青年，他们的命运像长篇小说徐徐展开，不觉就有一种充实之感。可能文学终究是要带来愉快——不然你以为？——如果好的体验都可以被称为愉快？几乎是刻意地提醒自己，妈是一个太娴熟的叙事者，她不记得原文。还是没能把这些故事打散，在心里已经当成是真的。

姐连着打了两个喷嚏，到妈枕头边儿拿了纸巾擤鼻涕。

妈说，痛快儿地把头发吹干了，完再穿件衣服再下来！

姐拿着咖啡杯去厨房。妈说，你穿好衣服再上厨房能咋的呢！那北窗开着擎等[1]感冒不的！眼瞅着要走了感冒咋整！上老火了我都！

三娜看着姐的背影，也是想到她要去美国了，那触动像轻轻的叹息落下就没有了，她仍然被现场挟持着，头脑兴奋而糊涂像一锅冒泡的热粥。

电话响。三娜说，姐！周泽！

姐从厨房出来急匆匆跑上楼去了。

妈说，几点了还打电话——哎哈光顾唠嗑儿了，得做饭了吧？

1　擎等，放心等，肯定。

三娜说，赶趟儿，还不到五点呢。

妈说，你去把饭焖上，焖好了搁那儿搁着不就放心了。

头很沉，像自由落体垂下去，脑壳里半满的铁水在黑暗中翻沉。三娜感到空虚而并不干净。她觉得自己像流水线一样不断地将眼前的耳边的一幕一幕制作成标本，这行为本身毫无意义，断了电停下来看一眼，发现不过是被归整过的垃圾。不我并不是要从这些观察的缝隙中被遗漏的琐屑里寻找真理，真理凭什么在这种地方仅仅因为它们被普遍认为不重要？这非常荒唐。我只不过是、也只可能是、逃避——这个词本身已经让三娜无比厌烦，她按下电饭锅的按钮，转过身来，穿过餐厅，即将走进客厅的时候，感觉到自己即将再次投入到混乱的、流逝的、抵抗凝聚的生活的泥石流中，是的，这泥石不断向更混乱坍塌但是又并不会坍塌，所以呢？三娜感到眩晕，胸中有非常大一团灰黑的重云看不清楚，她想确认它是真实的，但是要如何区别感受和幻觉？

18

二楼窗口的秋天也就是那样，许多从前的秋天影影绰绰晃了一下，来不及进入身体，意识追上来，语言的垃圾拥塞。三娜转身打开电脑，二姐还在打电话，她不能连网，打开苹苹翻译的文章看。

门铃响，跑下去开门。一个年轻女人，很瘦，脸颊完全塌了，方下巴很薄，几乎是凌厉的。看见三娜愣了一下，立刻堆起笑，说，是三娜吧？

妈说，谁啊，吴玉华啊。嗯哪，三娜啊，你舅妈。

三娜说，舅妈。

妈说，㧅[1]我起来——。吴玉华一步上去扶妈坐起来，妈同时说——你宝泰舅你记不记着了，横是[2]不能有印象了，你老姥爷家的宝泰舅！

三娜说，我记得小玉姨和二胖姨。

也记得奚宝国，穿蓝劳动布洋服，扣子一直扣到脖子，抱她，她别过头去，避开他脸上胡子毛扎扎的。姥不喜欢他。

妈说，小玉可稀罕她了，总过来抱她。

吴玉华说，嗯哪，晃常儿我也听我姐说，说老姐家这仨孩子一小儿就成聪明了，说得姆们都可羡慕了。

她把手里的塑料袋打开给妈看，说，老姐你看这沙果，是不好，我瞅着就成好了，寻思多买点儿，卖没有了，就剩这几个了。

妈说，来就来，买东西干啥！都挺困难的，搬家租房子的。

三娜几乎是冷漠地、像看电视一般、像隐身一般，看着吴玉华把塑料袋放在床头柜上、走到沙发跟前、几乎是犹豫地在沙发上浅浅坐下、同时说，老姐你是不睡觉呢？我寻思这工夫不能睡觉呢，晌午我都没敢来。

妈说，睡啥觉睡觉，睡一下午。我这就坐长了不行，刚跟他们唠嗑儿，寻思躺一会儿歇歇。

吴玉华说，那你要不还是躺下老姐，躺着不一样说话儿么，我没啥事儿就恁心来看看。

妈说，不用没事儿。

姐在楼上喊，三娜你上来一下！

她知道这是要解救她。

1　周（音），从一侧或一端托起沉重的物体。

2　横是，可能是。

三娜说，妈那我上楼了。

妈说，去切块西瓜！这孩子也不会说个话儿。

吴玉华立刻抓住她的手望着她说，可不用，该忙啥忙啥去吧——这高材生儿！可不用！

一急之下拽得很紧，手有点潮，三娜没有挣扎，她手略松些，并不放开，扭头跟妈说，老姐我刚喝了水从学校来的，一点儿也不渴。

妈笑呵呵说，你不吃我还吃呢，刚才说话说多了，这咋这么渴呢，去啊，三娜。

吴玉华放开三娜的手，说，老姐总这么客气。前儿个我就说，好几天没过来了，寻思跟宝泰一堆儿过来，完了这不我大嫂出事儿，赶紧的一早上宝泰就回乾安了，我寻思等他不知道啥时候呢，我寻思我来看看我老姐来，好几天没来怪惦心的。

电饭锅已经跳闸了。三娜的舌头上还粘着苹苹翻译的情书的韵律，切西瓜的手不知不觉也在那节奏中："……我的风信子花园，我的黎明，我的黄昏，我柔情的海洋，我的竖琴，我的露水，我的彩虹……我金色的艰辛，我的超越一切和我渴望的此时此地……"。被韵律带走是幸福的吧，所以人们喜欢唱歌。是情绪本身的韵律还是韵律激发了情绪呢，功能决定形式，一直以为毫无争议的这句废话，原来也有它的对立面，而且归根结底彼此不能辩驳，不过是不同的价值取向。为什么坚持功能决定形式、内容决定形式、为什么反感形式本身对人的影响和策动？因为它诉诸人的直觉、未加防护的弱点？可能被利用？还是直觉那东西撒谎？认为它撒谎已经是认为有先于表象的本质了然而这是难以论证的不是么——。

妈说，哎呀，讲究啊我老姑娘，一人一个盘儿啊。

吴玉华说，这西瓜甜，你不吃啊三娜？

三娜说，还有呢。

去厨房拿另外两盘，听见妈说，得回[1]发现得早啊。闫凤琴那了得！你都不知道，年轻时候，坐墙头上骂我老婶儿啊！到底分出去单过算拉倒了！那人！

吴玉华说，嗯呢呗，都没想到呢，说是说，见天哭嚷要上吊咋咋地的，都寻思说说呗，能真喝药么，能舍得么，他家新翻盖的房子，还养那些小鸡儿呢。

三娜在心里笑起来，想记住这话讲给姐。

妈说，那人烈啊。早先宝泰跟我说我就寻思，这事儿不好整，想让闫凤琴松口儿，那，没整儿。单说小龙那对象儿也忒不像样儿了，宝泰说是个大专生儿，那哪行呢，差上差下的，咋得是一个正经大学本科儿啊。

吴玉华说，嗯呢，小龙心眼儿实，这小姑娘心眼儿成多了，给小龙缠住了呗。

妈说，长得好啊？

吴玉华诡秘地笑着，说，还不到一米六呢。我大嫂能干么，我大嫂，个人家小鸡儿下蛋比人晚都不乐意。

妈就笑，说，嗯呢要强，指定是要强人，不叫她要强她那孩子也不能这么出息。闫凤琴也聪明啊，念书那前儿是数学课代表，一般的女生数学都不行，就她数学好，小龙就随她呗。

有点意外。一直都是听妈讲闫凤琴撺掇老姥娘搬家，小姥哭够呛，妈找去骂，闫凤琴抢炉铲子要打妈，把黄泥灶台削掉一个角。

端着西瓜盘走到楼梯口，吴玉华正说，我念书的时候数学也好，物理我也学得好。没来那前儿英语数学都是我一个人儿教，不少找我补课的呢。

---

1 得 (děi) 回，多亏。

妈说，对了，给你姐拿上去两块儿。

吴玉华侧过脸来，在一个明确的短暂的瞬间，她忽然就是失去了角色感，像老实人看见怪物那样，盯着三娜。倒是大眼睛双眼皮儿，可是眼白浑黄，丝丝络络像有一层网。她看着她嘴角蓄积的白色吐沫，想到大遢又脏又穷，人们心头暖暖地盖着流言。荒凉可能只是审美的结果——不是实在。啥是实在？

同时听见妈笑嘻嘻地欢快地说，我跟你大嫂俩打过仗你知不知道？

吴玉华说，哎妈呀没听说呀——。

十几个相册堆在妈房间梳妆台上，二姐正用一块抹布挨个儿擦。

三娜说，能有多脏。

姐说，关门！

三娜说，吃西瓜。

姐说，放窗台上吧，等我擦完的。

三娜打开一本，说，放地上不就完了么，地方还大。

爸站在藤蔓覆盖的拱门跟前，满幅绿色，初夏里曝光过度的白。去儿童公园游园要回来了，爸去卫生间，三娜拿着相机在路口等着抢拍。洗出来都说这张好，爸微微侧脸，花白的浓密的三七分的背头，少见的笑得那么自然，几乎有一点狡黠。爸说，这张就叫，如厕归来！妈说，有正经没正经的你说说你！好容易有一张好照片儿，起这么个名儿就完了！爸特别高兴地说，你妈妈不能理解幽默！

三娜说，这张应该配个相框。今天好像也没看着有卖相框的，我在伦敦看到好多漂亮相框。

姐说，我准备偷些照片带走！

三娜说，没有底片了。等你走了的，我挑好的都拿去扫描。

姐说，这张我最好看！我要拿走！

三娜说，笑得太假了！

姐又抽出一张，是她们三个在她们西屋的西窗前，窗外落日又红又假，像个橘子。大姐大一寒假回来，忽然脸都胖圆了，笑眯眯非常松弛；二姐高三，很瘦，心里很有劲儿，虽然眼睛下面的青记颜色很深，但是看着很美。三娜在家养得白胖，燥热出两个红脸蛋儿，刘海剪得非常短，贴在脑门儿上，眯眯眼睛笑。

　　三娜说，这张我也想要。

　　姐说，不行，我离家远，归我——

　　三娜说，咱家原来房子多好，为啥要搬家啊。

　　姐笑，你刚才没见着啊？没用，回不去了。我现在最怀念上地。

　　想起上地就要生起空茫无着、逃避拖延和无力自拔的心情，灰暗、冰凉、薄薄一层——因为没有在具体的厚实的生活中投入热情，因为不能让痛苦从底下翻上来。可是这样一想，竟然也感到怀恋，几乎想要立即回去，在那灰冷中永远地蜷缩下去。也许因为毕竟熟悉，也许因为不受打扰。也许因为那里有尽头之感。

　　三娜说，明年开始就我一个人霸占上地了！

　　姐说，被李石和李小山住得贼埋汰！地板缝儿里都是泥！真是的，为啥要让他俩住啊。

　　三娜说，你见着李小山了？——哎你看这个！

　　一张单人床上挤了四个人，床沿儿上侧坐着两个男的，一个黑红，一个白里透红，都回身看着镜头嬉笑，床脚蜷躺着一个胖子，小腿支地，大腿悬空，穿着Ｘ形交叉的皮带凉鞋，又虚又大一只脚向镜头蹬过来。爸给他们三个挤着后面，单臂倚着雪白的被垛，整个靠在墙上侧躺着，应该也是喝了酒，脸上看不出来，很有神采很高兴地笑着。大遢的学生聚会，找他回乾安去喝酒。临行爸拿出小手提箱，放了内衣袜子，从书架里挑了一本《老人与海》。都没留意，只有大姐看到，她说出来三娜也觉得有种美好的伤感。

姐说，这里没有张作修儿！

三娜说，我知道。但是你看这人，这表情，你仔细看，逗不逗？

姐笑，咋整的。为啥那么乐啊。

三娜说，你看这个！

姐出国前结婚，周泽爸妈给买了一套红裙子，在开封拍的全家合影，姐低着头，眼睛往上看，非常不高兴的样子。塞在别的照片底下，几乎都忘记了还有这么一回事。

姐一把抢过去。

三娜说，你跟周泽咋不拍个婚纱照！

姐说，去你蛋儿的！

三娜说，你见过小哥小嫂的婚纱照么，小嫂穿白色婚纱，奚晶儿穿小和服举个日本伞。

姐笑，说，我不像你，人缘儿好，谁给拿啥都看。

她说着去洗手。三娜仰躺在地上，觉得这一天就快过去。

姐过来踢三娜腿，说，起来，去洗手。

三娜拿起西瓜，说，我洗干净的。

姐笑着递给她一张照片，说，你看这个——

似乎是有一次小姥过生日，在妈学校旁边的川圆餐厅大包间里，亲戚们坐了两桌。吃饱了全都红头涨脸，又丑又憨。小嫂跟大三哥两个人拿着麦克风对唱，大三哥上身后仰，小嫂弯着腿，他们互相望着，很投入的样子。当然任何人唱卡拉 OK 的样子都有点可笑。

三娜说，你看小姥，你看她眼睛，不知道寻思啥呢。

姐又递过来一张，手指头捏在一个人头上，说，你看这人。

妈在煤气公司时候的一张合影，有三四十人。姐指的那个女的半笑不笑，嘴龇开一半又收紧，似乎是牙不太好不想露出来。确实非常好笑。她脖子上一条粉色黄花儿的纱巾仔细地系成一朵大花儿，简直让人心酸。

三娜说，我小时候一直想把纱巾系成这样。

姐说，你哪有纱巾，咱仨就大姐有一条，黄的白花儿的。

大一那年五一放假，她们三个吃过午饭，无处可去，坐在北大芍园对面的长椅上，对走过的每个人品头论足，大概笑了有一个小时。也没有恶意。她们也永远在自嘲。但是其实经常忘记自己也是一个具体的滑稽可笑的人。

门铃响。小嫂的声音，婶儿，来啦。

妈大声说，我刚就在窗户这看着你了，和小晶儿俩。三娜啊！

三娜下楼，用有如预期的声音高兴地说，小嫂！

同时想到，刚才对吴玉华真是冷淡啊，人怎么可能不势利呢，亲疏也是一种利益啊。在尴尬顿挫的间隙里她觉得她的脸快要红了，但是就过去了。只觉得时间一格一格的。

三娜说，小嫂你咋总这么带劲呢！

小嫂摸着她的肩膀儿看着她说，还是我老妹儿会说话，招人儿稀罕。——老姑你好点儿没有？

递过来四穗烤苞米。

三娜拉着奚晶的手，说，瘦了。

奚晶快跟三娜一样高了，脸上一层茸茸褪下去，大人似的一层油皮，但是还是像小小孩似的弯着眼睛笑，说，小姑。

三娜想起自己跟大姨也是这样，关系固定在她六七岁的时候。已经演得完全不可信，但是突破这默契就像是一种冒犯——或者冒险。

小嫂跟妈说，奚晶儿吧大姑娘了，知道害臊了呢。跟小姑有啥不好意思的，不跟小姑最好了么？在家跟我说好几回了，小姑咋还没回来呢，大姑二姑都回来了。小样儿，知道惦心人儿了呢。

小嫂看着她女儿笑。又摸着三娜胳膊说，三娜在英国待得咋样啊？

三娜说，外国好呗。

三娜看见自己跟奚晶儿一样的挤着眼睛的脸，几乎僵住了，——就是跟小嫂，我也是在扮演小孩。这样微弱的期待都能支配我，我是没有主人的人啊。即便我看着这一切。然而我看着这一切？

小嫂说，我跟你小哥说啥时候姆俩带上奚晶儿，姆们也出去溜达溜达，完了你小哥儿不干，说我，就你那两句英语，让人卖了还得给人数钱呢。

这样糟糕的笑话，小嫂讲起来也是浑身上下地高兴。

奚晶说，小姑，那你都得跟他们说英语啊？

三娜把苞米递给妈，跟奚晶说，也有中国人。总说英语小姑还不累死了。

妈说，给你舅妈拿一个呀，这孩子。

三娜看妈好像也并没有疲态。她在学校也是这样，一拨接一拨来人。她好像挺喜欢热闹，回头听她讲笑话，又觉得她在现场总是疏离的，清清楚楚看见别人和自己的荒唐。她怎么也并不累，因为不焦虑？

吴玉华立刻摆手说，我不吃老姐，真不吃。

三娜放了一穗在茶几上。

小嫂走到沙发跟前，说，婶儿你挺好的呗。

吴玉华欠欠屁股斜过身子，坐得更浅了，说，嗯哪，来看看我老姐。

小嫂穿着碎花连衣裙，腰还很细，漆的粉白的脸，煤黑的睫毛。坐下，说，小辉儿咋样？上学挺好的呗。

吴玉华说，嗯哪，都挺好的，我跟宝泰姆俩都说，这不得回小东么。

三娜拉奚晶到小床坐下，说，开学了么？

奚晶说，下礼拜一。但是天天补课，暑假就休了俩礼拜，老多作业了。

小嫂说，这你可谢错人了，要说你得谢谢我呢！那不是姆们住空军学校那前儿，南湖小学那不就前后楼么，宗校长就住我们旁边儿那门洞儿，一楼，人家那园子种的才好呢，种那些花儿，我跟我老姑似的，就乐意看花儿，夏天晚儿吧总去看总去看，完了搭话儿就认识了，处得可好了呢。他家养个小狗儿，跟奚晶儿可好了，奚晶儿净喂它吃好吃的你咋不说！

妈说，嗯呢，敏娜混和人儿[1]。

吴玉华笑着说，啊，根儿在这儿呢，是得谢谢敏娜才对啊。

小嫂伸出手来，说，咋的，舅妈赏两个呗！

吴玉华脸都红了，但是笑着说，你等着，我让你舅赏你！

都笑。

妈说，这苞米才好呢，三娜，你跟奚晶俩掰一个，吴玉华你吃一块，敏娜你掰开。

吴玉华站起来说，我不吃了，老姐那没啥事儿我先走了，敏娜你们坐。

小嫂说，你瞅瞅，我一来你就走了，看姆们不顺眼呗！

那欢快的气氛托着，亦真亦假，隐隐有一种做作紧张。

吴玉华作势看着墙上的钟，笑说，菜还没买呢。

小嫂站起来，三娜送到门口，吴玉华说，嗯呢快关门回去吧三娜。

门一关妈就小声说，这架势吹的。

小嫂说，她有啥吹的呀。我奶呢？

吴玉华仰着头，迎着金红的日光，倏地从窗口骑过。她也并不自怜。有自己的目标，该忍的就忍了，很自然。三娜想到外面凉涔涔的空气，想出去，又不知道出去干什么。

妈说，那不上你们那去了么！你爸叫去挑豆子，要蒸洒豆儿年糕。

1　混和人儿，能与人打成一片。

小嫂说，啊，我去接奊晶儿去了，我寻思这苞米凉了就不好吃了，直接姆娘俩儿就过来了。

妈说，嗯，这苞米好，也不老也不嫩，正好儿。就在马路对面儿买的啊？三娜啊，去给你姐拿一块上去。

姐在楼上喊，我不吃苞米！我一会儿就下来小嫂！

三娜拿一个跟奊晶分，奊晶不要。小嫂说，她不吃这些，大夫不让。

妈说，咋的了，看病？

小嫂说，没有，减肥。针灸减肥。站起来让老姑奶瞅瞅！

妈说，嗯呐，瘦了好。别吃小零食，正经吃饭胖不到哪去。

小嫂说，她得听你的算呢。这下好了，可听大夫话了，就让吃黄瓜柿子，别的都不让吃。

妈说，啊，那能行么，饿坏了。

奊晶说，他那个针灸给整的吧，就啥也不想吃，不吃也不饿。

三娜看着她，觉得陌生，想起中学班里一个学习不好、也不漂亮、又爱说三道四的女生。

妈说，遭不遭罪你说说。

小嫂说，我奶回来了，晶儿去给太奶开门。

赵姐端一个塑料盆儿，盆儿上苫一块蒸屉布。小姥笑眯眯站旁边。

妈说，整利索了？

三娜和奊晶跟着小姥儿慢慢挪。

赵姐掀开屉布给妈看，说，水大点儿了。

妈说，可也行，不大，晾晾就好了。等吃饭给我切一块儿，这么一小块儿就行，这玩意可顶饿了。

小姥儿蹭到妈床头，说，小老婆来干啥？

赵姐转身要去厨房，三娜跟她擦身而过。她觉得有点累了，生活的溪流这样不断冲击，又并不能把"我"淹没。何必用意识去擦拭这一切。所有这些事在消耗时间的意义上是平等的，所以呢？想法尖锐起来，她预感到无法处置，疲惫而恍惚。啊真想一个人待会儿，让头脑中的噪音落一落。应该出去散个步，应该回到下午的树林里，一个人！

妈说，啊，碰上吴玉华儿啦？

赵姐回头说，嗯哪。

妈大声喊，来给你老姑娘溜须来了，你老姑娘不是大校长么，想溜须多挣钱！

小姥抿着嘴笑，看着妈，逐渐笑大起来。知道是逗她，但是可能也有点信。

妈说，敏娜你说吴玉华来干啥来了？

小嫂说，干啥？

妈说，她没来我就寻思备不住得来，上回就透话儿[1]了，说自己啥都能讲，课讲得好。这回来了果然，这架势吹的呢，学生老师都夸她，整个大遢那是谁也敌不住了。说连补课啥的一个月能挣六七百，那啥意思啊，不就说在这儿反而挣得少了么。

小嫂剥了一手心儿的苞米粒儿给小姥儿，同时说，这架势的，谁能信呢，一个代课老师。

妈说，说是转正了，我这么寻思也不能是真的，那要转正了，刚一来那就得说，能等到现在么。转不转正她也不亏，我一个月给她四百五，比她原先只多不少，再说宝泰挣得多呀，固定工资一千五，还有讲课呢，让他排课，我跟他说了，多给自己排点，看他能讲的，就别给别人儿了。两口子新来长春的，多挣点是不是松快松快。不管咋的宝泰是白城师专正经师范毕业的，教这帮孩子水平也差不多，不比那中专请来的老师差。

---

1 透话儿，隐约委婉地表达。

小嫂说，老姑你就是心眼儿太好使了。

妈说，吴玉华更抢上啊，说的，钱让谁挣不是挣。她一个小学老师，想教英语，她自己英语会几个单词都不一定呢。我那些学生能让么，本来这办女高，计算机那边儿就军心动摇。糊弄人哪能行。我可没打这个拢。看我没打拢，也有点抹不开，正好你来了就走了。你看着，过两天还得来。

小嫂说，哎呀妈呀，真敢寻思，还教英语。要说老姑就是心眼儿好使，给他们都整长春来挣钱来了。还不知足。晃常儿我就跟小东说，我说你看老姑就知道了，好人得好报，我这三个妹妹你说说，那不都是老姑积德么！

小姥儿笑呵呵说，说啥？

妈说，对了，还有热闹没跟我妈学呢。

妈大声跟姥喊，告诉你个事儿啊，闫凤琴，小宝国媳妇儿闫凤琴，因为他儿子对象儿找得不好，喝农药了！

小姥很平静、很自然地问，死了没有？

妈喊，没死！在医院躺着呢！作[1]一年来的了！

小姥说，遭报应啊！

妈用手指着小姥，笑着跟小嫂说，这老太太狠不狠！

小姥低头，两手搭着，大拇指头互相慢慢绕，又侧身说，小媳妇儿啥样儿？

妈大声喊，小个儿不点儿！学习不好！啥啥不是！

妈又跟小嫂说，这么一说她就乐了。

小嫂说，咋的，闫凤琴是谁啊？

妈说，是奚宝国，奚宝国你没见过，就奚宝泰他大哥，我老叔

1　作（zuó），闹，通过让他人不安生来达到自己的目的。

家老大，他媳妇儿是我给介绍的，这说来话就长了，那不是八零年我要回长春，你奶就舍不得我走，一提就哭，一提就哭，我就寻思得给你奶找个做伴儿的，我们家不后搬到大赉的么，哪有亲戚啊！我妈没伴儿呗，我妈年轻时候就跟我老婶儿俩感情好儿，妯娌六个就她俩好……

这故事耳熟能详。三娜问奚晶，你放假都在家干啥？

奚晶说，也没干啥，写作业，完就看电视。小姑你乐不乐看《刘老根》儿？我成乐看了。

三娜又想起两个中学女同学，她不了解她们，她都不知道她鄙夷她们。

小嫂插话说，要说老姑你一小就那么能耐哈？

妈说，那可不是么，那前儿怀德还挨饿呢，到大赉不都吃饱了么。这里还有一个事儿呢。我老叔原先在长春读师范，当小学老师来的，就跟长春一个女的好上了，孩子都有了！叫人告上重婚罪，给撸下来了，回怀德种地。往乾安这边儿一调，谁管那些事儿，正缺老师呢，他不就当上中学老师挣上工资了么！要不咋说是忘恩负义呢！

三娜说，啊，还有这一段儿？我以前咋没听说过呢。

小嫂笑说，是么，我老爷还挺风流儿啊。

三娜说，那那个女的和孩子呢。

妈说，谁知道了，带着孩子又结婚了吧。你听我给你小嫂讲热闹事儿呢。完了吧，说到哪了，完了我不就搬长春了么，就扔小三儿跟你奶俩，完了我老叔跟我老婶儿俩吧，就在我跟你老姑父原先那三间房儿住了不到仨月，偷摸儿在闫凤琴娘家那撇儿[1]买的房子，都整利索儿的了人就搬走了，就在我爹我妈眼皮底下装车啊！我妈还问我老

1　那撇儿，那边儿，那个方向。

婶儿，因为啥要搬走啊？就舍不得呗。到了儿[1]也没说出为啥，那就是闫凤琴挑唆的呗，搬她娘家跟前儿去了，我老叔老婶儿那都是最老实不过的人了，人生地不熟的，上哪张罗搬家去！

姐下来，说，妈，我姐咋还不回来。

妈说，说了回来吃饭，你打电话问问？

赵姐走过来，说，老姑，白糖吃了了，拌凉菜是不得搁点儿糖好吃？

妈说，三娜你去小卖店买袋儿白糖回来，再看有没有豆腐买一块，大酱还有没有了赵香玲儿？

赵姐说，酱有，反正买一袋儿也行，可也不多了。

三娜站起来，说，妈，我并不乐意吃豆腐蘸酱。

三娜说，走啊奚晶儿。

小嫂说，别给奚晶儿买小食品啊，买了看姆们孩子忍不住，我大儿减点肥多不容易，大儿别让你小姑害你啊。

奚晶难为情地笑说，嗯呐。

小姥说，上哪去？

打开门，夕阳红红，从大阴影里铺过来，一阵冷风猝不及防，小园子里的花草一排排倒过去，叶子片片颤抖着，坦然的。

1　到了（liǎo）儿，北方话，到最后。

第三章

乾安

1

姥家四间草丕房，我总印象是砖挂面儿，因为比别人家都整洁挺立，蓝漆门窗也像新刷过的。爸妈结婚，买了东边儿老孙家房座子[1]盖房，爸说比姥家强多了，都是松木檩子。爸回城以后房子便宜卖给老姥爷，老姥爷住了俩月搬走了。打我记事儿东院儿住的就是小恒儿家，隔墙看着黄土堆委，比不上姥家，差得远了。

爸说，你大姥是一根檩子都没出啊。后来没木头打门窗，他仓子里好几根大木头，就不吱声。那我能说啥，我就跟场子说了，场长杨福林儿，跟我拍胸脯儿，说大学（xiáo）儿你放心，这事儿包我身上。第二天晚上亲自给送到家来，跟他儿子爷儿俩赶驴车。那木头才好呢，这么粗的水曲柳儿，给你大姥羡慕的！没使了（liǎo），剩一骨碌打了一个碗柜，咱家那碗柜你还有没有印象？

碗柜刷橘红漆，方格子玻璃门儿对开，住一间房时贴东墙站着，比桌子高不多少。搬到三间房把腿锯了挂在墙上，九二年装修拆下来放北阳台了。怎么会不记得，也一直知道是从大遁带过来的，像个老人一样衰弱并且要求尊重。可是并不能唤醒什么，除了偶尔震动——大遁真的存在。

1　房座子，地基。

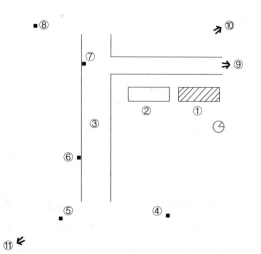

① 姥家
② 原来爸妈家，后来小恒儿家
③ 通往学校和供销社的大道
④ 中小学
⑤ 供销社
⑥ 朱老肥家
⑦ 路边一个小土堆
⑧ 王老换子家
⑨ 去往杏子井儿林大姥家
⑩ 去往打草的大草甸子
⑪ 跟王老换子去大水泡子

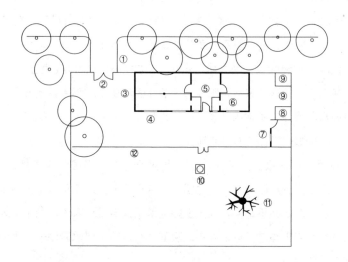

①杨树趟子 ②木栅栏门 ③柴火垛 ④窗下停着大舅自行车
⑤外屋地下（厨房，与炕相对）⑥炕 ⑦下屋（仓房）⑧驴圈
⑨板车、茅楼儿（厕所）⑩井 ⑪杏树 ⑫新种的沙果树

还有额上那块疤。说是妈切萝卜片儿给姐吃，姐到屋里来馋我，我正在藤椅上玩儿，伸手去够，扑通折下来，磕在门槛上，血淌得满脸都是。妈以为非死不可了，脑袋出个窟窿还了得，抱着就哭，还是二姐跑去找大舅。爸那时候回长春了。妈说，你大姐就跟我哭，我大声哭她大声哭，我小声哭她小声哭，你二姐在院儿里，站小板凳上往里瞅，敲窗玻璃，说，别哭了，一会儿吉普车就来了。那才几岁，还不到五岁。你二姐最听话了，从来不哭，就自个儿默默丢丢[1]玩儿，俩脸蛋细软儿细软儿的，谁见谁稀罕。

二姐说有一天中午，她坐大紫桌上玩儿，爸在旁边儿给学生讲题，非常安静——太阳照在后背暖洋洋的，觉得可好了，扑哧一声，我就拉了一屁股稀屎，特别特别稀的那种。我记得可清楚了，本来金光灿灿的，一下搞砸了，那我也没哭。那时候还没你呢，我还在桌上爬呢。

我只记得姥家，开天辟地就是姥家。一家五口住在一起；爸走了；老姥爷来了妈带我们住姥家；妈带姐走了；大姥带我去长春，又接回来；妈带姐回来过年——这些事都是听说，一张画面一丝心绪都没留下。大姥跟人打仗，把一个姓李的打瘸了，大舅坐在姥这屋炕头炕沿儿上，不断说"玉珠"，我知道妈要回来，帮联系看病，找李玉洁帮忙打官司，几乎听懂了，李玉洁三个字都记住了，可是不记得在大遭见过妈。是有创伤么？这解释太便利了，不敢信实。没有任何痛苦的记忆，也没听说过妈走时我如何大哭——应该哭了，不然也会有人讲，"小三儿更没哭啊"。

房后大道往东，正对路口没房子，有个小土堆，像个坟，应该并不是，在上面踩着玩儿，没人管。阴天的下午，我拿着一个自己缠的发卡，想送给姐姐，大舅妈班上女生差不多都戴一个。缠得不好，而且姥

给的破绿毛线不够长。站在土堆上，一会儿望远处，一会儿踩土玩儿。低头想得真切，激动起来。抬头路上还是什么也没有。不知道为什么有点喜欢这样，又怕被人看见。

小姥去菜园子查看柿子秧——眼瞅着罢园了，玉珠得月底呢。最后十几个半青的摘下来，放柳条篮子里，挂在门口房梁上。傍晚拿下来检查，看放坏了没有。举起篮子的剪影挡住窗口的暮光，忽然黑了一下。我站在东屋门槛子上看着，非常喜欢，那一段时间好像空气中总什么东西一直跃动。

总是坐在炕上，脸朝东，望着小姥。小姥盘腿，棉裤脚上绑着腿带。做针线，絮棉花，贴铺衬。大黑铁剪子，黄褐色木线板子，银色顶针。让我帮认针，手指上吐了唾沫，虚虚的线头捻硬式了，投进针眼里去。等着夸，老外孙闺女能帮姥娘认针了！串一个扣子，捏住两边线头儿，甩起来，一抻，转成一个轮子。反复转，觉得神奇。冬天窗上蒙一层塑料布，风一吹扑棱扑棱响，坐在炕头滚热的，等着吃烧土豆。大姥回来了，买了橘子！小姥埋怨他，在烟盒纸背面画鞋底儿、橘子瓣儿，记账。

跟小姥学叠小葫芦，端午节用彩纸叠了几十个，一个一个吹鼓了，串起来挂在院子木栅栏门上。盼着有人来。起大风，跑出去看，线扯断了，纸葫芦儿甩瘪了别在木刺儿上。回到炕上，门窗叮叮咚咚响，风卷着杨树毛子往窗上扑，人在炕上又安稳又庆幸。木刺儿扎了手，要用针挑，来老外孙闺娘往里坐，来就亮儿。好像有点伤心，又快意。

夏天快过完了，落了一天小雨，风一吹凉飕飕的，傍晚上停了，金光簇新。栅栏门大开，驴车进院儿，压出浅浅两道花印车辙。一下子觉得拥挤，跟着看卸辔头，倒粪口袋，给驴子擦身子，喂草。买回来大烧瓜，黄瓜种，大姥说，这烧瓜才好呢，烧瓜那是最好吃的了！不喜欢，酸兮兮的。

一年总要买几次香瓜，举拳头砸开，瓜瓤子甩院子里。新摘的黄瓜放柳辊斗子[1]里，吊井里去拔[2]。午后热得受不了，大姥打水擦身子，擦凉快了换上干净布衫，把黄瓜摇上来，坐外屋地下长凳上吃。外屋地下北墙高处开小窗，夏天支起来吹过堂风。大姥在家也从来不光膀子，那像啥。

拿回一包彩色塑料片儿，圆形，跟硬币差不多大。说是表蒙子，五分钱一个进来的，卖八分。小姥嘀咕他，谁有闲钱买那玩意，窝手里咋整。大姥生点气，掀门帘子又出去了，你瞅着有没有人买！

小姥坐在下屋窗根子底下哭喊，鞋脱下来往大姥身上扔。大姥站房门口，大声骂。我蹲园子门口，不敢靠近。大姥进屋了，我拣了鞋，又不敢送过去，小姥哭喊的样子很陌生。她坐在地上，像是残疾了起不来，傍晚的日头正晒着她的脸。

又一回炕梢堆了许多针织衫，蓝的红的粉的，胸前绣几朵梅花。有人来，拆开塑料袋抖开，比划着，没有买，要叠成原样放回去。冬天晌午，太阳横照进来，空气中许多晶莹的小光芒，扎得眼睛痒痒的。小姥下地[3]做饭，我一个人蹲在炕上，拿出一袋新衣服，鼓起勇气，仔细拆开，记牢了，又叠回去，竟然成功了！又练习两次，可以叠得十分整齐。大姥把我抱起来，夸奖我。自己也得意，又吃惊，这就可以做大人的事了？

炕头墙上开小窗，挂小布帘子，拉开正看见小姥在大黄泥灶上做饭，蒸汽腾腾，焦黄的大饼子贴一圈儿，像一朵图案花。小窗台上一个搪瓷小碟，扣两只白瓷小酒盅，一个细长嘴儿白瓷酒壶。平常搁手绢儿蒙着，来客（qiě）拿出来，有时候也自斟自饮。小炕桌摆满，我心里

1　柳辊斗子，柳条编的水桶，吊在井绳上。

2　拔，指放在冷处或冷水中使食物变凉。

3　下地，下炕。

像是吹起一个气球，不知怎样才好，又怕碰洒了酒。

　　大姥念过两年书，能看小人书。给小姥取名徐兰，本来没有名字，应该叫奚徐氏。大姥吃饺子用小碟儿，先用筷子夹成两半，再去蘸醋。她常说，男子吃饭，狼吞虎咽，女子吃饭，细嚼慢咽。可能是叫我吃慢点。我有一顿吃了三个大饼子，都说，这孩子！玉财晃常儿还吃不了呢！下炕去拉屎，小四儿说，吃得多，拉得多，屁眼儿受张罗！跟姥学的，平常都是说他，我也跟着说。

　　夜里发烧，小姥把我翻过来抱着，大姥用手巾蘸了酒给擦后背。放被窝里躺着，炕上吊着灯泡，我一直不知道是那样昏黄的。棚上糊着紫格子纸，一圈一圈的花纹在晃动的灯影里旋进去，头晕恶心。灯又亮了，小姥拿来一个坑坑洼洼铝勺子，放一片索密痛，倒上酒，大姥划火柴，划了两根才点着，蓝色的小火苗轻袅袅的，躲闪着。怎么可以吃火呢，一张嘴就进去了。又躺下，小姥往我嘴里塞一颗冰糖，丝丝缕缕化开了。

　　有人来串门子，拎一网兜苹果，有七八个。切一个，我和小四儿一人半拉，剩下的放在北墙大柜里。看来客（qiě）啥的，不给不好，带个孩子啥的。一直惦记着，觉得忍不了了，在炕上哼哼，我心难受啊！我心难受啊，我心难受。问咋的了，知道自己在说谎，肯定是涨红了脸，继续说，姥儿啊，我心难受。小姥就笑了，说，是不是想吃苹果了？羞愧得简直要发火，很想否认，又怕真不给吃了。

　　小恒儿跟她弟蹲院子里，她弟举起菜刀，猛砍一瓶山楂罐头。瓶盖儿上十字大口子，小恒儿伸手进去，揪住铁皮往外掀。我怕她割到手，又怕自己馋，不敢看了。等再爬上墙头，他们姐弟已经进屋了，敞亮亮一个灰黄的土院子。该是傍晚时候，有点冷飕飕的，嘴唇儿都风干了，手背也山 [1] 了。小恒儿跟大姐一样大，已经上学了，惨淡的小黄脸

1　山，皮肤因为干冷皲裂。

儿，小细眼睛，头发少又干枯，贴脖根子系个黏黏糊糊的长辫子。

央求小姥，她假装不肯，还是答应了，拿出一盆儿豆角豆放在灶台上，给我一根针线，教我串豆子。针从豆子中间儿穿过去，线拉出来，豆子拉下去，小心别豁了，碰到下面那一颗——，一颗一颗，像是永远串不完，一下就串满了，系成圈儿放大锅里煮，拿出来晾凉了姥笑眯眯挂在我脖子上。

跟着冰棍儿车跑，实在撵不上，在路当中站住了。好像也不全是为冰棍儿，好像已经抽象为渴望本身。他们说大姐小时候跟着卖鱼的一直跑到供销社。姥拉我手回来，灶台上一碗白糖水，新打上来的井水拔凉，又甜又咸——盐碱地，当地人都是一口黄牙。大姥爱吃凉水冲绿豆糕，先给我尝，粉涩涩的，咽下去满嘴都是小细沙。下一次还是怀疑自己弄错了，要再喝一口。

小姥拿长竹竿打杏子，我跟小四儿蹲地上拣，用布衫兜着，小心翼翼站起来，还是掉了几颗，不管，兜到土篮子里，回来再捡。小黄杏子，熟透的有红晕，挑没斑没点儿的拣到柳条篮子里，盖一张半新的白手巾，手巾上放着秤，小姥挎到供销社门口去卖。

总也没人来买。卖冰棍儿的年轻男人站在对面树下，很瘦，含胸驼背，颧骨高且宽，撑出两个油亮的尖头，见我盯着看，就笑了。我转身说，小姥！小姥手心儿两颗杏子，我不要。又拣了十来个，让我抻起衣襟，兜着过去换。我仰头望着，那人隔空跟小姥说，你这杏子咋卖的？一边掀开棉被，掏出一根儿冰棍儿。

供销社往回走，临道边儿有个院子，倚院门看一个女人坐在小凳儿上摊煎饼。又大又平一个漆黑的铁板，倒一瓢细苞米面糊糊，用带把儿的擀面杖横刷竖刷，转圈儿刷，刷得又薄又匀，铲起来翻个个儿。旁边一个平底儿大簸箕，煎饼摞了一尺来高，层层叠叠，金黄灿烂，在惨淡的灰土上像个奇观。

在长春，有几回妈的学生给捎煎饼，像烧纸那样一捆一捆，堆在厨房外阳台架子上。饿了撕一块儿，在嘴里化软了，细甜的粮食味儿。妈在身后做饭，我看着姐放学回来的小路。那一会儿工夫充盈宁静，像一杯冲淡的蜂蜜水，搁桌子上一动不动。有时剩饭不够，妈撕一截扔饭盆上一起熥[1]，卷白菜葱蘸酱，卷炒菜吃。——大遛得有一半儿山东人，也有不烙煎饼的，你说那家是谁呢，把[2]大马路啊，路西不是供销社么，是有几户人家，我咋一点儿想不起来了呢。

我一直以为是朱老肥家，妈说不是，他家本地人。朱老肥妈叫孙喜荣，白白净净笑嘻嘻，很会唠嗑儿，跟妈要好，我刚生下来妈没奶，她过来帮奶了几天。她儿子显然也很胖，开玩笑说定个娃娃亲。小哥最爱说这个——我说你咋吃那老些呢，是不是着急长大个儿，完了好嫁给朱老肥！我有点知道是开玩笑，还是惊恐大哭，后来改为扑上去打，越打他们越乐，一屋子人乐，我更恼火了，又知道越恼火他们越乐。

2

总是坐在炕上。下大雨，等王老换子，说好了来找我玩。下冒烟儿了，园里的杏树都看不见了。坐炕席上好像天地一孤舟。无法想象她来，原先那个世界已经不在了。不够光亮，小姥放下针线，也看窗外。她平常就是沉稳的，这时候简直像一块化石。从黑木匣子里拿出扑克摆八门。我问王老换子家在什么方向，结果那一边没有摆开。东南先开了——长春在东南，她有时候说出声来，有时候只是轻轻松一口气。

---

1 Tēng，用隔水蒸的方式加热食物。
2 把，紧挨着。

王老换子来了，站在门口一身雨水凉气。还是阴天，雨丝轻柔看不见。路上大水坑，小水坑，车辙印儿，猪脚印儿，深深浅浅翻出新泥。她教我把脚往泥里钻，竟然是暖的。一队鸭子拧着屁股走过去，嘎嘎地叫，有点末日似的凄楚。青灰的阴云底下要是镶个金边儿就好了，就是明丽的雨霁乡村。

　　转进小路，过几套院子，拐到王老换子家。老远就有腥臭味儿，猪圈鸡窝都给水泡了，屎臭在水汽里洗过，格外刺激。院子里灰黑的稀泥，浸着绿色的鸭屎，黑色的猪屎，我望而生畏，想要回家，姥家是灰白洁净的细碱土。说不出口，侥幸以为进屋就好了。可是并没有，泥水汤子里滚出来的大黑猪，正在外屋地下拱水缸，柴火堆都踩烂了。鸡鸭进了里屋，一只鸭子扑腾着白翅膀，要飞上炕了，鸡鸣鸭叫大起，震响得像乱石穿空，无从躲闪。昏暗逼仄里，那是一场白色的暴动，生命令人畏惧惊恐，几乎丑恶。我踩在可疑的粘满黑泥的门槛上，求救似的望着王老换子，明确地知道她不可靠。

　　微雨蒙蒙的下午，毛驴下崽子了，院当中铺了干草，小驴崽子抱过来，许多人围着。我不敢过去，站在房门槛儿上，看着它站起来，不由得就跟着欢呼。一个不认识的人把我抱上去，挣扎着不要，怕把它的腿坐折。那人放了手，笑嘻嘻说不要紧的。毛还是湿的，热腾腾的脊背在屁股底下一滚一滚，非常可怕。

　　大晴天王老换子带我去甸子上玩儿。草叶在身后合拢，在头上高处合拢，切下细碎的阳光。觉得新奇，竟然不害怕，可能被淹没是让人觉得安全的。在草缝里找她的腿，有一阵走远了，只能听见右前方蹚草的声音，我大喊着，她喊回来，甸子上真是寂静，是明媚的寂静，没有窒息感。

走近一个大水泡子[1]。下过大雨，积水没过岸边草。水面平静光亮，映出蓝天白云，碧绿的草的倒影。没有风，没有一丝细鳞，倒更像是活的，像另一个世界的入口。王老换子把我留在一小块儿高地上，她走进水里，撩起裙子洗腿。裙子里一条深蓝色镶两条白边的运动长裤，一直挽到膝盖上头，这时候更努力往上撸，露出大腿来洗。我问她，她坦然说，我裤衩洗了。

后来妈把这笑话讲给我，说你记不记着了。我想起一屋子人笑，我身在其中有点得意，又意外，裤衩的事这么好笑么，隐隐觉得对不起王老换子。

虽然本来也都是笑她。她是家里第五个女儿，没人经管，三年级留了三年，干脆不念了。让用"美丽"造句，站起来说，我们美丽地劳动——这架势给这帮学生乐的，你看她比别人大吧，本来长得就大，还大两岁，高出有一头来的呢，坐最后一排，但是那些破烂小孩崽子都欺负她，她虎呗，小孩那玩意不就是，看谁好叨欠就上去叨一口去。是真虎，智力比普通孩子差不少，可也看咋说，我们美丽地劳动，要搁现在备不住就叫朦胧诗了呢！

小学语文课学到一篇北大荒，说棒打狍子瓢舀鱼。本来以为自己忘了，忽然大甸子上的小孩回到身体里，几乎是激烈的。迫不及待跟同学讲，怎么都讲不清，自己也怀疑是假的，但是不可能——间接经验不可能那样深刻长久。在绿草合拢的隧道里奔突，像小动物一样欣喜孤独。不知扔掉了什么灰暗的垃圾，在明丽的天地中自己也纯粹起来，像是身体里亮了一盏灯，像是变成另外一个人。

夏末初秋起大早，赶驴车去打草。深紫色的天，冲不破，走不进去。路边只有杨树，一棵一棵黑魆魆，格外高大；树外就是大甸子，暗蓝涌

1　水泡子，较大的水坑。

动，有点吓人。姥爷把驴赶起来，小跑着跳上车，不时举起鞭子，在空中绕起，抽响，特别响，旋出一个洞。车上垫着干草，又铺了小垫子，我坐在姥姥两腿中间，裹着被子，还是冷。新头巾秃噜¹到脖子上，拽起来重新扎好，深粉色黑格子大人样式，大姨特意买给我的。

睁开眼睛是陌生的大蓝天，簌新的金光。醒不过来，怅然若失。

草打成捆，摞高高一车。姥爷把我托起来，抛上去，砸进草垛里。深深的绿色阴影里草气湿郁，一头扑进去，归心沉沉。

在院子里把草捆散开，晒干，再打捆，倚着西山墙摞成一座小山。秋天下午，淡金色的草垛连着灰暖的土墙，墙里裹的干草一段一截映着温柔的荧光。用手指去摸，也就只是干草。

大舅妈烧火，支使我去抱柴火。飞跑出去，硬拽出半小捆，扑腾一脸灰，也不管，连抱带拖回去领赏。她经常故意支使我，带点喜爱，像逗试小猫小狗，我有点知道，但是也喜欢这小小戏剧。

大舅不着家²。回来了自行车停在西屋窗根底下。初夏傍晚，大舅端一盆水出来，搬个小板凳坐下擦车，窗开着，大舅妈坐窗后炕上抽烟。

大舅妈带我去教室，坐最后一排等放学。屋子阴黑的，学生们老实地坐着，可是有种陌生的热闹，像是社会的空气，扯着看不见的细线。有个小姑娘尖下颏儿大眼睛，我觉得很美。下课带我玩儿，像突然活过来，阳光下五彩缤纷。我很陶醉，同时自得地想，她这是在讨好班主任。春天她和另外一个女孩来家，拿手电筒下菜窖，把长芽子的土豆挑到土篮子里吊上来。大舅妈说她"那才会来事儿呢"。我喜欢自以为聪明，她可能也只是喜欢听人说自己"会来事儿"。浓烈的天真，向往大人的世界，向往生活。

1　秃噜，滑下来，掉下来。
2　不着家，在家待不住，总也不在家。

她来家里，靠北墙大柜忸怩站着，答姥姥问话。初冬天短，只剩窗口一块儿微微有点亮。我坐炕上，看见黑灰里一个身影瘦小模糊，要被即将到来的夜晚淹没。她身后的座钟咯哒咯哒摇摆。两千年初姐跟爸回大遇，我想起这个形影，问小姥，不记得了，大舅妈是早就不会说话了。找不到了，一滴水落在地上。找到也不是她，人生并不是从童年里长出来的。

大姐回来，洗出照片有一张她和王老换子合影，完全是陌生人，比姐高出一头，围着黄绿色毛线头巾，脸蛋冻得紫红，像写实油画里憨朴粗壮的农妇，可是眼神里什么都没有，连麻木也没有，文艺里的麻木是触目惊心的。

有一次在路口小土包上站久了，决定去学校找大舅妈。到一半心有点慌，模糊地像是起疑。前面确实有学校，后面确实有家，中间却是洪荒。学校也是满眼灰黄的，尽东边杨树底下有一溜单双杠，高处坐着一个人，躬腰探身，一只脚卷住立杆。我远远看见，那好奇像一颗小秤砣在心里很沉着。像是阴天，被笼罩着，想要哭，又特别满意。先到教室那边，假装望了望，才走过去，握着双杠立杆绕了两圈。他好像没看见我，我发不出声音，被控制住了，也没有风，连杨树都是安静的。

姥家屋后有三四趟[1]杨树，隔开黄土路。有一次自作主张去树趟子[2]拉屎，大概是入秋了，蹲在地上落叶很滑。忽然万千树叶鸣响，明亮浩荡，像巍峨的灵魂在天空歌唱。仰头看见天旋地转，摇摇荡荡升上去。

听说老姥爷家刚搬来的时候，小玉姨总帮着哄我。正是夏天热时候，晌午都睡觉，就我不睡，小玉姨抱着在树趟子来来回回悠[3]，一到悠

---

1 趟，排。

2 树趟子，（成排种的）小树林。

3 悠，晃悠，摇。

睡着——你那老胖肉，夏天抱着又沉又热！我就有点羞愧，而且像见过一样，觉得那些树格外高，小玉姨穿红衣服，在晌午斑驳的绿阴里，寂寞都是健朗的。

小玉姨来姥家，贴炕沿儿站着，伸手要抱我，我站过去，她仰脸儿看着我喜滋滋的。赶上吃晌午饭，她说，我就乐意吃酱油！伸筷子蘸一下，嗦了嗦了就能吃一个大饼子！我们永远是吃葱蘸酱。

小玉姨带着绣撑子。下午太阳不那么烈，坐在窗根儿底下小板凳儿上绣花。我在旁边看看就看住了。起初线很长，小拇指抠着，胳膊照直牵出去，非常有把握。像拉提琴，弓子匀速和缓，悠长平稳的一声，没有波澜。姥姥说，左[1]老婆放长线。只有绗棉衣、做被子才放长线，一针拱出去很远，像小蚂蚁簌簌爬行。

姥打听闫凤琴。小玉姨蔫巴没话，二胖姨来又讲。二胖姨大高个子，编两条辫子还是很粗，几乎垂到腿上。都说她有点虎，声音非常响亮。说闫凤琴非常厉害，坐墙头上骂，宝国上去揍，把鸡窝都砸烂糊了。那气氛非常陌生，像是谴责，又有种兴奋。我就想知道有没有打破鸡蛋，又不敢问，显然这不是重点。

去过一次老姥爷家，没姥家宽敞，没有糊墙糊棚，灰黄堆委着。只有西屋门上挂着白门帘儿，绣着鸳鸯戏水，鲜红翠绿纯粹坚决，一个房架子摇摇欲坠。

去杏字井儿林大姥家，大舅妈的娘家。炕头墙上糊着几张古代人儿贴画儿，也许是仙女，鲜艳的衣裙上生出许多飘带，弯弯绕绕停在一片空白上。

炕桌非常小，二大碗里有两个咸鹅蛋。林大姥坐对面，林姥娘在一旁抽烟袋，夏天太阳在窗外，炕上几乎是阴凉的，烟雾停着一丝一缕

1　左，指手笨，不灵巧。

都很清楚，又非常渺茫。我没见过鹅蛋，觉得太大了，简直握不住。姥家养了几只鸡，鸡蛋也不常吃，攒着。好像是二胖姨，给过几只咸鸭蛋，腌现成的，放大柜里十分金贵。大姥要求拿出来吃，留着能下崽儿咋的，啥好玩意都叫你搁臭了。

左手拿鹅蛋，右手拿筷子，筷子捅进鹅蛋里，冒出黄澄澄的油，顺着蛋壳淌到手上，赶紧舔了。不舍得撅出来吃，唆一口筷子头儿，扒两口二米饭。林大姥俩就笑起来，这孩子这会过！越发赛脸，一直唆筷子。

这颗鹅蛋拿到姥姥家，唆着吃了一个月。来了好些客（qiě），炕上坐不下，坐椅子上。大舅妈讲我吃鹅蛋的事，都笑。我坐在被垛上，忽然宣布，一个鹅蛋吃一个月，一个鸭蛋吃一个礼拜，一个鸡蛋吃一天！果然更欢腾了，重复我的话，笑着说，这孩子你说说，这孩子。

开口之前有一个恍惚的犹豫，说出来还是有点担心，继而奇怪，怎么没人指出，鹅蛋并没有比鸭蛋大那么多啊！鸭蛋也没有比鸡蛋大那么多啊！很不安，好像背叛了什么，好像有一种规则，一种意志，既是我自己也是我的主人。

来了一个老太太，穿对襟灰布衫，剪发，耳朵上别两个挌针儿，也是坐炕下椅子上，探脖儿看着我，——我今年七十四岁，你算算我属啥？低头搬弄手指头，知道都看着呢，算了两遍，又算一遍——是属鸡吗？老太太拍手，哎呀妈呀这孩子！这孩子是小神仙哪！我有点得意，又觉得他们是逗我——逗小孩，不是大人都会么？

上午太阳才照在炕上，站直了背小九九，太快了喘不过气来；盘腿儿坐下，看小四儿站起来，背到三就不会了，我给他提醒儿，大姥照他屁股拍两下。

夏天午后，大姥坐炕头，盘腿倚墙，跟谁讲这些孙子——那得顶数我老外闺儿！又高兴地补充，不光是我这帮人里头啊，就是上乾安街

（gāi）里[1]，上长春，到哪也得是数第一啊！我蹲在院子里玩，太阳晒着脑瓜皮晕晕的。站起来，隔窗看见大姥，忽然觉得遥远。又困惑，到哪里去，比什么呢，想象不出，全没线索，简直忘了高兴。

中午等开饭，大姥躺在炕头，弯起一条腿，另一只脚架在膝盖上，晃，"正月里开春春光属正，刘伯温修下北京城……"，歌声渐消，一小片明确的沉默，重又哼起来，"六月里开荷花荷花水上漂，张翼德喝断了当阳桥……"。二人转的调子本来好听，像一个游手好闲的人从历史深邃的陋巷走来，不论悲怆还是惊险，只因为活着就美滋滋的那种心情，年久腌浸腐朽而美味。忽然大姥说，我老外闺儿，那还有比的！谁也敌不住！脸朝天棚，轻声自语，但是确有这感叹号。

3

小四儿比我大一岁，大姨有时接回去，一去很久，水字井到大遄也七八十里呢。他管我叫小警察，应该是大人开玩笑他学来的。姥教除草，识别灰菜，他总要问我。远远看见他摘青柿子，我心中一喜，跑过去——我给你告大姥儿！非常威风。冬天井台结冰，小四儿在上面打出溜滑，抓住了打他。从没打过我，当然我是女孩。大姥偏爱我。晌午睡觉醒了，喊我给他拔胡子。我骑在他胸口，捏着小镊子，憋住气儿，凑上去，瞄准了。炕上都是太阳格子，收音机里放着小曲儿。

小四儿也知道，听也听来了。看我吃茄包儿，跟姥说，她吃茄包儿我吃茄包儿！都笑他——可也不傻呢！生怕吃亏啊！

大舅妈跟大姨说姥不让小四儿吃饱——吃完到我这屋儿，还能吃

1　街（gāi）里，城里。

一个大饼子呢！

妈说，小孩子没尽脏，不知道饱，你小姥怕他吃撑着了那备不住，要说舍不得那可是瞎说，大饼子有都是，吃去呗。准是小四儿赛脸，越说能吃越吃，再说总寻思看看别屋吃的啥，小孩儿不都那样么，瞅别人家饭香。咋不稀罕呢，就不像稀罕你似的，那你不是特殊么。人那也是亲外孙，再说你小姥稀罕李丰，李丰老实，啥都听你大姨的，你小姥就稀罕他呗，自私。谁知道你大姨咋就信了，头两年还说呢，我说大三子吃得多，你大姨就说小四儿也能吃啊，一顿能吃好几个大饼子，妈嫌姆孩子们吃的多，都不给吃饱——

我听得灰心，仿佛人生的故事捏鼓[1]捏鼓也就那么几根鱼刺。当然也是因为小四儿死了，想起来格外心疼。

开春儿大舅和大姥给我们做"叫叫"。截没芽子的嫩杨树枝儿，抽芯儿，树皮管子两头铰齐了，吹起来非常响。第二天就干裂了，又要求着做新的。自己拣一截树枝儿，使劲儿揉也抽不出来，揉揉就破了。再过两天，叶子长出来，枝条就老了，说等明年吧——真是怅然。

院西南角有两棵大杨树，小四儿踩墙头爬上去，肯定是有点赛脸，越爬越高，眼看到树尖儿了。我仰头看，蓝天旁边树枝摇晃，扫起白色的天光眩晕舞动。他也怕了，趴在树杈上不敢动，像个风筝。我想跑去找人，但是眼睛不敢离开。大姥从外面回来，老远就瞅着了，说没说不行爬树？我立刻急着要说不是我让小四儿爬的。

树枝扔一地，挑粗大的剥了皮，露出光滑嫩白的木棍儿摸涩着玩儿，当拐杖，又当宝剑，两人对打，不让，看杵着眼睛！嫩芽破裂渗出黏浆，生腥味儿，糊在手上洗不掉，像长了一块癞。

手背和脸蛋儿早给吹山了，土豆皮一样，搽了嘎拉油也没有用。

---

1 捏鼓，捏。

总是刮风，风里总有尘土气，院子里细粉沙白的碱土给太阳照得隐隐闪光。手心沁出汗，攥着，站在背风的墙根儿底下，感到自己和这荒莽的世界截然分开——没有这言语。

冬天一起去大姨家，说乐意吃冰棍儿，买好几十吊在井里。大姨说不能再吃了，肠子都冻上了，我听了哇哇大哭，一边哭一边问，我是不是要死了？我不记得，大姨单独跟我唠嗑就总要讲，你记不记着了？姆家小四儿就没心眼儿呗，那还比你大一岁呢，听了咋也不咋地，照样吃。我不知道怎么接话，不敢看她。

双姐高高扎两个辫子，扎起来再辫上，辫根儿系着粉色镶金丝头绫子，开成两朵大粉花；穿一样的花布袄罩，傍晚时候在院子里踢口袋。我坐炕上隔窗看，觉得自己永远不可能那么美丽。下炕，到院子里去，只是站着，小四儿也不会踢，踢坏就笑。我没见过他这样自信、受瞩目，突然觉得陌生，好像一个新人儿。要强回屋去，看大姨做饭，帮她填火，听她夸奖。

双姐在西屋铺炕，被子折得横平竖直，四下跟褥子一齐。我看了很羡慕，跑到东屋炕上，把自己的被子拉下来试验，一动手就走了样儿，被子又沉又软，不能服帖。小四儿跟过来，模仿我，弄得更不像样儿，我就停下来笑他。他的姐姐们来了，三下两下给他铺好，像书本一样整齐，三个人出去玩儿了。必须弄得比他的更好！怎么都弄不好。憋着哭，想出去跟他们玩。太阳落了，看不清手指，棕色被面上团簇着大朵水粉的千瓣菊花，早春的黄昏冷得人肉疼。

我跟小四儿说，等我二十五岁，要烫波浪发，穿高跟鞋。初夏，空气暖得像棉花一样挥不开；午后和傍晚之间，阳光刚刚有点发黄；我蹲在墙根儿下，应该是西墙，小四儿站在左前方，太阳在他头顶上。我突然抬头，太阳刺眼，说出这话，觉得丢脸，同时感到轻松。之前几天，我一直偷偷地、强烈地，羡慕一个时髦的年轻女人，好像是在油库看见的。

小哥大学时来家，三娜你二十五岁要干啥来的？要咋的来着？不等他说完我就扑上去打，羞恼又恐惧，不许说不许说不许说！小哥一边躲闪一边笑，你是不是要烫波浪发、穿高跟鞋啊，是不是你啊，啊？完全绝望，超越极限地高声尖叫，以至热血冲脑，幻想盖住他的声音，至少自己不要听见。

大姨坐在小姥床边，说三娜你记不记着了，你跟小四儿干架，完事儿你跟你大姥告状，不说跟小四儿干架，说小四儿爬井沿儿了差点没掉下去完了你给拉住的，你记不记着？我只能笑，不记着了，我就记着园子里有棵杏树，结的杏子很小，还有我临要回长春前儿是不是种了几棵沙果？我问我大姥啥时候能结果，我大姥说还得等两年，来长春我还惦记呢，没吃着沙果儿。大姨说，都没吃着，白伺候两年。正打果儿那年春天，房子就卖给老黄家了，那不叫你大舅耍钱给输了么。我心里偷偷松一口气，继续说，我大舅到水字井中学，我大舅妈也到水字井小学了么？——我知道这事都是靠大姨。有点恼火自己如此狡诈，但是也顾不上了。

大姨说这些总是笑嘻嘻的。我起先以为是掩饰，或者太娴熟。很久才明白，她需要反复证明，自己还记得真儿真儿的。如果还能够感到伤心，那其实是幸福的。大姨总是直说，我最稀罕三娜了。也许与小四儿有关，我是他的证人。

我很少想起他，想到也模糊，净是那时候的自己。我俩都站炕头，小哥在地上，拿个玻璃瓶问我们会不会对嘴儿喝水，小四儿跟我争着试，都没有成功，小哥演示要留个空儿跑气儿，小四儿拿过来咕咚咕咚喝起来，特别高兴，我觉得不能理解，什么叫跑气儿？并排坐炕上，前头一个小炕桌，大姨拿来的鸡蛋煮了两个，我不吃清儿，小四儿说，我还不吃黄儿呢！姥给我俩黄儿，给他俩清儿，他也不用拌酱，塞嘴就吃了。我去拉屎，他也去，并排蹲在东墙根儿底下，下午时候有一窝溜儿阴凉。他先拉完了，等我，一起喊大姥给擦屁股。大姥把他拦腰夹起，擦完拍一下，这臭屁股！拿铁锹把屎铲了，扬粪坑里。有时候并排蹲着尿尿，脚后跟儿顶住墙，看谁的尿淌得远。过一会儿又回来看河龙圈儿[1]，小了没有。怎么也没法儿觉得这些情境里的那个小人儿就是我，真像电影的碎片，不能确定发生过。从未想过再回大遂，可能就是要留住那个迷梦。

"我"这个字是多么强韧，把不相干的勾联在一起，偶然地拧聚在一起，浩渺时空里一根钢丝，扯住消逝。"我"这个字又是多么抽象、多么空洞，但凡具体的都在流变、都在消逝。

八三年秋天来长春，跟爸妈姐五口人住十平方米的小屋，妈总说"别碍事"，撵我上床，我就坐床边小桌上。东边那家园子里有一棵树，他们说是樱桃，我不知道樱桃是什么，等着看它结果。爸半倚在床上摆扑克，沉甸甸的安静，妈推门进来——看得见扭过头来逆光的自己的脸，看不清表情——爸手里还拿着扑克，抬头看妈，妈说，确诊了，白血病。我强烈地感觉到妈身上有一种陌生的情绪，并且被这陌生本身吸引。

开春儿感冒老也不好，大夫开了复方新得明（复方新诺明），大姨按顿给吃，好两天又感冒，药还没吃完，就接着吃，不见好倒加重了，去县里查，让直接到长春来。这药名儿全家都记着，是一个禁忌。

我去看过一次，他的病床在窗口右边，窗下白色小柜上放着一只铝饭盒。我们家的饭盒，当时我想。躺在床上那个小孩儿完全是个陌生人。我已经忘了大遂，一次也没想起，新环境的挑战把它彻底覆盖掉了。小孩儿反正就是本能。小四儿被大夫带走，妈和大姨跟出去，让我坐着不要动，一会儿回来，大姨又出去，又回来。我听她们说话，知道是去穿刺，说非常遭罪。光线黄得发旧没有精神，小四儿被护士带回

1　河龙圈儿，水淌出的印儿。

来，在被子里蜷着，不说话，我就有点想起来了，觉得他瘦了，蔫儿了。

妈提起来都是说我没去过，怎么哄都不肯，大哭大闹说会被传染。可能替我遗憾，小孩子不懂事不听话，没能见最后一面——虽然见了也不懂。我知道我去过。后来再不肯，是因为不喜欢他们都认为我跟小四儿，跟大姨、大遛马场、乾安、农村有种特别的关系。我克制住没有说为什么不让她俩去偏让我去，那样只会挑明我和小四儿的关系，而且会被认为没心没肺。丝毫不觉得背叛，只是知道会受到类似的指责。想到传染，真是喜出望外，——顺便炫耀我"什么都知道"。妈说小四儿的病不会传染，我突然就觉得非常丢脸，恼羞怒不成，只能继续耍赖。这一段曲折心事，因为说不出口，憋屈了很久，记忆里的孤独委屈清清楚楚，像荒原上一棵树。我好像没有单纯过，童年是单纯的自私，骁勇。

4

赶上来客（qiě）过节，大姨父喝了酒，话多，总要感恩一番，"我李丰竟然娶上奚玉荣！"大姨父好酒，大姨说，喝酒干啥呀，能美哪去？不让喝就不喝。妈说，你寻思李丰傻，更不傻，知道听我姐的，知道自己傻，那就不叫傻。兄弟五个，就他一家过得好，剩那些都喝大酒，有一个花俩，拉饥荒还不上，越过越不像样。

——他爹就喝大酒，肝硬化，五十二岁就没了！那不就顶是喝酒喝死的！那人才好呢，他家人都好啊，心眼儿实，打仗往前冲，命更大人家更没受伤，打那是啥仗啊，反正辽沈战役，非常艰苦，解放军这边儿差不多都死没了，他从死人堆里爬出来，一脚勾一个受伤的战友，你看人能耐不能耐，一个是能耐，一个是心眼儿好使呗！谁知道是给记的啥功啊，反正那前儿县委书记一个月四十二块五，李丰他爸一个月九十二元，全县工资最高，有名儿的，李大尉！

我特别回避那一段历史。但是从个人看去是这样的故事，生命与生活都有自己的程序。这是多么讨喜的视角。但是战争不能这样看的，宏观历史的确存在，也确实改变所有人的命运。

——我上他家去，我不是没工作苦闷么，有前儿上县里去，没处落脚，就上他家住，稀罕我，我一去就喊，老姑娘来啦！老余给下碗面！管他老婆叫老余。上哪整面去，细粮都是凭票供应，一个月几斤，那些孩子，早吃没了。李大娘脾气好，一句多余的话都没有，端个盆儿就出去借去了，我记真儿真儿的，他家那小搪瓷盆儿，盆儿底儿画一个小孩儿脸儿，通红儿通红儿俩红脸蛋儿。别人家也不一定有，得走好几家，半天回来，下个疙瘩汤了，扯个面片儿了，小军小剑就在炕下瞅着，那前儿都不大点儿，你大姨父是老大，我就可抹不开了，抹不开也没啥给人拿的，穷啊，也没别处住去，跟你李姨好，那也不能住人家啊，这到底是实在亲戚哪。

我想象这情境，总觉得是阴雨天，房檐滴答水，屋子里黑魆魆，看不清楚脸，绝望、温暖和青春都更分明。

大姨父在广州长大，十二岁才回东北。说起来非常威风，东北野战军打到海南岛，跟中南军区合并改叫广州军区。我小时候单纯地喜欢"四野"这个词。爸说林××是军事天才，说得斩钉截铁，我没有耐心听案例，但是也觉得激动。那种性感跟生命本身一样，有超越道德的狂野。大姨父问我，越秀公园去过没有？姆们就住那跟前儿，天天去。礼拜天上河边儿钓鱼去，那鱼才多呢。像小学语文书上的生活，那个时代的上等好人家。

有人给妈介绍对象，见过一回那人就上南京当兵去了。写信。妈说，那肯定赶不上我写得好了，都是汇报思想了，学习毛主席语录心得了，再就是我就讲自己苦闷呗，那不在家种地一点儿出路没有。他崇拜我，认为我有才华，鼓励我不要放弃学习，那前儿都可正经了，哪有说你爱我我爱你的，谁知道了，可能也有谈情说爱的咱不知道。大姨父在部队跟这人一班，又是老乡，说奚玉珠是我同学啊。妈是学校小明星。大姨父退伍回乾安，把妈的信捎回来了。那人考上军校，在军队要发展，必须娶个根红苗正的。

——六月前儿，可热可热的了，正在大地干活呢，地头儿有人喊，奚玉珠有人找！我就看见一个人，穿一身儿军装，那前儿穿军装不是最受人羡慕了么，个儿不高，顺垄沟子往这么走，我寻思谁呢，人跟我处对象儿那人儿是大个子长得可好了。

不知道妈是不有点失望，她讲起往事总是喜滋滋的。故事再苦，人生都是好的。

我问妈，大姨父那时候是不是喜欢你啊。妈说，不能吧，我能看上他么，笨得要死，大黄眼珠子楞楞着。我说，那你咋就同意我大姨嫁给他呢？妈像是吃了一惊——从没这么想过？妈说，是你小姥看上的，你大姨自己也同意啊。李丰条件好呗，那前儿退伍兵最吃香儿了，又是铁路工人，完了人也老实，你大姨不比我还大么，二十五六没对象，多着急。

大姨来家，临走妈到阳台翻出一袋苞米碴子，说，去年孙树发给我的，有点捂吧了，给你吧姐。大姨高高兴兴就拿走了，好像姐妹俩都不觉得什么。

——你大姨念书的时候有人追，好几个呢，你大姨年轻时候长得正经好，比我好，个儿也比我高，牙也比我白，就是眉毛秃点儿，再没有缺彩儿地方，眼睛锃亮儿的喜盈儿盈儿的。我记着有彭立远一个，赵孟才一个，都是同学，谁知道是中专的还是初中同学，反正是写的信，你大姨都拿给我，让我替她回信。都条件好！人彭立远后来是白城地区组织部长，犯错误退休了，要不能当上个副市长啥的。组织部长那是实权！赵孟才也行啊，在前郭教育局，当副局长。那前儿念书的人可缺了，像中专的高中毕业的，差不多都能干上去。老聋子跟人比啥，天上地下，人彭立远那儿子也考的吉大！你大姨不同意！都是我写的回信我还不知道么。谁知道她了，横是认为念书就不能处对象呗，她不虎么，认准一条儿是一条儿，像五一脱棉裤，不管多冷得脱，十一不管天头多热得穿上，死教条儿，拿现在话说有强迫症儿。

——后来上班儿了处一个，那人才好呢，我就见过一回，大高个儿，长瓜脸儿，在粮食局上班儿，也是中专毕业，干部编制，那条件多好。不知道处多前儿，姆们都不知道，你大姨多奸呢，五着六着的有都是谎儿。后来都啥前儿了，都有一对双儿了，有一回你大姨跟我俩上县里，就在道边儿碰上了，你大姨脸刷一下就红了。没说几句话，就问问你挺好的啊，瞅那男的意思备不住想多说几句，但是那不我在旁边儿呢么。等分开了我就问她，我说这人跟你好啊。这才告诉我。你大姨父总上姆家前儿，她正处这对象儿呢，都领家去了，谁知道是没给好脸啊还是咋的，完了就拉倒了。那男的不放弃，还来找她，你大姨心硬啊，自尊心强，从小就是，上别人家找同学玩儿去，赶上人家吃饭，吃饽饽啥的，人说给掰一块儿，坚决不要，俩手攥登的[1]，那要一般孩子能么，那前儿都吃不饱。

如果？一片空白，无法具体，要真的了解那个男人才会感到遗憾。我其实替大姨高兴，总好过就只有一个大姨父。当然设想是心如死灰，不过这词语用在大姨身上显得轻浮——她完全没有戏剧意识。结婚是重大的事，真到决定的时刻，也重大不起来。可是仍然有效，大姨从此就在这条轨道上，没有任何其他别的生活。

大姨七十多带大姨父来北京旅游，非常喜欢北京，觉得哪哪都好，

---

1 登登的，紧紧的。

说，我要是年轻我就是扫大街我也得在北京站下。在清华院儿里，忽然说，咱仨就大哥捞着高考了，还整处对象那套事儿没考上。妈说，得回你念中专呢，要不你正高三。大姨说，我那步就走对了呗，要不指定就在家种地，嫁个老农民完事儿，那要有工作不也得先依着你。

我心里咯噔一下。妈好像没听见。她常说，你大姨疼我，自己不吃饱让我吃饱，啥事儿让着我，从来不跟我争，比方说烧土豆子，一大一小，那肯定是我吃大的，要是只有一个，就是我吃她不吃，从来不跟我抢。妈不觉得有问题。但是游完清华那天晚上妈打电话说，你大姨啊，感慨万千哪！也不知道咋说好，就说，我是心比天高，命比纸薄啊玉珠，说得眼泪都要出来了。

早已成定局啊。

妈有时说自己婚姻不幸，竟然说大姨非常幸福，——在那个语境需求下，她真的暂时那么想了，这灵活性非常可恨。双姐初中毕业，技工学校都考不上，妈说，白瞎你大姨，你大姨，算算术我都算不过她，那时候中专多难考，比大学都难。都是没办法，那时候，哼，那不你大姥戴帽，全家都抬不起头来，不寻思人家成分好么。我听了难受，妈可是违拗父母嫁了一个成分更不好的大学生。

妈在煤气公司职工学校找了一个成绩好的女工，跟曹敏娜一起替双姐考技工学校。曹敏娜正跟小哥处对象，妈明确不同意，但是不妨碍请她帮忙。双姐学刮墙抹腻子，两年毕业，大姨张罗在县城给找工作，国营单位进不去，妈说干脆整长春来吧，都说那赶上了，觉得是不可能的事。

妈写了一个陈情书，说双姐是她跟爸没结婚时的私生女，嫌碜给大姨养了，现在想认领回来。拿去给自考办主任老白盖章，老白就笑，有这么回事儿啊小奚？妈说，咋没有！在乾安法院公证，李玉洁那时候正是院长，都安排好就走过场，找中学同学江秀琴给作证——这江秀琴才完犊子呢，都事先教好的咋说咋说，结果她上去一边儿说一边儿嘻嘻笑，龇一口小黑牙儿，嗯哪，有那么回事儿，嘻嘻嘻。户口落在我们家，长女、次女，我成了五女。爸可能不那么情愿，但是也被逗乐了，奚玉珠你可真能耐！

双姐相过亲，大双姐还是要来。妈领去面试，不合格，找人，不认识硬找，正是余勇可贾的时候。快入冬终于落定，在新开的华正商场当售货员，国营工人编制。

我跟大双姐住北屋，一人一张单人床，她床底下塞两个大提包。身上有味，夏天开着门窗，还是全家都闻到。妈带我们去电大澡堂洗澡，我看见她拿毛巾在屁股下面搓，回头又擦脸擦头，非常震惊。

她刚来时收到一封信，过一个月又有一封，就没有了。妈说不行就拉倒吧，老姨给你在长春介绍一个。

夏天午后只有我和大双姐在家，她躺在我的床上——我的床在门口，能吹过堂风——两条小腿挂在床尾的蓝色钢管上，勾着拖鞋晃荡，"从来不怨、命运之错，不怕旅途多坎坷，向着那梦中的地方去，错了我也不悔过……"。那歌非常时髦，不能确定是心有所感。

大姨父老了彻底聋了。过年全家团聚，喝上酒跟大姨说，你给玉珠打电话，说我李丰感谢她，要不叫她，不能我们全家都到长春来扎下根儿，过上现在的生活儿！我那年跟她干仗，是我对不起她！你给玉珠打电话，就说我感谢她！我赔礼道歉！

这是典型的东北醉话，把肉麻演起来。妈当笑话讲，觉得就是唬人的虎话，到底还算有点良心。我觉得更像是主权宣言，大姨父作为一家之主，答谢一个恩人，他要求这样一个有尊严的对等关系。

大姨父早先在铁路做仓库保管员，晚上停电，家里蜡用完了，大姨让去仓库拿两根儿，大姨父不干，说那是公家的，你个人家用能行么？大姨说明天商店开门儿买了还你，大姨父让打个欠条。这个故事也讲过好几次，——（沈阳铁）路局的先进工作者！你寻思呢，公家单位不就稀罕他这路的，让干啥干啥，眼珠子都不会多转一下！

我想也许因为是老红军家庭，特别看重组织和荣誉。

九四年大姨父去沈阳开会，回来路过长春，跟妈说鼓励提前退休，给涨三级工资。问来长春能不能给安排个工作。妈说那来呗，学校也需要这么一个人，修修水电了，桌椅板凳了，正常人工都是三百块钱。

——来咱家跟你爸俩喝的酒，第二天回去，回去那天就是截止日期，他路过大安北就把表格交了。本来也想来长春，孩子都在这儿，他跟你大姨俩早晚得来，再图意涨工资，涨三级工资在那时候是多大的事儿呢！但是呢晚上到家寻思寻思又后悔了，舍不得！人都舍不得那个班儿啊，你不知道。你大姨说得放声大哭啊，"我不想离开铁路！"第二天一早打电话去问，说已经交到白城改不了了。要是真下决心就不想退，上趟白城我这么寻思也能拦下来，说到底还是犹豫不决，但是因为这事儿就赖上我了你不知道么。

——九八年秋天，就是学生最多那年，眼瞅着开学了，买的那些床垫子就送到了，宿舍还没兼并¹好呢，没处搁，我就让岳金龙找你大姨父去，跟他俩把仓库收拾出来好放床垫子。不一会儿岳金龙回来说校长啊，大姨父说仓库没地方儿，让我堆走廊。我说没地方倒腾倒腾不就有了。岳金龙就可为难了，说，那校长你去说吧。估计就是跟岳金龙俩没好气儿的了，我就去了，正在空教室抽烟呢，见着我就骂，奚玉珠我来你这儿算干啥的，是个人都来支使我！准是中午喝酒了，不小权儿开食堂么，晃常儿就整点儿酒。这一骂就收不住了，都是骂砢碜话儿，我就赶紧往办公室走，追着骂啊！像疯了似的！你大姨还摔坏腿在家没

1　兼并，房间打通重新分隔。

来，小权儿大双子都制不住啊，赶紧召唤两个学生，三四个半大小伙子给架走的！这还没完！在家憋了三天，你大姨没看住，又上来了，来了就往办公室那沙发上一躺，耍赖不走，说奚玉珠要不叫你我不能提前退休，我要不退休我现在一个月八百多！我少挣多少钱！你今天现在你就给我赔上十万！赔不上你看着！说的都是碶碜话我就不学了。他那天可没喝酒，就是像疯了似的要钱。那几年不光铁路，各行各业都涨工资，他就觉得亏了呗。狮子大开口！老聋子你看平时老实巴交的，更狠哪！心里像对我有很多仇恨似的！你说是不是不知道好歹，不叫我他那俩笨姑娘能来长春，能住上卫星路那好房！

当然这是妈的版本，但是开口要十万应该是没错。

妈后来办女子高中，大姨留在计算机学院送走最后一批学生，清账还有七万六千多。妈说姐这钱给你吧，大姨没有拒绝，连客气一下也没有，妈说当时非常吃惊。震动过去还是回到成见：大姨跟她一心一意，大姨父是木头没有感觉。因为这样想比较舒服简便。

每年过年妈偷偷给大姨一万。她竟然觉得需要辩护——你大姨顶多大用啊，啥事儿都替我操心到了，你花多少钱能雇这么一个人，啥别的心眼儿都不带有的！我其实觉得给得太少。妈又反过来说，给她她能花上啊，不都让她那些孩子造化了！还有大双子开食堂二双子开小卖店呢，那不都是借我光儿挣的钱么！

大姨唠嗑儿说，一对儿双儿的感情特别好，跟普通的姐俩儿还是不一样，小大儿说的，我要有我老姨那么多钱，就给小二两百万。——那不说给我听的么，你大姨没有这些想法，都是她那些孩子说的，说说心就活动了呗。我想起大姨看人吃饭紧攥着拳头。要是没有想法就不用攥拳头。妈天真起来也真是让人吃惊。

大双姐上班要转车,深秋起大早出门,摸黑回来。用一个旧铝饭盒,晚上剩什么就带什么,有时候剩菜太少,让她自己炒个土豆丝。我想同事们一起吃饭,打开饭盒多尴尬,本来就是农村来的,脸上的红还没褪干净。妈都直说,并不介意人多心——木头不会多心:大啊,你少吃点儿,你看你那胖肚子,生你前儿你妈没奶,你跟二儿俩吃小米汤长大的,从小就肚子溜鼓,现在稍微胖点儿就胖肚子上。

后来双姐从不给妈打电话,更不会过来看望,妈说她们是没有感情的玩意。真是自信得盲目。她们不喜欢妈,大双姐尤其不喜欢。

没到阳历年,大双姐搬到老唐大娘家去了,她姑姑李曼华的大姑姐,住二马路上班近。我心里松一口气——委屈也不该我们事了,本来又担心一直住下去爸不高兴。过了春节大舅搬到长春,妈说,让大双子上你那住去——大舅妈小嫂都不觉得自己有权异议。妈让大双姐给我钩个月票套儿,周末拿来了,说顿顿吃酸菜。

家里电扇坏了。电大打更的老张头子,姑娘念自考高护,找过妈,妈记着他儿子在国贸电器维修部。来就修好了。走了妈说,挺好一个人儿啊,介绍给大儿不正好!长得是碃碜点儿,大嘴唇子翻翻着跟老张头子一样一样的,但是人家有手艺啊。我问了,没对象儿呢。我说,奚姨给你介绍一个行不行,不好意思,就笑。就怕人家不同意啊!电大毕业也不错的!那不比小大儿强多了,技工学校才考不上的玩意!

跟大姨说,知根知底,老张头子俩都是一零八厂工人,提前退休,那人才老实呢,不抽烟不喝酒的,人那孩子也是啊,烟酒不沾哪,干净利索,手脚儿飘轻儿,一看就是勤快人。又跟老张头子说,反正是农村才来的,看着有点儿土,但是人品是没比的,没那么老实的,一点儿啥说道不带有的。礼拜天下午俩人儿都来了,坐了一会儿让他们自己去南湖小树林儿。

五一结婚，听说有六辆桑塔纳——张永权儿人有不少同学朋友。娘家客（qiě）一早聚在大舅家。大双姐坐在小哥房间床沿儿上，穿件钉小翎片的红旗袍，披一件平常穿的茶色毛衣外套。倒是好太阳，白亮亮的窗洞，更觉得屋里清冷。我跟着二双姐，进来一趟出去一趟，看不出她是不是失落。有点遗憾她们不能嫁一对双胞胎。

二双姐春节在大安北结婚，想大双姐，要来。妈给找到二商店，也是卖货。武大民按两地分居政策调到长春分局，没用妈帮一点忙。大姨始终觉得铁路比地方优越。听说是做后勤，妈有时候跟他要塑胶手套，擦厨房用的工业碱，苫白菜的宽幅塑料布——这塑料布才好呢，又厚又软！

妈给张罗买的新房，在卫星路和人民大街路口上，卖房那人说，你就擎等着拆迁吧。妈一直惦记把姥接来，本来大舅到长春，小姥儿也想。姥搬来以后每次大舅来家，妈都说，你去看妈了没有？大舅扬起一根眉毛，斜眼看妈，咋没去呢，前儿个还去了呢。妈去办过户手续，塞上钱办成三个房产证儿，果然没到两年就拆迁，楼房盖好分了三套两居室。妈那时候无往不利。

九二年暑假家里装修厨房，我要上初三、二姐要上高三，撺我们去电大办公室学习，二姐说，走啊咱们去姥家啊。坐三站15路到卫星路，过马路上一个小坡儿就是姥家院门儿。

一排三间平房，姥把东头儿，单独朝外开门，走廊儿有个小炉子，连烧炕带做饭。双姐两家走一道门，走廊有个煤气罐儿，我们家刷橘红漆的两屉桌上一个新的不锈钢煤气灶，油盐齐全，还是冷清，又像一切开端一样让人觉得振奋。

西头儿小仓子被大姥改造成厕所，他不能忍受公厕。坑挖得很深，脚踩的地方垫了两块红砖，土墙上一根长钉戳着去年的日历，另外挂个铁锹，大姥说，拉完屎上院子撮一锹土往上一盖，干净儿的，多好。大姥说，谁拉完屎不收拾都不行啊，我不骂他！

仓子南头是煤棚，有个烧土暖气的小锅炉。最西边贴院墙一条小道儿，上个小坡儿是菜园子。大姥说，这家人家才懒呢，草长一人来高！窗户挡黢黑啊！砖头瓦块的，都让大姥收拾干净了！

从炕上望出去，新趟的垄沟翻出松厚的黑土，让人生出许多希望，想要从长计议；当年晚了，只在东头种了两垄葱，两垄小白菜。炕头炕梢贴了胖孩子挂历，还是有一年我收起来留给姥的。大柜也来了，座钟也来了，照旧蒙着白手巾，不知道为什么显出疲态。炕革冰凉的，有股塑胶味儿，混着刮大白的石灰味儿，簇新而粗陋，在老人的房间令人伤感——要从头再来。大姥总是欢天喜地的，而且大姥总是说，得欢天喜地的才行啊。

姥把炕桌搬到院子里，让我俩学习，我看一本初三的物理书，学串联和并联，二姐可能是看一本政治题，她永远都在看政治，不相信就怎么都背不下来。

二双姐下班回来，拎了一袋新土豆，打开给我看，何三娜你看这小土豆儿！拿个铝盆儿出来，蹲在院门口水龙头底下洗，用小铝勺儿夸[1]土豆皮儿。我过去看，二双姐说，这新土豆儿皮儿薄儿，一夸就下来了你看，用土豆挠子干啥呀，连皮儿带肉的，刮完还能剩啥了。她平常就比大双姐高兴，没事笑嘻嘻的，一双手在混着土豆皮儿的泥水里摸，又摸出一个来。

都说二双姐勤快，老大懒哪。二商店没干到一年就解体了，到妈的自考辅导学院打杂，经常来家，擦地，剁馅子，拿百洁布就碱使劲蹭铝锅，或者上市场买了菜送来，有时急忙忙地站门口让我给她找妈的名章儿。

_____

1　夸，刮。

赶上我刷白球鞋，她说，你滴两滴答蓝钢笔水儿，刷出来青汪儿的，显白。刷完晾上，她过来教我拿卫生纸把鞋面儿糊住，干了再撕，这玩意能吸洗衣粉，这老帆布这么硬你能透净么，透不净就有一圈儿黄边儿。

二双姐有点儿兜兜齿儿，笑起来幼稚的样子。她兼做出纳——钱不能过外人手，总出错儿，妈回来说，更娇啊，不让说，一说就哭，这架势哭的，好像我把她咋地了的似的。

九四年春天拆迁，姐儿俩一起怀孕，大双姐回婆家挤着住，大姨拿钱给二双姐买了铁路集资房，在铁北很远。妈说好接姥到我们家，求了车起早过去，屋子搬溜空儿了。旁边儿院儿的说，老奚大爷一早上雇的大马车搬家走了。妈知道是上小生舅家，站在院子里就非常伤心。是怕给妈添麻烦，也是知道带着这个心在我们家就会不自在。全是善意，但是那隔阂就是让人伤心。咋捎信儿说没用，一到阳历年才回来，在我们家过了春节就搬新房子了。

小生家院儿里本就有两间厢房，收拾整齐了说要给大姥养老。妈说，都说得好听啊，这话能信么。大姥带回来地瓜和粘豆包，说处得非常好，住惯了农村，出门敞亮儿。小生儿欠妈五千块钱，再说是借我们家光儿上的木匠，可能姥心理上还仗义[1]些。到底小姥临走把钱要出来，说大姥没少搭他们的，给小孩崽子买糖！来了就给拿橘子吃！

拿回来一摞照片儿，大姥小姥跟他们一家四口，挤查查坐炕上，好像一家人。小生儿舅两只胳膊撑在身后，半仰着，一张白脸笑得放松而年轻，他媳妇儿贴炕沿儿侧坐着，只跨一条腿上去，紧绷儿的黑红的圆脸儿，并不笑，眼睛很有劲儿的样子。小姥说，这小老婆才难斗呢！大姥说小生那小姑娘，粉囡囡的，那才招人稀罕呢！忒招人稀罕了！跟

1　仗义，理直气壮。

我俩可好了！没事儿就上我这屋来跟我贱[1]来！我已经十八岁，吃惊自己竟然有点嫉妒。

妈回来路上说，想着啊给你姥拿个影集。家里有一个不知道谁给的小相册，封面满满一张女人脸，大眼睛双眼皮儿，呆美而实在，竟然也定定向前下方望着，不敢抬眼看人的神情。这些毫无意义已经消逝的生活啊！

我拿过去，一张一张插照片，有一张前排站着一个年轻女孩，丹凤眼，眼皮儿像是微微发红，长圆脸儿翘下巴，梳个短头发，穿一条绿色背带萝卜裤，说是邻居，我就担心她在农村埋没了，又觉得出来也会受挫折。

分房还是妈去，提要求，三套分到一个门洞儿，要一个二楼给老人住，又争取到一个三楼，搭配一个六楼，妈跟大姨打电话，那就得让大儿住六楼了。房子下来大姨就来了，也是舍不得，但是大姨父过年回去哭。

大姨父先来住学校吃食堂。有时候包饺子给他带一饭盒，有两次来家跟爸喝酒，爸占绝对优势的时候总是很友善，倒是妈嫌他喝上酒话多不走。有一天下午不知道为什么来家里包包子，扎上围裙铺开面板，只有我在家，说不用我，让我学习去。我照着样儿掐褶儿，大姨父反复说，包子有肉不在褶儿上，嘿嘿，每说一遍都瞅着我乐，真的是黄眼珠儿，真的直愣愣的。我害怕动物式的锐利的神秘感，见到人就要不停说话，把彼此维持在语言的层面上——终归是游戏，比较不吓人。

妈把内置冷冻隔的小绿冰箱和鼓鼓屏幕的日立牌电视机都卖给大姨，五百块钱，爸说跟白给一样，妈说你卖谁去啊这老破玩意儿谁要啊。那电视看了十年，家里像十年的春天，一天一个样儿，不以为然，

1　贱，撒娇。

反正永远不会停下来。有一年寒假姐回来我们仨去商场，买了一床粉底碎花的百纳被，想都没想过那么漂亮的东西。我总觉得太过美好就是不可实现的，这就是出身？一百九十八块，回来妈说这是啥玩意儿，打的补丁似的，但是没有说贵。周末跟妈去看姥儿，上楼去大姨家，从小最羡慕的蓝漆画儿玻璃门儿高低柜上摆着我们家的旧电视，太阳暖洋洋地照在上面，特别清晰实在，不能回避，特别难为情。

大姨跟大三哥搬去沈阳，回来我问她，在哪过得最好啊，大姨说，那还是在水字呗。已经二十年，可能离开之后再也没有安稳过。大姨父那时候埋怨妈，也许是夫妻俩背地里都有点后悔。其实留在水字生活也已经变了。从孩子出生到孩子离家，核心家庭只有那么二十来年。人生最幸运可能也只有那两段在岸上——也许只是船比较稳。

水字井大姨家是最体面的。绿漆铁栅栏门，中间两颗大红五星；进院儿红砖路铺到房门口，又通到菜园栅栏门儿；三间瓦房，水刷石门脸儿，绿漆木门窗，窗下墙上用绿玻璃碴子镶嵌菱形相套的图案；窗外停两辆自行车，都是永久牌。大菜园子，茄子豆角柿子辣椒不用说，甜秆儿[1]都种好几垅，墙角留一块专门种天儿天儿，也下了肥，结出天儿天儿又大又黑。大姨是油库会计，业务好，石油公司会计比赛，比查钱、算账，全省拿第三，县公司都很重视。大姨父根红苗正，当兵就入党，老实本分，在水字火车站当货物主任。两个姑娘浓眉大眼儿，儿子考上大学。真是最理想不过一户好人家。但是当然什么都不会停留。

---

1 甜秆儿，甜高粱，秆儿去皮可以咀嚼吃之水额，类似甘蔗。

6

二年级暑假妈休探亲假，带我跟二姐回乾安。坐火车到县城，招待所一长溜平房，屋里六张床都空着，我们占了靠窗两张，灰绿的旧提包放在床底下，旁边有个搪瓷脸盆，妈不让用，想到不知都什么人用过，忽然有点紧张，好像有潜伏的危险。

早晨起来下大雨，妈坐对面犹豫，还是带我们去找她同学。没有伞，三个人顶一块塑料布，逃跑一样。倒是一下找到了，隔着好大一片菜园，我们跟妈一起大喊——张义！张义！是张义家吗？一把大黑伞飘出来。菜园中间的泥土路积了水，化软了，踩着脚窝印儿。

屋里疙疙瘩瘩泥土地，一股阴潮气，但是总算静下来。张义不在家，老杨让我们把外头衣服脱下来铺炕上，她去烧炕。这才真觉得冷。一会儿端上来一盆大米粥，三个咸鹅蛋，妈敲开一个分到粥碗里，腌得好，直冒油儿，妈就夸起来。鹅也是自己养的，见天[1]下蛋，从来也没长过病啥的。老杨短发，白软的包子脸，穿件旧蓝布外套，站地上让我们多吃。她儿子来了，大高个子，穿一身军装，好像很英俊，也站在地上，跟妈问答。我不知道妈跟张义谈过恋爱。

大舅耍钱把房子输了，大姨给弄到水字井，垫五百块钱买一个房茬子[2]，整来木头玻璃翻修了门窗。转年春天，大姥还在长春打更，大舅另买了房，趁小姥去大姨家做棉衣服搬出去了。小姥去骂了几次，当然都赖到大舅妈身上，作了半辈子要单过。妈说其实还是大舅拿主意，嫌乎大姥管他，能不骂么，把家都败没了。

大姨让姥住东屋，姥说啥不干，坚持自己过。大姨父把西头仓子

---

1 见天，每天。
2 房茬子，破旧的房子、或半完工的房子。

收拾出来，补建到院墙，贴红砖挂面儿，换门窗，糊报纸，比原先的土房还好些。外屋半间，只砌一个灶台，正像是起先大遐的房子劈开一半。里屋炕上铺着簌新的翠蓝花格炕革，太阳照得滚烫，啪嗒啪嗒粘屁股。炕扫帚还是糜子的，快用秃了，大姨家用上了塑料刷，跟我们在长春的一样。两只大柜依然站在北墙，垫着砖头；大座钟早就坏了，蒙一块洗旧的白手巾——什么东西停了一下，一眨眼一回神，重新开始逝去。窗外是鸡栏，叽咕叽咕，啄开正午密不透风的白光。生命出现，宇宙感到松弛。

我跟姥住，天没黑透就躺下，盯着绿纱窗看，感到陌生，喜欢那陌生，盯着看，特别真亮儿，特别轻飘，再看就像要跑了，再看就像要脏了。小孩生活在幻想的气泡里，聚精会神，自给自足。

中午趴在大姥肚子上给他拔胡子，想起往事，收音机引人入梦的声音，感觉到回忆奇妙，说不出来。

大姥常在菜园干活，要不就搭油库的车上乾安街﹝gāi﹞里。抱一个西瓜回来，下井镇上[1]，进屋舀水擦身子。我想起在大遐，夏天他都是把脸盆支在院子里。大姥后背紧实黑亮的，好像永远都不会疲惫和衰老。

借东墙新搭的偏厦，只有一门半宽，麻袋一垛一垛，陈粮味混着耗子药味，像一面青郁的纱从阴凉的深处扑上来。墙上挂着草帽，赶车的皮鞭子，辔头，鞍子，都是大姥的，舍不得卖，驴和车早就没有了。门口有只老鼠夹，里面还有，大姨说好几窝呢，打不着，可好了。夜里跟大三哥打手电找东西，迎着光飞起一只蛾子，十分妖异。古代真是必须有鬼怪传奇才行啊。

手电筒又大又沉，装三节一号电池，我也羡慕，觉得是殷实的象

1　镇，使变冷。

征。大姨去县城办事，买回一大袋沙果儿，倒在后屋地上柳条篮子里，堆出上尖儿一座小山。大个儿，通红儿，我和姐用裙子兜到炕上，坐窗台上慢慢吃。大姨说，比不比你们长春的好！妈说，长春上哪买这沙果儿去！大姨说，你们不来我也买，左溜儿搁不坏，管够儿吃呗。

大三哥初中二年级，一顿饭吃十七个粘豆包，穿牛仔裤。自行车停在窗下，才进院儿，又飞出去了。大姨说，不着家！谁知道上哪去了，反正学习好就行呗。完全平常的语气，非常有把握。

妈和姥上大地，我们五个小孩在家。大三哥打开高低柜蓝色漆画玻璃门，拿出大半瓶橘子露，一人兑了一碗喝。喝完怅然，无以为继，站在门槛上往外望，空落落一个下午像是偷来的。

晌午都睡觉，大姨带我去油库地里挖新土豆。握着土篮柄儿，蹲大姨前边接土豆，太阳光炽密无声，小风吹过身后的杨树林儿，哗啦啦一阵，又平静下来。小时候的寂寞都像古诗十九首，把人生宕得辽阔。

妈买了几米乔其纱，淡粉洒紫粉及白色小碎花，像开成片的丁香。剪了一块给大姐做短袖衬衫，剩下拿到水字井。浸湿了晾在院子里，下午阳光照着，没有风，是沉甸甸的等待。隔天下午铺到炕上，大姨跟妈比着旧衬衫画，商量掐灯笼袖，一剪刀下去，我觉得非常刺激。缝纫机嗒嗒嗒，晚饭烧火以前就做好了，顺着圆领飘两条长带，可以系成蝴蝶结，双姐齐齐穿上，从窗前走过，我仍然觉得她们很美。

来照相的，都睡晌午觉呢，小哥骑自行车来，跨在车上隔窗说话，调头上车站去找大姨父。道边坡上不知谁家的玉米地里，咔嚓一声，就完了，又忙忙地把大姥小姥坐的椅子搬出来。那兴奋弥散到三四点钟，又空落起来，就等着吃晚饭。

照片曝光过度，玉米叶子都白花花的，人脸淡得几乎只剩眼珠。再看也只能想起那天中午炽白的阳光，无情的辉煌，在农村这世界归根结底还不怎么属于人类。

带了一饭盒天儿天儿回家，大姐无所谓的样子，照片她也没兴趣。问她这些天都干吗了，也不好好回答。我有点失落，一个人不能同时在两个地方，丢掉长春的十几天，补不回来。

妈三年休一次探亲假，五年级暑假只带我回去。县电视台放《上海滩》，每天八集，放完又放一遍。我始终不懂程程为什么要嫁给丁力。关了电视总有一阵像是醒不过来。

大舅又耍钱，妈和大姨经常出去。下午快下雨，姥把鸡撵回栏去，我跟大三哥站在姥房门口看小鸡探头吃食，他忽然问我，马杀鸡是啥你知道不？我不知道。他就很得意，说等你学了英语就知道了。我后来补看八十年代香港电影，才又想起这事。

大三哥开学高三，可是看不见学习，去县城找同学，住好几天才回来。隔年落榜，大姨打电话来，说是交了坏朋友，谈恋爱。大三哥长得像黎明，比黎明眼睛大，一米七八不胖不瘦，只可惜身长腿短，但是一般人也不留意。听说暑假把女朋友领家来，还住了一宿。大姨说又矮又黑，像啥。大三哥说，又不是要跟她结婚。听起来真是风流。我羡慕得浮想联翩，又想不落实。

双姐说，走啊，烫头去啊何三娜。她们穿着妈给买的蓝紫斜格裙子，浅蓝衬衫，不太自信的样子；我吃惊地想到，为什么从前会认为她们很美。

火车站跟前儿矮趴趴一排小土房，有一间窗玻璃上红漆写着，烫发理发。我在外头白土地上站着，一会儿进去看一遍。卷了很久还没完，让我先回家，能不能找着，何三娜？沿原路走回去，看各家房院，有一户黑漆铁门非常高大，好像比大姨家威风。

傍晚上双姐回来，妈说，太矺磣了，头发多不适合烫头，显得蠢，再说年轻小姑娘烫头干啥？我注意到她们不太高兴，安慰自己想，妈正张罗把她们办到长春去，她们不应该抱怨。

　　跟二双姐去大安北，木条椅火车，座位上浮着半张坐皱的报纸。田野笼着细雨，又绿又软，杨树一根一根倒过去，才有点晕，又停一站，新乘客雨气袭人，一个男的在对面坐下，双腿大开，拢住一麻袋玉米。我问二双姐，这个不买票么，多占地方啊。

　　春天里相亲，走了大姨问，咋样啊，二双姐说，我乐意。就成了。又给大双姐介绍一个，也是退伍兵，个子小点，但是比武大民奸哪，一看那眼睛锃亮儿的有主意，武大民人是好人，老实，没啥心眼子！

　　这也是古老的两难，奸的怕不省心，老实的又没出息。听说家里中间儿的孩子因为受忽视，没有安全感，在重大抉择上倾向于保守。在大姨和二双姐身上巧合了，但是不可能只是这简单清晰的因果。

　　武大民是大安北段铁路工人，他爸也在铁路，他妈小学老师，提前退休在家办个幼儿园——正经一户好人家。火车站跟前儿挤挤挨挨的铁路宿舍区，腹地里一个四方小院儿：北边三间正房；东南角加建倒厦儿作教室，门窗漆着簇新的嫩黄色，礼拜天没有人，门虚掩着；就西院墙还有一个歪塌的偏厦，想是仓房，偏厦北边立一根柱，借墙角顶一片油毡，底下一煤堆。当中一块空地刚够转身，午后太阳照得雪亮，让人要向天上伸出手去。

　　我从小爱去别人家，看什么都觉得有意思，后来知道那是凝聚的平行时光。

　　屋里黑魃魃的，北炕没有炕席，钉着大片胶合板，黄漆磨得乌光。二双姐去车站接武大民，我坐在炕里有点害怕，王大娘松弛的大方脸，盘腿坐在炕梢，抽烟，不高兴。

　　跟妈回长春又在大安北暂停，大客车傍晚到站，车玻璃上映着赤金的太阳。车站敞阔的大院儿，远远地围了一圈儿小铺，夏天都摆出来，卖水果的，卖茶叶蛋的，卖油饼卷饼，在红霞底下匍匐着，像是被护佑的热闹人间。

一个略显矮胖的中年女人在车窗外举着一张纸，写着"奚玉珠"。跟着她穿过窄巷，在尽头上一列台阶，上面一个水泥灌地家属院儿，两栋粉色干粘石挂面居民楼，楼下搭着石棉瓦顶的自行车棚。跟长春很像。站在四楼的北阳台隔着纱窗望下去，一个瘦小的男人拎着四瓶啤酒，正斜穿院子走过来。做了很多菜，一大盘煎鱼说是下午才钓上来的。我想去江边看，还没见过江河。当然没有说，这样一想就有点激动。妈喝了两杯啤酒，反复说你这姑娘太有出息了！五百多分，报了南京铁道学院，妈说这分数不用找人，肯定没问题。

那女孩黑瘦，梳一个马尾很粗，一点不美。带我去她房间，我立即想说亲密的话，要求看她这些年收到的贺年卡。从床底下拉出一个纸盒子，一张一张也没什么好看，她也没有话。她爸打手电送我们去招待所，拿一包没吃完的煎鱼。我整晚想着她，认为已经建立了不庸俗的友谊，偷偷设想自己给她留下了深刻的印象。少年的激情和做作都是自然的。她要去南京了，南京啊。心里恋恋，仿佛想要一直跟着过她的一生。我对人生的贪得无厌几乎是天生的。

7

大三哥九三年大专毕业分到长春铁路分局，下基层到小北站一年。说非常无聊，宿舍就俩人，那人家近，经常不在。我知道不可能，但是总觉得是铁路边上的三角窝棚，坐火车田间地头儿经常见的。

小嫂毕业分到水利研究所，夏天非常热情地邀请我和大三哥去水库玩儿。下小雨，到了先去食堂，一人一杯热牛奶，奶粉冲的，喝完嘴里黏糊糊的。跟上二楼办公室，小嫂套上白大褂，打电话叫船。三个人站在湖边等，烟雨迷蒙，像赤壁。船来了，小嫂嘱咐中午来接她，给我们送饭。

这一岸松林茂密，黑沉湿冷，水边两间红砖房跟农宅一样。划船的是附近农民，雇来照看鱼。家里有一本《瓦尔登湖》，我没有看，但是每次看到书脊都轻轻地生出优越感——之前在《读书》上读过一篇文章讽刺梭罗。那是我的黄金时代，以为世界丰厚等待我去了解和践踏。

船绑在岸边一根木桩上，非常粗的麻绳落在水里。那年最流行《纤夫的爱》，我反反复复看一本《崔健：在一无所有中呐喊——中国摇滚备忘录》，有点拿不准，尹相杰也算是对装腔作势宣传腔的反抗吗？坐在船头，觉得自己不过是暂时在这里，简陋也没关系，苍冷也没关系，不值得留意。

大三哥站岸上抽了两根烟，实在没意思，进屋脱了衣服，套上救生衣下水。不会游泳，扑腾扑腾也到了远处，歪斜浮在水上，举手喊了两声，非常空寂。等划船的人再次出现，我们就回去了。那时候不接受人生稀松平常，总以为是这一次没搞好，是我年纪太小，长春小地方，中国落后。

高一暑假，大姐要去参加"老少边穷行"，二姐要军训，我就想去北京找她们。大三哥来了，坐在阳台门口的折叠椅上，神秘地说，这么的吧，我考你一道题，你要答上了呢，我就指定给你买票，答不上呢那就得听我老姨的。我忽然脑子豁亮，想起在大退给人算属相。

家里有一个手提黑白电视，兼有录音机和收音机，从电大借的，一直没还，后来好像赔了两百块钱。大三哥拎去，下次来说，只能收到中央一台，还有雪花点儿。没啥意思，电视都是骗人的。拿走一本绿皮儿张爱玲散文集，总忘记拿回来，只说，挺有意思，那个炎樱儿是干啥的。我正要大讲特讲，他转身跟妈说，老姨给我介绍个对象儿呗。妈说，你是开玩笑啊。我也觉得不像是真的，大三哥肯定永远有不止一个女朋友啊。

妈大张旗鼓介绍起来。有一个叫刘春梅的，浓密的黑头发，剩下额头窄小，大黑眉毛大黑眼睛，算很俊的。春节跟大三哥来家，穿件枣红色疙瘩针手织毛衣，耳朵上面的头发扎起来，伏贴地披着。非常老实的样子。处了小半年，大姨不满意，电大毕业。大哥又说，老姨给我介绍个对象儿呗！我就想结婚，一个人没法过，过得吧，没着没落的，一点意思都没有。你跟我妈俩看好了，你俩同意了我再处，要不处了也白扯，浪费感情儿。说得心平气和，不像是开玩笑，也没有任何委屈。我非常震惊，怎么可能、对浪漫这两个字毫无兴致？

彦鸣儿长得非常像大姨年轻时候，来自考办打听买材料，妈就多问两句，家是杨大城子的，怀德边儿上，更像是亲人了。让她免费去人民广场小学听课，当班长，负责点名儿收费等等，毕业了跟着妈当全职班主任。孙长红跟彦鸣是高中同学，辽宁师大毕业分到长春，有一天到办公室找她。后来发现她们并不是好朋友，可能只是一个人在长春觉得无依无靠，走在街上风吹一下都是伤感的。孙长红走了大姨就打听，说没对象儿，正为这事儿愁呢。大哥确认两遍，妈你是不指定相中了？妈也说好，挑白儿挑白儿的，大个儿，一口白牙，就眼睛小，再没缺彩儿的地方，比曹敏娜长得好，气质也比她好啊，那不是有点儿文化么，农村能考到辽师大那正经不错的，你大姨主要是相中这一点，人不本科么，三子不大专么！

据说孙长红一眼就相中大三哥了。周末大三哥从铁北回来，她跟着来家。妈听出来是礼拜一早上才走，回家啧啧说，这前儿这年轻人！大姨只说，俩人儿好，可好了呢！孙长红可稀罕小三儿了，走哪儿跟哪儿。大姨出钱在铁北买了房，听说装修花三万多，一个坐便花一千多！大姨说，姆可不说，说那干啥呀！大儿他们都去（看）了，说整得可好呢，我可没去，凑那热闹干啥呀，搬家不就去了么！

搬过去一周回来两趟，渐渐就赖着不走了。大姨总撵他们，但是一到孩子出生，孙长红她妈来帮带，才真正搬出去。我说，还有这样儿的。妈说，你大姨多隔路[1]啊！我说，那孙长红为啥呀？妈说，懒呗，你大姨像老妈子似的，连做饭带洗碗，她就擎等吃。我说，我大姨家那伙食！妈说，人不的，你看她跟你大姨父俩净糊弄，儿子在家也炒两个菜，能不炒么。

大三哥在货物处管危险品运输，化学药品之类要去检查包装，有点技术含量，也有点油水，可是也就是烟酒大米豆油，很少见钱。妈说，那还是没能耐呗。大姨倒是满意，省着担惊受怕，可能也觉得干净些才能"干上去"。大姨说，总陪路局的人喝酒，领导上哪都乐意带他，对他可看重了呢。妈背后说，欺负你大哥虎呗，能喝酒，那不得带个挡酒的么。但是一般给挡酒的，也都提拔个小官儿当当，谁知道了。

渐渐大姨也不提喝酒的事了，拿来一大袋蘑菇，说，拿回来那些，说是山上的，好！妈炖了说确实好，大姨说，还有！小三儿那有的是！总有人给送啊，送啥的都有！都让孙长红拿杨大城子去了。我没看着，李丰说的，要回家那车装的！后盖儿掀开满满一下子！孙长红家穷，一个哥哥一个弟弟，都初中没毕业在家种地。大姨父经常嘟囔，大姨倒不怎么管。

他们打结婚就很少来，双姐他们六个感情好，周末总在一起。

大姨说，小大儿要给她爸过生日！都跟她爸好，不跟我好。又一回说，我说我上你老姨那儿去，孙长红说的，总上人家去干啥！我说那是人家么，那不你老姨家么！都不乐意让我来！人他们几个好，意见一致！

---

1 隔路，跟别人不一样，古怪，略有贬义。

大姨都是笑嘻嘻说的，妈好像也没听出什么来。

过年大三哥来，张罗打麻将，孙长红带着孩子坐一坐就走了。李胜元很瘦，零食水果都不要，可能因为被宠爱，完全不谄媚不配合，依偎在他妈腿上，连我都替他感到无聊。只有一次，他才两三岁，我们家买车那年，拿了钥匙让他进去按喇叭，第二天竟然又来了，上姨奶家坐车。我赶紧积极地参与谈论——小男孩儿就是稀罕车哈！我一直跟他们母子不亲近，因此总觉得对不起大姨。

零八年调大三哥去沈阳，沈阳是路局，长春是分局，一般说再回来就能提拔。可能也有点中年瓶颈，不管什么改变都欢迎。本来说大哥先去看看，不到半年孙长红就调过去了，妈暗示是性需求忍不了。孙长红在长春一零八是重点中学，待遇好；调过去是普通中学，而且在郊区，每天上班要一个小时，只好大姨父过去接送孩子。大姨父不愿意孙长红家来占上位置，又是大姨出钱买的房子。

小姥去世大姨才去沈阳。每次大姨父回长春，临走都号啕大哭，离不开大姨，跟孩子找妈似的。有一次喝了酒，说，玉珠，你说啥是幸福？我想明白了，一家人在一起就是幸福！妈深以为然，经常引用，你看老聋子，也能整两句儿啊！

妈直接问孙长红，能开多少，有没有奖金啥的？那还是在一零八开得多呗，我记着你那时候好像说一个月能开三千来的。大三哥似乎也并没有提拔起来。妈跟大姨说，小三儿上沈阳去干啥你说说。大姨说，人两口子都可满意了呢，说沈阳好！小红跟我说，妈那你不觉得还是在大城市好么！长春有啥呀！

大姨本来从不说孙长红坏话，妈说，奸呗，不当外人说自己媳妇不好。到沈阳住一块儿，渐渐也说一点：——见啥买啥，衣服堆得跟山似的，一搂秃噜下来一大堆！——给李胜元买一双鞋五百多！——李胜元那衣服，还新的呢，就说小了，拿回去给她弟弟孩子呗！她那侄子可能吹了呢，跟班上同学说，你家那几个钱算啥，我姑家在沈阳，有都是钱！李胜元回来问我的，说奶咱家是有都是钱么！妈说，给孩子造成啥影响你说说，还中学老师呢！大姨说，孙长红有点儿装的乎的，她家屁大点儿个事儿都得问她，都得让她拿主意！小三儿管她叫孙大拿！

就成了定论：孙长红能嘚瑟。熟人社会在这方面是非常粗暴的，共同体需要简单明了的共识。

小红听三子的，三子说啥是啥。三子在外头喝酒，半夜十一点打电话，小红穿上衣服就出去接去，打车过去，把车开回来。吐得厕所儿可埋汰了，都给收拾利索儿的，从来不说，一句不带说的。大雷人也可向着媳妇儿了呢，装修老聋子说两句，孙长红要脸儿啊，哭了，大雷也生气了，一天没跟老聋子说话，到晚上特意上姆那屋，说挺好呢，说的，这小华装修大伙儿也都看着了，这一夏天的累够呛，没个功劳还有苦劳呢，咱擎现成儿的就别挑人毛病了。

大雷可把他爸看得可高了呢，从来不带说他爸不好的。净给拿中华，说少抽点儿，但是别抽便宜的！批评我，说我不尊重他爸，说的，不管咋的我爸是一家之主！

大姨永远是快乐的语调。她也崇拜大三哥，需要以他为傲。

有一段大三哥跟小嫂互相回避，后来见面也很冷淡。说是有一回喝了酒，大三哥当着众人说，小嫂我得批评批评你，你吧，对我小哥不太尊重——小嫂竟然给说哭了，大伙儿劝他他还不停。想想也是真虎。妈说，要不上去呢，喝了酒当着领导不一定冒啥虎话呢。

回长春跟小哥喝酒，打电话给我，说，三娜啊，你缺钱么？你缺生活么？你爱谁你就好好爱——你已经失败了……。我不知道他指什么，还是很生气，他对别人的生活了解什么？当然我们都把对他人的猜测当成定论，而且他喝醉了。后来我想也许他和小哥聊天说起我，我想起我是亲戚们的宠儿，就不再生气——伤心起来。

有一次来北京，跟不相干的人喝了酒，搂住我的肩膀，讲怎样教育儿子，怎样看待工作，怎样看待挫折和失望，像个人生学家，但是连社交中基本的听众意识都没有，对其他人不感兴趣。说的都是常见的道理，铿锵顿挫，似是而非，又十分严肃，让人无法响应，又尴尬又歉疚。我想起他年轻时候承认寂寞，放弃浪漫，那样轻松的实事求是、知行合一，简直是清新的。但是那自信心也是局限。

给大舅妈上坟，回来我跟妈和大姨坐大三哥车。小哥从旁开过，大三哥说，我要开这么快吧，就得说我毛的愣的[1]！小哥要开得快吧，都得说，小东车开得好！我要开得慢呢，就得说，三子这车开得不行！你等小哥要开得慢呢，就得说，小东开车稳当！都笑，妈说，还真是这么回事儿。大三哥说，那你说咋回事儿呢，这是不是就是对人的偏见！妈说，确实是有偏见！我大外甥有点儿理论啊！我吃了一惊，没想过还有这样的竞争关系，也是姥家的凝聚力特别强。

8

妈在厨房做饭，大姨来了坐餐桌边，我坐她对面。

大姨说，小孩崽子招人稀罕，比张乐子武宇航都强。

妈说，那不是孙子么，那俩不是外孙么！

大姨说，不的也是李胜元招人稀罕！长得没武宇航好，他咋的，他瘦啊，不像武宇航白胖儿的，但是李胜元聪明啊，还是聪明招人稀罕呗，要不爹那时候稀罕三娜不稀罕姆家小四儿呢。

妈很自然地说，李胜元差不了，爹妈在那儿摆着呢！

1　毛的愣的，慌张莽撞。

大姨说，一到礼拜五李丰就盼上了，要说有事儿不来了就像咋地了似的。我可不的，来就稀罕稀罕，不来拉倒呗。你稀罕他他也长大，不稀罕他他不一样长大，老外甥闺女你说大姨说得对对。

妈说，你知不知道你大姨，礼拜天孙子来了，二双大民都回来了，要说是一家团聚最幸福的时候了，人你大姨做上饭菜，吃完收拾利索，骑自行车就来学校了，学校啥事儿没有，自个儿看报纸摆扑克！你说出奇不出奇！

大姨笑嘻嘻说，人我还给我孙子烙的油糖饼呢，烙完饼我才出来的。

大姨说，我还没当你学呢玉珠，这张乐子哈，心眼儿成多了，像她爸呗！前儿个我给李胜元烙饼，她上厨房来就看着了，伸手拿就吃。我说这是给李胜元的你咋吃了呢，你要吃我再给你烙，张乐子不打奔儿[1]啊，张口就说，你再烙那个给李胜元吧，这个好吃我要了！你说是不是奸，给李胜元那个不是多搁糖多搁油么，又香又甜！

妈说，小权儿就好（hào）吃啊！

开了油烟机，把豆角倒进锅里刺啦一声。

我说，李胜元是太瘦。

大姨说，嗯呢呗，不乐意吃饭，那孩子，一小就是，他姥姥一勺一勺喂。要我说都是喂坏了，那玩意你说是不是，越喂他越没有主动性儿呗！

我就乐。我说，那吃油饼有没有主动性啊。

大姨说，乐意吃！成乐意吃我烙的油饼了！

我有点故意的，说，大姨那你这油饼得烙得相当好吃啊！

大姨说，你吃吃，大姨明天给你烙完拿来！

我说，那也多搁糖！

大姨说，嗯哪，指定多搁糖！

1　打奔儿，结巴、犹豫。

妈转过身来，说，你听她跟你俩赛脸！多大了，跟你大姨俩还像小孩儿似的！

小时候跟小四儿去大姨家，给炸大麻花儿，油炸糕，管够儿吃——话到嘴边没有说。

大姨坐在灶口小板凳上摇鼓风机，我蹲旁边看着，不能更进一步。她不抱我，我也不跟她撒娇，还不像跟大舅妈。但是她给我买新头巾，扯一块水粉金线麻麻路路的布给我做新布衫。

大姨说，那不是小孩儿咋的呢！

妈盖上锅盖，关了油烟机，说，你大姨稀罕你！咋瞅你咋好！

大姨说，嗯哪，我就稀罕三娜！那你说这是咋回事儿呢！

我说，我招人稀罕呗！

大姨忽然说，小四儿死那年，玉珠，我就像也死了似的，啥也不知道了，一点不赖玄，米没淘就往锅里倒，上班儿走一半儿寻思小四儿在家发烧还没吃药呢又往回走走到家门口想起孩子没了。

大姨语气如常，只是眉头皱起来，盯着我眼睛锃亮儿的，似乎是急切，又像是窘迫。

妈关了小火儿，打开冰箱拿出三个柿子，叹口气说，这人要说，没有挺不过来的事儿。

大姨说，这心像死了一块似的。

妈说，那还说了——姐你也吃一个，这柿子才好呢，多买点儿好了，寻思不能好呢——那前儿我都怕你出啥事儿啊，你上长春来看牙来你记不记着了，瘦得那才吓人呢。

大姨看着我，眼睛很亮，转向妈——咋不记着呢，我那牙花子都化脓了，往外淌，要不化脓还不知道呢，不知道疼，也不知道渴也不知道饿，牙都掉了，后头这大牙，都是镶的。人我牙最好了，你问你妈，姆仨就我牙好。

有也许两秒钟的沉默。像是许多画面在她脑海里叠过来，像是准备好了心如磐石。我设想大姨年轻的时候，像一枚徽章亮闪闪的。

大姨说，我是想明白了，个人是个人，谁也替不了谁，是孩子遭罪爹妈能替啊，还是爹妈遭罪孩子能替啊，谁也替不了谁。又停了一下。稀罕有啥用，我是谁也不稀罕。

剧痛的结果，竟然真的是这样，跟叙述中一样。我觉得安心，又有点失望，好像世界其实是可以被语言抽干的。

别人给妈一件艳紫白花羊毛外套，宽宽大大，带一条围巾一顶帽子，想要时髦又没搞好的样子。穿一个冬天给大姨了。大姨刚来长春那几年一直穿，两块结实的脸蛋在外面冻得紫红的，衬着那衣服有点滑稽。倒不如早先在水字常穿的老式小立领袄罩——但是固执坚持也像是一种自卑。

有一年流行绸子面儿对襟儿棉袄，妈买两件，自己一件蓝绿的，给大姨一件绛红的。

大姨说，给我干哈呀，小大儿给我买的我都让她退回去了！

妈说大姨顺嘴儿就是谎儿，都不一定有的事。

妈说，给你买你就穿着呗！

大姨说，人我有衣裳，这都好儿好儿的，也没破也没唔的，要那些衣裳干哈呀，还得经管！

妈说，这件你必须穿啊，过年了还不穿件新衣服！

大姨说，肥瘦儿正好儿。

妈说，这一辈子也没穿件儿好衣服啊姐你啊。就给你那孩子当老奴隶吧，加上老聋子俩，你们俩老奴隶，撅个屁股挣钱，一分捞不着花。

大姨两手往下一落，拍大腿笑着说，我也没啥花的呀，吃饱饱儿的，穿暖暖的，还花啥呀！

转过头来瞅着我乐，老外甥闺女，你说大姨说得对对？

我说，人和人想法不一样，大姨你自己高兴就行呗。

大姨说，大姨高兴！大姨非常高兴！

妈乐了，跟我说，你大姨逗不逗，有没有这么说话的，大姨非常高兴！

有一回大姨跟她失联多年的表姐打电话，反复邀请去沈阳——三丫儿啊你来，你来，你来我就高兴！

三丫也七十来岁了。那一幕完全是高兴的，从任何角度去看都不悲伤。这不符合戏剧的期待，作为纯粹的事实结实而新鲜，让人惊喜又无法进入，只能停在醍醐灌顶的预感中。

大姨从小就细细[1]，不舍得穿鞋，上学用手拎着，到学校门口穿上。——那几年还没挨饿呢，上学你小姥给带俩大饼子，她就吃一个，下黑儿回来再把剩那个吃了，晚上这顿不就省下了。

——上四平念书，一去就没信儿了，你是写封信呐，省家里人惦心不是，不带的，舍不得信封邮票钱。也不知啥时候放假，临要过年回来了，天黢黑黢黑的，眼瞅进被窝睡觉了，她在外头拍窗户。从长岭走回来的，走五六个钟头，那腊月天。打棉袄里头嘎叽窝[2]底下抠出那些粮票和钱，也不知道哪整来的一块破白布，缝得密密实实的，在小油灯底下搁针挑，怕把棉袄扯坏了，要说那时候，一块布角子也是好的，上哪找布角子去，没地方找去。

我只想着这一幕真是幸福。设想过几次就认定窗外黑夜里卷着鹅毛大雪。

大姨跟妈坐出租车，半路一定要下去——你个人坐吧，我坐这玩意干遭罪，表跳一下子我这心激灵一下子！你看我这一脑袋汗！妈说，

1　细细，仔细，节俭。

2　嘎叽窝（gǎ ji wō），腋下。

我一看可不是咋的，脸色儿都不对了！妈后来再也不逼大姨——乐咋地咋地吧。她连坐公交也不舍得——骑车多自儿啊，太阳晒脊梁骨，可得劲儿了，得劲儿了我就唱歌儿。我说大姨你唱啥歌儿？大姨扬头，我就唱太阳照在金山上！她是真的很快乐，没有一点滑稽，更别说可悲。令我觉得自己观看喜剧的心情是一种狭隘。但是我也不愿意去触碰那陌生——大姨有她的自洽。

熬（nāo）菜一熬一大盆，总怕不够孩子们吃，上顿下顿剩，剩菜都是大姨自己打扫[1]了。买东西手笔很大，鸡蛋一次买两百，柿子买一筐，冰棍儿买二十吊井里，（孩子们）可劲儿吃呗。还怀着小四儿呢，就把四个孩子结婚要用的被里被面儿都买好了。白花旗十匹，棉花一百六十斤，往沈阳搬家还带着。

妈去沈阳，大姨特意带她去地下车库，打开小仓库说，这些米面油，够吃一年的都吃不了。妈说，还以为还像以前呢，啥啥买不着。

在计算机学校上班那些年，大姨每天过来跟小姥喊一阵。赶上吃饭，咋让都不吃。妈说，别让了，让她她还上火。大姨说，对！对！我就想起她小时候攥着两个拳头。可能只是无法卸载早期程序，可能只是拒绝变化和不确定，节俭和囤积不过是表象？又有什么区别。听说有一种心理障碍叫"囤积强迫症"，不知道大姨算不算。觉得非常残忍，仿佛大姨以生命去经历和呈现的，不过是一个词条。

姥卧床最后两年，大姨每天都来，姥不认识她了，她还是来。赶上屎尿从来不伸手。当然雇了保姆，但是妈也经常帮着擦洗。爸妈到北京过年，大姨来我们家看护，有一年把姥送到二双姐家，半个月回来，小姥和大姨都瘦一大圈儿。

妈说，我也没法说她，她自己也造得像个疯子似的，眼睛通红，

1　打扫，特指把剩菜吃干净。

净睡二双子那屋地上，半拉月都没咋睡好。你说她不孝顺，上坟可比我积极，有一年腊月那才冷呢，天天下大雪，你小哥也说，要不不去了，张永权没明说那意思也不想去了，但是你大姨厉害不厉害，跟谁也没说，早晨五点多起床，上黄河路坐大客车，王宝山客车站到你姥那坟地还有十来里地呢，大雪天她走去的，非上坟不可，强迫症。

爸说，老太太在咱家我一点儿意见没有，但是你哥你姐可都不咋带劲！好的时候能干活儿在你们那儿，到老了需要人伺候了就往外推不管了！妈倒也没话说，大概多少有点这么想——她因为啥睡不好，你姥半夜也根本不起来，就是上火怕我不往回接可咋整，我一点儿那意思都没有，但是因为她太害怕这个事儿了你知不知道，自己就往上想，越想越上火。

姥去世大姨就去沈阳了。六十五岁风浪也绝不会停。有一年暑假回来，唠嗑说起大姨父一天上好几遍便所儿，妈很警觉，说得去做肠镜儿。

妈说，大双子、武大民都不赞成，第二天你大姨来了我说还是做了放心，我没敢说你爸的事儿怕你大姨上火，完了正在这儿坐着呢，李云雷电话就打咱家来了，特意就说不让他爸做这肠镜儿！这架孝心的！好像谁要把老聋子咋地似的！你大姨最信李云雷的，李云雷说不整了，我就不提了，好像我多管闲事似的。

——但是咱家外头那书架儿，玻璃门儿往下沉就关不上了，我跟你大姨说你大姨就让老聋子来修，我给他找螺丝钉儿送出去，我这一看，头发胡子全白了，缩缩不像样儿，也是他上沈阳这些年也没咋见着，见着我也不正眼瞅他，那天冷不丁一瞅，咋老这样儿了呢，这不是个小老头儿了么，在那儿哼哧哼哧修柜门，再咋的是我姐的亲人，我就又不忍心了。

——你大姨吧，不愿意面对现实，讳疾忌医你知道吧，所以我得说得非常小心，我说老聋子这病估计不是，不是但是不是查查放心么，完了我才能说你爸那时候咋样咋样。你大姨脸色儿当时就变了，拿电话就打给李云雷，让他找同学安排，李云雷有个中学同学在中日联，但是我听真真儿的李云雷在电话里还不同意呢，要你说虎的，你老姨还能蒙你！他家还是你大姨说了算，到底儿去查了，八块息肉！当场就给作下来了，让半年再来复查。我这不顶救老聋子一命么！

妈常说要是大姨父先没，她跟大姨过，就跟大姨过最好了。

大姨倒是入秋就长病了，左膝盖滑囊炎，做手术一个礼拜不能下地；才好一个月，右腿又来；还没好利索，又长带状疱疹，腰上腿上都是，疼得睡不着觉，夏天才算好利索。从来大姨连感冒也没得过。——都是叫老聋子吓的！你大姨！可以老聋子为重了呢！

带状疱疹正疼的时候，就赶上清明，妈劝她别回了，大姨说，要是因为长病就不能回去上坟，那我就更得上火了。

长辈们常说，我这不完么！不过因为爬楼梯中间休息了，或者累着一点儿就咳嗽了。从来听着不留心，很久之后才明白生理衰退的那种恐怖，像分期付款的死亡。

大姨在坟前哭得厉害，像是含着巨大的痛苦吐不出来。每年回长春六七趟，跟妈分别也哭。妈似乎真的吃惊，你大姨怎么变得这么脆弱了呢？比我还脆弱。以前都是大姨说妈，像你似的，孩子一走就抹眼泪儿那还完了呢！

她们也是角色彼此加强，妈简单地认为大姨简单，强壮，可以预期，像是一种永远。大姨掌纹清楚深刻，一条杂碎细纹都没有，连这也成为证据，妈说，心净呗！没有那些杂七杂八的想法感情。这里隐藏着喜闻乐见的因果，情感思虑消耗健康，令人变得虚弱。仿佛文明是一种退化。相反的偏见同样有市场：无意识的生命更坚强，也更危险——不设防、更脆弱——裂缝即崩塌？多么整齐的公式，经常都是对的——多么诱人又多么可疑。本能与文明的对峙是局部的小事，在死亡的阴影里，束手无策和徒劳掩盖没有多大区别。

9

小时候村里来算命的，报上大姨生辰八字，掐半天，只说，此人寿命惊人。像《百年孤独》里的人和事。大姨没有魔幻气，常见的动物式的腥气都没有。大高个子，走路飞快，裤腿永远短一截。四方脸儿，颧骨两块儿肉滚圆锃亮儿，黑眼睛一闪一闪，笑嘻嘻像聪明的儿童。很容易看出她小时候的样子，我总觉得是穿一件枣红色趟绒外套，旧了，补丁打得很整齐。当然不可能——都是拎着鞋上学。

——你大姨六七岁儿就会撒谎，小时候你姥都下地干活儿让她看着我，有一回她就跟我说，妈过门儿前儿穿的大红棉袄，爹穿的青色大褂儿，这么斜披的大红花。横是看着谁结婚这么穿的，要不上哪想去，跟我说我肯定就信了，我那才四五岁儿，下黑儿我妈回来我就问她，我说妈你结婚穿的大红袄整哪去了？

——胆子大，给我偷花儿戴。我妈从来不种花，谁知道是小气啊还是没有生活情趣，甜秆儿天儿天儿啥也不种，就种黄瓜柿子豆角子这些吃的菜，再种点儿葵花留着冬天来客（qiě）磕点儿瓜子。我看着人家园子开得扑腾高了，蜀芹儿了，大老丫儿了，就稀罕呗，你大姨说，老妹你想要啊？码墙边儿猫腰就蹿过去了，到那儿就揪一朵，拿来给我我就别脑袋上，觉得非常臭美。

必定是中午的大白太阳照着，"一朵红花开在墙头上"[1]。可是一点不

1　"一朵红花开在墙头上"，萧红，《呼兰河传》。

荒凉。妈和大姨讲古，我总是想不起穷苦，屋里亮堂堂洒满阳光。妈说她放学回家没人，"我就一直扒窗户瞅，等我妈或者我姐，不管谁回来我就不害怕了"。——是友爱家庭里被娇宠的孩子。

——我大爷[1]会写对联儿，快过年在院门口儿摆案子，全屯子的人都来求来，那前儿不行卖，反正多少拿点儿啥，一口袋瓜子儿了，两棵菜窖里的新鲜白菜了，他家也裁点儿挂旗儿啥的，铰下来那些零碎彩纸，我们小孩儿拿着玩儿。我大爷念过私塾，戴个眼镜儿不苟言笑，一般小孩儿不敢去，就捅咕让我去，我去我大爷就抱我上炕，让我上大笸箩里随便拿。

——我太奶死了我大爷就搬出去了，不点儿一个小院儿跟姆们就隔一条小土道儿。我大奶死得早，就一个儿子，是老大——不都管你大姥叫二哥么。他也生两儿子，一个比你大舅大，一个小点儿叫小辫儿也总上姆院儿来玩儿。

——正经不少小孩儿呢。我瞎四叔那前儿一只眼睛还有点亮儿，你大姨背着手拿电棒儿[2]，到他跟前儿拿出来，对他那好眼睛这么一晃，转身就跑，瞎四叔往后一躲，再要伸手打她不就打不着了么，这帮小孩儿就都围着哈哈乐。

——有一回你大姨跟我说，小时候都说你聪明，其实爹讲那些唱本儿我也都记住了，讲一遍我就记真真儿的，但是我就假装不知道，大爷四叔他们有前儿也问我，我就故意说没记住！不知道！不都说我虎么，那我就故意虎！你说你大姨虎不虎，比我原先寻思的还虎！全屯子都管她叫大疯闺女。

我听了觉得心酸。妈肯定是说我想太多——你大姨没有你那些想

1　大爷，此处重音在"爷"字上，指爷爷的大哥。"爷"读轻声的时候指爸爸的大哥。
2　电棒儿，手电筒。

法，她非常简单。可是大姨几乎验证了我从文艺中领会的关于"人性"的成见。我又赶紧想，不能陷得太深，切忌强求因果。

——瞎四叔管我叫老朋友，总抱我，跟我玩儿，来呀，老朋友来猜谜儿啊，给老朋友说个唱本儿听啊，特别稀罕我，等他自己亲闺女过来了，他就挥胳膊，说得非常不耐烦，去去去，一边儿拉待着去，我跟我老朋友说话儿呢。

——挨饿年头儿逃荒去的黑龙江，完了姆家就搬乾安了，上哪有信儿去，那前儿也没电话。那是哪年呢，还在跃层儿住呢，你姥还没摔坏呢，八成是零一零二那两溜儿，大年初四忽然接到一个电话，我一接，那边儿就说，老朋友啊——，我当时眼泪都要下来了，多少年了！

一辈子都过去了。

——命苦啊，儿子出车祸死了，留下一个孙子才六七岁儿，孙女五六岁儿，儿媳妇儿能不走道儿么，那么年轻。你说这命多苦，可也熬出来了，孙子当上大队书记了，娶的媳妇儿是中学老师，过得好，在电话那头非常高兴。

那天我在家。听见妈大声喊，——四叔你来啊！挂了电话到厕所擤鼻涕，出来眼睛还是红的。

当然是知道不会来。不会再见到。冬天的太阳从她身后照过来，稀疏但是刚刚洗的蓬松的头发毛茸茸的。一张床上都是太阳格子，那样清楚明亮的此时此刻。

又没消息了。提起来妈说找不到号码，整丢了。淡然说，八成都没了，八十大多了——可能也是不敢证实。

其实也没话说。有一年夏天我回长春，有一天忽然小玉姨和二胖姨各自领着孙子来看妈。隔门听见高声笑语，恐惧而不甘心。记忆的封闭与自治，被强行打开，现实作为答案，否定了那些本来也无法兑现的自由。小玉姨是一个干缩的半老太太了，二胖姨倒是禁老，高大轩昂像个蒙古女人。陌生人亲昵地看着我，三娜啊，记不记着我了。我缩紧了不感受，对答似乎也很容易——我还记得你绣的门帘儿呢！像是背叛。

——我四婶儿个小儿，眯缝个小眼睛笑眯哒的，老实，我四奶净欺负她，欺负她她也还是笑哒。挨饿年头儿硬饿死了。就一个儿子，我四叔一个人带大的呗。完了又拉扯孙子孙女，忒不容易了。但是打电话一句也没说不容易，声音非常大，用你大姥的话说欢天喜地的。还不是故意地说为了让你高兴啊，不是，人就是光寻思好事儿让自己高兴，非常自然，你看这基因咋样。

妈他们家好像是有欢欣症，偶尔悲伤也是响亮痛快，不带抑郁的。只是发起怒来像鬼上身一样，自己首先被炸掉。

——我小时候我太奶还活着呢，我爷他们哥兄弟五个住一个大院儿。那院儿才好呢，正房加东西厢十五间，还有马棚子猪圈鸡窝粮食仓子啥都有，四角修的炮台，防胡子[1]用的，没有炮上哪整炮去，横是有两把破火药枪，像样儿点的人家都得有，东北胡子闹得厉害。

——我四爷老实，我四奶厉害。比方说过完年分馒头，就上供那馒头不剩一些分给孩子吃呗，本来都是按人头分，我四奶就说，得按炕分，一铺炕一家人家，按炕分她家就合适了，她家孩子少，就我四叔和我六姑俩，像我爷爷繁生出五六个就不合适了呗。我太奶岁数大了，谁厉害就听谁的，我奶老实，不知道争取，咋的都行。

——但是我爷厉害，也不咋发脾气，打人从来没见过，但是很威严，威严这事儿你也说不明白，他也没念过书，就有一种气派，一般的小孩儿见着他正玩儿呢也停下来，给他让道。我四奶最乐意骂人，没啥事儿站门槛子上就开骂，骂的都可碜了，但是只要我爷一掀门帘子，我四奶赶紧就闭嘴进屋了，我在旁边亲眼见着的，我那时候五六岁儿，

1　胡子，土匪。

五六岁儿我就知道我四奶怕我爷。

——我爷爷是老二，我三爷没结婚就死了，你三姥爷名分上算过继给他，要不他这一支不就断了么，所以等他结婚就分到西厢房，西厢房四间，就他跟我老爷俩，那就比别人宽敞呗。我老爷就一个人，娶的老婆据说相当漂亮，这都是你姥跟我说的，我妈轻易不夸谁，但是说我老奶长得漂亮，身体不好，没生孩子就死了，我老爷想得疯魔了，谁知道了我也没见过，但是提起来都说奚老疯儿，说他总寻思他媳妇儿没死，到处找，时间长了也没人搭理他了，备不住就真的疯了，谁知道了，很早就死了，农村这套事儿有的是。

这故事要文艺家拾掇起来不一定多么唯美传奇、大地和人性的颂歌。

——我记事儿前儿，我老爷早就没了，他那两间就修成磨坊了。屯子就俩磨，到快过年要蒸豆包淘黄米都起大早排队。下半夜两三点钟就开始蒸米，完了搁竹篾席子沥水，搭个斜坡儿这么往下嘀嗒。完了就开始等，隔一会儿派孩子上磨坊看看到谁家了，都搁个小破盆儿啥的排着，轮到了赶紧就把米拿去磨，磨好立刻就发面，那玩意搁时间长了反酸，都得男的，一发发一缸面，女的揣[1]不动。发好了，老少婆媳都在炕上包豆包儿。

——小孩儿最兴奋了，赛脸要豆包馅儿吃，像我得宠的，我奶，我六婶儿，我老姑，都给我抿豆包馅儿吃。我三婶儿不的，她跟你姥不好，我妈也不给我，你看我妈小气，要脸儿，当着人不给自己孩子整豆馅儿吃。

——可是大事儿了，从淘米到最后蒸出来晾透了得十天半个月的。搁夯土围子，一米来宽的圆圆的，柳条编得密密实实，里外黄泥抹溜光

1　揣，大力揉面。

儿，上头扣上大木头盖子看进老鼠[1]，得有一人来高，至少装满满一下子，好人家得两下子。一到春天种地都指着豆包儿，年年铲地最累的时候，过的去的人家都得给吃上粘豆包儿，那玩意不好消化抗饿。

——搁不到夏天，但是也有留点儿黄米夏天再淘再蒸的。年年拔麦子也得吃干粮，秋收不用，夏天麦子下来，秋收都蒸馒头。阳历就是七月下旬，一年当中最热那几天，怕下雨，都是全家出动抢收。傍到中午，那老弱病残的就回家做上饭再送来，提溜个大水罐子，带俩耳朵，耳朵上拴个小麻绳儿，那路大陶罐儿现在都没有了，装一下子刚打上来的拔凉的井水，挎个小篮儿，上等人家都得留点白面儿蒸上大馒头，拔麦子正经是这一年的大节令呢，差一点儿的蒸粘豆包儿，或者是蒸点儿年糕烙年糕饼子，最差最差的也得是大饼子吃饱了，那是吃硬儿[2]的时候，也得做一盆儿菜，豆角儿还没下来，一般的角瓜了土豆儿了，整一盆土豆儿炖角瓜，往小盆儿里一放，送来大伙儿上地头一吃，吃完接着拔麦子。

妈是特别会讲，炊烟轻慢，人语碎碎，都要活过来。小孩儿看什么都有点像是过家家，偶尔撞见忧虑困苦也是趣味盎然的。

——一般像小孩儿了，老人了，就跟在后头捡麦穗儿，倒了没拔出来的，掉的麦穗儿头子啥的。你大姨天天都得去，我就得跟着，一个人在家不敢哪。不大一会儿她就捡一大柳子[3]，我就不行，也就捡一小把。

——有个叫奚凤儿的，跟我们差不多大，也姓奚，但是跟我们不是一家子。她奶奶那前儿七十来岁，一只眼睛翳障不好使，瞎目呲的[4]，她儿子对她可不好可不好的了，都知道，她儿子、谁知道叫啥玩意忘了，

1　看进老鼠，以免进老鼠。

2　吃硬儿，要劲儿，劳动强度大。

3　一大柳子，一大把。

4　瞎目呲的，眼睛眯着，视力不太好。

反正对她不好。也来捡麦穗儿了，挎个小篮儿，捡不点儿还不跟我 [1] 呢，眼睛不好能捡着啥。我就听她在我身后儿自言自语说，哎呀，捡几个麦穗儿打点儿麦子粒儿，卖了买两块绿豆糕吃吃。人老了都好自言自语你知道吧，就有点儿像哼哼似的。我当时就寻思，她家人咋不给她买两块绿豆糕吃吃呢。有些事吧，也不知道为啥，就记得非常清楚，现在一想还清亮儿的呢，奚凤她奶态态歪歪 [2] 大四方脸儿还在眼前像看着了似的。

（此处有较长删节）

姥家不是地主，到大姥这辈儿男丁旺，都壮实能干活儿，才起来的。地不多，就是有车有马。南北屯子上百户人家，大姥头一个穿上大氅，头一个赶上胶皮轮子大马车，上奉天买的，一进屯子男女老少跟着车跑——奚老客儿赶胶皮车了！

妈说，我爹那是做大买卖的人！有名儿的奚老客儿！大姥儿脚底有颗痣，出远门回来泡脚，让小姥拿剪子刃儿给他刮脚跟的死皮，小姥小声念叨，走星道命。

至少胆子大。十八九上城做买卖，倒腾粮食，棉花，肥皂——啥挣钱倒腾啥。打仗时候到战壕里扒死人衣服背回来，女人们洗了晾干，换粮食到城里卖。一打仗就闹饥荒，粮食贵，但是危险，怕抢。赶大车往回走，老远看见日本兵的关卡，不是收车就是征人，没有好事儿，眼看快到，大姥用鞭子杆儿猛戳马屁股，马受惊撩蹄子就蹿过去了，日本兵在后头开枪，眼瞅着打不着也就拉倒了。四姥爷没抓牢，从车上掉下来了，他一口咬住自己是扛活卸车的，啥也不知道。日本兵不信，一等到天黑，看也没人回来找，才放了。大姥赶车一跑出去三四十里地，道边儿有片儿杨树林儿，把车和马都藏树林儿里头，顺着大道往回走。赶

1　不跟我，不如我。

2　态态歪歪，松懈没精神的样子。

上是五月前儿不咋冷，月亮老高，老远瞅着过来一个人儿。四姥爷抱着哭，说二哥你不要我了啊！

——得回我爹没回去找，要不大胶皮车就没了呗，连马，连卖粮食那些钱，都得让人捋去！也得回我瞎四叔机智，那要一时反应不过来，说赶车的那是我二哥，那不就完了，指定得扣着等你来找呗！

我脑海里总有两幅画：一张是净脆的寒冬，冷蓝的雪光里一束浅金的太阳，大姥穿羊皮袄，戴水皮帽，站在车头扬起马鞭，染着泥水的大白马立起前蹄正要狂奔；另一张是初夏的黎明，朝霞未至，只有淡绿色的氤氲，黄土路两边杨树林延宕，两个小小的小人儿在路上，急急向对方奔去。时间不对，也知道这是滥俗的视觉语言，就是纠正不过来——我要它是通俗的传奇，喜闻乐见，镶着框挂在客厅里。

合作化那年秋天，大舅临要开学没有钱，大姥摸黑儿去公社，把家里的牛拉到集上卖了。按破坏合作化判了五年。本来分了家只划作中农，结果戴上劳改犯的帽子。是谁来家里，怎么把大姥带走的，有没有抵抗哀求，都不知道，妈没讲过，可能也不记得了。特别激烈的事会曝光过度，看不清楚，甚至一片空白。

大姨三年级，毛岁才十二。双龙镇上办托儿所，大姨仗着自己长得高，硬说十六，竟然录用了。偷摸儿去学校退了学。早上跟妈到学校，说好让她跟小迎春一堆儿[1]回家，自己就到镇上去报到。晚上回来得晚，说老栾家栾小窜子数学跟不上，让她给补课。

干了俩礼拜觉得不行，回学校学籍已经没有了，不给补。自己想办法，到兴林小学报名念一年级，那时候扫盲，几岁念一年级的都有。新建了学籍，拿回来自己改成三年级，转回到七马架小学。从头到尾小姥不知道。主意大，跟谁也没商量就报了中专，就图意早挣钱。要念高

---

1 一堆儿，一块儿。

中也完了，正该高三赶上"文革"。

大姥才去改造，小姥的哥哥来家说，就让玉财念就得了。小姥不搭理。交学费是个大事儿，还有书本费、买铅笔、钢笔水儿。一张纸反正面儿，铅笔写了钢笔写，课本儿边子空白地方都写的密密麻麻。大姨语文不好，下黑儿躺下在肚皮上写字儿，一写到睡着。

二姐有洁癖，在美国厨房没有抹布，都是用纸。妈把不太脏的捡起来，晾干了留着给她擦地再用。自己解释，别的还行，就看不惯这祸害纸！夸夸一抽抽好几张！可心疼了，混你大姨看出租车跳字儿似的！

多少年也克服不了。也许是不想克服，不忍心忘记那痛苦。

三姥爷在小学当老师，家里富裕，学校能领书本钢笔。他家小迎春跟妈同班，总问妈算数题，妈说，那你得让我蘸一下子你钢笔水儿——那小迎春才小气呢，拿过来也不放桌上，就搁手拿着，说你蘸一下子吧，我蘸的时候她还不敢瞅，心疼呗，又不敢瞅又想看我蘸多少，你知道吧，就像小孩儿打针怕疼似的！我也不管她，反正你让我讲题，我就得蘸你钢笔水儿，讲一道题蘸一下钢笔水儿，心里就非常高兴。

我想象教室里阳光白纱纱的，妈表情铮铮，得意可爱，没有一丝委屈。她好像从来知道自己与众不同，不真的跟人比，不真的自卑气馁。也许大姨和大舅以她为傲——他们对她的宠溺实在需要解释。

小姥供三个孩子念书，竟然没有挨饿，三年自然灾害也顿顿有粮食吃。也是赶上了。五九年秋天分粮食，说礼拜一分，礼拜天大舅回来了，小姥说我儿子明天上学，家里没有男丁，就提前领出一部分。当天晚上下大雨，谷子都叫水泡了，还必须交公粮，家家就都没分着。第二年春天就开始挨饿，吃野菜吃树皮的都有。都想起来姥家领了粮食，小姥说早就卖了给我儿子交学费了。都不信，小姥的亲侄子徐武子上公社说，我二姑家孩子拉黄屎，她家指定还有粮食。吃野菜的都拉绿屎。小姥早把小米儿放进大缸，藏在柴火垛最里面，外面摞上苞米荄子，苞米荄子互相咬着，不好往下扒拉。都是贪黑跟大姨俩一点一点整的。徐武子领四五个人来，到处翻，水缸底下，灶膛子里，翻遍了也没有，临要走看着柴火垛，拿镐头就去耙，眼瞅着要耙到米缸，扔下镐头拉倒了。

妈说，也是都好几个月没吃饭了没劲儿，耙两下子就累了呗，多险，给我吓的，我就扒窗户往外瞅，瞅瞅就不敢瞅了，那要耙出来姆家就完了！

我有时候觉得妈太会讲故事，说说不自觉就带修饰，不然怎么会有这么齐整的曲折和高潮。

六一年初大姥劳改到期，留在情外农场，来信儿说这边儿能吃饱。过了春节小姥带妈和大舅大姨到乾安，也没啥东西，就几床被褥，不点儿小米儿。先住在大姥的表姨老王四奶家，半年搬到农场宿舍，大舅高中毕业落到情外中学当老师，才又攒钱盖了房子。

搬过去妈正念六年级下学期，起先上海坨乡中心小学，到老王四奶家七里地，都是大野甸子。遇上大蛇，吓得半夜不断惊醒。大姥张罗转建设小学，二十多里，但是能住校。路上有一条河，才解冻，还浮着冰荏子。大姥就请下一天假，咋想法儿要过去。脱下衣服系紧了塞上干草，抱着浮过去。去还挺顺利，回来就翻下去了，掉冰水里差点淹死，坚持走到老王四奶家，发烧烧迷糊了。

这故事也听了几遍。妈都是讲大姥虎——勇敢。我只觉得特别荒芜。野风卷过的草场，正在解冻的小河，焕发的春天像巨兽出笼一般恐怖。大姥曾经是一个年轻的父亲！站在河岸上——简直是《诗经》。但是也立即知道，这史诗般的布景没有用，人仍旧是活在人造的世界中——再简陋，再贫穷，人情世故像漩涡一样把人卷进去。

妈说她遇见蛇，在家休了几天，老师以为不念了，特意来家访，说可以住在她们家。——我才念俩礼拜，就看出来我学习好呗，在宋老师家没住两天，那些同学都争着让我去住去，受欢迎！也是看出来老师对我好呗，小孩儿也势利啊！

——上中学也是，下了课都拽着我手要跟我玩儿，踢口袋了，跳绳儿了。我一般不跳绳儿，跳的不好，也嫌乎费鞋。明显穷！我妈给我做的新布衫，我姐都没有，但是布不咋够，下头短一截，我从座位往起一站我就搁手往下拽拽，混我五叔似的。有都是过的好的，县城的，爹妈有工作挣工资的，夏天还有穿裙子的呢！裙子多费布啊，一年就穿俩月！我跟你大姨俩就一床被褥，精窄的两边儿漏风，冬天穿棉袄棉裤睡，那半夜还冻醒呢。炕就下黑儿烧一会儿，早上水盆儿结一层冰。

——我上初二你大舅就上班挣钱了，你小姥儿抠，寻思攒钱盖房子娶媳妇儿。但是哪回回去我哥都单独再多给我几块钱。要说你大舅，就耍钱一个毛病，对我可好了。有一天礼拜天吧，我哥到初中部来找我和你大姨，带姆俩上街里，他兜儿里你姥多少给揣几毛钱。刚开春儿那路甜丝丝儿的天，一点儿风也没有，县里也就一条街，一个商店，商店这边儿有个新华书店，上哪买起书！商店那衣服布我们就不敢看了，有卖头绳儿的，这么长，红的绿的都有，你大姨说啥不要，就光给我买了一根儿，通红通红的，我记着是五分钱，五分钱能买俩大饼子呗！我姐就给我扎上了，完了我们仨就又回学校了，那还能上哪去。

清明去给大姥上坟，坟前不远有一条土沟，妈说原来是条小河儿，水不少呢，可清可清的了，站岸边儿瞅着小鱼崽子一群一群的，你大舅挽裤脚子下去，搁柳条筐一挎（kuǎi）一下子，直往外蹦啊，完了姆们就回家煎小鱼儿吃去。春天还没发，满眼灰土色，但是完全可以想象，杨树籁籁摇响，阳光粼粼跃动。就是汉朝也有同样的树林，同样的少年兄妹，亲密家庭。

　　大舅前头有个姐姐，一岁多得白喉，烧死了；后头有个弟弟，十一岁上死了，谁知道啥病，全身浮肿，就没了。到妈记事儿，姥还上小和尚坟头儿说话儿，一说说半天，不知大名，就叫小和尚。都说大舅太独，身前死一个身后死一个。下面就是大姨，比妈大两岁。姥生妈没出月子就下地干活，作下病，农村就叫鼓胀，搁现在也不知道叫啥，反正就是肚子溜鼓。死人的病，眼瞅要不行，七马架张瞎涛来说，别的法儿没有了，贴膏药照量照量，能不能救活不好说，这膏药可霸道，贴上就不能生养了。姥才二十八。贴俩月真好了，再没长过大病。

　　大姨刚出生大姥就出事了。马受惊跑进棉花地，大姥摔下来昏迷不醒。倒是老马有情，一直在旁站着，有人看见说那不是奚老客儿的马？驮回来七天不醒，水米不进，眼看口吐白沫要不行了。请来杨树村老刘太太，都说是跳大神儿的，还真不是，也没装神弄鬼儿的，进屋就掀开被子，说，这不一腿长一腿短！五老爷拽住短腿抻，六老爷用擀面杖往回打那条长腿，打有二十来分钟，大姥就睁眼睛了，要水喝。大姥后来始终有一条腿短些。小姥当场磕头，认了干妈——可能在那个情况也是自然而然的事。

　　都是妈听小姥讲的，小姥从来没有多余的兴致讲故事，妈下意识添油加醋，但是这样救命的大事，总也"走不了大褶儿"，膏药和擀面杖应该都确有其事。妈说农村也没有医生也没有药，可不都是偏方土方。当然没治好的都视作理所当然，总有碰巧的成为传奇。批评中医太容易了，但是在生命这件事上我也反感迷信科学，总要留一个怀疑的豁口。

　　妈有"害怕"病，天一黑就不敢一个人在屋里，经常睡觉魇着，小鬼儿压身，醒了开灯半天还看见就在床边儿上不走。我们以前听了都不往心里去，可能因为这病"不科学"。但是有一年她独自在长春过冬，春节见面整个人黄瘦枯萎，像是老了五岁——就是吓的。她想用意志克服，不断提醒自己并没有鬼，但是没有用。不知道神经学怎么解释，妈说肯定是因为怀她的时候大姥刚刚受过惊吓。幸好老刘太太并没有跳过大神儿，不然这自圆其说太有颠覆性。

妈说，我咋没见过呢，很普通一个小老太太，梳个不大点儿小疙瘩揪儿，抽大烟袋，我管她叫刘姥儿，要过年前儿我爹我妈给我裹上棉被，坐雪橇上杨树村儿，有一回提溜个果匣子，我这一道儿就寻思到那儿能不能给我一块呢，果然到那儿刘姥儿就打开给我抓了一小把儿江米条儿，我记得真亮儿的，我爹跟老刘大舅在炕上喝酒，老刘大舅膀大腰圆的，比我爹还大一圈儿。两家人处得非常好，你大姥做买卖，有时候赶不回来就在他们家住下。

我只追着问雪橇是怎么回事，因为是俄国小说里的道具。过后忽然想起来这些人事都是真的，心中一凛，不能处理，平复了又当是故事只贪图它的趣味。

小姥并不经常回忆往事。聋了更不爱讲话。有一次摸着我又大又软的白色旧T恤衫说，这老破背心子！我勾引着问下去，才讲年轻时候每个媳妇儿都有一件黑布衫——我那是好缎子的！打新京买回来的，一年不穿几回，才下一回水！妈了个逼的分家让老黄鸡吧婆子抢去了。——里头套一件新鲜色儿长衫儿，脖领儿露出一个边儿，袖子干活儿时候翻出来，你老姥娘稀罕粉的，你问姥娘啊，姥娘有一件水靠色儿的长衫，也是细布！

小姥喜欢水靠色儿，就是偏冷紫的浅蓝色。夏天穿一件水靠色的确良布衫，宽沿边儿，斜抹襟儿，黑亮圆滑的小珠子纽扣。那纽扣拆下来妈收在她的小铝饭盒里，那盒子里还有她戴过的百天小银锁儿，一个袁大头。妈说，我爷爷就两个袁大头，就给我一个，谁知道那个给谁了，可没给你大舅，备不住给我三叔了，稀罕我三叔。

（此处有较长删节）

非典时候我回家，暖春的下午闲坐在姥床边，她打开抽屉拿出一个纸盒，有十几张张国荣照片，都是从报上剪下来的，其中一张是跟毛舜筠的合影，问我，是不要跟她对象儿她不干？挺好个孩子！说着不好意思似的笑起来，她已经开始智力退化。

小姥十三岁就放高利贷给自己亲爹。——从小就知道抓钱粮，秋天收完庄稼，自个儿上地里捡高粱穗儿，天黑透才回家，吃不上热乎饭，那多刻苦，一般十二三谁有那心劲儿。打出粮食来自己单搁，谁知道是藏哪了。来年春天家断粮，你太姥爷跟你小姥借，知道她厉害，不敢跟她要，就说你借爹点儿，秋收加倍还给你。这才拿出来。三分利，那也不到一年，开春到秋收，不就大半年，半年三分利，你说狠不狠！

但是立即护卫地讲，——我姥爷不是耍钱么，要不我妈能不给他么，眼瞅着全家没饭吃。

小姥的哥哥也耍钱。人给说亲小姥就提一条，家里不能有耍钱鬼子。谁想到生儿像舅。

还是在大遢，有一回大舅带我给人送大姥卖的针织衫。我坐在自行车横梁上，窝在大舅胸前，顶着初春昏黄的大风前行。一会儿风小些，忽然安宁，左右无人，天地灰尘间淡淡的温柔。我觉得那一路非常长，简直回不去了。快中午太阳亮了一下，风几乎停住，大舅抱我走进一个院子。炕烧得很热，五六个人坐得挤挤茬茬，烟雾缭绕，浓汤一样的臭味。我坐在大舅胳膊上俯视他们。一个女人叼着大烟袋，盘一条腿坐在炕沿上，转头仰脸正看我。短头发又脏又黏，黑瘦的脸上好几叠褶子，嘴唇黑紫的。我觉很吓人，没读过童话书，没看过插图，就觉得她是坏人。第二天早上，我在大姥狂怒的咆哮中醒来。大舅抱着头往柴火垛里滚，大姥挥着鞭子，小姥和大舅妈上去拦。我从炕头小窗瞥一眼就赶紧躲开了。

妈还没上学，大舅也才十三四，有一年过年跟人在谷仓里打棋摞儿，叫大姥知道了，不敢回家，躲在破炮台土墙后头，堆的苞米荄子挡风，看见妈在院子里玩儿，小声儿招呼她，让她跟小姥要两块大饼子。

妈说，哪个耍钱鬼子没挨过揍！没有用！这玩意天生的，就像血里有毒似的，备不住放放血能好。

大舅六十来岁得急性黄疸型肝炎，妈说是耍钱输急眼了，肝病最怕着急。也是偏方救的命，几乎算是我亲见的。医院放弃了，让回家准备后事。一时都来说偏方，小权儿帮抓了几只癞蛤蟆，生吞下去，也没有用。眼看不行，又听说一个，寻思不能行呢，也照量照量，把瓜蒂把儿晒干了碾成细末儿，从鼻子吹进去。赶上八月正是吃瓜的时候，现晒来不及了，用平底锅烘干，妈跟小姥俩拿擀面杖碾一遍又一遍，拿纱布滤的精细的粉末。妈说不到五分钟，大舅鼻子就开始往外淌黄水儿。一个礼拜就彻底好了。有好几年，妈都把瓜蒂把儿攒下来备着——万一再犯呢，哪都赶上夏天。

我没有探过病，因为传染。但是看见小姥坐在家门口的台阶上碾粉末，午后太阳晒着，十分平常，没有一丝魔幻气。

几乎庆幸他中风了，"要不然就是奔死去了，谁也拦不住。"大舅跟妈借钱，你想看大哥死啊。有一年春节持刀寻死，给抢下来，绑在床上，眼望天花板嚎叫，妈回来两眼通红，作孽啊。没有死成，总像是有意无意留了活口。表演性自杀是最酸楚的笑话，仿佛痛苦都是假的。我相信他是真想死，迈出一步去，又下不了手。赌博也是软弱，或者疯性太强，都是相对的。自己也恨，找二双姐来，二儿啊，来大舅家，看着大舅啊，别让那些人把大舅找去。二姐来了，想方设法骗她，还是逃出去了。

小哥坐在姥的床尾，认真地说，给他报警抓进去关两年能不能行，咱给找找人关个条件好点儿的一人一屋儿那样儿的。要不谁也整不了，我天天上班儿提心吊胆的，一会儿往家里打一个电话，要没人接吧就开始往不好的事儿上寻思。

妈说，要不中风，你小哥肯定得让他拐进去，早晚的事儿。都不是好钱哪，不是好钱，不是好去。反正妈自己怎么说都行。

三伏天，大舅站在门口，戴一项白色凉帽，端一个奶黄色紫蓝边儿搪瓷小盆儿，盆儿上蒙着红塑料袋，皱巴巴反射正午的强光，像噪音一样。大舅说，黄米饭，给你姥娘吃。又说，你也吃，你乐不乐意吃。匆匆笑了一下。我接过来，还有点烫手，哪来的啊——。大舅说，大舅做的，大舅走了。我说，把盆儿倒出来。大舅半转过身，说，明儿个再来拿，大舅走了。我关上门，进厨房，想象自己迈步出去，站在门斗底下，看大舅的后背给太阳晒得白热。大舅做黄米饭。大舅给黄米饭蒙上一个塑料袋。一粒沙尘落在手心，碾不碎化不开，理解不了。

正月下午昏昏的，门铃响。大舅站在门口，像是从很远的外面的世界回来。爸妈上班，只有我和姥在家。姥盘腿坐床里，大舅坐床沿儿，也没有话，一会儿把帽子摘了仰面躺下，让人想起他是个儿子。起身问我，三娜你知不知道啥是螨虫？我说，我就看电视说过，我也不懂，得问二娜。大舅说，刚在百货大楼，要出来前儿门口儿有个小丫头把我拽住了，说老大爷你这脸上有螨虫，卖给我一瓶谁知道是药还是啥玩意。你去拿出来看看，能不能是骗人的。我拿了大舅羽绒服，伸手从冰凉的口袋里摸出一个纸盒子。我说，天天在电视上做广告，好不好使也没啥坏处吧。又放回口袋——一小片滑稽轻巧地抚过去。

大舅头发细绒稀疏，蟹壳麻子脸，眉头皱出一个肉疙瘩，眼睛亮而躲闪，酒糟鼻，牙龈萎缩得厉害。非常爱干净，穷的时候也总洗布衫，阔起来就经常穿新衣服，有好几项帽子，都是自己去百货大楼买的。百货大楼擦得锃亮的大理石地砖，玻璃柜台，但是入冬挂起又厚又沉的棉门帘儿，挨到正月，帘子边儿乌黑油腻，无从下手；两层门中间窄小的过厅，铺几张肮脏的脚垫，鞋底残雪蹭在上面，化成污水浸透了——比平常破烂的房子更让人觉得委屈。

我说，大舅你还买啥了？大舅说，没买啥，就溜达溜达。说着把帽子戴上，仿佛要走，坐着没动。一团没有因果的寂寞，仿佛可以解开，它也坐着没动。外面灰冷一片，不在屋里的人，仿佛都在很远的地方。大舅背窗坐着，缩着肩背不再说话，脸上停着一团黑。坐在屋里跟坐在很远的地方没有区别。

跟大姐去大舅家送香瓜，大舅开门，大舅妈站身后，拍着手乐。好像看到开门之前上一个镜头还是表情迟缓。大舅拎瓜进屋，大舅妈拉我手，我看看姐。下午三点多，屋里不亮堂，拉着纱帘儿，吹着电扇。电视里一个红衣服的女人正在哭；遥控器在床沿儿上，床单之外另铺一方小被单儿，两个人刚坐过的痕迹。

大舅收好香瓜进来，顺手关了电视。大姐说，看电视啊。大舅笑，半天说，那干啥。大姐也四处望，跟我说，其实原来这家这装修质量还挺好的。大舅说，李石不挺好的么？大姐笑嘻嘻的，说，挺好的。听见大舅妈在厨房开水龙头。我说，奚晶儿呢。大舅往门口白了一眼，有点恶狠，多昝也不在家。大舅妈端一盆瓜来，大舅问她，是冰箱抽屉那个么？大舅妈嗯嗯点头。大舅说，昨个儿在道边儿驴车上买的，可甜了，买少了，妈了个逼的，寻思不能好呢。声音很低，更觉得像是气哄哄的。大姐坚决不吃，我接过来一个。我说，得回没买多，要不这些吃不了不白瞎了，有子哥从榆树回来拿的，都是灰皮儿黄瓤儿的。一阵沉默。大舅妈坐回床沿儿，笑呵呵看我吃瓜，我发现自己吃得很慢。大姐说，大舅找点什么事儿做做吧。大舅低头，手搓膝盖，说，过两天，过两天看看。

出来街上白亮亮的，真是光天化日。大姐说，也应该理解大舅，活着确实太没意思了。我莫名有点反感，又觉得对不起大姐。是反感自己太经常扮演上帝。如果愿意，仿佛可以理解任何人，尤其是被厌弃的、可恨的人。只是这柔情没出路，对着所有人热泪盈眶，然后呢？

大舅大舅妈俩人儿，并排坐床沿儿上，看电视。下午三点多，拉着纱帘儿，吹电扇。活着确实太没意思了，赌博是很大的诱惑；活着确实太没意思了，不值得珍惜，不妨豪赌。后者很难成立，输掉了会发现还是舍不得。大舅在水字井卧过轨。赶上暑假我跟妈回乾安，住大姨家，下午在院子里吃瓜，瓜瓢子甩一地，小鸡儿放出来啄。大姨父从外面回来，大姨和妈，他们三个匆忙忙出去，像是傍晚突然要下雨。睡梦中听见回来了，妈和大姨轻手轻脚，小声说话，哭。

11

卧轨以后，大舅戒过一次，也是没啥可输的了。大姨放话出去，谁再找我哥耍钱我跟他拼命。一个姓皮的湖南人来乾安收苞米，大姨父在车站认识的，介绍给大舅，往后大舅替他收了发到湖南去，小皮子发橘子过来，挣了两年钱。

妈在长春跑车皮，要省粮食厅批，也不认识人，硬头皮去找。计划内指标计划外指标，总听见说这个。妈上火牙疼，嘴起大泡，毫无耐心，我们就不敢乱说话。橘子在长春卸货，妈跑光复路找水果商，起大早看着卸货交款。早晨起床看见爸在厨房烫水饭，觉得这一天都不一样。下午放学，果然妈在家，伏在姐的书桌前算账写信，我趴床上看书，像是有清风的晴天。

妈找雷明爸给弄来劳动布便装警服，青蓝色上下身儿，大黑扣，十几麻袋撂在饭厅，运回乾安去卖，说也挣了好几百，都给大舅还饥荒。大姨说，连嫂子都说，要没有这俩妹子，你哥死几回都有了。妈说，嗯，跟我也说过，诚心诚意的。

他们兄妹感情好。大舅中风以后妈经常去，生个小病都是妈给买药，哄着劝着吃进去。不大认人了，但是妈一去他就拍着手乐。我每次回长春，妈都说，明天跟我去看你大舅——没有商量。小哥小嫂搬出去了，托付给大舅妈的外甥女王二闺女一家。冬天阴沉的下午妈跟王二姑娘唠嗑，——孙桂芳你认不认识，也是你们田字井儿的，她爸是大队书记？我同学一个班的。那前儿还住情外，刚"文革"，都在家待着没事儿，开春儿前儿，我记着杨树朦朦胧胧有点儿绿了，孙桂芳骑自行车来找我，教我骑车，到村头大道上，她在后头把着，我就往前骑，骑骑就热了，我就把布衫脱下来挂杨树叉子上了。情外往田子去那条道你记不记着了，溜直儿溜直儿望不到头啊，骑骑就不知道远近，等回去这布衫就没了。给我哭的啊，过年新做的布衫，我哥给我扯的一块儿紫格儿布，让你老姨给我做的，那前儿哪有衣服，就一件衣服，套棉袄是它，脱棉袄还是它，哎呀这架势给我哭的。王二姑娘说，要说那前儿啊，可真是的。妈说，你老姨父又托人给我捎来一件你老姨的旧袄罩，黑趄绒玻璃扣儿，肥大点儿，我妈给我改改，这算又有衣服穿了。要不说我哥真是最疼我了。

说完我们都看大舅，天色更昏暗了，大舅背着光，两只眼睛像两盏灯，直直烧着，充满疑问。

把饥荒还了又开始赌。没输多大，刚有人调理[1]他，就有人报信儿给大姨。大姨拿大铁锹冲进苞米地，一帮大老爷们儿都吓散了。妈说，你大姨虎劲儿上来也吓人哪！总算消停了，也是因为搞上了破鞋。徐英顺是个寡妇，也在水字中学当老师，教政治的。俩人说要到三不管的地方过日子去，真跑了，三个来月才回来，有一张在天安门照的合影。我

1　调理，欺骗，作弄。

没见过，觉得像艺术电影题材，这样一想就觉得对不起大舅。

妈说，耍钱的都搞点儿破鞋，你看奚宝富！再说你大舅多情！到现在还惦记那徐英顺呢，说一个人过日子可怜。估计回去还得给扔钱。但是对你大舅妈也好啊，你看在外头有人，还是稀罕你大舅妈，一有头疼脑热的就张罗给买药，有啥好吃的都惦心给林琴留着。

——现在也有人，就那个出租车司机，你不知道么，你大舅包人车，啥时候出门都给她打电话，关系不一般。那回从怀德回来往咱家送地瓜我看着了，一看就知道是那种关系。得四十大多了，五大三粗，搞破鞋这玩意，真不在丑俊。要是年轻点儿还行，跟你大舅再生一个，就你小哥一个太单细了。多给点儿钱能干，反正也就图钱，要不还能稀罕你大舅。

妈语调平淡，理所当然，好像从来对人性没有幻想。

人儿可也不坏，我跟她说看着你大舅点儿，见啥可疑的人儿给我打个电话。还真打了，就那回，你大姨带几个学生去抓的，正赌呢。

设想大姨拎锹冲进玉米地，就是地板镜头，光天化日，青绿摇摇。她和几个半大小伙子出现在酒店房间，又变成监控录像俯视，灰白模糊没有声音，稍微撕把几下，融入自然的混沌的尴尬。都是某一种文艺片，通常认为后者更"高级"——单只这两个字就让人难堪。不仅叙述，观看就自带形式。不断否认也并不能复原一个"未经处理的本来"——如果存在的话。干脆认为意识与存在不可分割？为什么不甘心，自己的视角沦落为众多视角中的一种，再不能被真实二字加冕？还是发现自己可以选择任意视角，忽然就丧失了热情？

大舅私奔回来，大舅妈给妈写信打电话，说想小哥，让妈在长春帮找房子。妈听大姨说过徐英顺，写信去问，大舅妈才承认了。那时也没有卖房的，报上偶尔有小广告都是郊区的。妈在前进农场看中三间正朝阳大瓦房，砖铺地临街大院儿。大舅妈来信说，进一回城想住楼房。

赶上老姑一个同事，爹妈年纪大，搬去跟女儿住，倒出房子来要卖了儿女才好分钱。

伪满老房子，北边外走廊，进门黑魆魆的，炉子上座一个旧铝水壶。顺带烧北屋一铺小炕，奚晶穿开裆裤在炕上爬，淡绿格子炕革，猩红线裤旧得细软，做成小褥子皮儿，鲜艳得肮脏。不开灯几乎看不清人脸，房中央挂只鸟笼，翠绿羽毛有点荧光，突兀想起大舅妈把人名字写在纸上垫进内裤，好像这污滞的日常里全是无声的凶险。简直要把心中的世界图景重新渲染一遍——启动不起，材料也不够，随即就忘了。朝南两间大屋，楼下就是大马路，灰突突没有树；觉得不像长春，怎么来到这里。小哥那屋一套白色贴皮组合柜，光鲜寒碜，红金丝绒电视罩上绣两只小熊猫。暖气不舍得放开烧，花边床罩一丝不苟，格外冰冷，简直不敢碰。

妈还没出来办学校，才有几个辅导班，让大舅去当班主任。收了学费扣下不给，说要不是他天天看着，学生得掉一半儿，学费也齐不上来。渐渐就把那两个班儿讹去了。妈不敢跟爸说，当然爸都知道。

——那有啥法儿，那不是我哥么。你大舅可也能耐，自己又招上好几个班，最多的时候有两百多人。勤奋，别看话说不明白，磨磨唧唧可能跟人黏糊了，在大遉那前儿有成绩好的不念了，天天骑车上人家，不会说啥，反正坐炕头上不走，咋想法儿让孩子考高中。

——那我不就办大学校了么，他就打我旗号，拿我简章，招完都算他自己的。那些年办这路班儿的可多了，省人才中心老朱头子你不记着了，也是到我这儿拿资料报名啥的，那人可交我管理费，一个学生两百，一分不带差的，就你大舅一分不给，要不你爸总反扯¹了，啥事儿都得帮他办，挣钱都是他的。

1　反扯，抱怨，背后算账。

老朱头子瘦小，佝偻，戴大黑边儿眼镜儿，有一年春节来家，坐了一上午。哈拉嗓子老大声，手舞足蹈，漫画里吐沫星子横飞——考试前俩礼拜就把楼门锁上，出去干啥去，必须在食堂吃！吃完饭都给我回教室！洗衣服？对不起，你多买点裤衩袜子，考完一堆儿洗！晾衣服的看见了我就没收。军事化管理能行么，我得监狱化管理！就这还有考不过去的他妈的，考不过去也没有家长来找咱，找咱也能答复，这就叫问心无愧！你看我收你那俩钱儿，我可没糊弄你！你那孩子啥样你自己不知道，是学习的料来念这玩意！

十几年后妈在路上遇见他——干吧不像样儿了，可不七十来岁了！但是可精神呢，领个小老婆，抱个小小子，我寻思是孙子呢，又看像是两口子样儿，一问可不是儿子！谁知道是老婆死了还是包的二奶啊，那咋问哪！

大舅总琢磨做大买卖。道边儿新文化报那个楼茬子，招标的是小哥同学，大舅说能挣大钱，妈直接说，我能把钱交你手里么！还有好儿！有一趟从乾安回来说有个国营筒厂要往外兑，跟白给差不多。主管工业的副县长是李伟国妹夫，不要股份，怕粘上以后不好整，一次给个十万八万的就完了，工业局的，厂长啥的，多少再给点儿。厂房老大了，那位置才好呢，就在县政府后身儿，光那块地都不止这些钱，还带那么大厂房和机器呢，就不干的话，转手卖出去就合适。妈说起来也遗憾——但是除了你大舅还谁能跑乾安？

大舅也经常去怀德，谁家相门户，娶媳妇儿，盖房子，杀猪，孩子上大学，老人病危，都给大舅捎信儿。妈捎钱过去——不管咋的人给照顾爹的坟呢，不得指着人家么。大姨从来不给，给他们干哈呀，谁钱好挣的呢。

回来妈打听，新媳妇儿好不好？咋不好。摆多少桌？得有好几十桌，东西院子里里外外都是。喝的啥酒？一桌儿有一瓶儿洮南香，完了就是那散装儿酒。五叔去没去？去了，喝呀、能有二斤。问一句答一句，不问也没话，坐床沿儿上笑嘻嘻的。妈拣要紧的喊给小姥，小姥不跟着乐，问，你拿多钱？玉珠拿多少？不欠他们的！

有一回，话说完了，瓜也吃了，沉默一阵子，大舅突然说，赶明儿我有钱的，一家给一万子。声音还是很小，像是也没信心，又像是很大决心。

还是奚宝青当大队书记前儿，大舅买的坟地，连他和大舅妈的也带出来，杨树林子里小小一段缓坡，都说风水好。就盼添个孙子，每次上坟老屯的亲戚都是真心惋惜，这么有钱断了香火。饭桌上张罗给小哥说个小，没有任何玩笑成分。大舅中风也还记着这事，有时搁手比划抱小孩的动作，嗯嗯啊啊往楼上指，两只眼睛射出刀来。

妈早给找了大夫，开智障证明好办准生证。奚晶已经上小学，领去医院走过场，好像谁都不觉得荒唐。小嫂也想生，说起来就委屈，话头停不下。

——净受气了，气出浑身病，哪能怀孕，这玩意跟心情儿可有关系了，人大夫都这么说，要多少年，我跟你小哥儿我俩，咋怀怀不上。怀上坐不住，医院住几回，那遭多大罪，不都姆们老爷子老太太给气的。这女人啊三娜，找个好婆家太重要了，找不好还不如不找。你大舅你大舅妈，我跟你说，那真不是一般人！

——看我不顺眼就算了，哪有不稀罕自己亲孙女的你说！姆孩子放学回来上她奶那屋，桌上有香蕉，掰一个吃，你说她爷咋说，说的，那是给你奶买的！奚晶儿跟你小哥似的，脸儿可小了，我回来哇哇跟我哭，说再也不上她奶那屋儿了！孩子伤心了呗。我第二天就买一大串儿，还吃不起香蕉了咋的！我往饭桌上一搁，我说，爸妈要吃香蕉有都是！我就说给他们听听！

——要说那气人事儿，给你讲你得当笑话，我正洗澡呢，这水咋凉了呢，你大舅！在楼下把热水器插头给拔了！要不打打电话把电话线拔了，还不是我打出去的怕花电话费，是姆同志打给我，他都听着电话响了！看不上我你直接说呗，整这鬼鬼祟祟的干啥你说说！看姆们不顺眼你让姆们搬出去啊，何苦的大家都在这儿受罪，死活不让，一说要搬出去你大舅妈就寻死觅活，要上吊要吃药的。非整一块堆儿折磨姆们，你没看你小哥都给他俩气啥样，自己儿子都不知道心疼！

——不是小嫂自己说，也就是我，换一个试试，早跟你小哥离婚了。我要离婚多少回，你小哥就哭不让我走，说我走了他咋整，你说我不就是心软么，再说有孩子，咱女人不就吃亏吃在心软上。

大年初四，阴天要下雪，特别冷，我去二院看望小嫂。六人病房里就俩人，另一个躺着不动，似乎在睡觉。小嫂术后发烧，一张脸黑魆魆的完全垂下来，看见我几乎亮了一下，就黯淡回去了。只有泪珠亮闪闪的，无声地流下来。我那时候麻木，只觉得无所适从，因为从没见过她是弱者的样子。

大舅大舅妈起初就不喜欢她，搬长春来一起过，横竖不顺眼：往娘家倒腾东西，小哥全都听她的，描眉画眼狐媚子——现成的老剧本，真血真肉又演一遍。大年三十晚上，小哥打电话来，说大舅妈要上吊。爸怕妈发作，带大姐过去，爸说，大嫂能给我个面子。妈等的急，——我就心疼你小哥啊！都不是好人，你寻思你大舅妈是好人哪还是曹敏娜是好人！

小哥自己做了外公也还是依赖妈。夏天的傍晚，小哥独自来家，在窗边藤椅上俯下身，双肘支在膝盖上，手向前合住来回搓，抬头看妈打电话——也没有发胖，逆光里的侧影还是年轻人的姿态。打听代孕公司，说成功率有40%。妈说，曹敏娜还能整么？小哥说，整不了了。已经做了三次试管婴儿，最后一次五个月流掉了，才算最终放弃了。小嫂可能也认同那个观念，要留个后。她眼皮儿一挑，严厉的样子，说，小嫂那罪遭的！就不用说了！没有一点可怜相。我摸摸她后背，她立刻就笑起来，斜着眼睛看我。

12

大舅转到乾安一中，班上有个叫王木的学习最好，大舅就跟他要好。我见过一张照片，王木细高探肩，戴很厚的眼镜，大舅也非常瘦，支着一件深色外套，皱着眉，扬着头，虚远望着，是个常见的不甘心的少年。王木有个对象儿，高三分手，这女生就总找大舅，寻思帮劝劝，一来二去俩人好上了。大舅学农林，为这女生改到文史，——确实多情，但是那不计后果、挣脱理性的渴望，也真是似曾相识。女生考上东北师大，大舅落榜回乡，写了半年信，也有一阵像疯子似的，就拉倒了。妈说本来也不一定能考上，高中都考了三年——立即拐回来——可是那时候高中不好考，高考升学率倒高，整个乾安县一年就九十个高中毕业生，也都是出类拔萃的。

大舅到情外中学当老师，没到半年就开始赌博，让人开除了。大舅有个同学叫闫树起，他爸是县委常委，把闫树起安排到教育局，开除的事儿报上去，他就给压下来，转到大遇马场。大舅结结巴巴，话都说不清似的，倒人缘儿好，可能都觉得他老实。大遇中小学在一起，校长给介绍林玉琴，就结婚了，来年就有了小哥，后来又怀一个流产了，再就没怀过。妈说都是吃药吃的，哪有那么吃药的，索密痛一把一把当饭吃，没事儿八遍吃消炎药，啥好人也吃体蹭[1]了。

1　体蹭，坏了，糟了，完蛋了。

西屋两间，连铺炕，中间有根柱子，炕梢有个炕琴，觉得老远。东墙朝外屋开小窗，拉着小布帘儿，窗台上放一个坑坑洼洼的铝饭盒儿装了烟叶儿，盖着用过的作业本儿、火柴盒。大舅妈坐在炕头，把烟盒子拿下来，撕一条儿纸，折一道沟儿，拇指食指尖儿撮着烟叶儿来回溜齐了，卷起来，纸头舔湿，粘住。我坐跟前看，有点想学样，也并不十分热切，总觉得身后很空，有点不安。

在东屋看姥做针线，摆一炕铺衬，不许乱动，给我几块刚拆下来的，让摘线头子，——老外孙闺女摘得真干净啊，能帮姥娘做活儿了！做棉衣，絮棉花，旧棉花套子上撕一块儿，丝丝袅袅扯松了，比着亮儿看，又薄又匀，轻轻摆上，称心如意。

大舅妈从作业本上撕下一条纸，在鼻尖额头下巴上按，比着亮儿看，油透了，好像也很满意。

开春晌午，好太阳，淘酸菜水洗头，脸盆架支院子里，忘了拿毛巾，喊我进屋取。要给我也洗洗，害怕，跑了，又跑回来。

大舅妈站在门口，我扑到她腿上，觉得头顶上一大块肉。往后稍稍[1]，一根手指捅上去，大舅妈，这里装的啥？大舅妈笑的啊，我知道她是真开怀，又不知道她为什么。大舅妈问，你说呢？你说这里装的啥？我来了勇气，说，粑粑！怕说错了，又跑，听见屋里笑声一片，得意起来，还是不知道说对了没有。

回忆的格式就是抒情，这是此刻的真实。

我有时喊她妈妈，并不经常；看她太高兴了，我觉得吃亏了。冬天蒸粘豆包，大锅烀豆馅儿，淘出来一洗衣盆，热气腾腾放炕上，我俯身贴盆，想用手指头崴一口吃。大舅妈逗我，让叫妈，叫一声给吃一口。本来只是隐约觉得不妥，这样一诱惑就觉得可耻，又有点明知故犯

1　稍（shào）稍（shào），稍微退一退。

的诱惑。希望大伙儿笑，笑了好像就是更稀罕我，当然也想吃豆馅儿，叫了——，果然笑，说，再叫，再给。又叫，又吃一口。像小狗一样。后悔，越后悔越往下滑。可能堕落也就是这样。只有自己知道真的并没有那么馋豆馅儿。过后他们反复说起，我就跑远，身后更笑了，害臊了，知道害臊呢！

妈说大舅妈是真稀罕我，因为一直想要个闺女。妈生我艰难，四个小时都出不来，听又是闺女，扔炕上一眼都没瞅，哭一阵也就拉倒了。大舅妈下了面条子打发接生的走了，把我抱起来说，小三儿能好看，你看那眼睛，上面是弯的，下面是平的，不笑也像笑似的，你不要给我。

我想象冬天午后，太阳低了，妈躺在炕头脸色煞白，大舅妈盘腿坐在窗下，低头看着一个胖孩子。野风从大甸子上掠过来，我们的小土房趴伏着，窗玻璃外蒙着塑料布，呼啦啦响，好像根本不会停下；炕席破一块，露出底下的土坯；痰吐在地上，脚抿一下混在黑泥里。从初生儿红皱的脸上看出眼睛带笑，是多么精致的一件事。生命多精致。

西屋炕稍的炕琴，柜门儿上用花牙木棱打出小方格，方格漆了蓝底子，画着各不相同的图样，大朵的水粉牡丹，黄菊花，彩色羽毛的鸟。右下角那一格画着两只小鸡啄米，浅黄色茸茸小胖球儿，一大一小，表示一远一近。画面空着大半，深艳的蓝颜色有点清晨的气氛。

大舅妈说是小哥画的，我不信。大舅妈又说是小哥画的，我还是不信。我才不上当呢。后来妈说一半是小哥画的，一半是大舅妈画的。那可不就十来岁儿，跟谁学，上哪学去，这玩意都天生，那你大舅妈跟谁学过，人可拿笔就敢画呢。

大舅妈会裁衣服，姑娘媳妇买了布，送来让她铰裤子。铰裤子有讲究，裤裆弯下来，铰好了正是两幅鞋面子。大舅妈坏心眼子，故意往肥了铰，剩下窄条子啥也干不了。——还不是图布头子，她倒不会算计这些，就是坏，坏别人自己就乐，你说这是啥人。

——她跟你大姨学的，你大姨当我讲的，说春天前儿孵小鸡儿，她家那小鸡儿吧没出几个，出来还不硬式死了不少，等人家东边儿院子老莫家那小鸡儿孵的才好呢，可地跑，她看着就来气，趁晌午睡觉前儿抓过来就给掐死撇道沟子里去，那前儿院儿挨院儿中间都没啥正经墙有也豁个口子啥的。你说狠不狠心，她说那才八九岁，就这么狠心你说说。还有一回呢，夏天结黄瓜，她家园子黄瓜才坐不点儿不点儿小扭儿，西边儿人老黄家那黄瓜都长手指头那么长了，她趁下黑儿上人那院儿挑大的都给人掰下来，你说缺德不缺德。心里有很多仇恨，也不知道从哪来的，没招她没惹她的，瞅谁都是敌人。还有砢碜事儿呢，要是恨谁恨急眼了，就做小纸人儿，拿小纸片儿铰成小人儿样儿，她可会整了，铰的有鼻子有眼睛的，后背写上名儿，搁针扎，要不垫鞋底儿踩，还不解恨儿，就垫裤衩里，你说恶不恶心人。

我没见过大舅妈阴郁恐怖、恨意凶残。可能发生的时候也全是平常。照妈的说法推演，她做什么都无意识，不只她，亲戚中大把酣梦的人生。软弱的、激烈的、敞亮的、喜乐的、癫狂的，都像是物的特征。好像这样就谈不到善恶，既没有罪，也不无辜。只是不能细想，会觉得恐怖，惊雷无声，轰然浩茫，上帝必须存在。仿佛自己已经醒来，醒来也没看见他。意识是否只是梦中之梦？无意识向意识醒来，不可逆，因此？

我读高中时大舅妈中风，下不来地。小哥继承她的信仰，去求半仙。我端坐桌前，假装做题，房门留道缝儿。——人说是菩萨和黄仙犯了冲，那备不住，这人儿真挺灵的，到那儿就问家里供啥没有，我说供了，那人就说，供黄仙儿没有，那你说他咋知道呢。我激动起来：现在这个世界，跟小说里讲的过去那个世界，竟然是连续的；小说怕是说谎了，事情发生得日常自然，毫无渲染。小哥不敢乱扔，黄仙请到小舅子家供着，家里只剩菩萨，成日烧香，病也并不见好。过半年终于下地，脚不离地小步蹭着也能走，但是再不能说话。小姥问大舅，老哑巴咋样？竟是善意的关心。妈说，再咋的这么多年，能一点感情没有么。这话听起来让人灰心，但是可以理解——她是她正在失去的生活。

姥跟大舅妈当然不和睦，姥去了往出推，把姥的小包儿扔门外，掐小姥胳膊掐紧一块。这是不会说话以后的事儿，多少有点糊涂。不然要体面，不会这样直接。礼数好，爸去了大舅妈转身就找烟，连火一起递出来。挪着小碎步去给我拿苹果，用手比画，发出嗯嗯的声音，企望地看着，像动物。妈说，遭报应啊，一辈子说人坏话，哑巴了吧，多遭罪，说不出话多憋挺——又是真心替她难过。妈是不太追求一致性，很方便地忠于本能或接受现实。

大舅妈老了尿裤子，妈给她买两条线棉裤，细软宽松，又可以扔洗衣机里洗。说穿上了非常欢喜，直拍手。妈说不好碰，赶紧又去买两条，回来说，卖东西那小媳妇儿问给谁买，我说给我嫂子，她一愣，说，还有对嫂子这么好的呢，可真少见了！给我抹五块钱，你寻思呢！

妈十八九回乡，一直到三十五岁到长春，跟大舅妈一起生活很多年，姑嫂俩经常一起唠嗑儿。妈说她本来也不会笑话人儿，都是跟大舅妈学的，你大舅妈！可以想象那种嬉笑亲密。当然妈闪闪的惹人爱，另外好像成年女人有时候对少女会有点特殊感情。妈说她第一次来长春看见老姑，非常着迷，看不够，真有这么好看的人哪！老姑那时候十六岁。

妈说，对我行，那前儿你们仨整天往东院儿跑，多闹人呢，你大舅妈一回也没说过啥。一般的老婆婆给小姑子带孩子，能没意见么。但是对你姥不好，打过你姥。稀罕我也就那么回事儿，那还跟人说我怀私孩子呢我跟没跟你说过。

——那不回生产队干活儿么，我姑娘时候混你大姐似的，来例假就肚子疼，就请两天假，正赶上就那两天，地头上有个死猫还是死兔子，下黑儿是谁家孩子路过，吓着了。完了就传，不知道咋传的，就说地头有个死孩子，说得比比正正的，包的啥色儿包拎皮儿都说得真亮儿的。你大舅妈吧，下黑儿没事儿就跟前院儿老孙婆子俩瞎唠唠，我也不知道是说我呢。那不是张义来找过我两回么，准就是捕这事儿的影影儿，要不也没别人儿啊，你说哪有嫂子说没出嫁的小姑子的，别说没的事儿，有也不能说啊，咋不虎，管不住自己，不讲究人[1]难受。老孙婆子肯定早就传播出去了，这死孩子的事儿一出来，正好我请假，这么一对不就对上了么。

——我一开始还不知道，跟我一组的那个老荣家二姑娘吧，是个老实人儿，跟我俩好，羡慕我会写宣传稿儿啥的，看我出工了，她就可关心我了，一会儿问奚玉珠你累不累，一会儿让我上地头上歇着去，我就觉着不对劲儿，问她咋的了，她虎，禁不住问，就告诉我了，给我气的！我就去找老孙婆子，我就问她，你看着我生私孩子了！你胡说八道！我那厉害劲儿上来那还了得。老孙婆子也不敢说是你大舅妈说的，就吞吞吐吐说我也是听你们家人说的。那还能有谁？我就去问你大舅妈，那她能承认么，说哪有的事儿，这个那个又发誓又掉眼泪儿的。我不就心软么，问下去能咋的。是她没跑儿，本来我还不是百分百确定，但是我一问她，她脸刷就红了，马上就掩饰过去了，那也被我看着了，她也知道我看着了，那就行了呗，还得在一个锅里吃饭，还能咋的。她也不是成心要坏我，你让她成心坏谁，她还没这些招数呢。

妈是真的"不跟她一般见识"，她毫无恶意地看不起人，自己都不知道。

1　讲究人，议论人，说人坏话。

妈在北京过的第三个冬天，算是待住了，正打算四月份花开过了再回去，小哥打电话说大舅妈死了。才知道是糖尿病，不知道多少年了。妈回想起来许多线索：王二姑娘说天天晚上喝一大缸子水，不让喝不行，喝不就尿么；又说尿顺裤腿子淌，那才不好擦呢，跟屁股后头擦啊，晚一会儿就嘎巴住了！妈说，尿里有糖，就粘呗！要说你小哥啊，可也天天都去，去坐不一会儿就走了，你寻思是真关心哪，这糖尿病有年头儿了都没发现！

有一次小哥开车送我去机场，忽然说起，你瞅小哥，叫你大舅和你大舅妈俩搓搓[1]啥样儿！大舅妈十九年不能说话，最后一年完全糊涂，经常认不出小哥。明白的时候一直跟小嫂作对，让小哥为难。

小哥好几个月缓不过来，经常来看妈，说老姑你搬去我们那院儿呗，老姑你别走了，你和我大姑都不在长春吧，我心里就像没依没靠似的，你看我妈活着吧也不说话，不说话他跟我爸俩是个伴儿也像个家似的。又说，我昨天又梦着我妈了，跟我奶俩在院子里收拾大白菜，要腌酸菜，可大一个缸了，梦里真亮儿的，我还寻思，我妈不死了么，我奶也死了，咋还腌酸菜呢，这么一寻思我就醒了——。倒没有哭，小哥本来是非常容易难为情的人。

13

我快三岁住到姥家，小哥在县城七中寄宿，很少回来。夏天热到顶点，中午吃着饭，大舅妈派我去园子里揪宽葱叶儿，我从地头站起，眼前一片黑，闭眼睛等着缓过来，太阳晒后背，许多小虫爬。宽葱叶儿破开了蘸酱裹大饼子吃，腮帮子塞得溜鼓倒不过来，用手捂着怕掉，大

1　搓（cuó）搓（cuó），以看起来不激烈的方式折磨。

舅妈瞅着我乐，说，这架势吃的！这架势吃的！这样的情景里，也没有小哥。

快过年有一天，飘小雪，小哥跟同学打家雀儿回来，一进屋就很大声，你说说我们打了多少？一屋子都跟着活来，小四儿蹿下炕去，又从外屋地下跟进屋。家雀儿扔灶坑带毛烧，好大一股焦味儿。我想都不敢想。小四儿摆弄小哥的弹弓，姥爷呼呵，看打着玻璃！烧好剥壳，有股肉香，我坐炕上远远看，他们手里黑乎乎的一团。我想求姥姥给我烧两个土豆，想到灶坑里可能有鸟毛，瘆得慌。

西屋最西边靠墙有一张书桌，小哥坐那儿学习。我站门帘子底下看他，穿白衬衫的背影一动不动，觉得非常远，觉得他不可能回头。真的穿白衬衫。

小哥有一只口琴，妈给买的，也没学过，就自己摸索，有时候在西屋吹，我不知道为什么就不敢过去，坐炕上听着。七中有个老师，说小哥画得好，是个出路。小哥回来住了几天，我听见议论要不要送去学画画。春天吃过晚饭，大舅和大舅妈站在院子里，说玉珠写信说的……我心里一抖，后面没听见了。

高三暑假，有一天去大舅家。新买的三房两厅，全套新家具，椅子腿儿上绑着带飞边儿的布套儿，绑绳儿系成蝴蝶结——小嫂手工，怕磨地板。我有点觉得人生移步换景，轻飘可疑。就想起来，问还画画么，小哥从衣柜顶上拿下一个绿帆布画夹子，最近的一张湖上风景，也是好几年前，在小嫂她们水库写生。细小的水彩笔触，有无限的耐心和妥妥当当的整洁。——不画了，太费时间，画一张好几天。笑，没那个耐性儿了，不像年轻时候，没啥事儿，往那儿一坐能画一天；现在坐不住，出去溜达溜达了，看看电视了，真坐不住，就打麻将能坐住。

好像也没有惋惜，三十二岁，坦然地说"年轻时候"。我不知道说什么好，坐那儿想，怎么像是电视纪录片，讲述老百姓自己的故事。

初中时候，有个姓张的男青年，春天的周末来家里。很高大，皮肤黝黑，牙齿亮白，头发有点长，后来想起，觉得像个西藏人。穿雪白的裤子，我看到就有点不适，太明目张胆了，而且跟他那健野的样子不协调。他是妈妈朋友外甥的同学，在吉林艺术学院补习，想考油画系。好像家里穷，心里苦闷，喜欢跟妈聊天。不知道妈是不是鼓励他。

　　有一天下午，拿来一本席慕容诗集，说是特别好，奚姨肯定会喜欢。妈在厨房忙，只有我在家，他倚在书架上，手里翻着书页，问我喜欢看什么书，我觉得很紧张，不知怎么回答才足够傲慢。他又去厨房门口说话，没有吃饭就走了。妈说他就要回乾安了。

　　过两年，暑假，拎了一丝袋柿子豆角倭瓜来，说是来长春买点书，溜达溜达，仍然穿着那条白裤子，仍然非常白，我看着有点难受。妈说他连考两年没考上，回大赉了，在小学教语文连教美术，转不了正，想要过几年缓缓再考，拉下不少饥荒。后来听说娶了媳妇，丈人出本钱，养了几十头猪，好起来了。给妈写信，说女儿很有艺术天赋，要好好培养她。就没消息了。我自顾自地认为，他自始至终都是健康的。

　　小哥大学考了三年，第三年来长春，妈找关系到省实验补习班旁听，晚上在爸办公室，八张椅子拼在一起睡。有时候来家，开一盏小台灯，爸给补习，妈冲麦乳精。麦乳精冲出来，甜味儿里有丝丝的金属气，工业化的神秘感。全家住十平米，我们早早上床，在被窝里听见低声细语，格外觉得郑重紧张。

　　爸跟大舅结交，小哥还没出生，真是看着他长大的。后来住东西院儿，小哥放学都是先到我们家，逗我们玩儿。我们也整天往姥家跑，回想起来觉得非常田园诗。妈说，你大舅稀罕你爸，还是爱才呗，觉得是大学生，会做数学题，他崇拜这些。要不能介绍给我么，你大舅拿我当掌上明珠似的，从小到大，别说打我，连大声说我都没有过，但是我跟你爸打仗，他从来不说你爸坏话，背后也一句没说过，都说我脾气不好。想到大舅爱才，我也有点难过，他知道有另外的世界。

小哥考上农大，妈背着爸给买了一件蓝色羽绒服，没给我们买过，连爸也没有。几十年后说起，我竟然有点嫉妒。妈跟大姨都特别疼小哥，因为是独苗儿。可能嫁人总有点背叛的负疚感，特别渴望补偿娘家。

农大很远，小哥隔周来家，妈给夹菜，你瞅你瘦的，猴娄巴相的。亲昵地批评，这孩子才假勾[1]呢，这不就回自己家么，在学校啥吃的没有。临走拿一罐头盒咸菜，小哥说，上回的还有呢，妈说，一个咸菜还省，别太细细了，啊，东。妈问，你们班几个女的，有没有长得好点儿的？小哥憋不住笑起来，正好七个，姆们都管她们叫七仙女儿，都成砢碜了，一个比一个砢碜。说着笑起来，枯瘦的脸上有了光彩。

快放寒假，小哥倚在厨房门口跟妈说话。妈问，是不处对象了？小哥没回答。妈说，有啊？我公然在饭厅偷听，立刻进屋告诉姐，又赶紧跑出来继续听——家是伊通的，就普通农民，哥儿好几个，老疙瘩[2]，人挺好的，性格儿挺开朗的，姆班就数她了。妈说，下回领家来吃顿饭。

小哥带曹敏娜走了，妈叹气，说，擎等着你大舅妈作吧，咋的，丑呗，多丑啊，黑不说，皮肤粗，那些大毛蜂孔子，这还没生孩子呢，颧骨上就长那些斑，牙也不好，兜兜齿儿，小鸡儿眼睛抠抠着，最砢碜那勾鼻子，耷拉到嘴唇子上了，你大舅妈最挑人鼻子了，因为她鼻子长得好，你等着你大舅妈作吧。妈有理有据，我还是觉得小哥对象儿挺好看的。可能她身上有强烈的年轻女人的气息，可能小孩更接近动物，本能强过审美。

1　假勾，客气，拘谨。

2　老疙瘩，老幺，家里最小的孩子。

妈给小哥写信，说我也做不了主，我可也不怕做恶人，反正我是指定不同意。又给曹敏娜写信，说自己不同意，小东父母肯定也不能同意，不要浪费时间，耽误自己。这是很多年后妈讲起来，说，那能是一两封信的事儿么，我做多少工作啊，就反对他俩好呗！曹敏娜也有些优点，人一点儿不带记仇的，从来也没提过，像没有这回事儿似的！

小哥再来，妈赶紧和面包饺子，小哥说不吃了着急要回学校，坐立不安的。大姐从学校回来，说看见上次来的小哥的女同学，在湖边铁栅栏上坐着呢。妈知道这对象儿算是处成了，说，你看着吧，就是我同意了，你妈也不带同意的。小哥说，我也没法整，都一个班的，你还能不理她，她可主动了，她就那样性格，也不像那一般女的知道害臊啥的，五一回来，从家拿几个咸鸭蛋，非往我书包里塞，笑姆呲的，我也拉不下脸来。那时候大舅家里一贫如洗，妈帮衬着，应该也能看出来，小哥处处节省。

有一年寒假我为恋爱的事伤心，家里人都知道了。临走小哥一定要送我，本来他冬天最忙。到机场停了车跟进来，办了登机牌，要进安检排队，小哥掐了一下我的脸，笑。一下像小时候。一直过了安检，重新穿上羽绒服，隔着排队的人群，小哥还在那儿看着，又挥手，才离开。我想小嫂可能就是因为这种事爱上小哥。他们当然是有爱情的。

妈对小哥的人生大包大揽。除了娶媳妇，小哥从来都听话，说啥不顶嘴。到五十岁还是安分地扮演晚辈，妈也仍然以为是个优点，偶有不快，都归咎到小嫂身上，小东是完美无缺的——就是软弱，那软弱咋整，生下来就是那样孩子。像他们老林家那支子人呗！你看你大舅妈，背后使儿坏儿讲究人行，真让她拿个主意就傻眵了，连她工资存折都在你大舅手上！哪有这样老娘们儿，别的不说，孩子念书呢，当爹的是耍钱鬼子你当妈的不得留一手？心里没数儿的玩意！

——要不叫你大舅妈作害，你小哥第二年就考上了。临高考前一天晚上，谁知道你小姥哪惹着她了，又哭又闹作猴儿[1]要上吊的！你小哥胆儿多小啊，能睡好觉么，再说上考场心里也不静啊。要说你大舅妈，这辈子对谁也没做下啥好事儿！稀罕你小哥，那叫啥稀罕，整天挑唆孩子离婚，跟曹敏娜俩，你小哥受多少夹板气？

八六年夏天我和二姐跟妈回乾安，姥已经搬去跟大姨一个院儿。晌午我独自去大舅家，太阳白亮亮，院子里一片寂静，一只鸡也没有。小土房灰趴趴，下一场雨就要溶塌。大舅妈头疼，在炕上歪着，我知道她和小哥别着劲儿呢，心里默默支持她——因为小哥是我们的。可是不太理解，曹敏娜有那么丑么？挺好看的啊。小时候常有这种困惑，大人的结论与自己的感受相反。努力认为自己错了，感受还是在那里。

小哥说带我出去玩儿，问去哪里，他说你去不去吧。我喜欢他有点开玩笑的样子。车轮碾过滚烫的白土，吱吱响，我把手肘压在车把上，碰到车铃，没有按，想一下就觉得震响吓人。我们在水子中学门口停下，果然有小哥一封信，他立即撕开看。红格信纸很薄，我从下面看见纯蓝钢笔的字迹，觉得太刺激了，简直不敢看。

第二年"五一"他们结婚了。魏阿姨在光机学院有一套一居室，本来租给老叔，空出来小哥搬进去。奚晶出生没多久，被她姥姥带回伊通，实在住不下。礼拜天小嫂来，说，走啊三娜，上小嫂家去。只有两件魏阿姨的旧家具，但是收拾得非常干净，床头一张小课桌上铺着花布，摆一面小圆镜，一只浅绿色玻璃花瓶儿，插着一小把塑料花。有一种停滞感，像热情在尽头化为遗像，往下再不能生发。夏天太阳照不进来，我不能设想小嫂独处的样子。

翻柜子找出一件橙棕色格呢小西装，菊花纹有机玻璃扣儿。小嫂说，你看小嫂姑娘前儿腰多细，这就一娜能穿，还新的呢。又有一件哈

1　作猴儿，无理取闹。

密瓜色柔纱长袖套头衫，领口一圈飞边儿，腰下一圈儿松紧带儿——这个给二娜，二娜长得白，穿上好看。我坐床沿儿上想，小嫂也曾经是个少女呢。描画不出来，但是被这个想法震惊。

小哥大学一直是第一名，学校有意留下当老师，但是定向学生毕业必须回原籍，贫困县更不能留。档案打回去了，妈还不放弃，托人找大学生分配办，去很多次才松口，说除非乾安开个证明说不需要。妈有同学认识县劳动局的，说乾安没有大面积水面儿，不需要水利水产方面人才。六月里微微有点热，小哥拿了证明，起大早坐客车回来，到家已经中午，洗脸在桌边坐下，留了菜等着呢。不知道什么地方闪耀着新翠的树色。下午要去大学生分配办盖章，一天都不能耽误。又去农大开接收证明，送到劳动局，到年底才把档案户口落下来。有一种快乐的紧张。

留校工作一年，就去上海进修，回来不久妈听说省公务员招考，教委农民处有一个名额。那时候消息不灵通，只有十几人报考，小哥第二名进面试，结果是第三那小子留下了。后来知道是农民处处长的亲戚，早安排好的。小哥好像本来也没有奢望，只有妈不甘心。

妈在自考办跟姜秀芳关系好。姜秀芳说，我给你问问小南，看考试办缺不缺人。起先自考办和考试办是一个处，妈毫无根据地说，姜秀芳和小南有点儿不正经。小南也是才提了副处，正得意，姜秀芳一说就妥了，没有指标，先借调。借调三年才转正，历尽周折。

教委副主任杨长喜住我们旁边门洞三楼，矮胖，戴个茶色眼镜，好像非常和气。他老婆瘦小热情，小奚儿啊！站在小路上跟妈唠嗑儿。两个女儿都念自考，每次妈帮找人划重点，教在卷子上做记号，跟批卷儿的说好让过去。冬天晚饭以后，妈夹一卷复习资料去作客，我竟然有点得意。

事后多年妈说，打怵啊，硬头皮去找。也不是他一个人说了算的事儿，能帮的都帮到了，还去找你说说。好人哪，连他老伴儿俩，都是好人，多咎去都很热情，不带让你下不来台的。但是那也打怵啊，我那前儿才四十来岁，一个女的，总往人家里去，人老伴儿寻思别的呢。我吓一跳，没想过还有这一层，所以她才对妈那么热情？妈感觉到，应该也不是无中生有。妈生气勃勃，精神奕奕，我以为是超越性别的魅力，但是在异性眼里也许根本没有超越性别这回事。

考试办没有指标，去人事处找，不给好脸，还不能得罪。杨长喜打了电话，答应落在继续教育处，继续教育处又不同意。大概真的心酸了，妈说起来总是那次下大雨，——我跟你小哥俩去李双林家，可远了，卫星路大东头儿呢，披的破雨衣都湿透了，到人家裤子还往下滴答水呢，站也不是坐也不是，你说说。不答应！去多少趟！送礼人得收算哪！李双林那媳妇儿才烦人呢，黑瘦黑瘦的小巴豆子，揪揪嘴，从来没有笑模样儿，一开门儿就说，又来啦？你听听，这是欢迎你哪。

过两年妈听说吉大开始招收在职研究生，又帮联系，催逼着去考。妈说，那头两届正是紧俏的时候，你小哥那同学哪个不是个局长处长的，那要是搁我，那可赶上了——。小哥显然并没有结交同学，在考试办也始终没能混上一官半职，似乎也并不上火。起初考试办也没有那么乱，发展到尤所个为也就几年。总有人告，小南当上考试办主任没有几年就出事了，家里给疏通好了才回来，听说是在车里躲了一个礼拜，不敢住酒店。都跟着吓到了，但是下一年也还是那样。

大舅来长春头些年没有赌，跟着妈办班也挣了些钱。从全安广场搬出来，在我们家前面空军学院院儿里买了一套三居室，换到工会干校一套四居室，再到湖东小区买两百多平米跃层大房子，也就是五六年的功夫。过年我们送小姥过去，大舅已经把家谱挂起来，摆着贡果，点着香。还是在乾安过年时见过，印象中非常隆重，转眼再看，字迹画像极其粗简，纸边皱了，而且掉了一块角。在冬天明亮温暖的晌午，在时新装修的房间里，在我年轻的眼中，那古旧过往牵强而飘浮。我是"文革"之后出生的人，都经常觉得自己经历过的世界一去不复返了。再往前就更是传说。很久以后才明白，人需要、也只能活在自己的历史中——以致亲人家族。

以为楼上楼下能好些，小嫂还是要单过，别扭了十来年，大舅中风他们才搬出来，还在湖东小区，说是租了一套三居室。奚晶生孩子，妈说能住下么，王二姑娘说漏了嘴，——哎呀老姑啊，人那哪是租的！一起头就是买的，一百六十多平，三个大阳面儿！送俩大车库！北边儿还有一个两百多平的大露台，敏娜种的一圈儿花儿，哎呀你没去看看，人那家整的！妈也没有十分吃惊，本来应该想到的。也没看出沮丧，她一直信小东，小东也瞒她，瞒了七八年。

我陪妈去，看了一圈儿，妈说，这房子好。小嫂说，你说多钱老姑？连装修都下来才三十万。我跟小东俩姆俩来看的，我就要买，小东就说等老人有一定的，完了人这房子就卖出去了，我寻思那就拉倒吧，结果那买方儿又秃噜[1]了，卖房那人儿就给我打电话，我看他挺急的，就又讲下来两万，要二十五万，我二十三万买的，没跟小东说，那不正赶上他封闭么，等我装修完了我领他来看来，这么多年我跟奚小东俩，也没见着他那样，伸手就把我抱起来了！我很怕她说下去，妈也赶紧说，嗯，整的好啊，敏娜行啊，过日子过的好！

床头挂着补拍的大幅婚纱照，奚晶五六岁，打着小花伞站在中间，是最喜闻乐见的幸福——的标本，有枯竭之感。

1　秃噜，反悔，毁约。

14

春天微雨嫩寒，我在北屋上铺睡得昏沉，一个声音喊，三娜啊，三娜——，起来吃饭了。有人推我的胳膊，睁开眼，一张女人的脸贴上来，脸上都是亲昵的笑，陌生，接近惊悚。小哥过来，掐我的脸，这小胖子，这小胖子，脸睡通红！哈哈哈哈！我想起那是曹敏娜，小哥的女朋友。

知道妈不喜欢她，当不知道一样，每次都跟来。初夏全家去儿童公园，穿一条浅粉色花纱连衣裙，把纱布条腰带系在头上，头顶偏打一个大蝴蝶结。照片洗出来我还是不好意思看她。

她从来不窘。十几二十个亲戚围一桌吃饭，忽然小腰儿一挺，老姑，老姑父，那啥，我先提一杯！有公款吃喝的风范。有一次讲自己能干，说高兴了，奚小东能有今天，读研究生，上教委，那不都我给整的么。小哥立刻说，啥是你整的，跟你有啥关系，老姑在这儿坐着呢，你咋睁眼睛瞎说呢！小嫂赶紧岔开了，脸似乎红了一下。也就那么一回。

他们俩总是公开地嬉笑着拌嘴，当了姥姥姥爷还像小情侣。一直住得很近，经常晚饭之后来打扑克儿。爸妈坐床里，他俩坐床沿儿，——你瞅瞅奚小东赖的老姑你瞅瞅你大侄儿！——曹敏娜你干啥呢，你给老姑看啥牌！——奚小东你把我牌还我！干啥玩意啊你快溜儿的还我！哎呀妈呀我老姑父跟着赖啊！这爷俩儿！说说互相搋两拳，站起来支把要打起来。

真是欢声笑语。爸妈送他们到门口，我一般出来问一句，谁赢了？爸得意地笑着说，3比0！小嫂也笑，说，这架势你爸跟你小哥儿俩赖的！小哥一边笑一边躲闪着说，谁也没有你赖！扣底下的牌又偷回来了那是谁呀？小嫂又照小哥后背来一拳。

人没进门，一团说笑就来了，小嫂是底层家庭的王熙凤。妈拽她手细看，这手链儿好看。顺手就撸下来，给你呀老姑！没几个钱的玩意儿！妈说，你那年轻人戴的，我不要。小嫂说，你把你那金的镶宝石的给我不就完了！大家都乐。妈也配合，那我更不能了！小嫂说，你瞅瞅给老姑吓的，我白给你，不跟你要你那金镯子！手链儿放在茶几上，到走又给一回，到底妈也没要。妈说，曹敏娜这套破烂玩意有都是！你没看夏天来打扑克，穿的呢！一天一个样儿，不带重样儿的！

夏天大姐背个花塑料包回来。小嫂说，一娜你这个包好看；姐说，给你呗；小嫂笑嘻嘻的，多少钱的？姐说，不贵，给你吧。小嫂说，我们何大小姐的东西还能有便宜的，咱可背走了。妈说，这架势，开口就要啊！但是曹敏娜可不小气，她那东西你要看上了，跟她要她也不心疼。

过年给大舅大舅妈买全套新衣服，大姥小姥妈妈大姨，都有小礼物。有一年拿来五双袜子，连我们仨都有。特意给妈一双红的，袜底织出一个小人像，边上三个字，"踩小人"。——老姑你不本命年么，穿上，踩小银！说得非常恳切。妈也有些感动，一般的谁侄儿媳妇儿记着你本命年不本命年！

有一年冬天我回长春，小嫂竟然想起我是年底生日，送来一件羊绒衫，——那啥，从来小哥小嫂也没给老妹儿买过啥。不喜欢橘红色，但是非常细软，穿了许多年也不起球。妈说，必是谁给你小嫂的，她家送礼的有都是，那反正也是这么个意思。

小嫂毕业分到水产研究所，在净月潭，每天坐班车。暑假带我去玩，看她在车上跟人打牌，小腰儿立立挺着，牌甩得特别响；躬下身去刷刷洗牌，小声讲笑话，眼睛笑得弯弯的。妈后来说她那时候搞不正经，叫小哥抓住了。说小哥哭了，要离婚。我觉得不像是假的，又总不能当真。怎么抓住的，那场景无法想象。但是也知道痛苦愤怒之后，也许就平平常常过起日子来，那懦弱简直是人间最大的真相。

妈说，这得回你小哥在考试办哪，要不早跟人跑了！我觉得也不一定，因为没必要，婚外恋不是挺好，有小哥在家还更踏实。当然小哥后来也跟别人好过，也被小嫂发现，还是大姨去给了钱，强送走了。

奚晶生了孩子，婆婆来带，亲家挤在一块儿。奚晶脾气不好，跟对待使唤人儿似的，她婆婆跟王二姑娘说，我都要得忧郁症儿了。妈说，那哪能行呢，把钱劲他爸一个人扔大连，哪能行，人还不到五十呢！谁知道你小嫂了，你们一家人两口子在一块儿，让人家撇下汉子到你家来看孩子来！

妈给姥雇保姆，来一个四十多岁的，满一个月领工资就不干了。妈说，我知道她干不长远，想男的，大咂咂[1]挺老大，天天傍晚上在你姥屋外头那阳台上跑步。我没见过，但是这个画面在头脑里特别触目，绚烂的晚霞和微寒的春风。当然妈是瞎猜，但是我也知道有一个我始终拒绝的世界，被我关掉的图层，特别生机勃勃的，热烘烘脏兮兮沉甸甸密麻麻的。真实？

小嫂低下头，自己拨拉头芯儿，老姑你看看我这白头发长的，就这半年！我都不敢照镜子，老啥样儿！奚晶耍完了我不得哄着么，人钱劲她妈掉多少回眼泪，说妹子我就看你啊！你说说。我能不劝奚晶儿么，我说大儿啊，你不看你婆婆面儿，你也得看钱劲面儿啊，两口子还是得相敬如宾的你说是不老姑。你说奚晶说啥，啊，他跟我结婚他占多大便宜，咱家多有钱哪！给我气的！差不点儿给她一巴掌！

妈说，那你不打她，哪能这么想问题呢！你嫁给人家了！再说你以后不得指着人家钱劲么，指你爸你妈能指一辈子啊！

小嫂请妈帮说说奚晶儿——她吧还真就怕点儿她老姑奶。妈去了，奚晶儿当面儿顶撞小嫂，转身进屋不出来了。妈从此看不上她，——还真赶不上你小嫂！

1　咂咂，乳房。

——这奚晶你说缺不缺德，你小嫂说让她婆婆回去，她还不让，说的，她孙子她不看谁看！让她看！你说你还看人不顺眼，你还不让人走，你这不虐待人家么！这是啥心眼子！不稀罕她！要不我真寻思给你小哥买个好车，但是买个好车，你小哥那车不就给她开了！

奚晶结婚非要住别墅，妈说不能写奚晶名儿，那能靠住么，再说还有钱劲呢，都不一定咋样呢。妈那毫不浪漫的世界图景，我总是记不住，她一说我就想起来，可不是么，袭人嫁给蒋玉菡啊。

别墅装修好，小哥说，先不搬，等我爸有一定的。又说，姆们住这房子不卖，等到我爸有一定的把我爸这套卖了。妈说，要我说你卖哪个也不能卖这个，因为啥呢，就这套房子写的你名儿，存折都在曹敏娜手里，早晚让奚晶抠去，要敏娜比你活得长行，要万一啊，就说万一，敏娜先走呢，你能跟奚晶过么，那孩子，老姑说话不好听，你得受气啊，不是说她不想给你养老，她就有那个心，那脾气也不行！你没到老呢，到老就知道了，跟孩子过不一块儿去啊！真有那么一天，那就得再找一个，没房子找谁能干！小哥就笑，想那么远呢老姑——奚晶就脾气不好，没啥心眼儿那孩子！

奚晶小时候成绩不好，又长得黑胖，永远都是笑嘻嘻不好意思的样子。上大学开席庆贺，妈说，这架势你小嫂嘚瑟的，就跟真的是的，祝贺我们奚晶以优异的成绩考取东北师大！还优异的成绩，多少分儿都不敢说！再过年奚晶跟她妈来了，嘟囔着脸，一言不发等着走。当然那个年纪是那样。瘦了，紧乎的小圆脸儿尖下颏儿，几乎是个美女。化了全套妆，眼线往上勾着，对什么都不屑一顾的样子。走了姐笑嘻嘻说，好像变美了自信起来了，就忘记自己学习不好的事了啊。我们都对小哥小嫂有感情，离得远了道德感上来就非常矛盾，再仔细想想妈在这个不公正的世界里如鱼得水，我自己也是受益人，跟奚晶又有什么区别。还是不喜欢她，也许因为她的得意洋洋否定了我认为重要的东西。

总有人追，大二就恋爱了。钱劲是体育特招生，一米九的大个子，就是眼睛小点，不然算长得相当好。经常来小哥家，小嫂领着出去吃饭买衣服，叫大儿叫得非常亲。小嫂有一次说，这奚晶也太没样儿了，有一次他们那屋门也没关，我看她伸个脚丫子非让人钱劲闻。妈假装没听见立即岔开了。小嫂不是应该熟谙风月么，怎么忽然这样迟钝？当然她一直有非常保守的一面。

毕业闹分手，钱劲回大连找好工作，一个月八千呢！奚晶天天哭，还是小嫂去大连给劝回来了。俩人都整上了公务员。去大连办婚礼，一辆大巴坐满了，除了妈和大姨全是小嫂家亲戚。三个哥哥一个姐姐，侄女外甥一大帮，都仰仗小嫂，当然都是巴结着他们。节假日问起来，总是跟他们吃喝打麻将。妈打电话说，这架势你小嫂，像喝醉了似的！不知道咋嘚瑟好了！在车上组织人唱歌儿，挨个打招呼，前后左右乱蹿哪！安排我跟你大姨坐前排，还特意过来坐我旁边儿，这通吹，吹的我脑袋都疼！她那侄子叫大彪，胖得不像样儿一个人坐俩人位儿，"姆们大彪那才能事儿呢，是伊通电力总经理！"那怎么可能呢，我都问大彪了，我说你在哪儿呢，在电力公司底下一个劳务公司，还是个副经理，那小公司副经理就是个名儿，根本说了个算。

大彪我见过，胳膊下夹一个皮包，叼着烟，打开汽车后备厢，拿出两卷切好的羊肉，两只秃噜[1] 干净的小鸡儿，跟小哥说，老姑父我还有点事儿，年前还来，要整啥吱声儿——那我先走了啊。他儿子考大学、读研、安排工作，一路都是小哥。远亲都是陌生人，从地图里冒出来，猝不及防的。

去给大舅妈烧三七，我坐钱劲车，大彪坐副驾他俩唠嗑儿。钱劲

---

1 秃噜，开水烫，去毛。

当狱警，讲有个犯人打仗……电棍抡开了使劲削！大彪也说，那不揍他咋的，咋样，懂事儿了没有？俩人笑。我几乎立即麻木了，故意岔开似的想，我年轻时候听见了该有多愤怒啊。熊熊烈火变成一块石头，有毒似的不愿意碰，厌恶。

乡下公路两旁就是杨树，一身小疙瘩照着太阳，杨树外头是还没有起耕的灰黄的田野。可以很清楚地想到古代——当时也完全是真的。我生活在《金瓶梅》的世界而不自知。

老屯的人都来烧纸，宝全来晚了，说那头儿刚埋完，脑袋烧糊了，成吓人了，眼睛还睁着呢。本屯的一个老头儿，儿子总打他，气急了放火把房子烧了，自己烧死在里头。哪有棺材，卷个褥单子，临下坑儿他儿子还踹了两脚。都笑嘻嘻议论，说这人可真抗烧，房架子都倒了，人还囫囵个儿呢。有懂的，说人火葬场那是高温，不是咱们这火。妈知道我，拽我的手说，那农村这路事儿还不有都么。我已经知道过很多遍，不过是总以为跟自己无关。

妈说钱劲爸妈都是老实人，他爸在园林局上班儿，他妈没工作，做小买卖，也不少挣，在大连郊区自己也盖的小楼。结婚给了六十万，家底儿全掏出来了，反正早晚都是钱劲的。后来在亲家儿媳跟前，还是像个老保姆，让人觉得心酸。妈说，钱劲也是完犊子，那是你妈呀！那么让你媳妇儿欺负！我自从听说钱劲殴打犯人，觉得他也不是善茬儿，以后还不一定怎么样呢，竟然气平了一点。

从大连回来路上，小嫂发表讲话，说婚礼圆满成功，老曹家和老钱家都非常满意！立即意识到，赶紧说老奚家也非常满意，但是当然来不及了。妈本来打算给两万，只拿了五千，跟小嫂说，你知道为啥不的？就因为你那句话我跟你说。小嫂也不尴尬，笑呵儿的就过去了。结果妈也说，你小嫂这点倒好，没脸没皮，咋说不带生气的。

婚礼回到长春，大姨动员全家，大三哥在沈阳没有假，大姨说，你必须来。奚宝泰经常请小哥办事，自然要来，奚宝青奚宝友特意从怀德赶来，仍然不够壮大，长白山宾馆五十桌的大宴会厅，红彤彤的桌布，黑压压的人头，"老奚家"当不上主角。

小哥小嫂在宴会厅门口迎接宾客。小嫂穿一件雪青白莲真丝旗袍，头发盘起来，松隆隆一丝不苟，笑吟吟像春晚主持人——像电视里的人。我本想摸摸她胳膊，说句亲昵的话，但是被那气氛压住了。小哥站她身后，西装口袋别着小花束，有点窘，但是高兴的样子。我知道这是他们人生的庆典，也觉得高兴。但是主持人上台我就躲开了，在客房层的电梯厅听见楼下麦克风嗡嗡震响，人声哄笑。我在尴尬中把小哥小嫂推入茫茫的"别人"，忽然明白，他们对自己、对真实的人生缺少敬意，才会向往、甚至也真的享受、那矫假空虚的盛大。然而这厌弃和向往本身都是真实的。

15

九二年妈去武汉出差回来，申请办辅导学校。给了一间办公室，一部电话，妈打114找到邮局和银行教育处，竟然也办成了，职工培训声势很大，建行系统几千学生，全省各地开班。第二年就有人告，查下来说考试机构不能办学。

妈回不去了，四十六岁办停薪留职出来单干。爸坚决不同意，跟她拍桌子。但是很多年后有两次非常严肃地忽然说，你妈妈很勇敢。

邮局银行的事过去了，妈主打高级护理专业，也发展到全省各地。暑假里有一天下小雨，我跟她去城里一个医院，等她办完事儿带我去买新衣服。楼道里光线不好，来往穿梭的黑影子带着潮气。我在护士站门口，看见光亮里妈跟几个护士说话，嘈杂中只有画面。我突然意识到她是我之外的另一个人，不仅是妈妈。像开了窍一样。但是妈一出来我就忘了。天晴了，马路上的小水洼金光跃动，妈捏着我的手，飞快地走路，不讲话。她在想自己的事。

不久办起全日制职业学校，跟零二四租了临街整栋楼。我高中毕业时已经有七八百学生，都是十七八岁，放学了还在院子里打篮球，嘣嘣嘣的总像是春天一样。

暑假招生都很兴奋，妈回家吃饭，不论谁开门都问，多少啊？有一天破纪录有四十五个学生交了全款，欢喜得简直恐慌，未来要什么样啊？妈立刻打电话给零二四，问旁边那栋更宽敞的白楼什么时候能倒出来。

家里电话也是热线。妈放下饭碗讲半个小时，——咱们学校是最正规的，全日制的课，排得满满的，教学大纲没有的课我都给开，你打听打听去，还有没有第二家民办学校给孩子补初中英语，这都是省里不考的，跟拿证没关系，咱们也得讲点素质教育……你信着大姐了你就把孩子交给我。

排全日制课要多付讲课费。妈也买了几十台电脑，建机房。她有她的责任心、她的诚信，当然都有限度，而且全是私德，只对具体的人，学生，家长，雇工，亲戚，朋友。之外一切都是"公家的事"，不骗白不骗，她骂社会堕落，官僚腐败，理直气壮的。

每到学期末她拿复习资料去找出题老师给划考试范围。爸还在电大当个处长，自考办都是妈的旧同事。也有讲纪律的，也有混不吝的，但是太过分妈也不敢碰。——孙大伟那小子胆子才大呢，问他要电话他支支吾吾的，半天说，你就直接拿原题多好啊大姐！这小子他妈的，造档案办毕业证我看他都能干出来，都想钱想红眼了。

妈给学生张罗找工作，尤其是家里困难的，农村来的没门路，愿意留下妈都想办法。看报纸分类信息，挨个打过去，急着用人的就让提前几个月去上班儿，把位儿占上。也就是药店收银员之类，或者在电脑城卖电脑。学生回校来溜达，妈个个记得名字，打听咋样，都实足，——要不初中毕业不就得在家种地么，进城能干啥，上饭馆儿端盘子去。有几个男生后来自己开店卖电脑，也买了房买了车，结婚请妈去。妈说，你寻思啥呢，我也是桃李满天下！

　　大年初二有个学生来家，很瘦小，有点佝偻着，在门口黑忽忽看不清像个中年人，拖着一个纤维袋子。妈说，曹树生啊！来，快进来！我听过这个名字，知道他父亲很早去世，母亲有骨气，没有改嫁而且供两个孩子读书，妈主动给免了学费。每年过年都来送豆包，送过猪肉小鸡儿妈都不要，直接说豆包多拿点儿吧，你家豆包蒸的好。他寒假在熟食厂打工，给超市包盒儿贴价签儿——过年这两天没啥事儿，就看看仓库，那过期的不少呢，想吃啥拿啥。我洗了苹果端进去，犹豫了一下，坐下来削皮，又担心削皮构成冒犯，又觉得这担忧本身是歧视。听见他快乐的声音，——像这寒假打工的，还有吉大的学生呢！我觉得非常混乱，不能处理，他不是应该愁苦么？

　　有一年春节晚，到正月十五已经开学了，吃过晚饭妈让我陪她去宿舍看看外地学生。好些女生正挤在一屋包饺子，听说校长来了，其他人也都凑过来，进进出出，上下铺都坐满了人。大教室改成宿舍，举架非常高，天棚上两管日光灯缠了彩色皱纹纸，遥遥地垂下许多纸头子，像荒村里的街市，鲜艳得寒酸。大概是元旦时候，班级联欢会的装饰剩下的。还贴了窗花，红色电光纸新剪的，大家指着作者说是才女，她刚洗了头，湿漉漉披着，坐在床里跟着笑。录音机放着《流浪歌手的情人》，我害怕他们那向往。我们赚他们的钱。

　　妈把家里不吃的元宵都带去了，让开了食堂门大锅烧水煮上。早买了花炮堆在办公室，几个男生抱出来放。几十个人站在门口的大红灯笼底下仰着头，看漫天烟花轰鸣闪耀，人在天穹下像谷粒一样微小，一切的不公正不体面，都忽然在慈悲温情里微不足道。这想法禁不起推敲，是我在现场需要的短暂的麻痹。

学生都恋爱，开头还想管，后来觉得管不了，吓唬吓唬，不出大娄子就行。大姨说，管那干啥呀，男生女生勾着，你念大专我也念大专，一个不带掉头[1]的。妈说，这帮死孩子，净糊弄自己爹妈，爹妈还不得寻思这孩子咋这么上进呢，要念大专。

大姨在学校当会计，什么都管，无所不在，催交学费，开工资，调节班主任之间的矛盾，阻止学生跟校外混混火拼，带出去打吊瓶，找零二四的人来修水龙头，中午去张永权开的食堂帮打饭。全校学生都叫她“大姨”，谁家有钱谁家困难谁家爹妈离婚跟着奶奶过大姨都知道。

大舅在院门口盖了一间小房，白瓷砖挂面儿，门房兼食杂店，自己做半年，嫌憋闷，承包给二双姐，进货点货结账，大姨当然去帮忙。爸说，咱可不去你那奚家大院儿！我也尽量不去，觉得特别难堪，这样村俗气，赤裸裸像是一大家亲戚在骗钱。我希望自己花的钱干净，也知道追究下去没有尽头，就希望链条长些，距离穷苦人远一些。

爸妈那时候各忙各的，妈有时候派人给我送饭。有一个李芳玉的亲戚叫小闫，丈夫打她，很多年才离婚了，没有工作，在妈学校打杂。笨，经常哭，妈说，这办公室有个哭丧脸可让人心情不好了！你说愁人不愁人，你不用她她就没工作了，喝西北风儿去啊！你看干巴拉瘦的，能干啥！一点儿劲儿都没有，晃常儿就咳嗽淌鼻涕的，这才三十出头儿啊，我瞅她我都上火！

小闫穿件深色趟绒面儿大棉袄站在门口，围着手织的粗毛线三角头巾，裹着小小的黑黄的枣核脸，似乎在笑，递过来一口袋两个泡沫饭

1　掉头，指辍学。

盒。我关上门，一会儿听见楼下门响。去北阳台看她低头走在黑夜的风雪里。我以为自己同情她，以为那是美好的感动。但是也完全有可能，是用同情掩盖厌恶、我害怕自己的残酷。

妈的堂弟媳妇儿王国珍从怀德来，在学校打扫卫生，赶上学生多，没空床，楼梯下面挂个门帘，搭一张单人铺，还能摆个小课桌。路过时余光看到，心中一紧，像《悲惨世界》。似乎也有点喜欢捕捉这悲惨，在刺痛的瞬间有落实之感，逃避总有点像等待。

妈背着爸、大姨和小姥把家里一个旧电饭锅给王国珍了。她从家带了一坛子酱，一袋子土豆，贴墙根儿种的葱，焖土豆子拌饭吃。偶尔也炖点白菜，妈说在农村也就这样，谁还顿顿吃菜。张永权儿心眼儿好使，有时候给她俩茄子黄瓜，剩菜盛一勺。后来王国珍跟二双姐打仗，大双姐就不让给了。

妈说，给你们讲个笑话，老佟，最小气的老佟，每个礼拜回家自己蒸馒头带来，再整一小罐咸菜，从来也没舍得在食堂打过一回菜。她看王国珍葱种的挺好，偷摸儿去揪葱叶儿吃，那王国珍能不知道么，知道了也不吱声，就在那走廊窗户瞅着，等老佟差不多走到跟前儿了，王国珍推开窗户就骂上了，也不知道是哪家的小逼崽子欠手爪子，穷逼穷要死了揪我葱叶儿吃——农村妇女那套砢碜话儿不有都么，叫你大姨拦住了，回来给我们讲，这架给我们乐的！给老佟造个大红脸呗！都烦她小气，晃常儿让学生上市场给她买豆腐吃，完不给人钱你说说！

——王国珍为啥跟二双子打起来呢，就为争汽水瓶子！汽水瓶子你寻思咋的，除了我跟张校长不捡，我看剩下的老佟了老毕了，都捡！这帮死学生你看交学费这困难那困难，汽水儿可不少喝！开运动会前儿瓶子多，挨班班主任整个袋儿收，那也有赶喝赶扔的，这帮人就遥哪寻摸捡呗。王国珍捡一小堆儿收树根儿底下了，走不远儿回来就找不着了，正好二双子在跟前儿，就说二双啊，我堆这儿那些瓶子呢？谁知道是怀疑二双啊还是就问问，这都你大姨后来跟我学的，反正一来二去就干起来了，撕把打啊，让学生拉开了，你说砢碜不砢碜吧，让人家长知道了，这是啥学校啊！他妈的学校员工为争个汽水瓶子干仗！

妈一边讲一边乐，我们也都跟着乐，太滑稽了就不觉得残忍。当然可以认为这滑稽最悲惨——那是超脱的视角，既不更真实，也不更道德。我很久以后想起这些事，明白那些学生多半也来自农村和城市底层，见惯了王国珍和老佟这样的人，未必像我当初设想的那样委屈嫌弃。真嫌弃就退学走了——这类逻辑非常流行又危险，它接受已经存在的不公正，并且预设每个人都有能力掌握决策所需要的信息。但是我既不能赞成革命（重新分配社会财富及权力）、也不能认为个人在命运的偶然性中无法为自己负责（以父爱为借口威权制度合理？），要怎么理解这些事？关于后一条，事实如何呢？人们能够并且愿意为自己负责么？奴性是威权关系（乃至制度）的原因还是结果？在人性的层面如何谈论事实？年轻时我没能想这么多，因为所有这些想法都有辩护的意味——像是找借口。对于跃入泥潭这件事本身，我也倾向于以极大的恶意去理解：是自我泯灭的愿望要打扮成光荣。时隔多年回看过去，不论下面动因如何，浮上来作为结果的磅礴的感动和痛苦，世界上有一个人受苦我就无法幸福的那种心情，简直就是真的——在生理上都是真的。年轻时代展现的都是意愿性的自我：我想要成为一个更好的人，但是我并不是。

王国珍干了五年，妈说一般女的坚持不下来，撇家舍业的多苦啊。影影绰绰听说奚宝青跟儿媳妇搞不正经，才回去了。妈说，那保不住，小强那不是有点毛病么，脑积水呗！宝青邪性啊，混他妈似的，我六婶儿就是破鞋。妈说得云淡风清。也是为给小强治病拉了饥荒，隔两年王国珍又来，赵香玲不干了，妈找她来照顾姥。那时已经搬到新学校宿舍楼，姥住在我们家楼下一套独立的一居室，跟保姆单独起火。奚宝青在工地打更，休息时来住一晚。王国珍到那天准出去买块骨头回来，炖菜，给奚宝青下酒。第二天早上煮俩鸡蛋，自己一个也不吃，从来连块豆腐都舍不得。

稀罕奚宝青。十七八岁，过年来扭大秧歌的，奚宝青打头，大眼睛双眼皮儿，小圆脸儿抹跳白儿的涂俩红脸蛋儿，她就看上了，跟着秧歌队跑出好几个屯子。回家一问还带点亲戚，一介绍就成了。奚宝青一辈子看不上她，嫌乎丑，再说他早先就有人，姓孙一个女的，结了婚俩人儿还好，抓着多少回。耍钱喝酒就不用说了，那也还是稀罕。

零九年春天去给小姥圆坟，我才见到王国珍，坐在炕沿儿上抽卷烟，沉着地打量人，笑起来又似乎有点难为情。并不丑，就是脸上褶子很深，刀刻的一样，年轻时候肯定没有，长瓜脸儿大眼睛，至少是个中等人儿。想是因为倒贴，奚宝青看低她，欺负她，在现实的标准下也不算坏人。天长日久也依赖她，四轮子坏了都是王国珍修。家徒四壁，没什么可收整的，但是炕上地下扫得干干净净，新炒的一笸箩瓜子儿让大伙儿嗑。提前切两棵酸菜给妈拿着，连酸菜也是她腌的最好，而且切得细，攥得紧，拿到长春都不带漏水的。妈认为王国珍有头脑，勤快要强，比她那一众的叔伯兄弟和兄弟媳妇儿都强，在怀德有什么事都托她。也自认为有点友谊，打电话唠上半个小时，议论所有亲戚完犊子。王国珍遗憾自己没有读书，跟妈说，啥时候路过我爹坟茔地我都呸他一口，咋不恨他，不恨他恨谁，我要念书我指定我就在城里不回来了，这黄土垄沟子有啥意思。妈其实也替她遗憾，但是听了也有点意外，说她心里充满了仇恨，也不一定是对谁，就恨。她爹这都死多少年了，她还恨得咬牙切齿的，你仔细寻思寻思，是不有点吓人。再说那前儿一般的都不供念书，小子也都是念两年三年拉倒了，姑娘不识字非常正常，他爹也不是特殊对她不好，但是她不干，不认命，一到这时候也不认命！

我想这是小说家热爱的人物，但是这热爱本身也非常冷漠。

妈说，有一回我去看你姥，冬天下午前儿天不就黑了么，也没开灯，我一推门就看王国珍坐在她那张床上，两只眼睛锃亮像两盏灯似的，直勾勾地也不知道是瞅我呢还是愣神儿呢，给我吓得，差点没喊出来。像啥呢，像小时晚儿在甸子上看着野狗似的，狼我没见着过，野狗我可见着了，我不是骂她啊，我就说那眼睛吓人呢，平时还不觉得。要不我后来咋不用她了呢，一个是你姥总撵她，另一个是她不像别人，想法非常多，啥都搁眼睛瞅着，让人觉得心里不那么自在。这还不像打扫卫生，三天两头碰着一回打个招呼就完了，我坐那陪你姥儿吧，我就像有压力似的。

16

姥八十五岁摔断腿，让赵香玲把她木匣子拿来，桃核那么大一块大烟，塞枕头底下被发现了。还是在大遛自己淘的，防着病痛急用。妈跟她说，吃了也死不了，早就过期失效了。姥仰面躺着泪流不止，说，玉珠啊你把我关上吧。

三个多月能下地了，天天要求扶着走两趟，自己说，见强[1]，老外孙闺女，姥娘是不见强？我不敢看她的笑容。压在肩膀上非常沉，她的腿一直在颤。

王国珍来的时候，姥已经坐轮椅了，夏天推出去溜达溜达，入秋就在窗口晒晒太阳。妈说多少有点糊涂了，不是那么痛苦。精神好一点就想撵王国珍走，拨拉她的手不让碰。跟妈说，老了老了落她手里了，杂种操的！我不用人看！你让她走！你给她多少钱？

1　见强，见好，变好些。

原先雇王国珍打扫卫生姥就不乐意，经常说，老核桃咋还不走？你用她干啥？不是好人哪！奚宝青也不是好人！王八羔子操的，他爹是好人他妈是好人？

是有仇在先。姥刚搬长春时奚宝青来借钱，小姥不给。后来姥上怀德小生舅那住半年，有一次回双龙，在大道上老远看见宝青两口子，大姥正打招呼呢，人俩就到马路对面儿走去了，装没听见不说，临到跟前儿王国珍还故意把脑袋别过去。说起来像小孩闹别扭一样，但是生活里也并没有更严肃的事。小姥又是最记仇的人。

本来跟六姥娘就不好，没分家那时候六姥娘三姥娘一伙儿，跟小姥俩不对付 [1]。六姥娘长得好，大高个儿，大黑眼睛大黑眉毛，一口白牙。土改时候军代表住六姥爷家，还没走呢六姥娘就怀上了。连大舅都有印象，说奚宝青长得跟那张富林儿一样一样的，小圆圆脸儿戴个眼镜儿，——咱家哪有戴眼镜儿的，爷爷这些孙子孙女，就他一个戴眼镜儿。

妈说六姥娘本来也不正经，她妹妹她侄女都搞破鞋，这玩意都是一窝一窝的。那就是当初六姥娘也有意？权力是春药？还是觉得军代表看上了就理所当然？还是权衡过觉得无法反抗？当时六姥爷就知道么？奚宝青是老大，那就是刚结婚没多久。统共就一铺炕，也没法细想。

——我妈总认为我爹跟我六婶儿有瓜葛，那可真是没有的事儿，我爹是个敞亮人儿，不可能做对不起他兄弟的事儿，要说跟我老姨备不住，总上我老姨家去，一去我妈就问，我小也听出来像是有别的意思似的——但是好也就是互相有好感，我爹跟我老姨父俩也好，总一块儿喝酒，不能有那套事儿，我爹怕砢碜，不是那管不住自己的人。

大姥几十年的人生都要生动起来，一晃又没有了。

大姥来长春以后，没事总想上怀德。到学校跟妈说，妈给两百块

钱，第二天又来——进屋就让你妈搜去了！妈说，你不藏鞋壳儿里了么！大姥说，就说她咋知道的呢！这玩意他妈的！妈说，准是你念叨了要上怀德，我妈起疑心了。你明天早点儿来，拿钱直接走吧，要不咋整。

小姥说，你给他钱干啥，他拿钱就出去扬拔[1]！妈就笑嘻嘻的。小姥又跟大姥说，老姑娘挣钱那么容易呢，都给你兄弟买酒喝！老姑娘念书前儿他们是给过一张纸是给过一根儿笔！你咋不问问你兄弟，有没有脸花老姑娘钱！大姥遭劳改连累全家，每次说到这里他就不仗义，小声说，我老姑娘挣钱给我花两个还咋的呢！小姥已经有点聋了，妈笑着大声说，老姑娘有钱！有都是钱！小姥白了妈一眼，意思不让这么说。

妈每周至少去看姥两次。初夏天长，吃过晚饭出门，拎一小兜中午从饭馆儿打包的烧鸡，坐 3 站 15 路，给大姥送去喝酒。她在感情上从来没有离开过娘家，那时候跟爸的事都还没有爆发，就是各忙各的。我有一次跟她在车站等车，忽然想起她说刚来长春时，路上看见一辆乾安的大货车，跟在后面跑了很远。隔周周末带我去——你姥最稀罕你了——。我沉没在自己的世界里，跟姥没话说，也有点觉得自己无情，但是不甘心作假。其实很喜欢他们房间里的老人味儿——刚脱下来的棉袄味儿，有时一下晃回大遄，来不及看清，像个秋千在心里荡一下，沉兜兜的。我从来不提，不然妈又是那一套。像个局外人，看他们三个人互相都带点撒娇似的。姥都身体好，那快乐也像是还很年轻，也许只是我年轻，看不出他们对死亡的预感、他们的脆弱。

可是每次离开，大姥小姥扒着北阳台玻璃目送，妈不断挥手，总有最后一下，知道他们还在那儿，决意不回头，捏我的手说，回回啊！我这心里才难受呢。妈从来不去机场火车站送我们，也许是一种体贴。

姥新房楼下是菜市场，贴近郊区，农民赶马车驴车来，东西新鲜

1　扬拔，出去乱花钱。

便宜。大姥每天逛几次，买几个杏子也上趟学校给老姑娘送去，反正坐车不花钱。——总碰上这小媳妇儿的，这小媳妇儿才好呢！客客气气的，还让人给我让座儿，从来也没说跟我要过票！要我也没有啊！我这兜儿让你妈掏个溜干净儿啊！

他们不咋打仗了，拌拌嘴是个营生儿。没事儿在家包饺子，让大姨捎给妈，妈拿回来说，岁数大了，饺子包的也不好吃了，要说人哪！

我上大学那年暑假，离家前两天早晨出门，在小路上迎面看见大姥，端着一个大铝饭盒儿。——给我老外孙闺女包几个饺子吃吃！我感到轻微的压力，但是大姥笑嘻嘻地站在初秋的朝阳里，非常可亲。那是我最后一次见到他，他身上总有股洋胰子味儿。

我小学毕业照证件照，不记得为什么笑得非常开怀，多洗了几张，大姥一直随身带着。高考成绩出来，大姥当然说，多亏我就说了，我老外孙闺女，谁也敌不住！

特意去怀德宣传了两次。早就惦心让妈整个车，把他这支子人都拉上去怀德，让他们看看，——我这十四口人都上班儿吃皇粮！小姥千叮咛万嘱咐地阻止，说，啥事儿别大劲儿了，高兴大劲儿那哭的事儿就来了。妈被这话降住了，一直拖着。大姥去世之后非常遗憾。但是如果带他去怀德显摆一场，过后也肯定会疑心是应验了才出车祸。

九六年国庆节，爸妈吵架，大姥来劝，过马路出事。姐读大学以后，爸妈就一直不好，连我也上大学了，再没有非绑在一起的理由，但是也没有离婚。大姨都有几年不跟爸讲话。这不公正，但是可以理解。

小姥从来就不喜欢爸，妈硬把她接到我们家，姥哭作了几个月，说啥不让卖房子，总要回去。妈无论如何要卖。她后来再也没去过大姨家，不敢往那边走，但是其实每天上班都要过那条马路。

房子偏偏卖给奚宝贤，姥气得伸手要打妈——从来没打过。奚宝贤是三姥娘的闺女，三姥娘比六姥娘更是姥的敌人。那些故事以前也听过，从来没当真，没想过那个小姥和这个小姥是同一个人。竟然后果一直长到今天甚至未来，令人吃惊。好像人人都不过是一截篾子，被编织到历史广阔无垠的席子中。

——我三叔不是教书么，挣工资不往上交，要大劲儿了拿点儿，平时就蹭大锅饭吃，存私房钱呗。完了你三姥娘呢，做饭好吃，还会说话儿，没事儿就笑嘻嘻的，我爷爷最稀罕她了，上下老少都跟她好。

小姥不苟言笑，意志坚决，到哪里都不会太受欢迎。

——其实她最能偷奸耍滑，一到要过年过节农忙了，她就开始琢磨说她娘家妈脑袋疼了，她侄子相门户了，咋想法儿得回去歇两天，等快忙活完了再回来，回来还逞能，像是比谁干的都多似的，完了我爷爷就夸她好，你说气人不气人！

——这不供我三叔念书了么，分家就没有他们的地，那也顶数他家过的好，还不实足，跟各家要小米豆包儿，一到冬天就拿个面口袋挨家要，谁知道了，就像给欺负住了似的，要就得给，家家都给，我妈不给她豆包，年年就给她点儿小米儿拉倒。

怎么妯娌们还跟三姥娘好？怎么就给欺负住了、自己吃不饱还给人拿豆包？妈也觉得这段"缺肉"，但是没处去问，老一辈活着的也都糊涂了。可以想象小姥和三姥娘水火不容，办公室里也常见这样的对立，离开那仇恨本身，所有的故事都不能成立。而那仇恨，似乎也是生活的着落，热情的线索，不过是不太好看的形态。

零二年冬天我跟大姐去怀德，住在三姥爷家。三姥爷中风五六年，躺在炕稍几乎永远昏睡。三姥娘很瘦小，猫腰驼背，扳着脚缩在炕里，戴一顶手织驼色毛线帽，帽顶长出一截空立着。低头抬眼看着我们，很沉着的样子。三姥爷醒了，她挪到身边比划着，喊给他——玉珠、二哥家的玉珠、玉珠的闺女来了！不知道听懂没有，三姥爷伸出三根手指——我是建国前干部，我是三保险——。声音很大，穿过嗓子里一块痰，含含糊糊的。咳了一阵，儿媳妇在地下站着，抱膀看，没咳出来。沉默了一会儿，几个人都望着他，他又直直向天伸出胳膊，——一保工资百分百——，二保细粮百分百——，三保医疗报销百分百——。儿媳妇儿给翻译了，高兴地笑着，说，这老爷子，到啥时候不忘显摆呀！这是知道来人儿了！一段更沉重的沉默。要下雪的天气，也许只有三点钟，屋里已经黑了，当然不开灯，与窗外广阔的阴灰浑然一体，墙壁屋顶形同虚设，人孤零零躺在无尽的原野上——没有风，分不清是死寂、还是等待的荒芜。三姥娘忽然说，你们坐过飞机没有？我看电视上一人拉个小箱子，箱子底下带俩小轱辘！

真是难忘的一刻，以悲伤的方式给文学以惊喜。也只有文学带来闪电般明亮短暂的缓释——重归黑暗——从任何角度都无法宣称理解。我和我自以为是的多情，像外星人、异物、入侵者，坐在炕沿儿上希望自己就地消失。

夜里去猪圈旁上厕所，黑夜高寒，大风呼号，繁星垂落。姐大声说，真想抒情啊！真让人落泪啊！她的声音像烛火，给风吹得飘摇明灭。我的头脑在震惊中，无法反应。经常想到、经常以为切身感觉到，但是几乎是第一次，我真的震惊于自己的渺小和偏执，我这一生的时空，不过是数学中没有维度的一个点，从这一点望见的世界，是太过强烈的透视，扭曲得不值一提，仅够服务我自己——我自己的整体性幻觉。偶尔一次将远景拉近细看，就再也无法放回原来的位置。我多想按这样的解析度重画一幅，我多想细细分解开所有事物之间有条不紊细若游丝坚韧不怠的因果网络——我相世界只有一个，一切一切彼此相连。但是我真的能完成这幅图景并记住它么？我没有信心、预想一下就溺水了。

妈说，那他能不说三保险么，不叫三保险谁照顾他！月月领三千多工资呢！搁别的老头子能让活到这前儿么！宝贤说她妈，"见天打我爸，没事儿照大腿拧两下子"，恨他折腾人呗！炕拉炕尿，没事儿总哼哼。

三姥娘背后跟人说，别看大份儿孩子都出息有钱，他家人稀，不壮实，连个后人都没有。她跟姥四十年没见过面，还是这样狠毒。大姨说，像扎了我心窝子似的！妈每次回去上坟，给几个老人扔钱，三姥爷死了，照样还给三姥娘，大姨不乐意，妈说都给了就不给她多不好，不能得罪，爹妈坟在这儿呢。妈跟我们说，赶赶[1]老一辈儿就走光了，啥恩怨、啥恩怨都带土里去了。说得非常伤感，像是望着太阳落尽，晚霞也淹没了。

大姥去世以后，五姥爷每年都来两回，在办公室坐着，态脸儿[2]望着妈，说，老姑娘挺好的啊，五叔没啥事儿，五叔就看看来。妈咋的也给拿一百两百，揣兜儿就回去了，来回路费十多块钱。过一阵还来。妈说，你五姥爷笑嘻嘻的不烦人，人要钱就直接要，也不说借呀，也不说自己多多可怜，一点不烦人。

回去上坟，五姥爷从束龙带赶过来喝酒，先坐妈跟前儿，妈给了钱又挪去小哥旁边，说，爷爷跟孙子要钱，孙子能不给么。小哥也总给两百，跟妈说，我瞅着他吧我就想起我爷。

不巧在学校门口碰上小姥，给骂了一顿，灰头土脸儿，那也不舍得走，在树底下蹲着，寻思等下班儿。起初小姥儿也不走，坐旁边儿看着他。后来想到、上楼去盯着妈。二双姐心眼儿好使，等小姥走了，拿一根冰棍儿给五姥爷吃了。妈叫学生给捎下去两百块钱，算打发走了。

可能也犯怵了，就有两年没来。搬到新学校以后，有一天收发室

---

1 赶赶，渐渐。
2 态脸儿，抬着脸儿期待的样子。

打电话给妈，说有个老头儿说是你五叔。妈下去一看可不是，挎一个小柳条篮儿，蒙一块手巾，里头是五十鸡蛋。两年没见也见老，但是还是笑嘻嘻的，——你婶儿养的小花鸡儿，可好了，啥病不长，一色儿吃苞米粒儿。

妈说，准是你小姥说他了，说你给老姑娘拿啥了你空俩爪子来要钱？准是，你小姥能不说么。

妈又说，但你说我们家人能耐不能耐吧，单听说个女子高中，人就能找上来，从黄河路过来得倒三四趟车，八十多岁老头儿你寻思寻思！——那是我最后一回见着我五叔，也老不行了，要不上坟他能不过来喝酒么，就这两年的事儿了，八十七了呗！——我给你们讲个笑话儿，小时候过年，给这些男人一人扯一块布做新布衫儿，我记得真儿真儿的呢，藏蓝色儿的细纹布，我五叔长得不是大么，那块布就不咋够，做出来短一截儿，三十儿那天都穿上了，各屋的都出来给我爷我奶磕头，我五叔就一直拽着大襟儿往下抻，跪下磕头还没站起来呢就抻布衫儿，给这些人乐的！

妈也上了年纪也是特别爱讲小时候。

——妇女小孩儿都在外屋地下等着，儿子磕完出来就轮到媳妇儿了，这边儿我爹打头领着出来，那边儿我妈打头领着进去，我五叔一边儿走一边儿还往下拽呢，自己说，不短，短啥短，正好儿，乱糟糟那些人，但是一走一过儿我听的清亮儿的，不短，短啥短，正好儿！你说逗不逗，就打我跟前儿一晃儿那工夫吧，我现在还能想出来呢！

——完了我们小孩儿就进去了，我奶奶十八个孙子，十三个孙女！反正那时候还有不少没生出来呢！那也黑压压跪一地，我五婶儿心直口快，嗓门儿还大，把门口说，你瞅瞅你老太太，你咋这么能繁生呢！大伙儿都乐，我奶脾气好，也不生气，繁生那不是说牲口的话么……。

我看见妈六七岁，跪在地上抬起头，眼睛锃亮的。像电视剧开头给幼年主人公一个特写，暗示她的人生开始了，而且她不知道、人生那么长、那么有意思——那么短。妈稀疏的头发也有点白了，坐在对面眼睛仍然锃亮儿，快乐地吃着一根儿小黄瓜。她忽然说，等你们上岁数就知道了，人中间儿那些年啊，你是搞事业啊，你是孩子上大学风光啊，你是给人办事儿啊，还是跟你爸打仗啊，高兴高兴得直蹬腿儿，生气能气出心脏病来，但是到老了你这么一寻思，一幕一幕像过电影似的，怎么说呢，就觉得不太真实，像看别人的事儿似的，但是小时候就不一样了，小时候那些事儿吧，寻思寻思就像能回去似的，就好像自己还是六七岁儿似的——你说啥是真实，人都是看别人真实，看自己心虚。要我说还是风风火火、不知道自己是谁那一段最好，你说是做梦也好，你说是活着也好，反正有意思，不悲哀。

第 四 章

别 人

[2002.9.1 - 9.4]

19

　　赵姐洗澡回来，蒸得皮肤粉红细亮，短头发湿漉漉贴在头上，很接近一种刻意的时髦。她一手抱着塑料盆，另一只手拎个塑料袋，到妈床前提了一下，笑着说，买了点排骨。

　　妈说，你这是干啥！这是多见外，咋的也不能差你儿子一顿饭！

　　赵姐又笑，说，嗯呐，不是那意思，我寻思反正我买点儿。

　　转身去厨房了。

　　三娜盘腿坐在红沙发上，拿一本《江村经济》，并没有看。身体似乎仍然沉在午睡的深渊里，头脑又慢又清楚。她勇敢地一直望着赵姐，想要记下来。难得生活里有这样结实的一幕，内在的紧张足够，演员在克制而不是夸张。她几乎是镇定的，现场的和未来可预期的尴尬横在眼前，并不能够搅扰——她观察到赵姐一直急促地眨眼睛。

　　忽然打雷。太阳还刺芒芒的。妈说，快去把你姥找回来。

　　起大风，刮起一股土味儿。眼见乌云压过太阳，天色骤然黯青，建筑植物异常清楚。草地像湖水一样，被风抚出一层银灰色。三娜舍不得启动，不能跑起来，要贪婪地体会那沉静的、拥有自我的感觉。雷声不断，雨还没有落。对面二姐拉着小姥。

　　小姥说，你来干啥？

　　三娜说，来找你！

又一震响雷。小姥甩开二姐，冲她俩摆手，你先家去！姥娘个个儿[1]慢儿慢儿的！

二姐笑嘻嘻的，说，真想背起来跑。

三娜说，咱玩儿抬轿子的啊？

她听见声音在风中摇晃变粗。心里装着这一刻的光线，大风，乌云，和亲密又松弛的三个小人儿。无端地要求自己记住。可能正是因为"无端"，让她以为这指令纯粹、不可质疑。胸中满充的热气，流出细细一股，要凝聚起来。随即想到，可能归根结底，我是想咏叹人生的那些荒芜——光亮时刻之间无尽的灰暗。她想她得做个笔记，可别忘了。充满功利心地看着门前台阶侧面磕掉一块茬儿，想，我可以对它抒情，只要我愿意！轻快地得意了一下，后面并没有惯常跟随的恐慌。她大声说，"我们回来啦！"，像是醒过来，像是信心十足地、威武地，回到现场——哦，生活的现场。

二姐换了衣服下来，雨才哗哗地下起来，落在阳台后建的铁皮顶上，弹珠似的劈劈啪啪非常响。三娜去开灯，转身在玻璃窗上看见灯的镜像还有自己。有一天下大雨她和 H 在厨房聊天。她想去把 H 送她的那条项链找出来。二姐站在楼梯倒数第三阶，望着窗上的灯影，说，西雅图天天下雨。

三娜心里沉了一下，像推开没开灯的黑房间，望而却步，不知从何问起。她看见自己带着玩笑的气氛说，栾奕奕找你干啥？

二姐不着痕迹地回过神，走到妈床边儿，说，显摆呗，给我看她画的画，表示自己生活丰富多彩。

我说，她是画挺好的，学过吧。

姐说，是，还会拉手风琴，独生子女，从小送少年宫，自我感觉

1　个个儿（gè gě er），自己。

特别好，起个网名儿叫灯火阑珊哈哈哈哈哈哈哈——

妈说，穿上袜子！着凉啊。

姐说，不冷，我姥呢？

妈说，进屋躺着去了，累了横是。

姐笑起来，说，我小姥刚才问我路上那些地砖谁铺的，说，谁出钱？说完她还停下来狠狠踩两下脚，说——哈哈哈哈——，姐像尴尬时那样傻笑，夹在笑声中含混地说，××××，这官家才有钱呢！哈哈哈哈哈！

妈也笑了，继而假装虎着脸，说，虎的！多大个事儿笑这样儿！

三娜想讲赵姐买排骨的事，怕她听见。

三娜说，妈你知道我小姥说不让我们往外跑，怕回不来的事儿么。

妈说，嗯哪，不愿意让你们出国。前年周泽走的时候，你姥送出去回来自己说，再看不着了，我算看不着了。

姐笑起来，说，啊，还有这事儿呢。我得告诉周泽，让他回来看小姥儿来！

妈说，要说人老了就稀罕年轻人呗，可稀罕周泽了，李石，都稀罕。我给没给你们学么，那年冬天李石来了，跟你姐俩谁知道出去干啥去了，我跟你姥俩在这窗户边儿上瞅着，比你姐矮一大块啊，我就像自言自语似的，说，忒小了，谁知道你姥咋就听着了，说的，小你还没有呢！完还抹搭[1]我一眼，说的那语气可狠了呢！

都笑。姐说，重男轻女啊我小姥，没看出来你比我大舅好么。

妈说，那她能那么想么，人那是她儿子，你看到现在过年还非上你大舅家，老思想了——叹了口气——我犯愁我这腿啊，以后要遭罪，

---

1 抹搭（mā da），使劲儿眨眼，表示恨意。

今天我还寻思，咋这一阴天下雨，又疼又刺挠[1]。

三娜说，不是风湿才那样么。

姐直直看着妈，说，用周林频谱仪烤烤啊？

起身就要上楼去拿。妈急说，可不用可不用啊！我有办法。赵香玲儿啊——

妈说，你大奶那屋大柜下头那隔儿，有个经窄[2]的电褥子，你去拿来搁这儿搁着，看忘了，完了明天上午我不上学校么，你把它铺我这褥子底下，完了把褥单换换。看忘了，现在就去找出来搁这儿，啊。

赵姐去姥那屋。姐说，你这没电源。

妈说，啊没有啊，等你爸回来的，那些插排呢，谁知道让他搁哪了，赶趟儿。

赵姐过来说，厨房那抽屉里有一个。

三娜说，雨停了。

窗外金光一点一点扩展开。好像新的一天。三娜觉得自己那清空干净的头脑还是心，正一点点被杂碎琐屑占据。毫无办法，每天都是这样，多少年了？

赵姐把插排交给二姐，姐看了一眼，拿着上楼去了。三娜说，别沾上水。姐说，我知道啊，我就擦擦。妈说，你大奶躺着呢？盖上点儿，躺躺就睡着了。赵姐说，嗯哪，我给她搭上了她那小被儿。我把灯闭了啊？

妈说，嗯哪，我都忘了灯还打着呢。

赵姐关了灯，低着头往厨房走，像是知道三娜在看她。

什么事情也没有。坐在屋里都能感觉到，叶子上的水珠正映着阳

1　刺挠，痒。
2　经窄，尽窄，很窄。

光一颗一颗亮闪闪的。光彩炫目，让人莫名地不甘心。

妈说，你那论文给没给你回信呢？

三娜说，早上查还没有。没事儿，赶趟儿。

妈说，你这提前回来跟老师说了没有啊。

三娜说，说了，没人管。

妈说，虎，咋说不听，你回来我能少遭罪啊是咋的，虎的。

三娜说，我还得回来看我二姐呢。

晃过在中国城旅行社订机票那天——窄深的店里阴凉凉的，高颧骨女店员正跟一对母子讲粤语，夹着英文，似乎是要去奥地利度假，再回香港，又要订十月的返程。三娜想到自己不会回来了，猝不及防地，像一个小砝码落下。刻意暗示就什么都感觉不到。那男孩子可能十五六岁，没精打采，有种都市少年自以为的厌倦，站起来，推门出去了。玻璃门上贴着许多旅行招贴，挡不住外面白亮亮的。一个精瘦的年轻女人，穿一条宽大的条纹睡袍，牵一条像狼一样的灰棕色的大狗，在门外走过。——一瞥之间什么都没看见，那气氛却异常清楚，心里不由得紧缩了一下。那天也没什么特别，接到电话说妈摔了腿，像被拯救了一样，立即去订机票。搭车坐到中国城，那一跃而起的意志已经消退了，回到普通的正如今日的虚度滞浊，被打散的注意力随机地落到任何不值得观察的事物上——当时还不太觉得，在回想中却非常难受，茫茫的紧迫而无力，往前往后看不到尽头，不是哪一时哪一刻的事。她听见自己说，姐走啊，咱俩去买膏药啊？

姐拿着干净的插线板正从楼上走下来。

妈说，可不行，现在堵车，眼瞅着放学的点儿了。可是你给周泽爸妈打个电话，就说你要回去了。

姐说，我不想打。

妈说，这孩子你看，打个电话是个礼貌。

姐说，说啥，没啥好说的。

三娜说，假装问问有没有啥要捎的呗。

姐说，没有，周洛上机场，拉个空的拉杆箱，就专门来拿东西的，你没看呢，列了一个单子，啥都要！从来也没有想过周泽需要啥。

妈说，啧啧，那人爸妈哥哥让捎点东西还咋的呢。

结婚周泽妈做了八床棉被，妈说那棉花才好呢，飘轻的。比标准被罩短一截，晚上总担心脚要漏出来。又寄来六条碎花棉绸裙式短裤，说看见他们所的小姑娘穿着很时髦，给一娜三娜也砸了两条。收到笑了一场，说那花布、其实还不错哦！二姐说，你们没看着，攒了一柜子花布，说留着给孙子做小褥子！咋想的，周洛还没对象儿呢！三娜说，像大姨啊。二姐说，一点不像，哭丧个脸。两家人一起吃饭，周泽爸坐得笔直，微微后仰，自尊心不容侵犯的样子，周泽妈也是大高个子，但是堆委着，一直在说话，河南口音讲太快也听不懂，叨叨叨像剁馅子一样，只看见雪白闪烁的一口牙。周泽和周洛轮流打断她，周泽直接说了几次，妈你别说了。

姐说，妈你不知道，不是所有爸妈都像你们这样儿。周泽他爸一打电话就说自己要得癌了，哭，就要钱。周泽给他哥寄了一千美圆，上北京看病都是他哥出钱，周洛也装，总让用进口药，然后他妈就跟周泽要，他们家都喜欢他哥，他哥从小长得漂亮学习好，是大队长，家里桌子底下压的都是周洛照片，都没有几张周泽的。我不愿意说这些事儿，我以前从来没想过还有这样的爸妈。周泽也没钱，这学期只有一半奖学金，一个月就六百，他家里人根本也不问——。

妈说，那周泽能够吗？

姐说，他够，他还攒了不少钱呢。他们那儿农村，啥都便宜，再说周泽也不在乎，啥也不买。妈你说啊，咋有这样爸妈呢，根本也不知道关心孩子，就知道吹。恨不能全开封都知道他儿子出国了。说的，在公共汽车上碰着老同事了，人家都吃惊，说，你儿子不去美国了么，你咋还坐公共汽车呢，你儿子没给你买车吗？然后就打电话学给周泽，暗示周泽，你说烦不烦人。妈你说咋这样呢？

妈说，那不都那样吗？你马大爷你不记得了，那还是姑爷呢，又不是自己闺女能耐，陪读跟出去的，那架势吹的，美国这好的啊，是房子也好，树也好，说空气也好，人也文明，反正样样都好。谁知道这美国好在哪儿啊，你老姑也说好，打电话说的，衬衫一个月不洗领子都不带黑的，也是夸张，就说没灰，干净，那人还不出油了？

姐说，我老姑有一阵子总给我打电话，告诉我咋做吃的，做这做那。谁有心思整天想着做饭呢。

妈说，也是孤挺呗，再说你老姑能说啊。

三娜说，我老姑和老姑父不是在一个地方了么。

妈说，那也孤挺啊，人生地不熟的，不像你们留学，还有同学老师啥的，她一出她那饭馆子就两眼一抹黑啊，你老姑打电话说，晃常儿的正干啥呢，就恍惚儿了，寻思这是做梦儿哪。你看我没去过美国，我也能理解，忒不容易了，背井离乡啊你寻思那。

姐说，我老姑挺会说啊。

妈说，她说那一大堆里我挑出来的两句精华，你老姑那电话，我都不大很敢接。你老姑待那谁知道是啥地方啊，我听着也不是芝加哥啊，说上芝加哥看李雪冰去，来回也得一小天儿，一去就两个来小时，那得比九台还远呢！

姐说，李雪冰刚去的时候，也给我打过好几个电话，实在没啥好说的，每次就只能说，谢谢周泽。

三娜说，为啥？

姐说，周泽上洛杉矶机场接她，帮她转机。

妈说，好好回答人家，都是亲戚，一个人儿在美国，英语也不会，都不容易。

三娜说，可是李雪冰为啥要出国，他们不是一直过得挺好的么。

妈说，好啥好，就挣那俩工资。李雪冰才四十啊，就下岗了，啥事儿没有在家打麻将。但是那我也没想到她能吃了那苦，平常在家啥活儿不干，买菜做饭收拾屋子，都是你二哥。你老姑跟我说的，谁知道她咋知道的，说李雪冰跟那男的俩闹黄了，一直跟她们科长好，都多少年了，公开的，你二哥都抓住了，抓住了让你二嫂跟那男的合伙儿揍了一顿你不知道么，哎呀妈呀，跟你老姑打电话哭啊，哭完还稀罕人家，李雪冰闹过好几次离婚，他还不干，挽留人家！没志气的家伙！后来都说好了离，结果那男的不干了，谁知道是要离婚没离成啊还是咋回事儿，反正跟李雪冰分手了，她也觉得没脸儿了吧，就这么的才出国的。

三娜说，听起来李雪冰也挺痴情的啊。

妈说，痴情啥，谁有钱就跟谁的玩意，你老姑说的，人雪冰能耐啊，在飞机上就搭了一个泰国人，完了人家就干上好活儿了，指甲店一点儿不累，还有小费，比饭店挣的多多了。人这玩意你说，一直是一副非常高贵的样子，结果出国给人修理指甲去了！

三娜说，那她搭上泰国人，我二哥知道么？

妈斜看三娜一眼，说，知不知道也那么回事儿，都心明镜儿似的，在跟前儿守着都跟别人好呢，出国能没有么。这就是有个孩子，没孩子我估计李雪冰都不一定能回来。

三娜说，他们也是自由恋爱啊？

刚回城有一次去大姑家，二哥带三娜下楼坐车玩儿，他开一个大解放，雪冰抱着她，高高地坐在副驾上，突突突汽车启动了，三娜觉得城市生活非常绚丽，时髦的年轻人非常迷人。他们那时正在恋爱。

妈说，原先你大姑家条件好，再说你二哥长得也还行。赶赶过日子看出来窝囊，就不甘心呗，李雪冰心高，不是长得好么。

姐说，叫啥，璇璇，多大了？还有琪琪，都干啥呢？

妈说，琪琪说是在吉林电视台呢，当编导！能当上编导么，念的破电大，必是当指使的小郎当儿[1]，没编制那路电视台有都是。董子璇今年考高中，学习正经不错呢，五百七十多分，上八中。说要来女高，我没打拢儿，人那娇孩子，咱哪能负起责？

三娜说，好好地上八中，为啥要来女高？

高考那年暑假，爸带三娜去二姑家吃饭，饭间二嫂来了，带着璇璇，说让三姑多鼓励她。璇璇十岁，继承了她妈妈的桃子脸，她爸爸的高鼻梁，但是已经近视了，戴着眼镜，还是能看出来眼睛有点鼓出来，很难为情，支支吾吾说她当班长的烦恼。三娜带她在地质宫广场散步，自顾自夸夸其谈，同时幻想自己正在影响一个人的一生。罔顾羞愧高歌猛进，其实心底虚弱，当时就有点知道。余光冷静地看见一个小女孩幼稚认真的困惑，因此有好感，有抒情式的好奇——这人生走下去会是什么样呢？几乎没有想起过，这时候看见那好奇心老实地呆在远处，像一粒细沙。

妈说，来这儿不能住校么，你二哥不就省心了么。这天天早上起来做饭送孩子，晚上还得接。那不碍事么，你二哥能闲着么，不也拉搁[2]一个。

姐说，咋都这样儿呢？

妈说，说是个大学老师呢人家，谁知道了，我没见着，你二姑见着了，说大个儿白净儿的可是个体面人儿了。

---

1 小郎当儿，打杂的。

2 拉搁，勾搭。

三娜说，咋能看上我二哥呢？

妈说，董英男长得还行，再说这两年当车队队长，也整着俩钱儿。

电话响，姐去接，说，没干啥，我们仨说话呢。

妈说，你姐啊？啥事儿。

姐说，啊，知道了，那你们早点儿。

她挂了电话说，他们不回来吃饭了，说要等农安的学生。

妈说，啊。赵香玲啊——

没有反应。姐说，我去跟她说。

三娜本能地意识到这是一个好故事：在这个世界里稀松平常，在她和朋友们共享的那个也许是想象中的自以为更文明的世界里，它代表那不可思议的疯狂——无意识，无理性，无意志，放任自己被本能带到随便什么地方。也许这正是所谓文明开始的地方？而且是文明最终无法改变也不能背叛的东西？

她说，那个大学老师多大岁数啊，没结婚么？

妈说，四十多岁儿呗，你二姑说的，燕子，那女的叫杨燕，说燕子儿子上中学，跟二儿俩处得可好了。周末璇璇上她姥姥家去，董英男就上杨燕家做饭去，那孩子就夸董叔叔做饭好吃，说的，最爱吃董叔叔做的红烧肉。也个是啥好孩子，就认吃的家伙！

三娜说，那孩子他爸呢？

妈说，银行的，因为啥，挪用公款哪还是啥，叫人通缉了，遥哪儿跑，不敢回家。说是到深圳去又找了一个。又找一个就一块儿过上了呗，也不结婚，结啥婚呢，孩子在这儿呢，这边儿能离么。

三娜很兴奋，觉得预感对了，比预感的还复杂、还荒唐。她说，二姐你听着没有，二哥现在跟一个女的一起过日子，那女的的丈夫跟另一个女的在一起过日子，二嫂在美国和另一个男的一起。而且都没离婚。

姐说，啊，听着了，闹不闹挺。

她一皱眉，一摆手，表示不想讨论这事——关上装满蟑螂的盒子。

妈说，人都不当回事儿！五一前儿那杨燕还去北京跟他丈夫团聚去了呢，带着儿子，那人不还是一家人么！

三娜说，那我二哥咋办。

妈说，那能咋办，等着回来呗。

三娜说，那人丈夫要回来呢。

妈说，丈夫回来他再另找呗。这路不正经的好找。现在我看这男的女的都一样，都跟畜生一样，离了异性活不了。像你和周泽这样的，分开两年了这都，早就都另找了。就不离婚，也都得另找。

姐笑，说，我觉得，其实，一个人过也挺好的。我跟周泽在一块儿超过一个礼拜我就烦了。

妈说，这点我倒放心，谁离婚你俩也不带的，人周泽是好孩子，你虎是虎，但是非常单纯，你俩都单纯。

姐笑，说，谁虎啊？

妈说，你虎呗，你们仁都虎，我看你大姐比你们略略强点儿，也强不多少。要说学习好那可是另一回事儿，真是象牙塔里的天之骄子，一出来就昏头转向，就说董英男这点儿事儿算啥呀，听你们都没听说过。三娜还说要去做农民调查，农民有啥精神生活啊，喝酒，耍钱，要不搞破鞋，还能有啥精神生活，就你坐家自己寻思的。不信你待会儿问问你赵姐，让她给你讲讲农村那些事儿，那还用调查么！

三娜看见心里一块平整的桌布被突然抓起，攥成一团。她一直知道妈说的比她需要和期待的、因此她假装以为的，更接近真相。她一直知道自己在自欺——有各种可耻的难堪的理由。她什么都没想，已经防御式地愤怒起来，熟练地躲开，转眼向外看，紧跟着观看自己，造句说，我看着地面上滚滚而去不知所终的信息的洪流，像是要跳河，又知道自己根本也无法被淹没。她听见二姐说，上啥农村啊，还不如调查一下二姐！她看见妈妈左边额头眼角，照着黄闪闪的一块，她说，五点半了啊？

20

爸先进来，大姐在门口换鞋，张昊宇在后面拖着一个纤维袋子，他身后是正在加深的青色的夜幕。又过了一天，三娜转身时想。爸说，就放这阳台上吧。妈喊，啥玩意啊？爸说，啥都有了，豆角，茄子，倭瓜，新土豆，小芳儿把家园子都摘净了来的，给咱们一袋子，给他老叔一袋子，给他二姑一袋子。妈说，赵香玲儿啊！赵姐已经走到门口，爸说，你拿不动。张昊宇说，我脱鞋给你放进去得了。大姐走到妈跟前说，你咋样啊。妈说，还那样。大姐说，我先上楼洗个澡。妈说，给你留了一碗酱茄子，让三娜给你热了吃啊。姐说，不用了，我不饿，我二姑神秘兮兮地叫我到后头去吃，反复强调特意给我留了两块带鱼，哎，可怜！她一步两阶上去了。三娜倚在楼梯口，有点碍事；觉得对不起大姐，都是替她和二姐；立即掠过这愧疚，忘记了；越过更多的沟壑山川再次感到，此刻无法处理。被一层塑料薄膜蒙住了。张昊宇拎着瓜袋子从她身边走过，赵姐跟在他身后。是透明的灰暗中两个灰黑的人影。二姐往厨房去，顺手开了过厅的灯，一下豁亮的。她路过三娜说，你站这儿干啥。三娜说，不干啥。走到妈跟前，又一次在赵姐的单人床上坐下。妈喊，赵香玲啊，一样一样都拣出来，有没有柿子洗一个我吃。张昊宇出来在门口，说，没啥事儿我回去了。爸说，回去吧。门咣当一声。

爸坐在大胖红单人沙发里抽烟，说，可把我大孩子累坏了。妈说，都安排好了么，大教室布置出来没有？爸说，大娜带着张英杰孙冬梅张昊宇他们几个，找了两个学生，都整好了。明天学生代表雷聪，教师代表王美华，都安排好了。妈说，行，让她上去嘚瑟吧，人正经觉着自己是台面儿上的人呢。爸说，我跟老尚说了，让他也说两句，老尚推辞，说让我说，我说我不合适，我一个管后勤的，还是老尚说对。妈说，那对。你跟老尚喝酒啊？爸说，尚方达一个，张义一个，王美华一个，姆们四个，我是寻思请老尚吃个饭，让张义作陪，结果张义把王美华领来了。妈说，啧啧，这架势好的！爸说，要不我早回来了，不愿意跟他们瞎叨叨 [1]。农安那六个学生堵在道上了，大娜说等到了安排妥了再回来。妈说，学费交上了？爸说，张英杰安排住下了，明天早上再分班收学费。妈说，一人儿喝几瓶啊。爸说，一共姆们四个喝了五瓶啤酒。赵姐拿了一个西红柿过来给妈，妈咬一口，说，这柿子好，有多些？赵姐说，有七八个我那么瞅着。妈说，看你大奶要没睡给她洗一个，挑小的，三娜你要不要？三娜说，我不要。爸说，给我来一个吧。妈说，吃饭花多少钱。爸说，我给拿五十，艳荣说啥不要。三娜忽然醒了一下，只要五十？妈说，不要你也得给，明天再给。小账不算清楚，往后大账不好算，——我三哥顿顿在我这儿喝酒！爸说，艳荣不能。妈说，能不能也不能占人便宜。头一顿这么地，往后吃完就得把账结了，亲兄弟明算账——整的啥菜啊。微风从纱窗透进来，又凉又沉，烟味儿一丝一丝的。外面几乎完全黑了，宇宙像一块黑玉。可能有八点了。继而听见喊号声，"一、二、三、四"，从深潭里带出团团水汽，向无尽的夜空打了四拳，又打四拳。二航校的新学员要一直这样训练到过年，冬天那声音像大冰球可以直打到寒星。爸

---

1 瞎叨叨，说废话没完没了。

说，有两样食堂菜，董延力给煎了一盘子带鱼，炒的尖椒干豆腐，还有一个凉菜，还有一个啥我没记住，反正是六个菜。说要炖小鸡儿我没让。

二姐端了一盘削皮儿去瓤的香瓜，两个西红柿，拿一个给爸。妈说，我不吃了，看下黑儿咳嗽，给没给你姥？姐说，我看她好像睡着了，也没脱衣服，我叫她啊？妈说，让她眯着吧。三娜说，我姥咋净睡觉呢。妈说，都多大岁数了！你寻思是小孩儿呢，满地跑。三娜挪了挪赵姐的被子枕头，脱了鞋抱坐到墙角。拍一拍，让二姐坐前面。二姐说，你咋那么乐意听大人说话呢？三娜说，我等着搞家庭聚会呢。

妈说，柿子都放冰箱了没有。二姐说，嗯。冰箱太乱了，全是塑料袋，我明天好好收拾收拾。妈说，让赵香玲收拾，她啥事儿没有。

大姐湿着头发下来。妈说，吃不吃柿子？这柿子才好呢。大姐拿了一块儿瓜，在小花布长沙发上盘腿坐下，说，累死了。妈说，头发吹吹，看感冒，这大厅才凉呢。大姐说，不能。妈说，三娜，去给你大姐把吹风机拿下来。三娜说，吹风机在哪啊，我一直都没找着。大姐说，不用不用，我待会上去吹。妈说，何海岳你咋连着抽呢！爸掐了刚点着的烟，起身上楼。妈说，上楼也别抽了啊！爸说，我漱漱口！大姐说，那王佳阳是咋回事儿，她说是你答应的，就交一千五？妈说，王佳阳是哪个呀？你说我能记着么？姐说，大安北的，个子不高，一口小黄牙。妈说，大安北的，那是不是武大民他姐介绍来的，我想起来了，她妈领她来咱家来着，也是不点儿小个儿，那孩子长得跟她妈一样一样的，她妈那才能黏糊呢，老姨老姨的磨唧我一下午，我说我头疼想眯一会儿，就跟没听着似的，不答应就打发不走，笑嘻嘻的上来就跟你亲乎上，我也拉不下脸儿来，再说还有层亲戚在里头，也确实家里困难，你没看那媳妇儿穿的，可不好可不好的了。姐说，那我看还有比她穷的呢，也没给免。今天冬梅把单子拿给我，我一看，有交一千的、有一千五的、一千八的，两千四的，还有两个一分不收的。妈说，一分不收不就张雪媛和雷聪俩么，人那不是五百八以上的，志愿填的咱们学校么。大姐说，是，这俩我没意见。穷孩子减免我也没意见，我就是觉得有个明确的标准，现在这都太随意了，显得很不正规。妈说，一开始没寻思招生这么难，就都收的多么。后来有要来的就得收啊，第一年咋的得把堆儿扎起来，要就俩班，用不了一个月就得散乎没了。三娜有点紧张。大姐说，这我都知道，但是妈妈，你也得有个标准啊，该免多少钱，因为穷的，因为分数高的，有个标准，要不然学生之间互相一问，人家不都来找么！妈压住声音，说，找就找呗！这事儿你不用管，让她找我来！

二姐欢快地说，雷聪是不是那个眼镜儿后面绑个松紧带儿那小孩儿？

妈说，是吧，短头，像小小子似的，有点儿含胸那孩子。

二姐跳跃地说，也不一定，我们班曾令华，听栾奕奕说，现在打扮得可漂亮了！

三娜假装很自然地说，啊？不可能吧，能美到哪儿去。不过听说我们班王笑现在都穿蓝紫色全身小翎片旗袍了！

大姐说，王笑？大胖王笑？

三娜说，齐晓楠说的，他们不是都住邻居么，说还是挺胖的，但是穿紧身小翎片旗袍！还说王笑现在说话娇滴滴的，他们一说这个就互相瞅着乐。

二姐笑嘻嘻说，王笑，嘴唇儿上一圈儿小胡子。

大姐说，行了你俩别在这儿扯没用的了。妈明天别让二娜三娜去了，她俩到那儿呲呲笑效果更差。

妈说，笑怕啥的，得去。都奔着你们来的。

三娜心里像是给打了一拳，猛然暗下来。

妈说，你俩都穿利索儿的，别整那破衣喽嗖的，像啥！

大姐说，行，我让她俩穿好点儿。你俩，到时候坚持一下，表情严肃点儿。

二姐说，行。

大姐说，那妈你就穿李石新买的紫套裙，行吗？我爸人家有西服。

妈说，那紫裙子上衣是秃脖领子，像啥。我还想穿我那红套裙。

二姐笑出声来，说，妈你那红套裙太难看了。

妈说，人我花三百多呢！在百货大楼买的！原价五六百。

三娜说，妈我也觉得你红套裙难看。

爸下来，说，奚玉珠你这腿能行么，折腾一趟再大发了！

妈说，咋不行，这不也坐着呢么。

爸说，谁知道你了，颠达坏了遭罪可别赖别人。

妈白了爸一眼，说，听你那意思是我不去最好呗。

爸说，奚玉珠你说你是不是不识好歹？

声音都有点凶。

妈声音降下来，但是语气更严峻，说，我腿好没好我自己不知道？

爸说，好了你就去呗，谁说啥了？坐个轮椅去学校，多威风啊。离了你地球还不转了。

妈一下光火起来，离了我就不行！我的学校！我告诉你，我非去不可！本来我还寻思要是腿疼就不去了，现在我还非去不可了呢。坐轮椅咋的！你别不安好心眼子！

爸说，我安的啥心眼子我。咱们位置摆得正，学校是你奚玉珠的，我何海岳算个什么东西！

握着楼梯扶手又上楼去了。咚、咚、咚，又沉又慢。

三娜说，妈你那么厉害干嘛呀，我爸不就是怕你颠着么。

妈哭起来，说，你们知道啥！他咋想的我不知道！我去杀他威风呗！这多自儿啊，他二妹子他兄弟媳妇儿围着他转，学校赶上成他的了。

二姐皱眉头，说，哪有那么严重啊，不都得听你的么。

妈说，谁听我的了，你看你姐听我的哪，哪天回来不抱怨，说我这整的不好那整的不好！就你整的好！这可下求着你了！

大姐也起身上楼，三娜和二姐坐在小床上看着她。

妈说，打从盖房子起就总问，这学校到底是谁的，我就说了，你要不问那就是咱家的，你要问那就是我的。哪来的钱盖楼，谁批下来的学校，一趟一趟跑教育局我受多少气！……

三娜下意识启动了脑内噪音，挡住妈妈的哭诉。突然爆发的丑陋的咒骂，把她惊出来，看一眼，另起个头，再次陷入分析思辨的漩涡。它从来不温暖，经常令人烦躁，不过这时候她需要它高速强劲的自驱力，带她远离现场。

二姐哭得很厉害，抽泣着说，妈你别哭了。

妈两个眼睛像两盏灯一样。也哭起来，讲自己在床上身心受苦，多么疼，多么着急。像是有点羞愧。

有一阵，为了合理化要尊敬老人这件事，三娜在彬彬有礼的同时心里默念，她忍受了好几十年自杀的冲动、毫无意义的艰辛，活到今天个个都是不可思议的英雄，西绪福斯。说出来就像是动人的少年心事，她自己知道并不无辜，那里有天性的孱弱，不敢对抗现实伦理，还要以为自己美好。

妈说，二宝你别哭了，妈不哭了，这当妈的不是没出息么，眼瞅着孩子要走要走了。不是妈想跟你爸吵架——说着又哭起来。

楼上爸房间开门声，听见大姐说，爸那我下去了，别抽烟了啊。关门声。大姐趴在楼梯井说，三娜，妈新衣服在哪啊。三娜说，挂妈衣柜里了。

她感激地看着大姐走下来，姐在空气中朝妈妈的方向戳了几下，无声地做出愤恨的表情。仿佛这是可以处理、将会过去的、小事一桩。

高三冬天，考完试提早放学，三娜跟王笑一起走路回家。对数儿，估分儿，王笑设想了几种可能，列举了几个对手，预测三娜能不能考年级第一。热情得像个戏剧人物，比如红娘。三娜补偿似的过分配合，心里紧紧揪着。

淡灰色的午后，没有风，没有云，没有太阳，走过一个人，转眼消失了。路边雪堆积着黑灰，化了又冻，一粒一粒像煤渣。什么都是，停下来就会脏。冬天到中段是破不开的腌臜冷腻。

快到工农大路，若有若无飘起小雪花。大姐从小街对面斜穿过来，三娜！姐穿一件浅蓝色印花棉袄，围细软的白纱巾，脖子下面柔柔的。三娜真高兴啊，并不知道姐今天回家。姐来问爸妈到底怎么了，也有点担忧三娜。三娜又觉得自己，唯一的目击者，好重要啊，而且简直是在担当。替补终于等到主力来换岗，心里松开大半。可以躲在姐身后，姐总会搞好的，即使搞不好，似乎也可以抛下爸妈不管了，跟着姐就行。

大姐把衣服拿给三娜，说，妈你试试吧。三娜拿给妈，妈嗦嗦鼻子，接过来，说，不用试，指定能穿，躺床上这些天，肚子倒瘪回去了，疼就消耗人哪！说完深深叹口气。似乎在努力平静。二姐说，里头得套个衬衫。大姐说，妈根本没有衬衫！妈说，咋没有呢！我那花条的，还有黄格儿的，老多了！大姐说，那两个哪行啊。妈说，黄格儿的不行么，就那年你和三娜在友谊商店买的那个。大姐说，颜色不合适，不行。妈不甘心地说，那没有了。大姐说，平时这不让买那不让买，看你明天穿啥。三娜说，我有件新的白衬衫行不行。二姐说，你去拿下来吧。

爸房门关着。打开一个缝，看见他半躺在床上抽烟，看电视，抬眼看见三娜，愤恨与痛苦里有要自强的决心，让人非常难过。他没有期待她说什么。她说，没事儿，啊，爸。就把门关上了。平常刻意忽视的内疚，一下子清楚沉重。没有办法和爸单独相处，这时候就更难。就这样回避，三娜错过了爸爸。只顾缓释自己：大姐已经跟爸说过了。她想用感激姐的心情来覆盖愧疚，立即觉得自己真是恶心。她需要刺痛自己：这样虚伪懦弱，根本不配活着。跳楼的图景闪过，心里凭空悬了一下，这想法也令她觉得自己恶心，因为同样没有能力拔地而起、去实现。没有被针刺的清晰甚至痛快，只是更加浑噩滞重地恶心。睡一觉就好了，她疲惫地想，可是并不相信。

北屋没拉窗帘，对面楼的灯光和电视荧光照进来，乌突浑浊。箱子就在地上，三娜蹲下翻找，看见脑袋里一块烧红的铁，又沉又热。她给它拍了一张照，又觉得无处存放。

二姐说，就这个呀，不行，小胖。大姐说，这哪行，这是小孩子穿的。二姐说，妈你有没有纱巾。大姐说，对了，妈你那个淡黄的带小蜻蜓的纱巾可以。穿个低领子的线衣在里面就行，纱巾蓬蓬松松一盖。妈说，那不也是黄的么，黄格衬衫咋就不行。三娜一边上楼一边说，纱巾在哪啊。妈说，都在我那屋上头镜子门儿里，一下子纱巾围脖儿。

躺在被窝里，听姐打开爸那屋门，关上，又打开妈那屋门，又关上。三娜觉得松了一口气。觉得姐她们在说话，仔细听，并没有。翻身，脑袋里轰的一声，久久不落。心里乱得像妈的衣柜，一开门就都要掉出来。想一件一件叠好摆整齐。其实并不能，只会越来越乱。现场用麻木隔离的那些痛苦，现在要一件一件落下来，激起它们要求的愤怒狂想。又担心明天，站在开学典礼的现场——不敢细想，像大手术前夜，异常清楚地知道不管多可怕都只能挺着。脚步声近，门开了一条缝。三娜说，姐。大姐小声，我拿下充电器。开了灯，精薄的身子在床前走过。三娜觉得时空黑茫茫，说，姐，你没事儿吧。姐拿着充电器在床脚坐下，小声说，爸爸可怜！反正也是不争气。妈妈非常自私。你跟二胖回来之前我跟妈大吵过一架，那比今天可怕多了！妈妈说起碲磁话来非常可怕，真的跟农村的泼妇一样。三娜说，我知道。姐说，我没有以前那么喜欢妈妈了，所以也无所谓，就尽责任吧，把这段帮她熬过去，以后我也不想管了。三娜说，是，你别管了，也管不了。姐说，你不用操心我，我没事，我很成熟！她笑了一下，关了灯关了门。三娜想起该问问爸爸怎么样了。又觉得问了可能也只是想在姐面前表现一下，并不是真的想知道。觉得自己这样很卑鄙。这样的词也不能刺痛她。试着去揣想爸此刻的心情，立刻被痛苦的预感挡住了。转头想起姐说的那些话她还没有处理。那里面有种东西令她感到陌生，残酷，但是并不厌恶，相反觉得很体面——那是对的。那就是“自我”么。在随之而来的“思考”中、在焦虑的无序释放中，三娜一直隐隐约约知道自己随时可以睡着。有几次几乎睡着了，又逃出来，重新起头另想。不知道什么时候沉入海底，游进连环的梦，支离破碎，酣畅淋漓，心力交瘁。半夜醒过来一次，什么也想不起，像生命之前的黑暗停了一个片刻——来得及明确地看见。看见就醒了，几乎是逐渐地，想起这是长春家里。信息的大海在地平线上涌来，预感到全是烦恼，赶紧又翻过去。

高中经常要独自面对爸妈吵架。他们变成另外两个人，怪力乱神在每个细胞里苏醒。乌云中隐现鬼脸，荒原上电闪雷鸣。房门关紧了，只留台灯，坐在桌前，摊一本书，心狂跳，头皮烧着了，战争一样。一句一句扎进来，一句一句对比事实，把虚假掰下来，没地方处置，迎来下一句。紧绷绷的麻木，看得见自己血流急速，脸色苍白。震惊于人的不诚实，妈比爸严重，妈比爸伶牙俐齿，为了控诉有力，为了激怒自己，把自己描述为完全的受害者，片面、夸张、真假混杂、理直气壮、说说自己就信了，委屈的感受倒成真的了，哭得极富感染力。感染力是骗人的，要抵挡住。无法接受这不美好，害怕自己要去谴责，不知道自己这不诚实跟爸妈的不诚实没有什么区别，一定要认为他们都是受害者，要归咎给命运和历史，向冥冥宇宙撒娇嗔怨。爸妈脾气坏，是历史投射给小人物的阴影——是怀才不遇，委屈，受挫，是生活的折磨和囚禁，是没机会叹赏开阔的世界。那时候三娜相信遭遇改变性格，修养战胜基因；不明白悲剧总是命与运里应外合，如果不能自杀就要为那运气负责。现在不能再回避、哪怕是真的把爸妈的不幸归咎给历史、那控诉也不能消散、历史中也还是有具体的坏人，有明确的不能反驳的邪恶，也只能去恨，也只能愤怒，不能再说那些人也是受害者，不能再说他们被权力腐蚀，这么说的人，都是自欺欺人，蒙混过关。人间的是非不能用人与上帝的不平等条约来混淆。她太了解那种不真诚——任何小小的但是结实的烦恼都有可能让她抓更大更虚无的理由来救场。因果只是生机骇人的妖娆藤蔓，恩怨是非不过是这生机的诡计；这是观赏人类的一种方式，谁都无辜，谁都不配做责任人，个人和人类自以为是意志的东西，都是一个幻觉；电子不断奔向正电荷，是爱是恨，谁在乎。这样想着，逃过现场，其实什么都没解决，那个世界她飞不过去，胸中的愤恨和温柔就是醒不过来的真实。世界难道不是只有一个？人到底有没有选择？是不是真的有自由意志？意志也是科学可以消解的生理现象？追究没有尽头，耳朵关不上。一边处理不断入侵的假话，一边在思辨的循环缠绕的路上狂奔，心要跳出来了。妈推门进来，坐在床边，低头啜泣，抹涩床单褶子。三娜不可能哭，也没打算哭。不走过去，不开口。她没有意识到她是在惩罚妈，想让妈知道她知道她说谎了。过一会儿，妈哭诉起来，三娜把椅子转过来，塌腰坐着，看着她，知道自己一脸冰霜。自动弹出那些反驳的话，积在胸中快要炸开。竭力不说话，看着她，残酷地想，成年人没什么特殊可尊敬的。狂傲腾起，同时感到恐惧，大概是模糊意识到，这否定太巨大了。以为自己始终未能进入的、其实就在眼前的，这个所谓世界，受不起她十几年热情坚贞的憧憬。——但是幻想的蓝图是从哪来的？

不知道那是首次发病，还是由此落下病根儿。一旦出现强烈的刺激，想要回避的现实，语言系统总是应急跳出，充当感官和现实之间的缓冲。像被弹奏的钢琴，词句不断被触发流淌，力图清醒的意识不断沦陷、加续催眠。这套程序保护她，妨碍她，有时候她怀疑自己从未活过，同时诞生劝慰，这也是一种消费生命的方式，谁能同时经历每一种命运。

21

昊宇和赵姐、二姐把妈扶上车，三娜在后面跟着，大姐到对面去开车门，在车顶向三娜摆手，指指二楼窗户，做口型拉长音说，陪陪爸爸！

三娜心里一阵惶恐，点了点头。

跟赵姐转身回来，正迎着太阳刚刚爬上墙头，还是淡橘色。清晨的号子从墙那边传来，带着露气。三娜打了个哈欠，满眼都是泪，说，可真早啊！

赵姐笑说，待会儿你去不地啊？

三娜说，我妈要求必须去。

赵姐说，多昝能回来啊？我老姑说的回来吃晌午饭。

三娜说，她不能坐太长时间，估计讲完话就回来。

不知道对她来说怎样更好。只有小姥在家，也许更不好处理。妈昨天也没跟小姥讲清楚排骨的事。三娜根本无法说出口。

赵姐说，你也跟着回来呗？

三娜想自己回来也许有帮助，需要的时候可以打圆场。

她说，嗯。

意识到自己没有逃避，有点高兴。

小姥在小菜园边上，半屈着腿半躬着腰。三娜要去扶，赵姐说，你让她自个儿慢慢儿的，一扶她该着急了。

赵姐关上铁门进屋了。三娜身体里的噪音又关掉一层。站在方砖小路上，预感到整个的清凉的早晨像阴天的浅海，没等它清晰，意识就来了。打一个哆嗦，脑袋里滚烫的一锅糨糊。刻意看姥的裤脚和鞋袜。非常整齐。那整齐可以令人心酸。这虚掩的感觉也可以令人厌倦。她知道自己只是在逃避进屋、上楼、看爸。小姥缓缓地起身，缓缓地直起腿。她对这动作也是充满意识和控制吧，三娜想。姥看见她，笑盈盈的惊喜的脸儿，说，你干哈？

三娜大喊，等你！

爸在楼上隔着纱窗都听见了。

姥说，你妈多咱回来？

三娜帮她推了推眼镜儿，趴耳朵说，回来吃晌午饭！

姥用自以为的小声说，跟你爸俩因为啥？

三娜说，没事儿，好了！

姥停下，抹搭她一眼。撇下脸儿，小声嘟囔起来，听不清楚。她以前经常小声咒骂大姥，作为老年妇女的生存智慧，心里实在生气又不想吵架——徒劳。三娜跟着姥挪到厨房门口，心里有点反感。姥说，你妈遭罪啊！

赵姐在洗碗。给爸留的早饭整整齐齐归拢在一起，桌子都擦干净了。

三娜说，她咋知道吵架呢。

心里急上来——得上楼去跟爸说说话。

赵姐笑说，昨晚儿上就听着了，赶我去上厕所，趴门口问我，我说啥事儿没有，也不信我啊，直摇头儿。今天早上看我老姑夫没下来，又问我，我大奶那心思！我说不知道，她就狠劲狠劲抹搭我呀！

三娜说，得回聋啊！

赵姐已经什么都知道了——有一点亲近之感。

赵姐说，谁不说是的，这要不聋得操多少心！你多烧点儿，楼上我老姑父那屋暖壶见天早上都空的，都说晚上喝水不好。

爸房间没人，三娜拿了水壶，到书房去找，果然在书房外的阳台抽烟。三娜说，爸你空腹抽烟不恶心么。

爸看着她，她用意识控制住，没有躲闪，无力地说，爸，别跟我妈生气了。

刚搬来的时候，书房地上有一个小电饭锅。爸自己做了一个礼拜的饭，一直到三娜她们回来。周泽和李石走了以后又吵，他把整个锅从楼梯井摔下去。

爸说，你说爸这是图啥？累得像个驴似的。

三娜看着自己的脑子像一个复杂紧凑的机械设备不肯运转的样子，她看着自己说，当初没买地就好了。

麻木中也知道这样说很残忍。

爸被人写小字报，电大走廊贴了一墙。调到继续教育处当处长，是个空职，不用坐班，也没法去了。买了地他就办了病退，本来还差三年。

爸那些事妈起先知道一些，不知道那么多。本来大姥出事以后就要离婚，被李玉洁劝住了——你一个人儿咋过，再找一个能信过么，你知道他是不是图意你钱？祸害你呢？再咋的何海岳跟孩子是一心，那不就跟你一心。妈后来赞叹李玉洁人情通透，说得非常冷静，仿佛三娜她们都对爸没感情。

——你爸当时特别怕我跟他离婚，我都看出来了。我多少也有点心软的，但是能不气么，这也就是妈吧，要搁你们那都得气疯了，谁能受得了啊，十多个啊！我这不一直蒙在鼓里么！打来电大就没断过！刚认识前儿，你爸跟我讲你爷爷的事儿，给我吓的，多少回都不想跟他好了那些事儿就不说了，但是你爸说得非常严肃，"我何海岳绝对不会在男女关系上犯错误，我有血的教训"，我可不信了咋的，那说得跟真的似的。

——就差离了没法儿过啊，上哪找可靠人去。我有个高中同学的叫任淳安，不是一个班的，他是他班第一我是我们班第一，但是人家比我全面，会吹笛子，唱歌唱得也好，长得个儿不高白净儿的一点不烦人，那人才好呢，后来在前郭炼油厂人也干得挺好，是下头一个厂子的党委书记，那不不错么，还是我在自考办的时候听说他老婆死了，我让李玉洁打听，说人早都找着了。

三娜听了害怕。也许人在那个处境下都会有这些想法，不过不像妈那么坦然去打听、坦然拿出来说。

爸站起来，往他自己房间走，说，爸啥也不说了！

三娜鼓起勇气说，爸你要不然就别管这些事儿了，跟我上北京去啊？

爸说，我走了这学校就垮了！你妈你看嗷嗷厉害，到关键时候没有主心骨！这个那个董事长董事长的叫，有一个跟她是一心的呢！

三娜不要脸地拿出小孩子耍赖笑嘻嘻的口气说，爸你就大人不见小人怪吧，你换了衣服下来吃饭啊！

她知道什么都没解决，但是跟自己假装如释重负，咚咚咚地跑下楼。水壶坐在炉子上，火已经关了。听见赵姐跟姥喊，你看我这对对啊？

冲了咖啡，灌了水壶拿出来，正看见有子哥从窗前走过。

刻意地欢快地大声喊，爸，有子哥来了！

有子哥皮鞋擦得很干净，衬衫扎在西裤里，笑嘻嘻地小声说，咋样啊？

三娜大声说，有子哥！又挤着脸小声说，还没吃饭呢，你劝劝先吃了饭，不是九点呢么，赶趟儿吧。

爸没有换衣服。三娜让过身去，拿水壶上楼，听见有子哥说，咋样啊三大爷？一看就没睡好，脸色儿不咋好。

爸说，坐。

有子哥说，抽我的！

爸说，你的能有我这好么！

是温暖的语气。三娜想爸也真的不容易。有点感激他。把水壶放在他房间组合柜上，白色黑点图案筒形瓷花瓶也还在那角落里。忘了是谁给的，三娜觉得非常"摩登"，但是没有几天就被她打碎了。逼着妈打电话问人在哪买的，第二天中午下了课就冲出去，坐62路到崇智路，在国贸四层买到一只一模一样的。也根本没有插过花，就那样放着，也积了一层污腻。烦乱的心在空隙中感到轻轻的刺痛——觉得被过去背叛了，而不是反过来。这感受不讲道理，不值得尊重，不要拿着玩儿——她跟自己说，转过身，听见有子哥嘤嘤地低声说话。站着不动，不想下楼。床上还铺着那浅蓝色夹棉床罩，床尾贴绣了三朵白绸子百合，贴近绣线的地方磨破了，露出一丝纤维棉，自然熨帖，奇异地、仿佛有种自尊心。三娜像是忽然想到，我也会老的——所以不必觉得亏欠他们。颤了一下，还是不敢这么想。

终于轻声下楼，爸还在抽烟，三娜说，爸你先吃饭吧，我给你热热，你赶紧吃。

爸说，不用热，我就想吃点儿凉的！我这心热不得劲儿。

有子哥说，抽完这根儿，抽完这根儿我三大爷指定去吃饭，你放心吧三儿。

三娜说，有子哥喝不喝咖啡？

有子哥摆手，笑说，我不喝。

菜板上搪瓷盆儿里化着排骨。三娜端着咖啡到姥房间。

赵姐说，我跟我大奶学打蒜门疙瘩[1]呢，昨天都学会了，刚才寻思寻思又忘了，你说我这脑袋，赶不上人八十多岁！

三娜说，啥是蒜门疙瘩？

赵姐举着给她看。小姥说，你还会会了？

三娜说，我从来都不会啊！

小姥笑嘻嘻说，咋不会！姥娘教你的，都念书念没了？

也许姥记错了，也许是自己忘记了，怎么一点印象都没有？一个画面都没有？三娜有冲动在现场假造一幅记忆，理性跟上来说，要标注是假的要标注是假的。

姥教她叠纸葫芦，翅膀总翻不过来，反复试反复试，终于成功了，下炕去菜园子找她，展示给她看。

三娜说，肯定是你记错了！

姥抿嘴摇头。忽然就沉默了。屋子给阳台挡得很暗，赵姐跟小姥两个灰黑的剪影，都坐着不动。三娜说，赵姐你知道外头这棵是啥树么？

赵姐说，是梨树吧，我瞅着。

三娜说，你咋知道的呢。我是看过开花。

赵姐说，我小时候我们邻居家有两棵梨树来的。

三娜说，一说梨树就总觉得是一树白花，可是其实一年也只有那么十几天，剩下的时候看起来就是普通的绿树。

说到一半自己也觉得有点不自然，怎么好像真的要交流一样？

赵姐笑着说，你这都是浪漫的想法儿，人一般的说梨树，就得寻思结梨子呢！

爸趿拉趿拉去餐厅，有子哥在门口张了一下，进屋来，手扶着膝

1　蒜门疙瘩，用细布条或绳子打成疙瘩，用作扣子。

盖低下身儿，像跟小孩儿说话似的脸儿对着脸儿，说，小姥儿啊，看不清，我是有子！

小姥微笑着点点头。

有子站直了说，我大奶啥时候都这么笑呵儿的啊。

三娜说，谁也没她心眼儿多！可不是笑呵儿的。

小姥忽然仰头说，来干啥？

大伙儿都笑了。小姥儿也跟着笑。

三娜又有点怕爸生气。

小姥说，笑啥？

赵姐趴她耳朵说，夸你心眼儿多。

有子哥大声喊，来接我三大爷上学校！

姥仰一仰下巴颏儿，意思是指爸，说，去啊？

大伙儿又笑，有子哥说，去！这么大事儿，能不去么。

说着去餐厅了。

赵姐笑，说，我大奶这耳朵啊，也一阵一阵的，下黑儿跟我唠嗑儿，我也不敢大声喊呢，她咋差不多也都听着了呢。

三娜说，她晚上那么早睡，啥时候跟你唠嗑儿啊。

赵姐笑得很高兴的样子，说，哎呀妈呀，你不知道么，隔三岔五的，三四点钟儿，天还没亮呢，她就该召唤了，赵玲啊，赵玲啊，一开始我寻思必是有事儿，要上厕所了，喝水了，我就答应她，后来我才知道，都不是，就是睡醒了，要说话儿。说说她就又睡着了，我就睁眼睛到天亮。

三娜说，那你现在陪我妈，她咋整啊？

赵姐说，谁知道了，可也那么地了。

三娜说，都唠啥呀，她跟我妈都不唠嗑儿。

赵姐又笑了，嗯呢，我也说呢，我大奶见天早上唠嗑儿那骨碌[1]，像换了个人儿似的。

又说，我这么寻思，那骨碌迷迷糊糊还有点儿没醒过来，备不住得有点儿害怕，就抓人儿呗，跟小孩儿似的，睡醒就哭。

三娜模糊感觉到这里有她想要抓住的东西。听见自己又问，都唠啥啊？

赵姐说，啥都唠，有前儿讲做啥梦了，要不头天家来啥亲戚了，就手儿想起来讲以前那些事儿。哎呀，都可有意思了，要不哪天你下来陪她睡，你都能写本书。讲完吧，她自己还不知道，白天我跟她提起来她还吓一跳，说的，你咋知道呢！最有意思的是有一天，喊我，我醒了看她衣服都穿好了，召唤我也穿衣裳，要去淘绿豆去！我说淘绿豆干啥呀！她说的，你大叔要到家了，到怀德街里了！骑马有一个时辰就能到。我就知道是做梦了。我说你看看这是哪儿啊！劝老半天，才有点儿明白过来，又脱了衣服躺下了。我跟我老姑说，我老姑说，这是开始糊涂了，怕她得老年痴呆。

三娜发现自己正在试图记住这件事，没有能力分析去处理、反应，更没有能力去反省这里面的功利心和不真诚。

爸在门口说，走吧。

三娜又用完全不可信的撒娇的声音说，赵姐帮我把这杯子洗了吧。

赵姐跟出来把门关上了。三娜空洞地跟自己说，太阳有点刺眼了。

去往高新区的大路很宽阔，车很少，望出去是油黑的一根直线，像坚定的意志画在白纸上。路旁一段一段的荒草地，草地那边新建的别墅区起伏着棕红的坡顶。三娜知道自己跟姐能从那样一栋房子上找出一百个笑话。她们残酷地嘲讽不过是为了缓解尴尬，几乎是下意识

1　那骨碌，那段时间。

的，没有恶意——但是归根结底是为了维护优越感、持有优越感本身就是残酷、就是不善良……一辆卡车隆隆驶过，载着满满一车打成捆的小树苗。爸说，真他妈的，这前儿种树能活么！

三娜说，不是有秋栽么。

爸说，那得开始落叶儿才行，现在能行么！擎等死！

有子哥说，死了好再种一茬，再拿一轮回扣呗，现在这人。

一边说一边笑。那笑容里没有任何认真的东西，更没有愤怒。

三娜想起刚才密匝匝的枝叶在眼前抖动着扫过，觉得那生动已经被"历史"淹没了。是的，窗外是正在书写的史诗，漏洞百出前途无量的史诗。

三娜说，白瞎这些树了！

爸说，树苗子那玩意赶插赶有[1]，不值啥。白瞎老百姓那些钱咯！百分百这是公家办的事儿！

三娜想也是，那些风中的花粉，有啥可惜呢。

有子哥一扬头，看着后视镜，笑说，搁外国咱们都叫纳税人，对对？

大姐说有子哥经常买《南华周末》和《读者》。有一天很认真地跟姐说，还是应该回报社去工作，揭露一些社会不公。姐说，没说这么直接了，反正是这个意思。还问我广州啥样，说有一回在电视里看见广州冬天树上开大红花，觉得特别好看。就不太庸俗呗，对世界有好奇心，你看看妈学校这些人，整天都关心些啥，你偷我一根儿葱我偷你一个塑料瓶子的。

三娜说，咱学校没偷税漏税么？

爸乐了，说，偷税漏税也不能一分不交啊！再说不光是明面儿这税啊，就说这地，从老农民手里拿过来政府花多少钱？三平一通能花

1　赶插赶有，一边插一边有。

几个钱，分成块儿往出卖，都挣好几倍啊！这才是大账！

有子哥说，啊，账在这儿呢，我都没寻思过来，我寻思这政府是一心搞发展呢！

爸说，政府里那也都是人，没有钱挣谁给他这么蹶屁股干？

有子哥说，三大爷看问题看得透。

三娜说，爸我看我们愤世嫉俗都是像你啊。

爸笑了，说，去你妈粪的！

有子哥就哧哧笑。说，三娜你上外国去看了，那外国不也得有穷人么？我这么寻思的，不也得有人扫马路么？那能说是都住别墅、完了吃得好穿得好么。

三娜说，反正他们的穷人比咱们的穷人过得好呗，我们宿舍那个打扫卫生的，夏天全家去西班牙度假呢。

有子哥说，那差距太大了。咱们别说打扫卫生的，就一般的上班儿的人，能寻思全家出国旅游么。

爸说，它是那么回事儿，他们从英国啊上西班牙，那就跟咱们从长春上趟浙江上海差不多，不远遥儿，花不多少钱。

有子哥说，啊，是这么回事。三娜你上没上哪溜达溜达，还是就学习来着？

三娜说，放寒假去法国了。

爸说，卢浮宫去了没有？

三娜说，去了。看得头晕脑涨，可能连十分之一都没看完，太压迫人了。

爸说，得有一半是偷的！洋鬼子也不是好人！

有子哥侧头儿认真地说，像咱圆明园啥的，还有敦煌的壁画啥的，那些东西都有吧，你看着了没有？

三娜想有子哥果然知道得挺多。

她有点难为情地说，听说都有，我都没找着，进去之后昏头转向的。

她看见自己在卢浮宫高敞匀净的淡黄色空间里紧张烦躁，如临大敌，脑子里像有个打印机一样，不停制造废话。从来旅游就什么都看不见，何况卢浮宫。她害怕世界的实感，人类文明的实感，好像就要守不住自己了，于是紧紧抱着。另外一天，去拉尔兹公墓，到那里太阳就快落了。走出来回头，浅紫的暮色，红褐的树梢，墨黑的树林。脑袋里那个紧绷的东西，轻巧地松开了。刚要舒展，意识跳出来，又是言语，索性随它流淌，走进地铁，混入人群。后面就是梦游，那是最好的情况。

有子哥又认真又有点不好意思，说，三娜像你这样的，像你和一娜二娜，你们就得算是行万里路，读万卷书了吧。

三娜说，啊？可能还不能算吧。古人是说那样就能把世界看明白了吧，我觉我越看越糊涂呢。

有子哥果然说，谦虚！

爸说，你现在这英语行了吧。跟外国人说话不没问题么？

三娜赶紧说，反正他们跟你说话都会慢点儿，用简单词儿。要是他们之间聊天儿，还是听不太懂。

她想继续说卜去，自己英语就是学不好，比学什么都费劲，之类……说给有子哥听的，表示自己并不像他想的那样啥都好样样行。但是感到了疲倦，看见自己在场景和对话中被无法辨认的力量裹挟着——失去了自己，又像是某一个隐秘的自己浮现。在薄薄的一片、表面上那个角色，和薄薄的一片、时聚时散的自我意识之间，混乱、昏暗、喧嚣的是什么。

爸说，孩子你能不能回清华当老师？

三娜说，回不了吧，都得要博士，好像博士还进不去呢。

爸说，那你咋不接着念博士？你想念能不能念上？

三娜说，能吧，好像挺好申请的，反正也不给奖学金。他们其实是拿这个赚钱。

爸说，爸供你念，念那玩意多少钱？

被刺痛，就更加反感那语气。去年夏天最热的时候，没有风的晌午，三娜坐在邮局特派的面包车里，昊宇坐对面，脚旁一只大黑塑料袋，装满刚取出来的现金，要送去转存到中国银行。在银行贵宾室等，空调冷得人肉疼，窗口后面几个职员一起数，验钞机哗哗不停，除此以外一点声音都没有。数了那么久。那时候她就知道自己不过是为了虚荣心，留学总归好听一点。如果真的想学什么，哪怕是有点想要留在外国的野心，都不会那么惭愧。

三娜说，我不想念了。

我还有好多事儿没想明白呢，想明白之前什么都做不了。——几乎脱口而出，但是没有。三娜对此有点满意。这话既是真的，也是借口，说出来就好像完全是借口。

沉默刚在她的目送下落到底，爸说，要按爸意思，那当然是当建筑师最好！

——我以后都不会给他带来骄傲了。我知道在他的世界，也许根本就是全世界，荣誉的硬通货是什么。一直存在一套稳定可攀爬的评价体系，我为什么还要假装寻找上帝。

三娜厚着脸皮故意说，爸，你要是生在我这时候，肯定当建筑师吧。

爸特别认真地说，嗯，我就觉着这些事儿有意思，能钻进去。没事儿我就去工地，我就乐意看人干活儿，有那忒笨的我还给指导指导。那王监理跟俩最好了，总跟我俩喝酒，何大哥何大哥的叫，吉林工学院毕业的，水平太一般了！

三娜害怕提起学校盖楼的事，但是注意到爸说着好像有点高兴起来了。他是真喜欢这些事。小生舅来打家具，爸总是在旁看着，指手画脚，呛呛起来，最后总是爸对。有一天三娜在上地修下水管，忽然意识到自己微微张着嘴，舌头伸出来一点堵在嘴唇上——爸专注干活儿时就这样。好像就不那么愧疚了，遗传是最强烈的亲密，比起来一切所谓情感都是轻飘的。三娜也从小就喜欢看人干活儿，快刀切酸菜，擀饺子皮儿，插板儿插萝卜丝，小锯条锯木头，搓麻绳儿，织毛衣——神奇的事情总有点像飞。上学路上排队修自行车，要迟到了，还是津津有味地看人补胎挂链。

三娜说，有子哥你知道么，家里装修的时候有一个工人只有一只眼睛，我爸就跟人开玩笑，说，你这吊线儿可方便了，惹得人家很不高兴。

爸乐起来，说，你就说爸说得对不对吧！

那一刻车厢里轻松的笑声，像一朵啥也遮不住的小云彩，飘过去就没有了。三娜觉得不太真实，因为她讲那笑话是刻意的，因为她自己心里乱糟糟的，实在是高兴不起来。

22

学校教学楼和宿舍楼之间的连廊，在二楼挑出一块成为多功能厅。结构没有做特殊处理，厅里两排柱，随意刮一层白，倒与水泥地面合衬，像八十年代简陋的舞厅。靠后两根柱之间挂了横幅，红底儿白字儿简单地写着"吉林省培英女子高中开学典礼"。横幅前面小小一片学生，一个个抬头望着，三娜觉得那眼神里都是质疑。主席台上摆了一溜儿小课桌，铺着红布直垂到地面，有一种临时的郑重。三娜跟二姐坐在最边上，大姐忙来忙去，闲时站在她们旁边。

妇联派来一个梁处长，声音非常洪亮，抑扬顿挫，开会开惯了的。正是这学校此刻最需要的——被普遍认可的那种"正式"。"……有人说，女校的优势在于避免早恋，让同学们可以专心学习，我说，这只是其中之一，但不是全部。我们平常说男女平等，总是强调女人和男人一样，男人的工作女人也能做，是吧，我觉得这种想法没有错，但是反过来，我们更应该看到，女人和男人不一样！女人有她们的优势，你看我们打架可能打不过男生……"

并不是多可怕。三娜不禁看她，敦实的小个子，穿着灰色西装外套，染得漆黑烫得规矩的短发，挺胸抬头的，正是弱化了性别的女性官员形象。也许因为性欲是私欲，与集体主义冲突——三娜想要记下这小小心得，又觉得必定有人说过了，美国人那么爱分析苏联。

"我们今天的女校，不是解放前的女校，教有钱人家的小姐弹弹琴，画画画，学英语，以后成为体面的贵族太太……"果然还是靠不住，三娜又生气又有一点点满意地想，她知道这饱含恶意的说法大有市场，也同样是这些人，热衷于传播名媛的传奇。

妈嘱咐她和二姐拿个笔记本——别显得像很不正经似的。三娜把笔记本拿下来放在腿上，"估计妈认为她很有水平"，写好放二姐腿上，同时望着学生。一个女孩正看着她，拘谨地笑了一下。三娜下意识就躲开了，一瞥之间觉得那女生白净的小圆脸儿很漂亮，又不好意思再看。"爸刚才出去了你看见了么"。三娜抬起头，假装看那位发言的处长，又看姐一眼，姐目不斜视的，拍了一下三娜的膝盖。"可能去抽烟了，爸来的路上心情好像还可以。""妈好像非常乐意在会上讲话，妈咋是这样人呢？""爸可能也喜欢，我看人天性可能都喜欢，咱们都是后来压抑的，可能有一个我不太喜欢的自己也乐意。"二姐微微皱了皱眉。掌声响起，三娜放下笔也拍起手来，大姐站过来，手指在桌上敲了两下。三娜看姐一眼，立刻收回来，姐一会儿肯定要说，"看着你俩了，鬼鬼祟祟的，非常幼稚！"三娜想着就高兴起来。听见妈说，"非常感谢梁处长高屋建瓴的发言！省妇联杨湘岚主席和梁处长徐处长，在培英女高筹办的过程中，给予了非常宝贵的支持，在此我再次向这些开明务实的领导表示感谢！我从事教育事业这么多年……"妈经常说自己是搞教育的，三娜也觉得难为情。妈妈的热情几乎仅仅在于赚钱，不过是恰好进了这个行业。但是也许听者根本不会误会，当然是为赚钱，不必提及。三娜也知道自己的矫情也根本没有出路，什么样的人才能自称以教育为事业？纯粹出于兴趣、好为人师的偏执狂么？本来在日常的交谈中，事业与职业就没有分别。根本只有极少数的人能够拥有事业。听见妈说，"因为梁处长还有其他重要的工作，要先走一步，下面就让我们以热烈的掌声……"三娜跟着鼓掌，继续想着，为什么人们交流无碍地使用的那些语言，在我看来词不达意甚至是谎言？是我错了还是他们错了？既然语言的基础是共识，应该是我错了。她一本正经地思考，其实感觉到一种愉快，不自知的优越感——以为自己是特别的。内心没有任何动摇，当然是这个世界荒唐而我是真理。这不是认知，这是需求。可是似乎另外有一个自己，影子似的，心的余光似的，模模糊糊地，但是一遍遍越累积越清楚，看见了那个她拒斥的荒唐的世界。妈说，我不仅是一位教育工作者，我还是一位母亲，大言不惭地说，我作为母亲相当成功。同学们大概也都知道，我的三位女儿，也是我们学校的三位董事，今天也在这里，何一娜——，妈手一比，大姐往前迈了一小步，同学们鼓掌。二姐和三娜也依次站起来，掌声一直非常热烈，主席台的老师们也示意性地看过来。椅子贴得很近，三娜没有完全站直，膝盖微微弯着。陈静从后面绕过来，把椅子拉开了，三娜只好挺起来，眼睛放虚，微微笑着，心跳怦怦作响启动最高速率自言自语——妈有一次非常吃惊地说，难道你不渴望鲜花与掌声么？都笑，也没有仔细想。但是我真的不渴望鲜花与掌声么，为什么现在这样尴尬？除了涉嫌骗钱，还有别的原因么？高考之后要上电视，不是也非常反感？那是因为参与作假，扮演一个观众期待的"好学生"。没有人想要了解另一个人，人们只是想强化或者反驳自己的想象，他们的想象无非是他们自己的经验，他们不需要了解一个陌生人，需要的是"我了解你"的感觉，归根结底电视台试图提供给观众的是"她不过如此"这样一种令人愉快的感受。我为什么要配合？就为了赢得关注？掌声？我并不是为参与欺骗而羞愧，我是为自我矮化而委屈。我自己作为观众也是一样粗暴。事实上我非常清楚，认知即简化，不过是程度不同。我所要求的那种所谓容纳复杂性和开放性的理解，远远超出认知者脑容量的正常配给，其实是要求一种特权，是对他人的占有——凭什么？因为我正在试图这样对待其他人？我真的这么做了么？经得起检验么？即便我那"我并不了解他"的警觉值得推广，我也仍然没有权利要求别人和我一样——死胡同——但是这一切都是从何说起？三娜听见妈说，"你们以后就会了解，我虽然脾气不太好，但是是一个非常直接、非常真诚的这么一个人……"陈静早给大姐搬了一把椅子，三个人都坐下。好像翻过一座山，忽然觉得这大房间里十分沉静，妈的声音一道一道划得很清楚，被麦克风放大、像电脑绘图中加粗的笔迹。在如释重负的松弛中，看着这些声音、语句及其含义像是落叶游鱼，顺水流走，不值得追究——不知不觉，注意力回来，尴尬和紧张渐渐漫起，狙击流弹一样一字一句反驳着，辩护着。

王美华讲话的时候，孙冬梅进来跟大姐小声说了一句，她们俩悄悄出去，开门那一下三娜看见二姑在门口。准是问中午吃饭的事。三娜假装探身看王美华——爸的座位还空着。二姐看她一眼，她假装看着学生们，刚才对她笑的那女孩儿又看着她。三娜笑了一下，疑心她注意到自己"鬼鬼祟祟"。这女孩儿确实很好看，眼睛很亮，干嘛不去早恋，傻。大姐回来坐下，轻轻叹了一口气。大姐总是双重人格同时在场，又觉得每个人都很可怜可悲，又要遵循这环境的要求和预期去工作。她总是说二娜三娜幼稚，可是据三娜所知她自己根本也没有想明白，为什么就能做到？

典礼结束学生先退场，妈坐轮椅不方便，好几个老师等着帮忙，闹哄哄出去了。孙冬梅和钱媛来收桌上的红布和名牌，三娜跟二姐赶紧过去帮忙。冬梅抱着一摞红布，抬头望了望，去问大姐。大姐正在跟一个浓眉大眼儿的年轻女老师说话，还有两个人在旁边等着，冬梅说，大姑，那个横幅儿是不也得摘下来。大姐犹豫了一下，说，等会儿我叫昊宇和王阳整吧，要不你给他俩打个电话？三娜在旁边看着，觉得非常荒冷，就这么几个人，做这些异常简单的事，简直像农村人过日子。钱媛说，二姑啥时候走啊？二姐笑说，明天。冬梅过来说，啊，明天就走啊？二姐笑嘻嘻跟她说，啊，咋的？冬梅也笑，说，那啥时候再回来啊？钱媛说，这桌子搬不搬呢。冬梅说，等着他俩来了再搬吧。钱媛说，你打电话了么？大姐说，何二娜！何三娜！

张英杰正推着妈出去，有几个学生在门口探头探脑的。会上对三娜笑的女孩站在大姐旁边，比姐还高一点，很瘦，一件紫蓝格子掐腰衬衫穿得空荡荡的。大姐说，黎薇，最可爱了，想要跟你俩说句话！二姐说，我知道你！你老笑啥笑。黎薇笑说，姐姐能不能给我写句话，然后签个名儿。

三娜说，我又不是赵薇。

黎薇笑得有点撒娇，姐姐就帮我写一个吧。

浅紫色碎花封面日记本还是新的，让写在扉页上。

三娜想起浓荫的工农大路，想起吹着风放长坡的愉快，想起无缘无故站起来猛蹬的快乐，想起更多时候，几乎是无意识地踩着车，在前行的节奏里畅想，思路特别顺滑，特别活泼，特别宽广。那五六年正像起飞前越来越快的滑行，渴望并且深信天空。想起中学时候，就总是这个场景，明明秋冬更长，看见的却总是春夏，可能因为需要那生命充盈的气氛。

三娜说，写啥呀？黎薇说，随便写两句就行了。三娜说，姐你写。二姐说，没啥好写的，你不最会搞这些了么。

铃响。三娜说，上课了，快回去吧。

黎薇说，这是下课铃儿！

三娜翻过两页，心里莫名冒出一句，"祈祷世界如你所愿"。想了想，写上"忠于自己，看见世界。"递给二姐，二姐笑嘻嘻说，我不会写，我就也签个名儿吧。黎薇说，随便写一个吧。二姐说，那我写啦。"长得好最重要！"——笑啥笑，真事儿，这是我刚上高中时候，我们班最有意思的人跟我说的。

三娜有点吃惊，以为二姐会以嬉笑的方式保持距离，结果她也因为紧张讲起了对方完全无法领会的笑话。

黎薇说，谢谢姐姐！

又拿着小本子去等大姐。其他人都走了，只有大姐跟陈静说，你今天回去列个单子，明天给我。然后陈静也走了。

大姐说，啊，我也得写啊！

姐也没坐下，弯下腰，字写得很大，"通过知识获得解放！"

大一大姐送三娜这么一本书。那时觉得很时髦，显得很有精神生活，带到各种教室去打开，根本一个字也没看进去，但是不知道为什么不太喜欢波普尔。还有一次，上马克思主义哲学，三娜拿一本《发达资本主义时代的抒情诗人》，也是一句没看，只是喜欢那书名。似乎一直在看自己看这书的样子，因为知道自己是摆样子而心虚、因此格外需要他人关注、仿佛那样就成了真的。那天有个自动化系的女孩坐在旁边，长得非常好看，三娜就一直跟她聊天——试图征服她，好像也是说得面红耳赤的。五月里，从教室出来空气热烘烘的，身心无法镇定，骑车去照澜院买西红柿——心里设想这也是一种浪漫。

一下子想得非常清楚。

大姐说，你俩还在这儿干啥呢？走吧。

二姐说，爸呢。

大姐说，吴刚来了，在会议室说话儿呢。

三娜说，上哪去啊？

大姐说，哎呀，妈办公室估计人多。

三娜说，我去看下二姑吧，还没打招呼呢。

二姐说，你自己去吧，我可不去。

昊宇和王阳来了，大姐说，把条幅摘下来吧，你俩踩凳子小心啊，然后把前面这排桌椅搬回去，找冬梅拿下钥匙，三楼对着楼梯那个教室的。

三娜说，那你一会儿去找我，假装有事叫我出来啊。

大姐说，一会儿你们跟妈就回去了，她在这儿就总有人找她，她那腿不行。

三娜说，我去去就来啊。

有两个学生拿着书，正从宿舍往教学楼跑。三娜低头与她们相遇。走到宿舍楼，转进走廊，听见铃响，忽然就像是整栋楼都沉静下来。迎面碰上宝良舅。三娜没见过，知道是他，长得非常像五姥爷。犹豫了一下，已经擦身而过。三娜回头说，宝良舅？他正推门，转过来说，是不三娜？

三娜说，是。

宝良舅说，我瞅着就寻思得是，因为啥呢，你姐我不都见过么。

三娜笑嘻嘻地说，我长得像我妈吧。

宝良舅说，嗯呐，像我老姐，进屋不的，上舅这屋看看。

一楼朝北房间，挨着水房。一个瘦小枯黄的女人坐在床沿儿，宝良舅说，你舅妈。三娜知道是桂芬儿，不知道姓什么。桂芬儿声音很小，说，嗯呐，坐，不埋汰，临来都洗的，姆们才来几天呢。三娜说，都适应了么。桂芬儿皱眉头，这长春，忒大了！三娜说，舅妈第一次来么？她说，嗯呐，没来过，我晕车，吐这一道儿啊。宝良舅说，三娜是从英国回来的，是不是？三娜说，嗯。他就定定看着她，眼睛比之前亮。神往而无从想象——这句话在心里划过并没有激起痛苦。桂芬儿说，坐飞机啊？三娜说，坐飞机还得十多个小时呢。宝良舅笑嘻嘻的，说，你算不行啊，出钱让你上外国，你都去不上，半道儿就得要往回走，我可行，我从来我坐啥车我都不带晕车的，我都坐不够哇！

出来关上门，想宝良舅穿一双手纳底儿的布鞋。没人穿那样儿鞋了，而且打扫卫生很容易弄湿。也不能买一双鞋送他。以前怀德来人，妈给拿一包旧衣服，三娜觉得非常羞愧，爸羊毛衫上烧的烟洞。但是过两年五姥爷来，棉袄里面还是套着爸的深棕色衬衫。他们父子都是高高兴兴的，没有不平之气。——我那些紧张愧疚尴尬都是基于臆想？并不是所有穷人都像他们这样。妈有时自豪地说，"姆家人你咋不说都身体好呢，身体好心情就好呗，那你寻思啥呢。"不指向任何结论。如果所有穷人、令我愧疚的人，其实都是高高兴兴的，我就能获得解放么？还是仅仅是在相处的现场感到稍微轻松一些？我是对他们愧疚，还是对不公正本身愤怒？什么样的公正能将我解放，坦然成为一个自我自私的人？"每个人的自由发展是一切人的自由发展的条件？"啊说得多好！这不正是我想要的？我不是已经知道了这结局？为什么从来不去正视它？正视我所需要的那种公正是"不可能的"！还是全地球都像美国那样就可以了？但是正如有子哥说的，到哪到什么时候都得有人打扫卫生啊。只能指望机器人了！小时候姥讲杀牛，说刀还没拿出来，牛就开始流眼泪，三娜听了非常痛苦，夜里躺在床上翻来覆去，想一定可以发明一种机器，把原料放进去，另一端就可以输出牛肉、猪头、羊肉——一切肉类，一块一块像豆腐一样。想得像真的一样，几乎确信未来必定如此——才睡着了。

二姑说，你老婶儿昨儿回去了她老兄弟从延边来了我给拿的这么大一块肘子，告诉她晌午饭前回来一到这前儿还没回来，我心思啥我不心思啥我怕要招待领导啥的——。

三娜说，领导都走了。

二姑说，嗯呢，走了咱们娘儿几个吃，想吃点儿啥跟二姑说，二姑给你做。

三娜说，不知道啊，看我妈腿能坚持到晌午么，不行一会儿我就跟车回家了，等我想好了要吃啥我给二姑打电话，特意来吃！

二姑就笑。二姑父在旁边抽烟，说，我就稀罕三儿，到啥时候笑呵儿的。

二姑神秘地小声说，我这面点师傅才好呢！那馒头蒸的，细宣[1]儿细宣儿的，包那小馄饨，搁点儿小虾米里头，学生都抢啊，我给你三哥留一碗，留一碗没吃够，再要没有了！你三哥那嘴多挑啊，那些年啥好饭店没吃过！

三娜说，三哥呢？

二姑说，在里屋睡觉呢。一早上四点钟起来去买菜去，这不是替我么，你三哥可知道心疼人儿了。

说着就乐。

三娜说，哪儿有早市儿啊？

二姑父说，就三家子，往那么一走就，不远遐儿。

食堂二楼员工宿舍，在楼梯口留了一个小厅，靠墙一张小桌上摆着电视，这边一张沙发床，窗口摆了两张扶手椅，一个小圆桌，倒也

1　细宣，松软有弹性。

有居家的气氛。三娜想起来，觉得不该问，但是脱口而出，二姑父还画画么？

二姑父说，好几年没画了，身体不行。我那画儿都在文化广场呢，啥时候过去，过去鉴赏鉴赏，三儿学建筑的能懂画儿——

楼梯传来踏踏的脚步声，——二姑啊，郭师傅说的，盐不够，还有没有了，还是再买点儿啊？

三娜听叫二姑，知道是小芳姐。穿件粉黑条纹的针织衫，裹着腰身非常粗壮，浓眉大眼的大黑脸盘儿，戴两个金耳环，梳一个大粗马尾。妈说她就比大姐大半年。

二姑说，三娜，不认得么，你芳儿姐。

芳儿姐立刻笑起来，说，哎呀，我都听姆家你有子哥讲多少回啊，我三大爷家那三个姑娘——

三娜站起来，笑着说，谢谢你送的柿子，特别好吃，是你自己种的么？

芳儿姐很乐，说，嗯呢，这都眼瞅着要罢园的，夏天前儿的那才好吃呢。

妈说有子哥打她。但是小芳姐崇拜丈夫，人说她虎，她得意地说，嫁个奸老爷们儿就行呗！

二姑，我就寻思不咋够，不咋够我寻思试试，芥菜那玩意得多搁盐，要不腌不透。

芳姐说，嗯哪我寻思要不我就去买了，我找不上啊。

二姑也站起来，说，这眼瞅着得做晌午饭了，你让他先搁那儿吧，等下午不晒挺了合适谁骑车上三家买去。

三娜说，没有盐咋做饭啊？

她知道她们没有这么蠢，但是也确实不知道答案。

二姑笑，说，这孩子傻的，腌咸菜能用这做菜的盐么，粗盐粒子你见过没有？

　　芳姐也笑，说，人家净念书了，哪腌过咸菜啊，念书好就行呗，我总跟我们欣欣说啊——

　　三娜说，我跟你们一起下去，看我妈该找我了。

　　二姑搂住我肩膀说，要我说你在二姑这儿吃晌午饭，跟晚上班车回去呗，你们家那伙食我还不知道么！可是这个保姆做饭咋样啊。

　　一个两三岁的小女孩儿正站在楼梯口仰头看着，见到小芳姐紧紧贴住，跟着出来。大姐正穿过食堂往这边走，说，正找你呢，你快过去，车都停门口儿了。

　　三娜看着姐，姐说，我跟二姑还有点事儿。

23

　　二姐跟昊宇关门走了。赵姐收起床边上妈的新衣服上楼。小姥坐在妈床沿儿上，说，腿疼疼？妈眼圈儿就红了。她背窗侧躺着，脸窝在阴影里，姥可能看不清楚。三娜站在跟前儿，不好离开，觉得这一天非常长。妈嗦了一下鼻子，高声说，不疼！妈我困了！要眯一会儿！妈你快回屋去！你别看着我，你看着我我上火。

　　妈闭上眼睛，甩手示意让小姥走。跟三娜说，领你姥上你大舅那溜达溜达去。

　　赵姐下楼时看了一眼钟，她说，老姑啊，刚才张磊打电话了，在六路车站呢。

　　妈也不睁眼睛，说，你快赶紧去吧。

　　姥一步一步往厨房挪去。赵姐进屋，拿了小钱包出来。

　　妈说，刚才不说，刚才说是不就车给你捎过去了，六路车站挺远呢。

赵姐笑说，没寻思啊。

三娜看着她的上半身从窗前游过，太阳晒得人也白花花的。

三娜说，妈你腿很疼啊？

妈一动不动，眼睛也不睁，说，咋不疼。

像是有谴责。倒抵消了三娜的愧疚——她一直抗拒去体会妈妈的痛苦。

一片安静。在楼梯第一阶上坐下，身体动作的余音也缓缓落下，就听见了钟的秒针儿，小姥扒拉塑料袋的刺啦声，隔壁不知道哪家的关门声。看见自己的无数个触角柔柔吹落，像鸟收了翅膀，立住成为一棵树。意识来了，像风吹过。多么难得啊，这样几乎完全拥有自己的时刻。又是多么短暂啊。厨房有水声。然后是小姥的脚步声。三娜侧头看她，她笑眯眯的，手里两个西红柿。

三娜试着叫了一声，妈？

妈说，干啥？

三娜咬了一口柿子，说，我小姥洗了柿子。

妈说，搁茶几上吧，我待会儿吃。

又叹口气，说，就我妈知道心疼我啊！

还是像谴责。为什么，没惹她啊。因为去看二姑？妈在车上问起，是很平常的语气啊。因为二姐要走？

三娜说，你能睡着啊？

妈说，眯着吧，累，昨天一晚上我也没咋睡。你去上楼吧，该干啥干啥。

妈在车上就没精神，像演员到后台，非常疲惫，也可能非常疼——三娜总是忘记。那沉默让二姐很紧张，问了几次，妈你咋的了，妈都说，没咋的。

阳光把爸妈的房间照得通亮，从门口望去，更觉得宁静。平常她们不在家，爸妈上楼来，也是看见阳光也是这样照着。忽然、也许是受了文学的支配，三娜觉得这些人影、声音、心事，都漂浮起来，是过客，是幻象。这样一想就有点抒情，又有点安心，好像离得远远的这个自己才是唯一的真实。立即知道，这全是敷衍，而且敷得太薄了。心里笑了两声，想起女人化了妆的脸。

果然 Barbara 回信了，论文有几处要改。打开附件看一眼，只有几处标红批注，都很简单，但是心里一阵烦躁。那文件里都是小蟑螂，再看一眼它们就要爬起来了。赶紧关掉了，还是想起自己在伦敦完全是荒废。连游玩也不曾尽心。花了那么多钱。立即躲开了，删掉 Lucia 的邮件，删掉 5460 的通知邮件，就把网断开了。Lucia 今天说，I picked up a Brazilian hitchhiker…，简直像是真的，要不从何想来。三娜设想背后那个人恶作剧的心情，非常随意的态度，简直替他高兴。随即想到这事情倒是适合写成趣味小短文。这个账号隔几天就发来一封邮件，标题经常变换，有时只是"hi!"，有时是"sorry that I forgot to tell you"。有一次非常俏皮，I hate to love you, as much as you love to hate me. 打开就一个链接，三娜从来没打开过，怕中毒。后来只看标题就删掉了，但是没有列入黑名单，有时候特意去 junk mail 里看，好像看到背后滚滚的钱在流动，竟然觉得温暖。甚至有点害怕他无声无息消失。——有这么寂寞么？本来不觉得，描述出来怎么就显得非常可怜。顶多算是多情？对偶然、相遇、远方多情？听起来也还是差不多，so desperate。为什么此事一经说出就变得不同？我说谎了么？在可查的范围内并没有。三娜模糊预感到这里有什么东西，经常遇到，又总是视而不见——也许很重要。站起来，离开电脑桌，茫然走到门口，又站住，因为有意识地想要集中注意力思考而彻底僵住，"能量都被意识本身吸收了"，造出这句以后，思维渐渐松动自由，不知不觉走到书房，又走回来，仰倒在床上，期间飞速地想到：是反观这个动作本身带来差别，是观看者和当事人的感受差异，观看者代入此时此地的自己去体会彼时彼地的当事人，并不能真正获得当事人在现场处境中的全部身体反应，比如观看比分胶着的体育比赛，在制胜时刻观众差不多总要关电视走开，但是显然多数时候运动员依然可以继续比赛，有时甚至可以超水平发挥。与此相似的是，人们总是在预想甚至回顾一件可怕的事的时候达到恐惧的高峰。少数那些在事故现场吓僵的人，是自我意识太强的缘故么？是自我观看的恐惧压倒了身体神秘的应激反应么？所以自我意识与懦弱强烈正相关？这里分辨得出因果么？——她高兴地、几乎是侥幸地停了下来，明白这些都不是她最初模糊感觉到的那个东西，她并不是要陷入对意识本身的好奇心、这探索也重复过千百次了，她感觉到但是总是滑过去、这次应该正视并且记住的，不过是一个简单的结论：她常常启动的"代入体验""感同身受"，并不能完全当真。要在多大程度上当真呢？而且除此以外要如何了解另外一个人呢？

三娜试图强迫自己记住这个结论的时候感觉到胸口憋闷烦躁。像是要回馈自己，她重新坐下，几乎是理直气壮地，连接网络，进入聊天室。很快就被冯谦与认出来，紧张地说了也许二十分钟，终于断了网，担心电话占线的那根神经松弛下来，只剩下说聪明话的亢奋快乐。没有关掉对话框，拉回来重新看了一遍，在几个意想不到的机智的地方，反复回味。看见自己最终于以情绪为借口否定了思考的内容、回到思考的行为，一举遮蔽了谈话中的所有漏洞，三娜几乎笑起来——我真是太狡猾了！瞬间醒悟一般，赶紧掉头回望，看到这一切欲望和满足都在愉快的、几乎是儿童般天真的心情下完成了，没有遭受任何自嘲和自我羞辱的污染。现在可以追上去讽刺自己，也可以就这么看着。既然是有选择的，似乎就不是"自然的"，就不值得观察。兴味索然，转身想到无论如何更多的时候自己是无意识的，好像无论如何自然和宇宙远远大过人工的"文明"。兴奋在思考中渐渐落下，又一次听见家里凝寂无声。

下楼去，妈也还是那样侧躺着，闭着眼睛，说，怎么样啊，给没给你回信啊。

三娜说，你没睡啊。

妈说，听着你滋儿滋儿连网儿。

三娜说，回信了，我下午搞一下，很简单的。你就别管了啊。

妈说，没人管你那套事儿。

三娜说，你不疼啦，挺精神哪。

妈说，好点儿。你姥儿呢？去看看你姥儿干啥呢。

姥坐在床沿儿，一条腿盘上去，就着窗口的亮儿在看画片儿。三娜她们小时候攒的明信片和贺年卡，姥收在一个纸盒里，有时候拿出来看。她倒不怎么看相册。

三娜大声说，我姥看画片儿呢。

姥手里那张是里约热内卢耶稣山的雕像，天非常非常蓝。

姥说，这人干啥？张俩膀子，为啥把他放山上？

三娜说，这是外国的菩萨！

姥说，咋不供庙里？风吹雨淋的！

三娜瞎说起来，他们把神仙放山上，瞅着大伙儿，这样就谁都不敢干坏事儿！

姥笑了，重复了一遍，说，啊，把菩萨供山上，监督老百姓，看谁干了坏事儿遭报应！

三娜也高兴起来，说，对！而且这个山很高，在这个城里不管什么地方，一抬眼就看着菩萨了，就不敢干坏事了！

姥就乐。抱着自己床上那只脚，画片儿拿近了又看起来。

三娜正要转身，姥忽然说，他们那嘎达儿没有小偷儿啊？

笑眯眯看着三娜，不好意思似的。

三娜说，有！哪都有胆大的！

姥喃喃说，杂种操的，洋菩萨也不好使。

妈说，你姥看啥呢？

三娜说，一个耶稣雕像。

姥抬头问，人死了上哪去？

三娜大声说，不知道！

姥又笑了，说，念大书的都不知道？

妈叹口气，说，人老了都想，死了上哪去，你跟她说人死了就啥也没有了，她接受不了——你过来搊我起来吧。

三娜出来，说，我也接受不了。

妈坐起来，靠住枕头，拿起柿子吃，说，去给妈这杯子刷了，不用放茶叶，倒点儿热水就行，少倒。

转身走过楼梯，听见妈自顾自说，要说人活着有啥意思，一晃儿啊，你大姥儿都没六年了。

三娜想妈大概是望着窗外吧，只这样一个画面，就轻松地抵挡过去了。小姥仍然迎着窗口的光看画片儿，画片儿映得银茫茫的。耶稣雕像后面的天空，那蓝颜色几乎是崇高的。三娜想起去大英博物馆那天。

七月午后，非常蓝非常晒，人行道上迎面走来袒露的胸脯，褐金色的皮肤上淡金色的小汗毛闪闪的。还能闻到春天的清凉，又觉得夏天很快就要过去了。也许因为快要离开，三娜心里好像有什么东西松开了，忽然看见了伦敦。第一次觉得遗憾，一直什么都看不见，两眼放空生活在自己的头脑中，连大英博物馆都没有去，好几次路过。但是立即就觉得那遗憾本身令人愉快。Barbara 常驻大英博物馆，穿一条过膝的铅笔裙，紧身圆领 T 恤，裹着胸和屁股滚圆，几乎是仪态万方地走过过厅。Nina 说有个学生给 Barbara 写信求爱，以自杀威胁。

She is not pretty at all！Julia 直接说出来了。三娜只能去类比大学时听说的师生恋，以便给这个故事定位。还没搜索到，已经从头顶泼下一阵沮丧，觉得自己距离这里、UCL 的 Bartlett School 的生活，非常遥远。那么一个封闭完整的东西，这一年擦着边儿就过去了。Barbara 一条金色窄长脸，尖鼻子，戴小方框眼镜，浅棕色密卷长发，像漫画里的人，说话非常慢，柔和地望着人的样子仿佛带着关切——也许因为这个？她没看见三娜，也并不张望，在另外一张桌坐下了。三娜在站起来走过去之前，感觉到自己和她之间的联系，薄弱到透明。她下意识里总是以为自己透明隐身，谁都看不见。在一个外国城市、心里明白不会久留，理直气壮地不卷入——更紧地攥住自己、更紧地抱住意识，错觉这就是清醒，仿佛安全的底部。是害怕什么？还是为了享受甚至炫耀、微服私访式的高傲——我尚且支付得起这样的生活！？Barbara 抬头微笑，三娜感觉到自己笑容堆上来，切换的瞬间短得观察不到。Barbara 拿过论文提纲看，拖长音，O——K——nice，抬头讲起来，讲得慢而简单，三娜依然什么都没听见，只看她嘴唇在动，几乎是故意地诱导自己想，我其实不认识她，她也不认识我，这篇论文毫无价值，我们这么一本正经——这一跳跃绝对是刻意做作的——广场上有一个沉思的牛顿。世界散回成粒子的海洋，空气喧哗。三娜厌烦自己这样，也觉得失礼，但是自我意识上来了根本刹不住。Barbara 打开自己贴满彩色纸条的活页纸夹，讲述阅读文献、收集、整理和查找材料的方法，其实也没什么新鲜，跟二娜大规模整理房间也差不多，但是也许自以为是原创的，也许只是非常有体会，Barbara 说着说着就迫切起来，比之前说论文那些脚不着地的话的时候倒是真实了许多——三娜几乎因此笑出来了，非常满意地、带着观察者的优越安全的心，觉得她非常可爱。

三娜站在妈床边，看见自己从图书馆出来，在庭院里空坐了一会儿。刚刚完成一个任务之后的那一小片轻松，在大片浑浊虚度和自我厌恶的时间中，像海上的一块礁石。三娜想我一定要上岸，这样才有机会永不忘记，作为一种复仇。

赵姐从窗口走过，低着头。三娜去开门，赵姐拎着一袋沙果。

妈说，张磊呢？

赵姐带着笑，走了，说不方便。

三娜几乎是紧张地看着她，那微笑是疲惫还是掩饰？还是也许也有点如释重负？她看不出来，而且无法分辨所见与臆想，自我怀疑把最简单的事也变成不可能——急促的一涌慌乱。

妈说，小孩儿可不就那样，那你咋不陪他在外面多待会儿。

赵姐说，不寻思都晌午了。

妈说，那点儿饭谁还不做了，打个电话回来不就得了。好容易娘俩儿见个面儿你说说。下午几点的车？

赵姐说，三点多钟，他说要找同学去。

这样的时刻也不过如此。

又说，这沙果儿我尝了，挺好的，老姑你吃两个。

妈说，咋不给孩子装上？

赵姐说，书包装几个，剩这我说拎着，不干嫌乎砢碜，说还要去找同学。

妈说，脸儿小，像你似的。三娜，你去妈包里拿二十块钱给你赵姐，还有那些排骨呢。

赵姐急了，慌忙地拦住我，说，老姑，你可不能这么的，你这样我把排骨和这点儿沙果儿都扔了。

她急得有点突然，可能本来就在紧张的忍耐中。三娜真怕她哭出来。

三娜像得到证实般满意、又像赵姐本人一样窘迫，就只能看着妈，妈也叹了口气。赵姐拎着排骨和沙果去厨房了。

24

关上妈房间门，三娜侧躺着，看二姐收拾箱子。姐把衣物掏出来扔在三娜身上，说，快起来。三娜说，我都困出眼泪来了。她捡起膏药，说，你咋就买这两盒！够干啥的！

姐说，都不一定让带呢！买多浪费。

三娜说，你是大姨啊。

她又拿起《里尔克诗集》，说，这你也带，你挺能装啊。

姐说，家有两本儿，肯定都是大姐买的，买完就忘了。

又说，写贼好。

三娜放下，说，等我论文寄出去心里利索的。

姐说，赶紧整完得了，闹不闹挺。爸妈的事儿你别掺和，整不明白。

三娜说，没想掺和，但是心里乱糟糟的你知道吧。总觉得好像得这事儿过去才能整论文。

姐说，其实正相反，你就找借口。心里越乱，工作的时候越容易集中注意力我发现，啥都收拾利索儿的往那儿一坐，就想上网玩儿。

三娜说，你咋跟妈似的呢，催啥呀。明天我就改，就几个地方，一会儿就搞完了。

姐笑说，等我走啊。是不贼盼着我走，我都知道。

三娜说，对呀，咋的。

姐说，这样一天到晚混混贼容易长胖我跟你说，激素水平低，不代谢。

三娜说，等大姐走了妈上班儿了就好了。

更自在地梦游？

姐说，你啥时候回北京？

三娜说，过完国庆节。

姐说，那还一个月呢，早上一睁眼睛不知道干啥。赶紧起来得了，睡啥睡，刚吃完饭就躺着都长身上了。

三娜坐起来，坐在床沿儿上叠衣服。

二姐大一暑假军训，回家只待几天。走前她把牛仔裤洗了，要上飞机裤腰那块还没干透。姐说穿上就干了，妈说潲腰还了得，三娜抢着熨干了。着急，熨斗戳到左手小臂，撕下一块皮，底下直冒油。出租车走远，三娜转身去药店。烫伤药是冲淡的红糖颜色，黏糊糊看着很脏。中午时分太阳强烈，影子短小，四下寂静，走过院子小铁门的那个高中女生，心里美滋滋的。为了逼迫姐觉得自己好、记得自己的好？为了自己觉得自己温柔？可能爱也就是这样。只有一条体面裤子的年代和年龄，就那么过去了。

姐说，刚才张昊宇送我回来，说，路上钱媛给他打电话，我看他俩好得了！

三娜说，你看出来啥了？

姐说，反正笑嘻嘻的。

姐抖出一件黑色 T 恤衫，说，这个给你啊，小胖，穿上贼显瘦。

三娜接过来，叠好，放进箱子，说，根本不可能有衣服让人显瘦，黑衣服只会让人认为你想要显瘦，更悲惨。不过反正只要心里认为自己胖，就总是特别悲惨。

姐说，那你就接着穿粉的吧，外国都是老太太才穿红的粉的，你没注意么。或者墨西哥人韩国人，穿些花里胡哨的。当然了，还有中国人。

三娜说，我觉得穿粉的比较忧郁，忧郁的胖子！

姐说，你不咋胖，稍微瘦一点儿就行了。你长最好了！

又叠到一件黑衣服，三娜说，咱们真是渐行渐远啊！

姐说，我可从来没喜欢过粉衣服！

三娜说，我喜欢我也没有几件啊，我太压抑了，不能做回真我！

姐说，咋的，又想往我俩身上赖啊！我跟你说，你别看这些黑 T-shirt 都差不多，其实是各种长短各种领子，全都能派上用场。最实用了！

大四暑假，也是炎热的午后，二姐和周泽从普尔斯马特回来，买了许多杂物和两件情侣 T 恤衫，胸前一道蓝海椰树船帆，质朴得近乎俗气，似乎也是微妙而特别的——普尔斯马特是个外国商店。三娜也是坐在床上看他俩装箱子，装到一半周泽出去买胶布，二姐抱膝坐在地上，累得不愿动弹。到处都是要带走的新东西。窗帘半拉着，外面白得看不清，一声一簇传来夏末的虫鸣。特别空寂。且有浮萍之感——怎么姐就要出国了？回想她张罗出国，焦虑忙碌，也还是觉得不真实——这不是她的意愿——她不知道自己在做什么。好像人看着自己在犯错，又只能错下去，好像中了符咒。

三娜知道那符咒是什么：她们系所有人都要出国，否则就是失败者。这样具体、简单、容易击破，格外显得人弱小可悲。但是从来都是不值得的事让人耿耿于怀。三娜理解那输赢的逼迫、那不甘心，也知道姐自己知道这坚持毫无意义——双重软弱。

三娜摇一袋蘑菇，说，这充气的太占地方，你带它干啥。

姐说，妈非让我带，正好拿回去给赵静。

三娜说，你是不是应该给导师带点小礼物啊。

姐说，不用。再说也没有合适的。——我跟你说，Karl 办公室有个小熊猫，跟咱家那两只小白猫差不多，玻璃往外鼓鼓着，里头有个小熊猫抱一根儿竹子。摆办公室窗台上，跟一些很多人开会的照片相框放在一块儿你知道吧那种，有一次 Karl 看着我在看，就特别难为情，说，你们这些中国学生，真是尊敬老师！我哪里配得上这么好看的小熊猫！你听出来了吧，心里非常在乎！

三娜跟着笑，那你还不给带个小礼物啥的。

姐说，麻烦！再说没准儿他也想起小熊猫的事儿，觉得我是故意的呢，都贼敏感。

三娜说，不至于吧，就算觉得你是故意的，也不会生气吧。

姐说，Karl，很难讲我跟你说，自尊心特别强。明明都已经好几年没有项目了，来实验室啥事儿没有，还是天天来，装做很忙的样子。不像 Ben，贼黏糊，爱唠嗑儿，有时候还不到四点就端个咖啡蹭到我那个小隔间门口儿，看能不能找个话题。我都不敢搭茬儿，只要一搭茬儿他就说，you know what，然后就坐下开说。

三娜说，那不挺好的，挺亲的。

姐说，是挺亲的，就爱讲 personal 的事儿，说他老婆喜欢逛旧货市场，我看其实他也喜欢，爱凑热闹，哪有事儿哪到。他有一个叔叔还是舅舅死了，遗产留给四个儿子，其中一个拿了一部分到旧货市场去卖，正好被他和他老婆碰见了。他那天就特意来跟我讲这事儿来了，说得手舞足蹈，胖子都喜欢搞气氛你知道吧，——姐不知不觉站起来模仿——how could a person get so many things! 觉得这个发现太值得一讲了，其实就是没话找话！说，我们俩的东西只能全部留给小汤姆，他可怎么办！汤姆是他儿子，就一个孩子，又高又瘦，太瘦了，跟根棍儿似的，学习不好，他们外国也有学习不好这回事儿，你以为呢，学习不好就念不上好大学，现在高中毕业在家待着，Ben 说他在搞艺术，You know what, little Frank finally figures out the thing, you know what I mean？ 可逗了，其实他自己也不信，但是不是都得假装信么，不是得鼓励么，自欺欺人，美国人那一套你知道吧。说每天傍晚小 Frank 都在工作，people only do what they really love to do in the evening, isn't it？ 你说我能说啥？根本不敢接岔儿，万一哪天拿 Frank 的艺术作品让我夸我就完了，不过他也不能，他其实也挺知道害臊的，谁知道了。

姐讲起故事来非常兴奋，脸好像都红了。但是到最后一句，声音就弱下来，好像回到讲述者站立的此地，不论什么说完了都有点感伤。也许只是看见自己的亢奋，忽然意识生起，兴味索然。

衣物都整理好，箱子还空着一块儿。姐把盖子摞下来，说，我想喝咖啡，暖壶有水么？

三娜说，有、我早上新灌的，我也想喝。

姐说，行，给你喝一口吧。但是那暖壶根本不咋保温，算了凑合喝吧。

三娜仰倒在床上。想到家里曾经有一副象骨筷子。起来翻妈梳妆台抽屉，果然最里面有一个绿色布纹纸贴面的长条盒子，盒子侧面别着一个象牙形小扣子。

姐端咖啡进来，关上门，说，你知道 Karl 用烧杯做咖啡么？

三娜说，这个给 Ben 吧，让他家东西更多些。

姐只看了一眼，没有拿起，说，很贵吧。

三娜说，不会吧，你看盒子里面那个假黄绸子，都没铺平。再说搁家也没用。

姐，算了，给了 Ben 也没啥给 Karl 的，还不如都不给。我给你讲啊 Karl，用大烧杯煮咖啡，按刻度加水，用酒精炉烧。一天喝十杯至少，外国人也不知道咋回事，然后就说，我四十年来都喝一模一样的咖啡！或者说，阿娜——说不上二，阿娜，这个烧杯比你的年龄还大！就特别得意。他二十几岁就当教授，差点儿拿诺贝尔奖那种，后来再也没做出啥来，也挺可怜的，也对自己失望吧我觉得。

三娜说，六十多咋还没退休。

姐说，六十五了，生日那天才逗呢，下午还很早呢，他就忍不住了，说，you know I need to leave early today—— 一边说一边就后悔了，憋得脸通红，结果根本也没早走成，因为不好意思就赶紧找补东说西说，还说自己是 sex machine，笑死了。Ben 才坏呢，就看着他出丑，还假装提醒他 you need to go now，真是的 Karl 太惨了哈哈哈哈哈。

三娜说，小点声儿，窗开着呢。

一下就静了下来。姐说，都几点了，咱下楼去豁了妈起来啊。

三娜说，妈好像特别累，昨晚没睡好。

姐说，永远是她最对，最委屈——

像是为了覆盖掉这句话、或是后面即将到来的烦恼，姐立即又假装兴致勃勃起来，说，我给你讲啊，Karl 中午带个三明治，自己做的，夹的西红柿 cheese 和火腿，有时候还没有火腿了就光夹西红柿和 cheese。外国你知道吧有专门装三明治带拉练的塑料口袋，还有大小正好的小饭盒，或者你就用锡纸包一下也行啊，他都不用，他就用超市装东西的那种大塑料口袋，每次拿出来，里头一些西红柿汁儿，那点儿东西全都散了，他整吧整吧假装成一个三明治吃，喝一大杯咖啡。有时候还带水果，跟三明治一起放大塑料袋里。秋天带梨，烂的地方在家洗的时候就用小刀抠下去了，等到中午拿出来都氧化了，棕色的一小块儿你知道吧，看着贼惨，跟我说，这是他们家院子里的梨树结的，也不说给我一个，不好意思给你知道吧，不好意思把自己家院子里结的果实给别人你懂吧太像那种中产阶级了你知道。他家还种了橘子，有时候带两个，剥了皮儿之后一根一根儿地往下揭橘子瓣儿上的白丝儿丝儿，哎呀，可让人心酸了。

三娜忽然意识到姐已经在那里展开生活，"回去"是理所当然的。"什么是你真正想过的生活？"这问题没法回答，要么是敷衍，要么是无底深渊。——这样一想，就掉进了存在即合理的陷阱。三娜说，像小孩儿啊。

姐说，我不知道，我有时候会想起大爷。

三娜说，大爷要是出生在美国就好了。

姐说，爸爸。

三娜说，爸爸不一定，爸爸还当处长呢，而且爸爸爱好文学，在美国的话不一定会当科学家。

姐说，Karl跟他老婆是鸟类爱好者。每年夏天去海岛上观察鸟，一去一个多月，你说到底有啥意思，专门去看鸟，咋想的。要说美国人过的，真是也不知道是真是假，Karl有个孙子还是外孙子也不知道，有一回上午没来，下午来穿的贼正式的西装，胸前挂个牌儿，啥啥啥祖父委员会成员，Karl Conner。祖父委员会！都特别无聊。

三娜说，给孙子们上鸟类课呗。

姐像是有点累了，说，可能吧。

她站在窗前，向外看着，外面是白寂的午后。转过身来，说，人都挺脆弱的。

三娜对这一幕非常满意。她说，我今天正想呢，这些可能是旁观者的误会，当事人并不觉得，除非当事人分裂出一个旁观者来自己可怜自己，所以如果不自怜就不可怜。

姐想了想，说，我觉得不是，不是说故意地自己看自己玩儿，我觉得是人都会去想别人怎么看自己。

三娜说，所以你说其实没有人能不自怜么？

姐说，也有吧，不知道，人和人太不一样儿了。但是我觉得Karl和我很像，互相都能看穿。他每天骑自行车上班儿，穿格子衬衫，有时候故意骑得贼快，我就觉得他心里肯定是在说，我很好，我很酷，我没问题。

三娜说，太残酷了。

姐说，不知道。咱们咋一点儿都不像妈呢，你看妈，咋那么有干劲儿呢，招一些贼笨的学生，是啥教育事业啊。

三娜又仰躺下去，说，不想想这些，我也跟你学，糊弄自己，逃避。

姐说，我可上厕所去了，喝咖啡太好使了！

三娜觉得非常累，用兴奋的语调小声说，赶紧挑本书！

寂静又落下来。她翻身侧躺着，心扑通扑通跳得很响。想到这样随机地遇见这些人，知道一点他们的人生——就看见缓慢旋转的地球，觉得这些渺小的做布朗运动的小点点，非常感人——这痴心妄想的上帝视角，这意识，这情感，像生命的火焰，也非常感人。像是温热的大手抚摸着自己，要把倒逆的皮毛捋顺了那样舒服。因此感到不安——我这是在干什么？知道睡不着，这样躺下去可能会头痛。依然躺着不动。理性沦为语言游戏不被执行是常态——三娜想着，没有注意到这想法本身也是划过去就没有了。

楼下门响。趴窗望，赵姐扶着小姥沿着小路往外走。三娜想赵姐连个哭的地方也没有。这想法没有下文，可能是预感到残酷，心坠了一下，就掉头了。炽热白光纹丝不动，进去停了一下，意识就赶过来了。好像也就够了。一天总要有那么一两次归零的时刻，回到那个谁都不是的无名的自己。

三娜下楼，说，妈你醒了？

妈说，这一觉睡的！中间醒了，听着你俩漆漆咕咕说话，我寻思睡不着了呢，一翻身又一觉儿！

是轻快的语气。是想到姐要走了？妈不善于勉强自己的。可能上午那会儿就只是累？

三娜说，我姥上我大舅家啊。

妈说，上学校，跟你大姨唠唠嗑，溜达溜达。正好赵香玲也溜达溜达，心里能好受么。

三娜说，她儿子来了她也不一定就好受，多不自在啊。

妈说，当妈的心你们不懂啊，再咋的想给儿子做顿饭吃呗。也不知道她那儿子咋样，以后能不能对她好。

二姐下楼来，说，啊，太好了，就咱仨在家！

妈说，你那同学媳妇儿说要来咋还没来。

姐说，说下午，现在才几点呢。

妈忽然笑嘻嘻的，说，趁赵香玲不在，我给你们讲个事儿啊？你看没看出来，你小姥对赵香玲不像从前了。

三娜说，我看出来了，总跟赵香玲儿笑嘻嘻的，还教她打蒜门疙瘩呢。

妈说，你小姥那点儿心思，别人都不知道，就我看明白了，那是打算让赵香玲跟你小哥生孩子呢。

三娜"啊？"了一声，二姐皱眉头说，这都啥事儿啊。

妈说，你看你们，你们咋不能理解老人的心情儿呢。再说这不是好事儿么，也不是白让她生呢，给她钱！

三娜说，你们都计划好了？

妈说，没有，就这么闲唠嗑儿，你小姥儿啊，多势利啊，先头儿对那些保姆都啥样儿就不说了，赵香玲儿刚来前儿，我还不放心，不寻思她脸儿小么，你姥要说点儿啥人就待不了了，不像前头那些没皮没脸的老婆子似的。但是我瞅着咋好像没有呢，还笑呵儿的呢。完了有一天晌午，吃完饭还没睡觉，就在这儿小床儿坐着，你姥儿就问人家，儿子多大了，然后就假装问，咋没再要一个，上没上环儿，上环儿你们懂不懂，赵香玲说上了，头好几年就摘下去了。你没看着，备不住赵香玲都没看出来，我正好坐对面儿，你姥乐得，当时脸上就放出光儿来了。一反常态，对人可好了，一会儿叫，赵娥啊——记不住名儿了，也老糊涂了，多少有点糊涂，净瞎叫——赵娥啊，赵玲啊，你过来咱俩摸牌！你大姨看着了都奇怪，说妈咋对赵香玲这么好呢，我还没跟她说呢。

姐就笑，说，我小姥儿心眼儿咋这么多！

妈说，你小姥儿！

三娜急急地说，妈你不是认真想整这套事儿吧。

妈说，想不想也没用啊！要说没命啊！那时候在你大舅班上，你大舅可稀罕她了，总上家做工作去，让念高中呗。那要是后来没搬，那就跟你小哥俩结婚了呗！长得也好！要说念中专好了，中专也考上了，心高，非要念高中，谁知道高中学习啥样，到高二就逼着结婚了，那后爸，还能供你念大学！也是小孩儿不懂，寻思的好呗。

三娜说，咋后爸呢。

妈说，那可不后爸咋的，她爸死的早，肺结核，听那意思她十来岁儿就没了。她妈带着她跟她妹那能不找么。说她那后爸还行，那她才十来岁儿就跟这后爸了，不也顶看着长大的，也能有点感情，人这玩意。但是那回说说眼泪都要出来了，说她那小妹妹得病前儿，才十几岁，不能动弹，上厕所啥的大伙儿背着，她说她那后爸还动坏心思呢，要说男的能有好东西，心眼子都斜呀。

三娜心里抽了一下，阻止自己去揣想。

姐说，别给三娜讲这些惨事儿了，她该想多了。

妈说，那想多啥呢，农村这套事儿那不很正常么。

三娜说，她后爸没对她咋样啊。

妈说，谁知道了，歪歪心眼子肯定有，就寻思寻思，摸两把占点便宜啥的，不能咋地。反正真有啥呀，她也不能说。

要是有那样的事，她应该就不会讲她妹妹的事——这样一想就安心了一点。

姐说，妈你净瞎说！

妈不理她，说，要不说真是命不好，从小缺爹少妈那孩子，长大了那命运也不好，不知道咋回事儿。这张红军喝大酒，总打她。恍恍惚惚听那意思是怀疑她跟别的男的好，这事儿能好意思说么，反正也备不住，再喝酒那一点影影没有也不能说自己老婆偷汉子。你看她那样，不声不响的，勾人儿啊，你大舅一来就斜楞眼睛瞅她。要不说这玩意也遗传，都说她妈就不好么，她亲爹瘫痪多少年，那能不另找么，没死就得有人。

姐说，我不听你们讲这些事儿，我干脆出去！

妈说，上哪啊？

姐说，不上哪，就出去溜达溜达。

三娜觉得非常理解。像是跟自己说再见。回家总想要看看从前的自己，结果总是看到现在的家人。总是很多人，总是被现场裹胁，不能自持——像碱金属元素，需要特别刻意的独处。

而且刚才她说了那么多话，这时候可能有点空虚的伤感，正适合独自散步细细享受。

三娜说，拜拜。

妈说，约上再针灸一次多好！你说说。

姐关门走了。

妈说，上那美国去干啥！

三娜说，美国好呗。

妈说，都说美国好，能好哪去，中国现在这不也挺好！

三娜赶紧说，那赵香玲咋不早点离婚，你不说她能勾引人儿么，谁对她好嫁给谁呗！

妈说，那不差孩子么！要说当妈的！没钱，张红军在粮库，接他爸的班儿，那是好活儿啊，收粮的时候算几等品啥的有都是说道，人会整的那都得是屯子里富户。那张红军能行么，喝酒耍钱，还在外头有个相好的，不着家，一分钱不往家拿。孩子上县里上高中，就干瞪眼没钱，赵香玲说，给她急的，上她妹妹那儿还有原来同学的，好几家借来五百块钱，到七中跟前儿租个小破房儿，招俩学生跟她儿子俩一堆儿住，她给做饭吃，横是也帮着洗洗衣服啥的，那几个孩子一人交点儿钱，这不就顶把她们娘儿俩的房钱饭钱挣出来了么。就这么的，坚持了三年。哎呀你没听赵香玲给你学呢，头些天下黑儿我睡不着觉，净跟她俩唠嗑儿了，那苦的就不用说了，房子破烂不像样儿这都不要紧了，张红军还总来找她呢，要钱，不给就打，完了还要跟她整那套事儿，也不管白天晚上有没有人，不干就揍她，赵香玲是多要脸的人啊。

三娜好像有点适应了，潜意识里不觉得是真的，说，有人不能吧。

妈说，两间房儿，里头那间一铺炕给学生住，她自己在外屋地下北边儿隔个帘子放张床。她说冬天晚儿冻的呀，都穿棉裤睡觉。那也没有炕也没有暖气的，那还了得，就烧个火盆。哎呀，我听得都不忍心，大冬天自己出去拖煤，没钱硬跟人借，说说声儿都不对了，嗦勒鼻子，后来我都不敢问她了。

三娜说，北华大学是正经大学么，能找着工作么。

她忽然觉得这聊天也是不自然的。也是对亲密的抗拒。当然妈善于讲故事，三娜也对别人的生活有宽泛的好奇心——有些人会加深她的羞愧，有些人可以帮她辩解，两者都能带来些微满足。她的所谓好奇心，像橡皮筋儿一样，抻出去不管多远，总要弹回来，还是关于自己。她解决不了自己。

妈说，那能。不能你大舅也能帮她。但是我看那孩子也不能有啥大出息，必是混他妈似的，软弱，要不那十七八大小伙子眼瞅着着你爸打你妈，不伸手儿？

三娜说，可能从小怕惯了吧。

妈说，那也备不住。那是啥人，那是畜生啊。就叫她赶上了。一到离婚，都到法院门口儿了，还打赵香玲儿呢！不干，说啥不离，在法院上问啥说，我不离！虎的你说，那是你说不离就能不离的么。

三娜说，他不想离，为啥还打啊。

妈说，虎呗，管不住自己。那你寻思呢，大多数人都管不住自己，没有理性。一说要离婚了，就嫌碃碜呗，农村哪有离婚的，还闹上法院，让人说媳妇儿不要你了，那多碃碜呢。

沉默了一小会儿。

三娜想我也没有理性，也管不住自己，并不觉得刺痛，不过是换个说法，她对自己的认识比这更残酷。她一直看着窗外，怕赵姐回来听见。想到 Karl，立即知道可以形成对比，可以从这对比中感慨点什么。随即她吃惊于这些事原本如自然，像一片杨树叶和一片柳树叶一般相继在河流中流下去，彼此无关。她想她的刻意未必来自文学，或者也许文学的结构与形式对人的诱惑力来自同样一个深渊——需要认为这个世界是一个整体。可是即使只是想要理解自己经历的这一天都非常困难。

妈又说，赵香玲这就算有主意的了，一般女的挨打就是一辈子，逃不出去。还有那离的，离离又回去的，离开男的过不了！

人们对这些潜在的文学毫无感觉、就是更忠诚、更质朴、更接近上帝的姿态？放松地以被造物的状态度过几十年的光阴，才是正道？意识觉醒是不可逆的过程，总不能假装。焦虑就是我的被造物状态，应该坦然？三娜几乎笑出来。疲倦的时候，这些词句跑得更快，甚至更有乐趣，但是几乎没有任何划痕，过去就忘了。

她非常自然地接着说，小庆儿不听说闹离婚么。

妈说，说是么，又好了。能离了么，小庆儿可没那志气。——叹了口气，她似乎也累了，又说，不争气啊，白长那么个模样儿。

一个中年女的从窗前走过。

三娜说，谁知道了，我还是我姐结婚那时候见了一回——

门铃响。

三娜像是醒过来。

——啊，那你是三娜吧，多好，那啥，那我不进去了，这个捎给小辉儿，那啥，我寻思见见二娜，也没见着，你说说，祝她一路顺风儿啊！

转身走了，到小路上又回头跟三娜摆手。长得似曾相识的样子，紧致白细的小圆脸，淡淡的雀斑，长头发拉得很直，耳朵以上部分扎起来。发卡上堆着三朵淡黄色绉纱攒花儿。真是特别谦卑的啊——这想法令三娜感到愉快，几乎笑起来。

妈笑嘻嘻的，说，挺好个小人儿，像个小丫鬟似的。

三娜也笑，说，妈你听声儿就能听出来？

妈说，我不在这儿瞅着呢么，不高个儿，小骨头棒儿走道儿飘轻儿的，最招男的稀罕了这路，都寻思能听话好摆弄呗，时间长了谁能让你摆弄啊——男的都虎。

三娜想这也未必。但是感到疲惫，想不下去。这一天进来太多信息来不及处理，像吃多了不消化，就只想继续吃下去。她听见自己说，像你这样的俩眼珠子锃亮的，男的都不太稀罕吧。

妈说，那是了，要不能嫁给你爸么。

打开红蜻蜓皮鞋盒：一条淡茶色手织围巾，两本《读者》精华合订本，一本二〇〇一年十月《青年文摘》是旧的，三娜想翻看有没有哪一页折了角，不知道为什么不敢。也许还夹了信？四张 VCD 都拆了包装，有两张印着赵本山歪戴帽子的脸，歪拧拧写着"笑口常开"，另外两张二〇〇二年春晚精选，烟花背景里四个大红灯笼，写着"龙马精神"。

三娜有点吃惊，怎么会这样，严丝合缝地——有如预期？她总是狩猎一般寻找意外，从不信任自己的认知框架及其推演，希望它出错以便修正它。但是也许她太强调那些微小差异了？只见落叶不见森林？

三娜说，这围巾织得不错啊。

妈说，这还不简单的，等我给你织一个，你要啊。

三娜说，不用。我就喜欢你那大绿围巾。我在英国一直围那个。

妈说，哪个啊。

三娜说，就早年我爸给你买的那个。

妈说，啊，那个，那还是没结婚前儿，你爸回长春给我买的，十九块钱我都记着呢，那可不得了了，那前儿我一个月才挣二十三块八。

三娜说，质量好，现在还是细软的！也不起球。

妈说，那东西质量更好啊你寻思呢。上海产的，纯羊毛精纺，见都没见过啊，在厂子里一围，都过来看来。

三娜说，你不就喜欢绿色么，我看我爸挺浪漫的。

妈可能有点觉得三娜是故意的，忽然说，我跟你爸俩就这样儿了，你们不用担心，这么大岁数了，也犯不上离婚弄景儿的，他要真有点啥事儿，我也不能瞅着不管，我不管不就是连累你们么。我肯定会管

她说说就要哭。眼泪来得特别快。

她控制了一下，又说，我刚寻思跟二胖说她又出去了，一会儿人多了我就没法儿说了，你到会儿跟你姐好好说说别让你姐惦心。这不是当妈的不懂事儿么，孩子临走临走——

说着就真的掉了几滴眼泪。三娜也就只能看着她。越发觉得累，后悔提起话头。

妈低头看自己的手，双手交叠着，像小孩儿似的摸涩手指头。半天挑起眼皮儿，说，傍亮天时候我也想啊，这学校才起来，往下咋样还不知道呢，谁我能信着了，谁我也信不着啊，到头来还得是何海岳跟我是一条心，我一个人儿能行么，支不起来啊，像原来在计算机学校，我不全靠你大姨么，现在这不行，一个是你大姨得管那边儿的事儿，再咋的得把这两届学生送走，另一个这女高的老师一个个的都赊牛，你看你爸往那儿一站他们还是得服气，你大姨打打杂管管学生宿

舍食堂都行，管账，这都行，这些老师她整不了啊！那有啥法儿，还是得靠你爸。他跟我俩拔嘴嚓嚓，因为啥你们都不知道。

她说着就平静下来。

三娜说，因为啥。

妈说，说出来不怕孩子笑话，你爸总怀疑我跟张义俩搞不正经。

啊？

妈说，他心眼子邪你不知道么。这玩意，你自己要是不正经吧，就总寻思别人不正经，你知道吧。

三娜说，那你跟张义俩到底咋样啊？

妈说，能有啥！那都多少年前的事儿了。再说根本也没咋地，就写两封信，他来找过我两回就拉倒了。我也不稀罕他，能稀罕他么，两个大脸蛋子梆硬的像个啥。但是现在不是用着人家的时候么，没有张义给我张罗油高这些老师，我这学校根本就办不成！你现在能敢得罪人家么？

也不像是说谎，本来根本不必提起这事。但是也许自己都没有正视、那关系里有极其细小的不自然的东西？只是这样假设，三娜就有点生气。因为看不起张义，觉得他不配。

三娜说，你那时候咋能看上张义呢。

妈说，我也没有，就是让一帮一，我总给他讲题，完了后来不就"文革"了么，他就来找过我两回。我那时候不是苦闷么，在家种地，来个同学唠唠嗑儿，就挺好呗。再说那不也就二十来岁了么，农村那些不识字的家伙，上哪找对象去，张义不管咋的，学习不好，那也是高中毕业的，我能不考虑么。

妈倒是从小就实事求是，没有云山雾绕的幻想和不甘心。爱情？三娜看见校园里骑自行车的男女，小河边上迎春花才开——预感到强烈的痛苦，折回来想，这渴望羞辱我，而且这渴望本身是现代社会的虚构？

三娜说，那后来咋拉倒了呢？

妈说，我也记不清了，横是我也不稀罕他，让他看出来了呗，另一个可能也是有点怕我，反正后来就不来了，不来拉倒，我也没说伤心啊，哭啊，都没有，本来我也不稀罕他。

小时候跟妈回乾安，下大雨，妈带三娜和二姐去张义家，张义不在，老杨给煮了一锅热乎乎的大米粥。那样敞敞亮亮的，非常自然。但是为什么要去找他？也还是有点生气。三娜跟爸一样，多疑，小心眼儿，越想越生气，是百害无益的热情。

妈说，我就是告诉你们不用惦心，我跟你爸俩不能咋地，不会离婚的，就这么对付，咋不能过，能过，我们还是彼此有需要。

说得很轻松，似乎也感到解脱。但是三娜听见"彼此需要"四个字，整个身体沉了一下。努力地提醒自己，这种事说得再认真也未必是实情也许就是这么想比较不伤自尊心人其实永远也无法真正知道自己对另一个人的全部感情在考验和压力之下呈现的也未必就是本质……她发现自己无法集中注意力想下去，一直被那下坠的感觉吸引，一直在揣拟那面对现实的时刻，按下愤怒的刀锋，拨开自怜的缠绕，决心如巨石落下，落下那一个慢镜头反复播放——她发现她喜欢那力量——那痛感。

25

大姐一边脱鞋一边大喊，二胖子！三娜接过她手里的大纸袋，二姐过来，说，干啥？三个人聚在门口那一个瞬间，恍惚像小时候，快得没有画面。

买了一双黑色短靴，一件翠蓝绸子衬衫，一件绛红色针织开衫，一支资生堂海藻泥面膜。大姐说，我看这卓展可以啊，衣服挺好的。

二姐试鞋，说，箱子装不下，给小胖吧。

三娜立刻说，我不要。

妈说，过来我看看——好看！穿着吧，你穿啥鞋回来，不好扔家得了，穿这个走。

三娜跟姐说，爸啥时候回来？

大姐说，我走的时候说消防局的人要来。

二姐说，我那运动鞋给你呗小胖，你不是喜欢么？

三娜说，我可不要。你还是穿运动鞋坐飞机吧，穿靴子能得劲儿么。

妈捏捏衬衫和针织衫，说，质量好，穿上看看！

二姐拿起来，说，我们楼上实验室有个法国女的，穿了一条这色儿的裙子。

三娜说，你不说外国人都穿黑的么。

妈说，这色儿好看——套上比划比划就行了。

二姐拿着衣服上楼去了。妈接着说——这得挺贵啊，卓展那地方还去得！多少钱，我给你大宝！

大姐笑说，为啥要你给啊，我给二胖买的！

妈假装生气，说，混你二姑似的，有俩钱儿不知道咋颠显好了。倒是多少钱呢，我看那鞋得挺贵啊。

姐说，鞋四百，衬衫比较贵，四百多，针织衫打折，才两百多。

妈笑嘻嘻说，等你走我都你补上，这三个月给你开工资，一个月一万够不够？

姐说，妈你别精神病儿了，我要花钱再跟你要。李石也说，应该认真对待咱们家的生意，我觉得也是，我当够记者了，没什么意思。

妈说，可是你那房子，贷款妈给你还上得了。要不钱在银行存着，利息肯定比你贷款低。

姐说，不用，我说不用就不用。

妈说，你大姨到现在也不相信李石一个月挣三万，就寻思我是撒谎吹牛儿呢，怎么可能一个月工资开三万呢，天方夜谭。跟别人儿我都没说过，说了估计也都不能信。现在这社会要你说，我们这都眼瞅着被淘汰了！

三娜说，二姐你干啥呢！

二姐说，在搞搭配！

大姐说，拿下来搭配！

三娜说，快点儿的！

像一簇脆丽的鸟鸣。

二姐下来，三娜说，真能搭配呀！

大姐说，真带劲啊！

妈说，露那两条大白腿，像啥，没有裙子么！

大姐说，妈你不懂！

太阳落了，屋里停着一团半透明的深灰，二姐穿着蓝绸子衬衫，牛仔短裤，黑色短靴，站在地中间儿。三娜忽然聚焦了一下，看着她的形象非常清晰，像一张画要定住。刻意想、她并不会经常看见自己孤单——就不觉得。

妈说，是得有两件好衣服，三十来岁了，净穿那大破背心子，左一件右一件的。你看你和三娜今天穿的，都像学生似的，哪有个董事的样儿啊。

二姐笑，说，谁三十来岁啊！

妈说，你呗，你不毛岁二十八了么！

大姐笑说，妈她俩幼稚，你没看今天在台上，嬉皮笑脸的，非常不严肃。

三娜说，根本我俩也没笑啊！

妈说，是么，我没看着。影响多不好，人都寻思你们又北大又清华的，不定得多高看你们呢，结果笑嘻嘻的像啥你说说。

二姐说，那咋整，还能站起来发言哪！

妈说，你们要是那大大方方的，我可不是寻思让你们发言了咋的！

三娜说，我也琢磨这事儿了，到底为啥我不喜欢鲜花与掌声的问题。

妈立即说，就是呢，为啥呢，我都不理解你们！

三娜之前飞快地想过，几乎并不是通过语言，但是这时候忽然脱口而出非常清晰，说，因为因为没人相信的虚假宣传长期占领舞台，所以台上的光荣与伟大变得好像是一件卑鄙的事。

大姐说，妈你看三娜，多能思考！

妈说，强词夺理！那你学习好大家都夸奖你，那也是卑鄙的事儿么！

三娜说，没说都是，所以更糟糕——

三娜想到这里有一大套需要辨析的东西，快起来记不住，慢下来看不清。她其实喜欢这种谜题，像个复杂的游戏。

她接着说，完全是假的就没人信了，把真的和假的混在一起，真的那些就是为了撑住舞台吧。比如说吧，我上小学时候的梦想是成为三道杠升旗手，朗读国旗颂——

二姐说，三娜你真是这样的人啊！

妈说，那为什么不争取呢？

三娜说，不好意思争取吧。而且我不是学习最好么，但是从来我也没当过班长和团支书啥的，不知道为什么，一直非常回避做个正经好学生。

想要讲的事在眼前清晰异常，连那尴尬也跟着回到身体，简直眼泪都涨上来了——无法开口：小学四年级清明节主题班会，她上台背诵革命烈士诗，因为太激动，嗓音拔得太高，脚底发软，眼前一黑，差点摔倒。当时就感觉到了羞耻，但是不知道那羞耻从何而来。

三娜继续说，因为正经好学生，是被老师认可的，守纪律什么的，就像有点跟同学作对似的，但是成绩好不一样，是被一个客观标准认可的，是一个大家都能认同的标准。就是老师作为一个人造的权威，总让人觉得不太正当，被老师认可，也跟着不太正当。

妈说，真是奇谈！老师还不正当了！谁知道你们是太聪明大劲儿[1]了，还是有点傻啊有点儿精神病儿啊！不要再说了，说得我这生气！这不要成你小子哥了！

三娜说，一个人认可另一个人是权威，服从并且渴望得到赞誉，这不是奴性么？——

大姐说，停！

二姐已经把沙发上收拾干净，拿着鞋盒子说，走啊，跟姐上楼。

大姐跟妈说，我差点儿忘了，陈静说好几次了，还是希望有个专门的医务室，二楼靠食堂那边不是还有一个朝南的房间么，我让她自己找学生去收拾了。

妈说，行，得不得买设备啊。

大姐说，也就是买点体温计，针头，常用药什么的。

妈说，这小陈静儿吧，有点儿嘚瑟。

大姐说，我觉得她可能干不长远，她在团委也没什么事儿。

妈说，能坚持到这学期结束，她要找新工作也不那么容易的——

三娜拉上二楼卫生间门，没有开灯，伏坐在马桶上，脑中的马达又转起来。人造权威之类都是现场胡说，经不起仔细考量，或者说，带来更多矛盾的想法。人类社会发展到现在，人造权威这种东西还是必须也必然存在，这个与自己之前跟妈讲的、或者潜意识希望建立因

1　大劲儿，过犹不及。

果的威权制度没有关系。为什么希望联系上威权制度，是真的从经验中感觉到、还是惯性思路、还是偷偷地一直想要谄媚讨好某些西方标准？认为这事在社会主义国家和西方世界相同也是一样的二分法思维没什么区别。对小孩来说，成年人肯定是权威，再怎么讲人权也是一样，按理说人长大以后应该很自然地一边像自己的父母老师一样承担自己难以胜任的权威角色，一边在社会生活中的新权威面前继续扮演渴望被评价的小孩。如此说来奴性和威权关系是极具生命力的、可遗传的甚至是必然的。但是——忽然像是一盏小灯亮了，还是来自那东西方对比的启发，三娜想到，也许，如果，权威只是权的代理，如果扮演权威的角色，本人不具有权力，而只能是去执行某种客观标准、某种能够被普遍接受的价值、在更久以前是代理上帝，如果这种代理关系能够被监督、代理人无法僭越——这就是制度设计的目标吧，这就是民主社会令人感到更加愉快的原因吧，想了一大圈儿这些肯定是被以更周详深入的考量更缜密的语言描述过无数次了吧但是自己真的走到这里那个体会就还是不一样也知道这是在安慰自己了等等好像这里还有一个出发点被漏掉了哦很简单就是在我生长的过程中权威所代理的那个更高的价值本身是不能够被接受的是一个皇帝新装似的谎言另外权威的代理人也没有得到很好的制约两个因素合并导致权威本身缺乏合理性因此整个激励机制都变得非常可疑在这个情境下人的荣誉心是颠倒的扭曲的而且那种宗教缺席带来的哲学意义上的虚无感容易转化为社会生活中的愤世嫉俗或者哦对了他们谈论王朔的痞子文学的时候也是大概说了所有这些意思果然这也都是一些许多人走过的路自己当是新的又走一遍真让人沮丧但是我个人的困境是否可以归因于此当痞子的形象已经变得标签化并且那种文化姿态角色也以亚文化的方式在小圈子里成为某种流行优越和权威之后我也无法去拥抱认同了所以这种对权威时髦被称赞之事的厌恶已经内化为一种心理问题不对好像不是不止如此似乎在无法认同痞子姿态这个案例中主要的动因与权威无关是不接受标签不接受过度的非自发的姿态因为不想压缩自己也不想利用姿态去结党或者引人注意变相推销换取隐形利益我到底跟利益有什么仇还是觉得这个过程包含了欺骗怎么感觉所有这些思考都非常熟悉我又一次回到老路上看来我真的是衰退了。

冲了厕所，洗手，在雕花玻璃透进的微光里，一瞥之间在镜中看见自己像个潜伏着的危险的人，在意识监控的缝隙中非常自然地笑了一下。

三娜说，姐你记得郑恩么，想像法国电影一样竖起风衣的领子！

二姐说，记得，你想说啥？

三娜说，觉得你打扮得像法国电影呗。

二姐说，去你蛋儿的。装不下啊，咋整。

大姐咚咚咚上楼来。

三娜说，把充电器袜子背心儿什么的塞鞋里。

二姐说，不拿这个盒子了，到时候拿个塑料袋给他装一下。

大姐看见打开的礼盒，翻了一遍，说，这找的啥女朋友啊。

二姐说，谁知道，我也没见着。

三娜说，妈说长得像个小丫鬟。

大姐说，这就见两面就要结婚了？互相了不了解啊，能不能行啊。

二姐说，有啥好了解的，你以为潘辉还有啥内心的秘密啊。就那么回事儿。秋月，英语都说不上句儿，我看陆强为也挺乐的，开车带她去大华买猪蹄子猪尾巴回家炖，还要给我拿，给我吓的！咋整，我看用不了两年就得长成大胖子，秋月才十九。

大姐说，也行吧，我看理工科男生也确实都有点傻，在伯克利食堂偷听，啥，就是说要收复台湾。

二姐说，那都算有思想的！一般的啥都不想，就到处找 coupon，或者研究换导师找工作。

大姐说，咋整！我认识有一个男生，人也挺好的，穿个格子衬衫干干净净的，帮我修过两次电脑，我总搞不好电脑连不上网，问我有啥好看的中文书没有，我给他推荐王小波，过两天笑嘻嘻换回来了，说，写得挺大胆啊！估计是当色情书看了，没准儿还以为我很开放呢！你这破背心多少年了，我早就想说了，别要了。

二姐说，你不知道，睡觉穿贼得劲儿，贼软，比没穿还得劲儿。

大姐又拿出蘑菇，说，这带这干啥呀。

二姐说，啊，行，不带了，我本来想给赵静。

三娜说，你咋不给秋月。

二姐说，不给秋月，都没啥联系了现在。

大姐说，我去洗澡啦！

三娜说，那你没东西给赵静了？

二姐说，没事儿，不给她，她咋的都行，就是妈让我带我就带着，不用。而且她秋天就要回来了。

又重新理箱子。

三娜说，姐你住的房间，有多大啊，照片看着好像很大。

二姐说，是挺大的，干啥。

三娜说，不干啥，想知道你屋子咋摆的。

二姐说，就门口是个小走廊，这边儿 closet，那边儿是厕所。进来一个屋儿，比这屋大点儿，这儿放张床——，我说，你等一下，我画一下。

画好平面图，又问家具摆设，确认一遍。

站在窗前望见太平洋一带银灰，心中映出世界地图，感觉到浩茫孤独、自我强烈地存在，其实是幸福的吧。但是那一刻也不能停留，回过神来还是慌张。

二姐说，其实我也不喜欢王小波。他有那么好么？

刚刚降温的头脑又启动了，三娜飞快地想到：一个人被热烈赞美，我们就要起疑心，用妈的话说是爱唱反调，爱抬杠。其实我们对自己短暂停留的立场也总是疑心。左右互搏是基本的思考方式，像走路一样，带来向前、向深处的错觉。一旦开启就越来越快就像现在这样——匆忙地爬上去看了自己一眼——这速度这失控的感觉令人着迷、把人带走——并不是为了得到一个更接近正确的答案，也无法停下来在正反方之间比较大小完成综述——这思考不能带来明智的观点，它的使命是游历四方——开疆拓土？

三娜说，多数人喜欢王小波也都是跟风吧，时髦不就是那样么，搞出一些假读者。但是真读者的比例可能就是那样，所以读者总数越多越好吧，不知道，好像也不是，应该不是匀质分布的，那些在他变得时髦之后才喜欢的读者中应该真读者的比例比较小吧，谁知道。

二姐说，我就问你，那你是真喜欢么。

三娜说，我挺喜欢的，觉得字里行间生命蓬勃的。但是不是特别有共鸣，我也不是他写的那种人。我也没经历过他写的那么荒唐的世界。

二姐说，你觉得他写的是哪种人？

三娜说，就是怎么说呢，这么说可能有点简化他了，但是可能他本来也是要讽刺荒唐的政治生活对人的异化什么的吧，我不知道，但是他写的那种人，好像就是从很原始的生命的本能之类的地方找到了根据，就可以特别勇敢，特别自由，跟世界格格不入但是也并不恐惧。就是挺潇洒的哈哈，我不知道我瞎说的。

隐隐地感到不安，怕姐提起——王小波写的酷刑游戏、虐恋情感要怎么算？幽深中被激发出显现的人性？是社会权力关系的隐秘动力？是一定要去看下福柯了么？从身体的政治到人类的历史？——为什么感到恐惧。不知不觉地敏捷地转身了——怎么好像也没见人好好讨论这件事呢？怎么都视而不见？这世界的大声喧哗是多么不可靠啊！停在这里就非常愉快，仿佛自己特别勇敢，是皇帝新装的故事中的小孩。

三娜说，但是他写美的遭遇，智慧的遭遇，其实挺伤感的，我不知道可能是我误解了吧。因为有时候你觉得他是在批判社会现实还是政治历史，但是过一会儿又觉得他是在存在的层面抒情。不清楚，可能本来这些事也是这样混在一起的吧。你看《万寿寺》了么，一开始不知道他在说啥，到最后他说幻想和无穷可能向真实向局限坍塌那部分，我觉得还挺震撼的，你不觉得这是一个重大真相，怎么说呢，就是一件真正让人难过的事吧或者说是大部分难过的根源，就是人不想仅仅是自己、还想把自己消散了成为一切哎呀说不清你笑啥。不知道，不知道怎么评价，他为啥要喜欢杜拉斯啊，杜拉斯真是受不了啊。还有为啥呀，把"有趣"这事儿说得那么那什么。哎呀太难为情了，这词儿被那些人整的太让人难为情了。

二姐说，真能说呀你。我不知道，我也不认识你说的那些爱用时髦词儿的人。王小波我认真看了，是，写的有股气儿，就像水龙头开得很大很顺溜似的。但是我真的不知道他到底想说啥。

三娜说，我觉得他的气韵比杜拉斯什么的那种好多了，又饱满又完全不想把人骗走。有些文章啥也没有就是个语调，跟音乐似的，音乐我就觉得非常奇怪，比如说高昂的乐曲，就能把人情绪带得高昂，简直让人觉得自己是牵线木偶啊。我不知道，我挺防范那个的，我觉得情绪挺不可靠的，不经批准就能被美啊旋律啊什么的带跑。

二姐笑嘻嘻说，谁不想被带跑啊，不就是为了带跑么？

三娜觉得意犹未尽，不能跟着嬉笑起来，她说，我不是！我不知道，我可能也想被带走，但是又害怕。

大姐换了深蓝色宽松麻布连衣裙出来，说，我怎么好像听见你俩在讨论文学啊？

二姐说，咋的？

大姐坐在床尾，从梳妆台抽屉里翻出指甲刀，抱着腿剪脚趾甲。

说，波波还不好！波波纯情！

二姐把箱子盖扣上，把潘辉女朋友拿来的鞋盒放到厕所垃圾桶旁边，回来说，你俩过得真好啊，一天到晚啥也不干看小说。

大姐说，要不你也别读那博士了，干脆回国算了，咱仨干点啥不行。

二姐说，能干啥，在培英女高当董事啊。

妈喊，下来吧，饺子坨了就不好了，别等你爸了。

三娜说，马上来！

大姐说，小胖你打下爸手机！

三娜拿起妈床头的电话，想着还没跟大姐讲赵姐儿子的事儿呢，竟然有点高兴，像有一块糖没吃。

26

三娜跟大姐隔着曲曲折折排队的人群看见二姐在安检通道那头背起了书包，转身跟她们挥手，匆匆地转弯不见了。大姐叹了一口气。三娜说，我自己打车回家吧。大姐说，这离学校很近，先到学校，再送你回家。你要不到学校玩儿会儿，吃完午饭再回去。三娜说，有啥好玩儿的。姐说，有学生写的意见，你看下，很逗。你不用担心妈。三娜说，妈不是能哭么。姐说，没事儿，她哭完就拉倒了，都是成年人，自己能处理。再说大姨不是来了么，人家姐妹母女一起，不是挺好的，——张昊宇特别有眼力见儿你知道吧，要是王阳肯定就会坚持送进来。三娜说，嗯，可惜了啊。姐说，今年才十八，也不一定以后就有出息呢。

昊宇下车打开车门，大姐坐在前面了。昊宇说，老姑一堆儿上学校呗。三娜说，嗯。大姐拿出手机给家里打电话。三娜看见车窗外陌生的道路和楼房，跟来时一样。二姐应该已经在登机口了吧。大学时候三娜坐过一次飞机，长春机场总要坐一段接驳车，在旷地里爬上升降梯，麻烦，但是特别像远行，今天又是这样天高云淡的，姐的墨镜那么大，在外面总是一副非常高傲的样子，大概可以在文艺电影中被辨识为一种孤独。

三娜说，消防局的人来，昊宇你不在能行么。

昊宇笑，说，咱该整的都整好了，不怕他们来。

姐说，真着火也没事儿吧，咱可不能为应付检查。

昊宇说，没事儿，放心吧。

三娜说，你咋跟妈似的呢。

昊宇笑，说，嗯呢，我奶也嘱咐好几遍，那卷帘门啥的，我何爷都挑贵的买的。但是房子质量真是不行。那前儿食堂接过来，我二姑他们那撇儿要开个门，我去看着了，露出的那钢筋头子，就这么粗狭儿。

姐说，啊？那盖的时候没看着么。

昊宇说，那上哪看去，那么大一个工地，人家二十四小时施工，现浇梁啥的就等你不在半夜整，你有啥招儿。

姐说，说得我怪害怕的，不能塌了吧。

昊宇笑，说，那不能，不地震啥事儿没有。

姐说，你别跟我妈说这些，她胆儿小。

三娜说，该跟我爸吵架了。

昊宇说，那不能，那我能说么，那不给我何爷找事儿么。

说完就乐。

三娜说，什么时候加点儿圈儿梁啥的吧。

昊宇说，不好加，不能有啥事儿。他也就是食堂这路犄角旮旯儿的地方趁人不注意省点儿，像教室宿舍那大片的，我跟我何爷姆们都看着来着，反正那钢筋水泥的标号儿都指定没错，东西是不是按标号儿来的就不知道了，差点儿也差不太多。

三娜说，怎么胆子那么大，出了事儿按图纸一对，那工头儿都要坐牢的。

昊宇说，真要是地震那就不是咱一家的事儿，你看吧，就咱旁边儿这几栋楼，都没跑儿，咱这儿没跑儿，别处就能好啊，根本查不过来。

姐叹口气，说，三娜你说的圈儿梁是啥，就是现在还能加固么？

三娜说，应该可以的，以前八十年代的老房子，地震设防标准不够的，后来都是加了圈儿梁。具体的我也不知道，得找结构工程师。

姐说，待会儿我跟爸说说，这万一出事儿可就糟了。

三娜也忧心起来。

昊宇说，没事儿，真出事儿也查不到咱们，那一层一层的都签过字的，咱们是按图纸给的钱，不是咱们的责任。

姐不说话。

三娜说，你看了么，前两天网上有一篇文章非常红，叫《每个人的家乡都在沦陷》。

姐说，没看。谁写的，真敏锐啊。

三娜说，叫王怡，四川的一个文学青年，好像一直写影评。

姐说，哦我知道，王一礼好像给我发过他写的文章。

前院儿停着一辆黑色轿车。校园里一片寂静，三娜跟着姐走进教学楼，听见老师讲课的声音。身体一下恍惚到中学时候，感觉到秩序坚固、简直是庄严的，继而意识到，这一切都是多么脆弱，这栋楼简直像一个比喻。

爸跟两个男的在外间会议室抽烟。爸说，这是我大姑娘，这是我老姑娘，我二姑娘今天早上回美国了。

四十岁左右、微微发胖的那个，亲近地笑着，说，哪一位是清华建筑的高材生啊？

爸指指三娜，说，我老姑娘，这房子就是我老姑娘设计的。

三娜赶紧说，是个草图，施工图改动挺大的，消防方面都没问题吧。

爸高兴地说，你问问你王大哥吧，咱们这消防做的咋样！

那个男的说，还得高材生帮我们巡视巡视，看看有没有啥我们没看到没想到的。

就都笑了一下。

姐礼貌地殷勤——那样子有点陌生，她说，中午在这儿吃饭吧，食堂准备很方便的。

王大哥看表，跟姐说，今天就不打扰了，跟爸说，何叔我们今天就先回去了，整利索了我给你电话——说着站起来。年轻那一位，窄脸长满红疙瘩，穿浅蓝细条纹商务衬衫，欠身坐着，一双手在大腿上来回搓，这时候也马上也站起来，裤线笔直的。爸笑说，咋的，不给何叔面子啊？

三娜推门躲进里间。听见又推让了两轮，那一团声音飘出去、变成低声私语、只有下楼的脚步声、终于安静了。操场上没人，杨树梢后面长长一条蓝色彩钢板，似乎是个厂房，没有窗、没有光影，倒是坚决的水平线条——功能决定形式，也许工厂的运转就是那样乏味而严酷——远远看见一团关于现代主义建筑的知识，可以拿来对比嘲讽。没有开启，放下了。重新面对这平静而不美的风景，连风也没有，连明亮的阳光也是静止的、不争夺你的注意力、你可以不觉得神奇。她不想觉得神奇，可能起得太早了，什么事都想不起来。这空白是不透明的、存在感都温吞。她在滞留中几乎习惯了——没有信心出发。连这个想法也没有激起涟漪。最近两年经常回到这情境，像驿站一样几乎是亲切的了。楼下汽车启动，那声音和尾气喷出的形象紧紧相连，在这时候也像是一种轻便的决心。大姐推门进来，说，小胖猪你干啥呢？

三娜说，没干啥，爸呢。

姐说，找王阳和张昊宇上后院儿薅草、下老鼠夹子！我看爸过得相当充实！跟妈吵架根本不算啥。

三娜说，太好了他们不在这儿吃饭。

姐说，反正塞上钱就乐了。

三娜说，不是都按要求修整合格了么，为啥还要给钱。

姐说，不给钱不来，没有消防证明就没办法过年检，哎这些事儿。昨天晚上自己开车过来的，提前打电话说下了班儿过来，指导指导，其实就是来拿钱来了，今天带个小孩儿来走过场。

三娜说，看着非常平常的人啊。

姐说，那你以为是啥罪大恶极的人，都是普通人。

三娜说，这真是最可怕了。简直是每个人都在沦陷。

姐说，行行行，别想那么多了，我就知道跟你说你得多想。

楼下喊喊嚓嚓热闹起来。

三娜说，年轻那个倒是很害臊的样子。我猜是他家里给他走后门儿整的工作，他自己好像还不太适应。

大姐笑了两声，说，根本不是害臊！他是着急上厕所，刚一出这屋门儿就奔厕所去了！小胖子你太可笑了！

三娜过去推了姐一把，她就势躺在床上，忽然又跃起，说，小胖你来！

妈办公室西边的走廊正对吹拔，吹拔那边是多功能厅一面白墙。姐说，你能不能想一段话，写在这面墙上，在楼下大厅也能看见。

下面几个女孩子在宽阔的门厅里散步，有一个小个子匆匆地正从宿舍那边跑过来。三娜下意识退了一步。姐也看着她们，说，小孩儿其实不觉得寂寞啊。三娜说，不以为苦。你那时候跟马丽俩手拉手散步都说些啥。姐说，谁知道都忘了，我那时候非常蠢的。大姐和马丽都是中学里的"才女"，在作文选上发表文章，大姐写《秋天里我晾晒伤感的泪》，马丽写《喝一杯咖啡，收拾起今夜的凄惶》。那时候连速溶咖啡都非常罕见，没人喝过。

往回走，姐说，所以小孩儿都很傻的，分不清好赖，你就随便写写，不用太认真。

姐拉开妈办公桌抽屉，拿出几张纸，说，你看看吧，这都啥水平儿啊，个个都写错别字！语病就不用说了！

三娜说，你上哪去啊。

姐拿起自己的笔记本，说，我去听节课，妈不在，我得经常出现！走啦！你早点儿去食堂，张英杰她们都提前去。

三娜说，我打出来到这屋吃吧，你就下课直接回来就行了。

姐说，谢谢啦小胖子。

三娜跟着她出去，把会议室的门关上，进来把套间门也关上，在门口站住，等着身体里的噪音落下去。才静下来，就看见意识重新生起，看见自己走到桌边，决心立即写起来，不然搁在心里会一直烦。但是拿起那几封信看，又根本看不下去，情绪已经酝酿起来了，坐下来在纸上写，又不断划掉，字写得很大很快，一边编织细密扭曲自圆其说的逻辑，一边分出薄薄一层意识断断续续跟自己说，并不全是空话、也有真心、要是真能这样也不错。后来那高速运转的快乐占领全境，在誊写的时候已经自我陶醉起来了：

"我们拥有这样的仪表——健康自然，整洁朴素，举止端庄，谈吐清新，落落大方；我们拥有这样的头脑——科学正确的世界观，清晰自觉的自我意识，健全开放的知识结构，灵活有效的学习方式，自由活跃的创造精神；我们拥有这样的心灵——真诚善良，宽容博爱，个性求实，勇敢自信。"

心扑通扑通要跳出来。躺下，又起来再看一遍，设想爸妈姐充分理解其中的妙处，得意自豪的心情像涨潮一样一浪一浪漫上来，胸腔几乎充满了，还是盖不住羞耻。就是感到羞耻——她根本不相信她们、楼下那四个教室里的女孩子们，能够成长为这样的人。她们太——普通了。其实她根本也不相信任何人是这样的、可以变成这样、怎么会！多么可疑啊！而且多么讨厌啊！是因为自己做不到所以嫉妒么？还是因为隐隐相信富于生命力的美一定包含某种沉重紧密黑暗的丑？这隐秘的信念从哪来？来自形式的预判？只能具体地说一个这样聪明的人，怎么会不被虚无困扰，怎么会不被这世界激怒，怎么会不知道自己如此美好继而被贪欲扭曲？怎么会？她不相信完美和纯粹可以停留不被败坏。即使这模型更精细，暗藏更多可供品位的细节，也仍然是静态的——死亡的，也是空洞的、虚伪的——作为一个理想，竟然无耻地绕过了人生真正的困难——忽然像是灵光一闪，三娜想到（其实是她以前想到但是想过就以为自己忘了这时候又想起来）"更快更高更强"没有错，但是比起来"just do it"就差得远了，没有那种感染力，那种预设了恐惧、放弃和抑郁的现实处境充满了理解的鼓励，是多么深得人心——最好记住这个例子这里面应该有更多可挖掘可演绎的留着以后慢慢享用，这样一想心又蹦了两下，快乐地。坐起来，有点头疼，又重新躺下，几乎要睡着了，想着要去打饭，看一眼钟竟然才刚刚上课十五分钟，我是多么聪明啊，三娜不由自主地毫不自知地这样想了一下。索性把鞋脱了好好躺着。风吹杨树的声音渐渐加强又渐渐散去，三娜想象着杨树叶子晃着银光，片片抖动，干燥得要掉下来。从南窗望出去天空白亮，像夏天深处一种致密的空洞。呼吸和缓，一个简单的想法轻松地浮起：归根结底我想用文字游戏糊弄事儿。那是介于文字游戏和真诚信念之间的一种东西，也就是文字游戏。掺假就是假。我还没有解决自己的信念问题——在这个问题上只有通盘解决没有阶段性成果没有局部真理。我甚至不确定这问题能够解决。所以这已经是我能做到的最好——其实我一直知道，但是不能止于知道，应该拿出勇气去面对它。三娜停下来，这想法似乎有效，她有意识地跟自己说，这已经是我能做到的最好，要接受它。羞耻感竟然就几乎消退了。同时生起一种几乎是光明的清晰而富有勇气的感觉，她看见自己开始总结造句（思考的时候看不见语言，观看的速度跟不上）：第一我不能推脱这件事，因为显而易见的与钱相关的愧疚；第二我没有能力按照自己理想的标准完成，那需要我把"一切"都想清楚；第三，所以，我其实只能按照"他们"的标准完成，凭借直觉已经这么做了，其实很简单，很容易，应该已经超出预期。这个"他们"几乎意味着世界，但是我深信世界不止于此。这个他们的世界，如果我翻身进去，是不是就可以生活得轻松快乐？虽然我以为我并不追求快乐！思路又跑起来。我为什么不甘心？是因为蔑视？是为了优越感？是不想泯然众人即便是在众人中居于上游？我真的以为自己不是众人之一？不，这些自我鞭挞不无道理但是并不是事实的全部真的不是。我确实需要想通一切不然就无法开始生活，这执着不是虚荣事实上这执着已经拖累我在虚荣的系统里遭受了重大的挫折！这深深的内在的渴望到底是什么？那句隐隐要成型的话语是什么？不管它是什么这件事、即使想不通也一定要想下去这件事即使是混沌着没有想也拒绝放弃、这件事本身令我感到迂腐的光荣——三娜知道自己一定已经脸红了——难道不是么，我一直生怕别人知道我有一点以为自己其实是个英雄。我肯定是真的这么想的所以才脸红了。啊为了挽救自己不成为一个笑话我已经没有路了！这是多么好啊！——三娜在胆怯的幸福中坐起来，站起来，几乎振奋起来。又拿起那张纸看了一遍，放下，像个成熟的人一样觉得这只是一个简单的工作，完成了。这一段行为和心理几乎完全在意识的注视之下，几乎像演戏给自己看，她因此不自觉地乐了起来。又拿起学生们的信看。果然都是字词不通，而且言之无物——这个年纪倾向于模仿真挚、模仿浪漫。对她们来说，刚才那几句漂亮话大概恰到好处，又有点宣传腔，来自权威简直就像来自彼岸——哦关于昨晚权威话语的那一套，跳过去，烧热的头脑已经再一次自主运行起来——如果形式很动人，内容却不能与经验对应，一个敏感又理性的观众就会感到分裂的痛苦吧。对那些理性不够强大的人，这形式所激发的情绪的力量，就会驱使他吧，会么，就此信服？不能长久吧，经验不仅是知识，也与现实激励统一，涉及利益，多半还是精明的吧。只是掌握的信息有限，谎言也许可以拖延一阵，这一段时间许多事情发生了，也许就配合了谎言，变成现实，这还有没有天理——脑子一边狂奔，一边知道这一路充满漏洞、但是又有几处值得停下来细想但是停不下来——刚刚写下的这一段话贴到墙上也就成为一种事实将会产生无法测定的后果，非预期后果似乎可以不负责任但是问题是在可预想的范围内就完全是好的么，让孩子们多少受点这方面的影响——这说法太空洞了，落不到实处，而且是坏影响也说不定，跳也摸不到的目标摆在跟前，如果真的向往它，也许变得无法脚踏实地接受自己？什么叫好的影响是努力成为一个更好的人还是努力接受自己？三娜意识到头脑塞涨浑浊不再有新的想法被激发出来因此开始转向陈词滥调。略微感到失望，试图回想刚才在路上插小红旗的那几个地方，但是只看见一片灰白。像做了很沉很精彩的梦醒来一个画面都没有。其实也习惯了，几乎总是这样。她带着完成任务、捱到饭点儿的愉快心情拿起钥匙出门，下楼的时候忽然想起一个：生命对形式的响应，那内置的神秘程序，为什么被我放置在理性与经验的对立面上？为什么我觉得它没有理性那么正当？理性到底是什么意思，我不是一直倾向于认为理性是空心儿的吗。不知不觉已经另外起头儿，重新跑起来。

27

宿舍一楼走廊的声控灯青瓦瓦的，有一种簌新而衰败的气氛。三娜想也许这个学校会成功，矫正我对人类行为与社会规则的认识——能由此得出什么结论呢？茫茫一大片想不清楚。像奔跑的马遇到一面大湖。

快到热水房北边有个房间开着门，扭头看，床边坐着一个年轻女人，目光正好撞上，三娜知道叫庄艳玲，教数学，从计算机学校过来的。三娜说，不去吃饭么？

庄艳玲笑说，刚回来，还没人呢。

好像应该进屋，而且在食堂也许遇见二姑。

站在房间地中间儿，两手玩儿套着饭卡的钥匙扣儿，不知道是否要介绍自己。

三娜说，没课啊？

她说，第三节刚上完，下午还有一节。

三娜在她对面床坐下，说，这是谁的床？

庄艳玲说，陈静老师，你知道么？

三娜说，是管团委的那个吧？

庄艳玲说，嗯呐，刚走，人家回家了。

她是梅河口下面农村的。在农村肯定被认为是个美人儿：十分端正的大方脸儿，细细密密搽了粉，浓黑的头发全梳起来，发际整齐，额头光亮，长眉大眼，有点像个大少奶奶。但是妈说她长得俗气。妈不喜欢她，说她一到周六就没影儿，现在这女的，一点儿都不带不好意思的，没结婚都先住上了。让当班主任多挣几个钱还不好，不干，那不把身子[1]么。

三娜说，她家很近么？

庄艳玲伸手往背后一指，说，近，就在汽车厂。天天回家，有时候中午在这儿眯一会儿。

三娜说，那不挺好，这屋就你自己住。

庄艳玲说，自己反正，也没啥意思。

三娜摸摸膝盖，假装四下望望，说，也是啊，连个电视都没有。

她感觉到给自己设定了一个过于简单和虚假的角色。正是晌午，这屋子也是青凉凉的，窗外的蒿草长过窗台，在阴影里是一种幽深的蓝色。外面一定也有个小土包儿，不然怎么样草也长不了这么高。她简直看到了草根儿里丢弃的方便饭盒。

庄艳玲说，愿意看上食堂去看也行，我不愿意看，那屋到晚上更冷，它大呀，旷。

说着把水杯放在床头小桌上，很平常地说，你知道水桶理论吧？

三娜有点意外，不知道，什么意思？

庄艳玲说，以前那水桶不是木板这么一条一条拼的么，搁俩铁圈儿箍上，说一个桶能装多少水，是由最短的那根儿决定的，其他再长都没用。

又说，我经常跟学生讲这个道理，还是得全面发展，哪样差点以后都吃亏。

三娜心里一动，好像戳到自己痛处，又不明白她是从哪想到这个。三娜说，要是别的都很长，或者有几根非常长，只有一根特别短的话，会非常伤心的吧。

庄艳玲笑了一下，说，反正就是吃亏。

1　把身子，指时间不自由，需要坐班。

妈说她虎，在计算机（学校）前儿，总跟学生老师说"我可不能窝在这儿，干完这学期就走，地方都找好了"。到了儿也没走成，跟到女高。课讲得挺好，那路虎人你不知道么，学习好，在农村能考到长大也不容易啊，也是正经本科儿，师范类分儿还高呢。她对象儿在双阳，毕业前儿要是一门心思要去双阳高中，也就去成了，现在八成孩子都有了。心高，寻思自己学习好，总说自己在班上前三名，年年拿奖学金，就想留长春，现在长春这中学，没人能进去么，有人还得花钱呢，学习好有啥用，这一年一年新毕业的，轮着你了。一晃儿三年了，就这么混当过去了。对象儿家不同意，谁知道是嫌乎没正经工作还是啥，备不住就是嫌她虎，黄好几回了，也没黄了，一黄就在宿舍哭，哭得眼睛肿痛红，也不怕别人笑话，虎。

三娜说，在这边学生比计算机的好点吧。

庄艳玲两手反压在大腿底下，躬着腰，晃着脚。她身体壮实，并排两条大腿压得很粗，令这少女的姿势变得悲哀。她说，也不好整，有压力，作业也多，现在就得准备月考，事儿多。原先在那边儿就上课，上完就没事儿了，课时费也多。

又说，你等着看吧，小姑娘更不好管，小姑娘事儿多，计计。

仰仰下巴颏，大概是指陈静，说，要不干了，找地方呢。这民办学校就是不稳定，学生老师都不放心。

三娜觉得抱歉，又有点恼火，为什么要说给我，本来想假装没有这些事。刚才应该接着说水桶的事，也许她就展开了说自己。没能问出口，你觉得自己的短板是什么。应该是害怕，她的故事可能荒唐、自大、狭窄难以接通世界，或者只是非常普通。无论是什么，都让人难受。我根本不真的好奇别人——三娜做结论似地想，她看见自己说，这才开学几天啊，就月考，才高一呢。

庄艳玲说，都这样，哪个学校都这么整，你不整不就让人落下了么。

三娜说，哎，最后反正就是学习不好的孩子没捞着玩儿。学也没学到，玩儿也没玩儿到。

庄艳玲笑了，说，嗯呢，像那学习好的吧，人家自己会学，有安排，你老师不管，也能学好。那学习不好的吧，你考多少遍试，讲多少遍题，都没用，该不会还不会。

三娜觉得乏味得快要死了，她设想对方也一定感觉到吃力。为什么坐在这里，像被绑住了一样。有一个老师从走廊往里张了一眼。三娜说，走吧，应该开了。

她拿起钥匙和桌上的饭缸，说，我听董事长说的，你那时候都不咋学习一点都不用功。

三娜说，咋不用功呢，我记性不好，整天学英语，也学得不咋地。

谦逊过了，倒像是炫耀自己标准高，又赶紧说，物理数学什么的还行，英语真不行。

庄艳玲说，我上学前儿也是，就不愿意学英语，语文历史政治，都不行，那政治书，我一打开就脑袋疼。

食堂里有六七个老师在窗口前等着，看着两个小师傅把大菜盆儿端上来。

张英杰说，三娜啥时候来的？

三娜心里一松，说，来半天了。

张英杰说，跟你姐俩啊？

她倒是亲切而松弛。三娜说，嗯，她听课去了。

假装张望窗口，幸好开始打饭了。

不要了自己，便是落入这些片段，别人的生活浮表的瞬间。每一个偶然本身，都有一片树叶般的诗意，她是这样辩解的，高兴甚至得意于自己没有纲领，几乎刻意的迷路。——可是我根本不好奇别人，所谓路上的风景。那诗意只是臆想，我不过是想发挥自己对世界和人生的成见。而且根本没办法隐身，还是会被看见，被指认为一个角色；我也确实还是会气恼，会兴奋，把虚弱又暴躁的自己带进来。我是在自欺欺人。我是在自欺欺人，我不如彻底活过来，活成一片树叶——，这想法生动地涌起又落下，好像没有带来任何后果，就不见了。

四个饭盒都装得满满的，三娜路过宝良舅家，想到他们是不舍得去食堂打饭吃的。走到大厅，听见下课铃响了。也不能跑，怕菜汤洒出来。在一班门口遇见蜂拥出来的学生，三娜低着头，逆行穿过，像是犯下罪行的人。

从楼梯间出来看见爸正锁他办公室门。爸说，走，上二楼让你二姑给你做点好吃的。

三娜说，都打上了。爸你天天中午跟谁一块吃饭？

爸说，没准儿的事儿，碰上谁算谁。食堂伙食咋样啊？

三娜说，挺好的啊我看，爸你帮我开下这屋门呗。

大姐从身后过来，说，我给你开吧。

爸说，待会儿下楼啊，爸上中东买器材，给你捎回去。

屋里满溢着淡黄的阳光，空气还是清凉干涩的，像是有枯透的落叶细成轻尘。三娜不由得打了一个喷嚏，又打一个。

姐打开饭盒，撕下来一个饭盒盖，分了一半米饭，说，谁能吃了这些！

三娜说，好像特殊给我打得多，一份儿菜不应该这么多吧。

姐叹口气，说，哎，我就不给你讲了，讲你该心难受了。也不知道妈咋整的，又是这些穷人。穷人，是可怜，但是可怜人也挺压迫人的你知道吧。

三娜说，我知道，到底啥事啊。

姐说，也没啥具体的，就是很多很多烦人事，算了不说了。西红柿炒鸡蛋放糖是咋想的，原来人大食堂也是，甜不几的。

三娜说，我写好了。

姐说，真会写啊！写太好了三娜！一会儿我就拿给昊宇，让他量好尺寸，算好大小出去做字儿去。真会写啊！这肯定把这些老师学生通通打蒙！我就说你，干啥啥行小胖子！

姐有一次在电话里说，三娜我觉得我唯一真正的工作就是鼓励你，鼓励你太累了，比上班儿写稿还累！

三娜说，有点虚假吧。

姐说，这虚假啥，行了你别对自己要求那么高了。

三娜说，嗯我不是那个意思——算了我也觉得自己这样很无聊，这茄子太油了。

姐说，我告诉你吧三娜，其实大部分人都觉得这些写在纸上的挂在墙上的话跟自己没啥关系。就是没关系的才高级呢！越空洞越以为是好的。

三娜说，所以才说宣传腔不好啊，这是宣传腔的一个结果吧。总不能说人天生就热爱假大空吧，有这人性基础么，那也太吓人了。

姐说，不好肯定是不好，但是你这个哪不好了，她们是看不懂，看懂了那肯定得觉得好啊！我给你讲有一天我在楼道里听见学生齐声回答，"把蛋糕做大！"好大声！听得我真是！荒唐啊。老师肯定也是啥都没想明白，可能根本就没想，反正就知道领着学生背答案，我们那时候还不都是，生产力决定生产关系。

三娜说，可是根本没办法稀里糊涂背，一定要接受那个逻辑关系才能背下来。所以还是会影响人的，认识到了就要费力气排毒，认识不到的，就更惨。

又说，我以前觉得，人早晚要处理自己的生活经验，需要说点实话。遇到跟经验相通的东西，那种震动自然就会替你分辨好坏是非。但是现在觉得也没有那么绝对，因为相对于这个世界的复杂来说，人一生的经验太短暂太偶然了，根本不够澄清那些从小就给灌输进来的谬论。有时候你抱着一个谬论生活，它是可以自圆其说的。而且如果去纠正一个东西太艰难的话，可能下意识就会有那种意愿，比如通过选择性取证之类的，来加强本来的荒谬想法。还有再说，也不是说相对主义啊，但是确实也没办法说哪个就是绝对真理，本来你说人类也只是在寻求真理的进程中而已，然后那些阶段性的东西，互相都是可以批判的，在一个局部经常就弄不清哪个更接近正确了。哎呀我绕太远了。

在急速说话的间隙，余光中看见荒芜而簇新的办公室，明亮的初秋正午的阳光，远处簌簌作响的白杨。可能是刻意的，但是效果是真的，三娜觉得自己和姐两个人渺小真实，正在消逝。

姐放下筷子，往椅背儿一靠，说，没事儿，我根本就没听。

三娜说，也没啥值得听的，我有时候觉得我是太以一当十了。

姐笑，说，你反正幼稚！你好好看看身边这些人，跟你说的这些有什么关系啊。不都是稀里糊涂，说一套做一套么。哪个是谎话哪个是真话，谁在乎啊。而且你发现没有，一般那些以为自己很奸的人，经常说一些没必要的谎话，以为说真话会吃亏！你说奸不奸！逗不逗！

三娜说，但是你说，大家也都知道你是说一套做一套，你自己说的时候也知道别人不信，这有什么意思呢，为什么还要这样呢。

有点明知故问，但是说出来以后也真的觉得是个问题。三娜想把这谈话继续下去，她最喜欢的生活其实可能就是这样空谈。

姐好像是想了一秒钟，说，反正就都这样了，你不这样，就很麻烦呗。再说多数人根本不想，也没能力去反抗这些。

总是说到这种地方三娜就再也无法继续，觉得疑问都不正当——她要求的是奢侈。

大姐把饭盒都收好，起身去水房。

办公桌上有一个黑色笔筒，筒外贴三根立杆，各自串几个小抽屉，掰开可以放一块橡皮或几枚图钉。三娜想这位设计者自以为巧妙的心思可真是够愚蠢，从小盒子里抠东西出来，容易卡到手指；文具并不需要这样彼此分隔；而且这些悬浮随意的抽屉，令人感到不安稳。三娜想我真是个神经病。

姐进来，说，怎么样，跟妈办公室很搭配吧！李百佳给我的。特别像李百佳的东西。她就是那种，每天上班都穿套装，都不贵，但是洗的干干净净的。李百佳你没见过，哎，可是让人感慨了，特别谦卑，特别勤奋，而且每次见面都要非给我一个小礼物，你说这是干嘛！我就只好拿回来了，摆在这儿还是好东西呢。

李百佳三娜知道，是大姐大学参加诗社的时候，有两个文艺分子毕业了滞留北京，在校外租了一间农民房，姐有一年经常去参加聚会，跟他们中的哪一个借了一本《偶像的黄昏》暑假拿回来。李百佳是住在同一个院子里的自考大专生，作为他们的崇拜者，被极其友善地邀请进来。三娜总是隐隐觉得，这样的际遇对李百佳来说不是什么好事。

姐又说，现在确实有些方面正在变好，像李百佳，学习也不咋好，小县城出来的，在北京谁也不认识，但是就是凭借自己朴实努力，现在一个月也挣五千多，听起来也是一个小组长之类的，私人企业也不像国企或者政府那样都靠走后门混日子，还是看你工作行不行呗。李百佳每周跳两次健身操，也是过上了文明的白领生活，这在以前妈妈那个时代都没有，所以也还是要看到进步吧。

三娜像是想了半天，说，听起来非常寂寞。

姐说，是非常寂寞，我去看她，她就非常舍不得我走。屋子收拾得特别干净，也没有几样东西，她特别省，夏天外面特别亮，她租的那种老式的房子，朝西的，挂了个花布窗帘儿，傍晚的时候照进来——哎，我都想给她介绍个对象儿，但是哪有合适的，一般男的也看不出她的优点。我也不知道，她说，一娜，我从来没谈过恋爱，也说得挺自然的，可能问题也不在这儿，谁知道。

三娜说，我也从没谈过恋爱。

这话说出口，有点眼泪往上涌。三娜非常恼火，她根本不认为自己有那么委屈，眼泪是怎么回事，也许只是难为情？

姐说，你跟她情况能一样么。但是我跟你说，你别喜欢什么程远了，我回北京又看了他写的小说，也不咋地，非写些小孩儿被绑架什么的残酷的事，没什么意思。

三娜控制住自己，用自以为无所谓的语调说，根本也不是喜欢，我根本也不了解，就是想给自己特别悲惨的处境找一个稍微好点的借口吧，后来发现也不咋好，就更生气了。

姐说，你咋悲惨了！你忘了李石说的！

有一次三娜非常难过，说不清理由地哭个不停，恰好李石来家，他说，你想想何三娜，首先你是一个人，不是猪狗，是吧，那你说为什么这是不可能的呢，你完全可能是猪狗，是小青蛙，是吧，其次，你生活在现代，而且是二战之后，"文革"你也没赶上，现代文明这些好处就不用说了，然后你生在一个省会城市，比荷花村好多了吧，还有聪明啊这些就不说了，刚才我看你站起来，你还差点长到一米七！还有啥可不满意的！——大姐听到小青蛙就乐得不行了，到最后李石也说不下去，他们全都大乐起来。

三娜说，我现在也不觉得自己惨了，我就是说原来。你后来跟马星月有联系么？

姐说，没有，她也没有个手机，座机打过去是错的。

三娜说，她不是买了房子么，应该安定下来了吧。

姐说，安定啥，我给你讲了吧，她那房子比上地偏多了，一点不撒谎，从上海出来还得再走半个小时的农田，哎我不知道，我可能也是有点害怕再见到她，所以后来很长时间没联系，再找就找不到了。真是看着难受，她自己好像也不怎么觉得，哎，你说人的命运啊。我不知道，她父母好像离婚的，念大学的时候也有一回过年就留在学校。

三娜跟姐都空望着地面，也是有点累了。马星月刚回北京那年春节，借住大姐的出租屋，姐跟室友都回家过年了。姜牧云当时正在追求姐的室友，敲门去找，两个人就好上了。当然可以想象那空寂无着的心情，但是、到了这个地步？姐说姜牧云，又瘦又小又脏，窝窝囊囊，在美院函授班学雕塑，也不是什么坏人，赖在北京不走，也是向往更美好的世界吧，老家不都是一样，腐朽。

姐说，你没看她家里，墙都没刷，堆的都是石膏模子，灰土扬尘的，跟两个工人住在一起，用大铁锅咕嘟咕嘟做一锅菜，孩子鼻涕喇瞎穿个开裆裤，像民工的孩子，马星月蓬头垢面，睡眠不足大黑眼圈，非常省，我看毛衣里面的衬衫还是大学时候的呢。

三娜说，哎，换个角度看，也可以说是挺勇敢的吧。

姐说，很难这么说吧，就是没有选择，来什么就接受什么呗。

姐从笔筒里揪出一个粉色塑料壳带手柄的小圆镜子，故意活泼地说，怎么样，相当奇妙吧。你翻过来看！

背后印着一个小天使，戴皇冠，手里拿一根、应该是魔术棒。皇冠和翅膀上洒着金粉，魔术棒头儿上，又用金粉写了一行字，huanzhugege。

姐笑说，怎么样？

三娜说，服了。学生给你的小礼物么？

姐说，不是，马秋丽没收的，上课照镜子，学生来求我，我要过来，想搁两天再给她，让她着急两天。

三娜说，你心理素质真好，要是我就会一直惦记这事。

说完又疑心自己这是炫耀，就非常难为情。但是这有什么好炫耀的？

三娜说，密下[1]得了。你不是收集还珠格格系列产品么！

姐说，对了，我都忘了！

姐有一次出差去山西，回来拿出一个贴着还珠格格头像的打火机，一盒还珠格格扑克。一副没正经的样子，宣布发明一个新爱好。

像是来自非常遥远的地方。像是世界拼图里孤零零的一块，只能放在远角，表示那一大片未知的存在。

三娜说，我觉得人只能理解自己也有过的欲望、恐惧和痛苦。比如说我羡慕敬仰的吧，就是人家做到了我也想做的事儿，有时候鄙视别人，其实是自己心里也那么想过，然后因为觉得不好、可耻或者什么的，没有那么做。像买这样的小镜子的事，我就无论如何理解不了。

姐说，真是啥都有一套理论啊。

三娜说，有一天我在卖冰棍儿饮料的地方碰上俩小中学生，其中一个大声说，我要买周杰伦代言的！我当时特别震惊，因为以前看广告的时候，都觉得请明星是为了知名度，为了让你记住这个东西的存在，没想到真有人因为这个非买这个牌子的！还不是说开玩笑，听起来挺认真的！我觉得视野一下扩展到这么远，但是在这中间儿是啥都联系不上。

姐说，李石早就总结了，你的问题就是高估别人，不能正视大众。

三娜说，你俩背后说我坏话啊。

姐说，那肯定啊。

三娜说，可是如果觉得大众都是人云亦云的、偶像崇拜、并且渴望放弃自我，往下再走两步不是就会觉得独裁啥的都是合理的么，那不是也很危险么。

1　密下，藏起来归自己。

说完她也觉得，再走这两步中可能有许多岔路，许多具体的差异和规则，是非善恶都是具体的甚至纠缠在一起的、需要耐心。就有点羞愧，说大话说得太肯定了，怕姐揭穿她。

姐说，我不知道你们这些理论。——小孩儿反正就是笨或者庸俗，也还是让人觉得有点无辜，我刚才下课又看见童小杨了，你见过童小杨么，长得太好看了，看着我就叫姐姐，一笑两颗小虎牙，真清纯啊，简直可以被张艺谋选去当女主角。我就想，也不知道她长大要变成一个什么样的人啊！很可能就变成普通人了吧。但是现在真是好看啊。

三娜说，扔学校里学"把蛋糕做大"，真白瞎啊。

姐说，那可不是么。干啥都白瞎，青春不就是这样，只能眼睁睁看着它白白浪费。

三娜说，真的这样么，不是有些人好像弄得挺精彩的。

说完三娜自己笑了，又说，不过好像有些人，活着的目的就是为了让别人和自己觉得自己过得精彩。精彩这词，太压迫人了。你说怎么过，仔细一看还不都是空洞。

姐说，黎薇是自己来的你知道吧，她爸妈不同意，她看了宣传非要来。哎，我有时候也觉得，人家孩子来了，要不弄好点，也对不起人家。但是也没办法啊，就这样了。

三娜心里像被钝刀割了几下。清楚地回忆起十六七岁时，想要在世界上寻到一眼清泉，那样骄傲又纯净的心情，最清稚的心情。真的有这回事。——我们作为污浊世界的一部分，欺骗又辜负了它。

有人敲门。姐说，请进！

小个子，短头发，穿红色校服，皮肤很黑，脸蛋儿上像是给风吹山了两块儿，白刺刺的泛红。

姐说，石楠，这是我妹妹，何三娜。

石楠脸一下子红了，连着点头，说，老师好。

姐说，我跟食堂说好了，明天上午间操你请个假，到这儿来找我——不用，就在你们班门口等我，我带你过去。

石楠说，嗯，嗯呢。

姐笑眯眯说，那就这样，没事儿了。

石楠转身走，又转回来，说，老师再见。

她小心地把门关上，噔噔噔地下楼了。姐说，让她去食堂帮二姑打饭，中午晚上要不忙不过来，太穷了，免费吃个饭就行。

三娜说，学习好么？

姐说，还行，就交八百，不能再免了，一般农村的不是要交三千么，这是最低的了。才交五百，我说期中考试能考进年级前十名，那三百就不用交了，这还不能告诉别人，让别人知道了，没法儿弄。小孩儿挺好的，也不是整天哭穷，也不抱怨，都还高高兴兴的。也很质朴。本来很不好意思的，忽然就跟我讲她妈身体不好，到处看病，哪来的医生说的生了孩子就好了，就给她起了个药名儿。结果还没好，又生了个弟弟，哎越是穷，越是容易信这些，绝望呗。

三娜想象石楠在家做饭带弟弟，蹲在灶坑前引火，熏得直淌眼泪。

姐说，哎，我要跟你说，你肯定又该心难受了。二姑跟我说，说她每天都等到最后去食堂，就打二两饭，也不吃菜。二姑还是挺好的，心软，有时候给她盛点儿菜汤儿。我那天找她，她说，一娜老师，我看有的同学打两三份儿菜，吃不了就倒扔了，我能不能跟他们说，吃完了，吃剩下别扔，给我留着，这样行不行？

三娜心里不知道什么东西，戛然而止。大姐眼睛也红了，继续说，她也挺好的，就是很平常的语气说这些，也没哭也没怎么样。哎，穷人家的孩子，咱们再怎么说，也不能体会。

这世界上到底有没有一个人能宣称自己的生活是正当的？这想法像白亮的中午劈过一道闪电，又锐利又几乎是虚幻的。这哪里是疑问，这分明是另外一种理直气壮。三娜为自己那几乎是感激几乎是满意的心情而羞愧，我可以被一种结实的痛苦赋权么？不我不敢——，张昊宇敲门，探头说，走吧，老姑，我何爷都上车了。

28

不知道睡了多久，楼下的说笑热闹一波一波袭上来，掺进梦中。终于起来去上厕所，妈在楼下喊，起来了啊三娜，下来！

孙树发矮胖，坐在沙发上像斜躺着一样，双手将将够拢住肚子。

妈说，谁知道是倒时差啊还是换水土，天天睡不够，这大孩子大白天在家睡觉！

孙树发扳住沙发扶手拧过头来，说，认认得我了？一晃儿这又多少年了，还是上大学那年见着的，胖了，是不三娜啊？

三娜挤着笑，说，咋不认识，上午我还看着冬梅了呢。

像是渡过一条黑水滔滔的大河，踏上色彩斑斓的异族的岛屿。三娜娴熟使用的语言，每一个发音都是多么陌生。这生动热闹的人事，是多么清晰、多么奇异。人间真是梦境。

妈说，也不知道你来啊，晌午让冬梅跟车过来多好。

孙树发急忙摆摆手，说，我都没告诉她，告诉她干啥呀。我就惦心来看看老姑，上回来瞅你那忒遭罪了，我这心里都成难受了[1]。

妈叹口气说，用你老姑父的话说，罪是人遭的！谁还不得遭点罪！

孙树发说，不地我早就要来，小栋儿的事儿没有一定的，这心里像不利索似的。

---

1 成难受了，可难受了。

妈说，那可不咋的，我这是个啥事儿，孩子那事儿多大啊。我晃常儿都寻思啊，这念书的事儿啊，孙树发得是最上火了。

孙树发说，起头儿那两天可不上火咋的。咋寻思不是这个分儿啊。

妈说，报吉大好了呗。稳当儿的，整个好专业。

孙树发微微有点黯然，说，不寻思奔清华大么。

还是八十年代，孙树发刚刚开起小卖店，平常都去大安北，到年前来长春进货，来家住一晚，五点钟起来赶第一班公交车去光复路，进了货就直接回乾安了。后来住旅店，也总来家看一眼，拎一提包粘豆包。交罚款生了儿子，——这小嘎这小嘎，忒聪明了这小嘎，这小嘎不得了啊。妈因为"小嘎"两个字笑了好多年，每次见都故意问，——小栋儿就是学习好啊，学习忒好了，一般的题老师做不上都来问他！

赵姐从南阳台过来，低着头，孙树发侧头看了她一眼。

妈说，可是茄子是不得闭火了，那玩意蒸烂糊了更不好吃啊。

赵姐笑，说，嗯呢，正是要闭火。

妈说，闭火拿出来晾上，你大奶干啥呢。

赵姐说，晾豆角儿干呢。

妈说，牛膝盖骨你剁了分小包儿冻上。

赵姐说，嗯呢我都整利索了。

妈跟孙树发说，要说得感谢你这心意啊！哪有心思给我淘澄[1]这玩意你说说！

孙树发说，我回去我就跟他们说了，哪嘎达杀牛吱一声！好玩意儿，都说这玩意儿补骨头——。姆家里的说的那豆角干儿得再晾个两

1　淘澄〔deng〕，寻找一些不容易买到的东西。

天三天的，就怕道上捂了！我等不了啊，我这拿上牛骨头我就来了。今天一早上杀的牛！

三娜看到蓝色的清晨里绿色的草原上一头棕红色的大牛。露气沉沉的。当然是在灰黄的院子里。她意识到自己还有一部分沉甸甸的没有醒来，身心缓慢，头脑清楚，非常舒服，过一会儿就乱了。

妈说，去年你给我拿那豆角干儿，一直吃到过春节，太好吃了，那是啥，那就是豆角好呗。

孙树发说，一色儿粪肥，都是我个人挑的，个个儿吃的玩意，能糊弄么！城里人现在吃的那是啥！姆们种的姆们还不知道么！那农药，虫子吃了就死，人吃了就没事儿，事儿没找上来呢！你说是不是这么个理儿老姑？

这些话肯定说过至少一遍了。三娜想聊天其实就是这样，不知不觉在重复，只要人还带着那情绪，就能够热闹下去。情绪烧久了就会累，所以寂寞其实是一种体力不支？

赵姐拿两个麦秆帘子从厨房出来。

妈说，那点儿豆角干儿让你大奶自个儿慢慢整，过来坐这儿唠会儿嗑儿。

赵姐走到阳台去了。孙树发探身向妈，小声说，上回说她儿子上大学上的哪个大学？

妈也小声说，北华。

孙树发靠回去坐，说，北华啊，五百来分儿的学校。

三娜盯着门口看。

赵姐扑落着手走进来，笑眯眯地到三娜旁边儿坐下。

妈说，孙树发来过你记不记着了，我学生。赵香玲儿跟小东一届的，同班同学。

孙树发说，啊，小东他们班的。我上中学那小东才上小学啊。

妈说，人学习可好了，比小东学得好！要说这命运！

三娜心里一紧。那一汪沉静已经不知去向。

孙树发说，你是不念上高中了！

赵姐说，念到高二我爹就不让我念了。

她弯着背，两手夹在大腿中间，说这话的时候竟然像个中学生，轻描淡写，没有怨言。也许小孩不懂得为自己负责，下意识就要保住鲜明的无辜。

孙树发说，那你比我强，管咋的念两年高中，女的那就不错了。

妈说，也是心太高，那时候念中专就好了呗。

三娜疑心妈是说给孙树发听，加倍感到紧张。

赵姐笑着，说，也不懂啊。我爹答应好好的，说你努力吧，你能考上就让你念，我就信了。

也还是没有指责，像说一件很平常的事。三娜想赵姐真的是非常自尊啊。

孙树发自顾自说，我跟姆家小栋儿我说了，我就感谢邓小平，我现在看着邓小平像啥的我还感激他，不叫他我能翻过身来么。

一脸气呼呼的。三娜想这一段正符合外媒期待。意气中的严肃，严肃中的滑稽——当然，滑稽中的悲哀。而这一切，严肃、滑稽和悲哀，都与他本人无关，是镜头的欲望。

孙树发一拍沙发扶手，说，那啥老姑我走了，我看你挺好的我就放心了。

妈说，你妹子让你给她买那药你买没买呢，捎回去多好。

孙树发说，有啥事儿吱声，我跟老姑姆们不说一家人哪、也是啥说道没有！

三娜才意识到赵姐坐在这儿孙树发有点不自在。按妈说法他不是心眼犯邪的人，但是潜意识谁也说不准，都说男的和女的不一样，三娜无从想象。也许只是角色分裂，孙树发在大遇是无情的人。每次他走了妈都要说，这孙树发才逗乐儿呢——模仿他急促的语调——跟谁我也不说啊老姑，说就跟你借钱，说就跟你借钱，借钱给他们呢，一个好东西没有，一个好东西没有，老姑你去看吧，王宝权方红双你记不记着那都咱班的，那不都是贫农么，咋样，现在还是贫农，家啥也没有啊就一铺炕，炕席都破的露土路卡 [1]，王宝全就一个姑娘，他搁啥交罚款呢他生不起，金大灿他儿子跟小栋儿同班的他妈的初中都念不下来数学考三分儿你看咋样，让他翻身他都翻不过来贫下中农他妈的，他儿子说不上媳妇儿，找的老孙家瘸腿的那叫啥小儿麻痹的，不得人谁家姑娘给能给他，一间小趴趴房一片瓦一块砖都没有啊还一屁股饥荒，咋不拉饥荒呢金大灿他媳妇儿不有病么那年上长春看病路费都没有跟我借的……老姑我跟谁我都不说我跟谁都没说老姑我就跟你说奚玉财老师我都没说啊。——他存了几十万。从一万块开始，逐年跟妈汇报。

赵姐笑，说，我也不知道来人儿啊，现出去买也不赶趟儿了，市场这儿跟前儿没有卖的。

孙树发说，啥药啊。

赵姐说，我妹子的婆婆，风湿这都多年 [2] 了，看电视说有个药好使，叫啥名儿叫我给忘了，我这脑袋、写纸上了在抽屉里呢。

孙树发又拍了一下沙发扶手，说，电视那玩意不能信！这前儿这广告净他妈糊弄人！你说对不对老姑！

妈说，那可不咋的，我也跟赵香玲说，风湿那玩意我可知道，我大嫂就是风湿多少年，啥药吃了都是白扯，啥药没吃过，你像有钱行

1　土路卡，土块。

2　多（duó）年，多少年。

啊，没钱那不就是浪费么。

赵姐笑说，这话我也不好说啊。

孙树发压住她声音，说，我从来不看电视，小栋儿他妈没事儿就捅咕，我一进屋她就得给我闭了，知道我嫌闹挺。

三娜忽然半真半假地问，那你在家晚上都干啥？

孙树发说，干啥，活儿那不有都是么。

妈说，你孙大哥勤奋，还得看买卖呢，做点木匠活儿。

孙树发说，这有好几年没干木匠了，我这腰不行，弯不下去。

妈说，你啥腰不行，你就是胖的，也得减点肥，不是别的，赶赶上岁数儿了，高血压你都受不了，寻思是年轻人呢！

孙树发摸摸脑袋，说，现在血压就高，不生气不上火行，一上火就不行，头里刚下分儿那几天，给我迷糊的都下不来炕了。

妈说，上啥火上火，重念重念呗，小栋儿本来就上学早。

孙树发说，不寻思指定上的事儿么。

妈说，这玩意能有一定的么，也别给孩子整的压力太大，压力大更考不好。

孙树发说，我也这么寻思了，备不住就是压力大的事儿。

又一拍沙发扶手，说，那啥我走了老姑，给何海岳老师问好，奚玉财老师林玉琴老师那边儿我就不过去了。

妈说，不留你吃饭，等我腿好的，咱娘儿俩好好吃顿饭。

孙树发站起来，说，要吃啥唔的吱声老姑！

妈说，吃是不吃啥，就那事儿你帮我打听着，有啥消息打电话。

孙树发说，放心吧老姑，我指定我帮你看住奚玉财老师。

赵姐也站起来，三娜跟在她身后。

孙树发回头跟赵姐说，你赶上这人家儿了你就安心在这儿吧，我老姑你别看厉害，那心眼儿才好使呢，永远这辈子我都得记着，我最困难那前儿谁向着我，就我老姑向着我。

妈说，快溜儿走吧你啊孙树发啊。

孙树发站在那儿，仍然不着急，说，要说那前儿，哎呀，啥我也不说了！——眼中竟然有泪光——嗯呢我走了老姑，你好好养着啊，到秋我再来看你来。

妈说，嗯呢走吧，这到家得啥前儿了。

孙树发换了鞋，拎起门口一只空瘪的旧提包，匆匆走了。三娜回到屋里，屋里很安静，她跟妈一起看着他从窗前走过。走得非常快，上身微微向前奔着。

妈笑嘻嘻说，像个地獭子，出溜出溜可快了。

三娜说，底气真足啊，说话声真大。

妈说，赵香玲啊，把孙树发刚穿那拖鞋刷出来！那脚才臭呢，今天坐的远，往回来坐跟前儿，都打鼻子！这屁股才沉呢，坐了能有啊俩小时。

三娜说，是不开头还有别人？跟他一块儿来的。

妈说，奚宝泰！宝泰先来的，完孙树发来了，坐一会儿就走了。一走孙树发就跟我说奚宝泰不好，也虎啊，也不寻思那是我叔伯弟弟，跟我俩可没外心了，说小栋儿回家说的，奚宝泰上课净讲错题，那备不住，我老婶儿就笨哪，宝泰考中专考三年才考上，那能不是笨么！再说他净寻思给人补课挣钱啥的，也不好好正经给人孩子上课。宝泰我原先寻思老实呢，更不咋老实啊，反正也是让他那小媳妇儿撺掇的，你看着吴玉华了没有，那才抢上呢，脑袋削个尖儿俩眼睛瞪得跟小鸡儿上架似的要往上上啊。

赵姐走过来，笑嘻嘻地说，我就乐意听我老姑唠嗑儿，啥事儿叫我老姑一说就成招笑儿了。老姑，洗洁精儿没有了，我心思没啥事儿把灶台擦擦，可也擦干净了可也使了了。

妈说，搁钢丝球儿蹭。

赵姐说，嗯呢，蹭了，我心思把油烟机就手儿蹭蹭，没两下子就蹭烂糊了，你瞅瞅我心思不能要了。

说着要去厨房拿。

妈说，你扔了得了！娜你去，这孩子、睡的迷糊倒仰儿的，去精神精神，上小卖店、小卖店没有上对面儿小市场，买瓶洗洁精儿，再买俩新钢丝球儿。

王立新仍然穿着白外套，一直没见下身儿[1]，怎么还是那么干净。她笑嘻嘻地说，姐你来啦？三娜有点难为情，但是立即配合地笑起来，说，嗯，买洗洁精、钢丝球儿——和可乐。天天下午这轱辘都没啥人哈。王立新说，嗯呢，就晚上下班儿那轱辘忙。姐我看你成爱喝可乐儿了——姐，这个给你。三娜说，啊？真好看啊，太谢谢了，这无缘无故的多不好意思。王立新笑着说，我编成多了，也没谁可给的，姐你挺关心我的，我觉着跟你唠嗑儿也唠挺投缘的——。

三娜像是逃出来的。走到小区最南边，坐在马路牙子上喝可乐。不得不面对自己的真实——我并不想跟她成为朋友。我也根本不关心她。我不配她的好意、不配她用红线串成一串儿的小小幸运星。但是我为什么？总是跟她笑嘻嘻的，那天下午还像个记者似的听她讲自己？还给了一些完全不着边际的建议、用一种想象中她会以为诚恳的态度？为什么这么轻视她？以为她这么好骗？最初的好奇和惋惜之情是真实的么？那只不过是基于我的臆想！应该限定在沉默中自娱？轻佻。但是为什么轻佻。为什么要去讨好她？我是那么绝望地需要别人、任何人的情意么？还是以为这样可以给她带来喜悦和安慰、奇遇和被爱的感觉？我以为我是谁？天使？衔着玫瑰的骑士？这是在投射

1　下身儿，脱下去。

自己的渴望？我渴望被人好奇、惋惜、理解？我积攒着委屈是在积攒可观看的深度么？——她忽然觉得自己对文学的野望本质上是变相求爱——像一脚踩裂冰面、即将陷落——压住内心齮的一声、轻悄地站起来，把可乐瓶子扔进垃圾桶。

妈说，咋去这前儿！——赵香玲儿啊！

三娜上楼，把小星星放进那个放着绿松石的小盒子，郑重地看了一眼，扣上盒盖。她不知道她想通过这个仪式达成什么，但是似乎就轻松了一些。咚咚咚大声跑下来，拿起盘子里的西瓜吃。

妈说，少吃，胖啊。——赵香玲儿啊，收拾利索过来，跟你大奶俩一人一片儿把那西瓜吃了，搁那儿就不好了。你大奶整完没有，整没整完让她进屋歇歇。

三娜说，妈你不累么？要不要躺下？

妈说，躺下也行，你放我躺下吧——等会儿吧，我妈来了，我躺着她瞅着上火，这么坐着不像好点儿似的。

赵姐扶小姥过来。小姥儿比划着说，这豆角干儿才好呢！都是花皮子！造那老些。

说完就嘿嘿儿地乐。又看着三娜说，老外孙闺女还吃不吃豆角豆儿了？

三娜说，吃！姥儿你给我串一串儿吧。

就又想起那串儿幸运星，心里揪了一下，几乎是看着它松开的。想，愧疚也不过就是这样，到最后还是贪图舒适，不要再假扮好人了。

赵姐说，刚才那个孙树发，他家里的是不是姓苏。

妈说，谁知道了，好像不是的。我恍惚听过像是姓啥来着呢，是个有点儿隔路的姓儿，指定不姓苏，咋的你认识啊？

赵姐说，那就不是了。

赵姐用盘子把西瓜皮都收了，又拿了抹布把茶几擦干净。站直了说，原先姆们后院儿的老王家，六个姑娘没小子，那老六跟我妹俩是同学，总上姆家，我要结婚那前儿，她说她大姐的小姑子家的是个木匠。她家大姐夫也常过来，姓苏，挺好的一个人儿，我就想起来了问问。前后屯子统共也没有几个木匠。

三娜就听进去了，放纵自己动心地描摹这一幕，炕上三个少女憧憬美好的生活，打家具？赵姐记得那么清楚，应该正在闹绝食，不想结婚，也还是听邻居家女孩子讲她大姐的小姑子家的是个木匠——。说一个礼拜没吃东西，在炕上躺着。

高兴地、似乎也有点装天真，三娜说，那你咋没找他打家具。

随即她回忆起，她跟王立新说话也都是这样的心情。踩着棉花云似的，不知道为什么不会踩破，不会掉下来。

赵姐笑，哎妈呀，还打家具呢。

妈说，要说认识那也备不住，孙树发家也是大遄屯子的，他哥他们现在都在屯子。

赵姐说，我没在大遄住几天，我跟我妈从立子井儿搬过来我就上中学了，上中学不就住校么，完了结婚就到朱子井儿了。

妈说，嗯呢，这么一说可不是么。

赵姐不相干地说，打初中毕业，我都没去过大遄马场。

三娜心中一震。还是大舅搬到空军学院的时候，妈带三娜过去，三娜进院儿的时候猛然意识到自己离开南湖小学之后再没有来过——差不多十年，跟常去的一万三市场一门之隔。那一次真是震惊，觉得自己生活在大海中一条狭长的管道里。过后也还是忘，每次为那不知不觉本身感到惊异。

妈说，这孙树发吧，我是他班主任，他家是富农，那些同学老师啥的就都瞧不上他，反正他也是隔路人，本来人缘儿也不咋好，独性啊那人你看跟我俩好，独性，跟他哥啥的都不行，单说他那时候学习还行，要强，也不是多聪明，就是用功，班里五六名儿吧，我看怪可怜的有时候就表扬表扬他，小孩儿，就当回事儿呗，完了那时候高中就不考了，让推荐，那能轮上他么，就心里搁不下，也是没处去，天天上姆家来，正是生一娜那年，到夏天六七个月正是要人抱的时候，你不知道一娜小时候，那才能哭呢，总得搁人抱着，撂下就哭撂下就哭，孙树发来了就抱孩子，抱一夏天，可怜呗，寻思有个人儿理解他，能看得起他，说说话儿。

这也是说熟了的故事，妈最爱模仿孙树发，后来她们都学会了，"老姑我跟你说老姑，我跟谁也没说我跟你说老姑……"

三娜一直隐隐猜想孙树发暗恋妈。倒也像他，长情，一直记着贫农富农的事儿。妈那时候也才二十多岁。从来没问过，因为怕是真的。其实妈肯定说，他那还是小孩儿呢，知道啥呀。又不能跟妈讨论青春期少年都要爱慕少妇，三娜自己连恋爱都没谈过，怎么开口。

有一次妈说她刚来长春找工作，去求大舅的同学潘志才，有一回办公室没有别人，潘志才就表达了暧昧的意愿。妈笑嘻嘻说，我吓一跳，潘志才是正经人，吉林大学中文系毕业，我寻思得是君子啊，咋还想搞不正经呢！谁知道了，我也不好看呐，大秃奔楼儿[1]，秃眉毛，那前儿也没有眉笔，谁知道了，横是眼睛锃亮儿挺有意思的吧我这么寻思——。

妈今天也是对赵姐特别友善，详详尽尽又讲一遍。

赵姐说，那要有个人理解你那肯定是，我那时候，别人不说，我妈我妹子都不理解我，寻思我哭啥呢，早晚不得结婚么。

三娜心里松开一点，有点满意，觉得是真正的谈话。

妈说，你大奶这是累了啊。

1　奔楼儿，突出的额头。

小姥仰头望着窗外，目光直直的。

赵姐过去，说，走啊，进屋躺着去啊。

小姥仰头看着她，半天搭住赵姐的手，缓缓站起来。

赵姐说，晌午必是没睡好。

妈说，二娜走伤心呗，老人的心你们不懂啊。

三娜望着小姥迟缓的背影，心绪缓缓落下，像是风停了一样。

妈笑嘻嘻说，孙树发有个想法你都不知道，说出来你别生气啊。

三娜说，跟我有啥关系啊。

妈说，孙树发一直盼他家小嘎儿考清华大你知道不的。完了今年春天还问呢，就问你，有对象儿没有。说的，我寻思小嘎儿考上清华大，跟小三儿不正好儿！你说逗不逗！

三娜说，差多少岁呢这是！咋想的！

妈说，人农村差个五岁六岁的不有都是！

三娜说，童养媳啊。

妈说，我是寻思都没寻思啊，单说孙树发逗不逗。

三娜反应过来，确定他暗恋妈，忽然替他非常难为情，倒不能说了。只能说，他家小嘎考多少分儿啊。

妈说，五百九十多分儿，差不少呢。报吉大就去上了，就迷这个清华大啊。

妈一说到"清华大"就笑嘻嘻的。

三娜说，差那么多重考也不行吧。

妈说，这话咱能说么，好像看不起人孩子似的。

妈好像是真的完全不知情。

赵姐过来说，晚上想吃点儿啥老姑？

妈说，可是我正要说呢，我这两天像是上火似的，吃不下去呢，你给我揪点儿面片儿，下点儿柿子菠菜。

三娜说，我也想吃面片儿。

赵姐说，那就都吃面片儿呗。柿子有，菠菜得去买去。

说着就往里屋走。

妈说，买菜那钱还有没有了。

赵姐说，还不少呢。

三娜感到自己在这河里飘浮的菜叶子一般的对话中混得太久了。她委在赵姐的小床上一动不动。

三娜说，给我爸买个猪蹄子吧，光吃面片儿太素了。

妈小声说，在学校你二姑净给他做好的，你问吧，哪天他不喝点儿酒！

赵姐关门出去了。

三娜说，从这窗户看这小路上人来人往最好了。

妈说，像以前炕上呗。谁来了还没进门儿呢，先隔窗打招呼。

赵姐低着头。三娜想她也许想起了大遐的往事，也许在担心大遐的舆论，早就有说她改嫁的，说给人当二奶的，当然说做保姆也并不光彩。天很高云彩还很白，太阳照着头皮，照着整个颅腔都金灿灿的、多想只是生活在金色的此刻——命运多么脏啊。

妈轻轻叹了口气。也许到了晚上，或者明天二姐打电话过来，她还是要哭一场。三娜简直是在等着。

妈抬眼看她，说，可是你那论文到底整完没有，可不行再拖了啊。

三娜笑着说，你咋那么有正事儿呢。

妈白她一眼，又和气下来，说，去，好孩子，整完得了啊。

三娜站起来，说，好吧，那我上楼了——我大姨今天上午来了么？

妈说，咋没来，赶上你大舅也来了，姆娘儿四个唠嗑儿一直唠叨晌午。

（此处有较长删节）

大姐从窗前走过，三娜起来去开门。

妈说，咋回来这么早呢？

大姐看着特别高兴，说，太困了，在办公室睡了一觉，醒了发现四个班都在开班会，啥纪念抗战胜利。我看也没啥事儿，干脆回来了。小胖去给姐倒杯水。

妈说，西瓜给你姐切两块！

三娜看见赵姐回来，先去开了门。

厨房阴凉凉的。三娜才意识到自己其实有点高兴。那破菜叶子般的谈话总算有了一点内容，仿佛这个下午就完全不是荒废。这一小片新的事实对她有何意义？能够带她进入现实世界么？相对她对文明美善顽固的预期和愚蠢的幻觉，所有这些故事、这些触动全都轻如鸿毛。它们在悄悄累积么？三娜不知道。她正忙于逃避，试图用一种更舒服的方式安置这些半路捡来的小树叶，再次启动语言，语言有如预期地带动起真假难辨的感情，陶醉、几乎信了：是啊我无法否定生活。是啊每个人身上都有一个小小发动机，不问理由、不知厌倦。是啊所有的命运交织，像所有的生物彼此依存，多么混乱又多么盛大的存在！可是为什么瞬间就可以感到徒劳？为什么仿佛用力叹一口气，这喧嚣的霓虹的肮脏的热闹的世界就灰暗死寂了？——这思路是如此熟悉、如此现成，三娜在造句的同时还有余力感觉到温暖的羞耻。

29

亲爱的苹苹，

我回来一个多礼拜了，觉得翻山越岭的，像是过去了好多年。每天都信息量非常大，回忆一下又什么都想不起来。

你明白吧，回家就是那样的，混大帮，黏黏糊糊一大锅粥似的，哈能叫酱缸么，反正是我们从小就一直觉得与自己无关又想要逃离的那种生活，现在又莫名地有一种特别强烈特别真实的感觉，也不是真实，怎么说呢，像是一种挑战，就是说你自以为要寻找的新生活必须得对这个旧生活作出一个回应，一个解释，或者说可以用恰当的方式容纳它。类似这个意思。这倒也不是英雄主义、自大还是什么，主要是我觉得独善其身这件事，似乎是不可能的。或者说，世界只有一个，不可能逃开。当然这也许是因为我并没有找到什么能够自洽的新生活吧，或者发现所谓的新生活实际上是空洞的，这个时候所谓的故乡就是一种诱惑吧，哈哈这好像是一种经典的文学主题哦，但是我觉得这种一厢情愿以为我们离开的嫌弃的那种生活是"真实"的或者"真实的源泉"，也实在是经不起考验的自欺欺人吧。"我就要回到老地方，我就要走在老路上"哈哈，忽然想到这歌词真上口想到就炫一下但是事情完全不是这样的我一点也没有想要回到老路上我根本也没有在这老路上走过。

　　敲字太快了，感觉是语言带着我跑，打开电脑的时候还并不知道自己要写什么。但是写出来的时候又觉得这些事隐隐约约在心里想过很多遍了。我觉得真的想得顺畅的时候是太快了语言根本来不及成型，但是似乎又是确实是在语言的轨道上，语言太神秘了这事儿我想不清楚可能需要阅读一些脑神经科学的书才能知道，虽然我怀疑脑神经科学也还没有发展到有结论可信赖的地步。说到这里我就想起来春天帮公共卫生研究中心查资料的时候在那些图书馆里穿梭的感觉，在高高的书架中间特别绝望然后就沦为感动像我们常说的，人类啊。那种累积真的很吓人，特别形象特别实在具体地压在那里觉得有一个人工合成的世界，相对于我们的认识能力来说，这个世界的复杂精微矛盾动态跟大自然的奥秘本身一样反正都是不可解不可把握。又觉得书山无路又觉得书山有路这词特别形象，你只能在这里面画出一条线来，而一条线它是没有面积没有体积的，也就是说你只能穿过它而不可能拥有它。显然你需要一个动力一个方向一个来自内部的与它无关的意志，至少是兴趣，驱动向前走出那条路来，而不只是远远望着它。远远望着它也可以吧，如果愿意沉浸于某种自以为是的美感什么的但是那沉浸是无法持续的或者说持续下去就会变成假的变成表演反正我觉得是这样。说来说去还是觉得要有欲望然后才有意志然后才能算是有自我然后才能算是活着吧，啊这些话我们在你们宿舍里黑夜躺着是不是说过无数遍了类似的绕来绕去绕回来也还是没有什么真正的改变真是徒劳啊语言啊所谓的思想。但是同时似乎想过很多遍之后非常熟练以后我有点清楚起来了，比如我现在觉得应该记住也就是不再往下想不再绕圈子来回想了。这些想法一定有人想得比我系统阐述得比我准确，不过还是要靠自己想出来、靠自己不断重复不断撞墙才真的相信了，知道和相信完全是两回事。

上面是前两天写的，现在回看一遍觉得都是亢奋的口水，不能确定自己在多大程度上当真，我真正想说的我需要解释的好像是为什么我听着家里的人亲戚们来看我妈的朋友们听着那些谈话，看着我妈办的学校的那些事的时候，我既感觉到与自己不相干，又觉得无法离开甚至也许有点被吸引——也许只是因为懒惰，想要拖延混时光不想面对一个人那种奇异的孤独、不也许不是孤独、是意识本身越来越空洞那种作茧自缚的尴尬的感觉。

啊，我敲字真的很快。

《文人犯大骚》我又看了好多遍。我刚一回家就从书架上找出一本《三诗人书简》来看，但是其实有点看不进去，因为心总是浮的，力量很弱不能深入不能跟住别人的极速的高亢的深沉的思路。但是拿着那样一本书就好像护身符好像就不会被家里的生活的泥沼彻底淹没，说泥沼不太准确因为其实没有那样黏那样有力，但是也并不是洪流反正吧，我的意思就是说，因为想要温习"我们的生活"，所以看了好多遍《文人犯大骚》，你是翻到四就不再翻了么，我也是最喜欢小亨利的故事，当然因为排比哈哈哈哈，那韵律太好了苹苹你的语言韵律太好了！你是翻译大王！汉语大王！把1和感叹号的按钮用秃！不懂汉语的人也能听出来是情书！"我金色的艰辛，我的超越一切和我渴望的此时此地"，我想鼓掌说这是恰如其分的翻译腔。如果不是自我感动，那么这两个人多么幸福啊。当然幸福本身可能就包含自我感动。有些东西确实难辨真假，但是我不相信热衷于辨别真假这事就是灾难。说说又跑题了，所以说语言真是脱缰的野马啊，又需要它的活力又不能被它带着跑也需要技艺呢！但是你知道我吧，一提到技艺就觉得那里面有些东西是假的，有这种不知道从哪里来的庸俗的本能的反感。被野马带到岔道上之前我想说的是，我喜欢小亨利的故事可能是因为爱情、也许应该说情欲故事，总是让人痛感虚无。我不清楚是那种自我泯灭的暗黑动力在促发人们在爱情中在对方身上失去自我，还是荷尔蒙烧到极点会带人看到天空的荒芜和空虚。哈哈我一个没谈过恋爱连接吻都没有过（啊为什么这么委屈！）的人就不要说什么性体验了，也只有跟你，一个完全知根知底令我感到十足安全可以肆无忌惮的人，这样大谈自己对情欲的理解，我自己也觉得十分可笑。但是就好像我觉得语言我们通常说出来的那些声音写出来的那些字只是一个表象而事实上我们的头脑中内置了一套系统在支配它，我的意思是语言是习得的但是重要的是我们的体内有一个可以习得语言和语言吻合匹配的机构，我又几乎像是跑题了我的意思本来是要说虽然我没有什么爱情啊性的经验什么的，但是很可能我的综合的感知系统里从来都包含着一个可以理解感受这些东西的机制，所以那些间接经验也可以启动它带来一些领悟，前提是这些间接经验的制造者是基本真诚的不是为了什么美和刻意感动他人在那儿胡乱说谎。这里有一个小小的豁口也是我近期频繁跟自己重复的一个心得，我觉得美是不严肃的就是美刻意调动虚假的没有经验根基的情绪。先不说这个。我要说的是，在家里这样一种强烈的具有腐蚀性的环境中阅读《文人犯大骚》这样的文章，想象巴黎人都度假去了，留下的人就有点无所事事的寂寞，躺在卢森堡公园的草地上看报纸，读这些轶事，心里轻悄一笑，像看到一朵花开，或者一片云停留，想到所有这些，令我感到不安。怎么说呢，我觉得不真实，我觉得巴黎人的生活肯定不止于此，肯定有与我们家的客厅所匹配的一种贫瘠的热火朝天的泥泞的无意识的不息不止的生活。我姐以前说起谁啊我忘记了，她说，他们怎么好像没有父母没有亲人一样。我不知道也许我是为了跟那些我生活其中对我来说具有竞争意义的形而上的知识分子化的夸夸其谈的同伴朋友们有所不同（应该是心里觉得高出一筹吧），也许有这样的动机，但是我真的觉得，一直以来的不安焦虑其实也可以概括成为不知道应该以何种姿态对待他人、不仅是能够交流的朋友们、尤其是那些难以交流的人们。这可以被说成是如何看待世界了吧。这样一说就显得非常没有原创性了失去了我个人经验的炽热哈哈。

我给你写信的时候总是太放纵了。而且我有点为了延续这种语言节奏的快感而没话找话了——停！

苹苹你怎么样。我在飞机上想起你那个拍电影的梦，《男孩背叛玛莉莲梦露》，傻笑了一阵。认识你，知道你是这样的人，沈丹秋是这样的人，心里觉得很踏实，我也即将见到慧洁本人，以后我还想认识许婧、郑雪、婷婷、把她们直接变成我的朋友！就好像把你、我姐姐的朋友变成我的朋友。我真贪心啊。我想到你的孤独和头痛和敏感的心，也无法安慰你，无法说，好起来吧，这样的话。只能说，我很了解。然后又要说，我不够了解。不知道哪一句更能安慰你。有时候，觉得古往今来世界各地，很多这样跳动的心，每一收缩汩汩出来的不是血水而是眼泪、的那样的心，后来当然跟着生命一起枯萎了。哈哈，你看我其实可以写这种非常夸张肉麻畅销的话的。不行了太难为情了。

长春能感觉到秋天了，自行车骑进阴影里就开始打喷嚏——啊你不是东北人。我还没联网呢，先把信写好。家里用拨号，怕占线。现在是早上快九点，我已经起来很久了，何一娜早就跟我爸去学校了，家里静悄悄的，我现在应该修改论文，其实一小下就能改完了，但是不知道为什么不能启动，想到给你的信还没写完就觉得非常正当太好啦！真希望你能看见何一娜在学校的样子，又精明又很务实，简直真假难辨！没准儿这个样子慢慢会发生作用，形成一个她随时可以拿出来扮演的角色，成为真的。从无到有这事儿让人有点不安，但是发展变化什么的那个过程单对准某一项指标总是能看成从无到有吧，这样一想就有一种唯物主义的虚无哈哈好浩渺哈哈卖弄起来了我。其实真是这样写着写着就像是踏实了一些，就像是在这个异质的环境中保全了自己，就像是释放了还是回到什么地方。你知道么我觉得（我一边写这句话一边知道这种结论似的话其实在我这里只是语言只在语言层面流逝而过但是我在正在流逝的此刻要继续说我觉得）真正令我不安的，并不是什么可能的情欲的潜伏（是的我回家之后又去了几次聊天室但是关于程远啥啥我已经丧失了谈论的热情其实我很期待去北京可以见到他然后这件事就可以关闭了你看我其实想的是 close 我现在的思维就是这样一个兔子在前面跑一个对这个兔子的意识在后面追，并不像影子它已经发展为另外一只兔子），情欲这件事情只是令我害羞，令我感到缺乏经验的羞耻。而真正令我不安的是，我怀疑我并不是像自己高声断言的那样——高声断言本身已经证明不可靠——我的问题已经全都解决好了，可以出发做点什么了。同时我又怀疑我确实已经像我高声断言的那样什么都已经解决好了就是因为不想出发害怕出发或者别的什么然后一直拖延着假装还在怀疑。这两种互相矛盾的疑虑似乎都能成立这样写出来也非常像是游戏。写到这里我感到非常沮丧，谁知道呢也许是因为这种快速的奔跑似的类似起飞的语言的快感还是思维的快感把我掏空了吧哈哈就像情欲的释放把人带到虚无感伤。算了我不再继续玩弄自己的智力还是什么东西了。我停！苹苹你看我每次想要以你开头关心你最后都变成说我自己，我这样就叫自恋吧。跟朋友尚且如此我怎么可能关心他人。我真的讨厌自己这样请你原谅我继续爱我哈哈我暴露了就是请你继续爱我。苹苹祝你睡得好，不头疼。附上今天读到的关于农民的诗歌两首，我觉得自己对待穷苦人的态度从第一首变到第二首了，但是并没有办法像诗人那样自始至终保持着那样热烈的感情，我想我可能是停在"他的心是一块空白，空得叫人害怕"这个地方了。"这原始状态、冒犯了那些装腔作势的雅士。"也是看得我心惊肉跳。嗯，可能我也有点牵强附会了，非要把自己联系上去。还是挺喜欢这两首诗的，一个威尔士诗人，好像是个牧师[1]。

那个山民说

我是农民，被土地的艰难

剥夺了爱、思想和体面；

但在露水浓重的荒田里，

我要说的是：

听着，听着，我和你一样，是个人。

风吹刮山上的牧场

年复一年。母羊在挨饿

没有奶，因为没有新草。

我也在挨饿，因为某种东西枯竭了，

那是春天无法在血脉中孕育出来的。

猪是个朋友。牛的气息

1　以下两首诗来自英国（威尔士）诗人 R.S. 托马斯，第一首使用的是程佳译本（《R.S. 托马斯诗选：1945—1990》，重庆大学出版社，2012年），第二首使用的是王佐良先生译本（《英国诗歌选集》，上海译文出版社，2012年）。

与我的混合在寂静的巷子里，
我愿意罩上它当斗篷，
好避开你奇怪的目光。
母鸡在门边进进出出
从阳光到荫影，如迷途的思想
经过我宽宽的脑门。
裂开的指甲有污垢，
生活的故事沾着大粪，
说话带痰音。但在露水浓重的草地上
我要说的是：
听着，听着，我和你一样，是个人。

　　　　一个农民
他名叫泼列色启，不过是一个
威尔士荒山中的普通人，
在云山深处养几只羊；
碰到剥甜菜，他把它的绿皮
从黄色的菜筋削掉，这时他才
露出得意的痴笑；或者使劲翻土，
把荒山变成一块土地，在风里闪光——
日子就这样过去。他很少张口大笑，
那次数比太阳一星期里偶然一次
穿过上天的铁青脸还少。
晚上他呆坐在他的椅子上
一动不动，只偶尔倾身向火里吐口痰。
他的心是一块空白，空得叫人害怕。
他的衣服经过多年渍汗

和接触牲口，散发着味道，这原始状态
冒犯了那些装腔作势的雅士。
但他却是你们的原型。一季又一季
他顶住风的侵蚀，雨的围攻，
把人种保留下来，一座坚固的堡垒，
即使在死亡的混乱中也难以攻破。
记住他吧，因为他也是战争中的得胜者，
星星好奇地看他，他长寿如大树。

亲爱的叔美，

我刚改完论文，发给 Barbara，就看到你的邮件。别跟 Ian 生气，他不就是那副德么，那副一定会在学院里混得不错的德行。想想也可笑，我去了不到一年，一直跟你说汉语，对学院的事简直一无所知，但是已经觉得，除了那些真正特别杰出的人，其他人中总是那些脸皮更厚、更善于自欺欺人的人，会混得好。有一些时候你分不清他们的那种自信心是谎言还是要改变现实的意志，所以从结果上说不能莽撞地判断他们对这个世界来说是有益的还是浪得虚名甚至有害的。但是总而言之，在中上之资当中，那些自信的、自圆其说的、得意洋洋的人，会过得更好，即使是在英国。这有点让人沮丧，但是幻想破灭其实总是带来踏实安全的感觉。

亲爱的叔美，我又扯远了。好像也安慰不到你。我非常讨厌 Ian！

哈哈，写到这里我发现，我记得的 Ian 的几件事，说出来别人肯定以为我暗恋他哈哈！这种事大家都预设当事人不诚实，所以简直说不清。不过反正你知道不是这样的。我刚才一下就想到他在课上咬指甲的样子，还有别人发言的时候他假装做笔记其实是把字母里的封闭圈儿涂黑的事儿，说起来都很cute！可是其实那么讨厌！他蹲在地上包扎玻璃杯碎片的时候也是那样，让人想起他是小孩子时候的样子。你看我记得的都是这些温柔的事！但是我真的很讨厌他啊。这怎么说得清！所以说记忆啊语言啊表达啊都是非常骗人的，因为这些情境比较有故事性比较适合讲述，所以可能就在回忆里抢了先儿！但是他到底哪里烦人，那简直是只有认识他的人才能了解啊，那样也就不需要说了！或者还是因为我概括能力比较差吧，怎么就说不清楚呢！

很奇怪的，在家里一切都乱糟糟的，像另外一个世界、另外一个自己一样的，可是刚才这些回忆在心里闪过的时候特别特别清楚，连带那个时候的心情。玻璃杯子碎在地上的时候我坐在椅子上觉得很尴尬，因为不知道应该把脚放哪儿因为胖Ian匍匐在地上，又想笑又觉得是不是应该去帮他，啊那心情刚才一下就晃回来了特别清楚。不知道为什么不管是景色还是情境还是心情，特别清楚的时候就特别像是假的。

昨天晚上我是回忆起了什么，觉得那个时候那个人并不是自己。怎么说呢，你有这种感觉么，每次换一个环境，比如转学，搬家，升学，之类的，前面那一段生活就像一粒珠子一样自己圆满结束了，把珠子们穿成一串的那根线，就是顽固的"我"的概念吧。不知道，这是文学化的思维，可能是在赋予无形神秘流变之物以我们熟悉的愚笨但是具体可把握的形体吧。我近来总在怀疑文学和语言对我的影响，那个影响的力度可能不仅像filter那样改变原图，而是像一个线索、像地图上的道路那样，改变我选择看到的东西。比如说 Ian 的事，我当时就猜想他应该是从小被教育要这样做，以免扎到清洁工人。跟你证实了以后，我就来劲了，我立即放大了这件事，放大了落后国家的自卑心理，在这个时间点上，必须仔细看一下这个时间点，我发现其实我非常愉快，那自卑心理带来愉快，因为有如预期，因为它在一个可以阅读可以接通的纹理中，当场我就觉得这是一个适合写成小小杂志文章的故事，包括我讨厌他的傲慢自大这个背景，包括他咬手指头等等，作为相关的旁支实现那丰富性。这里面有广义的文学的直觉，它带来的是猎人般的愉快。此刻这坦白也令我感到愉快。但是这一段坦白的必要性在于，我感到某种不安。想到我的所有的所谓思考和感受的主观性是如此之强烈，不禁有一种囚徒之感。好像一切都不过是幻觉，是自我玩弄。但是——哈哈，我还是不要这样深沉了，很明显我写出这一层一层的坦白而且几乎觉得是言之有物的在这样的时候我其实是非常高兴的。就好像我经常跟你边走边说简直要被车撞上那样！叔美！我非常怀念我们一起去 Brighton 的那天，虽然说得胸腔都要疼透了！但是那一路往返也许有十几个小时吧，在回忆中被我定义为缩影和高潮。我决定大说肉麻话！真幸运在伦敦遇见你！因为你夸奖我赞叹我所以我一见到你就人来疯就想要炫耀就嘚瑟起来了然后在无止无休的夸夸其谈中好像变聪明了而且变自信了！啊我还是不好意思起来了！总而言之不要跟 Ian 生气！犯不上！他是猪头！

我不知道台北的生活是什么样的。出国之前看过一个电影叫《一一》，非常喜欢。啊我还看过《女人四十》，但是《女人四十》是香港的故事吗为什么我总觉得也是台湾的？

反正我看了那电影就觉得从个人的角度去看生活中相似相同的东西更多，只是人们习惯谈论差异。我们大陆有个作家管咱们家里的那种柴米油盐鸡飞蛋打的生活叫一地鸡毛[1]后来大家就都用一地鸡毛指代那些事了。我回以后每天密集地听到故事，似乎也可以写得很魔幻或者黑色幽默之类的但是其实在现场你并不感觉到那些。在现场我总是非常麻木，又好像是感慨万千，可能是忙于维护自己吹起来的那个把我裹起来把我与这个所谓世界隔绝起来的泡泡，不知道是哪一种本能驱使我强烈地渴望留在我的幻觉、我的幽闭里。恐惧什么？嗯这个问题留着一会儿慢慢儿想，成为新泡泡。

对了还有Nina。我不知道为什么有点害怕再见到她。可能因为非常喜欢她，所以总是近在咫尺而又觉得远隔天涯。可能这就是自卑吧。圣诞节前去她家聚会那次，对我来说是一块经验的飞地。她为了怕冷场讲自己在公共厕所搞堵了出不来的时候满脸通红的，那个时候所有人都明白她是为了怕冷场的那种精细微妙的气氛，还有后来看她和她妹妹的那些漂亮的疯狂的照片，还有她的落地窗，那老式的我们在街上走仰头看着以为不可能与自己有任何关系的建筑，我竟然走到了内部，看到了其中的正在进行的生活。现在想想是假的。当然肯定是我在神秘化她。我是故意地要强调这差异隔阂和不可跨越。啊此刻我非常清楚地想起第一次下课所有人一起去咖啡厅的路上她故意慢下来跟我说话我想说你长得好高啊但是连tall这个词都想不起来然后她自己说是的我知道我太高了，那时候真是窘迫啊，去年秋天那有点冷的天气里我

---

1 刘震云：《一地鸡毛》，江苏文艺出版社，1996年。

在陌生的地方紧张绝望地感到美好和窘迫的心情忽然也回来了！不知道是因为昨天睡得特别好么？睡得特别好的时候就像把自己睡出去了一样脑子全空的特别好使所以说生理决定论还是很有诱惑——还是因为改完了论文心里特别轻松所以感受都能释放？哈哈我可能一直偷偷希望有任何一个角度可以让她觉得我也有美好之处吧，这想法令我畏缩！这就是爱么？不我并不是同性恋，我觉得我一直以来的热情只要是与性无关的我的热情就非常的汹涌和释放，而带着性别意识的爱总是让我感到尴尬和危险，这是深深的潜意识里以为女性总归是要吃亏的原因么？这话题我们谈论太多次了都变成车轱辘话了你都明白的。我就是刚才非常清楚地看见你在地铁站遇见 Nina，看见她友善地侧过来俯身说话的样子，我就觉得阳光非常明亮，天特别蓝，那时刻特别普通一晃就过去了然后不知道为什么我就觉得简直了要热泪盈眶了。可能在我心里我把她当作一个美好的极端。我想要生活在一个都是 Nina 这样的人的世界，我想生活在那天在她家聚会时的那种彼此理解、每个人都生怕给人带来麻烦、大家都自尊而善良的气氛里。这样的人是有的，这样的关系也是有的，为什么就不能普及呢？所以我小时候想要逃开的时候幻想的彼岸并不完全是幻想，在现实中有对应物和可能性？我在家里每天见到的人和听到的事！一言难尽。从这一极到那一极的距离！在这种时候我也是立刻想到，文学！文学能把这些东西放在一起终究达成某种统一么？不是简单的偷懒的对比是建立真正的联系！叔美我现在怀疑我要重新写一封信了，但是因为当我想到你的时候就自信甚至自负反正不知羞臊的，就让我像忏悔像坦白一样趁着现在脑袋发热把这些隐秘的念头像呕吐物一样呕出来吧！我有一个隐隐的令我自己感到害怕的雄心，我想把这一切写出来！我不是认为自己处在一个极力地取消自我把意志都变成意识把自我都投射成他人的这样一种在我自己身上可能是最接近融化的状态中么，在这个状态中，我看见了一切，又经常怀疑自己什么都没看见，我想把这样的目光下看到的一切联想到的一切都写下来！我不知道这样一个作品的意义是什么！但是几乎可以说，我在看到这一切的时候就是为了写出来！或者说，唯有将来写出来，我现在的这种存在和感知的方式才能够说通、能够成立。所以也许我是带着巨大的激情滞留于此！啊这信不能寄出了我也忽然不想说下去了，好像提前这样说了就会损耗我去实现它的热情，我要端着这满满的一盆水坚持下去不要洒出来。所有这些可能是我昨天晚上或者今天早上躺在床上重温过的一些想法。然而当我起床的时候我以为我忘记了我想过些什么，然后我竟然能够改论文！不得不说我非常顽强！啊不能再吹牛了！叔美！我妈叫我了，幸好她叫我她打断我了！回头我再给你写封真正的信吧！我都没问你怎么样了！拜拜！

30

打开大门，阳光耀眼，空气清凉，天地广大。三娜站在台阶上打了两个喷嚏，想到这正是上午做间操的时间，看见学生们浩浩荡荡地从操场走回教学楼，黑色的波浪似的头顶上阳光拂过；浅蓝色的确良窗帘拉上一半，到中午还是晒得热烘烘的，要开窗，饭筐抬回来了，满屋子饭菜蒸烂的味道；下午自行车棚里阴凉的气息，几乎冰冷的车座。新学年初那完整的雄心总是伴随初秋的光线和气味回到身体里来，但是当然转瞬就不见了，是个幻影。周末的晌午在阳台上刷鞋，刷干净包上卫生纸晒在窄窄的窗台上。窗外小南湖映着太阳，白光直扑上来，转身进屋，在淡青色的阴影里看见一个空白的下午。有这么一回事，还是即兴创作？在湖边那三间房里的生活全是金色的，一搬出来那屋子就破败了。三娜看见自己穿过人民大街，走进湖波路，要去给租客开门看房，更觉得很像文学中的"回到故乡"。

湖波路路口有个报刊亭，兼修自行车，挂着肠子一样的粉红色里胎。旁边一个烤苞米摊儿，摊主是个黑黝黝的胖大女人，正在扇风点炉子，也许五十岁，也许只有三十岁，反正已经什么都不在乎了，坐在小板凳上，穿黑色健美裤的两腿大开。才过十点，怎么会有人买烤苞米？纤维袋敞着口，淡绿的苞米叶儿中间一簇簇棕红的缨子，三娜忽然就觉得秽亵，随即羞愧，想到必定是自己的欲望在探头。并没有任何感觉，只是知道这想法可以这样解读——外来的知识。女人的性欲是需要确认的事，还是单只是我，过分压抑或者激素水平太低——？也并没有陷落，勇敢地想了一会儿，都是老话，就放下了，在心中一直仰着头，像个英雄。也许因为一早上都是独处，而且写了奔流的长信，感受和思考在饱满自信愉快的轨道上还没有跌落。记忆纷纷地来了，从前菜市场的驴车，三轮子，车上盖着香瓜掀起一角的花布棉被，跟着来的穿开裆裤的小孩儿，戴肮脏的白色凉帽的妇女，午后铺着麻袋在地上睡觉的人，伸着粉红舌头的小狗儿，苍蝇萦绕的装满西瓜皮的竹筐，连路旁无人理睬的丁香树都热闹闹活过来，淡蓝的高高的天空微笑着。三娜看见自己下午放学兴冲冲跑到湖波路商店二楼买作业本儿，阴凉空旷有股雪花膏味儿；跟妈在一楼买酸三色水果糖，又买腐乳，妈说，多盛点汤儿——；在粮店等着装面粉，看新出炉的小圆面包，黄澄澄的那么多面包，知道不怎么好吃，还是非常喜欢。后来盖起农贸大棚，黑魆魆的看不清地上的污水和垃圾，卖豆腐的胖女人在羽绒服外面套蓝大褂，摊上吊一只秃灯泡，照着襟子上油黑锃亮，打了铁一样。新近的记忆总是黏黏糊糊。也许因为与此刻还有牵连，不像真正的往事，脱离时间的羁绊、来去自由。啊那是像风一样无情的自由，偶尔到来就像是馈赠。太阳又高又晒，碧蓝之下万物闪光。沿街的底层住宅都被改造成门市：食杂店，小诊所兼药店，理发店，小吃店，文具店，网吧，装修得简陋难看又各不相同，在这个清净的洒着淡金的初秋，在三娜解析度异常的眼中，忽然也窗是窗，门是门，招牌上的大字一笔是一笔——简直都像新发明的字、要不认识了、像错字。拐角这家翠绿色招牌的网吧叫"旅行者"，真是令人心碎。有一年冬天去查邮件遇见南湖小学的同学王蕾。她很自然地说，那啥，你也上网啊？她也知道三娜高考的事，想要谈论她的"优秀"，幸好QQ像蝉鸣一般催促着，说是一个江西网友，非常像是在谈恋爱。王蕾用手按住三娜的膝盖，一边转过头去，立刻笑起来，眼睛像小灯泡一样锃亮儿，手也拿上去，啪啪啪地敲，敲完又转过来，哎，你QQ号是多少？有空多聊聊，你现在在哪呢，是不在北京呢。三娜没有QQ号，在小纸条上写了email地址。当然就没有了联系。三娜小时候还去过她家，在教育1号楼住着一整套三居室，她弟弟在屋里骑一辆三个轮的儿童车。王蕾比三娜大一岁，长得也高，礼拜天一个人在煤堆前晒被子。刚上学时当班长，到三娜转学已经退步成中等生，放学路上自己说，我脑袋瓜子笨，这玩意都天生的，那啥法儿。三娜很吃惊，替她难过又觉得尴尬。她跟那个江西网友结婚了么，在平凡无望的人生里吓别人一跳多好，也有这样隐秘的愿望吧，当然这有点冒险。人行道上还是从前的水泥方砖，坑坑洼洼，路肩都散了，东倒西歪。从南湖小学放学回来，在马路牙子上走，不论长短坚持一步一格儿，一个人的游戏，也觉得很有意思。两只胳膊平伸出去，想象自己是外星公主，作为人质生活在地球上——要不怎么会这样委屈这样受欺负！他们不敢真的欺负我，有一天会向我坦白！他们还以为我不知道！心里像是揭开了一个太阳，爆满金光。不能让他们知道我已经知道了！一下又隐约知道随时可能醒过来。那时候为什么委屈，怎么一点儿也想不起来？只是因为是小孩儿，被俯尊对待，就总有种不甘心？下雨的时候，脚底都是沙子，从马路牙子的豁口儿汩汩地冒出水来，正适合冲脚。得意地欢腾地喊，瀑布！瀑布！有一点表演。有一天雨下得大，三娜跟宋宏喆都没有雨伞。人家窗下半截大木箱，搭了一块油毡，宋宏喆把箱子里的铁筒和杂物拽出来，叫三娜一起蹲进去躲雨。像两只狗。雨水打在铁筒上咚咚的响。宋宏喆缩坐着，竟然拿出作业本放在膝盖上写。三娜觉得她很像王老换子，都是大高个儿，有点虎，家里穷，成绩差，无缘无故地照顾她。宋宏喆家住隔壁门洞一套三居室中朝北的一间，有一回赶上她妈坐在下铺哭骂，黑魆魆看不清，一个人影子在那里阴森森的。听说有病不能工作，她爸脾气不好，喝酒，打她们娘儿俩，就稀罕她哥，因为是男孩儿。三娜心里很替宋宏喆不服，想要对她好些，又不知怎样才好——，搬家、转学、就把她忘了。即便她还活着也是陌生人，在网吧相遇之后再不联系的那一类——。走过郭文娟家、王大光家、杨春晓奶奶家、王阿姨家、郭跃家、小时候住过的两间房、一间房、王蕾家、魏阿姨家、孙妍奶奶家。记忆繁盛轻盈，几乎连肉体也是轻盈的几乎可以隐身。当然没有人认出她，都没有人看见，柳树不知道她在它的枝叶下走过。这就是飞——三娜无比轻快地想到，但是伴随着这意识、就像是风停了，她看见风筝缓缓地落下来。

　　房客还没到。马大爷家北阳台窗子全关着，窗下那块预制板倒是不见旧，——忽然感到轻微的窒息。不能够一一去对比变与不变，不能够正视过去的那一切已经来到此刻，不能、绝对不能让回忆被更新、被抹掉！丁香树茂密高大，几乎把门洞掩住了。有点刻意地摘一片叶子打响儿，叶子太老了，又厚又脆，在手里铺不匀。没有热情再挑一片。那时候可以这样儿在楼下逛荡一整天。打得不响就不甘心，打得响了就希望重复那快乐，无尽无休。一片树叶反复打，破了才扔掉。大树多摘几片，小的少一点，枝条茂密的地方多摘几片，形状特别美的也舍不得——奔向细密是心思自己的意志，控制不了。到草丛里找天天儿吃，有一些叶子黄绿柔软，只结出几串儿果实，每一颗都很小，会觉得为难，不忍心摘，又担心不摘它它会更自卑。总是从具体细微的地方开头，穿过蜿蜒幽深，不知去向，像一条柔长的丝带自顾自从头脑中飘过，自我在那丝带中愉快地消失；非常偶尔，恍然醒来，激动地发现自己简直是在思考人生。这激动很折磨，像是打进一道强光，突然发现自己，突然观赏自己，一下僵住了。两面镜子对峙，算不完的算法启动。得意到颤栗，得意到恐惧，以为自己在树林里走得太远了，不知这是哪里，也许回不了家——几乎不敢走下去。很快别的事情打岔，重新开头，丝带又飘起来。那时候真的有回忆中这么好么。当然回忆骗人，但是它并不能被操控、它的操控者不能被操控——那篡改者我是隐秘的主人么，我到底是怎么运行的——三娜有点刻意地走进楼头儿那片杂草丛，那一排校长家专享的菜窖已经废弃了。蹲下，觉得阳光落在背上，觉得牛仔裤像热牛皮一样黏在腿上。她想让身体内头脑内的节奏慢下来，想要聚焦，想要认真地看着那棵天天儿秧，只有两串儿了，没有去摘，懊恼地发现自己无法完全静下来，发现自己正在被一种错觉诱惑仿佛再努力一点再安静一点再醒来一点就能醒回到过去。不知不觉站起来，停在不进不退的恍惚里，平静满意地看着沮丧和失望，仿佛降落在真实之上。

　　一个瘦小的男人从湖边走来。两扇勾网大门在他身后以偶然的角度折叠着，有一种危险的静谧，这是一片正在被弃置的住宅区，留下的都是衰弱的老人和彼此不相识的租户——三娜打破侦探小说般神经质的幻觉，定睛看着自己轮廓清晰地站在路中央，朝前走了几步，试探性地露出微笑。

男人脸色僵灰死寂，开口射出一块痰，舔了一圈儿嘴唇儿，大声说——租房子啊？

三娜在门洞口停下，看着自己客气地微笑，说，是，走吧。可能大姐在学校里也就是这样——自持也就是这样。好像也并不怎么难！她想起自己在文学聊天室里总是即兴地扮演，热爱陀思妥耶夫斯基的离婚女公务员，喜欢写诗喜欢地下丝绒乐队的餐厅服务员，学习特别好陷入失恋烦恼热爱思考人生的女中学生——所以真的是非常压抑的吧，未必是性压抑，是对拥有一个具体的角色的渴望和想要同时是所有人的渴望之间的矛盾，堵在这里了进退不能，可以这样解释目前的状态么，这算一个新发现么，似乎仅仅是换了一个说法，还是觉得满意，像吃下一个新鲜的水果。门洞里黑魆魆，有浓烈的酸臭的腌菜长毛的味道，这是以前没有的。也许一楼李治民家，不知道租给谁了。这陌生感隐隐刺痛，但是那些大喊大叫一步两级跑上楼的心情在身体里踊跃着。身后那个人说，这房子也有年头儿了吧。三娜冷漠地说，八七年的。心里一惊，那个年代已经彻底成为历史、在今天看不出一丝投影。翁美玲大头像不干胶贴在日记本上，舍不得、精挑细选贴一个、那又心疼又爽快的感觉，像一句日本短歌，那个小孩也可以是别人，谁知道呢也许根本就是听谁说过的？她听见身后那个人说，我不走一趟还不知道，这一天天的我姑娘太遭罪了，早我就应该搬过来住，他们班不少都在这附近租房子的，是不你们这不少房子出租的？声音非常大，更显得楼梯间逼仄黑暗，三娜几乎有点害怕了。妈说他很着急，——听那意思那边房子已经租出去了，问最早啥时候能搬，现在这家长，整个孩子像疯了似的，"寻思捅一把，捅一把备不住能周上去"，捅一把逗不逗？妈总是到处捡乐儿，走在街上拽着三娜的手，遇见好笑的人就捏她让她看。三娜说，我不知道，我们搬走好几年了。漆成黄铜颜色的老式安全门也是带着要把往日化作今天的侵犯，三娜忽视它，拿出那熟悉的小小的钥匙插进去，转动，拔出来，向上提把手，很大力，嘎达一声，提着拉出来。许多开门的时刻许多的自己瞬时接通，倏地断开，留下一片空落。——我多想好好享用这穿梭中丰满的敏捷的光亮的感受！一个男人站在身旁也许只有十厘米，作为此刻的坚固的活生生的证明，真是令人厌恶啊。王先生说，那天还有一家就这后头这灰楼的，七百五我讲下来的。三娜故意不吱声，暗自以为这沉默给他带来压力。

　　上午西屋没有那么明亮，事物似乎更加清晰。书架书桌忽然就垮了，理所当然地覆着一层污腻，三娜像是看到了不该看到的东西，在心里立刻转头，还是觉得刺痛，她最好的回忆。床上还是那张旧海绵垫子，包着已经细软接近透明的粉黄条子床单。一条黑底儿五彩花小裤子，堆着偶然的自然的褶皱，静物画一般落在床单上。怎么会没有带走？蒙了灰，那花色还是鲜艳触目。仿佛这房间还有一点要生动起来的念头，单只这样一想就心酸起来。大姐上大学那年，冬昀姐给了几件旧衣服，她是最最时髦的，这套绉纱衣裤尤其不日常，宽软的坎袖背心，飘荡荡到脚底的裤裙——大姐太瘦了，又不够高，二姐不喜欢，觉得做作，谁都没穿过，放在书架下面柜子里。三娜偷偷试过，穿妈的高跟鞋，用抽屉里一支别人给妈的口红涂嘴唇和眼皮儿，在镜子跟前凉飕飕的。有点失望，看起来差不多还是那样，并没有变成另一个人；又难为情，喜欢那么妖娆的东西。三娜站在地中央，幻想自己去掀起那裤子，扑扑灰，叠好带走。但是不能行动。南窗外那烂尾的水上乐园，比记忆中更加黑灰触目，窗洞上蒙了塑料布，听说一到夏天就住进去很多穷人。不通水电，而且有地头蛇，一般人进都不敢进去。说得像贩毒的据点一样。一动工就听说是何竹康老婆搞的项目，都骂，好好一个小南湖。混凝土房茬子才浇出来，何竹康就出事儿调到云南去了，转眼也有八九年了。有一年冬天下大雪，夜里灯都熄尽了，天上映着不知道哪里的红色，好像盛大的奇迹就要策马奔来，三娜跪在窗台上，从小气窗探出身去望了很久，不知道如何感慨，最后还是要关上窗，从窗台上下来，怎么都觉得不能自然——怎么那时候不觉得这房茬子碍眼？想不起来了。现场还原不到那个程度。那力不从心的几乎是绝望的感觉令三娜在下意识中立即掉头，几乎是刻意地去看西窗。西窗外湖边的大柳树不知道是什么时候砍的，一眼望到大湖对岸，湖也比记忆中瘦小了。就是落日，就是傍晚上拖着火烧云的落日，也会因为少了那帘幕而显得寡淡吧。三娜想起那些冬天的树杈后面的紫灰色的浓霭，那最后的痛苦的没有任何光亮的殷红——也并不能怎样，只能看着它落下去。但是思路再次停下了。她看见自己站在地中间四面不着，几乎已经打开想象中的闸门，明明已经可以让想象中的记忆洪流一样冲进来占领全境，但是意识把这一切都拦截了，抽干了，她感到枯竭，感到神经质的颤抖的窒息。

王先生在厕所里说，拉水闸了？没水啊！三娜提起一根游丝似的精神，说，你试试水龙头有水么？他说，水闸在哪儿？三娜走到饭厅，掰开镜子底下水管上水表旁边红色的把手，听见管道里一串呼叫，水龙头哗哗地淌出水来。她在那水声中觉得自己快要哭出来——理由非常不充分、似乎因此格外自我感动。王先生说，你这水箱不行了，漏水，你看这多大个缝子，我说水箱咋能一滴答水没有呢，这不漏水么，你过来瞅瞅。厕所灯光很暗，马桶侧面背光，看不清楚。地上仍是六边形棕红色瓷砖。王先生退到外面，说，你用手摸摸，是不有个大缝子浸湿的滴答水。水箱隆隆地正在上水，三娜看见自己在一片阴影中一盏灯的光束下。有许多次，她掀开盖子把卡住的浮球按回去，蓝色的浮球，湿漉漉的。她有点不敢摸，黑黢黢的角落里不知会碰到什么脏东西。陌生人住过的。她说，麻烦你先把水闸关了吧。

妈在电话里说，让他自己找人修，开收据，完了从房租里扣。王先生说，这多了少了咋算，你们不能修么？三娜说，我们家没人张罗。王先生看了她一眼，关了厕所灯，又回头看水闸，说，电表啥的你抄了？三娜从裤子口袋里掏出折好的纸条，说，这是上回结账时候抄的，你对对。王先生仰着脖子看煤气表，看不清，从里屋搬来椅子，脱了鞋站上去。三娜说，您小心点儿。片刻的寂静。她想从他身边走过去，把北阳台的窗子打开，让风吹进来。当然站着没动。他把椅子搬回去，说，那这个给我留着？三娜说，行，您这算定下来了吧，明天上午还有一份儿要看的，您要是定下来，我就跟他们说别来了。三娜锁门，王先生说，这房子可有年头了，家具啥的，都不像样了，那桌子啥的抽屉都打不开。三娜看了他一眼，说，那你再给我妈打个电话吧。他没有打，一边下楼一边说，从这嘎达到省实验中学，瞅着挺近，走着也不近哪，过来也得十多分钟。三娜说，这边有条近道，一分钟就到了。

教育五号楼和省实验家属宿舍之间的小路也许只有一米宽。总是从这儿走过去找张杭或者杨春晓一起上学。总是在阳台上看着姐从这条小路走出来。那个人说，啊，这么的就能过去啊，这门儿总开着啊？

三娜说，嗯，省实验老师也要从这门儿走。

那个人说，你是省实验毕业的呗。

三娜几乎有点陶醉于这保持得很好的距离感，继续虚假地"文明地"微笑着，说，我不是。

他说，那你在哪念的？

三娜说，附中。

他说，你家有人啊？

万千话语奔上心头，所有多情的细弱的小绒毛都收起来了。三娜控制住激愤和羞惭和小规模的狂喜，为了避免让他尴尬以刻意的平常声调说，我考上的。

　　多准确！又简单！简直可以说是有代表性！他竟然真的、那么自然、就那么说了！需要解释自己的时候——简直是时时刻刻为此窘迫——要把这个故事讲出来，说就是因为这个！这就是为什么我不能变成只关注生命感受的哼哼唧唧的女作家，这就是为什么我觉得过于讲究格调啊美感啊是令人难为情的甚至是令人羞愧的！三娜看见自己正激动万分地不知道在跟什么人讲述：以我个人的经验作证，在我的家乡我所认识的几乎所有人都是这样，想要做任何事情首先要想能不能找人，根本不记得还有正常渠道的存在，找的人说这事儿有困难那就是要礼，送礼还没办成也许会承认确实有困难，不过更有可能会懊恼自己礼没送对、说到底还是没有人。升学考试是这个国家最接近公正严谨的游戏，但是这个人，这个随地吐痰检查马桶抄写煤气表为了女儿非常肯吃苦的中年男人，他也还是首先想到"你家有人啊"，这是原话！他真的就是这么说的！他的思维方式是经验激励的结果，如果说我们此刻的稳定秩序和物质上快速繁荣的激动人心的前景最终付出了什么代价，那就是这言行相悖表里相反的真实规则令人变得习惯性的不正直、令不正直成为理性选择、令道德成为虚伪或牺牲或自恋或敲诈——这么点小事，我这是有点夸张了吧，我要这样夸张它一定是受了某种隐秘的愿望或者恐惧的驱使吧，可是这件小事多么清晰！突然清晰地确定这是不好的就激动成这样这只能说明我平常太怯于判断了，看见听见的事物事件总是被所谓理解拉扯进一个混沌的总体，是因为要全方位体谅才无从判断呢，还是因为想要放弃判断撤销自我不引起注意不卷入麻烦才假装全方位体谅呢？一阵熟悉的烦躁涌起——你不知道你是怕疼不想揭示自欺还是厌倦了自省瞧不起自己预先已经知道所谓自省正是新的自欺在自省的掩护下将自己重新拉入言语的陷阱代替改过的行动——三娜看见自己掉进五十米高的软海绵垫扎进去弹不起来站不起来滚动着再跌倒。这真让人烦躁。没有一阵小风什么的吹过，她抬头又瞥了一眼、这世界，已经走到电大跟光机所家属楼之间的小路上，路旁的馒头柳已经长得挺高，还是她高考那年种下的。之前有两棵大杨树。小学同学付秋惠家就住在杨树后面那栋粉色家属楼的一楼。她爸爸是司机，给领导开车，连小学女生之间也会传说她爸会溜须才分上的房子，但是当然只好是一楼。她有个妹妹，张杭说她跟她妹妹不是一个妈生的，不知道亲妈是死了还是离婚，那时候离婚的很少，付秋惠成绩比张杭还差，总是笑嘻嘻的，不知道为什么三娜觉得她会成为一个售票员，一个泼辣的软弱的被丈夫殴打的女人——但是当然这种事永远猜不对——为什么这样热烈地想起这个不相干的人？一个全无交情的小学女同学在深秋嗦着鼻涕扬着头迎着风的脸看得那么清楚！哦是我的兴奋落不下来可以投射到任何事物上！哦，我已经看到它它应该快要枯竭了吧！怎么好像失眠的时候脑袋里那一盏关不上的灯？……不知不觉重新起头，注意到的时候已经甩开膀子大说了很久。三娜还是分出一丝余光来顺便注意到自己步子迈得很快——……被暗示要钱的时候会很愤怒吧，多丑恶，想象自己凛然的样子，说你要钱是吧，我给你，你敢收么？担心自己会脚软，不是怕，是表演让人紧张。模仿妈，她会说，你跟谁讲法去法不是人定的不是人执行，都是摆样子糊弄老百姓的，课本上的鬼话你都信，说你聪明，其实是死脑瓜骨。想象自己懂装不懂嘴硬，既然知道老百姓总之不会信为什么还要摆这个样子呢？妈一眼看穿，你这都是抬杠跟你爸一样一样的。妈是这个环境中的优胜者，好像可以证明她的看法更接近现实。三娜也知道世道是怎样的，只是不理解为什么人们都不愤怒。猜想可能对大多数人来说，愤怒成本太高了支付不起，这说来好像也是一种"理性"，怪罪不得。但是尊严呢，真的理性也要它算进去，怎么算呢，怎么加权？也许是，那些有才干更自负、倾向于把尊严当成必须、更容易愤怒的人，他们事实上也会更有办法找到人来办事？在不对等的权力关系里在不合良知的苟且里谁能有尊严？如果依靠搞关系来不断向下分配权力及资源的方式也能够让才能和所得匹配，是不是就没什么可批判的了就是正义的了？这里面要求的是钻营的才能，这种才能未必能够令他人令社会受益——这就是所谓的功利主义么？狡辩的话可以说这钻营在一定程度上反证了一种更普遍意义上的智力及心理能力，这能力构成某种基本的保障？这里面已经有一层偏差。钻营的动机又会带来一层偏差。看不到这机制中有什么自纠的功能，可能是一时想不起，不可能在这样的流速中想得非常周全。以最好的情况去想，大概也得说成是粗糙和近似，磨损和浪费，堆积如山的边角废料累积起来彼此作用起来有了生命膨胀起来，形象可怖那就是癌症吧。随即想到早已得出过好多遍的结论，这个大机器的容错率非常高或者那些错误就是方向也在改变什么甚至创造什么，所谓历史的轨迹，也是这世上本没有路错误拧它过去，也就成了路。等一等，那么正义呢？没有超越功利的正义可言么？是非呢，怎么就背离了最初的感受。这一连串是逻辑空转，没有事实原材料，到底可信不可信？说到事实，当然既然中国还在发展进步似乎就可以说从总体上看这个制度还是选出了那些能够令这个人群总体获益的才能，可是也许偏差和磨损的效应要滞后呈现，现在还没办法结算，还有，导致目前社会整体状况向好发展的因素可能很多，在其他因素不变的情况下，换一个运转方式或许效率更高更可持久更加健康。——我是如此乐于相信以至于几乎不敢相信，更公正的制度可以令发展效率更高。这不就是正义的本意么。这是含有内在喜悦的和谐，令人相信上帝的善意，这件事对我来说是多么重要！多么重要啊，多么渴望啊，怯怯躲着，不敢盼。

　　卖烤苞米的摊子就在跟前。铁皮炉子烘着膝盖和脸，薄烟有点呛眼睛，干燥热烈，格外一丝荒凉跟贫穷，强烈日光照射下的劳动人民的脸，那样的油画。三娜不会挑苞米，指了两个比较大的，黑脸膛的女人像是自言自语，老了。三娜立刻说，那您帮我挑两个吧，不要老的，也不要太嫩的，我妈说太嫩的一咬就没了，不好吃。那女人扭过粗大的腰身在纤维袋子里翻找，嘴里念着，不要老的也不要嫩的，不要老的——。她头发非常少，头顶只有一缕一缕的，裸着黄褐的头皮；中分向后梳成一个髻，里面直戳戳缠着一截红头绳。选中了两个，递过来给三娜看，剥皮露尖儿，又黑又长的指甲掐一下，狡黠又得意，你拿回去给你妈吃去吧，保准儿叫好。

　　生活还是可亲的，三娜很不甘心地这样想，仿佛被收买了。她知道自己倾向于将这个卖苞米的女人想象成受害者，但是不得不觉得自己可疑——为什么不能认真对待自己的"感觉"？觉得一个人可爱，觉得另一个人可憎，一个人在此时可爱，在另一个时候可憎，这不是已经构成了评判？为什么不能算数？应该当成重要的指标才对！相随心生，一下子的感觉已经用上了全部的价值观猛算一场了，神奇的视觉，神奇的身体！我偷偷相信这些的吧！其实我更偷偷相信，直觉观感（对与错，可爱或者可恶，美好或者丑恶，还有别的）这个东西它是个原始程序（心里偷偷想的是上帝的安排），是不可反抗的真实，但是怎么会，观念可以影响、在很大程度上影响、人们认为什么是美的，而观念是可以被塑造的甚至就是被塑造的。这是把什么东西搞混淆了吧。我确实总是想要相信（希望和需要）另有隐秘的通道，不受社会环境影响，人们始终明晰地知道善恶是非。那么恶从哪来？欲望？欲望应该无关善恶，好比电作为一种能量。善恶根本就是有了"我"之后才有的？是人和人之间的关系中才谈得到的？那么是非呢？

假定先天设置里包含了对是非善恶美丑的判断、包含了对真善美的渴望，欲望以及资源稀缺导致假恶丑作为手段极具诱惑力，如果这些都是给定的，那么按钮按下去，不就只有精神分裂的痛苦？又有，如果是非善恶都是从"我"而来，这一切不就都可以被说成是幻象？如果这么想了就假装超越是非虚无起来，恐怕也是自欺欺人假清高或者虚弱逃避而且很难贯彻，到底也还是生活在这个幻象里啊。即使是非善恶的观念只是一个社会的历史的结果，恐怕也难以挑战——用什么标准去挑战呢？这样就可以觉得自己和这一切都是历史结果，都是那一个按钮按下去之后的泡沫，都是合理的也都是无谓的。这想法多可怕，不小心也就变成追随肉体及时行乐。我到底是为什么觉得追随肉体即时行乐是可怕的生活？车辖辘一轮又一轮，要是画出轨迹能不能用数学写出一行简洁的函数？可惜我数学不够好，对数学也是一样正是因为不够了解所以才有这样的迷信吧……。三娜拿着两穗烤苞米在正午的骄阳下站起来，眼前一阵眩晕，心脏狂跳，一身虚汗化作回旋的小风儿，皮肤上凝着一层油盐。走两步，在斑马线跟前站定了，连着打了一串喷嚏，眼前车来车往，大街对面就是家。一个病态的可悲的怪物，歇斯底里地渴望荣誉、从天而降，把它拯救出来，不必再辩解，不必再怀疑。不必再挽回，一切都值得，你没有选择。

第五章

桂林路

1

妈说，你奶会生，姑娘都漂亮，小子都丑，就你大爷长得好，年轻时候那是相当帅了！我觉得大爷跟爸很像，都是大个子，宽肩膀，方脑袋，浓眉毛。妈说，人你大爷正经长方脸儿，长眼睛，溜直儿溜直儿的鼻子，嘴也不大，正好正好的。你爸是啥，鼻子拧劲儿带拐弯儿的，大灯泡子似的俩大马眼睛，酱块子脑袋。妈自己也乐，说，我头一回看着都不敢正眼瞅，寻思这人咋长这么吓人呢。现在还行了呢，管咋胖点儿，有个坨儿在那儿，那前儿瘦的，露骨露相的，腮帮子塌下去俩大坑，大嘴丫子豁豁着，扯到耳朵上去了，像啥，像个鬼。爸就笑，说，你妈呀，就以污蔑我为能事！

妈二十六岁，在大布苏碱厂上班，大舅妈写信来，说有个何大学（xiáo）儿怪好的。爸头一封信就说家穷，而且家里有问题。妈觉得信写得非常好。爸第一次去找妈，事先也没打招呼，骑自行车就来了。一百来里地，到了就该好吃晌午饭了，在食堂妈给买了一碗面条。吃完送出来，也没地方待，顺厂外大路走，阴天非常冷，爸让妈回去。转身儿没多会儿就下雪了，正是入冬头一场小清雪儿，小冰雹子似的雪珠，落在杨树叶子上非常滑。妈说，我都决定不跟他处了，长得忒吓人了，实在是没相中，但是一下雪我又寻思，这何海岳道上别出啥事儿，不管咋的这么老远是来看我了。你爸吧，不知道咋回事，让人觉得不忍心。

我特别喜欢这一幕，有天有地，荒野冷硬，人心里热腾腾。爸骑车在路上想什么呢，高兴么，觉得妈怎样？爸没讲过，问他，有一次不像是开玩笑，也只是说，你妈妈聪明。

　　妈说，要说我就是心软，可怜他，咋不可怜，三十来岁没个媳妇儿没个家。再就是觉得你爸有才，说话反应快，而且经常说些我没听说过的，那吉大学生见识多多啊，读书也多，我在老农村知道啥啊，字儿都看不着。

　　都是好的时候才有这些话，爸就总是笑，以为自己很幽默，说，谁可怜谁还不一定呢，你妈那时候二十六七老大姑娘，你没看急的呢——

　　妈说，要不叫那我爹我妈坚决不能同意，赶赶岁数大了，差不多的人都有媳妇儿了。——你姥不同意！哭多少场！主要是你小姥，嫌家不好呗，家庭成分多重要啊那时候！你大姥也看不上，谁知道因为啥，连你大姨也印象不好，你咋不说你爸苦相，不快乐，人我们家都是快乐的人。

　　爸说，你要看成分就完了吧，嫁个老贫农咋样，现在还在乾安种地呢！

　　妈说，我嫁谁我现在也不能种地我跟你说何海岳！我没借你光来长春，我在乾安我也能干出来！

　　爸说，你就是当县长你也没有这三个好孩子啊！

　　说完嘿嘿嘿地乐，看着我们，表示赢了，又表示不跟奚玉珠一般计较。只要我们回去，跟妈一起说闲话，爸就总是在旁边笑，一会儿出去抽烟，回来还是笑，简直像个快乐的人。

　　爸不会讲故事，提起以前就是六岁拔豆梗儿，七岁能放猪，一春天挣二斗高粱！也都是笑着说。我们从小听惯了，像玩笑一样，没仔细想过。妈有时说，这一套又上来了！能不能讲点新鲜的！有时也叹气，说，你爸这命啊！没那么苦的了。听说过穷的，没听说穷你们家这样儿的。

孩子多，奶奶生了九个，二大爷有个双胞胎哥哥，落地死了，还剩八个。爷爷在扶余当老师，但是显然寄的钱不够。爸拔豆梗儿的年岁，正是大爷在县里念书，奶带着孩子们在家，没有壮丁。爸提起来总是说，你大爷呀，最自私！或者，你大爷，没尽到一个长子的义务！非常决绝，像是有一点审判的快意。大爷中学毕业念兽医，工作一年，就要考应化所的研究生，那时候非常难考，又没念过正经大学，竟然一次就考上了。妈说，你们家这支子人就干这个行。爷爷死了，老姑还在炕上爬，大爷毕业成家单过，每月交奶奶一点钱，什么都不够。除了大姑照应，就靠爸和二大爷寒暑假扛煤挑灰儿劈柈子。

——不欠他们老董家的！我跟我二哥，没少挣！扛麻袋扛出一千多块钱！顶那挣工资的俩人儿挣一年！

爸喜欢一首臧克家的诗，偶尔不合时宜地念几句，"总得叫大车装个够，……背上的压力往肉里扣，……眼前飘来一道鞭影，它抬起头望望前面"[1]。我总是回避，还是会想起他在火车站扛煤的事。压吐血了，十五六岁正长身体，从来没吃饱过。爸说，也有好人啊，我跟我二哥俩去挑灰儿，那大工看姆俩都还没长成呢，说过来过来，让姆们往土篮子里铲土，那就比挑灰儿轻巧呗。妈说，你爸虎你不知道么，上来那股虎劲，像是逞能似的。又说，可也是太穷了，那是真吃不上饭啊。

跟爸在南湖长堤上散步，我说这柳树能有多少年，爸说，那可有年头儿了，打我来长春就有。高一暑假那是哪年呢，那就是五九年夏天，我跟你二大爷俩，天天到这儿湖边儿来洗麻袋，天一亮四点多钟儿，就出来了，赶在太阳出来之前得晾上啊，十点来钟，五百麻袋都洗干净了，沿这岸边儿码一大溜，都搁小石头压上，完了就能歇会儿了，带的窝窝头儿拿出来吃了，躺着眯一会儿也行，就在这柳树底下，你二

1　"总得叫大车装个够，……"，臧克家，《老马》。

大爷用功，干完活儿看书，不会的问我。下午三四点钟，全干透透儿的了，收拾收拾送红旗街粮站去，把第二天的领回来。一个麻袋一分钱，一天挣五块呗！

我珍爱这画面，柳枝轻抚骄傲少年的心事。辛苦，饿，委屈，更加要自尊。我认定这不是事后旁观的浪漫，这是浪漫在黑暗中坚实起来，成为最后的堡垒。

奶带一窝孩子从扶余来长春，赶上爸初中毕业，各高中都不收。大爷辗转找到八中教导主任，带爸过去，说，我这弟弟特别聪明，在扶余考全县第二名。人家不以为然，爸跟校长说，给我一个月，期中考试有一门儿低于九十的，你让我念我也不念。当时已经开学一个月了。这个故事爸常讲。我想爸那时候非常瘦，秋天还穿得很薄。少年傲气浸透了苦，像孤儿。爸小时候放猪，抽空到教室窗根儿底下听一耳朵，考试还是第一名。对小孩来说是多威风的事，即使穷，也可以痛快地得意——太浪漫了，想一下都觉得有罪。我不忍设想爸本来也是一个快乐的小孩。

爸和二大爷同年高考，录取通知书寄到桂林路商店，大姑撕开信封跑回家，还在楼梯上就喊奶。那真是狂喜。前后楼都知道爸考上吉大，从此高看一眼。好像那时候社会规则也很简单。后来听说是赶上数学系主任参加招生，实在看不下去，把爸的档案拿上来，说放在数学系，出了问题他负责。到底也不知道是多少分。按平时成绩，二大爷也能考上师大，但是什么也没有，就参加工作了，倒是家里就松快一些。应该最苦就是爸读高中那三年。

爸这边一家人都随时佩戴智力优越感，令人尴尬，而且可怜相——那是漫长的困窘年代唯一没有被剥夺的，而且无法剥夺。爸最被寄望，大爷每次说，海岳啊，总像是拖着点意味深长。好像有长兄为父的意愿，又内疚觉得配不上，当然爸一概不接受。

夏天晚上八点多，天还紫蒙蒙的，楼下湖边小路上窸窸窣窣说话声脚步声，从纱窗透进来。全家人从小树林散步、吃了雪糕回来，不开灯，打开电视看《京华烟云》。大爷来了，在门口就站住——我就爱看这台湾电视剧，拍得好啊，我看这个就想起我们小时候，海岳，那时候还没有海岳呢，以前爷爷活着，那一大家，人情礼数，都跟这一样一样的！大爷坐在沙发上，手臂水平伸出来，比划这一大家子。妈后来说，哪能一样！你一个农村地主，人姚木兰家那是京城首富！我只是没想到大爷看电视剧，而且这样真情实感。

　　大爷有点家族观念，七十四岁彻底退休，想起修家谱，说过几次，想让爸出钱赞助他去趟山东，说太爷爷的太爷爷，在山东做过道台。道台是啥你知不知道？正四品，相当于今天的市长。不算大官儿，也不小了。我其实有一点兴趣，不过不敢搭茬儿。妈说，刚平反前儿，我记着清清楚楚的，你爸说的，原先他爷爷，就是你太爷爷，有三百垧地，那前儿还不咋敢吹，不像现在，都时髦儿说地主出身，好像特别高贵似的，头两年过年，我听你二大爷说，姆家在榆树有三千垧地！你说说话有没有个准儿，谁信呢。

　　爷爷有两个哥哥，就他书念得好，私塾之后大概念过洋学堂，不然不能在师范学院当老师。这些事情总没人仔细讲。在二姑家翻相册，看着一张合影。奶奶瘦高大个子，松笼笼套一件深色长袍，微微驼背，抱着二大爷。中间儿站着大爷和大姑，左边离开一点就是爷爷。比奶略高一些，身姿挺拔，穿浅色扎腿马裤，半截靴子，上面套一件深色斜襟夹棉背心，滚边儿盘扣，隐约有暗花。军人样的平头，长方脸儿，圆额头，高鼻梁，英俊得触目。看不出喜怒，可是有股生气，要从照片上活过来。我缺少想象的依据，干枯地切入港式女作家，男人都是自私的，自己保全得这样好，妻儿就只是受苦。或者，漂亮的人都是自私的，理所当然地被爱。暗暗想，作为同性恋者，他一定是受欢迎的。

不知道名字。高中毕业我去榆树给奶上坟，墓碑上应该有，没有留意，也许是刻意没看、刻意忘了？我那时候已经知道一点爷爷的事。礼拜天下午爸不在家，妈坐我床上倚被垛织毛衣，说闲话，不让我告诉姐，也别让爸知道，说爷爷是强奸罪给枪毙的。像一块秤砣掉进心里，又沉又硬，压住了没法儿反应。妈好像说完就后悔了，没有展开讲。

大学时候，我想起来问大姐，你知道爷爷是怎么死的么。大姐说，知道，爸告诉我了，不就是跟男学生，被发现了，那时候严打，流氓罪都判死刑。我赶紧问，那不是强迫的吧？大姐说，谁知道，老师对学生，反正就算是自愿的，也说不清楚吧，何况是同性恋。我说，那男生多大，是未成年么？大姐说，不是吧，不是师范学校么，那时候念书都晚，怎么也都十七八二十来岁了吧。我更觉得轻松了些，偷偷认定是你情我愿，像张国荣主演的电影；拒绝仔细想：即便不是强迫，年长一方主动诱惑的可能性还是很大。

没有事实牵绊，就更能看清自己的意愿。我希望他对另一个人、对那个学生没有真正的罪——这是为了我的家庭的清白。我不原谅他对家人的罪——因为我爱我爸和我奶。

当然是一个禁忌，埋得很深，几乎感觉不到辐射。生活里就没有过这个人。妈跟爸吵架，有几次太凶了，扯上爷爷，爸暴怒，极其痛苦，我不敢看他。竟然也没有认真想过，爸小时候到底是怎样承受的？正是十四五岁。奶奶是什么时候、怎样跟他讲的？一点线索也没有。大片空白特别触目，也只能留着，不能虚构自欺。以前连这空白都没有，我对爸几乎是刻意的冷漠，又总以为看透他——不就是跟我自己一样、脆弱。有一次朋友讲故事，说从小失去父亲的人，长大以后遇到重大抉择总是特别保守退缩，"因为他总觉得身后没人。"我想起妈说爸那时候不想回长春了，——打怵呗，回长春也没房子，我工作也不好解决，在大遐多好啊，大伙儿都尊重他，房子也现成的，不愁吃喝的。

爸坐沙发上抽烟，我坐床尾陪他，我说，我大爷总说要给我爷爷平反，是冤案么？我不想了解爷爷，一扇门钉死了，在想象中算是一种惩罚，而且觉得这样还不够。我想了解爸爸。爸很平静，说，就是同性恋，搁现在啥事儿没有，那时候管得严，杀人不眨眼。又说，平反啥平反，谁管你这套事儿，你大爷净整那些没用的。好像对爷爷并没有恨意，可能本来也没有亲密的爱，爷爷不是总也不在家。应该就是晴天霹雳，抽象的厄运落下来是无边无际无处不在的艰难，恨起来没有出口，变成跟自己作对？为什么要给爷奶合葬，问过奶么？

老姑五四年出生，不记得爷爷，所以就是那两三年的事。奶奶四十四五岁守寡，据说早好几年就极少同房了。这是大姐出生时小姥来照顾，奶跟小姥讲的。这一段让人意外，亲家头一次见面，小姥实在不是可亲的人。也许奶想要解释，说爷不是一个魔鬼？也许有点同命相连，大姥劳改那些年，小姥也是独自拉扯孩子，供念书。但是总要心平气和才能跟陌生人讲到这个程度。我设想没有谅解的过程，更没有故事，沉重的生活把什么沟壑都压平了，爱恨意气是昂贵的事。

我喜欢这一幕，不再是奶和小姥，是两个坚强的老妇人，讲自己男人，讲这辈子。支撑三十年，回首一望沉甸甸满当当但是快得像是坠落？人生就只有这么多？一口气松下来后面就什么都没有了？把心里那点文艺放出来发挥揣想，不能证实，是掺假，是轻狂。

2

八十年代分房，大爷把奶户口迁过去，还是分到两居室，另给一间平房。转年平房收回，补一居室楼房，正好小晖姐结婚住了。奶在那平房住了一年，反倒无家可归，桂林路北屋早给二娘占上了。还是去大姑家。

二娘白血病住院，一个多月就死了。奶回桂林路照顾雪妮二黑，辛苦，而且上火，这海峦啊，天天哭啊，还不赶咱那俩孩子刚强！小张儿进门儿，奶拎着小黑提包各家串门，每次回去不久又出来——跟他们上不起那火啊，海峦虎啊，打孩子啊。奶那时候万事抽身。

很少来我们家，来了也是住几天就走。妈说因为伙食不好。——我也没特意给她做啥好吃的，你奶最馋不过了。妈说就笑，瞧不起人馋。回想起来我们家可能有点清教徒气息，姐上中学了，撂下饭碗就要去学习，从来没有人在意吃什么。而且我们都是姥带大的，跟奶不亲。

奶躺北屋小床上，枕头底下压着衣服，垫得特别高，枕旁竖着小提包，让我拉开侧面拉链，找出一小瓶眼药水儿。我跨在她身上，弯下去，有股老人味，像炖得稀烂的白菜，很好闻，但是很陌生。不敢扒眼睛，奶自己用手撑开，露出眼白一直在抖，很吓人。我感觉到肉体是不自然的，转身就以为自己忘了。

我看着奶从手提包里拿出两个香蕉，皮儿上都是黑点子，奶自言自语说，啥是芝麻蕉啊，糊弄老太太呢，这不就是烂香蕉么。并不打算给我一个。撕开皮吃了，脸上也并没有亮一下。

妈说，你奶总给自己买零食，柿子饼儿了，灶糖了，山楂糕了，那前儿她就有钱了。有一回我干啥去了，从外头回来，瞅着你奶坐那修鞋铺子跟前儿，正吃柿子饼儿呢，嘴唇儿上还有那白霜呢。看着我有点儿不好意思，我假装没注意，也没往跟前儿走，打个招呼就先回家了。那不背着人咋整，小孩儿就造四五个，咋给，你们还行呢，不给不要，二黑可能赛脸了，不是小子么，都惯着！

我替奶高兴，至少还有食物的乐趣。而且喜欢这小小的狡猾，如此生动，不像我记忆中总是灰白的提不起精神，不论干什么都嗯嗯哼哼，像虫子觅食。……哪也不是我家啊，就我那间小平房好啊，可惜了（liǎo）啊，叫人收回去了（liǎo）啊……好像从来没奢望过那套一居室楼房。爸怨大爷，奶说，没闹这一出，我不也是跟你二哥住，能自己住一年就不错了啊，得知足啊，老太太不知足啊，没住够——。

回想起来忽然亲近，而且吃惊——奶跟我们是一样的，想要一间自己的房子，想要完整地拥有自己。她仍有热望。

有个韩国电视剧，家庭主妇六十岁了，一天也没有休息过，终于所有孩子都结婚了，跟公公和丈夫申请一个人搬出去住一年。搬家那天丈夫开车送她，说她是坏人，她知道得到谅解，大笑起来，打开车窗，伸出手，探出脑袋，大笑，风吹着头发歌声响起。我觉得非常感动。

深秋的礼拜天跟姐坐两站 20 路去奶奶家。白墙蓝窗的一列平房在院子的尽头，南窗底下野草都枯黄了，还是很茂密，太阳照着毛匹匹的。太阳很长，一直照在水泥地中央。我想怎么没给刷点儿红油儿呢。桌子上有半个玻璃罐，蓝纸标上印着红字，"琥珀核桃仁"，黑乎乎的还有半罐，凝住了。我第一次见到核桃，有点好奇是什么滋味。同时想明白了为什么叫琥珀，心里很得意，希望有人问我。不能主动说，像是馋。

傍晚之前，顺着南湖大路走回来，自己觉得长路迢迢，很浪漫。路边种了两排大油松，落得厚厚的松针，好些松塔，简直像是身在远方。姐在后面喊我，管着不让往树林里去。刚读了日本童话，几只小狐狸装成小孩儿，去树林深处独居老太婆家扮外孙，骗红豆包吃，走了被窝里都是狐狸毛，老太婆看见笑了，她根本没有外孙。

有一次爸把我自己留在奶那儿。中午倚门口看她在走廊儿做饭。北窗糊一层塑料布，中午没有风，乌突突静悄悄的，透进青幽的雪光，还是有点亮。隔壁阿姨回来，在门口掏钥匙，奶趁机夸耀我，这是我老三家的老三！数学竞赛得第几名啊？正吃着面条儿，阿姨来敲门，要让闺女跟我学习学习。那小女孩长得丑，还没上小学，坐奶床沿儿上腿不着地，又不敢晃，听她妈问我这个那个，可怜相。

妈说奶好吹，——你们家人反正都好吹，干点儿啥让人夸。比方说烙锅贴儿，面还没和呢就吹上了，你等着啊，等老妈给你烙个锅贴吃吃！确实烙的好，但是你赶着吃她赶着自己夸啊，夸的我都不知道说啥好！再比方说有一回，我点那煤油炉子，咋点点不着，你奶就上来了，哎呀这媳妇儿这笨！你看老妈的！剪了捻子，另搓一个新的插上，整的火儿不大不小正好儿正好儿的，非常得意，反复说，你看老妈这炉子点的咋样？

——还懒。比方说做棉裤，像一般勤快的，春天一脱下来就拆洗了重新做上，秋天拿出来现成的就穿上了。你奶可好，过了十月一了，把棉裤拿出来拆了，晾干了我寻思还不赶紧做上，不的，就搁那搁着，我一提她就说，老妈心里有数儿！秋天冷的多快呀，从外头回来冻不像样儿了，心思心思卡扯[1]两片儿棉花絮上，对着玻璃左瞅右瞅啊，卡扯可薄可薄的了，你们家人都活儿好，细发儿[2]。一到啥时候，要买大白菜了，那棉裤还没做好呢。那时候买大白菜都得排队，一排排一宿，你爸你二大爷披上军大衣轮流，到早上你奶就去了，有条破秋裤，就里头有点绒绒那样的，套上就去了。我实在看不行了，动手就把她那棉裤做上了，等你奶整完白菜回来一看，这媳妇儿这针线，哎呀没见过这针线啊，赶上缝麻袋了，这媳妇儿这针线，等暖和暖和拆了另做吧，一边儿说一边儿就穿上了，一直穿到第二年春天。

是嬉笑的有点喜爱的语气。我觉得妈跟奶有点友谊，有点知遇之情，当然妈不承认。正如她不讲是非地爱姥。从来爸妈吵架，奶都是说妈好，头一宗大功，孩子管得好！奶没见到我们上大学。

1　卡扯，撕拽、整理。

2　细发儿，细致。

妈说去医院看奶，奶有气没力拽被子，露出床沿儿，说，这嘎达谁也没坐过，老太太心细啊，看我站那儿，知道我是嫌医院椅子埋汰，又怕我累着。正赶上小冬昀来了，你奶眼皮儿都抬不动了，就说一句，说的，以后有事儿找你六婶儿。知道我能办事儿。那就是快要不行的时候了，也算是嘱托我呗。可没说有事儿找你六叔，像你大姑你二大爷他们，都寻思你爸是吉大毕业的，又是个处长，都寻思他能耐呢，寻思我是借他光儿呗！

冬昀姐高中毕业，是妈给找的师大函授班，念的英语专业。毕业还是妈领着，找爸同学安排到省外贸公司，挣钱多，经常出国，正规大学毕业生都挤不进去。爸说，那还不是看我面子，要不人知道你奚玉珠是谁！妈说，光是你同学有用啊，不是我想到的！我问你你还说，找也没用，她一个破函授大专，能进去么！不是我死乞白列地，仗着脸皮厚，去多少回！净给人说好话！又不是我侄女儿！爸就高兴地笑，对对，这话算说对了，你脸皮是厚！

妈那几年总在"办事儿"。奶出殡那天，妈约了劳动局的人，辗转认识的，还没见过，不敢改时间，大双姐工作就差最后这一步。赶到火葬场已经烧完了，爸说，奚玉珠你自己寻思吧。后来打仗也说过几次。妈辩解，那活人不重要啊，老太太知道了也不能生我气，老太太比你们明事理！不像你们形式主义！

妈有时候说爸不好，或者想起叔伯小姑子全都多疑猜忌，神经兮兮，几乎是遗憾地说，可真都赶不上你奶！差得远了！你奶有心胸，不是说一点儿小事儿往心里去的，像那一般老太太似的，整天挑儿媳妇儿刺儿的，人你奶可真不的！跟这四个媳妇儿，都没闹过计计 [1]。

——你奶还知道抓大事儿，不逃避问题，这就比你爸他们都强，你

1　闹计计，闹别扭。

爸你看那样儿，牛脾气，其实是个胆小怕事的家伙，有点啥事儿就知道硬挺，都不带寻思出去找找人儿的。就比方说我刚来长春前儿，可苦恼了，没工作呗，我那编制是农工，不是工人，光户口落进来了，编制没转，得找着了工作给你转，但是你找工作呢，又要有编制才好找，要不然大集体单位都不收你，那前儿那社会，一点余份儿都没有，就这么卡这儿了。我跟你爸说让他找农大校长，那不是应该的么，帮家属解决工作，有啥砢碜的，咋说不动咋说不动，我一说他就叹气，奚玉珠你不说行不行，我听着烦！你听听这话，是那能撑硬儿的人么。我就可苦恼可苦恼的了，你奶就看出来了，晚上你二娘回来就说，丽琴哪，你们厂子有没有招工的，给玉珠举荐举荐。她不是给你二娘带孩子了么，雪妮二黑都是她带大的，有点儿老面儿[1]。那要是能去纺织厂赶上了的了，想都不敢想，那前儿工人多吃香儿，工资高，你二娘才当上小组长，连班长还不是呢，能顶啥用啊，反正就那么答应着呗。说说又好[2]一两个月过去了，给我急的，满嘴起大泡，你奶说，急有啥用啊，别着急，你等老妈给你想想办法，想想办法，想点啥办法呢，啊想点办法，自己就这么绕炉子哼哼，哼的我这心烦劲儿的，一会儿就看她撸胳膊挽袖子，和面，剁馅儿，蒸了一锅萝卜馅儿大蒸饺儿，一边儿起锅一边儿说，老妈这蒸饺，嘿呀，你就吃去吧！拣出一小盆儿，搁盘子扣上，把围裙解了洗把脸，你奶都是现出门儿现洗脸，你老姑她们都是，反正仗着长得白，洗的一脸盆子黑沫子啊，那前儿烧煤不冲乎[3]一脸煤灰，你奶脸洗跳白儿的，换上见人穿的衣裳，拿上那盆蒸饺儿，就下楼找老董婆子去了。老董婆子你不知道么，就是给你做小花裙子那个，居委会的，那前儿有招工的啥的，不都把指标分到街道么，让居委会推荐，谁家有待业的，中

1　老面儿，此处指过去的人情。

2　好，此处是"大概"的意思。

3　冲（chòng）乎，沾染。

学刚毕业的，我户口落桂林路了，正归她管。后来老董婆子还真来了，说环卫招临时工，就扫大街，往后也能转正，那我也同意了，那不比在家待着强，都要去了，赶上刘世偶给找着煤气公司工作，就拉倒了。

这故事妈讲过好多次，大概当时也觉得感激，至少有一个人了解她的焦虑。妈跟奶一起生活过三段，都很短暂，都是在桂林路老房子，想起来总觉得是昏暗的冬日。日满红砖楼，铁皮楼梯，外走廊，各家门口一堆煤。开门就是厨房，铁炉子座在地中间，灶口一摊灰白的炉渣；炉筒不到顶，半空往东拐进北屋，再从北窗梁上头拐出去。妈说她生大姐前儿奶伺候月子，尿布都没咋洗净，就往炉筒子上一搭，一屋子骚臭，冬天也不好开门开窗，小孩儿那屎尿才臭呢，尿布还往下滴答水儿呢，就在炉子上坐锅熬米汤，你说恶不恶心人。我想妈肯定会说出来，奶估计也不生气，小孩儿尿布埋汰啥，埋汰啥——分不清是答话还是喃喃自语。

我想象奶，就总是围着炉子，在纱雾的光线里一个扫着茸边儿的灰影子。她眼睛不好，又是小脚，到老驼背，佝偻着走得很慢，安静的时候也像是在哼哼，像是有一团云绕在身上。我意愿性设定她完全不想爷爷，想到也是一晃而过，没有感情。也许时常快要想到三姑，立刻就躲开了？也许偶尔猝不及防，也许在寂静的片刻，允许自己疼一下？揣测一下就觉得冒犯，那痛苦是神圣的隐私。

其实是夏天，越发光天化日，不能置疑、是真的。也越发像假的。三姑终于嫁给季玉生，旅行结婚去上海见公婆，路过唐山探望朋友，只过一夜，就赶上地震。爸让妈带二姐回来陪奶，也是看着她，白天家里没人。妈说奶，就像傻了似的，坐那儿坐着，眼珠子一动不动，也没眼泪，早哭干了。才要熬出头儿来透点儿亮儿，哎呀你奶的命啊，没那么苦的了。

奶还拿着新房钥匙，师大宿舍就在四分局，两站地，搭电车过去，走路回来，奶小脚要走一个来小时。同志街永远熙熙攘攘的。顶多隔天就去一趟，起先妈跟着，奶不让，进屋就说，你回去吧，你回去。妈后来就不去了。——我看你奶就是想自己在那屋待一会儿，不能出啥事儿，那就像跟姑娘在一块儿似的呗，我在那儿还碍事，再说看着也难受。你三姑那屋子布置的才好呢，门口一张小圆桌，你奶就总坐那儿坐着，不碰那床，床上铺的新床单儿，一个褶儿都没有，新被子，新枕套，都是你三姑自己绣的，那绣的才好呢。跟你二娘要的白纺线，劈精细儿的，钩的桌布，门帘儿，花多少心思，好容易算是如愿了，她跟季玉生俩，多不容易，别说你奶，我看看都受不了。你奶呀，得有一两年都不信实，就是恍惚，总以为是出远门儿，过两年就回来了。

3

大姐小时候，有亲戚说眉眼像三姑。爸不吱声；妈说，那可差远了。妈领着我们仨，碰见认识的人说，仨姑娘啊？妈说，嗯哪，都碥碜。有时候加一句，就小三儿还行。我也不觉得什么，因为长相不重要。爸同事说，三千金啊！爸说，一吨半！十分欢乐。

妈说三姑漂亮，讲得解剖学一样，是不能否认的实在：瘦高个儿，大骨架儿，大胯骨，可细可细的腰，溜直儿的长腿。长方脸儿雪白儿雪白儿的，一个斑点儿都没有，薄的跟纸儿似的，都透明，脸蛋儿这块儿微微透点儿粉红，非常自然。完了是你们家人那路大长眼睛，单眼皮儿但是大长眼角儿略略往下耷拉一点儿，很有风情的。唯一的缺点是牙床微微有点往出突，上嘴唇儿不就有点短么，不笑的时候嘴角就往下你懂不懂，不能算龅牙，那龅牙多碥碜呢，就略略有那么一点儿，而且牙非常白，非常整齐，笑起来光彩照人。照一般大众眼光看，肯定是比不上你老姑了，但是气质好，我那时候也不知道啥叫气质，但是就觉得她跟别人不一样，看着就是读过书，有文化。没事儿总拿本儿书看，都可厚可厚的小说。

三姑跟妈同岁，念书早一年，废除高考时已经高三。说是应该可以上吉大。都说两个老三最能出息。

只一张全家福里有她，站在后排，头顶歪分，编两条辫子搭在胸前，微微低头，戴浅色大框眼镜，还是能看出来耷拉眼角，跟大姐一样，没有表情就像是忧愁的。我没看出来美，妈也说这张照得不好——都不咋像了！你看你老姑，多漂亮！真人比这还带劲呢，我头一回见着何美荣，真给震住了，真有这么好看的人哪！咋看看不够。那前儿我跟你爸俩还没结婚呢，你老姑就才十七八呗，正是好看时候，不说比刘晓庆强啊，也不比她差。我想照片洗出来三姑肯定很难过。她的悲哀太多了，茫茫一大片，倒只有这小事明晰尖锐。

公认老姑最美，出名的三道街小美人儿。很多人追，有家是干部的，住两层楼，铺红漆木地板，有电话，老姑说，我都没考虑。就看中老姑父爸妈都是教授。奶奶的孩子们是特别"唯有读书高"。

老姑父比老姑小一岁，也是才要上初中就"文革"，也是家里老小，留下没有去插队，街道推荐到四货运，开大解放。瘦高，国字脸，三十多岁已经谢顶，但是永远笑嘻嘻的，永远是年轻快乐的神采。很容易想象他殷勤的样子，说俏皮情话，亦真亦假，不能拒绝。

老姑先跟三姑说了，三姑听说父母都是北大毕业，几乎立即就赞成了。约在桂林路跟同志街路口，傍晚上，老姑三姑去南湖游泳回来，老姑父正在那里等。老姑父说，我穿件白衬衫，军绿裤，骑凤凰牌二八自行车，大长腿往马路牙子上一支，后车座上夹一本车尔尼雪夫斯基的《怎么办》，非常的潇洒！我们听了都要笑死了。

无法相信就是那个南湖，那个桂林路和同志街的路口。青春姐妹游了泳携手归来，在夏天悠长的暮色里，暖风熏熏，多么美啊。带姐姐见男朋友，遇见未来妹夫，羞涩甜蜜的心情，像鲜花上的露珠一样啊，又纯洁，又晶莹，又只有那一刻！我擅自保存了这想象，认为就是真的。那漫长一段，所有讲述都是灰暗的，简直忘记树木照旧是绿的。生命的乐趣有时候顽固到无耻的程度，又是唯一可依靠的。

——你三姑最爱时髦了，有一年流行窄腿裤，她就把裤子改了，手巧啊，也不嫌乎费事，烧熨斗熨服服帖帖的，缝的小针脚那才细呢，穿上溜直儿细长两条腿，可好看了。但是呢，第二年又流行直筒的，这下完了，改不回来了，就一条裤子，上哪整布做新裤子去！

真是心酸。

爸说起二姑没出息怕吃苦，才嫁给老董家：同样是插队的，丽荣那地方不比她苦！人家咋样，就闷头下地干活儿，一干干三年，你不让我回我就不回，还能把我咋的！我想起女知青献身回城的传说，不禁设想三姑凛然拒绝，心中有加冕的狂喜。只是这样揣想就感到痛快，又担心她发挥过度，自顾自发泄表演起来，像饿极了的人，不能体面地吃——我自己容易这样。根本是没有影子的事。我出生的时候，生活里已经没有她的位置，起初留下的那片空白，被与她无关的事挤满了又挤得更紧。连痕迹也没见过，可是揣想起来蛮有把握，毫无根据地自信，出乎意料的亲切，让人想要相信血缘。

她在回城的火车上遇见季玉生。后话说像是宿命，死在乘坐火车的旅途中。爸从来不讲，妈零零碎碎听来，说季玉生是上海人，听那意思也不是城里，街边子哪个地方的，在老家有老婆，谁知道那时候是离了啊，还是后来回去离的啊，反正这个老婆也没带到长春来，不在一块儿。包办婚姻太多了，那不听父母的听谁的，像你们似的呢。一开始季玉生不同意，谁知道因为啥，可能也是怕耽误你三姑呗，自己那情况。你三姑总去找人家，跟人借书，要学英语。人这玩意真没场说去，你看何丽荣那么傻，可傻了，谁都不看在眼里，爱情上还非常主动！

果然三姑知道自己的魅力。有信心的人才能"主动"，像是有钱人的豪举。我总疑心季玉生懦弱不能承担，不然三姑可以离家出走，连二姑都做得到。勇敢热情的女人找到软腻的男人，聊斋故事里不都是那样——又不能用文艺反推现实，最好的作品也有假。

文艺本身是系统的意愿性思想。这意愿其来有自，未必都是懦弱和逃避，或者逃避与憧憬本来就难以区分。这意愿的力量不能忽视，应该纳入"现实"的考量？对现实的一种意愿性想象不断溶解为现实又不断逃逸——这里全是语言的含糊，但是也许可以看成这就是文明的进程？

妈看过照片，季玉生长得也一般，是江浙人那路寡净儿四方脸儿，戴个眼镜儿，反正一看就是知识分子。人那要看对眼了，也不在长啥样！师大英语系讲师，那时候助教评讲师都不容易。

我设想他读叶芝给三姑听，悲哀的浪漫像冬天的炉火——这是知青电视剧了。也不是完全不可能，那时候不兴消解，即便不完全陶醉戏剧，也不像现在这样迫不及待笑场。

有一次想得更远，恢复高考三姑上了大学，八十年代跟季玉生一起出国去，成为迷人的东方知识女性——又经历过苦难。也许是女作家，要披个披肩，把歇斯底里都变成文艺风格，是在我看来有点做作的那一类，不过她自己得意最重要。妈说，那真备不住，高考她肯定得考，自视非常高，经常强调自己是十一高毕业的——我听了立即泄气，被现实揪回来。

家里不同意。

——你二大爷跟踪她。冬天晚上，外头黢黑黢黑的，你三姑说是找同学还是干啥，出去啊能有两三分钟，你二大爷就跟出去了。不多时回来了，这架势气的，就像谁把他妹妹咋地了似的。外屋地下来来回回走，嘀嘀咕咕骂，你三姑进门一脚就叫他踹地上了，照肚子啊，你说狠不狠心，年轻姑娘踢坏了呢。你看你二大爷蔫不唧的，上来那劲儿那才吓人呢，我跟你奶俩都不敢上前，你奶就喊，海峦啊，别打了，海峦啊——，你三姑抱着头遥哪躲，多大个地方能躲开么，黑灯瞎火的，叫的那声儿才吓人呢，哎呀，我都不愿意寻思，太惨了。

妈说，你二大爷三十来岁还没对象儿呢，我看着就像有点变态似的。你们家人邪性你知不知道。

妈这方面恶毒。

——你没看你大姑呢，更像疯子似的，连哭带嚎，那骂的才砢碜呢，狠劲狠劲扇嘴巴子，一个接一个，啪啪打得可响了，打累了拉倒，两个腮帮子全肿了，好几天下不去，二十几岁大姑娘多砢碜，咋出去见人。你三姑一声不吱，就淌眼泪，也不叫唤，也不辩解。那不更气人了，你像是告个饶啊，不的，就一声不吱让你大姑打。你大姑从床上跳起来往她身上扑，拿个做活儿的大剪子，要豁她嘴，给我吓的，正大肚子——怀你大姐眼瞅着要生了，那也得抢啊，不抢真能出人命啊，吓死我了，好歹，我跟你奶俩，算给拉开了。等你大姑走了，趴到她跟你老姑那小床上，蒙被子号啕大哭。听着我这心里才难受呢，太惨了。我都犯寻思啊，这不一家疯子么！我咋嫁他们家来了呢！

梗着脖子认打，这是太整饬的戏剧情节，不过可能有时候也真的会发生。三姑大概本来也是经常看着自己，不然怎么捱过去。

——就因为是离婚的。那前儿哪有离婚的。嫌乎丢脸。不知是有你爷爷的事儿还是咋的，你们家人都特别虚荣。其实谁说啊，说也说一阵儿不就过去了。离婚咋的，也没孩子也没啥的，俩人儿好好过呗，季玉生还有房子，大学老师不挺好的。反正那时候是让人看不起，像嫁不出去了似的。

书上说美国开国英雄"汉密尔敦是私生子，荣誉感终生尖锐"。他在四十七岁死于决斗。我想到妈常说的"你们家人"。荣誉感尖锐的人大概也到处都是，没有力量，承担不了，就全都弄脏了，成为日常的病态。

特别恨他们打她，比突然死了更悲惨，死了反正什么都不知道。想起大姑二大爷，又觉得就是普通人。可能普通人本来就不可靠，没有发展出制衡本能的力量，善恶都是临时的。妈说，要不那么拦着，早点结婚，不就岔开了！哪有那么寸的事儿你说说！这话不公允，妈是希望惩罚他们。大姑和二大爷也可以悔恨没有拦到底，甚至有些时刻心里说，不让你跟他好，结果怎么样！人惩罚自己的程度总是有限，难免会有防御性进攻。这些想法就是有也就起初那一段，时间久了谁都要放过自己。都是我臆想。只有老姑提起过两次，也是一语带过，从来没有亲戚回忆过三姑，我总觉得是潜意识里有点愧疚。

——你奶没有力量，管不了。你看他们表面上都孝敬，老妈这个老妈那个，一到过生日送礼摆样子也不知道给谁看呢，其实没一个听你奶话的。你大姑是全家的大恩人不说，你二大爷那不也养家么，高中毕业就一直上班挣钱，全给你奶，那不都十来年了，不得说了算么。再说你奶吧，怎么说呢，还得说是懒，就总像是提不起精神似的，多一事不如少一事，一看那俩嗷嗷厉害管不了，那就想息事宁人呗。但是你奶也没说过你三姑，说你别跟他好了，这话也没说过，我在那儿待那么长时间也没听着过。就有时候家没人儿，在外屋地下晃荡干活儿，也听不出来发愁啊上火啊，就像唱歌儿似的——丽荣呀，丽荣呀，这丽荣可咋整呀！

我以为奶是三姑死了以后才这样，妈说不是，打认识那天就是，下地干活儿就哼哼。你说啥事都不往心里去吧，她还真啥都看得明白儿的。但是就像不会着急上火了似的。熬的啊，二十来年啊，着急上火早就完了。六个孩子张嘴等吃饭，闹笑话哪，那前儿好人家都吃不饱饭。你奶要说也是个刚强人儿啊，挨饿也让念书，到"文革"念不上算拉倒了。

这一套话从小听惯了，有一天明白过来，觉得奶了不起。可是隐约觉得，换我也能做到，绝境里生出抗劲儿，那个东西我身上也有。没发生就这样想，像是吹牛，可是我也没有引以为傲，不过就是这样品种，太平岁月里特别懦弱沮丧。我是觉得安慰，以为已经失去的，就在自己身上。

大爷也不同意，不过他分出去过，没有养过家，说话没有分量。二姑那时候已经被驱逐，老叔在延边。我想老姑应该是跟三姑好——一起游泳，而且都反感大姑。但是大概也不敢支持，老姑胆子特别小。就只有爸。至少是非常理解，不然不会写那么多信。妈说爸他们兄弟姊妹多，感情关系复杂微妙，爸就是跟三姑最好。这太好理解了，两个人都成绩好，自傲，爱读小说，文学化的思想。爸妈结婚就三姑来了，二姐出生又来一次，住了两个多月。妈同情她，大概关系还可以，说她"很会唠嗑儿，对一些事情看得比较深"，"但是太敏感"。也并不是朋友。妈不喜欢"你们家人"，不全是对婆家的防御心，她是本能地不喜欢阴影。

我以为能够体会三姑在大遐客居的心情，——就只是捱时间，换个地方仿佛容易一点。七五年，爸在大遐是受尊重的何大学（xiáo）儿，整天不着家，到处喝酒下棋，几乎是逍遥的。三姑作为旁观者，可能更觉得有点桃花源的情调。我想象她独自站在傍晚，望向不知哪里，心里照进辽阔的草场，朴素的白杨，夏日的长风，灰黄的几乎要坍塌的土房，那种自我感动多少是些慰藉吧。再怎样隐秘刻骨地渴望戏剧性，也还是会疲惫、会向往平静啊，这个世界还非常大啊。但是当然，也许看什么都灰心，也只能灰心，时代，家庭，爱情，没有一样不狠毒。我设想悲剧将她动员起来，特别激烈特别丰富地活着。如果活下来就好了。

搬到两间房，爸妈拿出两只新枕套：桃红细棉绸上两朵白布剪贴的百合，细密的刺绣勾边，深绿浅绿的枝叶，斜上方一串花体字：wanan——还不兴绣外文。我第一次听说"晚安"这个词，觉得属于另一种生活，译制片里的世界。大姐神秘地告诉我，是三姑留下来的。我觉得不能理解，遗物怎么能拿出来使用。后来妈说是三姑为自己结婚绣的，还有被套床单，分给别人家了。我又想起来，枕在脑袋底下不会觉得别扭么。枕了好多年，花朵那里都磨破了，不知收在哪，已经没有了。有一次爸说，丽荣那些信呢，叫我整哪儿去了呢。应该是保存很多年。妈就讽刺，你爸啊，就嘴上说说，心里谁也没有。爸不理论。我已经上初中了，直觉有点害怕那些信，大概是非常想看，又怕知道得太详尽——好像她要活过来，然后在我心里再死一次。很久以后，偶尔想起来，才觉得可惜。当然留下才是奇迹。爸常说，千里不捎针啊。

4

奶住两次院，躺了大半年，知道治不了，大姑坚持让出院，接到她那儿，按时打杜冷丁，后来不管了，喊疼就打。当然她们家条件最好，房子宽敞，儿子都结婚出去了，大姑退休在家全天照应。也还是长女的责任心。奶喊大姑，大华啊，仔细听就像有一点依赖在里面。奶在初秋去世，年底我跟爸去大姑家，她说，晚上迷迷糊糊就听见妈喊我，大华呀，大华呀，就像是最后疼得受不了的那声儿，我起来就去找针，打开抽屉想起来，妈都没有了。她举着一支烟，坐在那儿眼泪顺着鼻窝流下来，爸就不说话，就看着她。我竟然喜欢那个时刻，以为悲伤并不可怕。

还是奶奶的婆婆，让奶搬去扶余，爷爷总也不回家，看出什么事，可能影影绰绰有点察觉了。大姑中学毕业，招工到扶余供销社，认识大姑父，18岁就结婚了，跟着调到长春。大姑说，现在都说美荣漂亮，我年轻时候，可都说我长得最好，我是猫脸儿。大哥出生第二年，爷爷就死了。实在是吃不上饭，而且住在学校家属宿舍里尽人皆知，抬不起头。奶带着六个孩子到长春投靠大姑。

大姑父高个子，四方脸，干净整齐，也是初中毕业，成分好，在食品公司当干部。妈说，是个好人哪，心眼儿好使，要不能容么。又说，反正也是没啥主意，就听你大姑的呗。头脑简单，吃好的喝好的，穿好的，摆谱儿吹牛，不寻思别的，不像你爸他们，太敏感了，啥事总往歪了想。脾气不咋好，那谁还没点脾气，再说谁能驾住你大姑作，你大姑，到老还好点儿呢，年轻时候！

老姑跟妈说，我都记着，我妈给他们一家四口烙饼，我那时候才四五岁，比伟男大一岁，我就知道不是给我的，我不能要，小孩儿能不馋么，我妈一烙饼我就出去玩儿去，冬天就躲屋儿里，没事儿不出来，出来不闹挺么，怕人家心烦。大姐夫没咋给我们脸子看，再说人家给个脸子那不是应该的么！不能埋怨人家啥。倒是我大姐，整天阴个脸不高兴，见着就是不高兴，全家人都怕她。一块儿馒头都不带给我们的，说怕给惯了，给不起，老妈都不给，说给了也吃不到老妈嘴里去。我妈都是跟我们一样喝粥，二哥三哥出去干活儿先盛，有点米粒儿在里头，等我们就是喝米汤。

爸生病，老姑来看望，没开口就掉眼泪。跟妈说爸命苦，他们几个都命苦。——有一年，大年三十儿，一早上，我大姐就作上了，我大姐那一出你不知道么，哎呀哭天抢地的，我们谁也不敢说呀，我妈都不敢去劝，后来听明白了，是要买个绸子面儿棉袄，说她们商店这些女的都有，就她没有。要说我大姐，这些弟弟妹妹别说过年穿件新衣服了，我跟我小哥俩就一条棉裤，轮流下炕，一年到头饭都吃不饱，你咋寻思的你，要个绸子面儿棉袄。我三哥听着了，穿上衣服就出去了，外头飘雪米粒子呢，可冷可冷的了。劈板子那活儿我也没干过，都说可累可累的了，一到天都黑了，一家人等我三哥回来吃饭，没啥好的不也过年了，我妈也整几个菜摆桌子上了，我跟我小哥儿俩，都知道事儿了，都不吃，都有放炮仗的了，我三哥才进屋，给我大姐买的袄罩料儿，我都记着呢，紫红底儿的，带的黑的梅花儿，正月我妈给她做上了。

大姑跟奶一样偏爱爸爸。临过年捎信儿来，让去拿香肠，牛肉，肘子，大姑父从食品公司批来的，每家都有，给我们家的多。妈在厨房跟爸说，二嫂问我，我差点儿说冒了。我就有点不安，凭什么呢，而且要隐瞒。后来爸说不要了，家这些肉都吃不了，还是给我们留。到大姑家过年，半夜吃完饺子要回去了，大姑让大哥开车送我们。说先别走，她爬到楼梯间顶上自建的小阁楼里，拖一大袋东西出来，必须得拿。屋里烟雾缭绕，窗外花炮轰鸣，红的黄的幽光闪在人脸上，听不清都嘱咐些什么。

除非去大姑家过年，不然他们"老董家"自己过。有一年都在我们家，初一早上都没睡醒呢，大姑来了，一开门就扑跪在地上，号啕大哭。小孩都给撵回里屋去，醒来人都散光了。大哥跟人打仗，头年儿就进去了，要赔人三千块钱才同意和解。

妈说，没出息啊你大姑，也不是拿不出这个钱来，存折儿死期，那你跟大伙儿借呗，好好说能不借给你么。大过年的这通作啊，一出一台儿的！就是寻思赶过年人全，她不对这些兄弟有恩么，到了回报的时候，看你们咋办。到底大伙儿给凑上拉倒了，说是大伙儿凑啊，那不是你爸拿大头儿！瞒我我都知道。

有一年初冬，可能是礼拜六，下午我自己在家，大姑来了，缩在粗厚的毛线围巾里，唆鼻子。问爸，说等一会儿，进屋坐下，好像也不想讲话。一会儿把外套脱了，去卫生间，洗衣机轰隆隆转起来，又去厨房，哗哗地放水。我过去看，一个枯瘦的黑影子在昏暗里，拿抹布用力蹭一只铝锅，蹭出来那一块锃亮的。我拉开灯，混沌的橘黄色晃晃荡荡，像是风雪要来。大姑不抬头，说，三儿啊，你记着大姑跟你说啊，你爸呀，命苦啊，你奶姆们都苦，但是你爸呀太苦了，好好孝顺你爸，啊三儿。又唆鼻子。我惧怕这种戏剧，不过她并不看我，似乎不需要配合。又擦了灶台，收拾干净，把衣服晾了，大姑穿好外套，围上围巾，说，大姑走了，没啥事儿，关门儿吧，大姑走了。

大姑父去吉林市新建的食品冷库工作一年，认识一个年轻寡妇，就好上了。大姑要自杀。说是舍不得爸，先来看一眼。从我们家出去，在南湖小树林儿里走了一宿。都去劝，安抚，说大姑父也回长春了，跟那女的也都拉倒了，谁还没个犯错的时候，姐夫这些年——。好一阵没信儿，都以为过去了。

礼拜天爸妈上大姑家串门儿，大姑正在厨房炒菜，屋里有个女的，也没介绍，就说是来了客人，爸妈稍坐就走了，也没留。后来大姑跟妈说，就是那个女的。

妈说，你说你大姑是不是奇怪，平时这厉害的，不点儿小事儿人仰马翻的，真到这该厉害的时候，给人炒上菜了！炒好几个呢！

我觉得能理解，而且十分熟悉，好像我自己也会这样。后来看陀思妥耶夫斯基的小说，觉得里面都是我们的人。

我回城见到大姑，她已经快五十岁，孙女都能唱歌了。非常瘦，两腮塌下去，颧骨有点宽，长眼角重重地垂下来，厚嘴唇，嘴角上方有一颗痣，总是在抽烟。天然就有点像法国电影里颓废性感的女人，不过扔在腌臜里，与日常生活为敌，成为一个凄凉的笑话。

她好像很喜欢我，留我住了一个礼拜。二哥带对象儿回来，大姑笑吟吟的，叫我表演掐算生肖。雪冰真是个美人儿，时髦，喜媚，又自矜，我没见识过，像被吸住了，一直盯着看。她笑盈盈地掐我脸蛋儿，跟二哥领我出去，到小卖部买汽水儿喝。

早年亲戚们议论鸣今和雪冰，好像难分高下。妈背后说，要说漂亮还是李雪冰漂亮，就是个儿小点，蒋鸣今人家大个儿瘦溜儿的体型儿好，长得也比雪冰洋气，但是就是苦相。

我第一次见到蒋鸣今，穿一件明黄色外套，掐两只巨大的圆角方形白色有机玻璃耳扣。就不敢再抬头看，像是直觉到一种危险。也是一段佳话，她在公交车上被人偷了钱，大哥追出去打一架抢回来了。那还是七十年代末，可能每个时代都有年轻人浮浪的空间。

董伟男长得像年轻时的林子祥，个子比他高，鼻音很重，风流自持的样子。我高考成绩出来，亲戚都来道喜，大哥是一两年才见一次，一开门他就说，三儿越长越好看！进来又继续说，有点儿像我老姨那脸儿呢！过一会儿到我房间，说了几句闲话，临走捏了一下我的脸。我隐隐觉得美貌获得了官方认可，但是对于那明确的男性气息感到非常不适。

大姑不同意，鸣今比大哥大三岁，而且显然过于时髦了，怕过日子不安分。大闹了半年。反正大姑简直是对谁的婚姻都不赞成。也许有点滥用权力——或者考验亏欠她的人，最是惹人厌恶。

二哥说，我哥那是我妈眼珠子啊！董伟男从小身体就不好，招人儿惦心呗，你像这些亲戚，我姥儿也好，我二舅也好，那小时候都说我招人稀罕！但是当妈的又一样儿，会哭的孩子有奶吃啊，这话一点儿不假。

兄弟俩都是当兵，回来大哥在食品公司给领导开小车，也没听说什么成形儿的病，就是牛皮癣，四十岁不到就办病退了。大嫂在百货大楼卖货，很快都承包柜台她就等于下岗了。起初住一块儿，大姑父补面积给一套一居室，他们搬出去，还是经常回来住，白吃白喝。

琪琪小时候打扮得像娃娃一样，大眼睛长睫毛，又说话伶俐，大姑父特别宠爱，夸耀得溢于言表。快过年特意骑自行车来家，预告琪琪要上电视了。初四还是初六，在吉林台一个文艺节目里伴舞。当天到点儿打电话过来，看半天一个特写也没有。

琪琪和璇璇都从小学跳舞，一起看春节晚会，小孩都昏昏欲睡了，蒋鸣今和李雪冰一迭声喊，杨丽萍！杨丽萍！琪琪！璇璇！快点儿的，杨丽萍！开始了，杨丽萍！妈背后笑，好像人杨丽萍跟他们有啥关系似的！

都说女大三抱金砖，可是十几年都是听说打仗闹离婚。有一年过年，蒋鸣今眼睛肿得厉害，解开发髻拨开头发给李雪冰看，雪冰说，咋下手这么狠呢，这还有血呢。

大哥搬回大姑家住，一住一两个月，大姑又跟大哥打起来，继而大姑跟大姑父打起来——总也没有仔细听过，自动想象他们声嘶力竭。大姑无缘无故就总是很痛苦。

老姑说起大哥夫妇特别不屑，小声议论"外面有人儿"。也不知道是谁，可能两个都有。又过几年亲戚们明白，达成共识——人俩人儿好！你看吵是吵，好！可好了！闹离婚这个那个的，根本谁也离不开谁！

夫妻太过相爱好像也是可耻的。我设想吵架是激烈交流，反复的彻底的互相占有。知道太文艺化，即便本能就足够支持、即便这个框架成立，披挂的也都是庸俗脏乱。如果生命就只是在本能的支配下爆炸，那激烈值得赞美么？可是贬低到无意识生物的程度难免要伴随宽容，他们不在道德的范畴里。

爸手术，大哥夫妇也一早到医院，爸妈都不理他们，当没看见。蒋鸣今说大哥不舒服，先回车里等。他们也五十多了，还是不挣钱，把大姑的房子卖了，也早就花光了。听说跟琪琪要钱买车，装修，坐飞机出门旅游。二姑家就在医院旁边，过一会儿二姑来了，喜滋滋当新闻讲，鸣今刚上我那儿去给伟男煮的面条儿，说伟男胃不好，早上没吃饭——鸣今会心疼人儿啊！妈不愿搭理，顺带也觉得二姑虎，也不看看啥时候，谁有心情跟你讲究董伟男蒋鸣今！看我都不愿意看他们一眼，是人，是牲畜！

大姑去世，大姑父像是得了忧郁症，见人就哭。都怕去看他。妈说，可怜是可怜，但是也真完犊子，没了老婆子就像天塌了一样，没人给他做主了呗！

大哥一家立即就住进来了，说是照顾，可是一直吵架，大姑父撵他们，他们赶紧就把自己房子卖了。妈说，要不的你大姑父条件多好啊，找个老婆子过呗，才六十出头儿！三间房儿，一个月三千来的退休工资，不挺好挺好的！

大姑父来过两次。瘦，两腮塌成坑，下颚翻起来光秃秃的。眉毛忽然就白了，而且很长，撮眉峰上，像八九十岁枯老的人。每句话都是哭腔，听不清说什么，忽然又像是笑。都说，姐夫那一笑，那才瘆人呢！听说二哥去撵过，兄弟动手大闹起来。爸去镇压，也不过是现场给点面子。大哥攥着大姑父的工资存折坚决不往出拿，大姑父天天喝醉耍酒疯。渐渐地都畏难了。二姑还走动，但是她最软弱，忍不住就要讨好伟男两口子。二姑父更指不上，本来他们兄弟感情也并不好。

大姑去世两年以后，大姑父被送到敬老院，先还是四人房，后落到六人房，八人房，还朝北，每个床位价格都不一样。爸去看，回来说，姐夫完了，就等死了。跟傻子一样，老半天才认出我来，一会儿哭一会儿笑，苹果从塑料袋拿出来就吃，像没吃过苹果似的那样儿。妈也叹气，姐夫啊，一辈子好吃好喝惯惯地了，到老到老遭这罪你说说！人这玩意儿啊！哎！爸也打怵去，忙但是不至于忙到那个程度。

又一年二姑说，姐夫那线衣线裤啊，全是虱子，臭就不用说了，那些尿河龙儿，啊呀我一看根本就没法儿洗，现出去上沃尔玛买两套新的，告诉穿一个礼拜脱下来换那套，也不一定能记住啊，我给那新的也拆开了团吧团吧，要不让那护工儿拿去呢，姐夫能经管住么。

可能合家都有点愧疚，提也很少有人提了，竟然都记不准是哪一年去世的。妈在电话里说，死死吧，活着干啥，干遭罪。又说，好人哪！可惜了，养个畜生儿子！要不你大姑父啥病没有啊！

大姑父还没死，大哥就把房子卖了，另买一套小的。二哥又去打了一大仗，一分钱也没拿到。当然早就没有往来。妈说，董英男窝囊！不窝囊能叫媳妇儿欺负成那样！又说，也不是啥好东西！你哥不管你也不管？那是你亲爹啊！眼看进敬老院？进了敬老院你也不去看看？自己在家又养花又养鱼的！

学校不办了，爸把开了十年的捷达给二哥了，妈心意难平，每次我回家都让二哥接送。有一回去墓地，二哥说，卖房子钱二哥一分没要，条件就是董伟男得负责给我爸我妈买墓地，那前儿便宜啊，一万块钱那就非常像样儿了！这十年了——哎！二哥啥也不说了，一说我就来气！我侧头看他，真是一个特别普通的人，没有光彩，没有疯狂，没有决心，简直什么都没有，松懈老旧，可是还是活生生的。

大姑家有一张三屉桌，小生舅打的，玻璃板底下压了许多照片，我记得有琪琪的百天照，还有他们一家四口跟奶的合影，大哥二哥都是漂亮的小男孩——不堪细想——而且立即觉得这联想本身不自然，是文学思维的惯性扭曲。过去和此刻不构成参照，生活在流变里没有意志，残酷恶毒甜蜜欢喜都没有能够终结的因果。

在记忆中大姑家非常明亮，可能因为不那么挤查查的。一家人都漂亮时髦——二哥掏出一盒烟来往茶几上一拍，干啥呀老舅，过年了还抽人参哪！大哥把皮夹克从衣服挂上拿下来，说，我这好羊皮！俄罗斯来的！老姨你看值多少钱？有一种享乐主义的松弛。过年总有一天所有人去他们家，大嫂二嫂总要拿出又傲慢又懂事的样子，连我也感到可笑，装模作样的。小时候不知道那些陈年往事，不明白为什么要拿家里最好的酒给大姑父，但是也从来没有好奇过。小孩都是直接接受，以为当前一切都是理所当然，从来如此，不会改变。

奶去世以后，大姑张罗过一次过年。到三十儿上午打电话来说都别来了，中午大姑父又让都来吧菜啥的都准备好了。爸带我先去，大姑父脸上还有新鲜的抓痕。大姑托病，也许是真的病了，穿着松垮的毛衣毛裤歪在沙发上看电视，来了一屋子人像没看见一样，抽烟，支起来去够茶几上的烟灰缸。

　　大人要说话，打发我带小庆儿下楼去玩儿。没什么可玩的，小庆儿都快上中学了。楼基高出路面一截，下头砌着虎皮石，我们来回走了两趟就站住了。那天非常暖和，又晴又没有风，年三十儿的午后路上非常安静，到处是灰黄的旧草木。我看见远处几个煤气公司的大储气罐，想起每次来都看见它们，每次都担心爆炸，就有点觉得大姑，大姑家，一起过年的这些事，都老旧了，在现场的意识中变得不结实。

　　大姑一直非常瘦，打电话问总说不好，睡不好觉，没精神，肚子疼，腿疼，永远头疼。后来几年好像太阳穴上总贴着风湿膏，也都看惯了，没有人紧张细想。她迷上算命，跟榆树那边大爷爷家的大大爷何海德学周易。算哪年有个坎儿，哪年有喜事，都说准。五十八那年说自己阳寿六十，谁也不当真，哪行给自己算的，尤其是寿路，给自己算都不准。来年肚子疼得受不住，挨个医院查，大半年确诊是结肠癌，跟奶一样。进手术室打开又缝上，说可哪都是，没法儿切了，只能保守治疗。真就在六十岁上没了。

　　九五年春天，大姑就住在我们中学隔壁的空军医院。有一天中午，可能正是因为没人叮嘱，我骑自行车去看她。只听说在四楼，一间一间找，走廊里悄寂无声，老房子窄高的窗外，大松树尖儿上蓝天煦暖。大姑躺在门口一张床上，我探头认半天，才敢信。被子底下像是空的，只有枕头上一个脑袋，脸瘦得只剩一层皮，颧骨尖得要破出来。头发很久没染，几乎是全白的。我在床边站住，大姑慢慢睁开眼睛，辨了一辨，费力地说，三儿啊。那一下叫得非常亲，我庆幸自己来了，又觉得感激，并没有什么尴尬。

5

大姑父的父亲是合作社干部，家里条件好，二姑下乡到扶余，经常去吃饭，后来干脆住到人家里，不久跟大姑父的弟弟好上了。家里不同意，大闹几场，就真的断绝关系好多年，连大姑父兄弟俩都不往来。大姑认为二姑抢了她在老董家的地位，谁提一句何艳荣都不行。我没想过还有这一层，觉得非常心酸。

爸不喜欢二姑，特别明显。我说二姑父到底有啥不行，妈说那不亲哥俩儿么；我说亲哥俩儿到底有啥不行，爸说，我看不上何艳荣，没出息。妈说，好像你们家哪个有出息了似的。爸说，我看不上董延力，一个男人让老婆养。妈说，这都是后话了，人那时候也上班挣工资的。爸重重把筷子一撂，起身走了。

妈说爸在大遛给二姑写信，——那前儿都有董向男了，还写信骂呢，一边儿写一边儿气得愤儿愤儿的，啊何艳荣你不要脸，你玷污家门！这架势，你家是宰相啊，啥了不起人家！以后你没有我这个哥！说得可绝了呢。那前儿我俩还没结婚呢，来长春见你奶，你二姑就带着孩子回来了，寻思有个孩子混合混合就过去了呗！这一春节闹的！跟你二大爷俩！老何家姑娘嫁不出去了，非得嫁给老董家！——我听到这句才有点明白，孤儿寡母依靠大姑父这些年，对"老董家"有深刻而压抑的敌意。尤其爸跟二大爷少年时代那么拼命养家，难免觉得被辜负。

到底给撵出去了，二大爷在桂林路镇守，不让进门。二姑回长春上大爷家，大爷找借口接奶过去看看。妈说奶也怕大姑，后期也有点怕二大爷，——都养家了么不是，脾气大呗，不跟你奶翻脸，但是你奶可也管不了。

二姑容长脸儿，生孩子长了蝴蝶斑，不然也是雪白的。妈说哪都不碍碜，就是眼珠子发锈，不像你老姑你三姑都是透明锃亮儿的眼睛，星星似的一闪一闪的，你大姑更是了，眼睛亮得贼溜溜的，吓人是吓人也有种魅力你知不知道。但是当然二姑也认为自己最美，说过几次，初中前儿长影来选群众演员，全校选三个，有她一个。也是不能细想，少女二姑。高中生肺结核休学两年，倒跟妈同届——本来正好赶上高考。妈说，要听她那么吹啊备不住能考上个师大，谁知道了，反正你们家人这套事儿行，会考试，但是也没啥用，家庭成分不行，到那就给你卡下来，考不考都那么回事儿。我想心理上是不一样的，人生难得有机会证明自己，高考又是硬通货。现在只能说自己，老八中的！又说数学竞赛也都选上名次的。我吃惊那时候也有数学竞赛，因为没人展开细讲，潜意识里总以为三十年都是打砸抢。妈说，都可好吹了，谁也不服谁，你大姑也总说，我们柜台算账，谁也算不过我，打算盘的算不过我口算的！——真是让人难为情。

住两间房时，礼拜天爸去看奶，拿回两件中袖蝙蝠衫。淡黄色，一层类似树皮纹的小疙瘩，胸前一串红漆英文字母，硬念出来像日语。最时髦了，根本不敢想。给姐的，雪妮也有一件。她们仨挨排儿差半年，个子差不多。晚上吃饭爸妈讲起二姑，听不懂，但是感觉到兴奋，空气都运动起来，像是暮春熏熏的傍晚，门窗都大开着。

来了，半长的大花头，茶色眼镜儿，非常高兴的样子，说话声音很大，说二娜啊，我是谁你知道不的？亲昵而热情，让人想要躲开。而且我记得肺结核的事，只远远看着。她并不在意，兴致勃勃讲自己的。晚上爸去电大收发室，妈跟二姑住北屋大床，絮絮不知说到多晚，仿佛非常亲密，我躺在她们上铺又惊又喜。我没有意识到自己总是有点紧张妈和婆家的关系。醒来二姑已经走了，赶大早火车。妈说，这何艳荣，说一宿。听起来不像是赞赏，但是她也吃不准，毕竟二姑挣了钱。

二姑在扶余纺织厂作推销员，到长春来设专柜，先在百货大楼，接着是秋林公司，二商店。工厂出柜台人工，她私卖一些布跟厂长分，一下就阔了。亲戚们都去扯布做衣服，二姑逞大，说跟裁缝报她名儿就行，都计她账上。经常做样品，挂一段就拿下来，亲戚多，总有穿着合身的。这真是荣归故里，我后来想也许有复仇的快意，但是二姑可能根本没有能力恨那么些年。没听说和解，应该根本没有那一幕，爸或者二大爷都很难跟自己认错，尤其是在钱的诱惑下。但是当然钱的好处也还是要。

外贸衬衫一下买五件，回来讲得八面生风：人都寻思我要倒腾呢，我说我给我侄女儿买，人说你几个侄女儿啊，我说这你可问着了，我就侄女多啊！我们何家有七仙女儿呢！我们堂姐妹七个人。妈笑嘻嘻说，这看完《京华烟云》都学上了，不说老何家了，叫何家，董家，你没听着你老姑说么。

大姐二姐结婚一起摆酒，雪妮小庆儿都来了，二姑搂着姐的肩膀合影。来家看照片，翻到这一张递给我，要我说这是一个老美女带五个小美女！笑嘻嘻望着我。照片上六个人都是吃饱了油光的脸，闪光灯红眼睛，特别寻常百姓家。

拿来一块鲜翠的蓝布，说给一娜二娜做裤子。妈说灰背带裤好，二姑要了拿回去，让裁缝比着做了两条，胸前系着四个蘑菇形小蓝扣，星星点点透明，揉进许多小碎玻璃似的，又晶莹又温柔。一起拿来两件灰羽毛图案人造绸套头衫，领子起一圈木耳边儿，从没见人穿过类似的。我暗想姐在班里的地位肯定要有一个飞跃。可能我不善掩饰，妈也特别稀罕那翠蓝色，问二姑说没有了，捎来一块红褐色的。妈比着姐的裤子，竟然也做上了，反正不长个子，穿了好多年。

爸病重时有一次二姑来，穿一件玫红色趟绒面儿棉袄，还是有点得意，三嫂，你说我这衣服多少钱。现在是炫耀特别便宜，有品位会买东西。早前穿一件绿色皮衣，这都多少年了，还是九零年我上广州买的，那前儿那钱两千多！这没衣裳穿了翻出来，都说好，更不过时！我来不及难过，心里着急，她不知道妈听这话只有更加看不起她——啥时候了，还不忘吹牛。

那年雪特别大，人行道扫不干净，去公交车站要斜穿工农广场，我说出去送送，路上塞她口袋一卷钱，没有多少。雪花密飞，她脚步不停，朝前望着——二姑啥也不说了。又说，都是命啊，二姑就是命不好，二姑啥也不说了。连我都有点恨——她从来不承认骄纵儿子，儿子愚蠢败家。

我没钱，只有跟妈说，我们小时候穿太差了，二姑给的衣服带来特别大的快乐。妈说，真到生病生灾能看着么，我不管你姐能不出手么，不都是咱家事儿。又说，咱家算没沾她啥，你爸总说要去艳荣那儿做衣服，我都拦着，过不起了？非占人便宜！有件儿绿格儿风衣你可能不记着了，何艳荣穿来的，新衣服才上身儿，我一看真是好，正是我心里寻思的那么一件衣服，你二姑该咋的是咋的，大方，脱下来就要给我，我说啥给她一百块钱！

有好几次，我一个人在家试穿绿格子风衣，搬椅子站上去照全身，下来翻妈一块绿纱巾，塞进衣领，又站上去照，总是跟想象中不一样。惊心动魄，不敢面对自己。

初中有一阵喜欢翻衣柜，从爸妈外套里掏零钱花，倒不害羞，明白知道这就是偷，只担心被抓住。爸有一套西装，上衣内袋口儿上镶了熟黄色绸子锯齿边儿，下面黄线绣了"何海岳"，是爸自己的笔迹。我确切知道是二姑送的。深冬的礼拜天，中午太阳一直照到门口，二姑张罗着爸试穿，从后面扑落肩背，绕到前面，身体微微后倾，非常欣赏地看着，说这料子进来就卖没了，特意留一块给我六哥。二姑按大家庭排名，管二大爷叫五哥，有时也管爸叫六哥，但是管妈叫三嫂，向男哥又管妈叫六舅妈——倒也是新旧时代交错的例证。爸打开衣襟低头看，也是喜滋滋的，这几个字儿给我绣走样儿了啊。

二姐出国前，二姑领周泽做了一套西装，也在里面口袋绣了名字，二姐说起来就哧哧笑。早没有柜台了，有点压箱底的布料，认识裁缝。到我结婚，妈说不想告诉怕她为难，但是也没法瞒。拿来一床双人被，早年去杭州上货买的，预备给向男结婚用，出口德国的，百分之百桑蚕丝，现在买不着了。可能是夏被，或者罩被，非常薄，水绿色被面摸着很腻，不像是真丝的，简单地贴绣了几朵白花。我不在意，不过给三哥作婚被也太素了。九十年代是特别地买不到好东西，忽然到处都是粗制滥造，这样大概就算好的。二姑不知道现在好东西有都是，有钱人简直比红楼梦还要讲究。这是个盛世呢，跟她有什么关系，除非是显得更可怜。幸好她已经老了，是穷的遮掩。

二姑还没挣钱的时候，奶有时候自言自语，说，艳荣虎啊，艳荣这虎像谁呢，我觉着我不虎啊。妈说，你奶那是惦心她姑娘了呗！二姑风光回来，奶只说，都跟钱好啊。奶对儿女之间的纠纷从来不仲裁。可能也是看得太透彻就觉得都是命运，都是命运的傀儡。

大姑跟二姑关系缓和，有几年董家三兄弟一起过年，也经常听说不痛快。本来亲戚也都觉得大姑多心挑剔，连二哥说"我二姨"也说得非常亲，——我妈那样儿你还不知道么！

董家老三叫延座，也是喝大酒，平常就不用说了，女儿结婚买房跟二姑借两万，那时候的两万块钱！妈有一阵每次见到二姑都问，延座还你钱了么？回家爸说，你管人那玩意干啥，人老董家的事儿！妈说，我就看不惯这些人！看人有钱就像看着块肉似的，都想上来咬一口！可能妈也是说给爸听。

二姑父以前处过对象儿，有个私生女，二姑知道了认作干女儿，给买三金[1]。老姑来了跟妈讲，三嫂你说我二姐是不是傻啊，啊，董延力瞒

1　三金，金项链，金戒指，金耳环。

你这么多年，要搁我我都得跟苏伟离婚！啊你还反过来跟人好上了，人家认得你是谁啊稀罕你管你叫干妈？那不就冲你钱来的么！你说给我气的，话我都说不明白了，你听听我二姐咋说的，啊，说出来气死你——那不是向男亲姐姐么，我不认她，姆们向男不就没这个姐姐了！你说给我气的！气的我话我都说不出来！

我想问详情，为什么没能结婚，怎么能有私生女，嫁人人家不嫌乎吗，怎么联系上的，亲妈已经死了么，要活着难道二姑还要再认个干姐姐？妈也不知道——不稀得打听她那套事儿，听了生气！

奶有个侄女的女儿叫大英儿，十六七岁从榆树来，粗眉大眼儿，给二姑站柜台。二姑打扮她，给她找对象儿，没两年人家两口子单干了。老姑说贪了很多钱，二姑说，小荣知道啥！我心里有账！谁跟我好我还不知道！大英儿姆们跟亲娘俩儿一样！我还指着大英儿给我养老呢！最后一句像是开玩笑但也未必，说完笑嘻嘻四望。反正那时候有钱，蚀得起。

后来妈帮二姑齐钱还债，让二姑给她那干女儿，大英儿还有延座的女儿打电话借钱。都说没有，这个困难那个困难。妈又挨个打过去，只有大英儿立刻就转了五千块过来。妈挂了电话挨个骂一遍，——大英儿你寻思是好人哪？你二姑要她都没撒口儿！这是不敢得罪我，她儿子眼瞅着考高中要找我办事儿呢你寻思呢！

我有时觉得二姑从未被家人喜爱，不知道从哪里开始成为被嫌弃的人，就越发不惹人喜爱了。熟人社会有时候对人偏见，把丰富矛盾都砍掉了，强加给人一个角色。那角色也有生命似的，把真的生命渐渐霸占了。反抗也是徒劳，另一个剧本在后面等着。渐渐就变成自我认同，几乎是温暖的——最怕没有角色，没有参照，没有着落。都说二姑虎，其实更像是罔顾现实的天真，要对人好，换来爱。愚蠢自欺，仔细看是深刻的渴望，到绝望的程度，歇斯底里，必须盲目。二姑所自诩的聪明，数学竞赛之类，不过是支撑她的自负，让盲目又更持久些。

庞杂的成见系统代入少量信息计算出这种结果，逻辑越清楚，结构越坚实，就越是可疑。叙事本身就总像是带点谎言。外国有人专门研究家里第一个孩子，中间的孩子，最小的孩子，性格倾向不同。应该都是统计结果，落到个人身上未必准确，可是像星座一样给人暗示。大姑位高权重歇斯底里，三姑天赋最好孤傲清高，老姑是公认最美的——二姑怎么办？这思路多么清晰，多么诱人，多么可疑。人想要理解自己，想要把命运细细分解，仿佛因果密网有源头可以追溯，而那源头竟然又并不神秘？最终总是接近于滥情。

妈有一次平心而论，说，我原先寻思何艳荣有两下子呢，不管咋的那些年她挣着钱了别人没挣着，后来办食堂那两年我细品，还真不是，你要说虎吧，也不准确，其实是窝囊。原先我寻思她大方是得瑟呗，反正也是嘚瑟，有嘚瑟的成分，但是还不全是，她是窝囊，谁跟她要钱她不敢不给，你说是想讨好人呢也对，但是我看像是有点儿怕似的。

——单说有一次吧，秋天晚上，那就可冷了，得有九点多钟，我都闭灯了，你二姑给我打电话，说在马路牙子上坐着呢，不敢回家。我说咋的了，说的跟董延力打仗，叫董延力给撵出来了！你说完不完犊子，董延力病病歪歪的，一辈子让你养活，房子也是你的——是你妹妹的叫你占了算是你的吧，凭啥他把你撵出去！要是我把他撵出去还差不多！让他上大街上冻死得了！啥也不是的玩意，拖累你二姑一辈子！不怪你爸看不上他！我真是可怜你二姑，我说你打个车过来吧，身上一分钱没有！我说我穿上衣服拿钱下楼去接你去。到了儿也没来，谁知道啥时候回去的。就说这事儿吧，连董延力都欺负她！你说她完蛋不完蛋吧！

6

二姑父比大姑父小一号，端正的小四方脸，眉发浓密，不太高兴的样子。年纪大了戴副小花镜，从镜片上面看人，像电视剧里的知识分子。有一次雪妮说，你说三哥咋长得，你看看二姑二姑父，像谁都行啊。我才知道二姑父也被认为长得好呢。

几乎只有过年见到，喝上酒很爱讲，又慢又有把握，几乎可以把人说服，声音特别响亮又特别难听，像抽烟的人喷了香水的气味，强烈有毒。爸说，我就听不惯董延力胡嘞嘞[1]，啥他都懂，啥都懂连高中都没考上！

能画几笔，在纺织厂画宣传栏，四十出头就病退了。二姑大概有点崇拜他，反正养着，在家画画。爸有一次回来，说，把董延力给讲究的，喝八十块钱一斤的茶！别说，是好喝哈，咱们也买点喝喝不行么奚玉珠！妈说，咋不行，你去买去，看能好喝到哪去。

奶去世，葬礼上挂了一张炭棒素描。二姑在我身后不知跟谁说，老早我就让延力画，一直不动笔，说人活着画遗像不好，昨晚上说今天要用，画架子支起来，我洗个澡的工夫就画出来了，要不你说人不着急呢，心里有数。我十三岁，正紧张自己哭不出来，听见这话非常吃惊，尴尬得不敢回头。过后果然听见讲，画的啥玩意，黑的乎的。

老姑说，三嫂你不知道啊，墙上挂好几张，那女的裸体画，我就这么说我都不好意思，还特意指给我看，这是你姐夫临摹的世界名画！你说给我气的！世界名画那么好画的呢，你跟着画一个你就是艺术家了！你说给我气的！他家还总来客（qiě），又是小金又是小赵的，卖货那些小媳妇儿，进屋一看这啥玩意啊！啊！哎呀你不知道，我二姐可稀

1　胡嘞嘞，大声胡说。

罕人家了，总给人溜须！又吃又喝又打麻将的！要我说卖货的是不能得罪，但是你也不能太惯着，惯常了人都不拿你当回事儿啊！

老姑办长病假给二姑卖布。我旁听来，就有点忧心要反目。老姑从那就话很多，而且似乎跟妈成了知己，讲董三子：就不是我儿子，是我儿子我大耳刮子扇过去！讲卖货的：那不拿我二姐当傻子耍么，给我气的，还不能直说，一天一尺不卖也是她，卖两匹也是她！跟二姑上虎门进布回来：你说我二姐啊，咋寻思的——。二姑倒只是说，小荣那些事儿，哎呀我就不细说了，换一个人我能容她！

老姑跟楼层经理处得好，帮她孩子联系钢琴老师，没加租金就换到最好的柜台，事后二姑送了一块羊绒，老姑说，那不是看我面子人家能收么！

"来问劳动布的，说要做制服用，我一听就精神了，我说你是服装厂的？我带你过去吧不好找，这不套近乎么，挺大一个服装厂，做西装的，临时接个单做制服，我说我那新进的里子绸儿可好了，一会儿你跟我回去看看，那小李就笑，说他们有进货渠道，我说我这都是从广州直接进的，肯定比你从铁北进便宜……就那一单我就给我二姐挣三千多……"

"……比方说一百九十八，你就开四十八，送去款台交款，道儿上先把这一百五收了。必须得走这个形式，多少双眼睛盯着呢，不开票肯定得告你。都是进的差不多的货，谁卖出去都眼红！"

我从小最爱偷听大人讲话，总觉得津津有味，当事人伶俐可爱，像《红楼梦》。潜意识里深信自己不是局中人。

到九四年春节，二姑特意找爸讲老姑卖私货，不是一回两回。爸找老姑问，她当然也有一番道理，后来每次说起，都是非常委屈，说，我跟我二姐那些事儿，我没法儿说了！不久老姑搬去青岛，姐妹算是没有翻脸。当然本来也有这个计划，老姑父是小儿子，父母非常惦记，后来知道老姑其实非常照顾老姑父的想法。老人家八二年离开长春，留下一套小房子给老姑住，可能是日本人建的，或者是抄日本人的图纸，三十几平竟然也分成两间，独立的厨房厕所。老姑搬走，二姑住进去，旧事不提，相约一起去进布。老姑打电话来说，我二姐眼光不行了，挑的那布我一看就过时的，我好说歹说啊，她跟着我走了两个单，咋样，昨天我给广州那边儿打电话要补货，说的长春刚补完！我跟她打电话问她，我说卖得咋样，她还说，也不咋好！

房改时候二姑瞒着，到地院找了人，房产证写上董向男的名字。妈说，也没傻到底啊！那时候已经不行了，柜台都撤了，扶余两套房子也都卖了。敞开了到处讲，小荣那钱都哪来的，上青岛又是租房子又是租柜台，还压那些货呢！她在四货运攒下啥了，不都从我身上抠的！妈说，这都啥时候了，你上哪说去，要不说亲兄弟明算账。不是我说话不好听啊，你那几年麻将算是打坏了，那要天天去照一眼，能有这些事儿！二姑说，我还用去么，小荣鬼着六着 [1] 那点儿事儿，还能瞒了我！那我知道了还能咋的，自己亲妹妹。那年我俩上杭州进货，那陈老板跟我都多少年了，感情儿可好了，跟我亲弟弟似的，趁小荣不在就问我，那个小何姐真是你亲妹妹啊？是你亲妹妹那我就啥也不说了。这话啥意思啊，我能往下问么。二姑说到这里，眼皮儿向上飞，继而竟然是得意的笑容。

老姑那时候还没去美国，但是也并没有为了房子回长春，算是默认了。当然她永远说，因为我二姐占房子，苏伟跟我闹多少回，只要一说他家人啥事儿，他就说我二姐，你说我能说啥，地院儿那地角儿，那房子现在得值多少钱！

老姑从美国回来，去二姑家看了一眼，气得愤愤的，——董延力那爷俩咋不死，死了我给我二姐领青岛去，找个老教授，有房有存款的！

1　鬼着六着，鬼鬼祟祟。

二姑父去世那年夏天，我休假回长春，有一天午饭后说出去溜达，坐车到地质宫。打二姑电话，没有人接。过一会儿又打，声音嘈杂，说在13路上，十来分钟就能到。

一丝云都没有，太阳直通通晒下来，楼头水果铺子摆得很鲜艳，西瓜堆成小山，装垃圾的竹筐上苍蝇嗡嗡地飞。我想起中考那年，考场离得很近，中午爸带我跟晴晴去小饭馆吃姜丝肉，饭后就在这里分别，那时候没有铺砖，小土坡上太阳照得要腾起烟来。

二姑从解放大路走过来，到跟前儿气喘吁吁的，鼻尖儿上都是汗。——你二姑父留下那些画框，都是好的，当时都买得可贵的，我寻思上那美术商店看看能不能卖了。红旗街挨排儿可多家儿了，都说让拿去看看，这可咋往过拿啊，就打车我也搬不动啊，再说人要不要呢。

走到四楼门口，二姑喘了一会儿，从旁开口的灰裤子侧袋掏出钥匙。裤线熨得笔直的。房间比记忆中还小，光线很暗，家具挤得满满腾腾，好像堆放弃物的仓房。南屋门口并排两把木椅子，里面那把垫了几张报纸，放一架台式小风扇。

我坐下来，说，二姑你不挺好的么。二姑说，这两天还行，行也脑袋疼，睡不着觉，你二姑父刚没那几天，我一宿一宿睁眼到天亮。这好歹算是发送出去了，治丧费给四千多，一分没剩。得回衣服是现成的，打多咎我就把我俩装老衣裳[1]都做出来了。我说，二姑父不没遭啥罪么。二姑说，在家没的，不去医院，自己知道好不了了，上医院干啥去，花钱。从不能下地啊，就三天，睡过去的。我没事儿就寻思啊，你是享福去了，剩姆们娘俩儿。

二姑说说直直望住我，但是好像她也就是一片空白，没有什么意味和期待。又说，我这几天收拾收拾东西，也没啥东西，就有一双黑皮

1　装老衣裳，寿衣。

鞋我看还挺好的呢,没穿几回,你三哥穿不了,我寻思给你老叔拿去,给别人人不嫌乎么,死人的东西。

二姑父有心脏病,九三年初夏到北京阜外医院做手术,住了两个月。装了德国的金属件,花了十来万,都说换个人家这人就没了。大姐去探望,打电话来,说二姑买了好多草莓,回学校还给带一饭盒。二姑后来常说起,一娜一来我就给她买草莓,我看孩子乐意吃啊!我给她拌点糖。

姐也就去过两三次,带去逛街,买了一条长裙子,淡蓝色棉绸上钢笔水洇了似的梦幻图案,隐约有张走了形的女人脸。超出我的想象,心里惊叹北京还有这样"现代"的东西。二姑说,一娜会穿哪,跟我俩上商店,你看她吧,就挑那不是说花里胡哨的,但是有点儿隔路的,谁知道了你妈肯定看不上,我可觉着挺好,姆娘俩儿挺合拍儿。

二姑站起来,打开衣柜门,半挡着,把草绿色短袖纱衬衫脱下来挂上,套一件穿旧的咖啡色条纹背心,关上柜门,问我喝不喝水,从压力暖壶接了两杯热水,放一杯在小电扇旁边,说凉凉再喝,又问开不开电扇。她在床边坐下,堆着腰,里面没有穿胸罩,拿起杯子小口小口喝,发出刺啦刺啦的声音。说,这架势给我渴的,一早上吃完饭儿我就出去了,一到现在,几点了。我说,快两点了,赶紧吃饭吧。二姑说,赶趟儿,打多咱姆们就吃两顿饭了,一点儿不饿,也不干啥。我带了俩柿子,洗干净儿的放塑料袋里头,傍中午时候我在道边儿找个凳子坐下吃了。

我自卫似的清醒到极点,看见二姑说话间脸上跳动着小火苗,立即避开了。南窗很小,中午太阳照不进来,白亮亮一个刺眼的雪洞,更显得屋子里黑魆魆的。把眼睛落在电视上,一个新的液晶电视。二姑注意到,说是头年过年三哥买的,那不那前儿给你大舅按摩,现在这套玩意更不贵。

我考大学那年暑假，二姑说了几次，二姑父要做顿饭给我吃。就是这个房间，好像很明亮，也宽敞，还摆了一条长沙发。我在沙发上摞了枕头坐，正好够着圆折叠桌。做了一桌子菜，二姑父拿出半瓶白酒。不断要求我吃鱼，起大早去买的活鱼。我也没吃出好来，只是意外，这情景并没有想象中那样尴尬。热气腾腾的。

　　二姑把水喝完放下，半天没有话，看起来更加疲惫。好多年了，她半边脸麻木，右边眼皮一跳一跳，这时候像是秒针在走，我想到心惊肉跳这个词。永远长口腔溃疡，翻出嘴唇给妈看，妈直接说，谁看你那怪吓人的。我把准备好的信封拿出来，说是我跟我姐的。犹豫了一下，没有嘱咐。妈在电话里说给捎了五百块钱，连我们都算上了，我当时想要不要反驳一下，以免她起疑心。没有那样做，吃惊自己这样狡猾。妈其实只是不想知道。

　　承包食堂的时候，二姑父每晚喝了酒骂人，骂得非常砢碜。小芳她们都要学给妈的。聚餐吵起来，抡凳子要往妈身上砸，当然给拦住了。我想总是有缘由的，没兴趣细辩，想一想都觉得泥泞。二姑知道妈爱吃绿豆冰糕，夏天的傍晚拎十个到妈办公室，笑嘻嘻的样子，我能设想她跟亲戚说，我跟三嫂姆俩处得可好了。

　　大姐回长春，二姑总会来。妈也说，都跟钱好啊。跟二姑父俩蒸了包子，拿来两大袋。炸十个鸡蛋的挂浆白果，说孩子们乐意吃。妈也忍不住说，这浆挂得这好，焦黄儿焦黄儿的！妈一口不吃，嫌二姑有牛皮癣。二姑兴兴头头递过去，说三嫂你尝尝，细脆儿！让人觉得凄凉。

　　另外一回拎来一袋春饼，一盒土豆丝，一盒肉炒豆芽。二姑父烙饼厉害，跟人家蒸得一样薄，土豆丝也是切得粉丝儿那么细。简直是要切出尊严来。从前过年吃饭，凉菜端上来，二姑父准要说白菜切太粗，赶上手指头了！二大爷不服气，认为自己刀工一流，真的生气。妈说正经呢，以前大家庭可不得比，哪个媳妇酸菜切得细，就比别人高做一些。

真是要笑死——人类的生活是多么可爱，汩汩有生气！又简直可以伤心，要划分到这样细致琐碎，还是不够每人挣到一点自傲。反正只要跳脱出来，怎样想都可以，都只是一种意愿。

夏天给球球拿来一双小布鞋，妈和姐夸好，细软的。在黑水路批发市场买的，十几块钱。过了两天，大晌午头上都睡觉呢，我下楼去开门，二姑又买来两双，说给点点。我不觉得那是要讨好的心情，是难得又觉得自己有价值——也可能都有一点吧。

进屋就坐在餐桌旁，说，三儿啊，给二姑倒杯水。又迷糊又恶心，有没有冰糕，来一根儿吧，这架势的，又迷糊又恶心。二姑从桌上抽出一张纸巾，眯着眼睛、手颤抖着揭开，只用薄薄一层，摘下眼镜擦汗，又擤了鼻涕。等 9 路车啊等有半拉小时，晒得我直迷糊，完了出黑水路那轱辘还修路，这架势给我嘎呦[1] 的，像要吐似的。二姑喝了一大口水，撕开冰棍儿咬一口，紧了一下鼻子，鼻梁上有几道小褶儿，年轻时就有，也不知道有没有人欣赏到那俏皮。也是咋的你说三儿，卖鞋那地方那股胶皮味儿给我熏的，黑水路你去过没有，那才大呢，走进去可深可深的了，我就记着进门往右，完了到那个福娃那地方往里走，哎呀就迷路了，咋找找不着，咋找找不着，转一大圈儿，二姑老了呗。哎呀，吃根儿冰棍儿好不少，又迷糊又恶心。

7

三哥煞白一张麻子油饼脸，头发全往后梳，一行一行梳子印儿，四十岁就露头皮了。倒是大长眼睛，小黑眼珠，一圈儿轮廓都露出来，

1　嘎呦，颠簸。

眼白干滞，像煮熟的鸡蛋。妈常说死鱼眼睛，我一直不懂，见到他油然想起。总戴金边眼镜儿，夹小皮包，穿压裤线的裤子，擦得锃亮的黑皮鞋，穿鞋时候自己说，我脚小。好像不知道没有人在意。妈后来有一次说，看都不想看他一眼，恶心，就像一块臭狗屎。

起初来往很少，来了叫六舅六舅妈叫得很亲，很会说话的样子。二姑总是夸。——得回三儿提醒我，我都忘死死的了，那天我就随嘴儿提了一句，他就记住了，那孩子才有心呢；——谁知道了，我听姆们三儿说的，那孩子你看，啥都知道啊，没事儿就看书。

三哥念自考，妈找人给查分儿，说差上差下提过去得了，结果一门六分儿，一门三十几。妈说，何兵还问我，奚老师这是你亲戚啊，我哪好意思说是我小姑孩子，多磕碜呢，给你爸丢脸。

冬天晚上，三哥跟二姑来，一会儿到我房间，拉过椅子坐下，要跟我好好唠唠。姐上大学，只有我在家。问看过三毛没有。我说没有。我很骄傲。从书架上抽出《送你一匹马》递给他，——不知道谁拿回来的，你要看么？

他翻翻放下，说，我建议你看看，文笔好！对你写作文儿啥的，我觉着，也能有帮助。而且咋的呢，人家活得吧，就不像咱们似的，人家特别地潇洒，反正我是挺羡慕的，上非洲，完了跟一个当地人结婚了，我感觉是挺浪漫的。

二姑要走，三哥在门口反复邀请我去他们家，要拿本书给我看。我担心妈要说强硬难听的话，只好说那我去吧，妈让爸跟我一起，要不还得送回来多跑一趟。

原来晴晴的小房间，两年没来过，好像非常久远。被子没有叠，三哥大衣脱下来扔在上面。还是那张橘红漆单人木床，分两间房时爸从电大领的，用了好多年，礼拜天上午，老姑父带同事开车过来，三四个人扛下去，爸在楼道指挥，我跟出去看热闹，像过节一样高兴。想起来还非常清楚，但是我已经是另外一个人，世界好像也变成另外一个。强烈的不安在意识跟前一晃而过，立即躲开，甚至忘了，没有任何伤感。

三哥从小书架上翻出大开本画册，有几张三毛照片，不太相干的风景，空白地方几段文字。扉页有一段钢笔手写，字非常丑，不忍读下去。我想等寒假拿给姐看，作为一个残忍的笑话。

回来出租车上爸说，给你拿的啥书。我说，三哥咋回事儿啊，这不挺爱看书的么，好像还很真诚，怎么考试才打六分儿呢。爸说，你问问他看懂啥了，装！我心里不平，虽然令人尴尬，他的热情是真的啊，应该不会完全没有看懂。我那时只看重人的愿望。

——三儿叫了一堆朋友，七尺咔嚓¹几下子就整利索儿的了。

——这不向男的朋友能整着原始股，问姆们投不投，想多投人还不给你那些呢，最多就能买十万。

——向男上吉林了，有个朋友老妈去世了，他去帮张罗张罗。你看这帮小朋友，感情可好了，跟亲兄弟儿似的。

走了妈说，猫戴帽子也是朋友，狗戴帽子也是朋友，啥朋友，都逗你钱花呢。爸说，那钱是不是朋友借去都不一定啊！那是董三子逗他妈钱花呢。我听了真吓一跳。

九二年夏天，不知妈怎么想起来，让大双姐买一个生日蛋糕给二姐，又让董向男买烧鸡来。赶午饭点儿就到了，一脸油汗，拎一个油纸小包儿，打开里面一团泥。叫花鸡，比那烧鸡好吃。三哥和二姑总是从五商店带来本城时尚信息，我总觉得他们是外地人，肯定还是有点土气。

三哥坐沙发上消汗，跟我说，现在干啥行你说三儿，整鸡骨架儿，绝对挣钱，鸡骨架儿熬汤啊，煮面条，老好吃了，那玩意也不贵——。我听他算账，鸡骨架成斤买合多少钱一个，能熬多少汤，够几碗面条

1　七尺咔嚓，形容大刀阔斧、干活非常利落。

儿，一碗卖多少钱，投资也不多，盘个小店儿，稍微装修一下子，主要是位置得好。说得有板有眼，我就想他也没有爸妈说得那么差啊。

这店当然没开起来。说是做过几回买卖，赔了都算他的，那几个朋友撇得溜干净儿，下回还来糊弄他。

妈估算九十年代最好的时候二姑能有六七十万，扶余还有两套大房子。零二年一家三口到女高承包食堂，跟妈交底说就剩六万块钱不敢动了。纺织厂早没有了，二姑跟二姑父熬到退休年龄，每月从社保领一千块；三哥领低保，每月三百。食堂干了三年，实在整不动了，临走结账妈把买设备两万块还给二姑。

妈说，你没看给你二姑乐的呢，眉开眼笑儿的，寻思这钱不好要呗，我能扣她的么，她那么困难。说不挣钱，不挣钱能干三年么，反正赶挣赶花了，那爷俩儿手脚太大了，你二姑也是攥不住钱的主儿！那也攒点儿，能有十几万，要我说赶紧给三子找个媳妇儿，上农村找去呗，这都三十大多了，谁知道何艳荣了，没正事儿的家伙。

——没跟你说呢，我都嫌碜碜，在女高的时候，每个礼拜都得有两三回，董三子下午两三点钟就出去了，一到第二天晌午，有时候下午才回来。我也没往那方面想，有一回就问你二姑，我说三子总出去干啥去。你说你二姑咋说的，出去见见朋友，那三十来岁没对象儿，能不让孩子出去散散心么。啥朋友，没钱哪还有朋友！那不就是逛窑子去了！哪回不得几百子！那钱那么好挣呢，都造了。当好事儿说呢，我听得都觉得害臊。

我倒是觉得二姑通人情，问题还是穷。也忍不住设想，三哥娶个强壮能干的农村媳妇儿，食堂也能坚持办下去，存点钱以后再张罗个小买卖，生个孩子不是也挺好一家人家。又过两年，妈说，农村的现在也不好找了，农业税都免了你不知道么，现在农村日子好过，不稀罕你这城里的，董三子长得像大肥猪似的，四十来岁要钱没钱，要工作没工作，人谁好样儿的跟他呀！这辈子啊就这样了我看。

二姑拿回设备钱，就又不来了。妈说，有良心，有良心，是来看看你三哥三嫂啊，一个电话都不带打的！妈总意识不到自己严苛霸道人家恨她，至少怕她。都不敢表达，偶尔流露一点，她吃惊暴怒委屈，谁也没有她冤枉可怜。

三哥来过两回，说有个朋友，吉林省电信一把手姓曹，曹书青，那是他亲表舅，我都见着了，人可好了，一点儿架子没有，说整工程行，往后铺宽带，量老大了。拉我入伙儿，给股份，这都多年了姆俩认识。我寻思真是个机会，这事儿咋的呢，有他舅在那儿顶着，指定有活儿干，完了都是政府买单，那能赔么。但是咱没钱哪，拿啥玩意跟人入伙儿啊。

妈没有接茬儿。过些天打电话问爸在家，来了，开口要借一百万。爸也是被这数字激怒了——一百万！一百块我都不能借给你啊。三哥竟然真的问，为啥呀六舅？爸说，为啥，因为你不是那块料！

走了妈说，何海岳你得罪那人干啥，就说没钱都占上了不就完了。爸说，我还怕得罪他！他妈那些钱都让谁造化了，还有脸提做买卖！过一会儿妈说，我看哪，艳荣手里那俩钱儿，早晚叫他抠出来。妈还是忍不住，第二天专门打电话给二姑，嘱咐千万掐住啊，这点养老钱。二姑说得死死的，那我不能，三嫂我不糊涂，那我能给他么。

没有半年传出来，二姑连金戒指金项链儿都卖了。这下算两手溜光儿了。我说，咋不让三哥考个票，开出租车也行啊。妈说，可不说过咋的，不行，董向男有癫痫。

大舅中风卧床，不肯复健，找人来家推拿针灸都不让。妈跟二姑说，让三儿去给捏捏，陪说说话，也挣两个钱。隔天来一次，两个小时，妈跟小哥说一个月给九百。当然小嫂觉得多二姑觉得少，妈不在意她们。

家里东西多吃不完，叫三哥下班儿来捎回去，也还是穿西裤皮鞋，一丝不苟的。进屋坐，说，我大舅跟我俩能合上脾气，我二姐说了，谁都不让碰，就我行，我跟他俩，我说，捏捏腿啊大舅，嗯，就答应了，咋的呢，我吧手轻，再一个我捏他哪儿都先告诉他一声，让他有个准备……

妈也不认真听，打岔问二姑还打不打麻将，多大输赢，爸都在里屋不出来。赶上我在家，心里替他委屈，毕竟阔过。他倒不说这些，不让人为难。有一次没头没尾跟我说，人就得学会接受，那你说像我现在这情况——不错眼珠看着我，交流的愿望非常真挚，令人想要躲避，我用意识按住自己，看着他，既相信他这一刻是真心真意，又知道他转身就会背逆这宣言。

他偷爸的钱，趁爸生病。以前爸说他骗二姑钱，我还以为是爸的奇想。

我设想他做这些事都是自然而然，没有真假善恶，——但是这不能构成辩护，这是一个人坍塌成了别的东西。我终于厌倦了美化人类自我感动，报复起来特别残酷，可是看着他凝滞的眼白，也并不真的厌恶鄙夷，只是觉得陌生，无法交流的真空，无法消化的塑料，世界要褪色为某种无意识的更真实。我身体里也住着这样一个人，不过是穿上了理性的外衣？

说是欠了赌债，把房产证押出去，三个人社保将够还利息，到二姑父去世就真的没办法了。二姑来家里哭。妈给我打电话说，完不完犊子吧你说，这都三年多了，连是哪个当铺都不知道，当票也不在手里，还说回家给我问问。

妈带二姑去当铺问了准数儿，讲下来一万块，这孤儿寡母的咱也不能逼他们睡大街，整出事儿来对谁也不好是不是。挨家打电话凑钱，扣下房产证和三哥的工资卡，承诺一定还上。二哥给三哥安排到郊区加油站，三班倒，有点外快。

——你能数得到的这些亲戚，哪个没沾过你二姑光儿，是穿几件衣服的事儿么，都直接伸手要钱！董伟男董英男就不用说了！连你老婶儿！都跟人要金坠子戴！都咋腆脸！现在你跟他们借几千块钱，跟挖他们眼珠子一样，这个那个！就没一个痛快的！

二姑来说，姆三儿现在可好了，下了班儿就回家，哪也不去。又说，孩子上班儿可累了，跟我说的，再累我也得坚持。妈给我打电话，你说气不气人，上个班儿还成啥了不起的事儿了，谁不是上一辈子班儿。到现在还夸她儿子好，一句不好不带说的，一点儿错不带有的，又不说是赌博了，说是叫一个女的骗了，说的，姆们三儿心眼儿实，完了就要讲那女的咋咋地，我真急眼了，我说没人愿意听你说这套事儿。我都后悔帮她，都在背后说我嘚瑟你知不知道，那意思就是你家那么有钱你就都给出了呗，这不连累他们了么，都丧良心啊，你寻思呢，有好人。

老婶儿给老姑打电话，说装什么逼玩意儿！我觉得特别刺耳，是长期的恨意。姐背着妈每过年给亲戚寄钱。我给她讲这些事，因为钱而增进的感情根本是假的，只把人激得更丑。姐说，我没指望增进感情，就想自己心安，他们是爸的亲兄弟姐妹啊。善恶是非和感情，是要分开的。人没有原则地爱自己，爱亲人和故人，也是正当的，甚至是必须地。这道理我也懂，还是很无情，始终在评判衡量。

8

妈让老姑出一万，老姑说苏伟不同意，——房子给他们占了，还得给他出钱赎！反复说了几次，妈不高兴了，说，何美荣这钱你不拿也行，我再想法儿凑去，但是这是你亲姐姐，你自己心里掂量去。

我觉得老姑最后是为了怕妈看不起她。也未必就是舍不得，也有意气上来了过不去，而且老姑父可能确实不同意。

妈对老姑一见钟情，爱了很多年。背后说她肯定不是爷爷的孩子，人你老姑多奸呢，那些虎鬼！一个赛一个虎。这事以后就改变了看法。

——何美荣精神不太好啊，这么点事儿天天打电话，翻来覆去说翻来覆去说。我以前还真是不了解，寻思她就是磨叽呢，不是啊，是魔怔啊，得着一个事儿就放不下。

——不稀罕她了，把钱看得太重，没有亲情。我说你回来呗，我给你出机票，不吱声，那肯定就是怕沾着她呗。能沾多少，一家给五百一千的，也都是你亲哥亲姐侄女外甥，这一辈子还能见着几回！可也是都太缺德，他妈的过不起了，腆脸跟人要钱花！都他妈完犊子货！

老姑还在美国，大爷打电话借六万块，说房改要补面积。老姑没借，跟爸说，爸非常生气，有个当哥哥的样儿没有！美荣那钱咋挣的！老姑回国第一次回长春，董英男何冬昀都来借钱，二大爷老叔哭穷，都真的哭出来。

在美国经常给爸打电话，写过几封信，有一张照片，她跟老姑父一人举一杯红酒，侧过脸对着镜头笑，看出擦了口红。五十岁生日，老板帮订了位，借车给老姑父，开去芝加哥的高级西餐厅吃饭。没有身份不能住酒店，不能旅游。

老板台湾人，管老姑叫苏太，临走送一只戒指，细环儿，高高镶一颗浅棕色宝石。老姑拿给大姐，说，不值啥钱，样子还可以，还不俗气，啊。本来妈一直最赞赏，何美荣那手长得才好呢，没见过那么好的，又白又细又软，溜长溜直儿的手指头。洗了四年盘子，粗大了，关节突出来。

老姑不跟小辈讲这些，洗盘子丢人。跟妈讲，包外卖谁也包不过我，中午几十个单子一起来，一个单词我也不认识，但是三年半一个我也没包错，从来那餐厅没有这样的。老姑是奶奶家最不爱吹牛的，但是要讲自己赢得了尊重，不是低声下气。

晴晴说，我不像妈妈，妈妈总说我不要好，不要强，说我像爸爸。我记得买钢琴借了六百块，妈妈一年就还上了，我都不知道她怎么攒的，她跟爸爸一个月工资可能七十多，别人给她一块呢子料子她都卖给同事了。要上钢琴课，还要保证我每天一个鸡蛋，一杯牛奶，妈妈跟爸爸连鸡蛋都舍不得吃，净吃豆腐。

南湖小学都没有钢琴，上音乐课老师抱着手风琴来教室。我害怕上音乐课，但是喜欢看手风琴收拉的样子，不能理解也并不试图理解，就盯着看，好像会被带走。那是视觉化的旋律，具体化的抽象，形式与美的秘密。音乐委员是个小胖子，笑眯眯有两个深酒窝，竟然也会拉手风琴！新年联欢会，杨冬微微歪着头，拉着不知什么曲子，阳光在她脚下落成一个四边形，真是遥不可及。

寒暑假我总去老姑家住几天。晚上头对脚睡也不觉得挤，就是暖气太热，盖不住被子，半夜口渴醒过来。昏暗的午后，站到桌子上，从浅绿色吊柜里翻出老姑的碎布包，给娃娃做衣服，一直做到天黑，开灯很久才有钥匙开门声。门一推开老姑就喊，晴晴啊！声音非常急切，像是担心晴晴丢了。

礼拜天邻居带小孩来，跟我和老姑坐在晴晴身后的长沙发上，听她弹琴。冬天的阳光停在空气里，痒痒的，那几分钟特别长。正是我羡慕的三口之家，凝聚向上，小孩特别受重视。

晴晴有一件元宝领塌肩毛衣，灰蓝、藕荷与浅粉色细横纹，我非常羡慕。灰蓝线本来是老姑父毛衣，拆了给晴晴织毛裤剩一些。就那么点线，来回颠达。每次去老姑家，家具都重新摆过，总有新气象。只有心思和力气是富裕的，要用足。那勤勉的劲头特别像个妈妈。

也确实心灵手巧，自己剪头发，脖子后面都能剪整齐，还要削出层次；衣服不合身，总是改得特别贴切。妈当面夸，何美荣巧啊！老姑说，不能跟你比啊三嫂，我这都是小智小慧！老姑回国以后有一段在妈学校管宿舍，之后就由衷地钦佩妈，笑盈盈地说，一般的老姑也不服，啊。

——我有件红毛衣，上面是白的，这里一圈八个瓣的那种几何形状的雪花。我们班主任看上了，让妈妈织，还不给毛线钱，妈妈只好给她女儿也织了一件。

晴晴三十几岁说话还像个小孩，说"妈妈"。她念解放大路小学，四十五中，都是很难进的学校，不知找了谁。

老姑在四货运记账，就是跟那些司机打交道。谁出车多远，拉多少货，都上她那登记，关系好的多做点，人家偷着给拿鸡蛋大米。司机都卖油儿。来了跟爸妈讲，又要说又有点不好意思，说，我这都是小打小闹。老姑笑起来，颧骨上有两个小泪窝儿。

走了妈说，长得漂亮到哪都吃香啊，你看何美荣，人也不卖弄风情，也不撩骚扯淡，但是瞅着就招人稀罕啊，啥法儿。那些司机能不跟她好么，领导也向着她呗。你看给苏伟稀罕的，当着大舅哥面儿，不错眼珠儿瞅媳妇儿，情不自禁哪，满脸都是笑，真没见着那么稀罕媳妇儿的，太稀罕了。

我跟老姑开玩笑，老姑你这一辈子都没跟别人好过么？老姑有点不好意思地笑，又带着严肃，说，真的，老姑寻思都没寻思过。我说，啊，白瞎你长这么好看。老姑乐，说，哎呀这孩子，老姑都啥样儿了。削好一个梨递给我，低头又削下一个，笑说，得这么说，想跟老姑好的，有。老姑父在旁边，又是那样开了花儿似的乐，一只手在空中向前一摆，说，那不是有啊，那是有都是啊！老姑说，苏伟你跟孩子能不能有点儿正经的！我说，老姑父你太赚了，我老姑这么漂亮，一心一意就跟你好！老姑父脱口而出，可见何美荣同志是一个多么无趣的人！

——别人都以为爸爸脾气好让着妈妈，其实根本不是，爸爸完全搂不住火，特别容易急，急了可吓人了。妈妈有特别刚强的一面，从来不跟人说，不愿意让人知道她受委屈。她做手术，一直到出院那天，小朱给她打电话，听着声音不对，问她她才说，不让我们回去。妈妈不撒娇，跟姥姥也不撒娇。我小时候特别希望姥姥来，姥姥在家，爸爸妈妈就肯定不会吵架。你不知道其实他们总打架，动不动就要离婚，妈妈有好几次抱着我哭，说让我放心，为了我也不会离婚的。我那时候上小学，就特别希望他们离婚，不要为了我，而且妈妈不要哭。爸爸赌钱，那时候没钱，每一分钱都有用，爸爸有一次把刚发的工资全输了。嘴上说再也不玩儿了，都是应付妈妈。有一回冬天，特别冷，我跟妈妈等到很晚爸爸还没回家，妈妈知道他在孟家屯儿一个地方，孟家屯儿你知道么，可远可远了，妈妈不放心我自己在家，骑自行车带我去找，好像那个时间已经没有公交了，骑了得有两个小时，反正很久，已经是农村了，路上一个人都没有，隔很远才有几栋房子。爸爸真在那儿玩儿扑克呢，每人跟前一堆零钱，妈妈进屋就把桌子掀了。我已经上小学了，坐在自行车前杠上，风吹得脸疼，后来就开始下小雪，你知道长春冬天路上都是冰，下一层雪特别滑，妈妈就骑得很慢很慢。

晴晴说话特别平缓，像电影里无声的长镜头，把那一时一刻的愤怒和斗志，火焰和大风，都变成安静的风景。人生不能用这样的眼光去看，仿佛什么都是妄然。就是要在一人一事上狂喜暴怒，才算本分。老姑是非常执着，得失心无微不至。这样更像是活着，又好像错失了什么。

妈说从前奶过生日，老姑拿一瓶果酱，就一瓶，还打开了，挖下去一大块，你说带劲不带劲。说是同学从德国带回来的，寻思留给老妈，早晨拿出来晴晴看见了，非要吃一口。这故事我不太信，可能拿了别的，附带果酱。如果是真的，也是替老姑心酸，给逼到这个程度。因为深刻的相似，因为理解，我爱她。她不是真吝啬，她是追求花钱的效率，想用一百块钱过两百块钱的生活。本来省钱也是为了自尊心，奶的生日是隆重的事，要竞争孝心。

你二大爷闹上吊的事儿你不知道么！你奶过生日，你二大爷要拿两瓶罐头，再加上两包蛋糕，你二娘说要不两瓶罐头，要不两包蛋糕。到了儿你二娘说了算，拿两包蛋糕。是有点少，横是到那天别人多拿了呗。你二大爷就觉着没脸儿了，回家就喝上酒了，你二娘不三班儿倒么，不在家，横是你奶领雪妮上哪去了，反正就二黑在家，你二大爷就说，黑子你来，黑子就过来了，说，干啥呀爸，你二大爷就说，你上楼下董大娘那儿，去跟她要根儿绳儿，就说你爸要上吊。黑子那前儿才多大呀，就下楼去要，那能不问么，你爸要绳儿干啥，黑子就说，我爸要上吊，那老董婆子能不上来劝么，这一劝可遭了，当着人这架势哭的呀，董大娘啊我没脸活了啊！这都你二娘学给我的，那准是老董婆子告诉她的呗，能不跟她说么。

我在现实里没见过庄严的悲剧，除了死亡本身，几乎没见过令人信服的庄严。这样拙劣尴尬，只能当作笑话讲。喜剧闹剧悲剧合而为一，也还是文人的诡计。事实完全无法观赏，不恐怖，不丑恶，只是脏——没有形式，让人想要逃避——除非刻意锻炼勇气，强睁着眼睛，在徒劳的诚实中自我嘉奖。

生活模仿戏剧，不全是像王佳芝，高潮上瘾，弄假成真。也许是因为不知如何生活，胸中憋闷不会表达。戏剧是现成的模板，粗陋的尤其容易上手。削足适履，对赤脚的人总是一种诱惑。人的戏剧倾向，自传意识，也许是想把流动散乱偶然整合起来，给时间一个形式感。很难说这是谎言自欺，还是建筑塑造。形式不忠实，但是它没有时间性——致命的诱惑。

在二大爷家过年，大人一桌在南屋，小孩在北屋，凳子不够；小方书桌靠床放。我挤坐在墙角，伸不开胳膊。屋顶正中一颗黄灯泡，落到眼前像一片灰黄的影子，把对面人的脸都挡糊了。意识在嘈杂氤氲中消散，就盯着眼前一盘花生米，一颗接一颗，觉得太好吃了。老姑嫌那屋烟咕笼冬，过来坐在我对面角上，给晴晴夹菜，胳膊横过方桌，显得更挤了。晴晴吃得很慢，小碗都装满了。雪妮也给二黑夹菜，二姐就给我夹，气氛有点尴尬。

我模糊明白鸡、鱼、牛肉是高档珍贵的，花生米非常丢脸；想到根本没有人注意，又失落起来。从大连到长春，很久都在这种失落里，不自知，也并不痛苦。小孩其实都是随遇而安，自然而然；偶尔模仿做作，也是肤浅明确，不会跟真心混淆。

大家庭一块过年，也许有六七次，当时以为要永远下去，在记忆里特别漫长，算作一个时代。

家里很少请亲戚，人家也不爱来，觉得拘束。妈嫌烟味，直接说，你都抽多少颗了何海峰？散场以后开所有窗，刷厕所，连地上也要擦，擦完抹布扔掉，"尿得里里外外都是啊，不擦踩哪都是"。穿过的拖鞋也要刷，用了碗筷杯子要用开水烫。我们家没有那么干净，妈就是嫌人，不说出来也都知道。她也鄙夷人娱乐，觉得堕落，自己永远兴致勃勃琢磨搞"事业"，别的一切都不重要。

奶去世第二年暑假，有一天老姑老叔两家都来了，要去南湖公园划船。我特别兴奋，觉得是年轻的家庭出于友谊和亲情自愿的聚会。而且夏天，划船，柳枝拂过湖水，湖水漾着银波，像《陶奇日记》。

连大姐都参加了，在照片里皱个眉头。老姑有点胖了，穿一件棕黄色大白点连衣裙，风吹着裙摆很大。她烫着大花头发，随便扎一个辫子，露出所有牙齿大笑，是真正的美人才有的自信风度。我跟妈要钱买了一盒肥皂泡，跟晴晴小庆儿挤着脑袋吹泡泡，老姑父给我们照相。当时就觉得有点表演，因此加倍幸福。拍婚纱照可能就是这种心情。

晚饭时候天色还非常明亮，二姐从竞赛班回来，我们在公园东门对面的小饭馆儿吃饭，大圆桌围坐，开了好几瓶啤酒。妈可真舍得花钱啊，我欣喜地想，反复品位逐渐富裕的快乐，像反复打开一扇窗，呼吸春天。又想应该每年来一次，像以前过年那样。但是只有那一次。

妈借调到自考办以后，琢磨过很多买卖。生产地板革，真弄出一大卷来，拿到湖波路商店去卖，好像并没有赔钱，但是放弃了。剩下一条一直在北阳台上，比常见的地板革厚软，难看的橡皮红色。

又认识一个小严，三十多岁，瘦高个子，塌腮枯脸，经常来。是铁北一个养老院的副院长，有现成的厂房，办企业可以免税。妈回大布苏碱厂搞原料，要生产工业用碱。没有成功，养老院欠妈一笔钱，给了一辆报废汽车，打了三千块借条，压了好几年。可能妈跟二姑有过码，把欠条拿给董向男，说能要出来就归他了。不是朋友多么，都是些混混，吓唬吓唬，真要出来了，妈说肯定是被这些朋友造光了。

大解放老叔说能修好，妈让老姑父开跑货运，三家合伙儿。本来他们两家住得近，年纪相当，关系好。老叔跟老姑父俩周末过来，跟妈笑嘻嘻的，三嫂三嫂的叫。妈凶他们，有时候真着急生气，还是特别快乐的气氛。兼做客厅的东屋抽得烟咕隆咚，爸跟他们讨论发动机到底哪里不行，说好下礼拜天开到修配厂去偷换零件儿。很热闹，像更早年梅远平毕栋强来家，生活本身都很年轻的样子。

一个活儿没跑就起了纠纷，都讲自己亏了。老姑给老叔写长信解释，没有用。大年初一早上老叔到老姑家闹，老姑父也急眼了，动起手来，老姑嫌碉碜，邻居都是地院老师知识分子——我都给我老哥跪下都不行。我听到最后一句像吃到一颗臭瓜子儿，想在头脑中抹掉，却格外记得清楚。妈说本来就是报废车，根本修不好，何海峰逞能，再有你爸太稀罕车了，那时候有个车还了得。后来五千块卖掉了。

老姑后来请老叔老婶儿去海南过冬，一应花销不用说，做饭收拾屋子也都是老姑老姑父。打电话给妈翻来覆去说老婶儿坏话，只说老叔"可稀罕他那胖媳妇儿了"。——我不就是心疼我老哥，你没看瘦的啊，九十多斤啊。老姑说"老哥"，语气总是特别亲。她就比老叔小一岁，小时候一条棉裤轮流下炕，都是吃不饱，最像累赘，也是有共同的命运。

妈搞起自考辅导学院，有一段规模很大，全省到处开班。让老姑父跑过两次，送复习材料，照名单收钱。四货运接近解体，老姑怕他闲着去赌钱。妈说老姑父说话慢悠儿的，像有点文化似的，行。冬天下午三点多天就擦黑，细高一个黑人影站在厨房门口，兴高采烈讲舒兰——嘎巴嘎巴冷[1]啊！模仿他们口音。妈说，快别胡扯六拉了，去去去，赶紧回家，小荣多惦心。我模糊感到不安，弹钢琴的晴晴，父母都变成打零工的了。

自考办组织去哈尔滨旅游，都拖家带口的，妈不甘心吃亏，带上我跟晴晴。她高我一头，快赶上妈了，穿一件老姑父的旧羽绒服，老姑用细条绒花布做了一个挂面儿。简直比我的还不如。我穿大姐剩下的人造毛棉袄，红黄蓝拼布面儿，本来还可以，就是拉链坏了，缝死了只能套头穿，在教室里挣吧着脱下来，红头涨脸，非常难为情。

在吉大数学楼上竞赛辅导课，中午去老姑家吃饭。晴晴来开门，老姑父大声喊，三儿啊，先别进来啊！老姑父有情况！声音里都是笑。放行进来，看他正一条腿跪在床上开窗，屋里还是一股被窝子味儿。搓搓手，三儿来了！得做点好吃的啊！咚咚咚剁馅子，一会儿端出一大盆烫面儿蒸饺——管够儿啊！我本来不吃萝卜馅儿，但是太香了，酱油碟子里很快黄澄澄都是油。老姑父看着我乐，说，我就稀罕这三儿，从来不忸忸怩怩，吃饭吃得是狼吞虎咽风卷残云！

1　嘎巴嘎巴冷，冷得生出了一种硬脆之感。

我回家讲，妈说，这苏伟，不在何美荣总呲嗒[1]他，也忒懒大劲儿了，干啥玩意一睡到晌午头子。爸说，准是头黑儿打麻将了呗。妈说，这架势把你羡慕的。勤快和早起，在妈那里是道德问题。大年初一早上煮饺子，妈总要说，谁家烟囱先冒烟儿，谁家庄稼先冒尖儿。我很喜爱这句话，仿佛曾经有一个特别健朗喜悦的农村。——应该总有这样的时刻吧。

　　四货运正式解体，妈给老姑父找到林业局下面的劳务公司，在红旗街有个小铺面卖地板。店里另有两个女的，老姑有事去找，正赶上老姑父举着三根儿冰棍儿喜滋滋回来。大吵一架，说老姑父跟人调情。没多久他们去青岛，妈说这也是诱因之一，何美荣那小心眼儿，能装了么！我想可能还有别的事老姑不讲。

　　老姑说在美国她要是不搬到老姑父打工那个镇上，他们俩也就完了。没有细讲。老姑父比老姑早去一年，又晚回一年，说是要给自己挣一辆车，但是我怀疑也许他想再过一年单身生活。不一定非要外遇，对婚姻本身的厌倦是普遍的经验。当然也很容易想象老姑父跟哪个女的都笑嘻嘻的样子，有胆把工资赌光，大概也并没有多老实。

9

　　九四年五月，放学到家天色还像是下午，老姑一家都在。听说要去青岛，不知道这么快。晴晴跟我到西屋，我用双卡录音机放张楚，大姐寒假拿回来的《一颗不肯媚俗的心》。夕阳正从西窗照进来，我俩扯着看磁带皮儿坐在地上，像后来看到电影里的外国青少年——床头贴着

乐队海报。我指出最喜欢的几段歌词，又说他马上要出新专辑，晴晴没有反应，也许感到陌生，但是很平常地看着我。我被那目光激起，不甘心失败，站起来演说一般，要征服她。一片云蒸腾而起，心底空虚。那青春狂热回想起来也像文艺电影，当时都不觉得，都是真的。

就忘了这时候应该上演别情，写下通讯地址，赠送纪念品，本来我最爱这种经典剧目，觉得是一种义务。

不肯留下吃晚饭，我跟爸妈送他们下楼，天蒙蒙有点紫色，在马大爷家门口的丁香树跟前说再见。有点吃惊，这样重大的事，怎么这么轻快。不是应该伤感么，一点不觉得，丁香在晚风中一扑一扑香过来，也还是不觉得。我甚至明白，丁香本来是不相干的。我从未想起过要打听她，更没写过一封信。年轻时一心要破茧成蝶，对过往与此刻都完全无情。

妈说老姑担心财产都被二伯哥占了。晴晴二娘是个角色，上海人，会打扮，会来事儿，很得老太太欢心。那时候插队，大哥下到呼和浩特还往北什么地方，特别艰苦，而且帮不上忙；二哥到通辽，老人找学生抽到市里，条件还可以。去青岛可以带一个孩子，当然是带老大，二儿媳妇写信来，说如果不能跟去青岛就要离婚。

老姑去青岛以后经常讲她，我听妈转述都听熟了，模模糊糊看见橘黄色窗子里另外一家人。

——长得一般，南方人那路小骨头架子，小鼻子小眼儿的，反正皮肤好，我看着就是小家碧玉。背后笑话我是东北老娘们儿，我都知道，我不在乎，我家过得比你好，我孩子比你好。那小雪早恋，叫方玉如发现了，娘俩儿打起来动手啊，小雪离家出走两宿没回家！瞒着老爷子老太太。我都不稀说他们那套事儿，咱多嘴那干啥，好像说人坏话似的，咱不说！我心里话了，啥妈啥孩子！一到礼拜天娘俩儿挎着胳膊逛街，上理发店焗油去，焗油多贵啊，方玉如按月儿去！你看她挣那么几个钱，都花自己身上。家里造的跟狗窝一样也不管，男人晚上十一点到家，也得回来现做饭，宁可孩子跟着挨饿，坚决不下厨房。可得意了呢，说的，我方玉如这一辈子一顿饭没做过！

在长春一两个月不联系也不觉得，到青岛经常打电话。可能像是孤军奋战，特别需要娘家人的心理支援。并不诉苦，都是讲自己决策成功、有理有面儿，像小孩儿又得意又不好直说，等人表扬了又谦虚起来——我这能挣几个钱，一个小本儿买卖！妈背后估算，听那意思一年也整几万子，那不比上班的强多了！

妈总说，小荣你撂下我给你打。怕老姑心疼电话费。但是听到中途把话筒拿开，过后说耳朵疼——你老姑也不知道咋回事儿，年轻时候没觉得这么能说啊，这架势，像个小喇叭儿，呱（guā）呱呱一呱（guà）呱的。

有一次妈说小嫂，这架势叫曹敏娜给我呱呱的，到这前儿还脑袋疼呢。这女的一过四十啊，就开始走下坡路，也不知道是不自信还是咋的，这话才多呢，装不下往出冒似的。妈有时候真是出语惊人。我想起盛夏溽热房间里的吊扇，嘈杂疲惫，而且简直怀疑要永远下去。那不是生活的热情。

老姑从美国回来，有一次说喝咖啡，——我就喜欢一个人，拿一杯咖啡往哪儿一坐，静静的，什么事情也不要来找我。妈背后说，这何美荣，还静静地！妈笑嘻嘻的，嘲讽，但是喜爱的口吻。

我结婚搬回北京，晴晴带老姑来家，一定要给红包。四点多钟我说回去吧，看堵车，要不吃完饭走就太累了。妈说失礼，我也知道。但是看到老姑紧张亢奋，一直讲话，我觉得真像我自己。愿望性的自我都破灭了，迎面看见基因真实得恐怖。我知道老姑是真的喜欢一个人待着，静静的。

起初晴晴奶奶不同意，觉得家庭不好，但是见了也觉得老姑神采迷人，而且当然老姑父很坚决。晴晴出生以后爷爷奶奶带大，婆媳倒相处得很好。在青岛那一段，老姑都说老太太夸奖她，向着她。从来报喜不报忧，连老姑父脾气不好都不讲，更没提过自己对公婆有感情，都是说哄着他们。把娘家人预估得非常狭隘，当然也许事实如此。

老姑从美国回来，给公婆老房子装修卫生间。钱都是老人出，就差没人张罗。说完工那天，老爷子进厕所老半天不肯出来，一块儿一块儿摸涩瓷砖儿，高兴。

老太太把存折账本儿都拿出来交给老姑，怕他们俩万一出事。晴晴太姥姥有套一居室，房改时候要两万块钱，都拿不出来，老姑交上了，房证写了老姑父名儿。妈说，你老姑那鬼着六着的，啥便宜不得让她占去！

晴晴说，妈妈对老人好，只有妈妈跟姑姑给奶奶洗过澡，但是姑姑也没洗过几次。可能妈妈没有爸爸，姥姥又死得早，所以对爷爷奶奶挺亲的。奶奶喜欢妈妈，觉得她聪明，因为奶奶自己很聪明。有一次大娘二娘一起来，走了奶奶跟爸爸说，两个绑一块儿还赶不上美荣一半儿！

晴晴说，奶奶很少夸人，我都没怎么听过，说到这样就是非常赞赏了。再就有一次，我刚去青岛的时候，忘了是什么原因了，听见奶奶跟一个我不认识的人说话，说，我那个老亲家，是个了不起的女人。我知道是说姥姥。

我觉得非常感激。

晴晴奶奶是名门闺秀，她的爷爷的亲哥哥做过外务大臣，她父亲是长子，留洋回来，家里给娶了门当户对的，感情不好。领回来一个尚未冠笄的清倌人，非常宠爱，知道不能生育，也没有再娶。——奶奶八岁时候，有一天傍晚她妈妈把她叫到自己房间，指着床上分好的用手帕包的两包金子和首饰，说这包给你，这包给你妹妹。然后就出门了，到吃饭时候还没回来。第三天在海边发现了尸体。奶奶给我指过他们原来住的房子，就在现在海大旁边，门口一条大路走下去就是海。

那黄昏的大路，想起来是现成的电影镜头。转述成这样是无法还原了，不过自杀这件事太坚硬，不可能被扭曲。

——奶奶有一个堂妹，前两年从美国回来，七十九岁了，化着妆，在北京租车自己开，带着奶奶去吃法国菜。更神奇的是，她回美国不到一个月就去世了，也没什么病，但是就像知道一样，死前必须回来一趟。奶奶那时候，我想想，那就八十二了，赶上爷爷有点感冒，她自己坐火车来的，我去火车站她，送她去北京饭店，奶奶也非常精神，她们是从四八四九年就没见过了。

得多像电影，得是多好的小说。镶嵌在生活里，枝枝蔓蔓联通了，比文艺疏散，比文艺大。只看老姑父的生活，真是普普通通。他有点与世无争的派头，晴晴也是慢条斯理的，但是在艰苦的年代这并不是美德，多亏老姑紧张上进，把日子过起来。

——大大爷一两个月来一次，临走奶奶总给拿个信封。大堂哥没有工作，盘一个小超市过日子，生了两个孩子，有一个男孩儿，大大爷的意思是应该由他们继承爷爷的房子，因为就这一个孙子，但是不好直说，就说要把户口迁到爷奶这边，好上重点小学，二大爷和姑姑都不同意，爸爸妈妈也不同意，最后把房子卖了把钱分了，现在爷奶跟爸妈住在新小区，租的房子。

我直接想，老年人伤心可能也比较暗淡吧，九十多岁，体力也不支持痛心疾首，而且在死亡的阴影下，都看开了吧。这种事只有自己老了才能真的知道。有时在清华家属区见到白发耄耋，会想起晴晴爷奶。想到人适应现实的能力，简直没有任何本质可言，只觉得一切叙事，一切要固化的努力都徒劳浮浅——是写在水上的话。

大姐在《春秋文艺》工作时，给晴晴爷奶寄杂志，收到回信，说"乃开和我"都非常喜欢，是了不起的工作。圆圆字，松松写好几页，正像是文化人推崇的老头子风范。老姑说我们仨学习好，也让她觉得光彩，老头老太太对咱们老何家高看一眼。当然还是在意这个。可能跟奶一样，赞成老姑，也是因为把晴晴管得好。

钢琴到中学就不弹了，到初三送去学画画，老师说天赋好，果然当年就考上青岛六中，六中每年都能出十几个中央美院。高中额外请了名师辅导，老姑说，一般的人都不收，是相中晴晴能画出来。

九八年春天老姑带晴晴到北京念考前辅导，爸正在上地装修房子，有一天我从学校回来听说老姑来过。他们决定去美国了。布不好卖，又卖过成衣，赚不多少钱，认识一个蛇头，先给老姑父办了，机票已经订好，六月初从北京出发。出发前爸请他们在小区门口的小饭馆吃饭。老姑父戴了假发，摘下来展示光头，笑起来还是以前那样，不笑的时候就像是有点疲惫。夹几个英语单词，说完自己先乐起来。老姑不理会他，一直在说晴晴，专业考试通过了，体检查出来红绿色弱，完全没想到，画画一点看不出来。倒也像是说有些特别的天赋。已经问准了，有进口的隐形眼镜可以矫正，到时候再找找人就混过去了。果然第二年老姑给体检大夫塞了钱，晴晴上大学她就去美国了。

晴晴又来念考前辅导，我捏了地址去看她。正是心事忡忡，从不回忆的年纪，要去见一个记忆中的人，觉得很轻飘，像假的。可能因此印象很深。红砖筒子楼，门口一把椅子上有个弃置的煤油炉，垫着报纸很旧了。

——啊，三娜姐，我洗头呢，等一下啊。

声音完全陌生，我根本也回忆不起她以前的声音。也从没叫过三娜姐。我比她大两岁，一直比她矮，但是当然小孩都崇拜哥哥姐姐。

她哼着命运交响曲的"当当当当"开了门，故意幼稚地笑，表达愉快的尴尬。一米七了，半长头发湿漉漉的，简直一点没变。跟她比起来，我本人更加令过去的我感到陌生。年轻时候的五年，真是千山万水的。我拿出一袋怡口莲，取笑她爱吃糖，——别的都无从说起。

没让她送，独自走去公交车站。路旁才拆得一片瓦砾，中间停着一辆蓝色大卡车，废墟远处有几幢红砖房，背后不知多远有几座轻细的塔吊，红旗在空中一点。午后的太阳非常明亮，沙尘暴卷地而起，橘色漩涡里路边的小柳树轻绿朦胧。也不觉得柔嫩、也不觉得残暴，茫然不能回应。像河流在一望无际的大湖里迂回，看不见过去未来，以为永远失去了。

后来只去美院看过她一次。新校舍正在建，租的破红砖楼，楼道中间用胶合板隔开，简直像妈办的学校。我俩坐在床沿儿上说话，她永远是絮絮的语气，我也察觉到对青春的失望。也许是我自己的投射。早春晴寒，舍不得关窗，我浮肿长痘的脸冻得冰凉的，仰身躺下去，觉这一幕非常凄惨。

她说总是一个人。室友都很少回来，找了男朋友的，接了私活儿干不完的。圣诞节打电话，说用电热杯做了小火锅儿，正在喝啤酒。听起来也是美滋滋的，她不像我溺于自怜。我想这真是完全孤零零的，过年回家也只有爷爷奶奶。

冬天来家里，穿二姑给做的黄色羊绒大衣，宽阔的插肩，明晃晃大玻璃扣，是四五十岁的款式。可能不好意思花爸妈的钱刻意打扮，但是一般女生都会觉得难堪，晴晴是有种特别的松弛和镇定。

老姑刚回国时对朱世恒不满意，——都是我二姐，拿那破布头子给晴晴做那啥衣服啊，晴晴也傻，给啥穿啥！能找着好对象么！

晴晴说，我妈一来，就准得带我买衣服，而且一定得买一件儿巨贵的镇宅，我刚工作那会儿，那是零三年，就给我买两千块钱一件风衣！

我记得那件黑色风衣。我和大姐在晴晴工作的写字楼底下等她下班吃日本菜，吃完坐在火车座里喝可乐，忽然有种自觉，仿佛我们生活在一个文明的新世界了。昏昏的饭馆儿都白亮起来，表示此时此刻。回头看又并没有一条隧道，不过是盲目地上了大学，就变成大人了，时间开始变快，简直仓促起来。

不久何庆儿来了。她终于离婚，怕前夫来找。好几次都是，带着孩子说说就和好了。大宇喝了酒打她，悔过的时候跪下来扇自己耳光，又喝酒又打。正是夏天，她穿着长袖衬衫，撸起来给我们看烟头烫的伤疤。后来她回长春，大宇在洋洋学校门口等她，可能还是想和好，何庆说她要结婚了。几天之后大宇跳楼死了，再说起来才觉得他可能是有躁郁症妄想症之类。

朱世恒帮何庆找到一个画廊作秘书，也没什么事，就是端端茶浇浇花，说了这个妹妹没读过什么书，也不懂艺术。晴晴说那老板一见何庆儿眼睛就亮了，——老张不是坏人，再说还有小朱的面子，不能想要怎样，但是谁不喜欢美女啊，放在办公室里随便看看都好啊！

晴晴夸张他人美貌，有《红楼梦》式的少女心。带何庆儿去买衣服，打电话说，——根本买不到牛仔裤，腰围一尺七！腰合适的屁股塞不进去！而且她才一米六八，穿三尺三的裤子，我有时候才穿三尺二的！而且她是小腿长，你知道么，小腿长特别显高！

何庆到上地跟我一起住，下了班回来没精神。我猜主要是想孩子，离婚可能也不完全是解脱。新环境也让她恐慌，她说，他们说话我都听不懂。几乎是忧愁的。只有一天我做了咖喱饭，她没吃过，觉得特别好吃，说还能再吃一大碗，我也很高兴，说下次多做一点。

拿一本冲印店赠送的简易相册给我看，只有四五张照片，都是洋洋，普普通通的四岁小男孩。有一晚躺下，她将着头发说，洋洋特别爱摸我头发，看到潘婷广告就说，妈妈妈妈！

连电话也不能打。对孩子来说，妈妈突然失踪了。奶奶家听说开过花店，游戏厅，又有三套房，奶奶对洋洋能不好么，就那么一个孙子。老婶儿那时候炫耀亲家阔气，说打麻将打到半夜说饿了想吃烤鸭，坐飞机人就上北京吃烤鸭去！被妈牢牢记住，笑了好多年。

何庆也确实没有能力养，画廊的工作做了两个礼拜还是辞掉了，——觉得自己像个傻子。根本不想学什么。小学一年级就是差生，老叔都直接说她是榆木脑袋。初中离家出走，过三天从四平打电话回来，没钱回家了，让去接。跟同学要去四平打工。都说还行，可也没傻到底，这要在外头整别的事儿叫人骗了呢。男孩子为她打架，我总觉得她没有责任，而且不会"变坏"，因为她从来不像那些风云人物得意洋洋的。但是也听说是堕了三次胎，第四次怀孕只好结婚了。那时候才二十岁，赶上姐结婚她来了，肚子很大了，肩膀胳膊仍然很瘦，穿俗气而时髦的黑色薄纱裙子，化着浓妆，眼睛里没有忧喜。我想起中学时的"坏女孩"，也许她们那得意洋洋都是装出来的，作为一种报复。

晴晴收集了几张报纸，圈出合适的带着何庆去应聘。第一家就录用了，在牡丹江驻京办招待所作前台，当天就让去上班，下午匆匆地回来收拾行李，忽然就高兴起来了。

深秋我跟晴晴约了去看她，在公交车站买了烤地瓜。何庆一下就非常像小时候，傻乎乎的一口一个"姐"。——太好了，我正寻思想吃烤地瓜呢。——食堂有宵夜，麻辣烫做得可好吃了，还热乎这天也挺冷的啊北京。——鸭脖子你们吃过没有，我们寝（室）的（人）买过两回，太好吃了，长春都没有。——我妈给我邮老昌香肠和明太鱼干儿了，明后天就能到，姐你们没赶上可惜了，都该叫我同事吃了。我当时也有点觉得，怎么一直说吃，就想也是没有什么共同的话题。晴晴说何小庆你不能再吃了，我看你长胖了。何庆转身撅屁股，自己拍了一下，说，姐你看我这秋膘抓的！说完嘿嘿乐。

我请她俩吃火锅。阴天，马路牙子下面积着落叶，我刻意踩上去，还是觉得不太真实，我们三个都二十几岁了。何庆说，姐还是你最矮啊。晴晴举手说，还是我最高！小庆儿比晴晴小两天，大人聚会总是我带着她俩玩儿。那时候我就总是想着，得对小庆儿好点儿。但是我的这种心情，潜移默化也是在加固她的自卑吧。她从没有抱怨过。我一直想是因为她有自己的生活，这些对比评价并不那么重要。

10

老姑说，你说小庆儿白不白瞎，长得比那电影明星一点儿不差啊，要我说我老嫂没正事儿，好像是晴晴上美院了我咋地似的，但是我老嫂啊，那些年你忙你都没去过，家里整的跟大车店似的，她那外甥女小丽，跟小丽对象儿开车那叫啥大力还是啥玩意，都常年在她家吃住不说，还有那倒班司机，回回我去都在那儿，夏天光个膀子跟我老哥老嫂喝啤酒，一地空瓶子！我老嫂这下可当老板了！花多少钱不说，你让孩子咋学习！还有呢，我都没当别人说过，你说啊三嫂，我老嫂就让小丽两口子跟何庆住一屋，一共就一张床，说的小丽跟何庆住床上，大力住地上。你说我老嫂是不是傻啊。我去了我说不行，我老嫂咋说的，小丽没结婚，不能让她跟大力在一块儿，正好小庆儿跟他们一屋，省着他俩整事儿。你说我老嫂！何庆那时候上初中，正是青春期，那大力就不搁好眼睛瞅她我都看着了。能学好么，从小周围都是地痞混混！

妈说，啊呀妈呀，那都容易出事儿啊！我知道小丽两口子在她家住，我寻思都没寻思，那肯定是何庆跟她和何海峰住对啊，她那南屋还大。

老姑说，要我说就应该把啥大力小丽的撵出去单过！干啥玩意啊整一堆人搁家养活！

妈说，撵出去能行么，你老嫂就好热闹，清凉下来受不了。人现在不也是么，整个赵建平搁家养活。

老姑说，我都不想提这赵建平，我听这名儿我就堵挺。什么东西！大老爷们儿在家啥也不干让我老哥养着！我老哥瘦啥样儿，六十来岁一个干吧小老头儿出去挣钱去，我上回见着我眼泪都要下来了，我老嫂胖得像个猪似的领这姑爷在家弹琴唱歌儿！啊！给我气的，还让我听，我说我不想听，我没看上这赵建平，我就直说，咋的，我当姑姑的就是没看上，你不乐意就不乐意！

妈说，你乐意不乐意当啥呀！你看小庆儿没心眼儿，没心眼儿人也不听人说，人也自己拿主意。

老姑说，我这回我就想带她来青岛，把他俩拆开，另找一个好对象儿。小庆儿不吱声，不吱声那啥意思，那就是不干呗！

妈说，原先我也这么寻思的，哪怕当个二奶呢，找个有钱的，生个孩子不一样过！最近来我们家两回，我这一看真不行，那孩子傻啊，上嘴唇搭下嘴唇儿就是一个吃啊，不是吃，就是琢磨吃。那哪能拿住男人呢！二奶她都当不上！

老姑说，不图有钱的，咱就找个正经工人，哪怕是出租车司机呢，天天正经上班儿挣钱过日子就行呗，就落在赵建平手里了！要我说还是赖大人，那小孩子谈恋爱谁不是你瞅我好我瞅你好啊，这时候你大人干啥吃的，不得站出来，让他们赶紧拉倒！要说我老嫂，扯没用的谁也没她积极，正经事儿一点儿没有！

妈说，哎呀妈呀，我都不好意思说啊何美荣，你老嫂啊，人可稀罕这赵建平了，把她跟赵建平的照片儿放手机上啊，谁知道那是叫啥，反正一开机就是他俩，还不像是说跟小庆儿他们仨，不是就她和赵建平俩，你说缺不缺德，这当老丈母娘的！

妈和老姑电话长谈，除了说孩子们过得好、乱花钱，就是数道亲戚们。一般是说二姑和老婶儿，自从小庆儿领回赵建平，就是说赵建平。

起初驻京办有个开车的小杜跟何庆好，过年要领回家，人家父母一听就不同意，过了年也就拉倒了。这个赵建平在厨房改刀儿，农安人，结婚他们跟去的回来说家穷得就一铺炕，地上连把椅子都没有。何庆在北京三年多，一分钱也没攒下，说要结婚就回来了。领证之前爸妈一直撺掇撵出去，老叔说，我能有啥法儿？老婶儿说，那孩子乐意咋整！妈说，往哪撵，一看住这好房子，过这好生活儿，天天喝酒吃肉，不得寻思啥大户人家呢，肯定就赖上不走了！

　　拍婚纱照花了三千。妈说，赵建平出的啊？老婶儿说，建平哪来的钱！我给出的。

　　走了妈说，这跟姑爷大方的！有指行了呗，结婚不得挣个一万两万的。

　　爸说，给多少啊奚玉珠。妈说，谁知道了，你老弟你照量着给呗。咋寻思的，一个二婚，又不是啥长脸的姑爷，小学四年级毕业，跟文盲差不多！

　　妈说，你老婶儿说上过凤凰卫视，说网上一搜就能搜着，你们搜搜，有这么回事儿么，我还不信了呢！

　　真有。民间歌手选拔比赛，过了初选，电视台给拍了个简陋的MTV，让观众投票。《花开的声音》，我跟姐都不好意思看下去。妈只说，这前儿这电视！

　　本来也不正经打工，在哪都没干长远过，自打上了电视总想"往音乐方面发展"。正是超女快男那两年，到处都是海选，报纸上讲有一个超女，家里为了帮她笼络粉丝，花进去几十万。我想幸好老婶儿没钱，不然兴许她也会觉得，"应该支持孩子的梦想"。

　　见到赵建平也不觉得怎样面目可憎，就是蓄着挺长的络腮胡子看着烦人。我提醒自己老叔挣钱太不容易，赵建平白吃白喝。就想起妈说的从前，小姥生活的世界，因为穷，是非善恶尊严礼节都在那一口饭上。我们这一代富裕了，觉得那世界观滑稽，也真是傲慢无情。

二姐夏天回来去老叔家，回来说，咋想的，大白天的，跟老婶儿俩在家吃田螺喝啤酒，搁小牙签儿一个一个抠出来唆啦，还非让我吃，说，吃点海鲜姐！咋想的，海鲜！

因为替他难为情，二姐爆发出不自然的大笑。我心里硌了一下，想到也许妈对赵建平的看法是对的，他就是看到桌上的鱼和肉会贪婪，就是有心要占便宜，欺负住老叔一家软弱。这些自私自利的小心眼儿也都非常自然，并不需要多么狰狞狡诈的表情。

也许赵建平，还有我的亲戚们，因此还有我自己，就是生活在这样匮乏的世界里——承认这一点非常困难，好像面临什么重大的坍塌的危险。总是心一悬就混过去了，该落下来的没有落，下一次还是大惊小怪。

爸妈学校不办，校舍卖出去，在好景山庄买了两套门对门的两居室。爸觉得不阔气，又买了一套双拼跃层。房价开始涨了，两套两居室按原价卖给老叔和二双姐，大家住上了邻居。过年老叔来，说，走啊上老叔家看看去！

房子建在高坡上，卧室窗口望出去很辽阔，红色的高铁列车从微雪蒙蒙的半空划过，屋里特别暖和。老叔在窗口摆了两把绿色沙发椅，我认出来是原来爸妈学校会议室的。老叔坐下说，老叔一个工人，能住上这房子，老叔觉得这一辈子也还可以了！

爸说，看着没有，咱家电视！咱家桌子！爸笑嘻嘻是非常高兴的样子，我不敢看老叔。但是后来妈说，老叔买房子爸也填了钱的。

爸经常去找老叔下象棋，回来说，奚玉珠咱们也买点儿那美国大樱桃不行么，人刘淑芹都能吃起咱们差啥呢！妈说，行，咋不行。第二天买回来，说，三十八块钱一斤！这死胖鬼你说败不败家，败不败家，你少吃啊何海岳，都是糖！

——你老叔家不缺钱，就是你老婶儿造霍，一个月多些呢，你老婶儿退休工资两千八百多，要说她真是拿公家钱，加一块儿上有一年班儿，总请病假，后来不就包小公共了么！她哪押过车呀一色儿雇人，自己押车能不挣钱么，雇谁谁不贪污她的！人谁整小公共都挣钱就她不挣，当时为了给她整这些事儿我搭多少人情我就不说了，单说你老叔，你老叔一个月三千多，俩人六千多，干啥花呀，小庆一个月两千还不够她自己零花的！正常的一个家庭就吃饭连水电，像他们四口人儿，一千块钱松快儿的！但是人你老婶儿，到入冬连暖气费都交不上跟我借来，借了交上拿去报销，报出来才能还上我。你说能耐不能耐吧！月月花溜光儿！

早年老叔分房之前，修配厂二楼倒出一间办公室给他住。礼拜天我们去，小小一个水泥砌的场院儿，水泥刷面儿的厂房，一楼两个高大的门洞，一洞黑魆魆敞开着，另一洞关着两扇大铁门，棕红漆掉得一块一块的。楼头铁皮楼梯在隔壁院大榆树的树荫下，太阳晒着非常静谧，老叔趴在栏杆上抽烟望着我们笑。养了一只黄色小花猫，小庆抱着摸瑟，我们躲，小庆就抱上来逗我们。一共住了半年，我和姐也只去过一次，都说印象非常深，因为很浪漫。后来想到是像美国电影里开房车的流浪家庭、底层。

刚在清和街分到两居室那年，暑假我去老叔家，是安居的景象了。顶楼忙时水压不够，老叔用洋铁皮做了一个大水箱，两根大角钢托在厕所门上方。我说，怪吓人的掉下来砸死。老叔假装严肃地说，那是啊，赶上地震你往哪跑。

爸在大退打的小绿书架，拿给老叔，钉在小庆书桌上方的墙上，摇都摇不动。那小小的角落特别美好。书排得很整齐，都是小庆的课本，小学一年级开始，语文数学思想品德。还有一本《普通化学》，一本《普通物理》，都非常旧，老叔说，老叔看的，就那数学算式有的老叔看不懂，但是道理能明白，琢磨琢磨有意思。

妈说，你爸说你老叔不聪明，就是巧，两码事。但是你爸下象棋反正我可知道，从来下不过你老叔。

老叔有钣金工，钳工，水暖工，电工等等一切工种的高级别证书。经常讲些小例子："——一帮人在那儿矗着，干瞪眼"，老叔来了，四两拨千斤。汽车修配厂离不开他，后来退休返聘，一个月还三千多。"——总公司选先进，我寻思我一个返聘的，我都没进礼堂，就在那外头抽烟，就听着怎么像是喊我名儿呢！他们就出来找我来了！劳务公司就我一个！"奖励去海南旅游，我心里为他高兴，而且觉得抽烟那一节非常可爱，但是也心酸，老叔第一次坐飞机。

刚搬到好景山庄那年正月，爸胆结石住院，老叔下班去医院坐了一会儿，也没有话，说起他们公司，两个多亿的资产，叫一个香港人三千万买去了——今天签的字，明早看报纸吧！待会儿电视也能有。缩坐在爸对面的空床上，无动于衷的样子。爸说，哪来的港商，什么背景。老叔说，就是××的人。

我跟老叔坐一辆出租车回家。正是元宵节，窗外漫天的烟花，老叔说，这楼可也都盖起来了，这不就是发展么！我听了觉得非常伤感。

老叔打电话，说，张强啊，你在哪儿呢，花你放没放呢，我跟你说你放两个拉倒剩那都给我留着，我马上到家，你等着啊，我老侄女回来了，我不得放几个花！

在老叔家门洞口分别，老叔说，过五分钟你下来啊，老叔领你放花！正经的三儿回来了。

新小区住户很少，小路后身是规划中的二期，蓝漆钢板围住的乱土坡上堆满了垃圾。我跟老叔俩在冰冷的路灯底下点着花炮，通通通通的蹿上去，绽开，陨灭。十分寥落。

小时候每次老叔来家，或者过年被他看见，他都说，三儿过来，让老叔弹个脑瓜蹦儿。跑啥跑，再跑老叔数肋条了。就有点怕，但是不讨厌他，因为他嬉皮笑脸的，有种游戏性质，不像其他大人。过年菜没摆好他先夹起一块肉吃，嫂子们说，何海峰你有没有个样儿。老叔笑嘻嘻说，我不这家小老爷子么，说着就非常高兴。

老姑最小，倒不撒娇。可能合家都心疼老叔十六岁离家下乡，二十来年没有家人照顾。老叔很瘦小，几乎不像奶的孩子。说在生产队吃饭，先盛半碗，再盛满碗，三儿你明不明白？我说，啊，你吃饭这么快不用吧。老叔说，我三儿就是脑瓜儿好使。想要吃饱饭，靠吃饭快不行，得靠脑瓜儿好使！知道不的！我说，你不是靠我老婶儿么？老叔弹我一个脑瓜嘣儿，说，这混孩子！

——刘淑芹年轻时候长得正经行呢，瘦溜儿的大个儿，跳白儿的，一口白牙，哪都不硌碜，要不小庆儿能长那么好么。你没看那时候你老叔稀罕的！

老婶儿在集体户做饭，应该很受男青年欢迎。又爱说笑，爱热闹，听说唱歌跳舞都是打头的，差点抽到县文工团去。生了孩子再没瘦过，我见到时已经胖得肉山似的，但是做着饭，叠着衣服，有时候就唱起歌儿来了。也许是受朝鲜妇女影响，衣柜里叠放得非常整齐。小时候去她家，看她拿出两个香瓜，削了皮，切开刮了瓤，切成细条放在盘子里端上来。非常吃惊。妈向来是用拳头砸开，瓤子甩进水池，一块一块掰下来分给我们，一边说着，我这一辈子啊，净吃瓜底把了！

延边汉人也都会做点朝鲜食物，刚回长春时都说老婶儿会做吃的。过年很逗能——来尝尝老兄弟媳妇儿的肘子！老叔说，咋说话呢，那是猪肘子！老婶儿搡老叔一下，都乐。菜没上呢，先端上来一盘辣白菜，老婶儿抓起一块吃，说，延边人都空口儿吃。老叔说，刘淑芹你还想不想当老何家媳妇儿了，大过年的端盆白菜上来啥意思啊！都说好吃，老婶儿就讲怎么做，张罗要给大伙儿一家拿点儿——白菜那玩意还不有都是，我再腌。

喜欢吃，喜欢招待客人，气氛上来了非常大方。奶去世以后总是老婶儿张罗过一起过年，喝上酒高兴，都说，谢谢老兄弟媳妇儿了。老婶儿举杯说，那咋整，就我一个年轻人儿，你瞅瞅你们一个个老眉喀哧眼[1]的，让你们干点儿活儿我都不忍心！

差不多年年听说初二回延边，火车松快。老姑说，我去给我老哥送电褥子去，我也不用那玩意，还是老妈的搁我们家了，正好我老哥说腰疼。哎呀三嫂啊，可地都是包拎啊，编织袋，大提包小提包，纸箱子，我这一看，我老嫂这是真惦心娘家人哪，恨不能把家都搬去！往年咱也没见着啊，那肯定回回都得是这样啊。

妈说，那你寻思呢，回去装大富呗，她这些亲戚不顶数她了么！

老姑说，三嫂你算说对了！那年不都来长春过年来么，我这算看着了，这门好亲家啊！一个一个胡吃海塞，一问，一个有正经工作的都没有！

妈说，要不老妈上延边一趟能上这么大火么，那在延边不也就他们两口子上班儿么，能不来卡扯么！寻思上长春就好了呢，照样！

六年级暑假去老叔家，老婶儿留我住下，老婶儿说，好好跟你妹妹唠唠，你看你说比我们说她能听进去，让她也像你们似的，好好学习，多好！

原先的小黄猫送人了，另养了一只灰黑的，睡到半夜觉得痒，睁眼正对着两只灰蓝的猫眼，真是惊悚，永生难忘。五点多老婶儿就叫醒我们，兴致勃勃去早市儿。天已经大亮了，从院墙豁口出去，跨过一道土沟，穿过苗圃，一条黄土路上挤挤挨挨都是人。怎么会有人在这种地方买花裤子穿？为什么有人要养猫？我打着哈欠，感觉到异域情调。老婶买了油炸糕给我们当早饭，又把苞米放进锅里烀起来。切了一盘猪耳

1　老眉喀哧眼，形容年老样貌不佳。

朵，炒了一个鸡蛋木耳，老叔才起来，早上也要喝一杯。

一切都跟我们家不一样。我后来设想陌生人家，经常想到那天早晨，那些去早市的人，难道都是那样？没有奔头，但是兴致勃勃的。

老叔有一次喝着酒，问我，三儿老叔问问你，你说人活着最重要的一个字是什么？

他下班晚，昏暗的灯光下，一大碗回锅热过的酸菜炖粉条，一小碗酱牛肉。

我说，不知道。

老叔说，老叔认为是这么一个字，"盼"，盼望的盼。

用筷子头在桌上写，抬头说，人哪，有盼头，咋的都能过下去。

我说，老叔那你盼啥？

老叔说，你说老叔盼啥？

瞪瞪看着我，构成一种谴责。不关心才猜不到。

老叔说，我就盼着你这妹妹在北京平平安安，完了早点回来。你别看小庆儿，脑袋不好使，不像你们似的，学习好，有出息，给父母争光，但是她是老叔的闺女，她管老叔叫爸！……小庆儿呢，有她的问题，有很多缺点，但是她也是命苦啊，头一个命苦，没摊上一个好爹，老叔当爹的，能给孩子提供的，你也都看着了，但是老叔得说，老叔尽力了！……老叔心里有一副对子，说出来不怕你这读书人笑话，老叔认为老叔做到了：清清白白做人，认认真真演戏！

二姑开食堂老婶儿去干活儿，经常老叔来，就住在食堂宿舍儿。二姑不干了，正赶上妈找人照顾姥，就说要不何海峰你们两口子跟老太太住一屋儿，厨房厕所都有，带老太太一口饭就行。老叔他们把房子租出去，搬过来楼上楼下住了一年多。妈送了老婶儿一个金戒指，——为了让她对你姥好点儿。——你老婶儿哪有啊！有钱都吃了，上哪整钱买戒指去！一直现在她还戴我给她那个呢！

当然妈也是为了淡化雇佣关系。

老叔喝上酒，说，这他妈的是啥，这他妈的我媳妇儿不给人当保姆么！

有一天早上妈看老叔脸上红了一大块。妈说咋的了，老叔说，叫媳妇儿揍了。妈说，因为啥揍你啊。老叔说，因为我不跟她睡觉。

妈说，你老叔也是有点儿虎，这话也能跟人说。但是你老婶儿缺不缺德，因为你老叔不跟她整那套事儿就揍他！胖子你寻思，可是乐意整这套事儿了，要不那么好吃，欲望强！

我总疑心这个故事不是真的，老叔可能有点开玩笑性质。搬到好景山庄，有一次老婶儿神秘地跟妈说，三嫂，我备不住怀孕了。妈说，怀了就生呗！

妈转身乐的！笑她这个年纪还有性生活，也不避嫌跟人说。——你说你老婶儿虎的，更年期自己不知道，例假晚两天就寻思是怀孕了呢。

——领上大遛去串门儿，那前儿还没结婚呢，让你老婶儿住你大舅妈那屋儿，完了一到下黑儿都可晚了，你老叔还赖那屋不走，伸胳膊搂你老婶儿脖子。你大舅妈最能笑话人儿了，第二天跟我说，这架势你这小叔子！连我都跟着没脸儿，没羞没臊挺大一个人！

老叔说，你老婶儿是手脚大，乐意花钱，心里没数儿，但是归其还不是老叔挣得少么，这要是像你们家似的，她花那几个钱算啥呀！看人得看优点，你说是不是三儿，老叔这一辈子，不管啥时候老叔说饿了，只要是你老婶儿在家，指定下厨房给老叔整俩菜，抽烟喝酒，背后说是说，从来没在人前管过老叔，啥时候老叔说过年上咱家吧，或者说老叔同事的来家了，说刘淑芹你给整两个菜！你老婶儿没打过奔儿[1]，也

---

1 没打过奔儿，或不打奔儿，都指爽快答应。

是这么大岁数了，身体也不好，整那一桌子一桌子菜不累挺啊，那是为了谁啊，不是为了我何海峰么！说往延边拿东西，老叔都知道，没瞒过老叔，再说就你老婶儿那脑袋你也知道，想瞒她也瞒不住啊！但是老叔没管过，为啥呢？老叔不心疼么？老叔能不心疼么？但是凡事都有个理儿在那儿，不能说你的哥兄弟是亲人，人家的哥兄弟就不是亲人吧，穷也好富也好，你得一视同仁对不对，那都是一家人，人沾你两个咋的呢！

我无言以对。舆论默认为正确的生活方式，不过是为预防穷，凭什么亲戚们都像掌握了真理一样瞧不起他们？亲戚贴补得非常非常有限，他们其实还是靠自己。那到底有什么不可以？

老婶儿听说扶余杏儿便宜，坐火车去买了一大丝袋子，吃不了都烂了，打电话说吃得胃疼。妈挂了电话说，虎啥样儿，连虎带馋！

住邻居时，有一次妈跟我说，人的心理非常微妙，胖鬼你看我这么看不上她，但是这两年不是总在一块儿么，就像也有些感情似的，像她这不好几天没来了么，我心里就寻思，她不给我打电话我就不给她打电话，结果她一直也不给我打电话，我就打给她了，我说胖鬼啊干啥呢，当时我就后悔了，到现在我还生自己气。

我听了非常震惊。后来想到也许是老婶儿那热闹的劲头儿，让人觉得想要亲近。

夏天姐带球球回长春长住，老婶儿帮忙照顾，有一天姐给我打电话，说，今天去雕塑公园儿了，在那个湖边休息，我看见老婶儿望着湖水发呆，眼睛一动不动，那表情跟平时非常不一样，说不清，当时就觉得又吓人又有点可怜，像动物，像是有个黑洞，真的，当时我就想不能把球球单独交给她，这样一个人简直什么事都可以做出来。

我甚至没见过老婶儿发脾气，都是人多的场合，笑呵呵的。但是觉得完全可以想象，而且几乎解决了我的好奇，这个人变得有头有尾，令人信服。她什么疯狂的事也没做过。只听说当初跟大宇扭打成一团，从大宇腿上咬下来一块肉。我也疑心是传言夸张。不久老婶儿做了一桌菜请大宇喝酒互相赔礼道歉，这倒是非常容易想象。

大宇跳楼之后，洋洋的奶奶就像疯了一样，做梦梦见大宇在泰山，醒了就买票上泰山，想起大宇以前有个朋友在海南，起身就去海南。洋洋的爷爷早就在外面另找了一个女的，没有离婚但是也不怎么回家——也根本就没有一个家了。

一瞥之下看见一间脏乱无人的客厅。立刻想到每个人不论在哪里，天天也是要琢磨吃三顿饭的。不由得对这世界感到一阵不耐烦。

只能把洋洋接过来。二双姐说，我这一出电梯，正看着洋洋在楼梯上坐着呢，抠抠个脑袋，也不知道寻思啥呢，我说家没人哪，上二姨家待会儿。那孩子就摇头。我就回屋儿了，回屋儿寻思寻思我觉得不对劲儿，趴门镜儿一看还在那儿坐着呢。我就出来了，我说要不你把书包放二姨家，自己下楼去玩儿会儿？完了我老婶儿备不住听着声儿了，就开门儿把洋洋领进去了。那孩子我瞅着就是打怵回家，那就是怕赵建平呗，还能怕谁。

都说赵建平不敢，但是家没人的时候谁知道，——你老婶儿没事儿出去逛去，上那社区中心帮人卖保健品去！自己花两千多买个破腰带回来你不知道么？

我们家搬走以后，终于听说赵建平打了洋洋。

老姑打电话说，这要是我，赵建平敢动我儿子一个手指头，我立马给他撵出去！什么东西！小庆儿这也叫当妈的！儿子都不知道心疼，心疼谁去？我这么寻思啊，我老哥到老啊，还得受这赵建平气啊！

妈说，那可不咋的，这得回还有胖子啊，胖子要没了，你老哥跟小庆儿俩，擎等让人欺负吧。小庆儿你看，还赶不上她妈呢！她妈不管咋的把何海峰管得牢帮儿的，人还知道拿男人钱照顾娘家呢。

我听了都有点忧虑。

老姑又说，小庆儿要是那有心眼儿的孩子，啊，那不好好抓住洋洋，别的不说，大宇他家那三套房子，以后不是洋洋的是谁的？那洋洋的，那不就是你的！

妈挂了电话说，你老姑这心眼子！谁都没往这上想呢，她这一说可不是！

夏天赵建平跟老婶儿在小区门口开烧烤摊，白天在家切肉串串子，晚上烤一阵儿，连卖点啤酒，一天也挣两三百。打电话请了几次，有一天晚饭后，我和妈去参观。小区二期已经起了四五层，工地的夜灯白亮刺眼，披下来是灰冷的光雾，人行道上两张折叠桌，十几个塑料凳，非常潦草。赵建平坐在小马扎上，非常自然地说，姐来点儿干豆腐呗？要要[1]葱？何庆儿长胖了，围着一个腰包收钱，显得屁股非常大，又非常像个老板娘。我简直觉得万事祥和。

回家的公交车大开着窗，深紫的夜色灌进来，非常温柔。我想闲言碎语总是向偏见倾倒，事实总是充满微妙的平衡。我说，这不也挺好么。妈说，咋不好，那不也是一家人家过日子么。我看了妈一眼。妈又说，你寻思能长远哪！这就跟你们小孩子玩儿过家家似的，你瞅着吧。

也真是不争气。一共干了俩月，去掉下雨天，挣了六千多块钱，都让赵建平抠去了，一分也不给小庆儿。出去喝酒勾搭小姑娘，回来打小庆儿。又过半年听说离婚了，都觉得大快人心。也并不是谁就有多少心机，谁就能欺负住谁。为讲故事描画的逻辑线条，顺水流下去就被冲垮了。

---

1 要要，即要不要。

　　大爷生到第三个是儿子，干脆就叫"小子"，循家谱"景"字辈，大名叫何景钊。大爷来了，说，"小子知识面儿广啊，不光是课本那点东西。研究恐龙！这两天还学上气功了，他妈的，我说那能是科学么，你听他讲，一套一套的！我都说不过他！"脸上开了花儿，迷气功也像是天才的佐证。

　　小子哥考上二实验，亲戚们传说一遍，有点要说聪明、有出息，又有几分心虚，只是二类重点。过半年，二实验高中部跟省实验合并，学校饭箱没装好，头一个月不给热饭，中午来我们家吃。有一天等了很久，来了说走到旁边门洞儿去了，一等到那家回来人才知道走错了。——你们这个楼有意思，还不一样高，那边儿是六楼，这边儿是三楼。我还寻思呢，咋上楼这么累呢，我就记着是尽顶那层了。

　　大姐碰见他一起走，短短一段路上讲苏联政治，——斯大林背叛了列宁！大姐说，说得特别神秘，又激动，老大声儿，吓得我，生怕别人听见。妈说，那孩子啊，有点傻。

　　第二年春天突然就爆发了，不吃饭，说饭里下了毒，拿菜刀乱砍，说有人要杀他。确诊是精神分裂症，当天就住院，大铁北老远，爸去看了，回来外套也不脱，半天说，小子这不废了么。

　　妈去大爷家回来，说，你大娘连说连哭啊，那不跟挖她肉似的，那还了得，老儿子。我说陪她去，不让，说那不是人待的地方，——好人进去都给整完了，搁电打呀！那走廊里啊，鬼哭狼嚎。搁绳子绑起来，要不能干么，拿毛巾把嘴堵上，打一下子像鲤鱼似的打个挺儿，小子那么大个坨儿，我都不敢看，不敢看也得在哪儿，要不孩子更害怕了——

说得我都掉眼泪了，心里直起鞠律[1]，不敢细寻思。

出院就是吃药，不能停。不肯吃，埋在饭里又给挑出来。那药也厉害，吃了人就变呆滞，体重增加，身体发臭，像街上不知谁家的傻子。起初只有过年见到，后来几年见一回，大概觉得我和姐能够理解他，总想单独谈谈，谈外星人，佛教，汪精卫，或者苏德战争。

爸生日，在饭店请客，小子哥来了，坐在包间沙发上，跟大爷一样两手握在腹前。胖得快握不住了。讲伪满时期日本在东北的经济建设，GDP 增长，全世界第一！比现在还高！说完直瞪瞪看着我，我僵着，想，他每天也有二十四小时，脑袋不停在转。

有一阵听说状况好，在残联的小车间干活儿，后来又不行。三十几岁有一段很平稳，在家准备两年去参加高考，四百多分上吉大一个二级学院，谁知道是学啥专业，爸妈都说，小子真不错，不指望干啥这不比在家闷屈好多了。可是也许小子哥自己，还有大爷，都被侥幸的希望折磨着。没有念下来。

九九年暑假，大娘带来北京看病，看电视上专家讲座，说也有治好的。大娘住二姐房间，很少出来，我们也不问，怕知道得详细，也怕她坐在对面哭起来。大娘中午出门，带一盒饭，几个桃子，换洗衣服。探病三点结束，有时候五点多才回来，眼圈儿还红的，拎一点青菜，有一次买了一兜排骨，要给我们做吃。

爸打电话说应该去看看。公共汽车穿过一段浓荫小路，雨后晴天，树叶涂了油金闪闪，特别明媚又不知道是哪里。大娘让我在院儿里花架子下等，自己走进大白楼黑深的门洞。她身后的柏油路上还剩两汪水，映着柳树，和枝叶间洒落的日光。斜对面一个男孩，大概十二三岁，非常瘦，病号服逛逛荡荡，就低着头。一个中年女人坐旁边，从半个西瓜

1　鞠律，细小的波澜，也用来形容惊恐震颤。

里挖瓤儿喂他，他也不扭头，女人伸着脖子，举着勺子，也没有话。我站起来溜达，出院门儿去，大娘说小晖姐要来，特意到北京出差，来看看。

小晖姐穿一双半旧的高跟厚底凉鞋，烫坏的卷发软趴趴贴着，腮上两块肉眼见要下垂了，真像大娘。才三十几岁。也拎着半个西瓜，又一袋香瓜，一袋桃子。从门口走过来打着招呼，疲惫的脸上浮起一层笑，像纪录片里的普通人，特别遥远。

大哥出来了，一座灰黑的肉山。看见我像是很高兴，又紧张，忽然说，三娜像你智商这么高，玩儿魔方玩儿得特别好吧？我说，没有，以前是靠口诀，现在都忘了，我们班有那种，看一会儿，然后手背过去转，拿出来六面全对齐。小子哥很吃惊，定了一下，说，是么，还有比你聪明的呢？我在尴尬里探出头来，觉得他这一刻基本是正常的，紧攒的心张开一下，涌出一阵疼痛。

小学时候，有一回周日去大爷家，冬昀姐吵嚷一阵，漂漂亮亮出去了，小子哥说，最烦她了，就知道嘚瑟，不知道咋臭美好了一天天的。等热闹的余音也散了，完全安静，小子哥斜倚被垛，问我，三娜你在乾安的事儿还记得不了？我感到窘迫，因为从来不回忆，冷不丁一问，什么都想不起来。小子哥说，但是像小九九，二十四节气，十二生肖，都是那时候学的，你就记得非常清楚。我赶紧说是。小子哥说，那你说是为什么呢？我说，因为经常有人问。小子哥说，这可能也是一个原因。又说，都说你最聪明了，我给你出道题，看你能不能答上。我就有点紧张。春秋天气，快到晌午，阳光沙沙地照进来，我不理解任何痛苦，觉得自己正在长成大人。

大娘只是看着，小晖姐说，何景钊你吃不吃西瓜，还是吃桃儿？大哥说，我不吃，我跟三娜说说话儿。小晖姐说，三娜你吃个桃儿吧，我去洗洗。她们处在最节能的模式，许多感官都关闭了，日常生活只能这样。之前也听说，大娘退休了整天打麻将。妈说，那不打麻将干啥，混混时间呗，要不多难受。

有一天吃过晚饭，大娘出去溜达，二姐过去找东西，看见桌上一叠稿纸，钢笔小字儿写了大半页。自己散心用的，跳跃俭省，简直有古风。大姐说，像鲁迅啊。我们都笑了，觉得残酷，心里又似乎踏实了一些。

大娘在麻将桌上心脏病发，没送到医院就死了。妈说，死也闭不上眼睛啊，一个傻儿子谁管哪！大姐给大爷打电话慰问，说是一直哭。我不敢打，这些事总是姐替我们。姐发来一条短信说，人生真悲哀啊。这感慨笼统得几乎敷衍，但是在那种时候用心细想简直也是背叛。

妈说她刚来长春时，小子才八九岁儿，白胖儿也挺招人稀罕的，妈就逗他，你爸跟你俩好不好啊。小子说，好！妈又说，你咋知道好呢？小子想了一会儿，非常认真，说，我爸挠我妈脚心，我妈嘎嘎乐！

大爷年轻时候有个对象儿，姓冯，可能也没有确定关系，没有公开。别人给大爷介绍大娘，就去看了，见了两次，大爷让介绍人说不想处了，大娘在家里吃药自杀。在药房工作，方便。没有办法就结婚了。妈说因为大爷长得漂亮。

姓冯这个女的，后来去哈尔滨，到老也是老伴儿先没，可能一直有联系，大娘死了大爷跟她天天打电话。冬旳姐说，这回也不怕花电话费了，一个月打出去六七百！大爷去了哈尔滨一次，对方知道小子哥的事，不介意，愿意来长春一起过。冬旳姐坚决反对。大爷跟爸说过两次，想让爸劝劝，但是爸也不好深说。妈说，你爸也不太愿意管你大爷的事儿，谁知道了，他就不稀罕他大哥，我看他大哥对他还真挺关心的！又说，怕占了房子呗！小冬旳那狼崽子，了得！

妈说大爷年轻时候风流，——虎是虎，这套事儿可不虎呢。气象研究所有个女的，老大姑娘，得有三十来岁了，长得不好，又高又大黑不出的，晃常儿大爷领到桂林路来，在奶那屋，关上门儿俩人半天不出来。也许不全是妈的偏见，从前约定俗成，不搞不正经就要开着门。这也是生大姐那年的事，妈跟奶住了一冬天。大爷每周要去一趟气象台，上班路过桂林路上来坐一会儿。奶看他没带饭盒，趴到外走廊去喊——你大爷跨着自行车，一只脚支在马路牙子上，像小孩儿似的仰头儿大声说，气象台管饭！大米饭，搁（gāo）豆儿，小碗儿，管够吃！

——逗不逗，我印象太深了，觉得这话说太逗了，非常有层次你知道不，大米饭，就够好了吧，还搁豆儿，搁豆儿了得！完了还小碗儿！讲不讲究！小碗儿讲究在哪儿，那就是还能加饭呗，要一般的大锅饭就一人盛一碗就没有了，那能搁小碗儿么！你看看，你不理解这中间的妙处吧！我一记记这么多年，啥时候想起来啥时候乐！

我刚回城，看见大爷头发全白的，觉得是个老头儿。喜欢出题考我，笑眯眯过来要抱，我不愿意，往床里头躲，越说越不愿意，后来大爷一来我就往床里头躲，都笑，爸就虎起脸来，但是我知道他是假装的。可能是受妈影响，我一直拒斥爸这边的亲戚，从来不想讨好他们。我从小对庸俗世故特别有热情。但是也很有可能是直觉到令人厌恶的东西，说不出来。

大爷自来笑面，可是说话总是先叹一口气，像是来自很深的感慨，听下去又没什么。那时候小子哥还没生病，他为什么？来了，靠坐在沙发上，双手在腹前握住，有时围巾帽子也不摘，他常戴圈儿沿儿礼帽，像一个人物。我们给叫过去，堵门口儿站一排，说，大爷。爸说，进来！大爷说，二娜啊，过来，到大爷这儿来。也是很亲昵的，就是让人想要躲。二姐过去，大爷拉着她的手，说，二娜啊，学习咋样啊，跟大爷说说。我觉得这几秒钟静极了。二姐也不抬头，像给人欺负了，说，就那样儿。大爷这时候像是真的在笑，我一直惦记，怎么还不把手放开。妈笑，像哄小孩那样，又带点嘲讽，说，学得好！没看是谁的侄女儿，能学不好么？大爷更乐了，说，二娜啊，你以后想学啥，告诉大爷？二姐突然说，当科学家！学气象！一屋子人都乐了。

二姐高考成绩出来，大爷撂了电话就来了。正下小雨，站在门口一脸冰凉的晶莹的喜气，是真高兴，到晚饭时候才回去。他秋天去北京开会，顺道送二姐上大学。我替姐叫惨，这一路可怎么办！又希望她跟大爷在北大校门口照一张合影——对大爷意义重大。

大爷在气象研究所干到退休，又返聘，再返聘。曾经有企业要买他专利，请做总工程师，来家说过几次，不知道为什么没成——当然也并不意外。临退休拿到国务院专家津贴，工资比所长还高。玉珠啊，我工资多少你知不知道？妈说每次见面儿都是这话，还当是工资分等儿的时候呢，他不是拿最高等么！我就逗他，我说大哥你现在是高人一等啊！也不傻呀，听出来我是逗他，说的，跟你比我就是个要饭的，玉珠啊！

他在工作之外，几乎是完全无知的。过年聚会回来，妈说，这套吹呀，吹得我脑袋都疼。这两年连你们学习也不问了，就干讲自己，回回从头讲起，这空气湿度多重要，他这研究多关键，发在啥刊物上，在中国还是一片空白哪，玉珠！我也没大很认真听，就哼哈答应着，要不咋整。

妈一模仿人就兴致勃勃，笑嘻嘻又说，要不就说小子，小子，小子聪明啊，玉珠！指指自己脑袋，然后这么的使劲使劲抹搭[1]眼睛，很微妙的那个表情你知道不的，就是既表示很可惜呢，其实又非常得意！就好像是太聪明了才得精神病似的！

妈是毫不留情。

去爸妈那屋倒水，听见大爷说，整人哪，整人！还是他妈老一套，司久利他妈的他懂啥呀！工农兵大学生，二次方程他妈的都不会解！当领导！他是不敢整我！整我那些学生啊！乌烟瘴气啊海岳！

1　抹搭，使劲儿眨眼。

爸抽着烟，向后仰坐着，置身事外地说，哪儿都这样儿。

他对大爷不耐烦。但是他自己也跟领导置气，从内心深处瞧不起。妈说电大不讲业务了，都是走行政，得入党，要不入民主党派也行。爸不理。妈就说他是懒。

爸妈对六七十年代的事特别敏感。爸生病时，有一次说，"我跟你妈妈不会分开的，我们有共同的命运"。一点都不尴尬——涌上感激之情。

大学时有个女孩喜欢爸，似乎也交往过一段，爸当然也说起过时局，她后来向组织汇报了。当然先就分手了。

（以上段落有较多删改）

从来没出现过，一直觉得是故事里的人，晚年不知怎么联系上的。爸在北京看病，她跟丈夫来医院探望。很高大，茂密的灰白的头发烫得像个花篮，穿个蓝底大花棉袄，围细纱巾，是事业单位家属区常见的那类老太太。她丈夫在部队，是个工程师，退休前从江苏调到北京陪女儿。只有一个女儿，在外企，说挣得多，"跟你们家的三千金不能比啊——"。唠起来说三十多了还没有对象。爸照例说，儿孙自有儿孙福，咱们哪，能管好自己就不错了！爸那天心情很好，似乎也没有羡慕他们夫妻健康。当然因为我们家样样好，感到骄傲。回来姐跟我说，爸跟妈结婚也不是特别亏，妈多有魅力啊，再说能挣钱也还是挺重要的，对爸——也不是故意对爸不好，那你说爸找这么一个，那真是，还不得过得跟大爷似的！

妈总是说十年没开天，就没有下文了。她最能讲故事，但是如果不追着问，那十年就像什么具体的事都没发生。后来我想起大学时代，也是就只有灰蒙蒙的心慌，一件事都浮不上来。真正过坏了的生活可能就是那样。妈说，我稀里糊涂结婚，稀里糊涂就生孩子，从来也没像人家新婚两口子高兴啊热乎啊，没有过。成分不好呗！心里始终压抑，看不到希望。但是妈妈始终也没有说就接受现状，说这辈子就在农村当个老师拉倒得了，到后期过得也挺好，饿不着冷不着的，在农村挣两份工资那还不是好人家！要搁你爸那就不回来了，我是连推带搡啊，又蒸馒头又烙饼，算给他撵回来了。

咋不烙饼呢，头一天晚上我就给他烙的油饼，搁纸包上放黄书包里。我一早上有课不能看着他，千叮咛万嘱咐，答应好儿好儿的，可是呢，等我下课上办公室一看，你爸正坐那儿抽烟儿呢。打怵呗，回长春也没房子，我工作也不好解决。晚上回家，那饼就给你们几个吃了，又蒸的馒头，出门儿不得做点儿细粮带着。馒头也搁纸包好，也放黄书包里，连他那些介绍信哪，那就不用说了，都是我逼着他上县里开的，这就不讲了，第二天我早上没课，眼睛瞅着他上车开走了才去上的班儿。

还是何冰华那前儿在农大，她是工农兵大学生，学习好，毕业留校了。正跟陈宗才处对象儿，还没结婚呢，晃常儿上工大来，晚上没地方住就上你奶那儿。你奶就这点好，谁来都挤着住，一点说道[1]没有，你看穷，可是待人宽厚。等你爸回来了，碰上唠嗑儿，何冰华说她看着好像贴的数学系招老师。那前儿回城大学生也是一股潮流，五个人试讲，就要俩，你爸业务那是没啥说的，但是那能是讲完就出结果么，就让你回去等听信儿，问也没处问去，就干等，你说多折磨人。

回来那就是十一月份，过了国庆节走的么，我记着大客车停供销社那大树底下，车一开带起那些杨树叶子。一到年底也没有消息，到年底这姜树宝就回来了。姜树宝原先也是场子中学老师，跟我一样儿老高中毕业生，他连乔儿在前郭炼油厂谁知道是当个啥，就把他调去了，连他媳妇儿家都搬去了，但是到年底这不得回来过年么，他爹他妈哥嫂啥的都在大遖。这架势吹得呀！这炼油厂好的就不用说了，又给分房子，又是自来水了，又是使电不花钱了，给这帮人羡慕的！你爸就让姜树宝

1　说道，讲究，此处指挑礼、抱怨。

回去说去，上油田呗。一说肯定妥啊，吉林大学毕业生，那前儿哪不想要啊。答应给房子，连我一堆儿调过去，主要就是这两条儿。

一春天这农大也没消息啊，到五一油田的商调函就下来了，打算过了节就办手续，暑假就搬家，都商量好好儿的了。可也巧，过了节一上班儿，这农大的商调函就到了！到了儿你爸也不想去，就寻思上前郭得了。我就坚决不同意，我也没想那么多，其实可能还有点盲目，长春我就生你姐前儿去过，就住桂林路小破房子也没出去看过大冬天的，但是我就寻思那还是回长春好呗！我一把就把前郭那商调函撕两半儿扔火坑里了——你寻思啥呢，你妈有点儿魄力。

妈很自然就把往事讲得像电影，我也没有任何线索去矫正。我记忆中的大遄也像一幅海报，迢迢的灰黄的土路，高大的泛白的杨树，人要穿一件鲜艳的衣服，渺小但是有跳动的意志。这是太现成太直接的文艺主题，落在具体的人身上不可能是真的。

后来妈把大姨大舅两大家人都倒腾到长春来，连小姥有时候都说，不都是攀着人何海岳的蔓儿来的！爸有时候开玩笑提起，妈总是挺起腰板儿说，谁借谁光儿还不一定呢！那语气多少有点像是撒娇耍赖，我们也总以为是爸让着妈。无法设想爸跟别人结婚。只是他的三个兄弟过得一塌糊涂。爸看得懂人情世故，有时候比妈更尖锐准确，可是他跟他们一样，经常是防卫的心情，在不知不觉中退缩。姐说爸所有的不幸都是爷爷造成的，我也愿意这么想，好像抓住一个答案，在无法到达的恨意中得到虚妄的安慰。戏剧中承受阴影的角色有一种仇恨凶猛，其实并不常见，不幸的人通常直接生活在那种角色最终暴露的脆弱里。似乎都说得通，但是我不甘心。爸的人生不能坍缩为一个心理学条目，而且事实也并非如此。心理学总体上说是一个陷阱，它呈现出人性中可认知的部分，或者说它在混沌中建立了因果，这可以把握的感觉是如此迷人，以至于人们经常忘记道路两旁幽深的密林。青春期之后，我在自己身上不断看见爸爸的影子，那里面没有任何经验的痕迹。基因是因果的终端，怎么想下去也不过是描述。我不可能理解天性，理解生命神秘的本能，我也不可能理解意识。正如我不可能真的理解波粒二象性，对它追问为什么。不过是接受，语言与存在没有交叉。妈有时说，你们家人不是太正常，小子那病啊，不是我说，多少有点遗传。我听了害怕又难为情，我从未见过"正常"世界？这太颠覆，也太自大。我想疯狂与"正常"之间有断崖，临床诊断有它的定义。当然我是"正常"的，所以无法窥见疯子眼中的世界。疯子眼中确有另一个世界么？想到这里也就碰壁了，只预感到神秘而危险。中学时候有一个清晰的困惑，不知道应该去问谁，怎么会、数学的算法能够贴切宇宙的规律？人脑内置的智力程序到底是怎么回事？不敢相信人类是被上帝挑中的，因为不敢相信有那样的上帝、那样恐怖的权威。按照泛进化论的思路，人类的文明与理性，只是一种自洽性和生长性比较高的偶然，所以疯子的头脑不过是不凑巧的失败？精神病不仅是生理概念、更是社会概念、是多数人的暴政？这些话禁不起追究，也没意义，个人和人类，没办法在那个高度上获得解放。所有这些所谓思考，不过是理解力碰壁之后在坚硬钢板上随意滑行。年轻时我仇恨血缘，觉得是对自己的成见——不自由。可是我终究无法同时成为所有人，倒是越来越像爸爸妈妈的孩子。基因是最初的偶然，令我可以从不需要解释的地方开始，拥有自己，享有权利，承担后果，自由和意志成为可能。

12

　　大爷糖尿病综合症病危，出院就下不来地了。起先挂棍儿强能上厕所，过两年就不行了，在床上等死。倒是小子哥做饭，接屎接尿，相依为命。冬昀姐来，说，小子能！炒菜啥的，好不好吃反正都能做熟了。我姐天天去，得给小子下药啊！她方便，我隔一天去一趟，买点儿菜啥的，一般的我就搁门口，不敢进去啊，我爸抓着我说啊，没完没了没完没了，又说又哭啊。我爸就是想不开，这小子得说是运气好的，有俩姐呢，能不管他么！你这么寻思，要是没这俩姐呢，不更完了。又说，小子吧，他吃那个药，都是激素，一般这个情况，也就五十来岁儿。

中秋节前我陪爸去，提前打电话，大爷让小子开了窗，房门也大开着，在楼道里就闻到恶臭异常。小子哥在东屋，从电脑跟前抬起头来，说，六叔，三娜，并没有起身。西屋茶几上一只不锈钢盆儿，剩半盆儿西红柿炒大头菜，人一进屋，盆上飞起一群苍蝇。天已经非常冷了，苍蝇大概都是家养的。大爷靠床头坐着，仍然是双手交叉放在肚子上，仍然是眯着眼睛的笑脸，而且没戴假牙，几乎是慈祥的，说一句，三娜啊——大爷，大爷呀——。就没有了。一会儿又笑着盯着我看，说，咱家原来是干啥的你知道不地？我也只能笑，不知道。大爷又说，你爷爷是咋死的你知不知道？爸立刻说，别说这些，说这些有啥用！大爷像是带点哭腔，说，海岳啊！我不孝啊！说完就静静地看着爸。爸迎过去，直愣愣说，过节不不缺啥么？

床沿儿垫着一块旧床单，折双折，灰突突看不出本色。我坐在上面一动不动，嫌脏，而且太挤了，怕碰掉东西。十二平方米的房间放着双人床，长沙发，茶几，放有电视的高低柜，双开门衣柜，两个书柜，以及一张三屉书桌和一把椅子。八十年代喜出望外簇新的一切，都在等着被遗弃。窗子还开着，进来秋天下午干涩冰凉的空气，到床边也浑浊了。我也根本不敢深呼吸。窗下书桌上压着玻璃，映着茶色昏微的光，外面一棵雪松挡得严严实实。桌上一排书摆得很整齐，一盏黄色塑料罩台灯，一只大号雀巢咖啡玻璃瓶，瓶壁挂了陈年茶垢，一圈一圈紫黑的，竟然还装着半瓶水——大爷已经三四个月不能下地了。

我关闭了感官，但是又刻意刺痛自己，侧头看床边的书柜，《有机化学》，《无机化学》，《物理化学》，有一本挂历纸包了书皮儿，蓝黑钢笔写着，"聚合物结构分析"，工整的楷书，一笔是一笔，每一笔结束的地方墨水凝结，颜色深一些。我在僵硬中想，我要记住这图景。仿佛是对自己的惩罚，是对被隔离的痛苦的替代。后来每次想起大爷都是这一幕。有一次用"何海山 空气湿度"搜索，看到一篇九七年发表的论文，《新型聚酰亚胺湿度传感器的研制》。我从电脑跟前站起来，封闭伤感，拒绝享用，仿佛这也算是一种尊重。

后来回长春都想去看看大爷，担心再见不到了，而且他跟爸很像。不敢自己去，给冬昀姐打电话，每次都说有事。还是雪妮陪大姐去了一次。回来大姐说，太可怕了！真是太可怕了，要我说大爷跟小子哥自杀算了，活着干嘛！我太讨厌何冬昀了！她自己爸爸跟弟弟过得猪狗不如！她还在微信上假惺惺说那些！还好意思显摆自己过得多多好！真是恶心！狼心狗肺！我跟你说，她每次都推脱不带我们去，其实就是怕丢脸！虚伪！恶心！

冬昀姐住两百多平米的大房子，在微信上贴出家里的鲜花，茶具，人生感悟，跟朋友聚会登山。我提醒自己，她有权利过好自己的生活，但是确实也会起反感。

都说找个人，哪怕隔一天来一次呢，收拾收拾，做顿像样儿的饭，五六百块钱就能雇下来。冬昀姐说大爷不干，请两回都让他撵走了，脾气上来谁也整不了。妈说，你大爷都啥样儿了，早就老倭瓜没面儿了，发脾气过那一阵儿就拉倒，哪有力气了！你寻思发脾气那么容易呢！

大爷退休工资八千多，都给小子哥存着。——小子能花着么，都得落他姐手里，小晖窝囊，都得叫何冬昀把住！

爸生病那一段冬昀姐倒常来。去医院探望，拿出两条新毛巾，说上回来看毛巾太旧了。妈说，那不马羽眼瞅着考高中要求着你小哥么。我总觉得到底是用了心。

她跟妈说，六婶儿你用车吱声儿。送来一盒进口的速溶无糖咖啡，说不上来了，让我下楼去拿。傍晚下小雪，湖边茫茫的没有人，浅蓝色的新车闪着落日般殷红的尾灯，我忽然意识到我从来没有了解过她。

从小都说她好看，有点像老姑，当然不能跟老姑比，不过非常时髦，年轻时候简直奇装异服，后来在外贸公司挣得多，又舍得买，——这辈子净穿好衣服了。来看爸，一进屋妈就惊叹，哎呀，这大衣，太好看了！咋这么好看呢，都没见着过！说这都四五年了，那前儿买还要五千多。妈像是受了刺激，一定让她带我去买几件好衣服。

我是第一次跟她单独相处。

——能没诱惑么，真有，我刚跟马有光好有半年吧，有个老外追我，不是说随便儿玩玩儿那种，拿个戒指，说是他家好几辈儿的祖奶奶的，要给我。那我能敢要么！还不是没感觉，还真是有点儿感觉，我就更觉得对不起马有光，要说那也没结婚也没咋地，但是心里就可不得劲儿了。

——真挺帅的！外国人那种帅吧，还不全是长相，就是特别有风度，特别会伺候女的你知道吧，给你拎个包儿了，开个门儿了，特别自然。那前儿有几个人出过国啊，没见着过啊。

我侧头看她，开车时候戴着淡琥珀色方框眼镜，直望着前路。我知道是一幕一幕清清楚楚就在眼前。

——我们外贸公司这帮女的吧，都不安分，一般的还不是图帅，都图钱，有一个我们平时都挺好的，那男朋友数你都数不过来。像咱家这些人都觉得我臭美嘚瑟，在我们单位我真算不上！就我刚说这个女的，那时候才九几年，就开个宝马，都知道是当二奶了，但是谁也不知道是哪个男的，总有男的来找她，啥样的都有，看着又都不像。她是咋的呢，她跟不跟人好她都吊着人家，像有这个瘾似的。后来知道她跟她姨父好上了，她姨父是通化制药的老总，那真有钱，但是没瞒住，她姨到公司来闹，这才传出来的，她姨自杀了，割腕，没救过来。谁知道了，要我说那能幸福么，家都没有了，她妈都不认她了。

她生活的世界是那样。当然是同僚朋友最有参照意义，构成影响。应该也有朴素老实的人吧，但是可能越发衬出高低上下。

——咱们老何家姑娘吧，不知道咋回事儿，都心眼儿太实，要是跟谁好了，就一心一意过日子，得这么说，都是好媳妇儿！

——咱家人都消化不好，我有一段儿胃病也挺重的，……你就听姐的，坚持吃蜂蜜，反正去不了根儿，但是犯了再吃两天蜂蜜就好了……。

倒是也很亲。

我装修时她特意打电话来嘱咐，三娜我跟你说别买微波炉，买一个汽蒸锅，比微波炉好使，还没有辐射，像你胃不好吧——讲了很久，蒸的东西更健康。这是感情么？在卓展商场，她扯起一条两千多块钱的毛线裙，说去年买一个跟这差不多，给我姐了。"我姐"两个字说得全无意识，自然有情。我想这也都是真的。

——我那衣服得有一半，穿几回就给我姐了，要不给孙姗姗，我姐自己一件儿好衣服没买过，要说我姐这辈子啊。马有光跟我计计，你看我给自己买啥都行，花多少钱他都没意见，但是我这不往外倒腾么，搁咱咱也不乐意啊。

马有光是粮食专科学校体育老师，回族，大高个子，白而结实，微微自来卷，窄额头高颧骨小眼睛，非常老实的样子。大爷不同意，体育棒子没有头脑，结了婚也始终看不上。本来也不喜欢冬昀姐，她还上中学，大爷就说，小冬昀她妈的，就是个白眼儿狼！也没有具体说出什么来，他比爸还笨嘴。

马有光一哥一姐，都不是对手，婆婆三套房子，早就过户两套。

公公死了把婆婆接来，公婆原来住的房子卖了，钱说拿来理财。——老人必须手里得攥俩钱儿，要不心里没底啊！但是何冬昀能让你攥住么！必须给你抠出来。在人屋檐儿底下过日子，不能不低头啊，要说人老了难啊。马有光也是完犊子，钱是你挣的，房子是你妈的，一个大男人就叫老婆给拿住了！

马有光炒股挣了两百万，亲戚们都吃了一惊，别看人老实！说过也就忘了，再想起来还是有点瞧不起。说他冬天早起做了饭先下去把车启动了，暖和过来，冬昀姐吃了饭正好开车送孩子上学。他自己三九天照样骑自行车，公交都不舍得。冬昀姐说，我对马有光多好啊！一心一意的，啥歪歪心眼儿没有不说，我们家啥操心事儿不是我啊，买房装修抓孩子学习，哪样事用他管了！

妈给二姑齐钱，让冬昀姐出五千，先说没有，再打电话就不接了。妈给二姑老姑打电话骂了两遍，不解气，自己在家又骂了很久，让小晖姐传话说，等你孩子上大学你可别找上来！果然隔年夏天冬昀姐问我要小哥电话。我非常意外，觉得五千块钱不至于，涉及在所有亲戚中的风评。这才想起老姑从美国回来那年，冬昀姐特意带马羽来北京，到机场去接，还没上出租车就张口就要借两万买钢琴。到底给了两千块钱打发回去了。所以妈说的那些可能都是真的。

我说小晖姐还挺好，那么困难还给拿了五千。妈说，困难可也不困难，一个月七八千呢，汽车厂工资高！再说她不是欠你二姑点儿人情，原来是电子管儿厂的，眼瞅着那单位就要黄了，你二姑有个同学在汽车厂，就给她调过去了。要说人哪！那时候你二姑不是阔佬儿么，人同学的也自然都高看一眼呗我这么寻思。但是你二姑也缺德，这不看小晖软弱么，就像拿住人家了似的，总跟人借钱，啥借钱，就是要！

大爷一直喜欢孙广民。才有人介绍对象，就兴奋起来，说，孙广民，脑袋冲啊！笑眯眯的像是有许多美好的遐想。小晖姐个子矮，孙广民也不高，而且长得丑，但是工大毕业，小晖姐只考上一个大专。姗姗出生以后，大爷每次都讲，这姗姗，这姗姗太聪明了！赶上三娜小时候了！满脸都是笑，又像个普通的姥爷。即使在爸这边的亲戚中，大爷对聪明二字也是最执着的，几乎是病态的。

零九年老婶儿张罗四兄弟一起过年，一屋子病病歪歪的老人，连小晖姐也几乎是个小老太太了。孙广民说，敬六婶儿一杯，妈也示意举了杯，并不说话。竟然就有十几年没有见过。妈回家说，我不稀搭干他！但是大过年都乐呵儿的，我不举个杯像我小心眼儿似的。那点儿事儿我早就过去了，我是烦他一个大男的不出去工作在家赖着让老婆养！差啥找不着工作，虚荣，一般的工作不想做！还想当老板，做梦呢！我打心眼儿里瞧不起他！我就瞧不起人不能面对现实！

姗姗正念高三，果然也是小个子，黑黄的出油的小圆脸，没精打采，难免被问成绩，含糊应承着。转年听说去了南京，妈说，一个破二级学院，长春这么多学校不念，非上南京，多花多少钱，嘚瑟的！你家有几个钱！过两年说考上香港的研究生，让跟我们打听，是没听说过的学校，劝说要不算了，都是招大陆学生赚学费的。一年下来要三十万。妈说反正就是抠大爷的钱，小晖上哪有钱去！你大爷现在也糊涂，不的也一直对孙姗姗期望很高，就寻思那香港研究生了不得了呢，其实就是骗钱的！那都是你大爷你大娘给小子存的钱哪！都黑良心哪！

九三年夏天，孙广民经常来找爸，后来爸找上吴刚，三个人站在厅长楼西边那一小块空地上，一颗接一颗抽烟。不久孙广民从228厂办了停薪留职，爸出十三万，吴刚出六万，秋天在红旗街开了一家电脑公司，取名叫奔腾。

楼头儿大黑刘是电大老司机，热乎人儿，跟爸站路口儿抽烟，恋恋地不愿回家。爸常用着人家，妈总说，别没事儿就开口求人！自己打车不行儿！爸说，他求我的时候多了！

大黑刘后续的媳妇儿四十出头，下岗好几年。爸和吴刚都说，得有这么个人儿打打杂儿，做做饭。妈说，得有个眼睛在那边儿，买卖这玩意，撒手就不是你的。

那时候一共也没有几家电脑公司，头一年就回本儿了。路口碰见，大黑刘媳妇儿喜笑颜开的，说，忙！有一回我跟妈买菜回来，在路上碰见，提起张妍，我也没看出来不自然，妈忽然就直接问，咋的，跟孙广民不正经啊。大黑刘媳妇儿吓一跳，只能说，你这让我咋说，你这让我咋说，咱可没看着人家咋地。人有时候会有点即兴的舞台感，生动得亦真亦假，过分鲜明，在夏日傍晚的金光中，是特别清晰明确的人间。

爸反复声明不让妈参与，奚玉珠你管人这事儿干啥玩意儿！妈说，我倒不管她搞不正经啊，就怕她骗孙广民钱哪！不是图意他钱能看上他么，孙广民小个儿不点儿瞎眯糊呲眼的！单说那哪是孙广民的钱哪，那不是咱家的钱么！

爸起初不同意大姨上奔腾公司做会计，但是大概多少也起了疑心。大姨说，能欢迎我么，那我不顶是去查账的么！不欢迎不欢迎呗，我也不是去跟你交朋友呢！果然没有账，也没人搭理大姨，现金收了就放抽屉里，没数儿，老刘婆子去买菜，回来说多少是多少，张妍开抽屉拿就给她，一笔都不带记的。张妍出门儿一色儿打车，哪来的那些钱打车，她一个月工资才六百！那不花公司花谁的！

妈始终也没见过张妍，大姨说，不咋好看，黑，小眼睛，反正体型儿好，瘦溜儿的，像一娜那么个身量儿。妈说，搞破鞋这玩意可不在丑俊！大姨说，跟我俩挺客气的，大姨大姨的叫，我在那儿四个月吧，一回说撂脸子那也没有，那就是奸人呗！妈说，不奸人能把这帮男的耍得溜溜儿转么！

妈坚持撤出来，爸算账回来说当年生意不好，就拿回来一个本钱。妈觉得不对，吴刚说漏嘴了，说是账上留了三万五给二黑。大打了一仗。到底那钱也没给妈，就说是拿出来了，本来前两年的分红也是爸另存。妈说从她九二年出来办学，爸一分钱也没给过她，——撒谎是孙子！当然过日子也花不多少钱。我们上大学爸拿过学费，但是那时候学费也不多。

——你爸不光是工资啊，还有奖金呢，他理工部那些年还有小金库呢，还有人求他办事儿呢，也不少钱啊！那一般人家，那不都得主要靠你爸么，那都得是过挺好的呢！好歹是个处长。

我出国前，爸特意陪我去欧亚商场，说看啥好买啥。买了一双鞋，很贵，我在伦敦天天穿。我没意识到，爸是一定要用他的钱买给我。妈过四十八岁生日，爸送了一条红色皮腰带。另外一回送了一个玉镯子，妈也不戴，嫌乎碍事，妈从来没送过爸什么。妈是不讲究这些形式，但是她也是经常当面声明，我可一点不稀罕你爸。

还是刚搬到三间房不久，礼拜天爸妈出去，傍晚上回来，拿来四个金戒指，三个小一点，一个大的镶蓝宝石。那时候金子不好买，爸托郭志强约好了，带妈去挑。我们三个不喜欢首饰，但是也觉得不可思议，怎么就这么阔了！回想起来还觉得有喜气，我们家那时候还很年轻。妈倒一直戴着那个蓝宝石戒指。

——一个是给你大姑了，看病那时候咱家拿大头儿，那就讲不起了，但是临要死临要死，跟你爸和你二姑一人又要出来三千块钱，那时候三千不少啊，搁枕头底下，留着给她儿子，你说狠不狠吧！你大姑那些事儿我就不说了。另一个就是给二黑了，你们老何家不就这一个后么！二黑买房子他指定给填了，几万就不知道了。零零碎碎给的就不算了。我为啥知道呢，你爸生病前儿总找二黑，我说人家开个小店贪黑起早的不容易，轻易的没啥事儿别找人家了。你爸说，我找他有我的道理。你听听那是啥意思。

——还有一个肯定也给你老叔了。可稀罕他那老弟了。你老叔原先那房子卖二十四万我都知道，咱家这房子二十八万，上哪整那四万去，他家一分钱都不攒，暖气费都交不上。

爸在病床上给老叔打电话，说，海峰啊，三哥想你了。

我听不下去，关门出来。过两个礼拜老叔来了，坐在沙发上抽烟，我过去听见说要办房产证得五千块钱，没有。

有一天妈不在家，爸拿钥匙给我，让我开他保险柜，里面还有一万块钱现金。我分成两个五千，塞在他床脚旧沙发扶手下面的缝里。过两天老叔又来，再又不来了。

一大队人去给奶上坟，董英男跪那说，姥儿啊，你三儿媳妇儿可有钱了，就不给我们花啊！这是有子哥在边上看见讲给妈的，妈说，有子可不撒谎！

在坟前怎么也不至于说玩笑话。那样当众讲，是有共识。可能不知道爸妈钱是分开的，各有一个保险柜。爸到最后一分钱不剩，都给了他们，但是当然不够。爸病重只有大爷常打电话，二大爷常来。爸当着老婶儿面儿说，我大娜一回来你们就都上来了！真是心寒。都知道李石有钱，姐心软手大。李石倒是平常也说，就当是花钱买感情，也很公平，人家凭什么要关心你。我总以为不至于，意愿性的思想非常顽固。

后来躲不过去，知道那些都是真的，忽然就轻松了。

爸钱撤出来那年，奔腾公司就开始走下坡路。妈要建机房，爸大概过意不去，坚持要从孙广民那买。装好了问题不断，学生说，校长啊咱这电脑都没有主机，螺丝刀拧开给妈看。妈不懂，但是当然就火儿了。孙广民在学校走廊破口大骂，让学生架出去了。爸妈大吵几架，妈要求大爷来评理，到底抠出六万块钱。孙广民到处说赔了钱。没有人深究，当然都是觉得妈不对。我相信一定是孙广民理亏，六万块钱在那时相当多，不理亏不可能给。在钱上都是用了全力的，妈也并不比谁更凶。

宿舍缺床，爸说让老叔给焊一些，老叔也是说赔钱。亲戚们背后不知说了妈多少坏话，都很少来，谁过生日爸自己去，妈说，正好儿，我最烦过生日这套事儿了！谁知道你们家人咋那么乐意过生日！爸妈那时候各自得意，都以为自己不需要对方，厌烦得不行。那是他们的黄金时代吧。回想起来总是白花花的夏天的中午，爸或妈，从小路的阴影里走出来，孤单的，但是满怀心事怒放。人民大街上没有人，偶尔有车，啸叫着穿过广阔炽白的致密的空虚。

九九年奔腾公司关门儿，张妍早就不干了，孙广民缠着人家，被小晖姐抓着闹离婚。没有离，孙广民再没有工作过。他们一直住在大爷分的那套四十平米的一居室里，大概等大爷去世可以跟小子哥对调。他们新婚那年，春节回吉林市，我们都去大爷家过年，小孩给打发到新房，传话儿拿东西，在两栋楼之间来回跑，特别高兴。饭后冬昀姐领着我们坐在席梦思大床上看电视，又有点冷清，又觉得是蒸蒸日上的新气象。春晚有一个节目，放中央电视台那些栏目的篇头音乐，让观众猜。才响起来，冬昀姐和雪妮、连小庆儿都说，这是新闻联播！我特别吃惊，这怎么可能听出来！小子哥搬一把椅子坐在床边儿，拿一本书，但是也跟着看电视，摸自己的大方块脑袋，说，没啥意思。

13

零八年春节广州特别冷，整日阴雨。初二夜里爸肚子疼去急诊室，说是胆结石，建议手术，爸打了止痛针，要求立即订机票回长春，和妈两个非常坚决。做完手术爸笑着说，这要是儿子，就在广州做了，不是个人家啊！妈也说，那可不咋的。我非常吃惊，继而伤心，这真是老了。三十年从来没听见过这遗憾，他们自己是强者，不去设想有一天心理上需要依靠。

有一次爸跟我说，你们作为儿女给父母带来的荣誉，已经大大超出我们的期望。还是指高考的事，后来都没什么。不是应该因此更加失望么？爸是知道我漫长的迷茫和失落，才这样说。父母的馈赠，通常是看不见的，但是这话太重了。

二大爷来病房，说，黑子要买车，我拦下来了，我让他先买指标，给我生孙子！

说完就非常乐，背着手在病房里踱步。

爸说，现在落个户多少钱？

二大爷说，国家规定是按户口所在地，头一年人均可支配收入的二到五倍，长春定的是三倍。

爸说，那没多少钱。

二大爷说，可也不少啊，去年长春人均可支配收入多少你知道不的海岳？

爸说，一万来块钱儿吧。

二大爷说，一万一千三百五，乘以三是三万四千零五十，叠[1]三万五。

爸说，不能拿出来么？

二大爷说，头年儿就备好了，要买车我没让买，完了他妈的这不丹丹长病了么。

二黑就生了一个女儿，也没见爸他们着急。原来只是不讲。爸把菊花表给二黑，惦记给二黑钱，当然是因为一根独苗。

爸给妈买戒指之后不久，也是跟妈俩，去百货大楼买菊花表，那时候要三百多。总是不准，隔一段送去修，但是是爸年轻时向往的。戴得表盘都黄了，要给二黑。我们都说，人现在谁愿意要啊。爸说，这你

1　叠，顶算。

们就不懂了。我们正是觉得二黑不愿意接受那郑重。但是我后来非常想要那块表。

爸说，从店里来啊？

二大爷在我旁边坐下，强烈的羊膻味儿。

叫小妮给我撵出来了。

又说，这两天血压高点儿。

爸说，喝酒了。

二大爷说，酒没喝多少，打两圈儿麻将。

爸说，这不都上班儿了么，跟谁打啊？

二大爷，艳荣来的。

爸不屑地说，跟董向男。

二大爷说，今天好点儿，昨天给我迷糊的，早上像起不来了似的。

二大爷摸着额头，好像说着又有点迷糊一样。围巾没有摘，短短的斜插着很板正，穿了不知道多少年的黑皮夹克脱下来挂在床头，露出蓝格子棉衬，脏得跟铁打的一样。

安静了一会儿。我看见爸仰面躺着，定定看着天花板。他有时候会那样，可能就是出神，看上去却有点像跟老天爷生气。爸年轻时候一定是激愤凛然，我想，那样高瘦的昂着头。

二大爷站起来。

爸说，干啥要走啊二哥？

二大爷说，我不地我溜达溜达。

爸说，迷糊你回去吧，我没啥事儿。

二大爷说，回去家也没人，你二嫂天天得四点来钟能回来呢。

爸说，雪妮给她张姨开多少钱？

二大爷说，一月四百，要我说不用给，雪妮硬要给，硬要给给吧。

爸说，那给对！

二大爷说，他妈的你看她给你二嫂，她可不给我！我跟她要，她说的，你不这店老爷子么，你管谁要钱呢！他妈的。

非常天真地高兴起来，说，你说我是不是店里老爷子，三儿？

我说，二大爷，那我去吃串儿是不免费啊。

二大爷停住，背着手微微前倾，侧头质问我，这孩子糊涂的，这是不是咱老何家开的店？你是不是咱老何家姑娘？

有几次我想去看看雪妮二黑，总觉得在那样的情景里可以比较亲近。妈说，不行去啊！去看看行，可不行吃啊，你寻思吧，鼻涕拉瞎的小张儿，和唾沫星子乱飞的你二大爷，再加上瞎眯糊呲眼的你二姑，他仨串的串儿，能吃不能吃吧！

妈自己也乐，说，我寻思给他仨拍张照能不错！

二姑不办食堂，每天上雪妮那儿去半天儿，雪妮给开点工资，彼此都觉得是个照顾。二姑有钱那些年，每次见到她都有雪妮二黑的消息，起先是去看奶，后来应该也是觉得孩子可怜。她是真的不计前嫌，热衷于大家庭，跟冬昀小晖伟男英男也总有联系。

爸这边的亲戚很少来我们家，可能都有点怕妈。妈说，咱家也没人打麻将，也没人大吃二喝，再加上你们仨都在那屋学习，人家也觉得压抑！二大爷二姑老叔有时周末打麻将，爸赶上了玩一会儿。爸腰不好不能久坐，但是他们从来不招呼，大概也是觉得不能放松平等。爸对他们不耐烦，也难免吹牛，沾沾自喜。有一次他说，从他们那地方回到咱们这小区，真像是天堂一样。

二大爷问我，你们报纸不也归广东省委宣传部管么？

我说，嗯。

二大爷说，那你能批评 ×× 不地？

我说，你都知道 ×× 啊。

二大爷说，×× 那是……

我说，批评广州市的，或者批评外省的呗。

二大爷就笑了，啊，我说是怎么的呢！《毛泽东文选》你看过没有？

我说，没有。

二大爷说，咱家是啥人家知道不得？

爸说，别提这些。

爸又说，他们那就是一帮年轻人钻空子，掖掖藏藏说点不切实际的。——你们南华报业有没有腐败？

我非常震动，无法回答。评论部出了文集，社论不署名，我把我写的标出来寄回去，爸眼睛不好，妈一篇篇念给他听。很伤感，像纪录片里的空巢老人。爸打电话说纪念鲁迅那一篇写得好。我想他一定是觉得我还年轻。并不在意，因为也没有把写时评当作事业。爸好几次问我，孩子你到底想写什么？

二大爷不理，他说，海岳我跟你说，毛泽东的政治思想，谁也没我研究得透！

他站在病房地中央讲解开去，冬天午后淡黄色的阳光格子落在脚下，非常安静，每一个声音都从胸腔发出，带着无中生有的意志。有点驼背了，显得比从前更矮，说话时盯着我，又并没有在看，我看着他胡子茬都白了。

妈说她刚回长春时，二大爷问过她好几回，政治局常委都是谁你知道不的？——可重视这事儿了呢！谁排名在前排名在后的，听广播播谁了没播谁！这架势研究的呢！就像那些事儿跟他有啥关系似的！

我也记得二大爷握着一卷《参考消息》，讨论题字到底是鲁迅还是周恩来。爸从不主动谈论政治，别人说起来，他就是看透一切的样子。

夏天的晚上，二大爷来找爸，屋里没有开灯，说话声音比平常低，经常中断，像是说不下去了。我觉得非常闷，而且没大听懂。走了以后妈说，你就帮他写一个就完了呗！我才知道是二大爷要入党。还是妈给写的，又写了两次思想汇报，才入上。

——连你爸那入党申请书都是我写的！你寻思啥呢，我在工农湖时候也是写文章出名儿的！当然赶不上你爸了，但是他不写啊，咋催催不动啊，懒家伙。

我想爸是不甘心。

二大爷高中毕业到客车厂，干了三十五年，只说是八级钳工，有老叔在那比着，也不算什么。妈说，那时候高中毕业生赶上现在大学生了！人都转干了，当不上厂长当个处长科长的有都是，就他一到退休连个小组长都没当上。

爸有时候没头没尾说一句，你二大爷笨。可能是读书时候这个印象太深刻。二大爷读书晚，在学校是同年。那时候二大爷嫉妒爸爸么？怎么可能不？没有一丝一毫迹象。他和爸从来没有矛盾争吵过，也没听说背后抱怨爸。

但是二姐跟雪妮又是同年。雪妮小时候班里十来名，念到五年级二娘死了，后来也还考上高中了。妈说，不地能考上个大学，雪妮脑袋好使，跟我一块儿干那些年呢，她小人儿不大反应快呢！

不知道考多少分儿，也不好问。二大爷来家，妈开门就说，你二侄女考全省第二名你知道不地二哥？二大爷一边换鞋一边说，别跟我说这事儿，我不乐意听。

妈真记了一辈子，说起来就恨。——那是最高兴的时候，咣当上来一句，像砸下来块石头似的，这架势给我堵的！哪有说这么大喜事儿，你亲侄女也不是别人，你不跟着高兴还生气的！得罪着你了咋的！

我想那是实在控制不了。当初爸上吉大，他去工厂，那个夏天二大爷如何自处？高兴、引以为傲，肯定也是有的。一定非常痛苦。也许是自己都在极力躲避的痛苦。还好当时那份工资对家里至关重要，有价值感。十几年一分不差交给奶，毛岁三十四才结婚。条件不好，也不至于真找不到。是付出。

爸病重那年冬天，二大爷几乎每天午后都来，还没走到爸那屋就说，海岳啊。妈看不下去，说别来了二哥，这雪太大了，一刺一滑摔着了得。让我送出去打车，路上几乎是空的，不肯在门口等，极慢极慢挪到公交站，说啥先来上啥。两个人给封在大松树底下，雪打得眼睛睁不开，我隐隐觉得他很亲。

爸跟二大爷是共同承担家庭，一起扛煤挑灰洗麻袋的感情。

妈说，还真没想到啊，你二大爷还真是个很有感情的人。

从前都笑他，二娘死了哭得像世界末日。

大姑给介绍一个老大姑娘叫刘大顺，三十八岁，在四分局商店卖货的，有点儿胖，但是人乐呵儿的心眼儿好使，能对孩子好。见过两次刘大顺跟大姑说，我跟你兄弟俩不合适。大姑问咋的。说，说话说不到一块儿堆儿，他说那些我也听不懂，说说还哭，哭完还背诗。大姑说给奶，奶说，可不咋的，那天临要出门儿就在家练来的，背好几首呢我听着。

像情景喜剧里的呆子。结果真有这样的事。也没法笑，也没法怜悯——戳破了更可怜。

小张也比二大爷小八岁，机电厂工人，前夫打他，有个儿子才上小学，归男方了。妈没叫过二嫂，像是对二娘忠诚，也是嫌小张傻，又比自己小，不甘心。我只远远看着觉得脏，短头发总像是好几天没有梳过。都是过年很多人，她也插不上话，嗑着瓜子儿呵呵乐。

妈说，那才能吃呢，站起来夹，一撅一大筷头子，张大嘴迎着往里塞啊。还不赶你老婶儿呢，你老婶儿还知道让让，说句话唠句嗑儿，这小张儿就埋头吃啊。

我想也许是真傻，这么多年了不知道这家人爱讲究人？二大爷没告诉过她？还是二大爷放弃了，接受大家都当小张不存在？好像也不是。说起来都是"你二嫂"，爸妈接过来就说"小张"，连名字也不知道。妈有时候说，你看那么个傻媳妇儿，人你二大爷也稀罕呢。

为雪妮二黑不改口，还打过。有时他说"雪妮跟她妈俩"，特别刺耳。雪妮二黑一直叫张姨。都各自成家，回去也还打仗，有一年初五为谁搿皮儿二黑跟小张打起来，砸了几个啤酒瓶。妈说，你寻思老实呢，也不是个东西啊。其实谁也不了解详情。到老小张生病住院，雪妮天天去给送饭。都说不容易啊。妈说，那也是一块儿过了三十来年，咋不是亲人。

我记得二娘瘦高的，脸儿有点像郎平，高颧骨。妈说苦相，——那可不苦咋的，扔下俩孩子，临死闭不上眼睛啊。

——是个要强人，长纺那三班倒多累啊，从来不叫苦。要不长病肯定能转干，一开始是个小组长，管那四五个人儿，后来等咱从桂林路搬出来，她就管一长溜儿了，车间不都一大溜一大溜的么，谁知是叫啥，不叫段长。

——要不说娶媳妇儿忒重要了，雪妮二黑就要强呗，贪黑起早的，也不跟人诉苦，也不张口跟人要钱花，那就是随你二娘。你看后期许炎亮儿挣得多，家房子也造好几套，那人家雪妮也没说啥事儿没有在家待着，人家还是开个小店儿，挣多挣少也挣着了！人那孩子管得也好啊，正经的呢，班上头两名！上初中了呗！

二黑初中毕业在技校学调鸡尾酒，那时都没听过，以为是厨师，倒也考了一个厨师证。毕业在长春最有名的夜总会"五月花"，起初都有点担心，怕学坏，更没有，清早下了班儿就回家睡觉。

有一次二黑送我去机场，说起来，——躲我还来不及呢，那都是亡命之徒，真不敢惹啊。长春那些年乱，总有砍死人的，不死砍残废的，再就吸白粉的，瘦得像个鬼似的，沾上就完，这么多年我就没见过戒毒成功的。

——回头想想觉得这工作挺有意思，在吧台调酒那两年，接触了不少人，那时候我小啊，啥也没经历过，跟这些人唠唠，长不少见识。夜总会那地方，真是形形色色，啥人都有。那喝闷酒的，要不不说，说的都有故事。等你有时间的我给你讲讲，你不要写小说么，估计能有启发。

——干完领班干值班经理，我当了三年值班经理，那就到头了，再往上那都是老板自己人，夜总会这买卖都不干净，那里头的事儿不是自己人人信不过你，也能理解，再说他就信过我我也不想掺和，那些事儿进去就出不来。

我看他头发白了大半，发面似的虚胖的脸——已经开始打胰岛素，遗传真是厉害——我觉得他非常像我小时候以为的大人。

二娘刚死那两年，有时听说二大爷喝了酒打二黑，雪妮去拦连雪妮一起打。我就非常生气。那时还不知道二大爷从前打二姑三姑的事，妈说像魔鬼一样。过年看见雪妮笑嘻嘻的，管着不让二大爷喝多，二大爷也乐乐呵呵很听话的样子，"还是一家人"。雪妮总是说，我弟。见到二黑就直呼大名，何景逸你干啥呢——。

雪妮高中毕业念电大，到一半妈说你上我这儿来吧，连打工带听课都有了，也不用交学费。干了六年，生孩子才不干了。妈说这小人儿可顶用了，排课表那才不好整呢，这些外聘的老师时间都凑合不上，年年都是她整，还快哪，像你们家人似的，干啥嗖嗖地。也并没有比别人工资高一点儿。结婚给了五千，买房填了五千，早年流产住院给了两千，妈说起来，我对何雪妮咋不好呢！

雪妮身体不好，累着一点儿第二天就脸皓青，她习惯了不觉得，妈说，这孩子这脸啥色儿！认真问起来，说经常拉肚子。妈让吃舒肝丸，两盒就见效，明显脸色也好了。雪妮说，六婶儿你是神医啊！妈回家感叹，没妈的孩子，谁关心哪！

后来串儿店关了，雪妮自己开个小服装店，妈跟老婶儿路过进去，她趁老婶儿试衣服，一把拽过妈的包塞进三件，挤咕眼睛不让吱声儿。妈回家看了并不合适，送回去，又逼着妈自己挑。妈说，我没拿，没拿我也可高兴了，跟我俩亲呗！

计算机学校有几年好时光，在轨道上几乎是自动运行。下了班儿妈和大姨、柏红、雪妮四个人打扑克，妈跟雪妮一伙儿——混你家人似的，记牌，小眼睛儿锃亮儿可能算计了！打得好！姆俩总赢！又过差不多二十年，雪妮在小区里碰见柏红，才知道是邻居。柏红离开计算机学校就再没联系，我们家搬过几次家，但是电话号码始终没变，妈有时候想起来说，这死孩子，也不说打个电话，是过得咋样啊！过得好，丈夫在汽车厂一年三十来万，柏红也会过，买了五套房出租。赶上大姨回长春，两老两小在外面吃午饭，妈说大姨眼睛都湿好几回。雪妮柏红都提前去抢着买单，没多少钱，但是妈说，那都是过得好呗！老人看着就高兴呗！到晚上妈又发来微信说，"高兴伤感"。

开串儿店那些年特别忙，一年到头没个信儿，忽然打电话来，六婶儿你先别出门儿啊，我现在过来！端来一大盆高压锅压好的牛肉带汤，说，我知道你不敢使高压锅！完了还舍不得火！炖牛肉多费火啊！说完就嘻嘻笑妈胆小又小抠儿。妈说是不早上没吃饭哪！这都晌午了！雪妮吃了午饭匆匆就走了。妈眷眷地说，这孩子，一阵风儿似的！

也是有事才来。装修店面要借钱，拿了房产证来押着，准时就还了。过两年又借，妈没给，心里也有点过不去，说了好几次——还是指定能还，雪妮差不了，但是我这十二万我搁宜信一年是一万八、半年还九千呢！

我想雪妮一定也知道是利息的事儿，该多心寒。但是似乎也并没有，热乎乎塞衣服都是那之后的事儿。也许是习惯了，觉得理应如此。他们姐弟一起开了七年串儿店，都是她熬夜守到最后锁门，二黑也没把锅底调料的配方告诉她。丹丹到北京看病，二黑离开半个多月，都是提前配好两大袋留在店里。我非常震惊，一直以为他们相依为命。但是也没听说翻脸，有时候吵吵就好了，二姑常说，雪妮懂事儿。

爸胆结石手术还没出院，二大爷又来，说丹丹不好了。红斑狼疮，也有重的也有轻的，丹丹这好像挺重，要上北京去看。夏天就听说二黑把房子卖了，命是保住了，几乎失明，并且打激素打成一个大胖子。都说二黑义气，也都说命太苦了。才三十二，孩子四岁。

也都有点觉得是不想让他女儿跟他一样从小没妈。不忍设想在医院里往事重现的心情。雪妮二黑从来不说小时候，他们不煽情。有一次年前我跟二黑去墓地，陪他去取二娘的骨灰盒，借祭拜的小隔间烧纸。他摆上馒头，苹果，橘子，烧鸡腿，插上香，倒上酒，跪下磕头。他说，妈呀，过年了，来取钱来吧。也许是我的错觉：那一套程序非常熟练，但是那悲痛是此刻的。

二黑买车以后，年年清明张罗去榆树给奶上坟。冬昀姐小庆儿也都去。上一辈的大家庭观念，不知道他们小时候反感过没有，长大以后继承下来，可能也收获慰藉。都心疼二黑，没有人提起香火的事，葛丹当然不能再生了。我不觉得姓氏重要。奶奶的孩子们身上那痛苦的幽灵，我一直以为是重负和羞耻，但是想到一代一代冲淡了，终究不可识别，那惋惜和遗憾也尖锐刺痛。缓一缓，原始的巨痛漫上来，本能地收缩迟钝，化为无可奈何，几乎是可以享受的。在这种事上没有旁观者，都是当事人。

第六章

局限

[*2002.9.6-9.14*]

31

雨细得一点声音都没有，窗口有铁灰色的光亮。三娜看见这光线下侧躺的妈妈，沙发上枯坐的小姥，又看见自己迎着雨窗，侧坐在小床上，身体虚肿僵硬，脑壳里烧着赤红的熔岩。这画面有一种意外的和谐，和谐中有隐秘的紧张，也许因为凄凉。她想起在上地看到的那个奇怪的东欧电影，也是姥姥，妈妈和女儿，也是凄冷的秋天——做果酱。Natalia 写信来，说已经到雅典，要跟妈妈去爱琴海度假——像每年夏天一样，虽然现在已经是秋天。又说，三娜你一定要来，我想让你看看我的家乡。三娜想，这话里的情意在那一刻大概是真的，但是这意思是假的，不必当真。因为要当真简直觉得是个负担，继而才失落起来，伦敦那一梦已经彻底醒了，回想起来觉得是另外一个人，与自己无关。但是当然她可以设想爱琴海边日光强烈树影斑驳的庭院——往后都是成见的拼贴——觉得不耐烦，扑通一声躺倒，觉得床褥冰凉的，想到最初那愉快的审美已经被繁衍的念头弄得脏热而糊涂了，这个过程简直是不可避免的。

妈翻身，说，我想起来松松背，——你递给我我自己起来。床尾栏杆上拴了一件不要的旧毛衣，妈拽着袖子坐起来，三娜扶着她往后蹭，把窗台上几个靠垫都拿过来垫着。妈身上热烘烘的。妈说，中了，这就中了，你该干啥干啥去，去，不用陪我，我不用人陪，有事儿我就召唤了，一会儿赵香玲儿就回来了，你上楼吧。

厨房窗开着小缝儿，秋天冰冷腥甜。双手在背后握紧，向下抻，脖子仰过去，胸膛挺起来，还是打不开。身体滞浊紧闭，不肯呼吸。煤气炉扑扑地烧，此时也像生活的入口，是混沌里一粒抖动，不熄灭。清早听见爸跟姐下楼吃饭，三娜去上厕所，回来关窗，打了一个哆嗦，立即钻回被窝，瞪着眼睛空躺——我这样应该就叫"废人"吧。这样的句子空划过去，好像也并不难过，很快就睡着了。醒了几次，知道还能睡，纤细一丝庆幸。

姥说，你见天喝那啥玩意？

三娜递过去，尝尝。

姥看一眼，推过来，笑，这小闺娘子，净调理我，是药啊？黑乎的。

三娜说，闻闻，哪有药这么香的。

妈喊，咖啡！洋玩意！喝了精神不睡觉！

姥看着三娜乐，你不睡觉你想干啥？

三娜说，啥也不干，点灯熬油，专门儿费电！

姥明白她开玩笑，轻打她一下。笑容慢慢收了，转过头去，一动不动坐着。她有时候坐很久，因为聋，走近了也没反应，雕塑一样。生命的迹象衰弱了，不时露出空无，倒看得更清楚：在那样宁静的永恒上、一段无中生有。

听见滴答声，一凝神就不见了。想去看看门口的挂钟，坐着没有动。对面楼一个人打开单元门走进去了。三娜无动于衷地想，妈和姥可能都没有注意到此刻我正在蹉跎生命。沉甸甸的小砝码落下，仿佛精神稍微凝聚了一点。随即就打了两个喷嚏。

姥问，你哥上哪去了？

妈说，你咋知道的呢？

姥说，赵玲儿说的，我要去东头，她说不在家，上哪去了？

妈喊，乾安！整学生！

三娜说，又赌啊。

妈说，不能让你姥儿知道，上火。

姥笑嘻嘻说，说啥，你俩说啥？

妈喊，说你儿子能耐！

姥乐一阵，好像想了一会儿，说，学生还没整完？学校不都开学了么？

妈扭头看三娜，说，这小老太太，更不好糊弄啊。笑，跟姥说，大遄大道东那个李瘸子你记不记着了，李德贵的儿子，对，就他，他孙子，李得贵的重孙子，要上七中！

姥立即问，给多钱？

妈演出又笑又气的样子，这小老太太，这小老太太！伸出一个手指头，这个数！

姥一看就乐了，说，一万哪？

三娜跟妈都乐了。

妈说，你看你姥，更知道行情啊。——你儿子能不能耐，跑跑腿儿就能挣一万！比你老闺娘还能耐！你老闺娘得招多些生儿能挣上一万哪！

姥呵呵地笑，好半天才又想起，问，多昝回来？

妈喊，还得两天！人留他喝酒，不让他回来！你儿子现在可是红人儿了！

又自己说，这都第五天头上了，不知道输多些呢！你给你大舅家打个电话问问。

没人接。妈小声嘟囔，这是叫人给扣下了啊这是，还有好儿，没好儿。

姥起身，黑魆魆一个影子，一小步一小步往前走。三娜到门口去开灯，姥停住，看着三娜摆手。妈说，你关了吧，她慢慢走没事儿。三娜忽然觉得非常凄凉。但是那冰冷的感觉也立刻溶进混沌不见了。

三娜说，李瘸子是谁啊。我大姥打坏的那个是不是也叫老李瘸子。

妈说，不是一个。那个老李瘸子是月子井的。人这个就是大遢的，年轻时候就瘸，必是小儿麻痹。找的媳妇儿一只眼睛，小个儿不点儿，生仨儿子！更不耽误事儿！这玩意你看！

妈一边说一边嘿嘿乐。三娜说，你这精神状态怎么很像宝有舅啊。

妈说，像农村人呗。农村人你寻思啥呢，有的是嗑儿唠儿！

妈又乐。好像也不怎么为大舅要钱的事儿上火，毕竟她还有自己的战争——想到这儿也像是不小心摸到了冰块儿，立刻把手缩回来。

妈说，单说人这仨儿子，都长一米八十来的，膀大腰圆，老大李全才，老二李玉才，老三叫啥玩意呢，这脑袋，想不起来了。那李全才篮球打得才好呢，没事儿就上学校打篮球去。我这么寻思，必是因为这个，老黄家二闺女看上他的。要不那么穷，上哪娶媳妇儿去！叫黄啥玩意来着，挺好听一个名儿，老黄家二闺娘，我没教过，她姐在姆们班，小眯缝眼睛儿，焦黄儿的小圆脸儿，姐俩差一岁儿，长得一样一样的。人那家人家才有心劲儿呢，人她妈就能干，给俩姑娘收拾得利索儿的，搁红头绳扎俩小辫儿。老李家这小媳妇儿也能干哪，孙树发说的，养一院子大鹅子嘎嘎叫，不知道食里下的啥，谁家鹅子长病她不带长的，你说尿不尿性，这玩意他妈的。

屋里像点着了一堆篝火。每次听妈讲故事，都觉得生活其实还非常原始，人的诡计和残酷几乎像动物世界，天真是非常恐怖的事。

三娜听见自己温情地说，攒一万块也不容易啊。

妈立刻说，那还得是找对人呢，一般的不得骇他多些呢，还不一定能给办成，哪有像你大舅这么准成儿的！

妈有时候说大舅要钱，不是好来的不是好去。但是别人说不行。

三娜接过赵姐手里的塑料袋，说没打伞啊。

赵姐笑着说，嗯呢，小毛毛雨儿，挺得劲儿的。

拎菜去厨房，在姥房间门口看见她快要走到床边儿了。简直像是在荒原上。三娜在灰暗的餐厅空站了一会儿，看着自己不太充足的意识像一盏油灯，照不出去多远。——我想要从中发现什么呢，正是这样的时光、而不是别的激烈的、清晰的、富于戏剧性的时刻，构成了我们人生的底色？所有我听见的看见的，都像水与空气一样正在进入我的身体、隐秘地成为我？这些想法也都熟悉得令人厌倦了。

赵姐站在楼梯口，说，黄清芬黄清芳姐俩儿，是不是？

妈一拍被子，对，你说我这脑子，想这半天，我就记着挺好听的名儿。

赵姐说，这些人你咋还记着呢。

妈又高兴起来，说，黄清芬儿是姆们班的，跟我俩好。你看学习不咋好，可伶俐了，会干活儿，炉子点不上吧，她一点就着，这玩意你说，也是天生啊。

赵姐说，人那家人家都可奸了。

妈说，奸！从小就知道会过，一上体育课就说肚子疼，在教室待着，怕废鞋呗。你看这人奸的，赶上你大姨了。

三娜笑说，这些事儿让你一讲，就一点儿都不心酸了。

妈说，那心酸啥呢，心里很得意的，节约的人你不懂，省着了那是非常高兴的事儿！你看你大姨！

赵姐从厨房拿一个药盒过来，站在旁边听妈说完，笑着说，还有这事儿呢，不说真想不到，那都是出了名儿的仔细——老姑你看是不这个？

妈说，对对，你就坚持吃吧，指定能好。

三娜说，啥呀？

妈说，你赵姐，还胀肚还拉稀，我说让她吃点补中益气丸。

三娜说，你咋又滥开药？

妈说，咋能是滥开药呢，我给何雪妮治病的事儿给你学过吧。我观察你赵姐脸色儿发黄，还乐意叹气，再加上胀肚，正是应该吃这个药！赵香玲儿没事儿你放心吃，这路小中药儿啥事儿没有，多少百年的成方儿。

赵香玲笑说，嗯呢，我先吃一盒儿试试。

妈说，我还没给你讲呢赵香玲儿，这黄清芬儿我咋记着呢我跟你说，有这么个事儿。二娜不是夏天生的么，到五月份就八个多月了，二娜胖啊，七斤半的大胖孩子，八个多月就可沉可沉的了，话说多了气儿都喘不匀乎，那也得上课啊，不上咋整，上哪找人代课去。完了有一天放学前儿，黄清芬儿就没走，东张西望就像有事儿似的。等那些学生都走干净了她过来了，从书包里拿出啥来你说？拿出四个鸭蛋。那前儿那鸭蛋，你知道吧，那还了得！四个鸭蛋搁干草裹的，并排儿这么放讲台桌子上。也不会说啥，你看她干活儿行，更不会说啥。那我就收下了呗，孩子那心意，那也不能让她拿回去啊！是不让人感动？我这么寻思指定事她偷着攒的，那要是她妈让她拿的，她能不说么。小孩儿有心啊！哎呀这是多少年的事儿了，七五年呗，记着真儿真儿的呢，五月前儿可暖和了，教室门窗都开着，过堂风刮进来那些杨树毛子。

像荒漠甘泉，心里甜滋滋地松弛下来。

赵姐笑，说，是么，真挺出意外的，黄清芬儿那都出名儿的仔细，还有这事儿呢。

妈说，这么一说起来啊，我都怪想她的，再也没见着，这都多少年了，二十三年了呗，离开大退！

三娜说，这人后来干嘛去了？

妈说，能干啥！在农村种地呗！嫁给姆们班上张国有了，谁知道咋看上他了呢，虎了吧唧啥也不是的玩意，就乐意跟女生疯闹，没正经。

三娜想这也是常见的组合，隐秘曲折地合情合理。

赵香玲笑说，你可没看着老姑，人张国有可跟媳妇儿好了，上哪都一块儿堆儿，啥事儿都听黄清芬儿的。

妈说，那咋还没管住呢，喝大酒喝死了！

三娜说，还真能喝酒喝死？

妈和赵姐一起说，咋没有呢！

戏剧化的情节真的发生，格外有一种实感，像个小锤子梆地了敲一下。

赵姐说，还真不是喝大酒，喝大酒更出不了事儿。张国有他弟弟就住我们不远儿，杀猪，冬天晚儿也没啥事儿，一喝到下黑儿，都说临走还好好儿的呢，说啥都知道，完了就没搁人儿送，躺道边儿老崔家柴火垛上就睡着了。早上老崔家那小闺娘起来抱柴火，吓得嗷嗷叫唤，都死得梆儿梆儿的了，说可脸上都是霜。要不说农村这人，命都像不值钱似的。

妈说，那家没来人找么？

赵姐说，家没人。他儿子在县城卖炕革，黄清芬儿给买的带门市的房子，冬天都在那边儿拉。就张国有自个儿总回来，他妈还在大遛呀，在他哥那儿，谁知道了，我这都听我妹妹她们说的，说他跟朱会计家的俩人儿好。

三娜说，啊，不是说夫妻感情好么？

一边故作惊叹，一边想，这故事有种聊斋的情调啊，所以古代真的存在！心里震一震，其实还是没有接受，就平复下去了。

妈说，有都是那路男的，跟媳妇儿也好，跟外头女的也好。

赵姐说，谁知道是咋的了呢，年轻时候还没听说，姆们原先都可羡慕了，后允儿也出这路事儿。

妈说，要说男的啊，都是半拉畜生。

赵姐就笑。

妈半自语、说，啧啧，命不好啊，四十来岁儿守寡。也不好找啊，谁知道儿子啥样啊。

赵姐说，我看她必是不想找了，头里我在县里，黄清芬儿就在离七中不远儿卖水果儿，屋里糊的也成干净了，也有铺小炕儿烧滚热儿的。哎呀妈呀，我看人一个人儿过得更有意思，有一回我去，正赶上从炉子里扒拉烧土豆儿呢！我寻思咋这么有心思呢，我见天烧火烧炕我也没寻思给自己烧个土豆儿吃吃啊。

赵姐一边说一边笑。那一工夫她几乎是真实的，是三娜不认识的她自己。

妈说，那必是跟儿子过不到一块儿堆儿啊。儿子这玩意，你看你稀罕他，他可不知道稀罕你呢！我这两天寻思闫凤琴啊，也怪可怜的，咋不可怜，拿他那儿子当个宝儿似的这么些年！

妈望着窗外。雨停了，好像正在一点一点亮堂起来，也许一会儿就要出个淡黄的小太阳。赵姐转过身去卫生间，哗哗地放水洗抹布。

三娜并不觉得黄清芬儿凄惨。她设想那孤独里有紧固的力量。如果是文艺作品，她早晚要在她那小屋子里做出一点癫狂的事，以揭示出之前一切温馨喜悦的场面都是吃力的自欺。但是三娜不信任文艺作品，它们只挑选震动的故事。现实也许非常松弛，她不久遇上什么人，过些年那个男的死了，或者有一天忽然拿了她的钱跑了，她还是一个人过，还是给自己烧土豆吃——怎么还是像个电影，想象力也逃不出这些格式。

三娜说，小骏干啥呢？

妈说，还念书呢呗，哎呀，也该今年毕业，谁知道上哪去了，再来我问问吴玉华。人那孩子好啊，孝心他妈。要不说家贫出孝子，你看小龙家也比小骏好，学习也比小骏好，但是品质可赶不上小骏，叫个小媳妇儿拿住了，把自己妈逼喝药了，这是啥儿子！

妈的立场也是一时一变，有时候又觉得闫凤琴应该识时务。她自己是那样，起初全力反对小哥跟小嫂结婚，看反对不成就拉倒了，好像根本也没生气。当然小哥毕竟不是她儿子。

三娜觉得能够理解闫凤琴，有一种熟悉的绝望，都押在孩子身上，赌得太大了，早晚要破产的。茫茫地到处都是这样的女人，最好的结局也许就是像小山东那样。想起来也像是闹剧，当然现场也许确实就是闹剧。庄严是不自然的。妈说小山东起先养了两只大黄牛，留给小骏交学费，宝贵舅要钱，偷偷拉出去卖了。小骏考上大学，小山东把房子卖了给交学费，到县城去租个房子开旅店，晃常儿有整不正经的去，按小时收费，孙树发来了讲得非常难听，又说宝贵舅还是偷，抓住了正闹离婚，小骏寒假带女朋友回来，就混过去了。当然暂停营业，三娜还是觉得十分刺激。后来听说女朋友嫌没有吹风机，搬到县城宾馆去住了两天，小骏回去就跟她分手了，妈就夸这孩子有志气。有点扫兴，不过也就是这样，有时候生活轻松超越想象，有时候又跟拙劣编剧编得一模一样。

小骏上大学那年在长春转火车，妈安排在学校住一宿，爸晚上特意过去，给了五百块钱。三娜非常高兴，记得很清楚，爸回来倚着书架高兴地说，你妈给是你妈给的，我给那是我给的。爸甩手走出三娜房间，自言自语似的，说，没摊上个好爹啊，奚宝贵什么东西！——三娜忽然明白过来，爸那时候是想起他自己！我怎么这么愚钝！她觉得额头滚烫，鼻子眼睛发痒，知道过敏性鼻炎已经来了，应该上楼去吃药。太阳出来了，窗台上咖啡杯口晕着一圈儿柔光。杯影落在三娜腿上浅紫色的被子上，眼见着边缘越来越清楚。三娜心里砰地动了一下，好像忽然看见时光，好像刀刃倏地落下来，那精细明确之感非常美好。——怎么一动不动，怎么这么沉重，屁股粘在床上、那触觉都变得不自然了，在这注视之下我要以什么动作站起来啊！阳光落在线衣上，微微的暖意从皮肤渗下去，遇见身体里的冷气，一串儿喷嚏从腹部滚上来。

妈说，这孩子，快上楼去，穿上点儿！

赵姐拿了抹布过来擦电视柜。

妈说，可是黄淑芬儿现在还能找着不的？

赵姐站住，快速地眨着眼睛，说，谁知道了，这一晃儿也一年多了，不知道还在不在那嘎达——你找她啊老姑？

妈说，我现在倒不用啊，就寻思等到明年，两届学生，张英杰一个人儿忙乎不过来，就得再找一个呗。黄淑芬儿多能干呢，飒楞儿¹的，左溜儿一个人儿，到学校人还多，热闹，不比在县里卖水果儿强。

赵姐说，嗯呢，等下回的，我妹子再打电话我让她问问。

妈说，你现在就打，看能不能问着。

三娜看着赵姐打电话。忽然想起这些故事她根本无法消化。不能启动同理心，就不能真正理解。但是为什么不能启动同理心？她心里一阵激灵，恍然大悟一般：我是什么时候想明白的、同理心在这种情况造成误会！这样残酷、这样有道德压力的结论，是什么时候无声无息潜入我心的？我怎么一点都不知道！但是这是勇敢的进步吧！所以反反复复想这些事，并不只是在语言的镜面上溜冰，它缓缓地改变了我！等等、为什么同理心不行、我真的想明白了么？——人们的经验到底在多大程度上相通，在什么样的条件下必须小心地守住边界、尊重差别？看电影的时候——跟着哭也是真的！但是伴随那感受潜进来

1　飒（sā）楞儿，做事利落。

的成见！当然是靠不住的！因为甚至编剧和导演都并不真的对他们所传递的那些隐秘的细微的价值判断保有意识！人们凭借直觉在地下水系相溶相通、还是互相作弄？但是差别——，当三娜试图总结、试图找出不能代入、不能启动同理心的条件的时候，她明确地感觉到眩晕、那是力不从心的征兆、事实上她感到无从下手、毕竟这是一个刚刚才被她从智力的语言的流动中截留下来的新问题——像个新玩具。她没有意识到自己是为了安抚那无能的沮丧、敷衍着自己想到：在具体的情境下、只要慢下来、只要静下心、自然而然就知道、这个时候是不是应该充分地代入——，她忽略了"自然而然"四个字所包含的令人无法满意的模棱两可，继续想到：我的问题是，可能是小的时候，为了自我感觉良好或者说是小孩儿那生猛的道德荣誉感？总之代入能力被锻炼得过于发达、过于便捷、总是第一时间不申报、未审批、毫不犹豫地代入了！这愚蠢的自负！带来了多少明显荒唐的错误认识！

没人接。赵姐说，她一会儿看着了能打回来。

妈说，打回来你挂了再打过去。

赵姐就笑。

三娜仍然在澎湃的心情中，觉得那高涨的勇气随时都要落下，自己鼓着劲儿又复习一遍：非要拿自己那过分自娇自爱大惊小怪的心去代入他人的命运，也是一种自大不是么！如果不是一种自我感动的话！很明显，当我试图把自己放在故事中那些位置的时候，我所感受到的愤怒和委屈、完全不可承受！而事实上他们都承受了！所以我代入的不对，他们的感受和我设想的并不相同！……这算是局部的正直么？这一部分暂时的结论是靠得住的么？不我不是否定同理心，我是否定我自己的同理心，我还没有经历过什么人生，怎么可能去理解别人、和世界？我的经验、哦、我那向内旋转的、无法解释的、看起来几乎是自作自受的痛苦！跟别人的经验是不同的，如果这也算是一份经验！

面对理解他人这个广阔的任务，我的工具箱几乎是空的！那些不严谨的逻辑、空气中弥漫着的模棱两可的心理学知识，当然是靠不住的！它们有时候恰好是对的，有时候完全不搭边儿！那有什么用！等等这结论好像也来过一千次了怎么还像是新的因为从来没有真的面对过从来没有真的、当真？……三娜感觉到心脏扑通扑通地跳，脸上都烧红了。那一大桶污水似的身体好像也要烧滚了似的。她听见妈说，你吧太老实，管不了这帮孩子，你看都是小丫头，更不好整！再说家里离不开人儿，你大奶你看着挺硬式，扔她一个人儿在家不行！有你在家我就放心。再说一样的一千块钱一个月，在学校也不管饭，还没这剩的多。

赵姐脸好像红了，说，我没多寻思，老姑。真事儿的，你让我去管我也管不了，我脸儿小，谁要跟我大声说话啥的，我都得像要哭似的。

妈笑，说，我不就怕你多寻思么，咋有这好活儿不想着我，就让我在家当保姆呢！我还真替你寻思了，以后要碰着好人家，男的人老实的，给你介绍一个。不是我打击你，你看你现在为你儿子打工挣钱，母子俩相依为命的，等到结了婚，有了媳妇儿，真不一定能指上，就算媳妇儿好，咱自个儿有个家，到她那去不也仗义[1]么！老姑说正经的，不跟你开玩笑，碰着合适的人儿得找。

赵姐像是猝不及防，笑，说，上哪找去，男的没有好人。我都寻思好了，等张磊毕业了，我就回大遢，整个小房儿自己过，咋还不吃饱饭。

妈说，说都是这么说啊，真到老，一个人不行，到时候现找吧，还过不到一块儿堆儿去。就得趁现在，年轻漂亮的，女的就这两年儿，

---

1 仗义，理直气壮。

像你四十出头儿，还能挺一阵儿，一过四十五，就又一个样儿了。

赵姐笑起来，哎呀妈呀，老姑你可别笑话我了，我瞅着我都像有五十了似的，这几年给造啥样儿！说着低下头，又去洗抹布。

三娜发现自己希望赵姐真像她说得那样，像黄清芬那样——像三娜想象的那样，完整干净地生活。承受孤独即有尊严，像乡村荒草中被埋没的不会消失的雕像。太美了，立即不信，乌云又满落下来。挪了一下屁股，冷风从被子边上蹿进来，变成一串喷嚏。妈说，就不听话呀，就不听话！快溜儿上楼去多穿呢！穿线裤！

穿上线裤，把袜装提得高高的，套上紧紧箍箍的牛仔裤，打算振作起来——又一串喷嚏。从爸的暖壶里倒水泡茶，水还是滚烫的，想是赵姐早上新灌的。吃了药，在窗口站住，端着茶杯让热气儿熏着鼻尖儿。过敏非常难受，但是因为刚才那一阵激荡，就像有点喜欢自己了似的，心情忽然就好起来了。把电脑拿到妈妈房间，在梳妆台前给苹苹写信，敲字敲得非常快：……我只能是我自己。这就是局限吧——忽然硬邦邦的、想要逃开——所以最重要的是、所以赶紧冲出去、拥有人生！收获经验！我几乎是冷酷地看着自己心里忽然这样喊起来！……似乎是太激动了，脑子停顿下来，她有意识地深呼吸，感觉到背后微微起了一层汗，不知不觉，那熟悉的浑浊的沮丧漫过来，起初浅浅的，再看就像是非常脏了。三娜躬身坐在小化妆凳上，看着镜子里的自己。没有感觉、没有力量。扑到床上去趴着，不敢回忆刚才那一段起。她不相信自己。不相信自己可以一直那么勇敢、为自己的结论辩护、在一件事上有坚定的论点。像一根儿皮筋儿被抻起来，松开就缩回去了。三娜这样想着，暗暗地想要认为自己毕竟变得不一样了，因为这鬼鬼祟祟的意愿而不安，翻了一个身仰躺着。淡灰的云把太阳重新遮住，房间里停着温吞的光亮。她逃避似的回到熟悉的角度，看见自己站在没有刻度的时光里，谁都不是，什么都不是，像生命成型之前混沌未开的一团。——但是我不是，我没有那一团东西里压缩着的等待解码的完整的能量。我是被怀疑败坏和溶解掉的一团、再也无法新鲜的、用过的——垃圾？过敏期间滞重的身体感受强化了这个意向。但是隐隐地三娜明白这过量的自我贬损是一种报复，小小的火苗一样有个声音说，这也是不诚实。为什么不能承认，我还有可能复活、如果暂时放下复活这个词过分的明确和庄严？为什么不能承认，我还是有希望的？！她看见自己望着天花板的眼睛直直瞪着，过敏的时候眼睛又干又痒没有泪水。

赵姐上楼的脚步很沉，三娜坐起来，赵姐没有扭头，进卫生间打开水龙头。三娜想要下楼，又觉得太明显了。书房外窗永远开个小缝儿，推门进去就打了一个喷嚏。赶紧拿一本就出来了，在楼梯口又打喷嚏。妈妈在楼下喊，你在哪屋待着呢？上妈那屋去，妈那屋暖和，差不少呢。又说，镜子下头柜门儿里有小薄毛裤，套上，快溜儿的。三娜说，谁这前儿穿毛裤啊，我姥儿都没穿呢吧！

妈说，你姥儿都穿小薄棉裤了！你寻思啥呢！

赵姐关了水龙头，说，可不是咋的，这孩子这喷嚏打的。

三娜说，没事儿，就过敏。

赵姐拿着脸盆儿进来浇花。三娜贴墙边儿站着，翘起脚，伸开胳膊向上够，假装做伸展运动。她看着自己说，也没个浇花的水壶啊。赵姐说，用盆儿行。三娜说，我妈以前总拿洗菜水浇花儿，能有多少营养啊，反正她觉得有用。赵姐说，嗯呢，我老姑成会过了。三娜觉得勉强，知道不应该继续，提醒自己说，她并不像我此刻设想的那样感到被奴役、委屈、悲惨，但是她听见自己继续说，现在农村自己家种菜园子也不搁化肥了是不是？赵姐说，嗯呢，多数都是下粪肥，也有个别的懒的，也下化肥。三娜说，那农药呢？赵姐说，像有的那好生虫子的，多少也得掸点儿，反正自己家吃的吧，就少掸点儿——她说着走出去，三娜像故意似的，看了一眼窗外浅淡的天空，希望自己平静下来。赵姐拿了抹布又进来，擦窗台，梳妆台，床头柜。三娜说，这不用一天一擦吧。赵姐说，隔一天一擦，有时候还忘，我这两年这脑袋才糊涂呢。三娜说，都那样，我现在就记不住事儿，下楼就忘了要干啥。忘忘呗，瞅着埋汰就想起来了。赵姐笑说，等瞅着埋汰那得多埋汰了。三娜说，就我爸那屋埋汰，哪哪都是烟灰。赵姐就笑，说，男的都那样儿，我老姑父还算行的呢！那农村的你都没见过。三娜说，咋没见过，奚宝泰！赵姐说，也怨不得农村人埋汰，上哪洗澡去，不像这城里，我看你们天天洗澡儿，那农村一般的一个月洗一次就不错了。三娜心里像是给打了一拳，脸一下红了，但是似乎同时感到了一点解脱。赵姐说，行了，别影响你看书，我给你把门儿关上啊。又像是给打了一拳。——是因为感觉到我认为她很可怜所以真的觉得自己可怜了么？三娜不敢让这想法在心中完全展开，重新趴到床上，打开书，竟然就看进去了。翻了两页之后发现自己正在想：既然是雇佣关系，既然我不能真的把它变成一个更舒适的关系，为什么要掩饰成那样？自欺又要求对方配合，这是一种贪婪吧，这是对对方的蔑视吧。在刚才那样的时刻，忍住愧疚，放弃谄媚，承受在想象中被厌恶和反感，对赵姐来说还更轻松一些吧。那忍耐也更像是接受惩罚——但是明明现在这样我才更难受啊——怎么这么混乱？在烦躁中把这一幕丢开，让小说帮她蒙混过去。

　　小说开头讲普通人家的小女孩跟着有钱的女同学全家去度假。美国也有这些事，三娜竟然一直没想到。但是果然她们的心酸和尴尬比较轻巧，可以讲述，可以作为戏剧的张力、性格的潜流编织进故事——也许只是作者为成文而简化扭曲？写得不好，轻飘飘似是而非，沦为情调。但是进度非常快，翻几页她们就长大了，两个女主角性格命运参差对比，两个人在彼此心中的影子——作者的构思光秃秃支起来，让人难为情。所以那女孩子的悲剧就是无法停止奋斗？那赵姐的悲剧算什么？模模糊糊觉得赵姐的悲剧没有文学性，只是悲惨。太明确的悲惨里没有文学需要的暧昧和弹性。这新发现像一粒松果滚进山洞，带着小巧结实的喜悦。停了一下、想要记住，但是迫不及待地继续看下去，那有钱的女孩子的放纵和虚无也太、符合想象了吧，这还有什么好讲的……渐渐被故事卷进去，不再审视。那被她鄙夷的情调令她凝聚起来，几乎平静。

听见很慢很慢，很轻很轻的脚步声。放下书，打开门，把楼梯间的顶灯打开，姥右手紧紧抓住扶手，左手颤巍巍端着一只搪瓷小盆儿，定住脚抬起头，正看见三娜，就笑起来，那笑容绽放得像慢镜头一样。想要下去扶她，又怕被妈看见。过去拿了小盆儿上来，蹲在楼梯口等她。忽然就静悄悄的。像是转身遇见，像是新的发现，三娜满意地看着这静默的时刻毫无意味，空白也自有一种饱满。姥上完最后一阶，喘了口气，说，姥娘还行，哈？

姥坐在床沿儿上，一只腿盘上去，手抱着脚脖儿，脚脖儿上缠了腿带，似乎还是大遢那副——不太可能，但是非常像，也非常旧了。三娜一口一个吃小黄柿子，姥看着她乐。她伸出食指来捅姥的脸蛋儿，姥笑眯眯地歪头去躲。三娜说，捅个酒窝！姥挥手假装打她。都是现成的简易的剧本。姥自以为小声地说，小娘们儿上来了没有？三娜大喊一声，姥！冲过去把门关上，庆幸赵姐已经擦完下楼了。

姥又说，你看着点儿！

三娜压低声音，趴在姥姥耳朵上说，看啥？

姥很使劲儿地闭眼皮儿，表示说你怎么明知故问，同时笑眯眯的，表示明白三娜是在开玩笑。

姥说，姥娘腿脚不行，跟不上。你妈那些东西，她自己都没数儿！

三娜就笑，姥也笑，说，这小姑娘子，就知道笑。

三娜拢起手，贴着姥耳朵说，谁拿这些破烂儿干啥！

姥沉默，抖脚，抖她摆在床上那只缠过又放开的脚，三娜看见她心里一件事一件事摆过去。过一会儿，有点事关重大的样子，说，姥娘跟你说，你别去问你爸，啊。

三娜说，啥事儿啊？

姥说，净在你爸跟前儿嘚瑟，你爸也盯着看哪！

所谓的现实世界真的太残酷了。三娜抵挡住不让这感受进来，笑着说，这你都看出来了！我怎么没看出来！

姥看她不当回事儿，又说，她妈就不好，屯子都知道，改嫁的，她姐妹都不好。要不她男的揍她，随根儿啊。

三娜等着喷嚏蹿上来，连着打了三个，擤了鼻涕，才凑到姥耳边，说，人家不是她爸死了，她妈才改嫁的么？

姥又摇头，表示跟她没法说。

32

亲爱的苹苹：

亲爱的苹苹，我想严肃地说一说我的问题。先就不批判自恋了，因为目前的状态是，对自恋的批判也是自恋，在这个漩涡里是出不来的。要更具体地展开地说一下我的问题。当然我有问题，这个可以简单地判断——我总想从此刻的状态中逃脱出去，这与生理的病痛感是完全相同的。我持续地想要取消自己的存在，一度有自杀倾向——这真让人难为情，这宣称像是炫耀，有时候忽然有迫切而鲜明的冲动扎出来，似乎就是想要证明我是真的痛苦——不是撒娇。但是痛苦有什么了不起，这虚荣心是从哪里来的？我现在好了，知道自己做不出，不好意思再拿自杀哄骗自己。那茫茫的灰暗不能凝结，但是也并没有消失，我觉得它在我的水肿中，这是比喻也是事实——它已经生理化，成为一种体质。"我就是我自己的障碍"。是因为年轻么？总当这是一种羞涩，一种柔情，一种芬芳，它让我们认出彼此亲密起来。但是其实它是一种病态，像我过敏时擤红的鼻子和苍肿的脸一样，令人厌恶。写到这里我又一次不耐烦地直想——取消自己的存在。

　　说出来像个自大的笑话，我害怕我的存在。我其实害怕任何存在，害怕真实，害怕无法醒来不容幻想的坚硬。我尤其害怕生命，生命中几乎是天然地包含着伤害——猎食。一个人活着就必定在人与其他动物之间，更是在人与人之间造成伤害。当然也许是我滥用了伤害这个词，在一定限度内的作用力与反作用力可能对彼此来说都是一种乐趣？但是我仍然认为真正意义上的伤害不能避免。我不能允许自己通过把痛苦和快乐仅仅当作不同的生命体验来取消善恶是非，那是另外一个深渊也非常可怕。我要说的是，他人即地狱，我是所有别人的地狱啊！我害怕我是别人的地狱，我害怕做一个有罪的人，但是显然这是不可避免的。想要保有无辜的奢望本身是公主病是撒娇要赖，我知道。好像到这儿也就没有了。脑子忽然就空白。你等我停留一会儿。我想我其实知道自己快要告别无辜了。想到那漫长的伪装的无辜，那徒劳的精疲力竭，那被浪费掉的生命，痛惜之情被我推得远远的不敢看清楚，变成了弥漫性的伤感。我不说这个了，陷入自怜就糟了。我小时候喜欢听评书，《瓦岗寨》里有一个人叫踏雪无痕花云平。我这两年经常看见陷阱，又似乎是假寐的猛兽，要轻轻掠过去，不能惊动它。就会想起这个踏雪无痕花云平，我总觉得他是穿粉色黄花绿叶绸缎袍子的。这个段落写出来有一种意外的文艺效果，令我疑心是自己做作。当然整个的这封信，这论调，这郑重其事，都可以被认为是夸张做作，因为在被浑浊的生活之水冲兑过以后，这里所说的一切都是破碎的、若有若无的。那种实情是无法描述的。

也许只是简单的热情过剩，病痛也好，自我剖析也好，都不过是热情的演化。把一切都归因于肉体是最虚无的了吧。我是多么害怕肉体啊。说起我的问题，似乎总有一个简单的答案——谈个恋爱就好了，"搞"一下就好了。说实话我不相信性有那么神奇，当然因此更加想要"搞"一下，以便宣布我的问题与性无关。如你所知，写到这个地方我的脸都红了。但是憋住了一口气儿写出来，也像是一种胜利，这个过程全靠我用意识挤出来的勇气。这是可能的，当然非常难。我最近真的偶尔会有点勇气和力量。好像盛夏时偶尔大风吹过在树木浓密的枝叶翻滚中可以看见淡金色的秋天。哈哈。我真喜欢这个比方啊。我的脸仍然是红的。肉体是非常神秘，更神秘的是，我们通常经常默认为与肉体对立的精神、思想、语言，是能够影响它的——比如脸红。作用力与反作用力——所以生命是一体的吧，这也是自己糊弄自己的思路。

有一天上午我一个人在二楼，完全空白的时光，也并不想看书，什么都看不下去，又不能上网（我在家里不能经常去聊天室，倒是一件好事，令我没有那么厌恶自己），就打开电视，按下静音（上午在家看电视总有点难为情，而且楼下赵姐正在干活儿，我跟你说过赵姐了吧）。电视里真的就在播放豹子捕食羚羊，我也真的是心里咔嗒一声，没有换台，屏息看下去，心里紧紧攥着，怎么都松不开，有一丝意识在说，这应该是美的吧，那无声的奔跑！几乎就感觉到了美，纯粹——那就是生命啊！当然在意识的注视下这感受即刻消散了，只有一片雪亮的紧张。捕到的那一下还是闭眼睛了，继而转过身，假装看窗外明亮的秋天，假装凝神于这秋天，并且试图把电视中残暴的一幕与眼前的宁静景色组装起来，成为某种形式、某种隐喻。我只能用一部分精力做这件事，并且立即感到厌倦，因为有一个我始终在要求自己"直面淋漓的鲜血"，默念这句话本身其实还是会聚集起一点力量的——非常短暂虚弱的冲动，终于回头看一眼，模糊看到那豹子在羚羊的身上，心里像是给狠狠掐了一下，立即关了电视。我这样淋漓尽致地描写自己的不忍，似乎也像是一种炫耀。可能多少有一点？但是我也没有说谎。而且我确实有点高兴，我的勇气目前可以走到这一步。虽然在现实中仍然害怕猫狗，像是不敢"凝视深渊"。之类。以前我们院儿两个小男孩儿，夏天捉蜻蜓，揪掉一对翅膀，然后放开，看它飞得歪歪斜斜跌落下来，两个人乐的！那快乐的样子几乎是无辜的。这事我也想起来，觉得真善美这三件事琢磨起来都是无底洞。恰好前几天跟我姐说起王小波，就又重新看了《青铜时代》。说起来有点难为情，大家都说喜欢王小波，我也跟着说，其实是不诚实的。杂文那些不说，他的很多小说我都觉得有一部分不能理解，以前因为心理上抵触，都是越过去不肯细想——像花云平那样。这次也是憋住气刻意去看，清楚地看见他不厌其烦地描写行刑。因为是平滑又几乎戏谑的语调，看下来倒也并没有觉得很刺激，当然也是心里缩着不让画面生成，不启动关于疼痛和羞辱的想象。我还是不明白他为什么要写这些，比如《寻找无双》里鱼玄机的故事，在我看来与主题和故事都没有太大关联。他是刻意要写这些，几乎是兴味盎然的，唯一的解释是他自己有这个偏好，我不认为这有什么不妥，但是这样揣测作者的私生活也还是不太好。有几次他写到人在无法摆脱的痛苦中最后只能学会享受它，我也很想往这个方向去理解，但是老实说，我觉得他写虐恋的时候并没有政治意味，那几个人物差不多都是天真的，几乎可以说是可爱的。唯一合理的解释是他自己有这个偏好，这方面我真诚地政治正确，但是似乎说出来就会有损王小波的名声。真正的挑战是，我不得不联想起来，疑心人与人之间的权力关系，且不说性、单说人在社会角色中的遭遇，都是被冲淡了的、不那么直接触目的施虐与受虐。当然这样的扩展是非常不严谨的。我小时候看到电视里的人下跪就要换台，刚才这样写着想起来，从来人类社会中都只有不平等关系，所有处在被动角色中的人始终都是满腔怒火么？人们只能爱上无法摆脱的处境？还是，更可怕的是，人性中本来就潜伏着跃跃欲试的"奴性"？就我自己来讲，自我泯灭的愿望非常强烈，在很多时候都表现为对牺牲、对献身的渴望。那年使馆被炸，第二天我才知道有游行的事，觉得非常遗憾！还有一次，在杂志内页看见公益广告，说一次性筷子每年消耗掉多少森林，我也是立即就像找到了真理、找到了确凿无误的正当性一样，带着横扫千军的气势把那页杂志贴到了食堂门口。这都是我希望可以抹掉的往事，但是重新再来一遍类似的情境，我还是能够看到那种激动的心情涌起，只是我应该可以不再被它支配了。渴望真理赋予的特权和自我泯灭又不同，自我泯灭与奴性又不同，这样越写越乱，但是在我的头脑中，这些事就是混乱地联系在一起的。如果不能确定人们都自发地渴望平等关系，正义就也变成了一个想不明白的事情，简直人类的历史都像是游戏了——于是可以没有道德负担地做出任何事情来了。我倒不害怕这种虚无，虚无和虚无反正都差不多。我是害怕邪恶的释放。这话说起来也是无底洞，我也只能花云平了。当然我害怕再想下去要释放心中也许存在的魔鬼。实际上，我疑心那魔鬼，是你去释放它它就存在，你不碰它就并不存在。我怀疑人并没有什么本质，人性永远是待定的东西。想到这里我隐隐感到恐惧，又非常理直气壮，好像有高于这一切的更正当的东西支配我走到这里来的。但是也并不能再往前一步了，像站在悬崖边上并没有下一步可走。大概就是"凝视深渊"的那句老话吧。不论怎样抱着疏离、旁观和怀疑的态度，探险或者思考其实总是意味着某种程度的卷入或呈现——因为也许我并没有什么本质、并没有那高于一切的更正当的东西坚不可摧地埋在我体内。

　　我总是害怕卷进去。所以也可以说，我总是害怕失去自己。这跟我总是想取消自己的存在其实是一回事。语言就是这么不可靠啊。我都在胡说些什么！我就是不想以卷入的方式存在。但是我模糊又知道那是唯一的方式：一颗小肉球滚进视野，在舒缓的音乐中长出触角，章鱼似的，搭上那个庞然大物——永远不够距离不够视力看不清全貌，只有信号传递进来，核心里的程序启动了，能量像种子似的发出来，互动越来越激烈，触角越长越强壮，生出新的触角，扭动起来，缠绕起来，一团乱麻似的，四通八达浑然一体，成为那庞然大物的一部分。最初的肉球也还在，没了轮廓形态，变成混乱中心的一个绞结，数据交汇至此，忙碌兴奋地计算着，它以为自己是程序、是处理器、是意志、是"我"，其实每一秒都在被传进来的数据篡改，到处都是病毒——我这是打比方说 high 了，禁不起推敲。受精卵着床，种子入土，电脑连进网络，人混入人群？这些比方没意义，人是在人中间诞生的，所谓社会性并非纯粹后天。不能设想一个进入人群之前的人，人猿泰山只是一个浪漫故事。极端说去，上帝从未创造一个一个的"我"，它只写了一个程序，就是这个，所谓世界。我用这想法截断狂想，又并不相信它。生命传达了科学无法到达的某种意志，任何解释都无法触及的某种意志。它为一切提供动机，其实它什么都不为，都可以说是疯狂。我不确定这意志是不是上帝的基因，我不确定自己在何种定义之下使用上帝这个词，最近倒是经常用起，作为一段段的思考的终结。我总是要想到、说到词意含混、语言可疑的程度，竟然就有一种竭尽全力的免责之感。

我不信上帝。也不相信没有上帝，是不能确定，但是终归算作不信。信和不信是完全隔绝的，不可沟通。

我不觉得我的问题可以归咎为上帝死了之类。那样太无赖了。我总想偷偷认为都是我太诚恳严肃，但是显然这自欺也无法成功。用佛教词汇说，我是又贪又嗔。你看我鞭挞自己到这个地步，其实仍然心存侥幸以为自己无辜而且就凭这无辜的姿态本身就可以获救。但是这些想法正在减弱。语言总是跑得很快，经常连划痕都没有，根本不算是思考，但是不断重复似乎也还是带来一些改变。当然改变总是在发生，语言的角色无法观测。我是想说，我渐渐地，快要认罪了。

怎么可能无辜啊，我们一出生就交了投名状。

回想具体的情境，站在生活的河边，我所恐惧的东西总是很具体，跟所有懦弱的家伙没有两样：我害怕要为自己的行为负责，我害怕被评价，害怕进入三六九等，害怕被羞辱，害怕优越感暴露了被人憎恨。我害怕自己成为他人的地狱，但是我更害怕那所有的别人的地狱。一个结实的存在，是冒犯，也是靶子。这些事一说出来就变得生硬夸张，但是并非无中生有。这些恐惧不是普遍的么？不是多数人都硬着头皮克服了么？甚至若无其事就克服了！可能还是过敏，把值得警惕的信号放大，激起超出必要的防御。也就是说，有可能，我比那些相对舒适地进入系统的人，更加敏感于这个系统的反馈。也就是说，究其根本也许我比谁都更加痴迷于庸俗！我的恐惧全是细致详尽的庸俗！这想法我也已经很熟悉、几乎当作事实接受了。我并不为自己庸俗感到羞愧，就像不为自己不会唱歌而羞愧——好像对此我不必负责。在这个版本中真正令我感到难堪的是，我被自己的渴望压垮了！SO DESPERATE!

我以前自以为很会与人相处，就是狡猾地讨好所有人，从表面上看简直没有功利心，简直是善良的。其实非常傲慢，我都是假的，以为可以骗过别人。甚至因为成绩太好有意识地跟坏学生打成一片，等等不堪回首。从效果上看几乎是成功的，之前大部分的认识的人都喜欢我（也有可能是我的错觉）。这种贪心就养成了，当然后来无以为继，因为这样做的前提是有绝对的陡峭的心理优越感。我无法维持那个优越感。所以这个故事也可以被简化为，一个优等生遇上许多优等生之后的不适应。这太伤人了，但是事实如此，有这个成分。当然这可以看作好事，继续谄媚下去变成更虚假的人、瘾头更大，崩溃起来应该更恐怖吧。（永不崩溃的话、那样得意地谄媚一辈子也挺好吗？到底有什么不好？真的到处都是拷问！）直到现在，我也没能克服惯性，在现场，第一反应总是希望每个人都满意、希望人人都喜欢我。有时候仅仅是希望每个人都满意、与我无关的潜在冲突也令我感到焦虑。这部分是与无法直视豹子猎食的脆弱有关。每次努力说清楚，片刻间都以为找到根结所在，回头再看都像是套话，始终在水平面上无序地繁衍扩展，没有关键词、也不可能深入。小时候很爱看我姥絮棉花，一个薄片儿放在另一个薄片儿上，虚边儿互相搭着，绞合在一起。有时候我滑入自言自语，就觉得像是往蓝天上絮棉花。渐渐铺满了，捂热了，憋闷了，转身就放下了。

　　我一直不愁钱，但是经常以另外的方式为钱感到焦虑。我记得一些反复出现的场景。秋冬之际，熄灯以后躺在宿舍床上，睡不着，随便因为什么，就觉得不想忍受这一切，不想读书，不想做人，想逃走，想藏起来，想消失，想死掉。然后很清楚地想到我妈会崩溃，很奇怪，不太想到别人，比如我姐，可能我认为我姐基本上是能理解的，也差不多能难过地接受，我不敢想象我妈。然后就打住了，那恐惧非常直接，非常本能，心脏被一只铁手紧紧攥住，心里一双眼睛使劲儿闭着，不要看不要看不要看。这恐惧非常管用。但是打住了还是不想活，从头再来，不想在人群中活，想什么都不做，想声称自己病了，希望自己生病，可以理直气壮地什么都不做。因为觉得一件衣服漂亮直接想去死，因为觉得可乐好喝直接想去死，因为看到一个穷人直接想去死，因为看到一个兴高采烈的人直接想去死。我把生死这事在想象中滥用到无比轻浮，继而因为厌恶这轻浮而直想去死。在这样的心情下我还是创造了无耻的辩解：我花的是我妈赚的钱，因为我妈爱我，如果我死了或者不高兴，她会难过，所以她宁愿把钱给我花，我妈赚到了钱，说明有人需要她，她的工作改善了别人的生活，因此，我白吃白喝有时候还有点奢侈都是合理合法的。我试图拿这套说辞自我催眠，想着干脆无耻得敞亮一些。但是当然没有成功。我把自己想成可笑可耻的肉虫，于他人无益；同时又想着如何更自负，如何才能最彻底地蔑视他人，又要非常隐蔽，不至于遭人厌恨。我是多么贪婪啊！只能待在幻想里！总是在设计、幻想、掂量傲慢的路径，同时更加厌恶自己。现在说起来轻车熟路，当初都是用尽了力气鞭挞，一遍又一遍，停下来好像什么都没有改变。有一年元旦天色阴灰，我一个人在宿舍大概躺了两天。学校发的湖蓝色被套起了一层球，捂在脸上粗糙而黏腻，被窝里热烘烘的，我厌恶地从上面看自己，一边想着如何去死一边玩味一个浮肿长痘沮丧尴尬的年轻女人躲在劣质被子里观赏自己的绝望的画面，怎样都感受不到任何美感、任何力量。这肮脏令我满意，灰色之外还是灰色，这灰色是无可反驳的了。无可辩驳总是好的。随即意识到这一层套一层的观察，厌恶再从腹腔涌起，我怎么还不去死。在这封闭的迷宫里转得久了，渐渐就像是原地自娱，那自我厌恶的感觉都变得轻松了，挂不住力。但是那需要还在。后来我自发自主自觉地学会了祈祷。穿过焦虑的噪音，注视自己无能为力的那个渴望，可以激发一束能量，向黑茫茫的宇宙中发出一道光，未必是求救的信号，更像是接近纯粹的存在，仿佛在另一个世界已经得救。想象中的这个画面带来滚烫的平静，痛苦凝聚清楚，这样睡着了。这是我理解的祈祷。我有一套仪式。那时已经住在上地，我当然又记得铸铁勾花的床头，沉静的深绿色的被单枕套。我在心中默念：让我睡着吧，明天早晨我已经不存在，关于我的记忆从所有相关人的脑子里消失——当然主要是为了家里人，顺带其他人是为了不露馅儿，反正也无可惋惜，我又认为对神来说没有工作量的区别。后来就简化成"我消失，谁都不记得我，我消失，谁都不记得……"代替"从前有个山，山里有个庙，庙里有个和尚……"。在那个过程中我丝毫没有感觉到对死亡的恐惧——也许因为我根本不相信自己会这样死去，也许这一切都是更厚更沉的自我欺骗。

　　苹苹这信已经写到第五天，这五天中我一直在过敏性鼻炎的痛苦中。现在差不多快要好了。疾病也是一种牢狱，而牢狱，果然跟基督山伯爵里讲的一样，适合学习、思考、集中注意力。有一天雨后非常晴朗漂亮，我不能出门，在窗口看那蓝得可怕的天，就有点自我感动，觉得自己像个小说里的欧洲人。我放纵了那自我感动。我是严肃的。我打算承认这一点。事实上，我是打算承认、打算相信，我是可以严肃的，这并非高不可攀、也并不一定就撇不清矫情之嫌。我时时刻刻的无目的漫游似的思考，可能并不是严肃的，因为它其实经常是受到一些隐秘的意愿的驱使，为某种心理需求做攻击或者辩护。但是这几天，因为想要给你写信，我把这些混乱的东西写出来，继而像个编辑一样去审视它，去审视那背后的荒唐的意愿，去填充那些逻辑上的疏忽，这个用刀逼着自己似的尽力诚实的过程，我觉得它是严肃的。严肃本身是快乐的。虽然作为结果，我尽了全力写出来的这一篇仍旧无比混乱的文章，不过是向我证明了我的局限。我的智力和感受，我的勇气和经验，就能带我走这么远了。我多希望我可以心甘情愿啊，但是似乎目前还没有。也许多重复几次就认了吧。我非常高兴地发现，语言是可以介入存在的。所以也许我是有希望的。哈哈，我像个语文老师或者文学批评家一样，提醒自己说，要有乐观的东西，不能沦为感伤主义。哈哈，这是不严肃的吧。我其实还是不能确信语言是可以介入存在的，或者说我不能确信语言在介入存在的过程中，能够得到预期后果。所以我并不能确信我是有希望的。甚至我不确信我希望自己有希望！此处引至无底洞。

苹苹，有一个朋友，在你想着她的时候，你可以如此坦然地严肃，如此肆无忌惮地杂乱，这是非常幸福的事。是的我写着的时候几乎没有想到你或别的任何人，但是又始终知道我是在给你写信。但是我还是不想寄出，并非不信任你，而是不信任我自己。我会怀疑我归根结底是在表演，而这一切就变成了炫耀（是的炫耀）、变成了娱乐。我把它存在电脑里，事实上我应该把它删除，为了保护我的严肃的纯粹性。是的我在尽我所能地严肃地，像是忏悔一样。很多地方是憋着一口气写出来的，也都是面对过、一直都知道的事，也没有想要刻意抹掉，但是这样一个字一个字检验过来，也还是觉得羞耻。贪婪是可耻的，试图自欺是可耻的，悲惨是可耻的。但是忏悔是饱满的体验，对此我不想再忏悔了，因为我实在是累了，想要简单地承认，忏悔是好的。我知道我并不是为了享受饱满的体验才忏悔的。我实在是太累了，怀疑不动了。起初写得比这还要长，像小孩拿着一支笔在纸上乱画，我很努力地想要理顺它，但是也就是这样了。每次打开这文件都像是在做正经事，又非常绝望，向松了扣的空洞里拧一根螺丝钉，凭想象去感受螺纹紧扣，向下滑去——那感觉美妙，又心虚。语言是如此稀松肉软的东西，仔细分辨下去全是含糊和谬误。但是也不能再改。因为我可能根本不是想要跟你讲述我的想法，这些想法本身不值一提，我深信图书馆里有无数人说得比这清楚、严谨、深邃。但是对我来说，这些胡言乱语既不是思想、也不是文学，它是我的处境，又差不多就是我。啊！我真是一个自恋的人！我已经在设想几十年后看见这些稀松混乱指代不清的文字，又觉得不耐烦、又觉得可笑、又怀念写下它们时的那种严肃认真那是一去不复返的新鲜的天真和热情啊。虽然此刻我觉得每一句话都已经被我咀嚼过一万次散发着可怕霉味！好吧，我要拿出我最最稀缺的意志来，结束这件事！就这样吧，目前只能这样。投降真是轻松。疲惫真是轻松啊。

2002 年 9 月 11 日

33

从盘石路走到南岭商店并不像小时候以为的那么远。碎石路早已经铺上柏油，没有人行道，路肩下去三排大杨树高高摇摇，飒飒作响，像农村的路，走进去就是远方。过马路时扭头看见几个小学同学，秋天的傍晚结伴走在树下，小巧得像一群彩色的麻雀。心里忽然阔远，世界陌生荒芜，晃一下就过去了。三娜觉得自己像是被囚禁在头脑中，偶尔溜出来，脑壳儿立即追过来罩住。

　　工大东门儿跟前的丁字路口停了几辆卖菜的三轮车，红的蓝的，阴天底下像是湿答答的，格外鲜艳。围了不少人，错落嬉笑的气氛像水彩画，只缺一棵大榆树，是长天底下小小的生活、自顾自的生趣。三娜看见自己双手插兜，迎着微风，健步穿过马路，那几秒钟盈满不可告人的自恋。小病初愈有点像新生。邮局小小的门脸儿挤在枫林学生书店和宏达复印打字店中间，给卖袜子鞋垫儿手套的小板车挡着，走过去很远觉得不对，又找回来。这一条热闹小街上完全是新开学的气氛，日杂店展开两扇铁丝网架，把窄窄的方砖人行道占满了，网架上挂着运动服，毛巾，晾衣竿，挂在床头的小铁架……地上摆着彩色塑料盆塑料桶，桶里塞着笤帚拖把，另外一边支一张小桌，桌上堆着有十几卷花布，桌边并着缝纫机，一个中年女的贴着脖颈儿梳一条细长的马尾，低着头哒哒哒踩缝纫机，两个女学生站在跟前垂眼看着，并没有交谈。刚去大学报道那两天满腔升腾的热情儿乎回到身体里来了，那巨大的无止无休的失望之情像冬天乌黑的大海涌过来，永远也涌不过来。身体拒绝它，几乎是无意识地、异常敏捷地把这一幕放下了，转而发现自己正在清晰地回忆宿舍门口卖水果那个女的，非常瘦，龅牙，永远高高地站在斜排上去的鲜艳的水果后面。三娜怀疑她缺斤少两，但是不敢说，怕是自己错了，应该也是害怕冲突。她从来不笑，对她那个四五岁的小儿子非常凶。有一次在澡堂门口看见她，抱着一个大绿盆站在太阳底下，湿头发给照得亮晃晃的，竟然是有点茫然的样子，三娜从未想到在其他地方见到她，不禁恍然，继而隐约有欣喜，仿佛她的滥情和事实上的沉沦，都有它坚实的而崇高的理由。那是明亮的秋天的中午，热烘烘的太阳晒着冰晶的空气，从澡堂出来脸上紧固得起一层白皮。——那是沉静的时刻吧。是差一点就可以推开自己、看见世界的时刻么？现场的每一分钟其实都包含了其他的可能么？我现在、此刻、能够推开自己、逃出头脑的牢笼么？我是真的站在此地么？此地、邮局门前破败的水泥台阶上，灰漆安全门敞开着，折页底下用木块塞住，虚掩的旧木门新上的油漆，正当眼有一滴绿蜡似的凝住，这异常生动的、展现出工人提着油漆桶的画面的一滴，这几乎完全明确又因为对这明确的意识而立即变得虚幻恍惚的此刻啊！我显然、仍然、生活在头脑在偶然的机缘中盲人摸象般捕捉到的、以隐秘的意愿和充满漏洞的程序处理过的世界的映象中啊！但是、如果这么说的话、谁又不是呢？我真正想要突破的那层薄膜、到底应该怎样描述呢？

　　屋里光线不好，棚顶正中两根日光灯管，照着底下十几个排队拿包裹的人，像微型火车站。三娜前面一个白白胖胖的年轻人，柔白的脖子上水亮一层汗，明黄色圆领背心几乎全湿了，在阴凉的屋子里热气腾腾。头发剃了只剩头顶一块，用掺金线的紫色粗皮筋儿扎成油唧唧的小辫子，刮着青头茬儿的厚肉皮打着褶子挤上去，似乎也是汗涔涔地正散发着热臭。肉体本身有一种骇人的异物感，三娜立即躲开了。忽然意识到自己通常都不记得自己是一条人。这僭越之心从记事就有，似乎不是社会教习。它是实在的么。怎么算实在？白胖的年轻人——也许只有十七岁，从裤兜儿里掏出震响的手机，忽然活跃成为一个人。——我在邮局呢，人挺多，川子咋的，让他媳妇儿一堆儿呗，操，就这逼崽子事儿多，郭凯上佳木斯了，你不知道啊，走好几天了，他姥姥没了……，我操你想整事儿啊，谁他妈也没你邪性，操，你是不喝啤酒呢，给我留两罐儿啊，下楼搬一箱上来不会呀，我爸进屋儿就得来一罐儿没有就骂我妈你知道不，你就下楼就总买烟那小卖店，报我名儿记我账上，这俩钱儿你都没有你这个穷逼养的，你等着啊，没几个人儿眼瞅着到我了……三娜设想他是被宠溺的小孩，懦弱，没有任何意义上的魅力，只是家里有点钱，慷慨地养着狐朋狗友，跟父母是真的亲昵，但是也经不起考验——想成了董向男——连董向男都不止于此——真实常有惊人之处，偶尔也恰是俗套本身——远远看见自己的成见像一副骨骼即将裸露出来，立即厌烦地停住了。最近倒是经常这样，那无可奈何之中有一点轻松的解脱之感。似乎就可以免责了、理直气壮地说"我尽力了"。急着回家打麻将的年轻人握着小白布邮包往前挪了一步，掏出手机，嘟嘟嘟写短信，三娜为自己对他的轻视感到微微不安。总去的文学论坛上有一个长篇小说，通篇就是写一个诗人吃东西，喝酒，打牌，找女人，说闲话。他又并不写诗，诗人的身份似乎只是为了表明他对自己的生活状态有意识，也就是说"接受了虚无"，"庆祝无意义"。可是三娜以为庆祝无意义这件事只能是一个瞬间，过去了就会沦为表演、一个姿态。因为思虑和怀疑一定会进入对虚无本身的怀疑。因为对虚无的确信是不能成立的、因为确信本身是实在的、是对虚无的否定。三娜发现自己心中充满了雄辩和优胜的快乐，并且非常想要宣布，永不停息的怀疑、直截了当的焦虑、才是英雄的行为！这明亮的心情闪现、并且滞留了也许有一秒！足够看清楚！确认无误！立即，所有那些自嘲、那些反驳涌涌地在地平线上了！她没有立即被占领，她太熟悉自己那一套了，熟练得可以腾出身浮上去来俯瞰这一整个战场——有必要么？永不止息的怀疑本身如果只是一种惯性就变得毫无意义几乎只是懒惰如果变成目的本身岂不是更加可笑更加愚蠢？如果这一切有一个目的有一个标准？是的实事求是、多简单啊！诚实一点、勇敢一点、承认吧，我十分珍视自己的焦虑！因为我为它付出了巨大的代价么——被绑架？还是因为归根结底我以为自己是为追求某种崇高的东西而倍感焦虑，因此连这焦虑也一并崇高起来——这本身可能是最大胆的自欺！三娜心头一阵紧缩，浩荡之情消落，心跳仍然猛烈，只觉得胸腔阔大空洞。听见靠墙左边那队最前头的中年男人说，那啥，真空包装的，五商店现场压的，老字号儿么，道口烧鸡，我姑娘他妈的啥也不寻思，就寻思要吃这口烧鸡那你说咋整……像是见猎心喜、又像是恼羞成怒、又似乎是酝酿已久多次想到、三娜非常兴奋地想：有一种强大的原始的内在秩序正在释放，所有的文明都要从头开始，那些已有的上一个循环中遗留下来的、曾经以为是体面甚至神圣的东西要么被抛弃遗忘、要么被表面化、挂在新世界里成为装饰。会不会世界一直如此，是我最近才意识到？《金瓶梅》才是真正的明史？所有词语都缺乏明确对应的所指——虚弱之感浮上来，匆匆扔下刚刚饱满未及享受的宏大之感，三娜几乎是笑着想到，我也正在释放压抑已久的自大啊！白胖的小伙子往前挪了一步，一个披着长头发的瘦黄的女生从三娜眼前的空隙穿过，差点撞上刚刚寄完烧鸡的男人，女生慌张地向后退了一步，正好踩在三娜的鞋上，她急急地说对不起啊对不起啊，三娜被惊醒了似的说没事没事，前面的胖小子转过头来看热闹。他一双又圆又黑的大眼睛，睫毛非常浓密，像个小孩儿似的软弱可欺。——也许我的判断是对的？他真的像董向男？一个真实的人转过身来，总是带着另外一个人无法覆盖也无法探底的丰富，总是带着一种挑战。因为不管面对什么我都需要认为自己能够理解它！这广泛的、具体的、生动的一切！我需要把它们放置在全景图的某处，以恰当的比例亮度精细度对比度——这是真的在用绘画的逻辑去思考了，然而我不相信绘画，正如同不相信语言——不相信人的思维所钟情的、但是其实也根本无法逸出的种种秩序。真实的混乱是秩序和混乱相纠缠的混乱，不可能被呈现——也许这就是我用以对抗文学、即使是真正伟大的文学的内心独白吧——暗自想到这里三娜突然醒过来，被自己的诡计吓了一跳，这是多么可怕的自欺！又是多么勇敢的诚实！如果这是野心，这是多么沉重的负担！这是不可能实现的计划！打几个折扣也无法完成！如果不是野心，凭什么借此自我安慰？已经债台高筑，没有退路——心跳又猛烈起来——大概是睡够了，反应太灵敏——她立即这样跟自己说，但是也并没有真的安静下来。从邮局出来，路上人更多了，自行车丁零零的，白色小轿车也开进来，一直按喇叭。三娜在茶色车窗上看见自己的影子，心里紧了一下，好像见到鬼。傍晚的街景涌上来，那里面有一种喧腾的生命力，无法拒绝，也无法联通。我置身于我无法融入其中的人群，也许其中每个人都是如此——这话带上来一股暖流，眼睛真的有点酸，大概是思绪沸腾心跳偏快激素过高吧——。自我陶醉和自我嘲讽随即开战，再次醒来已经回到盘石路，迎面看见浓厚的灰蓝的云里破洞似的一片灰黄的光晕，中间一个微微发亮的淡橙的圆点儿。三娜在想象中直接看到云彩淡去，光芒初放，像小说主人公获得神启的时刻。她被这机灵的想法逗得微微笑起来，轻轻地长出了一口气，后背出了细细一层汗，风一吹凉飕飕的，像劳动归来一般疲惫而愉快。

34

站在台阶上按门铃，意识到身后的暮色，觉得像欧洲古代一个农夫回家。赵姐探身开门，看见大姐的蓝色球鞋，旁边一双黑皮船鞋，撑得很胖，鞋帮都向外敞着，垫着棕红的鞋垫儿，溻得乌亮的。屋里有人响声说，——那还回来啥，我大姐哭的呢你没看，要不我就多待两天了，哭得我心里成难受了，三儿回来啦，认不认得我呀，我是你老姨。

一张黑紫的冬瓜脸，头发扎到后面，额前几根稀疏的刘海儿，坐在沙发上看着三娜，龇着大白牙不知不觉地笑着。

三娜也对着她笑，然后说，妈我姐呢？

妈说，楼上睡觉呢，昨晚上又没睡好。邮出去啦？

三娜说，嗯。

宝贤说，邮啥玩意啊？

妈说，论文。

小姥坐在赵姐小床的床沿儿上，用手往厨房拿比划着，说，去吃包子！热乎呢！

妈说，对了趁热乎吃，你宝贤姨拿那些大包子在厨房呢。人这包子那包得才好呢，可好吃了，快去吃去吧，我跟你姥姆们都吃一起儿了。

宝贤连说带笑，我寻思这锅包子蒸出来给我老姐，又现去洗一遍手，洗完手我寻思寻思，又把锅也刷刷，本来我那锅也成干净了，完了我寻思不行，还得洗洗，咋的呢，老姐忒好干净了，邹永富说的，那玩意还能吃出来咋的，我说吃是吃不出来，但是老姐要问呢，问我也不能撒谎儿是不是！

赵姐正在餐厅照镜子，看见三娜，有点不好意思地笑说，要要醋？扒的蒜瓣儿也有。

三娜说，不用。

赶紧拿着包子出来了。

宝贤说，也不知道老外甥女儿吃着合不合口味儿。

三娜说，好吃。

小姥儿一手抓妈妈床尾的栏杆，一手按住拐杖，缓缓地站起来。

宝贤起身要去扶，妈说，不用，你让她自个儿慢慢地！她能！你扶她她还着急。

宝贤坐下，喜滋滋看着，说，你看我大娘，更知道加小心哪！

妈说，谨慎！

三个人都看着姥。目光带来沉密静穆，三娜觉得有点窒息、要奔向审美。

妈叹口气，说，要说这人老了啊！眼瞅着。今年春天我妈还锄地呢，夏天晚儿我看她弯腰下去就像要起不来似的！

宝贤说，到岁数儿了。我妈都好几年不咋下炕了。那我妈还比我大娘小两岁呢——，我大娘是不属猪的今年八十五了？

妈说，八十四！属羊！咋能属上猪呢！

宝贤说，那不得属猪么，我妈属鸡，申猴酉鸡戌狗亥猪，那不是得属猪么？

妈说，属猪的不是比你妈小两岁么！

宝贤寻思过来，大笑着说，啊可不是咋的，你瞅我这脑袋！我还心里算半天呢，寻思得属猪呢！

像想象中小时候在大遢炕上发生的对话。人们是多么容易得到快乐啊！

妈说，你小姥是不上厨房了？

三娜说，嗯，往那么走。

妈说，你知道你大娘干啥去了？

宝贤说，干啥去了。

妈说，去数你那包子去了，看给拿多少个！多昝都是啊，人要给送鸡蛋吧，指定等不到人走，就得去查去，要送小米儿了绿豆了，就拿她那小秤称上了，起头儿我还说她，后允儿寻思拉倒吧，谁还跟她八十多岁老太太一般的。

三娜在楼梯口的木沙发上坐下，旁边扣着早晨拿下来的《王村政治》，拿起来，觉得像个嘲讽。看了几天也没看下去，是大姐说也许有启发，她只是看见《南华周末》给这个作者做了整版专访，三娜有点反感，觉得自己好像正在赶潮流。做调查这事越说越像真的，她其实总不相信她们真的会去。

妈说，你要看书上楼去看，上你爸那屋暖和，楼下凉啊！

三娜"嗯"了一声，坐着没动，看见自己坐在生活的洪流中像一块礁石，不禁有点得意，发展下去——我需要这流水的抚摸——太肉麻、停下了。听见宝贤说，这人老了吧，就跟小孩儿似的，我妈也是，全子媳妇儿说的，瞅着小天儿吃啥她就跟着要啥，能不给她准备么，她就生怕落下啊，姆们都笑话她，越老越馋呢，她也跟着乐，像不知臊儿了似的，我妈年轻时候多要脸儿的人呢。

　　妈说，你妈年轻时候也馋！那前儿不就你家有钱么，冬天晚儿我上你们那屋去找你二姐玩儿，正是你妈自个儿坐炕里吃橘子呢，我一进去她就藏起来了，藏起来那橘子味儿多大呀，我就说的，三婶儿你是不吃橘子呢，你妈说的，哪有啊，上哪整橘子去！那前儿有没有你呢，有你也不记着了，你才多大就分家了。

　　三娜提醒自己，事实可能确实就是这样，滑稽而且简单。这是真的——不禁感到森森然，那简单变成了神秘。恐怖的效果几乎立刻就散去了。她继续听着宝贤说，嗯呢，我妈好吃口水果儿，小时晚儿我记着橘子了，冻柿子冻梨了，过年那两溜儿都得整点儿！

　　妈说，要不你妈做饭好吃了，这得是好（hào）吃的人，她在做饭上动脑筋你知道不的。

　　宝贤说，嗯呢，我妈包那包子，我现在也赶不上。你吃过没有老姐？

　　妈说，咋没吃过呢，那前儿轮饭班子。你这包子包得也行好，面儿也好，馅儿也好，一天能不能卖一千？

　　宝贤大笑说，我还发了呢！上哪卖一千来的。就晌午那顿多，都是省实验学生，能卖个三四百，完了晚上也就一百多好时候能有两百。

　　妈说，那你也不少挣啊，一天五百，两百五啥都扣除了你还不剩一百！

　　宝贤说，哪能挣那些？面、馅儿，还有火呢！还有房子钱呢！一个月五百！这回家一趟半拉月没开张，那不都得打进去么。有前儿卖不出去再赔点儿。一天下来也就五六十块钱儿。

妈说，邹永富帮你啊？

宝贤说，一睡睡一上午，我说你捞着了，我就上午忙活！你看邹永富那样儿，挺那啥呢，说的，我晚上那能敢睡实诚么，这么大一个楼，有个事儿唔的，那是谁的责任！这架势给他重要的！我说的党中央咋还没发现你呢！

妈说，一个月八百啊。

宝贤说，嗯呢，冯主任说了，过了年能给提点儿，那就奔一千了呗。公家钱那也是看我老姐夫面子！嗯呢，反正冯主任搬家姆家可没少帮忙，冬子和他爸俩，累啥样，就他姑娘那钢琴，六个人儿往上抬！

冯主任三娜知道，原来一门洞冯处长的儿子，很瘦小，妈给他介绍过两个对象，都没有成，妈说，你看那样儿，更挑啊！后来娶的老婆有点黑胖，戴个眼镜，听说是汽车厂工人，三娜经常遇见她急匆匆地去赶早班车，拎个酒红色人造绸儿饭盒兜儿非常脏。他有个姐姐，非常丑，翻翻下巴，满脸都是麻子，戴大镜片的茶色眼镜儿遮着，听说被丈夫抛弃了，回娘家住，夏天的傍晚总是在外面跟人聊天，好像跟谁都能聊。三娜总觉得他们家非常悲惨，竟然也成了有权势的人物，而且这么时髦，让孩子弹钢琴。

妈说，现在这城里这人，是个孩子就当个宝儿似的，冯玉青那闺女我可见着过，两眼发直的玩意，还弹钢琴呢！可是冬子今年二十几了？

宝贤说，二十七呗！那不跟三娜同年的么！

妈说，对啊，冬子还梦着物理题了呢！

妈望着三娜笑。

三娜赶紧说，我可没二十七，我还没到二十五呢！

高考那年夏天，邹永富来长春跟妈说，冬子这回妥了老姐！擎等下分儿吧。这冬子，考试头一天晚上，那物理题呀，都梦着了，原题呀，这冬子，都梦着了！下了分儿邹永富没有来，到秋天他们买了姥在卫星路的房子，全家搬到长春，冬子去理发店学徒，妈故意问他，说考了7分儿，——梦是梦着了，原题啊那是，不是最后一题，是全套题一个字儿不差的！但是梦着了我也不会做啊！这事妈想起来就要乐一遍，这时候三娜担心她又要展开讲起，同时想象她批评自己说，那可是你想多了，宝贤一说一笑儿可不带不好意思的，再说这事儿有啥不好意思的呢！

三娜每次也跟着乐，似乎也并没有任何不安。也许是潜意识里排斥、觉得不能处理。怎么可能有人那么容易就混淆真假呢？又怎么可能有人不在意别人是不是在笑她呢？妈那么笃定的判断，是更接近真相么？三娜知道自己的滥情揣测行不通，但是也并不能一下跳到反面。

宝贤说，三儿瞅着像个学生似的，要说二十七也没人信哪！

三娜说，不是二十七！就是二十五！

妈说，你大姨来了，去开门！都二十七了！不说有个对象儿么，差不离的可得结婚了，这大小子不结婚管不住啊。

宝贤说，黄了，黄了又处一个，还没领回来呢，冬子人更不急，自己说的，啥时候开上店啥时候再娶媳妇儿。

天色蓝幽儿幽儿的，有点看不清人脸了。大姨从车筐里拿出一个精薄儿的人造绸袋子，扒开掏出一个塑料袋，递给三娜，给你拿你爸那屋儿去，剃须刀，小权儿给修好了。

妈说，啥玩意？

大姨又说一遍，前儿个何海岳拿的那剃须刀，说不好使了让小权儿看看。多咱[1]回来的宝贤？三叔缓过来了？

---

1 多咱，什么时候。

宝贤说，嗯呢，喝粥了。

大姨从裤子口袋里摸出一张车票，说，嗯呢我听说了——，给你呀玉珠？

妈说，啥、啊车票啊。

宝贤说，咋的，谁要走啊？

大姨捏着车票，皱着眼睛看。

三娜站在门口，在开灯之前端详着昏暗房间里的三个人，觉得像农村，像古代，像千秋万代的永恒的亲切。开了灯白亮亮的，忽然就有舞台上的稀疏之感。

大姨念道，9 月 14 号，K60，20 点 06 分，7 车厢，19 号，中铺。

妈说，三娜你给你姐收着，一娜回来在楼上睡觉呢。

大姨把车票递给三娜，同时跟宝贤说，你妈不挺好的么？

宝贤说，嗯呢，还那样儿。

大姨说，我那天碰上邹永富了，说得比比正正儿的第二天早上发送。

妈说，你信邹永富儿的，他老丈人都让他说死好几回了！

宝贤笑，说，这逼玩意这臭嘴！

大姨说，妈呢？

妈说，在厨房呢备不住，要不就是回屋儿了，打入秋啊就总躺着，哎呀。

大姨说，坐啊宝贤，等我还有事儿要问你呢。

宝贤说，嗯呢，这几点了，做饭点儿了。嗯呢。

她摸摸大腿，有一个片刻毫无笑意，白炽的灯光照着，就像是有点疲惫、像个战败的人。随即了无痕迹地启动起来，但是也几乎带点黯然，说，我爹这回真差不点儿，装老衣裳都穿好儿好儿的了，人老黄二舅妈都说了，说过不了当天晚上了，那天晚上也不好，打闪，可吓人了，我寻思人全子媳妇儿管这些年了，那就我替替呗，我就坐那炕上瞅着，打闪都打我爹脸上，成吓人了，给我吓得你说说，我这么寻思那就是大神儿来接我爸来了呗，准是呗看我爸好接上去当神仙呗，我都是这么寻思的我爸人多好啊，谁知道咋没接去。

说到末了几个字声音低下去，像是有些失望，真的在打闪的夜里死了，讲起来要精彩得多。鲁迅都是这样写这些人的——鲁迅是可靠的么？

妈说，老黄二舅妈谁啊？

宝贤说，我大舅妈的叔伯妹子么！可神儿了呢，请大神儿请黄仙儿啥的都会。

妈笑嘻嘻斜瞥了三娜一眼，又看回宝贤，说，咋又兴这玩意儿了呢。

宝贤说，哎妈老姐你可没见，现在都整！可信了呢，要找老黄二舅妈给看个病啥的，还不好排呢，差不多的天天都有安排！人那家算妥了。

妈又飞给三娜一眼，说，你见着过么，啥样儿啊。

宝贤伸胳膊比划两下，说，就这么的嗯嗯嗯唱，可地绕圈儿带比划的，完了嗷儿的一声，那就是大仙儿上身儿了，眼睛直么[1]反楞[2]啊，反楞反楞就说，你家哪哪出毛病了，是不干啥得罪大仙儿了，说得比比整整[3]的，就像都知道似的。

妈说，那能不知道么，都认识的，谁家那点儿事儿一进院门儿不看清楚儿的。

宝贤说，嗯呢，反正都信，有啥事儿唔的，都请，老黄二舅妈还收俩徒弟呢，都不少钱。

1　直么，不断地。

2　反楞，翻白眼儿。

3　比比整整，非常具体明确。

三娜想起叔美认识的一个也是台湾来的博士，聊天说起东北，他说是化外之邦，清朝时候被封禁，后来绿林横行，接着就是伪满洲国，"没有经历过儒化统治"。难道在南方还有儒化的遗留？三娜当时更多地处在与陌生人社交的兴奋中，自以为机智地胡说起来，大家都笑，她就以为很成功，再没有仔细想过。现在重新想起，忽然觉得这是一个好题目：东北的近代史！可以拿去写成 proposal 申请奖学金！也许要写一个更具体的题目：萨满教的复兴与东北农村的集体记忆！小姥不是讲过，胡子、大鼻子[1]、日本子……三娜为这个计划激动起来，本来真诚的好奇心都被投机的快乐遮掩了，以为必定会成功，外国人、一见这个、肯定就！

　　大姨过来说，妈非让我吃个包子！

　　宝贤说，都凉了吧。

　　大姨说，凉了更好，我还想吃凉的呢。我要问你呢，是说小武子又整个媳妇儿么？

　　妈说，那都多昝的事儿了。

　　大姨说，不的，那个是那个，新又找一个。

　　宝贤说，嗯呢，你听谁说的？

　　大姨说，王国珍下午来的，带小强来看病来了。要不我早就过来了，给她安排宿舍呗。说明天过来看看你，我说不来也行，来还得拿东西唔的，挺困难的。

　　妈说，我倒寻思跟她唠唠嗑儿，你跟她说你老姐说了，拿一分钱东西就不让你进门儿了。

　　宝贤说，拿拿点儿呗，你这长病也不是平常儿呢，她不困难，困难啥。

1　大鼻子，指俄国人。

妈笑说，老屯这些人儿，都赶不上你呀，你这一家三口人儿挣钱！了得！

宝贤说，老姐这不拿我们开玩笑呢么。

三娜忽然觉得非常像红楼梦，哪个婆子说，奶奶拿我们取乐儿，好像有这么一回事儿，想不起来了。

妈说，要我说都多余，小强那病咋看也就那么回事儿，好容易挣俩钱儿都看没了。当妈的呀，就这么回事儿。

宝贤说，那不咋的，当妈的还说了。

妈说，可是小武子又整个媳妇儿？这整几个了！

宝贤笑嘻嘻说，四个了呗。

妈说，起头儿一个，邮出去一个，又整一个，完现在又整一个？

三娜说，啥是邮出去一个？

妈说，这说就热闹了，小武子，就是我宝蓝大姐，你宝贤姨亲姐姐的儿子，就在外头整个媳妇儿，都怀孕了，完了原先这媳妇儿不离，闹闹没招儿了，把这小媳妇儿连孩子都邮给他一个朋友了，啥朋友，就是老光棍儿。

三娜说，那又一个是第三个？

妈说，嗯呢呗，第三个又生个儿子，头一个媳妇儿就不干了，就离婚了，孩子归我宝蓝大姐了。小武子跟第三个过，这才没两年呢，你大姨说王国珍说又整出一个来！这玩意！也跟有瘾似的，不带好的！

三娜看见宝贤抬头看钟，再看窗上几个人的影子已经非常清楚。

宝贤笑嘻嘻说，多让老外甥闺女见笑。

大姨说，啊，真又整一个，我还寻思是王国珍记差了呢，我还寻思还是先那个呢。那这孩子到底咋整了？

宝贤说，可不就愁这孩子么，人当妈的人早就没影儿了，我大姐说啥不管，看都不过去看，生怕粘上。我还没想到，我大姐心这么硬呢。我跟全子媳妇儿过去给做了两顿饭。

大姨说，多大了。

宝贤说，九个多月！那大胖小子才好呢。我说我就是没这条件，我要有这条件我就抱过来，我也不管差不差辈儿。

连三娜都想到小哥。这个还是沾亲的，怎么又不提了？

妈说，宝蓝大姐啊，不省心啊。经历那些事儿，啥心软人也变硬了。

大姨说，可是我三叔这回差点儿，老赵姐夫回没回来？

宝贤抹搭一下眼睛，有点得意似的，说，回来还不赶快回来，这一走给我大姐闪的！要不说能不管那孩子么，也是给我姐夫闪的呗！

宝贤又看一眼钟，妈说，你着急回去做饭哪？

大姨同时说，啊，大姐打电话儿叫回来啊？

宝贤说，嗯呢，赶趟儿老姐，我姐打电话叫回来的呗，不管咋的姑爷儿不得到么，也不是说离婚，平时晃常儿也打电话，还这些孩子呢。

这一段公案三娜知道。大舅常去卢家屯老赵家喝酒，这个老赵姐夫是镇上医院的院长，医院盖房子，跟大舅私人借了二十多万，打了欠条，盖的镇上政府的章儿，妈和大姨都说不妥当，果然医院盖到一半儿，老赵就跟个女的跑了。后来回来过一个年，开春儿又走了，把工资存折儿给老伴儿留下了，自己在珲春开个诊所。大舅和妈说起来，倒都说他不大离儿，有点情义。原来这老赵跟宝蓝大姨是一家。

妈说，一晃儿这多年了！

宝贤说，六年了呗！那我还没来长春前儿呢！

大姨说，要说啥都随根儿，这小武子就随他爹呗，咱老奚家可没有搞破鞋的！

妈说，咋没有！奚宝贵！奚宝贵那是随六婶儿。

宝贤笑嘻嘻说，嗯呢，都说六婶儿那啥。

大姨说，那不都是外边儿带来的么，咱家可没有这样儿人。

妈说，咱家也有，老叔！

宝贤说，嗯呢，要说老叔哈，蔫不唧儿的更看不出来。

大姨顿了一下，笑起来，说，你记不记着了玉珠，老叔那前儿过年回来，没啥事儿在下屋拉胡琴儿，拉得可好了呢，我印象可深了呢。

妈说，咋不记着，围个白围脖儿！

围着白围脖儿在电车上看小说么？简直像上海。怎么从来没有过在文学作品里见过新京？当然读得少，全是抗日。十四年，中间总有一段误以为会永久吧，毕竟人的侥幸的心有这样的渴望啊。全无线索，想找那时候的报纸来看，看社会新闻和副刊。所以不全是投机，也有真正的好奇——三娜满意地想着。

大姨说，我都记着呢，最常唱的是兰花花儿，我也学不上来，但是那调儿我都记着呢，那才好听呢。

妈说，对对对，十三省的女儿家就数兰花花好。老叔你看，很浪漫的！

宝贤笑说，啊老叔还会这个呢！那我小我都没见着。

只有一次，刚回长春的时候，奶奶带三娜坐有轨电车，咕咚咕咚，明明是火车，怎么座位这么少？怎么有人背着小皮包又拎着一小兜儿茄子？好像是去见二姑，没有印象，只记得奶奶嘱咐不要跟大姑说。后来电车停运，铁轨一直都在，横在红旗街书店前，自行车斜插过去很容易别倒，要特别小心。新开学明朗的干燥的秋天的正午，骑自行车去书店挑习题册，那焕然的雄心忽然上来了，那是多么好啊。三娜不知不觉难过起来，随即意识到这自我抚摸，又跳出来想，在个人的透视之中，过去的历史在今天的投射、此刻正在发生的历史、都是多么微不足道啊！不仅因为间接、因为远，也因为无能为力，就像大自然，人们不过是对着慨叹消遣罢了。但是那些真正搅扰历史的人！——忽然就觉得想不动了，看见奚宝贤已经站起来，手里攥着一根儿塑料绳儿拴着钥匙。赵姐过来说，老姑晚上饭等不等我老姑父啊。妈说，不等他，今天晚上学校老师聚餐，不教师节么。宝贤说，下回见这老叔让他给唱唱，让冬子给整上那啥，卡拉 ok ！冬子会整！我走了啊大姐老姐。

35

没有拉窗帘，玻璃上映着灯影子。大姐半躺在床上，被子拉到胸口，伸出胳膊来看三娜放在床头的小说。

三娜说，你没睡着啊？一点儿也不好看。

大姐放下书，说，能睡着么，一直嘎嘎乐。妈妈家基因是有点问题，为啥呀，说啥都乐儿。

三娜笑说，今天是讲得很滑稽。给你车票。我也不知道，坐在那儿觉得像话剧。但是这种想法本身也挺不好的我觉得。

大姐说，我跟你说你这样也是自大！首先，觉得像话剧怎么了，这也是自然而然的想法，你也不是故意的；其次，你看我现在也首先其次了都是跟李石学的，其次，其次你根本也不必把他们看成话剧，你就跟着乐也没什么不对的，别人都没有你想得那么复杂，也没有你想得那么脆弱！

三娜笑，说，我不是觉得他们脆弱。说不清楚。可能也没想清楚。

她把剃须刀放在爸的床头柜上，想起最近经常感觉到的那种诱惑：只要认定"他们"已经接受现状，作为好运一方的"我"当然也就可以轻松地接受现状。大家在既定角色中安分守己？但是我凭借什么判定他们的心理？这些被认为是显而易见的结论其实缺少证据。他们的人生经验对我来说完全陌生，感同身受完全不适用，我凭什么？直觉？所见即真实？奚宝贤就是那么简单，赵姐也不比她所表现得更复杂更悲伤？为什么不行？为什么我不愿意接受这简单明了的世界图景？为什么有枯竭之感？！

三娜过来在门口，笑嘻嘻地说，我觉得生命是个谜！

姐对着镜子整理头发，漫不经心地说，那就是另一个话题了。

三娜说，并不是！

——我愿意把别人想得复杂并不是多情，感同身受其实最自大，怎么能算是多情。我是不愿意面对生命的神秘，不愿意面对尽头处那种拒绝。

姐说，我这又要起火溜子了。

三娜说，你为啥睡不好。

姐说，想要回去了呗，学校好多破烂事儿，妈妈哎，我虽然说你，但是谁愿意面对穷人啊。不跟你说了，一说你就该想多了。

三娜说，其实不光是道德困境，挺复杂的，真的，我不愿意面对生命的神秘。说得那什么政治不正确一点，不就是因为这个害怕猫和狗么。

妈说，下楼吃饭了！挨个儿得叫啊！

三娜应了一声，下楼去，几乎是故意地，跑得很大声。走进餐厅的时候她看见一个焦虑的自己外面薄薄的有一层透明壳儿几乎可以分离出来，那是长期观看自己的焦虑的自己么，是对这观看本身感到焦虑之后、进入循环以后、可以写成分数、写成函数、因此停止了向下发展的那个自己么？是重复导致的熟练、还是循环导致的封闭、带来一个几乎是平静的、有把握的我？也许这个我是可以做决定的！这想法其实已经来过很多次，始终在智力层面没有触动内心，是我不肯让它触动，因为恐惧，为什么恐惧？三娜大声说，大姨一块儿吃呗！

妈说，三娜你来把这碗拿下去，姐你也在这儿吃两口儿得了呗，何海岳也不回来吃。

大姨说，不的，家现成饭，昨天小三儿来给一娜送票来了，淖那些排骨都剩的呢。

妈就笑嘻嘻瞅三娜一眼。妈说大姨喜欢顺嘴胡说，有一回走了姥跟妈俩乐，你能信么，你姐说她做四个菜！芹菜炒肉片儿，酸菜炖粉条儿，木耳炒鸡蛋，还拌了凉菜！你姐说的！小姥很少笑话人，那一次带着嘲讽的口吻，狡黠地看着妈，嘿儿嘿儿嘿儿地乐了好久。

大姨跟三娜到餐厅，姥端着饭碗，扭头看见，用筷子敲着碗，问，喝不喝鸡蛋糕子？蒸得好！赵娥儿会蒸！

大姨趴耳朵，人叫赵香玲儿，不叫赵娥儿！

赵姐笑，哎呀妈呀，叫啥还不行，我都惯了，赵玲儿，赵娥儿，还有一回管我叫赵环儿，这老太太，可能起名儿了！

大姨说，你说咋的，我大姨家我妹子就叫赵春娥儿，要不不能。

赵姐说，嗯呢，我老姑说来着，就叫赵娥儿叫得多。

姥儿一直在笑，到底叫啥？

赵香玲儿！

姥儿笑呵呵的，那我叫的啥？

大伙儿都乐了，妈在客厅都乐了。那一下真是轻松，天空都明净了。

姐也笑呵呵儿地过来，说，大姨。

大姨说，给你票给没给你？

姐说，嗯，谢谢大哥。

大姨说，那谢啥谢呀，这不应该的么！

姐说，每回都是大哥，这都多少年了么。

三娜感激地看着姐，这话只有她能说出口。

大姨说，这回可待挺长时间的，有仨月有没有？

姐说，差不多。

大姨说，李石咋没回来，长春夏天晚儿多好啊，凉快凉快，吃点儿瓜啥的，我看那天气预报，那北京、头两天还三十五度呢！

姐说，嗯，北京是热。李石太忙了。

大姨说，忙哈，那能不忙么，那是一般的能给那些钱么！

姐说，嗯，他挺忙的。

姥说，走啊？

大姨说，不走，我上外屋跟玉珠说点事儿，一会儿再跟你唠嗑儿啊，不走，不走！

不知道听懂几分，姥点点头，深深叹一口气，像是并不知道自己叹气，无声无息吃饭。

听见大姨说，我都没当你说，怕你上火，这几天这李玉迪他妈闹的呢。天天来办公室，就要求退学，才叫我说妥当了。

妈说，因为啥呀？

大姨说，就还说没住上新楼这事儿呗，招生简章上都保证了咋咋地，那才能说呢，赖那儿不走，啊你不给我退就不行，那我能让她那么吵吵么在办公室里，我就赶紧往外推，跟她到后院儿避人那地方说去，要不整得影响多不好啊！我这么寻思必是要上许德儿那儿去，备不住给她减学费了啥的。

妈说，人凭啥给她减学费啊，就是看那块儿人多，寻思怕咱们这儿整半道儿不管了呗！整个破烂孩子不知道咋得瑟好了，我知道她，挺胖个老娘们儿，文的红眉毛跟两条大虫子似的，是不是她？

大姨说，嗯呢，对对，咋的，她跟你说了咋的。

妈说，不叫她我能摔坏腿么！那不就是她，散会了抓我不放，完了那些家长都糊上来了，给我说得口干舌燥，没跟你说么！就是李玉迪他妈！那大胖手才有劲呢，抓我胳膊抓登登的，抓出两个大红印子。本来那天我就又迷糊又恶心，头天一宿都没睡，叫她这么一闹挺，差不点儿当场迷糊过去。要不能从车上摔下来么，心多乱哪！我还没怨上她呢，她倒找上来了！这死婆子，你说缺不缺德。

大姨说，你听我说呀，我一开始吧我就哄着她，就说你办学多多不容易啥的——

妈还是压着声调，可是也非说不可——你跟她说那些都没用！开大会前儿我说得多好啊，那些学生家长都被我感动了，我自己都说哭了，那有啥用啊，这一暑假，拧包出褶儿的都多少个了！真是没那么烦人的，不办这职业学校算对了，这学生不咋地吧，那家长指定也好不了，都是素质最最低那伙儿的，干啥啥不行的玩意，就缠吧人可行！你看吧，就知道缠吧人！

妈说着气头就上来了，大姐拍了拍三娜的腿。三娜胃里一阵紧缩。借来的礼堂里黑压压的人头，妈讲自己的奋斗，讲这个学校多么不容易，用一些似是而非的大词，自我感动起来，像电视里的人，台下的人在那个瞬间都非常配合，也像电视长期暗示和要求的那样——这情境才出来，还看不清楚，就暗淡不见了。她的胃紧缩着就是想要抵制这个信息。

大姨说，你听我说啊，我都整利索儿的了，要不先头咋不敢告诉你呢，不就怕你生气上火么。你听我说哈，我一开始不哄着她么，咋哄都不行，后来我也生气了，我也可厉害了呢，我就撇脸儿，我说那你要走走吧，反正你家李玉迪都在这念一年了，你要走到哪儿都得重念，前头那些科儿就都白扯了，档案啥的我指定不能给你。我就这么吓唬她。完了她就出去了，隔不一会儿又来了，准是出去打电话问去了，说的，那你不给能行么，我要转学你差啥不给，我上教委上工商告你去！

妈几乎是喊出来，还上工商！还上法院呢！吓唬谁呀！让她告去！

妈也许有点后悔，至少是非常失望。牺牲了势头正好的职业学校去办女子高中，结果招生异常艰难，但是显然已经没有退路。这失望和沮丧的大象在房间里逡巡很久了，一直假装看不见，这时候三娜忽然想破了，就像是触犯了什么，赶紧缩回来了。

姐叹一口气，放下筷子，说，当初随便承诺。

三娜说，你这就吃完了？

姐推开椅子，上楼去了。

大姨还在慢声劝，小姥和赵姐在厨房黑桌儿那里静静吃饭。三娜像被什么力量强迫了似的，听见自己说，赵姐你说这女高能不能行啊，我怎么觉得这么费劲呢。

赵姐总是开口先笑，谁能知道啊，反正好像不像想的似的，一下子就可火了那样儿的，谁知道明年啥样啊，我看我老姑成上火了。

角色浅浅地落在身上，轻轻蒙住不安的火苗，三娜发现自己带着东北口音继续说，能不上火么，完了还赶上腿摔坏了，我寻思寻思都替她着急。我妈给没给你讲，这两天那女高的老师还领着学生罢餐呢。

赵姐端着饭碗，侧身看着三娜，说，恍恍惚惚听说了，咋个事儿啊。

三娜说，就前天，好几个老师呢，带着几十个学生上三家子吃饭去，故意让食堂剩饭赔钱。说是嫌食堂贵。昨天我妈上学校去就是这个事儿，本来应该今天去，正好教师节聚餐。结果今天就腿疼了。

赵姐说，谁不说是呢，我就寻思啥事儿呢，腿这情况，一到下黑儿才回来。

三娜说，挨个找那些老师谈话，我姐也找了些学生调查，问到底觉得哪个菜贵，一天吃饭吃多少钱能接受，说昨天整一天才消停下来。我妈那时候说要办女高，就寻思小姑娘好管，原来她那职业学校那些男生不是净出去打仗啥的，抽烟喝酒的，可操心了，但是没想到小姑娘更烦人，都假装儿小大人儿似的，总以为自己吃亏了，事儿特别多。

三娜盯着自己挤出一股劲头，非要演起来。她鄙视自己捂着鼻子，这不正当。想起石楠，立刻掠过去，不敢想。说出来也没有感到轻松，更像是揭开盖子，果然全是蟑螂。不就是搬弄是非么，哪能算是融入生活。鄙夷这虚假。还是有轻微一丝胜利感，不管多微弱，意志出场了，至少表面上，掌权了。过一会儿，过一会儿安静下来，我要跟自己宣告，我可以的——同时感觉到这宣告必将虚弱。像刹不住车，像闸皮子摩擦车圈，各种声音同时播放，心悸得厉害。三娜听见自己继续假装热切地说话，喃喃地在秋天的夜里像一只虫，她说，我姐说我二姑跟她哭了好长时间。本来我妈去说她，结果我爸也去说她，这回他俩倒一伙儿了。我姐说我二姑哭得可可怜了。其实我二姑心眼儿挺好使的，原来有钱的时候可大方了，再说我妈嘱咐了好多遍，根本也不是说贵得多离谱。我妈说是油高这几个老师示威，但是我也不太理解，我爸妈也没欺负他们，一直都是哄着，哪儿来这么大敌意啊。我妈说这回要是让他们给镇住了，以后还翻不了身了呢。三娜一边说一边听见大姨说，不是我说，一小那时候我就瞅张义像不可靠似的，你看长的那样式儿的像老实人似的，心眼儿更多啊！赵姐说，啊，这样式儿的，这帮老师还想欺负人呢，他们不也是从外地来的，顶是打工的么。三娜说，是啊，就是他们一起来的呗，觉得一块堆儿都走了，学校不就黄了么，就是看着这个学校刚成立不稳当呗。赵姐说，要说这人这心哪。她说着转过去夹菜，三娜也转过来身来，像是为了掩盖、但事实上延续和加强了那轻袅的尴尬，她又说，我妈说，油田来的那几个老师，打一来就想在宿舍做饭，电磁炉都带来了，一用就跳闸，跟我爸说好几回，我爸不同意，就说有火灾隐患，消防局不允许，他们就不乐意。赵姐说，哎呀妈呀，要不寻思这重点高中老师，也这么计计啊。我听我老姑说的，一月都能开三四千呢。三娜说，还有退休工资呢，提前退休也有两千多呢，都小气疯了。

　　小姥说，你们说啥？

赵姐就看着她乐。

小姥也跟着乐，又说，乐啥？

赵姐说，我看我老姑昨天回来，像可气可气了似的，我也不敢问呢，今天早上看好像还行，乐呵儿的了。

可能像我们小时候担心爸妈吵架——这想法飘过去就没有了，三娜被那个角色粘住了，身不由己继续说，她这种事儿经历得多呗，你不知道她以前办职业学校，教委的人来查，还有人举报啥的，我那时候小，也不知道具体都是些啥事儿，反正总有坎儿。

赵姐说，嗯呢，你刚说这我也寻思呢，这要是搁我们普通人不得上老火了。

小姥说，说啥？

三娜觉得小姥这句台词有喜剧意味，竟然是真的、自然而然的，觉得惊喜、又有点烦躁、想起不能简单认定现实是反戏剧的。

三娜吃完，到小姥跟前说，我俩说你坏话呢！

小姥看看三娜，乐了，说，这小姑娘子！

到客厅正听见大姨说，快别哭了玉珠，你一哭我也怪上火的。

妈用一小揪卫生纸团儿擦眼睛。说，这老娘们儿骚的！不知道咋得瑟好了，杂种操的，你等我把学生稳住的。可长春市我还找不着语文老师了！

大姨说，她是不就仗着张义？

妈情绪渐渐回落，说，不地她也得瑟。不光跟张义，跟谁她都得瑟啊。要不说破鞋这玩意！你没看她跟尚校长说话那一出儿，跟十五六小姑娘似的！咱们就年轻时候，就我跟何海岳俩没别人儿，我都做不出！

大姨说，她咋的，她长得好啊？

妈说，长得好！你看现在胖不像样儿了，那脸儿啊，眉毛眼睛啊，还能看出来，年轻时候肯定是很有风情的！要不能那么自信么。现在胖得跟大猪似的，那走道儿还一走一摇的呢在那走廊里头，这架势，就好像谁瞅她似的。姐没看着那大屁股，这大，跟扣个洗衣盆差不多，一点不赖玄——比划着说着说自己也乐起来了。

大姨跟着乐，简单地说，是么，那么胖啊，那还嘚瑟啥呀，是不跟刘淑琴似的！

妈乐着说，不跟刘淑琴似的也差不多少！这玩意你看，可还有男的稀罕呢！刘淑琴你寻思呢，人何海峰当宝似的！

三娜说，妈你咋一会儿哭一会儿乐的！

妈说，我不跟我姐俩么！

大姨往餐厅走去，转头说，那对呀，那我不是你妈的姐姐么！

妈说，给你大舅家打电话，问到没到家。

大舅在电话那边说，才到家，明儿个过来，跟你姥说不用惦心。

妈说，你跟你大舅说，明儿务必得来了，你姥儿惦心得不行了。

大姨说，那玉珠我回去了啊，明儿个再来，李玉迪他妈要再来吧，我就那么跟她说，她不能来了我这么看。嗯呢，大姨回去了。

三娜站在楼梯上，看着大姨在门口穿鞋。转身上楼，听见铁门砰的一声，想到大姨在黑夜中骑自行车的样子，也许在路灯下唱起歌儿来。忽然觉得对她有了新的感情，像是对书里电影里的人的感情，但是因为是真的，因为那些无法纳入讲述的语调和表情，那些语义不明的片段，那种不确定本身，令那观看永远无法完成、无法关闭。那感情是活的。她不禁激动起来，以为是一个出口、一条道路、为什么不能？以这样的感情与这个世界发生真正的联系？

大姐正坐在床边上发短信。三娜到北屋去，打开电脑，想写日记。但是忽然，就像北屋忽然下降的室温一样，她发现刚才还热腾腾的那想法，衰落下去了，她清楚地知道，这种单向度的情感，无论如何是自己的头脑的诡计。但是她顺着这衰落写下去：我可以、应该也必然，渐渐地对亲人、对熟悉的人抱有这种文学式的观望，但是这观望并不解决我的问题，并不能令我与他们相处得更自然、更真实。事实上，我不是一直这样观望着么，刚才无非是黑夜中独行的景象触发了文艺式的感慨！这是多么轻浮。仔细想一想，为什么我很少在大姨身上感觉到那不可理喻的生命的神秘？所有那些被妈称之为"虎"的特征，其实都是严酷的陌生啊，但是都被当做一种"趣味"愉快地接受了。也许因为我确信我爱她，所以在她面前是坦然的？但是爱、这个词到底是什么意思？应该说，我确信我们的关系是安稳的、平滑的，所以不感到困扰。奚宝贤是个陌生人，而且太穷；还有赵姐、跟赵姐是雇佣关系、赵姐命苦、而且最要命的是、她毫无疑问地自怜——。小电脑桌给巨大的显示器占满了，为了凑近网线，笔记本电脑一直放在窗台上。黑冰似的玻璃窗把冷气打到三娜的额头和鼻尖上，她不禁为自己的清醒感到骄傲，虽然问题完全没有得到解决，她并没有找到与世界、与他人相处的方式——，她继续写道：我感到不正当，是的，那莽莽的大山似的挡住我大海似的淹没我恐吓我的问题，也许可以简单地被描述成，我不知道如何生活才是正当的。这真是美妙的感觉，好像一种复杂混乱的关系被写成一个简洁的函数。这快乐是计算机的快乐，是头脑的自娱——

姐说，小胖子你干嘛呢，梆梆梆敲。

三娜说，我正在反思自己呢。

姐大笑起来，说，可惜二胖不在家。

三娜说，我这么爱反思爱自嘲，不都是你俩造成的，还好意思说。

姐说，大姨走了？

三娜说，嗯。

玻璃窗的冷气从背后侵过来，三娜说，晚上怎么这么冷。

姐在床边儿坐下，说，我跟你说，妈学校这些事儿不用你使劲儿想，她自己都能搞定，我也想了，我这看不惯那看不惯的，其实也不对，妈妈她有她的方式，而且她的方式对那些人刚好奏效。我有时候就是觉得爸妈都可怜，命运呗，一辈子和这些人打交道。

三娜说，是，一个人过得好坏，跟谁打交道可能还是挺重要的。

沉默了一下。她觉得自己的脖子非常的僵硬，头脑也像是咔嗒一声停住了。

三娜说，我有时候觉得这种想法本身就挺不好的，但是其实却是下意识地总觉得有"这个世界"和"那个世界"的区别。比如在伦敦，或者我们在北京的时候，你在广州的时候，打交道的那个世界，好像就避免了所有的这些难堪的东西，也不能说所有，大部分吧。

姐说，可能正在往那个方向发展吧，不知道，你跟李石讨论这些吧，我不爱想这些事。

三娜说，老姥爷以前在长春另找了一个媳妇儿，还生了个孩子，你知道吗？

姐说，我知道，奚宝泰刚来的时候，老姥爷还让他去找那个妹妹呢，吴玉华跟妈说的。

三娜说，啊？！找着了没有。

姐说，我不知道，找着了也不能咋地。你以为能有啥，都接受现实。

三娜说，你不觉得像《百年孤独》么。

姐说，你要那么说的话也可以吧。

三娜说，你喜欢《百年孤独》么？

姐说，李石喜欢，觉得马尔克斯又逗又深情。

三娜说，我不知道，深情这事儿怎么辨认呢。我其实一直不太能理解《百年孤独》，怎么说呢，我觉得不自然，当然文学都是故意的，但是我也不太理解他为什么非要往那个方向上故意。刚才想起冬子梦见考试题的事儿，我就觉得好像有点儿明白了，也许真的在很多人眼中世界的真实和自己的想象是混淆在一起的。当然其实相对主义一点说，我们也一样生活在自己的想象中。但是其实我又真的觉得有本质的不同，因为多数人在做利益攸关的决定的时候应该还是非常分得清事实和想象的吧。那所以差别不过在于，一个人是不是跟自己较劲追求一致性——算了越说越糊涂了，新想法总是这样的，一开始觉得是个非常清楚简洁的灵感，展开一想一片混乱而且跟以前那些想法没啥本质区别——

姐说，行，你说话别那么快，累不累啊你。再说谁像你想那么多，人冬子说自己梦着高考题了，说说就信了，大伙儿都觉得这么说有意思，就都这么说了，就得了呗。三娜你确实有点问题，喜欢把简单的问题复杂化，我看这也是一种笨！

三娜说，我刚刚觉得自己想明白了这一点！就是为什么我喜欢在简单的事情外面绕圈圈！我告诉你吧，相当于啃冰糕棍儿，相当于马腾把冰糕棍儿泡水里并且假装还有甜味儿。

姐说，你不是最反对自欺欺人么？——怎么样，我语气像二胖么？

三娜在心里继续说，我总觉得对世界和他人抱着胸有成竹的见解是不行的，其实不是谦虚，也不是担心在现实互动中受挫，而是不舍得。当然我也是知道我不可能一劳永逸得到一个静止不变的"正确的"见解，这东西存不存在还不一定，但是其实我已经接受了，我的思考能力和我已经拥有的知识和经验只能告诉我这么多了，我已经知道自己正在反复遭遇局限本身，但是我还是每次都转过头来另找一个偶然的线索重新想着玩儿。我其实就是不愿意结束想着玩儿这个状态。我不愿意承认我的枯竭，不愿意承认我已经把自己消费完了。

三娜说，我是，而且我觉得人最根本的笨，就是自欺。但是人简直有一万种动机自欺。有一些是明明已经知道了还自欺，那是可以指责的。另外是自欺而不自知，那就有点无辜。——不过这个我也没想明白，如果自欺而不自知，到底还算不算自欺——

姐说，停！这些事儿你自己慢慢想吧，如果你不觉得累你就想着玩儿吧。但是大姐要提醒你，好几次我都想打断你提醒你来着，三娜你不要说话这么快这么激动。你这样儿谁敢跟你好啊！

姐对三娜有许多不忍心，可能那就是三娜最需要的。姐有一次忽然说，三娜，我对你太好了！我这么没有耐心的人！

三娜说，你咋那么烦人呢。

姐说，我能不想这个事儿么！我是你大姐啊！

三娜说，我本来吃饭之前就有一个想法要写的，一直放心里怕忘了，刚一说说果然就忘了，你先坐这儿别动，我想想。

三娜用手按住太阳穴，像是回放并随时准备按暂停似的有种紧张，但是这样一紧张就什么都想不起来了。一切都停下来、有白色的致密的死气。她拍了两下脑袋，说，我想起来了，就是我觉得比如大舅妈对黄仙儿的信仰，还有宝贤说的现在又兴盛的跳大神儿的事儿，其实跟冬子做梦的事儿是一样的，说着说着就信了的这个过程，我觉得，当然这可能是我的臆想，我觉得就是每一个传播的人都在其中添加了自己的愿望，都是希望这个事儿是真的。然后很神奇的是，这个过程就能把这种事弄得坚实起来，彼此夯实了竟然渐渐可以变成一种信仰，这是一个质变的过程，非常神奇，从愿望变成信念的过程，通过集体行动就可以在个人内心层面变质，你不觉得很有意思么？

姐说，你说这么快我根本不知道你在说什么。我不知道，我觉得我不可能想明白这种问题，比如时间，比如神，还有死。

三娜说，我不是在想这个问题，我几乎是在无神论的基础上分析宗教呢，虽然其实我觉得我也并不是无神论者。

姐说，话说回来，我还是建议你把冬子看成冬子，把宝贤看成宝贤。

她说着大乐起来。

三娜说，你是不想说，对公兔子来说，母兔子是好的，大灰狼是坏的。

姐说，对了！我还是最爱波波！

三娜故意说，那你怎么看波波描写虐恋的事？

姐仰面往床上一躺，说，我不看！

三娜说，那你这能叫爱波波么！

姐说，我不管。

三娜说，你别假装自己是冬子了！人家那是浑然天成！

真实是坚硬不自由的。三娜像是忽然想到。这想法好像已经在头脑中盘踞了很久，像山洞里的蝙蝠不时飞出来，这一次终于停在意识的聚光灯下。故事是自由的，文学，文学的快意也在于自由，必然不忠实于"真"。三娜想起这件事也是讨论过好多次，始终是混乱的，因为在那个层面上，"真"这个词本身的含义变得模糊起来。

姐说，行了，你继续反思吧，我得下楼跟妈说正经事儿了。你就别跟下来了，省着瞎激动。

三娜说，嗯，爸咋还不回来。

姐去妈房间拿上笔记本，咚咚咚的下楼了。三娜套上毛衣外套，走到书房，关上书房门，拿了那本家里留下的那本《里尔克诗集》，走到北阳台，关上推拉门——挡住客厅里的谈话。应该写一个话剧叫《妈妈的客厅》，想到这个她非常简单地高兴了一下。阳台窗永远留个缝儿，冷透了，还是有股烟味儿。有一年寒假三娜经常一个人躲到这里来，好像是为了让心里喧嚣的尘埃落下来，但是当然始终落不下来。冬天的冰气打得额头生疼，好像一切感官的热欲都被冻结，剩下一块人形的冰晶，依然滚烫地、向往崇高——她觉得自己不配。那沮丧、自怜和自我厌弃的灰暗的心情倏地回来，三娜清楚地感觉到，今年此刻的自己比那时候明亮了很多。"对于那压迫着我的所谓外部世界，其实是对我自己对所谓外部世界的想象和恐惧，展开了勇敢的深入的质疑。我要找回所有隐蔽意愿扭曲遮掩下的自己，找回勇气，找到与世界与自己相处的正当的姿势。"三娜一字一字这样想着，在爸的冰凉的转椅上坐下，不知不觉像他一样把手放在嘴唇上下巴上摸涩着。从红色软包人参烟盒里拿出一根，点着，把脚伸平搭在窗口的小桌上。她大学快毕业的时候开始抽烟，在伦敦跟叔美在一起抽得很多，从来没有学会吸进去，生理上没有烟瘾。不过是独处的道具，表演自娱，竟然真的能够带来拥抱着自己的那种安慰。

她没有打开里尔克。因为实在是太做作了，预感到打开也读不下去。本来也并不能够完全读懂，只是所有读懂的地方都有纯粹上升之感。她怀疑自己这种在无神论中长大的人归根结底不能完全理解他。所以那种喜欢，可能也是对异国风情的想象。那是与理解相反的东西，但是它有自己的真实、跟巫术一样、来自一种意愿。即便明了这一点，即便自嘲，也并不能超越它。因为一个人的经验的历史只有一个，不能冒充。

新年苹苹请三娜在香榭丽舍大街一家灯火通明的餐厅吃"法式大餐"。单是"法式大餐"这四个字就把她们笑死了。三叠盘子，七只刀叉勺，两只高脚玻璃杯，洒了钻石似的，映出一万点不知道是哪里来的灯光。干嘛不要！白葡萄酒，对，就这个！一坐定就爆笑起来，是真的傲慢，也是真的恼火，要把徒劳戳穿，要打碎自卑带来的想象的桎梏！这世界越精美就越滑稽！匍匐着的痛苦而尴尬的灵魂，只要它愿意回头，就自由得像是在飞。

在爆笑中讲起小时候崇拜姐姐和她的北京，偷偷看她寒假带回来的油印小册子。——你知道人大诗社叫啥，叫十三月！我那时候才上初中，能不被打蒙么！肯定得偷偷看啊，谁知道为啥要偷偷，反正肯定得偷偷啊！看完放回去，压在两本儿影集中间儿，其实除了我根本没人还记着有这么一本书。看不太懂，看不懂就更要反复看！会背好多句子，现在还会！有一篇开头、不是开头、就是标题底下那一行、对！叫题记！题记！引用了一句卡夫卡，这是我唯一读过的卡夫卡，变形记我始终看不完第一页，但是这句话好像看懂了，我觉得他肯定就是我以为的那个意思，你听啊，翻译体特别绕口特别有派，念出来效果才好呢，你听啊，我没不好意思，都吃法式大餐了还有什么可不好意思的，从今以后杜绝不好意思！我要朗读咯，咳，咳——

"我要抵达我的弱点的洪流载着我从旁驶过的看不见的海岸！！！！"

笑得癫狂了一样，左右都看，压低声音，更觉得爆炸了，肚子抽啊抽，肩膀抖啊抖，抖啊抖的，眼泪都流出来了。苹苹展开一张餐巾纸，快，写上，就写这句！

这张纸上有个油点！

有油点才好呢！写上年月日！签上名儿！快，就在这儿！

餐巾纸软塌塌的。

写起字来简直像个书法家！你看，很托墨！

为"托墨"两个字又笑了三分钟——我回去要把它裱起来，挂墙上，天天打电话给你念，三娜，你要抵达你的弱点的洪流载着你从旁驶过的看不见的海岸！

36

合上电脑，躺到床上，有点郁塞。二姐有时候写略带伤感的邮件，三娜总是满意，感觉到的是写信的那个人，带着对人生的自觉，不慌不忙。没有仔细想过姐在说什么，也从来没有担心过，担心自己还不够——谁都比她应付得好。但是姐这样让人看了难受，怎么会"只想想些简单的事"。像姐说 Karl，骑在自行车上好像心里在自言自语"我很好我很酷我没问题"。三娜几乎没有意识到，就从那难受的直觉中掠过去了，自欺似的、不知道是替自己的无情还是替姐的逃避辩护似的，在语言的层面清楚但是毫无重量地想到：也许要应付那样一种生活，就必须这样劝说自己，鼓励自己。拽着自己的头发去"生活"，扮演被设定的角色，天长日久也会成就一种人生吧，人在那互动中渐渐改变，等轨道成型、积重难返，就会演变为真实吧。像包办婚姻过到后半段的爱情？那就是我的弱点的洪流载着我从旁驶过的看不见的海岸么？几乎说服自己了，几乎很羡慕姐姐了，又似乎不甘愿，好像内心深处还是觉得自己是对的、应该打破砂锅问到底。真正的苦恼是问不到底啊。三娜不知不觉又坐起来，刺啦刺啦又连网，心里热烘烘的浮躁。聊天室里竟然有六个人。认出一个广州人，聊过几次，似乎在政府工作，总是上班时间遇见。他应该不知道她那歇斯底里的小故事，她也一直表现得清淡友善。那即兴表演的乐趣倒是非常文学化，在陈词滥调和突发奇想之间调配，赶上陌生人心领神会，就像是喝醉了跳舞。快乐再烈也是冉冉上升，不能把底下的东西压出去。她知道自己脸上都是笑，心里还是惶惶的，又失望又侥幸，像戒毒又戒不掉的人只找到一支香烟。而且一直怕占线太久，妈打电话找呢？

关机以后风扇响了一阵才停止，一下就完全安静。三娜想到这是上午十点半。工作日的上午和下午各有一段安定而空白，仿佛人人都在工位上聚精会神，而世界被遗忘了。她在恍惚间看见自己坐在教室里，上午第三节总有一种难以坚持的沉闷。她觉得那个人并不是自己，或者说，那个人是一个表象。而此刻，站在床边的这个无法命名的生命，迷路一般站在原点上，以为自己可以做任何人，但是不是任何人，这个人，这种状态，是什么本质么？还是炽热而逼真的妄念？忽然就像气球被戳破了，惊魂未定，忧郁漫起，这不过是个比喻啊，我怎么可能、做任何人？逃不出去的，这唯一的牢笼。不知不觉在床边坐下，臀部传来的触觉，自己身体的重量，那熟悉的令人厌倦的实感散发着冬天早晨的被窝里的人肉的热臭，三娜在心里说，欢迎落地，你必将从云端跌落——怎么像圣经呢。堆委着躺下，侧身半趴着，看着脑壳里一包泥水像沙漏似的缓缓落下来，听见人民大街的车声远远的像一条灰蓝色的河。意识像苍蝇萦绕着，终于还是停下来，想起刚才听到大门砰响，赵姐喊过她，说她跟小姥出去了。下楼到一半又停下，看见窗口雪亮，不照进来，外面是个大白水晶。大客厅安静阴幽，青蓝冰凉，像湖底。坐下来，觉得那紧绷的清醒，嗡嗡的成为唯一的噪音。闭上眼睛，一颗铅球从头顶落到后脑勺，忽悠一下，像是潜入水底，看见暗涌不息鱼蟹繁忙。——我处在对这感受的意识中，还是我的意识创造了这感受？这是真正的独处，轻快紧张，亦真亦幻，像故乡、像睡眠一样，碎片重聚，光速飞行。仿佛肉体并不存在。王宇有一回说，要是可以不吃饭就好了，跟电脑似的，插上电就转。就是那种时候觉得特别亲近。又有什么用呢。三娜发现自己并不感到痛苦，甚至仍然是温暖的。他不喜欢她，但是并不轻视她。痛苦都来自自尊心吧可能。远远看见许多羞耻的时刻，立即就疼起来了。站起来，去厨房找咖啡，想到，在自己的头脑中打游戏不肯结束，跟泡在网吧里不出来的那些孩子有什么区别呢——都是逃避。游戏有秩序，能自洽，所谓思考其实也是这样吧。逻辑有强劲的美，那形式内嵌的生长力对人的控制几乎是压倒性的——让你以为自己是对的。但是外在世界凭什么要与它吻合？人际世界不是星际宇宙。在人类的时间尺度中，星际宇宙几乎是停滞、几乎是永恒着、等待人们笨拙的认知一点一点发现、发展、核对、纠错、趋向"准确"。但是变动的人类社会！怎么可能被捕捉！到处是自相矛盾，粗糙偏差，又全不当一回事，自顾向前，好像一切繁荣的能量都来自精神分裂（核裂变？），好像唯有放弃对一致性的追求才能敞开心胸"客观地"看见它自然的面貌！到底有没有一个全知的意识，它真的知道历史的终点么。人的意识不应该是那全知的零星碎片么。是全息同构，还是盲人摸象——也许象并不存在！对于所有的碎片意识来说，"象"并不是所有全部一切整体的"存在"！而是对它的意识！"象"就是"神"。如果没有神，盲人摸象也就不能成立！每个人的认知都是在自己的碎片经验中磨合成长起来的所以认知与认知对象本来是一体？啊多么孤独！又是多么虚妄！一切错误都是动态的一部分、无限容错、等于吞噬了对错真假，我到底在挣扎什么、如果宇宙是无意识的人的意识当然是一个可笑的自欺和美梦！天啊人类这样摸黑乱撞到底要往哪里去啊！我这样抱住自己不放到底会被带到哪里去？三娜感到恐怖，同时发现那恐怖竟然是激动人心的，这才真的觉得恐怖，仿佛自己要被什么危险的东西诱惑去——但是那大潮轻巧地就落下去了。

咖啡只剩最后一袋，她端着回到楼梯上坐着，想着一会儿要出去再买一盒，再给爸买几罐啤酒。想起小时候退瓶子买酒，一手提三瓶非常吃力，卡得手指头上六条红印儿。但是逞能。总是逞能。有一次独自去粮店领白面，拿事先准备好的绳子把面袋捆在货架上，觉得自己简直是个男子汉。二十斤背上楼，非常吃力非常得意，那时候才一米四吧。就不忍再想，如今那懦弱无能的心啊。妈的小床上落着太阳格子，更显得空。三娜想到赵姐用肩膀撑住她半边，她跳着走出去的样子，有点生气。那样紧紧抓住权力，不信任任何人。当然那是她多年奋斗的果实——而且我欠她的，尤其欠她的钱，没有资格批评她赚钱的方式。而且我爱她？这句子顺流而下，多么可疑。也许正是因为、我跟父母的关系无可更改，我才总是这样残酷地挑剔他们。就像对待自己一样。也许正是因为我与自己的关系无可更改、我无法成为别人、自由地成为任何一个人，我才报复似的这样挑剔我自己？似是而非的，没有力气去核实，不知不觉就放弃不想了。妈妈床尾系着一件玫瑰红针织衫，有几十年了，太阳一晒竟然还看得出一层小绒绒。都说过去的东西质量好——这是羊绒的！结婚那年你大姑给我的，特意告诉我是羊绒的，我哪知道羊绒是啥！大襟上破了两个洞，线太细没法拆，一直放在包拎里。最好看的是那五个水红色有机玻璃扣儿，又不是饼形，又不是半球，像微微鼓起的小蘑菇，覆着厚厚一层光晕，换个角度看几乎就是莹白的。爸妈结婚，那就是七二年，设计扣子的人是多么孤独啊，像王安忆小说里的人，也许是个男的，封闭在纽扣的世界里与人无争，多么温柔啊。三娜假想自己走过去，展开针织衫，把那几个小扣子剪下来，放在手心儿上——我想要珍藏的是什么呢？我自己的多情？空虚之感浮上来，几乎是伤感的，躲过去了，在心里大声讽刺自己做作，差不多要笑出来，站起来去厨房刷杯子。

一出门就看见赵姐咯咯咯地笑着，牵着小姥的手，正在小路上走来。后面跟着一个油黄矮胖的男人，穿一身腻污的运动校服，提着一杆秤。三娜也看着她们笑，回头打开大门，把门口打成捆的纸壳儿搬出来，赵姐紧走两步，笑着说，不用你，看整衣服上，你要出去啊？三娜说，不着急，我看会儿热闹。三娜清楚地看见自己笑得很浅，简直有点做作。意识像浓云还没有被这短促的欢快的光亮刺破。状态最好的时候，她可以始终与现场保持疏离，get myself together。赵姐弯腰去搬报纸，说话有点喘不过来气儿，她说，你看我大奶，更不少攒啊！三娜看着她的大屁股，磨得灰白的黑裤子上钉着两个兜儿，忽然觉得真实得可厌，——也许我那些温柔的设想都是荒唐的，跟她本人不相干。矮胖男人斜眼儿瞅着小园子，说，这茄子还结呢？这都啥时候了！小姥跟他摆手，表示听不见。三娜说，我姥儿聋。那人贴着姥耳朵大声说，这茄子长得好，油光锃亮儿的！小姥笑，严肃地说，结那老些！那人轻声说，罢园了。两个人都看着那几株巨大的紫黑的茄子秧，轻微的凉风拂过，忽然就像田野，就像时间的荒野，小区里安静异常。三娜往回走，说，赶搬赶秤吧。那人一扬头儿，说，等一堆儿吧，快。赵姐也说，一堆儿吧，人我大奶还得看秤还得算账呢！三娜你会看秤不地？屋里电话响。妈说，没啥事儿，我就告诉你啊，王云力老师你知道吧，数学特级教师，课讲得非常好，今天特意上办公室来找我，我寻思啥事儿呢，我都想不到，你说他来干啥来了，特意就来夸你来了，说你墙上写那段话写得太好了！听说你前天来学校，没见着，表示非常遗憾，问你啥时候再来呢！三娜立即担心起来，假装开玩笑的语气，说，啊，那我可不敢去学校了。妈说，那为啥呀，人这不夸你好呢么！三娜说，你没啥事儿回来吧，待时间长了腿疼。妈说，我咋能没啥事儿呢，这不寻思是个高兴事儿告诉你么！这孩子！不知好歹。三娜说，我姐呢。妈说，刚还在这屋呢，谁知道哪去了，行了我挂了啊。跟赵香玲说晌午把豆角热热，再搁柿子炒个鸡蛋，还是你乐意吃炒茄子，你跟她说，冰箱还剩半碗骨头汤好几天了，揪点疙瘩汤给你小姥吃，搁点黄瓜卧个鸡蛋，你跟她说她会整。挂了电话，在客厅看见赵姐正在说话的半身侧脸。隔着玻璃更觉得外面冷，干燥的秋风像枯草扫在脸上，有薄薄一层疼痛。手指都是僵硬的。豁然看见北方寸草不生的严冬——我们多多少少还是原始人。她想起她和姐她们小时候去工地捡废铁卖钱，得是红脸蛋儿吧，在碧蓝的天空下、黑色的小山一般的煤堆旁，专心致志，不知不觉，回想起来才看见刺骨的春寒和广袤的城郊，小孩子当然总是一团火，而且只看见自己这一团火。不像眼前这一幕，明确的冷，而且吃力，一句话说出来就在空气中消散了，过多少年再回忆也是萧索，而且灰心，——当然是自己的心境出了问题。赵姐喊，这报纸是八分钱，纸壳儿才一毛二！小姥说，八分？不是一毛二？说完自己呵呵乐，收废品的人说，这老太太，上哪有一毛二的，你告诉告诉我！我也去卖去！赵姐站在路中间儿捂着嘴笑，一时间也非常像农村的许多媳妇儿聚在一起说笑，总会有一个稍在后面捂着嘴笑，妈看见会说，那才俗气呢，拿腔作调的。赵姐说，快三娜跟我大奶说说，不信我，寻思我跟人合伙儿调理她呢！三娜心里有一个东西岿然不动，但是剩下的自己也足够活泼地说，你跟这人又不认识，她咋那么会想呢，合伙儿啥呀。小姥，这报纸八分钱一斤！小姥看着三娜，笑，八分哪？三娜说，嗯！确实八分！小姥说，你帮姥娘算算。收废品的人说，报纸十二斤，十斤八毛，二斤一毛六……——他拍着手，眼睛定在远处，如果想去曲解，也可以联想起来，毕竟他穿着中学生的运动服，也不知道是哪个学校，也不知道他儿子是什么样的人——但是三娜拽住思路定睛看他，那一张黑黄油饼脸晃动模糊起来，有几帧像是完全乏味，但是也不能确认就是什么真相，这不过是新的幻觉吧——心里紧张慌乱，认知的边界上有迷狂的危险。……——统共两块八加多少刚才，一块三毛五，是多少，四块一毛五，对不对，是这账不的大妹子？三娜说，你给四块二得了。她一边说一边看见时间像大河一般流过去，她和她花样百出的自娱漂浮着。收破烂儿的人从裤兜儿掏出一厚打零钱，带笑说，这都给你多算了，能亏着老太太么，这老太太，不好糊弄，不好糊弄啊。把钱塞到小姥手里，小姥查一遍，看他，又看三娜，说，就这些？三娜说，就这些！你老外孙闺女还能算错！握着姥的手上门口那三步台阶，姥停下说，上回我跟你大姨父俩卖的，还没这些呢，卖了五元！报纸不是一毛钱？三娜回头看见那收破烂儿的人已经拐过楼头儿消失不见了。开门进去，赵姐拿着笤帚撮子出来，三娜说，你听着没有，我姥儿，明明记着是一毛钱一斤，还唬人说是一毛二，这心眼儿多的！三娜掐了姥的脸蛋儿一下。赵姐笑着说，是么大奶，你是得意儿的[1]说一毛二么？小姥懵懵懂懂跟着乐，说啥？赵姐喊给姥，姥抿着嘴儿，摇摇头，像是要否认，嘿儿嘿儿的乐得肩膀直抖。屋里屋外安静广大，三个人站门口乐了一阵，简直不好意思停下来。

三娜说，我要去买咖啡，家用买啥不的。赵姐说，醋要用了了，你买一袋儿回来吧。像一块小石头落在手心里，三娜一路走一路搓弄它——买袋装醋的话大姐会吃出来么，后天她要走肯定会吃饺子的，她会说出来，她总是抗议家里太省、也许不会想那么多、那就更尴尬了、可能性不大但是也令人担心——买瓶装醋要怎么解释啊，小卖店的袋装醋卖光了就好了啊，这些小事儿真是让人心烦啊。可是这秋天，真是明亮啊，这阳光，真是辉煌啊。天地真是无动于衷啊。一阵微风吹过来，冰凉冰凉的非常干净。真应该去湖边看看——随即看见自己在树林中漫步，意识低沉暗涌、落入海底一般安稳而激荡的情绪在身体里涨满，竟然比此刻的秋光和冷风本身所激起的心情更加真切更加凝聚（啊我果然生活在自己的头脑中远胜于生活在这个世界上！）三娜在遥遥的几乎是美好的心情中轻松地、灵光一闪又似曾相识地想到，不管我怎样处理这件小事，结果都是一样，我要承受自己那强烈的差别心。她看着细微一股力量绳索一般从云雾中探头出来，聚精会神地盯住它，抓住它，竟然就激动起来，差点就要猛烈地推开小卖店的铁门。

把一瓶镇江香醋放在黑桌上，监督着自己用非常自然的声音说，买来了。赵姐正噔噔噔切黄瓜，抬头看一眼，说，嗯呢。没有任何异样的表情，没有多余的话。三娜在自己的监视之下吹散了一片即将说出口的谄媚的废话，依然是笑着，用自己都觉得陌生的声音说，还得一会儿吧，那我上楼了。

1　得意儿的，故意的。

非常轻盈地，几乎没有声音，但是一步两阶儿跑上去，上去就松弛下来。坐在床沿儿上，听见心脏扑通扑通，非常清楚地想到，怎么像是偷偷打了一枪，怎么像是逃回到山洞里。呼吸渐渐落下，才看见喜悦漫开，狂想重启：我能就此勇敢起来么？至少勇敢不是不可能的。我其实知道应该怎么做，这些事情都已经翻来覆去地想过好多遍了，不断地路过正确答案而并没有去拥抱它——是的正确，——为什么没有执行？啊那些弱点也已经揪出来鞭挞过很多次了——下一次能够如此警觉么，会不会被现场胁迫，应该会有多次倒退、反复吧……，似乎这样想了很久，停下来、醒来似的，平静地、几乎是愉悦地想到：真正的问题是克服这样一个极小极小的困难所动用的意志成本实在太高了。随即再次启动：在更巨大更明显更真实的挑战面前，反而会从容一些？或者至少并不比这微妙的狡猾的瞬间更困难？那又有什么意义，真正要改变的正是这时时刻刻、无处不在的"微不足道"的退缩和虚假。所以每天都有机会练习！啊我的想法真是太积极了！所以不必害怕倒退和反复！既然能够完成一次就应该有第二次，重复起来成为习惯就好了，最困难的不是无中生有这件事么，一生二二生三应该是爆炸式的生长吧，会变成一个铁石心肠的坏家伙么？是想得太远了么？但是其实真的按钮按下去也很容易失控吧。我一直不敢启动也许就是隐隐知道真的要改变也非常快甚至非常简单、完成之后就没有现在这样的自我嘉奖就只是变成了一个跟别人一模一样的人、我是多么不甘心、仿佛过去这些年不过是一个病人！虫鸣一般一直细细小小叽叽喳喳的声音在这忽然荡起的淡橘色的忧郁中响亮起来，这是多么小多么小、小得像芝麻、小得像个笑话一样的小事啊！非要把它设想成种子、希望、雪地里的春芽吗？雪地里的春芽这个词组快速滑过的时候三娜就真的笑了起来。——姐姐知道了肯定要笑翻吧，不能跟她讲，那样就变成了卖弄、卖弄软弱和神经质。但是姐姐说得是对的，果然这事在赵姐那里激起的微漾是微弱到完全无法观察的，总不能把她设想成为控制内心壮阔波澜的表演大师吧。夸张到产生质变的程度，把小事放大成为大事、大事被迫近到只有模糊的局部，我一直知道这愚蠢但是其实还是有点为自己的变态的敏感而自得所以不肯改变吧，是不能改变么，是生理性的么，是天生的么——怎么想到这里也仍然还是一种骄傲的心情这太可耻了——但是即使是天生的也仍然可以想办法减少它的发作、不被它支配、免于沉溺和瘫痪啊。也许天性不能改变，但是可以建设一个健康的增量来平衡它，遮蔽它，这不也是设想过许多次在理论上觉得非常自然又正当的一条光明大道么！怎么从来没有当真过！让理性，是的理性，也没有更好的词语了，让理性支配我吧！先让理性强健起来吧！好比在泥沼中铺设道路！荒原上建设城市！我们从来都是在大自然中建造一个由我们自己支配的人造的世界以便驾驭大自然！我们也必须在本能的荒原上建设理性的城市以抵御荒原的威胁并且开采它利用它！这比喻跑得太快底下好像踩虚了！当三娜回头照看，试图辨别激昂的宣言底下是真正的信心还是修辞的虚亢，她感到她似乎可以抉择她将看到的是什么因此那目光本身迟疑起来。她意识到了这一切。真的信心到底是藏在哪里？是在我的目光中还是在宣言被审视之前在它发出那一刻就凝聚了所有之前一切人生的偶然计算出一个不会被目光更改的结果？这个故事怎么那么像薛定谔的猫？所以此刻、现场和自我归根结底都是在被阅读即测量的那一刻成形的？这类比是不是过于大胆了，尤其是在这样几乎不可能想明白的哲学命题上，简单地使用自己也不确定是否真的完全理解的物理概念来类比能行么？但是严丝合缝！简洁有力！严丝合缝的比喻就会带来强大的说服力，这就是形式的力量吧，所以思考也就是这样——怎么又回到这里来了，在这个地方绕过太多圈子啦！……

从树林回来身上热腾腾的，千言万语跑过了极限，紧绷的思想松弛下来，又似乎特别敏捷。钥匙插进锁孔，太阳晒在背上沉甸甸的，那一刻三娜感到完整、清晰、自由，而眼前这一切、即将开始的生活，都是自己选择进入的。

妈和姐四只鞋闲闲落在阳光格子里。好像幕布拉开，角色开始——三娜心里说。拿着拖鞋踮脚进屋，正要上楼，妈闭着眼睛说，回来啦，消停儿的啊，让你姐睡儿会儿。

姐在北屋，招呼她，你来啊三娜。

北窗外面白亮亮的秋天。她一下想起上地北屋。电话局院里细细柔柔的两棵小槐树，秋天起风的时候像两张绿纱巾一波一波颤抖着。她看着那慌张无着的心情远远地就落下去了。大姐换了运动服，马尾有点松了，扎起的头发在脖根儿上方温柔地垂成反问号形。三娜想到她要回北京了，脱下衬衫和筒裙，变成原来那个人。她自己也要回去，一想到就是不好的预感，茫茫地悬浮着。现在因为觉得是临时的。

三娜说，你看着二胖邮件了么。

姐笑嘻嘻说，看了，今天竟然收到四封邮件。你等我把网断开。你关上门。

一身汗凉涔涔的。三娜拿出周泽妈做的红色大绒夹棉马甲穿上。姐说，你挺能享受啊，我也想去小树林儿。

三娜说，去呗，可好了。也真是奇怪，秋天湖水跟别的季节就是不一样。太阳角度什么的应该跟春天一样啊。

姐把邮件页面关掉，推进键盘托，转过来说，我都想二胖了。我想起去年这时候，二胖和周泽到伯克利来，一人带个睡袋你知道吧，我们仨住我那小破宿舍，早晨起来只有一包饼干仁人儿吃，二胖还管周泽，怕饼干渣儿掉地上，一人接一张餐巾纸你知道吧。周泽还老想请客。我都想二胖了。

三娜说，嫉妒你俩。你俩在西雅图机场的照片儿，我拿给 Natalia 看，她说你俩都比我漂亮。

姐笑说，外国人懂啥，三娜你别傻了你长得好看，但是你为啥非要穿这个破坎肩儿啊，有那么冷么。

三娜说，出了好多汗。而且穿上觉得自己像小红，《红楼梦》里那个小红。

姐说，那个小红不是心眼儿很多么。

三娜说，其实也没有，我觉得挺质朴的，很像一个管家的女儿。或者也可能像袭人的表妹，穿红衣服的那个。你看这衬里儿的花布儿，是不是挺好看的，应该收进民俗博物馆。

三娜也想起王立新。后来终于看见她穿了一件黄白相间的运动服外套，太肥大，下面松紧边儿折进去，也是整整齐齐的。

姐笑说，也不知道哪淘澄的这破烂布。对了，等我回去，你有不穿的裤子什么的，我寄回来，你收一下拿给赵香玲，我看她就一条黑裤子，你们不是身材差不多。

明确地感到紧张。三娜说，她还有一条蓝的，可能不太合身儿还是怎么的，换洗的时候穿两天就换回去了。但是妈和姥儿能同意么，也不能瞒着吧。

姐说，你管她们！我跟妈说！你就拿给赵香玲儿就行了。你要不好意思就等你回来我再寄——幼稚！

三娜说，你寄吧，我觉得我还是得突破一下。

她犹豫了一下，没有说买醋的事儿。同时感到压力，恨不能衣服现在寄到，立刻送出去，但是送出去那些天这件事的影子也还是一直在——

姐说，赵香玲也确实比较敏感，要是奚宝贤啥的就容易些。她一直在看《京华烟云》你注意到没有？

三娜说，看到了。

立即回忆起第一次在赵姐被垛底下看见那本书时油然而生的惊喜和羞耻。她问妈，是赵香玲看的么？妈说，你寻思呢，是个有文化有心灵的人。妈毫不在意地使用了心灵这个词。正是三娜所需要的。这需要令她感到羞耻。——我需要认为赵姐心灵丰富，正在受苦。需要同情别人、自我感动？需要谴责社会，发泄愤怒，以便像个英雄？我的愤怒归根结底难道不是因为不接受自己的平凡和渺小？不正是在海边即将被湮灭的感觉令我不敢上前一步？这一切与赵姐何干？

三娜接着说，人挺复杂的，中午吃饭的时候赵香玲儿给我讲黄皮子的事儿，我觉得她好像其实也有点信的。说她丈夫小时候追过黄皮子，然后她小姑子就被黄皮子迷住了，咯吱窝底下起一个像小葫芦瓢那么大的大包，胳膊都放不下来，还代表黄皮子说话什么的，说得很瘆人。但是她真是非常敏感，刚说她公公婆婆都亲眼看见的，马上就说，反正农村人都这么传，谁知道是咋回事儿了。

说到最后三娜觉得自己有点残忍。

姐说，哎，她就是聪明、也不可能那么强大，周围人都信，都说得跟真的一样，渐渐地就动摇了。而且可能信点这些，也过得容易些，有些寄托吧。

三娜说，我不知道，我后来也没再回去过，可能农村特别荒特别冷的冬天，整个世界都很神秘吧，然后那些故事都显得挺可信的。

姐说，并没有那么浪漫，其实还是愚昧，心智未开，我前年回去不是看见王老换子了么，我这么跟你说吧，她可能到现在也不会两位数加减法，真的不夸张，你想啊，凡是有点能力的那还不都离开农村了。

三娜说，当然我也并不相信，但是就是好像可以很方便地认为，一个人的文明化越低，本能中通灵的部分就越强。算了其实我也不信。

姐说，你跟哪儿学的这种庸俗论调，啥本能，不就是动物性的部分么，动物咋通灵了，还不是被人类为所欲为？

三娜有点急，说，我也不信，可能是因为害怕动物或者人的动物性，所以从来没有仔细考察过，觉得没有资格完全否定那种理论上的可能性。你干嘛把我当傻子。

姐说，不知道，我其实是不太敢仔细想，动物这东西你说，谁知道。

姐说着像是有点倦意。三娜因为说了蠢话，想要谈话再多继续一段。她赶紧说，我也不知道，但是这是非常巨大的事实不能不处理，大多数人都喜欢小动物，养狗养猫什么的。

姐说，最烦了！李石总结说，他受不了不平等的亲密关系，太肉麻了。我认为他说中了要害。

三娜忽然想到，她对不平等关系的极度不适并不是一件坏事，真正坏的是，她并没有试图去、也根本无法改变那些不平等关系，或者说，她早就认识到，事实上的不平等根本无法消除，她甚至模糊地觉得它的广泛存在是有意义的，是人类世界进步的微观动力，在这个前提下，在不能从本质上改变不平等关系的前提下，真正坏的是，她想要通过掩饰来缓解自己的不适，并且试图因此认为自己是一个"好人"，并且偷偷想要以此来解释自己的逃避和懦弱。真正坏的事就是自欺。

三娜说，那养小孩不也是那样。

姐说，所以李石认为公开表现自己对孩子的感情也是非常不体面的。结果他认为他和他爸最深沉，就表现在他们不像我们这么经常打电话！

三娜说，反正我不全是那样，我害怕动物不全是社会性的，更多的倒是生理性的，就是一看见就本能地心里缩缩着。尤其害怕看眼睛，觉得瘆得慌，深渊啊。不是说了么，生命是个谜！

姐说，不想面对这事儿。

姐站起来，趴在窗台上看外面，又转过来，说，今天早晨在车里看见大姨了，就在门口要往人民大街上拐的那个地方，停那儿等着，张昊宇看着的，老远了，大姨穿个破红毛衣，在早晨骑自行车儿的人群中一个小红点儿，太阳从杨树叶儿中间儿那样儿一照你知道吧，我一想大姨，那么古怪，那么兴高采烈的，我就很伤感！我说不好，就是有很多感慨！觉得人活着还是非常幸福！非常想要赞美秋天！赞美生命！

三娜说，你不是想当个大诗人么！

姐有时候摆明撒疯，甩掉羞涩尴尬直接抒情。在上地的时候，有一天阴冷小雨，大姐在门口递伞给三娜，三娜下了半层楼梯，姐忽然喊道，小胖！三娜回头，姐笑嘻嘻地说，我真热爱秋天！真想做个大诗人！两个人站着笑了很久。

姐说，可惜不是，不会写诗！你写写吧三娜。有太多人在这世界上自生自灭了，我觉得应该为他们而写作！

三娜说，我觉得这不可能啊，要全息无取舍地写作一切，就至少还要再有一辈子，甚至几辈子因为语言效率低，才能看完，可是不被阅读还有何意义。连《项羽本纪》现在恐怕都没什么人看呢。

姐说，你这人太没劲了，又不是说要一个人一个人写。你明白我意思吧！

三娜说，我明白，但是我觉得那也是不可能的。我觉得没法写作的原因之一可能就是归根结底只能写自己，写别人也是写自己对别人的揣测，写来写去还是写自己。

姐说，你这不是废话么。

三娜说，不是那个意思，我是觉得自己对别人的认识扭曲得很严重，当然可能人人都是这样，只能看到自己的幻觉，但是问题是我意识到这个扭曲之后，我就一下对什么都没有把握了，总是不知道自己是想太多还是想太少。比如说大姨，就光说她很逗，说她兴高采烈，肯定不行，这相当于写一棵树几月开花几月结果。我不知道——不知道把别人当棵树来观察是更尊重还是更不尊重，想不清楚。

姐说，停！说点儿啥你都能扯远，三娜你这样儿就太矫情了！你对大姨还有啥不了解的，大姨！

三娜说，是吧又想多了。那你管我吧，你说我想多了我就不想了，我自己真的把握不住是想多了还是想少了。

姐说，还是得行动起来，做点实事儿。刚又收到王一礼的群发邮件了，我想转给你来着，你一来就给忘了。算了网都断开了。——她又在电脑跟前坐下，关机，转过来，说，文章标题特别大，叫《宪法和选民的力量》，真是笑死。

三娜说，王一礼还在搞民工图书馆啊？

姐说，是在搞吧。我刚回北京的时候，我跟李石和王一礼吃饭来着，我给你讲了么？

三娜说，你写邮件了，就说喜欢跟美好的有志青年成为朋友啥的，标题也挺大的！

姐说，我因为不善于思考，所以只能当大空话了！但是你知道李石怎么说么，李石回来路上反复感慨，王一礼到底图啥？骑个二八的大自行车你知道吧，穿个破圆领儿背心儿，人长得圆嘟嘟的，特别和气，说啥都知道，根本不在意吃饭，就想谈中国的未来，河南人你知道吧点的全是凉菜，我看李石主要是对凉菜不满，说王一礼这个人怎么这么可疑？说完自己就嘿嘿儿乐。

姐还在邮件里写，初夏的北京的夜晚，路灯从槐树细碎的枝叶间照出来，空气中有一种清甜，她跟李石从万圣书园走路回到上地，觉得自己认识这样美好的年轻人真是幸运，觉得中国大有希望，觉得生活真是美好！三娜隐隐约约觉得姐经常给她描述的那一群人，那一个中国，那一份现实，像是一个许诺，地平线上远远的细细一线光，她愿意相信所以就信了，但是她竟然并不想成为那美好的人群当中的一个。——因为我沉溺于虚幻的自由？还是因为真的、我还有些事情没有想清楚？！

三娜说，我记得你说他挺有钱的啊？

姐说，有钱吧，我也不知道，自己开一个公关公司，他原来在零点，现在回北京自己搞一个，听起来好像也有几十个人呢。

三娜说，形象真光辉，真像宣传片儿里的伟大人物啊。

姐说，问题就在这儿呢，你看见他本人你就知道了，一点也不自我陶醉，非常朴实可亲。可惜结婚了，不然想介绍给你，但是当然我觉得不光是他了谁也配不上你三娜！最有意思的是李石说，我还是最喜欢李石，李石说，搞啥民工图书馆，真想帮助民工，先免费发点黄色小报，最好再送些充气娃娃！你说李石逗不逗！

三娜也跟着乐，说，这个你在邮件里写了。不太了解，男的可能真的跟咱们不一样。

姐说，李石开玩笑的！他主要是看不上文学青年想当然。但是一见王一礼本人，也觉得并不是像沈曾那种夸夸其谈，所以才觉得费解！李石这么一说，我也觉得奇怪，你说王一礼图啥呀！又不是信教，要是信教了还可以解释。哎呀你看着就知道了，咱们回北京就去跟他见个面，上次我跟他说咱们的计划了，他说要介绍一些人给我们认识。

三娜说，啊你都跟他说了，还没影儿呢就说了不太好吧。

姐说，我是很严肃的，不是随便说的，我真觉得这事儿很有意义，而且很适合咱们俩。

三娜说，李石不觉得咱们这个比民工图书馆更可笑吗？

姐说，李石他当然也冷嘲热讽儿几句了，不用理他！而且他最后也说，有益无害！咱们这两天就把调查问卷做出来。别老光说不干！现在最流行说底层关怀了，其实都是瞎关怀，赶时髦。就得等咱俩整一个了！妈是不是醒了，我得跟她说点儿事儿。

三娜看着姐把圆珠笔夹在笔记本里，把笔记本拿在手里，豁地一下站起来，简直有阴影落在三娜身上，姐说，你没事儿先写一个问卷和提纲，有个草稿再修改再商量，然后我好给江老师写信，争取国庆前把这事儿定下来，你回北京咱们准备一下就出发，——你让我过去啊腿这么粗——。

走到楼梯口姐又回头说，《南华周末》最吃这一套了，你放心吧三娜，那些事儿大姐都会搞定，你只要发挥自己善于思考的特长就行了！我有一种预感，我们可能会写出一本了不起的书！

三娜被姐的兴致和生气感染，几乎也感到身心轻快有力，听到后面忽然就羞愧万分，又非常恐惧，觉得自己是个骗子。同时掉进困境：她不允许自己认为大姐也是一个骗子。姐有时候不耐烦她，也会说，这些事只要常识就够了。三娜不确定姐是敷衍自己，还是清醒地认同——是否应该基于事件的尺度使用不同的判断工具？但是"常识"，多么模糊！怎么能停止追问，怎么能成为思辨的尽头？三娜慌里慌张，赶紧浮上来跟自己说：姐能够应付这个世界而我不能，我所有关于"正确"的求索在现实跟前都只是脆弱的借口或者根源。我应该听她的，我当然会听她的，我将藏在她身后连头都不敢探出来。心里还是不定，但是经过这一波短暂紧张的自白，三娜的注意力已经从事实中转移出来，那个事实就是：她从内心深处并不相信这样一件无中生有的事即将真的开始了。

37

电脑风扇终于停了，宁静像一匹蓝绸落下来。这才觉得冷，觉得薄薄一层皮肤发烫，秋天总是这样，而且中午吹风撩着了。中午树林里的风啊！秋天的湖水在眼前掠过，三娜更加清楚强烈地厌恶自己——这一天还是搞砸了。看了一下表，只在聊天室待了十分钟，就暴露了。冯谦与倒是从来都很友善，但是大概也觉得她可笑。也许可怜？那更糟。起来去爸那屋倒水，滚烫的喝不下去。太阳已经下去，东边窗帘上晃动着赭红色的微光。窗前很凉，听见风声，越听越觉得响。三娜溺在羞耻的沸水中，兴奋而得意地回想刚才说过的话。有点抢话，太爱出风头。一亢奋就过头。不该跟他说调查的事，论坛里的人不谈这个，好像是觉得愚蠢又土气。三娜知道流行的观点，任何利他的事都可疑，是变相的自我膨胀，灾祸的源泉；恢复人性此处特指自私，人人为己，世界自然就好了。她明白这想法为什么堂而皇之，它既反对强大的计划和集权，也反对八十年代的激进理想主义，在此时此刻的中国代表温和理性进步。但是拿掉它的对立面，它并不能成为纯粹的真理，在个人内心和道德层面更不能适用。人类社会越来越人道，微观看去动力不可能都是自私，当然总可以说是逐名，或者追求心理满足，也还是自私，但是这样讲下来自私这个词就变得毫无意义。如果荣誉感是一种私利，荣誉本身还能不能够成立？还是可以。只有最后一句算是新发现，当下牢牢记住了，其他都像是绕圈子想过很多次，清楚地知道每一个地方可能出现的岔路和反驳，这令人感到安全，同时也厌倦。三娜在想象中被嘲笑，不知不觉就情绪高昂、雄辩好斗，为对方创造出许多强有力的论证来，但是终于都被她击倒。只遗憾冯谦与没有那么蠢，没有说那些傻话。现实中根本也不会发生那样的对话。所谓假想敌当然只在自己心里，一个灰影子随时出来挑逗，拨火儿似的、填柴似的，所有的偏见都在那愤怒的火焰中被烧成"正确"，被这"正确"赋权，肆意地施展被压抑的暴力……这自我批判本身也是一样、我对自己深深的恶意、强烈的进攻性，其实都是对这个世界的恶意、因为缺少勇气不能抒发、所谓的抑郁不过是懦弱的人的愤怒啊！——这也还是自我攻击、还是在原来的循环中、是因为这情绪像龙卷风抓住了人在风暴眼里出不去、还是这一切的熟悉的思路本身是我的思考能力的局限？我需要的是真正的但是不知道从哪里才能获得的力量、还是更多的知识、更多的第一手的猝不及防的没有意识监控扭曲的经验？那种经验是否仍然是可能的？……。那两棵梨树上最后的霞光也黯淡了，在渐深的暗昧中迎着风的姿态竟然也是骄傲的。——So what？一阵不耐烦，立即放下了。……。羞耻再次猛烈地浮上来：总是被冯谦与认出来，他一定以为我很痴心。怎么说得清楚。我自己知道我是借酒撒疯是向往疯狂而不得，表演疯狂而且演到一半又非常想要反悔因为觉得程远他也还不配。不过是虚荣心。我的差别心庸俗得恐怖。我宁愿承认这一点，承认庸俗和虚荣，也不愿意承认爱，因为确实不是爱，还是因为承认爱好像就承认了另一个人对我的权力，而承认庸俗简直是彰显勇敢和自信和最终不庸俗？思辨的乐趣像撑竿跳一样，又快又高，带着优美的弹性。是性吸引力么？我对程远有性渴望么？从广义的角度感觉到的性感能算？从未对任何人有过具体的性幻想。是所有处女都这样么？还是因为我太压抑？我也从未感觉到压抑。我这样子是自然而然的。相信弗洛伊德的人肯定认为我想做调查是因为内分泌失调，我因为无法看清从未真正辨别出自己的性欲而无法接受这种理论同时也感到心虚也不能否定它，总不能认为自己与所有其他女性完全不同，我不可能是亿万人类中的极少数恰好没有性欲不受支配不被干扰。所以也许是真的，也许我开始与男人交往，就会发展出明确的性欲，就会改变对世界、对自己的看法、就会有再也不能压抑不能泯灭的欲望、就再也无法虚无、再也不会渴望自我被消解？不我不相信性交可以改变这么多……——性交这两个字从心里挤出来的时候三娜还是本能地脸红了。她不喜欢一九六八年五月的巴黎，看见那些照片就难为情。她自己不相信，也无法相信他们是真的相信，性爱与战争？她疑心他们都是带着自我观看。当然可以认为是自己太阴暗。她不接受那时髦，那传奇。传奇令人反感，像是集体共谋的自欺。但是男性青春期的体验确实完全无法比拟，男性体验根本就无法比拟，相当于鱼。看过一个写男大学生宿舍的小说，荷尔蒙溢出人身，那滚雷似的大力混沌不可能是杜撰。以力比多解释一切对男人来说是一次诚实的释放，那诱惑可以略微想象。在英国上网看到那时候那些帐篷里都是各地来朝圣的女学生，领袖们随便睡。她不完全相信，几乎感觉到作者的自鸣得意。但是看到那几行心都多跳几下，觉得羞耻，也觉得刺激，更觉得羞耻。觉得刺激的那部分，就是性欲的幼苗么？是被羞耻心遮盖了么？意识回头去找，去拨弄，那刺激的感觉在心里放大起来，也还是那样。这时候去设想代入、模拟自己去献身，立即觉得不能接受，因为像是配合一种欺骗和自欺，为了性魅力而献身理想的男人像是在欺骗而为了理想的光芒想要性献身的女人简直是愚蠢。在现场根本都是下意识情不自禁？街头运动那种整体气氛会在生理上影响人么？女人的献身热情到底是怎么回事？弗洛伊德是不是根本没有研究过女性的被动的性意识？当然这也不能确定，也许别的女人成年以后有男人一般清晰的性意识。女人两个字都特别刺痛。三娜几乎从来想不起自己是女人，想起来也总是觉得隔膜。性别即表演，但是为什么要演？其实她经常以为自己并不是一个人，甚至人生也是表演。她只认同那飘荡的无我的审视的目光是自我，它是自由的，因为自由所以能够自洁。但是这个"我"根本无法接受去农村做调查这件事，这个"我"根本想要逃避一切与人打交道现出原形的行为、一切表演。只是这个观众已经把已有的剧情和角色反复咀嚼到毫无味道，她要求她把自己扔出去以便获得新的体验以便有新的启发但是她已经摆脱不了那目光了……。思路跑得很快、脱离了那目光而不自知、当然不自知，收回来看见自己还在纠缠老问题：我真的不是受荷尔蒙驱使，或者它支配我的传动机制太复杂太间接了。我的情况更像是追求自我感动，或者自造意义、超越虚无——当然这也没好到哪去，非常容易陷入意愿性思想。现实不是我所想象，关怀和改变就都是妄想。这里有现成的狡辩：我的意志也是现实一部分。我所关心的主题，比如现实里广泛的不平等，实在是深广，我的所谓个人意志，相较之下可以忽略不计，即便是妄想，也不妨去让现实纠正，也还不至于做出坏事，同等的大概也做不成多大的好事。不过这种事不是本就应该集腋成裘，振臂一呼多可疑，那样的方式带来的改变，也不可靠。话像是说到尽头，抵住了墙角，可是"从我做起"这种道理总之是让人心虚。也许这样飞蛾扑火，就是所谓的美好。果然是为了自我感动，而且也还是要把自己埋葬在宏大幻想里，归根结底还是一种献身、想要自我湮溺（怎么又绕回来了？）。青年的美梦就是这样么，鲁迅为什么舍不得戳破，那样冷面戳破虚假的人，在这里刻意护着，挡住自己和别人的讥讽。他自己年轻做梦的时候，也心虚过么，也知道这里面的杂质，也知道这事情落不到地上么？按《故乡》里的说法，大概是觉得年轻人总还有机会，有"新的生活，为我们所未经生活过的"。这也像是意愿性思想，凭什么新的年轻人就可以不一样？当然那是一个仿佛一切都在改变的年代，相信未来、什么都有可能，这世上本没有路，要用这话来鼓励自己么，真够悲壮。这乐观的尾巴，也许只"听将令"的结果？这是要研究鲁迅么，真的想知道自己猜得对不对。已经这么贴近鲁迅的想法了么——她偷偷地自得一下，立即觉得是自不量力，到底还有多复杂多高深，也无法想象，知道这就是自己的局限。本来思绪翱翔，了无羁绊，自我等同天空无限。果然还是幻觉，无论如何也不过是生命规律和个体经验的囚徒。——有如释重负之感。

楼下开门声。听见爸说，现在都不穷！大姐说，那不是相对的么！爸笑着说，那可不是相对的，老爸的标准非常明确，能吃饱，能穿暖，孩子能念书，那就不叫穷！

三娜站在楼梯最后一阶，看见被门挡住的夜晚，看着他们带进来深蓝色的冷风。

姐说，咋不开灯！

妈侧身躺着，头向枕头埋去，并不睁眼睛，说，回来啦，咋样啊？给扔多少钱呢？

姐说，一家两百。我过年也不一定回来了，今年上北京过年呗。

妈说，到时候再说吧。

三娜说，咋样啊。

姐说，还不就是那样，大爷就说小子聪明，二大爷就说二黑懂事儿，懂事儿你知道吧。

爸说，你咋的了奚玉珠？

妈说，像不得劲儿似的。

爸说，不让你去不让你去，嘚瑟吧。

妈说，也不发烧啊，就像觉得冷似的。

姐说，给你拿个厚点儿的被吧，外头是挺冷的，降温了。

三娜说，熬点姜汤吗？

妈说，不用，不是出汗的事儿，你上对面儿小药店给我买瓶病毒灵儿，家有来的，上回你大舅妈感冒，都给她拿去了，就病毒灵儿好使——多穿哪！

还以为天黑透了，走进去却是半透明的乌青色。非常冷，简直不像九月。好像每年初秋都有这么一场，下马威，过两天又晒着暖和着初夏一般。连季节也是，熟悉透了、再没有新的发现。最新的感慨就是这重复，这往后可怎么办。然而那荒蛮瑟缩之感透过皮肤侵占全身，强烈直接，与任何思绪都无关。身体与自然的感应完全说不通，每一次春秋雨雪，都想起以往——真是一模一样啊，每一次上来都觉得是全新的。身体里当然有秘密——这真是太好了。

家里一片沉寂，客厅没有开灯，借着楼梯上的一角光亮，更觉得妈妈躺在那里是个病人。三娜把药放在床头柜上，正要走开，妈迷迷糊糊说，买着啦？三娜停下，现在吃吗？妈说，等吃完饭儿再吃，不眼瞅着吃饭了么。你去吧，我眯着。三娜的手冰凉的，也不敢去摸妈的额头，就那样看着。她说，电褥子开着呢吧。妈说，不要紧的你去吧，你去看看我那面汤好了没有。

小姥房间也没开灯，望进去竟然也人是人，物是物。一个瞬间很像在大遭，总是摸黑儿。小姥坐在床边儿，两手交叉放在腿上，两只脚别着，也没有晃荡，在幽暗中一动不动。她没看见三娜，三娜就看着她，觉得所有可能的感想都熟悉，不愿启动。也不能开灯，姥要摇手的，也许会说，这小闺女子，开通亮的干哈！

转过来看见赵姐在阳台灶间，油烟机的黄灯照着热气腾腾地往她脸上扑。这时候三娜愿意是她，手上有点儿活儿干，像有个依靠。开了餐厅灯，在桌边坐下，桌子正中摆了一盘儿青椒茄子土豆炒肉片儿，酱油放得很多，黑乎乎的。聚焦一下，又散开，觉得自己像一台照相机——需要被操作。夜晚沉静得像一大块龟苓膏。三娜仔细分辨自己到底是麻木还是清醒，盘点今天那几件痛痒的小事，小得、望过去像房间地板上落了几粒花生。——这是怎么回事？我是在焦虑上面压了一层玻璃么，我是把焦虑装进金鱼缸了么。我这样不能持久吧，这是意识烧成了火海——这样一想，就真的觉得有点头疼，太阳穴那里嘣嘣地开始响，——念头、念头而已，这神奇一定可以找到生理上的解释，我是要得臆想症了么，我是快要变成小子哥了么。那恐惧倒像是一扑汹涌大浪，她赶紧转身躲开了。听见爸下楼的脚步声咚咚咚的。爸说，打灯，吃饭了！药买来没有？妈说，打灯干啥玩意呢，眯着呢眯着呢。听见爸坐在沙发上。他干嘛呢。过了也许半分钟，听见爸说，下回你要上学校，等九十点钟了暖和了再去，咱不差那趟油钱儿！妈哼哼着说，折腾人哪。爸大声说，雇他们干啥的！三娜看一眼赵姐，她正在往碗里挑面条——厨房和阳台之间的门关着。三娜过去接过面条，拿到客厅，扶妈起来，妈说，哎妈呀这孩子，告诉少放油，这就跟没放油一样的。赵姐跟过来，笑着说，嗯呢，我也寻思油太小了，想滴答两滴答香油我也没敢，拿来了老姑你要不要。妈说，不要不要，就这清汤寡水儿的最好了。赵姐说，嗯呢，我寻思半天，这少放油，放多少算少呢，我也把握不好啊。妈喝一口面汤，说，行，这就行，可没少放姜丝子啊！赵姐拿着香油瓶回厨房了。三娜拿枕边羊毛外套给妈披上，说，真是秋天了啊，外头才冷呢！这才几号啊！爸站起来，走去餐厅，说，就今儿晚上明天一天，后天就暖和了。妈刺溜了几口面汤。大客厅青凉凉的。三娜绕过去拉上窗帘，妈说，我不要紧的，挺挺就过去了，你快去吃饭去吧，去，去吃饭去，叫你姐，在这儿瞅我干啥呀。三娜冲着楼梯高声喊，大姐，吃饭啦！那一声喊出去，更觉得寂静。

没有应。妈说，备不住接电话呢，刚我听着她手机响。你把药给我拿一片儿，我就这面汤喝了得了。

妈又说，都怨我呗，俩年轻人这么分开，这都三个多月了，都容易出问题啊！

三娜说，出啥问题，去美国一年不也还是挺好的么。

姐说，妈你吃上药没有。

妈说，李石啊？

姐说，嗯。

妈说，可快溜儿回去吧，我心里都着急。

姐看着三娜笑，转身走到餐厅门口，去小姥房间开了灯。听见姐大喊一声，小姥儿！吃饭了！小姥儿说，大富儿给扔多钱？

妈也乐了，说，你小姥儿你看，厉不厉害！——拿下去吧。给我把灯关了，晃眼睛。

大姐拉着小姥堵在餐厅门口儿，三娜站在她俩身后，看见小姥儿稀疏的头发上粘着好些头皮屑，转念没有开口，打算明天悄悄跟赵姐说，又觉得自己非常精，简直适合去大观园做丫鬟。

桌上加了两碗白菜炖豆腐，爸坐在桌边喝酒。屋子里就有点像是活过来了。赵姐正从电饭锅里盛饭，三娜说我少吃点。赵姐削了半勺回去，递过去。

三娜说，爸，我买啤酒了。

爸说，不早说。

三娜说，天冷，喝白酒更好。

爸说，老爸是咋的都行，白酒也行，啤酒也行，没有不喝也行。

三娜说，我妈不是常说，喝酒的人都说自己不抽烟，抽烟的人都说自己不好酒，其实都是烟酒全占。

爸嘿嘿乐，狗嘴里还能吐出象牙来！

爸说完就非常得意，看着三娜和大姐，确认她们听出了这个笑话的要点。三娜和大姐也互相看着乐。

因为妈属狗。有一年寒假，全家人在西屋聊天儿，三娜坐在书架下面的柜子上，顺手抽出一本《当代英雄》，中间掉出一张硬纸壳儿，上面用那时候流行的软头书法笔写着，"奚玉珠是狗"。都笑死了，妈假装生气也憋不住，爸最乐，说，咋样，爸这几个字写得还不错吧。

电话响，三娜冲出去接。

小哥说，跟你妈说，杨春荣那个亲戚，姓郑的，录进去了，兰州铁道学院，国际金融专业，啊。记准了没有。……你啥时候走？……一娜后个儿走啊，跟一娜说小哥出不来，不送她了，到时候我让你小嫂跟奚晶儿俩过去陪你妈去，啊。

妈说，你去把你爸手机拿来，我给杨春荣打个电话儿，这好事儿得赶紧告诉人家。

爸在餐厅大声说，在爸那屋儿床头充电呢。

三娜跑上楼去，在楼梯上有一个瞬间再次感到疏寒，随即怀疑自己是刻意的——到这里就死机了，不能再判断。

妈说，告诉你一个好消息啊——声音像是根本没有生病，兴高采烈的。

姐看了三娜一眼，像是在检查她有没有陷入心理斗争的漩涡。三娜意识到自己站在那漩涡的边上没有动。也许因为想过无数次实在是厌倦，也许因为终于承认想法本身并不能清洗事实。只要不花家里的钱就清白了么？——她不知不觉启动了——当然家里的钱并不是靠这个。每次想到钱她都感觉到窒息和愤怒，当然她也知道这愤怒不能得到谅解，甚至是可耻的。她只能在心里狡辩——这愤怒不归我管，我不是故意的，我倒是它的傀儡。没有用，她太知道了、这狡辩没有出路。竟然就叹了一口气，同时自语：我再也分不出一个人来爬上去观看全局了。疲惫中的放弃几乎是令人愉快的。

爸说，你妈呀，最势利眼不过！

三娜说，我妈不是一直就稀罕杨春荣么，还给她保媒。

爸说，杨春荣那人，太奸。谁知道了，我是看不上。

爸说着把剩那一口酒周了。三娜简直也想喝一口，整条消化道热辣辣的，可以抵御这不断侵袭的无尽的寒冷。她想到那种民俗画儿，冰雪寒天里戴羊皮帽子的老汉喝酒喝得脸上红彤彤的。有这样儿的画儿。又想到俄国小说里那些酒瓶不离手的人，主动放弃自己是普遍的——这是威权政治的微观基础么，这基础根本无法改变啊，承担自己太难了！有豁然洞开之感，又颤巍巍觉得这想法太危险了。

姐笑，说，爸你看谁都奸。

爸憋了一下，才说，你们哪，都太单纯。

三娜跟姐都笑。爸也笑，又倒酒。有一小段非常平静的沉默。三娜的小火焰还在扑扑烧着，想把刚才那想法记下来。

姐放下筷子。三娜立即说，你再坐会儿吧。

姐就笑，说，嗯，行。

爸说，我大姑娘在家待了三个月？

三娜说，真是，从上大学到现在，就这回时间长啊。整十年啦。

她看见自己往火里填柴。这话真是乏味得如同塑料。

姐说，我其实现在随时都可以回来。

爸假装严厉地说，不许回来！好好做好你的工作！老爸还没老呢，跟你妈俩办个高中没问题！

三娜看着姐笑。爸好像不太会做爸爸，经常借用最通俗的剧本。

姐说，我给你讲了么，梅远平说要请我吃饭，结果找来一桌子乱七八糟的人，你知道梅远平怎么说的，这是我大妹妹，《南华周末》的铁笔杆子！铁笔杆子！逗不逗？

三娜大笑起来。同时看见天上那眼睛，在那一个瞬间，好像可以选择不打开，不看那荒芜的全景，但是已经来不及了。围着篝火坐背后更觉得冷得生疼。

大笑总是无以为继。三娜想说，梅远平在干嘛，但是没有说。仅仅是为了控制本身，她清楚地感觉到坚持和放弃之间紧张。偶尔查完邮件就断开网络，在余悸中自我嘉奖，也会心怀侥幸地想，下次再来、锻炼下去，也许就会变成意志力顽强的人呢！姐站起来，说，好了，笑话儿讲完了。妈是不是还没刷牙漱口呢？

赵姐说，不用一娜，一会儿我就帮我老姑整了。

爸喝完了酒。把整碗饭扣在大半碗白菜汤里，说，去给爸拿个勺儿。

赵姐端着饭碗儿，扬脸儿看着三娜笑，又低头吃饭。毫无意义的这微小的一幕也在三娜心里过了一趟。她知道这是"清醒"了一整天的结果，神经已经敏感精细得像风中的蛛网了。不能再观察自己的观察了。显微镜也已经到极限。研究空洞，捕捉灰尘，这是一种病态。总是想要给空乏的时刻打上意识的追光，是开垦的乐趣、是技术的惯性、是逃避追寻意义、是逃避社会属性的生活、是内心隐隐不平为了对人那功利的观察心进行反动？为否认一切价值偏好？如此刻意反动已经是价值偏好。不论起始动机，发展到这个地步，就只剩下失控的滑行。这就算是病态吧，越过弹性范围就算是病态吧。得出这种结论又有什么用——那熟悉的浑浊淤堵的感觉又上来了。好像怎么绕都是回到同一个地方，内旋式的反省不是无底洞，不过侧壁到处是无法探索的钉死的门窗，思考能力的局限，既令人沮丧，也让人安心，仿佛有一个命运可以服从。

她坐在对面看爸端起碗来吐露吐露吃汤泡饭，看见自己的想法终于快得看不清楚了。这些看不清楚的想法、这些白日梦、放肆的跑马，会以隐秘的方式最终改变我么？应该还是会吧，这只能是信念——门铃响。

冷风兜进来，秋夜浩莽而三娜用这词语关闭了感受的大门。大舅拽着一个纤维袋子，门廊灯从头顶落下来，人像凝住了，一帧舞台上的孤凄仓惶。——三娜无动于衷、看得清楚，但是那景观整饬得仿佛是假的。

她喊了一句，大舅！

爸出来了，回来啦大哥！

妈说，多昝回来的，给妈惦心的。

赵姐扶小姥挪到厨房门口，三娜提着丝袋子要过去，赵姐说，你拿给我吧。大舅说，把豆角拿出来晾上，看焐烂了。妈说，哪整的豆角啊。

大舅说，人这是林淑文儿家个人种的，今早上他媳妇儿现摘给我送去的，罢园了，还有几个倭瓜，那倭瓜才好呢，细面细面的，我在他家就吃的，拿四个，玉荣来给她两个。

妈说，那些倭瓜你拎回来的？

大舅眼睛垂下来又挑起来，说，陈善才开车送我回来的。你咋的了，感冒着了？

妈说，嗯呢，不要紧的。哪个陈善才？是不上回骗你赢你钱那个你学生？

大舅带点恼，啥骗我，骗不骗的。人陈善才在牡丹江做买卖才回来的。

爸说，大哥你坐啊，我上楼漱漱口。

三娜说，爸你要抽饭后烟啊。

爸一边上楼一边笑，对咯！

大舅说，一娜呢，回北京啦。

妈说，在楼上呢，说李石要个啥文件她要赶紧发出去。

姐在楼上喊，大舅！我马上就下来！

妈说，陈善才是不是陈善玉的弟弟？头两年说陈善玉她男的跟她弟弟俩整假酒怕人抓着跑大连去了，对了就是叫陈善才，她家姐五个就一个弟弟。

大舅说，那都多昝的事儿了，五六年了能有。

小姥挪到木沙发跟前，一屁股坐下，笑眯眯问三娜，说啥？

赵姐笑着说，老师回来啦。

大舅说，嗯呢，不挺好的么。

妈说，咋不好。

赵姐说，嗯呢，挺好的。

赵姐转身回厨房了。大舅真的盯着看。三娜心里攥了一下。

妈说，那陈善才咋回来了呢，不怕抓他了。

大舅笑嘻嘻说，抓啥抓，县里刑警队长是他大舅子，俩月就回来了，早没人管屁的了。

妈说，啧啧，这前儿这事儿你说说，那买了假酒的不找他赔么。

大舅眼皮一挑，有点得意地笑，说，那赔啥赔，一分钱没有你还能咋的，那小子手才大呢！跟我俩说的，在大连俩月，四万块花溜光儿。

妈说，这是啥人！那买酒喝出毛病的人家不找他！

大舅说，那找啥。那老些酒呢，都让公安的收了去了，说要销毁，销毁啥销毁，都兑兑卖出去了，那玩意少喝点儿不咋地上哪查去。

妈说，还有好儿！还有好儿！烂透透儿的了。要我说哥你离这套耗子[1]远点儿，都是啥人呐，都是亡命之徒啊。

三娜想，大舅其实也是啊。

大舅说，陈善才都说了，说老师我再不整那套事儿了，可长记性了。啥，都是他那姐夫撺掇的，他那姐夫不是好人，放出来又进去了。

妈说，就陈善玉男[2]的啊。

大舅说，嗯呢，不点儿小个儿，贼眉鼠眼的，我一瞅他就不像好

1　这套耗子，这些人，贬义。

2　指陈善玉丈夫。

人。包黑车，完出事儿了。

三娜说，咋算包黑车啊？

妈说，跟司机串通了关上车门抢钱！包儿都搜儿溜光儿让下车。你没看着么，报纸上总有这套事儿。

大舅说，要不不能出事儿，抢点钱谁管，净抢外地人的，该着[1]那天喝点酒，完了车上有个女的，陈善才他姐夫，姓左，谁知道叫左啥鸡巴玩意，就给人拉下去强奸了，就这么的，让人告了，抓住了，这回算完了，判二十年，人那女的家有人。

三娜心里一阵哆嗦。

妈说，都是畜生啊，畜生啊。哥呀，我说你啥好，你能斗过这些人么，都一伙儿一伙儿的，商量好了调理你。

大舅笑说，调理啥调理，陈善才早都不跟他姐夫俩的了，早也不是他姐夫了，上回出了事儿陈善玉就另找了。陈善才这两年在牡丹江倒腾木耳，不少挣啊，找我看能不能往湖南发一发。

妈说，那上哪整去，你还能找着小皮子？

大舅说，咋找不着呢，头年秋天我还想倒腾橘子、还找他了呢。昨个儿进屋就打通了，可也该着，小皮子叫车给撞了，就昨个儿上午的事儿，倒没咋的，住院呢，说检查检查。

妈说，那就是恶住[2]那家人家了，小皮子好斗的！

这样多挤闹的人生故事，这样多臭烘烘的丑恶，落进秋夜里也立即就凉了。人真像风中枯草。三娜看大舅委坐在小床上，灰暗老旧的一个人，只有眼睛锃亮的，有贼气，不像枯草美且无辜。太阳穴又蹦起来，连着耳朵后面，她才想到应该是快要来例假了。

1　该着，碰巧。

2　恶（né）住，赖上，敲竹杠。

妈像是忽然想起，说，跟来了没回去啊，这陈善才？

大舅说，这晚上咋回去，不得留吃顿饭，住招待所了。

妈说，住哪个招待所，还有谁一堆儿来的，是不等你耍钱呢？

大舅急了一下，跟谁一块堆儿！就他自个儿，就姆俩回来的。

说到后面声音又掉下来。

姥坐在三娜旁边，一直捏涩她手心，转过头来笑眯眯问她，你妈说啥？跟你大舅俩？

三娜趴小姥耳朵根儿上喊，说大舅刚拿的倭瓜好，细面！

小姥说，谁给的倭瓜？

三娜说，求我大舅办事儿那人儿给的！

小姥说，给几个？

三娜伸出手指，说，四个！给我们家两个，给我大姨两个！

妈说，可是说李瘸子那孙子的事儿整没整成啊。

大舅说，到那就整上了，那黄校长可好说话了，都上七中上上课了。

妈说，后允儿那五千块钱给你拿回来了？

大舅盯着妈看，说，哪还有五千，后允儿那五千直接就给黄校长了，都没过我手。

妈说，不你说的么，临走那天说的，先拿五千，说正张罗卖牛呢，等办成指定再拿五千，黄校长的另给，那不你说的么，就坐这儿说的，真儿真儿的呢。

大舅说，多昝呢，就五千块钱，连请吃饭啥的都没剩啥。

妈欲言又止，又说，可是头里朱常胜那四万块钱你给人还回去了没有？

大舅说，再等等。

妈说，那等啥啊等，赶紧还给人家，搁你手里还有好儿！又输出去了啊？啊？

大舅立即说，输啥输，上哪输去？

妈垂眼低声说，你一进屋我就看明白了。你这该回来不回来我就心明镜儿似的，明镜儿似的我也没招儿啊，这四万块钱我就跟你要就没要下来，放我这儿我还能贪污你的！不输溜光儿这是回不来啊。

大舅看妈一眼，又低下眼去，嘟囔，输啥输，总说输输输。

静得像个铅球。

大舅一只手抚在床单上前后摸涩。

妈叹一口气，别过头去。玻璃上是黑茫茫里一束亮光，隐隐约约四个人。

妈转过来，说，还欠人钱啦？我都不敢问哪我都不愿意知道。

大舅直直看着妈，又垂下眼。

妈厉声说，这陈善才这是跟你来拿钱来啦？

38

关了吹风筒，头痛像是好些。从卫生间出来看见爸房间门底一线灯光。站定了，听见呼噜声又低又远。推开门，看见爸侧倚在被垛上，脑袋歪下去。看了一会儿，像是摆给自己看，又像是放纵愧疚——几乎是享受的——赶紧收回来。总是想回避他，而他是这样真实。这种时刻表演真是一种拯救，包裹皮儿似的把真实拢聚在一起。电视声音非常小，仿佛夜很深了。一个白人女人一边哭一边讲，他说，我没事，哦，上帝，飞机！这是他最后一句话，接着一声巨响，我的手机掉在地上。三娜想起这是911一周年，一下觉得世界退得很远，拉不回来，可能也没想拉回来。把悲痛的事讲得如此生动，也令人厌恶。

电视一关爸就醒了，问，几点了？三娜拉上窗帘，说，快十点了。

爸说，爸睡多长时间？三娜说，我大舅走你知不知道。爸说，不知道，听你妈吵吵我就把门关上了，吵吵个啥意思。他起来去洗手间，一边说，管不了啊，人老奚家的事儿咱可不参与。三娜跟出去小声说，都睡觉呢。听见爸尿尿的声音。回到北屋，关上门，听见他刷牙。在想象中倚门站着，倾听他的孤独。但是并没有。走到窗口去拿茶杯，杯底的茶水冰凉的，含一口焐着，鼓起腮帮子，看见意识盈满，无动于衷。爸暖壶里的水倒到底儿有许多白色的水垢，下午她刚清理过。赵姐没来的时候，都是爸自己在楼下烧水，一手握着楼梯扶手，一手提着暖壶，咚、咚地走上来。其实也才六十岁，腿不好，脚步特别沉。听见爸走进书房，拉开北阳台门，又拉上。这支烟很享受吧，睡醒了去吹风也不怕感冒。两年前的秋天二姐出国，大姐和李石搬去广州，爸到北京送姐，多待了两天给窗子装护栏。三娜讨厌护栏，也抗拒被这样照顾，但是不能这样讲。爸临走那天早晨坐在阳台沙发上抽烟，三娜过去看见眼窝有点湿，说话也带点抽涕。火气一下起来，三娜说你干嘛这样，弄弄就成真的了。话出口就后悔，爸看了她半天，只说一句，你不能明白啊孩子。站起来进屋去了。这事不能忘记，又从来不敢回忆，每次模糊浮起来，心里就像闷棍扎进去。她只对爸这样过，再就是对自己，肆无忌惮。总是自以为看透爸，毫无尊重，像是扭曲的亲密。

听见他从书房出来，进自己屋，关上门。三娜悄悄开个门缝，看见他门底的灯光灭了，才又关上门。想起以前读过一首诗，好像叫"水银柱下降之夜"，连网去查，果然是写他父亲的。三娜不相信再过些年就会在自己身上看到深情。我是愤世嫉俗的、我其实是无情的人——想到这里、随即几乎是同时、真的是在一念之间，她断开网络、把内疚彻底忘记而浑然不觉。仰躺在床上，听见身体里的噪音落下去，觉得灯光白得烦躁，想要糊弄过去，还是起来了，关了灯，做戏一般，再躺下，再静下来，——仿佛拥有完全的黑夜。瞪着眼睛使劲儿看，没有幻影，没有边际，像未开封的宇宙的幻影——感觉才到、描述立即追上来，几乎像是这描述带来的感受——果然又一个自己点亮了在看，像一盏灯追另一盏灯照耀的鬼影。于是、也许又一次是语言带来的画面、灯追着灯纷纷地亮了，加速达致雪亮空无。不断生成的新眼睛，并不会让人发疯，因为有止境——重复到只见自我观察本身。好像高阶函数多次求导终于为零。思维自己停住，想要怀疑这句漂亮的总结是否偏颇，只觉得一口气提不上来，放弃了。一直躲避、又一直默默累积的沉甸甸的决心露出来，像巨龟的背壳儿浮在黑油油的海上。她害怕那怪物动起来，用语言紧紧攥住自己：赶紧起来，今天一定要开始写、至少有一个提纲、就当是锻炼意志力、就当是生死搏斗（骗谁呢你自己并不相信）、预感到今晚又要荒废、不行不能这样……坐起来，像是真的要开始了，可是走到窗前去了。钻进窗帘，贴近冰黑的玻璃。一棵树也没有，路灯也没有，又不是荒野，一栋白瓷砖楼里有两面大窗发射出电视变换的彩光，像县城郊外的野店。秋天的夜晚沉凉如水，高遥无尽，人可不就是海底一粒蜉蝣。身为蜉蝣感觉很踏实。拉开窗，探出去，想要仰头往上往西边看，脖子都拧疼了，也没看见月亮。有月亮就像电影里的监狱——的情调。情调是多么温柔的谎言，多么便利的诱惑。多么可耻。在想象中悄悄下楼，换鞋，开门出去，黑夜的风像黑夜的原野卷上来，抱个满怀；深呼吸，一步一步岩石般压下去，哦，行走在天地间！在伦敦有一回，借 Natalia 的化妆盒，抹得唱戏一般，舍不得洗，舍不得结束、这表演性的小疯狂、要继续、出去买烟。后半夜快三点，路灯大朵大朵，是橙金的蒲公英，她心里跳着舞，跌进去，穿出来，演到入戏的程度，就不觉得尴尬。一对情侣迎面走过，女的很小巧，挂在男人手臂上，在那个时间，当然是热恋，看不见别人。Tesco 大白灯底下，收银员果然笑了，三娜为那小默契高兴，想象他在下半夜见过人的各种样子——立即觉得俗套，不愿意想下去。这事也是像电影，创作生活，没有错；心里絮絮都是人，演得终究浮浅，在回忆里鲜艳得刺目又特别干瘪，真像一朵塑料花；只作为记录令人满意——我也撒过疯，年轻过？三娜在这事上真是特别心虚。以灰暗的方式激烈地与自己过不去，正是摇滚乐式的青春？真想这样劝慰自己，可是那灰暗不允许她如此痛快甚至鲜亮地打包出售。要真诚地灰暗。这到底是在对什么东西忠诚，还是只是病态。病态的根源里有一股强韧的力量，我正在被它挟持——语言走到这个地方，用感觉对照一下，似乎不对——也许是、已经松绑、还不习惯自由？恩，麻了。不能用比喻走太远——思考戛然而止，感到熟悉、厌倦和徒劳。

从窗台退下来，窗子窗帘全打开，让夜侵进来——更觉得心底是寂静的。躺进被窝，闭上眼睛，侧过身，蜷起来，身体好像松弛下来了，可能只是累了。没什么可想，这感觉也是熟悉的、意识看见意识本身——在这里停住了！像是一朵火花停成一盏灯。她按住激动，颤巍巍正视它，仍然亮着！这目光与那灯光不分彼此！思考跟上来，可是没有醒；好像一块黄金压着，舍不得醒。真实就是无法醒来[1]！坐起来，并不是腾地坐起来，耳后的动脉咚咚地跳，更像是黑暗中唯一的存在。觉得冷，冷里有水晶。再往里看灯已经灭了，是黑夜里更黑的黑洞，平静没有漩涡，诱人陷入，又有无尽的源泉之感。一边观看这新奇的感受，一边按住跃跃生起的交响乐，一边慌张地制造语言——心要从嘴里蹦出来了。想到生理局限，心脏功率，怀疑这不过都是幻觉，催眠花样层出反复尝试中一次极端偶然的胜利。幻觉有程度差异，刚才是心智更深的沉没。没有人事攘攘，自欺都像是纯粹

1　"真实就是无法醒来"，王小波，《黄金时代》。

的，不能因为新奇就当作神秘。回头瞥一眼，黄金仍然在，仍然闪光，却又像是暗淡了——好像真的全凭意愿。如果将这感受神圣化，确认这光亮是永恒的碎片——由此发展一套与自我和世界相处的哲学，也许由此获得平静喜悦，不断擦亮那"永恒之感"，正向循环自我强化就几乎像是自证为真。感到诱惑、因而恐惧。并没有可以预见的风险——所以我无止境的怀疑是一种怯懦？信了、即便破灭也未必就不可承担、带着这理性催鼓的勇气推开那扇门，我能够忘记这不过是一个决定么？只要不忘记，就依然能看见怀疑的深渊。这能叫信么。或者，站在怀疑的深渊跟前的信念是真正的信念？——语言游戏脱口而出可是毫无根基。一个小史官暗暗宣告，这是第一次真正站在信与不信的路口。虽然经常路过、但是几乎是刻意地从来不曾停留。这一次停留是自然而然的，并非刻意就是天意？也不能这样神化偶然。头脑沸腾，像电热水壶跳闸；既满足，又失落，像他们说的高潮过后。想到性的事，一面墙压到眼前，憋闷羞辱，立即转头。一下就觉得冷。起来关窗，拉窗帘，开灯，白亮亮，在想象中用胳膊挡了一下眼睛。她心绪难平。刚才发生的事，到底重不重要。没有一个"我"可以去估量它——这是混乱之源。完全可以看成是自欺，或者他们说的精神上的自慰——怎么又是这个。好像到了一个新地方，走走还是回来了。到底还是见了新的东西——也许只是新巧的形式，过一会儿就腐腻了。只要有一点点舒适，就要启动最恶毒的攻击，只是为了落到底最安全？这不顾一切的自虐需要一个神圣的理由，可是根本不知道如何判定神圣。简直像史诗语调里被上帝遗弃的人。关了座机，拿笔记本电脑坐进被窝，开机音乐轰的一声，赶紧静音，一下像是急醒了。十点三十五，必须振作了！全是拖延，还假装漫游奇遇！你看你精神头儿多好！正应该工作！腰都挺了一挺，心里恼，又对这气势微微满意，踏一踏还是虚浮，盯着自己打开桌面——> 调查——> 说明：

调查说明

1.调查目的

这个行动旨在了解广大农民朋友的精神世界。

2.调查性质

这个调查最鲜明的特质就是，每个调查对象都被认为是一个与其他人有所不同的，平等的，人。由此才有可能关注每一个人的内心世界。这个特质赋予了这个行动包括这个行动的结果以很大的文学性。同时，也将尽力结合社会科学基本的调查方法和严谨的学术精神，科学地采集足够样本，以强调和形成本调查的纪实功能和人类学价值。

3.调查计划

实地调查，面对面访谈；

问卷1000份，个案访谈100例；对象为18岁以上事实上居住在农村的朋友；

预计走30左右个县（每省一个县）100个左右自然村；

包括前期测试，预计行程两年；

4.调查成果

结果大致包括三部分：千份问卷，百例访谈，以及随行笔记。随行笔记可以在《南华周末》以连载的形式即时刊出。

三娜看到一半，羞耻不忍再看。为什么我思绪万千仿佛潜入深海但是探出头来写出的是这种幼稚可笑的东西？人人不同而平等？装什么天真。跟谁撒娇。（在什么意义上平等？权利、机会、人格？人格在这里到底什么意思？我自己都还没学会尊重人，谦逊害羞乃至谄媚，正是深刻的优越感，假设对方已经被冒犯。真的相信人人平等，就该感到坦然。坦然地我是我，他人是他人。可是我不想是我，我想要冒充上帝或者上帝派来的天使。上帝怎么会这么紧张。……。三娜没来得及想所有这些。）她直觉到做作，难为情，一定会被看穿！一定会被看穿的！同时跃跃揣想他人视角，这是多么美好的两姐妹啊！深情、温柔、饱含善意、两个人携手走在乡间的样子简直要变成纪录片海报——真是无地自容，可是当然有一个自己渴望被赞赏、被珍视、被爱——那想象强劲得压不住、冲破了堤坝、扣上电脑、缩进被子彻底躺下、放纵、简直大河奔流，非常快乐。有几个时刻已经彻底地、不设防地陶醉了。像是感到危险，像是迫近了极限，在黑暗中重新抄起语言的皮鞭。完全是个龌龊的人，出售苦难而且是别人的苦难！沽名钓誉，投机分子！这狠毒的话扫过去，也还是没什么力气。一个想法在缝隙里钻出来——至少这虚荣心是生气勃勃的！赶紧扭头，坚决不承认。可以渴望名利，可以堂堂正正争取，怎么能这样算计！这样欺骗！坚决不接受。这宣言没有用、那个小丑活泼踊跃、此刻、也许时时刻刻都蒙着黑面纱、在占用我的大脑我的心！而我所有的沮丧忧愁所有的拖沓滞涩所有的时间体能智力思辨所有的动用宇宙和上帝的所谓追索，都不过是为了给它辩护！但是几乎是同时竟然已经又在想，能够这样反省就算还可以了吧，那里面有高贵，这战斗本身是英雄行为、真的英雄——踩了火线，高贵这个词本身令她感到低贱、低贱到无可救药。已经这样想了、低贱已经是事实。不能接受。她看见自己蜷身侧躺着，觉得麻木，觉得眼睛定定睁着，想象如果是电影特写，要有一滴眼泪缓缓凝结在眼角，不，不要落。这真是不要脸了，连批判都省了，根本灰心，拽不回来的，就是要往低贱的地方去。我已经这么痛苦了！搞来搞去永远是落到这句话里扮无辜，这是最本质的卑贱。这是最劣等最懦弱的慢性表演性自杀。既然不能自杀，就放弃追求自杀所能带来的骄傲和洁净，为懦弱负责，也算一种承担。自杀这个词在心里揪了一下，可是也就到这个程度，那大坨的东西拽不出来。

在想象中自暴自弃仰面躺成大字型，可是一动没有动。过了不知道多久——失去意识的漫游总像是非常久、仿佛从深梦里醒来——她看见自己和大姐在初冬的午后去上地邮局领一袋小米。一路无话，羞愧和愤怒非常结实，那结实本身令人感激，也因此更加羞愧。以为无法承受，其实混混也就过去了。总是到夏天发现小米生虫子，似乎是更尖锐的时刻，一咬牙也就扔掉了，连着那缝得细密的白布包裹，姐的名字用圆珠笔描了几遍，非常清楚。那是姐采访过的一个乡村教师，非常自尊，问起来都说"是自己选的"。是快要挨饿的那种穷。他还试图给姐买汽车票。那心情三娜不敢深想。她去陕西支教的时候，镇上一个年轻老师偶尔过来聊天，很害羞，总是以她们的视角看他生活的地方，几乎是令人愉快的，散了才觉得惶恐、不能细想。回来收到一封信，附一首小诗。三娜看过赶紧就忘了。但是每年给他和一个学生寄辅导书。起初很多学生写信，只有一个男生坚持下来，写到三娜出国。她有时候洋洋洒洒写四五页，非常过瘾，写完还要回味一遍、又慌张又得意，赶紧粘上信封投递出去。一想到自己享受做这些事，一想到那些话也许是写给自己看的——就想不下去了、真的羞愧难当。所以总像是偷偷摸摸的。她其实瞒着自己做过许多事，也都记着呢。那些逃离监控的自己，那些反政府游击队，才是更有生命力的历史力量么？这比喻也未必能合上。出国就断了联系，她感到解脱，一年多以来一次也没有想起来过——直到此刻。此刻三娜想起六月的晌午，在清华邮局寄了最后两包书出来，小广场上白热寂静，她浑身油汗，自我感动混合羞耻惭愧，那彼此反驳的心情已经非常熟悉、那一刻异常凝聚强烈，她在心中给自己拍了一张照片留念。那些书未必有用。那些来自大城市、来自"令人向往的另一个世界"的豪情壮志和喃喃絮语事实上只是一个"关心与爱"的手势。能够通信三年，大概对那学生来说并不算是折磨。但是三娜知道自己是在占他便宜。这给予和接受的小游戏，这俯尊屈就的姿态，同欺凌和歧视一样，是固化甚至是兑现了他们之间的不平等。——这不平等本身存在，并不是我造成的。但是我并没有付出什么，也没有改善什么，就自顾享受自我赞誉和感动。这样做是不对的，不仅是动机问题，或者我有一个潜在的信念，相信动机不正当就总是经不起考验的，一定会有暂时还看不清楚的恶果在远处等待。坏心做好事是不能指望的。好心做坏事也并不可信，必定是那"好心"未经充分审查——这也有点像是循环论证。善这个概念边界模糊、每次都是想到这个地方、像是徒步走到海边，完全没有路。应该有许多人认真地想过这件事，但是图书馆也实在是让人望而却步。姐还采访过农民自己做飞机，还有一回是村民筹钱组队拍电视剧，回来都是说，都挺逗的，都以为自己很狡猾，也配合你说一些话，但是其实非常纯朴。人家根本不觉得苦！可能南方确实也没那么穷，都是自得其乐的！她相信姐的话，姐比她知道、比她——诚实。冬天的下午路过小饭馆儿，窗边几个服务员围坐着剥蒜，清清楚楚看见轻松的说笑的脸。但是这条思路走不通。因为她不羡慕他们而他们十有八九羡慕她的处境。也不能从存在的高度去抹平苦难的差别，那视角不属于人类。大四冬天做酒店设计，分组实地调研，站在金色大堂后面橘色幽光里富丽雍容的西餐厅门口，羞耻，愤怒，觉得人类完全堕落——同时不断地温习存在即合理，压抑之下悲愤愈强，自言自语飞旋旋转，脚都软了，几乎要站不住、偷偷希望站不住。本来那情绪清晰强烈，但是总是立即就被刻奇的心理接管了。总是这样。晚上搭面的返校，塞车，在黑暗中颠簸，头痛得快要吐了，她双手握着一个渐渐冷却的烤地瓜，没办法吃，也没地方放，又希望有人问她，她好举起来，说，作为反抗。说这句话时的微笑都已经想好了。但是当然谁都没有留意。闭着眼睛皱着眉头歪在玻璃窗上，想象路灯一盏一盏散在脸上，画面跟着汽车摇晃，自觉像电影，同时觉得电影无法表达、悲哀里的那种丑陋，那丑陋是核心——想到这句话，心里竟然舒坦了，放开了，累了，结束了。跟现在也没什么不同，悲哀里有一种丑陋。这些纷纷赶来的故事和情景绕着圈子差点把她带回自我感动。——所以我是真诚的？一直被不平等关系困扰？这又能说明什么？这不是我唯一的烦恼，甚至也不是最根本的，它在此时被我郑重抛出既是因为虚荣也是因为我已经毕业了又不想去找工作。如此具体如此简单。如此卑微如此鸡贼。按着自己的头承认了这一点，忽然就轻松下来——我不过是个普通的人、必须要吃饭、必须要维护自己的人。我也不至于比别人更坏。不知不觉坐起来，在电脑上新开了一个文档，郑重其事地敲下来：农民进城打工，是他们自己最好的选择——接受给定现实，才能扎实进步。他们已经接受我就没有资格表达自己的"难以接受"，对我来说不过是残酷逼在眼前难以躲避。写到这里就停下了，因为似乎又要陷入批判的泥潭。三娜希望可以不动感情、不牵涉自己、"理性地"、一劳永逸地、理清思路。但是思路随即就散开了。她知道贫富差异必然存在，它是经济活动的结果也是动因之一。现在是因为机会不平等、而且成因不合理。但是要翻旧账搞革命么，还是像现在这样，简直是官民齐心，要接受现状、以此为起点逐渐改善。真的会改善么？自由市场的法则，能够带来功利意义上的公正？为什么我从来不质疑天赋的不平等？为什么我觉得公正就是让天赋好的人获得更多的回报？几乎本能地就接受了功利主义，没有引起冲突和不安。这事本身倒是非常可疑，应该标记下来留着以后慢慢想。小时候三娜曾经试图理解凭什么领导可以住更大的房子、有秘书、有司机，为什么大家都接受这样的安排？一定是受了小学课文的影响，她认为那是因为领导的工作更重要、结果影响更多人，他们必须全力以赴、需要有人协助、提高效率。她对自己的思考非常满意，同时隐隐觉得不妥，因为现实并非如此。直到二十几岁才看见并接受了更聪明的辩解：那些职位需要更聪明更能干的人，需要以更好的回报来刺激竞争。她喜欢这个答案暗示的那种活力，但是非常讨厌、几乎从来没有正视过它所隐含的假设：人都是逐利的。人都是逐利的！如果真是这样、只是这样，那活着还有什么意思！不，我不接受。越是重大的现实、我就越是急于回避，懦弱真是比愚蠢还蠢，好像嘶叫着就能捍卫骄傲。不过是催生了花样翻新的谎言，每一个都可以搪塞一会儿，在事实上成为度过人生的方式——这一套反省也是轻车熟路、几乎没有痛感、几乎是轻佻的了。压倒性的时髦道理，据说全是来自经济学。没有读过，就不敢随便反驳。李石爱讲这些，又有许多采访经验佐证，他对中国一派乐观，理据深入、包含大量怀疑和重新确认，没有缝隙给人讨论。三娜在接受时也感觉到理性的自豪，可是总觉得还有许多地方说不通。那理论不仅假定人皆逐利、自私，而且隐含一种极其令人沮丧的看法：一切精神活动情感活动都不过是个人利益，并因此终归会促成一种经济活动。这种扩展令经济学极其内置的自由竞争原则接近于对世界的一个整体看法、接近于一种人造的物竞天择。几乎可以皈依。这可能正是它风靡的原因之一，在九十年代那么漫长的价值真空以后。三娜并不怀疑它是时代最进步的一种立场，虽然也只是一种立场、而非真理。但是它丝毫不能缓解她在穷人的困苦和富人的奢华面前所感受的痛苦。——它加深了那个痛苦，它剥夺了那个痛苦的荣誉。是教育的结果么？还是因为、贫穷和奢侈带来的刺激几乎是生理性的、普遍的、这感情当然有真实的基础！百年前那些热烈的信徒，会不会和我一样，在虚无面前总算找到一个不容反驳的痛苦、一种理直气壮的激情？太阳底下无新事！我原来始终和"人类"在一起！在对世界与人生有一个完整的看法之前，我什么都做不了，甚至不配存在。怎么好像街上每个人都忙忙碌碌？不是在找优越感，真的不是。我是真的不明白，好奇，他们都已经、有了、世界观吗？我们本来曾经被赋予过一个世界观吗？遵照本性诚恳生活就会自然呈现出一种世界观吗？这就是我要去农村寻找的答案吗？不、我从没这么想过，不能看到一个关联就牵强过去，这太骗人了。何况我从一开始就不相信列文的答案。我爱列文，他那么可爱，可是他找到的那算什么答案啊！同样困惑的我，如此不堪——可是会不会，不堪才是真相。这想法对自己太有利了，不敢往下想。太阳穴像被打穿了灌进熔岩一般，三娜才又想起这是要来例假了，更觉得全身酸痛沉重，茫然地看着窗帘，强烈地想要躺下，想要在风浪的余音中睡过去。立即紧张起来、预演中的失望像刀锋逼在心上。不能再放弃。不能再拖到明天、明天也许又要这样重来一遍。今天一定要把调查问卷写出来。不仅因为已到处炫耀，不仅因为此事涉及姐姐，不仅如此。不能再回头，回到自我否定逃避生活的沼泽中。这是最后的自救——我不是已经承认了么！这是比虚荣更本质的动机！我想要与这个世界发生关系！我想要一个角色！我想要摆脱无限自省的圈套！而这个计划已经是目前看来最可行的！为什么如此心虚？又为什么有点坦然？为什么感到伤心！因为我已经放弃了，我知道那些问题我永远也想不清楚，也许始终都是同一个问题但是没有差别，我永远也想不清楚。能走的路都已经走过多次，绕来绕去总是迷宫。我已经很久没有什么真正的发现了。什么都没有想清楚。所以这是接受自己的时刻么？我尽力了，我厌倦了，我到达过自己的边界，上帝划定了我认知的局限、至少是此刻认知的局限，我就这样了。眼泪浸上来，似乎并不是十分痛苦。三娜看见自己肿胖呆滞坐在床上，忽然就旧了。被使用之后遗弃的皮囊，不必再有惋惜之情。脑电波微弱缓慢，反倒清晰，删掉前面几句废话，这个人直截了当写下调查问卷。大山临盆，生个耗子。——只有这个耗子能为我作证。像给爸妈画的设计图，建成最丑的房子，坚决地矗立，不能否认，不能忽视。那粗陋劣质就是我。这懦弱无能就是我。这虚荣矫情就是我。承认吧，接受吧，以后这就是我用以示人的角色！也许以此为开头我就会健朗起来！忍受吧，把对自己的鄙夷和厌弃放在心里不要试图说出来获得谅解和安慰！三娜运指如飞，用力敲回车键，暗示自己有解决的痛快。密麻麻的内心戏，惊人可怕的消耗，全是可厌的冗赘，不能去跟世界结算。就当是医药费——她忍受着剧烈的头痛恶狠狠地想——意志是凭空的，说有就有说没有就没有想有就有没什么大不了的又不是杀人放火总好过像个鬼影似的完全浪费人生。

39

——南湖大桥后允儿小树林儿里头，有都是，5块钱儿！擦溜光儿锃亮儿！

——嗯哪，上礼拜刚擦的，我小舅子就给开出去钓鱼去了，整的这后备厢一股味儿啊！

听声音就是好天，有股不由自主的高兴劲儿。啊生活就在窗外，热闹闹的、擦车！钓鱼！小舅子！三娜这样想着，就是不肯睁眼睛。想起清晨的时候听见过鸟叫，想到幼蓝的天，冰冷的空气，想到在Max Raine宿舍里四点钟还不睡，身体最深处冰冷颤抖，一副软壳子怎么缩也缩不进去，在厨房热牛奶，窗外有殷红的朝霞，在无力感动也无力批判的时候，轻袅袅落在心里的那种悲伤的美——她坐起来，眼前一阵黑，右边太阳穴眼眶耳后血管嘣嘣响。

赵姐听她起来，招呼一声，带小姥去大舅家了。桌上剩两个玉米饼，三娜放微波炉里热了，烧水，冲咖啡，端到客厅，坐赵姐床上。睡得特别沉，心里全空的，新的一样。三娜说，妈，有没有镇痛片。

妈倚坐着看书，说，就这抽屉里就有，你咋的了。

三娜说，来例假，脑袋疼。你咋这么精神呢?

妈说，咋还有这毛病了呢。我记着你小时候不疼啊。一片儿就行了，像你这不常吃的，吃半片儿就行。这小镇痛片儿才好呢，不烧心，你二姐拿回来的，叫阿司匹林还是啥玩意，吃了人还精神呢，就像有点儿高兴似的。你看人这玩意，一个镇痛片也比中国的好。

三娜说，林大姥还活着呢?

妈说，活着! 活的可怜呢! 仓子里头铺点柴火，不给穿裤子，窝拉窝尿。这是你大舅年年给钱，不的早叫他俩饿死了。你咋想起他俩来了呢?

三娜说，不是吃镇痛片儿么。

妈说，那不是你大舅，上哪有镇痛片儿吃去。农村老人你寻思，有镇痛片儿吃的有几个呀。有病啊，十个有九个不给治的，老人自个儿也不好意思说给我拿钱治病。疼哼哼还得打你呢! 那老人挨打的不有都么! 要不为啥要提倡孝道呢，因为人根本就不孝。你去听那些提倡的事儿吧，是大公无私啊，是舍己为人啊，那都是违反人性的，所以才要提倡。你说我分析得有没有道理。

三娜说，太有道理了。那你觉得提倡有用么。

妈说，多少有点儿用。有反正也用处不大。反正就是发送[1]的时候披麻戴孝的哭，跟演戏似的呗，大伙儿看热闹。

三娜离得远远地看见这事是真的，也并不觉得难受。她说，我林大姥这是跟谁过呢。

妈说，林淑文儿呗，亲孙子。你大舅妈就这么一个侄儿，纸儿包纸儿裹的，一身病，才四十多岁儿就糖尿病晚期了，住多少回院! 净

1　发送，出殡。

你大舅给拿钱！你大舅！可大方可乐意帮助人了呢！

妈看看窗外，说，这天好的！你换上衣服出去溜达溜达，别整天在家待着。——要说这人老了还活着有啥意思。我这一个多月不能动弹我就寻思啊，等我要老到不能下地那天，你们要真孝心就给我整片药让我过去得了。

三娜说，妈你别瞎说！

单一股神经兴奋起来，心底里还是沉沉的。不舍得活过来。

妈说，瞎不瞎说也是这么回事。谁不都有老那一天。头两年你林大姥还能动弹，给老太太倒个水儿唔的，现在完了，俩都不会动弹了。活着干啥你说！也就这两年的事儿。

三娜去洗杯子，听见妈像自言自语似的说，这口气儿不好咽哪，像你三姥爷似的，瞅瞅不行了又缓过来，瞅瞅不行了又缓过来。人这玩意儿。

她总觉得林大姥家是寂静的大白正午，院子里两只昂首的鹅，仓房门半开着，柴火堆静静地有浅金色的光。可是当然有冬天，疙疙瘩瘩黑泥地泛上冰凉的潮气。不敢细想，夏天会格外臭，一有动静苍蝇全飞起来黑压压的。一个细小的声音偷偷说，身在其中都能承受，是旁观设想的人更觉得恐怖。吓了一跳，没有比这想法更残酷的、像是所有残酷的开头——我不会成为残酷的人、不会的、差太远、简直是笑话、谁知道呢、也许就是一转身？不、我不会的。

林大姥俩都干巴瘦小，比小姥还大几岁，是硬朗的传说。抽大烟袋，吃索密痛，起初一人一天一片儿、涨到一片儿半、两片儿、三片儿，最后一次听说是一人一天两顿、一顿三片儿。妈说农村差不多的都吃，人来串门儿，送两帘儿索密痛那是最好的了。三娜她们听了都乐，只觉得是好故事——不细想，不动心。

三娜说，你早上吃药了么？

妈说，寻思寻思没吃，挺挺就过去了。药这玩意不能多吃，吃多了就不好使了。

三娜说，你是不要说，跟我大舅妈似的。

妈说，她可也是身体底子不行，你看她爹妈那样儿，孩子没有一个硬式的。她那俩姐姐一个哥哥，早都没有了。她爹她妈命硬呗！一个一个瞅着孩子都没有了，自个儿还活着，有啥意思，还一活这么多年。连她那外孙女儿，你大舅妈的大姐的姑娘小湘云，头两年都长病死了。到了儿我也没再见着小湘云。

三娜说，为啥呀，你俩好啊。

妈说，咋不好呢。她崇拜我。她也学习好，上进，也是班上的干部，文艺委员！"文革"前儿，我上高二，她上初二，就没捞着念书，要不也得念高中。"文革"前儿太无聊了，我晃常儿上她家去，她就跟我俩睡一被窝儿，乐意跟我说话，不错眼珠儿瞅我，铮亮儿铮亮儿俩小黑眼珠儿，混你大舅妈那路小单眼皮儿，不硠碜。

像是忽然想到妈那时候是个少女。

三娜说，你那时候是小明星吧。

妈笑嘻嘻说，大明星！真讲话儿了，乾安一中哪有不知道奚玉珠的！

妈好像心情特别好。她的情绪来得快去得也快，晚上姐回北京，大门一关她的小眼泪就能流出来。像小孩儿一样。冬天在窗口看小麻雀，看一会儿就要抓一把小米儿出去撒树窠儿底下。三娜她们仨都在国外这一年，妈学会写电子邮件，有一次说在路边捡到一块小石头，磨得溜光儿溜光儿，圆又不是圆方又不是方，非常微妙，拿回家放在床头柜上，睡觉前想起来又摸涩儿了一会儿。她们三个互相打电话大笑好几场，都说妈太可爱了！怎么可恨的时候又那么可恨！

有一年五一妈来北京，在校园散步，走到图书馆在庭院的喷泉池边沿儿上坐着休息。妈忽然问，这图书馆，咋借书啊，咋知道你借几本还没还呢，填表啊是咋的。她们三个像是都沉默了一下，三娜给她讲怎么借书。妈很平常地说，——啊，都用卡啊，现在这套玩意，真高级。

妈又说，你在附中不也是明星么。

三娜说，我可不是。

妈说，咋不是呢。我今年春天上教委开会碰上石敏娟儿了，我说我是何三娜的妈妈，她立刻就说，那是我们的状元哪！她是不没教过你，没教过你也记着你呢！再说附中年年出状元，你看可就记着你呢，那就说明你出众呗。

妈春天在电话里讲过了，还说，"后十年看子敬父"。三娜有点高兴，好像多少算是一点回报，而且——被人记得。但是很讨厌状元这回事。成绩出来都觉得遗憾，比人低了一分，学校按标准分算照旧说是状元。三娜觉得非常丢脸，应该坦然说是第二名。但是也知道不能争辩，一开口就显得自己太在意。她又去厨房加水，说，可能就是石敏娟儿记性好吧。

妈说，那也是，记性不好能当校长么。附中校长了得！实权！调她去市教委当一把手都不干，调多少回了——你这喝多少水啊。

三娜说，一来例假就是，又肿又渴。

妈叹气说，都不是那么强壮的啊。去出去溜达溜达，晒晒太阳，我不需要人儿，要人干啥呀。我要看书了，你别在这儿挡害。

三娜仰躺下去，浑身酸沉，很舒服，心里特别松快。都是激素啊。想到生理决定论，又沮丧、一切都要坍塌，又有点安心，到底是个结论啊、而且这就是沉到底了吧。总之心情是好的、你看、肉体多厉害。心里打着转儿，几乎乐起来。放赖·样，说，妈，《康熙大帝》好看吗？

妈说，我正想给你推荐呢！这书太好了！你看看吧，你不是要写小说么，你看看人这写的，特别细腻，把各个人的那些心理呀、感情呀，都写得非常好。

三娜说，我们一个宿舍的香港同学特别喜欢《康熙大帝》的电视剧，最喜欢陈道明，说他在香港很受欢迎。

妈说，拍得好！那可比香港那套胡扯六拉的强多了！我跟你爸俩，一集不落！你爸也说好，拍得有深度，非常人性化。

听妈说"人性化"，觉得词汇表错乱。想象中的彼和此，果然是想象中的，是认知上偷懒。何曾有过泾渭分明、又都在变化，动态的哦，真累人！《康熙大帝》应该也有许多优点，不过必定是美化旧时代的等级秩序。没有看就能这样武断、第一反应总是偏见打底、非常自负。多痛快啊，管他呢。三娜轻松地想起 Irene 说斯琴高娃和陈道明"大气"。简直本该如此，正如很多年来中国人认定香港的一切"洋气"、"文明"、"高级"。可是隐隐不安。想象在现实中溶解，对立物相遇冲突融合，漩涡逆流重新凝结，意料之外情理之中像泡沫像掌声像能量释放，归根结底向更混乱（也更自由）塌落。她认同这戏剧原型，像认同一种浪漫的物理学。可是不甘心，因为过程中的事物总是难于把握，更因为自己不只是旁观者——她长久以来依赖彼岸、像学生依赖权威。在伦敦，无穷具体如乱蜂扑面，必须思锋挥舞，一边祛魅一边重建神话。不踏实，不舍得。巴黎地铁站贴着大幅张曼玉，她是香港人，法国人不会这么分别，那一期杂志封面做中国专题，说民族主义正悄悄崛起！还真是敏感。人在国外，民族意识会被动增强，可是不敢崛起，好像忽然就要暴露在战场第一排。春节跟妈电话，说穿唐装，"可流行儿了呢，连你大姨都穿上了！大人小孩一人一套，还得是咱们中国衣服好看！"妈那天好像声音都格外响亮，挂了电话还能闻到，空气里大河奔流，像大时代的早春。这种感应，跟说中国"大气"是一样，背后有一套复杂算法支撑，考察到底又并不结实。凭什么一个国家面积大人口多历史长它就必然"大气"，能把逻辑做细么，"大气"到底什么意思，人或物的哪些特征，能具体点么。正是因为模棱两可似是而非，才这样有市场吧。但是既然有广泛共识、可以交流、一说出来大家都觉得仿佛打中靶心，那模棱两可里包含了人的某种能力吧，这个东西倒真的值得探寻呢，既不是逻辑、也不是直觉、又似乎是二者的混合？三娜又高兴起来，仿佛发现了什么。

她故意说，那妈你觉得二月河好还是余秋雨好？

妈把书扣在被上，认真地说，都好！不一样但是都好。不光文笔好，还开眼界，很多事情，比方说清朝跟蒙古那些事儿啊，我原先模模糊糊知道一点儿，不知道这么细，这么具体。

三娜遥遥地感到某种真实的威胁。妈的诚恳热切，跟姐喜欢王小波没什么区别。《康熙大帝》那么受欢迎，应该有许多人是带着这样的真心。可能就是这个事实应该被严肃对待。她那被价值观裁剪扭曲的世界图景，必须填补纠正——她清楚抓住这一点，好像有勇气在里面，几乎振奋。可是暂时心里还放不下清朝和蒙古的事。

她说，妈，那你觉得以前有皇帝的那种制度好么？

妈说，不好呗，普通人不好呗，到处磕头下跪的，给人当仆人的都没有人权，好啥好。

"人权"两个字咚、咚两声。

三娜说，那你为啥那么乐意看皇帝的故事呢。

妈说，那不两回事儿么，这你还不明白么，我看你是明知故问啊。去别勒勒[1]了，你要不出去就该干啥干啥，我要看书了。你脑袋疼好没好点儿？

三娜坐起来，脑子里嗡的、好长一声，像是血往上泵。她说，好像好点了，你看书吧，我也写个小稿。

1　勒勒，絮絮叨叨说无意义的话。

亲爱的叔美：

你好啊！收到你的信可真高兴！恭喜你！不能陪你庆祝真是太遗憾了！想起我交初稿那天中午你请我吃高级英国饭，啊，真是难吃！哈哈。一下就非常想念你了，那是我们最后一次在伦敦闲荡啊。说到你姑姑，我也立刻想起你讲的她的身世，那个故事也是让人印象太深刻了、人生是这样漂泊、被偶然的东西劫持走远！可能都是那样吧，仿佛一天一月什么都没发生，发生的也都非常自然，可是时间累积下来，简短叙述起来，在旁人看来，尺度就非常地跨越！你有没有从我的感叹号里感觉到我们东北秋天的力量！跟伦敦的还是不大一样呢，伦敦总是湿润的。我们这里干燥的、高朗的秋天啊，让人无缘无故就要心胸开阔！刚才我仰躺在床上看见一只小麻雀落在护栏上，沐浴着阳光！牵牛花叶子枯黄了，可是看不出眷恋还是忧伤！简直差点就要赞美上帝！你看我用了多少感叹号！！！我真这么想了，也许至少，神没有恶意。然后我立刻就记住了最后一句话，想着什么时候可以用在文章里。你看我完了，我被小名小利收买了，是不是生活就要开始了！不知不觉中！

端午节前那个周末我和 Irene 从东方城回来在 Sainsbury's 门口碰见你和你姑姑，她正要回家，你说她给你送来了粽子，让我们一会儿去吃。可能现在受了故事的影响，回想起来她笑眯眯跟我们打招呼的表情不是很快乐啊，仿佛很累似的。你表弟要去台湾的话，你姑姑会回去吗，这么多年，跟那里的联系也断了吧。啊，我是不是太八卦了，真的会想这些事呢。我最近观察到，当事人在自己所在的事件中，就好像我们在自己的家中，其实是丰满舒适的，不像旁观者从外面在寒夜看见一盏孤灯那样觉得微茫空寂需要在大海里奋力游泳不然就要沉下去。哈哈我又发挥过度啦。我设想你是怀念我这样呱呱呱乱说的。我们在伦敦的街上胡说八道了多少时光啊！每次说到胸腔疼透！啊亲爱的叔美，我想也许跟你在一起的时光，就是我的青春吧。我的迟到的、终于突破了心理障碍热闹上演的青春，那就是跟你在一起啦。哈哈，太难为情了啊！

其实我今天来例假了，头很疼，而且在写这封信之前我觉得自己十分平静，不是那种沮丧不想动的平静，是那种很慢很慢沁出喜悦的平静。身体和精神的各个小兵，都睡足了觉准备着呢。一开邮箱看到你的一大封信，立刻就都活跃起来了，又是感伤，又是喜悦！在今天，我为这丰富盈溢赞美生命！啊，可能因为今天、我有能力承担它们。你知道我总是倾向于用物质去解释精神。好像很久没有这样高兴了。我怀疑这是你说的双极还是什么，那个单词我不太会拼呢，呵呵。我想念你叔美，我真切地想得出我说我不会拼写的时候你的可爱的表情。哈哈，可爱的表情这个词，好像翻译过来的外国小说，还是古典的那种！这是语速的原因，不能停下来去细细描绘那个表情。而这语速本身所传达的情感，比那一个刻画要重要得多！啊、这是艺术的诀窍之一么，顺从内心的韵律！？我总怀疑人在激动的时候脱口而出的东西到底能不能算是艺术。我总怀疑快感是低劣的、可疑的、经不起消费。

找工作应该非常难吧。不过你英语实在是太好了，可能就会容易很多。啊，设想你一直留在伦敦，那感觉，就好像我的那一年也没有彻底结束似的。就好像那扇门不能彻底关上总要留道缝儿似的！天哪，那就一切都不一样了！期待你行动起来，早点有个结果。你的行动力很差的哦，简直跟我差不多！

亲爱的叔美，人生那么长！足够我们再相见的！哈哈，忽然觉得这像是为我们再也不能相见所做的戏剧性铺垫！你笑翻了没有。爱你！

三娜

2002 年 9 月 14 日

妈说，写啥玩意呢，这架 piapia 这快！

三娜笑起来，说，咋样，有才吧。

妈叹口气，说，有才是真有才啊，就不往对的地方用啊。

重新连上网，发出去，断开，把电话线插回去，电脑啪地一扣，放在沙发上。三娜说，妈，我去洗点葡萄啊！

妈说，少洗！葡萄那玩意洗了不吃就烂屁股！

厨房阴凉，窗口镜子似的一块亮。深喘两口气，起先头疼那一块麻了，像只有半个脑袋。想起伦敦的大街，心里茫茫的。傍晚时候亮起灯，两个人在外面冻透了，钻进 Borders 书店的白炽里，好像躲进虚构。在唱片区戴大耳包听音乐，看落地玻璃外面街景一帧帧，想应该下大雨，贴玻璃刷下来，才像 MV。表演是唯一的出口。大众文艺花样翻新的剧本和场景设置，像是四处开窗，又像是布满陷阱；可是怎么办呢，要不要承认这人造的自然，人类真的是越走越远么。没有太阳的冬天的下午，临时起意去看海，是演，可是节日不也都在暗示的笼罩中。在 Victoria 车站换火车到 Brighton，出站天已经黑透，一条大路走下去就是海，当然看不见，只有腥咸气在寒冷里格外粗粝，像盐打在脸上。路灯一盏一盏浓酽的橘色，都是冷的；灯下瑟瑟躺一个流浪汉，拣起来留着写进抒情小文。其实他在那情境里微不足道。其实她什么都看不见，一刻不停高谈阔论，像是非要烧成火，像是要大祸临头。所有回忆的画面里，都有一只透明的大象。也可能就罩在她身体外面，现在跟到厨房里来。眼泪竟然流出来了，心说这就是月经的事，又想这情绪像《纽约客》小说，她根本也没看过几篇，竟然就觉得那种文体有一种整体性的假，看着真真的，贴了一层塑料膜。这一刻很像是真的，怎样观看，眼泪都是自顾自流。整栋楼静得人不敢喘气，开水龙头，哗哗地洗葡萄，抽鼻子。Camden 宿舍院子正要涌进新生，快到晚饭食堂门口排起长队，热烘烘闹哄哄，谁都没必要设想去年也是这样。俱乐部小小的六角形房子，门口站着喝啤酒的学生。热闹、又总是不够热闹，不够把人淹没，现场就是伤感的。礼拜六上午，在院门口碰见印度女孩 Sarisha，她从哪里回来，垂着眼皮微醺的，临别跟三娜说，Have fun! 语调特别轻快，像针尖碰破气球，三娜忽然就落入沮丧，觉得寂寞，更觉得自己像个笑话。她背对着 have fun 的那个世界。遇见叔美姑姑那天，下午四点钟她跟叔美去打乒乓球，路过电视房，墙上挂着钟。满屋折叠椅，坐着一个大个子男生，两只膝盖支得很远。叔美打招呼，说要去打乒乓球，他说，哦，你们是中国人！他从加州来。整个夏天，Ifor Evans 空出来，租给交换生、访问学者和短期培训生。在院门口，或者碰不上人，或者有人拉着行李箱。那天非常闷，后来夜里果然下了大雨。乒乓球室只有一排玻璃门，小白球总是跳出去。后院很窄，只有一棵树，也像被遗弃的，但是当然它完全不在意。走进去找球，心里看见青郁的天，方砖缝隙里的小草。不止是寂寞，更像是意识过剩的紧张，寂静虚亢。三娜默默要求记住"这件事"，又找不到要点，不能向语言归档，文件大得不相称。伦敦纬度比长春还高，九点钟仍然灰紫透明，路灯是熟黄色一串豆点。鼓起勇气去 Texco，在人行道枝叶繁密的树拱下遇见 Susan，认得出人，看不清脸，声音都拖着影子。她是叔美室友，爱尔兰人，跟叔美长谈过两次，讲父母离异，自己也是刚刚离婚，前夫经常来找，很多烦恼。时间不够她们成为朋友，这热情的开头无法安放。Susan 披着卷发，戴黑框眼镜，穿深色碎花长袖连衣裙，轻微一丝乡村风，在那永恒一样的傍晚，过于细致，过于具体，以致孤独。说过再见，三娜又回头看她，知道再也不会见。路上一辆车也没有，加油站屋顶上晚霞正在熄灭，殷红几乎黑的。可能都去度假了。如果街角的白房子里藏了一个被绑架的儿童，也并不惊人。那样滋养疯狂的旷荡和寂寞，在回忆里有清晰的实感，像——海。眼泪自己止住了，本来哭跟这些也没关系。

妈说，这葡萄不好了，你上园子摘几个柿子。

三娜站起来，妈又说，别扔，等赵香玲回来就吃了。

妈特别自然。三娜说，一会儿我吃，我最喜欢吃巨峰。

她总想成是"聚风"，因此喜欢这葡萄。柿子秧东倒西歪，多半黄了，在接近中午的秋阳下，显得衰老无力。生命不能像太阳一样，每天都是新的，可是似乎因此，向人的感情开放。三娜一脚踏进去，看见自己撅着屁股正对太阳。太阳多么晒啊，根本不能抬头看，一直落到脚上还是耀眼的，金色的田野在脑海中一晃而过。有一下觉得阔朗，仿佛什么都不重要、也依然是踏实的。即刻想法纷纷地来了。摘一捧柿子站起来，眼前全黑的，闭眼睛等血上来，却感到下身一股热流出去，脚下有点摇晃，使劲儿抓地稳住，后脑勺嗡嗡的声音消退，睁开眼睛，有万分之一秒，觉得自己是全新的、初来乍到。

爸和姐正在小路走来，两个人脸上都笑嘻嘻的。

三娜说，这柿子晒得滚烫！你等我一下，里头还有两个！

爸站门口等。妈在屋里喊，关门！要进进要出出！

爸推上门，说，你说你妈烦不烦人！太烦人！

三娜说，大姐你穿那么多不热啊！

钥匙没拔，又打开，三个人进屋。

妈也是高兴，这么早就回来了！

姐说，我得去跟李芳玉吃个饭，一直说见一直没见。

妈说，哎呀，她可挣着钱了，但是真操劳啊，自己整摊事儿，那么容易呢！

爸抓了一把葡萄，咱借大姑娘光儿坐车回家吃顿饭！

三娜把柿子洗了拿出来，妈说，下午还去咋的，洗手何海岳！

爸说，得去趟中东。赵香玲呢？老太太呢？又上大哥那去了。这保姆到底算谁雇的啊！

妈说，进屋就找赵香玲！是你小老婆啊！

三娜说，妈你说啥呢！

爸还是笑嘻嘻的，说，你妈这就叫以小人之心度君子之腹！今天我大孩子就要走了，我就君子不见小人怪了！

爸说完看着三娜和大姐乐。姐短信响，拿起来看看，说我得洗个脸赶紧走了。

三娜说，在哪啊。

姐带着笑，莱茵咖啡语茶！洋不洋，李芳玉肯定得找长春最时髦的地方啊。

三娜说，妈你赶紧好了咱们也去啊。

妈说，行，带上你小姥儿，见识见识。

姐在楼上说，穿裙子行不行啊，我这不能冷吧。

妈说，你套上点儿，太阳一落就完。

三娜说，真是神经病啊，前天六度，今天二十六度！

爸说，八月寒九月温，十月还有个小阳春！这还得说是农历。

三娜说，那不现在正好八月，应该寒哪。

她意识到她可以向各个方向去体会这一刻，感激这朴素的美好、惆怅这轻飘消逝、此刻就是真实、人生就是每分每秒都要算数、觉得时间虚幻、如果生命不包含超越时间的要素就等于虚无——真的连这些也可以决定？

赵姐摇着一串笑声进门，手里掐着一朵扑腾高。小姥在她身后，笑眉笑眼的。

哎呀妈呀我大奶！这不知道谁家孩子摘的，就扔道边儿了，我看挺好的，我大奶就要往我头上插！

小姥笑着，做手势打赵香玲。姐下楼来，笑眯眯出门去了。

40

妈房间晒得暖洋洋的，三娜趴到床上看电脑，翻出在伦敦拍的几张照片，太清楚，让人有点抵触。但是也立即就回到那天上午，跟Irene 去 Queen Mary's Garden，什么事都没有，就是普通的虚度，那心情涌上来非常逼真。三娜立即想，没什么事的时刻，尤其应该刻意铭记，作为对戏剧的抗议。可是为什么要刻意，为什么要抗议。好比永远站在弱者一边，是禁不起追问的正义感？正义这本身需要定义。反向势利，是自愿作药、承诺牺牲、摘取荣誉？有这种自觉么？还是贪求正义的特权？落到最后有没有美好的东西，还是只要诛心就可以说全是欺骗。狂妄地这样飞想，逃离监控录像。

坐在咖啡厅二楼，阳光从落地玻璃照进来，刺茫茫的。店里没有人，远处有一张红绒布长沙发，三娜想起有一次两个男同性恋在那里，一个坐着，另一个躺在他腿上，他抚摸他淡褐色的头发，像摸一只猫。两个人都非常漂亮。三娜想起自己在等人，想不起是等谁，就知道他不知道她在等他。果然对面商铺柱廊的阴影里走出一个人来，金发给阳光照白了，一件洗旧的红色T恤衫，也是晒得白花花的。她想招手，想要喊，看着他横穿到她脚下的门廊，不见了。想探头，玻璃封死的。转身要下去，楼梯间的声控灯哗然亮了，旋梯洞口望下去没有尽头，盯着看，就有金色的箭镞打上来，三娜猛地向后躲，像是醒了——想起他是她刚到伦敦那晚宿舍管理处帮她拿钥匙的男生，怎么真的梦见他了——心里急，想他肯定已经走远。咖啡厅坐满人，音乐停了，人们大声说话，三娜怀疑他们其实全都在看她。窗开着，木窗框刷绿漆，支着问号形铝挂钩，像清华哪个老式教学楼。站在窗口，知道必须跳下去；想到这是二楼，顶多骨折；想到自己是个笑话，更想跳下去。伸手去扶窗，手一动，醒过来。难为情，可是不舍得切断，看涟漪散开去，有几秒钟。每次碰见他也是这样，心里像给扔进一个石子，散开也就过去了，很少主动想起来，也没什么线索可想。清醒到这里就不肯再进一步，像是什么地方给碰到、没来得及疼、立即闭合了。手臂挡着，还是觉得金光晃晃，把头塞进叠好的被子中间，凉森森的黑暗。可能是更剧烈的梦，或者更深的梦而不觉的睡眠。看不见任何画面，下体抽搐起来，热流在全身漾开，聚精会神体会，消散了，微弱一丝意识在说，做春梦啊。好像已经在想，不能让人知道啊，又似乎在犹豫，应该去面对啊。不知道怎样才算是面对。连A片也没有看过。睁开眼睛直直看着天花板。从来没有感觉到压抑，从来没有过明确的性的念头。深层压抑这种事根本无法证伪，也就不值得去考察。春梦倒是做过几次，都没有情境画面，也许是不记得了？没有看过《梦的解析》，不相信梦有那么重要。什么古怪的事都梦到过，怎么会都是隐喻。即便能读出秘密，也未必就中了要害，因为梦见就强化起来也很荒唐。顶多承认梦是不设防的，特别勇敢，恐惧就是恐惧，带着狰狞，很有力气。自我特别大，世界退为简陋的舞台剧背景，潜伏着不确定的蛮力，像想象中初民临世，希腊神话，没有人造世界的那种绝对安全的游戏性质。每次醒来精疲力竭，觉得现实轻暖絮腻，娴熟可亲。到处都是温柔的自欺，也构成繁华的景象，好像人类的衣服。

翻身侧躺，想让思绪再游荡一段——像放风筝。初到伦敦那晚的记忆，比其他所有记忆都更清晰。可能从来没有那么警觉过，是身体的奇迹，意识的狂欢，接近臆幻——吸毒也就是那样么？特别像是活着，又特别与这个世界无关。从阿拉伯哪里过来的飞机，也是刚刚落地，排在前面，蛇形队伍铺满海关大厅。天花奇高，几点灯光散下来，灰雾一样；人挤着，低头都是黑的，看不见脚。一个裹头巾的穆斯林女人，带着三个小孩，抱在怀里那个一阵一阵号啕，特别像逃难。两个大的都是男孩，一个八九岁，另一个五六岁，穿一件圆领绒衣，领子变形得厉害，松垮垮露出小肉脖子底下那一圈儿小肉褶儿。那衣服可能是哥哥穿过的。三娜设想出许多故事来，并且想到，家庭的迷人与窒息之处可能就在于，它的戏剧是最细致的，无时无刻，无孔不入，不会落幕。出来就到处白花花的，灯光亮得没有影子。找到投币电话打过去，潘筠说特别抱歉，她还在剑桥，回伦敦到机场还要很久。三娜拖着大箱子，为打电话方便，就约了在原地等。等了四个小时。几步之外有一个换钱的商亭，窗口后面坐一个印度裔的年轻女人，穿天蓝色尖领衬衫，应该是送去干洗的，非常平整。没顾客的时候她就那样坐着，三娜也不好一直看她，可是感到安全。噪音隆隆，人流涌涌，像彩色的大河，三娜不断自言自语，要把意识拽住。一对高大的中年夫妇在眼前走过，她要求自己看他的果绿衬衫，她的浅紫色运动外套，又看自己看他们，想要咔嚓一声照下来，想要按下一枚图钉。潘筠匆匆来了，抢上末班地铁。很挤，还是大白光，大白噪音。三娜吊着胳膊，高声讲起来，一字一句投进大白洪流，随水没有了。所有感官的余光看见这大白疯狂，智力的余光想到，某一类先锋电影也不全是造作，只是简陋，要把疯狂与日常的边界溶解，就像人工合成的万物与天地自然细密混杂，才算写实、才有力量。又一个她暗暗想，要把这句记下来。看见自己噼里啪啦一直说话，又想这分裂也要记下来。另外又有心里什么地方奏起了辉煌的音乐，庆祝这分裂、这烟花一样的绚景。

到 Camden 已过午夜，从车厢出来，地铁隧道里黑风裹着沙尘，竟然是亲切的。滚梯上一个年轻女孩站她前面，穿件艳粉杂紫的羽毛裙，将将盖住屁股，真像一只鸟。绒毛随气流蠕动，看得三娜鼻子都痒了，由衷满意。她在现场已经知道那画面必将是一张宝丽来快照，经年贴在冰箱门上，不必留意，一直在。她不停说话。以余光看事物，似乎更清晰，至少更符合文学的预期：黑夜广阔，大地如谜，给人安慰。离开地铁站，走进深夜的大街，把冰凉的空气吸入胸中，看噪音在头脑中如风摇秋叶缓缓落下。而汽车滚过的声音如此清晰！

宿舍接待处楼门锁了，按铃很久，从院子里走来一个男生，穿红色 T 恤衫，米色裤子，走进路灯，又走出路灯，到跟前抬起头。

他进去核对资料，找钥匙，三娜就催潘筠回去。她反复嘱咐有事找她，"我刚来的时候，没有人帮我，真是太难了。你千万不要客气。"说得十分诚挚，三娜本来并不认识她。那个时刻忽然实在起来，纷纷的感受和思绪幻影一般逃逸了。过去拥抱，浓暖的香气真切得几乎惊悚。那晚什么感受都是夸大的。目送潘筠浅米色的风衣像一片落叶袅袅潜入黑夜——心里开着摄像头，又自动生出这句旁白。其实已经非常累，肩膀都要往下沉。混乱得收拾不起，再爬不到头顶上去俯瞰。只剩下放纵的即时反应，也许倒真实——这也算自在？

空气丰盈如深海，彩色的鱼静游。她设想聋哑人的视界，会不会更热闹，会不会头脑中一直有此刻这种持续的嗡鸣？显然想不出，一扇门紧闭着。也许有两分钟，她独自站在冰冷的黑夜里。门廊灯打在头顶，像舞台追光。觉得不自然。蹲下去，抱住膝盖，浑身都酸的。她看见自己在想，被他看见我蹲着？也许更好呢，生动，而且有一种野生的姿态。一点没觉得可耻，毫无负担地想，他长得真好看啊，他一眼都没看我啊。埋头到臂弯里，闭了眼睛，朝黑洞旋进去，真想彻底告别，之前之后一切都是梦游。意识游丝跳动，还在想他会看见自己这个样子。又有一个叙事者出现，她要把这一切整合起来，她觉得只要全都看见，全都放入图画，自然就成为一个新鲜的形式。她说，旁观者带回的繁密乱石中，生出一棵小草来，多么单纯，又多么轻松；没有它（哦它当然就是那欲望！）我倒不像一个活人了；但是不，不应该赋予它更多意义，它并不比那些石头更真实，这想法只是偷懒的俗套，应该以更大的心去记得，旁观的我和欲望的我，并不必要你死我活。最后一个自己骇笑起来，认定已经达到自恋的极限。有极限就好，就可以终结。

有一次三娜在 Student Union 远远看见他，三个人围坐，他说着竟然笑起来，三娜不知为什么很吃惊，又有一点失望。后来承认他很普通，也许还很乏味，可是认定他长得漂亮，因为再也没有定睛看过。其余几次都是在宿舍院子里，很远瞥见，立即收回来。什么也没做，跟谁也没说，开始不好意思，后来就舍不得说了。谁都不知道——正是这一点令她珍惜。她已经很久没有真正的秘密，暴露狂入不敷出。夸大其辞地跟叔美，刘琳琳和 Irene 讲程远，后来又讲一个意大利男生。是为虚荣心。在爱情经验上自卑，虚张声势，更觉得自卑，又鄙夷自己说谎，恼火，反复涂抹，像赌徒沦陷。好像心理学上叫强迫性重复。那个意大利人其实很丑，瘦高，驼背，黑发有点长，分作两扇，护住一条窄脸，只剩一个突兀的鼻子。回宿舍的公车上遇见，面对面站着，中间夹一个人，很挤，转不过身，一直低头好像也不自然，过了两站才窜开。三娜觉得他苍苍茫茫的。以前李石说他们杂志社一个记者，聪明又沉默，甚至长得也好，苍苍茫茫的。未必有这个意思，不过妈跟他说过要给三娜介绍对象。他最烦管闲事，也知道三娜情况很难，不过也许很偶尔也生出家长的心情。叔美说，何小娜，你真的好好笑！Irene 每次很努力说苍、苍、茫、茫，没说完就大笑起来了，牙齿特别白。连 Natalia 和 Johnathan 也知道，跟她说他是个 asshole，他们在食堂看见他就笑嘻嘻过来找三娜。意大利人可能有点知道，春假之后有一段经常在三娜窗下的长椅上抽烟。她有点紧张，而且非常恼火，好像他要兑现某种优势。暑假三娜搬到内院，叔美搬过来在临街那一排，发现他住她楼上。叔美每次遇见都打电话来，我刚才看见苍苍茫茫啦！是最欢乐的话题。三娜说临走那天要给他写一封中文信，设想起来兴致勃勃。她说，我真是意淫大王啊！叔美就说，哎哟！都是在开玩笑的气氛里，有时候说得太详实，心思轻微颤动，要往真里去想，立刻掐灭了。后来三娜就觉得这个意大利人有点恶心。

姐说，李芳玉说不知道你摔坏了，要来看你来，今天不赶趟儿了，下午有课。

妈说，看啥看，忙得要死的都，你给她发信息就说心意奚姨领了，不用特意来。

妈又说，我可不像你们家人，一有个病啊这架势，挨个儿通知到，要求人重视！

姐说，我跟她说了不用来，要给你打电话，我说你没法儿接电话，她还说应该给你买个手机！她说她妈都用上了手机。

妈说，我可不要！哪哪都有电话，要那玩意干啥使，再说我也不去哪，不在家就在学校。——不行给我买啊我告诉你！

姐说，行行行，我不买。三娜还睡觉呢？

妈说，横是吧，没动静。咋这么能睡，起来才那么一会儿啊，又睡，一睡睡这前儿！

三娜翻身平躺，目瞪天花，看见自己回到此时此地。看见那一段紧密高亢的记忆，像一片绚丽的树叶，就在刚才、在她清晰而从容的端详中，轻轻地从她的身体上脱落了。从此它与所有其他往事一起、像看过的电影一样，飘荡在夜空中。那伤感猝不及防。然而立即起了疑心，早上还被这记忆侵袭，通电似的、潮涌似的，直接占有身体。不过是睡得深，醒来心绪沉稳，对境不生。——又都是生理性的？

她大喊一声，我醒了！

坐起来浑身滚烫的。

姐正上楼，三娜到门口，说，莱茵咖啡语茶好吗？

姐笑嘻嘻的，说，能好么！秋千座位！麻绳编的大辫子吊着！长春也真有一手我跟你说！

三娜说，我还去过"大青蛙"呢！

姐就笑，说，跟大青蛙也差不多！

云阳县城有个咖啡厅，在江边一带拥挤的旧住宅楼里，挂一块蜡染布作门帘。老板娘精瘦的，不怎么美，也不讲话，编一根过腰的长辫子，像是带着破碎的心从大城市回来，永远鄙夷家乡。晚上八点多只有三娜她们一桌，问有没有冰块，看她从冰箱里拿出随送的塑料盒，冻得非常结实，她用瘦如枯柴的手很困难地掰下两块。三娜不好意思看，又怕她注意到她的回避。早有准备，果然如此，还是觉得残酷。回来就跟姐讲了，把擅自怜悯的态度打包进去，讲起来是快乐又炫耀的。

这时候在头脑中闪过也像半截文艺电影。三娜清晰地看见自己拿起又放下，对这一切所谓感受有俯瞰之感。她站在卫生间门口说，李芳玉过得咋样？

姐摘下隐形眼镜，说，还那样，看不上陈冬旭。陈冬旭特笨，而且 boring，现在按李芳玉说法，还又懒又小心眼儿。当年还是李芳玉主动追他，就看上人家长得好你知道吧。

三娜说，这些问题不是应该早就暴露了么，为啥还要结婚。

姐拧上眼镜盒盖儿，走到妈房间，说，谁知道了，大学时候说是想要分手了，但是女的不都心软么，陈冬旭特依赖李芳玉，啥都得靠她。老够呛，瘦得像个猴子。真的，比我还瘦。哎人家要换衣服，帮我把门关上！

妈还在看书，赵姐在拖地。走到小姥房间，隔窗看见她坐在阳台上，低着头，可能是挑米虫子。阳光照在她头发稀疏的头顶，晒得茸茸的，痒痒的。听不见，更显得时光沙沙而逝。三娜跟惦念着永恒的那个自己轻轻打一个招呼，转身进屋跟妈说，我小姥儿总能找着活儿啊。

那个自己也是永远在，不经意就出来，渐渐习惯，相信不会失去，又厌倦又安心。

妈说，忙人儿呢，你寻思。

赵姐驻着拖布站住，笑呵呵说，刚才我大奶让我翻阳台那轱辘你听着没有。

妈说，咋没听着，我早就醒了。是不是翻那口袋绿豆？

赵姐笑，说，嗯哪！我也没见着过啊，就说有个小白布口袋，咋找找不着，厨房那些柜翻遍了，我大奶就说有那么一口袋。

去厨房接水泡茶，听见妈说，那是她缝的她就记着呗，多少年了，还是孙树发捎小米儿来的小布口袋，没拆好，缝针那地方裂口子了，你大奶洗了晾干了，把那轱辘铰了重新收的口儿，一直装绿豆。过年张昊宇拿那些新绿豆，也带个布口袋，我寻思可新的吃呗。是不叫我塞凳子底下那个铁皮桶里头了，叫苞米茬子压住了横是就没看着。我迷迷糊糊寻思喊你告诉你一声，后允儿听着好像找着了。

人们真的这样生活，把生命投射在这个尺寸的事件上。晾袜子时把袜子翻过来，牙不好的人把苹果切成小块儿。可以恼火，感动，平静，麻木，可以觉得浪费，觉得有尊严，全凭意愿。可以更新一幅密麻麻的世界图景——停在这个预感上，屏幕刷不下来。

赵姐说，哎呀妈呀，要说老姑你这记性！

妈说，我记这些事儿还真不行，赶不上你大奶，你大奶在我这个岁数儿！拿我爹话说，缸里米粒儿都有数的！这点绿豆她要不找我都忘死死的了，还有多些，能有半斤啊？

赵姐说，不少呢，能有二斤来的。

妈说，这得回找着了，不找着还不得往你身上赖啊。

三娜拿了茶杯出来，说，赖谁啊。

赵姐笑，说，我大奶总怀疑我拿她东西。我就逗她，我说大奶你看着啊，我把你剪子搁回这抽屉了啊，看准了啊，我大奶就乐。

妈说，得回你赵姐不往心里去，我都可不好意思了，那老人就这思想你有啥办法。

赵姐说，没事儿老姑，我瞅我大奶就跟小孩儿似的！

三娜由衷地感激她。

姐在楼上说，三娜你来！

江老师回信了，说十分愿意帮忙，又夸赞她们，语气很亲切。姐说，你看我说吧！有多少河流就有多少村庄！最吃这一套了！

三娜心里紧了一下，看着自己诺诺地说，等我这几天没事把调查问卷再改改。

姐关了电脑，键盘托往里一推，说，不用改！写得多好啊！

又说，等回北京再整赶趟儿。

三娜说，姐你回去都干吗？

姐往床上一躺，说，哎呀，好多事儿呢！要搞新房子啊，国庆节就交钥匙了。

三娜说，那你们什么时候搬家。

姐说，早呢，还得装修呢。只能让李石跟我们一起住半年了！

姐笑嘻嘻的，说，你知道李小山吗，有一天跟李石在东方广场，走在路上忽然说，这就是欲望都市啊！他俩天天在家看 HBO。关键是你不认识李小山，你要见过才知道有多好笑。而且李石跟李小山走在一起，一个圆圆小人儿，一个长条小人儿，还说欲望都市！笑死！李石特别坏，说李小山是于连。

三娜说，大时代啊。

姐看三娜一眼，乐，说，最能用大词儿了你！

三娜说，这么一想还怪着急的。

姐说，我可不像你们想那么多，我现在就想赶紧回去大搞卫生，该扔的破烂儿都扔掉，床单全换一遍，窗帘拽下来洗。

三娜坐在电脑桌前的塑料凳上喝茶，虚情假意地说，你等我回去再洗窗帘什么的吧。

她想着门窗大开，秋天的阳光落在地板上黄澄澄的，水龙头开着，哗哗哗打进拖布桶，洗衣机一直转。有点恐惧。"新"最禁不起消费。

姐说，你不用管。

站起来去找她的大书包，掏出笔记本。拿着下楼去了。

二航校那边传来号子，一、二、三、四——。三娜很想上网，但是大白天不能占线。床头一本《艺术哲学》，昨晚拿出来的，实在看不下去。拿起来插回书架。然后意识到，喝了一半的茶杯放在书架上，带着它偶然的路线，理由充分地，落在此刻。三娜想分辨这算不算矫情，还是一种自我训练。觉得厌倦。头脑清楚的时候能够看见自己重走迷宫，记忆中的徒劳之感会让她停下来，或者是走入岔道。

电话响，她立即去妈房间接起来。二姐说，你们干啥呢？

三娜说，没干啥，大姐去跟李芳玉吃饭才回来，现在下楼跟妈汇报工作去了，爸去中东买东西了，小姥在挑绿豆。你干啥呢？

二姐说，哦，我没有，还有作业没做呢，我要睡觉了。

三娜说，啥作业啊。

二姐说，选课的作业，说你也不懂。下午赵静来了，待到晚上，她可无聊了，就不愿意回家。还是离婚那些事儿，我都不愿意听了。赵静十月份要回国，我说你圣诞节再回呗，她说，雷子，就她以前男朋友叫雷子，说雷子是回族，到冬天净吃牛羊肉，性欲强，怕控制不了。我半天才反应过来！你说逗不逗！

三娜说，啊，真有关系咋的。

二姐说，谁知道了，说得可严肃了。天气贼好，我俩去 downtown 了，跟赵静逛街最有意思了，狠狠拽我胳膊让我看，二娜你看那人，戴眼镜儿还戴帽子！贼有 point。我跟你说啊二娜，穿衣服，就裤子穿好，就完事儿。其实说得贼对你知道吧，确实就裤子最重要！

三娜说，像我这样大粗腿穿啥裤子都白扯。

大姐在楼下拿起听筒说，别瞎勒勒了，都几点了，妈说让你赶紧睡觉。等赵静回来，如果她路过北京，你要一下她国内电话号码给我。

二姐说，别给我捎东西，我啥也不要。

大姐说，你不用管。

二姐说，我今天上网看胡兰成来着，他咋那样儿呢。

大姐说，胡兰成非常烦人！看得我气死了！还有人说他写得好！

二姐说，朱天文是谁？

大姐说，谁知道，台湾的吧。我也没看过。

三娜说，我在罗菲苹那儿看着有一本。

大姐说，等回头我买两本，要是好就让赵静给你捎去。快睡觉吧啊。

大姐挂了电话。二姐说，那我也没啥事儿了，你咋样三娜。

三娜说，我也就那样啊。来例假了，心情贼好。

二姐说，是那样，全是激素的事儿，都有生理基础。

三娜说，那你还看张爱玲。

二姐说，我也不咋喜欢张爱玲，净写些烦人的事儿，都是一些小心眼儿。

三娜说，真实的情况不就是那样么，都是些又小又烦人的事儿，大事发生的时候反倒若无其事。

二姐说，不跟你说了，你又严肃上了。哈哈哈。三娜你太可笑了。

三娜说，那你快睡觉吧。一会儿妈又催了。我得下楼包饺子去了。

下楼，想到正在发生的无声的大事，就是时间流逝生命荒废，而她像是给下了咒一样，一动不能动。心里堵上来，随即就落下去。她倒是正视它，想进去千头万绪，落网了，一跃而起的愿望给缠在里面。又被比喻带着走了。重大的事情，因为无法改变而毫无意义。比如政治，或者死亡。人至少年轻的时候在几乎所有决策中都忘记死亡。

大姐正跟妈说，这是欠学费的，欠多少的都有，我这两天挨个儿找过了，都说好了期中考试之前交，到时候你再找她们一遍，我复印了两张在冬梅那儿——

三娜直接到餐厅，在门口开灯，小姥回头看她，手里拿着饺子，眼镜儿掉到鼻尖儿上，三娜给她推上去，她就乐。

赵姐说，不用你，晃常儿我跟我大奶俩就包顿饺子。更省事，就不用整别的了。

三娜说，芹菜馅儿啊。

赵姐说，嗯哪，芹菜辣椒，我老姑看着拌的。

三娜说，我妈就包饺子最好吃。

赵姐说，谁知道咋回事儿了，都是一样地放这些东西，整出来一个人一个味儿。

三娜说，我擀会儿啊？

赵姐说，不用。

擀面杖轱辘轱辘响。

听见姐说，我看我二姑也是老了，没劲儿了，这才开学几天，比夏天张罗买设备的时候都差很多，今天我上食堂找她她正躺着呢，起来说话我看眼皮都抬不起来了。

三娜不知不觉叹了口气。

小姥儿说，外国人吃不吃饺子？

三娜说，不吃！

小姥说，过年吃啥？

三娜说，吃馅饼儿！

小姥抬头看着三娜呵呵笑，故意配合似的，说，外国馅饼儿好不好吃？

说完又乐。

赵姐也看着小姥乐。说，你也想上外国看看去啊？

小姥儿几乎是认真地说，咋不想！

三娜说，我出国前，我姥儿还问我来着，英国在哪儿啊有多远，我给她老半天，英国在哪，美国在哪，又讲地球是圆的，月亮啊太阳啊，听得可认真了，听完你猜她说啥？

赵姐看三娜，说，说啥呢。

三娜说，我姥儿寻思半天，问我，有没有神？

赵姐拿着擀面杖，用小臂挡着嘴，笑了一阵，说，我大奶要是念书，那不定得啥样儿呢！也得跟我老姑似的！

三娜偷偷看了赵姐一眼，并没有黯然的迹象。又看小姥，她立即感觉到了，看着三娜，笑，说，小姑娘子，笑话姥娘！

三娜就看着她做鬼脸儿似的笑，她也明白，就更乐了。赵姐也跟着乐。

想起姐结婚在饭店请亲戚吃饭，带小姥坐电梯，出来进去好几遍，总算弄明白了，说，你大姥就没见着呗！想要讲给赵姐，一念之间、真像是灵机一动，怀疑自己是为讨好她。审查不清，如果是跟姐一起可能也会提起这件事，作为有趣的谈资。但是这样一想就没法开口，怎么说都像是假的、故意的。擀面杖轱辘轱辘响。不如忍受这沉默，作为一种锻炼——三娜满意地感受着勒住缰绳和被缰绳勒住的紧张。

赵姐说，我姥儿就从来不笑。我小时候就不乐意上我姥儿家去，去也给果子啥的吃，但是我就不乐意去，谁知道了，小孩儿像更知道这些似的。

三娜说，我姥儿以前也不笑，最严厉了，一本正经，攥住钱不放。就是这两年才笑呵呵儿的，我妈说这是开始脑萎缩了。

说完"脑萎缩"三个字，忽然有点觉得姥正在一点一点死去——立即就不敢想了。

电话响。姐说，赵姐，找你的。

赵姐放下擀面杖，洗了手，去客厅。

姐进来就说，我擀吧小胖。

三娜说，不用。

她和姐互相看了一眼。姐叹了口气，去洗手。

妈说有一个男的给赵姐打过两次电话，问她说是朋友，在大安北卖货时候认识的，跟人打仗，蹲监狱呢。妈的语气特别不屑。姐说，那人家长得也不错，又明显跟别的农村妇女不一样，有文化有心灵的样子，肯定有人喜欢啊，有人喜欢就是搞破鞋？你听妈妈！

有一天赵姐上二楼来打扫卫生，三娜正对着电脑，赵姐到跟前儿问她，"亵渎"的"亵"字是怎么写的？三娜觉得非常窘迫，而且悲哀。但是等赵姐下楼去，三娜一个人在房间里，才清楚地看见心里一直跳动着生动的欢喜，羞愧根本包不住——捕猎了一个故事，又超出想象，又符合预期。

三娜小声说，她儿子倒从来不给她打电话。

姐说，哎，小孩儿不都是只顾自己，再说自尊心强呗。

姐看三娜一眼，又说，你也别想太多了。

三娜说，不是那样的。我其实想得挺残忍的。

姐"哈"了一声，——笑死人。

三娜模糊设想过那个大安北人追求赵姐，远远预感到尴尬，没再走近。如果不是认识赵姐，三娜可能会乐意听一个滑稽的故事。有一次看到社会新闻，说一个男的，在裤腰上别了两只母鸡，外套罩住，到前女友家去表演自杀，血淌一地，给那女的吓的！三娜立即拷贝下来，欢乐地抄送给朋友们，共享一种趣味、文艺直觉，并没有什么严肃的内涵。

三娜说，我前几天给你发的链接你打开看了没有？

姐说，我打开半天没出来，没看。

三娜说，就是一个社会新闻，一个老头儿摆摊受了气，想不开就去爬大烟囱，好多人围观，他爬到顶又一步一步爬下来，快落地还挥手，大声说，我就是上去看看长春的发展！

姐笑说，长春的啊！我就觉得得是咱东北人，有幽默感！

三娜说，应该拍成电影！

拿来做一个随便逸出的细节，主人公推着自行车路过，前后两次各十几秒钟。这样想着不禁有点自得，同时觉得什么地方不对——轻佻。这趣味或许能够成立，但是这收藏和讲述的行为完全是投机的。

赵姐回来了，到餐厅门口抬起头，说，拿来我擀吧。

三娜说，就这几个了，你揪剂子[1]吧，我揪不匀乎。

姐说，还有面啊！咋包这么多！

小姥说，你上北京上班去呀？

姐说，嗯！

小姥说，你上哪上班？还是原来那报纸啊？

姐说，嗯！备不住。

小姥说，长春不也有报纸？

说完自己呵呵地乐。

赵姐看她一眼，说，不乐意让你走。

姐说，是。

小姥说，学校谁管？

姐说，雇的校长！

三娜跟赵姐说，我爸常说，世界上就俩奸人，一个徐兰老太，一个奊大英雄。

赵姐就乐。

姐说，我去烧水吧哈。

赵姐说，大锅——在桌子底下呢，看着没有。

妈说，三娜啊，开门！

同时门铃响。

门一开，秋光晃晃。小嫂递过来一个塑料袋，说，给你姐，车上吃。奊晶儿吧今天晚上要补课，我怕我过来一娜都走了。老姑啊，我接奊晶去，完就不进去了，晚上畅儿上完课我再过来。

妈喊，晚上别过来了！三娜在家呢不用你过来了。

小嫂站到门洞里面，说，嗯呢，我看要晚了我就明天再来，咱不

---

1 剂子，从长条形面上均匀揪下来的小面团儿，团圆了擀成饺子皮儿。

能打扑克儿唠唠嗑儿呗。

妈说，你爸这两天出没出去，看住啊！

小嫂说，哎呀妈呀，姆家老爷子！我能看住么！我白天上班儿哪知道啊。都不知道是啥情况儿呢，我一寻思我就上火！

妈说，哎呀，没招儿，没招儿啊！快去接孩子去吧。你回不回家啊，你回去跟你爸说一声儿晚上别做饭了，等吃饺子，都带你们那份儿了。

小嫂说，不用带我跟奚晶儿俩的，就给老爷子老太太捡几个就得了，姆们自己也包。

妈说，包那些呢，你跟你爸说一声儿啊！

小嫂说，嗯哪老姑，那我走了啊。——三娜你不挺好的么，小嫂晚上来啊。一娜啊，上北京不用惦心，有啥事儿我跟你小哥儿俩姆俩在这院儿呢，老两口儿打个仗了拌个嘴了，姆俩就管了！

小嫂说着就笑。姐半开玩笑地说，谢谢小嫂了！

关上门。妈说，你小嫂给你买的啥玩意。

姐打开塑料袋，里面一盒儿方便面，一瓶矿泉水，一袋鱼片儿，一袋鱼皮豆儿，一包口香糖。

妈说，啧啧，是这么个心思。

三娜看见小嫂从窗前走过。世界敞敞亮亮。

姐递给她。她说，口香糖拿着吧。

姐接过口香糖揣在裤子口袋里。三娜拎着塑料袋上楼，担心放在楼下会被小嫂看见。听见妈说，馋，要说奚晶儿胖了，从小跟她吃小零食。三娜觉得楼梯上空荡荡，二楼无人的房间静若千年。她觉得她们连同这房子，都是过客啊。连这美好的感觉本身也是，倏忽而过。

　　大舅家楼下门铃坏了，朝窗口大声喊，大舅！没有人应。一个女人拉着一个八九岁的男孩，用钥匙开了门。女人肩上的蓝书包上画着一休、眨一只眼睛、机灵的样子。三娜忆起那种安稳，想到它在人生中竟然不过是暂时的。甚至有人可以成为赌徒。那强烈的危险正与荒野的广阔呼应，譬如闪电。审美真是对生活的不敬，而且背后有一种懦弱。

　　玄关窄小黑暗，大舅穿一身墨绿色秋衣秋裤，又旧又软。疲倦的脸上有股怒气，三娜躲开眼睛，暗想也许是自己想多了，她说，芹菜馅儿。大舅进屋去倒盆，大舅妈一步一步终于挪过来，咧着嘴笑，双手伸过来，咿咿呜呜要拉三娜进屋。三娜说，我得回家吃饭——等我开饭呢！饺子要坨了！大舅终于开口，一娜再多呆回来，得春节啊。三娜说，可能吧。大舅说，你能待到啥时候？三娜说，过国庆节再走。拿盆转身下楼，到转向平台那里抬头，一列深灰色水泥台阶之上，大舅妈独自站在门口，正跟她摆手，咧着嘴笑，像是真心高兴，特别凄惨。到一楼，听见上面关门声。三娜设想如果是俄国小说，她此时的心情应该被描述为，怨恨，继而为自己的怨恨愧疚？她为这轻佻愧疚，为愧疚总是来得太容易愧疚。推开单元门，没有扶，随它弹回去，身后一声巨响，像是自己要做一个硬心肠的坏人的决心。但是扑面而来的秋天的傍晚散散落落，清凉里有股生气，三娜不禁心生喜悦，观花望月一般捕捉路人脸上那一层浮金。

　　小卖店纱门还没拆。眼看中秋节。寒冷和瑟缩的气氛在身体里晃了一下，就过去了。王立新不在，老板娘一根接一根吃虾条，仰头看电视，正放一个潘长江小品。三娜拿了可乐，说，你那外甥女呢。老板娘斜看她一眼，咋的，认识啊。三娜笑了一下，老板娘说，那啥，她洗澡去了，我替替她。

出来往院门口瞧了一眼，想象王立披着湿头发，挽着裤脚，抱着鲜艳的塑料盆，从夕照中走来。三娜心里说，真是宝玉啊我。倒也很自然，轻盈的，清新的，只要不拿出来表达，就是轻盈的，清新的——美好的吧。那串小星星放在盒子里，像一个压缩文件，一直没再打开。她厌倦了对自己的恶意，但是还不知道应该怎样平平常常地看待这件小事。后来她也还是那样笑嘻嘻地跟王立新说话，不完全真实，也并不像是假的。行为有它自己的惯性，应该也并没有伤害她——三娜这样应付自己。如果不去揪住分析，三娜也并不感到痛苦，都是非常自然的现场反应，与那些动辄启动的竭尽所能的叙述简直毫无关系。当然一直都有那样一个人，无声无息地运行着，让她得以维持最基本的生活角色。但是像第一次真正看见她似的，忽然高兴起来，——我并没有被自己的意识蚀空！惊喜薄薄一层，立即散开了，底下沮丧惶恐，疑心自己正在退化。

妈问，就他两在家啊？

三娜说，嗯，我小嫂刚才不是说去接奚晶么，出去吃饭去了吧。

妈说，不的人也总在外头吃，三口人从来不在家吃饭。进屋就上楼，连奚晶都是，叫她妈教唆的，跟她爷她奶连个招呼都不打，就像有仇似的。你看那小丫头崽子不大点儿，更不是东西啊。

三娜迅速预演了可能的对话，憋住没有说。

姐说，大舅咋样？

三娜说，还那样，蔫巴，眼睛锃亮的有点吓人。

姐说，可怜啊。

爸说，那可怜啥，都自找的。

三娜说，也只有家人才会觉得他是个病人。

爸说，那你可说错了！就家人恨他恨驹儿驹儿的。他坑谁了，不就坑家里这几个人了！

三娜说，众生皆苦啊。

爸说，你大舅苦啥，他家那钱跟大风刮来的似的。

三娜立即觉得无话可说。

姐说，应该让何二娜研究一下，赌博的人是不是脑子里缺什么东西，或者某种激素特别高，然后发明一种药。

三娜说，发明这个药应该得诺贝尔和平奖吧。

她好像忽然想明白，又好像很多次到达这个地方但是没有留意：人在与自己利益无关的情境下尽可扮佛扮上帝——众生皆苦啊，那感情是真实的——人性里有这东西，也廉价——简直没有成本。是利益把人钉在人的角色上，成不了佛。三娜不禁激动起来，刻意吸了一口气，带着"一定要诚实"的自我暗示，压住速度、几乎有点勉强、她一字一字想到：对一个伤害我的人，顶多我能做到既觉得他可恨，又谅解他的处境认为他也是自己命运的受害人。同时作为利益人和无利益的佛出现两种立场，前面是人的本分和动力之源，后面是智慧和公正心，这说法几乎完美，我根本不想成佛，显然至少此刻、成佛是不自然的。其实只要不懦弱。懦弱就不敢维护自己伪善委屈酿成怨恨，懦弱就会随时演戏扮佛随时要求观赏赞扬最后沦为自我感动——应该把这个想法记下来，也许再推演一下、就可以拿来指导人生。这多像一把钥匙啊——立即起疑心，随即忘掉了。

好像才坐下，饺子就吃完了。姐放下筷子，说，爸，不用你送我，张昊宇送就行了，啊。

爸低头耍赖似的，说，不的。

三娜拿过啤酒罐摇一摇是空的，爸说，老姑娘想喝酒啦，来，再开一瓶！

姐说，你喝了整整一瓶可乐！还喝啤酒！

三娜说，你咋那么烦人呢。

姐上楼去了。三娜拿过来半杯啤酒，比可乐更凉。Natalia说嚼冰是性饥渴。八点钟天还湛蓝的，她们走去路口的咖啡厅，不知道为什么没有人，Natalia要了一瓶啤酒。三娜在那淡淡的寂寞的哀愁中尖锐地想起刚才做了春梦，想到那最粗简的解释也许是真的——立即就掉头了。她说，张昊宇上哪吃饭？

爸说，计算机[1]，找岳金龙他们去了。

三娜说，那边还有食堂么。

爸说，有，还有三百多学生呢！

三娜想起闹事的家长，妈的承诺、演讲和眼泪。她说，饺子还有没有，给我姐带点儿吧，明天吃。

赵姐说，留了，还有成多呢，今天这饺子包的，我也没查，得有两百。煮了四锅！

妈说，三娜啊，帮你姐拿箱子。

姐说，不用！

三娜蹿出来，上半截楼梯接过箱子。姐又上去，背了大挎包出来。三娜说，带点南果梨吧，北京没有。

姐说，我还带点花皮儿豆角呢！

有一年坐火车回北京，对铺一个年轻女人，化着恰当的淡妆，涂深棕色脚趾甲，穿细根儿细带儿凉鞋，临下车从座位底下拽出一只纤维袋，她说，我就乐意吃这大花皮儿，你说北京咋就买不着呢。三娜坐出租车一路都急着要讲给姐。

妈，你回去啥吃的没有啊！一根葱都得现买。

姐说，饺子我带，南果梨就算了，这一道都揉腾[2]了。

1　指原来的计算机学校。

2　揉腾，水果经挤压变软腐坏。

妈看姐一眼，说，几点了，给张昊宇打电话！

爸从餐厅出来，一边上楼一边说，七点钟准时到这儿！

妈说，咋七点呢，六点四十么。

三娜说，妈我们每次都在火车站等一个小时。

赵姐拿着塑料袋出来，看这些够不够？

姐说，太多了！放不下！

妈说，咋还放不下几个饺子。听话大孩子，你到家你就知道了。你还寻思像在家呢，顿顿吃现成儿的。

姐说，哎呀是呀，一想到这一点就不想回去了。

三娜已经盼着姐走，因为不喜欢这十几分钟的等待。也许爸妈心情不一样，可是台词熟滑，顺嘴儿溜出来就像是走过场。她最近注意到自己经常稀里糊涂，等恍过神来才发现之前一段都是空壳子，没有真心实意，也没有虚情假意，就是精神匮乏，只够应付表面。精神不够充满时间，或者更早就开始了？也许是对意识清醒的要求太高。以前都是昏昏地活力四射？但是会不会这是一种更大的真相？大家都是昏昏的，介于真假之间？更多的时间中没有故事，没有光影。

小姥正从餐厅走出来。

三娜站起来，说，我去切点哈密瓜。

赵姐说，我去吧。

妈说，不说都忘了，这都几天了，横是都坏了。

姐说，我小姥好像累了，我赶紧走，她好睡觉。

妈说，今天干多少活儿呢，挑绿豆，包饺子，一早上上你大舅家去，洗窗帘儿倒没用她，没用她跟着不也张罗累挺么！。

姐像是刚刚想到，由衷地说，是老人了啊。

妈笑，真是笑话！都八十三，毛岁八十四了！

三娜猛然想到姥是会死的，像是站到悬崖边，立即扭头，悄悄吐舌头，谁也没看见。爸穿了外套从楼上下来，说，大孩子你穿那点儿可不行，没有外衣吗。

忽然就觉得外面秋夜冰冷。

三娜说，爸，吃哈密瓜。

姐说，有个风衣，在包里呢。

爸说，爸不吃，爸刷牙了。

妈说，张昊宇到了没有，打个电话。

爸说，在楼后呢，我都看着了。这还不到七点呢，你听着，七点他准来按门铃儿。

妈说，非等人来按铃儿干啥玩意呢！摆谱啊。走吧啊大孩子，别让我在这儿干着急。

三娜看着这稀松平常的场景和对话，看着时间一分一秒，不慌不忙。像是离得非常远，像是忽然摘掉了眼镜儿，像是忽然敞开了心胸，空白就看见空白，脏乱就看见脏乱，繁盛就看见繁盛。没有多久意识就赶来了，并且总结说，没有一致性，没有形式感，没有逻辑，没有因果——不要用意念去触碰它，让它不受力地流过——随即感到这是不可能的、不可持续。

关上门，小姥问三娜，你多咱走？

妈说，让你小姥回屋儿睡觉，给我这灯也关了吧我眯一会儿，这两天看书看得横是，这脑袋才疼呢。

她没哭。三娜猜想她是想要躺着平复情绪。忽然就觉得这种痛苦像蛋糕一样，适合一个人躲在角落里慢慢品尝。立即觉得恐怖，仿佛善恶是非的根基瞬间都要崩塌了。

家里忽然黑暗安静。也像是一块蛋糕，等着她享用。轻手轻脚上楼，妈忽然说，没啥事儿别上网了，看你姐打电话呢，忘带啥呢。

三娜心里惊了一下，说，嗯。我要写个东西。

妈喃喃说,从小最不乐意写作文儿了,咋学完建筑还想上写东西了呢,这人哪!

自从姐夸她写得好,拿给编辑也都说好,三娜好像就有点依赖这件事。写得轻松,不自觉就生出"他们不过如此"的想法——也真是贱啊,她几乎是高兴地想着。一千两百字,调整结构,删掉两段,八百三十六字刚刚好,重重敲回车。好像有编辑评判,就不再需要自省。更像是刻意不肯认真对待,心里认为自己不止于此。关机音乐哗的一声。人还在劈劈啪啪的节奏里,像奔跑一样,像凌弱一样——快乐。她合上电脑,想自己真是个压抑的危险分子,大概正是因为恐惧自己的暴力才如此努力地温柔吧!这句式好像日本人!她意识到脸上都是笑。站了一会儿,也许有十秒钟,像是等待意识归位。去卫生间,在镜子里瞥见,啊,这就是我!?对着瞳孔盯了一阵,发现只能看一个瞳孔,不能各看各的;再看脸上,并没有自以为的笑容,越发陌生,注意力即刻逃了。切断哲学宇宙之类联想——那点有限的知识和成见经常被拉上来做背景,已经娴熟到如此地步,有时候竟然误会这种感怀是由衷的、自发的。出了很多血,热烘烘有股铁腥气。知道是故意的——这一秒钟又故意想下去,想肉体,利益,其他人,把一切精神情感全换算进去的"绞肉机"。回到房间,关了灯站在黑暗中,听见马桶冲水的声音停止,上水的声音淅淅沥沥。三娜重新打开电脑,打开一个文档,噼噼啪啪敲起来——

我鄙视杂志文章是因为心里供奉着"文学",可是我不曾试图去了解"文学"。不相信文学史,正如不相信时髦。不想先有知识后有经验,怕失去真的生命。潜意识里认为既然是文学就得一切从自己的"心"出发!是的,"自己的"——"心"!这到底有什么可难为情的!但是何止难为情。"心"或者"文学",说出来,从自我的封闭中(内部各种激烈的相互作用中)迈步出来,成为我之外的世界可以看见了解的事,这个行为总是令我觉得可耻!但是又有不可遏制的强烈持久的冲动,要展现!我知道羞耻心一定会输的,单是想到这一点就非常羞耻。到底哪里可耻?!既然拿出来,就一定是对世界有所企图,不然自己玩内心戏不是蛮好!是只要有所企图就可耻吗?我难道不知道自己不过是仰仗他人才得以生存的生物吗?这种傲慢何时才能落到地上啊!怎么理智都没有用!又并非如此简单,以勤力去赚钱,例如写杂志文章,我又觉得很正当。拿真正的精神生活(灵魂?)去兑换社会认同,这事本身,就真的好像是出卖自己。文学是最深刻最彻底地将作者客体化——类似于女人的耻辱。作家或者女人,他们都是不断地挣扎出主体意识而又不断地忍不住要把这新鲜东西拿出来展示的人。这是要把人榨干的病啊。作为男人到底是什么滋味?我心里又何尝没有一个男人,在将男女对立的象征意义上,每一个人都是双性人,这是毫无疑问的。如果只做社会规则的玩家,如果只是出卖技能、即便偶尔出卖魅力也是在充分意识之下的表演,那样做人会是什么感觉?自尊心完全赢了!但是为什么想一想就预感到孤寒?等一下,这里是否在暗示,人与人之间的连接建立在弱点之上、建立在卑贱的状态里?这样的措辞可能太严酷了,但是亲密关系之所以松弛甜蜜是否正是因为不必再承担自己?承担自己,作意志与尊严的奴仆,是多么让人疲惫又是多么乏味啊!我这样设想,不禁想到自己从未实践过,谁知道呢,也许同样会上瘾,正如我的暴露癖——也许耻辱感对我来说是一种特殊的乐趣?!而真正的暴露又是不可能的。甚至真正的暴露是可贵的和赤诚的。正如测不准原理，一旦把精神生活从自己的头脑中拿出来，当作一件作品而不是在恰当的场景自然地流露出某些看法和体会，那么它就很难再洗脱表演性。写侦探小说或者商业电影剧本，正如写杂志文章，就是以技能交换名利，反倒谈不上表演。恶心的是，在"文学"的门类里，不论表演得轻重都冠以"真诚"的标签，有些人甚至演技非常之好！这太极端，否定了真诚的可能，或者说否定了人们彼此交流理解的可能。真正好的文学作品，读者总能感到作者的信任，他同时也自信，因为所写都是真的！等于面向上帝写作，不带辩护和掩饰。所以答案就是祈祷，向上帝暴露、敞开，正可以调和意志的孤独与撒娇的卑贱？蛮像那么回事！可是上帝！可是信念！到底要建立在哪一种具体之上？！最逼近的是相信所有以往真正伟大的作家，假设他们和真正能够体会的读者是一个隐秘的宗教。这几乎就是对人的信念，总有一些人——这是在统计学中寻找永恒？对统计学的信念！哦！我不是一下飞机就跟李石宣布唯有在统计学意义上可能存在正确这回事。怎么绕来绕去又回来了。我根本没有学过统计学，不如去找本书来看！（这冲动在刹那之间十分强烈，好像燃了一根火柴，随即熄灭了，沮丧地想到——）我的数学知识不够、而我学习数学的头脑和明净的心情已经一去不复返了。一个正在衰败的人困在狭隘逼仄的偏见里思考信念和永恒？！

　　三娜写到这里停下来，想着刚才好像有什么结实并且让人振奋的观点没能停留没能插上一面小红旗！是什么来着？她觉得头晕，想要重看一遍都觉得供血不足。应付自己想，如果真是可贵的想法总会再来的，反正最近都是重复、重复撞墙。可能确实失血过多。但是奇怪，不流血的时候，比这更加混乱淤塞。仰躺下去，隔着衣服都觉得床铺冰凉的。她好像看见激素的水银柱滑下来，她几乎冷静下来，几乎是惊恐地想到，即使绝对真诚，即使面对上帝或人类历史上一切真正伟大作家的心灵来写作，我到底有什么要写的！有什么可说的！爬起来继续写道：

　　我的文学动力是什么，非要表达不可的激情是什么？荷尔蒙、对荷尔蒙的压抑？像所有年轻人一样？！也许是，但是即使我对自己抱着最大的恶意，也很难承认我的全部痛苦和挫折都是荷尔蒙问题。我经常用肉体嘲弄精神，可是那大概终究是防卫而已。我大概是怀疑主义者，所以不可能是彻底的唯物主义者。我要表达的也不过就是委屈、不甘心。面对我只是一个普通的小小人儿的那种不甘心，拒绝接受的懦弱，撒泼耍赖的丑态，要用轻浮的耻辱感去洗刷——新一轮的懦弱。是的，不论是谁是什么情况都可以去问上帝为什么啊为什么让我是今天这样？可是这样呼喊又有何意义？不过是彻底地把自己定格为一个可怜的人！不过是更深一层的懦弱和放弃！是啊，除了暴露的耻辱，表演的耻辱，想到要把自己供奉的精神生活拿出来变成"作品"的时候，那种恐惧和羞耻感更多地来自于此！——我的精神生活本身是漏洞百出的！它最根本的养料就是懦弱！我也确实想到、感觉到真实、沉甸甸的东西，大自然，童年，存在的孤独与神秘，生命力的绝对纯粹和无尽幻化，温柔的感情，卑琐的动机，超越的渴望，沉沦的诱惑——有时候简直洞若观火，远离动机、不涉逃避。这是真的。可是这些时刻以外，甚至我之所以会到达这些时刻，是因为我一直在逃避。逃避成为一个可以也必将被评价、有输赢的人。怕输，更怕赢在一个平凡的维度上，怕平凡。是啊，我的虚荣心战胜了我的自尊心！！恶狠狠承认这一点，仍然没有感觉到力量！我需要的不是文学，是拔出泥潭的力量！我得进入我又鄙视又向往的"庸俗的"生活，否则就无法相信自己！走进自己的视野，即使不再有力气观察，最好不再有力气观察！放出去，别害怕！无论如何不会比现在更糟。相信灵魂，就不用担心"庸俗"的生活会把它淹没、污染！以肉身去体验过所谓人生——也未必就能从容地谈论文学。十有八九生命本身并不包含答案，一直到死也只能刚烈地承认我们，我和你，不过是一个可怜的偶然。但是必须去生活，领取角色，陷入爱恨，必须去渺小，才能结实。离开吧，即便自我监禁之地永远是故乡，即便在这牢房中以幻想的光速占领过宇宙。

　　她激动起来，看见自己穿过隧道心满意足——立即觉得可疑。并且意识到自己终究还是为了写游记而去旅行，连出发前的宣言都是在自我感动的光照之下。弄不清真假，就是假。她预感到熟悉的程序又要运行，就像一连串喷嚏要发动。沮丧像一场雨在全身落下，她在疲倦中平静下来，不知不觉站在窗口。

　　夜像停息的大海。入秋以后人们早早回家。三娜知道只要稍微启动，那些冷窗后橘色的灯光就可以让她流泪。自然和做作之间的界限已经模糊。胸中也有停息的大海。要怎么才能证明，令生命汹涌的不止是繁殖的本能。生命比这大，有剩余，剩余都比这大，在剩余面前，动物性不值一提——我想要放弃抵抗，让自我感动这事本身自在起来。这一刻不肯停留。像他们说的高潮。

下楼去，只门厅亮着灯，赵姐从小床上坐起来，询问地看她，她指指门口，拉上外套拉锁儿。妈说，干啥呀你呀。

三娜跟赵姐都笑了，你没睡着啊。

妈说，可不要睡着了咋的，不寻思何海岳还没回来呢，就像睡不实似的。这是几点了啊。

三娜说，快八点半了，我爸估计快回来了。我想出去溜达溜达。

妈说，这午更半夜的，上哪溜达去。

三娜说，一会儿就回来。

妈说，冷啊，多穿哪！

高中下晚自习，七点半路上就没有人了。骑自行车冷风打得胸口疼，落叶真的翻飞，扑到衣襟上，跌到车筐里。怕吃风，闭紧嘴，对准落叶一片一片碾过去。对诗意没有意识，可是深深记得。偶尔也自我感动，欣喜地以为是高级的境界。自然自在的那个生命，还很健壮。有一回是初冬了，车链子铰断，离家还很远，修车摊儿早收了。以前看过师傅修，到路灯底下尝试，没有工具，用头上的发针，竟然也成功了。前后冰冷空无，贴着内衣出了一层热汗，快乐自给自足，还有盈余。那个人真的是我吗。

小区最南有户人家在窗下辟了菜园，种了许多花充作栅栏，夏天开得特别旺盛，妈散步去拜访，托起花朵来看，不舍得离开。大老丫花籽儿就是跟这个老曹婆子要的。很胖，穿一身花纱衣裤，大姐说，一看就是做饭很好吃的样子。大姐跟李石在一起之后，过分地认识到女人的这种美德。"热爱生活"？她有一次跟三娜形容常坦的老婆卫云翠，你知道吧，就是花盆里扣着几个鸡蛋壳儿。三娜喜欢这形容精妙，又隐隐忧虑，好像姐（因为爱？）要扮演一个自己不是的人。可是她扮演起来很高兴，焕发出以前没有的活泼。可能每个人身上住了几百种角色，最好的人生剧本，就是让他们都有机会走上舞台。人们以为自己所是的人，可能只是比较强势、熟悉和依赖的主角；"我"是抽象，在角色之外，也就没有扮演"我"所不是的人这回事——能这样想么，自由开放到虚无的边缘。路灯远远披下来，大老丫花一朵一朵暗成殷红色，像是痛之花，村俗的热闹都给黑暗洗掉了。三娜也伸手出去，用手指夹住，把花托起来，转一个方向对着路灯照。更觉得是孑然独立。不知怎样才好，只能又放下。在房间里要出来，到秋夜里去。出来也还是热乎乎一个自己，热得简直脏。秋夜也像是没有人际的雪野，不能到达。可能比如永恒，就是甩掉了自我？这种似是而非的想法，极有可能比没有想法还要愚蠢。车灯呼啸着照过来，三娜站到马路牙子上，像个罪犯一样背过身，等它开过去。爸都是要等到火车开了才离开月台，他非要坚持，她们拒绝不了，也不能深究，怕碰见自己的残酷自私。早晚月台也成为悲伤温暖的事，隐隐的恨意被淹没，不值一提。走到小区门外的下坡，真像下到河边，人民大街黄澄澄的，车流不息，可是好像完全寂静。三娜觉得一个人就好像一个灯泡，光亮照得再远，自己也逃不出一个玻璃壳子。她转身往回走。到家门口，想在台阶上坐一会儿，又怕爸以为她在等他。进屋妈说，你自己啊？

三娜说，嗯。

赵姐说，这不回来了。

三娜去开门。爸笑呵呵的，按喇叭没听着啊？

三娜说，啊？没有啊。

爸说，还没进院儿呢，张昊宇就看着你了，说是不我老姑！

妈说，咋这前儿。

爸说，那可不得这前儿，车开姆们就回来了。

妈说，开灯干啥呀，这晃挺，我都要睡着了，困不行了。

爸开了楼梯灯，三娜跟着上去，把楼梯灯关了。

妈在楼下喊了一声，三娜啊，上我那屋睡去，北屋冷！

三娜去拉上妈房间窗帘儿，把箱子也拖过去。走到书房，开了灯，看见爸坐在阳台大皮转椅上，烟已经点着，转过来说，干啥，老姑娘。

三娜站在书架跟前，假装挑书，说，不干啥。

不能专心，那寂静好像很长，半天爸说，真羡慕你们哪。

三娜走过去，倚到桌边，说，爸你年轻时候的理想是啥？

爸想了一想，说，中学时候想打仗，想当将军。谁知道了，可能男孩子那个年纪都喜欢打仗吧。再有那个年代，打胜仗当英雄呗。

三娜有点刻意，说，所以看了那么多遍《三国演义》吗？

爸严肃地说，那可不是，到大退的时候爸已经万念俱灰。从大学三年级开始，爸就没有理想了，不仅没有理想，而且可以说看透了这个社会。谁知道了，要按你妈说法，爸就是个非常脆弱的人。但也可以说是非常敏锐，能看透一些事情，不像你妈，一直那些年都认为自己不幸的根源是你大姥儿戴帽儿，那能对么？

说到最后一句，爸严肃的神情外面，又蒙上一层笑嘻嘻，望着三娜，她躲开了，说，我妈跟我大姨有张照片上写着"忠于党"，你看过没有。

爸笑说，你妈追求上进，想当干部，一直当班长当的！爸这点就跟你妈不一样，爸就瞧不上当官儿的！

三娜说，我看我妈不也净跟领导干仗了。

爸就乐，三娜心里也乐，觉得妈很逗。

三娜说，我妈不是讨厌领导，她是讨厌别人领导她，最好她领导别人啊。

爸更乐了，说，我老姑娘总结得精辟！你明天跟你妈说去！

爸又说，但是奚玉珠还真不是个好领导，干不了大事。你看现在事业铺得这么大，没有你老爸在后头给她撑着，她一个人行？

三娜心里硌了一下。

爸说，你妈妈有两个毛病，都是当领导的大忌。一个呢，主意来得也快，变得也快。一会儿这么的，一会儿那么的。下头的人不知道咋办好。再一个呢，你妈不会看人，你看平时笑话这个笑话那个，其实呢根本看不到人的本质。耳朵根子软，轻信，谁往她跟前儿去她就听谁的。那往老板跟前儿凑合，溜须拍马的，那能是啥好人！你妈就想不明白，像老佟，孙晶华，全校没一个人说她们好话，就你妈待见她们！

三娜心里像是隔着一道玻璃，打不开，听不见，只以为是爸对妈的偏见；又生气怎么落到这么具体的人身上，为爸不值。

爸又说，但是呢，你妈妈确实非常勇敢。爸爸不行，爸爸想得多，顾虑就多。

三娜为这句话高兴起来，继续活泼的采访风格，说，爸你是被女朋友揭发了么？

爸笑嘻嘻的，不能算吧。其实爸跟她俩没好过，就她想跟我好，没事儿总找我。她家条件好，她爸是医生，两个哥哥都上班儿挣钱了，她有辆自行车，总骑车子回家，那前儿有辆车子了得了！找我看电影，都是她买电影票。看过几回电影，骑她车子带她，咋也没咋的，我觉得不合适，家庭差距太大。后来不就"文革"了么，哪个系都得揪典型儿，老爸成分不好，说话还冲。就这么的，调查到她了，让她交代我的情况，那能不交代么，要求进步，可以理解。

爸又点着一根烟，说，上大学头两年，爸可以说是全力以赴，真想做出一番事业来！大二学实变函数全班就爸一个人及格！打七十八分！我从大遛回来，我那同学的吕建华，就吕强他爸，不是贫下中农么，留校当老师了，就给通风报信，跟江泽坚，原来是你们清华的教授，院系调整过来的，当时教我们实变函数，吕建华就跟他说何海岳回来了。江泽坚记着我呢！让他跟我捎话儿，来考试，只要不交白卷儿我就收他！那时候研究生多难考啊。该咋的是咋的，你妈支持我去念，跟我说好几回。我没去。咋的呢，一是想挣钱，那时候真想挣钱，研究生那点儿伙食费，能养活家么，仨孩子；另一个吧，得说爸没有锐气了，在大遢十年给消磨了，脑袋也不行了，要当个大学老师绰绰有余，但是要想在数学上有所成就，不赶趟儿了！

爸说着笑，完全是笑。也是过去了太久了。

三娜说，是啊，要学别的还行，数学跟体育似的，就得在大脑机能最好的时候才行。这么一说我都怪上火的，觉得自己的脑袋开始走下坡路了。

爸笑说，你做建筑，越老越值钱！

三娜心里地震了一样，不敢去看，她说，我不想做建筑。

爸看着她没说话。家里人都知道她大学过得不痛快，成绩中不溜秋，都不问。这种时候，他们的自尊心是绑在一起的。

爸说，那爸爸问你，你跟你姐去做这个调查，做完以后呢？

三娜说，不知道，也许去读个博士，人类学什么的。

爸说，人类学是学什么的？

三娜说，好像就把人当猴子研究，最早是民族学，好像就是他们欧洲人发现一些太平洋土著什么的。我也是瞎说的，没有想好，也许就在家写小说呢。

心虚得想要逃走，完全是吹牛，胡扯，根本也不知道人类学是什么。

爸严肃地说，爸年轻时候也想当作家。

三娜赶紧说，你不是想当将军么。

爸说，那时候太苦闷，天天让写材料，你写完还让你写，我就拖着不写，到文科图书馆去看书。别的也看不着，就苏俄作家多，叫爸读了个遍！沉浸到书中的世界，把那些烦恼啊都忘了。有时候傍晚上，要上食堂吃晚饭了，饿了呀，再看书也知道饿啊！从图书馆出来，觉得恍恍惚惚的，眼前这些你斗我啊我斗你啊这个那个都是假的，书里那个世界才是真的，吃完饭儿赶紧就回去了。谁知道了，这就叫逃避吧。现在想想那种感觉，真好。

爸穿一件羊毛开衫，灰色边子，里头是斜打的灰黑格子；套一件深蓝色衬衫，本色竖条子暗纹。都半旧的，也不是十分干净，让妈说一定是有不少嘎巴。但是爸体魄宏伟，撑得满满的，有一种俄罗斯式的体面，让人要动感情，可是不能发表，立刻会混入表演，令自己厌恶。

三娜说，爸那你最喜欢的作家是谁啊？

爸脱口而出，莱蒙托夫！

三娜说，没看过。是诗人么。

爸说，莱蒙托夫是天才！二十七岁就死了。你将来要写小说，《当代英雄》得是必读书。

这对话意外、难得，里面有真的东西，小石块静静落下去，剩下照旧是不自在，要抗拒。三娜悬浮着，随时要荡出去，又像是以表演来掩饰真实，——那俄罗斯文学对你的世界观有影响么？

爸说，那当然了！

沉默了也许十秒。烟灰很长一截，掉在爸腿上。

三娜说，爸你为啥跟我妈结婚？

爸又笑了，说，爸听你奶话！你奶说了，不让找贫下中农，笨妻毁三代！

三娜说，贫下中农都笨啊，这不是孙树发的观点么？

爸站起来往门口走，说，孙树发自己也不咋地，像个老娘们儿似的跟你奶俩讲究这个讲究那个。行了不唠了，早点睡吧老姑娘。

三娜说，我找本书看看。

爸开门出去，楼下妈喊，干啥玩意啊，踏踏踏还让不让人睡觉了！

爸会不会晚上梦见草原上那些大马？这念头一闪而过。爸是牧马人，有一回翻电视，路过马群奔跑，看了片刻。爸说，这马不咋地！三娜说，大退的比这好么？爸说，那当然了，爸放的是军马的种马。三娜心里翻腾了一下，不敢接着问。倒不如是普通的放马，在想象中模糊带过去。

《罪与罚》翻了两页，一句都没有读进。平静而亢奋，充满意识，而且其实没有感情。仿佛每个细胞都静静亮着灯。焦躁的时候它们忽明忽灭，蹿动像雨前的蚂蚁。"每个细胞"这种词真是没羞没臊。自我观察到了自我玩弄的地步，再也读不出什么——该带着功夫下山了呀少侠。在想象中浮表上咯咯乐了两声，起来去关灯。不舍得睡，就想全心全意——感受存在，感受自我的纯粹和不可磨灭。好像在黑暗中就不会难为情。她已经连续三个晚上这样做，有点刻意，像约会一样。——像祈祷。可是就像是有点熟练了，注意力集中不起来，思维再次游荡，想自己是不真的要信教了呢？知道不可能。因为根深蒂固地不相信那些作为社会组织的宗教，也因为不肯变成一个俗套，迷惘和困惑，然后就信教？精神危机，然后就信教？读到这种故事都嫌俗气。三娜明白地意识到这虚荣的心情，不讲道理，却是压倒性的。她想这是因为年轻吧，无法克服，就接受吧。然后她为这诚实里的勇敢鼓了掌。又高兴地想，像前两天那样纯粹意识的燃烧带来的高峰体验，也并没有什么不妥吧，那里面没有懦弱。倒是"怀疑自己懦弱"已经成为偷懒的惯性。都是修辞的误导，跟上帝没有关系。不信教的人也需要上帝这个词，用来指代语言无法映照的那个存在。所以那是确凿的存在、还是人体感知的一个 bug？三娜感觉到自己的边界，清醒地停下来，想看看清楚，想确认这边界，这边界之内就是自己，这边界之外就是上帝、这边界就是上帝。立即被这个概念本身占有，心慌慌地开始怀疑这形式诱人的答案。我可能渴望又害怕答案吧——一个声音在远处小声说。在这种时刻，如果屏住呼吸，如果留住这渴望和恐惧，如果站得远一点，是不是这目光本身也会停住、会不会在这一切静止中产生新的念头、会不会就在一念之间可以作出抉择、是否天平就此一发不可收拾地倾斜下去、为什么仍然在旁观、在描述、明明刚刚在描述中、在描述所创造的情景中感觉到了力量……不知道又漫游了多久，絮絮的几乎没有波澜了，差不多要睡着了——三娜醒过来，翻个身，拉起被子，把头埋在被角的阴影中更黑暗的地方，闻到大姐头发上的气味。她想到火车上咕隆咕隆车轮滚动的声音，想到那声音贯穿的半梦半醒的睡眠，想到这睡眠穿行其中又融入其中的无边的黑夜；她看见二姐那里亮晃晃，光是光，影是影，楼房和街道一件是一件，二姐穿一条砖红色紧身直筒裤，在天空底下小小的。不知道为什么，好像非常幸福，又好像非常悲伤。三娜轻轻感到这里面的做作，没有深究，不知道什么时候睡着的。

第七章

南湖

[1983-1996]

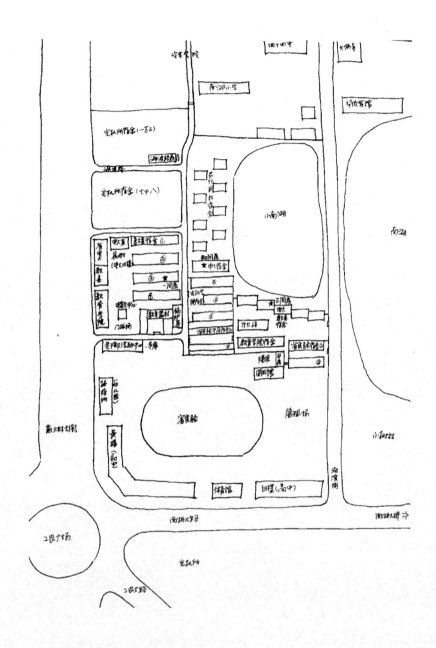

1

七九年春天爸回长春，在农大当讲师；八零年夏天，妈带姐过来，大姐秋天就要上小学。老叔早年去延边插队，娶了本地媳妇，生了女儿；老姑结婚跟公婆住。桂林路两间房，二大爷一家住南屋，爸妈回来，跟奶在北屋。大姑老姑来了都说，给老妈挤没地方了！奶说，我乐意！妈说，你奶是真高兴，要搁我我也高兴，自己孩子回来了那是多大事儿，住狗窝能咋的！而且你奶稀罕你爸，你看你奶瞅你爸，跟瞅你大爷你二大爷就不一样，有期待呗。

怕奶跟我们吃不好，大姑要求分开起火。拿来一瓶豆油，放灶台也不是，放北屋也不是，屋里屋外琢磨地方。奶说，大华你就搁那儿吧，这屋没有小偷儿。伟男带媳妇来了，说，六舅妈，你知道我是哪个鸣哪个今？妈说，不就是小鸡儿打鸣的鸣，今天的么？蒋鸣今说，哎呀，六舅妈有点儿文化呀！大姑老姑背后管妈叫土老帽儿，穿得不好，而且啥也没见过，过马路都紧张，小气不敢花钱。二娘周末买肉，剁馅儿包饺子，给奶拿一盘儿，不几个也是那么个意思，妈没啥拿的，只有临走大姨给的一大桶煤油，分奶一小桶，那时候都还没有煤气罐儿。

八一年爸调电大，分到一间房。拿钥匙那天，妈领着二姐从桂林路走到湖东街。妈说，我记着真亮儿的，正是开春儿头一个暖和天，路边儿那冰都开化了，淌可地黑水，我也不觉着埋汰了，春风一吹，心里这个敞亮！

三居室没有厅，三家合住，大小十四口。北边老王家一儿一女，女儿上班儿了，儿子读艺术学院，周末才回。他们家女主人，当时觉得是个老太太，头发灰白，非常瘦，好像一直病着，有一回房门没关，看见她倚在双层床下铺，被子拉到胸口。妈说她有肺病，还有灰指甲，都传染。三家共用的卫生间就在门口，骚臭浓郁，妈说得很可怕，我连门都不敢碰。都是在大煤堆后面拉屎尿尿，冬天晚上，出门就像走进银河，妈穿厚外套，站在跟前两步远，工地高塔上的灯光，照在她脸上金芒芒的。她总是在想自己的事。屁股冰凉，尿滚热的，腾起新鲜的咸味，觉得好闻，偷偷深吸两口。

隔壁老戴家两姐一弟，连戴效松也读中学了，长了胡子，头发很多，深色粗框眼镜，看着非常脏。偶尔妈包饺子，小松子妈看一眼，就包这些啊？妈说，六十，正好一顿。小松子妈笑，还是姑娘省事，我都不敢包饺子，这都不够小松子一个人儿的！另一个周末，妈从厨房回来，关住门，笑嘻嘻说，老戴家又吃肉，炖肘子！咋那么馋呢。极尽鄙夷不屑。我们家不仅不吃肉，菜都很少，五口人围坐圆桌，一人捧一碗米饭，中间一盘炒土豆丝，零星几丝翠绿葱花儿，妈总嫌爸油放多了，吃出盘子底儿，说，你看这油，黄亮亮的，爸就把饭泡上去。没听爸抱怨过，好像物质方面怎样都行。二姐说，你记不记得，小时候中午放学，爸都干啥呢。我说，记得啊，在床上摆扑克，栽歪个身子。我总觉得他肩膀酸疼。二姐说，那是后来的事，住一间房的时候，我每天中午回来就去拔高压锅阀儿，爸爸倚在被垛上看一本《诗刊》。

到搬家都还有不少旧《诗刊》，封二上总有一副版画，不管画的是什么，都有点神秘恐怖。订了有十年吧，一直到后来，没有书报费这回事了。爸有时说，整个电大就他和陈民照两个人订《诗刊》。陈民照吉大中文系毕业，公认是才子。还有一回爸说，去收发室正赶上人问，这是谁订的《诗刊》，现在还有人读诗呢？我听着难为情，但是也深以为傲。

八三年秋天，爸去成都出差，小姥带我来长春。临要回去，我大哭不肯，就留下来了，本来也要上学了。印象中第一次见到爸，不亲。他才四十一岁，头发白了大半，梳个大歪分，少的那一边总是毛楂楂，理不顺。爸分开手指，把额前的头发送上去，顺势仰头，有种对世界的蔑视。他不时就有凌空腾起的骄傲，可是人生那么长。成都出差的照片拿回来，青城山竹林里，爸穿中山装，昂然站着，有军人式的英气。

二姐说，我扁桃体发炎在儿童医院住院，爸给我买了两个小礼物，为了安慰我打针。一个是印米老鼠的小牌子，别胸前的；还有一个蓝手绢儿，上面有个小孩儿钓鱼。又说，其实我一直希望爸买一块手绢，你不记得么，爸爸在电视上讲课，满脑袋是汗，掏出一团小黑球来擦，本来是灰的深蓝格子手绢，你不记得。我放学没地方去，就去电大看电视。一开电视就看见爸在里头，穿个灰西装，灰西装你记不记得，毛料的，软塌塌，好像洗完也没熨，咱家根本也没有熨斗。出老多汗了，脑门锃亮，镁光灯照的。

爸讲高等数学。晚上出去上课，妈算着该回来了，煮两个鸡蛋，剥好了放碗里。我总等不到爸回来就睡着了。有一晚电闪雷鸣，开门进来一股冰凉的雨腥。我迷迷糊糊翻身瞥见，爸小心地脱胶皮雨衣，显得屋子格外小。那时候能赚外快是特别让人羡慕的事。我们回忆小时候困窘，没有新衣服，没有雨伞，爸在一旁高兴地说，那可得问你妈，你问问她咱家那时候缺钱么？老爸那时候给直属班市电大讲课，一个人比两个人挣得都多！

礼拜天中午奶来了，赶上谁给了一条胖头鱼，妈端鱼头放奶那边，说，老妈不是爱吃鱼头么！奶说，对了，我就爱吃这鱼头，你们不懂，比那鱼肚子有滋味儿。爸一上桌就火儿了。奶后来劝和，说，海岳你糊涂啊，玉珠留着那鱼肚子是她自己吃么，你看她动筷儿了没有，那不都摘给孩子了！贫穷就难免滑稽，适合写成笑中带泪的荒诞小说，可是怎么能这样、轻取生活的诚意。

妈说，该咋的是咋的，是我心里有气，要不不能，再咋的也不能，忒说不过去了，我那是故意气气她。那不是你姥走了，没人看你，还没开口呢你奶先就说，我可不带孩子，生怕我找上她说。跟前儿就省实验幼儿园，不给插班，找的郭悦她爸，好容易算收了，又要体检，那时候都慢，验血得等俩礼拜，这俩礼拜就麻爪儿¹了，还得跟你奶说，你奶说啥不干，俩礼拜都不干，你说气不气人。没招儿了，就把你锁屋里锁着，你不记着了么，我下班回来进不去屋，咋敲咋喊都没动静儿，这架势给我吓的，寻思这孩子咋的了呢，得回是一楼，跑前头趴窗户一看，你坐小桌子上睡着了，脑袋靠窗玻璃上，那就是一直往窗外巴望呢呗，看得我心可难受了，孩子多憋屈，还害怕。我就可记仇了，都赖你奶呗。

那天晚饭，妈跟爸和姐说这事，说得很急，又大声。我就有点满意，喜欢那个气氛，一点没觉得自己可怜。早上爸最后出门儿，我下地把门插上，爸推一下推不动，说，老姑娘爸把门锁上了啊，谁敲门也不行吱声啊——咔嗒一声，脚步声，外面关门声，寂静沉下来。我好像总是坐在小桌上，穿一件深蓝色紫格子棉袄。小姥临走做好的，姐的旧袄罩做的面子，里儿上有几块补丁，肉粉色向日葵纽扣只有四颗，最底下用一颗普通四眼黑扣。有一天从早阴到晚，雨雾蒙蒙，来了收破烂的，打着镲儿，一声声走近，又走远，始终没看见。那声音也不再刺芒芒，余音收进去，像玻璃罩住一盏冷灯。

1　麻爪儿，不知道如何是好，没有办法。

郭悦家跟我们家隔一栋楼，她爸是省实验特级语文教师，她妹考上了北大，后来她弟也考上了北大！真是不可想象的事。爸倚着大柜，说，你们仨，能有一个考上吉大就行！这话被妈抓住，十几年后拿出来说，咋样，没一个希得[1]念你那吉大吧！爸就特别乐，说，上北大上清华，那是谁姑娘，那不是我何海岳的姑娘么！郭悦念电大，高数总不过，谁介绍的，找爸给辅导，就常来。

郭悦是客车厂工人，轮休带我去儿童公园，工作日到处空旷，像出远门儿。公园门口只有一个摆摊儿的，阴天里鲜艳遥远，我牵着郭悦的手，觉得马路怎么那么宽。她给我买了一个粉色塑料小包，印着举臂斜飞的阿童木，我不认识，只觉得太高级了，不像自己的。妈说，这可出血本儿了！正好上幼儿园背。爸从单位领了一本蓝塑料皮儿工作日记，妈给我削了半截铅笔。大白茶缸子放不进去，另拎着。深冬大早，天全黑的，我拽着姐，呵着白气，一路小跑跟着妈，穿过大操场，敲开铁链子锁住的楼门，进收发室等。

他们都有小搪瓷饭盆儿，另有喝水杯子，有的还带水果。我也没觉得很刺痛，好像甘于自己是农村来的。班上有两个红人儿，一个于爽，她爸是省实验教导主任；一个张杭，最漂亮，也知道自己漂亮。早上检查作业，张杭拿我的小蓝本儿抄，抄完转身走了。有一天回家，我跟妈说，又吃菠菜汤，因为毛毛喜欢吃菠菜汤，毛毛她妈是食堂的。妈就乐了，吃饭讲出来都笑，说我，"更有心眼儿啊"，我也踏实地得意了一阵。

从幼儿园回来，把搪瓷茶缸子放进碗柜，关上门儿，等姐回来献宝。中午发的粉条儿馅儿大蒸饺，我觉得难吃，姐喜欢，我怀疑她们是假装大人口味。喜欢听爸妈姐一起说我傻，跟别人讲起也行。有一天奶

1　没一个希得，都不屑于。

奶来了，说起这事，她说，粉条馅儿蒸饺！那还不好吃的了！我就很想拿给她吃，盼着幼儿园再发，也知道未必赶上她来，就盼着凑巧，预想着就紧张激动起来。奶奶是个陌生人，也要争取。再没发过蒸饺。

在大通铺上睡午觉，只有我是一床小薄被，稍微一抻就盖不住脚。下大雪，二姐来了，把她的蓝趱绒棉袄脱下来，给我盖上。我睡得迷迷糊糊，也没想她就穿一件毛衣跑回家。当姐姐到底是什么心情。蓝棉袄是妈旧外套改的。大姨带妈去北京串联，她念中专攒了十六块钱，粮票布票，密密实实缝在小背心儿里，在王府井百货厕所抠出来，花十一块钱买了这件衣裳给妈，剩下钱自己扯一块蓝趱绒，色儿差不多，拿回去让大舅妈比着妈那件裁了，剩一块正够给小哥做裤子。妈和大姨好像都觉得理所当然。那棉袄后来改成小褂子，也不见旧，还是熟暖的艳蓝色。妈漫长灰暗的十几年，过去了就像没有了。

妈从大遆带来两只母鸡，一只白的，一只花的，天天下蛋，顶多隔一天准下蛋。在桂林路养在外走廊，妈说奶总惦记着杀了吃，她一直不撒口儿[1]。夏天妈回大遆看我和姥儿，果然回来白母鸡给杀了。妈非常伤心，因为是从大遆带来的，有感情。刚到长春那两年特别想家。有一次在路上看见一辆大卡车，车门上写着乾安县林业局，跟在后面跑，直到看不着影儿。这种话听起来十分平常，好像在地图上看见一面湖水，不觉得什么。搬到一间房妈把大花鸡带来，门口放个纸箱子，顶上扎几个洞透气儿，天天喂米喂水，打扫鸡粪。爸跟妈吵架，给妈写信，说，你对我还不如对你家大花鸡。妈后来讲起这个典故非常欢乐，似乎当时就觉得幼稚滑稽，也许因此就消了气。爸嘴笨，现场说不上来，一向是写控诉信，妈说有时候写很厚一大沓子，写得相当好！你看你爸正经让他写一个他又不写了，就整这套胡扯六拉的行。

1　不撒口儿，不同意。

大姥去怀德路过长春，拿来一丝袋粘豆包，从怀德回来又留下一袋地瓜。第二天上午就回乾安，家里四口人十平米实在也没法留，妈为每月八块钱全勤奖金也没有陪他，心里非常难受。爸住电大收发室，妈让早点回来帮忙包饺子——好歹让我爹吃顿饺子再回去。眼瞅着再不上班就迟到了，爸才回来，大吵一架，爸把妈包好的饺子都周[1]地上了。爸不会讲故事，这都是妈的版本，当然她不会吃亏，凶起来谁都不是对手。可是我也真觉得她可怜，孤独，思乡，而且让娘家人看见自己过得艰难——大姥又最疼爱珍惜妈妈。爸没有这样体谅的心思，其实也很平常——夫妻吵架就很平常。可是他们都很烈性，据说爸彻夜不归，妈到处找不到，急得心慌冒汗，大闹了两个礼拜，算是恢复和平，可是妈心慌不止。查出来甲亢。我在大遐没有听说，来了她就是非常瘦，而且爸和姐都有点让着她——本来就性急，这下更不得了了。怕热，完全没地方放，还是买了一台电扇，蓝漆钢条罩子中心有一个白色塑料盒盖，盖上画着两朵菊花，听说是让放香粉的，非常震惊。

妈有一件黑蓝底儿白竹叶儿的人造绸旗袍，在照片里举手牵树枝，腰细得在旗袍里面像是空的，仍然不太女性化。她从来使不出丁点儿媚态，最自然迷人的时候总是像小孩儿——也许是深重的难为情，幻想和遗憾挤在角落，越久越萎缩？还有件韭菜绿衬衫，银色菱花扣儿，大尖领上银线绣的蓝眼睛小蜻蜓；浅驼色毛衣，起先胸前是菱形格儿麻花劲儿搭配小疙瘩，后来拆了，全身正反针拼的小方格子，我见了世面，心里反复比较，还是更喜欢原来的，大眼睛双眼皮儿的美。女人的衣服多么让人神往！

我也有一件针织衫，腈纶的，但是也都叫毛衣，奶黄色，棕色绒线在胸前缝出一道花边。有一回家里来人，我们都给撵到床上，姐要拿

1　周，掀。

一团绿毛线缝到我毛衣上，我忽然大声唱起来，黄色儿配绿色儿，确实好看哪，可是我的毛衣是制造的！当然没调子，就是憋不住的变形的得意。一屋子人大笑，我立刻明白过来，又没地方藏，只想哭喊，又知道那样更丢脸了，憋着，委屈极了。头几年大姐说，大学以前的每件衣服都记得清清楚楚。实在是少。后来还是会忘，打开相册一个一个情境猛醒过来，像麻木的身体给人捏了穴位。毫无意义的碎屑，不知道为什么让人觉得非常宝贵。

2

八四年初夏，有一天妈带我去煤气公司玩儿。忽然是怎么了，发现自己站在厂区里，许多鸣笛的汽车，慌跑的人。好像是雷明带我回家的。晚上妈才回来，头上缠着纱布，过两天报纸上说死了三个人。二等工伤可以休三个月，我就不去幼儿园了。妈借了两本织毛衣的书，很有野心，把她跟爸的毛衣都拆了重织，又买了水红腈纶线，给大姐也织一件。拆下来的旧毛线打成逛子[1]，洗好晒干再缠成团。我举着两只胳膊，套上线左右摆动，找到节奏就缠得非常快。我觉得很快乐。

毛衣书有几张彩页，我经常翻看，十分神往。有一天拿了一小团二娘给的棉纺线，两根大长钉子，假装出去玩，走到大煤堆后面，大概织了很久，线没有了，织出一个白长条子，又不会锁边儿，手指头通红通红疼得厉害。抬起头来，空气异常明亮，心中混沌无形，不知刚才去了哪里，在想什么。

偶尔头脑里忽然亮起一大块水晶，陌生、惊奇、狂喜、恐惧，不

1　逛子，大圈儿。

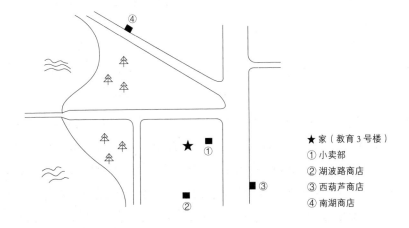

★ 家（教育3号楼）
① 小卖部
② 湖波路商店
③ 西葫芦商店
④ 南湖商店

敢看、还是看着、看着它在忧虑中熄灭，怅然若失。从未讲给任何人，知道谁也不会信。也许是意识快要醒来了？那一层隔膜，即将被撑破。

妈在门口碰见人说西葫芦正减价都排队买呢。妈说你奶蒸的西葫芦馅儿饺子可好吃了，我也试试，正好家里有虾皮儿。不是平常去的菜市场，在斯大林大街对面，临街一段高高的虎皮墙，沿墙窄窄一列红砖台阶，上去有小小一家国营菜店。售货员穿白大褂，戴白帽子，在柜台后面拨弄白色搪瓷托盘天平秤，我盯着看，觉得城里真是处处不同。

天色阴阴的，妈说要下雨，我慌起来，台阶陡峭，只能扶着铁管栏杆小心地走下去。似乎是余光，似乎是在心里，看见下面大路如河，汽车奔流。我第一次觉得自己身在远方。

领了任务去打大酱，楼头小卖店没有；去湖波路商店，也没有；鼓起勇气过大马路，爬台阶，到买过西葫芦的商店，竟然也没有。后来好多次进入这种情境，为一件极小的事激起顽强的斗志。几乎是带着必胜的心，过马路，路过家门口，走到湖边，穿过小树林，再过马路，再穿小树林，再过马路，找到只去过一次的南湖商店，在一楼深黑的里边，买到一罐头盒大酱。

家没人，在门洞口的阴影里等，妈远远看见我，上哪去了！奔过来。妈说，这下给我急的，咋还不回来呢，咋还不回来呢！急得啥不好的事儿都想到了。妈说，这孩子能不能耐你说！自个儿能找着！又赶紧说，再不行么的啊，要走丢了呢，让坏人拐了呢？我想起小树林里真的没有一个人，自己走得很快，心里紧攥着；树绿得起了烟，笼了柔纱，像走不出去的迷境。回想起来并不害怕，倒像是从此有一个秘密。

差半年不够七岁，妈给最东边门洞二楼的钟老师送了两盒罐头两瓶酒，我才念上南湖小学。钟老师可能有五十岁，微胖的长方脸儿，细眼睛，脾气很好的样子，跟大舅妈一样抽卷烟，哈拉嗓子说话又低又慢。我总记得妈送过礼，希望看出点优待，似乎也没有。

中午放学，钟老师带五六个学生一起走，说说笑笑，你推我搡，空气都清脆的。我跑到前头，掉回身来倒着走，看着大伙儿，老师说，快好好走，看碰着车，我越发得意了，干脆倒着跑起来，咚咚咚，节奏快起来控制不了，像飞——快看我！快看我！果然踩到一块小石头，咣一声后脑勺砸地；蓝天晃晃，直往无穷高处奔去。呼啦啦都围上来，我遗憾地发现并没有出血，也不头晕。

天色灰青，雪密如织，茫茫看不清路。快到家踏进一片凹地，积雪没过膝盖，拔不出来，只能趟着走，越走越深，眼看没过大腿根儿趟不动了，还是趟下去。大片雪花铺下来，抬不起头，睁不开眼，停下来一瞬间，有开天辟地被遗弃之感，竟然觉得好，有冰冷的安稳。

未被语言俘虏的小时候，悲喜惊奇都是水上涟漪，起落无痕。只有少数真正的震撼，像是唤醒了什么，像是豁然照亮，那一个瞬间，生命以肉嫩真身记取，几十年过去，还能上身重演。

南湖小学非常小，每个年级只有一个班。二层红砖楼，直溜溜一列，楼门居中，两侧各有一组菱形相套的水泥花坛，种扫帚梅和万年红。隔着红砖小路，正对楼门一个小小领操台，台前几步立着旗杆，礼拜一早上升国旗。像电影里的山村小学，清贫勤俭，谦恭规矩。

广播说后天区里领导来，明天下午不上课，全校大扫除。女生站在窗台上，湿抹布、干抹布，最后用手指头，把玻璃擦得一个灰点儿都没有。赶上夜里下大雨，早晨教导主任搬把椅子坐楼门口，挨个儿检查鞋底儿，咔嚓干净才让进。塑料凉鞋底儿上许多深陷的小方格，塞满了泥，脱下来在花坛上磕，又不让，说花坛都给磕打脏了。毛毛雨抚在脸上冰凉的，我没有伞，不知道怎么办才好。

区里要求吃间食，第三节下课，做着眼保健操就闻到香味，偷偷睁眼睛，一大盆热乎面包放在讲桌上，生活委员去领来两壶热牛奶，每人分一杯。妈给我买了一个粉色塑料水壶，壶盖一拧吸管就弹出来，非常高级。我把牛奶倒进去，用吸管喝容易烫着，而且晚上要特别清洗，不然会臭。但是我觉得也不能另外再要求一个杯子。妈说，喝牛奶上火啊，这孩子这嘴才臭呢。弄一小盆热水让我洗屁股撤火。姐她们没有间食，大扫除也不是那么频繁，我暗自想子弟校可能到底不行，没有"区里"那样权威而细致地照管着。也只照管了几个月，间食又取消了，听说是有家长反对，要交钱。也许是哪个领导拍脑袋要学日本。那时候关于世界与现代生活的信息零碎进来，星火闪烁熄灭，彼此没有参照。

南湖小学在飞行学院院儿里，每天从小偏门进院，门口只有半截岗亭——没有平整过的泥土地上红砖砌了三面半矮墙，但是也站一个士兵，从不过问也从不敬礼，冬天穿军大衣戴雷锋帽，一动不动，让人疑心那硬厚的壳子里并没有一个人。似乎并不是军校，没有见过穿军官服装的人。但是军事化教学，操场对面杨树后面单双杠上，晴天晒满军绿的被子。我从来不敢走进去。入冬全校师生排着队走到院子另一边，在小礼堂看《高山下的花环》。好像也不是很远，就有那样巍峨的场所，我心有所动，模糊觉得世界的文明庄重超过预期。

正做间操，有人喊，飞机！飞机拉线儿！跟着抬头看，很麻木，不就是一条白线儿。除非独处，我就只能感觉到人际关系。庸俗可能是逃避的产物，逃避存在之谜。

另一回中午，邵老师带着美术小组，在楼头儿小路上学习"观察"。也是飞机飞过，刚起飞很低，看得清楚，邵老师让大家抬头，用心看——现在闭上眼睛想想，刚才看到飞机是什么样的，能想出来么？我想不出来，脑子一片空白，跟着喊，能！心里十分失落。

邵老师瘦骨嶙峋，鞋拔子脸，下巴上有颗痣；非常打扮，走近了一股头油味儿。讲美术的重要，有点清傲的意思；讲胸有成竹，拿宣纸和笔墨在讲台上画竹子，展开了给大家看，说这一笔，有顿挫，有深浅留白。小学一年级，没见过竹子，更不懂国画的韵致，只觉得与生活里的一切都不同，想要去学来，转身来蔑视粗俗。不懂热爱，就全是虚荣。

妈给买的十二色蜡笔，蓝纸盒上画着白胖的小象，顶着彩色皮球。蜡笔很细，断了用纸条包住，放回盒子里挤得满满的，半只也没有弄丢过。爸从电大领的水彩笔只有六色，国旗的五角星画糊了，才舍得用，隔着一层蜡涂不上去，干着急。

还是参加了美术小组，妈跟宣传科的人要了一沓宣纸，买了一盒一得阁墨汁，爸有一支毛笔，一只墨盒，墨早用完了，也没有海绵，妈弄了块棉花垫着吸墨汁，总是洒出来，用手端着带去上学。盒盖上有精细的浮雕，岩石松树自己郑重。

二楼最西头大教室，春天下午亮堂堂，开着窗，一团煦暖停住出不去，外面上体活课，欢叫的声音像彩色的海浪。在旧报纸上画虾，毫无趣味。宣纸始终没用上，折痕都黄了。

全市绘画比赛，每人交一张。比着《少年科学画报》的插图画了一个，小女孩扎着花边儿围裙，举着胳膊托个盘子，盘子上一只烧鸡还是烤鸭。邵老师说，怎么桌上是空的，又没有椅子！填上了，又说，怎么一把筷子撒在桌上，我们在家吃饭，肯定是每人一副碗筷，筷子摆在碗旁边，对不对，要学会观察生活。图画纸都蹭起毛了，黑乎乎的。我们家的筷子就是一把、撒在桌上。

邵老师给取名叫《妈妈的小帮手》，竟然得了二等奖，发了一个红塑料皮儿证书。我没怎么高兴，心里知道是抄的，又没抄好，小女孩托盘子的手胖得跟猪爪一样；蔑视这种比赛、原来这样就可以！毫无精妙可言。我羡慕的那个东西，像彼岸一样——根本不允许自己到达。

妈回来说，在百货大楼旁边的报刊栏展览了，李明霞礼拜天带儿子逛街看见——哪那么巧就重名儿了！我就知道指定是小仨儿，这小仨儿，不光算术好，还会画画儿！妈说，我也没当个事儿，再说也不好意思自己吹，这下可好了，叫她这么一说，整个教育科都知道了，老张头儿、雷明儿，本来就稀罕你，也跟着夸，给我也光彩够呛——。我这才有点高兴了。

飞行学院浇了冰场，学校找家长借来，体育老师说有爬犁的带上爬犁。我回家说，老师说让带上爬犁。很心虚。爸说，那还不容易的，给你做一个。又不像是真的，也没动静。

礼拜天妈坐地中间搓洗衣服，爸在厨房切酸菜，我一直等着，等不及，好像给忘了，闹起来，坚决要一个爬犁，不是答应了么！

听说被爸打了两下屁股，哭着睡着了。傍晚时候醒来，果然有一个爬犁。没有冰刀，爸总有办法，在两个木撑儿底下划一道浅槽儿，嵌上最粗的洋铁条，抻得标标儿溜直儿，钳上来用铁钉卡住。

在桂林路住的时候，边儿上有个小工地，工程完了，剩一堆木板没有收。妈看准了，等天黑，叫爸跟她去拽了两条回来，塞在床底下。给二大爷和二娘羡慕得，干瞅着眼热，不敢去。爸一开始不肯，说叫人逮着呢。妈说，黑天瞎火的，谁管你，一个公家的东西！后来妈说起爸胆小，常讲这事，是嬉笑温暖的气氛，像是有一点爱情。

搬到一间房，从电大领了一张奶黄漆双人床，横放在南窗下，窗下留空，用板凳支两条木板，褥子铺平了像一铺大炕。妈说那两条拼床的木板就是她偷来的。还有剩余，不仅做了爬犁，后来又钉了一个菜窖盖子。

挖菜窖的事商议了好几天，礼拜天一早刘明、梅远平、毕栋强都来了，三个一米八十多的大小伙子，树幢幢杵在地上。欢闹一阵呼啦啦出去了。午饭备差不多，妈派我去电大找。得了令冲出去。初秋天高日晒，恍惚跟大逖没两样，人在天地间，有一直跑下去的错觉。老远听见说笑声，停下来。电大楼前好大一块儿空场，几个人正站着抽烟，影子小小的踩在脚底下。

爸可能喜欢当老师，知道自己在讲台上的魅力，课下俯尊跟学生打成一片。也许因为没儿子，跟女儿太亲热应该是难为情。他们三个都是直属班学生，高数不好过，快考试了来家里补习，拎两瓶麦乳精。都补考两回，熟热了。

那时候都还不兴作弊。有一个九台制衣厂的女工，不知怎么介绍认识的，每年冬天都来，脸蛋通红，只穿一件绿布外套套着家做的棉袄。就差这一科，三年才过。有一次走了妈说，忒可怜，锁一个扣眼儿才五厘钱！一件儿衣服五六个扣，才三分钱！我听了很痛苦，觉得应该解救她，但是也不能帮她走后门啊，而且——到底应该谁来锁扣眼儿？机械化也要有人操作啊。

刘明不常来，但只有他是本来认识。他爸跟大爷在应化所同学，关系好，刘明高考，找大爷给辅导，大爷说爸比他强。正是爸刚回城，在农大不坐班，家里也没地方待，过去讲完题目，唠闲嗑儿，说起妈没工作，刘大爷参加过抗美援朝，有个战友在煤气公司当党委书记，一问正好教育科缺人。托大姑父整了两瓶郎酒，买了两条人参烟，给陈书记送去，说啥不要。

凡事都有来历，提起来紧实如网，分分秒秒在空洞里落下。

爸给辅导半年，刘明子中专线儿都没过，放弃了，刘大娘提前退休，安排他接班儿在汽车厂当工人。电大也念不下来，高数考了三年，爸只会说，这刘明子笨的！妈说，必是像他妈，儿子都像妈。她默认刘大爷是物理所研究员不可能笨。

刘大娘干瘦矮小，急匆匆的，说话又快又大声，嘴里含些唾沫，这小三辣（娜）这小三辣，我就稀罕这小三辣。送了一套崭新的藕荷色衣裤，镶酒红色牙子边儿，口袋上绣一只小鸭子。二姐先穿，很快小了轮到我，天天穿，就忘了是件好衣服。

夏天晌午拿来两条连衣裙，小燕儿穿剩下的，有九成新。水绿那件姐姐轮流穿，浅橘色的小一点归我。三个儿子都要娶媳妇，闺女也还是穿得比我们好，我心里有点不平。

梅远平常来，一来就热闹，不论讲什么，都是逗乐儿的劲头，满屋子气泡泡，一个两个爆破了。梅远平长得非常漂亮，足够当电影明星，就只眼睛小点，但是永远笑眯眯，倒比毕栋强的大牛眼珠子有神采。毕栋强浓眉大眼，可是直勾勾的，没有话，来了一坐就是半天，像是心理上非常亲近。

陈姥家陈四陈五都没对象，陈四太砢碜了，她们姐五个，就还顶数陈五。妈说，先给介绍毕栋强就好了，毕栋强有点意思，那孩子老实，寻思人家家好呗；结果先看的梅远平，这陈五就相中了，完了梅远平不干，嫌长得不好呗，大马脸，鼻梁上鼓个包。

陈五瘦高个子，披着长头发，星期天下午倚东墙书桌站着，站了很久；妈跟她说梅远平不好，滑头，浮灵，不务实，我都听懂了。

陈五大姐叫陈静，跟妈在大布苏碱厂同事，从家背来的咸菜疙瘩分给妈吃。羡慕妈会写广播稿，往家写信都提到奚玉珠有才华。妈反正走到哪里都是闪闪发亮的人物。陈姥儿原来在农大数学系当系主任，爸回城到农大，一说正认识。爸才去他就出来创办电大，稳当了把爸调来，说福利好，地就快批下来了，一两年就能分房。本来能分三间，让给隔壁老戴家，他家孩子大，又有姑娘有小子，不方便。说起来因果分明，自然而然；当初都是无中生有，面临未知。

新楼只有两个门洞，陈姥家在西边五楼，那一串儿都是校长，四居室满铺红地板。我去过几次，尽西头有个阳台，楼下就是小南湖，看不到这一岸，像是直踏在水上，脚都有点软。隔两道柳树就是南湖，一带银光，下午时候晃得要流眼泪。我不知怎样才好，转身进屋。靠东墙两把电大的黑皮铆钉弹簧椅，中间一只茶几，陈姥跟爸坐那儿抽烟说话，太阳格子照在白墙上，脸上，衣襟上。人凝住，烟雾静静盘上去，空落落的。后来听说陈姥吃苹果呛着，没咳出来憋死了，我总觉得就是坐在那个椅子上。

3

放学跟宋宏喆去工地拣废铁，她说是铁就能卖钱，又嘱咐我别让钉子扎了脚。进去就分开走远了。青阴天，事物异常清楚，我独自蹲在砖头石块废木条中间，抬头看塔吊特别高，小红旗猎猎地抖，有孤儿之感，世界特别强大无情。当然没有这话，只觉得新奇，像梦境，心里瞬间清晰，又迅速昏暗：世界是世界，我是我。比成人之后明白得多。

小块角铁装进书包，抱几根生锈带钩的钢筋，在工地边上给宋宏喆看，她说留着，等周日来收破烂的叫我。跟谁也没讲，藏到门洞木门后面，每天早晚检查，那门常年大开，一块大青石顶住。小孩很能守秘密，因为把生活看得郑重。

姐组织学雷锋活动小组，叫上一门儿宗丹吴楠，一起拣废品，主力还是宋宏喆。卖了三块多钱，结队去湖东商店，买一个笔记本，一瓶山楂罐头。没人有异议，我劝慰自己，姐一定有她的道理。吴楠回家拿一把长把儿钢勺儿，六个人躲煤堆后面，头挤在一起，刮净最后一滴。春天大风，嘴唇吹出一圈儿硬皮儿，罐头汁儿一杀，嘶儿嘶儿的疼，非常过瘾。

姐在笔记本上记账，给吴楠支出两毛钱，过几天她拿来一块水红色香橡皮，截面是五瓣花朵形，家里有半盒电大拿来的印泥，姐在每个人名字后面印几个小红花，表示拣废铁的贡献，都凑过头去看，相当严肃。吴楠妈知道了，说工地太危险，不让去了。宗丹也就不去了，姐也忽然就不感兴趣了。姐说宗丹家处处模仿吴楠家。

宗丹家二楼，吴楠家三楼，都是独生女，三口人住一套两居室，宽敞阔气。吴楠家甚至铺红漆木地板，在门口张望过一次，没让进去，听说特别干净。

妈一直羡慕吴楠妈，说是教授家庭，兄妹四个都是吉大毕业，有一个哥哥那时候已经去美国了。吴楠妈才念初一就"文革"，恢复高考时孩子不到两岁，能考上吉大不容易。妈说她长得好，我不觉得，烫个短头，戴个茶色眼镜，几乎完全不笑。

吴楠爸是师大体育老师。妈说，体育棒子，没文化，人倒挺好，笑呵儿的，没脾气。脾气这事谁知道。常年穿猩红色镶黄条子运动衣裤，映得一张国字脸黑红的，浓眉大眼，总带着笑，见到小孩儿能逗上一会儿。偶尔逗我，自顾自乐，眼睛并不伸过来，没有熟悉的那种热切。他不喜欢我。我从小就只关心这件事，一头扎进去，不知道还有选择、可以不在意。陈佳林喜欢我，我会算属相的事她到处跟人讲，老远看见就笑起来了，三儿啊，哎呀三儿啊！我就是喜欢那热情，不知道自己贪婪得丑。

吴楠上大学她爸妈就离婚了，妈说肯定早就有人，没人离不了，再咋的有孩子呢。我以为必定是吴楠爸，妈说，真不好说，我看还是那女的可能性大呢，又说，反正吧，一般的，一个外头有人儿了，那个往回拽拽看拽不回来，那就也得找，完了这个家就散花儿了——都得找，不都有这个需要么。我不确定妈说的是性需求，设想是陪伴？自己也不信。又认定其中执拗角力贯穿，特别害怕妈说的是真的，拽不回来就另找，人的斗志呢？在现实跟前不堪一击，没有余地？什么现实？性饥渴、孤独？不肯仔细想，本来也就是空谈，满意地当成小说：令人羡慕的家庭，真相特别难堪。俗套，真人代入就有力。

　　妈在菜市场遇上吴楠妈，说吴楠师大毕业，在建行上班儿，女婿是大学同学，在市财政局——那还不好，多好。我想到吴楠瘦高个子，穿身运动服，剪个运动头，戴个眼镜，简直看不清长相，没有任何女孩气。她妈倒不打扮她，就是不让出来玩，要弹钢琴，她出来就有点怯怯地——因此我觉得她还可以。妈主要羡慕人家孩子在长春，又似乎没有特立独行的价值观。

　　妈说吴楠妈，说了有个人儿，不在一块儿过，奸，不好也不带跟人说的，嫌碜碜呗。还住工大那儿，上卫星路看外孙，我说婆婆帮带啊，她说的，她爸在那儿呢，那句话吧，说的语气非常微妙，形容不出来，我看备不住还能和好，有个外孙子恋乎着，还是一家人好呗，你在外头找的，那人不还有个人孩子呢么，这半道在一起的吧，都有保留，很难过到老。——可也难哪，野惯了，不好回头。我本以为是说裂痕难弥——可能也差不多。

　　又说吴楠妈保养得好，本来她就白，但是这么大岁数儿还细细发儿发儿的，化的淡妆，头发烫得也好，穿得也讲究，露出一块儿脖子跳白儿的戴的精细儿精细儿的金项链儿，不仔细看像三十七八，都五十出头了！我听了不禁厌恶，也觉得可怜。可能也是竭尽全力要过真实的人生。

宗丹妈跟三姑是十一高同学。啊，何丽荣是你小姑子啊！也都听说了，都惋惜。三姑漂亮，爱读书，追求时髦，连歌儿也唱得特别好。妈说她头一次来长春，中午从外头回来，三姑正切酸菜，唱着歌儿，一条大河波浪宽，那唱得才好呢，嗓子特别透亮儿，听多少遍的，叫她唱得有股情调。

我本来印象那一段时光全是黑魃魃，忽然冬天中午一束阳光照进来，照着三姑头发虚茸茸的，啊歌声，无论何时何地，生命跃动喜人。

宗丹妈短方脸，显胖，头发不太多，随便梳一个辫儿。倒是给宗丹做一身酒红色西装，镶白牙子，衣袋上贴一只小鹿。妈当面夸她，说是比样子裁的，不难，贴布买现成的，搁熨斗一熨就行。

初秋的夕阳还没落净，小孩子碎声叫闹，自行车丁零零，妈比宗丹妈高一点，两人面对面站在小路口，背着上班带的小皮包，脸上都是笑嘻嘻的。我站在门口望见，喜从心生，忽然什么都是彩色的，蓝天里飘一只红气球。

妈跟她借了裤样子，用牛皮纸复制一套，卷成小卷儿收起来。也真买了一只小熊猫，熨在我浅蓝涤卡外套口袋上，我喜欢，又不太确信，不及小鹿洋气，也不是新衣服，而且模仿人家，本身就差个意思。弯弯绕到这个地步，回想起来枯絮厌烦，在当时这是丰满的大事。

宗丹雪白的圆脸，乌黑的头发，细眼睛单眼皮儿，夏天穿一条连衣裙，镶三层飞边儿，几乎垂到脚面，站在煤堆上，一声不吱，听宋宏喆宣布游戏规则。高中放学在自行车棚遇见，一眼就认出来了，梳个球门头，黑白分明像日本少女。一直骑在前面，我故意没有超过她，但是也觉得没意思，过了马路进公园抄小路走了。没有眼神相遇，不知看见我没有，也许她不记得了，又不太可能，二姐高考全省第二名，整个教委光机所家属区都轰动了。

二年级初秋，放学归来，抬头望见宗丹在阳台上，坐小板凳儿，伏小方桌，好像在写作业。早些天听说她没去成附小，念的二实验，我有点替她爸妈难过，又想二实验也到底比我和姐念的学校强。大声喊，宗——丹——，她趴到栏杆上。你们学到哪儿了？——我问。她回身拿书，站直了大声念：一群大雁往南飞，一会儿排成人字形，一会儿排成一字形……我顺势把头仰成直角，蓝天越看越高，旋转起来，没有任何鸟。大雁什么样啊。因为无聊，经常仰头走路，有点眩晕，打着旋儿要被吸上去。并不会进一步觉得怎样，那就是纯真吧。

有一年爸的学生打了大雁送来几只，麻袋装着在厨房地上，我没有去看。竟然还有人打猎，灰茫茫的草原，青瓦瓦的天，雁群、猎枪？没办法相信桌上那碗菜。炖不烂，不太敢碰，可是吃了也就吃了。很多年都以为自己与书上的世界隔绝，而生活还没开始。

电视里演《武则天》，我们玩儿古代人儿的。宗丹长头发，当小姐，我跟王蕾当丫鬟。到王蕾家，把床单扯下来，披宗丹身上，在后面系个大疙瘩。梳头发，想办法堆出几个鼓包，非常满意，没有首饰，用橡皮泥捏，颜色又不全，黄泥搓成小球，贴在绿泥上，假装是凤尾，脏成一团，连小鸡都不像，直接黏在头发上。宗丹她妈也没来找过，她还跟我们玩，还当小姐，只说能不能别贴橡皮泥。后来我不跟王蕾好了，也不跟宗丹玩儿，碰面招呼都不打，没有任何理由。小孩儿随波逐流，毫无恋念，简直像一种禅心。有一天听说宋宏喆死了，跟小四儿一样，白血病。也毫无感觉，本来也——似乎很久了——不跟她玩儿了。

宗丹家楼下是李宁家。李宁比大姐大两岁，她姐李静那时候已经像个青年，穿黑裤子，红衬衫，理发店剪的短发，抹红嘴唇儿，紫眼影儿，戴大圈儿耳环。只有宋宏喆认识，我们都没跟她们姐妹说过话。没有人告诉过，就直接认为是坏孩子，又鄙夷，又敬畏，又羡慕。没见过李宁爸，好像是军队的，一年回来几趟。李宁妈是吉林体校老师，教艺术体操，南方的细骨骼，瘦长方脸，大波浪发，涂鲜红的嘴唇。再没那么浪的，又十分沉静。她们家周末开舞会，不知怎么摆得开，迪斯科放很大声。妈不知听谁讲的，说是李静带朋友回来闹的，李宁妈经常夜不归宿，就扔俩孩子在家，这是啥人家。

大学暑假路过教育三号楼，看见几个女人坐路边一块废弃的预制板上闲说话。边上这个松松挽一个发髻，身体贴住大腿，双手抱住脚踝，整个侧过去深深低下头往上看旁边的人——是个少女的姿态。不敢认，低头路过，看见人字拖，十个脚趾甲红亮亮的，真是惊喜——又不甘心，记忆落回现实，立即就要涣散。转弯再看，脸全塌了，嘴唇还是鲜红的。十几年可能就是一转眼。她们跟她和解了？衰老是磨平一切的主题？可能本来也没有多深的敌意，她并不在邻里间风流。连风流的谣言也没有，就是心照不宣的铁案。看人回忆八十年代，对我来说总不是真的，不肯把李宁妈放进去，不肯用后来的各种成见补充成为时代电影。记忆像是偷来的，世界根本不知道。

她女儿长得都不及她。李宁是个圆鼓鼓脸，个子不高，甚至有点胖。大姐在十四中念过两个月，跟我们班姜丰姐姐同班，我俩放学去找她们，正上课，操场空荡荡，大杨树籁籁作响，一辆自行车从屋后飞出，一个大转弯逸出校门。我看见后座上是李宁，两腿直直翘起，搂着男生的腰。我得意地问姜丰，你知道李宁么？

李宁家把阳台封起来开小卖店，生意非常好，她姥姥竟然就是个普通老太太。初夏漫长的傍晚，录音机拉到小卖店门口，放很大声，空气都波澜壮阔。六七个中学生在散水台上，蹲着，站着，倚墙喝啤酒，像一张海报。小个子男生下来到路上，大声说句什么，拔腿就跑，冲下来两个追，在远处打笑成一团。我跟另外几个孩子在玩电报哒哒哒，心早就散了，隔着小马路看，不够资格羡慕，有隐秘的劣等感。

煤气公司有个叫马艳丽的女人，来过家里一次。穿高跟高筒皮靴，像一匹马，十平米的小房间要给踏破了，倒塌了。都知道她跟总经理邱振华好，一刻刻等拿电大毕业证转干，高数总不过，爸给辅导也没用。电大盖宿舍，煤气排不上，妈撺掇爸去跟校长说，特批马艳丽过了，装上煤气，两边都满意。教育科老张头儿说，人家马艳丽那才是成功的女人呢！把女人的优势都发挥出来了！那时候这是大胆见解，妈为之震服，常说起。邱振华调去公交公司，马艳丽跟新来的好上，更上一层楼，主管管道规划，给谁装不给谁装，都是她说了算，最肥不过。妈说，谁知道是真是假，我也没看着，都那么说，陈志成，就新来的总经理叫陈志成，四十来岁小个儿不点儿，陈志成才第一天上班，这马艳丽就上去了，敲开门，大腿一迈，就坐桌上了，那谁受得了，老张头儿说得摇头晃脑的，那他妈谁受得了，那他妈谁受得了，就跟坐他桌上了似的。

　　妈后来找邱振华办过几件难事，托郭志强买的金项链，送去说啥也不要。回来说他老婆人好，就在一边儿削水果，倒茶，也不多言多语的，男的当这么大官儿但是人家一点儿不得瑟，他姑娘叫邱旭，跟你同年的也在附中，你认不认得？我打听到邱旭在一班，成绩普通，也不漂亮，穿的也没什么，连她的好朋友经常两个人挎着胳膊走路的，也是完全没有名字的人。她知道她爸爸的秘密么？后来邱振华把马艳丽调去管出租车，审批牌照，跟直接卖钱差不多。妈说这男的女的要是好过吧，那这一辈子都得是那种关系，还不一定非整那些事儿，但是你看我我看你那就跟别人不一样了。

　　我从小最爱听大人讲话，不论什么都觉得津津有味，觉得大人的生活丰满无尽，故事的后面还有故事，人和人都差不多又不一样，一个规律总被另一个规律修改，越来越精细，又忽然与别的道理相遇相通，可以再次提纲挈领了！如此循环往复，多么有意思啊，怎么琢磨都觉得不够。可是忽然有一天觉得这一切都让人羞愧尴尬，心驰神往另一套规则另一个世界。

4

有一年梅远平说一个生意，跟爸借钱，爸说成不了，没借，后来真没成，他就不来了，好几年没联系。妈说，不是生气，是脸儿小，那不是吹够呛，没整成么。

大姐上大学，爸给他打电话，来了，送一条金项链儿，精细儿的，挂着几粒紫水晶小葡萄，倒不俗气。妈说，准是谁给穆影儿的，穆影儿不戴。前两年还拿出来，大姐笑嘻嘻，大声宣布，原来我一直不敢承认，我小时候暗恋梅远平！一看到他我就紧张！有一回妈当着他面儿说我长得碨磣，我伤心的呢！这当然是真的。他常来的时候大姐十一二岁，应该是十分美好，但是那美好缺乏自觉和意志，仿佛只是一种生动的现象，回味起来也就是那样，没有惋惜的余地，一点都不伤心。

梅远平是广东人，他大爷没孩子，过继来的，跟着支边到吉林。说这爸妈对他特别好，一个手指头都舍不得动弹。倒也像，三十几岁，说什么都像闹着玩儿似的。

去广州探亲，拎两袋腊肠来了，倒骑在椅子上，远远支出两只瘦膝盖，学南方人讲普通话，三天三夜火车见闻——"列车员问，这是谁的肠儿？那小子赶紧地站起来举手，我的肠！我的肠！我说，真是你的肠儿，我咋看不像呢？他还没反应过来，我的肠！我的肠！……给这帮人乐的！……"

我坐在大床尽里头，根本也没听懂，就笑得昏头昏脑。我也喜欢他，不过不是少女心，连盼望都没有，只是他一进屋我就预备着高兴起来了。

送项链那天我在外面玩儿到很晚，屋里没开灯，蒙蒙的还没看清，就听见说，三儿啊，没咋长个儿啊，认得我是谁了不？不认得啦，再看看！我最稀罕三儿了，总笑呵儿的，性格儿好！

几年没有来过，我已经忘了这个人，但是立即想起来，简直惊讶他还活着。十四岁怎么会转身回望，身后的世界都是死的。

妈叫我到饭厅吃饭，留的菜都凉了。大屋房门开着，空气灰黑，伸手就可以摸到，听见喊喊喳喳说话，像许多小虫子盘旋低飞。大笑起来，还没透亮就停下了，接下来一小段沉默仿佛特别长，四壁都在吸取那笑声的尾音。夏天漫长的傍晚有鬼气。

我饭还没吃完梅远平就走了，姐拿出项链儿给妈看。我才感到有一点失落，当然不能像小时候，进屋就抱我，掐我脸，开怀大笑，可是也太陌生，像第一次见到。那时完全自我中心，看不见自己变化更多。其实他样子没怎么变，那种紧瘦的脸永远年轻，也还是那样开玩笑，只是高兴不透，皮肉下面灌了铅，带不起来。

妈说过的也行啊，听那意思一年也挣个四五万。爸说，你听他吹吧，上哪挣那些去？还得给人拿回扣呢！妈说，那你可说错了，梅远平你看他笑嘻嘻没正经，其实更老实，不会撒谎那孩子。

老姑在四货运有个朋友叫孙玉梅，长得丑，且愚，相亲偏让老姑陪着，果然没成，事后男方打听老姑有对象没有。妈有时当笑话讲，长得一般不咋好看的还不的，就专门有特别丑的女人，非愿意跟美女在一块儿，还不是同性恋，是一种非常微妙的心理，你能明白不的。妈说得就好像她了解同性恋一样。我也以为自己能了解特别丑的女人，设想那感情是自我接受的剧痛的变体——这猜想才露出小小一个尖芽儿，就停下了不想让它长出来。但是我第一次听这故事就起了疑心，媒人看着匹配给孙玉梅的男人，怎么会有那样的自信心，打老姑的主意，说出来？荒唐人当然也总有，但是更像是传说过程里增添的。我对人们无时无刻不在惦斤度两这事极有信心。

孙玉梅有个妹妹叫孙玉杏儿，在空军医院当护士，妈甲亢时请她帮挂号，多少年之后回想起来还很逼真——老远从走廊儿那边儿走过来我就寻思这是谁啊这么漂亮，大高个儿瘦溜儿的，白白净净儿鹅蛋脸儿，大眼睛黢黑儿锃亮儿，跟你说话的时候吧，人也不是说摇头晃脑的，非常自然，但是就是顾盼生姿！比一般电视里那些小得瑟可强得多了！

我喜欢听妈赞叹美人儿，带着那种感叹造物的心情，又超脱又热情。我几乎故意问她，比我老姑呢？妈迟疑了一下，眼睛出神，似乎在回放老姑年轻时的风采，说，跟你老姑啊不相上下，你老姑年轻时候可也赶上了。

妈在街上遇见梅远平和孙玉杏儿，老远看见就知道是处对象儿呢，一打招呼俩儿人儿脸都红了，一看就明白，那还用问么。我想这真是一出好戏，他们又不知道对方也认识妈妈，平白许多尴尬的小褶皱。梅远平有一件米色风衣，孙玉杏儿穿什么？怕见熟人就不会在空军医院附近，但是我总觉得就在延安大街——树荫最最浓密的。

过半年就分手了。妈说，我瞅他没精神，跟往回来像不一样似的，也没往这地方想，就闲咯哒牙，我说你跟小孙定下来没有啊，梅远平那时候都三十多了，那前儿哪有三十多岁不结婚的！我看他那脸儿就像紧一下子，低头儿，可小可小声说，拉倒了，我说，咋的呢，他眼睛都没抬一下子，说的，不咋的，没意思，你看这话说得，准是让人家给甩了呗。净他甩别人了，这回他叫人给甩了，闪[1]够呛啊。谁知道因为啥，时间长了看出来他窝囊了呗，梅远平是标准的浮灵，一点儿心眼儿没有，内心非常软弱，要不后来能让穆影儿欺负那样儿么。那孙玉杏儿当护士啥样人儿接触不着啊，有都是人追，准是有条件好的了呗。要不说这女的，长得太漂亮不好整，穆影后来不也看不上他么。梅远平没福啊，要不叫这孙玉杏儿，是不就跟雷明儿好了，你看人家现在过的，牢

1　闪，（尤其是在没想到的情况下）发生了不好的事无法接受的状态。

帮儿的一年两百来万，啥心不操，就在家等着收钱，她爸那不是安全厅厅长么，临退休给她整的那个叫啥，劳务输出！她那买卖可容易了，就整些劳工送到韩国日本，都现成合同，年年招点儿人就完了，那还不好招的，两头收钱，人那边儿工厂也给她钱，一般人上哪整这买卖去！头年我看着她，瞅着可年轻了，保养得好呗，没有上火事儿，人就不见老。雷明年轻时候长得就不砢碜，大个儿白净儿的，四方脸儿，正经好呢，泰和儿的，福相，那人才厚成呢，啥花花心眼子没有，别说跟梅远平，跟谁她都得是一心一意的。

我从来没觉得雷明长得好，去煤气公司玩，一点也不留意她。高，白，微微胖，戴个淡棕色塑料框眼镜，不争不抢，像是巨大一块乏味，还不如陈五，有强烈的年轻女人的气息。妈说雷明一眼就看上梅远平了，梅远平也缺德，像你跟我说老师我有对象儿了，不就得了，不的，还让我给他介绍，介绍完还约人见好几回你说说，那前儿人都可正经了，一般的约会两三次就算确定关系了，下一步就得见父母了，谁知道是抹不开啊还是逗试人玩儿啊，梅远平倒没啥坏心眼子，要说真占人便宜啥的那都不能，但是那也不是个东西呀你寻思呢，雷明儿为这事儿忧郁了半年来的。

一句话就顶了半年。我想补出雷明的忧郁，她站在公交车站等车的人群中，秋冬灰冷的傍晚，路边的垃圾和尘土一动不动，有微呛的煤灰味儿。没有风，没有金色路灯下的细雨，没有美感、没有蕴藉的爆发力，只让卑微显形。她后来过得满意，真回忆起来也是笑谈吧，自己也觉得那是另外一个人吧。

妈说，更狠哪雷明儿，要不你寻思能做那么大买卖呢。她在煤气公司跟老王关系最好，老王老伴儿死得早，雷明妈去世以后，雷明就想让老王跟她爸过，雷明爸比人家老王大十多岁呢，那不跟雇个保姆似的，那老王也答应了，去她家好几回，才知道房子都已经叫雷明过户了，老头儿连存款都没有。当然就黄了。这是很多年后妈在北方大市场偶遇老王，听她讲的。

妈在煤气公司跟李明霞最好，刚离开那一段都还有点联系，有一个礼拜天她领着儿子来我们家作客，也是说要向姐姐们学习。又过了很久，我都忘记了这个人，听说她卧轨自杀了。丈夫外遇，儿子才上初中。妈有时候想起来说，也不知道大钟在哪儿呢，不干啥要没工作啥的上我这儿来呗，干点啥不行，咋不行，没妈的孩子，李明霞啊，傻啊。

后来爸有个同事的女儿，在家放煤气自杀，才初三，死了她妈才知道她怀孕了。因为是丑闻，大人说得遮遮掩掩，更觉得有一种凄厉，像故事，隔着一层。但是理性上还是非常震动，这种事真的发生。

穆影很漂亮，又安静，像想象中教授的女儿。我猜想孙玉杏儿应该是美得有点侵犯性。来家拜年，穿件白色高领兔毛衫，又长又细的茸茸托着尖下颏儿，不讲话，也几乎不看人，但是微微笑着甜蜜的样子。我盯着看，亲近不起来，直觉她不喜欢我们。走了妈说，这都还不一定的事儿呢，你瞅着，梅远平咋像是有点儿怕她似的呢。

毕栋强旅行结婚，带新娘子来家。红彤彤的大方脸儿，密匝匝的黑头发，穿棕绿色军装，厚厚实实的，不知里面套了几件。东北话讲"膀"，指健壮，暗示膀大腰圆。我本来以为毕栋强能找个更好的。妈倒夸她，说是正经军校大专毕业，人又踏实朴素。生了孩子带来，非常胖，也是浓眉大眼儿，都夸好看，我不太喜欢，要清淡一点才显柔幼。

刘明子毕业就再没来过，婚礼我跟着去了，楼道里上上下下很多人，窄小的三居室挤满了，刘大娘拉着妈的手，使劲儿闭眼皮儿，表示对这桩婚事不满意。

在阴凉的大食堂吃饭，还没等到新娘子，妈就拽着我出来了，晚春晌午的大晴天，在陌生的公交站等车，忽然心里就辽阔起来。

他们三个并不是好朋友，早就不联系了。我模模糊糊不太接受，好像只有挖菜窖那时候是真实，后面都是衍生出来的幻象。人生的路怎么可以抻得那么长，归心似箭，越走越远。

穆影给过几件旧衣服。有一件虾红底子淡彩虹横条高领羊毛衫，胳膊肘磨得精薄儿，姐没穿几天就破了，妈把袖子拆下来，剪成普通圆领，另用红线锁了边儿，当毛背心接着穿。我有时会替它惋惜，想象它崭新的样子，觉得跟穆影很像，很"洋气"。

她再没来过。打结婚感情就不好——嫌梅远平没本事，跟她们科长好，那人升了处长，厅长，一直穆影就跟他，在外头得有房子吧，反正总不着家，能离婚么，人家也有老婆孩子的，就那么过，情人儿呗。这事竟然是梅远平自己说的，当然妈立刻听出一个丰满的版本。

梅远平最早开个汽车修配厂，头两年生意不错，很快就不行了，保险公司没关系，根本就没活儿。妈说那时候长春市也没有几家，开好的都能整上 4S 店，那还说啥了，那多挣钱！老婆也能高看一眼。没本事是一个，另外也没福啊梅远平，做买卖这玩意你看，也靠运气啊，有的人就是干啥啥赔。

又开个网吧叫"潜水艇"。孙树发的女儿中专毕业，妈介绍去，说梅远平人好，有个照应。冬梅来说瞅着挣钱但是总得换设备，设备上不去人就不来了，再说太操心，黑天白天搁人儿看着，净是半大小子乐意闹事儿，梅叔都不咋回家，回去也都得下半夜儿了。

妈问，跟他媳妇儿还那样儿啊？

冬梅说，不知道啊，从来不来，我这都干半年来的了，就见着一回，也不进来，在门口跟梅叔说啥，就走了。

妈笑嘻嘻的，说，还是那么漂亮啊？

冬梅笑，说，我也没瞅准哪！反正看背影儿，穿个那样式儿的像电视主持人那样的套裙儿，可苗条了。

妈说，穿得好！孩子上网吧来吃饭哪。

冬梅说，东东不咋来，来就玩儿游戏，不让他来。听那意思是上他姥爷家吃饭。

穆影爸是省电力公司人事处处长，当初嫌梅远平是电大学历不同意，还是穆影坚持。她结婚时二十八岁了，算非常晚。我后来猜想是失恋之后急于嫁人，草草了事。非常像，倒更不敢信了，当然毫无证据。心如死灰与海誓山盟一样，真诚而不可信。

梅远平说，老师啊，我这是家不像个家，买卖不像个买卖啊。

说都是为孩子，要不早离婚了。妈说，还是稀罕人家，下不了狠心，窝囊。我心里替他辩解，也许是不甘心。说不出口，因为实在不像。本来那种持久的斗志也是很罕见的。遍地都是窝囊人，无法承担爱恨决心，即时清零，没有账目。

儿子高中毕业送澳大利亚，积蓄都填进去了。当然是学习不好考不上大学。大概父子感情也不好，从来不提，问暑假回不回来？说回来了，在他姥爷家呢，隔三岔五跟他妈干仗，我也管不了啊，人家娘儿俩的事儿！可能穆影也经常在娘家。过几年说东东不回来了，在那边儿找了工作，谈了对象儿——倒还算自立。

我设想他跟女朋友讲述自己家庭荒冷，作为亲密的仪式。两人之间裂开一道经验的深沟，越是试图代入越是偏差，然而那代入的意图本身终究是热的——像一种含蓄幽微的日剧。

梅远平五十来岁就不做生意了，等着领社保。好像一直也没有办离婚，因为名存实亡，妈也不打听了。房子卖了钱给儿子——也许不受尊重就更是要尽心？

他住回父母家，父母都是解放前参加工作，退休金很高，也确实需要照顾——算一份生活，不然就悬空了。老人依次得了癌症，老爷子算维持住了，九十多岁躺在床上。我想梅远平坐在床头窗边椅子上，刚掐了一支烟空坐着，是文艺电影的镜头——视觉化的人生的悲哀？

他沿着小路远远走来还是风度翩翩。

坐下就不走。可能因为爸妈总是生气勃勃的，让人眷恋。妈说，这梅远平才磨唧呢，忒能磨唧了，啥话没有就干说啊。我不能设想什么叫"干说"。有一回我在家，——三儿过来跟远平哥唠唠。我打起精神坚持了也许有半个小时，过后一句都不记得了。没有悲哀，甚至都不是抑郁，就只是空乏艰难。在现场又似乎非常自然。明明还活着。

转身想到，他年轻时也不过是佩戴了常见的浮华，配不上那样郑重的文学化的悲哀——倒是这紧追不舍的势利令我自己震动了。可是文学也配不上那平常的温吞的缓缓沮丧的几十年。

在两间房时，隔壁住着年轻夫妻，带个两三岁的女孩叫李小曼。她爸爸上楼到一半就迫不及待，曼曼啊，快开门！爸在屋里听见就很乐，这到底是让快呀还是让慢！门口一阵热闹，门关上又没有声音了。曼曼妈似乎经常在家，有时候听见孩子哭，都是孩子爸爸大声哄逗。

李民宇有时候带孩子过来玩儿，正嘎嘎笑，看见爸进来立刻就哭了，爸更要逗她，伸手走近，来，让何大爷抱抱！那孩子大声哭起来，妈拨拉爸，你快上一边儿去！爸就非常乐。李民宇抱起女儿，颠着摇着，曼曼别怕，这是何大爷！是小姐姐的爸爸！妈说，你瞅瞅你得多吓人何海岳！凶神恶煞！说着她也非常乐。妈一辈子认定自己婚姻不幸福，我从没怀疑过我们家坚如磐石。

梅远平来，出门下楼正上遇上曼曼妈，两人儿一下就愣住了，妈从上面看见曼曼妈脸红了。妈就犯寻思，猜个八九不离十。过几天于晓光——曼曼妈叫于晓光，特意来我们家解释。妈说，也是解释，也是想找人说说。他们是高中同学，一毕业就好上了，于晓光考上财校，梅远平天天骑车去找她。谁知道为啥分手，也听不出来啥正经原因，两个人的事儿，有的能当人说，有的不能当人说。但是肯定是不太愉快，要不不能见面那么尴尬。于晓光那人很有教养的，说到中间儿眼圈儿略微有点泛红，微微一笑就控制住了。我看还是没彻底忘情，不是说她还稀罕梅远平还想跟他咋地，不是这个意思，就是说这个事情在心里很难过去，人这玩意非常复杂。

我怎么也想不起曼曼妈的样子，应该是很平常。这个故事也很平常，但是在我心里非常生硬，无法处置。它令我觉得梅远平非常陌生。我对极有限的事实产生的那些感觉和理解，归根结底是虚构，是头脑要求完形的愿望。

5

八四年底我们搬到两间房。提前好几天我就猜想，到时候来不及做饭，也许会吃面包。非常向往面包，想着想着便当真了。中午放学，新家大门敞着，东西还没收拾好。我跑上三楼，气喘吁吁，大声说，妈，快给我钱！我去买面包！这是个家庭笑话。很尴尬，并不觉得心酸。

妈说我刚回长春时，儿童节带我们去公园，回来路上我要吃冰糕，没给买，还没到家妈就后悔了，五分钱的玩意，让孩子哭这样儿。后来她给零花钱，有时说起这事，像是弥补。我一点不记得，小孩子忘得快，另外求而不得的哭闹，一半是委屈，一半是天生的策略，可能并不像父母看着以为的那样伤心。

从大遛带来两米红松，有时候听爸提起，似乎非常心爱，用手比划，都是这么粗的方子，破开白瞎了！那时候木头也紧俏，爸在大遛人缘儿好受尊重，场长王凤义特批的，给"大学（xiáo）儿"带到长春去。

王凤仪的儿子也是爸和妈的学生，跟孙树发同班。王千小眼睛眯眯着，成分好，后来考上师大。本来他也比孙树发学习好，孙树发一直不服，认为自己亏在出身。

爸把红松拿出来，小生儿舅出徒，给打了镶镜大衣柜，镜子下部有一簇磨砂乌光的菊花；玻璃拉门儿书柜，两块玻璃划上方向相反的斜条子，交错时映成平行四边形格子；又有一只小茶几，底下一个小柜，上面一根旋花立柱顶着一块面板；爸一直羡慕二大爷家沙发，早早就买下一块蓝白格子人造革，不想买少了，只够包两把弹簧椅。爸说，我那弓子才硬呢！小生舅也跟着说，嗯哪，弓子好。果然坐了很多年也没有塌。

后来说起都是最羡慕傅健家。我跟着姐去过一次，赶上中午吃饭，傅健爸系着围裙盛饭，桌上四盘炒菜，一小铝锅汤。紫檀色圆桌很厚实，也该有些年了，干干净净，泛着乌光，像是要传家的。四个四分之一环形凳子，吃完饭推回去，严丝合缝儿一个圈儿。我站在门口，觉得自己与那圆桌之间隔着一道玻璃。

傅健是光机小学大队长，穿镶飞边儿白衬衫，红色丁字皮鞋，高高扎一个马尾，额头锃亮儿，大眼睛双眼皮儿，牙齿雪白，声音响亮，胳膊上挂着三道杠儿，可望不可即。她妹妹傅刚比二姐低一个年级，也是大眼睛，笑起来露出一颗虎牙，就是黑瘦，剪个短发，穿她姐姐剩下的，成绩中不溜秋，站在那里经常歪着脖子。我七八岁也知道，她比她姐姐处处不如。小孩唯恐不及要融入世界，怎么会有与之对立的单纯？我还偷偷琢磨，傅健怎么会跟大姐作朋友，大姐低眉臊眼儿的，妈给剪的短头发，穿绿胶鞋。后来姐说，全班只有两个人穿绿胶鞋，另一个是王和，男生。之后妈给买过一双猪皮小黑皮鞋，小，姐没吱声，一直穿。姐说自己穿凉鞋不好看，两个小脚趾头太短了，都是那时候挤的。

妈说我知道傅健他爸，挺高大个子，福建人儿那路宽宽脸儿，碰着过多少回，说话切切切像个女的似的。转业军人，在光机学院后勤当个科长，上哪挣钱去，那前儿谁都不敢贪污，一样挣工资，就是有人敢花，我不敢花是一，另一个我不农村来的么，没有花钱习惯，没事儿花钱干啥呀！像你们说没雨伞，农村那不都披块塑料布么，有塑料布就不错了，一般都是披个衣服，葵花叶子啥的就得了。你们也没跟我说呀，我上哪寻思去，啊城里孩子都有雨伞，我也不知道啊。我心思不在这上头，就寻思这长春这么大，怎么才能有我奚玉珠一席之地呢？非常迷茫。

小生舅大名叫奚宝有，是五姥爷三儿子，毛岁才十八，白净圆脸，总是笑嘻嘻的，如果不笑就很像后来电视里的唐僧。妈说那还不是俊人儿么，在农村观点那是最俊的了。可能因此叫小生儿。过了春节他从怀德来，跟着电大张木匠学徒，在仓库整张床，那前儿电大还有食堂，就礼拜天来家吃饭。春天很暖和了，爸说，学成了没有啊。小生舅说，我觉着差上差下的。爸说，我那可都是好木头啊。小生舅说，不能给你糟尽了，还有我师傅呢！

张木匠给下了料，小生舅在家楼下支起长案干活，有个小收音机给他用，舍不得电池，就中午听一会儿。礼拜天午饭吃得晚，还没吃完就去找收音机，我说，是要听"墙里墙外"吗？妈就乐了，二人转哪？小生儿舅说，嗯哪，这两天播这个我成乐听了。我不知道为什么猜到是跟处对象有关，觉得特别刺激。

我们家家具打完，小生舅就算出徒，回怀德了。第二年秋天大姑家打家具，他拿了一麻袋地瓜来。都说怀德地瓜好，沙土地儿。走了妈笑，这小生儿说话才逗呢，非常直接，来了就说，老姐啊，我相门户了，我就逗他，我说好啊，相没相中啊，长得俊不俊啊，他说的，嗯哪，相了，长得也行，但是我相中她心灵美！心灵美逗不逗！贼逗！我就问他，你咋看出来人家心灵美呢？更会说呀，说的，学习好，考怀德一中差不几分儿就考上了，完了心眼儿好使，说话对路。你看会不会说，这不是心灵美是啥，心灵美！心灵美比小生舅大三岁，妈说好，女的大能心疼人儿，像个妈似的。我想这哪像是说新娘子呢，又遗憾她没有继续读书，结婚以后怎么办呢，想象中一团漆黑。

正赶上奶搬到大爷院儿里自己住一间平房，小生舅住过去，妈让拿半袋地瓜，奶说，这可逮着了，正寻思上哪整些个地瓜吃吃，我这大便干燥啊！妈说，这老太太，咋不有点虎，当着亲家小辈儿的，啥事儿，拿出来说。

小生儿舅住了两个月，奶给蒸大包子吃。妈说，你奶不小气，最好来客儿（qiěr），反正也是好显摆，乐意让人夸她。妈当然不领情。小生舅说，我跟我大娘姆娘俩儿处得相当好——说得很珍惜，又有一种自豪感。

礼拜天爸带我去看奶，大姑夹着烟卷儿站在地中间看干活儿，爸过去，大姑拿出烟来给他一根，三个人议论起来。晌午伟男来接大姑，站门口说不进来了。伟男烫卷发，留山羊胡，穿喇叭裤，说话鼻音非常重，我觉得那腔调都是洋气的。非常紧张，怕他对小生舅说出鄙夷的话来。并没有，大姑从被垛后面拿了小皮包，嘱咐两句就走了，汽车突突突在窗外发动。小生舅一脸汗，乐呵呵的，爸又跟他谈家具，奶就张罗吃饭了，阳光好像突然照进来，屋子里很宽敞。

爸在家说，那玩意还用学！我就腰不行，要不给我家伙式儿，干的指定比小生儿强！妈啧啧两句，并不反驳，因为很认可。木头放走廊潮了，天气冷晾不干，奶说，别着急，你看大娘的。小脚儿，踩凳子上桌子，举起木条凑到灯泡跟前儿烤，砰一声炸了。——不对呀，我也没碰着它呀，它咋爆了呢。这事妈也没亲见，可是常讲，姆们老太太，那可不是一般老太太，或者，他们家这支子人，巧，啥都敢捅咕。

小生舅跟张木匠借来两本家具书，走了放在家里，很久也没还。厚的那本有几张彩页，几何形拐角沙发搭配板式客厅组合柜，印得很模糊，没有生活气。我没见过那样的人家，想象不出，还是喜欢看。小时候随便什么东西都像是后面有一整个世界。黑白页都是钢笔画，有透视，也有上阴影的立面，玻璃上打两个斜杠，木头上画出木纹。连那画法也让我钦羡，觉得有文明的清新。

大学有一个老师教快速设计，在九十人的课堂上讲自己五分钟勾出钢笔画令甲方折服，讲得满脸红光，喜气洋洋，好像确实不尴尬，认为自己是才子。我觉得非常可悲，最怕没见过世面的人炫耀。那技术浮夸——而且说谎，艺术应该能够体现作者对人生和世界的理解，跟钢笔画有什么关系。可是我又画不好，没资格鄙夷，简直太恼了。那时候反正看什么都恼，设计老师帮我改图，说，你看卫生间放这儿多巧啊，我就心生厌恶，"巧"算什么？又讨厌人说"有个性"，又讨厌"大气"，简直鄙夷一切，同时知道种种鄙夷撇清都是虚骄，真是将自己逼到死角。执着于否定，以为否定就是超越，以为爬得老高，可是心是虚的。当然回不去，小时候对世界那样热切地爱慕。

榆树有个亲戚叫何景明，他爹是孤儿，奶收留过几年，也就跟着喝米汤，解放后当大队书记，对奶相当照顾。八五年初夏，何景明从部队转业，来长春等手续，那时奶还跟二大爷住，我们刚分了房，一屋新家具，很宽敞。景明空手来，拎一个提包放床底下。后来二姐说他穿喇叭裤，我只记得精瘦的，又薄又光的小方白脸，一点不像想象中的军人。一起吃早饭，他拿着咸鸭蛋光抠黄儿，妈说，你那清儿剩下谁吃。景明把蛋清儿也抠进粥里，说，早上得吃点有营养的，孩子正长身体的时候。妈说，姆们孩子吃啥都能吃饱，一点儿不馋。晚上妈买油条回来，早上梆硬的，泡粥里吃，都不说话。

景明想留长春，有困难，大概心里烦闷，早晨出去溜达，穿拖鞋就下楼了。两间房水泥地没刷漆，也换拖鞋，二姐做完作业经常擦地，湿汲汲也觉得挺干净。妈给景明开门，说这外头下小雨，不踩一脚泥，换鞋再下去，啊。景明不吱声，进屋躺着，第二天又穿拖鞋下楼，妈吵起来，景明也摔了脸子，没吃早饭就拎包走了。我自己施魔法，脑子里高音飙成白光雪亮，什么都不想，听不见。妈判定景明这人隔路，提起来没有好话，当然再也没见过。

都说景生好，是景明的弟弟，也叫小生儿，在吉林念中专，毕业定向分回榆树油库。住一间房时来过一次，怕找不到，爸带我出去迎，在电教中心后面见到，小土路两边都长了野草，许多毛毛狗。景生还在念书，穿白色短袖衬衫，正方脸儿，出了汗迎着太阳亮晶晶的。一直笑眯眯。拎了四瓶罐头，爸让拿回去，在门口争了几句。那场景常有，特别吵，有时候争执完再唠几句，听得人心急。尤其过年，客人临走，我们被叫到门口送别，一般是阿姨，塞钱到口袋里，我自觉缩起来躲，躲不过掏出来交给妈，妈说，你干啥！不行这样！阿姨说，给孩子的！你别跟我撕把[1]！妈说，你赶紧给我拿回去！我真急眼了啊！门厅很窄，白天不开灯，一家人站进去真是黑压压的。我早躲回屋，非常盼望关门声，出去看那钱在不在茶几上。茶几上橘子皮儿，瓜子儿皮儿，糖纸，喝剩半杯的茶，烟味暖烘烘的，我站门口看，觉得眷恋，客人在的时候并不觉得好。爸妈上楼进屋，就开窗收拾了。

妈说小生儿晃常儿来长春就去看奶，奶最稀罕他，一来就给擀面条儿，烙油饼。——你奶对亲戚厚成，谁来都招待，差不离地还给往回拿，那前儿城里日子就好过了。有一回说来借粮本儿领点挂面给小生儿拿着，那前儿细粮都不够吃，就咱家有剩，电大年年分大米，我也不咋做面食嫌乎费事。说好在月亮门儿那儿等着，干等不来干等不来，那天才热呢，给我晒得直冒油，等有一个来小时！寻思上办公室给你二大爷打电话问问，一看，在自考办收发室坐着呢！我也是等得心太焦了，就嚷嗓她两句，你奶脾气是好，笑呵儿的也没跟我生气，"哎呀，这海峦也没告诉我啊，我还寻思在这儿得是最准成儿呢！"我就跟她急眼那一

1　撕把，推让。

回，再可没有，也没咋急眼，说两句就拉倒了，那实在是控制不了。

我喜欢看妈为自己辩解，像小孩儿觉得歉疚。

奶来，听说我数学竞赛得了奖，给我五块钱。高兴意外，隐隐有点伤心，好像忽然觉得奶是脆弱的。

爸和大爷二大爷，每家每月给奶十块钱。老姑是给五块。起先家里不认二姑，回长春只敢去大爷家，应该也给捎钱，就不知道了。后来和解，二姑正有钱，出手最大方。老叔在延边，就过年几天假，回不来，奶去住了一个多月，回来满嘴都是泡。

妈说奶从来不哭，非常麻木，但是那次也明显看出来上火，海峰在延边苦啊！你爸还不理解，以为就是离得远惦心，还真不是，那你二姑在扶余过得好就没见你奶上火。你老叔要说穷也不穷，就一个孩子穷啥，你奶是看出来你老婶儿过日子不行，哥哥姐姐弟弟妹妹，你老婶家哥儿五个她在中间儿，整天在他家吃喝，就他家是双职工啊，那些都没正经工作！一到现在不还是么，跟大车店似的，总有人打地铺，你老婶儿可能跟延边人装阔了呢。你奶寻思到长春就摆脱他们了呗，以为你爸是个副处长，能有啥能耐呢，特意上咱家住一个礼拜，没好直说，我也听明白了，就为这事儿。

事儿是妈办的。找邱振华给老婶儿安排到公交公司卖票，找高宝祥给老叔安排在交委下面一个汽车修配厂，都是国营工人编制，大大超出奶的预期。春天老叔来了，拎着一兜子材料，妈带他去劳动局。

——这何海峰虎的！中间儿这郑科长吧，要带我们上政策室去问问，就怕少数民族地区有啥特殊规定。政策室在三楼，劳动局是那路老房子，单边儿走廊，外头哗哗下大雨，你老叔你看，正经话一句说不上去，人问他一句他答一句，净我替他说了，这工夫倒来词儿了，可大可大声了，拿腔拿调儿的：清明忙种麦谷雨种大田立夏鹅毛住小满雀来全……我要不打断他，还要往下背呢！你说虎不虎！整得我可尴尬了，这不是傻子么！不是我说你们家人神经都有点不正常。

高宝祥是妈在电大直属班同学。妈说那人可不白给，滴水不漏，还有魄力，要不三十出头能当上总经理？在交委坐办公室喝茶水儿多好啊，有几个愿意下来做买卖的。工作忙，经常旷课，管妈叫大姐，考试时候抄妈的。妈精神奕奕，大概是有些魅力。老叔分房子妈又去找，——这么大事，送礼还更不好，好像人家图意你这点儿东西似的。妈年轻时候真是意志顽强，只求事儿办成，怎么辗转求人都不觉得委屈。

邱振华就更是，只有我们欠人家的，老婶儿后来要承包小公共，妈又硬头皮去找。妈说，给我这抹不开啊。邱振华那人才厚成呢，说老大姐开口了，咋困难想办法。妈是这样，给她办事的官儿，都是人好，不办事的，就是死性、死教条、死脑瓜骨，胆小怕事，装，势利眼，拿架子。后来我明白，这是多么自然多么普遍的情感立场，以不可克服的现实的名义，成为正当。倒是要起疑问，超越性的立场，到底是从哪来的呢？为啥有人身上强烈些、有人好像干脆没有呢。

妈念电大，爸笑死了。妈申说过好几次，我可不是为文凭！一个考场啊，横是就我不抄，一个纸条儿我也没带过。课本都叫我翻稀烂，能没提高么，我不是在农村，啥也不知道么，别说书、一个字儿都看不着啊！谁家墙上糊了报纸我都过去挨排儿看一遍。小时候这些话听惯了，没有感觉。

妈讲有一次从同学那儿借来一本《牛虻》，忘了为啥反正第二天就得还给人家，站在场部门口看了一宿，整个场子就那一盏灯，哪有路灯！这件事倒是印象很深，因为像知青小说——不当真。

妈拿到毕业证，爸要抢过来看，妈不给，真有点生气了。我后来看到，竟然是党政专业——妈督促爸入党，自己从来也没这打算，有时候说，你在机关待过你就知道了，憋屈人，我也当不上官儿我可也不想当，跟他们扯那套蛋呢！当然也是后来得意，说得有底气。正是甲亢时候，照片上的人腮帮子塌下去，头发好像新烫的非常短，有点愣。证件照总是让人伤感，眼睛直直望出来，特别弱小可欺，不用上帝，单只"社会"就把人作弄了。

奶娘家堂弟的儿子，叫裴明春儿的，财贸专科毕业，分到一个进出口公司，起先要念函授本科，来过几回。隔很久又来，敲门，我问，谁啊，答说，我啊，又问，还说，我啊，这样四五遍，妈也在家，都有点怕了，想这是谁呢，终于说，三嫂，我小裴啊。妈说，这孩子！小裴就笑嘻嘻的。我就盼姐回来，跟她们说裴明春儿管自己叫"小培"，花仙子小培啊！妈照例盘问，单位怎样，都管啥，能挣多少钱，有没有外快。不久妈就去他们公司买了红绿黄蓝四色毛线，一条灰裤子是退回来的次品，高温定型的裤线歪了，没办法改，妈说不缕会儿[1]的，给二姐穿，二姐从来给什么穿什么。

深秋有一天非常冷，正要吃晚饭，小裴送来三条毛毯，塑料套上淋了雨水。很沉，单位车路过捎来的。爸进我们房间宣布是奶送的，上大学一人一条。我有点喜欢又想逃避那郑重，像是欠了债。两条草绿，一条杏黄，都是大白菊花图案，包本色绸子边儿，套了被套还是毛碴碴的。冬天压在被子上，重得翻不过身，更觉得安稳，听着北风呼啸睡过去。有时看见毛毯，确实会想起奶，觉得像是刻意，立即就放下了。后来毛毯也不见了，有时还是会想起来，知道自己有真实的感情可以呼应，才能正视这件事，才真的感激。那郑重完全干净，河水洗出一粒石，再不能化解。

我记得小裴如云的卷发，洼兜儿短脸儿，翻翻下巴，有点女相。妈说那孩子备不住是有啥病，那脸白得不是好色儿，一说话就通红通红的。奶死了就没联系，亲戚婚礼之类也没听说见过。毫无意义，妈记得

---

1 不缕会儿，不惹人注意，不明显。

比比正正的，连同过去那些时刻的生动在心里重新活过来。可能生动这事瞬间自足，脱离因果。

6

搬两间房不久爸做腰间盘手术，小姥来了。妈晚上带两个空饭盒回来，外面黑茫茫的。姥总催我先睡，我把书包收拾好，鞋垫儿放暖气上烤，棉袄棉裤压在被子上，袜子掖在枕头底下，有种自豪感。有一天半睡半醒听妈跟小姥说医院门口有家小铺卖小米粥，一碗粥两毛钱！门口排大队！这家人家可挣着了，比上班儿我看还强呢。

爸出院在家躺着，借武侠小说看，吃饭时扣在枕边，书皮儿特别破，画着古装人儿，穿飘彩带的衣服，女的露出半截胸。阳光满照的中午，电大领导来了，大声寒暄满腾腾一屋子。走了我们吃午饭，小姥低头看见脖上挂着塑料珠项链，我跟她疯闹挂上去的，就忘了，给客人看见了。小姥假装打我，又笑得很高兴。妈回来又说了两遍，是欢闹的语境，但是她应该是真的觉得丢脸。

小姥那时还是穿着自己做的群青色大襟袄罩，六颗小黑珠子纽扣，我小时候经常爬上去摸涩。她头发少而短，不够盘髻，只在脖子后面拢住向上翻起，用发夹别住，永远整整齐齐的，出门前还是会重新梳一遍。搬来长春以后妈给剪了短发，出门套一件藏蓝色小立领洋服，还是大姥一件旧衣服改的，早先一种脆而隐隐发亮的化纤布料。仍然很干净，但是似乎忽然就不在乎了，从照片里走出来，变成另外一个人，走向陌生的衰老。

第二年小哥考上农大委培大专，水产养殖专业。妈把爸灰褐色旧毛衣拆了，给小哥重新织一件。阳历年来家，头发留得很长，胡子也没刮，可能是时髦风格，被妈批评，本来就瘦得露骨露相，这胡子一留像四五十岁干巴老头子！毛衣穿上正合适，又套上爸一套七成新灰色毛料西装，更显老气。

妈炖了小鸡儿，给小哥夹鸡胸脯，说，老姑家就是个人家，别假勾啊东。挑鸡爪子过去——跟你妈一样，好吃这套玩意儿呢。爸也笑，这你就外行了奚玉珠，人懂的都好那些筋头巴脑儿的，有嚼头儿！妈啧啧两声。

赶上借电大的相机在家，剩几张胶卷都照了。我跑到北屋拿上娃娃——妈妈抱我，我抱潇潇！都笑。真是节日。照片出来，手臂僵硬的，眼睛倒是瞪得十分有力，像有意志在后面燃烧。当时只看见红脸蛋儿没有褪干净，我是农村孩子。

大舅赌钱，大遏房子卖了还差许多饥荒。光机学院在我们楼后盖宿舍，妈去工地问，正缺打更的，叫大姥来，挣两个是两个。

大姥待不住，本来就是闯荡人。他一直不太喜欢爸，落难了来投奔可能格外不愿意待在我们家。年轻时候来新京做买卖，竟然还记得路，找去光复路还在那里，舍不得坐车，走过去要一个小时。回来讲粉条绿豆，卖货的姓杜，公主岭人，可好了那孩子，管我叫奚大爷，说了，大爷你放心，有多少我要多少。妈不接茬，没有本钱，家里就是工资，再爸讲课的钱，要留着我们上大学用。而且小姥不乐意让做买卖，担惊受怕，刚倾家荡产，一点风险承不了。

礼拜天傍晚大姥回来，一开门全是欢喜气——今儿个可叫我逮着了！来不及脱鞋就讲起来。光复路东头儿小鸡儿五块一只，西头儿五块五，大姥兜儿正有十块钱，折回去买了两只小鸡儿，倒手挣了一块，又回去买两只，又挣一块！再去没有了，卖没了屁的了。大姥说，老外闺儿，你说大姥儿这钱挣得容易不容易！妈也高兴，真有这事儿叫你碰上了！餐厅没有窗，不开灯，阴冷的深秋停在屋子里惨淡污浊，忽然放进一群鸽子。我后来偶尔想起这一幕，也想像妈一样由衷地叹一句，大姥是天生的买卖人，就是没赶上好时候。

打下雪妈就不让他出去，一刺一滑摔着。大姥右腿有点不好使，走路拖着。说，我就上趟六路！还是出去了，车站总之热闹点。买灶糖回来，乐呵呵看我吃，我让他吃，说牙不行，姥爷吃不了这玩意。进腊月，还没过小年儿，赶大晴天上光复路买了福字对联挂旗儿，挂旗儿透粉的，娇绿儿的，贴在南北屋过门梁上。我有点不好意思，但是心里非常喜欢。在大退过年，清早睡得迷迷糊糊，听小姥低声嘱咐，絮叨得我都烦了，终于听见推开门，呼呼有风声，咣当关上，知道大姥上集去了，才又安心睡着。起来盼一天，天黑了才进屋，点上灯，打开包拎，炉果蛋糕江米条儿，挂鞭二踢脚福字儿对联儿挂旗儿。小姥说，买那玩意干啥，大姥不理她，我也听不见，往嘴里放江米条儿，盯着看，觉得难以置信，漫长灰暗的冬天里那粉色红色，凿空图案，完全是奇迹。挂旗儿贴在门梁上像悬着三面小旗，大姥抱我去摸，门这边摸过来，门那边摸过去，来来回回跨门槛儿，笑够了算。那快乐特别鲜明。

爸托关系买电视，年前十分紧张，几经波折，礼拜天午饭时候送来，一家人端着碗进屋观看，拆箱，调天线，刺啦刺啦响，冬天中午浅金色的阳光里，侥幸的欢快的空气轻轻舞蹈。在记忆里越来越像一张摄影明信片，令人遗憾，美不美都是庸俗化了。世界杯宣传片里第三世界国家居民挤在破杂货店围看小电视，文艺镜头下，贫穷里的欢乐有一种实感，沉甸甸像一颗水果——这暗示令人感到危险。

过年工地没人，黑天白天都是大姥值班。三十儿晌午，我去换上来吃饭。青阴天，工地上砖头瓦块都覆着雪，门房单独一间，烟囱冒着烟，红砖簇新的，窗上钉了塑料布，窗下一小堆煤。屋里黑魆魆的，大姥关了收音机，下炕穿鞋，没有任何伤感。我带了一本古代笑话小人书，拉开灯，趴在炕上看，看一会儿坐起来，不知如何是好，太宁静、人要飘起来。炕上铺着褥子，白绿条子褥单洗得十分干净。

在二大爷家吃过团圆饭就回来了，大姥带我在门口放挂鞭。晚些姐来找，说大年三十儿不能有事儿，锁上门上来看会儿电视，过年了。上去爸说，真不能在工地放炮，失火呢。我就很紧张，想回去检查有没有火星儿。电视里舞台的地板划成菱形格子，变换黄绿红紫的彩灯，女歌唱家伸出右手，把倒数第二个字拉得又高又长，让人紧张。妈让爸打开一瓶山楂罐头，插进一个勺儿，传着吃。全是奢望之外，特别满意，又时刻担心大姥要下楼去了。

大姨父去大连出差，回来路过长春，夏天，穿铁路的短袖制服，倚桌边站着说话，声音粗响不畅，一硌一硌，石头似的滚落下来。拿来一个贝壳粘的小鸟，特别小的小海螺蓝莹莹的，恰好做鸟眼睛。搬家跟着，尾巴上贝壳掉了，贴上又掉，舍不得扔，在书架上站了很多年。说起来人来人往，印象中却是日复一日，永恒的日常，坚实安稳。

六月的礼拜天，吃过午饭，妈张罗我们把桌椅推开，露出一大片水泥地，反复擦几遍，铺开棉花套，要做新被子。还是从大遛带来的百化旗，托学生新买的两床杭绸被面儿，艳粉浓绿，本色凤凰牡丹。我在旁边，大概是缠闹，妈随口教我《木兰辞》，念熟了再念，像一串木珠在嘴上蹿撞。雷声滚滚，打开灯，暴雨倾盆：朔气传金柝寒光照铁衣……归来见天子天子坐明堂，当然不懂，可是觉得美，太阳明亮，天地阔大，人渺小无畏。

姐不理我，我就去厨房找妈，妈出两位数加减法，越算越快，脑子上了弦一样，特别紧张，特别快乐。妈说，哎呀，算得对不对呀，妈妈还没算出来呢！也高兴，但是罕见地，表扬不那么重要。

也是在厨房，教我《岳阳楼记》，我不再顺嘴儿重复，攒足心劲儿，有意识地记，觉得非常刺激。吃饭时候妈说，这孩子这脑子，念两遍就记住了！爸说，那可随了你妈了，你妈记性是真好！

班里新年联欢会上去背，丢了一句"虎啸猿啼"，心里恼，脚跟都软了，坚持念下去，回到座位屁股都是飘的，简直坐不下去。被表扬，我猜想老师都不会，小学老师能有啥水平，傲慢起来，又对自己的世故十分满意。我瞧不起南湖小学，因为听爸妈说过"教学质量不行"。

有人送了一兜杏儿，杏儿核儿特别干净，晒干了，用水彩笔涂红一面，假装嘎拉哈¹。玩几下放弃了，太轻，又只有两面，还不如原来的大猪嘎拉哈。爸教我们弹杏儿核儿，地上画个圈儿，一把杏儿核儿洒进去，一个一个弹出来，规则是不能碰到其他杏核儿。我跟二姐趴地上弹，爬床底下掏，玩儿一会儿也觉得坚持不下去，大片沉沉的空白在越来越宽的间隙里浮上来，弥漫开。小孩不算计时间，在空白里不焦躁。有时发动自己跳起来，像楼下突然开走的摩托车；有时待在里面，冰凉地发呆，潭中鱼可百许头，皆若空游无所依。

光机学院宿舍北边隔两趟平房就是省实验院墙，墙那边先有一座小山似的煤堆，往西隔一道矮墙是图书馆后院儿，兼做植物园，甚至有一个玻璃房，从不开放，夏天大片花圃赤裸在太阳下，彩艳干涩，蜂蝶寂寂地飞。好几棵大树，有两株木梨伸过墙头，春天香雪盈盈，笼在歪斜的屋顶上，诗意直通古代，若无其事。

院墙正对湖东街有一扇铁栅栏门，常年锁住，暑假寂静午后，踩住锁扣爬上去，翻上墙头，在水泥抹的双坡上颤巍巍站起来，伸开双臂，避开玻璃茬儿踩麦穗步，到梨树底下拽住枝条，晃悠悠采摘翠绿的小木梨。二姐穿一条白色洒小桃心小阳伞花布半截裙，站在底下撩起裙子接住。摘够了从墙上跳下来，塑料凉鞋非常震脚，逞能，又怕给人抓住，站起来就跑，大白阳光一动不动。

木梨酸涩坚硬，像嚼块木头，一嘴渣滓，放了几天也没有变软。

1　嘎拉哈，羊拐，羊后腿膝盖骨，四个一副，女孩的玩具。猪嘎啦哈就是猪膝盖骨，比较大，不趁手。

二姐用旧药盒、筷子、小锁头做了一杆秤，非常像样儿，整个下午我们坐在北屋地上玩儿卖梨的。阴天开灯，一会儿哗然下起大雨。

大姐很少跟我们玩儿。皮筋儿刚跳两把就说不玩儿了，问为什么，说不为什么，就不想玩儿了，转身就上楼，剩下我们又要重新分伙儿。一会儿她趴到阳台上看，喊她她又进屋了。我跟二姐连说几句，大姐最烦人了，就不理她了。

正玩过家家，大姐忽然过来，也带我一个吧！假装我是你们家农村傻大爷，有点儿精神病儿，哎呀，这是啥呀，这是你家潇潇啊，她不是个娃娃吗！塑料的呀！头顶都秃了！怎么有两个红脸蛋儿，是不是你用水彩笔涂的呀！一边说，把摆好的东西拎起来乱扔。我跟二姐给吓住了，就看着，难道是疯了，那样嬉皮笑脸，乐颠颠的。大姐向来是不太高兴的样子。

三间房交了钥匙，妈让每天挪一点东西过去，她在阳台目送我们，回来开门笑嘻嘻说，跟小耗子似的，一溜一溜的。我跟二姐挺起肚子抱住破布包拎就下楼了，大姐磨蹭很久，搬一把折叠椅。新家离学校近，她怕同学看见。

妈一件绿色麻袋呢外套，袖口磨坏了，剪短给大姐套棉袄，是我们仨穿得最好的。省实验不让留长发，都是妈给剪，大姐每次大哭，妈发脾气，整个星期天气氛紧张，我跟二姐不敢说话。后来二姐说，她同桌小常征，有一天跟她说，我今天看见你姐了，穿得比你好，你是后妈吧。当笑话讲，一个男生观察这个。也有点难过，我们是穿得差，自己知道，想象别人都注意到了，结果真的注意到了。

大姐带我们"办报"，倒严肃认真，善始善终。一张八开白纸，写上报头，分栏打格，把选好的小文章抄上去。《少年科学画报》上有一张图，在眼镜上装雨刷，二姐挺着画上去，我觉得特别"未来"。没注意到车上有这个，没怎么坐过车。妈在煤气公司参加知识竞赛，得一瓶花露水，从来没用过，有时候打开闻一闻，有点刺鼻子。蓝绿色玻璃瓶上一层小疙瘩，十分晶莹。我扣住瓶盖描一个椭圆图案，把题图画在里面。

冬天黑得早，开了台灯，紫色大桌满铺，格尺橡皮，铅笔圆珠笔水彩笔，倒扣过来的书。四点半来暖气，咕咚咕咚水管响，传来黑野茫茫，三个人凝聚精神，全然不察。门锁响，我跑出去，妈一身凉气，声音喜盈盈。开了大管儿灯，一下通亮的，大夸一番，说，叫"小姐妹报"好不好？本来好像是叫"春晖"。大姐用粉色水彩笔瓢子写上这几个字，我殷勤地勾个边儿；粉的"小姐妹报"，编了号，每周出一期。

搬到三间房就不办了，爸妈珍藏起来，卷起厚厚一摞包进塑料袋，跟我们那些荣誉证书一起，放在组合柜电视上面的柜门儿里。楼下马大爷来，盛赞一番，从衬衫口袋摘下钢笔，"祝小姐妹报越办越好！"。全都挺乐，姐也没有嫌弃。走了爸又看一眼，说，马宪章这两笔字写得还可以！

马大爷是师大中文系毕业，妈也觉得理应是才子。有一次上来坐，赶上吃饭，妈多炒一个花生米，马大爷夹掉一颗，钻到桌下去找，扑落扑落扔嘴里。走了妈笑死了。都还串门儿，正月头初六互相拜年，我觉得一切理所当然，毫无意识，不知道那是古代中国的余温，爸妈的黄金时代。爸妈去马大爷家，正唠嗑儿呢，马大娘说后背疼，马大爷让她趴床上，骑上去按摩，一边跟爸妈说话。这事妈讲了一辈子，当笑话，也用来佐证马大爷疼老伴儿，咋没有感情好的呢，有！

生命抽象神秘，生活具体可亲，他们彼此是怎么相处的，英语真的都用一个词么。

妈甲亢三年，医生说有一种德国特效药，写在小纸条上。大姑父去上海出差，托帮打听，真买来了，大姑父跟妈站在灯底下，比着小瓶儿一个字母一个字母对。吃两瓶就好利索了，念了好些年，真得感谢你大姑父，好人哪，上心给找了呗，要不回来说没有卖的，谁还能说啥。也没见过妈对大姑父好，倒是偶尔讽刺大姑，可以恩人自居了呢。

爸同事吴宁去上海，带回五顶毛线帽，不知为什么给我们三顶，大姐棕红色，二姐蓝色，我的红色，几何图形拼的大雪花图案。戴好多年，就不觉得有什么好。可是从此总觉得上海飘着大白雪花。

妈病好有一段好像挺爱过日子。牛奶一下订三瓶，全家都喝。爸做了木盒钉在门洞外面，偶尔早上派我下楼去拿，清晨的空气沉沉的，还没有被搅动，我想站住呼吸一下，但是从不，立刻奔上去邀功。晚上要把空瓶送下去，有时差点忘记，就特别高兴，像赚到了。总是雀跃的心情，总是不肯适应，每天喝上牛奶都觉得是额外的——超出基本的生活。可能只有半年，妈说喝牛奶上火，而且经常扑锅，比小米粥还不好看。改喝豆浆，买豆粉来冲，不久也放弃了。

跟李明霞学买长串切片面包，大罐头瓶草莓果酱，早晨做果酱三明治，大姐吃一个，我跟二姐都吃两个，二姐默默把四片摞一起，抹三层果酱——实在太聪明了！来人再讲一遍，还是特别欢乐。生活突飞猛进，难以置信。但是没有新衣服，吃也是为了营养，馋是可耻的，虚荣更不行，简直等于轻贱。

魏阿姨给的旧《少年文艺》里有一篇故事叫《妈妈》，讲家里很穷，妈妈等菜场散了收地上的菜叶回来，摘摘拣拣做成腌菜，又买来没人要极便宜的小鱼小虾，填到豆腐里炖起来。特别描绘了等豆腐出锅的幸福，好像是个冷雨天，炉子上一个小锅咕嘟咕嘟冒着香气。不知重看多少回。钢笔画插图，他们家后门出去就是小河，几步石阶下去，泊着小船，远处有高拱小桥，那是我最初印象的"江南"。穷困里没有怨气，自尊要强过日子，一分一秒都是紧实的，那种朴素健壮也让人上瘾。看《棋王》，讲做饭不用提，一家人糊火柴盒折书页的段落我也反复看，擅自觉得他们非常幸福。简直要把贫穷浪漫化。

又有一本《作家的童年》。浩然父母早亡，只有一个姐姐，姐俩奋力养一头猪，年底杀了，还猪仔钱，给屠户钱，又抓小猪，剩下只够买三斤肉。姐姐嘱咐他，买二斤肉，再买点葱姜——如果还有剩，买一截头绳——说到头绳有点难为情，这情节真要到人心里去！长大以后回想，简直怀疑是假的！浩然坚持要买三斤肉，肉就是香的！姐姐说不放调料不香，"尽着你吃还不行！"结果浩然去集市，钱全拿来买了书。不能接受，后面很长一段看不下去，那文章本来是写他如何爱读书，可是读书这事变得可厌，太自私、太残忍了。姐姐哭了，抓了那只特别能下蛋的（特别能下蛋这一点也像叙事的惯性带出来的）老母鸡，杀了过年。我真爱他姐姐，没有父母也一定要像模像样好好过年的要强的心情。念念替她想，明年就不用还猪仔钱，到年底可以多剩几斤肉，又担心万一害猪瘟可怎么办！

《少年文艺》里还有一篇《儿子的责任》，也是穷，哥哥要结婚，逼家里要钱，贪心无耻，不忍心细想，过后就不记得。但是写到弟弟有两条裤子，轮到补丁那条穿两天就换下来，他妈妈注意到，什么也没讲，把哥哥一条旧裤子改了给他。我也不忍重读，心里感激了很久。

妈不太会做缝纫，李明霞买了一本衣服样子书，做了两件相当成功，妈买一块红色小白点儿布请她做和平衫。布不够，找一块天蓝色大白点儿布拼在胸前，妈说，更好看了！我坐在北屋上铺看二姐在下面试衣服，觉得不好，布太薄了，套在棉袄外面显得很穷。

妈跟风买一块绿金丝绒做半裙，不会上腰，就只串个松紧带，配上水蓝色乔其纱衬衫，在照片里也挺美的。有一次发雄心要做百褶裙，听说那块灰绿碎花化纤布不走褶儿，细细熨了一下午，褶子打得不够密实，穿上似是而非。也穿了几年，终于埋在包拎里。搬新家，寒假回来看它变成枕套摆在床头，是小姥的作品。褶子熨平成为僵硬的白线，正是滞留到此刻的往日的纪念，顽强明确，面目全非。然而崭新的一切都是漂浮的，不能承认。

好像是三年级，我在班级新年联欢会前一天中午大哭大闹，妈带我去地下商场，买了一身麻红色套装，二十九块，我留意到稍微好一点的都是三十二块，还有三十六的，不敢说。裤裆太窄，套棉裤撑开，妈说，这孩子这胖屁股！用姐的旧红领巾拼了一块在屁股上，红得非常鲜明。恼火不想穿，又到底是新衣服。全家笑人我，我跟着一起笑，倒是十分欢乐。就知道会这样才提前憋屈愤怒、大哭大闹，等真的发生了，尴尬但是也觉得轻松。第二年老早妈就给我买好新衣服，又笑了两遍。好像就再也没有要求过。我许多年都羡慕别人衣服，后来知道家里有钱，仍然说不出口。仅只是提出要求就难为情，不是家庭文化，就是普通的自尊心——大姨小时候上人家赶上吃饭手攥登登的。

我不长个子。爸吃吃饭，很高兴，来，给我老姑娘量量个儿！我也很乐，肯定又没长！妈说，这才量几天，还不到一个月呢！倚门框站直，爸拿一本书取直角，从上面落下来，画铅笔印儿，一米三二的位置反复描，特别深一条。

妈认真当个事儿，带我去医院，没有说法，隔俩月又想起来，换个医院去看。有一个大夫让拍片子，说手腕上少一块骨头。我有点希望是真的，得怪病不是像个天才。

妈拉着我的手在楼头碰见陈佳林，她热烈地说，不能，你看你和何老师你俩都大个儿！妈说，那可不一定，我大伯哥跟我大伯嫂也都大个儿，他那大姑娘小晖，才过一米五！进屋妈说，这么一看，三娜长得咋还跟小晖有点儿像呢。小晖姐也是眉毛里面有一颗痦子，我对镜子看半天，有点喜欢妈为此着急。没有真正忧虑过。

总撵我出去，说要多运动。在煤气公司跟学生要了两只大胶皮手套，铰了一副大宽皮筋儿。星期天早上没有人，皮筋儿绑电线杆子上，茫然四望，自己跳起来。在学校是最差的，十八勾很少成功，也就练了一两个小时，连勾两百多，一直到皮筋儿不够长，紧紧缠在脚脖上。把脚抽出来，看皮筋儿打着旋儿松开，非常不甘心，不想结束。上午的太阳又清又晒，一身都是汗。竟然不想跟人讲述。那乐趣正在于孤独、憋住一口气儿。

见到人就世故起来，那是非常灵敏、无法控制的应激系统。一个人待久一点，总像是连通了神秘故乡。没有家门钥匙，经常在门口徘徊等待。电线杆旁有半块废弃的预制板，有一天傍晚站在那里，想到这不是石头是水泥。旁边那堆小石头是人们运来的，更早是人们从山上敲下来的；远一点的南湖也是人们挖出来的；湖边的树林子，即使那些树很大很老，肯定也是前人栽的；南极北极都去过了，插上了小旗，月球都去了，人没去过的地方呢，看都没看到想都没想到的地方呢，在哪呢。亢奋起来，不知所措。确定是秋天，太阳落下去以后风一下子就变得很冷，妈老远看见我，说三娜啊。

四年级时候手指肚儿裂口子，天天抹嘎拉油儿也不见好，指甲边缘起了鳞片，妈说，灰指甲可糟了，传染哪，不好治。我想起老王家那个女人，抱被倚坐在床上，房间黑魆魆的。还是有点希望得个重病，但是不要那么丑。想要被爱，有多少都不够，这黑洞几乎就是天生的。

也是看了几处大夫，确切说不是灰指甲。有一位让我验头发，说缺锌缺铁，开了两瓶葡萄糖酸锌口服液。塑料瓶标签上有个五彩孙悟空，想不出为什么，更觉得是来自远方，文明神秘的工业社会。倒出来明黄色液体，有股绝非食物的怪味，一口气喝下去，觉得高级，又有点恐怖——有排异的直觉。那时还没有补锌的广告，都没听说过，只有李明霞说，不能啊，不说缺锌影响智力吗，小三儿那么聪明，还缺锌，你说谁能想到！我遗憾地当真想，我要不缺锌得多聪明啊。

搬到两间房不久妈就发现我肠胃不好，拉屎黏在蹲坑里冲不下去，妈说这孩子这屎，酸臭！也是之前都在外面拉野屎。带我去看奶的一个老亲戚叫赵宏斌的，中医学院教授，从来全家人生病都是找他。

家里有一个破嘴黑药罐，妈弄了旧白衬布洗干净滤药，黑漆漆一大碗，我看出她是准备大作心理工作，端起来一气就喝了。果然夸奖我，可是似乎也知道我是为了夸奖，说得就像兑了水一样。

妈说都是姐叨欠我，冷不丁家里来个妹妹，欺生呗，三娜在她姥家无拘无束惯了，那气性才大呢，发起火儿来眉毛都红，吓人哪！我就很想看自己红眉毛，怎么可能一边生气一边照镜子呢？觉得这困境非常奇妙，琢磨了很久。

长水痘发烧，过几天自然就好了。传染给二姐，退了又发起来，痘都比我出的大，妈请假带打针，姐好了她说吓够呛，以前农村出水痘死人的。我跟着兴奋了一阵，也不过就是这样！

二姐小时候扁桃体切除，只要有流感就能沾上，有时开头结尾能赶上两轮，咳嗽起来没完，往用过的演算纸里吐痰，小纸球堆一桌子。发腮腺炎也比我重，糊了有半个月的仙人掌。每天一早一晚，用明矾把仙人掌捣黏糊，纱布兜住贴在脖子底下。我亦步亦趋跟在妈屁股后头，当小指使看热闹。所有这些全是热闹。

楼上窦云梅长得雪白，黑发浓密，几乎有小胡子，微微吊眼梢像毛阿敏。左手无名指根有颗突起的黑痣，痣上一根长毛，我时常拉过来看，她好像也不介意。

大姐在外面跟我和二姐划清界限，二姐跟窦云梅一起上学。姐说有一回窦云梅边走边吃苹果，姐不小心把她苹果碰掉地上，她说，你赔我苹果，你赔我苹果，二姐说，你那苹果都快吃完了，窦云梅不肯罢休，第二天接着要苹果。我家每人每天一个苹果，二姐说第三天拿给她了。像《许三观卖血记》里的故事，竟然是真的。好像成人世界再不能这样直接对白。

窦云梅妈十分高大，密实的短发烫得一丝不苟，风吹不动，又是大鹅蛋脸，威严得像个佛。在外面玩，说她妈快下班，赶紧就回家了，后来根本不出来，也不跟二姐一起上学了。

二姐高考成绩出来，爸在小树林碰见窦钢，窦钢一边撤退一边说，走自费走自费，爸追着问，云梅打多少分儿，到底多少分儿，走自费那是多少分儿啊。回来妈说，你说你爸虎的，拽也拽不住。爸竟然更乐了，像小孩一样——偏要让他下不来台！反正我姑娘考全省第二！爸妈那时候真的乐得要飞起来。

窦钢年轻时头发就少，棕黄细软的自来卷儿，小细眼睛，没有丝毫傲气，简直让人恼火。他们家地上打了腻子，刷一种极浅的蓝色，大概是刚好弄到这个颜色的漆。有一回去赶上窦钢跪趴在门口补腻子，我就不太敢往里走，又觉得站在那更不妥。二姐有时去一起写作业，说书架摆得满满的，一套一套都贴着电大图书馆标签。

书架也是窦钢自己打的。小生舅在楼下干活，常有人围着看，唠嗑儿，就窦钢抱个肩膀认真琢磨，跟小生舅借了两本家具图样书回家去看。我们的家具开始上漆，他就整了点木头胶合板，借着工具齐全开始打书架，爸跟小生舅吃了晚饭下楼去看，在旁边笑嘻嘻地指点。夕阳在小南湖上铺开，好像他们都不知道，已经来到生活深处、正清甜。回来爸说窦钢笨，妈说，笨人不也做成了，就你聪明。不过妈也笑话他，一个男的，琐碎。

窦钢和吴飞还有几个别的青年老师，原来都住电大院里一溜平房。晚上去电大看看电视，十几二十口，就窦钢话多。妈逗他，说窦钢你是解说员啊，你不来姆们还看不懂呢。

灯全关了，荧屏的光扑到脸上，也没有惊异，反正来了长春什么都是新奇的。坐妈腿上，妈拢住我肚子，坐不住，渐渐滑下去，衣服往上缩，肚皮露出来冰凉得很舒服。《霍元甲》片尾曲陈真出来，我说他不是死了么，都笑，开灯散场搬椅子，我好像明白了，又不确定，只顾着急困惑，到底是夸奖、还是嘲笑？语气明明是欢喜的。我乐于迎合、扮演小孩，有时发现自己真是小孩就特别恼火。

窦钢管我叫何三多，又叫多多，他倒是亲热。我真生气，他们觉得更有意思了，喜滋滋逗我，明白是开玩笑，还是伤心，控制不能哭，不能让人知道。这事没有带来伤痕，如果非要说，也应该是更大的伤痕令我对此敏感。可是也没有，记忆里毫无线索，我得在童年阴影学的诱惑面前保持诚实。电视里演《草船借箭》，一个人管另一个人叫"都督"，我立即说，他也叫多多！全都乐了。

吴飞家富有，好像他爷爷平反还了些东西还是钱，很神秘。吴飞比爸还高，跟爸一样腰板笔直，黝黑的，周正饱满的长圆脸，戴茶色眼镜，见人就笑，没有谄媚，就像是特别健康的人自然流露出快乐。妈说他奸，你看奸，可不坏，那才好呢。我既不理解奸，也不理解好，就是那语气里娴熟的庸俗令人神往。果然吴飞很快当上人事处长，再分房又补了隔壁一居室，比三房更好。

吴飞老婆个子不高，微微胖，肉白的团团脸有点松了。模范夫妻，从没听说吵架。妈碰上，由衷地说，你瞅瞅你，你可忒不易了！她还是笑得喜出望外的。分开妈捏着我的手，自语，好人哪！真是好人哪！

吴飞是独孙，婆婆和奶奶婆婆都跟他们住，奶奶婆婆八十多，不能下地，婆婆是个帮手，也有限，没听过抱怨。妈说，关系再好那是老婆婆，自己妈还有闹红脸儿的时候呢，人那就是奸，不像那些虎娘们儿似的当人乱说。东北话里奸与虎相对，表示不情绪化、功利算计。既像是赞美，又令人觉得可厌，不可依靠、不能交心、不招人稀罕。当然虎就更不可交，虎人根本自身难保、早晚连累他人。可能只是地域偏见，我以为东北人最爱谈感情，黏糊起来完全不知羞耻，过度消费隐私。当然行动抉择完全不受影响，冷酷狠心的也有，软弱窝囊的也有，跟别的地方没有两样。

吴雨石长得跟他爸一模一样，只是不笑。比二姐低一个年级，在二实验上学，不跟我们玩，也没见跟别人玩，骑着自行车就不见了。听说学习不好，打架，他妈操老心了，想让去打篮球，以后走体育加分。朝阳区小学生运动会，我坐在看台上跟着老师举毛巾、敲竹板，听见广播里念"吴雨石"，立即跟同学说这个人我认识。体育生都是时髦人物，值得炫耀。

应该是家长开过玩笑，都说吴雨石和窦云梅是一对儿，他俩几乎不讲话，更像刻意的。吴雨石家在旁边门洞，也是四楼，两家只隔一堵墙。有一天我想到这个，说，你们在墙上开个门，以后就是一家人了！竟然没人接茬。睡前在漆黑里想象窦云梅家书架后面有个门，晚上推开，两人私会，他们父母都不知道，静悄悄、静悄悄地——只有我知道！太兴奋，一刹那以为是真的。

丁宇比大姐还大几个月，跟二姐同届，还在搬家前的南岭小学上学。她整天在外面，个子又大，跑得又快，玩"过关"叉腿一站，谁都过不去。头发焦黄，脸上白苍苍，总像是带点浮肿。常年破嘴角，带一串水泡，吃没腌好的糖蒜，一颗接一颗，不张嘴都打鼻子。我读中学时有一次在公交车上遇见她，剪了一个时髦化的球门头，刘海很厚，脸颊边的发角很长很尖，涂得煞白的一张脸，鲜红的嘴唇，嘴角似乎仍有些余赘，不太整齐。听说她读了职高。搬到三间房那边自然而然就不说话了，像不认识一样。

她家在二楼，只有一房一厅，全朝南，夏天开门通风，挂一块旧白布门帘子，嗒嗒嗒总有几条腿在后面走。秋天关上门，也常常听见里面大声讲话，而且随时就会开门冲出一个人来，虎虎生风地，比起来别人家都像是冬眠了。她父母倒是不吵架，有时候骂孩子，嗓门很大，毫无威慑力。

礼拜天，丁宇带我跟姐去她家，竟然只有丁莹在家，趴在唯一的餐桌上画画。也是从电大领的八开大白纸，比着小人书画古代美人，几乎完成了，丁宇非常得意，提起来站远给我们看。头发，脸，衣服和飘带，都很细致，只是铅笔太粗，手指甲比手指还大，一只一只鼓起来，反复擦过几次，黑乎乎一块，令人遗憾。阳光照在桌上，丁莹靠墙塌坐着，好像很累。我盯着她看，感到脆弱，可是替她和她们家高兴，安静画画多文明。

丁莹那时已经上中学，比她妹妹矮，又瘦，同样惨白的脸上泛着鲜艳的红色，脏且没精神，病态而不美。几乎从不出门，后来听说有癫痫，高中没毕业退学了。我们搬三间房，他们也过来，本来不够资格，小丁还是没有评上讲师，照顾孩子多分了两间但是一楼，正好把北阳台辟出来，替丁莹开一间小卖店，晚上拉起一条旧粉格子床单，算是关门。我宁可多走几步去湖边买东西，路过不敢转头，还时瞥见丁莹坐在窗后薄瘦呆滞的影子。没到半年就黄了，听说是病得太重。

丁宇妈是五十六中老师，教数学的，有点虎，妈说，横是学数学的都有点虎。夏天在湖边小卖部门口，严肃地跟妈说，我这辈子就佩服两个人，一个是你奚老师，一个是姆家丁云安。妈说，你说虎的，佩服他家小丁儿啥呀！小丁儿啥也不是的玩意！

丁云安跟妈一样是老高中毕业生，听说是上面领导的亲戚，安排到电大当老师。爸在理工部时，有一次来小丁家里坐，说要生产一种什么碱，坐了很久，声音很低，说得断断续续，好像也没有信心，或者看出爸不感兴趣。他穿得不好，似乎也不太干净，听说一直在外面倒腾事儿，应该是一直也没有成功。

有一次下连夜雨，第二天下午，还淅淅沥沥地我就下楼去玩儿，看见丁宇妈带着他们姐弟三个去南湖树林。天大晴了，黑湿的小柏油路上开了千万朵小金花，欢声笑语的，他们母子挎着买菜筐回来。采了满筐蘑菇。丁宇进屋去拿出初中生物教材，几个人蹲在路边，比着前头的彩页，把有毒的挑出去。我跟萌萌过去看了一会儿。回家去讲，都嘻嘻笑，二姐说生物书上根本不全，妈说，就是全也不能准成儿啊，万一吃着有毒的呢！这老娘们儿虎的！可是我有点羡慕雨后采蘑菇的情调。

暑假好像总也过不完。丁宇妈在家炒了瓜子儿用自行车推到小树林里卖。旧报纸裁成小块摞一摞，丁宇人高马大坐在马路牙子上，一张一张折成三角兜。一兜瓜子卖两毛钱。过一个礼拜又改卖烀苞米，也是丁宇，在门洞口帮她妈把大铝锅绑在自行车后货架上，又在外面套一层小棉被。妈说，我觉得挺好，人中学老师不拿架子，暑假没啥事儿，挣点儿是点儿呗，待着干啥！

丁宇弟弟叫丁岩，都叫他丁三儿，比我小两岁，黑且瘦小，永远在跑。他妈说，就指望三儿了，三儿脑瓜子好使！妈就应她，那不咋的，男孩子淘点好，淘孩子聪明！他到南湖小学上学，我还没转学，下课时候看见他从窗户跳出来，心下一喜，晚上等妈回家立刻报告，妈做饭，应了一句，那孩子！就没了。又过些天，打上课铃了，我在窗口座位坐好，看见丁三儿低头跟在老师身后，从领操台走过来，身后一个操场空荡荡的，还是有点难过。

丁三儿有一个跟班儿叫王京，比他又小一岁，独生子，养得非常胖，跟人合住五楼一套三居室，有北阳台。来卖冰棍儿卖凉糕的，王京仰脖大喊，王——江——淮！孙——淑——香！总要喊几遍，他爸穿个白背心子出现在阳台，飘下一毛钱。爸路过，蹲下拽住他，王江淮是谁，你告诉何大爷，王江淮是谁？王京懵住了，爸敲他一个脑瓜崩儿，站起来走，说，他妈的，臭小子！爸非常乐。搬到三间房，有一天中午放学，在省实验过来的小窄道上遇见，王京正给丁三儿打千，嘴里说着"报告大帅"！丁三儿说，起来吧，两个人倚住墙假装小声商议，给我让道过去。

有一段我非常喜欢听评书，六点二十守在电视机旁，吃饭了也不叫我，都知道我得听完才有心思。有一天饭后给爸妈姐姐讲，白衣白袍白马银盔银甲银枪一员小将是飞也似的直奔沙场而来——也是连说带比划的，都笑，我也不觉得难为情。

深秋时候买大白菜，礼拜天来两辆大解放，各家都出来，不买也看看。像个村子。丁宇家买一千五百斤，我们家买八百斤。到傍晚，路上全是白菜帮子踩稀泞，丁岩和王京他们拣起来互相扔打，园林农行那边的孩子都过来了，也许有二十个，追着喊着，白菜帮子漫天飞。一个闪电劈下来，各个角落齐声嚎叫，我跟着喊起来，雷滚过去尖叫还在，断了气，破了音，兴奋得简直眩晕。

大雨珠稀稀疏疏开始落，工人忙着收车，大人急急奔跑，给白菜垛单塑料布，压砖头，高喊孩子的大名，没有人应，好像忽然所有的喊叫的男孩子都藏起来了。卡车呼地开走，路上一个人也没有。我站在门洞口，看天色深青，等待大雨。那一时刻完全宁静，我感到强烈的真实，平常一切都虚飘稀薄。

这奇异的震动与安宁，在青春期消失，过后重来，像年复一年的春天和傍晚，每次都是簇新的，每次都是一模一样。仿佛有一个我脱离肉体，时隐时现，没有幼年，不曾生长，也不会衰亡。也只有这个是我，其他一切历历在目，都像是另一个人，与世界混为一谈。可是所有一切跟肉体纠缠不清，生命科学必定自有说法，虽然也只是一种说法。要抵住诱惑，不要试图从童年找到真我，哪有这样的捷径，啥是真我？

小南湖东岸，原来是一片红砖平房，园林局工人宿舍，二姐有个同学叫于浩住在里面。我上学前那个夏天，姐带我去找她，各家各院都加建厢房棚屋，路就更窄，九曲十回走进去。门口喊她，似乎在睡午觉，外窗台上摆了两盆花。

屋里很暗，于浩拿出暑假作业，就着门口的光，讲哪些不用做。她是小组长，二姐小时候稀里糊涂的。下起大雨，就都不讲话，我觉得离家非常非常远，好像在另一个世界。

于浩高瘦，黑，后来练长跑，不够加分或保送的程度，到高中放弃了。夏天在树林散步，姐看见她，远远说话，回来说她考上二实验了。妈说，真不容易，好孩子啊，四十四啥破学校。又一个夏天的傍晚，我跪在窗台上，看见她挎着她妈，沿着我们楼下湖边的小路往农行宿舍那边走。扎一个柔软微弯的马尾，穿一条极短的绿花布太阳裙，腰细腿长，微微驼背，并没有风姿。贴着窗子一直目送到看不见。这一幕毫无意味，我对这个人没有了解、浑然无感，可是一直记得，凝成完整一粒夏天的寂寞。

平房拆掉，建成八栋七层高的住宅，农行与园林各四栋，比我们晚一年完工。姜丰家是农行的，三年级搬家转学过来，矮个子，短头发，硬脸蛋儿，尖下颏儿，大杏核眼睛，特别爱讲话，穿明黄色外套，令人联想一类泼辣妇女。放学一起走，邀我去她家玩，我说我还没上过七楼呢！她和她姐共用一张书桌，摆在窗口，爬上去往外看，天色昏暗，有些人家亮了灯，我莫名感到恐慌，黯然爬下来，说我得回家了。那旷古的心情也许是真的，也许是回忆的滤镜。

王颖也是农行的，大姐在四十四中的同学，考试倒数，大高个子，黄头发，肿眼泡又戴眼镜，鼻子下面影影绰绰有两道鼻涕印儿，总跟我们小学生一起，我们还嫌她太高了，不带她。秋天晚上，一阵一阵起卷地风，王颖穿杂色横条紧身毛裤，站在路灯底下，等着有人吃完饭出来，继续玩儿"电报哒哒哒"。招呼我过去，看——这还有拉拉蛄[1]呢。

光机学院那个楼的彭丹，是电大彭校长的孙女，起初也念光机小学，比我低两级，个子倒比我高，马尾扎得又高又紧，吊得眼梢斜飞上去。总拎着大黑皮筋儿，一个人站在操场上，不知为什么没人跟她玩，听说总考倒第一。也去过她家一次，小阳台很窄，栏杆也低，没有门，开窗跳进去，担心折下去，又担心会震塌。不久听说她爸妈离婚，她大概转学了，再没遇见过。我家北窗与她家正相对，去过以后我经常看，阳台上叠着几片废纸壳子，落满灰。有时候亮灯就更加好奇。完全没有出口的好奇心，在寂寞里非常响亮，像一颗钢球，吸引人去摸涩，那心情现在还可以浮上来。

这些人事在视野中匆匆划过，没有下文，无法纳入任何人生叙事，更没有任何细琐的意义。可是偶尔回忆泛起，总是惊喜，好像吃到一颗糖。

我跟姐都喜欢看电影里一家人围坐吃饭，我有时看着走神，擅自联想出各种日常，好像接通了，可以自由代入。做饭也好看，晾晒或缝补衣服，不论故事背景，立刻亲切起来。最具体最基础的生活经验，蔓延广大，亘古如斯，是人所能想象和归属的永恒。

我可能有点恋物癖，电视纪实节目，背景里沙发上铺着麻将牌凉

1　拉拉蛄，蝼蛄的别称，体圆，头大，背部茶褐色，腹面灰黄色，前肢发达有力，善掘地，生活在泥土里。

坐垫儿，阳台上晾内衣袜子的挂盘上夹着一只紫红色蕾丝胸罩——有时候，仅仅是这些东西，都能令我兴奋：那个人他在生活！地铁上不好盯着人脸，就看衣服打扮，即使只是鞋，也能读出人与人的不同。有人穿得刻意而不合适，你看见他对自己的想象，觉得悲哀又可爱，那自欺也是一种热情，他的心脏跳得热腾腾的。我用偏见创作，信以为真，有洞悉一切的快乐。

人工合成的世界，符号的海洋，可以阅读与把握的错觉，都让人沉溺；有时候探出头来，比如逛大型超市，觉得真是繁荣，又真是不耐烦——我们生活在不自知的爆炸中，文明跟宇宙一样不断熵增，到处飞舞多少粉尘多少琐屑的具体！都是人的遗迹、生命的转移啊！有一次电影里，女中学生回家晚了，在门口换鞋的镜头特别长，我竟然也动了情，人啊，在玄关放了鞋柜！人啊，回家要换上干净舒适的拖鞋！人都活得多么认真啊！对于人生人世，除了恋恋情深，还能有什么别的办法吗？

大五去云阳测绘，老城街道狭窄，杂货店纸箱一直排到路边，小饭店门口将将摆两围白色塑料桌椅，地上黑水肆流。往上看楼面霉湿，阳台黑锈护栏里挂着中学生校服。没有风，难看的白绿相间的运动服耷拉着，特别生动。成长中的心情，一个家庭跟着课程表日复一日生活的心情，饱满地涌起落下，好像一拳打进来，好像忽然进入此地最温暖安稳的内部，特别真实，特别有力。我强烈地感到自己是个游客。中小学十二年，在记忆里特别长，特别坚固。好像那就是故乡，就是被世界淹没之后绝对不会被它溶解的、我。

教育厅农行这一大片初中都是分到四十四,三类,平房烧炉子,学生打架斗殴早恋,老师也不行,多少年考不出一个重点。大姐期中考班级第二名,爸家长会回来,高高兴兴,又说老师讲话没水平;晚上跟妈说,省实验不也盖宿舍呢么,你去问问奚玉珠,煤气排没排上号。妈说她到底是农村来的,没这个意识,寻思孩子有个地方念书就行呗。找马艳丽装了煤气,省实验给煤气公司十个赞助生指标,大姐就转学了。决定下来到正式转学那几天,家里有股喜气。四十四扣住学籍不放,教导主任说好学生不能流失,爸妈很焦急,说起来也骄傲。我又觉得爸妈有本事,双重得意。

我读三年级,成绩并不是顶好,也没有这个预期。数学老师讲错一道题,我举手争执,过后很怕,认为她肯定要对我不好,回家说说哭起来,你们就对我姐好,她们都上光机小学,就让我上南湖小学!后来爸几次讲,我那句话说得他非常心酸。我就特别尴尬。我是假的:我是那么想的,类似推理,对庸俗的痴情模仿;我没有那个感觉,没有被忽视的委屈。小时候热衷于庸俗,不知道害怕,潜意识里以为自己永恒,金刚不坏,不会有划痕。

初冬的晚上,窗外又黑又冷,爸妈拿两条人参烟、一条丰满水库捎来的大胖头鱼,上姜校长家送礼。听说是何二娜的妹妹,爽快地答应了。二姐刚在市数学竞赛得了一等奖,全校只有她一个。我心里骄傲,好像戴上家族的光环。

礼拜一青灰的早晨,飘小雪,二姐攥着我的手,穿过省实验,过南湖大路,过工农大路,过斯大林大街,到光机小学。等过马路的时候我看见自己,矮个子,圆胖脸,穿一件浅橘色人造毛外套,又满意,又有点惶恐,再没有任何雄心。

第一天就让写日记，放了学拿钱去湖波路商店二楼买了一个牛皮纸封皮儿的笔记本。真是新生活。依照假想的期待，写新学校环境好，以后要努力学习。被表扬，又写"这次被表扬是偶然的，但是偶然多了不就成为必然了吗"。有点得意，又觉得不妥，那并不会成为必然。带点心虚交上去，老师通篇朗读，说这最后一句有思想，超出三年级小学生的水平。给爸妈看，都夸好，周末老姑来，也说，这孩子，咱大人都说不出这个话来，懂哲学呢！我坐在紫檀色大桌上，晃荡腿，洋洋得意，喜欢"哲学"这个词。心里还是不懂，偶然多了也并不会成为必然啊，为什么没有人指出这一点，是对小孩要求特别低吗，可是错了啊，错的啊。还是高兴。

学校数学竞赛，考完让出去玩儿，同学跑过来，杨老师找你。杨老师是教导主任，歪脖子，半边脸有点萎缩，都叫他杨老歪，这外号增添了他的权威——朝阳区数学竞赛辅导都请他。我听二姐讲过，那是第一次见到：穿一件蓝布外套——听说有个傻儿子，治病治穷了；眼睛很亮，目光很快，令人兴奋。我不害怕看他，也不觉得丑得残酷。他真的上下打量我，问，这道题你怎么做出来的？我后来总想维护"聪明"形象，当时还很坦然，当然很小声，就说是硬算出来的。

我得九分，另外几个同学得七分，四分以上可以参加竞赛辅导。忽然就成了小明星，想跟谁玩都受欢迎。我立刻与角色合而为一，撒娇要强，谄媚傲慢。这角色持续到高中毕业，成为深刻的惯性，在性格里剔不干净——并没有固若金汤的绝对的一个我。下雪的昏暗的中午，操场枯灰的大杨树底下，刘关楠教我拍手歌儿：星期天的早晨雾茫茫，捡破烂的老头排成行……一遍就记住了，自己都吃惊，奇怪她毫无反应：会不会我真的很聪明？！到期末考年级第一，我已经习惯，潜意识里信以为真——我跟他们不同。

放学跟齐晓楠一起走，到岔路口恋恋不舍，她跟着绕到我家楼下，搂电线杆站住。我大概是非常能说。后来偶尔路上听见小学女生滔滔讲话，简直比咖啡厅里谈论男人的女人更加庸俗可厌——因为全是模仿，小孩演技更差一些。当事人不觉得，全情投入，很自然地掺进许多真。齐晓楠问我，你咋练的字，咋写那么好呢。我大概是乱说一阵，甚至拿出作业本来举例说明。她忽然抬头盯着我，你是不觉得你就是啥都比我们好，我们就不用跟你比了。我在心里往后退了好几步，说不出话来，又看她脸上好像并没有恶意，又不能信实。

齐晓楠很瘦，骨头都很细似的，但是圆圆脸白得透明，头发都绒黄的，柔幼可爱。夏天穿小白皮鞋，米白七分裤，裤脚滚黄边儿开圆襟儿，黄边儿长出来，系个蝴蝶结，上面穿淡黄色七分袖毛巾衫，胸前挂着钥匙。她父母是多么爱她啊，她是多么幸福啊！当时我就觉得了，好像也并不真的羡慕，因为那不是成就，是运气。

三个年级几十个学生去城里参加数学竞赛，潘静爸帮忙从零二四借了一辆大客车，带队的郎老师跟他并排坐在我身后。郎老师抹得惨白的削骨脸，龅牙，抓抓抓一直说，潘静爸偶尔应承几个字，声音非常低。我每次回头看，他都是端坐。瘦脸，浓眉，礼拜天早上穿着军装，格外有英气。他那时是个科长。潘静妈是南岭商店售货员，大花中长发，戴眼镜，见过两次都是不高兴的样子。过年开联欢会请她代买杂糖，花生瓜子，皱纹纸和电光纸，黄蕊帮潘静一起提过来。

我去过潘静家，简直不敢走进：下午的阳光沙沙照着，屋里静沉沉的，水泥地刷了红漆，浅绿布沙发上铺着白色线钩三角巾。知道没有，可是印象里总觉得客厅有一架钢琴。平时倒看不出来，一件砖红色拼黑趟绒的夹克衫，从秋到春，一直穿到毕业。潘静圆圆脸戴眼镜，不漂亮，也不爱出风头，柔声细气的经常带点嘲讽，她成绩非常好，是学习委员。

转学第一天就听说潘静陈燕，从来连在一起讲，是班里的双子星。

陈燕是班长，老师一出现，她嗖地就站起来，"起立"两个字喊得高亢严厉。最善于朗读课文，昂首挺胸，响亮庄重，真的有点像个"干部"。人缘就不太好，没有亲密的朋友，零二四的几个女生放学都是跟潘静一起走。但是我去潘静家，两个人没什么意思，就下楼去找陈燕，也没观察到她们彼此有什么敌意。三个人坐在陈燕家窗根底下的水泥散水上chuǎ嘎拉哈，屁股冰凉的，没什么意思。潘静说她妈快下班了，就回家了。

陈燕比我高一点，但是在院子里散步的时候挎住我的胳膊，问我怎么学好数学。我很吃惊，看她好像很坦然，没有任何躲闪迂回。倒是我后来就有点怕跟她说话。五年级春天陈燕转学，我竟然有点觉得轻松，因为她跟潘静差距越来越大。才知道她爸是零二四学员，毕业了要回湖南去。难怪穷，那天在她家门口望了一眼，窗边墙上挂着一个篓子簸箕。写过一封信，老师在课堂上念出来，说想念老师同学，我也觉得心酸，因为我自己一次也没有想念过她。倒是后来听说何明华狂热执迷，我一下想到陈燕，觉得她要留在长春，十有八九也要信的。

何明华是大姐的好朋友，长得细眉弯眼，尖尖下颏儿，我小时候觉得她非常好看，简直像山口百惠。见到我就说，三娜——哎呀一娜，你妹妹真可爱！见到爸就爽声说，叔叔好！一点不忸怩。她小时候是学习委员，听说作文写得好。后来成绩不行，也考上大学，寒暑假跟姐总要见一面。姐说她很纯真，"向往美好的精神生活"。暑假里淡青色的傍晚，我跟大姐去何明华家，姐在电话里说好要借给她一本书。《在时间的岁月中永远没有自己的故乡——里尔克如是说》，我经常看，似懂非懂，总觉得标题翻译错了，怎么会有"时间的岁月"这种词？但是也不好意思问。何明华家搬到光机所新宿舍楼，我站在小学操场的大杨树下等着，暗自期待她送姐出来。我羡慕她们的友谊——好像是基于某种崇高，好像教会小姐妹。又过两年就听说何明华出事了。我有时候想起她，怀疑宗教最初也就是那样，而我们都是原始人，出生在历史奇诡、文明归零的时刻。

高三暑假，我无端热情地骑车去找潘静。她家搬到零二四东门外，隔着一条宽阔的沙土路，在晌午炽白的太阳底下滚烫的，前后无人，一辆双驾马车蹬蹬蹬地跑过。我进门就大声讲起来——两匹白马！多么魔幻！潘静也只是笑一下。六年没见，她也还是那样波澜不惊的，嘴角的嘲讽倒是不见了，更觉得沉闷。我本来想大家都要去北京了！青春生活不就是朋友嘛！在亢奋乱说的许多间隙，从沙发背后通墙茶色大镜子里看见这个陌生的房间、两个陌生的人，觉得非常清冷伤感，但是只有更热烈地说下去。

爸妈给送礼的那位姜校长有点像中年发胖的朱时茂，头发灰了，总是皱眉头，不高兴，像是心里有大事。会写毛笔字，给我们上过一学期书法课，话很少，似乎不知要怎样教小孩，大号笔蘸了水，在玻璃黑板上写个"永"字，水流下来，像哭花了，还是端正饱满。

我们班主任刘老师是姜校长的老伴儿，也特别重视书法，要求每天写一页庞中华。她说"字是一个人的门面"，反复说，每天都挑出几个写得好的举起来展示。我暗自觉得王雯比我写得好。她也特别会画画，书皮儿包得也好，作业总是整洁漂亮。我们有一段时间关系非常好，她秘密似的告诉我，纯蓝钢笔水兑点水，写出来颜色浅淡，会显得更干净漂亮。

老师让办报纸，我跟王雯一组。冬天的午后，几个同学在王雯家东扯西拉，混得浑浑酱酱就散了，只剩下我俩写啊画啊。像是专注，又像是累了有些沮丧，都不说话。太阳在窗前漫过，光线微弱透明，空气要带着人向下消沉。贴墙一个斗柜，柜顶一个椭圆形小鱼缸，真的游着几条鱼，在那情境里更不敢仔细看。还有一只双耳闹钟，滴滴答答，滴滴答答，滴滴答答；一个红白竖条子塑料不倒翁娃娃，想去碰她，又并没有动，像是害怕，不敢打破死寂。王雯从抽屉里拿出一个魔方，几下对齐一面，递给我，我立即回到自己、紧张起来，怕不如预期那样聪明，脑子一片空白，转几下赶紧还给她。

出来太阳已经在树梢。想从湖面上走。站在岸边，没有风，没有声音，只觉得更冰的空气侵过来，冰得眼珠子疼。好像受到暗示，带着观赏的心情看南湖，南湖灰冷广阔，滞寂无情。近处的积雪踩实了，似乎很安全，远点有几个潦草的雪人儿，再远还有钓鱼凿开的冰窟窿，璨白的冰块堆成井沿儿。太阳在树后微微红了。脚印渐渐稀少，一串一串很清楚，湖面有裂缝，积雪都跟着凹下去，慢慢蹲下，把雪拨开，手指插进去，很结实，更慢地站起来，试着踩一只脚，再使劲一点，心里还是不踏实。站在那儿，风非常大，有点陶醉，把胳膊伸开，太冷了，心里一个哆嗦。

桥洞底下冰面全露出来，几乎黑色，蹲下去看，才觉得是绿，深渊一样诱人探进去。冰里冻着许多雪花，深浅疏密，大朵小朵，仿佛刚刚落下，还毛茸茸的。原来美正是亲切的反面，几乎令人不适——额头后面瞬间结了冰，又麻木，又晶莹，又兴奋。不知如何是好，立即撤到语言的安全中。趴下去，眼睛贴在冰面上，有些雪花非常深，可能在一米以下，非常大朵，那么轻，怎么落进去的？是瞬间冻住的吗？这所谓观察和思考完全是打岔，纯粹的美不留线索无法阅读。我使劲儿再看，担心忘记，又怀疑不是真的，总之不能就这样离开。太阳红熟，桥洞底下几乎全黑的。冷，有点害怕，想回家，又有点觉得家里的一切都轻飘飘，随时可以消散——因此更怕了。爬起来走出去，意识满盈，像感动，又像决心，很远才回头，才预想到讲述，激动起来，又想到无论怎样讲述，也无法让人看见我刚才所见，除非他刚好已经见过。孤独像一粒石头握在手里，又满意，又担忧，怕撒手掉下来。语言绕出来，把它缠住，编进生活与记忆的网络。诗意神奇与腻腻人事住在一个身体里，本来自然而然，没有冲突。

盛夏的正午，几个女生坐树荫儿底下 chuǎ 嘎拉哈，王雯眯着眼睛，拎着皮筋儿，从曝光过度的大白夏天远远走来。浅蓝色短袖衬衫，洗旧的白色帆布短裤，红蓝两道杠白色高筒袜提到膝盖，牙膏涂得雪白的小布鞋。我是第一次觉得别人可爱，心里像是渗出水儿来。

我俩都没轮上，蹲在旁边等重新分伙儿。她说她是 X 腿，暑假她爸要用木板给她夹直。我想真新奇，还有爸操心这个，也没有深究，怎么夹呢，木板就行？我从来没留意谁的腿是弯还是直，就觉得自己不懂的世界可真是广大。

chuǎ 嘎拉哈都是双腿大开坐在地上，裙子撩起来盖在大腿中间。朱玲娜说，王笑，我看着你裤衩儿了。王笑又黑又胖，浓眉大眼，汗毛很重，正仰头接口袋，说，是红色儿的么，是红色儿就对了。我回家兴高采烈地讲，好像路上采到特别大一颗果子，太乐了，全家人记了几十年。

朱玲娜也黑，瘦，很卷的自来卷，戴深色塑料框眼镜，有一件夏威夷风情花上衣，一直穿，好像是她爸出国带回来的。谁说什么她都能搭上话，又亲昵又无关紧要的。有一天放学路上，她说我是精神病儿，我说她是神经病儿，反复说，就那样乐了很久。秋阳照着，绿铁栅栏里野草藤蔓满爬，结了许多刺球儿，有些已经黄了，后来知道叫卷耳，《诗经》里的卷耳，怎么可能。

另外一回，走到教育学院门口该分开了，我站住跟朱玲娜说，我们家其实有钱，有三千块存款，我妈说要留着供我们读大学。我也不知从哪听来的，说完就很后悔，怕她说出去，有人来偷存折，更怕爸妈姐知道，忍不住显摆太丢脸。分开以后我一直设想家里失窃，想得简直精神恍惚，晚上躺下久久不敢闭眼睛，好像坏人就在房顶上。第二天第一节下课就找她，千万别跟人说，其实偷了存折也拿不出来，我妈存了定期，存三年，利息高。我只顾窘迫，眼睛盯着她什么都看不见，心嘣嘣嘣跳。

搬到三间房，一度铺绿色化纤地毯，没有吸尘器，二姐整天拣地上的毛渣渣，组织大扫除就安排我拣，赶上朱玲娜来找我玩，二姐说，不行，我妹得拣地！要不你跟她一起拣，拣完就可以玩儿了。大学寒假聚会，朱玲娜没来，都带点夸张、说她变成大美女、我觉得无法想象，梁琦说，听说她去你家你姐让她扫地？可能也要记一辈子。

最怕别人记忆里的我。高中突然收到朱丹一封信，非常意外，说我们打赌，她输了，我就真打了她一个耳光。无论如何想不起来，一点点痕迹都没有，我正以为自己天生一颗温柔的心，电视里扑通一声下跪就要别过头去，打耳光就要换台了——甚至不能说出"扇"这个字。可是她这样郑重，不可能是假的。记忆到底有多自欺，不能想，要跌到深渊里去。

想要否认的事，我也顽固地记得一些。六年级数学换成即将退休的孙老师，非常胖，嘴里常有股蒜味儿。有一天课上讲应用题，说一个乒乓球厂每月生产多少，销售增长率多少，问到第几个月库存刚好清空——差不多是这样一道题。我忽然就举手发言，说老师的解答里没有考虑库存可能被员工偷出去卖掉，工厂也会腐败，激愤地大说起来，而且指责老师，只顾讲没用的算术，要把我们教成书呆子吗？一定是那几天偷听大人讲话，心中澎湃，找茬儿要炫耀出来。我一边讲一边感到心虚，可是已经下不来台，转头想说服自己、学校不告诉我们社会真相就是错的自己非常正义，就是这例子抓得实在不好……归根结底心里知道这一切。羞耻，无法洗刷，不敢忘记。我曾经多次体会本性里的残暴，享受愤怒，渴望践踏一切，最好以正义之名。可是也确实另有温柔的心。以致它们都像是不稳的幻象。

第二天孙老师没有来，说是高血压犯了。刘老师用一整节语文课讲，好学生被惯坏了，不懂得尊重老师……没有点名，我知道是说我，有点尴尬；隐隐感到是拿宠爱要挟，生气，抵消了歉疚；又吃惊，不相信自己有能力伤害"大人"。真正过不去的，是在自己跟前出丑，恨这件事，希望快点结束。

我相信存在"内心崇高的道德法则"。我经常体验到两种耻辱：一种是人际的，总可以归为虚荣，例如表现出贪婪、或者炫耀，我觉得粗俗，等于承认劣势；另一种与他人无关，划痕更深——我不能原谅有意识的自欺。有时自负地判定他人自欺，也总是失控、怒火中烧。这愤怒在很多时候没有明显可见的功利效用，我难免猜想背后有某种绝对的东西、不可分解的力量，可是当然疑心这也不过是一种自我陶醉——典型的甜蜜的自欺。

我给王雯写信："……我跟你做朋友并不是因为你爸爸是所长……"。可能吵架了。我觉得这段话非常成熟，写信这事本身也让我得意，偷偷希望大家都看到。不知哪学来的，也还没看过言情剧。又自知勉强，光机所所长这官儿太小了，我们家又不是光机所的；又有点心虚，王雯根本没有这种意识，不需要我去澄清。那封信怎么到老师手上的，在课堂上念出来，当然是表扬。真是无地自容，几乎要哭，明白如果哭了，就更被误会。那耻辱真深刻，不允许背叛。对媚俗的厌恶是一种本能，媚俗才属于"文明"。

10

我不会唱歌，很多年热衷于有感情地朗读。人生还在想象中，没有经验可共鸣，被辞藻韵律激发、抒发的到底是什么？他们被旋律激发、抒发的是什么？初中音乐课学《满江红》，都在唱歌，我自顾自深情朗读起来，——三十功名尘与土，八千里路云和月，几乎自我感动、几乎成功了。被老师叫起来批评，哭而且哭个不停。不只因为被当众批评，归根结底是为媚俗而羞愧，我知道自己在做什么——想要别人观赏我的自我感动。

四年级，过了年才开学，礼拜天中午爸洗好衣服，妈给我们换了干净床单。开一会儿小窗，涌进新润春寒，墙壁都凉了。好像胸中有一团雾气感应。找出《革命烈士诗抄》，翻到打算背诵的那几页，坐在被垛上大声念起来，清明节快到了，要在主题班队会上背诵。春节时就偷偷选好了，趁没人拿出来看过几次——准备得太早，难为情。

一首殷夫，"五卅呦，立起来！在南京路走！把你血的光芒射到天的尽头……"；两首陈辉，"我，埋怨，我不是一个琴师，……""那是谁说，北方是悲哀的呢？不！我的晋察冀啊……"。不认识"冀"字，又不想打断语调去查字典。"那是谁说，北方是悲哀的呢，不，我的晋察什么啊，你比——"姐狂笑起来。恼羞成怒跳下去打她们。整个下午，接下来的几天，都有一个影子跟着，想要不看它，又忍不住。姐逗我，"那是谁说，北方是悲哀的呢？"我就扑上去打。后来我有点喜欢她们说起，仍然扑上去打——很高兴自己有过童年，勇于庸俗是多么生猛。

之前一年也是背诵殷夫，班队会前一晚，写不出发言稿，妈找出这本旧书，挑出一首《别了，哥哥》。我不懂什么叫"砭人肌筋""辟易远退""普罗米修斯"，也不问，盲背下来，"但你的弟弟现在饥渴，饥渴着是永久的真理"，特别珍爱这一句，反复嘟囔，过后好多年还时常冒上来，完全空洞地念出声儿。

我盘坐在床上，妈倚着被垛，举着书看我背，忘记的地方就提一个字。我背熟她又看好久，说这一首好，那一首也好。我有点希望这念诗的活动不要结束，又紧张明天不能背好。书很旧，纸都黄脆了，一碰就要碎。有些地方蓝黑钢笔写着小字儿，我没仔细看，但是注意到不是爸或妈的笔迹。妈感叹说，这字写得多好。没讲是谁，有点像刻意收住。我好奇了一下，就过去了，压抑不住设想在班会上出风头。

妈说殷夫，多白皙，多有才华，二十一岁就死了！我就有一点爱慕，又觉得遥不可及。过后悄悄翻出来看诗人简介。陈辉也只活了二十五岁，只有三首诗，清新朴丽，多情眷慕，并非一心赴死，可是也死了。我说不出这话，心里已经难过，又担心这三首诗会消失，竟然因此近切起来。

高中历史课学到邹容，有一个模糊的椭圆小像，一小段简介，我觉得不满足，想知道更多，比如壮丽的遗言。当然无处可寻。明确地爱他，又无从爱起。早晨骑自行车在路上，想起他来，越骑越快，像要飞起来。几乎是高兴的，一个生命结束在纯净的热烈里。

语文课上学梁启超写谭嗣同：不有死者，无以酬圣主，不有生者，无以图将来。程婴、杵臼、月照、西乡，吾与足下分而任之。背得熟，脱口就来。又希望谭嗣同没有这样说——只是为酬圣主。程婴杵臼的故事我也反复思量，还是觉得太残忍，归为上古气，仍然不舒服。从没揣想过谭嗣同，也不知道他死在什么年纪。也许是故意不想了解更多。他在我心里已经完整，响亮纯粹，像一块水晶。这事我一直不舍得反省。

送书给妈的人叫张庆夫。军代表来公社组织村民政治学习，妈发言积极出色，被识别出来，问公社干部，那个奚玉珠，什么文化程度，什么出身，怎么还在种地？组织妇女扫盲班，妈教了一个冬天，开春儿自然就散了。妈很高兴，觉得多少能抬起点儿头来了。

张庆夫三十来岁，军校毕业，写得一手好文章，妈说。我想象冬夜一盏小灯，村里人黑鸦鸦围坐，妈昂然站起，额头闪耀，青年军官在角落里，心头照出一片雪亮，我要求他身姿挺拔，忧郁坚强，是文明、权力、异性、英雄的合体，但是立即知道这不是现实主义。

他调到县里，他们写信。有一次他去近旁公社调查，跟妈在村头见面，两个人走了十来里地又走回来，春天刮大风，漫天杨树毛子。——

连手也没拉过，那时候那人！都是谈毛泽东思想，就说自己追求进步，出身不好啥的。都不知道人家有没有媳妇儿，备不住得有吧，那时候三十来岁能不结婚么。

那些热情狂想，那些细密紧张，在心里自生自灭了？我疑心妈有所隐瞒。什么时候送的书？还有两个手抄本，红的是毛主席诗词，蓝的是唐诗宋词，蓝黑钢笔小字漂亮整洁，跟妈小时候戴过的小银锁收在一起。

出国前暑假，有一天吃过晚饭说闲话，我问妈，妈妈你二十三岁在干嘛？因为我自己二十三岁。妈叹一口气，很认真地算年份，说，啊，那就是在碱厂当工人——还没当上工人呢，正在农社干活呢。所以认识张庆夫的时候妈才二十一二岁。没有照片，只有更早、高中时代一张同学合影，半张身份证大，四个人全身相，还是一眼看见妈眼睛飞飞着，下巴颏儿扬着，喜乐充满，与人不同。

——总有招工的，但是你大姥不戴帽么，能轮到我么。等到大布苏来招工，社里的知识青年都抽没了，就剩我自己才轮上。李子井赵老瞎使坏，说我们家有问题，都通知我了，又给拿下去，那指标就空了就给他们屯子了，赵老瞎是党员，当过书记，就让他侄女啥也不是小学没毕业的家伙去上了。那我能轻易放弃么，好容易看着一丝亮儿，我就上县里，也没别人儿，就去找你李姨，你李姨两个哥哥都在县委上班儿，打听好了，把我领到县委大院门口儿，给我指，最里头那排红砖房东头数第二间，找赵文革，说他能管这事儿。

——我咋不怵呢，在门口站老半天，那不见大人物么，能决定我命运的人，我没名没姓儿，出身不好，愣闯进去人家不给好脸儿呢！训你一顿呢！天抹抹黑，屋子里点了灯，屋里影影绰绰有俩人儿，不是说啥呢，哪有心思听啊，就想要不走吧，就怕有人过来人问我，干啥呢在这儿一个小丫头。这不说都忘了，一说还想得真亮儿的呢，傍秋天前儿，下晚儿起风可冷了，我一咬牙，像你大姥那股虎劲儿就上来了，敲门我就进去了，把写好的材料往小桌上一放，也不敢看人家，就低头儿说，请赵主任抽时间给看一下，转身我就走了。

不知道是不是这二十多页的个人陈述起了作用，一个多月以后，下来通知让妈去碱厂上班儿。妈说，我自己上人事局取的材料，记得可清楚呢，那天刮大风，呼啦呼啦的，一个牛皮纸大信封，上面写着特别大的字，"力工"，完了盖个大红章，再也变不了了。出身不好，不让沾技术工种，转干转正更不能了，啥都不行，就是力工，那我也非常高兴，比在土垄沟子好呗！

我经常想起这一幕，就跟真的见到一样，妈拽一下衣襟，在昏黄光晕中抬脚迈过门槛。她总是想把握命运。在困难的时候，好像跟自己生气一样，心里一句"能咋的"，就鼓起了勇气。东北话管这叫"虎"，多半要是要吃亏的，但是妈其实又很务实、很精明。

我高一那年春天，张庆夫带妻子从酒泉回吉林。离婚又娶的，日本遗孤，长春围城时养父母想方设法把她送给城外亲戚，后来辗转失散，那一年总算找到，夫妻俩回来去靖宇县探望。张庆夫竟然仍然知道妈的地址，提前写了信。爸说，你放心，我不嫉妒！保证给你招待好！

午后楼道里传来说笑声，爸的嗓门儿格外大。开门一股酒气，四个身影挤在门口，挡住光线，看不清脸，又不能盯着看。只有那个女人白得触目，又非常瘦。张庆夫跟爸差不多高，确实很挺拔，微黑的长方脸，似乎很端正。

我关上房间门，他们压低了声音，只听见嗡嗡嘤嘤，一会儿又笑，坐了也许有半小时，就走了，那女人送给妈妈一条绿色棕花的纱巾。我坐在书桌前不能平静，从来没发生过这样戏剧性的事，可是又似乎什么都没发生。到书架跟前去找，《革命烈士诗抄》就在那儿，犹豫了一下，赌气似的碰一下，抽出来，也就抽出来了，根本也没什么。

11

朱春晓是南湖小学班上的文艺委员，跟爷爷奶奶住。起先住在教育1号楼，楼道里有一股异臭，极其浓烈，源源不绝。朱奶奶从前是小学老师，也许是校长，总是板着脸，经常夸奖我，夸奖的时候看着她孙女，每次去她家我都很紧张。

作业本放在床沿儿上，垫着本夹子，朱奶奶盘腿坐在床上，面貌端正，短发灰白，戴着眼镜俯身下来，感觉压得很低，似乎应该很亲切，可是并不。窗子开着，小阴天飘细雨，我感到置身于想象——想象中文明化的奶奶，轻轻抚过一缕眩晕。她给朱春晓写字头，把"然"字左上半写成"匀"，我很困惑，想搞清楚这是个错误，还是更成熟的大人写法，没有问。

她家楼上就是萧海家。萧海爸爸叫萧龙嗣，师大数学系毕业，跟爸一样下放到乾安，后来也在中学教书，县里开会认识了。他爸是黄埔军校毕业的，国民党军官跑台湾了，他妈是小老婆，他们母子留在大陆。能上大学已经很幸运，连爸也说他脑袋造一气[1]，妈总说曾经有一道什么难题爸没有做上来还是萧龙嗣解决的。妈是要证明我们学习好不全是像爸爸，萧龙嗣的三个女儿都不行，老二老三跟二姐和我同年，对比特别悬殊。爸也说萧龙嗣目光短浅，娶了一个成分好的。萧海妈妈瞎眯眯眼的，总是扎着围裙，往后躲，可是后来又听说十分厉害，管钱管登登的。三个女儿也都是小眼睛，皮肤黑，不好看。

萧龙嗣破格评上特级教师，调回长春直接进省实验并分了三间房——应该是八五年，一年级春天萧海来到我们班，我想毕竟她爸爸是个传奇啊，有一段时间就经常一起上学放学。有一次萧海爸爸在家，喊

1　造一气，东北话，相当厉害。

我进来,我走到房间门口,一个男的倚被垛歪在床上,逆光看不清脸,他问我几句,让我给爸妈代好。我特别紧张,因为一直替他难过,怀疑他在忍耐内心的痛苦。

萧路初中跟二姐同班,像不认识一样,二姐不敷衍的。萧路跟电大王红双的女儿王影儿好,王影儿比萧路还丑,且老相,像四十二岁。我有时在北阳台上观望等姐,看见她们俩挎着胳膊走过去,王影昂首挺胸,萧路侧身凑过去说话,眼镜都要掉下来。王影跟男生在小树林散步,二姐和王征恶作剧似的跟踪人家,回来笑了很久。王征成绩也不好,而且小儿麻痹拐着一条腿,可是二姐说她最有意思了。谁成绩好,漂亮或者有钱时髦,大家心里都有数,可是交朋友也不完全是势利眼。

四年级朱春晓萧海和张杭一起转来光机小学,只有张杭跟我同班。有一段中午约朱春晓一起上学。她家也搬到省实验新宿舍,跟张杭家一栋楼。总是拎着皮筋儿站在门口等,看她们祖孙俩吃饭。两三年不见朱奶奶竟然就老了,头发全白,腰都有点佝偻,眼神儿也慢,管不住孙女了——听说她们班好几个最坏的男生喜欢朱春晓。

过后很久知道她爷爷老年痴呆,搬家以后再也没下过楼。我才想起他从前也很少露面,出来也没什么精神,我热乎乎地叫爷爷,他也就是点点头,朱奶奶问他喝水不喝,他摇摇头又进里屋去了。

朱春晓渐渐就回自己家住了,我们也没有交恶,就不来往了。从没见过她爸妈,她也很少提,只是常说她舅舅家的表姐,好像比我们大一岁,周末舅舅舅妈带去游泳,别人以为是双胞胎——我表姐也很漂亮。她其实是姜黄的三角脸,不过弯着眼睛笑眯眯,精神头儿闪闪的,是书里说的百伶百俐的类型。

张杭才是天生丽质,雪白的圆脸,漆黑细弯的长眉毛,水亮的眼睛,双眼皮儿长卷睫毛,厚嘴唇总是新鲜的粉红色,像画的一样。四年级就已经明显发育了,高而微胖,提问到她,站起来诺诺低着头。她不记得我了，她也许都不记得自己幼儿园时非常威风。小时候四年像四个世纪。

我热爱她美貌，觉得连手指甲都长得特别好，边缘整齐而且富于光泽——大姆指甲都是长圆的，我的就是扁圆，很自卑。有时候从侧面看她，想这就是鬓若刀裁眉如墨画吧，真有这样的人呢！

夏天她穿她妈妈不要的绿色黑花朱丽纹裙子，系一个足有三寸宽的黑色松紧带腰带，前面一个金色方搭扣，在我眼里简直像二十五岁。后来有一次听她同桌李磊回忆她穿超短裙黑色渔网长筒袜，坐下来大腿全露出来——然后大腿那里还破了一个洞！好几天我都上不好课，没法儿集中注意力！说得在场男生全都笑。我也记得她那黑色弹力裹臀短裙和渔网长袜，连姐也注意到，说不知道她妈咋想的。

我确切知道她没有喜欢或招惹过任何男生。我们经常一起回家，她比我高一头，但总是挎着我的胳膊，说朱春晓是狐狸精，"没家教"，你看她爷爷奶奶是老师，她爸爸妈妈都是工人！张杭说，你知道我为什么叫张杭么，因为我爸爸说，上有天堂下有苏杭，苏州杭州就是最美的。她瞧不起自己，崇拜她爸爸。

她爸爸是省实验高中政治老师，后来教过大姐，据说教得非常差，磨唧黏糊毫无重点，上课睡倒一半。但是他非常喜欢我。中午我去，才敲门他就说，是娜娜吧，来了啊，娜娜进来吧，叔叔才把饭做好啊，娜娜再吃一口不的。他们吃鱼炖豆角儿粉条。我想这可真稀奇，不腥么，但是没说。张叔叔个子不太高，冬天在家穿一条蓝色毛线裤，裤裆郎当着快到膝盖了，膝盖鼓出两个大包。现在想也许是江浙人，白净的小圆脸有点发福了，越发慈眉善目，慢慢悠悠，我和张杭出门，他端着饭碗走到门口，过马路小心哪小杭啊娜娜啊！

上中学就没联系了，有一天张杭来家里找我，让我去帮她做一张报纸，语文课作业——我让我爸帮我，他说你去找娜娜。似乎我应该以此为荣。报纸画完，张杭爸从另一个房间过来看，不断夸赞我，让我多来，多帮助小杭。小杭明显地发胖，越发堆委了，不仔细看脸就只是一个懦弱白胖的女中学生。我有点觉得遗憾，而且感到压力，出门就如释重负地忘记了。那怀旧的温暖在现场就是虚飘的，像一个没有后果的意外。小时候去找她，总先望一下她家窗口，再绕过去上楼。后来很多年，路过总是抬头望一眼那扇窗。但是那感情什么都不是。

高二寒假在小路上遇见一次，她说要去当兵了，以后好考军校，她爸爸给她联系好了。不到半年就听说她爸爸得癌症，不知什么时候去世的。过两年小学同学聚会，黄蕊说张杭在旅顺当水兵，头一年给她寄过卡片和照片，穿水手服老漂亮了！我有点想看，那好奇心抓一把就松开了。黄蕊也找不到她，聚会前打电话没有人接——指定是搬家了，这大过年的能上哪去啊，我打好几遍呢。回家妈说，（张杭她妈）能不找人么才四十多岁。我想起张杭哥哥，细高个子，眼镜腿上缠着白胶布，连招呼也不打，总是在书桌前低头忙碌，听说是钻研武器和飞船。家家户户都是要破碎的。

我到小学毕业还跳皮筋儿，张杭从不，下了课她跟李克婷和黄蕊说闲话。黄蕊薄薄的三角脸，高高的吊眼梢，本来应得一个更好的角色。但是她东张西望，卷起耳边枯黄的头发在嘴里嚼，下了课就喊喊咕咕，到处传话。她们讲二班一个女生跟男生斗嘴，张杭跟我说——我回家跟我妈说，我妈说这孩子可不好，啥都跟着学，这话咱们可不能出去学去，砢碜！我好奇极了，问了几次，那句神秘的脏话是"你还在你妈小腿肚子里抽筋呢！"。知道应该是色情意味，怎么也想不懂跟小腿肚子有什么关系，但是也觉得非常非常刺激。当时正穿过省实验茫茫的大操场，我心里像是揣了一把小刀。

操场的攀援架上吊着几根非常粗的绳索，有人在底下绑了木板，站上去屈膝伸腿，可以荡得非常高。有时两人荡一个秋千，对面站着抱在一起，张杭有温暖的香味，我觉得很好闻，很坦然。上课时间操场上没有人，秋天太阳一落就冷森森的，尖叫起来自己都觉得瘆得慌。后来我们干脆爬上过人高的双杠，拽住绳索站起来，跃下，双腿在空中展开再夹住，落到木板上坐实荡起，又高又远呼喊着像飞一样。张杭胸前两座小山颤巍巍的，但是毕竟也只有十一岁。

我的同桌马腾，是男生中个子最矮的，有一套浅绿色制服式短袖衬衫短裤，夏天穿上像不知道哪个国家的小兵。马腾妈跟黄蕊妈都是零二四幼儿园阿姨，黄蕊经常讲马腾。说马腾爸出门办事，中午没能赶回来，实在太饿，买一个面包吃了，马腾妈大发雷霆，你家是大富啊，你吃面包！当然是气坏了讲给黄蕊妈的，也不怕被笑话。我听了觉得有点残酷，而且想起自己小时候以为搬家就能吃上面包的事，生怕被人知道了。但是当然像拣到宝一样回家讲起来，笑了好多年。

马腾打乒乓球可能花了不少钱。周二周四午休去少年宫，下午课上一半他敲门，众目睽睽下走进来，非常让人羡慕。有时上午第三节课他就开始收拾书包，窸窸窣窣，一打铃就冲出去。我很自尊，从不打听少年宫的事儿。我隐隐想去学画画，不好意思要求，那太时髦了。

马腾有时回来手里捏着一个冰糕棍儿，坐下赶紧放进搪瓷缸子，下课倒上水，刺溜刺溜喝。我在家偷偷试过，什么味儿也没有。有一天他回来跟后座男生骂售票员，我吃惊那些脏话，但是听懂了他要逃票才能买上冰糕。

他研究自制圆珠笔芯儿，有一天早晨一来就告诉我成功了，热情地教给我。也并不难，拿一支彻底用光的圆珠笔芯儿，用牙咬住笔尖儿拔出来，撕一小条纸搓细，从上面小洞插进去，抽出来，带出亮闪闪蓝紫色的残油，反复多次，彻底擦净放水里——避免有气泡；油笔管儿插入钢笔水瓶，用嘴吸，对眼儿盯着还是很容易吸到嘴里——那又有什么！笔尖儿插上真的可以写出字来！我模仿几次也成功了，不过墨水流得太快，写不满一页稿纸又要拔下来重新吸水。后来马腾也放弃了，我觉得他也不完全是为省钱。

去大连参加比赛回来，班主任刘淑云老师举起荣誉证书展示：东北三省有多少小学生！第十三名，非常了不起！这都是平时一点一滴……发挥下去说了一整堂语文课。我严肃地望着她，脖子有点紧张，害怕瞥见马腾，虽然他好像也并没有得意洋洋。心里清楚地疑问，一点不觉得庸俗——第十三名，够上省实验么？零二四的同学都按片儿分到五十四中，算区重点。后来黄蕊说马腾长到一米八，穿军装老帅了！我们俩是男女生最矮的，小学毕业都不到一米四。

大学时候寒假在梁琦家聚会，黄蕊在厨房背光站着，人薄得像个影子，声音脆亮的，剁酸菜一样当当当说过来：马腾儿上大学可费老大劲了，那特招那么好整的呢，下班儿在教练家门口等着送礼，人还不收，马腾他妈为儿子真豁出去了，我跟我妈说你看人这妈当的，你看你！后来球打得根本不行了，打不上去，不练哪，再说先天条件在那儿呢，打球这事儿吧，也不是你能吃苦就能打好的，打到一定程度，那也看先天。马腾中学时候你没看着，可不像小时候了！一点儿不听话，哎呀妈呀，他妈可操老心了，经常跟我妈哭！要不说还是生姑娘好，还省心，到啥时候你一条心——。

大三寒假，我在医院碰见另一个同桌叫程剑，计价窗口排在我前面两个，毕业八九年从来一次也没有想起过这个人，但是一眼就认出来了。我一直害怕他回头认出我来，又不舍得转身离开，就站在那紧张里。似乎始终知道记忆是刻舟求剑，不愿揭穿。

马腾焦黄的眼珠，虚黄的头发，总是有点破皮的鼻子，鼻子下河床似的两道印儿，总淌清鼻涕，也不擤，快淌到嘴使劲儿吐露上去，让人担心会咽下去。我们像所有同桌一样在桌上划界，圆规尖儿比在胳膊肘最容易过界的地方等着。难免也要大打出手，我抠掉他手背一块皮，流很多血，第二天下午刘老师说马腾妈来找了——好学生就更不能欺负人了，好学生得在各方面起到带头作用……。我想学习好就要被人欺负吗？谁让他打不过我呢。不服气，但是也不生气，因为也有点愧疚。

刘老师身材瘦小，短发烫大花，穿浅灰色有暗纹三颗纽扣西装外套，非常絮叨，偶尔发威但是一点都不可怕。她年纪比妈大一点，经常提起自己高血压，有时候说起她家小秋和小丽，顺便加一句——我和姜老师结婚晚。当时我也知道这些事不该在语文课上讲，但是非常喜欢听。要是有家长来过，她会把她与家长聊天的内容重复讲几遍，里面总有些别人家的故事，好像无穷无尽的扑克牌又翻开了几张。

小丽跟我同年，避嫌在一班，继承她妈妈的窄长脸圆鼓鼓大杏核眼睛，算是好看的，冬天戴一顶橘红色人造毛帽子，说话吹气儿，茸茸就要抚到脸上来。区里数学竞赛，去抄成绩回来说小丽得了一等奖第三名。刘老师连着讲了两节课，脸上熠熠发光，像一切光芒一样不可思议。我也有点为她高兴，因为深信这不过是偶然，小丽根本不构成威胁。成绩正式发表只有我得了一等奖，偷偷观察刘老师好像也并没有沮丧尴尬，很快确定她依然喜爱我，也就放心忘记了。无忧无虑的童年就是这样，坦然地贪婪狡诈又十足天真，天真复杂神秘。

12

两间房住了不到两年，八六年底分上新房，在小南湖北岸。礼拜天中午妈叫我去新房子找爸回家吃饭，爸正坐在小板凳上刷墙围子，一点声音也没有，棚顶上吊着一个黄灯泡，阴天快要下雪了。爸说刷完这面墙，就剩不点儿了。我蹲在边上看，往右一挪，屁股碰倒一瓶酒，碎了洒一地。人送的两瓶汾酒，不舍得喝，备着送人。家里有十几瓶水果罐头，甚至还有凤尾鱼，也是别人送的，爸妈有时出门挑两盒，酌情搭配酒烟。姐生病开一盒，没有保质期这回事。我听说汾酒和西凤都算四大名酒，觉得非常珍贵，仿佛不应该属于我们，但是连妈也只是说，打打了吧，那咋整。爸晚上回来乐呵呵说，得回我老姑娘把酒整打了，把油漆味儿都压下去了！清香！真是好酒！

都来我们家过年，三十儿下午陆续到了，我跟姐带雪妮二黑小庆儿到新房子参观，临走我要上厕所，他们先下去了。找不到电闸，厕所门开着还是黑魆魆的，我看着地上绛红色六角形地砖，非常陌生，也许有十秒钟的时间，觉得自己不属于这里，就要回去了，不知道是要回哪里，但是没有丝毫惊恐。他们已经走到湖边，大喊一声追上去，只剩下轻薄一层困惑，为什么我还在这里？被抛弃了么？小孩分不清幻想和现实。

新楼有五个单元，每个单元之间错开一截，露出东西窗。我们家在二单元三楼西边，三居室南北阳台。爸妈住南屋，摆了沙发兼作起居室，我跟姐住西屋，在北屋吃饭，也有一张小床，奶来住过几天。暑假小生舅又来，在小路尽头支起刨木床，我去拣大片刨花在上面写字。打了两个新书柜，一个三屉桌，西屋放不下，把早先的橘色两屉桌分配给我，之前我都是在缝纫机上写作业。

大姐高中时候数学不太好，爸给她讲题，声音压得特别低，我躺在被窝里假装睡了，瞥见小黄台灯底下，大姐一直哭，爸总是说，别着急大姑娘，别着急，爸再讲一遍。我不喜欢那个场景，可能觉得大姐耍赖，不应该被别人看见。但是总记得桌边放着一个妈削好皮的苹果，都氧化变黄了。姐有时候想起来说，三娜你吃了吧。

爸常夸奖大姐，说我老大给妹妹们带了个好头儿！像个姐姐样儿！我们都笑，以为根本没有这回事，只是接受爸特别偏爱大姐。她一直痛经，经常要请假一天。下毛毛雨的早晨，爸骑自行车带她去打针，妈催我和二姐吃早饭，觉得特别冷清，秩序之外的一天，又有点兴奋。

大姐一直很瘦，又有少女的自觉，跟女同学挽着手在校园散步，二姐后来说她和王征看见了就跟在后面喊喊笑。上高中以后越发严肃而忧郁，写《秋天里我晾晒伤感的泪》，后来都拿这标题笑她，但是当时简直有点害怕，她全身心在那种气氛里，好像随时要哭。有一年流行用塑料挂历包书皮儿，要在封面打几道褶儿，很有点难度。我包完自己的，摆成一摞意犹未尽，大姐说你帮我把历史书包上吧——。真是受宠若惊。

我喜欢做手工，用挂历纸做钱包，把易拉罐瓶剪开编成花朵形烟灰缸。妈说，你们家人都巧——。奶早年用彩色打包带编菜筐，一家一个，要求人夸——老妈这筐你就使去吧！我们搬新家她送一挂门帘，烟盒纸裁成细长等腰三角形，卷起来成为橄榄形，串起来一条一条固定在木条上，蓝颜色红颜色拼成波浪，挂在南阳台门上。妈有一张照片，穿雪青色珠丽纹连衣裙站在门帘跟前，正吃瓜，不知道谁抢拍的。

爸又有一个堂姐，跟奶没有任何血缘，听说在哈尔滨修拉锁为生。拉锁总是坏，有时需要用钳子掐紧，有时得打点肥皂，我也就会这些，但是也很有成就感，总要显摆，爸偶尔就说，啥时候上哈尔滨看看我大姐去！谁都不当真。当然也就是那么一说，那情感零星得只够几句话。回想起来却真实得骇人，爸有很长的人生与我们无关啊。

姐有一条牛仔裤，锁扣儿的咬齿折了，拉上去滑下来，修不好。我拣来穿，在锁扣儿上系个绳儿套在裤腰铜扣上，有点不好意思，还是给姐看见了，大笑好多次。她俩好像比大人更加觉得我是个小孩儿，那气氛好像是要摸摸我的头，当然顶多大姐说一句，小胖子！我喜欢这个角色，谈不上扮演，自然而然，十分幸福。去阳台拿回三个苹果，她俩从桌前转头，我背手问，左手右手？猜到两个就再猜一次，总是很高兴，并没有什么难为情。

南窗楼下是马大爷家菜园，隔一条也许一米宽的小路就是小南湖。也许为地基牢固，有楼房的东北两岸用大石头砌了陡斜的堤坝，并有一圈蓝漆铁管护栏。夏天的清晨有人踩着石头缝下去用小纱布网兜捞鱼食。我羡慕人家养鱼，有闲暇情趣。

有两年湖里种了菱角，发得密匝匝，秋天有人划小船进去，穿连身橡胶衣服下水，妈说采菱角呢那是。我想也许南方就是差不多这样？

有一天中午站在南阳台上，近处露出的一小块水面，有几十条大鱼！家常炖的盛满一盘那么大的鱼。怎么游得那么浅？喊妈过来看，才敢确认是真的。妈说，你说吉利不吉利！

大姥来，转一圈儿，我老闺女这房子有比的，太阳老爷住我老闺女家了！前面没有遮挡，太阳快落山又从西窗照进来，一直落在东墙书架上，站门口看是满屋横扫的金纱。

冬天省实验在小南湖上浇冰场，姐体育课都不教滑冰，不知轮到哪个年级，在上面磕磕绊绊，没有几个人会滑，女生还是三两站着说话。第二年就没有了，听说非常贵。回想起来，那时候好像常有超前的事昙花一现。

有人凿冰窟窿打鱼，围着抽烟，听说鱼会自己游过来。我通常跪在窗台上看，有时打开九格窗中间的小气窗，探半个身子出去。有一回索性下楼，沿冰面走过去，他们都敢我有什么不敢呢。在楼上的视野里看见自己小心翼翼往前挪，又像是特别真实，又像是假的，那感觉非常新奇。忽然听见姐急切的喊声——何三娜！你给我回来！寒假姐有义务看住我。

东岸农行那边的大孩子打了几桶水，顺着石坝浇下去，冻成一个冰滑梯，二三十个孩子排着长队，坐在纸盒板上，一个一个欢呼着冲下去，一直滑到湖心。我在北阳台找到装橘子的竹箱，把盖子拆下来，竟然比纸盒板更滑，几乎要冲到对岸大柳树上。

周日小庆儿来了，老叔老婶儿有事儿让看半天。她一刻闲不住，妈就批准我们出去玩儿滑梯。一直到太阳红了，气喘吁吁回来，出一身汗，线裤都黏在腿上。小庆儿的纸盒板经常掉，结结实实坐出两个黑屁股，知道二姐必然不让她坐，自己在床沿儿垫了两张纸，说，这下行了吧。

老叔从延边回来第二年何庆就上小学，爸给找关系也到光机小学。他们当时租住魏阿姨在卫星路的房子，有四五站地，说好来我们家吃午饭。看菜剩不多了，小庆儿在凳子上跪立起来，拿起盘子说，三娘这些我包圆儿了！妈背后笑，说，又虎又馋，长大可咋整——得回长得好。

何庆儿大眼睛高鼻梁儿，雪白的小瓜子儿脸。亲戚们议论，奶这些孙女只有老七长得好。言下之意一代不如一代，姑姑们都是美女。

过年时二大爷抓住我胳膊，笑眯眯问，你是老几知道不的？你是老六，你们姐七个你是老六。大排序是家族意识，不知道为什么有点可怜相，让人想要躲开。

我在学校门口等小庆儿，她穿一身明黄色衣裤，还是新的，袖子胸口一条一块蹭得黑灰，总是忘记戴手套帽子，唥着鼻涕。刚搬来时她在楼梯上疯闹，摔下去刮到铁丝，好悬刮到眼睛，脸蛋上落下两寸长一条疤，那时候还很深，像一条虫子趴着。我像姐姐一样拉她的手过马路，想起我是老六，心里一阵热，继而恐惧，随即忘了。

回家路过煤堆前面一溜儿平房，屋檐底下结满冰溜子。我抱着她打下两根，用手握着，等外面一层脏的化掉了再吃。小庆儿说，要是能沾点儿糖就好了，能不能跟三娘要点儿糖？冰水从棉袄袖口流进去，像一条冰虫子在胳膊上爬。

老婶儿调到20路，小庆儿去6路总站找她吃午饭，就不来了。有时候在我们班门口探头探脑，给我一沓本儿票。本儿票不论坐几路都可以用，老婶儿收了不撕攒下来给亲戚。上中学离得远，冬天坐公交车，有两次遇见老婶儿，她也是挤挤眼睛塞给我一沓，让我给妈。她来长春时就非常胖了，冬天在羽绒服外面套一件蓝大褂，蓝大褂外面又戴套袖，整个人塞在售票员位置里像是无法坐下。车里挤满人还是冷得呼出白气，不知道为什么我觉得像苏联。

在南湖大路下车，大雪松底下小小一个站牌，没有人等车。阴郁的冬天的下午，我沿着树林边的小路走回家，心理莫名有沉静庄严的感觉，希望一直走下去。不知怎么开始的，好像还吃着冰溜子，就渐渐醒觉了。

学生月票很便宜，我只买了两个月，之后就用旧的混，反正在月票袋里看不清。有一次临下车被抓住，售票员扯住我袖子，我嗖地跳下去，车启动，她拉开窗探出半截身子来骂。知道是自己错，还是委屈，为了掩盖羞耻更要专注地委屈。

那时候师大附中扩招，本部装不下，在师大借了半截楼给初一的学生。妈觉得我离家远，经常问兜里有没有钱，三块五块累积起来花不完。每月交二十元吃定食，我吃了一个月就不订了，到换饭票的窗口求大学生帮忙，到楼下食堂挑着吃。妈说，我老姑娘能耐啊！回来问晌午吃点儿啥呀，我说，熘肝尖儿，烧茄子，姐说，啥是熘肝尖儿啊，爸说，肝尖儿多少钱？我说，八毛五，妈说，更不贵呀，爸说，大学生食堂！国家补贴！姐说，三娜你钻国家空子啊。我就特别得意。

友谊商店门口卖麻辣牛肉丝，买回来姐特别喜欢，妈让我再买十块钱的，我就高兴得好像那牛肉丝是我发明的。

离教室不远有一家大学生活动中心，卖切片蛋糕，鲜奶油的三毛五，巧克力的五毛，黄油奶油的六毛五，一杯奶粉冲的热牛奶五毛。我有时要两块蛋糕一杯牛奶当午饭，觉得非常洋气。

临时的蓝铁皮房子，冬天糊着棉门帘儿还是很冷，售货员都是大学生，穿军大衣坐在玻璃柜台后面看书。中午太阳脆亮，透过厚厚的霜花照进来，像是在等待革命青年秘密聚会。总是只有我一个客人，寂寞潦草，还是觉得闯入了想象，勤工俭学的大学生也代表文明，听说美国人十八岁以后都要自己挣钱念大学！

初二来了一个实习老师叫刘晓波，容长脸儿，大长丹凤眼，教语文，一讲话脸就红了，皮肤很薄。我觉得又美又文气，黏着她，她借《围城》给我看。真是大开眼界，大段大段背下来，觉得妙不可言。

这边只有我们一个年级，也给建了一个图书室，拐角处的半间教室，扑鼻的书霉味儿，管儿灯给书架挡着，黑森森的，看不清。惆怅很久，挑了一本《郭小川诗选》。实在看不出好来。

教室后窗正对师大人工湖，下楼出门就是。夏令时午休特别长，我跟高芸芸付龙到湖对岸抓蝌蚪，罐头瓶一兜一个，有些石窝窝里很密，一下进来三四个，就特别乐。抓了五六十条，集在一个玻璃瓶里，黑麻麻的很瘆人，付龙拿着，我和高芸芸跟在他身后，像打猎归来。同学们都毫无兴趣，我又担心出现尸体，下课就在湖这一岸放了，有一点失落。成熟也好，觉醒也好，起初都是一冒一冒的。

付龙是留级生，个子比我高不上两公分，门牙中间有道缝儿，永远都笑嘻嘻的。高个子男生指使他去买东西送信儿叫人，他溜溜喊着，是！老大！嗖地就窜出去了，像一只土拨鼠。也是生存之道，老大笑着按下他的头，谁也不会真的欺负他。他们把拖布杆打折了，付龙拣回来做双节棍，整个下午凝神静气，用砂纸磨那木棍边缘，我在旁边看着都感到平静——一点不可怜。

听说他爸爸得了怪病，已经卧床好几年，毫无希望，正在慢慢死去。他永远穿一件土色条绒外套，洗得发白了很干净。书包里有许多宝贝，锯条，钳子，钢锉刀，镊子，锥子，手电筒，砂纸，万能胶。有一次拣满满一兜松果，让我挑一个。不知从哪搞来一块殷红光亮的水滴形石头——也许是树脂的，说，给你吧同桌老大。他每天早上跟我借作业——老大老大，作业给抄抄。始终倒数第一，在考场上站起来看别人卷子老师也不管，好像只要不学坏就行。

初二搬回附中本部，黄楼原是日满"兴农部"，"日"字形平面，旁边四六一医院是"综合法衙"，从天上看去是个"本"字形。长春人说起八大部非常自豪，都是八百号水泥，迫击炮打上去划个印儿。确实举架很高，外墙厚，窗台宽，绿漆木窗非常结实，从来没有一扇变形下坠关不严实。屋里铺红漆木地板，走上去嗵嗵响，传来建筑当初那种体面威严。

付龙被安排在最后一排，单独一座。座位底下有一个方块，像井盖一样突起，显是后钉上去的。中午正吃饭，付龙顶开井盖爬出来，兴高采烈说，下面全是耗子！全都围过去看，底下黑魆魆的空洞，他又跳下去，倒不深，将够直立行走，伸手就能够上来。说往西能走老远，都闻到上面医院药水儿味儿了，尸体堆得一摞一摞的，怕碰着梅超风赶紧回来了。高个子男生蹲在边上掰他的手不让他扒上来，笑嘻嘻说，去你妈逼的你就瞎鸡巴绉吧，再去看看有没有黄蓉，去——。下午就来人把那井盖钉死了。不知道哪一天开始付龙就不来了，再也没听人说起过他。

冬天考完试快要放假那几天，师大校园里非常寥落，楼下食堂都不开了。阴冷无风的下午我跟牟裕在人工湖边的小山散步，她说女孩子最怕"一失足成千古恨"。我非常震惊，暗自以为这话是指失贞，怎么会到那一步，跟那个有什么关系！胡行知喜欢她，她应该是也有点动心，跟我解释自己不打算早恋。我又不肯认为是她用词不当，那就破坏了当时的文艺气氛。

牟裕非常黑，擦得很润泽，有点尖嘴猴腮的，极其严重的罗圈儿腿，裤子在屁股那里揪起来，很尴尬。但是她坐在书桌前一只手托着下巴，一双眼睛真的像是含着泪一样。我喜欢看她，不能理解那魅力，摆那样的姿势而不心虚，是不是就变成真的了？不知道，不会想，盲目积极地参与舆论，说牟裕很美。班里确实有好几个男生爱慕她。

在学校我有点故意的——扮演儿童，个子小，成绩好，幼稚的样子比较符合期待。许多女同学像阿姨一样叫我鼻涕虫，只有牟裕叫我"秀兰邓波儿"，我再邀宠耍滑也觉得这太难为情了，但是她叫得充满喜爱之情，非常自然。

有一天我激动地跟薛丹华说，我可绝对不能结婚，男的太恶心了。怕她不信，说得斩钉截铁，心里莫名地很虚，恼火自己心虚，又强调一遍，更觉得羞耻——无法脱身一直激恼到上课铃响。谈论这个话题本身已经非常可耻，一开口就后悔了。我经常偷偷琢磨，一个人喜欢另一个人，怎么会导致那么恶心的事呢？我对那恶心的事根本也没搞清楚，因为不好意思想得太具体。

无法接受即将到来的女性身份。倾慕但是又无法扮演少女，偶有片刻立即就会醒来。不能承受性别角色的侵犯和禁锢，总想解释，说不，这不是我——也许这才是真实原因，宁愿做儿童，留在是史前时代、不算数。是因为自我太弱小才这样敏感防卫？还是委屈娇气——拥抱角色是对生命的降级。

薛丹华一米七二，雪白的小圆脸，小小的翘鼻子。冬天穿过一条棕色紧身皮裤，其实是拣她妈的剩，她本人毫不风流，勤奋又啰嗦，非常严肃地对待学习，像自己的家长一样。期末考试上午十点结束，我们一起走到师大门口，她说去我家啊。她家就在马路对面，斜坡上去，空地后面两栋灰砖楼。

房子很小，几处挂着补拍的婚纱照，她爸穿一身军装，她妈三角脸，狐媚的细眼睛，在朦胧的柔光里非常满意的样子。她父母房间门开着，里面几乎只有一张床，又大又高，被子没有叠，喧腾腾不知道铺了多少层。那时都用白色日式被罩，中间挖个方洞露出鲜艳的艳粉绸子被面，阳光从小窗扫进一角，我想这就是被翻红浪么，真是太不正经了——这让孩子怎么想啊。

她妈妈穿锃亮的细高跟过膝皮靴，大毛领子皮衣，烫一头蓬发，涂的鲜红的小薄嘴唇，我们东北有那样一类，打扮是打扮，其实非常质朴，紧紧实实过日子。经常来学校找老师了解情况，多抓抓我们丹丹——有一次在走廊里听见，震惊于那昵称，薛丹华胸前两个颤动的小西瓜。

另外一次午休跟唐雪凌去她爸爸家，就在友谊商店西边。屋里没人，暖气烧得非常热，她进屋换衣服，毛衣线衣一起脱下来，我看见两只大白馒头一样沉甸甸的乳房。我还只有一米三八，站在厨房门口看她炸锅，下汤，打鸡蛋，下挂面我们俩吃。我模仿妈的语气想，穷人的孩子早当家啊。

她家不富裕，也算不上穷，只是爸妈离婚。恢复高考之后她爸念大学，当律师，她妈仍然是汽车厂工人，带着她在她姥姥家住，为了分片儿到附中把户口迁过来。她爸又结婚了，儿子才三四岁——算起来她爸妈离婚至少四五年，也就是她爸读书期间，或者大学毕业没多久，那就更像是抛弃糟糠。

我见过一张她爸和后妈带着她和她弟弟的合影，那年轻女人憨厚的两个大脸蛋，微微外翻的厚嘴唇，倒像个好人。唐雪凌说她弟可招人稀罕了，说得像亲姐弟一样，看不出任何不好的感情。有一回说起她妈妈每天晚饭后出去散步，后来她看见是在小学操场跟一个叔叔趴在单杠那儿聊天，她妈妈也看见她了，回来跟她解释。倒像是说得有点忧虑——难免多少有点反感。没有结果。我那时就知道离婚时女方要放弃孩子才比较好再嫁，但是也没见唐雪凌领情——怎么并不恨她爸爸？

高三她几乎每天中午吃带鱼，不算太贵的营养品，是一份心意。她三姨父是汽车厂一个处长，小时候她比较常提起——自己家不威风的小孩难免说起阔亲戚。高中就不怎么讲了，有一回单独跟我说，礼拜天三姨全家来，她姥姥殷勤地炖了一条大鱼，饭桌上给表弟揭鱼皮吃，唐雪凌就说，姥，我也要吃鱼皮。我非常震惊，如果是我可能就气哭了。我是那次才知道鱼皮被认为好吃，后来吃鱼的时候经常想起来，不知道唐雪凌过得怎么样了。

她高中有过两个男朋友，似乎都很平稳，并没有早恋女孩那种神经质，依旧是煮挂面时那实实在在的样子，不知道内心是狂野还是无所谓。稳妥地考上北大，毕业就出国了。很久以后大家都上微信，说是在美国东北部一个叫曼哈顿的小镇，听起来也忙忙碌碌，看见她丈夫孩子照片，正像想象中第一代移民家庭，向上而严谨。圣诞假期全家去芝加哥旅游，顺路去宗香家。听说是带着她妈妈，她爸爸和她后妈一起，三个老人相处得很好。她爸和后妈是来做客，她妈常住美国，在她们附近镇上给一个华人家庭做保姆，她自己的孩子都上幼儿园了。我满意于生活永远超出想象，看着那一大片不能冒昧的空白竟然感到一种富足。

我和唐雪凌生日只差三天，初二那年提前约好要一起过。存了两个月的钱，到桂林路商店买了最小的小圆生日蛋糕，在包子铺切开吃，吃到最后都有点恶心。但是迎着冷风，踩着黑硬的冰雪回学校的路上，我还是觉得我们有点像时髦孩子了。那时候经常在一起，看起来非常亲密，但是没有心，回忆起来不能唤起感情。

13

小学毕业，省实验嫌我竞赛成绩不够好，附中倒是立刻收下了。本来省实验比附中差一点，图它离家近。妈从附中回来，发现后货架上一纸袋获奖证书不见了，沿路走回去没找到。我不在意，一心想着未来，兴奋，觉得自己要变成城里孩子了。附中在最繁华的桂林路，我们家那一片儿再往南就是郊区。从前南湖南岸都是农田，妈领着姐去买过新鲜的柿子豆角儿，走着去走着回的。但是我说，妈不用上火，我以后会得更多奖的！说完便难为情，又困惑——这话太符合期待，结果自己也分不清是真情还是假意。期待就是这点讨厌。

更小时候听妈遗憾没有读过大学，我也是脱口而出，我以后念两个大学！替妈妈念一个！本来是真心，恢复高考时妈正怀着我，我有责任；但是传说起来就像是一种乖巧，狡猾。

妈常说那时想流掉我，还不是为高考，主要是心疼小姥太累了。另外——人都是一个，顶多俩，三个的已经很少了！人一问几个孩子，觉得可没脸儿了！孩子多显得落后，不文明。去了三次，第二次上手术台又下来，害怕，第三次就太大了，但是生下来也差点送人。我都当故事听，并不真的觉得与自己有关，有时候明白过来，好险！倒是更觉得此生一切不过是偶然——并不属于我。"我"到底是什么？

买了一辆飞鸽牌二四自行车，座位调到最低。我还没上过马路。一直是骑妈的二六斜梁车，够不到座位，站着也能骑一两个小时，反反复复在省实验白楼后门冲坡道，上坡都要把脚踏踩空，下坡简直像飞起来。

四年级暑假，一早晨没吃饭就出去练习骑车，爸去湖边倒垃圾回来，捡个树棍儿敲着空桶，远远地喊，看爸爸，看爸爸，往前瞅，对了，对了，这不就学会了么！爸扔了树棍儿，迎着早晨的太阳笑得非常高兴。我才觉得神奇，车就歪下来，赶紧停了。

报到那天爸送我，从工农广场到东北师大正是一条大下坡，爸告诉我搂点儿闸，我从来没有搂过。无缘无故就要站起来猛蹬，要是有人从旁经过就更来劲了，非要反超不可。这就是少年气盛？第二年回本部，工农大路也是大下坡，坡底停一辆卖白菜大马车，想着绕过去，到眼前一辆汽车贴边儿开过来，只好捏闸，才知道闸坏了。前轮撞扁，左边颧骨撞破流血，一颗门牙有点松动，手背破皮，裤子膝盖破洞。哭了一嗓子就意识到没用，爬起来挎起车把往回走，迎着早晨的太阳，不知道为什么有点高兴。路过光机医院先去涂了药水儿，夜班大夫还没洗脸，笑眯眯说，咋不小心呢，没有收钱。

脸上那块疤到春天才掉干净，还是粉红的一块儿，快初中毕业才褪干净。二姐说，要是我们班韩暑花儿就得休学。韩暑花大圆盘脸小眼睛，但是非常爱美，抱个吉他参加校园歌手大赛，请她哥哥来跟她对唱。在家讲起来都是笑话，因为是有意识的时髦，令人难为情。我本来有点神往，但是想到韩暑花学习不好，就觉得都是浅薄的得瑟，这种事除非是锦上添花。

我们年级有个女生叫阮倩，厚油的猪皮脸，两只蝌蚪眼睛分得开，像成年女人一样坦然而亲昵地笑，一口俏皮的乱牙。在校园歌手比赛上穿马海毛连衣裙，扎一条腰带，上下都圆茸茸的。初中就有男生为她打仗。

听说她爸爸是交警大队长，非常有钱，高中时她妈就带着她和她妹去美容院做脸，那时长春也许只有一两家美容院。高一有一个送去美国的名额，没有公开，本校老师的孩子都没抢上就让她去了，后来以此为由保送到清华外语系，惹了众怒。我们一毕业年级主任就被免职了。

年级主任娇小白净，香喷喷的，冬天经常穿一条黑色精纺羊毛裹臀鱼尾长裙，下面露出尖脚软皮靴。她教数学，讲课时很聪明，可是向往文艺腔，经常被过剩的自我意识打断，有点可怜。妈筹办高中时找过她，已经过去五六年，她还解释说自己是替罪羊，如今心态平和不争不抢。我不觉得意外，但是这才意识到她在人生面前也是个新手。有点怅然，好像人人都必败无疑。

阮倩的成绩应该还不够考师大，不过到清华也是明星，用一支铅笔松笼笼挽一个发髻,擦鲜红的嘴唇,坐在著名的校园歌手自行车后座上翘着腿抽烟,不久又听说她把他甩了。出国前暑假我在后海酒吧遇见她,披真丝披肩,像是要交外国男朋友的那种女孩儿,递来一张名片,在中欧商学院作公关。

很多年之后我看到她的微博,移民加拿大生了两个女儿,丈夫看起来很普通,虎头虎脑,猜是很依赖她,有一条说荣获当年卑诗省优秀移民企业家提名,那奖不算什么,但是他应该是有点钱。可能只有非常熟悉的亲友看,都是贴的孩子照片,再就是思念妈妈,妈妈快来了,妈妈快走了,我流泪了。并不虚假矫饰,只是乏味到极点。而且陌生,我一次也没有想过她其实只是一个空洞的人。当然我并真的不了解她。

初中分大班小班,我们那年只有两个大班,各有两三个竞赛生,大部分是学区来的,还有关系生和体育生。牟裕的爸爸就是市财税局局长,刘宇的爸爸是汽车厂某个分厂的厂长,她们俩坐前后桌,关系好,有一天早自习,牟裕拍拍刘宇肩膀,你是不洗头了,是用的飘柔吧,我就喜欢飘柔的味儿。又过一阵我才注意到电视里有飘柔广告,我们家用没牌子的苹果味儿洗发水儿。

有一个男生叫于永见,很瘦小,校服洗得很整洁,穿一双时髦的军勾皮鞋,擦得油黑锃亮。总是低头沉默,上课就是刻橡皮,刻三叶草、背靠背商标,刻得非常好。跟外校学生打仗总有他,听说出手非常狠,初一没念完就退学了。他爸是吉林省军区副司令,那时候还不兴送出国,不知去哪里了。

有几个体育生,似乎相当能打,吸引了很多男生,像个小帮派,有几个连我也知道是家里有钱,抽烟,喝酒,去录像厅游戏厅都要钱。初三有一天,整个上午后排男生都非常兴奋,果然午饭时有一位从书桌里抽出一把刀来擦,足有一尺长,肯定可以判刑。我觉得相当自豪。

王笑到六年级忽然数学竞赛得了奖,也上附中,我们不在一个班。

上高中有一天她非常得意地跟我说，你记得牛文哲么，他被枪毙了！杀人！她又说蓝澜已经被抓过好几次了，卖淫。不知从哪听来的，我将信将疑，都还不满十八岁啊。

王笑特别爱讲这些，老早她就神秘地告诉我，牛文哲小学就趴天窗偷看女浴室，差点送进少管所。我也觉得黑暗刺激，但是始终不信实，下意识里以为这种事发生在另外一个世界，不可能这么近切——不可能是真的。牛文哲总被找家长，但是也没有开除。

她们班还有"六只小猫"，都是好看又时髦的女生，午休时一起走出校门，让人自卑得想要藏起来。常有外校男生在门口等着。有一次她们约好都穿校服，那时候校服是仿日式的藏蓝色长裙配无领小西装，套白衬衫穿黑皮鞋就会好看，但是也并不是每个女生都能穿好。六只小猫衬衫皮鞋各不相同，但是穿了同款白袜子，袜筒有一圈儿彩色绉纱飞边儿翻下来，又挂两个同色小绒球，我遗憾地想，要是有七个人就好了，七种颜色凑成彩虹。

那时候我就已经知道，她们跟我们不能截然分开。有一个女孩叫霍炎，细高个子，娃娃脸，甚至跟王笑都很亲昵，王笑又黑又胖又邋遢，穿她妈妈剩下的花纱短袖衬衫。

我最喜欢的一个叫臧海波，苍白削瘦，略微翻起的下颌骨，冷峻的单眼皮，不爱笑，但是笑起来一口细密的小白牙。常穿一件亮红色运动衫，骑越野自行车，要撅起屁股那种，非常帅。我总觉得她应该戴一副彩色反光蛤蟆镜。出国前暑假去桂林路配备用眼镜儿，匆匆地走过去了，我才反应过来刚才对面人行道上那个人是臧海波。并不像电影里，一个蒙太奇，一个身形带一道虚影。非常实在的一秒钟，光天化日，出现又消失。她几乎没有变样子，快得看不清神采，大概也不是太耀眼。似乎也还是住在桂林路——我擅自伤感，怎么像是困在一个镇上。又想到很多家庭在滞留中没落了。当然她有自己的人生，完全可以充实紧密，归根结底这是一个无从谈起的陌生人。

她们六个后来没那么好了，大概也是各自作出选择——都还是小孩。张晓丹成绩比较好，自费上了附中，后来好像保送吉大了。臧海波我知道在她们班十几名，应该可以考上普通高中。其实也只有蓝澜像是豁出去了，到初三经常逃课不来，她们班主任找她在走廊谈话，她站得稍远，双手插兜，挺着胸轻轻后仰，不屑的挑衅的姿态。

蓝澜有一米七几，微微有点胖，腰很细，冬天穿浅棕色格呢掐腰裙式大衣，挂着人造毛领子，像个俄罗斯少妇。扎高高一个马尾，戴一掌宽的毛线发带护住耳朵，廓出粉白无瑕的鹅蛋脸，细细的小眼睛，细细的小鼻子，浅粉色圆嘟嘟的厚嘴唇，总是昂着头，斜睨着。我都是从远处看她，不知道为什么有点恐惧。无法揣度，像是面临一个深渊；后来王笑说她卖淫，我将信将疑，总不敢细想，很多年之后才能坦然地想到，即使是真的也总有一个过程，无声无息的残酷的过程。那时候我们都是十三四岁，我的偏见才是真正的深渊。

四年制小班是五年级时择优来的，我入校时他们已经念了一年，数学竞赛辅导都在一处，有些男生自学微积分了。不知道怎么就跟他们成了对头，有一天课前老师还没来，一个男生挑衅，好些男生起哄，我追不到，隔桌对峙，气急之下卷起舌头喷了对方一脸唾沫。大概是愤怒极了，白亮亮曝光过度，后来的事都不知道了。

从此他们就叫我"泼妇"，本来是叫"矮一头"。冬天辅导课结束天已经黑透了，几个竞赛班的男生从我身边跑过，摘下我的帽子，笑嘻嘻扔到前面窗台上。日本老楼地基很高，一楼窗台我跳起来也够不着，找根树棍拨下来。这种事也不能告老师，而且想抹掉泼妇这个外号，就只能淡化这种敌对关系。泼妇这两个字太难听了，但是我喜欢自己富于传奇性——有轶事同时是女生中竞赛成绩最好的，所有老师都热情地夸我聪明。

我非常喜欢上竞赛课，觉得有意思，解出一道难题的快乐是无可比拟的。冬天下午三四节课，玻璃外面全黑的，走廊尽头用胶合板隔出来的小教室里只吊着两个小黄灯泡，老师讲题急切得来不及擦黑板，一直写到黑板框上。

周末或者寒暑假，校园里空荡荡，直接把饭盒放在收发室热水箱顶上，有加班的快乐。放学以后恋恋地不想回家，有的男生留在座位上看漫画或者武侠小说，有的聚在一起打牌——炫耀自己不用功。我很羡慕，竞赛班只有几个女生，要么默默整理笔记，要么早早回家了。

小班有个女生叫舒媛媛，起初成绩非常好，英语也好，甚至体育都好，长得也很可爱，又白又肉的娃娃脸，黑亮的大眼睛，又长又密的睫毛。有几个男生公开爱慕她，经常跟她借笔记，她的笔记漂亮得可以直接拿去印刷。那几个男生又总在一起，似乎关系非常好，简直像电影里一样。

竞赛班是奇特的集体，他们三四年级就在华班认识了，一直到高中毕业都在一起。我见过一张合影，上面拉着横幅，长春市某某冬令营之类，多半我都认识。都系着红领巾，也就十一二岁，舒媛媛站在男孩子们中间，稚嫩的脸非常严肃，笃信家长和老师的样子。从来我也没见过她兴高采烈，一直也没有亲密的女生朋友，似乎对学生之间流行的一切都不感兴趣。

初二寒假跟着初三的去吉大阶梯教室听课，只有我和舒媛媛两个女生，互相帮忙占座。吉大教室很冷，她在大棉衣里面又穿一件蜡染布面棉袄，本来很时髦，但是套上两只套袖，我觉得很惋惜。她新衣服很多，都很规矩，而且总是穿得很厚。有一次课间出去又回来，我看见她撩起上衣让裤子直接落在棉坐垫儿上，我自己还没有初潮，但是非常老到地说，你来例假了么？她脸色煞白的，非常吃惊，又似乎有点不高兴，你怎么知道？我就非常得意，但是像是明确地碰了壁，无法亲近。她手脚永远冰凉，有时候下午忽然请假回家，我就知道是来例假肚子疼。

上高中她再也没参加过竞赛，曾经物理不及格，又不肯去文科班，听说她妈妈经常来学校，说她女儿是天才，怎么会成绩下滑这么快。我这才知道舒媛媛四岁就上过报纸，因为会好几百个英语单词，汉语更不在话下，每天记日记。只设想一下都觉得不堪忍受，但是也从没见过她哭或者急恼，似乎越发井井有条，有一次我看见她拿出一个小笔记本，在长长一列任务上划了几个勾。

她保送人大以后，每天照常来上学，帮老师用油印蜡纸刻卷子，批卷儿，上分儿，给差生辅导英语。义务擦黑板，黑板擦一道，湿抹布一道，干抹布一道，刻意利落，显得急匆匆的。那些年多数女生都穿一种黑亮的竖条纹弹力脚蹬裤，裹着屁股，随擦黑板的节奏快速地颤动着。我在座位上看见觉得很窘。

有个男同学大学跟她同班，有一次遇见，说舒媛媛是他们班的女神，所有科目都是第一，永远拿特等奖学金。她那专业也要念五年，最后一年跟清华联合培养，我在图书馆门前遇见她，变化很大，但是一点也不像女神。戴着老太太似的灯罩毛线帽，挽住我的胳膊不停讲话，有一种震颤不止的紧张感。我们什么时候这么亲密了？她以前倒是没有这么多话。始终也没听懂她在说什么。她坐在食堂的塑料椅上，先用湿纸巾再用干纸巾擦手，从随身携带的筷子盒里拿出一副不锈钢筷子。我大学时一派潦倒虚弱，竟然都生出优越感来。甚至有点安慰，原来另一条道路也是一样要把人败坏。后来听说她去 MIT 读博士，我略有点心虚，最后还是认为她可怜。

按照通俗文艺作品的逻辑，她应该在爱情婚姻中真相爆发，从此掉进控诉妈妈的怨恨的陷阱。我又总是觉得文艺作品经常只是偷懒求整洁，在最好的情况下也会被艺术价值挟持，我不信它，有时简直想要直接相信它的反面。后来听说舒媛媛在美国一所大学教书，去主页上看了，证件照上的微笑读不出什么。可能是一种美好的意愿，我猜想她经历了隐秘而彻底的自我否定，重新坚强并结实起来。人总归是生活在真实的世界里，自我囚禁有限度——何况成年以后竞争主题转变为人生是否精彩。

在吉大上竞赛课认识几个本校初三的女生，都不听课，传看《七龙珠》，有时候下午就不来了，或者坐在最后打桥牌。我知道滕瑛琪是张建辉之外最厉害的，钦羡人家，就有点巴结。她非常直接地傲慢，总是仰着头，向下看人，不太说话，又经常伴着冷笑。细软齐肩的头发斜分，挡住半张干涩的小白脸，永远穿一件绛红色薄呢长袍，像是大人的旧衣服改的。跟她竞争的女生叫夏玫，有点矮胖，穿明黄色羽绒衣裤，扎黑色宽腰带，时髦而有种市井气，脸白得看见蓝色血管，只是眼睛小，不然是个美人儿。戴金边眼镜，说话脆生生的，时时刻刻都是聪明爽利的劲头，简直是有意识的。她们都当我是小孩，有点逗我玩儿似的，我才将将一米四，而且也乐意退回到小孩的角色作为一种保护。我以为在她俩那个处境下一定都会喜欢张建辉，但是似乎也没有。

我高考结束的暑假，在友谊商店的楼梯上遇见滕瑛琪，我们在初二寒假之后没有任何交往。她倒陪我在楼梯厅的塑料椅上坐了好一会儿，似乎随和了一点，讲中学班主任让她回去介绍学习经验，说着又是那样冷笑。我再没见过她，也没有打听过，共同认识的人只有夏玫。

夏玫跟我同系，她在水房跟人说，这是我师妹——还是那样脆生生的，我觉得我们简直像是小镇上来的，认老乡。有一次说起中学时候他们几个人下午翘课去南湖划船，在船上打桥牌，听起来非常智力精英。又说模拟考试她一直是第一名，高考失常才让滕瑛琪拿了状元。她倒不至于说谎，但是上大学了还讲高考显得非常没出息。

后来几年在宿舍和系馆都没见过夏玫，跟她同学打听过几次都说见不到。据说跟外系男朋友住在北门外，还是考试作弊被抓住，她在学生处痛哭说自己失恋。我觉得可怕。

大一国庆假期她从长春回来，叫我去她宿舍坐，带了许多茄梨和葡萄，都压烂了，挑好的一定要拿给我，讲建筑系就是这样——仿佛有义务照顾我，传授经验。我听出来她自己也没有胜出，觉得有点尴尬。她说起张建辉有一种对待追求者的轻慢和得意，我说他喜欢你啊，她笑的样子又并不像是说谎，她说，没有，哥们儿。

我在宿舍碰见过，张建辉一步两阶奔上楼来。我知道他是要转学去美国了。他哥哥当初是高考状元，那时已经在美国了。张建辉不过是没有参加高考，状元年年有，他是拿了吉林省第一块奥赛金牌。所有科目都是最好，连字都写得非常漂亮。长得很干净，有点像外国人那样高鼻挖眼的，个子不高，但是在运动会上跑接力，因为有体育生他跑第二棒。我作为旁观者都感到紧张，完美有一种乏味、而且似乎只能失败。

大一寒假回北京，好几节车厢都有同学，大家兴奋地窜来窜去。我坐到张建辉对面，从来没打过招呼，但是似乎他知道我是谁。聊了很久，我那时候非常能说，到下半夜像喝醉了一样，都是抽象而无所指的话题，不过是急切的自我展示。他泰然坐着，空对空轻巧而准确。我大概深信不焦虑的人都在自欺——带着隐患，竟然有点失望。回到铺位躺下，没有信心认为自己赢了——挖掘到生命更深更广处？人家根本不在意，我那挑战的心情本身就很悲惨。再也没有见过他。

有一次想起来 google，名字太普通了找不到，滕瑛琪夏玫也都消失了。我知道张建辉是学化学，滕瑛琪学生化，除非日后得诺贝尔奖，任何胜利都是小圈子的。小时候所有同龄人屈服于同一个游戏，冠军就是冠军，金牌就是金牌。这规则戛然而止，真实世界广阔无情，过剩的聪明变成姿态的负担。

高二有一次上课时间溜出去，图书馆只有张建辉一个人在窗边看书，真的是侧光打着头发的轮廓虚胧胧像电影一样。坐了一会儿就回家了，实在太不安。那时候他好像在准备国家队选拔，被安排给我们介绍经验，说得很短，只说要多看教材，比做题有用。那种紧张而不肯自嘲的态度让人喜欢。我完全没有暗恋过他，也许是自尊心受不了？初中头两年我单恋过许多人，多数都是"坏孩子"，像是原始本能，也像是虚荣，因为他们更受女生欢迎；大姐一上大学，我忽然就变了，瞧不起当下一切，全心热爱未来远方。

14

　　三间房这栋楼装煤气时又找妈，妈提出调到教委。没有编制，关系先落在电大，借调到自考办。身份低一等，妈又绝不示弱服软。计划科张罗印复习资料，印刷厂的人来了，妈先拦下来接洽，对面刘奉真说，我是科长，她是借调的。但是没有用，印刷厂的人后来直接到我们家送礼。

　　有一个孟家屯儿老徐婆子，中午来了，胖墩墩坐在沙发上，带着三四岁的小孙女儿，大眼睛白胖，穿个粉衣服，站在她奶奶两腿中间，眼睛直直的，给什么都不吃。她奶奶后来找人画了一张油画，有半张床大，微小的群山，大片的空白，一只展翅的大鹰，四个字，"大展宏图"。一直挂在沙发上方。妈有时笑嘻嘻说，打挂上这画儿，咱家净是好事。

　　二姐初中班主任魏阿姨比妈大几岁，离婚带一个儿子，住在我们东边那两排平房里。先是找妈办事，后来老叔和小哥租她在光机学院的房子，熟近起来。妈常说她可怜。有一次带我去送东西，只有一间房，北面加建小棚子成为厨房。正是盛夏，南窗外葡萄藤密不透光，屋里有股霉臭。说腿疼，撸起裤腿给妈看还穿着线裤，妈说那可不咋的，这房子太潮。中秋节送来一袋葡萄，站在门口不进来，急匆匆说，不用洗，没农药不用洗。很小颗，但是很甜，我有点为她高兴，第二年还想着，妈说，谁知道了，横是不经管了吧，哪有那些心思。

魏阿姨有几个女朋友。王阿姨男人死得早，公婆有间房子在她名下，婆家人往回要，打官司，魏阿姨问妈认不认识可靠的律师。住得近，案子结了还是热络地往来。妈管她叫小老王，非常形象，干姜式蜡黄瘦小，又总是笑嘻嘻的，实在不像一个王蕾。王蕾是惠民路小学老师，承包了校办印刷厂，也算是强人。但是机器不行，人也少，妈有时候让她油印点材料，都是小活儿。无意说起她们那儿办暑期绘画班，妈让我去学，只有我还在小学。我只是比着不干胶画点花仙子，并没有多么热烈的兴趣，但是觉得上美术课外班又时髦、又进步——对考大学没有帮助，就像是高贵一些。

买了绿帆布包的画架子，一捆铅笔，水彩和水彩盒儿，每天早上背着去找小老王。总是去早了，让我进去等，在充作餐厅和客厅的北屋，看她装饭盒，检查皮包，穿丝袜，在衣服挂上摘一件网眼衫套在裙子外面。她有三四件网眼衫，三四套裙子，每天轮换，并不洗。她家住一楼，临走帮她关窗，纱窗外上班的自行车骑过去，丁零零的。我总是觉得别人家有种情调——因为有一个观看的距离。她家倒是有一股独特的臭味，像炒青椒在饭盒里焖着热软了，苦而微微腐烂，也并不是十分难忍。可能是二伟，关着门还在睡觉。大伟结婚搬出去了。

冬天家里忽然断电，爸不在家，妈打电话让二伟来修，二伟一张红脸总像冻过似的，眼镜儿起了雾，穿件军大衣站在门口凳子上，打着手电筒好像还很懂。临走妈给拿一块羊肉，不得也得让你来取，吃不了这些，让你拿着你就拿着！

妈把铝锅烧干，一擦漏了。赶上小老王来，第二天给买了一个，说啥不要钱。那小铝锅才好呢，热饭热菜蒸鸡蛋羔，炜苞米土豆地瓜，天天用。过去二十年，妈还是会睹锅思人——挺好一个人儿啊！就没有了！冤不冤你说，这个坎儿就没过去！

死得非常突然，过两个月才听说，魏阿姨也说不清楚，从来小老王没说过长病，头疼脑热都很少。妈回想起最后一次在路上遇见，非常疲惫，话也没说几句——眼里没神，脸上像有一团黑云似的，就不是好兆头呗！这可不是赖玄，我当时就寻思，这小老王咋像要不好似的呢！那是个精神人儿啊！啥时候见着都黏黏糊糊热热乎乎的！当然都是事后话，妈全凭直觉断定是自杀。

好几年就听说跟儿子关系不好，心情不好。老大离婚另娶，住回来，哥儿俩也闹，儿媳妇更不好惹。都盯着她那点养老钱。魏阿姨说过他们娘儿仨打起来动手了。妈说，小老王是个刚烈人啊，自个儿带俩孩子那么多年，你寻思容易呢，一般的都得再找，她男的死前儿她还不到四十呢！我想这真是伤透了心，心理上当然是靠儿子支撑过来的。都是猜测，无法知道了。

魏阿姨也是张口闭口天舒。天舒考上吉林工大，那时候没有扩招，也算挺好的。毕业没打招呼就去了大连，没两年就辞了外贸公司的工作单干，总是赔。说是觉得没面子不肯回来，不过也许是想躲避她。

魏阿姨眼睛锃亮，走路匆匆，说话快得跟不上，迷信起来非常狂热。妈说，起先光听她讲，觉得都是宋大杰不好，后来处久了，也觉得这老魏精神不大好，没离婚可能也不太正常，离婚了反正肯定也加重了。她说宋大杰跟他亲姐姐俩不正经，我小时候听了觉得邪恶得超出极限，不予处理。宋大杰在光机学院地质系，一年有大半年在外面，妈后来对魏阿姨不那么信实，倒说就是跟别的女的有点不正经都是正常的，那能没么，算个啥。

宋天舒只有一段生意挣了钱，结婚跟媳妇去了上海，不久赔掉，离婚，回大连又找一个，怀孕了过不下去，才回长春。还是作生意，还是赔，光机学院的房子也卖掉了。省实验给分三间房，刚退休那几年魏阿姨辟出一间办补习班，一天不休，加上退休金一个月一万多，攒下点钱都给他还饥荒了。魏阿姨渐渐教不动课，而且因为宣传迷信，说话神叨叨，也没人找她了。媳妇又生一个小孙女，她在家总想教育孙女，婆媳不和，魏阿姨到工大另租一间小房单住，手机经常换号，而且总是关机，只能等她打来。

有一次去北京辟谷，回来讲得前言不搭后语。说是大巴在火车站接走，直接送到怀柔，很大一个场院，一百多人打地铺，早上一人发一碗汤，剩下就是喝水，排着队在院子里绕圈儿，累了可以出队休息，休息够了再跟上走，越走越精神，真的半个月没有吃饭。我听了觉得很庆幸，毕竟比传销好一点，她遇上传销也一定躲不掉。

妈惦心想看看她怎么样了，总算打通电话，约在宋天舒新开的小吃店坐着，赶上我在家，魏阿姨说，正好三娜也来听听都有好处的。店里下午没有人，魏阿姨满头白发全向后梳，寿星似的圆鼓鼓的额头上许多横纹，还是锃亮的向前奔去。拿来两张《弟子规》光盘，让给一娜二娜孩子看看，非常好。也难怪媳妇要抗议。

不久那小吃店也关了，妈一走一过看见的，打电话说宋大杰回来了。宋大杰离婚就回南京了，谁知道是在南京哪个大学，兄弟姐妹都在那边儿。大概是老了想儿孙，宋天舒一直跟他爸爸有联系。听起来像是温和普通的人，妈说也是怪人啊，要不怎么没有再婚再要孩子，一般的一个男的肯定也过不了这么多年。有三十年。带着退休金回来，也算是解了围。不可能也不必要复婚，但是孙子孙女读中小学，正是全家人齐心笃力的时候，妈劝魏阿姨搬回去一起住，现在也是天天往这边跑。

有一天打电话跟妈借钱，说要借五万。谁知道是拉多少饥荒啊，房子抵押出去还不够，还不上钱宋天舒就得蹲监狱。媳妇儿离婚回大连了，宋大杰也回南京了，不回南京咋整，没地方住，这家可不就散花了。妈说，要我说就让宋天舒蹲监狱拉倒得了，啥儿子，祸害他妈一辈子，一天好也没捞着。我这么寻思备不住是耍钱，哪有做买卖总赔的，都是小买卖，赔个一万两万到头儿，哪能把房子都赔出去，十有八九得是耍钱。

妈给一万说不用还了，咋还呢，七十大多了，退休工资还得租房子、还得养儿子还得供孙子呢。魏阿姨从来没开口过借过钱，这以后再也没有联系。非常自尊，从来妈也没给她买过啥送过啥，都是她想着照顾妈，像个大姐似的。她在家是老大，四个弟弟妹妹都没念上书，都是工人，啥事指着她，那些年操那些心就不用说了，连侄子外甥上学都得她拿钱，那不就她是省实验老师有点钱么！

有一次忽然就打电话说在楼下了，不肯进屋，就在小区门房里等着。送来一大包银杏叶，说是管心脏病，你天天像喝茶叶水似的喝点儿，没了我再给你，我那学生整这玩意的有都是……。我跟妈送她到南湖大路，她过了马路又回头，玉珠你多吃柠檬！柠檬是碱性食品，对身体好！汽车隆隆的，带起的尘风吹着她的白头发，那张额头光亮的脸还是生气勃勃的。那是我最后一次见到她。

妈是九二年阳历年前得了心脏病。说是上午回家拿东西，碰上有个年轻女的在家，倒不是真看着怎么样了，但是妈说肯定是那种关系。电大学生，总不及格托关系找到爸。也许不全是交易，爸的孤傲和悲观，对某一类女人也许有种文明的吸引力。当然爸根本不承认有什么。晚上回来妈躺着呢，说心突得得厉害，跟甲亢那时候还不一样。

过两天说没事了，大姐保送的事还没有定下来，正要高考。本来也总是吵架，那次大概伤了信任，可是仍然一家人过得紧密，妈拿不定主意还是找爸商量。她总筹划着要办大事，常有人来，在东屋关着门，抽得烟咕隆咚，临送出门听见都是兴奋的声音。

妈也不去医院，买了点救心丸在家备着，不生气不累着也不觉得什么。开春自考办组织体检，查出来说瓣膜关闭不严，不严重，而且血脂什么的都好，没有危险。可能有甲亢的影响，但是甲亢也是因为跟爸吵架，按妈说法也是给爸气的。妈脾气烈得吓人，她也承认，有时在陈述中一笔带过表示客观，但是从来不真觉得是个问题，一切都是别人的错。

她在计划科熬了两年终于转正，各科室都嫌她太要尖儿，一双眼睛锃亮，令人感到威胁。安排到教材服务部，一楼小书店后面一间阴冷的办公室，简直是发配。管事的何兵是个年轻小伙子，心眼儿多，啥都不让妈经手，外聘一个姓戚的小女的，两个人鬼鬼祟祟。妈说他俩不正经。我见过那个小戚，白里透粉像蒸肿了一样疙疙瘩瘩的，五官都大得粗糙，可能是暗恋何兵，心甘情愿被利用。何兵有点络腮胡子，浓眉长眼，梳分头，是漂亮风流的样子。老丈人家有势力，比妈晚两年也停薪留职，听说挣大钱了，开上了奔驰。竟然也还回单位领年货，遇见了非常客气，奚大姐叫得很亲。

妈那时跟何兵打仗，回来气得连夜写材料要检举他。也争到一点权利，让爸写微积分辅导，偷偷多印，借用教材服务部的渠道发到全省各地，挣了两万多块钱。那是家里第一笔大钱。意犹未尽，妈自己拼凑一本《哲学题选》，灵机一动署名"何嗣"，好像也卖了两万册——暗示各辅导班以后从这里出题。暑假里我们都在家，妈把几本哲学辅导书摊在茶几上，真的是剪刀糨糊，贴了厚厚一摞稿纸。我跟二姐偶尔帮忙，爸有时站在门口笑——咱那本书可是一个字一个字自己写的！爸钢笔字写在稿纸上整齐漂亮，有种优等生的自尊心。妈全不在意，她干活办事的时候像个小太阳，道德指摘不知不觉就被驱散了。

妈还在煤气公司就办上了辅导班。那时候爸在电大中专处，市电大孙伟总来找爸，问问谁出题啥的，请妈去上哲学课，赶上收学费，都是顺兜掏钱，也没个正经手续。妈下课就问学生，明白有办班儿这回事儿。在人民广场小学租了教室，带过来十来个学生，让他们发动，给介绍费，串联上三十多人。一个礼拜两回课，她要排课表儿，请老师，点名监管，收学费，报名费，照片，发复习资料和准考证，从煤气公司直接去，一到下课才回家。

晚饭以后很久，爸派我们出去接。初冬的夜晚像深海底一样，我不断大声说话，一声一声像冰剑一样戳上去。在省实验大操场，黑茫茫里看见一个模糊的人影儿，我跑两步，看清楚大喊一声，冲去过。妈穿一件绿呢子半中式对襟外套，特别合身利落，半圆的领子里塞一条小绿花纱巾，我觉得非常美。在六路车站买了烤地瓜，揣兜儿里滚热的。回家再吃，看呛风。有一回说，刚才碰着王红双媳妇儿了，一路走一路啃地瓜，咋那么砢碜呢，多砢碜，那么大人，馋啥样儿，等不了了边走边吃。

每年两次妈到外地去巡视监考，当地陪着吃饭喝酒，回来也说吃得好，又说这还有个好，胡吃海喝，一看上头来人一个个点头哈腰的，都藏着掖着整事儿怕抓呗，能不安排点儿替考啥的么！谁不心明镜儿似的！谁抓！

来客人跟爸俩在外面请人吃饭，有一次喝醉了，扶回来醺醺地躺在床上，把我们仨都叫到床边儿，笑嘻嘻一直说话，说着说着又哭了，哭一会儿又笑了。那是她的盛年。

家里似乎吃得好些。自考办待遇好，过年光是静鱼就分好几箱。爸在饭桌上说，一平二静，过去想都不敢想啊！他好像比较容易满足。入冬就有人给送羊腿，牛腿，快过年厨房地上一只剥了皮的全羊，爸系上围裙卸一晚上，分包送出去，剩下挂在北阳台外面。猪膀蹄，家养的笨小鸡儿，水库送来的大胖头鱼，大鲤鱼，都分好小包，装在大纤维袋里挂出去。年前家家都挂点，就我们家最多。从外面回来抬头一看，觉得特别满意。妈说也是我们家都是女孩子吃得少。

只有水果吃得多，早先秋天买三筐苹果，一筐苹果梨，一筐橘子。

人要给送爸说不要了，不要也还是送来，在阳台上摆妥当了，算一遍有八筐苹果三筐梨三箱橘子！那前儿都是大柳条筐，一筐有五十多斤。入冬又有新打的大米，捎来的一纤维袋粘豆包，五六米长的北阳台摆满了过不去人。我站在门口望着，觉得没有必要更富有了。

有一天考试回来，大概才三点多，家里没人，我去阳台拿了两个苹果，两个苹果梨，一个煮好的凉地瓜，全都削好皮，连地瓜也剥了皮，放在小盆儿里端到西屋，坐在书架下面的柜子上看小说。野风在湖上呼号，夕阳静静照在身上，照在书架上，照在吊兰上，幸福的自觉干扰我，几乎无法看书。不知道第几遍，《中国现代文学选读》里一篇《等》，"一只乌云盖雪的猫在屋顶上走过，只看见它黑色的背，连着尾巴像一条蛇，徐徐波动着。不一会，它又出现在阳台外面，沿着栏杆慢慢走过来，不朝左看，也不朝右看；它归它慢慢走过去了。生命自顾自走过去了。"

都说我最馋，妈说起来也不带贬义，像是最小的孩子的特权。冬天经常都有酱牛肉，一锅肉放进去出来拳头那么大两块，放在小盆儿里，搁在北阳台门后架子上。我放学回来去撕一块吃，吃完又撕一块儿，妈说，嚼烂了啊，冰凉冰凉的。大姐从来不吃，饭桌上给夹到碗里勉强吃两块。

姐傍晚回家垫一口去上晚自习，入秋开始常常是吃烀地瓜。也是烀一大锅，晾凉了放在牛肉旁边，干缩紧实得接近栗子。总是我放学没事，在阳台上望着，妈在我身后做饭，秋天黑得早，开着灯，姐从北边小道一出来就往阳台上望，二姐就笑嘻嘻的，连大姐有时也笑着，在薄暮中彼此的连接好像格外清晰。我转身说，我姐回来了，去开门，探出半个身子到楼道里听她们跑上来。

有时候妈也问我，看看你爸回没回来，我就往东边小道上张望，厅长楼和小平房挡着一直到月亮门那里才看得见人影。下班时候一簇一群，总是没有爸，但是每次看见爸都是笑嘻嘻的，离那么远也看得出来很高兴。妈说，在外头混那还不高兴的了，就不乐意回家！总也不着家！按时下班回家的时候啊，十回横是能有一回！

妈抱怨爸从来没跟她一起去买菜，像人家两口子一起买个菜啊，做个饭啊，从来没有。像你对门冯大爷俩，经常的一个菜兜子俩人儿一人扯一边儿，我可羡慕了。因为住隔壁，确切知道他们从来不曾大声争吵。妈每次跟爸吵完在楼道碰见邻居都觉得非常丢脸。爸从来不演出浪漫甚至温情，似乎彼此都感到遗憾。爸不肯跟妈一起做饭，妈叫爸帮忙，爸说，你让开，你碍事不知道么。妈拿做菜剩的半个黄瓜出来，掰一块下来给我，说，没有这么隔路¹的！他们觉得这不是爱情，那就不是。

爸扎上围裙，做饭很快，妈没伸筷子就说，这豆角儿炖的，水汲汲，豆角得炒得娇绿儿细软儿的才能添水，就着急进屋看电视啊，可劲儿添汤可是不能干锅。爸有时不高兴，筷子一撂，奚玉珠你少说两句行不行！妈过后说，这架势给我堵的，正吃饭呢咣当一句！

有时切片儿白萝卜顺顺气。妈爱生吃黄瓜柿子萝卜，比水果健康，水果更胖人哪！她象形推理，认为吃完饭就坐下窝着，肉都长肚子上了，夏天出去溜达，天冷就在家里走走，有时候扭扭腰，屋子小，就电视跟前那一趟空档来回走，爸说奚玉珠你还让不让人看电视了！净看你了！奚玉珠你这扭的叫啥玩意！群魔乱舞！妈说，就舞了，咋的！听起来是非常高兴的气氛。

我跟着爸妈坐在床里看《倚天屠龙记》，妈说张无忌，这小子虎的！一播主题曲她就去刷牙，说，时间利用得好吧！非常得意。爸就笑她——你把你那牙刷给孩子们看看，能找着牙膏不的！妈自己说，原先

1　隔路，跟别人不一样，古怪，略有贬义。

我还挤苞米粒儿那么大，现在更退步了，高粱米粒儿这么大正好儿！多了都是浪费，在嘴里漱不出去都咽肚子里了！说得自己也乐。

礼拜天上午，爸把洗衣机拽到厕所门口，呼噜呼噜洗衣服，双缸洗衣机来回倒，后两遍透衣服的水不太脏，妈有时候安排我用盆接了，洗拖布，擦地，刷拖鞋。爸在一切间隙回到沙发看电视，永远是聂卫平在讲围棋，马晓春九段后来总是输。阳台晾了衣服遮得屋里昏昏的，爸眼睛给电视照着，一动不动像两盏小灯。吃午饭，妈催一遍又催一遍，爸有时候坚持看完吃剩饭，把饭扣到剩菜盘子里，拌几口吐噜吐噜吃下去。笑嘻嘻跟妈申请，就去下盘儿围棋，没人我就回来，指定不打麻将。爸腰不能久坐，围棋也要两三个小时，妈好像没那么反感，可能觉得算是智力活动，又有点文化，爸讲他们数学系，入学就要求学桥牌，打桥牌那哪能算玩儿呢！走了妈说，在家一分钟都待不住，一分钟都待不住啊，心像长草了似的往外面跑！妈心里总装着事，不理解寂寞，就鄙视它。

15

九二年初夏妈去武汉出差，临行新做了一套裙子。大串联去北京之后第一次离开吉林省。不过可能她自己也觉得大串联时的少女红小兵是另外一个人。回来非常兴奋，说人家南方搞培训，事业做得很大挣很多钱。简直像电视剧，中年人从南方回来，沐浴了改革开放的春风，开始事业和命运的转折。妈本来也办辅导班，这下更受鼓舞，有理有据跟领导力争。有一张游三峡的照片，头发给风吹得横飞起来，仰拍的侧脸仰望着笔直上去的苍绿的山崖，确有壮志待酬之感。

又像电视剧里的人一样从提包里拿出两件新衣服，一条花色真丝大摆长裙给大姐——她要上大学了；一条黑色洒五彩圆点人造绸百褶短裙给我，哆里哆嗦的非常凉快。没有二姐的。妈似乎根本没意识到，她理所当然地认为我们都不爱美，二娜更是有啥穿啥。从来她对谁也不会小心翼翼的。

八月底有一天阴天，也没有下雨，四点来钟倒晴了。妈带大姐去买衣服，我要求跟着，因为从来没去过光复路批发市场。摊位一家挨一家，夏天都挪到室外，衣服挂在彼此间隔的金属网上，挤得一条小路越发狭窄，人头涌涌没有尽头。大姐躲在衣服堆后面试一条紧身牛仔裤的时候，我看见天空匍匐着淡紫浅绿的云霞，简直像山中的集市。也许还没走到一半就返回了，星星点点亮了灯，没有风但是很凉。初秋天一凉就像是回到了永远，夏天热得总像是临时的。我们吃了大葱卷煎饼，坐出租车回家，好像穿过了万家灯火——尤其觉得我们是小小的一家人。

二姑送姐一人一只皮箱摆在缝纫机上，上面的翻开，露出粉色的布衬，一股樟脑丸味儿。新买的衣物放进去，还几乎是空的。我贪婪地想象大姐的心情，像一朵金色的花儿一点一点开放。可能有点像以前的女人要出嫁？

大姐保送以后开始留头发，到夏天已经过肩，披着有点像青年了。高考那两天，她独自去南湖南岸华侨宾馆旁边的大佛寺给同学祈愿。我又羡慕又觉得难为情，心里辩解认为是保送生的内疚，但是家门口的怎么会灵？我没有进去过，大榆树底下一小段红墙向后退了两步，一走一过很容易忽视。最早湖滨街还是黄土路，与树下的小广场连成一片，夏天近郊卖菜的农民铺满了，也有赶着马车驴车的，回想起来倒是觉得有古风。

大姐他们班好像相当亲密，可能文科生有种青春校园的自觉——对表演有隐秘的共识——难道以为是真的？大姐好像也早恋，影影绰绰的叫魏毅，暑假来过家里几次，个子不太高，油白的麻子脸，戴眼镜，见到大人笑嘻嘻的很应付得来，我始终不信，怎么会是这么一个人！大姐后来也不承认，说班里都谈恋爱，魏毅跟她同桌，好像有点那么什么——可能说过一些轻浮的话，她被搅扰分辨不清？还是李石说出来大姐中学时候暗恋文学社社长，叫宋什么，我们谁也没听说过，二姐说我都不知道省实验还有文学社呢！倒也可信，小时候真正的恋爱可不是名字都说不出口，谁都不知道。大姐跟李石在一起以后，经常快乐地自嘲。

魏毅有个好朋友叫蓝文瀚，高瘦，白净的小四方脸，自来卷发乌云一样停在头顶，小孩似的大黑眼睛，都说非常帅，我也没有特别仔细看过，见到就很紧张。起先都是他跟魏毅一起来，成绩出来以后他自己又来过两次，因为报了国际关系学院，妈想给打听打听雷明的爸能不能帮上——安全厅正对口。分数实在不够投档，后来念了吉大自费。他们班全都考得非常差，只有一个人考上北大，一个人考上人大，剩下几乎都不是第一志愿。好像一下就灰心散场了。

成绩发表以前来我们家聚会，进进出出门都关不上。一个女生穿件透明黑纱宽松衬衫，清清楚楚看见里面黑色的胸罩，一进屋就轰然笑闹起来。二姐去学校上自习，我觉得无依无靠，下楼在小路上揪树叶打响儿玩儿，上午的阳光一点一点热上来，门口自行车停成一片。

那年夏天经常在楼下揪树叶打响儿，因为爱上了蓝文瀚。初中三年，交替重叠地爱慕过五十个人——至少有二十个。大量的失望，非常少的喜悦，无始无终的幻想，在空气里绣出花来。在别人看来我仍然是个儿童，穿三层飞边儿连衣裙，胸前印着熊猫盼盼。

有一次真的正在徘徊蓝文瀚就来了，很自然地像对待小孩似的，你干啥呢在那儿？哎我看你好像斑秃啊，你后脑勺有块儿没头发，不骗你。我不信，从来没有人这么说，可是他说得非常确凿。

家里翻修厨房，把餐厅墙打掉，砖头瓦块一筐一筐拎下来，要运到前面工地去。妈带我去借了一辆独轮手推车，工人说不好推，我伸手就接过来了。我还没发育，才一米四二，车装满了非常沉，端起来东倒西歪，但是跑起来就轻快了。妈和姐都在阳台上看我逞能，姐拿了相机下来拍照。正觉得畅快，蓝文瀚迎面来了。真是绝望啊。他说，你是为了拍照假装在这儿干活儿呢吧！第二天他又来，帮干了一天活儿，晚上陪爸喝酒。妈也喜欢他，说，这孩子才好呢，特别单纯。他爸爸很早去世，有两个姐姐，应该是娇养的，还是令人觉得不幸，有种无辜气。

寒假又来了，暑假，第二年寒假，来了在东屋跟爸妈说会儿话，又到我们房间来，倚书架站着，话也不太多，冬天屋里很热，脸上烧得红彤彤的。我已经不在意了，初三一开学，收到大姐来信，我就爱上了北京和大学，偶尔动心都像是消遣，再也没有那样念着哪个具体的人。姐送他出去，回来说他说他就是喜欢来我们家，姐妹们都在读书，过年也没人打麻将。本来不觉得，听了这话就有点得意，过后又是理所当然。家里铺了拼木地板，买了组合柜，新沙发，新电视，新冰箱，也都是高兴一下就忘记了。

蓝文瀚倚靠的书架旁边，墙上挂一幅装裱的字，爸的朋友写的，行草、《滁州西涧》，也是经常迎着夕阳粉红光亮的一块，我躺在床上看觉得跟那诗意很衬，但是从来没有好奇爸的那个朋友是谁。显然是引为知己。住一间房时爸的另一个朋友送了一张"室雅何须大花香不在多"，是狂草，不说不太认得出。是来过我们家回去特意写的，想来是有意思的人，但是也没有问过。搬到三间房挂在北屋东墙上，因为北屋最小。

焦经纬是爸中学同学，在外经委当主任，有一天他特意来家，送一本自己的诗集，《沉默的内涵》。爸说写的不咋地，妈说那人可写了呢。我已经上高中，当然看书名就瞧不起，从来没看过，跟姐提起来就大笑。搬家搬没了。那时候他们刚过五十岁，对人生的真诚与稚拙哪一代人都是一样的。

搬过来那年春天，就经常看见楼下马大爷寻寻摸摸找旧砖头，堆在北阳台底下。省实验那两栋楼才完工，建筑垃圾非常多。礼拜天搬小板凳出来坐，戴一只白线劳保手套，拿一把旧菜刀，用刀背儿把砖头上粘的水泥磕下去。另外一天弄了一辆小推车，跟马明子俩运来几块半拉的预制板。到暑假有个礼拜天，马明带着两个小伙子，在楼下盖起一间小仓房。用预制板压地，剩下一块整的，正够从仓门口摆到马路牙子，又像一条小路，又是一个平台。妈说，马宪章磨磨丢丢更能整啊。爸说，他那盖的啥玩意，擎等着漏水吧。妈说，那漏啥呢。爸说，顺山墙那缝儿不得漏水！我都不想告诉他了，寻思寻思还是告诉他吧，让他整点儿臭油子浇上看看。

晚饭先吃完，独自下楼，小路上正是短暂的空寂。马大爷的外孙女小雪，还不到三岁，蹲在丁香树底下，拿一小块石头在地上划来划去。我蹲在她对面，说，你吃饭了么？她不抬头，喃喃说，吃馄饨。我说，你吃了几个？她说，十六。我说，你能吃十六个馄饨？小雪抬头，认真看看我，又低头玩石头。马大爷像是喝了酒，红着一张脸，站在北阳台上喊，小雪啊？我站起来，绕过丁香树和向日葵，说，小雪在这边儿呢。小雪也跑过来。马大爷说，娜你看着点儿她，别走远了，小雪啊，跟着小姐姐——跟着小姨。我说，小雪真的吃了十六个馄饨吗？马大爷两手比划，说，吃这么大一碗，比大人吃得还多，他妈的。

李治民家北窗下有一摊沙子底，还是马大爷家盖小仓房剩下的。我教小雪拢沙子扒尿炕，小树棍儿一倒她就咯咯咯地乐。一会儿听见开门声，闹哄哄说话，酒后特别响亮。小雪爸妈出来，把她抱上自行车横梁上的儿童座，再次道别，骑上车倏地走远了。散步的人正陆续出来，嘤嘤的淡橘色的懒散愉悦，溶着淡绿的晚霞，漫过他们留下的这一寸空无寂静。马大爷捏着一根牙签剔牙，转身到小院儿里视察。

小雪爸是师大老师，长得很魁梧，头发异常浓密，简直像假发；

马红像马大爷一样的四方脸高颧骨，烫的半长的卷发，仍然并不柔和，还是健壮又可靠的样子。像想象中的三口之家，蓬勃有力，又似乎没什么特别，旁人看着感到孤单。不久全家去美国，小雪爸在美国大学找到工作——那也是非常厉害的人你寻思呢。我寻思不出来。我对他们一无所知，无从揣想。只是想到桥上和船上视野不同，在小雪看来可能都是顺理成章，没有如果。

爸在中专部是副处长，马大爷是处长，但是人老实——没能耐，都是爸说了算。两家竟然也相处得很好，托妈给马明保媒。马明是汽车厂工人，长得斯文干净，隐约带着点笑，没有话。妈说，那孩子老实，咋不说你马大爷马大娘都老实呢。

大舅中学时候有个好朋友叫马喜文，那时候是白城地区统战部长，不知道为什么，我总觉得统战部长比别的部长大一些，所以印象很深。他女儿马晓梅考上邮电学院中专，也算不错的，毕业就分邮局是干部编制。马晓梅念书时候来家里做客，老姑老姑叫得很亲，走了妈说，挺奸一个人儿啊，就是忒丑大劲儿了。

妈下楼去说，听了家庭学历，同意礼拜天让孩子自己看。我觉得非常荒唐，担心马明觉得受了羞辱，心里怨恨。马明也同意，马晓梅毕业就结婚了。妈说，那马明子不是工人么！人家不是干部么！我还是不能理解——不能接受。

生了一个女儿倒是白胖可爱，取名叫可心，说是本来就想要个闺女。夏天整日抱着在外面，妈说，这架势这马晓梅得瑟的，生个孩子不知咋地好了！见人就抱过去，等着人夸，这架势，就像谁没生过孩子似的！也不咋好看，小孩儿不都那样儿么，反正就是白，白是像马明呗！要像她可完了！

经常跟公婆干仗，甚至上楼来说，说完婆婆说大姑子小姑子，起初马丹没出嫁，住在家里碍眼。看出来妈也并不赞成她，渐渐不来了。

我每次听说都觉得对不起马大爷马大娘，从小听这种故事媳妇都是坏人。但是马大爷喊着"马可心——，马可心——"，终于看见孩子骑三轮童车从湖边过来，马晓梅跟在后面，马大爷立刻就眉开眼笑的。妈啧啧两声，这名字俗的，忒俗了，叫啥不好，叫可心！

我们门洞就马大爷家过得最热闹。南边菜园也是，种得横七竖八，一寸地方也不浪费。马大爷经常在园子里干活，妈站在南阳台上吃瓜，退进屋来小声说，这马宪章，整天撅个屁股整他那小园子啊，不在南边儿在北边儿，这要退休了还行，也没退休，咋整天就寻思整这个呢！爸说，园子他能种明白就不错了！妈说，嗯呢，长得不好，园子那玩意吧，还真不能整天叨欠它，农村也有那样儿的，越叨欠越长得不好！

马大爷家对门李治民家，南边也用红砖砌了园墙，翻土种草莓，都说草莓那玩意自己繁生。从来没见人下地，也没见收成，再就不管了，野草长得非常茂盛。北院儿更没收拾，我们小孩整天在那儿玩儿，也没人出来嫌吵闹。北阳台几乎是空的，像没住人家一样。他们家有个女儿，听说读职高，很少遇见。李治民媳妇儿爱打扮，背着小皮包，秋天像空姐似的扎一条丝巾，从来不理人。马大爷上来说，他妈的，这娘们儿傲的，像个骄傲的小公鸡儿！

对门冯大爷，家有四个儿子，搬来不久老大就结婚，爸妈带我去参加婚礼，新娘子白莹莹的脸儿，黑闪闪的眼睛，穿条红镶金的旗袍，笑盈盈的非常美。妈说，人家媳妇都长得漂亮啊！老二更早就结婚了，媳妇也是大个儿，雪白，细鼻细眼儿文明样子。冯二小个子戴眼镜儿，冯大也并不帅，但是也许风流多情，在婚礼上抱着吉他唱歌，都说唱得非常好。

冯三北大毕业，是家门之光，留在北大招生办，很年轻就当上主任。妈说，人那家人家都奸，会做人，见谁都笑呵的。其实也许只是天性平和快乐。有一年春节冯三儿回来，父子兄弟酒后唱卡拉OK。过来敲门，说要一起乐乐。爸妈说实在是不会唱歌，冯大爷拽着我，说小三儿来，热闹热闹。冯大爷小长条儿脸儿又红又亮，站在电视跟前比划着，唱小白杨唱得非常嘹亮，都叫好。我坐在沙发角上，有点羡慕。我们家再热闹也就是清谈笑笑，从来没有这样洪流滚滚的。

只有冯四儿让人操心。比姐大两岁，初中毕业了不知道是念个啥，大白天出出进进，就像游手好闲似的。楼道里三步两步蹿上来，要赶紧躲开。有一回警察来了，警笛非常刺耳，咚咚咚上楼来，一会儿又听见咚咚咚下去了。我倒是有点激动，像是间接满足了某种虚荣心。

过两天冯大娘来，眼睛肿了，进爸妈房间关上门说话。临走听见妈说，我明天一早上就去取出来，你放心吧冯大嫂！冯大娘嘤嘤说，大嫂就谢谢你了啊玉珠啊！一直冯大爷冯大娘叫海岳叫玉珠就叫得特别自然，特别亲，有时候爸妈打仗他们也来劝劝。急用一万块钱，拿不出来小四儿就得坐牢。妈那时候就办自考辅导学院了，整教材啥的要周转，要不谁个人手上都没有这些活钱。

冯四儿就很少带朋友回来了，仿佛脚步声都变轻了，妈说，赶赶长大懂事儿了呗。冯大爷升任副校长，过两年搬走了。大学寒假回北京，在火车厕所门口看见冯四儿，正抽烟。当然认识，可是无法打招呼，从来也没有说过话。听说起先在延边做买卖，倒腾东西往朝鲜卖。冯大娘不放心，但是在长春待不住，到北京来当然是冯三儿照顾看管。不久听说冯三出事儿，让人拿下来，调到别的处室去了。很快离开学校自己办公司了。妈说是在学校觉得没脸儿。我们家也已经搬走，冯大爷退休，渐渐就没有消息。又过十几年，我夏天回家跟妈去菜市场，遇见冯大爷冯大娘。还是拉着手，冯大爷稀疏的头发全白了，打了招呼独自走开了。冯大娘好像变矮了，忽然抱我，拍我的后背，松开看见她无声地流了两行泪。跟我无关，也不是往日时光，是往日时光让她想起人生这回事？可能仅仅是变得脆弱，任何情绪都无法承受？冯三儿头两年死了，得癌症，最后半年冯大爷在医院护理，一天也没有离开过。

有一天我没带钥匙，坐在楼梯上写作业，冯大娘回来，叫我进屋去等。她高大白软，声音低柔，安排我在书桌前写作业，自己戴上金丝边眼镜，坐在沙发上翻看一打稿纸，说是要发表的论文。她是函授毕业，但是也在电大当老师，当然都认为是靠冯大爷。冯大爷回来了，进屋就扎围裙，留我吃饭——想吃啥跟冯大爷说！

16

家门前的小路上种了几株丁香，一年年高大，团团侵到路上来。《读者文摘》上说找到五瓣丁香能实现一个心愿。我没有心愿，也很高兴去找，有时候一气找到几十朵，捧在手心里兴味索然。有一次下毛毛雨，自觉有一种情调——淡紫色的戴望舒的情调，想到时非常得意，继而可能有一分钟不太自然，也就忘记了。那独自游荡的心情，河水一般不停留，春夏漫长。

马大爷在门洞口种了几棵向日葵，北边太阳不好，可是也长得老高，大脑袋沉甸甸垂着，午后特别寂静。我跟萌萌无所事事，站在葵花底下闲说话，一字一句毫无意义，小虫似的嗡嗡嗡飞在整栋楼午睡的梦中。萌萌伸出小黑手摸涩着向日葵叶，忽然听见马大爷清楚的声音，娜啊，别祸害葵花叶。他只穿件洗旧的跨栏白背心，站在北阳台窗后。萌萌侧身出来，说，老爷爷，我没揪叶子，我就是摸摸！你看，就是这样轻轻地摸摸！马大爷毫无喜色，说，摸摸行，娜你帮马大爷看着点儿。

萌萌住在厅长楼后面的教育5号楼，才五岁，晒得黑瘦蹦蹦跳跳像个小昆虫。正吃午饭就听她喊，何三娜——何娜三——娜三何——嘎嘎嘎地乐个不停，非常招人稀罕。我上五年级，出来没有玩伴，碰上跟她玩，她就天天来找我。后来孙妍、朱翘和蔡苗也跟着我，都是五六岁，过家家排大姐二姐表姐表妹，我是妈妈，有时候又是奶奶，非常认真，过生日啊做蛋糕，过年啊包饺子，派她们出去采购，沙子石头树叶儿松针花儿。邻居们当面议论，三儿还跟小孩儿似的！我听出那是喜爱之情，也并没有因此变得不自然。

朱翘家不知道在哪里，有时候来她姥姥家，也在教育5号楼，一楼正对着厅长楼过来的路口。她姥姥看着像是有八十岁了，小脚、扎裤腿，宽大的黑色涤卡布裤子灰突突的，上面一件同样旧的斜襟大褂，什么地方打着补丁。似乎是大个子，腰弯得厉害，又总是低头寻觅，灰白的短发乱披着，恍惚觉得是个狮子脸，从来没有真正看见过。也因为不敢看，总是远远地就避开了。

秋天很深了，站在北阳台上看她，走得很慢，在厅长楼后不见了，一会儿拎块破纸壳回来，挪身进入她窗前杂物堆积密不透风的小院儿，只看见躬着的脊背和飘散的灰发浮动在废物的山间。一块锈铁又冷又硬在心底要顶上来，但是可以那样看上很久，看她从废物堆里转出来，关上破栅栏门，上一把大黑锁。除了卖破烂，从来没见她跟人讲话。直到第二年夏天，有时候看见她跟孙妍奶奶站在路口，不知道在说什么。我不禁感激，又非常好奇。孙妍奶奶是退休的小学校长，穿月白衬衫深棕色百褶裙，瘦小笔挺，灰白的头发别着发卡非常整齐，永远笑眯眯的。

孙妍爷爷有时候也跟朱翘姥爷说两句话。这一大片居民区的退休老干部有二三十个，夏天晚上在省实验操场上消食走圈儿，都背着手，谈国家大事。几乎都穿浅色短袖纱衬衫，纱裤子，只有朱翘姥爷穿军绿布裤子扎一个泛黄的白色圆领背心，也背着手，驼背，强仰着头，离开别人稍微远一点，跟在最后面。连妈都注意到，说，看着心里可难受了。听说是老红军，立过功的，不知道怎么过成这样。不是说大姨父的爸爸工资非常高么。

朱翘倒是穿橘粉碎花连衣裙，睫毛非常浓，一双黑眼睛高高兴兴的，根本不像那两个人的外孙女。有一次她要回家拿东西，让我在门口等，本来一楼就暗，给窗外的垃圾挡得几乎完全黑的，当然不开灯，也还是看得出屋子里堆得满满的，四壁都要倒下来。我几乎站不住，想要逃走。后来夜里看见废物堆后面的窗口亮一盏昏黄的小灯，就会立即想起来，并且渲染夜景，一定有许多老鼠，关了灯以后吱吱地叫。我像是害怕疯子一样害怕他们，可能只是小孩不敢想象那耻辱。

孙妍白嫩的瓜子脸，大杏核眼睛，但是妈说，你看那么大点儿小孩儿咋一脸俗气呢。后来遇见她妈，长得一模一样，穿鲜艳的连衣裙，裙摆大而短，争尖儿抢上的样子。小夫妻在外面另住，孩子给爷爷奶奶带。孙妍爷爷是教委副主任，也退休了，住在厅长楼最西边，我去过一次，二楼朝西的长条大房间有南北西三面窗，灰布沙发上铺着白线钩的三角巾，正像"高干"家庭，墙上挂些茶棕色相片框。当时就觉得是怀旧的气氛，也许因为家里没有年轻人。但是菜园种得朝气蓬勃，鲜花盛开，葡萄藤在西南角长成绿色的拱廊，拣废弃的红砖垫出一条蜿蜒的小路。

做花窖孙妍不让摘她奶奶的花，跟萌萌两个跑出去很远，我从南湖洗碎玻璃回来，远远地迎面看见她俩，兜着裙子笑嘻嘻的，莫名觉得像古代。丁三儿带着王京在小路西边儿玩儿，我们从来不打招呼，像不认识一样。可是第二天早上去看花窖都被掘开了，不可能是别人。我带着萌萌孙妍去找，他俩头也不抬，正在拔一只红蜻蜓的翅膀，我赶紧扭头躲开了。

蹲在湖边的大石头上洗玻璃，那辽阔的银灰色的水面，那凉渗渗的水腥气，也都撩拨着，好像就要离开此时此地，但是又不能，在那临界的状态里心情非常饱满。可能觉醒之前会有那种星星点点，但是其实更小的时候也偶尔忽然看见天地亘古。带萌萌去湖边摘长穗草编花篮，我看见风从湖上吹来，我看见淡紫色的野菊花摇曳着掩过我的蓝裙子，竟然有些失望，这样万事俱备的诗情画意，也不过如此，毫无感觉。

隔壁门洞有个女孩叫翟新新，肿眼泡小眼睛，一口灰黄密实的小牙，油黑的头发梳个大马尾，足有一尺长。比我小一岁，在附小念书，笑嘻嘻的但是非常乏味。从北阳台可以看见她家东窗，窗下就是她的书桌。初夏的早晨，妈还在烫水饭，我看见翟新新正在收拾书包，隔着纱窗大喊一声就非常高兴。不敢去敲门，她妈干瘦的高个子，在阳台上喊她，声音里没有一丝愉快，两个人打羽毛球才有点意思，就给喊回去了。我不能理解，又不参加竞赛，小学成绩好坏有什么区别。心里非常鄙夷，这样平庸又不接受现实。

翟新新家楼上还有一个女孩叫王涵，比我小三岁，跟我一样高，非常胖，双下巴把脖子都遮住了，但是大眼睛长睫毛，小鼻子小嘴儿，看得出曾经是可爱的婴幼儿，她爸爸非常宠爱她——要不早就离婚了。王遇春是自考办主任，还不到四十岁，黑黄的蟹壳脸，头发不多，看起来笨嘴拙舌有点像大舅。妈常说他人好，没架子好办事，从不拿权力为难人。大胆贪钱，又会来事儿，把领导答对得好，年纪轻轻当上一把手。韩冷比她女儿更胖，没有形状的黑红的大脸，冬天穿一件黑色人造毛长大衣，完全是一只黑熊。一直病休在家，专心致志监督丈夫。

自考办都知道王遇春跟方兰君好，谁也不捅破。方兰君住在最西边门洞，非常白，微微鼓起的长眼睛，烫普通的大波浪，夏天用一个夹子松松盘上去。有个女儿叫小胖，总是领着，进院儿就上楼了，从不在小路上逗留。被她男人捉住了。上午上班儿时间回来拿东西，进厨房就拿菜刀，传说王遇春穿上裤子就往外跑，也不敢回家，老婆不能容，方兰君男人举着菜刀一路追到自考办，在走廊上被一帮人拦下来。

王遇春儿调到进出口公司，不久去了德国。不到半年方兰君就跟去了，也是待不下去，太砢碜了，男的跟她离婚，她拖着不办手续，怕签证不过。走前跟妈说了，妈说，去找遇春儿啊，方兰君儿说，不的也想出去看看。又说，奚老师你认不认识谁想要办证的，我给他办，五百块钱一个，我反正要走了，攒个机票钱。方兰君管档案的，能造假。

管盖章的老陈跟妈坐一间办公室，最是一本正经不过，年年大伙儿起哄选他当先进工作者。让妈写事迹往上报，自己忍不住讲起来，说有一年他高中一个女同学来找他，儿子就差一科没过，工作找好了，帮忙的人眼瞅着退休，急用本科证。老陈说，就这一回，我心里真动摇了，这个女同学跟我俩，姆俩处对象儿，是我妈不同意——。

妈说，你说说，还是这种关系！要一般人能扛住么，就给整一个呗，能咋的，谁还能去查去，虎的！还当先进事迹讲呢，可不先进咋的，我就写上去了。相当得意呢，谁一夸他就造个脸通红，不知道都是拿他开玩笑呢，以为真有谁敬佩他呢。反正可也得有这么个人，那章儿要落别人手里那还有好儿。

不知道什么原因，老陈对王遇春特别忠心，竟然真给方兰君盖了几个毕业证。王遇春秋天走，方兰君冬天去，开春儿韩冷儿就带孩子追上去了。我在春寒的晚饭时分旁听到几句，感到一阵紧张。过两年在楼下遇见韩冷，更胖了，穿睡袍似的宽松大花长裙，戴大墨镜，当然就是夸耀德国。

王遇春也回来了，在省驻京办，过些年调回工学院当副校长，出事给拿下来，当个处长退休了。——不是贪污那路事，贪污是指定贪污了，但是谁查那玩意，还是搞破鞋，让人举报了，你看贪污不一定管，专门爱管这套事儿。搞破鞋也跟赌博似的啊，沾上就没跑儿，再说也是那韩冷忒不像样儿了，像个啥，跟头猪差不多少，能离婚么，要离不早离了，王遇春心软，再加上有个胖孩子，那算抓牢牢儿的，就得这么轱辘一辈子，不搞点儿破鞋咋整。妈说得相当严肃，但是说完反应过来，自己也嘻嘻笑。

方兰君没有跟回来，都说嫁了一个德国老头儿，说七十的也有，说八十多的也有，反正意思就是等着拿遗产。十几年后妈在小树林遇见，戴个草帽，一点不见老，说回来处理湖边这套房子。离婚以后一直是她爸妈住，她妈死了她爸另找一个，怕她爸先死房子给霸去。妈倒直接说，听说你嫁个德国老头儿？方兰君就笑了，说，没有，没有。妈说，你看那个笑法儿，就指定是有过。但是谁知道那老头儿是死了，还是拉倒另找的，这回是个中国人，在德国待多少年的，六十多岁，不咋老，方兰君儿也五十大多了！

妈说，我也问了，我说跟遇春儿还有联系啊？方兰君儿说，啊，我们还是朋友。完了又说，反正我哪回回长春，他都上机场接我，走前儿送送，要是有时间也吃顿饭——遇春儿啊，耽误我一辈子。

刚搬到三间房这边，有一天中午我跟妈一起从市场回来，遇见韩冷母女。我还不怎么认识王涵，听大人说话没完，要求拿出油炸糕来吃，妈向后一甩手，暗示我闭嘴。分开上楼时妈说，再不行当人面儿问，给你拿一个吃，不给王涵一个是不不好，都是小孩儿眼巴眼瞅的，要买多还行，给她一个就给她一个，就买仨你们仨一人一个！又尴尬又惊喜，简直像被启蒙——怎么我就没想到！

王涵整天跟着她妈，没有朋友，有几次她妈有事送到我们家。夏天穿一条白色泡泡纱连衣裙，仰坐在沙发上像一块巨型奶油蛋糕。赶上中午吃烧鸡，都吃完了她还在啃骨头，拣了桌就剩那一盘，我坐在跟前等着，又吃很久，妈都上班去了。

暑假里韩冷生病，也就是躺在家里说头晕，王涵就经常来找我，一起去南湖和省实验消磨时光。有一天忽然下雨，急急地各自跑回家。不多时雨就停了，纱窗上碎金闪耀。那时候顺着西窗放了一张小床，可以半卧在窗台上而不感到危险。王涵趴在她家窗台上看见我，大声讲话，每说一句都加上，你听见了么，就特别高兴。

有一次去他们家，五楼很明亮，白色跳橘红的现代家具很时髦，衣服扔在沙发上，她妈才出门了。不知道为什么觉得非常冷清。她身上总有钱，我们下楼去买了六个冰糕上来放冰箱里，不断拿出来都吃了，鼻尖儿指尖儿都冰凉的。窗口白茫茫，落不进来，屋里阴静得像洞穴，洞穴里漫长的空虚。

暑假经常坐在西窗台上看书，有时候倚在纱窗上，妈说，看掉下去。小生舅打的木框纱窗，两侧各钉一个小木片，半松半紧，划起来轻轻别住。回想起来真是危险，倚了也许有五百次。总有几个时刻意识到无事可做，风从湖上吹来，沉兜兜的。

一套三国演义小人书翻来覆去，七擒孟获到五丈原那一段，看了有几十遍，诸葛亮真是细密啊，心血凝结才有这样迷人的实感。每次都赢，怎么好像蜀国也并没有变得强大？他死了故事还要继续，真是不耐烦，连姜维的悲剧也不能摆脱冗余之感。一个凌迟的尾声是更深刻的悲剧？那是生硬的理性认知，本能总是想要一个痛快。

有一床旧凉席，铺在姐睡的双人床上，妈要求我们午睡，床边搭三把椅子横躺。都不睡，翻过身来趴着看《红楼梦》，一人一本，自觉都不看第四本。趴久了胳膊上都是凉席印儿，翻身一会儿就睡着了。有一本讲曹雪芹的书，应该是给小孩看的，非常薄，而且生字都注了拼音。开头讲他做了一个美人风筝去阔朋友家，又讲在西山一个婆婆跨过小溪给他送点吃的，亲切平常，充满生趣，没有庸俗的悲凉。我颇感失望，因为没有满足愤怒。

妈给讲过后四十回的事，我对高鹗一无所知就讨厌他。睡前激动地狂想，自己去北京到西山买一栋房子，在院子当中挖出后四十回真迹，被人追杀——不知道为什么，画面里院子正中有一个大水缸，映着令人胆寒的月亮。根本看不出《红楼梦》好在哪里，只是被告知伟大，空对空激起的遗憾，在小孩子心里也可以非常狂热。也许正是因为抽象才不能节制？

晚上跟姐吵架，太委屈了，不知道是从哪学来的姿势，侧坐在西窗台上，拉着竹子图案的窗帘掩住，哭。想想下来拿出口琴，回到窗台上去吹，没有调，但是似乎也非常悲伤！把姐笑得！从来没学会吹口琴，每次上音乐课都非常紧张。

还是在南湖小学，音乐考试我一开口，同学就都笑起来了。自己偷偷试过，知道确实不行——像一种残疾。但是后来喜欢张楚，反反复复听，有时候骑车在路上就大声唱起来，也是非常高兴，整个人流动起来。一旦念头来了——好像没有跑调吧，立刻就跑调了。像一个隐喻。

六一儿童节在操场上搞联欢，下起蒙蒙的小雨，不到中午就散场了。不知道为什么妈妈独自在家，正在西窗小床上倚着被垛看书。我凑过去，倚在旁边唠嗑儿。我刚回长春时，经常礼拜天早上钻妈被窝，不让她起来。妈说，臭宝，我说，香宝，妈又说，臭宝，我又说，香宝，没完没了，一边说一边乐，最后全家都乐起来。大概是最小的孩子的特权。

妈说在学校干啥了；我说唱歌；妈说我最羡慕人会唱歌了；我说我也是，我就跟着对嘴型儿不敢出声儿；妈说有时候趁没人我就自己唱，跑调儿了也非常高兴——。我们俩放声唱起来，仰躺着气不足，更像喝醉了一样。当然跑调，但是越唱越大声儿，非常快乐，姐放学回来敲门都没听见。妈说，楼下一走一过听见的，不得寻思是哪来的一老一小俩疯子！

高中时南湖公园早晚免费，我总是从长堤上走，迎着柳树大声唱，鲜花的爱情是随风飘散随风飘散——，自觉地伸开双臂仿佛要成为飘散的一部分。很自然地陶醉，很自然地立刻醒过来，醒过来有点失落，好像没爬到山顶，没进入洞穴深处。

冬天冰湖上的风非常硬，打得半边身子疼。柳树砍得只有主干，一棵一棵乌秃的，又狼狈，又有承受的风度。我在冷风中尚感盈余，无以自处，一棵一棵查起来，很快滑入无意识，不确定对了没有，一百零六棵？第二天又查，还是不能一直清醒。

有一天醒得非常早，自己下楼去湖边，跳到最远一块石头上，迎风站着给自己看。波涛一涌一涌，有站在船头一往无前的错觉。意识膨胀，感受只剩微弱一丝，还是像假的。唐诗宋词里那些饱满的抒情怎么回事？一定是自己的问题。我的感受枯索无味，但是毕竟是真的啊。是真的——就有价值么？这样兴奋而胆怯地回家去，思绪转眼就游远了，以为想过就忘记了。

17

二姐高三忽然成绩好起来，从省实验前十名变成第一名，预计正常就可以考上北大，谁也没想到是全省第二名。小哥那时已经在考试办，提前一天知道消息，打电话都结巴了。第二天成绩正式发布，妈才信真，四处报喜。有一天早上妈说她半夜睡着睡着乐得直蹬腿，醒了掐自己大腿，叫醒爸问是不是真的。爸一个大学同学，本来很少联系，特意打电话来，显摆自己儿子考上北大，真是撞枪口上，爸挂了电话乐得！

我跟二姐出门，四门洞小学六年级的刘婵媛跟一个更小的小孩说，你知道她么，她考全省第二名。知道正目送我们，我和姐都不回头，姐说，她并不是羡慕我学习好，她是羡慕我被人羡慕。真震惊啊，姐太有思想了！为此又乐了很多次。那真是喜气洋洋的夏天。

上一次意外之喜还是大姐中考，也是预计能考上省实验，没有想到那么高分。都没有电话，爸吃过午饭就骑车出去，一到傍晚不回来。都猜他是在陈姥家小卖店，电大教委的人没事儿聚在那里聊天。我忽然就比出一个手掌，四指紧闭，大拇指弯下来，一下一下向前推——我大姑娘考多少分你说说？……妈和姐都大乐，爸高兴起来发表见解正是这个手势，平时注意到又似乎忘记了。

晚饭以后全家去省实验中学散步，新生大名单用毛笔写在大红纸上，贴在高中部白楼正门门口，总是特意绕过去再看一遍，看好几遍还是觉得姐的名字在那里很突兀，每个字都陌生，像写错了一样。

体育馆门前有一块清静空地，有时候爸陪我们打一会儿羽毛球，路旁几组玻璃橱窗，暑假总要贴上光荣榜，照片姓名分数，谁谁谁考上北大清华复旦南开。妈挨个细看，非常羡慕，好像那里每个孩子她都很喜欢。

二姐高考这年不知为什么没有做橱窗，但是校报邀请写一篇文章，二姐不会写，也许是干脆不想写，请大姐代笔，"蓝窗帘飘呀飘，飘出许多往事来……"。我和二姐都笑，但是我心里觉得非常美，非常得意，等姐上大学走了，我才把校报跟姐给我写的信，她拿回来的十三月文学社社刊，一起放在一个衬衫盒子里。

到我高考，我们三个成为喜闻乐见的小传奇，我倒没有那么高兴。享受虚荣的乐趣，同时也感到隔膜和厌烦。似乎这是一个普遍的故事——我背叛了那些为我鼓掌的人。

省电视台来要拍个小短片，让我假装洗衣服到阳台上去晾。我不乐意，难为情，心里想自己不止于此，搞成这样好像多当回事儿似的。妈非常生气，一定要我配合。爸说，奚玉珠你别在那儿揽功，孩子学习好是孩子努力的结果，你有啥功劳！大吵一番。播出时我躲出去，二姑父打电话来说录下来了。暑假里二姑父几次说做点好的给我吃，终于我跟爸去了，饭间播放录像，不能开口阻止，心堵到嗓子眼儿，手心都是汗。每句话都想要纠正，但是又无所谓，反正电视里那是一个陌生人。

妈买了一套八百块钱的紫红色真丝绣花套裙，宴会上开茅台酒喝。

爸这边亲戚，妈这边亲戚，自考办的，电大的，妈同学来，吃了很多次喜。妈那时已经在零二四租下一整栋楼，校园临街的门前修了一个圆形花坛，吃完饭大家聚在花坛前拍合影，好像人人都是真心的，与有荣焉的快乐。又过好几年，董英男来说，新领导坐他车，说起孩子学习，说有一家仨姑娘——董英男说，我一听我心里就乐了，我等他说完，他说完说，你说人家那孩子！我就说，那可不是人家的孩子，那是咱自己家的孩子！我亲舅舅家的！我亲表妹！

爸在电大理工部当处长，那几年拿到自考中专电算化会计专业的主考权，批卷儿出题，出教材复习资料，老师们都跟着挣钱，部门小金库不敢分但是根本花不完。他手下一帮小兄弟，平常就是下象棋打桥牌，一有借口就下馆子。我高考之后爸几乎每天请客，回来脸上红扑扑的，真是笑得合不拢嘴。妈有时派我去找，或者在电大楼下的锅贴儿店，或者在湖波路商店二楼改建的小饭馆儿"天然居"。几个男人喝得红光满面，爸看见我就笑，笑得非常松弛非常彻底，说，你先回去吧，爸一会儿就回去，吴刚就说，快拉倒吧，嫂子不高兴了，爸就说，不管她！李波就说，嫂子高不高兴你咋知道呢！我就走了。爸后来偶尔说起非常怀念九六年夏天。

我不喜欢顶点，最怀念九三年。二姐和我都拿到录取通知书之后，决定全家去大连旅游。李波的连乔儿在大连搞开发，说有好几栋小楼都空着呢。大姐带二姐去崇智路，给她买了一套军绿色镶彩虹布条的短袖衣裤，超出时髦范围，又普通又与众不同。她自己一条浅灰色黑白细格翻边短裤，一件红白细格T恤衫，方领口挖得很低。又有一红一绿两双帆布船鞋。我很羡慕，觉得是大学生的特权，不能要求。另外为旅游买了两个纸绳儿编的宽檐儿"草帽"，我可以共享。我忽然长到快一米六，很瘦但是可以穿大人衣服。冬昀姐给了一件灰色短袖衫，说没穿过几回，从肩膀落下的大领口，用两条麻花辫细带扯住，里面背心的肩带总是露出来，我自己动手在麻花辫背面钉了小布条，把背心带套进去再用按扣锁住，有时胳膊拧不过来要姐帮忙，每次她们都笑。

买不到软座票，侯国华说包在他身上。一大早全家在候车厅门口等小猴子，妈着急，爸去打电话回来说还没起床呢才往这边赶。我总觉得有外号的人都是生动讨喜的，小猴子似乎恰好是个滑稽角色：有一年电大鼓励老师搞创收，他不知从哪整来一车松子儿，停在电大门前的路口卖，站在车上大声吆喝，长白山野生松子！补脑健脑！家有孩子的！要高考的！长白山野生松子！补脑健脑！妈回来说，这侯国华虎的！谁买三斤五斤到头儿，那一大车卖给谁去！没长脑袋的玩意，还补脑健脑呢！爸说，侯国华虎？谁也没他心眼儿多，最好最滑的就是他！妈啧啧两声，讽刺爸夸张。不过吴刚有时候来家也说，那不是小猴子他妈的——是不太赞成的语气。

侯国华匆匆赶到火车站，结果完全不像小猴子，一点也不瘦，又是大圆脑袋，大圆圆眼睛，戴个眼镜儿，头发当然一团乱，姐指给我看，有一半裤腿塞在丝袜里，卷卷着。那年夏天所有成年人都穿米色纱王裤，男的还穿旧式的几乎没有弹力的本色花纹丝袜。小猴子马到成功，我们补上软座车厢的票，很贵，更增进了快乐，妈说——咱们也享受享受！爸说——真讲话儿了，这点儿钱在咱家不算啥！浅蓝色的绒布椅套，苫着白色三角巾，我们盘腿坐进去，拿出洗好的香瓜来吃。本来座位就少，又并没有坐满，车开起来就非常凉快，在阳光灿烂的白日穿过盛夏的田野。

大姐大一寒假回来，真像是变了一个人，胖了一圈儿，牛仔裤都撑圆了，脸上红扑扑的，又高兴又自信，又时髦又温柔，把我们觉得难为情又不敢奢望的都实现了，做得自然而然。像从希腊回来的使者，带回许多新鲜东西：景泰蓝烟灰缸，剔红漆器手镯，在北京友谊商店花16块钱给二姐买的粉耳朵大兔子，13块钱给我买的淡黄色海盗地图印花双层文具盒，《五人诗选》，《梵高传》，他们班里去长城郊游回来写的作文选，《张楚：一颗不肯媚俗的心》，《罗大佑：光阴的故事》……。大概是姐看出来我强烈地向往，除了两本借来的书，都留在家里了。那两盘磁带反复听，书也一遍一遍看，看懂的都心惊肉跳，心满意足，看不懂就反复猜想。盲人摸象其实非常幸福，那大象无穷无尽，又确凿存在。

生物课上讲保护色，说雷鸟如果在第一场雪之前变色，反倒容易成为猎人的目标。多么悲伤啊，又多么富于戏剧性和命运感。我战兢兢写在信里，姐回信说，"很喜欢雷鸟的故事，应该把它写进诗里！"真是狂喜啊。

高中每周写信，复写纸一式两份儿，一定要写到偶数页，平分原件和复印件。大姐有时在信封上写"芳启"或"玉展"，立在收发室玻璃窗里，我去取来，一路揣想能有多少人注意到。姐把我的名字写得很大，信封右下角印着"中国人民大学"。二姐有时也写来，很短，偶尔似乎说到有些迷茫，例如这一切到底为什么，就没有下文了。她不正视那迷茫，因为那非常像一种沦陷，从画面上都觉得类似于堕落。而且如果没有赢，就总像是失败者的借口和安慰。

大姐说二胖非常累，周末去看她，两个人在公共电话亭排队给家里打电话。妈买彩票中了二等奖——五千块！打电话说，大宝啊，带二宝喝瓶好汽水儿！五口人在电话两端爆笑。可能是指可乐，说不上来。

早春中午，桂林路邮局门口冰雪化成黑泥，森森的冷气浮上来，在浅金色的阳光里开出许多冰花。买好邮票信封出来，踢开自行车，像地下党员有隐秘的优越的幸福感。高二订了一年《读书》，甚至念给妈妈听，汪丁丁从麦当劳免费餐巾纸讲起……。看不懂就更觉得踏实，那敬畏之情彼岸之感，解决了所有的困惑。什么是达达主义？趴在床上看《辞海》，一个下午云遮雾罩，像吸了满屋鸦片烟。

学校的杂志期刊阅览室桌椅宽大，地板咚咚响，有老派的严肃庄重。午休去看小说，人都走光了还没看完，恋恋把书交回去。长长走廊上各班值日生都在擦地，教室里人都回齐了，正乱哄哄的，我觉得那热闹声响像一团一团变幻的烟云，而我沉没在紫色的绿色的褐色的烟灰色的宁静的湖水里。

低班有个女孩叫王剑，一度站在柜台后面帮忙借阅。长得非常美，眼睛黑亮而空无，像婴儿一样。不知道是什么家庭，同款牛仔外套一次买六件不同颜色，在运动会上借给六个女孩穿着跳舞，她举着班牌拎着录音机，低头跟在后面。其实都在看她，宽大的卫衣领口几乎从雪白的肩膀落下来。

冬天她常穿一件大红羊毛外套，又沉又软快到脚脖儿，不系扣子腰带，在永远的雪景里让人想起大红猩猩毡斗篷。有一次我坐在她斜对面，看着她心不在焉的半侧脸，在夏天的窗口逆着光，竟然明确地看见伤感在心里漫起来。瞬间狂喜，原来美真的是这样！令人忽然看见荒野，痛感虚无！这亲身核实的震动远大过"美感"本身。

男生给女生打分，只有她是低班的，得最高分八十五。很多人不知道名字，特意跑到阅览室去看八十五。她也还是半低着头，小动物似的茫然的样子。总是才坐下就有人来找，或者她自己也向门口望，穿着毛衣就出去了，过很久一身冷气回来，悄悄还了书抱起大衣走了。我比男生们更早注意到她，老早就跑去搭茬认识，因此非常得意。

阅览室彼此观看的人很多，谁把谁叫走，谁给谁留纸条，我坐在那里明察秋毫，转身就把消息散播出去。以我的勇气只够轻浮到这个程度。可是低头读书也很快就沉进去了，觉得余秋雨写得真好啊。都是自然而然。没有坐标，倒更有探险的乐趣。有一天读到程远，觉得被冒犯，但是又似乎十分干净，非常想再读一篇类似的。后来明白是因为他那强烈的男性视角，性是刻意的坦然、温情反倒尴尬——有微妙的反抗性和少年心。

坐两站 62 路无轨电车去市图书馆，站在门口的八角书屋看《生活在别处》，打开就是性，赶紧放下了，怕别人看见，自己并不真的觉得羞耻。买了一本《我与地坛》，装订错了，缺几十页，另有几十页重复。《命若琴弦》明确地看懂了，倒嫌它简单直接。姐说史铁生写得很好，我又得意又有点困惑。很多年之后才明白，隐喻有一种封闭性，导致不可信。也许一切形式都面临这个难题。

九四年国庆节，有一天竞赛班老师有事，中午宣布放学。我到收发室拿上饭盒，骑车去南湖疗养院看爸。节日里，疗养院没什么人。进门一条小路，沿路蜿蜒一条小溪，许有一米宽，沟深水浅，两岸斜坡上灌木杂密，细小的黄叶落在映着乌云的水上，像远方、被遗弃之地，像凄清无人的梦境。在一栋三层小楼的病房里找到爸。

爸秋天总要犯一阵腰病，通常在电大医务室按摩，这次也是跟妈吵架，住院避清静。护士才帮打了饭上来，我拿过来，把自己饭盒给爸，我带的茄子炖土豆。大夫上来了，爸说，三娜啊，认不认得了？当然不认得，一个年轻大夫穿着白大褂，少白头但是很浓密。爸说是戴效松。我想起听说老戴心脏病突然死了，还好姑娘都安排上班儿了，小松子考上中医学院，"也不错的"。也算是一家人的结局，老戴媳妇儿没再找。但是这故事跟眼前的陌生人无关。

天阴得厉害，窗玻璃上映着白管灯。爸让我赶紧回去，我说我带了雨衣，爸说要睡觉，我说我到阳台上去看书。我并不觉得他可怜，也不关心他的感受。只是吵架全程听下来，一直是妈讲偏理压人，我有点不平。找勺子时看见床头柜里有《收获》《十月》和《中篇小说选刊》——工会打电话问要啥，爸让捎来的。爸说，没啥意思！现在这小说啊，还真赶不上头几年！

暑假爸带我们去电大图书馆借书，阴森森的一楼走廊尽头，有一道铜漆栅栏式安全门。找人拿了钥匙缓步走来，一排排管灯刺啦啦亮了，我和姐进去挑书。抱了几本《当代》和《收获》合订本，八十年代，王朔，苏童，余华，马原。不能完全看懂，但是每个故事看完，都像做了沉沉的大梦醒不过来。

阳台下面就是小溪，细雨淅淅沥沥落下，大自然有无尽的耐心。我无情地只觉得是奇遇，并且没有任何舞台上的不适，很快就读进去了。那篇小说叫《说完了的故事》，讲一个女孩十四岁到二十九岁的爱情和成长，又几乎什么都没发生。我从头至尾以为那主人公就是大姐，拿回家又读了很多遍。

后来知道作者几乎跟姐同年，从小在《少年文艺》上发表故事，写这篇小说时还是大三的学生，之后就消失了，又过十年出版了一本书写张爱玲，再找不到任何痕迹。这真是让人好奇，我总觉得是一场剧烈的爱情把她带进生活深处，忽然一切都可以写，但是怎么都写不出来——真实的开放暧昧与沉重。我一定是猜错了。

还有一个女孩叫冯歌斐，《作文通讯》隔期就有她一篇作文。写《悲惨世界》读后感，标题叫"大海及其细涛"！大姐高中时有几篇文章收入"一百个世界"丛书，也是每本都有冯歌斐。有一篇日记叫"她很美，我不知不觉跟她走了很远"，写在公交车上被一个女孩子的相貌神情迷住，似乎是吵闹的街上半透明的寂旷的傍晚。还有一篇写道，"合上《宇宙密码》再看《飘》，真是奇妙的感受……"，这句话像从小记熟的古诗一样，总也不会忘。

我始终没看过《宇宙密码》，但是后来看《普通物理》，知道数学的美与力量多么骇人。竞赛班老师三个月就讲完高中物理，一句废话都没有，非常过瘾，下了课我跟宗香彼此看看，回味一条定理的妙处，真是不知如何是好。我们一上高中就是同桌，同时惊叹对方聪明，如饥似渴地好在一起。在家翻出一本《普通物理》第一册，午饭时候两个人扯着看，交响乐似的一路高亢，终于到一个地方，惊呼起来。当时就觉得了，这是非同凡响的体验。果然后来再没有过，心智在无穷的具体中涣散开，泯然众人有隐秘的回报。

冯歌斐中学毕业就消失了。很久以后《作文通讯》的编辑讲出来，说她大二时母亲车祸去世，父女俩移民美国，不久写信来说皈依基督教，"从前一切以为闪光的真理都黯然失色"，改学护理，立志做护士。我总觉得故事没完，已有部分也需要补充解释，单看这转折太悲伤了，事实上日复一日发展出来或许是温柔的、有某种生气——这也是陈词滥调，一种偏见。真相经常非常简单，但是就是想不到。每隔一段时间就会想起这个人，好奇又难过，确切知道答案存在，就是看不到。

18

魔岩三杰在工人体育馆开演唱会，赶上国庆前最后一天下午不上课。顺着人民大街骑下去，杨树筛落午后的阳光，万花筒似的变幻的一条隧道，我觉得应该激动，可是空落落的。一切准备就绪、会暴露出一个完整的空洞。院门口摆了两张小桌，还在卖票，但是连张海报也没有，更没人围观。我跨在自行车上，一脚支住马路牙子，停下来不知道在等待什么。门票三十块，我口袋里有五十，但是晚上不回家无法解释。我不能设想被姐、更主要是被自己看作狂热的少女乐迷，因为是作假、我知道自己没到那个程度。

一个男的穿着雪白的衬衫，抓的摩丝头，从体育馆走出来，不知为什么注意到我，我说想等着也许可以看到他们入场。那人就乐了，说早进去了，你等一会儿。开来一辆红色敞篷车，我不关心车，更没见过，但是也知道那是跑车——几乎像是坐在地上。我想，好了，故事开始了。可是好像隐隐总知道并不会发生什么。绕一个弯就到体育馆后门，后院墙外有一片杨树林，在那个场景里有一种冷漠。体育馆里又黑又空，被音乐灌满了，人走进去像是掉进了——粒子对撞机？我这样想，立即觉得这个比喻应该记下来。只舞台上几点灯，窦唯正在唱歌，戴着一顶线织帽子。一会儿白衬衫带张楚过来，又叫一个记者给我和张楚拍合影，让我把地址写下来。我一眼也没看张楚，只感觉到他比我以为的更瘦小——而且平凡。出来以后才是真的怅然，虽然似乎早有准备。外面明晃晃的初秋的下午，令体育馆中那黑漆漆的一幕更像是虚幻——就更应该紧张精彩。真的是太平淡了，我那时候还不习惯这失望。还是盼照片，盼到下雪也就放弃了。我正站在顺流的船头看世界越打开越辽阔，没有任何沉溺的愿望。

姐带回来的书里，有一本《崔健：在一无所有中呐喊》，有一段讲女乐迷的狂热，我看得非常兴奋。献身是一种诱惑，甚至羞耻也是、带着它的螺旋。但是不能自欺，爱不到彻底投降的程度，不能假装。书的后半部分讲摇滚乐历史，几乎讲成西方文明史——从文艺复兴到两次大战，从信上帝到信自己再到怀疑自己但是可以选择一切，逻辑强劲动人，我才是真的给震住了，想到"人类的命运"这回事，那宏大的感觉让人飘飘然。

九五年春天，有一天上午我回家拿东西，打开电视正在播二战纪录片，站在那里就看住了。英语片只有字幕，士兵母亲绝望麻木的脸，立满十字架的墓地，战时承担起男人工作的妇女，我竟然就哭起来，不知是怎么跳跃的，忽然就明白，同情心、宽容和忍耐、卑微的自觉和自守，对人、对具体、对平凡、对脏而麻烦的生活的感情，比一切英雄主义、比极端、秩序、抽象、整洁和美感、比复仇和胜利，都更文明、更正确——更高级。我那追求上进的心并不知道，高级是不本质的，攀比的螺旋道路也许并不是在上升，也许并没有终点，也许终点并没有正确。像是忽然有了答案，像是忽然有了钥匙，我预感到我所知道的一切都需要重新换算，兴奋得恍惚，奔下楼去，开自行车，车旁马大爷家的丁香花正香得粉粉熏熏，我准确地涌起自我感动，无比幸福，本能早已偷偷明白自己可以因此俾倪周遭一切，无法辨识也不知道应该辨识、自己是被真理还是真理的特权诱惑。这算是自我启蒙么？我忽然看见了一切，忽然一切都值得被感受——马路牙子上一个冰糕棍儿都因为它的不可知的前因后果它的偶然性和孤独变得楚楚动人。像小孩打游戏怪兽一样，抓住每一个讨厌的人、每一桩做错的事，极尽曲折地为他们辩护，一切都归咎于命运——基因也是运气，而我作为一个被命运宠爱的人必须心怀愧疚。啊多么大一个陷阱！不知不觉我剥夺了他人的主体资格也泯灭了自我，仿佛就要溶解，仿佛只剩感动，仿佛无我之我可以归于宇宙并等同于宇宙——幸好自我根本不可能被泯灭，那临界时刻无法翻越——那临界时刻根本不存在、是自我感动中的幻想、站上去就破灭了。

我其实始终偷偷知道，我更早就热衷于为他人辩护，完全是出于软弱。

初中四班有两个女生形影不离的，不算很美，但是很成熟的样子，也有点引人注目。尤其是张丹，一双杏核眼左飞右舞的。她总是把手插在上衣口袋里，肩膀微微后倾，就像是有种沉着自持。邢容细鼻细眼，细高个子，经常探过去跟张丹说话。不知道怎么认识的，她们管叫我鼻涕孩儿，有时从口袋里伸出手来摸我的头，笑得很慈爱的样子。

初二回到附中本部，食堂只对住宿生开放，我想到邢容爸爸是副校长，问她能不能帮忙换饭票，她说她和张丹也想在食堂吃饭，我们一起吧。三个人去换饭票，我换三十，张丹换八块，邢容十块。排队买饭总是我挤进去，先花我的饭票，过后她们就像是忘了，也并不给我。我替她们尴尬，赶紧说别的遮掩过去。跟自己说，她们吃得少。又想，如果不是和邢容一起，我就没法儿在食堂吃饭了。又想，我们三个人打两份儿菜，如果我一个人打一份儿菜，也比这少花不了多少钱。这样持续了两年。我从食堂出来回教室的路上，经常都心事重重，想要把账算平，认为自己并没有吃亏。轮流洗碗，经常张丹先吃完说有事走了。我不能相信她们是故意的——欺负我。看出我软弱，欺负我？也并不是以坏为乐的人。应该就是侥幸拖延，发现没有后果就成为惯例。

我的软弱就比她们爱占便宜更道德么？

妈给姐买两双棕色系带皮鞋，小了给我一双。初春才开化还有点冷，但是我脱了棉鞋也没有别的。有点窄，也有点得意——毕竟是新鞋。后脚跟磨出血，努力不跛脚，还是给看出来了。张丹大笑起来，啊呀，何三娜穿皮鞋了！哈哈哈哈哈！像是一直端在手上的水碗掉在地上。积恨涌上来自己先怕了，眼泪在眼眶后面，跟那些怨毒的话一起不能放出来。我以为我轻巧地岔开，拂过去就忘记了。事后很多年我分清了善良和软弱，还能清楚地想起那早春正午闪亮、冰冷、清甜的空气，一场失败重大而毫不壮烈。

我上高中姐就读大学了，爸妈轻松些，给我带饭。晚饭吃光了，爸早晨起来现炒一个菜，青椒炒肉，或者黄瓜腊肠，在饭箱里蒸过油浸浸的特别香。宗香有时第三节下课就惦记起来，我妈昨天晚上做的红烧肉可香了！她冬天带汆酸菜，白灵灵的全是肥肉片儿。我想起妈说毛主席最爱吃肥肉，忽然怀疑宗香心里有陌生的东西，——欲望？她实在是不像。她妈妈给剪的球门头，头发非常黑，刘海非常厚，遮着小小的白净的三角脸，戴着老实的金属边儿眼镜儿。声音特别细特别轻，妈有时接电话说——三娜啊，宗香！这宗香这小声儿，忒娇了。经常请假，感冒了一周都不来，打电话问我讲啥了，都是些没正经的，班里出了什么笑话，一讲讲半天。

总是我先吃完，一个接一个削苹果吃，同时滔滔不绝长篇大论。

冬天穿棉裤，不然早晚骑车要冻透，教室里人多，暖气又热，中午太阳一照，人像蒸熟了一样，脸上红彤彤滚烫的。我们每天找一首古代诗词背下来，第二天教给对方，我总是讲得非常激动，话说完了却无法结束，越发手舞足蹈，同时感到空虚和尴尬，像是弄脏了什么，像是欠了债，隐隐恼怒起来。去刷饭盒，水房开着窗，冰凉的空气往下沉，像小时候姥为安慰我没吃上冰棍儿，从井里现打拔凉的水冲一勺白糖。有时刻意到外面去站一会儿，只是呼吸几次，看见四处散落的碎片飞回来，我又重新完整了。我是走在正确的道路上么？连这迷茫也是愉快的。反正动力充沛，奔跑本身的乐趣足够了。

宗香也在领略处非常激动，但是落下去就算了，她不痴迷执着，像是有慧根一样。在佛禅故事里，总是我这种执迷疯狂的人顿悟得道，其实也是这样才有故事性。故事性本身就是说服力，有时候超过事实和实证。人的认知系统有它蛮横、也许是愚蠢的一面。但是反正人也用这蛮横重建和改造事实，也许能自圆其说？——多么虚无啊。

早读念"唯恐夜深花睡去，故烧高烛照红妆"，江丹和许媞同时回头跟我和宗香说，"夜深二字改为石凉方好"。我非常得意，觉得像隐秘的"高级的"小团体。都还不能体会《红楼梦》和好的古代诗词，可能文艺少年都是从绮丽词句开始。许媞不知从哪弄来绣像本《西厢记》，中午我们四个人凑在一块看，不时狂笑起来，同时意识飘上去，看见阳光轻纱似的，整张照片都浅淡了。知道这是高光时刻，竟然这样未经谋划地发生了——同时觉得张生怎么这么讨厌，像个肉虫，崔莺莺也并没看出有什么可爱，而且竟然爱张生。

我期待故事里的人美好，有严肃的自尊心，其实不自觉也设定身边的人。文明对孩子说谎，抢在现实之前注射价值观。可能要幻灭过，被现实淹没过，理解美与真的冲突，才能明白中国古代戏曲和小说那自然坦然的面貌多么宝贵。人首先是肉虫、卑如蚁，被造之物——痛苦里也并没有崇高。美如神是一种向往，人在最好的情况下模仿自己的向往，也许有微茫的机会——弄假成真？但是因此这向往这模仿都更加迷人。

在一本旧《收获》上看了《浮躁》，吃过午饭讲给许媞听，绕着校园走了也许有五十圈。正是化雪的时候，冰气迎着阳光浮上来，腥甜细不可辨，进入身体化为无名的雄心，涤荡胸腔如风满原野。"小水好可爱啊！"许媞由衷地说。她的眼睛大而圆，眼角完全垂下来，天然地富于感受的表情。我在那真挚里看出某种保留，令这对话像交往而非我所期待的某种共振，轻轻掠过徒劳之感，还是满心欢喜觉得这一幕也应该被铭记。我是下意识里要征服她么——至少是笼络？她高三下学期从文科班转过来，物理化学好得像个天才，是新兴的传奇。

高三开学以后不久，隔壁冯大爷搬走，房子分给吴宁，爸跟他说了先借住两个月，我们家空出来大规模装修。铺带龙骨的长条木地板，吊三层顶，用三合板加边牙子包了暖气、窗台、墙围子和门窗套。礼拜天爸妈吵架，妈去姥家，爸去单位，我在桌前给姐写信。秋风呼号，淡黄的阳光静静落在桌角，意识满盈，站起来到阳台上，像颤巍巍拥着一抱湖水。看每一样东西，默念它们的名字，还是无法松弛下来。蹲下，抱住自己，随即感到不自然，一团大风涌过来，没有消落，更大的风压上来，所有多余的意识凝聚起来，试图记住这毫无意义但是真实出现过的一切。像是一粒小米落在心里。一粒一粒不知不觉累积起来成为负担。

两间房时小生舅打的小茶几已经征作爸的床头柜，暂时挤在阳台上，驮着棉被、纤维袋和旧床单系的大布包拎。打开柜门，旧稿纸，报纸，从前装粮票的铝制肥皂盒，几本《读者文摘》和《诗刊》，还有一本《白鹿原》，书页都翻旧了。我知道是禁忌之书，从没见爸读过。趴在床上飞快地看——以便随时塞到被垛下面，禁忌的地方停下来，心怦怦跳。同时派一个小兵听楼梯上的动静。妈回来，我知道自己的脸上非常红，抢先说，妈我好像感冒了。

　　觉醒以来几乎不想性的事，并没有列为思考对象，只是隐约明白对性的坦白态度被认为是进步。并没有压抑，遇上性描写，有时亢奋起来，反复阅读直到觉得乏味，完全是本能。过后也就忘了，被新世界迷住，忙不过来。但是当然在深处知道直面太困难。看《棕皮手记》回忆年轻时住得挤，没有隐私空间，说家就是可以洗内裤的地方。想起自己把月经弄脏的内裤系成一个疙瘩，塑料袋系死，藏在书架底下柜子里最不常用的包拎中，趁家里没人时偷偷洗。那种时候也并没有想起性，甚至都没有想起自己是个女人。不过是一件要处理的小麻烦。血渍干了以后怎么都洗不掉，再打肥皂再搓，一个小盆儿里都是灰红的肥皂沫。那种时候也并不会想起性的事。袖子挽过胳膊肘，洗手一直洗上来，还是觉得脏，擦干了手指尖儿都干皱了，擦点润肤乳，就感到轻松满足。

　　初夏时候，下晚自习太阳还没落，映着半湖赤金，在长堤上一个男人从后面赶上来，跟在我旁边，车把几乎撞上了。他低声说话，似乎在询问我，我并不全懂，但是知道是秽语。前后无人，即便有大概也以为是熟人正在聊天。我故作镇定，不敢加速——骑不过他，激起来不知会发生什么。不敢扭头看，只是不断说，我不明白你意思。一直到家门口，我说我到家了，那个人调转车把就走了。我后来想他应该是有点心理疾病，不算是恶人。五年级暑假我碰上一个露阴癖，本能地没看清楚，但是本能地一直记得。听说女人对性的恐惧源于对分娩的恐惧——会死人的。我总觉得是这种阴风惨惨的事故，胁迫和潜在的必将失败的武力较量，令女孩将性侵犯混同于性。

　　那年夏天不敢再走公园，每晚爸在工农广场等我，转过来南湖大路人很少，家门口的湖滨街更是空旷，一边是树林，一边是省实验的高墙。过马路，爸说你咋不刹闸呢孩子！我说，太白瞎了！好多动能通过摩擦转化成热能散失在空气中了！都是我细胞中糖分燃烧支持肌肉拉伸传递给自行车的动能！估计刹一次闸相当于白吃一个大米粒儿！爸就很乐，去你妈粪的！

爸总是到湖滨街和南湖大路的路口等出租车，过来在院门口调头，我把行李递给姐，姐坐上车，摇下车窗说那我走了——，爸跟司机说，走吧，我跟妈目送不见，转身回家。总是晚上，冬天黑魆魆的，湖上来的风非常凌厉，平白就像是诀别。夏天里吃过晚饭，全家去树林散步，时间差不多了爸去叫车，我们回去给姐拿行李。车开走了还是朦胧的紫灰的天色，最后一拨散步的人稀稀落落正往家走，我不惆怅，可是觉得那情境惆怅。

姐上大学以后，寒暑假总要拍两卷照片。冬天多半是在家里，都是节日里吃得白胖的脸。葵红和二月兰总赶春节开，特意把餐桌擦净了，盆花挪过来，人坐在花后面摆拍。总是我踊跃地送去洗，拿回来评议，挑好的再送去多洗一张，万一丢了呢。一张一张插到影集里，都欢喜地笑我——三娜最爱搞形式主义。三娜大一寒假回家变成另一个人，忽然就对这一切都失去了热情。上大学前还拍了一张合影，全家人站在夏末微橙的暮色里，似乎也是喜气洋洋的。再没有细看过，不忍心，原来诀别是这样的。

第八章

北京

[2002.10.10-12.5]

10 月 10 日 星期四 晴、微风

回北京第三天。打算记日记，可能是对前面这没有盼头的生活感到恐惧。地平线上大雾茫茫。

从东方新天地出来看见新月。有刹那的神秘感，闪电一样来不及看清，留下震颤。教堂门口许多小孩滑轮滑，有点像外国少年了。有一下觉得自己已经被时代甩掉，还是有点不安。又另外惶恐，变得这样快，就更像虚妄的幻象。

下午先去了林红英的新店，工体对面两层楼布置得"很洋气"，为这个词笑了一阵。外贸货很少了，自制的改良中式服装怪里怪气，很贵，姐说都是卖给外国人，专吃这一套。"我现在年纪大了，不好意思穿这种。"我觉得她这是受李石影响，有点觉得委屈，提醒自己姐这么高高兴兴的也是受李石影响，随即觉得那高兴也变得不可靠了。

小叶说他们在清河租了一个院子，雇二十几个人手工缝衣服。我有些神往，问有炕没有，小叶就笑了，也没回答。出来姐也说，肯定院子里得有两棵大树！林红英最会搞了！又说，林红英那么单纯，也能雇工人呢！我想也许只有单纯的人，才能用自然的态度对待工人。当然这也是禁不起细想的偏见。

想起在北大东门那个黑魆魆的小店里试穿羽绒服，大姐二姐评判着，笑嘻嘻说"三娜你还是得瘦点"。至今我也还是喜欢被当成小孩对

待，虽然很尴尬，而且知道这样下去不行。林红英在柜台后面叠衣服，看着我们笑。她那么细瘦安静，光洁的娃娃脸，一点也不像个齐齐哈尔人。也有两三年没见了，去的少，总是小叶。连她那讨厌的丈夫也不见了，可能是在后面照顾工厂？每次林红英给打折，他站在后面黑着脸。早年闹离婚，林红英自己来北京。文艺故事里有一类单纯的女人只是简单地勇敢，就都做对了，我总觉得其实是运气。她把店开起来他才厚脸皮找过来，凭什么啊。夫妻的事别人永远不明白。反正不认识，我肆无忌惮地讨厌他，高胖，梳个分头，戴黑框眼镜，抱着肩膀以为自己是困兽。一听说院子的事，我立即想到，可叫那个家伙占了便宜了！没准儿以为是自己有本事呢！干脆林红英甩掉不要他！但是可能生意做大更需要一个男人抵挡着？他太得意了！想得跟真的一样，气愤愤。林红英可以信任小叶——倒像个小说，如果是小说，这个讨厌的男的要勾引小叶，小叶不会理他——随即心惊，日久天长，谁说得准呢，也是想得跟真的一样，甚至就开始同情小叶，太寂寞了，眼前只有这一个人。

小叶听说也是离婚的，也是只身来北京，漫无目的要回去了，路过看见店门上贴着招工，就留下来了。北京是伟大的城市，容纳"不切实际"的"逃跑"的人。听说小叶有个孩子。她那白涩紧固的小方脸儿看不出年龄。还是松松地编着大辫子搭在胸前，她这样不显眼，那一点自恋反而是勇敢可爱的。还是无声无息地给我们打八折。姐一定要给我买一件灰色高领针织衫，一条酱黄色条绒裤子，一条红色嵌金线的纱巾。因为我说那纱巾像电影里八十年代法国人戴的。拎着一包衣服走在明亮的秋天的下午北京宽阔的大街上，觉得自己是个透明的人影子，对身边的空气都没有造成任何影响——轻松而自由。

拎着去《春秋文艺》就有点难为情。显是跟他们一样的人了，惦记着衣服、品位。没出息。想起周泽说我们傲慢，还真是的，为什么呢。新办公室姐也没来过，果然影墙上写着"春秋杂志，倡导良好生活"，我俩互相推胳膊乐起来。我知道这是在搞资产阶级自由化，而且是故意的，相信潜移默化的改变比大呼小叫的革命家高明。就是那洋洋得意坏了菜。

喻飞自己一间办公室了，门口一条长沙发，我跟姐并排坐着，他远远坐在桌前，而且向椅背靠过去。从抽屉里拿出信封，递着，等我走过去接过来，倒有一点真切感，毕竟十二篇稿费要一个一个签字代领。姐吹嘘我，他也说写得不错，是长辈和评委的语气，有点像是在扮演别人，想象中的作家和知识分子？整个杂志都有点那个气氛，但是学习的过程可能就是这样。

姐以前说江老师找记者谈话，让记者坐沙发，自己另搬凳子坐在跟前。是党的干部作风吧。男记者背后笑嘻嘻管她叫圣女，算是戏谑的反抗。当然道德完人给人压力，而且现在流行怀疑美好，以为不可信、吃不准、不是人性的真实。我自己也是一样，阴暗起来才觉得踏实，其实又踏不实、落不到底。我喜欢江老师，出于自己的需要而相信她是个特例——恰好美善而真实。也有点担心幻灭，反正我不认识她。

姐说了调查的事。我非常难为情。而且以为喻飞会觉得煽情或迂腐，但是他说为什么要跟《南华周末》——我们也可以做。姐说考虑一下，然后忽然说，我妹妹要做中国的昂山素季的。我吓死了，当然她是开玩笑，也还是过分了，也许戳中隐秘心事？我确实企图那样的荣誉、完美偶像般被爱？不能细想。姐以我为傲，真心觉得我好，这是我现在唯一的支撑，说感激都太轻浮了。但是偶尔觉得她像个经纪人，想要拿我骗人。我显然不是合格的演员，也根本不愿意。

只在杂志封面上看到过昂山素季，知道是个政治英雄，而且是美女。我没有过那样的野心，也许是懦弱？根本就什么都没有想清楚，去做普通的社会工作都没有信心。但是又非常骄傲，想到要成为某某第二就觉得是削足适履，自暴自弃，而且涉及欺骗和自欺。不能去扮演自己并不是的人。但是我是谁呢，人真的有本质么？这个陷阱也掉下去过很多次了，这次绕过吧。

去看姐的新房子。打开门，迎面黑灰的裸墙跟前摞着许多袋水泥，可能还有白灰，照着明亮的秋光，鲜明地曲折地印着窗棂的影子。水泥味儿很重，开了窗，车声轰隆隆的，新鲜空气蓝渗渗，更觉得是在高楼上。谈不上美，但是新鲜强烈。像是最新最鲁莽的建造沐浴着最古老最宽容的爱与美。比月光下的圆明园残骸有力量。当然这里有语言追上来的再创造，现场只是透明的惊异。窗外街对面灰突突的写字楼不知道是什么单位——公司？回来查地图，半天才知道是在哪里。想到未曾涉足的地方也都在改天换地，像是错过了什么，永久地失去。

跟李石约在大食代吃铁板烧。我领了稿费要请客，没有成功。也不能太争，他们会觉得庸俗，而且真的计较起来也不是欠了几顿饭的事儿。李石吃完回去加班，刚才到家，快十一点了吧。回来车上姐说了两次"李石太辛苦了"，我有点不以为然。从前李石作记者，交了稿连睡二十个小时，吃饭夹菜手抖得厉害，我也不觉得有什么。他想得很清楚，决定了如何看待这个世界、决定了自己是谁、想要什么，之后就在选定的游戏里不断获胜，这是坚毅喜悦的人生，具体做事的辛苦我总以为没什么，这可能也是一种自大。

李石爸过两天要来复查。姐说，你不用紧张，不用一直讨好人家。她一边说一边笑，我又觉得很幸福，又有点鄙夷自己。

刚回来那天晚上，也就是前天晚上，跟程远在东王庄吃饭。我也还是那样，紧张起来一直在说。一直讲自己，像个自恋狂。可能本来就是自恋狂。可是不然也没什么好讲。总之丢脸。他应该是非常不耐烦，有点像过来人看着小孩子。有一下我觉得像是在火车上，莫名就跟陌生人大讲特讲起来。当然立刻把这话也贡献出来了，他也笑，但是也是向椅背靠过去。他在阅读我，带着作家那些可怕的联想——肯定不是按照我希望的方式。他人即地狱。没有办法，下不了台，只能一直演下去。即便不演，我也不可能定下神来阅读他、摆脱我之前那些可怕的联想。所以还是不认识他，跟没见过一样。之前是因为把自己设置在 vulnerable 的境地，非常恨他；在那之前是因为读他的小说代入感非常强，有强烈的亲密的情感。爱与恨都与他本人无关——关系不大。这样写还是太美化了。那些侥幸贪婪虚荣计算懦弱自欺，实在没有能力去挑拣清洗，只能塞进大号垃圾袋，系紧了藏在角落。有些心理事件非常丑陋，直接跌入羞耻、在道德之前——也许是道德的基础。这件事其实就算过去了——我希望。饭后散步两圈，在路灯下分别，他说他觉得我对他已经不感兴趣了，我听了有点解脱，又满意于那一幕的戏剧感，又遗憾情节终归太轻、差太远。这两天还是去聊天室，显然盼望读后感，当然根本没有，大概他遇见我也会绕过。猜起来是无底深渊。倒要感谢他，不然我更要没完没了。每次打开聊天室都生出新的微渺的侥幸——这就是热情么？还是、堕落本身自带螺旋、会上瘾？我对自己的残酷、也就能到这个地方，写不下去了。今天跟姐出门混一天，回来在客厅聊天看电视，洗澡的时候就非常高兴，觉得逃过了自辱，洗完澡趁热打铁，把网线接头扔到姐房间了。我对自己是多么满意啊！这深夜的宁静、庄严和神秘是多么好啊！太累了。写日记真的有点像祈祷。

10 月 11 日 星期五 阴雨

起来姐不在家，留条说去看建材，可能是跟李石一起出门。天一阴就有点冷了，更觉得醒不过来。有点珍惜那弥漫的幻觉，拿面包坐在阳台上吃。原先希望集团院子里那几栋小房子已经没有了，两棵大柳树也拔了，满院野茂的灌木更不用说。本来也接近荒废，从来那楼里不点灯，偶尔一辆黑色轿车停在树下，一停停两三天。又不像是隐秘的勾当，楼上举着那么大四个红字。我喜欢那好奇心痒的感觉，不舍得去实地考察——院门儿在哪儿？临街那一排小平房排得紧紧的，车是从哪里开进去的？我喜欢它望得见而摸不着，亦真亦幻。那些惶惶的无所事事的时光像大雾似的就要落下来，赶紧躲开吧。

新建筑还没起来，现在就是大坑，整日咣咣的打桩声，在阴冷的天气里森森然，想起一种墨黑的俄国木版画，地狱似的幽怖狰狞。但是再望一眼，又觉得不过就是阴天的打桩声。这样出入自由，仿佛感觉本身也是可以选择的，不能依靠。好像所有的经验都在重复中被压缩了，中心腾出一块空地越来越大，准备好了意志登场，呼之欲出。没有意志是不行的。写到这个地方有点激动，又担心这也不过是语言带出来的幻象，随时要破灭的——停。

搬来的时候从厨房窗看出去，环岛那边两排平房后面是大片的玉米地，我跟二姐还在那地头的摊子上修过自行车，潮润的春风吹过来，混着浓烈的粪肥味儿。现在连环岛也看不见了，写字楼有三十层吧，强光灯高高的，在窗前披下灰蓝的光纱，完全就是月亮。这样一想就觉得是给围困在工地里了。其实并没有什么感觉，除非调动外国人视角，或者俯瞰历史长河，哈哈。我终于跟我的感觉有了一点距离。

中午大姐打电话过来，只听见杂乱的人声，应该在吃饭，碰到了。我能想象包子铺或者兰州拉面店里闹哄哄的午市。应该陪她去的。装修上地房子都是大姐跟爸，只有一次我陪姐去新街口看灯和窗帘儿，在麦当劳二楼临窗的高凳上并排坐着，外面是初春寒冷微醺的黄昏，我不认识的北京人涌涌地在路上。那时候的忧愁彷徨更充沛，几乎没有反观自察的余地，回想起来差不多是纯粹的。

午后跟二姐说了很久，眼见着窗外下起雨来，我拿着听筒有点自怜，觉得我和姐我们都像落叶一样在无名的角落虚度。当然没说。姐照例讲得很热闹——一个人住，睡前有种不舍得。"晚上秋月上来了，拿来一饭盒骨头汤，让我下面条儿！谁吃啊，荤油！""是挺热情，但是我不愿意跟她好！没啥说的，整天就知道买菜做饭！""Bob 非要请我吃饭，他不知道，他还以为赵静跟他挺好呢，赵静是挺坏的，净糊弄他——但是你要认识 Bob 你就知道了，实在是没法儿过。吃饭的时候给赵静臊得你不知道！你以为美国没有社会底层啊，有本事能托人到大陆找老婆么！说势利也行，但是谁不势利啊，谁看谁不是心里立刻打分儿啊。"事不关己的时候我们都挺残酷的、能面对真相。所以不是不知道，是不愿意知道。这结论也是重复千万遍了，但是现在好像每多说一次都隐隐有了点力量。

大姐说约了钮明在亚运村吃晚饭，也许要请他一起去拍照片。我总意识不到调查的事已经启动，仿佛还在头脑中——随时可以放弃、抹掉。

雨很大，天几乎黑的，车里放着广播，那不自然的语调变得非常亲切。我想起《西雅图夜未眠》，二姐可能真的还没睡，她也经常放着广播，半夜听人倾诉烦恼，还不都是那点儿事儿——跟中国人一样。如果有钱我就给姐买一个格呢子包的单人沙发。雨里的汽车尾灯非常好看，按喇叭的声音也好听。车窗摇了一个细缝儿，甜丝丝的冷空气里偶尔的汽油味儿也很好闻。微小的感官的乐趣，拈出来说出来就有点像是炫耀，其实是花边一样勾勒出主要的庞大的空虚，但是这样一说也像是一种技巧，令人感到不真诚。

三年前姐去学校采访，请钮明拍照。开一辆旧轿车从西门进来，在落满银杏叶的路边停下，出来高瘦一个人，穿件旧毛衣外套，微微驼背满不在乎的样子像电视剧里的王志文。说话声很小，仰卧在男生宿舍从来不擦满是臭球鞋的地上指挥学生，"哥们儿"叫得非常自然。姐说，北京人不就是那样！这样一说也真觉得，北京人是有一点、装也要装作很放松的派头，表示见过世面。当然这种事都是说就有，不说就没了。

带着雨气来了，比印象中更瘦，半长的头发黏黏糊糊，坐下就说，我得抑郁症儿了。我几乎要笑出来，哪有这样的，不应该是挣扎掩饰迂回的么，喏喏地结巴着。病因也很简单，他媳妇儿去澳大利亚蹲移民，他一个人在家，国庆七天没出门儿，委在沙发里起不来，白天黑夜睡不着，——小狗扔家不管也会抑郁的，不是比方，真事儿。也许真就是这样。这动物性的脆弱、这缺少戏剧性的现实，才是死硬的绝望。审美真是轻佻无聊的事。

我也有点虚荣，简直认为我们北京也发达起来了。前天晚上又看到《六英尺下》，里面人人都对自己的心理疾病（倾向）警醒自觉，中学生都用"社会不适应症"这样的词语，多少有点刻意，像是最新发明的一种时髦，但是还是情不自禁地感叹，看看人家的电视剧！人类都发展到什么程度了！落后文明中人这种惯性的想象，其实是个福利。

我们吃完李石还没到。钮明大概也累了，有那么一会儿都不说话。我看着他，想要感受这个人的真实，只觉得风吹水动看不真切，一要聚焦就疑心是自己的幻觉。但是这虚晃本身令我满意，像是小心地端着一碗水，一碗最原始的真实。黑玻璃窗上刷着雨水，窗外车灯流丽，屋里人声嚷嚷，小锅鱼下面的小铜炉扑扑地烧着蓝火苗。李石来了，重新点菜，又大声说起来。我在旁边虚飘着，觉得自己差不多也是这繁华的一部分了。想起那天坐在程远对面大说特说，那失重的感觉就是生活么？

听他们说《财经》杂志，一下觉得跟小时候听爸妈讲电大校长也差不多，一下又联想起电视剧里，晚清酒肆中人们传说康梁之类。当然没有激昂，现在对进步事业都是避免激情，不谈荣誉，以为不可靠。这态度似乎也被认为是进步一种。清朝可能没有这种迂回，我自横刀向天笑，在今天要被疑为是表演。

10 月 13 日 星期日 晴

鼻子上长痘，昨晚抠发炎了，现在是个红鼻子。这烦恼超出我愿意承认的范围。即便是记日记，只给自己看，也无法详细地写出它对我的影响。只好在外围大肆思考人的不诚实：我不愿意承认容貌的重要性，跟不愿意承认钱是一回事。这些事令人不自由，必须去挣得、去维护——等于承认自己很穷。"穷"这个字真是让人心惊，在痛感撑开的空间中几乎看见自己转身，变成一个脚踏实地的人。那入口随即关闭了，像一个幻觉。

我在日记中也并不是完全诚实。当然不会在"事实层面"说谎，只是意愿在成像过程中不可避免。

上午跟姐打扫卫生，扫出一只李小山的袜子。姐拎给李石看，李石嘿嘿乐，说，怎么样，男大学生性感吧。本来家里电脑中毒还没修好，一开机就跳出许多色情图片，李石也是笑嘻嘻地说，李小山太不小心了。幸好二姐不在家，她大概会被激怒的。男人的欲望这件事被太多的玩笑说得像假的一样。也实在是很难当真，没有任何经验能与之类比——如果真的像他们说得那样。这样逼着自己去想，不过是抽象地感到陌生和恐怖，太容易忘记了。

李石跟人约了吃午饭，临出门非常不情愿。他要招募一个记者，但是杂志现在没有影响力，也给不出更高工资，"只能说成长空间——"，自己摇头苦笑。竞争这件事，往细里看都是这些吧，沙粒一般微小而真实的心理挑战。想想又怕起来，继而提醒自己可能是夸大了那难度。

我非常介意姐他们挣的钱完全干净这件事。挣干净的钱是可能的——以至于只有干净的钱可挣，这差不多就是理想新世界的全部。在外面吃饭李石从来不开票，作为亲戚和朋友我觉得非常自豪。

跟姐去利客隆，每人拎两个塑料袋回来，往冰箱里塞了好一会儿。

姐说，真是猪啊，几天就吃完！人这种东西，还是太低级！我给她讲了王宇说插电变电脑的事，姐说，电脑没有感情！电脑都不懂得四季！

我们根深蒂固地觉得肉体是个累赘。有一次李石和姐大吵一架，因为姐做饭把五花肉里的肉皮和肥肉都剔出来扔掉了。他说"受不了这种不吃肥肉的清高"，好像在争夺政治正确。我才意识到我们家有点清教徒文化，而且对别人来说有点冒犯。本来也知道很多人贪吃，但是就像男人的性欲一样，我总以为是个玩笑。顽固的观念埋得很深，浮皮潦草的事实根本无法修改。事实是，中午姐带着好好做饭的热情煮方便面，加了西红柿，白菜，还窝了两个鸡蛋。我跟姐吐露吐露，完全是又馋又贪吃。错误的自我认知也非常顽固啊。

下午重装电脑，强迫自己看了两张色情图片，注意力被强迫这个动作分去了一半，又要观察自己的感受，结果什么感受都没有了。这就叫紧张吧。有一次在 Camdon Town 路过一个艺术品商店，橱窗里展开摊放几本大画册，有两张女人私处的图片，特别渲染得鲜艳触目，不知道要表达什么，很刻意。还有一张男人生殖器照片，倒是完全写实，似乎只有从腰到大腿那一段，那东西很长。叔美笑说，黄种人不会这样啦。我是想假装无所谓，也并没有真的"看见"，不知道在什么地方被屏蔽了，我不处理那信息，回想起来也根本看不清楚。——所以真的是压抑？我不喜欢、但是并不害怕这个结论，只是真的证据不足，也不能为了自证不怕就去认定它。此刻夜深人静，只剩下最后的自己，一心想要坦白，几乎完全平静、无所畏惧。这也算是一种祈祷吧。那围堵我的淤泥井壁还是山岩，不知道什么时候开始干缩了，几乎要看见地平线上的微光，又觉得心太急了，会破灭。这是我的臆想么，又有什么关系，臆想能够影响我，糟糕的能，好的也能。这件事本身真让人幻灭啊。

电脑还没有装完，李石就带着他爸爸来了。他爸和我妈一样大，也许是因为生病，看着完全是个老人了。普通话说得不好，可能有点不好意思，就一直是笑脸，从手提包里拿出塑料袋装的奶粉来冲，他那药要用牛奶服下去。我不觉得他可怜。晚上去联想后面新开的湖南饭馆儿吃饭，生意非常好，坐满了还不断有人进来问。李石用湖南话跟他爸说，这些人礼拜天也不休息，吃完饭还要加班。我看着周围许多人都挂着名牌，像香港或日本电视剧，玻璃大厦里男女主人公在电梯间偶遇。李石说，爸、这个 IT 业，就是信息技术产业，是朝阳产业，中国这次赶上了，跟发达国家一起，进入信息时代！李石爸笑嘻嘻说，那水泥我看就是夕阳产业。父子俩乐。李石说，水泥我看是正午产业，正当时！爸，中国的城镇化——，说着就认真起来，但是方言听着总像是简化版本、给小孩讲大人的事。大姐说过年去李石家，他爸他姐和他两个叔叔，围着李石听他讲经济形势，继而分别说起自己的生意，这通分析！其实全是一个生意，就是卖水泥！姐一边说一边乐。他们妖魔化自己和对方的家庭，半真半假，是长盛不衰的话题。言语的乐趣是对事实的剥削和蒙蔽。

　　李石有一次在长春过年，赶上都去老婶儿家，不干活儿也不打麻将的男的聚在一屋聊天儿。回来他说，我还以为是你们家人，看来东北人可能普遍有这个倾向，喜欢高谈阔论，说些与自己无关的事。而且知识量都很大，我一说慈利，你小子哥就说，是不是在常德附近？然后就说上了常德会战，我一看，在座的都有话说啊！那个戴眼镜儿的叫孙广民是吧，张永权儿，还有你二大爷，都参与进来了，说得非常细，国军多少人，日军多少人，将领啊，当时的国际国内形势……你再看看这几个人，小子哥就不用说了，剩下那几个，是吧，在单位可能也不是多受尊重，在家里我看也、是吧，但是关心这些！李石一边说一边笑，只当是意外发现，没有评价。他自己永远直面现实，可能归根到底认为这是愚蠢的"浪漫"、穷而奢侈。我在心里辩护着，只要不连累别人，这也是一种人生，在人群中懦弱逃避、在头脑的宇宙中欢畅自由。但是总是连累别人。

晚饭出来天色有点不清楚了，路灯散着橙光，我们站在红绿灯跟前等过马路，车声中间姐指给我，东边树梢上，低低有大半个素白的月亮。一瞥间看见路边无名的大白楼换了楼顶广告，巨大一幅黄底黑字：知识改变命运。像一个气泡从胃里浮起，我几乎是头一次带着轻微的恐惧、意识到我完全轻视"时代"，怎么甚至也都并不心虚？只这样想一下就过去了。

回来都在客厅坐着，姐去她自己房间，过一会儿喊我，说，三娜你来！我进去她说，不用一直陪着说话儿了，该干啥干啥！人家父子俩说湖南话正好儿。姐总是想着保护我。

网上遇见一篇长文，从古希腊说起，我没有背景知识，看不下去，只有题记很触目，"做出抉择看来是个必要的错误——奥登"。想找到原诗，google 出许多奥登的页面，多是穆旦翻译，顺着看了一会儿穆旦，"推开窗子，看这满园的欲望多么美丽。"也觉得非常应景，像是在跟我说。有点高兴，觉得自己的想法状态都很正当，简直是通向文明深处的必经之路。又有点失落，自以为的精神历险根本也没什么新鲜，不值得诉说。你的经历就只对你自己有意义，不然本来你以为？太难堪了，赶紧别过脸去。知道和接受是两回事。

喻飞发来邮件，调查的事大概确定下来了。我们决定等姐装修完就出发。我还是心虚，但是也感到兴奋，侥幸似的认为是自己想太多了。出发之前这一段就像是可以理直气壮地虚度。生命大概就是这样浪费掉的，一格一格假装是临时的、不算数。

只有写日记像是拯救，虚度都变得好像是用了心。本来也喜欢在观察的抽离中逃避，现在简直是弄虚作假，永远绷着细细一根神经，想着这事、这情境、这想法应该写进日记。一写写很久，舍不得写完，舍不得那奇异的平静，海浪似的一下一下拍过来，又有力，又不慌张。

要睡了。想起在伦敦的时候，半夜抱着电脑去机房上网，庭院上空大朵大朵飞奔的蓝云。我总不愿意相信那神秘与我毫不相干。

10 月 15 日 星期二 多云

中午姐炒了菜，跟李石爸我们三个一起吃饭。我说橘子太好吃了，太感谢了每年都寄多麻烦哪。李石爸看看我，起身进屋，拿出一张照片来。就是几棵绿树，仔细看上面挂着许多小小的绿色的小橘子。特意拿给李石的，还没到好看的时候，但是下次再来就是明年了，怕忘记，"他没有秋天回去过"。姐在下面推我的腿。"来日绮窗前，寒梅着花未"，这感情没有改变，王维真幸福啊。

饭后姐带他去医院拿检查结果并开药。我跟车到西直门，坐地铁去建国门。鼻子上的痘消炎了，没有彻底好，搽了一点叔美给我的遮瑕膏，就不太明显了。心里觉得很轻松。在观象台附近绕了半圈，俯瞰自己踟蹰在高耸的楼群中，有一种象征性的迷失。才要陶醉，就已经要笑出来了。所以还是有进步，跟自己那些矫情有了点距离。但是也感到萧条，事实干巴巴的。

路过长富宫，想起酒店调研的事，像是非常遥远，别人的事了。那时候任何小事都有可能卷起狂澜，在媚俗、反省、自媚和进一步媚俗中循环上升，也算是高峰体验。像一款玩儿腻的游戏，再也不想启动了。当然这也像是说大话。贫富差异带来的不适我还是处理不了，奢华享受的合理性我也并没有真正接受。只有自媚的冲动略微能控制，自尊心在回升。也许真的会好起来的。

慧洁他们杂志社在赛特后面的高层住宅里租了一套顶层三居室。有十几个工位，窗边椅背上挂着毛衣，没有洗的马克杯插着小塑料勺。说刚出了版，今天都没来。尽里头有一个小伙子，对着电脑不知在干嘛，小音箱小声儿放着许巍的歌儿。我有点难为情，许巍就是有点让人难为情。但是也觉得可亲，非常像交了图第二天的专教。可以想象年轻的编辑部里松弛又激荡的气氛，学生时代继续下去。

慧洁也是早预备了稿费在信封里，夸了我一通，又建议明年开专栏，我立即就答应了。又不是以身相许。说了许多话，我比她更热情，可能下意识相信姐姐的朋友都会喜欢我。开了闸滔滔不绝，机敏有趣，有几处颇为自得——飘上去看了又看，甚至冷笑了两声，还是刹不住，那亢奋起来了就像野马。终于还是慧洁说，三娜你太有意思了，笑死我了，这样儿，你先在这儿看会儿杂志，那边还有书你随便看，我还有点儿事儿——。我就窘迫起来。

在挂毛衣的那把椅子上坐了很久。带了一本穆旦诗选，在地铁上拿出来，根本读不下去，被"在地铁上读诗"的意识占据了，非常欢快地设想讲给苹苹，电话两边拍桌子大乐一阵。这时候更不好意思掏出来，要假装骗谁呢。

杂志上有一篇讲斯皮尔伯格，说他遇到压力的时候，会把自己在镜中流泪的脸照下来，"这位电影导演默默地记录下自己内心的那个陌生人"。我有点难为情，又傲慢起来，因为疑心作者说谎，疑心他是为了这句漂亮话本身。在我的经验中，内心的陌生人是拒绝观看的，意识照过去就躲开了，根本不能确认。连哭也是，一旦知道自己在哭，就很难哭得自然了，镜子和镜头那样硬邦邦的，陌生人怎么可能现身。文艺太不老实了。我好像越来越自大了，都忘了心虚似的。

天阴得厉害，从十九楼望出去，越过渐密的楼群，天际线上灰蓝色的起伏似乎是西山。忽然像是见到故人一样。引着我站在这里的因果细若游丝。我比游丝还细小。但是我在自己心里是多么大啊，多么沉的一块石头！

歌声不知什么时候关掉的，安静得像覆着一层薄被，慧洁偶尔敲键盘，哒哒哒很响。她接手机出去，回来提着一袋核桃，要分我一半，说是老乡拿来的。我客气不要，竟然推让了两下，像短促的火花，房间忽然空旷无着，每个动作都不自然，我心里腾地急上来，完全不知为什么，脸就憋红了，赶紧去观察核桃的纹理，过了很久才平静，想明白是自己意识过剩，在稀疏的现场无可捕捉，拥挤踩踏起来。有饥渴之感。

又来了一个小姑娘，跟慧洁站在那小伙子身后，三个人对着电脑商量事儿。我拍照似的使劲儿看了一眼，像是饱含意味，又纯属虚构，心劲儿一松那意味就散开了。知道是自娱，像练习一种特异功能。像以前在路上看车牌号码算24。当然看久了很累，而且像是欠债。我知道自己经常以这种方式阻隔现实的冲击，是逃避，也是透支。如果未来这些喃喃自语不能通过艰苦的劳动化为有意义的文学作品，今天这一切就都是自欺欺人的笑话。而文学作品四个字不能洗脱的社会属性令我提前就恐惧起来。不，不能再退缩。不能说人生就是一场笑话，那其实是耍赖。我无能于自杀，就不能以虚无的名义享有不负责任的特权。这想法反复太多次，现在简单明了，几乎有力。不能破罐破摔，欠债早晚要还，这样默念着，竟然生起久违的豪气，虚弱颤抖，但是真的。不敢再去掂量，怕它散了。

赛特门口非常吵。高芸芸笑着跑过来，撸袖口看手表，解释，那紧张的样子像个日本人，也真的穿衬衫和铅笔裙，圆眼睛眯起来弯弯的。但是开口就是东北话，热烈地彼此招呼，亲熟的感觉非常实在。

她在央企工作，——一直在忙改制，就前两天才算挂牌，文件特别多，我现在就是打杂，具体业务还没分呢，法务部算我才三个人，就我新来的，肯定得当支使。……就是买飞机的，中国进口飞机必须通过我们买，我也不知道为什么，垄断，但是好像也不挣钱，一直赔，国家养着。……也投了律所，外企，拜耳你知道么，挺大的一个德国公司，不太好进，我寻思就试试，也录上了，后来没去，我当时也挺犹豫的，外企挣得多，再说也想见见世面，我倒是不怕累，就是觉得没有央企稳定，主要是我妈，天天给我打电话嘱咐我，说女孩子不能太累，她挺传统的。

我有点替她遗憾，拜耳多时髦，怎么这么年轻追求稳定。后来说到她爸爸前两年去世了。也许并没有什么因果。我再看她，就更觉得陌生，又像是起了一点敬意，好像她身上有一部分不可阅读、不能降解。

她说，你别拿那样眼睛看着我，我好害怕。

说着向后躲着嘻嘻地笑。饺子馆儿特别嘈杂，我看着她，她长得真好看啊。更觉得不能理解，怎么会这么谦卑，怎么好像没有任何奢望。

——有食堂，我都是吃完了回宿舍，也没地方去，我们那儿郊区，外头都是大工地晚上也不安全。……感觉跟读研也差不多，读研不就是给老师干活儿。……没啥事儿练练瑜伽，也挺上瘾的，就那么抻吧抻吧完了就好像长高不少似的……不用报班儿，可贵了，买张碟跟着做就行。

说得非常实在，没有一点"瑜伽"的时髦气。我有点能想象那规律而平静的生活，但是总觉得不足够。她也不像是藏着秘密，那就是我太贪婪了。

我们都是上初中还没发育，很自然地手拉着手。暮春的中午坐在暖洋洋的木窗台上，试着用睫毛蹭对方的脸，其实是鼻息嘘过来，痒痒的，笑个没完，也不难为情。那时候她是什么样的小孩？我是什么样的小孩？她是怎么长大的？我又是怎么长大的？这疑问在幽暗的空间中回荡，没有任何线索。所谓自然而然，就是不可观察。像树木简单地表达种子的密码和途经的偶然，它就是命运本身，不需要被理解。人啊，为什么总是心意难平。为什么要为自己为别人建造一套简陋的因果，并且当成真的。

命运即使是回望也是无从把握的，从河里提上来的只是渔网而已。

但是当然，自我言说也是命运的一部分，如果它更密集、更强烈、如果它一意孤行、是否就能驾驭？！穿越非预期后果的迷雾？有限的自由意志、这算什么！

在地铁站分别，我感到一阵轻松，继而明白不会再见了。她自然，美好，不虚荣，她认为我的烦恼就是"眼光太高了"，我能怎么辩解。回头找到她，刻意看着背影转弯消失，放纵地在错失的遗憾中沉醉了一会儿。我看见我那么站着，竟然有眼泪上来了。太累了就会这样。在地铁上木讷坐着，直直盯着对面那一排乘客，肆无忌惮地想象，为每个人制作一部电影短片，过去了就全不记得。我喜欢坐地铁，喜欢白日梦和微服私访的错觉，也喜欢那茫茫的威胁，万人如海，要把自己藏在自己里，被逼着凝聚起来。到站，停稳，简捷地起身，几乎是在表演坚决，继而看见肉体和精神像电子缠绕质子，难以逃逸地吸附在意志周围。从地铁站冒出来，秋风拂面，那一时刻这个人完整得像是要去赴刑。那错觉真好啊，放纵又何妨。

洗完澡姐来我房间，说在医院走廊里看见那些尿毒症患者，"真正的痛苦太多了"，"还是得做点什么"。我立即羞愧，本来也觉得自己的痛苦不能理直气壮。姐说走廊里有人小声挨个儿问买不买药，都是公费医疗的，进口药不能全报，跟大夫搞好关系，多开一些出来卖。能换上肾吃进口药的都是情况好的。换不上肾的每周做两三次透析，好多病人做不起也跑不起，合伙买一个医院淘汰的透析机，在京郊租个便宜的平房，就那么生活在一起。我听了竟然立即就想，这是纪录片题材，拿到外国去得奖的那种。没有说出来，逼着自己去体会，像是摸到一个逼在眼前的巨大光滑的白球，推不动，敲不开，攀不住。注意力很自然地就转移到这个比喻上去了。我是真的羞愧，真的认为自己轻重倒置，自我沉溺。但是在所有这些明显的思想活动之下，无形无名的不安在胸中撑得要窒息了。姐没有提起，但是我想起李石爸住院那时候，姐回来讲邻床一个男孩,十六七岁,第几次住院了,家里欠了不知道多少债,等肾,一直等不到,自己下楼买了半个西瓜藏在柜子里,半夜起来吃了,就死了。这事我总也忘不了,因为姐见过他,就不能当成一个故事。很多事,比如伊拉克,被讲述本身包裹着,下意识总以为是假的。

10 月 17 日 星期四 微凉、极蓝

一早李石送他爸爸去火车站。大姐要去新房子,让我下午去找她,一起去见王一礼。我有点想一个人在家待会儿,还是决定陪姐去看装修。倒是出了个主意,在门口那里做衣帽间,顺便界定玄关,本来餐厅太大,与客厅之间敞通通的。姐很赞同,立即量了尺寸,刚刚晚饭后都确定下来,画了草图。姐说,不能再想了,想这个很容易失眠!我想起大学时候,每个作业刚发下来,想法多得像下雨一样,一夜一夜亢奋着,又像是做梦又像是想事情,那一盏灯始终不灭。从来没能坚持一个想法细致做完,有一点不妥当就要重新起头,最后匆匆敷衍一套图交上去。当时就觉得是个比喻,总在"翻方案"结果什么都做不成。

从阳光丽景东边的小路走到三环,过了天桥就是宜家。刚开业的时候同学结伴去逛,回来说水泄不通,但是"设计真是太棒了!"。听起来像是不相信自己的人大声喊"一定要加油啊!"。学院里的气氛是那样,有意无意将"设计"的意义绝对化,拿来拦截对人生的追问,大多数人也还是惶惶的。像我这样自以为在不停追问,也许只是找借口,连设计也做不好。

但是宜家真是让人喜爱。又体贴又松弛,确实是好设计的典范。读到后来也觉得累了,人的这些心思啊!累了就会一股脑儿觉得什么都是徒劳。但是晚上回来,刚跟姐设计衣帽间时又想起来,想起那朴素的

丰富，随意的恰当，比这更多的，作为一个整体，隐隐有什么新鲜的东西令人神往、秘密地神往了许多年——那是另一种生活！理直气壮的幸福！我们心中的外国人啊，在想象中比在现实中更真实的外国啊。

历史在个人身上的投影，跟基因一样不能选择，跟基因一样就是命运本身。但是一说出来就因为太过清晰而不准确了。尤其是落后国家里的人，一说这个就像是在撒娇，撇不清。当然这也是那阴影的一部分。

王一礼正如大姐所说，朴素得简直不像一个年轻人，有点胖哒哒的，非常友善，嘟嘟囔囔非常能说，说得毫无波澜，茫茫一片，听着听着就要走神儿。显然当我们是同道，讲其他朋友正在做的事：也有在珠三角做劳工之家的，被封禁了；也有研究晚清历史的，"很有颠覆性，看看能不能出来"；也有做法律援助的，"这一块儿现在很缺"；也有开书店的，"他那儿是个据点儿"；也有做书商的，"还是能曲线救国"；有人想要重新编一套中小学生教材，"都是非常好的想法"。仿佛真的存在一个共同的事业，我不禁有轻微的拒斥感。继而意识到自己是真的傲慢。美好可爱的人，有意义的事业，我也仍然不想成为"他们"中的一员。不肯混同于任何人，这是多么可怕的傲慢，活该受到惩罚。但是也许这是"个人主义"最牢固的根基，"集体"的诱惑多么强烈多么深刻啊，只有极其紧张的自尊心才能抗衡。

在咖啡馆门口分别，看着王一礼骑上自行车走远，我才轻松地激动起来，擅自夸大那些人胸中的热火。理想与激情的样子，有一个从小熟悉的版本，现在想起来似乎有悖人性，不太可靠，甚至也不是十分美好，但是非常自然地都被调动起来。可能确实有强烈的燃烧的渴望，不管以什么方式，顾不上了，在出租车上肆意汹涌，继而刻意地看见天蓝得刺目。蓝天让人自惭形秽。

汽车开在宽阔的不认识的大路上，两旁的树木非常高大。姐说刚路过的地方，有两棵她见过的最大的银杏树，有一年赶上深秋在附近采访，"简直可以用辉煌壮丽来形容"。她说了一个地名，我没记住，像没听见一样，不愿意有实感。

国务院发展研究中心院子很宽敞，门口有两棵高大的雪松。完全符合想象，国家的威严、研究中心的低调、整体的苏联气质和些微的旧北京城的暗示。其实什么都没看见，台阶，大门，走廊，在眼皮底下模糊着就过去了。张育凯的办公室很大，桌子也很大，我跟姐在桌前的扶手椅坐下，姐说了我们要做的事。桌上有个小旗架，一面国旗一面党旗交叉。张育凯穿深色西装，端正坐着，几乎像新闻联播里的人。王一礼称他为"育凯"，显然也当成自己人。姐转给我的那些邮件，收件人列表里似乎也有这个名字，记不清楚了。不好意思使劲儿盯着看，似乎也是亲切的，拘在"得体"的范围内，总有点像是假的。我不信实。但是说话很有条理，讲农民政策和农业税。有点听不进去，缺少背景，不能定位。我根本不懂国情，说起什么都像是"从自己的内心出发"，真是骗子。坐在那儿大概有点心虚，竟然在心里自卫起来：杂志社认为这调查活动可行、有意义，就算是接通了社会这部大机器了吧。

当我认出窗外是北二环的时候，我像念电影旁白一样清楚地想到，那是不相干的人，不相干的世界，见了面也还是不相干。一段乏善可陈的奇遇，没有留下任何证据，才刚刚离开，就已经觉得是臆想，不是真的。

跟李石在鼓楼附近一个湘菜馆吃饭，非常累，更加虚芤地胡说。回来跟姐细化衣帽间，继而客厅书房，姐强行结束讨论的时候我还意犹未尽，但是躺下就睡着了。非常多梦，睡得又累又沉。现在是十八号的上午——已经中午了。醒的时候家里没人，就像一直没醒过来。质地致密的忧郁的情绪，像一块丝绸鼓着风，紧紧地顶上来。这就是化了妆的荷尔蒙么？

10 月 19 日 星期六 多云转阴

上午李石一直睡觉，我跟姐在最外面的房间看书说话儿。前两天翻出一本穆旦的译诗集，贴着电大图书馆的标签，不知道哪年二姐带到北京来的。读到一首《灰色星期三》，好像有点看懂了。"我弃绝圣者的脸／我弃绝真理之声／因为我不能希望再转动／因此我欢欣于建立某些结构／以便在那上面欢欣"。我有点觉得自己快要这样了。但是，这是最近常有的事：每当我预感到怀疑和否定的旅程快要自行结束、每当我凭借虚构的能力隐约看到地平线，我就小心起来，别过头去不敢看，像是怕它是虚假的立刻要破灭，也像是怕那刚刚攒下的似乎是实在的东西、被语言玩味败坏了，又像是怕这目光本身掺和进去、回头自己不信、觉得是一种自欺。写下来自己也觉得可笑，自娱得这样别有洞天，精微奥妙。

认真说起来，我应该怎样理解这个彼岸呢？如果真的能够到达？我要如何理解我自己身上渐渐发生的变化呢？真的另有一个我、按照我所不能明了的隐秘的规律、在持续的运动中吗？对这神秘的想往、是的我是说这想往本身、是从哪里来的？

竭尽全力的全程观察，不过是令我更加怀疑任何明确的解释。怀疑无法结束。但是那怀疑似乎已经闭合，不再扩张、不再成为负担。也许、我可以带着它、去"生活"了？这话语是多么清楚、又是多么诱人。它可以是描述、也可以是决心？在观察与被观察交锋的最前线，感知与存在是同一回事？信了就是真的？多么惶恐！唯物主义与唯心主义哪一个更加令人惶恐？

这都像是在说大话。

姐报名学车，反正装修这一段也干不了什么，劝我，我不想去，半天也没有找到合适的理由，姐说那就算了，你也别勉强自己，什么时候学还不行。我心里坠了一下，好像有极短的一刻沉默，是对我的病态的共识。

当然觉得开车这件事跟我毫无关系。没有需要，比坐出租车还贵，我又根本不挣钱。完全没有 fantasy，或者那广泛传播的 fantasy 增加了我的反感：仰拍的穿风衣的女人甩上车门抬头看一眼某人住所窗口再次凝聚决心迈步前行的形象，开着音乐在河边旷野停下来趴在方向盘上想心事的形象——这得算是精神污染吧。但是，在刚刚有汽车的时候，最早这么做的人，会不会是自然而然地、完全纯真地？这是符号学的领域么？批评大众文化？人类的叙述太多了，人们更多地生活在符号的地图中、正如人们更多地生活在人造的建筑设施里。我的排异反应、也许只是一种自尊心，因为不论多么复杂辗转、多么精微美妙、那些剧本不过是来自另外的、平等的人，在警醒的范围内，我只接受神的灌输。这"自我"也像是应激型的、只在国境线上特别强烈，全不管里面是个空心儿。

这是扯到哪去了。

我不过是想要自己在家待着。在电视广告、半截电影、随便抽出的一本书和聊天室、MSN 中间，忘记自己、脱离意识、松弛愉快地不断作出反应。像被弹奏一样、像放电一样，而"我"似乎始终是安全的。"我"一直在懊恼愧疚，日积月累，身体都浑浊了，但是似乎还是可以再浑浊一点，再向下落一落。

昨天就是自己在家，整天都像没睡醒，二姐打了一通长电话，说得非常热烈，挂了还是恍惚，又像是特别清醒，又像是彻底浸于臆想。摆姿势似的站在窗边，异常勇敢又平静地明白，回北京这十天、之前在长春那一个半月，和以往六年没有区别，始终是在逃避、逃避、逃避。睁着眼睛看刀扎进去，不流血，只是疼，不能挣扎地疼了一阵，极其快乐。千思万绪立即跟上来，笼住、郁塞、烦乱。还是去了聊天室，自我厌恶到极点，生理性地要呕吐了。

但是姐一回来，我开口说话，好像立即也就好了。时间流动起来，虚滑摇摆。

　　二姐昨天说得急切痛快，其实非常沉重，现在想起来才觉得堵。姐说，我不知道你们去做调查什么的，听着像是那么回事儿，但是你自己相信么。我不相信我的工作，我不知道我做的那些事有没有意义，我从来没问过别人这种问题，大家都是凑数据，不是作假，凑你懂么，数据凑上了然后一顿分析发 paper，拿奖学金、毕业、找工作，我不知道，好像有人给你发工资就能证明你做的事是对别人有帮助的，但是其实你在做的过程中根本不觉得，怎么说呢，好像一拳一拳都打到空气里真使不上劲儿你明白么，还不如念大学的时候，哪怕是分辨植物叶片茸毛上有没有钩儿呢，那也还是确定的知识，你对了就是对了错了就是错了，现在这样你根本不知道是对是错，我不讨厌科学虽然我也不是多热爱科学但是现在其实我关心的是怎么尽快拿到博士学位不然我干嘛呢我也可以退学可是退学之后我能干嘛呢我也没有想做的事你不是上次跟我说了么兴趣其实就是擅长的事我没有什么擅长的事。

　　很难比较哪种处境更难受，都是虚度。而且我也要去做自己并不是完全相信的事了。

　　今天中午又去家乡鹅吃饭，之后去城府街买碟，大姐说六月份去里面那一片还没拆，有一家小书店，碟很多，不知道还在不在。从北大东门旁的小路转进去，两边的平房搬空了，有些窗子拆掉了，望进去只有垃圾和砸掉的砖块。一辆板车从巷子深处骑过来，我们三个并排贴墙站住，行注目礼似的看着它过去，车上顺着一个棕漆旧门板，一个教室里常见的钢管腿小课桌，一只翠蓝的大号塑料桶，桶里塞着污秃的淡绿花布，也许是窗帘。像是从看不见的森林里飘出一片树叶，在眼前遮了一下，就没有了。

书店耀眼的明黄色木门上贴着一张白纸，说明书店搬家，附有手绘地图，画得亲切可爱。我想起自己来过这里，一条窄长的过道两边书墙到顶，尽里头横一条木板权当书桌，桌上吊着光秃秃一只灯泡，桌子后面一张单人床，被子叠得很整齐。店主微胖光头，戴黑边眼镜儿，像个半拉艺术家，在灯下看书，进来人也不抬头，结账的时候自言自语似的小声说，这片子好。他说的是《红》《白》《蓝》。二姐也说好，我尽全力看了半部《红》，没有看懂，根本无法集中注意力。那时候心里一点儿缝儿都没有。但是看《一一》就完全跟进去了，不知道为什么。书店搬到清华西门外水磨村的小巷子口儿上。近路被工地堵死，要回到成府路上去，李石说要不打车。我们站在那荒冷中犹豫，一句话在空气中飘很久。然后竟然真的，看见一架飞机在头顶飞过。沉默了一小会儿，可能都觉得像电影，东欧或者拉美？寂静的童年。

书店没开，跟那边一样的黄色木门，上着一把老式黑灰大锁，文艺青年已经开始怀旧了。

回来收拾东西去知识产权中心游泳。上地往北许多簇新的建筑，有一幢灰砖蓝瓦很漂亮，连院墙也砌得非常讲究，不太像中国，飘着中国国旗和丹麦国旗，李石说是全球顶级的制药公司。每次路过都有点不好意思，当然我知道他们是来赚钱。周末路上空旷，公交车浑身颤抖地飞驰而过，小核桃树落下几片黄叶，有点像外国。我跟姐说，应该穿个风衣啊。就在阴天里大声笑了起来。

汪乐天说要带朋友过来，就在游泳馆见面。姐那些同事朋友我没怎么见过，但是全都听得很熟了。汪乐天是个奇人。北大毕业没去单位报道，坐最慢的火车到云南，走了两天山路，要留下当老师，被赶了出来，因为抢了本地青年的机会。回到北京写小说，"就写小蚂蚁过马路啊，对蚂蚁来说，斑马线太长太凶险了"，竟然遇到伯乐，两个人吃过一次羊肉串儿，正准备出版，这位编辑就消失了，再找说是精神分裂住院了，书稿也弄丢了。幸好他是北京人，跟着母亲住，不愁吃饭，有一段在书报亭帮人看摊儿，跟老板娘说，《尤利西斯》这书好啊，进几十套！"老板娘四十多岁离婚了，喜欢我，听我的"。《尤利西斯》一本也没卖出去，老板娘就不要他了。姐说，能看不出来他缺心眼儿么！谁知道，也许都是他瞎编的！我也觉得亦真亦假，就当作奇人趣事，没有认真想过。认识或者知道这样的人，好像也有种见过世面的虚荣。

汪乐天本人高胖儿，穿件灰不出的夹克衫，套件条子线衣，简直像大舅。但是手里握着一本《机器猫》，嗓音很细，慢条斯理介绍他的朋友，又像是儿童、又有点女气。我照例盯着人看，觉得难以整合，继而感到格外真实。

吃饭的时候主要是他的朋友劲松在讲，讲互联网，WTO，珠三角长三角，民间借贷……，兴奋得两个肉嘟嘟的颧骨通红的。汪乐天不怎么插话，也许是他太慢，也许根本不感兴趣。他在《春秋文艺》开专栏，写经济综述和投资分析，姐也说可能都是他瞎编的，——他怎么可能懂经济！

出租车上夜风凉凉，姐说劲松，汪乐天的朋友！能正常么！李石也笑，说，其实这劲松水平还可以！就是话说太满，爱激动，图痛快，有这么一款，挺好。姐故意说，怎么他声音比你还大！李石先大笑了一阵，说，我是真抢不过！我有点故意地、看到路灯的黄雾后面树木幽深。我说，北京和长春真是不一样啊！

竟然从来没有这么想过，可能下意识以为彻底离开长春，那种真实对我已经没有意义。

李石说，怎么说？

我说，在北京听你们讲，虽然没听懂，但是总觉得我们国家充满希望，越变越好，好像是个伟大的时代朝向阳光的那一面。在长春听到的，就都是那些，你知道吧——。也许是因为在北京都是认识你们这些记者啊、知识青年啊什么的，在长春主要的信息源就是我妈。

李石说，长春肯定也在进步，就说以前，哪能允许私人办高中！都是一步一步在放开。当然你说权力寻租，怎么说呢，当然道德上是很坏，你从公平啊正义啊这些角度批判没问题，但是其实啊，照我看，至少在目前这个阶段，对经济发展或许未必完全是坏事。

我说，经济发展就是唯一的正义吗？

李石说，还是得具体情况具体分析，仓廪实而知礼节，你说穷——

我说，你是不要说把蛋糕做大啊！

就都笑起来。

其实我也不相信留在长春的年轻人，在那环境中感到不适的人大多都来北京了吧。但是忽然之间，出租车转进小区的时候，我觉得那淤泥般的黑暗中有一种可怕的永恒。那淤泥容纳众生——在亲戚们身上可以看见某种几乎是亘古未变的规则？我的心狂跳了两下，觉得非常恐怖。也许一直都有点知道，瞒着自己不敢知道。

姐说，汪乐天找了个画家女朋友，小声儿跟我说的，好像很想说这事儿，没怎么捞着机会，你俩太大声儿了。

李石说，不是我啊！

姐说，叫海燕，也不知道叫啥海燕，这画家叫海燕能行么，跟小保姆似的。

汪乐天以前跟照顾他妈妈的小保姆乱搞，带她去游泳，遇见他老婆的同事。

李石说，汪乐天过得不错啊汪乐天。

姐说，他说这啥海燕，画得可以，但是没有想法，说都是他出主意让她画，画天安门下头一群猴子！我还以为是啥主意！太老土了。

我说，这也太直露了，像拙劣的杂志封面。

姐说，但是搞不好外国人就喜欢这一套。外国人傻。

我说，外国人主要是以为中国人不敢，鼓励的是那个勇气吧。

李石说，也不全是，我觉得啊，外国人还是不了解中国，可能人家根本也没有那么大兴趣，所以你总觉得还是价值判断太多，事实判断偏弱。

姐说，你知道啥，你都是看的翻译过来的。

李石又大乐起来。

我说，汪乐天离婚了么。

姐说，没问啊，离了吧，离不离也差不多。人家肯定在美国就不回来了。汪乐天摸女同学手的事儿逗不逗，我想起来就要乐一场。

姐说完就呵呵乐，我也跟着乐。

李石说，你们女的不能严肃一点儿么对这事儿。

姐说，严肃啥，你想想汪乐天，一个大胖儿童，要摸人手！哈哈哈哈太可笑了。

他去陪读，也选了两门课，帮女同学做数学作业，条件是摸一下人家的手，被他老婆知道了。这事也是他自己讲的，姐说，讲得相当委屈——！都是这样说，自己不觉得有愧，表情就会坦然无辜。怎么会不觉得有愧？我不相信有这样一种单纯，但是汪乐天这么奇怪，谁说得准呢，毕竟人与人不同。

人与人不同，总是拿这话挡着，也像是偷懒。奇人也好，男人的性欲也好，家乡的奚宝贤也好，都是我放弃理解的部分，被排除在我那苛求统一性的狭小的世界图景之外。说起来也不是不知道，只是我从来不拿"知识"当真，——为什么？这是不是一件大事、我主要的愚蠢？

10 月 20 日 星期天 晴间多云

中午常坦来了。他要去美国，回四川签证，顺便见家人朋友，从成都出发在北京转机，索性停留两天。翠翠没来，说是约了一个亲戚去秀水街买东西。常坦说，她听说要送外国人小礼物，很兴奋，以为人家真喜欢绣花儿小钱包呢！李石说，就是，人家美国啥没有！姐说，你又没去过！大家就爆笑起来。姐又说，并不是，你不懂，是听说有购物指标就很兴奋！常坦和李石就互相看看，又大笑——假装觉得女人太可笑了。

姐跟常坦讲了几个伯克利的人，"到那儿你就知道了，全都特别nice，也有一些希望我讲些记者受迫害什么的，我干脆告诉他们，我并没有被迫害，而且我们记者收入非常高！"姐咯咯笑，对自己的淘气十分得意。常坦配合地说，何一娜你太坏了，你还好意思拿人家那么多钱！姐说，你去大讲特讲吧！替我补偿一下！常坦说，好，到时候我声泪俱下，苦大仇深，一举超出他们期待！

其实是第一次见，但是立刻就觉得非常亲。去利客隆后面的小火锅餐厅吃饭，常坦跟姐说，你妹妹真是青春逼人！姐说，你干嘛跟我说啊，你直接跟我妹妹说啊！常坦说，不是不好意思么。李石说，何三娜她可能觉得你这么说是冒犯哦。我说，我没有，我就觉得自己不太"青春"，挺意外的。常坦说，年轻人都觉得自己很成熟——。我说，我不是那种，不是洋洋得意的，我挺失落的，我挺想演那些剧本的，但是总是不能入戏。常坦看看李石，笑嘻嘻说，何三娜好严肃哦。李石也笑嘻嘻说，是，特别严肃，想的特别多。常坦说，我年轻的时候也想的特别多，因为紧张，都说青春只有一次，怕自己过不好，给浪费了。姐说，你还紧张，我看你最放得开了。常坦说，我是害羞——，自己也绷不住乐。吃到一半，毫无征兆，常坦忽然举起水杯，说，祝你们幸福！大笑了很久。

袁文山从机场直接过来。常坦说，你不要说是为了我哦！袁文山说，我恰恰就是为了你！

　　姐在厨房洗葡萄，跟我说，都最爱搞聚会了！你不知道在广州的时候，天天粘在一起！

　　姐讲过他们去袁文山新婚新家里，常坦不脱鞋仰躺在白沙发上，姐提醒，回说，魏晋风！名仕派！我牢牢记得，还是心疼那沙发。姐和李石在广州住了半年，回来说广州什么都好，小区里草木葱茏，当然在江边，到处都是江！白云仙馆真是做得太好吃了！还有绿茵阁，也根本不贵，环境也好，人家那服务员也有眼力见儿，很职业的样子，不像北京这些小饭馆儿服务员笑嘻嘻多言多语的。大排档一直开到夜里两三点！多大的生意都有人认真做，晚上十一点就要一瓶可乐人小卖店也给送上来。《南华都市报》你没看过！真是跟现在中国所有的报纸都不一样你问李石！李石经常一边吃饭一边看得咯咯咯乐！我听了也像是给吹了潮润的南风，有点神往。尤其羡慕《南华周末》的气氛，一群年轻人从午饭一直混到宵夜，乱开玩笑，谈古论今——风云际会，天下者我们的天下。我也不知道董君案到底是怎么回事，当然认为常坦袁文山他们是正义的一方，江老师就更不用说。现在散了场，丝毫也不气馁，倒像是星火燎原。袁文山坐下来便说要去上海，《新经济报道》入股《东方晨报》——要接管上海。又从都市报的重要性讲起，直接说到陈炯明和联省自治。后来又说要搞共享稿库，又要搞记者联盟。也有点像是说笑，但是那口气听来，似乎也都不难，只等有空去做。后来就说些广州的人事，太多人名儿记不准了，只觉得屋子里冲冲盈盈一团喜气，以前没有过。

　　快到傍晚张波也来了，袁文山提议去爬长城，说天气太好了！北京就这时候好！找了两辆出租车，开到清河路灯就亮了，下来买肯德基拿上车吃，简直像美国人。常坦说李石，你整天跟女青年在一起，现在还要坐一辆车，我们都很嫉妒！李石就说，要不常老师来？常坦竟然真的换过来坐。李石以前嘲笑大姐"跟常坦搞精神恋爱"，当成一个笑话。大姐说，常坦！精神病儿！宝玉！认为任何一个女的都比所有男的好！我在车里说了，常坦说，你是想让我说，只有你和你妹妹比所有男的好么！姐说，我妹妹当然比所有男的都好！我说，姐！常坦大笑说，三娜当真了啊！我就很难为情，但是也跟着咯咯乐，好像忽然放得开了。在那个气氛里，所有话都亦真亦假，像是一种角色扮演，像是最根本的害羞、最亲密的信任。我觉得很快乐。也模模糊糊有点不安，他们真的在这所有的表演之下享有一个广阔而深远的共识么？还是多少有点被这气氛本身带着走？我害怕看见人的盲目。还是大家都没有那么认真？在考验跟前这友谊不值一提？又是我幼稚了？

　　路上就看见是一轮圆月，查一下竟然是九月十五。常坦说，要是跟张寰宇来，待会肯定要说"秦时明月汉时关"！我也不知道张寰宇是谁，就很高兴地跟着笑。长城上山风浩荡，不自觉就想到战士的铁衣，但是也就那样，再想下去就觉得不自然。都沉默了一会儿。脚下山峦如海，头上明月成谜，真是让人不知所措，语言远远地潜伏着，我不想动，因为知道是隔靴搔痒。袁文山掏出手机来，不好意思地自己解释说，我想给老婆打个电话。大家笑。结果没信号。我当时便觉得这是美好的一幕，也并没有因此感到不自然。我像是太希望是真的、所以害怕似的、不相信他们能够改变历史。一张报纸真的有那么重要吗？也许是为了对冲他们的乐观。因此更加自我感动起来，在历史中根本不存在的这些小小的美好的人啊，他们心中的历史啊，像大朵大朵的白云，在碧蓝无尽的夜空中渺渺茫茫，只在此刻是真的，因此特别真。然后我发现自我感动并不快乐，像是在观看的玻璃罩子里，其实有一种窒息。我到底是图什么呢？热衷于自我感动的其他人到底是图什么呢？

　　这么喜欢他们，也并不觉得诱惑。可能觉得成为他们中的一员也丝毫不能解决我心中那些疑惑。我竟然感到满意——忽然想到，我是不是舍不得那疑惑、抱住不放根本不想解决？会不会、那疑惑就是我？

10 月 22 日 星期二 晴

以为就是撩了风，一张肉皮火烧火燎，昨天晚上竟然发烧了。想起春天时候 Irene 给我一板泰诺，起来翻，真的还在化妆包里。清晨又吃了一次药，昏沉沉睡到中午。大姐没出门，要求我去她那屋晒太阳，把大米粥辣白菜端到书桌上我们俩吃。吃完她去利客隆，剩下我自己在静谧的阳光里，恍恍惚惚像小时候生病，躺在被窝里看窗口雪亮，听见钥匙扭动，心里一松。快好的那天躺不住，穿上棉袄去北阳台，玻璃上厚厚一层白霜，看不见爸妈回家的小路。用小塑料药瓶儿刮霜，压实了，在窗台上扣出一排白色小圆柱体。特别明确地知道那安稳再也不会有了。

回来以后一直在看《国史大纲》。中午看到南朝前废帝的故事，光天化日格外觉得是真的——他让他叔叔看他的侍卫强奸他叔叔的生母——就发生在跟今天此刻一样明亮的空间里。那惊骇被包裹起来看不见，另起一头颤巍巍想到、也许人本来就是这样、有这一面，虽然这个人他当然是个疯子。也许我也有，从来连扇耳光的镜头都不敢看，是不敢代入受害者、还是预防邪恶的心兴奋起来？这想法本身都像是撩拨，那微小的刺激猝不及防，带着深入的诱惑，仿佛转过身去就是自欺。但是这撩拨本身是不是无中生有？我几乎是本能地站起来，走到窗口，意识简单地回到现场，看见空调外挂机上那个饼干盒盖积着几条黑泥。还是出国前的冬天，也是自己在家，雪霁的午后，抓了一把小米递出去，从来没见过麻雀来吃。特别晴朗的时候，不用抬头也知道麻雀停落飞起，一个透明的小影子在心头迅疾地擦过。

姐买了一束淡紫色的小菊花。得意地说，假装是探望病人啊！

一枝一枝剪了插在玻璃冷水壶里，摆在餐桌上，就像是听见时间汨汨流动。其实小菊花是最耐插的。

打开一盒蛋卷儿，泡了一杯红茶，套上棉马甲，上床盖被坐着，继续看书，准备得太妥当了，简直像表演，就有点看不下去。本来是想补点常识，结果当成文学书看，语言精简、而且、作者真是热爱中国啊，已经有痛惜之情。我第一次真正感觉到那时候战争的威胁，那失去一切的恐惧。以前都不信实，隔着讲述者要打动你的那种意愿，或者被戏剧性带偏了。揣着这些感想就更读不下去，意识既是灯光，又是遮障。蹭蹭躺下去，拽起被子，睁着眼睛。浑身发烫。姐在北屋收拾冬天的衣服，忽然拿相机过来冲着我咔嚓一声，来不及躲。她自言自语说，也不知道还有几张，照完好洗。我有点懊恼，可能是不愿意留下证据。这么详细地写日记，也许根本是为了掩饰。

傍晚给 Irene 写了一封邮件，讲了泰诺的事。我还是喜欢做这种让人意外的小甜心的事。收到叔美长信，她打算回台湾了。她姑姑跟她表弟决裂，她在中间为难又疲倦。叔美站在年轻人的立场上，觉得她姑姑控制狂，"是很可怜，sooooo desperate"。她以前讲她妈妈总是批评她，有阴影，她想反抗她的期待。我能感觉到这是她人生很重要的线索，即便包含了自我讲述的强化，在核心处也是真的。有点惋惜，一起头就不是完全开放的，荒原上只有那道铁轨是你的路。有时候也有点羡慕，有线索还是容易一些。我还真以为我是自由的。

10 月 25 日 星期五 晴

下午跟大姐在中粮广场的星巴克见到安云亮。《纽约时报》驻京记者，汉语说得特别好，让人感觉不太真实。跟去见张育凯一样，我看连姐也不知道为什么要去见他。我们很清楚自己要做什么，根本不想听什么建议。好像也是一种例行公事。当然他非常 nice，说有任何他能帮到的一定要告诉他。我听了更觉得心虚。酝酿了很久，临别像非说不可似的，我用英语说，谢谢你的时间，谢谢你关心中国啊。他严肃地、甚至有点不高兴、觉得自己被看扁了似的、说，这是我的工作，其实我非常幸运，中国正在变得越来越重要——说到这里就笑了起来。外国人那种非常白非常结实的牙。

我和姐在中粮广场随便逛了逛。人很少，东西很贵，根本不会买，也就不想看了。更加觉得这见面索然无味，大老远跑到城里来。可能预期中模模糊糊，还是想要沾一点《纽约时报》的权威和光荣，但是这怎么可能呢。似乎偷偷地早就知道自己的贪念，怕人看穿，不知不觉一直在撇清。我们那可笑的自尊心，但凡心里钦羡的人或事物，总是躲得远远的，留着有一天可以平等相待。

我自己回来，直接到苏州街一家东北菜馆儿跟小学同学聚会。齐晓楠打了两次电话，像个东北人似的说，咋的，跟我们这些学习不好的没啥唠的呗？我现在也有点好奇别人的生活。又白又细的齐晓楠，竟然长得人高马大，声响气粗，爱说黄段子。我有点能设想她在公司的角色，并且推断她是贤妻良母，但是这个人与记忆里那个小女孩完全无关。当然可能我记得不对，或者根本当时认识得就不对。"所以所有的人转身全都没！脚！印！"。那首歌唱到最后三个字简直恶狠狠的。

"怎么可以这么完整地忘记 / 这么快就熟悉透了的记忆 / 怎么可以这么完整地忘记 / 大家还以为会发生的奇迹"。真伤心啊。

康晓林眼睛红通通的，像是经常因公喝酒，喝着喝着就有点仰坐着，从倦怠中拔出来硬要找气氛似的。说起邮票，还有些字画儿，炒那么高其实是因为当官儿的需要洗钱。他在房地产公司跟工程，可能送过礼，但是当然没有细讲。从来这是跟我不相干的人与事，可能多少有点鄙夷。但是在现场，我觉得他有点可怜，无辜，因为弱小所以被坏习气侵袭了。简直像是对待儿子的心情，简直是伤心的。当然我始终对他感到抱歉，不忍有恶感。有两次极其短暂的眼神接触，我躲开的时候感觉到那脆弱——可能是我的臆想。我没有利用他收获虚荣心，但是其实不管怎么做都非常残忍，他为什么那么执着？他其实根本不认识我啊。我在回家的出租车上想起程远，我想他对我的心情跟我此刻一样——也许更淡薄。强烈的几乎是纯粹的痛苦，像一个伤口在胸中扩张。我暗自希望一直疼下去，但是这样一想就渐渐散了。

在小区门口下车走回来的。秋夜如水，沉沉中生出洁净的振奋，简直像——海上生明月。被这比喻逗乐了。半真半假的，看着自己脚踏在大地上，无所畏惧。也许因为喝了酒。心情真是不可靠啊。一个十来岁的小姑娘迎面跑来，忽然慢下来、转身，我才注意到远处有一条奔跑的小白狗儿。她热气腾腾地喊它，——豆包儿，快！豆包儿！豆包儿扑到她怀里了。啊！她对于此时此刻简直什么都不知道！这就是天真的定义吧！我像个日本作家一样想到，我自己小时候到底是什么样呢？跟记忆中那一个完全不同吧。

洗完澡收到苹苹邮件，还没看，姐和李石就回来了。一起看了一会儿 *Friends*，表示是周末。

苹苹说她上周日又在巴黎暴走了四个小时。"我就想一直走下去，也不觉得累。"我感觉到秋天的傍晚街头那猝不及防的冷意，人缝子里荡着青灰色的四野八荒。我也有点明白，步行的节奏带起喃喃自语，时间长了可能有点像醉酒一样。我以为我理解那狂热的寂寞和渴望。但是我不觉得那是爱情或性就能够解决的，虽然两样我都没有经历过。

在伦敦的时候给苹苹打电话，她说她正坐在床沿儿啃苦小白。就是娃娃菜心儿，生吃有点苦，又是清甜的。她和丹秋住在一起的时候，有一次冰箱里只有这么一棵小白菜。丹秋爱一个老白，我没见过，但是也讨厌他，当然觉得他对不起丹秋。姐第一次跟苹苹她们同学聚会回来，跟我说沈丹秋长得像一切电影明星，但是最像包法利夫人——我们小时候看的《世界文学名著》连环画里画的包法利夫人，飞薄的嘴唇和尖下巴，有一种凌厉的悲剧感。

苹苹以前写过一段语言非常好的小说开头，上来就是讲欲望。她应该是认真的，这事没有经验就不能真的理解。她认为我是压抑，其实有点霸道，但是总有点像是开玩笑，而且完全是善意，我也没有争辩过。性欲现在也是优势话语，难免也会带来狭隘，因为不觉得自己需要反省，好像有些异性恋认为同性恋是一种病态，其实是被自己的经验挡住了。（我自己有多少时候这样狭隘武断而不自知？）我跟苹苹说要发掘欲望可能也是真的，不然实在是不知道要怎么往下过，但是多少有点迎合，因为太珍视那浓烈的亲热的情意。刚才忽然想到，我是不是不够坦诚、不够信任、不够真实？友谊中回避的小小误会，总有一天会壮大起来，令彼此感到陌生？还是朋友间求同存异，有一天疏远了也是自然而然，是对彼此命运的尊重？这也是一边写一边想出来的，本来我好像一直相信我们这种大谈人生的友谊、是一种根本的不可败坏的连接、又像是一种教友、会受到神灵的庇佑。我给苹苹讲了《春秋文艺》的口号，喻飞的坐姿，嘲笑他们的主要特征是绝不自嘲，又讲了青年才俊圆月夜登临长城——敲出这一行字的时候就像是跟苹苹在一起拍着桌子狂笑。我真喜欢宁静的深夜，自由而富有。

10 月 27 日 星期日 晴

刚从香山回来，非常累，有好多事要记下来。

上午姐打扫卫生，洗衣服晾衣服，又炒了三个菜。太阳格子照到客厅中间儿了，拉上纱帘儿，李石委在沙发上看足球比赛。有点像小时候的礼拜天。姐以后生个孩子——在他们的新房子里，会非常幸福吧。会不会总是比着自己的童年，像幸福的影子？

想到他们要搬走、就觉得姐还是跟李石更好一点，有点不甘心。知道这是不对的。我也有点期待自己住。堕落也好、奋起也好，全看我自己的了。是的、那茫茫的大雾、总会发生点什么吧。"什么也不发生"其实也是一个事件，会在另一个维度上累积。这还是中学那点数学知识建构的思维方式，要是学了更多数学，会不会比现在开阔聪明些？这种时候我总倾向于宿命论，仿佛这条道路上所有受力的微小转折，都早已包含在最初的密码中。这是自欺吧，为了狙击悔恨和遗憾？可是并不存在没有发生的"客观事实"，根本就无法比较，悔恨还是庆幸，似乎都只是一个决定。也许要过得非常满意，才会心平气和地感到遗憾吧。所以这决定，也不是凭空蛮力，都是——解码过程中自然的释放——啊哈哈。

是太累了吧。瞎写。

孔玉华来了，带着一个男同学。孔繁龙的侄子，考上北京科技大学，听说成绩够上北理工，没报好。去年秋天报道之前，孔繁龙领着来家里，说要跟姑姑们多学习。走了妈说，挺好个小孩儿，一点不虎，人他爸就不虎啊，你看一个妈生的！

姐像个长辈似的问他在学校过得怎么样啊？他说，起头儿我参加学生会了，后来看没啥意思，现在主要是跟老师干活儿，一般的都是三年级四年级想跟他读研究生的，我是暑假去的，我寻思照量照量，就跟下来了，学不少东西……还得是跟对人，这个老师项目成多了，现在大学老师啥的，都不是挣死工资……没想好，是考研还是留校——他说到里看了一眼的他的同学。我猜那就还是想考研，换个好点的学校。他才大二刚开学。我想起大学同学，也都是像拿着唯一的一笔钱，不能决定买什么。读研还是出国，请谁写推荐信，GPA 和 GRE 哪个更关键，去了名校的高班生作品集做成什么样，PS 怎么写，才上大一就打听这些的也有啊！这才是对自己负责任的人生态度吧。我为什么就是没有这个斗志呢？为什么内心深处、说实话、有一点鄙夷呢？所以我是活该受惩罚。从前也浮皮潦草地这样想过，说自己活该，其实心里还是看不起。现在竟然有点信了，有一点觉得是自己错了——像是挥霍着挥霍着、终于开始感到拮据。

孔玉华说，正打算跟同寝的合买一台。我有一点意外，因为知道他家里有点钱，他爸是原先酒厂的会计，厂子黄了就卖给原先那厂长了，别人都下岗，就他继续做会计。"那贱买贱卖，做账啥的那不都得经他手么"。但是当然，都是省惯了的。我就有点不好意思，我们好好一个电脑就不要了。因为原先画图用，显示器非常大，双手抱着合不拢，只能用手指头抠住。他就那么抱下去了，打算到小区门口坐公交车。姐也犹豫了一下，看了我一眼，没提叫出租车的事儿。转身上楼的时候才说，没事儿，年轻小伙子有都是劲儿。

他们还没走晴晴就来了，提着一小盒蛋糕，她们学校附近新开了蛋糕店。我们就笑她，泡了茶，把蛋糕吃了。姐想起来，从茶几里拿出一个礼盒巧克力，之前李石参加活动拎回来的，打开了才知道有酒心儿，都不吃。晴晴说，啊，那我真的拿走了！啊，这还是比利时巧克力，真的你们不吃吗？我们就又笑她。又说她这样慢条斯理好脾气，肯定是因为嗜糖。她自己说，可是我也爱喝酒。我跟姐就更笑起来了，觉得可爱又滑稽——晴晴喝酒！晴晴自己也笑，娴熟地配合装小孩儿，说，是呀，我也觉得我不是那种酷酷的女生。她说着几乎有点黯然，坐在单人沙发上轻轻地用脚跟儿磕地板，左右脚轮流，简直像动画片儿里的小孩儿。一米七三的大个子——二十三岁了啊！当然是我们的预期禁锢了她，好比小哥小嫂永远认为我性格开朗、最招人稀罕。

姐说，你们美院都是那种装酷的女生吧，烦人，所以晴晴你肯定是一股清流！晴晴就大笑起来。去门口拿自己的帆布书包，给姐看，说，暑假的时候我自己买的。姐说，不错啊。晴晴说，好像买贵了，我不会买东西，古妍说我这样不行，一定要带我去买，我不敢买衣服，就买了一个包，还挺不错的吧！我说，你从来没买过东西？晴晴说，买吃的。是吧，你也觉得很奇怪吧。我的衣服都是妈妈给买好的，一直都是，我也从来没想过可以自己买。小时候同学都带点零花钱，我从来没有，妈妈直接给我带好小零食。我上大学的时候，我妈不是就要去美国了么，临走给我买了八双鞋，运动鞋，凉鞋，还有一双中跟儿的那种可以跳舞穿的皮鞋！整整齐齐摆在宿舍的柜子里，我现在穿的这双还是呢，你来看一下，妈妈买的质量好，穿了三年也还挺好的呢。我其实没觉得这样儿不行，但是古妍说不行。后来我也觉得自己有点奇怪了。

我和姐都非常震惊。知道老姑是这样、没想到是这个程度。来不及细想。

二姐打电话来，听说晴晴来了，说，好啊，你们跟晴晴好，不跟我好！我赶紧就把八双鞋的事讲出来了，二姐说，老姑还在美国买鞋给晴晴寄呢，问我这边儿的 8 码到底是 38 还是 39，你问晴晴！

果然。还有羊毛衫，花布衬衫。

非常热闹，李石也醒了，蹒跚到客厅说，姐妹会啊。

大姐说，走吧。

二姐说，好啊，你们要出去玩儿！你们太讨厌了！我不跟你们好了！外面下雨，我发烧了，冰箱里啥吃的没有！是不是三毛有本书叫啥雨季不再来！我可没看过！谁好意思看哪！可真有些人啥都好意思写啊。但是我跟你讲，雨季是挺可怕的——啊呀没法儿说。

过一会儿她又说，其实也没有那么可怕，啥绝望不绝望的，人都能适应我跟你说！下雨天也挺好的，理直气壮在家上网！也没有人儿老来找你！你不觉得晴天很闹挺么，都跑来跟你说，"hi come out and have some fun! Erna!" have 啥 fun! 有啥 fun! 往草地上一坐，还是那两个人，没啥说的费劲找话说！

电影里那种独自发呆的镜头，我总觉得是骗人的，偶尔出现也非常短暂，下一刻可能就是倾诉或者假装很忙。孤独也好、忧郁也好，或者渴望和恐惧，在我的经验中很少以它们被预设的那种纯粹的面貌出现。总是乱糟糟的，奔突的能量无法屈从于任何一种形式。我经常会生起可怕的野心，想要描摹这种混乱。但是立即觉得那需要平行的另外一生。

出来太阳已经快到树梢了。还没出城路就变窄，铺铺排排都是下山回家的车。我们迎着落日走走停停，看着闪闪的赤金的尘埃洒落在灰土土的各色车顶上，几乎是迷离的，好像人间得到了什么神秘的护佑。

大姐非常着急，后悔出来，想掉头也来不及了。李石故意气她似的说，不知道你们注意到没有，中国人现在渐渐有了"过周末"的意识。大姐说，从哪你都能看出来我们国家形势一片大好！李石说，确实一片大好啊！以前周末是吧，在家洗衣服，看电视，上亲戚家串门儿。现在你看，自己开车来西山！大姐说，你咋不写一篇十一届三中全会以来呢！把晴晴笑得。我听习惯了，从来没有仔细想过，好像一片庄稼长势喜人，跟我毫无关系。可以证明我并不是真的忧国忧民。

到西山太阳刚刚落尽，薄暮冥冥，山树深深，零零落落有几个下山的人，闲声碎语如小小的扁舟从河上荡过来——像古代。每次出门都由衷地、第一次似的、感慨：果然跟在家里想得不一样啊，这才是真的啊！每个细胞都醒了似的！记不住，下次还是凭着臆想就断定没意思，不想出门。也是那唤醒的感觉不肯停留，像承受不住似的，即便待在外面，即便是更深沉的树林和更冷峻的夜晚，注意力也很快缩回到头脑中、在喃喃自语中安顿下来。

爬了有半个小时，望上去没有尽头，在树底下休息，才一晃神儿，天就全黑了，急匆匆下山。路上空荡荡，打不到车，大姐跟李石终于因为到底是往前走还是站住等而争吵起来，还是晴晴拦了一辆车。他俩吵完就好了，好像也不难为情。在姜母鸭吃了饭回来，都洗完澡就十点多了。实在是太累了。

10 月 28 日 星期一 晴 大风

睡得很沉，跟晴晴都是中午才起，姐煮了湾仔码头，吃完她俩就走了。

风特别大。刻意在阳台上坐了一会儿。坐不住，从茶几里找出那包雪茄，抽了两口，太呛了。下去买了一包中南海，在避风的地方点着了，脑海中是穿马丁靴的精瘦的哥特青年，倚着太阳直射的荒芜的大白墙，弯起一条腿踏在墙上。我像民工似的蹲在楼头的灌木丛旁把烟抽了。那是唯一不觉得难为情的姿势，又好像有点矫枉过正，逗自己玩儿似的，抬眼望着不远处的塔吊顶上那猎猎抖动的小红旗。

上来在阳台上又抽了一根儿。看了两页《中国通史》，喝了一杯热茶。终于打开电视。《情深深雨濛濛》，通常都能看下去，时而看那剧情、时而看那滑稽。今天太警醒，只觉得假得生硬、令人厌烦。林心如跟另外一个女孩说，"让我们看看蓝天白云吧"，直接笑出了声。那声音像针扎到气球，有个飘渺的东西立刻破灭了。关掉电视机，像是看着宇宙飞船飞走、我是被遗落在外星的唯一的一个人——立即看见这句话，回到自言自语的轨道。又去抽了一根烟，想起几件以前的事，也不太自然，因为一直在天上看着自己。蓝天被风刮得十分干净。我想我在头脑中经历的所有这一切在这个世界上并不存在，我就像一台被关掉的电视机，节目在黑匣子中自己演着。跑去屋里把这话记下来，留着记日记。

干坐着，看着自己干坐着。也有很多逃逸的时段，白日梦里时间过得特别快，天就完全黑下来了，路灯光和别人家的灯光混成蒙蒙的灰雾落进客厅，我几乎看见自己两只眼睛锃亮得像黑夜里的动物。

吃两片面包，喝一杯牛奶，强迫症似的不肯开灯。在心里预演很多遍，灯一亮，自己立即成为这房间里的囚徒。本来好像一个鬼魂飘荡在茫茫无尽的任意时空中。这真是可笑的自欺。飘荡也无以持续，不久便因为无聊躺下去了，迷迷糊糊睡着，又好像一直在想事情，非常紧张得计算着。电话响的时候以为很晚了，才八点多一点。妈轻快地说，我没啥事儿我就给你讲小成子。

——小成子你还不知道么，我大舅的外孙子，原先在张永权儿那切菜来的，没干俩月就跑了，因为啥跑我待会儿再给你讲，但说这小成子今天又造上来了，一来就打听你姐，原先也是打听你姐，总问，我大姐啥时候回来？比你姐小一岁。谁知道了睬个瞟的，就想当记者，小学没毕业的家伙，说自己爱好摄影，啥爱好摄影，正经照相机备不住都没见过，在农村上哪能看着照相机啊，来照相的上前凑合凑合，那人能让你摸么。就寻思你姐还在家呢，问问有没有数码相机他想看看，他听人说不用胶卷儿可劲儿照不花钱。"那南方那大报社能不给配么！"你寻思，更知道，还知道大报社呢！我说等配上了我给你捎信儿你来看看我就这么糊弄他，小成子非常遗憾，没能见着大记者。

——我再给你讲小成子因为啥来，又因为啥走呢。这故事就长了，小成子吧，你没见着，那丑的！不是一般地丑，忒砢碜不像样儿了，小个儿精瘦确黑不说，小眼睛眯缝着完了还大鼻子，你就寻思吧，要多丑有多丑，说了三个媳妇都嫌他丑都跑了，欠一屁股饥荒，好容易又说着一个，全家都怕再跑白瞎结婚钱，自己说的天天给端洗脚水，也不嫌乎砢碜啥话都往外说那孩子。就这么个家伙，还想搞不正经！说他有个相好儿，能有么，媳妇儿都留不住的家伙还能有相好儿，吹吧，我这么寻思备不住是他相中人家自己瞎寻思的，就说有这么个女的吧，人这女的就跟一个骑摩托的小子好了，那人好好呗，又不是你媳妇儿，但是这小成子就不干了，你看跟个蚂蚱似的，更狠哪！趁黑天拿大棒子就把那骑摩托的小子揍迷糊了，完了他就跑了，那小子在大道边儿上躺一宿差点儿没叫车轧死。那人那家人家能饶么，这公安局就来找，遥哪躲，那能躲住么赶紧就来长春来了。都知道，打听教育厅，上考试办找奚小东，你小哥认识他是谁啊，给我打电话，我就让张永权去给领来了呗，那咋整。

——但说呢，在这儿切俩月菜，家就捎信儿来了，说这媳妇儿回娘家一个多月了不回来。那回娘家能不勾桑人儿么，农村没啥事儿不搞破鞋干啥呀。白天串门子使上眼色，晚上来盘腿坐炕上唠嗑，唠唠伸手就摸女的脚，有的嗷嗷叫就拉倒不摸了，没反对的那就整上了，趁谁家没人了，或者是假装儿一块儿上公主岭买东西啥的，都整。小成子这媳妇儿，王国珍跟我说的，以前跟人生过孩子，让男方儿领去了，要不能嫁给小成子么。

——这不就不放心么，不放心吧，还怕回去叫警察抓去，抓去不说还得给赔医药费呢。不回去吧，还怕媳妇儿再跟人跑了。你没看那两天小成子急得呢，大伙儿都逗试他，张永权说的，好好儿地就在这儿待着吧，回去进局子那不一样儿么，你媳妇儿该跟谁跑还跟谁跑。到了儿回去了，抓起来关仨月，揍够呛啊，撸裤腿子给我看说还没好利索呢。他妈到处借钱，那就是当妈的呗，把医药费垫补上了，又找的人儿，算是放出来了，又去三求三拜的，把媳妇儿算接回来了。

——我为啥要给你讲这个小成子呢，因为他走了吧我有个感想，是个啥感想呢，你听我说，我觉得就你能理解，非常微妙。就说老屯这些人也好，乾安这些人也好，包括电大自考办的大多数人，都羡慕你们仨，那一提起来全都羡慕不像样儿，但是其实呢，根本都不知道你们是咋回事儿你们那些古怪想法儿啥的我就不说了啊，不光不了解而且根本也不想了解，你知道吧，包括你大姨你小哥你小嫂就这些人吧，都是就知道个好就完了，你明白我意思吧，但是这个小成子，虽然说非常可笑，他一听说你们仨全走了，那个表情，一点儿不赖玄的，就像要哭了似的，就像非常委屈似的，非常真实，一点儿不是装的。怎么说呢，就好像在他心目中你们跟他有啥关系似的，怎么说呢，有点儿像傻小子你知不知道，傻小子不总想跟你们谈人生谈宇宙么。所以说人这玩意儿非常复杂，你看小成子，又丑，又虎，又祸害他爹他妈，但是始终我觉得他不咋烦人，留他吃的晌午饭，吃完晌午饭知道我要睡觉就走了，我顺窗户儿往出一看，跟个小土路卡似的在门前这条小道儿上出达出达[1]的，太阳照在后背上，就像是非常可怜似的，你这道我这个意思吧，非常微妙的。

我非常感激地挂了电话。妈妈是多么明察秋毫啊。当然她不赞成我们，尤其不赞成我，但是她都知道！这是多么让人安心啊。

小成子的故事，像九月里目睹旁听过的许多故事一样，令人不安，又像一个挑战似的带来振奋——我到底要如何理解他呢？我不认识他，全凭妈妈的讲述、妈妈的理解。但是妈妈也只是说，人这玩意很复杂。是不是处理到这个地方就可以了。是不是最好的尊重并不是去理解、而是接受、像接受自己的不连贯一样接受他人尚未充

1　出达出达，矮小的人走路一顿一顿的样子。

分披露的无秩序的人格、但是怎么可能、为每一个人留下那么多存储空间、所以面对事实性信息迫切要处理的心情是来自记忆空间的压迫么?

妈妈那充满生趣的声音根本也无法压缩。我要如何安放这么大一块信息呢?在我无病呻吟的一天,听说那遥远的另外一个人、也许是滑稽的荒唐的甚至悲凉的、但是生气盎然的人生,构成一种对照吗?这太做作了。

以前不写日记,我也经常试图为刚刚过去的一天寻找形式,像一种拼图游戏。可能是对虚度的补偿。经常、那形式含混、没有因果、没有转折、没有演绎、当然没有高潮、也没有明确的反高潮。那含混——像一种不美的现代艺术、因为满足了我的观念(这观念本身是桎梏)、对抗了我的假想敌(可笑)——那含混总是格外地令人满意。也许那就是我的艺术理想,几乎是生活的原貌、不作任何处理、只有审美的意志强烈无声、松开就什么都没有了。但是当然什么是原貌、这本身就成问题。

今天的对照非常粗暴,它不小心导向的那种批判,令人想起以前译介的外国文学,总要在前言里说"反映了资产阶级精神上的空虚"之类。底层劳动人民代表真理和真正健康的生活的这种观念,因为像空气一样呼吸了二十几年,实在是太娴熟了,理智上再怎样批判消解,它也还是潜伏着随时要出动。更让人迷惑的是,很多具体的底层劳动者,虽然同样是观念的囚徒,甚至其观念更加盲目更加顽固,但是因为那牢笼本身较为简陋,他有更多的机会裸露生命的本能,那熠熠的神秘,难免会唤起所谓知识分子的某种乡愁。这情感是真实的、只要不从此作出更多的推演、只要不试图在别人身上寻找自己的答案。"托尔斯泰将会如何理解、如何带着没有恶意的嘲讽精准地刻画小成子、又如何最终带着爱意赞美小成子身后的上帝?",我被这句话逗乐了,同时担心托尔斯泰不高兴。一定是我误会他，最好的读者也是地狱。

挂电话不久，姐就回来了，一身冷气，从书包里摸出两个烤地瓜。餐厅灯昏昏的，荒芜和温暖的配比恰到好处，像是这一天的结局。

10 月 29 日 星期二 多云

中午跟姐去新房子看了一眼，衣帽间的墙已经砌好，厨房瓷砖也贴了一半。我惶惶地以为没有几天，真的动手可以做很多事。地板摞在客厅中间儿，姐抠开一盒给我看颜色。靠墙有一个小电饭锅，旁边一罐头盒咸菜，灰绿的看不清楚。姐也看见了，我们俩都没说。她去厨房跟两位师傅打招呼，说下午有来送板材的，帮忙收一下。

出来姐说瓦工算是有技术，大工一天能挣八十，小孩儿三十。

"那郭师傅你看胖哒哒的，每次见我都笑眯眯的，我有一次看见他打那孩子，非常凶。那小孩儿也姓郭，管他叫二叔，谁知道是隔几道的亲戚，可能就是一个村儿的。问就说十八，其实也就是十四五岁，长得挺大的，看眼睛还是小孩儿，总笑嘻嘻的，可乐了呢，也不知道乐啥。"

"一般木工就是工头儿，木工你想，肯定是复杂一些，人的能力也强一些。小王儿你没看着，挺聪明的，衣帽间的事我跟他一说他就全都明白了。其实比你还小呢，七八年的，还有点害羞，长得有点像小哥，回头你看见就知道了，穿得干干净净的，很文明的样子。"

我听了没有反应。似乎可能的几种反应都立即预见到了，没有出路。

在小豆面馆儿吃了茄子豆角面。姐每次来都是吃这个，跟我说了好多次。非常油香，面馆儿也很干净，半自助的，排号领面，井井有条。姐像李石一样，开玩笑似的说，你看吧！我们中国的快餐店早晚超过麦当劳！我也有点觉得振奋，天气好，玻璃窗下晶明温暖，几乎有春意。剩了小半碗，就想起那罐咸菜，又想起石楠，胃里缩紧了，但是一出来好像也就忘记了。

去中央电视台。其实是去中央电视台旁边的一栋小白楼。姐在路上说，你不知道，他们中央电视台的人都特崇拜《春秋文艺》，觉得洋呗！现在可好，又觉得《南华周末》厉害，觉得有理想。体制内的人都自卑！

姐才毕业那年采访田孟，说他很诚挚，有什么说什么，不装相——中央电视台那些人！大概彼此印象都很好，后来《生活》要做一期记者，就过来拍大姐。拍片的一个小伙子叫曾钰，现在要企划一个新栏目，打听到姐电话，希望能给些建议。姐也还记得他，姐说，人特好，特别谦逊，特别想上进，就是有点磨唧，待会儿你就知道了。

我还在回想六年前的冬天，想得非常清楚。晴朗的元旦的早晨，我跟二姐在北大东门汇合，买了一块水果奶油蛋糕，小心提着，换两趟公交车去人民日报社，大姐在那儿与人合住，刚好室友退租了，我们三个打算一起过年。到那儿已经中午，里屋两个小伙子比划着，扛着摄像机，显得非常挤，我跟二姐就嘻嘻地笑，觉得大姐非常时髦，时髦当然是可笑的。他们走了以后，屋里安静下来，老房子窗小，阳光进来是方形的一束。我们三个总想聚在一起，在一起又没什么事，更觉得冷清生硬，三个人狂笑的时候，都觉得像是在旷野，笑声随风就散没了。还是兴致勃勃去门口小饭馆儿吃火锅，有个服务员可能是新来的，动员过度，每次经过都挑起眼睛、伸出一个手指说，一分钟！笑了好几年，想起来就要模仿一下，——一分钟！我毫无必要地看见她豆沙色的制服，白细的圆扁扁脸，眯缝的长眼睛竟然有点吊眼梢。记忆总是带来明亮的满足，从不感到失落。

没有迟到，就像是去早了，只有曾钰一个人在办公室，很热情，姐又张口就说，我妹妹比我写得好。我也只能拽着她胳膊说，姐——。

到了困难的时候，不自觉就像是要装小孩，我对此真的恼火。

筹备小组的人渐渐来了，搬椅子围坐，讨论节目名称，结构，故事之间要如何串联，还是得讲出一些道理，传达我们的理念……都看了《拍案惊奇》没有、咱们找不到这样的主持人，主持人太关键了……。曾钰说，英语有个词叫 brain storm，咱们今天也是这个意思，大家放开思路，看看能不能有什么火花。他说得很诚恳，更让人觉得气氛沉闷，在场的人头脑空白心智懒惰，诺诺应声，简直可恨。我几次要打哈欠，假装深呼吸混过去，眼泪都出来了。温培启和田孟进来的时候，窗外已经昏昏的了。纷纷起身重摆椅子，顺便开了灯。白灯照得田孟脸色皓青的，眼袋很大，整张脸皮往下坠。显见是从另一个会直接过来的，开口说话之前先深吸一口气，提不上来。没说什么。也是节目初期，没什么可判断的。温培启倒是坐得很挺拔，一张官脸不苟言笑，声气很足，带点刻意的亲切，说，"咱们（节目名）能不能用上'人间'这两个字，我一直觉得这两个字比较洋气"。姐用脚跟儿碰了一下我的脚跟儿，我直担心被人看见。出来姐大笑，说，知道了吧！我告诉你，这就是中央电视台的精英了！那个温培启得算是最好的领导了，你没看一副自己很开明的样子！我想到《东方时空》和《焦点访谈》在爸妈心中的地位，认为自己应该有幻灭感。但是并没有。我从来没有敬仰过，根本就不感兴趣。我根本不关心"现实"。

10 月 31 日 星期四 小雨

上午收到静乐县焦云忠老师寄来的小米。下着小雨，跑下去在邮差的硬纸板上签字，脸上蒙一层水汽，可以感觉到眼睫毛，但是立即判定自恋在这个场景中是不恰当的。怎么总是要抢戏。邮包缝得非常密实，站在厨房窗口一针一针挑，手冻僵的，想到焦云忠老师一针一针缝上去，必定是笨拙的，又很有可能有一点郑重。米里没有字条。姐去年夏天想起来，写信说去美国一年无法联系，其实也是告诉他秋天不要寄小米了。但是不可能回来又特意通知他，他这样直接寄米过来，是做好了浪费的心理准备。几乎不能想象。

给姐打电话，没接。煮了一锅小米粥，有点刻意、当作是一种尊重，接受意味着承认亏欠。就着腐乳也就吃饱了，一边吃一边想，如果是个特写，要有泪滴么，还是一个发呆的表情冒充意味深长？并没有被这自嘲搅扰，可能因为下雨，心情特别沉稳，不论看什么都隔着一层玻璃。

洗了碗，把电暖气拉到北屋，关上门，与电视、电话和网络都隔开，以为自己如此完整，正适合写作。在伦敦时有过几次大胆的构思。有一个写了几千字，讲一对双胞胎出生时只有一颗心脏，后来成功分离共享，她们总是同时体验到自己和对方，说好要过完全不同的人生——写不下去，因为没想好拥有两套第一手经验的结果是什么。当然本意是二生三、三生万物——突破自我的囚禁。但是也许两套经验最终也只能被识别为一套经验，如果在最上方对这些经验只有一套处理器。

在另外一个故事中，"我"被设置为一个宫女，好像是因为宫廷里有最紧张最曲折的人际斗争。"我"竭力成为一个影子，不被看见，不卷进是非。白天目睹人的欲望与战争，夜里创作"理想世界"——不断狂想、修订、在无限可能中畅游不息。这个更加写不下去，欲望与战争我写不出来，理想世界倒是容易些，但是在概念上就没想好，这理想到底要不要失败，要不要遇到致命的困难、一个本质上的不可能？"我"到底是在享受这个过程、还是严肃地追求一个结果、一个完美设计？"我"要不要回到"现实"？要不要被激起欲望、或者欲望自然萌发？爆发？幻想世界是否足够荫庇、逃避是否可以构成令人满意的人生？似乎所有这些都是同一个决定。

我没想好。但是很有可能，一旦想好了、决定了，就会觉得这种以概念为骨的故事非常粗陋，不值得写。作为读者我非常讨厌结构性隐喻，为什么不直接讲道理？其实也从来不接受幻想世界，不赞叹"天马行空"，总是忍不住就瞥见了漏洞，自己也觉得扫兴。

另外一个文件叫"注解"，打开是空的，但是我记得那个想法，就是随便写三五分钟的现场，然后在所有能够引起联想的地方加注解，把注解塞入原文，重新再注，这样膨胀下去，直到无话可说，出现重复。这想法倒并不讨厌，也算是真实的，在日常的恍惚中经常预感到要爆炸了。但是执行起来大概像愚公移山，立即就觉得累了，就觉得不值得。再看看就知道是心下还没有这么大的空闲。这事其实是个消遣。

"写作"文件夹中有几十个文档，有几个完全想不起当初的想法了。一点不觉得可惜。连文件名也没有的想法像风中的花粉一样多，不可能一一实现，也不可能一一去考察是否值得实现。但是忽然想到，应该把所有细小、偶然的想法放回到它产生的情境中去——我想，是的我有点想，写出思想在生命上萌芽、至少是尚未采摘的样子。这狂想欢腾了也许有十分钟，我像之前一样敲下几百字，去了一趟洗手间，又到阳台上看了一会儿雨，回来再看就觉得索然寡味，可以压缩为一句话，为什么还要费劲儿去展开？

11 月 3 日 星期日 晴 非常冷

这几天非常冷，姐每天去驾校，又要看装修，都是晚饭之后回来。我自己在家，浮肿呆滞如一块冻凝的猪油。精神也渐渐滑向冷腻湿沉——像冬天的爱尔兰沼泽。配不上这么好的词，也许只是冬天的猪圈。

中午跟叔美聊天，她才回去一个礼拜，非常想要搬出去住，她妈妈的学生介绍她去"中研院"作研究助理，下午要见面，匆匆就下线了。聊天室里没有人，我失落又庆幸地关了电脑，把被子拿到沙发上，完全躺下去看电视，看见这画面在未来的回忆中代表这一段漫长的失落。但是立即想到，要真的好起来、从这猪圈中爬出去，或者老得就要死了，才能这样回忆。沮丧和不耐烦涌上来，冲水马桶似的把混乱的思绪带下去了。《我猜》找了一组捷运妹妹，让上班族男生排队投票，有一段捷运站前广场的外景。我想象叔美在咖啡馆里与人交谈的样子，觉得非常陌生。台北是她的尽头，那灰扑扑的漂泊感可以洗掉了，终究要在她的轨道上走远、成为一个陌生人？——太提前了，但是就有点怅然若失。HBO在放一个宠物电影，凤凰电影台是叶倩文和许冠杰，实在看不下去。《情深深雨濛濛》找不到了，可能礼拜天没有。路过"高伦雅肤"的广告，换两个频道又是，干脆停下来看，竟然看进去了，听那些人讲述长痘的烦恼，像被说中了一样，心里又酸又沉，觉得非常难受，眼睛就酸了。前几天新长了两个痘，抠破发炎，也是因此格外沮丧，窝在家里——写下这句话比之前承认虚荣还困难。为什么这么委屈？

　　快到双安的时候开始堵，车窗外行人涌涌，似乎都有重要的事、似乎心情都很好。想起小时候周末去城里上竞赛课，中午去吃面条，在百货大楼门前寸步难行的人群中，看见阳光洒落在熙熙攘攘的肩膀上，不敢相信自己也是这城市、这繁华的一分子，因为归根结底觉得自己并不是。现在倒是没有幻想，从来麻木地以为自己是隐身人。但是一走进在灯光耀眼、香气袭人的双安商场，立刻觉得衣着狼狈、无处遁形。走了两圈儿也没有找到，终于在服务台问了一句，果然是在防火楼梯间旁边一个角落、临时而不可靠的一张柜台。赶紧交钱买了，拎着小纸袋匆匆回来，生出许多胆怯的幻想，仿佛从此就什么都好了，根本也不信。

　　姐在家，说急死了，上哪儿去了，也不先打个电话，你是留个纸条儿啊。——你怎么这么蠢！电视广告上的东西都是骗人的！而且你长痘根本不严重，都是你自己抠的！你咋回事儿啊何三娜！特意跑出去买这种东西！

我也没有想到自己就大哭起来，无法停止，所有的对自己的失望全都涌出来了。姐还是生气，她是真的把我想得太好了。

这件事写到这个程度，就是我自己的极限。不能再具体、也不能去分析。

11 月 5 日 星期一 晴

上午跟姐在家，琢磨新房子家具摆放，中午去利客隆后面新开的九门面馆儿吃饭。卖北京炸酱面，但是让服务员头上系个陕北白毛巾，端着面大声吆喝，来了！您内！姐说，行啊，咱得看看人这上进心哪是不是！

吃完姐去驾校，我在利客隆门口空站了一会儿，进去买东西。扶梯上听见背后一个人说，那个一百二的也挺好的，就是系带儿，我想买个不用系带儿的，系带儿的我有两双了。我听着心里惨淡。但是进了超市就忘记了，认真挑选了生产日期为昨天的光明牌牛奶和酸奶，老式黄色蜡纸包装的义利牌葡萄干面包，有点贵的宗家府韩国辣白菜，湾仔码头速冻水饺，得利斯牌大块火腿肉，一盒西红柿，四个苹果。觉得拎不动，把苹果和西红柿拿出来，回头可以在楼下小菜店买。下扶梯的时候才又想起来那双系带的鞋子，似乎看过一个电影，开头就是在超市里，旁白说我挑选这个挑选那个……说了也许有一百种商品，是那种无穷无尽的感觉，可能是志在展示虚无和荒谬。我记得坚持看完了，但是剩下的部分怎么都想不起来，也许根本没看懂。那是近在咫尺的诱惑，经常我也想把愤怒和沮丧制作成文艺，总是立即感到不真诚，不能自圆其说，真的愤怒和沮丧不能容忍展示。大学的时候试过好多次，在心里全是自取其辱，升级为更重更脏的自我厌恶。那痛苦的记忆非常强烈，差不多是一道门槛，我再也不想试了。写到这里有点高兴起来，像上岸了一样，很庆幸。

写日记的时候经常感到体内的虚渺凝聚起来拧成一根儿绳儿，第二天还是那样软塌塌地混着过下去。我能拿这个日渐坚定的旁观者做什么呢。

拎着大桶牛奶和大塑料袋站在马路中间的双黄线上等空档，完全暴露在淡金色的刺芒芒的阳光里。那一刻意识饱满，什么意味都没有。但是似乎脚下就有了力气。也许是自我暗示以隐秘的方式支配了身体，不想追寻了。

没有换鞋，东西塞进冰箱，转身出门去学校看银杏。一时兴起，为了"一时兴起"本身，仿佛那就是自由。在小区门口看见365已经开到环岛，飞奔着过马路，差点被车刮着，副驾探出脑袋大声骂了两句脏话，射出一口痰。我知道是自己错，还是觉得受辱，非常委屈。在公交车上颠簸着，看见淡金色的心情中有一口痰，又气又急，眼泪都出来了。怎么都不能不看它，是托尔斯泰的白熊。但是不知不觉就想起有一晚托福班下课，在北大东门儿对面等车，忽然下起大雨。一个披着长发的年轻女人，撑一把红格子伞，笑眯眯招呼我。从贵州来，辞了工作，一直想到北大清华来看看，两个多月了，每天在校园里散步，气氛真的跟外面不一样，"我也熏陶熏陶"。表舅在北体对面开饭馆儿，她住在员工宿舍，吃饭也省下了，"洗澡也方便"。我很奇怪她特别指出洗澡的事，她像是望着我，又像是放空了在自言自语，有一种盲目的热切。我有点担心她问我在哪读书，她就下车了，我又担心她以后用激烈的方式毁掉平凡的生活，但是这想法很快也就消失在雨夜里了，今天想起来竟然非常清晰。

校河整修一新，方砖小路，铁索栏杆，原色木条长椅，都是从前没有的。下去在河堤上走了一段，身旁水银晃晃，心里不知道什么东西跟着摇荡。停下来，看着身体里步行的节奏渐渐停息，感觉到静止的冰冷的空气，缓缓变换的无声的阳光。那暂停的时刻中不知道有什么恐怖让人不能停留，立即转出来，几乎是刻意地聚焦纹丝不动的老绿的灌木，灌木下杂草间浮浮别着许多橙褐色的落叶。这景色也一样是不能停留，照相机似的在心里咔嚓两声，又走开了，心里想着，这时候不论什么想法也都是那枯叶一样的虚浮啊，因为底下、旁边、到处，是涌动的水银。

就又走上来了。过了桥银杏就开始了，正是最好的时候，黄透了还没怎么落，而且是冷翠的蓝天。我也只能想到自己从来没有跟银杏合影过，不如刻意永远不照，每年来看，是个惦记。这无害的做作便是雅趣么？只要不说出来就并不是表演、而是一滴对抗虚无的热情？我不过是在明确的"美"跟前感到不安。大学时候有一年，在复印室看见复印机上有一片银杏叶，干活儿麻利的小姑娘拿起来说，这哪儿来的？正在装订的穿棕黄色条绒棉袄的小伙子没有抬头，低声说，我拣回来的。那个人特别沉默，总是低头干活儿，但是没有几个月就走了。我在旁边真的是心头一喜，好像小孩在沙滩上拣到贝壳。这是不是也是做作？当然立即跟姐讲了，后来可能又跟别人炫耀过——贝壳。这些事讲得多了，在回忆里就像是套了玻璃罩子，清晰确定，渐渐有点像是假的。

二校门很多人照相。我犹豫了一下，像游客一样转到大礼堂，图书馆，从荷塘荒岛那边走回来了。没有去系馆，不知道应该去找谁，而且也没什么可说的，最后变成自己亢奋胡说，令人厌恶。今天也是特别清醒。往事影影绰绰，也只有几次，一抹纱忽的就拂过去了。当然也是隔了一年，而且是在外国、那持续的基础性的亢奋像是一座高原，把记忆隔远了。只有在图书馆前，看见密密麻麻的自行车，心里攥了一下，不让那记忆回来。不看它也知道都在那里：虚弱的决心里雀跃的侥幸和恐惧、终于还是无法专注的沮丧和灰暗的解脱、自欺欺人的坚持、不能痛快的荒废。当然后来我都躲在家里不来了。

　　从近春路出来，太阳已经落在天边，树梢间殷殷的红褐色。我忽然想起有一天，可能比这再晚一点，落叶滚滚，我骑车到西门，棉衣里灌满冷风，存了自行车出来，听见晚风收息，车声隆隆，我停下脚步，等着暮色沉沉的湮过来。像石缝里的海螺等待潮水。但是当然等不到，而且立即就觉得做作。那时候平白无故就像是憋着一腔大哭。那就是青春么，荷尔蒙这样美？猝不及防、那个时刻回到身体，像大海充进气球，摇摇地，竟然可以承受，可以承受的时候其实是喜欢的——不，我绝不怀念它。绝对不上当！我几乎是气鼓鼓地走到车站、抱定誓言、不忘耻辱。当然不知不觉就松弛下来，忘记了。但是写到这里我小心翼翼地想到，是不是、我真的、已经好了？只是不承认、在医院住惯了、想要装病赖下去？这都是无法检验的事，也许这暗示本身正在改变什么。始终看不清自己是如何运行的，但是现在有点知道，在最幽暗的地方，纯粹的观察也会带来改变。或者那意识是唯一的、最后的存在？

11 月 6 日 星期二 雨

　　二姐几天没打电话，知道是去周泽那了。今天收到飞机上写的长信，自嘲说"风尘仆仆极了"。她遇见大学同学，协和代培的，根本没说过话，但是他"军训的时候把眼睛蒙住，唱'一块红布'，穿高筒靴，留长头发，形象深刻得要命。今天我在城里遇见他，穿得像个北京出租车司机，并且在哈得森癌症研究所做博士后。""还有展顺芬，大学时她在自己娱乐性书籍的封皮上写：展毅。现在顺音叫 Jenny。"看得难受。

但是心里像是踏实下来，甚至有点高兴，姐并没有被忙碌的生活淹没，那感伤里的质疑在我看来至关重要——但是、到底为什么重要？

以前有一次，忘了为什么，李石笑嘻嘻地、善意地嘲讽，说，谁像你们（我和姐姐）啊，心里长满了小手儿。都笑，在那个语境下是难为情的事，绝对不是夸奖。敏感几乎等同软弱，而且经常因为多情的意愿、扭曲了事实——自欺的蠢相。可是我还是有点得意，仿佛感受可以脱离感官和事实、自成一个纯洁美妙的世界，仿佛那是高尚的。这得意本身是多么讨厌啊！简直活该受惩罚，一定要藏起来。

李石一副什么都已经想清楚、决定好的样子，有时候真的是不服气。总是说不过他。我也知道自己完全是不切实际的，但是显然这里面有诱惑人的东西，也许是思维空蹈的速度和自由？这也不是多正当的事，而且说出来就是撒娇。

今天晚上聊天，说起帮晴晴联系去奥美实习，李石说，我看三娜很适合做广告创意啊？大姐说，三娜干啥不适合？干啥都能干好。李石配合地说，也是啊，多才多艺啊。我就紧张起来，本来也知道不能再拖了。我就问李石，你什么时候决定的，就是接受自己的答案，想过的问题不再想了，没想清楚的也放弃。大姐说，哪有专门的这样的时候，那不都是自然而然的么！李石也说，三娜严肃啊。他们俩就乐。乐完李石说，可能大三大四吧。我说，为啥呢？李石说，开始实习找工作，我就发现——这个世界还远远没有发展到那种程度。说完不好意思地大乐，我跟姐也都乐起来。我说，这句话我得裱起来！姐说，姐不是早就告诉你了，你的问题就是高估别人！

这话带来巨大震动，虽然这事情我模模糊糊一直知道。有一小会儿几乎看见那滞浊的东西透明了、有了光亮、要消散了。但是此刻再想，已经感觉不到力量。勇气是勇气、理性是理性，不能兑换。勇气能从哪里来呢。怕水是病态，知道水不过胸也未必就能趟进去。

李石每天回来都像是筋疲力竭。总是看 *Friends*，姐特意给他备点零食，满足"沙发土豆"的理想。一边看一边乐得不行，姐就指给我看，说，李石傻你看出来了么。他们感情真是好，争吵起来我也从不担心。我不能想象李石的生活，根本不喜欢工作，但是带着强烈的意志去做，简直全力以赴。他说他们杂志是"第二梯队里的头名"，要争取进"第一梯队"，说完自己也笑。换作我肯定要委屈得左顾右盼。我那可笑的虚荣心啊。我不清楚他的志向，从来没问过，因为问了也许就是回答想要挣更多的钱，"钱约等于自由"——但是拿自由来做什么？有一次开玩笑似的问他"人生的意义"，他也是想了想，仍然是以玩笑的口吻说，"传宗接代吧"。这是自认被造物，放弃超越，等于说人生毫无意义。他是怎么驱动自己的？

我的问题不是高估别人。是懦弱。已经反复确认过太多次了。但是如果勇气与智力一样是天生的、如果认知不能兑换勇气，如果理性与非理性彼此隔绝，我又能怎么办？这些只是如果啊。我不是经常也觉得，在精微幽暗的地方意识与意志是一回事么？为什么不敢大声说出来？为什么这样写出来就觉得心慌？这时候深呼吸，会不会功亏一篑？

11 月 7 日 星期三 雨

今天可能是典型的一天。自己在家上网，看电视，看闲书，吃面包和速冻水饺。想起 *About a boy*，去年冬天电影上映，陈渊买了小说，热烈地推荐。我只看了开头，男主角讲如何轻快地、带着恰到好处的趣味、打发无所事事的每一天。他继承了不多不少的遗产，没有任何强烈的兴趣，清醒不易沉迷，不相信家庭或事业的神话，认为自己是活在真相中。这是非常迷人的设置。当然这故事是讲他终究要与人发生情感联系，被麻烦的"生活"捕获。我没有看下去，有点希望他那轻飘的生活是可能的，或者从那孤独清醒的内部生出点什么来。

忽然意识到自己其实一腔热情，不能满足于"快乐"。

前几天就想搜孝文帝，在《国史大纲》里看到那一段就起了好奇心，模糊感觉到有些错误观念需要纠正。讲元代之前少数民族的文章写得很详尽，明明读进去了，出来就不记得。（此处有删改）只觉得历史始终动荡，此刻凝结着一切偶然，而且不会停留。说起来一直都知道，可是总以为此刻即永恒，未来是匀速直线运动。所以人和非生命的物质一样，本能里有一种惯性？

安禄山的故事也让人震惊，怎样提醒自己都觉得是平行宇宙，真不起来。至少那梗概接近于事实——普通小孩变身枭雄，每一个时代都有这样的人，妈爱看的史玉柱。妈觉得那是真的，她羡慕那样的人生，生活在那个宇宙——。但是世界只有一个，彼此相连。我至少要用理性把这些我不能体会的人事的轮廓、安禄山和奚宝贤的轮廓、按照某种比例、这比例无论如何难以"客观"、必定要包含我的决定、安放在世界图景之中，然后才能为自己那内旋式的毫无必要的怪癖找到坐标。这样一想就感到绝望，不可能，即便放弃以经验覆盖全景的可笑野心，即便纯粹依靠信念和信息去建构，即便我能够决定信念（这是不可能的），我其实也无法掌握完整的信息——看似最可操作，其实会以其无穷无尽彼此冲突似是而非将人淹没。不我不可能拥有"正确"的世界观。我必须放弃正确。一点透视的画面能装多少装多少吧，反正偏狭愚蠢不可避免。这真是自暴自弃。我连我所处的偏狭到底是什么都还说不清楚。

二姐想要换个项目，说得气哄哄的，是在鼓励自己。她走了，Karl没有学生没有项目，可能就得退休了。但是现在这实验简直就是碰运气，有劲儿使不上，不知道什么时候才能毕业。我竟然就大讲起来：人要先考虑自己，才能考虑别人，要分清楚懦弱和善良，一个决定总是有成本的如果你感到愧疚你就承担那愧疚别想什么都要……之类。姐听到后来很不耐烦，忽然说，你咋学的跟李石似的！我说，我这主要是反思自己得出的结论啊。姐说，你啥时候反思的，我咋看你一点儿没变呢，不还是到处讨好人么！我们大乐了一阵，我心里非常虚。

叔美决定去上班，但是暂时不想搬出去了，要攒钱买相机，而且担心自己一个人住会情绪失控。就讨论起自由的重负，说得太大了，不知不觉激动起来，在跑道上滑行，几乎要起飞。最后我坚决地说，像是说给自己听——我不能把自己的问题归结为现代性之类，这也算是一种自尊心，总是有非常具体的诱因与非常具体的弱点里应外合。如果能够回避诱因、补齐弱点，理性派兵把守，也许迎上去也是可以的，不就是无意义么，咬牙正面看着它，它也不能把我怎么样啊——归根结底，还是要有点英雄主义吧，毕竟我是从小接受这个教育的，火烧邱少云你听说过吗？给小孩讲这种故事真的非常不人道啊……

人来疯，聊天时经常脱口而出漂亮话，经不起推敲，但是那快感让人想要回味。这也是一种贫瘠吧，新鲜的不够用，找旧的反刍。写出来真是难为情。像这样壮胆去触碰羞耻，好像也会上瘾，写完就有点不以为耻，这也算是解放？还是堕落？

叔美问我要地址，洗出来好些照片里有我。我说扫描发邮件吧，等不及了。她说，没有多美啦！不要期待！又说 lomo 照片就是色彩特别，翻拍怕没有那个效果。我心疼她的邮费，几十卷胶卷都是回台湾借朋友的暗房自己冲洗。叔美爸妈分别毕业于 MIT 和哈佛，听起来也是小传奇，回台湾正赶上经济起飞，想来应该待遇优渥，可是叔美非常省，在外面吃饭，一份意粉打包一半留第二天吃。她向来吃得少，但是那东西坨了就很难吃。在伦敦都是大陆来的学生用最好的笔记本电脑和数码相机，当然大陆都是有点钱的人家才送孩子到英国。叔美存了半年钱买一个 lomo，从俄国寄过来那天直接拿到我房间里来拆，坐在窗台上摆弄很久，知道我不感兴趣，还是兴致勃勃讲这个相机跟前苏联间谍的关系。她听特别绝望的摇滚乐，夏天从台湾回来拿两个蘑菇过来问我要不要试，我都觉得非常自然、是真的。我自己回避所有标签，不太理解她那热情的认同，但是能感觉到她心里并没有观众，身边是这样一个嘲讽一切的人，她也是坦然地研究地下文化。也许我是在占叔叔美便宜——她非常喜欢我，似乎认为我的沉沦是一种真诚、是可爱的。这正是我所急需的。我是多么依赖她啊！我是多么自恋啊——此处可以展开螺旋式批判，仅只预感一下，就知道没有结论，全是重复，而且根本不会改变什么。改变需要的是强力，不是认知。

《六英尺下》每集看两遍，重播时候拿小本记对白，是久违的热情，过后再看又觉得也没有那么了不起。今天有一个情节，十九岁结婚做了四十年主妇的姐姐在厨房擦地板，她的嬉皮士妹妹在桌边喝咖啡，两个人突然吵起来，妹妹说，你到底为什么生气？姐姐说，因为至少你有一份生活！妹妹黯然流泪，承认自己虚张声势、自欺欺人。那是鼓起勇气、艰难动人的时刻，累积的紧张忽然就释放了。镜头随即切掉，戏剧就是这样方便，在现实中、接下来那一刻该有多么尴尬啊。

我不太确定这电视剧在社会心理层面有多写实，人们的反省能力、对自己的诚实，已经发展到这个程度了么？在伦敦住一年，外国朋友也认识几个，我不相信自己对他们的了解。用那零零星星推演，得到的都是自己的成见和意愿。也许我的意愿就是保留未知，寄存希望？今天看完我跟李石说，你看人家外国电视剧都什么样儿了！李石说，要不还是出国吧，我看你还是适合先进文明。我没有回应，心里衡量了一下，觉得自己虽然还不完整（complete），但是总凝聚了一半，够应付 GRE 了吧。我真的这样想了，并没有产生畏难情绪——似乎是真的好了。但是随即，我又疑心出国这想法本身是一种逃避。

11 月 9 日 星期五 雨

刚才给家里打电话，妈说爸发烧了。虎的，长病自己都不知道，早上张昊宇都来了，我寻思这何海岳咋还不下来吃饭呢，天天就他上班儿最积极了，召唤多少声才下来，一摸脑袋滚烫滚烫的，你说虎的，那能是早上发烧么，都是晚上发烧早上见好。

挂了电话我和姐都很高兴。姐甚至说，幸好咱们都不在家。

今天姐没出门，快中午跟她去银行取钱，回来交暖气费。物业交费那屋很昏暗，黑魆魆的灌木直拥到窗玻璃，映着灰白的日光灯，惨淡得像战时防空洞。四张老式清漆木桌，统一压着玻璃板，门口一张椅子上歪着家制坐垫儿，花格布磨得乌溜溜的。只有一个瘦小的女人，掉在深蓝色老式羽绒服里，探出一个小脑袋，短头发起了静电似的贴伏着，像个小病鸡儿似的。她低头开票，我捅捅姐，姐说，还挺好看的，我知道是说那两只提到腋窝的大套袖，不知道哪里找来的棕黄色深绿宝蓝大花的花布，大胆而奇异，我说，是，应该推荐给林红英。可能在家待得太久了，不小心窥见别人的生活——深处，觉得非常刺激。踩在湿树叶上都特别觉得这是真的。

小学校操场上有一个班在上体育课，下着毛毛雨，快乐的声音像是拖着彩带，交叠飞舞。姐说，小孩儿才不管天气呢，就乐呗。站着看了也许有半分钟，就像是很久了。我不好意思说，我觉得自己有点老了。

环岛斜对面竟然开了一家罗杰斯。我跟姐都想起去年夏天。交毕业设计前一天，我已经两天没回家，姐去当代打包猪排送到历史组。吃完送她下楼，在系馆门前刚完工的矩阵喷泉边上站了一会儿，三四个小孩儿在那水柱之间奔跑嬉笑。我熬夜熬得神志恍惚，姐忽然说，你到底是为什么啊，那么痛苦？我们俩就爆笑起来，假装完全是自嘲。今天说起也还是笑，才一年半不到，像很久以前了。现在真的不那么痛苦了，也像是一种衰老，强度上不来。还是那些老旧的自我厌恶，像一次一次反胃，终于也快要把那可怕的东西吞咽下去了。那可怕的东西是什么？我自己的真实？

雨又下起来。没带伞，另要了两杯橙汁，非常应景地在窗边红色的火车座对坐，简直不好意思，说什么都像是有点做作了。

可能也是想起西雅图，姐说，要是二胖也在这儿就好了！哎呀，会不会错过二胖电话啊，我都好多天没接到二胖电话了。我说，我俩天天说。姐说，你俩说啥呀。我说，我们谈论文学！

就大笑起来。

我说可能要放弃搞写作了，虽然根本没有开始，"我发现我总是希望写得比能写得更好"。

"我也是，我根本就不会瞎编，咋编也没真的好，又不敢写真的，怕相关人等跟我生气！"

"我也是！而且我发现我缺少基本的生活常识，比如说我昨天想写车的那个、就是前面玻璃下头、方向盘什么的上头，不是有一块儿像窗台似的么，我想写那个地方放了一个小玩具熊，但是就说不清楚，那个地方叫啥，你知道么？

"我知道你说的是哪，我也不知道叫啥——三娜你太好笑了！我得记下来讲给二胖和李石！"

"我也觉得好笑，雄心壮志跌在这上头！"

"为啥要写小玩具熊，有啥意义吗，而且就随便用别的话糊弄过去呗。"

"是可以糊弄过去，但是我就觉得我得知道那个叫啥，不然总有点心虚！"

"你太可笑了——"笑了好几遍。停下来沉默了一会儿，看街景。跟姐坐着不说话也不太觉得压迫。

又说起《六英尺下》。姐没看几眼，直说不喜欢，"阴阳怪气的，为啥非要写葬礼的事儿啊？我看也是有点投机取巧吧。"

"那也比《欲望都市》强吧。连人生观爱情观都要时髦才行似的。"

"那也还是比较正面吧，都高高兴兴漂漂亮亮的。"

"漂亮啥呀，就穿得好。独立女性神话包装下的消费主义。"

"词儿真多啊。还是 Friends 最好。李石每天看完都特别羡慕，爱美国！还说 Friends 应该被收入人类文明史册！逗不逗这想法！"

我们就一直笑，雨天的情调都破坏了。

——我也觉得《六英尺下》夸张，主要是我不太相信人可以那么强，整天那么剧烈的内心冲突然后表现得那么镇定、那么多复杂微妙的情感紧张然后全都能理解对方并忠于自己，我不知道我觉得虽然那些人看起来都特别不高兴但是其实太理想化了。我不知道这是人类这个物种发展的前沿么，我觉得其实也有点像我们的那种宣传式的电影里讲的那种英雄，好是好就是有点不切实际。当然如果人们能普遍地自省到那个程度，对个人界限与情感中真正的付出和隐秘的自私能有这么多共识，当然那样挺好的，我就是觉得太遥远了。我自己就不用说了，我怀疑多数人也都跟我差不多，虚弱摇摆，面对剧烈变动就懵住了，任人宰割放任自流，甩到什么境地都能委进去求安逸，然后在安逸里对着不大点儿的小事儿大惊小怪、作弄自己——只敢来点可控的刺激，可控的刺激又总是不透彻不过瘾，所以得不断地来没完了。好像有点虚蹈了啊。我还有一个心得，我觉得人们作弄自己的样子总是很拙劣，是因为要边演边看不能专注，因为没有别人看，必须得自己看，这就叫刻奇吧，我觉得刻奇令人难堪，归根结底是因为匮乏、可怜，跟乞丐令人不忍直视是一样的。生活没有观众，没有上帝的话就太需要观众了，尤其是电视时代人们习惯了观看也就习惯了想象自己被观看。我想写写这个，但是觉得太难了，而且也不知道这种肉虫人值不值得写，因为并不怎么美好，就只是真的而已。

这些想法模模糊糊一直有，但是要话赶到那儿了才能说出来。于是又像有了新的雄心，忘记了车窗下那个窗台似的东西的困扰。雨小一点我们就回来了，嘣得裤子上许多泥点子，脸上湿乎乎，我觉得自己热气腾腾，赶紧打开电脑把这些话都写下来，一边写一边觉得这也没什么啊、而且全是漏洞。就这样留着吧。记日记就是这样，把人变成搜集空塑料瓶的王国珍。

11 月 10 日 星期六 晴

上午看到一段康德：启蒙运动就是人类脱离自己所加之于自己的不成熟状态，不成熟状态就是不经别人的引导，就对运用自己的理智无能为力。当其原因不在于缺乏理智，而在于不经别人的引导就缺乏勇气与决心去加以运用时，那么这种不成熟状态就是自己所加之于自己的了。Sapere aude! 要有勇气运用你自己的理智! 这就是启蒙运动的口号。

特别兴奋，抄在从英国带回来的崭新的红皮笔记本的第一页。本来打算新年再用的。大声念给姐，姐说，老头子啰唆! 是真啰唆，同一句话变换重点说了两遍。总以为康德像离散数学一样，不是识字就能读懂，没想过会与自己这样熨帖，简直不可能是误会。因此得到深沉的安慰：我在正确的轨道上，我那些难看的痛苦有可能（至少对我本人来说）是必须的、有意义的。以至于生出野心来：想要去书店买一本康德，也许我这长久的惶惑不安这些碎片累积起来的思考与人类文明最严肃的那一部分相连? 不敢相信，蠢蠢欲动。

前些天读奥登那句诗也是。自以为迷路，看见前人刻下"到此一游"，精神为之一振。后来找到几首奥登，不能确信自己理解得对，但是有了信心，总有一天会绕到他说的那个地方，甚至因此感到富足，好像有一大块待开垦的土地。

想到要重新考 GRE 也是，不知道是对自己、还是对学院系统恢复了信心。从来相信太阳底下无新事，只是以为自己边缘病态，跟主流无法沟通。也实在是，大学五年英国一年，老师同学谈论的话题与我心中的疑问毫不相干，噪音似的令人心烦。在英国第一周要求读一章黑格尔，英文似懂非懂，紧张地看了三遍，到课堂上听他们讨论，比我理解得还要肤浅而且不着边际，最后老师总结，与建筑理论强扯出的那些联系，我也觉得并不完全诚实。那种时候非常难受，又怀疑是自己想错了，又实在不服气，英语又说不清楚，根本就不敢发言。

现在读书的乐趣全在于经验的响应，这就算是"真"的力量吧。当然也要先有经验才行，小时候如饥似渴，几乎都是被"美"吸引迷惑，智力的逻辑的美，情绪的戏剧的美，音调的节奏的美。以为都准备好了，根本等不及，一身披挂叮当作响——上路了，怀疑像一匹战马日夜奔腾，踏碎了废铜烂铁不管。这比喻完全是语言带出来的，还是会被美诱惑啊。

李石过几天去广州出差，商量大姐同去，多待两天。问我，我坚决不去。确实懒，也有点想一个人待着，而且又要花他们的钱。就说起在伦敦的时候 Irene 请我们去中国城吃茶点，他俩就说要带我去广州大厦吃午茶。今天出太阳了，像节日似的三个人出门。

小区门口停了一辆绿色甲壳虫，李石说要三十多万——何三娜让你妈给你买一个！他知道我花爸妈钱有压力，挑衅为乐。我说，我不喜欢帅气的生活！会觉得像是假的。李石说，不就有点像假的、才有意思么？我愣了一下，半天才想明白，因为内心真假混沌，才害怕这种表演的侵扰。有了结实清楚的"我"，就可以享受表演的乐趣了吧——才以为是灵机一动，就认出是故地重游、陈词滥调。

餐厅在大厦中庭，盆栽椰子树引人向上望去，遥遥的玻璃顶上头碧蓝的寒天，更显得这下面温暖精致，是文明的庆典。但是一圈弧形观景台完全没有细部，往下看梁柱门窗，地砖墙角，都是粗糙敷衍，又几乎有一种放松坦然，反正到处的新房子都是这样。

李石坐下环顾，说，怎么好像还是差点意思啊。大姐指着米白椅套背后的大红蝴蝶结，说，丑呗。李石说，进步空间很大！说完自己呵呵乐，以为是在模仿领导口气很幽默。

以前上地很荒，晚上只有利客隆有一大块霓虹招牌突兀兀的在夜空里，有一次路过李石也说，这要是荷花村的人来看见了！我跟姐都要笑死了，他有点搞气氛，似乎也真的这么想，仿佛此刻一切都是一种幸运。我疑心他有点故意要这么想，像是在抵御或者预防——这想法要给他知道肯定要笑死了。

饭后溜达到天安门广场。路过长长一条银杏路，前些天下雨降温，落得厚厚一层，树上几乎也还是满的。很多人照相，冻得红扑扑的脸上都是喜气。我们也庆幸来得巧了，半真半假遗憾没带相机，简直无忧无虑的。

在东方新天地一直逛到晚上。晚饭时候李石讲起他们正在联系要采访周凯旋，东方新天地的开发商，说是李嘉诚的红颜知己。我就想起《创世纪》里面汪明荃的角色，说可能是以这个人为原型。就是瞎聊天，但是一边说一边想到那些故事有可能"是真的"——此时此刻正有许多大尺度的事件在发生——又怎么都不觉得，像醒不过来、一再要醒，撞在这一层"真"的铁壳子上。

李石买了一本《看电影》，我先吃完翻看，一下就是中间那页，贯通两页加粗红字"王晶：为了人民的趣味"。姐说，王晶是谁啊。我说，就是凤凰电影台整天放的那种邱淑贞什么的演的片子，我也不知道哪个是他拍的。李石说，你还别说，这个王晶，电影拍得就那么回事，但是挑女演员真的非常厉害。说完又嘿嘿乐，表示自己没有什么不好意思。我说，这就是人民的趣味吗？李石说，面对现实嘛何三娜！我说，面对现实这事儿也挺复杂的。我觉得现实怎么说其实也有弹性的，不是那样完全明确的，你稍微压一点儿，它就能消停一点儿，你使劲儿刺激它，它就特别嚣张。人心里的东西，并不是完全客观的，这说得有点危险啊——。我想说可能男人的性亢奋比较简单直接不太接受压抑诱导什么的我不知道，当然这话说不出来，就堵在这里了。李石像是早就不耐烦这一套，皱着眉头说，你这太夸张了，什么人心里的东西！人有啥，不就是想吃好点，不太累，喜欢女的，再可能希望得到一点尊重，还有啥人心里的东西！大姐说，你这么大声干嘛！太突然了，我眼泪就要出来了，假装低头又看杂志，也许两秒钟，我说，那你说有没有煽动这回事儿吧。李石说，煽动是有，但是其实纯粹煽动是没用的，就比方说政治运动，我以前看过研究，当然这也比较符合我对人的理解，就是那些革命的，游行的，也包括被认为最情绪化的大学生，你不管他的立场是进步的还是、不能说全部，但是大多数人吧，可能超过百分之九十我记不清了，总之是绝大多数人，他的决策都是相当理性的，看预期，衡量机会、风险，所以你看那些运动，总是要累积到一定的程度、会有一个大爆发，然后如果出现反向预期，散得非常非常快……。我知道他有他的道理，很多回避的事模模糊糊显出影子，我应该站住、回头、盯着看个仔细。但是我非常愤怒，因为输了，也想到李石一直以来对"浪漫"的厌恶和嘲讽，我看着自己起了逆反心理压不下去。在狼狈中略微整理，我竟然平静地说，我没说清楚，我可能是想说时尚风潮这种东西吧，《看电影》不是很时髦么，它这样写，隐含着低俗即人性的观点，然后可能一些时髦的不爱多想的人就也这样标榜起来了，然后这些人还是被周围人羡慕的，时髦是那样的你知道吧，然后可能就传染下去了，可能很多人就真的认为自己这么认为了，而且你很难分辨清楚，一个人认为自己这么认为和一个人真的这么认为之间的区别是什么。李石打断我说，你的意思我明白，但是首先这本杂志不像你说得那么时髦，而且就算它有些影响力，那也还有其他杂志，发表其他观点，包括你刚才说的观点是吧——。我也抢过来、激动起来，我说，我明白这种观念市场的想法，但是我觉得它是有问题的，就是说，这些观念争夺并不是发生在每一个人的头脑中的，它其实是会变成人与人或者人群与人群之间的互相不可说服，我觉得这也不是啥好事儿。虽然这么说有点那什么，但是能够让各种观点在自己的头脑中彼此争论的人，其实是非常非常非常少的，很多所谓的高学历人士或者知识分子其实也是很容易盲从和偏执的。我的意思是说，我觉得这种观点市场的想法，虽然听起来很解脱，但是可能我根本就不想要那解脱，因为那岂不是意味着一个人不管怎么想怎么说都无所谓了根本不必要是"正确的"？李石一直看着我等我一停下来立刻说，我就问你何三娜，那你认为这个事情应该怎么搞，等着一个什么人或者机构，把绝对正确的思想观念研究出来灌输给所有人？我知道又输了，一时搞不清楚输在哪里。李石缓和气氛似的跟大姐说，何三娜幼稚啊。大姐就怼他一下，说，你乐啥，有没有眼力见儿啊。李石更乐了。我找下台阶儿似的，说，我就是受不了他们好像手握真理的样子，这跟标语似的一打，那种快意让人看了受不了。李石笑说，这么阴暗啊！大姐看他一眼，说，你咋回事儿啊。我说，确实非常阴暗。大姐说，吹上了还。就都乐了。缓了一会儿我又说，这些人是真这么想啊，还是有意识地当个策略啊？就是要对冲原有意识形态，不得不从"人民"那儿找点正当性啊什么的。大姐说，可能真这么想吧，一般人能想到这一步就挺不错的了。谁像你想那么多！我说，那你们相信《南华周末》整天说的回到常识吗？现在进步人士都爱这么说，好像找到了新武器似的，我也觉得挺危险的，常识，一般人的常识不也都是经验塑造的么，经验里面包括一些被灌输什么的，这能可靠么。大姐说，小胖你确实想太多了！我说，可能是吧，见微知著举一反三其实可能也会远离真理，我看解放思想其实非常妨碍实事求是啊！大姐说，不得不说你实在是太不幽默了！就都又乐起来。

还说了好多别的话。谈话激烈起来，就只能在智力层面运行，有时暴露出隐秘的弱点，心中一颤，又回到表面上来，并不能改变什么。可是对我来说，安静独处也没用，不知不觉就会滑入智力游戏的轨道。要怎么才能把自己按住、强迫自己去面对那些困难的"真实"呢。我真正缺乏的那种力量、要去哪里寻找呢？回到家觉得"前胸贴后背地疼"，想起妈经常这么说，有时空交叠之感。在虚亢中记下这一切，像长跑过了极点，可以轻松而徒劳地一直跑下去。

11 月 13 日 星期二 晴

这两天看哲学论坛，一直连着网，挂着 MSN 和聊天室。昨天下午遇见一个上海诗人，严肃阴郁，没有一点沾沾自喜。起初滞涩，后来聊了很久，晚上姐回来之前又去了一次，希望再遇见，多说一会儿，结果跟一个北京女孩聊起来，我一直瞎编，假装自己的儿子已经上小学，许多细节意想不到飞进来，非常像是灵感。虚构的自由和快乐让人不安，像飞、失重。

还是厌恶自己，有几次气呼呼跟人说难听话，换个 ID 再进来。那聊天室里的气氛、论坛里的措辞，我看了无端端就要生气。仿佛曾经赤身裸体走在街上，街边每一户都是我的敌人。

哲学帖倒是好看，看一会儿就能心平气和。似懂非懂，像小时候趴在床上看《辞海》，遇见不知道的就去搜，看过全不记得，关掉电脑仰面倒在床上，像从深深的美梦中醒来，身心都是沉静的。竟然现在才知道、才相信、始终有那样一个家族，人人都在认真思考"真正的问题"。不够资格加入，远远知道他们存在就非常欣慰。

读到一段苏格拉底："正确的信念是美好的，当它和我们在一起时它会做各种好事，但是它不会长期停在那里，它会从人心上跑掉。所以除非你用因果推理将它们拴牢，它们是没有多大价值的。我的朋友美诺啊，我们先前已经同意了这个拴牢的过程就是回忆。正确的信念一旦被缚住了便变成知识，就稳定了。这便是为什么知识比正确的信念有价值的理由，将它们二者区别开来的就是这种拴缚。"

我自顾自感慨起来——果然！确实！重复是有意义的！像是一种划痕，重复得久了就会成为轨道！智力用余光也已经确认这是不着边际的误解，但是顾不上，长期的模糊的感受在语言的世界里清晰浮现的时候，简直是出水芙蓉，简直是海上日出啊。热情洋溢地给苹苹写思想汇报，写得太长了，就像是卸了力，还没发出去人就冷却了，怀疑自己夸张了，都是些旧识。

原文根本没有"重复"二字，是说回忆。我的重复并不是回忆，是迷宫里困得久了，轻车熟路。是不是应该画一张地图？立刻感到脑供血不足，而且有一种由衷的沮丧。好像判死刑。我在不知不觉间早已接受逃不出去的命运，从来没有痛感，真正害怕的、不敢细想的、是我已经穷尽了自己的可能、在横冲直撞的虚蹈之中？又想起《万寿寺》，王小波要写的正是何为真实、真实就是可能性的坍缩、不自由——会不会又是我误会了？我反正总是带着自己的心事取材。我的心事简直挡住了一切啊！就在这油滑虚假的反思中躲开了那恐怖的一念。

最近竟然真的能读书了，那求知欲、那久违的轻快之感，几乎令我惶恐。也许真的就是因为长久的重复、因为熟烂透了、心中那烦乱思虑渐渐变得轻盈简洁、有了缝隙。也许用不了多久——这种事一旦开始就比想象得更快——心里就会疏朗起来！刚刚重读这段苏格拉底，心中油然生出一个愿望，干脆去书店买一本《理想国》！几乎是真诚的、想看看那段话的前因后果，看看苏格拉底的所有假设——信念是哪里来的？如何判断"正确的信念"？这能力是天生的吗？随即意识到自己不过是要看别人的解答，根本不打算相信。这种事也根本不相信自己能够相信别人。

以上是中午出门之前记下来的。彭琦说要请我在七食堂吃午饭，本想先去万圣书园，磨蹭出门晚了。离开学校的时候已经精疲力竭，对苏格拉底毫无兴趣了。

七食堂还是非常吵，苹果芬达还是小时候的洗发膏味儿。其实是强烈的陌生感，才让记忆变得这样鲜明，过电似的在身体里激灵。大学生活彻底过去了，我与这个地方毫无关系——我是另外一个人了。我非常喜欢这个宣告，在心里用语言描黑放大了两遍。

可能因为跟李石讨论过"煽动"的事，我想起那一次特别赶在中午人最多的时候，愤愤地把拒绝一次性筷子的公益广告贴在七食堂门口的公告栏上，也有几个人围观，心里盘算要不要大声讲两句，实在是太羞耻了，没能说出口。刚刚强迫自己写出来这一段，都还是脸红。我知道自己并不是为了环保，我是为了出风头。为什么会那么想要出风头？——一套一套的反省要来了，今天还是算了，今天有太多事要写。

吃完出来溜达到荒岛。她好像跟朱雪峰出了一点问题，听起来是疑心有别人。彭琦向来说话有所保留，这时候不过是心里乱需要一点陪伴、分散一下注意力。我这样想着，就意识到自己跟她并没有多么好。刚进大学时的亲密有点像过家家。军训强制午睡，她钻到我被窝里来，都是好几天没有洗澡，晒得浑身汗臭，当然都穿着衣服，想都没想过同性恋之类，根本不觉得那身体有什么。回想起来也还是觉得不错，她们宿舍的人到处找她，我们宿舍全都憋着乐。那快乐并不是假的，只是我早已经不能那样轻松地游戏。

她那时候以为我很酷，把随身听的耳机塞一个到我耳朵里，以为我肯定知道。我不知道，不知道山羊皮和比约克，so what？蛮不在乎，非常自信。后来——是真的记不清楚了。

正是杨树落叶的时节，不觉得有风，忽地就漫天都是，岛中心空地上落得厚厚一层，中午的阳光照得亮闪闪的，像一片涟漪。湖上铺得密密麻麻的柳树叶子，倒像她那些絮絮的小烦恼，"没什么劲"，"都挺没劲的"，"怎么办呢"。我以前好像喜欢扮演她们的备用男朋友，可能是为了那半真半假的亲昵，又有点想要缓和自己没有男朋友的尴尬。是我变了。强硬起来了？直接听见了姐的笑声。只是有一个开关没有打开，我没有照例进入情境亢奋起来。在那个距离上像是第一次看见，这谈着恋爱的人，这在轨道上看起来非常顺利的人，其实过得也就是那样。甚至有点同情她，就有了一点耐心，非常小心地不要表现出来、那种——优越感。这是多么恶毒啊，在意识之前直截了当发生了——也许自己的路线最终可以胜出、也许是自己刻意没有选择那种生活、也许是早已经直觉到那样的生活没劲。那信心像晨雾一样，盯着看一会儿就散开了。还是不敢这么想。而且立即羞愧起来，怎么说到底还是跟人比来比去，怎么就是一个虚荣。虚荣跟钱一样，要赢过才能自由，而且永远赢不到头。承认吧你就是一个普通人——这想法浮着，压不下去就不是真的。

可能是出于愧疚，也可能是疲惫，走去系馆的路上我热闹起来了，彭琦咯咯咯咯一直笑。我竟然一边说着笑话一边想到，友谊是什么啊。她在北馆上课，说李磊晓蓓都去——啊呀大家都可想你了，你跟我一起吧！我说，一边儿拉待着去，连你都不是真的想我，你糊弄谁呢。彭琦说，真的，我也可想你了——那你去找王宇吧，他肯定也想你了。说完就吃吃笑，太阳那么晒着她的小圆脸，像个小孩儿似的，非常可爱，没心没肺的。

王宇还在一楼机房对面的大办公室里。还是不停说话，斗机锋，我还是讽刺他，他也自嘲，讽刺我——不然显得他太有心理优势了，他非常细腻。他说，英国怎么样？我说，你怎么跟我大姨似的，问得这么空洞！他说，我可不就跟你大姨似的，哪也没去过，天天就是这办公室。我说，英国可好了，英国群众非常欣赏我这样儿的神经病，我压抑了五年的撒娇邀宠绝技再次大释放，世界各地不同肤色的女青年来我房间倾诉青春的烦恼，怎么样你嫉妒么？王宇就笑，你真的你是不是同性恋啊你。我就讲了看世界杯的事。大笑之后王宇说，挺好，状态不错，我后来发现了，我那些同学也是，在学校衰得不行，一毕业就好了，再见着都人模狗样儿的。我有点不高兴，逞强似的说，别自大了，我们衰不衰跟清华没多大关系，清华有那么了不起么，我就是时令到了，过去就好了，算了你这种空心儿人整天就是反映外部环境不能理解别人有内部节奏。王宇说，对对对，我就是空心儿人，特别渴望有人给我派任务，跟那小狗儿似的，就等着主人把臭拖鞋扔得远远的然后我就撒了欢儿似的跑——

　　那时候王宇说他就想找一个虚荣的女朋友，"像咱俩这样的在一起没法儿过"。但是田清完全不是虚荣的人，也不可能举起鞭子抽他。方容说田清寒假从华盛顿回来，他们好了。我好像也并不吃醋，"原来他喜欢这样的人啊"，这想法也继续不下去。也并没有对田清起恶感，还是认为她长得好看，娴静纯洁，天真自然，但是当然并不真的了解她，不能想象他们煲电话，说什么？两个人嗲兮兮都是什么样？王宇不提，我就只能装不知道。不觉得嫉妒，但是要检查自己是不是嫉妒、心里就像是有点不自然。这种事情就是越辨越要弄假成真。也确实经常有一些时刻莫名地想到王宇，想到他不喜欢我，不是那种喜欢，也还是会沮丧——跟所有沮丧的记忆连在一起，简直茫茫的，简直深沉。后来说起祖姆托，我说我有生之年一定要去瑞士那个浴场洗一次澡，王宇说，我就想你肯定特喜欢，祖姆托是建筑师里的诗人。我懵了一下，像刀片儿轻轻划过，我跟叔美说过祖姆托怎么跟里尔克似的。这就是爱么。我后来迷恋陈杰，一封邮件等不到就坐立不安，跟王宇从来没有过那种狂热。我也从来没有因为跟他的关系而感到羞耻。搞不清楚，反正搞砸了。真想快点谈恋爱啊，所有这些尴尬就都自动消除了吧。

在三楼最西边办公室找到李磊，她果然没有去上课，之前彭琦说，李磊现在可酷了。她不太高兴的样子，说，你别在这儿吵吵了，人家小孩儿赶图呢，走吧上我宿舍儿。我骑她的自行车带她，骑了五年的那条路上赶卷着全是落叶，起风的时候平地扬起，像惊飞的大群麻雀。跟刚上大学那年秋天的那个下午一模一样。强烈地感觉到此刻、此刻与记忆的差异隔膜、不可贯通，碰壁有一种实感。

设计课前一天几乎所有人都在专教画图，也是三点多钟、漫长的下午最空乏的中间地带，我像是忍耐很久到了临界点，又像是临时起意，只拿着钥匙就回宿舍了。幽暗狭长的走廊静悄悄的，我像个小偷一样打开门，屋里是午后最后的温吞的光，桌椅板凳一动不动，像作案现场。脱了衣服，在被窝里躺着，瞪着眼睛不去监控自己在想什么，作为一种释放。也许只有十五分钟？重新穿好，骑车回到专教。那并不是最糟糕的时候，那沮丧还是封闭的在心里，还没有开始展示沮丧有如展示溃烂。还没有真的开始自怜、真的变得悲惨。那就是青春么。就是决堤的情绪么。就是失控的惶恐么。就是荷尔蒙么。我觉得不全是。身体发育到那个年纪是一回事，思维能力和可供思考的材料累积起来，是另外一件事。那些与“现实”几乎无关的想法像大群的鸟关在笼中，要求毫无目的的飞行。我总是想要生活在头脑中，贪图那自由快意。

李磊住在明斋一楼，窗前光雾蒙蒙，房间里还是非常昏暗，开了灯更觉得不亮堂。她进屋就打开电脑，让我等一下。我坐在床上，看她似乎心事重重，觉得不认识了，也许从来不曾真的认识。还是刚入学的时候关系很亲密，两个上铺都是北京人，周末她们回家，剩下我和李磊躺到中午不起来，在被窝里面对面说闲话。中学时候《东方时空》播过一个女歌手，新疆人，短头发，特别漂亮，MTV 也拍得抽象梦幻，跟常见的那些都不一样。她叫什么来着？再也没有出来过。我们俩一个在山东，一个在吉林，不约而同都惦记着，这人现在干嘛呢？给她写歌儿、拍片儿的人都干嘛呢？那是击掌的响亮时刻，无以为继。她讲过一个高中男同学，在成都读大学，组乐队——要休学了。经常写信来，可能是非常苦的单恋，快毕业的时候我还听见他给她打长电话。那时候我已经不怎么去学校了，记忆像乌云一样要压过来了，我大概是故意的、望向窗外，西操有两个班上体育课，正在集合，有一个班拉开了间距，开始做准备活动，能听见老师的哨子声。这世界井井有条，我到底在怕什么。

李磊从电脑跟前转过来，拿出一袋瓜子，倒我手里一把，说，吐地上待会儿扫。

她叠起腿一颗接一颗嗑起来，说，你是不是知道了，我跟张亮分手了。

果然还是那个痛快人。我说，嗯，说跟法学院一个人好了，什么人啊。

李磊皱起眉头，说，就是——那么一个人。

说完就笑了，说，我也快要受不了了，天天吵架，有病，整天问我在哪儿，跟谁在一起，说什么了，在干嘛，精神病。

我说，那你当时咋想的。

她叹了一口气，又去回头看电脑，敲了几个字，回头说，他那时候就像疯了一样，我不出来他就在外面蹲一宿。

我说，那也还是你本来就有点喜欢他吧。

李磊说，我不知道，我可能也是要疯了，读研——，不知道一天到晚在干嘛，就是混日子。

我说，逃出秩序更是浑浑噩噩，你看看我。

李磊说，不知道。就是憋得慌。你咋还是晃来晃去，到底想要干嘛？

大学时候她偶尔呵斥我，是实在觉得难堪看不下去，也是替我着急、是信任和亲密。有一次交图前，我是怎么着了、不堪回首、反正歇斯底里吧，一个几乎没有讲过话的男同学不经意地、低声说了一句，不要再浪费自己了三娜。现在想起来都还是温暖的。我需要别人的惋惜，证明我本来——。我怎么这么——。像一个巨大的装得满满的垃圾袋就要破了，就要落得满地都是。赶紧在心里别过头去，看着几辆自行车在窗外划过。他们也在拼命地掩饰荒芜吗，他们都幸免于把自己搞成垃圾场了吗？李磊好像也犹豫了一下，讲起这个男朋友，有点前言不搭后语的，是思路太快、语言跟不上、几乎结巴了，那样子也非常熟悉，是亲切可爱的。中间忽然说，——和你有点像，让人不忍心。是说有点自毁倾向。我觉得不太舒服。大概那也是面对现实的时刻：她觉得我跟别人不太一样，但是也无非就是另外一类，一个人能拿出多少耐心去理解另外一个人？潜意识里以为所有人都在关注我、讽刺我、怜悯我、厌弃我——但是其实爱我。我这是——我要别过头去。

又讲了吕晨的事，后来只有李磊跟她有联系，差不多是在照顾她。我其实不太关心，多多少少有点排斥，就像是害怕回看自己。大概她也感觉到了，不着边际地讲起她妗子家的表妹，表妹在 QQ 上烦她，才上初中就是恋爱的烦恼。她也意兴阑珊，可能本来就忙，心里又乱，我们也实在没什么好说的，难道讲英国。号召锻炼身体的广播响起来，激亢的进行曲循环播放，静静听了一会儿，无话可说的尴尬在四只膝盖之间膨胀，电脑并没有响，她也回身去看。我想无论如何要再等一下，要把这个紧张熬过去再起身。感到自己被意志攥住，凝聚起来了，那一刻其实有点满意。从她宿舍出来，回头看见她关了门，阴冷的走廊里几盏昏暗的小黄灯泡。竟然觉得放心了。我们之间那一点点好的东西，留在过去了，非常安全。

出来觉得非常累，拖着两条腿走下去，到西门又是暮色霭霭。可能一路都很紧张，回忆此起彼伏，尴尬羞耻，又要释放、又要避开。竟然在公交车上哭了出来，立即意识到，来不及决定要不要哭下去（怎样都不太自然），眼泪就没有了。根本也不能理直气壮地委屈，所有问题都在自己身上，难道抱怨上帝？在小区门口吃了饭，回家发现来例假了，大腿屁股冻得冰凉，更显得病态肥胖。好像也习惯了，或者只是太累，并没有继续羞辱自己。强制自己洗了澡，换上舒服的旧衣服，泡了茶，坐在被窝里集中精神写日记。写日记真是管用，姐回来的时候我已经非常平静，几乎是高兴的，因为有好几处想要回避，我都攥住自己去触碰了，那疼痛可以忍受。现在还不能深入地回忆和清理，我已经为自己鼓掌了。我的细小的勇气啊，请不要溜走。

11 月 15 日 星期四 晴

姐发现李石他们杂志社旁边就是逸飞公司，退货仓库卖瑕疵品，低到一折，约了丹秋一起去看。

新华社分给苹苹一个老式套间，丹秋简单收拾了一下，家具陈设有点像小时候我们家，我非常喜欢，觉得比三居室更适合单身生活。丹秋正在看球，小小的房间给那声音充满了。说也是第一次看，看看姚明么，别说，打得真好！过一会儿又指着屏幕说，要说现在这中国人，你看这观众，都是华人！我说，他怎么打得根本不像 NBA 啊！丹秋说，分儿可不少拿，你看他那么大个子，还是很灵活，而且这孩子特别会说话，刚才场间休息的时候播了一段儿，接受采访，也没说什么，但是你看那个态度，都不像发展中国家的！真给中国人长脸。我有点意外，连丹秋也会这么想。我说，你是不是球打得很好啊，你好像很能看懂啊。

丹秋说，不瞒你说，确实可以！篮球没打过，但是排球、羽毛球、乒乓球，都还可以，参加个学院比赛没问题——三娜你别撇你那大眼睛盯着我怪吓人的！我就说，沈丹秋你长得真好看啊！丹秋就说，这孩子！我们就大乐一阵。大姐又说，沈丹秋你确实好看。就又大乐一阵。

她昨天深夜出差回来，假装还没回，偷一天假。窗边桌上一摞文件夹，文件夹最上面摆着一副眼镜儿。经常晚上要加班，苹苹有一次说部长讲话都是沈丹秋写的，沈丹秋以后要作吴仪的！说完就狂笑。是笑话，但是当然落实在一个人的小小世界里，给部长写讲话稿算是一个小小成就。换我也会那样——我不敢考验自己，不会去那样的地方上班。其实也是有点撒娇。丹秋写的讲话稿，也不会太恶心吧。立即掉头，因为预感到疲惫，那观念坍塌下来不能处理，当然是简单地反对最轻松，又自以为更道德——这想法是从哪里来的？

从来没有跟苹苹丹秋讨论过这些事，这有什么好说的！新年的早晨，苹苹冷飕飕从外面回来，说，起来三娜，吃我用欧元买的第一个羊角面包！我只是抽象地知道欧元发行是伟大的事，具体哪里伟大就讲不清楚，其实也不关心。苹苹泡了咖啡，坐在她所谓"新年的新欧洲的阳光下"，带着躬逢盛事的心情给我讲解，讲着讲着就无端大笑起来，举杯碰一下，接着笑。我在去巴黎之前只见过她两次，立刻就扑在一起，正是想象中的年轻人轻率的信任和热烈的友谊。

忽然说，要是有人偷听就好了，肯定已经被我们恶心死了！咳咳！要爱！要自由！要和平！要生活！要磨叽！不要偷听！挂了电话很久还能看见笑声从天花板徐徐落下，也非常像苹苹的"黄金时代"。（本段有删改）

丹秋买了一件毛衣，大姐买了一条围巾。我坚决什么都不要，说等减肥成功的。丹秋捏一下我的脸，说，三娜还是年轻啊，嫌弃自己这圆圆脸，你等到我这个岁数，想把这两块儿肉找回来也没有了！大姐故意说，但是这腿也实在是太粗了！丹秋笑，说，这是亲姐姐么！我就很高兴。我还是最擅长扮演小妹妹。

吃饭的时候讲了做调查的事儿，丹秋也说特别好，——真的，特别超前这个事儿，现在城里这些、说白了都是在盘剥农民。我暗自想，我们这调查也改变不了什么啊。但是小饭馆儿里阳光白花花的，丹秋说话脆生生、脸上喜盈盈的，让人觉得正在说的话、即将做的事，都光明正大，真实简单。

饭后一直走到美术馆，在隆福寺那条街上闲逛，午后晴脆的空气像春天一样。到三联书店去看书，楼梯上坐了两溜儿人。我找到一本《理想国》翻开看，姐过来说，哎呀！我说，咋的，我还想买本康德呢。姐说，不咋的，你行！《纯粹理性批判》精装本塑封没有拆开，沉甸甸真的像个砖头，又放回去。因为买了不看就像是自我装饰，又不是普通的书。

我说要不要送每个回答问卷的农民一本书，大姐觉得这主意很不错，丹秋说，这俩，送文化下乡啊。我其实一边说一边想起李石嘲笑王一礼建民工图书馆——不切实际，避重就轻，而且，涉嫌（显然）自我陶醉。但是我一整天都笑呵呵的，烦恼的想法浮在水上很快飘走了。

在三楼的咖啡厅坐着，丹秋说，这得告诉罗菲苹，咱们也上三联书店喝咖啡了！这以后也得是北京的花神咖啡厅。我说，是啥。丹秋说，罗菲苹没带你去么，就是萨特和波伏娃平常讨论写作的那么一个咖啡馆儿，文学青年的圣地啊。我说，没去，也可能路过了她跟我说我没在意。大姐说，咱这儿上哪儿整萨特波伏娃去！我说，他俩咋把自己整得跟电影明星似的，听着这么不严肃呢！丹秋说，你还别说三娜，人家是真严肃，萨特那个我是看不下去，波伏娃罗菲苹给我念过，是真的有劲儿，不是说文字有劲儿那文字是翻译过来的，那真是思想锋利。我说，不知道啊，就听说她跟萨特各自谈恋爱这事儿，不是说后来她也撑不住了么，我就觉得这个事情，怎么说呢，我就觉得她有点儿对自己不是完全诚实。丹秋说，人到最后人也诚实了，那一开始对自己有些高标准高要求，人那是上进心！大姐说，你们坐这儿还真讨论萨特波伏娃啊。就都压着声音笑，我说，这不就是八卦么！丹秋说，你看咱们都没看过原著就在这儿说人八卦，人那边儿是萨特本人，这北京和巴黎差距大了去了！这真不是十年八年的事儿！我一边笑一边隐隐地感到恐怖，是空气中那蓬勃——春天令人难过，不是因为易逝，是因为盲目。

在书店门口分别。103路电车停靠路边，上上下下挤挤攘攘，大辫子后面堆淀着淡淡的灰褐色的烟尘。我跟姐说，"人间"这两个字挺洋气的啊。就大笑起来。

赶在堵车前回到家，暖气正式来了，脱掉毛裤和棉坎肩，人都变轻快了。都觉得不饿，做了点小米粥，吃咸鸭蛋和辣白菜，味道不太搭配，但是那随意和凑合本身令人感到快乐。

吃饭的时候凤凰卫视在放新闻，说昨天江西有个煤矿爆炸，井下五十五人死了四十八个，连线评论员，说起就前几天陕西也有一起死了三十七人，又说——中国每年矿难要死六千多人，全世界死亡人数不到八千。

我和姐都沉默。半天姐说，我们不能再读诗了！

她刚买了一大厚本中英对照的《草叶集》回来。

我觉得烧得滚烫的暖气就是我的原罪。真的直截就这么想了。但是，说起来非常可耻，这想法落在心底并不是痛苦，或者说，那确凿的凝聚的痛苦令我满意，我可能一直在期待、那痛苦里的力量。我希望我能记住这件事、这结结实实的罪恶感。

11 月 18 日 星期一 阴 下午飘了一阵小雪

下午收到方容寄来的礼包。她说去夏威夷，看见这热烈的花布裙子，觉得只有我适合，就寄过来了。"沙滩上的人好像都没有心事，你真应该过来看看。"她收到工作 offer 之后写过一封邮件，嘲讽自己，"恰好就在洛杉矶，连搬家都免了。每次把决定交给别人，别人都会帮我选一个看起来特别对特别好、我自己特别不想要的"。读完有点震动，她不是头一次说这话，只是我自顾不暇、从不上心，像旁人一样认为她万事稳妥。她怎么能坚持下来？这是胆子特别小、还是特别坚强？为什么心底会有这样一种奇异的死寂？当然总是无可奈何、几近悲痛，才想起来要写信给我。平常秩序顺稳，有许多微小的乐趣和安慰，也就没什么可说的。我这样矫正着，偷偷还是有点得意，仿佛自己的沉沦至少更真实，立即察觉了，停下来，也没有反省，只觉得那一套一套的非常厌烦。

一块带穗子的棉绸，预设穿比基尼的女人随意地系成裙子。饱和纯粹的蓝紫色，大枝黄的红的绿的花草，在最冷的颜色上热闹，有点冲突。我只是喜欢被人送礼物。衣服一件一件脱下来，脚脖一道袜子印儿，胳膊腿儿上都是白皮儿，真是自卑啊。裹上裙子，一个肩膀露在外面，忽然非常像个女人了，翻出高跟凉鞋来穿上，前后左右照。想起小时候一个人在家用钢笔水儿抹眼影儿——我是压抑了自己的女性意识么？性别意识到底是本能还是角色扮演？我是因为拒斥期待、总觉得彻底自发自愿才算真实，此刻站在镜子跟前、算是真空环境了么？想着想着就脱轨了，不知不觉站到窗前，看了一会儿阴天，小雪粒稀稀落落，麻雀一只也没有飞过来。终于觉得冷，又一件一件穿上，裙子叠好收起来，到电脑跟前回信，跟方容说，"寂寞好的时候就是这样，什么都没有，简直像永恒"。大概也有点吹牛了，那种时刻就算偶尔路过，从来也不曾停留，不作数。

叔美去上班，立刻就有一个"学弟"追求她，她说想试一下，之后就没有提起。仍然挂在 MSN 上，跟我有一句没一句地聊天，有时候说，你等一下，我要去复印一个东西——，我就能闻到复印室里的墨粉味儿，半个小时以后她说，我回来了，我说，嗯——，就完了。简直像异地恋。

今天发来一首日文歌，我说，这个人很温柔啊，而且怎么好像非常悲伤呢。她才把歌词发给我，又讲了背后的故事：说有一个日本青年，医学院毕业去非洲作志愿者，一年以后听说从前的女朋友要结婚了，写了一封信给她，这首歌就是那封信改编的，叫《迎风挺立的非洲狮》。像很多故事一样，因为是真的，就让人觉得受不了。我又听了两遍，越发觉得悲伤，可能也是一种偏见，总以为很悲伤的人才会去作志愿者。歌词里的"乞力马扎罗""火烈鸟""南十字星"也有点勉强，像是一种辩护。大自然的神奇和美好总是令我不安，要经过自欺一般的包裹和曲折的叙述才能化身为虚浮的安慰和支撑，心里一松就塌散没有了。这些话跟叔美也不敢讲，太阴暗了。而且我自己也立刻生出反面的观点：他当然是个美好的人，而且切实做成了好事，给很多人治好了病啊，还有更结实的意义感么，还有更结实的真善美么。其实我非常想认识这个医生，想知道下文，知道"真正的故事"。

叔美当然是为了鼓励我。我给她讲过调查的事，主要是自己的疑虑。今天因为这首歌瞎说起来，越扯越远，"理想主义和献身热情要分开。献身热情归根结底是要求自我泯灭，自我泯灭的愿望是奴性的起源"。说完自己也觉得像是射中靶心。语言多少也有一点力量，刚才敲出这一行字，隐隐约约看见一个人背着沉重的包袱前行，一个念头细微微冒出来：坚强也许是可能的，不就是——承担自我。这四个字简直有语病，但是展开说起来就不像一个答案了：承担自我的渺小和局限，承担自我与"客观"的偏差甚至对立，承担真实的唯一性和不自由，承担无意义，承担他人即地狱自己亦是他人的地狱……我打算就此成为一个坏人吗？在这个决定里好人要怎样定义？……这种话说起来也是没完。

雪下了一会儿就停了，落在地上什么都没有。现在大风呼号，简直不像北京。我喜欢糟糕的天气，狂风或者暴雨带来洞穴般的安稳。雪还是太美了。歌词里有一句"百万只火烈鸟一齐升空后变暗的天空"，应该非常壮美吧，生命是多么吓人啊！

11 月 27 日 星期三 晴

姐他们晚上就要回来了。两年前他们也是去广州，整个秋冬都是我自己，竟然有点想不起来了，一天一天都是怎么过的？这几天也是浑浑噩噩，但是明显有一件也许是重要的事，至少是非常坚硬、难以消解的事。

起初是重新看了《黄金时代》，陈清扬最后的陈词令我非常震动。以前也看过好多次，也以为印象深刻，现在回想可能只是因为那语言韵律。还经常擅自引用"真实就是无法醒来"，用的根本也不对。

陈清扬真正接受性、承认自己喜欢性，这件事是多么困难啊，"等于承认了一切罪孽"。他没有假设女人的性欲是理所当然的！这真是太好了。小说中的世界对性很不宽容，但是那"罪孽"也并不是社会定义的那种"罪"，应该更接近"原罪"。对性、对欲望、继而对生命本身的罪恶感，也许根本就是生命自带的阴影，而不是社会的教化和压抑。实际的情况是，我处在以性开放为时髦的小环境中，承受的是恰好相反的压抑，相反的政治正确，对性的反感被认为是一种陈腐的观念，是愚蠢和懦弱——这真是让人生气啊。

这篇小说也根本不是在写性，"一切罪孽"与进入真实世界是同一件事。"真实就是无法醒来"，其实是说真实的不自由、当然也并不美好。陈清扬显然是英雄主义的，"那一个瞬间她终于明白了在世界上有些什么，下一个瞬间她就下定了决心，走上前来，接受摧残，心里快乐异常"。所以这是"黄金时代"。到了《万寿寺》就变成，"所谓真实，就是这样令人无可奈何地庸俗"，而"一个人只拥有此生此世是不够的，他还应该拥有诗意的世界。"后面这句话也经常被拿来引用，重点变成了后半句，在原文中恰好相反。听说《万寿寺》是他最后的作品，可能有点暗示作用，我越发觉得这小说悲伤至极，那些虐恋角色尤甚。

应该是姐走后第二天上午，太阳非常好，我趴在床上看书，有了这些感想，激动起来，以为自己是王小波的知心人，劈劈啪啪写笔记，让归纳演绎分析联想自由释放，心里始终有一根细线隐隐约约的牵扯跳动。中午的阳光非常明亮，家里一片寂静。

一个人在家久了，会像蚕一样，用不断的自言自语把自己包裹起来。特别纯粹，全是"我"，又特别虚飘，根本不知道"我"是谁。有时候需要大喊一声，有时候要掐住胳膊，持续体验那触感。其实也还是醒不过来。像被梦魇住了无论如何睁不开眼睛。晚上并不做梦，还是白天那些病毒般滋生的想法、疯狂的运算，早晨起来疲惫至极。再久一点就会心悸，具体发生了什么都不记得。

只有重读陈清扬那天中午的事记得很清楚。不知道仰躺了多久，起来的时候平静得可疑，好像什么都没想，又好像正紧张地盯着自己看，我脱了裤子，拿着小镜子坐在床上，强迫自己观看"帝王将相"。呼吸起伏，不敢用手去碰。像内脏，应该是像内脏，从来也没有真的看过内脏，那种视而不见是种本能。觉得丑，觉得厌恶，想要回避，那回避的欲望里没有"观念"。观念鼓励人爱猫爱狗，我远远看见就躲开了，从来不真的看它们。在英国有一次全班一起去看蝴蝶博物馆，我不好意思说害怕，一路低着头、管住余光、仿佛还是看到了、毛骨悚然。当然蝴蝶更强烈，但是是同样的生理不适。我从来不知道有什么蝴蝶的禁忌。是从什么时候开始的？明明小时候在花坛捉蜻蜓蝴蝶。所以也是青春期、不知不觉将对性的排斥扩展到肉体、动物性、动物？但是也完全有可能，是意识的觉醒，整个精神世界的展开和诱惑，令我排斥肉体的羁绊、进而排斥生命的动物性质而对性的反感只是其中一部分？非常努力地提醒自己，那肉体就是我。其实还是不相信。在明确的意志的支配下用手碰了一下，那触觉不能否认，但是在充分的预期中也毫无震撼，立即那触觉就消失了。我是我的自由自在的想法本身，别的一切都是"他者"，包括我的肉体。但是自由自在可能根本就是假象，我的想法很有可能受到我的肉体状态的控制，至少是非常强烈的影响，这话是多么强有力啊，我像挥舞一把小锤子似的跟自己重复了两遍，根本也没有用，我仍然觉得这肉体、不是我。也不全是因为厌恶。以前有一次在洗澡之前看了看自己的身体，水池上的半截镜子正对着胸部，没有引起任何不适感，就只是非常陌生——当然也可能本来观看就是一种疏离。——啊，写到这里，就是此刻，我忽然想到，怎么从来不怀疑脸上的痘痘是我！怎么一见到认识的人，立刻连身上的衣服都是我！会不会只有在人际生活中，"我"才是坚实统一的！"我"根本是社会性的？！所谓的自我重建无非就是认领一个自己有能力扮演的角色？而头脑中那幻觉一般在无穷可能中自由穿梭的乐趣，尽可以留给"自己"独自享用？是不是只要这样简单地分裂可以了！当然也可以允许后者跟踪前者，捕获更多可以玩味的题材！简直要豁然开朗了！立即警觉了，豁然开朗是多么地可疑啊。而且显然，性的问题我还没有想通。事实是，那天下午晚些时候我在对自己半蒙蔽的状态下找到了几个成人录像。好像也没有明确地动用意志，但是当我在搜索栏输入关键词的时候，我非常清楚地看见自己克服了退缩的冲动。我认为这是正确的事，依然感到难堪，同时觉得失落——我终于还是放弃了通过亲身体验来获得这个知识——这也是处女情节？ 二十五岁的处女的害羞和无知早已经成为更加丢脸的事，我不知道支配我的到底是好奇心还是虚荣心（哦，当然，显然，真的，不是性欲，当时我在生理上相当平静）。无论如何我实在是需要知道这件事，当然我模模糊糊一直是知道的，但是似乎总不相信那是真的。点击播放的时候我还想着这真的像打开一个匣子，随即就被淹没了，偶尔有几个念头呼救似的在海上露出头来。当然这种录像都夸张扭曲，但是也是预设观众对这种扭曲反应更加强烈。比偶尔的梦中的反应更清晰，是全身的燃烧，意识微弱一线，时断时续，完全不能搅扰。觉得非常恶心，愤怒，人怎么会是这样的！但是很想看下去，像被拴住了一样，一动不动坐在椅子上。我果然不过就像他们说得那样——如释重负，又怅然若失，在汹涌的生理反应中，这复杂的拖着长长的历史的感受，像群山的阴影投在黑夜的海上，一直熬到日出，终于又可以辨认出来。

傍晚时候在窗口站了一会儿，看着头脑像一块烧红的炭，不知道还要热多久。自救似的决定出门去吃饭。空气冰冷如铁，更觉得一层头皮滚烫，什么想法都没有，非常自然地眼泪涌上来，没有落下。路灯如豆点，在微醺的蓝紫的夜色中，我不自觉地缩起了肩膀，可能是头一次，我真心实意地觉得自己完全平凡，是街上随便的任何一个人。不觉得沮丧，也谈不上解脱，可能有点懵住了，反应不过来。从来都是看到男作家描写青春期的压抑和骚动，当然我读的少，但是确实没见过写他们性发育时的震惊和羞耻。可能第一性容易一些，多数人也许简单地以性能力为荣。但是从概率上说总应该有人跟我一样抗拒肉体的实感，这种人数量不多但是更加倾向于写作——怎么没见过？现在想起来，也许就是性亢奋压倒了一切，瞬间淹没，耻辱感本身都像是一种做作。坚固的事实不惧任何目光、任何评判。

第二天似乎就恢复了平静，偶尔观察自己是不是在想这件事，强硬地认为自己很勇敢。晚上刷牙想起两年前独自在家，两三个月中间有一天，我无端地刷了十几次牙，强迫症似的，总觉得不干净。当时以为是文艺情节，代表孤独的深度。这次想起来吓了一跳，难道是口腔期遭受了创伤？似乎也不是完全不可能，都是一样的肉体，凭什么那些理论对我就不适用？大学头两年经常心悸，可能也确实是荷尔蒙做乱，那时候医生给开谷维素，我就知道了，不肯承认，现在不想再辩解、都承认下来还简单些。我仍然觉得性亢奋非常耻辱，被另外的意志控制，像个小丑。但是差不多已经预感到、或者说相信了，我在有了性经验之后可能也会在事实上表现为喜欢、甚至有需求——既然听说大家都是这样。

有时候录像里的画面忽然闪回，几乎真的扭过头去。那些姿势都是多么别扭啊！想起小时候刚刚有点明白这件事的时候，心里真正的疑问是：一个人喜欢另一个人，觉得另一个人好，为什么就要做那么奇怪的一件事呢？这是怎么联系在一起的？身上长着这样的器官，埋藏着这样的反应程序，又经常思考宇宙啊上帝啊，赞美四季啊树木啊月亮啊不胜枚举——这怎么会是一个统一体呢！要怎么自圆其说啊！除了一切都是力比多的演化，就没有任何其他解释了么？卑如蚁美如神，这样描述一下就完了？连苹果落地都有人问为什么！但是不然人应该是怎么样的呢？小时候有两个塑料娃娃，扒光了换衣服，那没有性器官的身体其实非常奇怪。纯粹从人的整体来看，还是带着丑陋的性器官才比较好看啊！这是习惯造成的么，还是因为丑、本身具有一种美学的价值？但是当然美丑并不关键……也根本没想出什么来，散漫的思路不能聚焦，不过是每次路过都会碰壁，跃上意识，显得像是在钻研什么。大片的梦游过去就没有了。总是站在窗口，暖气烤得大腿暖烘烘的，捏干橘子皮，一扑一扑的香味儿。总是委在沙发上看电视，换一遍台又换一遍，关不掉站不起来。沉沦非常容易，一眨眼天就黑了，不想开灯。

中午出去吃面条儿。没有风，白亮平静而广阔，门口那一排小饭馆儿门户禁闭，更显得脏旧简陋。拉开歪拧的铝合金玻璃门，掀起沉重污腻的棉门帘子，一团干燥的热气扑上来，像古代，人们在凶险的大自然中聚拢求生，竟然也喜气洋洋的。

有一天吃早饭的时候看了一个挪威电影的结尾，一个披着细卷发的薄眼皮儿女的回到自己的阁楼上，镜头巡视一圈儿，她依然站在那里，就结束了。那个阁楼非常漂亮，高坡屋顶裸露着原色木梁架，阳光从老虎窗照进来落在杂色条纹地毯上。我心念一动，想到这房子是真实存在的，挪威是真实存在的，不禁——渴望生活。躺在那里没起来，看着字幕滚完，歌儿压得很低，有一种抑郁的愉悦，也不知道是个什么故事。

蹲在厨房垃圾桶旁边剪指甲，外面工地传来清脆的打铁声，手有点抖，越是看着越是抖。有点心悸，也是有点逗自己。

大声念诗，在房间里走来走去，竟然就流眼泪了，还破涕而笑，因为想到——这要是给电影拍去不一定被影评人解读成什么呢！其实什么都没想，读出声音的时候从来不知道读的是什么，头脑空白得像个傻子。

最正常的就是二姐打电话的时候。拿着听筒坐在沙发上，看见窗外昏暗起来，浅浅一条小河在心里流过去，没有一点夸张。

我无法还原梦游。也无法描述混乱。过一会儿姐就回来了，刚才飞机落地打了电话。这日记写了一整天，竭力诚实，竭力不被回忆掀起的情绪卷走，理性本身感到前所未有的疲倦，像是爬了一座大山。我希望写日记的这个我，成为我的政府。

11 月 28 日 星期四 晴

上午姐接到裴倩倩电话。《南华周末》同事，去年就到央视去了。以前来过家里，非常白瘦，穿套裙，脖子上歪系个丝巾，像缩小版的空姐。姐和李石背后说她"最最 boring"。姐说，采访劳社部，那些政府老头子肯定觉得是清新的才女啊！李石眉头皱得像生气了一样，姐就大笑。

说起以前那几个人，之前因为董君案闹集体辞职，就真的散了，剩下最讨厌的吴大海当了权，"拿没拿我不知道，但是他拿红包肯定是没有任何障碍"。《南华周末》也成了有权有势的地方了，坏人肯定要钻进来啊！"我听了非常排斥，但是知道那是真的，无法阻挡。

挂了电话，又过一会儿，姐忽然想到，说，哎、裴倩倩给我打电话干嘛呀，啥事儿也没有！我根本都不认识她！又说，可能就是无聊吧，莫名其妙跟我说，一娜，跟你推荐湾仔码头牌速冻水饺！你说逗不逗！

偶尔的轻微的隔绝之感对我来说还是新鲜的体验。想与别人有点关联，想看看别人的生活。但是见面本身并不会产生关联，上次回学校就只看见无话可说的白色的尴尬。以前怎么不觉得？

姐去广州的时候，我给严晓蓓打过一个电话，她说礼拜三交图，约我今天见面。挂了电话有点后悔，担心没有话说，但是今天午后坐上公交车，明亮的阳光一跃一跃，我还是明显地有些兴奋。约在东门口，等了她一会儿，她说，我没迟到啊。我说，我来早了。她说，谁让你不用手机。我说没钱啊。她说，干活儿挣。我说，没活儿啊。她说，我有，你干不干？我说，你是包工头啊。入学同学重新制作通讯录，国内只有我没有手机，大概也只有我不赚钱。我其实有点自豪，非常不要脸。她说，先跟我去下银行。就在东门外新建的学研楼一楼有个建行。她说，我跟邢炜买房子了。我说，你俩登记了么，算谁的啊。晓蓓说，你还挺懂。银行人很多，臭烘烘的，拿了号没有座位，出来在大厦门厅等。人来人往，晓蓓一边接电话一边跟一个路过的女生打招呼，我懵了一下，半天想起来是四字班的，怎么也想不起名字，她还跟我笑了一下，都脸熟。晓蓓说她是谁谁谁女朋友，分手了，现在跟谁谁谁在一起。我差不多都想起来了，强烈地感觉到自己的冷漠，像在地铁上听到陌生人讲电话，小圈子里炙热的故事，被观众热情夸大的微型传奇，离远一点看就只是普通的自然景观，沙漠绿洲一丛一丛，都差不多。晓蓓说，这才一年，你就想不起来了！我笑着说，老年痴呆。晓蓓说，闲的你，赶紧给我干活儿！我说，我干活儿你能放心么。她说，有我看着呢。我说，那我肯定得耍赖啊。她说，你敢！说着她也呵呵地乐。我一边笑着一边看见大学时候的自己封在一个玻璃瓶子里，缓缓地向记忆的海底沉下去。我以为还没开始，但是这一无所有混沌荒芜，就是新生活本身了。

晓蓓他们跟戴杨在东王庄合租一套三居室，带我去看看。我说，戴杨咋想的。晓蓓说，多亏有戴杨，要不我俩天天吵。说完呵呵呵地乐。她推着自行车，我们并排走在喧嚷嘈杂的马路上，最后的杨树叶零零落落，抚着车前轮掉在脚边，被我踩碎了。我意识到这画面浑然天成，在记忆中会有一种欺骗性。事实上这是一个无聊的下午，对主客来说都是毫无必要的造访。戴杨不在，邢炜正画图，黑色背景 ACAD 我看了就想要长长叹一口气，设计真的深入下去特别劳心，千头万绪。邢炜打了招呼，表示忙，说，我这有点儿急，——晓蓓我中午买橘子了在冰箱呢你拿给三娜吃。老式三居室迎着门口就是一个小厅，倚墙塞了一个长沙发，沙发上蒙了一条橘色花线毯子，铺得很匀整。我坐下东张西望，晓蓓把一网兜绿橘子放在茶几上，拿出几个让我吃，又拿两个给邢炜送去。沙发右手边隔着半截玻璃格子就是邢炜画图的房间，我扭头看他们，晓蓓站在桌边，邢炜仰头看她，小声商量什么。我说，我不在这儿吃晚饭！晓蓓说，没说你！我们也要吃饭。我说，有水吗我喝口水，你这咋招待客人呢。晓蓓过来从茶几下面拿出一个大塑料袋，掏出两个独立包装的小纱袋，给我泡了一杯，自己泡了一杯，问邢炜说不要。我说，这啥。晓蓓说，八宝茶。我说，咋这么讲究呢。晓蓓说，不是我们，是戴杨，这是最不讲究的了，马路对面超市就有卖的。

晓蓓要去超市买东西，顺路送我。天色灰褐褐的像是要起风，公交站前人车喧哗，像国产都市剧片尾曲渲染的寂寞，刹那间是真的，惶惶的整个世界袭涌上来。忽然任何分离都是难以忍受的，本来应该是如释重负。晓蓓说，走吧，跟我去超市。我就跟着去了，转身那一下觉得十分可悲——把寂寞弄脏了。但是本来出来见人就已经是这样。当然晓蓓挺亲的。她和邢炜那样，我以前也没有见过，当然他们谈恋爱的时候我已经不在学校住了。我看她往筐里放了一盒鸡蛋，一大袋独立包装的早餐小面包，一板十二盒酸奶。不知道为什么觉得像爸妈那个年代的恩爱夫妻，妈羡慕的对门冯大爷冯大娘。大姐和李石在人前总像有点开玩笑，没有见过那样齐心恩爱过日子，当然也许只是因为李石不买橘子。

金五星商场黑压压的，货物摆得很密，像做毕业设计时去过的云阳县城商店。八宝茶果然有好几种，鼓鼓囊囊占了半只货架，也许很流行呢，我有点莫名的酸溜溜地想到，现在畅销也都是悄无声息，不像从前选择少，流行起来大张旗鼓人手一份。晓蓓要给邢炜买运动袜，我茫然跟过去，看见有松口儿卷边儿细棉袜，简单的姜黄草绿，不像旁边那些花里胡哨的。苹苹送过我一双赭红的，说法国人喜欢穿这种，不勒脚脖儿，我们还就此大肆讨论了外国人不穿秋裤，——法国，简直就是秋裤的反义词！肆无忌惮地想象异国、大声在符号的世界里推演，非常快乐。现实是这法国风味的袜子坦然地摆在城乡结合部的商场里，不带任何注解。也许是出口转内销，也许是某个袜子设计师不甘心？见微知著的思路自己启动，在回家的异常拥挤的公交车上我明确地看见自己的失落感，眼皮底下的世界已经溢出理解，以极其混乱的蓬勃的力量向着不知道什么样子扩张起来。是不是在自己的头脑中囚禁太久了？断了线索？还是从来根本没有真正看见过"现实"？还是因为"发展"中的社会就像青春期的身体，因其惊人的速度和满撑的占有把观察和理解甩掉、挤掉了？

姐在家做了饭，李石提早回来，餐厅换了灯泡，亮亮堂堂的我们吃饭。说起最近杂志都在讨论富人的权益，李石说，形势一片大好！又讲起吴敬琏，说中国前面只有一个陷阱，就是要预防权力与资本联手。我其实只在语法上明白，并不知道是什么意思，但是也疑心历史是不是可以简化到这个程度。又说现在讨论相当开放，已经有人提出赎买权力，让红色贵族开个价——。我本能地反感，立即想起来李石和他赞赏的那些人从来都是"现实主义者"：接受既有现实、寻找最佳方案；不是比着理想状况看差得太远就要翻盘重来。这想法重复得多了，终于敏感而熟练，即时补上来阻止我问一些懂装不懂、炫耀道德洁癖的傻话。

今天气氛特别好，后来李石讲起他小时候，说举着松油火把去上晚课，又说上课的时候看文艺委员脖子后面有些扎不起来的绒绒头发，真是要笑死了。姐讲了电大几个著名的美人儿，澡堂里的雪白的王祖贤，嫁给省电视台馒头脸播音员的巩俐，下巴上有一颗痣的小段儿，还有电大三浦友和黄云石和他的老婆小许。小许又白又瘦，飘飘荡荡，没要孩子，总是听说闹离婚，转眼看见她和黄云石拉着手，像谈恋爱似的。小许和小段儿总是在一块儿，像是有许多秘密要研究讨论，曾经合伙开服装店，不知道为什么没成，我觉得是她们过于时髦了，长春人还不能领会。说起来像小说里的市民社区，有两个飘渺如风的传奇。小孩眼中吉光片羽，她们当然和我们现在一样拼尽自己的复杂——时空交叠的一刹那像要爆炸似的——那是一辈子想要装下两辈子的野心。

谈话停下来听见风吹窗响，都说明天有雪。姐要收拾碗，我说，放着啊，杯盘狼藉的时刻最好了，为这么一句话也大笑了一场，仿佛为那风雪的情调太巧合了有点不好意思。此刻窗外风打着卷儿号叫着，像扬起的皮鞭，那是东北才有的。我看见深秋的早晨，爸带着我们三个下楼，拿掉砖头儿，掀开凝了露水的厚塑料布，我蹲下伸出两只胳膊，爸摞上四棵白菜，我非让再放两棵，高过眼睛了，挺着肚子颤巍巍搬到厅长楼旁边那一块能晒到太阳的空地上，姐在那边卸货摆齐。太阳还没出来呢，枯草上零零星星一层白霜。我不真的觉得那四个人是我们仨和爸爸，他们比我们真实。

11 月 29 日 星期五 风雪

晓蓓比我和李磊小半岁，像个家长。晚上禁止我们聊下去，早晨拽我们起床，必须去食堂吃早饭。困得眼睛睁不开，笔记还是一丝不苟，后来几届都用她的复印版。大一时爸来看我，在宿舍门口等，晓蓓先回来，开了门立刻去隔壁借了一壶热水，拿我的杯子给爸倒上。这件事我总记得，觉得像红楼梦，小孩学着大人的样子行事，有一种特别的郑重天真。晓蓓一点都不像红楼梦，没有问过，我猜想她根本就反感那些。起初我们也夜谈人生，追问意义，她说中学时候钻牛角尖儿使劲儿想过很久，非常较劲，茶饭不思，结论是该干嘛干嘛。既像是大彻大悟，又像是心如死灰，以十几岁的年纪都不应该，看起来也实在不像。我从没见过她说谎，何况为这种事、毫无必要。很少见到那么聪明的人，任何话题、从来一句话才起头她就明白了，但是也没见过她贪婪，没见过她想要不凡。这样想下去简直觉得高不可攀，但是她做完"该做的事"就是拉上帘子睡觉，有一次交了图我看见她躺在床上看一本张小娴，非常震惊，又失望，又似乎隐隐有些踏实。

这是昨晚想要写晓蓓，没能完成。写认识的人就好像吃桃子，总是要卡到桃核上，再也不能了解。我想到她在超市中平凡的样子，想到她从来对周遭人事心知肚明，没有办法把那形象统一起来，好像一道几何题做不出，想要死磕下去。我不相信她是一个散乱的无意识的人。

起来家里没人，拉开窗帘没有太阳，飘小雪。刻意不去看时间，但是那刻意立即就把迷失的浓雾驱散了。索然寡味去看钟，已经十一点多了。拿着面包和咖啡到阳台上，窗玻璃寒气逼人。风很硬，小雪粒子飞镖似的又疼又冷。想到下午要出门，提前就激动起来，看见自己是风雪中的行人，那视觉形式强行赋予了勇毅。

姐早起去学车，我跟她约在马甸儿麦当劳。一推门就热烘烘的，给风吹得冰凉的脸立刻烧起来。已经开始放"铃儿响叮当"了，窗玻璃上喷了雪花和圣诞老人，想到自己有事在身，有点像是融入了城市生活，立即就觉得累了。姐在二楼临窗座，没有脱棉袄，双手捧着纸杯，脸色苍白，说来例假了肚子疼，我说那怎么办，她说没事儿，刚买了芬必得吃了。又故意笑说，怎么样我可以随便喝热巧克力，难喝，不要了——说着把纸杯一推。我要了红豆派和热果珍，也觉得应景，但是其实堵车堵得头非常晕，坐下来就不想动，也不想说话，听着那节日的音乐一遍又一遍。雪下得天都昏了，屋顶的小筒灯一颗一颗映在窗上，像梦中摇晃的险境，那急切的心情被锁在玻璃盒子里，外面看着只是悲哀。

客厅正在打地板龙骨，矮胖的工人跪趴在地上钉钉子，跟姐点了点头，是个赤黑的圆脸，大圆眼睛，看不出年纪。我想起上次看到的电饭锅和咸菜，知道不是同一伙儿人。姐说，小心地上有钉子。她看中一张桌子，有点大，怕放进去太挤。我们在餐厅打尺子比划，又去卧室看要不要钉一个搁板，一共也没用上一分钟，这风雪兼程的。姐带我到衣帽间，拉上折叠门，说我都是待在这里，要不看着他们我也难受，趴在地上像小狗一样。她把大衣脱下来放在架子上，拉上门又出去了。我缩坐在挂衣杆下面，手边有一本打开的《纽约客》，拿起来看了一段，一个人讲自己被监视。看得很烦躁，一直想着姐那句"像小狗一样"，那刺痛不能包扎，在同一个空间中阅读《纽约客》成为鲜明的冒犯和可耻的逃避，何况《纽约客》本身那种自我标榜的功能。前两天看见书上说"马克思主义良心"，分析了一大篇，没有超出平常的胡思乱想，不过是学了一个简便的新词儿。当然也没有用，在现场根本无法处理。但是谁知道呢，姐要是没说那句话也许我就蒙混过去了。当然是蒙混过去的时候多，蒙混过去而不自知。

外面说话，瓮声瓮气听不清。姐打电话说，"你也没告诉我提前要买夹子啊，这夹子都带来了，要一百二一盒？啥夹子那么贵啊！——我自己出去买好了再约你们来得排到什么时候，为啥不早说啊这不是逼我在你们这儿买么！"我推门出去，看见两个工人围着姐，姐和声说，你们就该用多少用多少，明天下午吧明天下午我过来咱们现场查一下结账，查完再装踢脚线。

另外一个工人长得像奚宝良，红扑儿的长瓜脸儿，结实的大牙床，龇着两排大白牙笑嘻嘻的。奚宝良偷了我们家一个旧录音机在放他那屋床底下被小芳看见了。爸回来说奚宝良虎？可往里虎不往外虎，笑嘻嘻的整天琢磨往他那屋倒腾东西，看啥都好。妈说，那农村人谁不趁人不注意拿点儿啥唔的呢，别说是这当成公家的不拿白不拿，就那东西院儿的拿你一捆柴火偷你一只鸡杀就吃了那不都常有的事儿，骂一顿就拉倒了都是非常自然的事情。我都当是笑话听，这时候想起来觉得世界观需要重洗。

在电梯里我跟姐说，要是爸在这儿肯定会从头看到尾，——那要剩一盒地板拿回去就退了那多少钱！姐说，也不是不可能，那我也没办法了，我迷糊得要死了。我说，就是你不迷糊肚子疼也不应该在这儿守着啊，你两天加班的劳动力怎么还不值一盒地板！大姐说，你是李石妹啊！我说，而且我现在这么理直气壮地往坏处猜想别人！姐说，你是不觉得自己是坏人了行了不要反思了——停！

我还没来得及觉得自己是坏人，只是感到混乱，这种防范不信任的心理，与之前的愧疚无法调和。我也不可能气哄哄地拿出敌对的心情，根本没影子的事，不过是强买强卖几个弹簧夹子，又不是这俩干活儿的人，是地板公司。

堵得我俩都要吐了。看路上躬着腰顶着风雪骑自行车的人，觉得北京跟长春也没什么两样，应该也有很多像妈那样的强者，像宝良舅那样的弱者，那真实的秩序——头太晕了，畏难似的就不愿意想下去，也许是想了没看见、不记得。

车在信息大厦跟前一动不动停了很久，我们决定下车走回去。立刻连那又臭又热的腔子都冷透了，精神振奋得像锃亮的一根钢丝。低头迎风跋涉，我想起上午在窗前的想象，真的实现了竟然也还是结实的，并没有被那预先的目光化解。就非常庆幸。风大的时候要转过身来站住，我看看姐，看不出来是非常难受硬撑着，还是只是冷。但是忽然，在车灯炫亮的马路的上空，那昏暗暗看不见的地方，路灯倏地一起亮了。姐轻轻说了一声，哎呀，真好啊，像个奇迹。冬天放学路上几乎没有人，一盏一盏骑进去，金色的光锥里雪花飞舞，圣歌一般要旋上天顶，到院门前拐弯总有点不甘心，家门前的小路全黑的，隧道似的带到现实。

给姐兑了一杯红糖水，她在床上躺一会儿就起来了。我在厨房熬粥，情不自禁从外面远处看这橙色的窗口。我跟姐说，好像古代人去修长城十年终于回家了。又笑了一阵，强化那温暖和侥幸。姐说，李石可怜，今天可能又要看版看到半夜。我想不堵车的话，雪夜回家也挺不错的——像深沉地走在命运中。

抱着茶杯打开电视那一瞬间想起了矿难的事，那猝不及防证明它是自然而然的，可以相信随之而来的内疚是真实的——因此觉得感激，随即意识到、难道是在感激矿难？因为隔着电视屏幕便坦然地痛苦起来仿佛自己的痛苦才是真正的主题。太可耻了——旋下去的所谓反省其实也还是更进一步的消费苦难——我得停下来。

收到陈渊邮件，他终于培训结束，到香港上班，附一张跟 Irene 和 Richard 吃饭的照片，说背后是维港的灯火。我觉得就像、没去过伦敦时候心中的伦敦。彼岸的世界，在我回来之后，不知不觉已经重新在我的头脑中闭合了——与此地隔绝。这令我感到安稳，真不舍得破解。陈渊说临走去电影院看了《任逍遥》，散场时感到孤独——这些没看过《新闻联播》的人懂什么！我非常喜欢这句话，立即回信过去，但是没敢说我有点怀疑贾樟柯，就好像通常我也不敢跟人说我怀疑《纽约客》上那个人。好比素描里阴影中微微的反光，你不能让它像受光面儿那么亮。只是这控制本身带来窒息。

11 月 30 日 星期六 晴

阳光照在大雪上，天地煌煌。踩着半融化的黄脚印，鞋湿透了，还是非常高兴，空气又冷又腥甜，让人想要捧一口雪吃。街上的衣服都鲜艳起来，欢声笑语的。午后在北师大门口等赵静，身旁人雪松的翅膀上忽然掉下来一大块雪，在阳光里洒洒落落，像个威严的老头儿忍不住微笑，姐说，真想唱赞歌啊！

姐在邮件里写过，圣诞节前她跟二姐在西雅图街上的小饭馆儿吃晚饭，忽然门开了，一个挎着手风琴的女人带着十几个孩子，在狭窄的过道站好，寂静中赫然唱起！"简直像是在大雪中！""简直要相信上帝！不然人怎么可能偶尔这么美好！"

我说，我给你讲过么，我刚去伦敦的时候，在路上遇见两个香港人，竟然邀请我去参加婚礼！那圣歌唱的！都要出现幻觉了。基督徒，劝我信教。

姐说，也有一个人想劝我信教。我不知道，我也没仔细听，英语说得乱儿乱儿的，眼睛锃亮儿的，跟何明华很像。哎呀我这么说有点害怕得罪上帝，万一有呢，你看我最好了——但是我看我也得在上帝面前诚实、我觉得特别信上帝的人好像都有点疯疯癫癫的。

我说，我觉得是半路皈依的刚刚信教的人比较疯疯癫癫。不知道，可能也不全是，不是说爱因斯坦后来也信上帝了。

姐说，不知道，也不能因为比我们聪明的人信了，我们就得信吧。

我说，主要是，信不信这事儿我看也不是自己能决定的。

姐说，我不知道，我觉得这不是我能想清楚的事儿。

又说，但是我其实特别想弄明白时间的事儿，这个好像比神的事儿更实在一点吧，也许特别聪明的人还有可能想清楚。爱因斯坦是真的想明白了么？

我说，不知道，可能也没有吧，不知道啊，我也没有那么聪明，以前看《时间简史》，我觉得他是故意写成那样的，让普通人也以为自己看懂了，其实肯定是很多地方都没有真的懂，而且看完就忘了。特别难的东西记不住。

我说，不说都忘了，回国飞机上旁边人看报纸我看见说江泽民会见霍金，觉得特别奇怪，这都哪跟哪啊。

姐跺了两下脚，没吱声。太阳给遮了一下，随即又露出来，开玩笑似的。

姐说，行了你别没话找话了小胖子，你冻脚吧。

她说着就乐，又说，下雪真是太好了啊！

我说，你没看我左右脚来回晃么，快要冻成冰了，赵静咋还不来。刚才现场思考了一下为啥我觉得江泽民会见霍金奇怪啊，我觉得是这样的你笑啥，我觉得是我们弄反了，是我们头脑中对世界的映像非常简陋，任何人或事物，比如霍金，或者爱因斯坦或者宗教，我们其实都了解得非常少而且是一些偶然的碎片的信息，但是一进入头脑就被贴上各种标签啊分类啊文件夹什么的，但是——

姐说，停——我根本没听。

我说，我是说，我们的头脑在它所获得的极其局部零散的信息的基础上以其对秩序的执着强行构建的图景和这个连成一片的混乱的始终在变动的人类社会难以匹配。

姐说，你累不累啊小胖，我不能再鼓励你了——快帮我想一下卧室那块儿板儿是用金属的还是用普通的宜家白板。

我说完也立即觉得不是新发现，或者说，真正的困难是记住这件事、记住这是头脑的偏执、任何时候在事实面前感到奇怪都是因为我的预设错了。记住这件事非常困难，我想起苏格拉底说的那个雕像的故事，又有点觉得自己这是走在正道上。

赵静几乎跟大姐一样瘦，穿条绒裤子，半截靴子，半长棉袄，戴个塑料框眼镜儿，甘于平凡的样子，跟二姐说的那些联系不起来。我们要捎两盒膏药，一条围巾和两本她要的《战争与和平》，格外送赵静一盒普洱茶。我看着我们站在街边寒暄，每一句乏味的话都带着呵气像喜悦的小气球飘在雪后的空气中。

下午我和大姐裹着棉袄坐在阳光丽景新铺的地板上，接到二姐电话。

我说，管我叫小妹！

二姐说，那你以为她还能记住你叫啥呀！

我就有点不好意思。

大姐说，哪像你说得那么风流！

二姐说，都是她自己说的！天天跟我说 Bob！ Bob 这都第几个了！

大姐说，有可能是她臆想出来的！

二姐说，不是！ Bob 我见过，黄卷毛儿，脸红呲的，回国之前就拉倒了，不知道，赵静也不是因为这个要离婚。

大姐说，行吧，咱也不是男的咱也不懂，这赵静魅力在哪啊！

二姐说，其实我觉得挺简单的，就是你要总惦记这个事儿，别人就是能感觉到 accessible，咋说，可接近性。赵静！牛羊肉的事儿你们忘了！还有我没跟你讲呢，哎呀我都不好意思说，哈哈哈哈哈，上次周泽来，她特意送来一袋切好的葱花儿，说一定让我做汤放里给周泽喝，说的，二娜，男的你得给他吃这个，这袋儿我早上新切的，吃了你自己整点儿，就大葱，葱白儿跟葱叶儿分开像裤子那段儿——哈哈哈哈你说赵静咋想的！说得特别自然，小眼睛一卡磨[1]一卡磨的。

我们三个隔着电话大笑一场。我留意表现得丝毫不难为情，但是可能连这个也被觉察了，姐不会说出来。

姐说赵静房子都看好了，签了合同明年春天搬家，——Kevin还不知道呢，她要先考完化验师资格再离。也不能说是欺骗，就是想省点麻烦，她结婚的时候没想那么多，我不知道，也不好那样评判她。雷子风流，谈了三年恋爱不提结婚，有一天晚上赵静在他家楼下等到后半夜，前头还有很多事儿她也没仔细讲反正受委屈了呗，就小眼睛一白，说，欺负我！赵静说我就跟他放话了，你看着雷子，我一个礼拜之内肯定结婚，你看我有没有人要！然后她就跟Kevin相亲、当场就答应了，人家也不想从美国再跑回来一趟，隔两天就结婚请客，雷子真回来求她了，她也没理，说自己哭了一个晚上，然后就来美国了，一共可能认识五十个单词。其实我们都不了解那样的生活，咱们那些学习不好的初中同学后来上哪去了根本不知道，赵静初中毕业念技校，在机场工作谁知道是干啥。别看学习不好，贼能干，来了家里啥事儿都靠她，车坏了都是她去修，找保险公司，Kevin脚上长鸡眼住院，她天天在那儿陪着，不是啥坏人。本来想考护士工资高，太难了，化验师也不容易，背个水壶拿本字典天天上图书馆背，从来不抱怨。非常实在，天一冷就穿秋裤，跟我说，二娜，咱可别学外国人，这腿可不能着凉！一点不烦人，生机勃勃的，而且没有禁忌，从来不想别人怎么看她什么的，非常真实。

---

1 卡磨，使劲儿、有意味地、眨眼睛。

大姐说，也不能都信，一般人说话都带点儿添油加醋的，说说自己也以为是真的了。

二姐说，不像是假的，也不知道她回去见没见着雷子！哎呀好奇死了。

西雅图竟然也下大雪，石云舒跟王雪松下午拿了面馅儿来姐宿舍包饺子，刚刚才走。我就像是看到了玻璃窗上的水雾，那温暖和孤寂的中心有一种平稳安定的空乏。十五楼的新房子开着窗，坐在地板上只看见蓝天——好像街那边就是二姐的窗口。忽然就觉得非常远。心理上从未有过分离的一刻，似乎也根本没有做过什么决定——所谓命运、是怎么发生的？我们不知道我们一直以为我们不会分开，大姐刚把李石领回来的时候我和二姐都感觉到一种冒犯，那是多久以前的事了？

工人们来了，查了夹子，付了钱，我跟姐出门去人定湖公园儿溜达。袜子还没干，鞋也又湿又冷，大姐说我俩都得去买真正的雪地靴——就要出发了。妈前两天说，谁知道你们整这套事儿干啥，那要去就去怀德吧，奚宝青原来还当过人队书记，能联络个人儿啥的，让张昊宇开车，你们不还要送书呢么，不开车你俩还能背去啊！再说有个啥事儿唔的，张昊宇机灵啊。我有点觉得"不正规"，弄半天去访问的都是妈的亲戚。但是也觉得第一站（计划至少去五十个县）降低难度比较好，我哪里会采访啊！

这件事变得没有选择之后，渐渐就不再感到困扰，也有点期待尽快开始。所幸还没有自欺，知道那自圆其说是勉强的——简直有点满意于我的心虚，这也是一种厚脸皮吧。

游园的人比平常的冬日多些，有人在小路边摊一块塑料布摆几个玩具汽车卖。我不知不觉就用二姐的语气说，咋想的！树林里有几个小孩儿欢叫着打雪仗，再走又有卖糖葫芦的，像是约好了来给雪景提声色。湖上才上冻，中间儿粼粼一汪水，映着碧蓝的天，还是深秋、有最后的寒冷的生气。冬天是冻得死死的。往事一团团胖云似的，飘进身体涌动两下就消散了，已经非常满足，不觉得需要捕捉看清楚。走回来太阳就在树梢上了，林间的雪地紫阴阴的，孩子们还在奔跑喊叫，一声一声拖着长长的影子——真是让人眷恋啊，也不知道眷恋的是什么。

回到北师大附近跟李石一起吃小肥羊。人声攘攘，烟雾腾腾，让人想到这是大雪覆盖的北京、应该是大雪覆盖的北京城——太平盛世极了。李石昨晚没回，今天下午才做完，说在沙发上睡了一会儿，姐讲赵静的笑话儿，他就嘿嘿乐了两声，但是力赞小肥羊，又好又快——你看这管理流程，继而再次论证中国前途无量。我就说了太平盛世的话，李石甚至说，是不得来点儿酒啊。大姐说，别嘚瑟了，少吃点儿早点儿回家睡觉吧。

现在他们都睡了。我刚才披着窗帘看外面，路灯下也是安静的，但是似乎那安静中有一种紧张，跟昨晚不能比。好像一个节日结束了。想起夏天看到韩东的一句诗，"什么事都没有的时候，下雨是一件大事"。

我其实还是不知道应该怎么理解赵静的故事。她看起来太普通了，令人疑心街上公车里每一个普通人背后都是这样情节紧张、命运跌宕、吃牛羊肉的生命力有它自己燃烧的方式和尽兴的舞台。我想起好多亲戚，想起一个初中女同学说某一种我认为非常俗气的发型"贼精神"的时候的神情，——他们为什么会挑中那些与价格无关我绝对不会去买的衣服？我对他们一无所知！这无知、不仅仅是因为子非鱼的隔绝。是因为我自己的成见、是的、头脑的偏执（啊我及时的想起来了）、排斥那些难以纳入现有秩序的信息。我对这种事大惊小怪、当成笑话讲，其实是下意识在消解它的真实，相当于丢入"不可归类、不予理睬"的文件夹。更多的时候我自欺而不自知！

在人定湖公园儿的时候我还在想，可以把赵静的故事写进小说，作为配角，作为变奏，作为拉开空间的远景对比调和。自我陶醉一阵就放弃了。可能我根本也无法写小说，因为我讨厌巧妙的安排，无论如何都有点像是作弄人。

去参加基督徒婚礼的事，我在伦敦也一次都没有想起来，今天想起来非常清楚，像是假的。那迷路奇遇的感觉始终没有处理，太累了，明天吧。

12 月 1 日 星期天 晴 化雪

刚到伦敦的时候，有一天天气非常好，下午从学校走回宿舍，路过一个哥特式教堂，画册上那种一层一层退进去的瘦高的尖拱门。一对亚裔年轻人走出来，男的压着棒球帽，女孩腰上系着毛衣，一弹一弹走下台阶，带着一阵清风。我问这教堂是否对所有人开放，那男的解释说周二和周末才可以，女孩在一旁情不自禁：这教堂很漂亮吧！我们来预约婚礼！我们要结婚了！我自然就说祝福的话，她更加喜悦热情、在我的小本子上写了教堂地址和开放时间，又交换电子邮件。我以为这件事完结了，接下来一路上像摆弄一朵小花儿似的反复观看：秋日斜斜，小小的街道上花楸树轻摇，陌生人之间的善意啊，微笑！拥抱！真是想象中的文明世界啊。

过几天真的收到邮件，邀请我去教堂附近咖啡厅讨论筹备婚前单身聚会——怎么会！？ 我探险似的准时到了，Marryann 亲热又自然，仿佛认识很久了——我后来想到，教徒彼此看作兄弟姐妹。她很快就说起上帝。她的眼睛也是异常明亮，一闪一闪让人想要回避。她的朋友们来了，我又坐一会儿，就告辞了，Marryann 过来拥抱、歉意地说不好意思还没来得及听你的意见。有点像是逃出去的。本来不信自己能够信教，只是有点跃跃欲试想要理解这些教徒，仿佛那是可能的。

经常收到群发邮件，名单非常长，彼此回复很多，我再没打开看过。过了春节收到浅金色的请柬，展开一缕玫瑰甜香。我有点反感，上帝真的赞成这样讲究的婚礼么？也有点好奇，也是带着春天的骚动，包了小礼物，在礼拜六的下午走路去教堂。人非常多，吵吵嚷嚷挤不进去，音乐赫然响起，骚动立即平定了，都扭头往门口看。八对伴郎伴娘缓缓走过红毯，分立在圣坛两侧，后面八对花童，在伴娘身前站定，音乐止息、重又起来，孩子们，姑娘小伙子们，合唱起来！我在电视里听过圣歌，已经觉得高华不似人间，现场真觉得脚下发飘，要产生幻觉。新娘拖着长长的婚纱，微微低头，在我眼前也许十厘米之外走过去。那微弱一丝真实搅扰，让人抵触、又感激。我其实觉得她不配。人都不配，不配这庄严、圣洁、华美——永恒的穹顶。是我太愤世嫉俗、看低了自己？

听不见，大概他们说了"我愿意"，全场鼓掌。趁掌声减弱、我就转身出来了。一个红色卷发棕色脸庞的女孩子，也许十六七岁，穿件橄榄绿色旧呢子外套，跟我并排走下台阶，都是左转去地铁站，彼此注意到，她说，你是Marryann的朋友吗——。她脸上完全没有笑容，也并不善于攀谈，我不知道为什么就接受了邀请，跟她去参加聚会。换了三趟线、坐了二十几站，出来天都黑了。春寒小巷，即将要发生什么似的。当然没有。一幢铁皮外楼梯的旧厂房，二楼有一间教室大小的空房间，木地板油漆斑驳，二三十个大人孩子坐在地上，大声说笑，小孩吃零食，站起来又被按下去，委在妈妈腿上。Juliet虚虚打一个招呼，领着我靠边坐下。她也是为劝我信教，"这里都是非常好的人，爱上帝的人"，我预先知道自己不会信，有点好奇、但是作为动力远远不够，为什么坐在这群陌生人中间，怎么又有点喜欢这略带危险的迷幻之感——也许就是为了这个？来了一个高个子男的，卷发向后梳，戴眼镜，有点像个知识分子。都安静下来听他讲话，有几个人站起来发言，大家鼓掌。我一概不听，因此看得更清楚，都是最普通的脸，表情在严肃和偏执之间，隐隐约约有点紧张的自豪。当然极有可能只是我的预设和成见在渲染。闪回似的想起妈说起军代表组织农民围坐着汇报思想，可能形式也差不多。我有点抗拒这想法，立刻找出许多差别，认定这里的人是自愿自主，教义也健康平和。其实还是有点不安，因为看着他们也不像是深思熟虑过，站起来唱歌，一首接一首，不像教堂里唱的高耸入云，也不像流行歌曲尘缘深重，就是无缘无故地非常快乐，随便拍拍手，踢踢腿，像部落里穿草裙的人。我站在疾驰的河水中，脚下使劲儿抓着，也并不是全然盼着结束，仿佛持续下去总有机会能够理解。Juliet 有时看看我，我有点不好意思，成为别人的负担。她其实也住得很远，也没见跟谁特别亲近，不知道怎么找来的。又一起坐了十几站，十点多了，车厢里人很少，隆隆的声音像是从黑冷的海上传来。Juliet 不像 Marryann 热情活泼，说了两句没有话了，她拿出小说来看，我暗暗松了一口气，漫长的一路说起话来要累死。来的时候非常挤，她吊着胳膊，不时照看过来，不亲热，也没有紧张的善意，就像是一个简单的责任。也许是照顾弟弟妹妹习惯了。父亲是黑人，母亲有马来血统，有一个姐姐，一个哥哥，两个弟弟，两个妹妹。当然是被忽视被滥用的人，像故事中特别想逃离家庭逃离社区但是永远被牵绊累赘的悲剧女主角。也许生命力不够，青春期昙花一现出来冒险，回头就投降认命了。我不确定我看到的镇定底下有多少也许只是愚钝。那自我怀疑非常折磨人，像一脚踏空了开始踩水，游不出去。目不暇给地解码似的紧张了一个晚上，前胸后背疼得烧着了，又饿得头晕，还是看着她的棕色厚实的手捏着书页落在磨得泛灰的黑色帆布书包上，平白想要留住这一张宝丽莱，作为信物带回真实世界——这一切太像梦游了。

　　此刻整个伦敦的记忆都像是假的，这一段更是孤立无援。我看不清楚 Juliet 的脸，盯着看，只有自己的情绪是清楚的，可以借此推断她的表情。怎么写都无法反驳，怎么写都不影响主题，我厌恶这自由，像一种背叛，半天才明白过来根本不必写，Juliet 并不是主角，我自己才是——我其实也疯了。多么空虚啊，那样简单地被劫持，也许我渴望被劫持、渴望消失同时渴望奇遇！渴望不再是我！到陌生的世界打破疆界！但是也就跟看个电视纪录片差不多，眼睛自带编辑器，不接受原生素材。音乐强烈地侵袭，两次都失败了，反倒惹起我的斗志、越发禁锢了。

另外一次跟叔美一起做作业，去白教堂附近的图书馆借光盘、播放器和大耳麦，按录音引导探索社区，艺术家在指路和介绍地标之余穿插了一个凶杀案，没能完全听懂，更觉得心里空颤颤的。也是像梦境，现场就知道再也不会来了。也是贫民区，晚饭时分街道上的油哈拉味里有一种污腻的绝望。不全是自我暗示，空间中所有符号都在表达，那隐秘的共鸣比音乐更难抵御，离开的时候我简直像是哭过一场。也只有这种身体的经验，才能打破观念的隔离，让人真的相信并且记住——英国也有穷人。说起来像一个笑话，我不是经常感慨中国人和外国人的相同无处不在么！说得真真切切、还给人写邮件、写小稿子，其实都像过眼云烟，未曾在观念的顽石上留下划痕。事实是此刻写到这里我感到强烈的不安，需要停下来，深呼吸，唤起镇定中真正的勇气。我不知道，我不敢把西方世界当作一个事实而不是一个符号来看待，是害怕那立即被释放的巨大的混乱，还是、担心触犯了政治不正确的禁忌？或者仅仅是防御性夸张、事实上的西方世界和我观念中的那一个并非对立冲突、仅仅是绝对变相对、基本的判断还是可以成立？这真让人烦躁，并且忽然想到也许这被誉为历史终结的西方文明、其实也只是、时间带来的一段、变换中的现象？比如希腊罗马、消亡了、历史还在继续、有漫长的黑暗、但是现在又似乎很时髦认为中世纪欧洲也创造了被低估的伟大文明、公平正义和个人权利只是价值一种？——不能接受、想不下去了。而且也跑题了，补记就到这里，这记忆已经变形，但是或许好过彻底忘记？

今天李石睡到中午，午饭时候说下午要去见"大空话"。我知道是他一个中学同学，念师范回校当老师，大学时经常写信，"掌握大量成语"，谈国家、历史、文明、人类，"夸夸其谈，激情澎湃"。大姐说，最爱看《南风窗》！李石说，不能嘲笑人家，在三线以下城市，看《南风窗》都是向往文明世界的进步青年——；还是刻薄起来，嘿嘿笑着说，手里卷一本儿《南风窗》是个暗号儿，彼此一对——。大姐说，你咋知道。李石长吸一口气，表示"我咋不知道！"，又说，我春节回去还见着了，讲法国大革命，拿破仑，信息量相当大，但是仔细一听，都是七拼八凑，结论先行。我说，啥结论啊。李石皱皱眉头，说，啥结论我也不太记得了，他脑子非常乱，说实话我后来都没怎么听。我说，咋不看《南华周末》？李石说，也看，但是觉得"格局不够"！我们都大乐起来。大姐说，你不知道，小地方来的男同学，都格局特别大！李石说，我们宿舍八个，来北京之前我看八个都想当总统！我说，你也是啊。李石憋着笑，说自己，也是心怀天下的小少年啊你以为！

大姐搭李石便车去看李百佳。她前两天中午到阳光丽景来找姐，在米粉店鬼鬼祟祟东看西看，说有人跟踪她，电话也被监听了，这几天都借住在一个出差的同事家里。

跟吕晨那时候一模一样，寂寞到悲凉，生出凄厉来了。

姐说，真是可怜。她打算辞职，但是我觉得辞职只会更糟，一天到晚见不到人。无论如何不想回老家，哎，咱们东北的县城，也真是，肯定回去了都议论纷纷，觉得到底在北京混不下去了，对象儿也没找着什么的，她比我还大，三十一岁了。

我说，李磊说吕晨好了，正常在公司上班儿，但是反正没有对象儿，也不接受相亲。不过吕晨家里好像对她特别好，刚出事儿的时候她哥请了一个月假在北京陪她。我觉得也是因为那个落差，有一次听她说起，好像她家里人让她误以为自己是个美女。

姐说，我的天！

我说，你知道吕晨长啥样么！

姐说，咋不知道，跟李磊一样都是矮白胖儿，李磊是长脸，吕晨是圆脸，好像还戴个小眼镜儿是不是，坐那儿不停吃豆沙馅儿非常幼稚的样子。

猝不及防一拳打上来。期中交完图她俩过来，三个人坐在餐桌旁，笑闹着把大半袋抹面包的红豆沙都吃了。怎么那笑声压得低低的，每句话都轻飘干涩、接不下去？怎么好像有沉沉死寂从脚下侵上来？为什么没有留下吃饭？下雪了，送她们出去，在楼下草地上干蹦两下，不知道还能做什么、似乎李磊也表演性地干号了两声。在橘色路灯下雪雾迷蒙的公交站等车，公交车的台阶上踩的都是黑水。我看到七食堂灯光青亮亮的。

也难怪后来没话说，我逃出来了。妈总说这房子买坏了，不然待在学校肯定找着对象儿了。也许是真的，像李磊那样，我从来不相信她真喜欢过张亮。但是也可能和吕晨一样，临床意义上的轻度精神分裂。

下午自己在家，又想起马星月。九八年春天时候姐去南三环看望她，很晚才回来，拎一袋红枣。说马星月这一年变化太大了，已经完全不美了，而且根本也不在意、顾不上，大学那件羽绒服穿得黑油油的，趿拉一双破棉鞋在胡同口等着。惦记姐来例假肚子疼，一早上特意出去买的红枣，一定要她拿上。姐大学时瘦而忧愁，朋友都有点想要照顾她，反倒是她过得最安稳。也许只是幸运？是啊命运。每次想到马星月我都这样感慨，同时非常功利地想到，真是现成的小说啊。根本不能下笔，觉得对不起她。

Google 不到，马星月姜牧云都没有。我看见自己在床沿儿上窝着腰坐着，像是在面对那巨大无形的东西，令我陷入漫长的抑郁的东西，令吕晨臆想的东西，令马星月奋不顾身自杀似的蹚进命运的东西，不管是荷尔蒙还是"存在"内部的孤寂，怎么命名都好，它并不是阐释的诡计，它是本质的。而且可能是普遍的。我感到一阵轻松，警报立即拉响——别想对自己免责。又绕到这里，再想下去也没什么新鲜。

晚上姐从李百佳那儿回来，说逼着她给家里打了电话，她弟弟答应了这两天来北京陪她一段儿。李石说，你姐可以，有正事儿。姐说，李百佳这些年给她家里不知道寄了多少钱！她弟弟结婚也都是她出钱，现在还不是应该的！我立即极端化起来，远远看见一出家庭剧，怨恨与虚假的和解连绵不绝，李百佳跟她妈妈翻脸喊叫、她弟媳妇儿摔摔打打——电视看多了，画面自动播放起来。那样的生活倒是能使上劲儿、释放生命，甚至是热闹的、仇恨和互相利用其实是强烈的连接——垃圾和炸弹堆砌起来、也仍然是一座岛屿？

12 月 2 日 星期一 阴

上午在聊天室混，竟然有六七个人，公开聊了很久，一个叫"asdf"的人打开私人窗口说，何三娜？我问何三娜是谁，他没有回答，过一会儿离开了。不是冯谦与，他都是叫我 mk。也不像是程远，他没必要自找麻烦，而且他认出来就非常肯定，还是在英国的时候有两次，用词非常粗暴，故意要把我吓跑似的。怎么会有别人知道我的名字？果然他把这点破事说给人听了，真是懊恼，那样自欺欺人高估他们。气轰轰断了网，跑马似的释放了许多胡思乱想，绕了许多圈儿，终于面对自己真实的想法，我正在疑心、希望、以为那是程远本人。臆想下去的诱惑非常强烈——要一直熬到彻底厌倦，想一想都觉得恐怖。好在姐就回来了，抱着一大束白百合。

姐起大早去通州考交规，——你不能想象有多远！路过好大一片农田，最后好长一段儿都是土路，连我都快给颠吐了，要是二胖那就完了。咱家人是不行，都太娇了！你没看我旁边儿那俩女的，也都挺瘦的，化着小淡妆，估计也都是在公司上班儿念过大学的，人俩！仰脖子睡了一路！车停了才睁眼睛，下车就冲过去吃包子！俩人儿吃五屉！笼屉摞这么高一摞儿！还喝豆腐脑！——我啥也没吃，恶心，刚回来在门口吃面条儿了你不用操心。哎你没看见，你看见了不知道要有多少感慨。沿着黄土路老长一溜儿吃早饭的，跟农村吃流水席似的，跟散养的一群猪也没什么区别，但是上午的太阳那么一照，你就觉得，那从古至今不就都是这样么，我不知道，又觉得非常不体面，又觉得热火朝天值得赞美！令人伤感！

百合插在艳粉娇黄中式图案的八角大瓷瓶里，效果意外好。那瓶子是有一年冬天我跟大姐去圆明园，地摊上摆得花花绿绿，一走一过觉得特别可笑，只要十块钱。大姐说，干脆买一个！也是一种风格嘛，你换个眼光看看，是不是越看越好看！回来二姐说，这色儿都出边儿了，蒙谁呀！你俩又不带我自己出去玩儿！二姐白天总是去学校。

早上丹秋就打电话，说今天在中关村参加活动，结束之后过来。进屋就说太香了！夸了一通，说这瓶子"大俗大雅，要说品位真是无价宝，点石成金啊！"我说，沈丹秋你这么能夸人儿以后肯定得当官儿啊我得巴结你啊！丹秋说，真不行，你看我跟你们巴儿巴儿的，一上单位就完了，有时候也想是不得拍个马屁、咱也人情练达一把，脸涨通红说不出来！我们那儿的小姑娘，睁眼说瞎话一溜一溜的，那天老白儿子放学来了，小郑儿、八零后那前台接待，赶紧地就过去领着玩儿，买冰激凌，一口一个白公子，小公子，叫得我这恶心劲儿的，一个他妈七八岁的小破孩儿，又肥又笨跟那大林小林里的大林差不多——。就是那个老白。也听不出有什么异样，她说什么都是精神头儿锃亮的。但是看着她那么美，就有点生气，太浪费了。那样的眼睛，鼻子，颧骨，下巴，卷发，丹秋多好看啊，——打了个激灵似的忽然觉得，她会不会有点不知不觉地、故意要让人惋惜呢。美总之是让人惋惜，不如加强它？人心里那渊幽暗啊！但是立即知道这是叙事逻辑带来的欺骗，现实完全无法对应。不知道为什么觉得有点对不起丹秋，就不敢再想了。

干脆又去了一趟圆明园，为了即兴本身。冬天的礼拜一的傍晚之前，圆明园里真是清澈空寂啊！卖零食的小亭子门窗紧闭，煮茶叶蛋的铝锅坐在门口小板凳上冰冷冷的。但是隔着树林就听见"你是风儿我是沙"，三个人都笑了起来，丹秋说，我所在的绝对是人间！顺着声音走过去，小广场空无一人，老式双卡录音机锁在售票亭里，喇叭对着售票口的小窗洞，不知道是为了什么，大声唱着。旁边一排小隔间，拉着腻污的紫红布帘子，有一间敞着，胶合板墙上挂着一套黄澄澄的皇帝衣服，我钻进去，姐说，出来！脏死！丹秋说，一会儿人回来了，以为你这是要偷呢——单说这人够大意的。我说，肯定是雇的人吧，不怕费电。姐说，你记不记着原来这儿放《纤夫的爱》，假装放个船让人坐上去拍照。丹秋说，这圆明园真是、给糟蹋了、这要是给法国人这么一片废墟！这么一片园林！我说，也可以看成是当代艺术吧，被毁掉只剩下极少的碎片的历史被误解被将错就错地利用起来，新时代从荒芜中生长起来的粗俗的文艺裹胁着磅礴真实的生命力毫不在意地入侵冒犯，不是像中国的一个隐喻吗，一个已经丧失了历史图底的国家！丹秋笑说，啥啥啥再说一遍！我说，哈哈哈我也不记得我说的是啥了！大姐说，三娜最能说了，一套一套的。丹秋说，你说你这块材料拿来干点儿啥好呢！她俩就乐。我自己一边说一边就知道是在卖弄，情不自禁就想要讨好丹秋，美人儿真是有魔力啊！

暮色暗沉，沿着福海往南门走，有一段沉默。湖水完全化开了，泛着银色的鳞波，像巨兽涌动的脊背，在青灰的死寂中有点原始的生的恐怖。迎面走来一个女的，戴着杂色毛线帽子，穿件枣红色掐腰半长羽绒服，腰带上一个金色方卡子，非常老实本分的样子，但是手揣在口袋里走得很慢，分明是忧愁自怜。走过去我们都笑。丹秋说，人看咱们还奇怪呢！大礼拜一的，仨女的也不像人家是情侣，出来上公园儿来溜达！姐说，要仨老太太也还行，像退休了同学聚会什么的。有一次大姐二姐李石我们四个来圆明园，也是工作日的下午，看见一对中年男女在湖上划船，李石就说，肯定是婚外恋，二姐白他一眼，说，你咋思想那么复杂呢！想起来还是觉得非常好笑，没有讲出来，心里一阵侥幸。我说，咱们那年去天坛，你我和苹苹，也是三个年轻女的！丹秋说，那时候你还不能算是女的，你就是个女儿童！三娜这回回来真是成熟了不少！大姐说，成熟啥！丹秋说，别的不说，说话比那时候慢了不少！那回那机关枪给我和罗菲苹突突的！全是刚才那种大长句子记不住的，突突了能有俩小时没有？我说，我现在体力都不支持了，肾上腺素蹦不那么高了。我笑着说着，心里暗了下来。至少体力充沛是好的。而且、也许现在说有点太早了，但是我向来是超前预感、透支经验：青春的混乱正在离去，回想起来竟然觉得是丰沛的。不知道是再也没有新鲜的想法，还是再也没有新鲜的热情去渲染本来什么都不是的想法。我将迎来枯索的安定了么。是都想得太早了。

在福海的尽头想起来拍照，丹秋单位新发的拍照手机，举着自拍，试了好几下才算拍正了。光线太暗，照得模模糊糊的。三个人凑着头看那小屏幕，非常冷，非常荒寂，连风也没有。才有点要陶醉，聚散的缘分像蛛丝闪亮，在清净无涯的时空里。忽然看见自己想起聊天室里的事，热烘烘的呕吐物似的，一下子都败坏了。有点惋惜，还没有尽兴体味，我都是来不及高潮就要转折了。上次见面以后就跟自己宣告这件事结束了，可是并没有，像冰面底下蹿动的鱼，不时就从冰窟窿里吐出泡泡来。但凡清醒的时候都是真的没有期待，但是混沌沌的惯性里似乎总有赌徒似的侥幸。也实在是无处寄托，可能去做调查就好了。？像不能自治的政府，就想着跟外国人打一仗，真让人羞愧。但是这种事似乎真的也无法直面痛击，越杀越严重，连反省也会变成养料，没完没了。

说好下个礼拜出发，我就总意识到这是最后的虚度，隐隐想要造作出一点仪式感，但是其实什么都照常。今天有两次试图把现场制作成记忆的路标，要珍藏聊天室的烦恼、姐去考交规的见闻、大束的百合和它的香味（还有那花瓶）、灰褐色的树林、银青色湖水、丹秋的浓绿色围巾、老白和他的胖儿子、还珠格格主题曲以及陌生的穿红棉袄的女人，想要用这些碎片拼贴成一种新的形式、没有美感和戏剧性、但是忠实于偶然、混乱和无意义。——事实就是这样啊！为什么不应该这样记住！心里这样大声叫嚣，根本自己也不信。终于连矫揉造作也休止了，我轻松地、几乎是宾至如归地，感觉到内心一片混沌荒芜。

12 月 3 日 星期二 晴

上午被电话叫醒，一个低柔的男声说，是何三娜么？我说，是。问，知道我是谁不？我说，不知道。说，你再听听。我说，听不出来，你谁啊。说，你姐在家么？我说，不在。又说，你一个人在家啊？我有点惊恐起来，我说你谁啊。来电显示是一串零，说话又有延迟，简直像是被监听，或者对方是个机器人。

竟然是蓝文瀚。去日本勤工俭学，毕业了在一个电讯公司——说了你也不知道……也不是像原先在国内听说的，也不是那么苦……。我有点反应不过来，而且不知所以，艰难地接应着，终于听明白，他十年前喜欢我，而且这么多年一直没有忘记。写到这里我忽然心里狂跳了两下，深呼吸，抓住那个倏忽间就要逃走的念头——我脸红了是因为我不相信他，不相信刻舟求剑式的爱。也许他有点说谎，但是也不是无中生有的。我其实认为他自欺、甚至也许是真诚的、那执拗更让人难堪——我认为他蠢——我脸红了是因为我知道自己非常坏。也许是我太轻浮，从来没有过长情。对他那一次，是少女时候最凝神静气的想望、也许有三个月？过后一点痕迹都没有。几乎是本能地没有讲出来，因为听他描述日本生活，那语气似乎是在试探——不仅是为了表白从前。我其实被激怒了、尴尬中起了恶意——中国人在日本听说不太容易找到老婆、所以歇斯底里把十年前的人都翻出来试一试？不然为什么从前不讲、搁到现在？是听说了什么，我怎么了、贬值了？他从哪打听来的电话号码？当然是因为自己心虚、这正是虚弱的要害。这些也都是此刻压住汹涌的羞耻感、咬牙明白过来、承认下来的。挂电话之后麻木地坐了一会儿，现场的紧张松开了，激怒我的那些次要的信息像又厚又轻的一层包装袋脱落下来，我看到核心里非常细小非常坚实的那件事，那时候他竟然也是喜欢我的。那时候他竟然也是喜欢我的。喜悦像一粒小米在手心上，我看着它，觉得差不多只是因为喜欢巧合、喜欢这戏剧竟然是真的。不能设想任何如果，也丝毫不觉得遗憾。玫瑰是从来没有过，只有那迢迢的蛛丝是真的，递到今天，针头似的扎了我一下——往昔是真的。大概是躲过去了，没有处理，不知不觉就在客厅吃早饭，似乎就忘了。直到此刻、这样写着，眼泪才流下来。我看见十年前那个炽白的夏天，没有发育的一米四的女孩，穿着胸前印着熊猫盼盼的蓝色连衣裙，站在门口的小路上揪丁香树叶打响，一片又一片。丁香树叶那老绿的颜色强韧的叶脉，如果想要看，就都能够看清楚。眼泪竟然一直在流，几乎要哭出声音。那释放很幸福。一直以来不敢看、不敢触碰——对不起她，后来发生的这一切配不上她。最纯粹的自恋，倒并不觉得可耻。立即知道是陈词滥调，当然是这一切的种子早都埋藏在她的身体里了，当然一定要出来过真正的生活哪怕是脏的——什么是真正的生活、这概念本身是不是自欺的编造？而且这样写着写着哭起来，到底是不是煽情，是引导和治疗、还是表演和欺骗？好了现在眼泪止住了。

傍晚跟姐说起来，她说也不是不可能，有一个人一直在心里非常美好，蓝文瀚真的是那种、非常纯真的人。姐听李芳玉讲过，蓝文瀚在出版社那个工作"很肥"，辞职去日本那么辛苦，大家都觉得他傻。我听了也有点触动。姐又说了一遍，——当然不可能，但是蓝文瀚真的还是挺可爱的，有点像个小孩儿，当然他可能对你有些误会，但是谁能真的理解你那些曲里拐弯儿啊——哎，算了反正也不可能。我渐渐地就有点羞愧起来，为自己当时的怒气、那些势利眼的想法、还有那顽固的狭隘——我不是纯真的人，就不相信别人纯真。

我也没跟姐说我那时候喜欢他，不全是难为情，也非常不舍得。

如果不是刚才哭了，这整件事就轻巧地过去了，带着那一点点的尴尬和滑稽。此刻洗完澡，平静下来，想起上午打电话的时候，在紧张地措辞以便含蓄而不至于造成误会地拒绝他的时候，在不耐烦地听他讲述日本的便利和整洁的时候，我清楚地看见他瘦高的个子，顶着蘑菇云卷发的小小的头，低头穿过居酒屋的短短的门帘。我看见他盘腿坐在榻榻米上，半起身去拧动小小的摇头的风扇。写出来似乎是深情，实在是没有。也许只是电视看多了，也许只是把一个自己有点认识的人放进取景框的那种兴奋和观看本身带来的自然而然的孤独之感。人在自己的头脑中是多么自由啊、没有任何事实来纠正；又是多么快乐啊，想法都是清晰的，感受都是可观看的。如果真的迎面看见蓝文瀚，肯定像碰壁一般、明白那是一个陌生人。

至于我所不敢触碰的我自己的少年时代，就还是先放回去吧。单只写下这么一句，心里都揪了一下。这清晰的痛感、其实非常珍贵，也是最近才复苏的。好像冰面破了一个洞。我忽然害怕起来，仿佛有一笔真正的储蓄，就要拿出来花掉了。

12 月 5 日 星期四 多云

昨天大姐去《春秋文艺》，回来说让我写个预算，——就简单写一下，报销不超出那个数就行，咱们也不是打算挣这个钱。也就写成了，给姐看，姐说，没啥好补充的，可以了。我不肯信实，怎么会这么简单。还是觉得整件事都非常草率，连带怀疑社会运转也就是这样，根本不配被比喻为"机器"，机器多精密准确啊。

大姐说，人家挺重视的，还给咱专门买了一数码相机！

我们就说了一阵子小成子，打算特别去访问他，让他拍两张照片，再送一本摄影入门书。

今天跟姐去宜家，买搁板和浴室厨房挂件，姐一时兴起买了一个红漆斗柜，一个床头灯——放在你房间。她总说让我过去一起住，大概是想到把我一个人留在上地就觉得不忍心。我不觉得自己可怜，至少不是因为一个人住。她的目光带来多余的东西，在她心里完全是实在的。这事情也不是第一次想到，每次都模糊感到不安。会不会文学也是这样，强行在这世界上笼罩一层光纱？

最近经常琢磨"意识"，想要看看科学的解释，但是二姐说，科学远远没有发展到那个程度。隔两次又想起来，我说，那猴子有自我意识吗？二姐说，我哪知道！你觉得动物有语言么，鸟儿什么的那能算语言么？

意识是语言的火焰么。这比方多像是真的，推演不下去，没有启发。

宜家里面非常干热，人又多，挤出来大口呼吸，空气里丝丝的煤烟味儿都非常好闻。请人送货，我们空着手觉得很轻松，温吞无风的冬日有一种气定神闲，正适合在米粉店靠窗的座位吃一碗加双份儿黄豆的酸辣粉儿。

又去福利特家俱城跟装浴室玻璃门的人再次确认明天上午一定派

师傅过来安装。出来姐还是不放心，跟自己说，实在不行就等回来吧，反正玻璃也没有污染——这些人，也不招人可怜，没一个说话算数的！走出建筑物的阴影的时候姐恨恨地说了这么一句，像一个透明的小塑料袋在空中飘了一会儿。心有余暇的时候，可以——几乎是凭空地——觉得什么都是有情调的。我制造的多余的东西。

黄寺大街有个火车票代售窗口，探头探脑买了票，大姐电话就响了，二姐嘲讽地说，你们还真要去啊！我就很高兴，觉得真是毫无罅隙，彼此透明。踢着小石头，一边走一边大声说了有十分钟。冬天的树木全无遮挡，人行道空迢迢浴着灰太阳。四海无人，一点也不能冷却这自顾自的热闹。本来也就只能是自顾自地。大姐拦了一辆车，二姐说，那行我挂了，坐车说电话最恶心了！

SOGOU 满二百送二百，抱着棉袄围巾排长队，买了两双雪地鞋就出来了。觉得是漫长的一天，到家还不到四点，百合花浓香，最后的日光照在阳台东窗，折回来落在地板上黄晕晕的一块儿。像是瞥到了无人的时空，人一进来那神秘就散开了。

姐大张旗鼓做饭，厨房的窗玻璃上了一层水汽。我剥了蒜，削了土豆皮，姐给我半拉西红柿，说，出去出去不用你。像小时候放学等饭，妈给块地瓜让先垫吧垫吧，拿着进屋去看《少年文艺》。给家里打电话，妈说，今年怀德这地瓜才好呢！等你们回去想着，拿点儿烀着吃呗！又讲学校闹剧，说老婶儿在冰柜藏了两块肉让老叔带回家去，被小芳发现了告诉二姑。——你二姑虎的，跟小芳说，姆们姐俩儿的事儿不用外人操心！你说虎的！这还不说呢，完了又特意包了一包排骨让你老婶儿拿回去，说给我老弟吃！要不说她穷没人可怜她！小芳儿叫有子揍了，上我这儿哭来了，说的，三娘啊我这不成坏人了么，我老婶儿能饶了我么！吓得要回家了！回啥回就那么说说，能离开老爷们儿么！农村妇女就那样儿，不大点儿个事儿一惊一乍的。等你去调查就知道了，就都是这套玩意！我说你咋盖上了大楼还是整天跟这些人打交道，妈说，谁不说是，起点低呗。又说，但是我每天一到做操的时候，在办公室窗口往外一看，我就心情非常好，这是谁的大学校啊，这不我奚玉珠的大学校么！换爸说，唠啥唠眼瞅着回来了，不六零么，礼拜天早上，爸去接你们！大姐过来说，爸，我给你买了一条围脖儿，羊绒的！大姐围个花布围裙，拿着话筒笑嘻嘻的。我其实有点打怵[1]回家，整天都像是在作假，非常累，但是这一幕实在是模范家庭，美滋滋的。

菜炖得正香，李石就进屋了，很配合地说，幸好回来了！本来是要跟小苗一起吃饭，有点工作上的事儿，也是想错过堵车。就讲了小苗的故事。李石他们要招全职财务，在《中国青年报》发了小广告，小苗就投简历过来。山西师大毕业，分回运城市政府，也没人问他为什么要辞职来北京，好像也不难理解。在这边一个月五千块，一个人当然够了，但是其实也没什么前途，决心考国际会计师资格，也有点儿事儿做，不然周末没法挨，他也没什么特别的爱好，非常老实的一个人。李石好像经常跟他一起吃午饭。我说，你心眼儿挺好使啊。李石就有点不好意思，说，你跟编辑部的人吃饭，大家都不自在，最烦的不就是想跟下属作朋友的领导。大姐说，那可不一定，我看有些人偏喜欢跟大伙儿打成一片的领导呢。李石不耐烦地说，啥打成一片！又说，其实就是啥都想要，又要权力，又要感情，真是最烦了！我说，小苗有意思么。大姐说，能有啥意思！我说，看《中国青年报》还辞掉政府工作，应该还行吧。李石看着大姐笑说，大姐也笑。我说，笑啥！李石说，他其实很实际的，跟我说他原来那工作，再混二十年能当个处长，然后他说他们那处长，儿子在上海上学，过年买不到火车票，只好买机票，他们处长心疼的，上火掉了一颗牙！我说，这不挺会讲的么！李石说，讲得结结

1　打怵，畏难。

巴巴、相当激动——，那他肯定是要说服自己么!

照旧一起看 Friends。大姐拿鞋给李石看，他也说，风雪兼程啊!我立即说，有那么可笑么。李石就乐，半天说，反正也行吧，也适合你们。我已经想象出他的一万种嘲讽，气得要命，又不能发作，自己心虚。

收到苹苹邮件，故意地、开玩笑似的，引用说，"愿你道路漫长!充满奇迹! 充满发现!" 我像是终于得到了想要的那块糖，立刻回信给她，说，"充满叹号!" ""定了周六晚上的票，那天是'大雪'节气，竟然因此也有一点满意，好像也能增加一点形式的力量——我到底是有多么虚弱。"

其实我是昏昏的，几乎像是平静的。

12 月 6 日 星期五 雪

下午去《春秋文艺》，约的四点半，编辑会一直开到五点半才散，我跟姐在资料室等着。阴天飘小雪，站在书架跟前觉得像电影里，民国时代的知识女青年。非常难为情，竟然要赶这种时髦，而且受到诱惑想要表演。

见识了最洋气的吴老师，穿茶色开衫，套黑色衬衫，扣子扣到顶，脖子上的肉明显松了。倒了两杯热水，拿来两个茶包。——人老沈可潇洒了，跟老冯俩上新马泰才回来。是最松弛的北京话，轻轻带点嘲讽，或许也有一点点羡慕不肯承认? 我吃不准。她转身在书架后消失不见，重新变成姐讲述中的那个人——吴老师是要去人艺看话剧的，你以为!早晨起来煎培根! 有一次我在走廊听见的，沈老师肯定就服了啊，我都服了。有一件黑色大绒的外套，这么一抿，后来我看沈老师也穿了一件类似的，站在桌子跟前让吴老师评判。非常有意思，她俩，像王安忆小说里的人你知道吧。其实都很质朴，有一次吴老师无缘无故塞我个橘子，手这么一推，眼皮儿这么一使劲儿，说，好吃！那样子你明白吧，像个亲戚！很亲！还有一次我看见沈老师，她家老冯骑板车送她，她坐在车后沿儿上轻轻荡着腿，远远一看简直以为是少女！那时候还在胡同里，深秋时候，墙根儿的落叶都上了白霜——。

起先没有网络，吴老师沈老师每天在资料室剪贴报刊。那时候《春秋文艺》洋气得要命。苹苹说她第一次去开会，以为到了外国，完全是资产阶级自由化！女的都抽烟，男的都不抽！管朝鲜叫北韩！说得我们都笑死了。那是信息闭塞的时代，知道一个别人没听说过的作家都显得高人一等。姐早年去实习拿回长春几本杂志，我还读中学，偷偷看了不知多少遍。旅美华人写她的暑期租客，一个波兰大学生早晨起来坐在门口的台阶上抽骆驼（camel）牌香烟配一本加缪（Camus）——；又一篇介绍无国界医生组织——我的天啊！具体化的文明生活，进步的世界青年，严肃本身竟然是时髦的！？很多编译文章、那才正好、一步跳到对岸去。这才六七年，说起来有点矫情，我自己也在伦敦的深夜买过烟了，这本最最洋气的杂志也开始关心中国的农民了。竟然有点失落。一个短暂的过渡的时代倏地没有了，不留痕迹。好像中国一旦出发，之前所有的预想就都作废了。我不喜欢这被淹没的感觉。

从介绍《纽约客》变成要作中国的《纽约客》，那借来的光环就黯淡了，他们自己似乎不觉得。一个叫孙伟峰的人，听说也是副主编，煞有介事反反复复讲不要猎奇也不要煽情，能不能用人类学做田野调查的方法——，特别热切地看着我们，以为没听懂。姐不理他，我替他难为情，一直谦逊地应着、哦。喻飞大概觉得了，慢声说，就别苦哈哈的。我像是准备好了就等着这句话，在心里一枪刺出来：为什么就不能苦哈哈的、为了品位么？品位是个屁啊！憋着，大概是皱了皱眉头，几乎是恨恨地走出来，跟姐说，为啥不找《南华周末》！姐说，不是远么，还得去广州，没事儿你不用理他们，到时候咱们写出来把他们打蒙！我心里没底，但是早就定下策略，全听姐的、我只跟姐对接。

跟李石约在阳光丽景旁一家"佳湘月"。我跟姐走路过去，车多而且按喇叭，非常吵。但是橙色的隧道里雪粒沙沙，半眯着眼睛像登山似的、渐渐就只剩下走路本身，身体酸软松弛，沉着愉快。几乎立刻就感觉到了，像静深的水上落了月亮，是生气，也是不安。想起王小波写他在落叶的大道上行走，忽然"心里开始松动"，好奇他的意识有没有赶过来，把那松动的重新旋紧。我偶尔路过"存在本身"，完全无法停留，用不起"回到"，甚至怀疑起来，——回到存在本身、这是可能的么？

李石早到了，我们一进门，他就招呼上菜。大姐说，又没人啊！咋回事儿啊！真上火！他俩前些天连着来了三次，觉得做得太好吃了，也不贵，怎么生意会这么差？姐还注意到用的都是非常好的瓷器，——桌椅虽然是中式的咱们不喜欢，但是你看质量都不错的！李石问服务员，咱们这儿开多长时间了？那小伙子笑嘻嘻的，河南口音，说，我也不知道啊，我国庆才来的。过一会儿端来一个酒精炉，打着了，坐上一锅红彤彤的手撕鸡。大姐说，你多吃点小胖。那服务员说，哥我给你问了，咱这饭店开了三年多了。大姐就看了李石一眼。我说，啥？等服务员走远，姐小声说，我觉得可能是洗钱的，黄寺那边就是后勤总部。李石说，中轴路路口儿那儿有一家金悦你注意到没有？大姐说，看到了——，跟我说，就刚才那个，金紫金鳞的。我说，啊，那么明目张胆啊，站两排女的。姐说，都身材相当好，穿个红旗袍。李石就嘻嘻笑，说，怎么样，对这些坏人你有什么看法何三娜？我说，你有什么看法？李石继续笑，说，我能有什么看法。大姐说，我看你就笑得像个坏人！就都大笑起来。我庆幸自己什么都没说，怎么说都像是卖弄，仿佛只有自己有道德洁癖。当然想到对比这些坏事所谓农民调查是太轻浮的事，几乎完全就是表演。

说起《春秋文艺》，我说，我最受不了"高级"，高级这事儿又不本质，根本就是虚的，而且简直是政治，优越感的自我巩固。大姐说，你这么能说你咋不当面说！李石你咋不吱声儿！李石说，我不知道啊，我也很久不看了，但是印象中是本儿好杂志啊！我说，所以可能是我们进步了吧。李石说，我知道你们说的那个自恋的调调，但是读者不就是冲着那个调调来的么！姐说，我看你有点故意唱反调啊好像！李石笑，说，那你们就要跟人合作，我说太过分了是不是也不太好啊！说完自己就乐得不行，根本就演不好、那种常见的、自鸣得意的小中庸。我也有点不好意思起来，怎么会那么刻薄，他们是好人啊。我是不是其实只是气他们看低了我？这一句问下来，心里虚得颤起来。

其实我一直知道《南华周末》更加自恋、陶醉，而且要求配合、要求掌声和赞美。可能反对的立场总是要争取情感的支持，这本身是危险的。常坦和袁文山都是多么害羞、多么自嘲的人啊，怎么做出来的报纸有一种悲情？啊——我自己也要去做这样的事了！我只是想找一个入口进入现实——还是不要辩解！"我不是它的读者，但是我相信它对中国、对中国的普通读者来说是好的。"我看见这句话闪过去，伸手抓住了，攥紧了，强忍着一字一字又说了一遍。这是多么不要脸啊！但是其实我就是这么想的不是么！我看见余勇可贾，我看见自己心一横，我看见自己咬牙切齿，就让我把这句话写出来：是的我瞧不起人、瞧不起总的来说是无意识的人。

心嘣嘣嘣往上跳。辩解随即跟来，这"瞧不起"中不包含恶意、更没有任何快感。还有，没有绝对的"有意识"和"无意识"的划分，人们不过是在零到一百之间随意分布——正态分布？不知道、不能在这种地方转向纯粹智力活动，不能放开刚才咬牙切齿的勇气，要回到原来的艰难的问题上——心又嘣嘣嘣往上跳。

　　我瞧不起无意识的人，这是坚固的事实，不是我的意愿。我没有想要从这"瞧不起"中得到什么，我千方百计想要瞧得起，发现那是不可能的：史玉柱那样利用人的弱点赚钱（满足他们的需求？），当然是瞧不起；托尔斯泰那样模仿上帝、爱着人民，在我看来也是瞧不起（对不起托尔斯泰也许是我误会了一定是我误会了）；仅仅是像妈妈那样自信地判断她身边的人（通常都是她都是对的），其实也是瞧不起；像我之前那样不管不顾地以为别人都像我一样娇气、非要蒙住自己的眼睛以己推人，当然也是瞧不起。还有很多别的可能，比如奚宝贤，她是怎么看待自己和自己的人群？也许我永远不能真的知道，但是其实我隐隐相信，一旦奚宝贤开始审视自己，一旦她开始去"看待"，她就会以某种方式"瞧不起"！瞧不起她正在观看的那些"他们"！是的，只要瞧了就一定瞧不起！这不平等是观看本身决定的！所以我沉溺于观看本质上是沉溺于优势地位？但是更多时候我只是在观看我自己！一个逡巡很久的黑影子在心头闪过，我曾经抓住它又不知不觉地放下，终于这一次，写着日记的此刻，在强光的照耀下我深呼吸（真的 physically 深呼吸），镇定地看清楚了：真正的罪恶／错误在于，我夸大了自己与他人的差别，我否认了我身上的被观察者，我以为那并不是我。我以为我根本不在意吃，可是也觉得手撕鸡很好吃啊；我根本不想承认自己有性别，但是看了 A 片也有反应啊；还有那些虚荣、怎么承认过了就忘记了、仍然以为那并不是我？我要自欺到什么时候？即便我如此严肃地投入到观察者的角色中，作为人的基本面也仍然总的来说、是动物、是被本能、继而被利用人类本能的人类建构操弄的无意识的人！我真正要处置的，是自己内部的均衡。不，我不打算让食色性翻身掌权、我也根本没有感觉到它们的暴动——虚荣心是不是有点、快要压抑不住了？——让我顺着语言和比喻的河流再漂一会儿——我应该释放它们、培育它们、同时学习驾驭它们、当然、继续观察它们，不然简直已经没什么可观察的了啊！既不要专政、也不要无政府！把自己建设成为社会蓬勃政府理性的理想国吧！这次序跟很多成长故事截然相反，但是又有什么关系，此刻是如此清晰、虚蹈得严丝合缝、几乎是可信的！啊！说出来是多么简单！怎么事实上真的明白过来怎么这么难！多么幸福的一刻、让我记住这结论、让我在这一刻停留！

很久没有这样长篇大论了。总是想得太快，追忆太累。也是没什么新鲜，随手捡起来都是旧玩具。有些事一遍一遍想得很清楚、仍然也只是想法，并没有带来改变。严肃的命题沦为智力游戏，是最根本的不严肃。真是厌倦啊。但是有时候非常平静，在心里描摹着，看见那重复、那厌倦一层一层夯实了，在底下沉甸甸地坠住。这样一想就像是真的一样。好像也有选择、好像也可以不怀疑，总之也是无根的解释、一种建构、为什么不能想得积极一点？

吃饭的时候妈打电话来，让收拾点我和姐不穿的衣服，她拿给那些实在是穷大劲儿的学生。我非常高兴，吃完饭就开始挑衣服，一件一件叠了放在箱子里。行动起来多么快乐啊。所以也许是真的、出发了就会改变、人生还是要亲自去过的。

是真的要出发了。好像是身体而不是头脑，虚飘飘踏上云彩，所有疑虑都在底下模糊了。

吃饭的时候用新相机给他俩拍了一张合影，大姐笑嘻嘻说，以公济私啊何三娜！他俩就乐。按下快门的时候我想起"决定性瞬间"这个词，被自己反反复复不肯放弃的自我暗示逗笑了。又非常期盼、又根本不相信我能完成那锋利的戏剧。

但是刚才写完那一大段自我改革的宣言，坐在被子里听电脑风扇嗡嗡震响、终于休止，听雪夜深沉的静默，我觉得心里像是一点一点广阔起来，雪积得厚厚的，有一种安详的丰沛。我感觉到力量，如果愿意，我可以宣告这是庄严的时刻，刚刚发生了重大的心理事件——漫长的重大的心理事件的一个轻巧的节点。瓜熟蒂落、也有落的一下。但是仅仅是想到这一点，写下这段话，那力量就被卸掉了。真的是心理上的物理学？还是有深深的隐秘的意愿？我看见自己重新回到无法定位的混乱中，几乎是温暖而安稳的，像是回家一样。我一边想着明早起来记得去买卫生巾带上看到长春忘记了，一边感觉到这混乱本身正在枯竭——也许只是臆想、也许这真的就是我在不确定和开放性中最后的流连、最后的贪婪。

第九章

决定

[2014.4.22-25]

......

对心灵来说，脱离了这些的

非人性化的客体并不存在，

万物皆有其固有名称，

并不存在中性类别：

花朵以绚丽色调而得其名，

树木为它们的姿态而自豪，

石头很高兴躺在它们

现在躺着的地方。不过，

很少人能领会一道指令，

也很少人会服从或反抗，

于是，当必须应对他们的时候，

爱毫无作用：我们必须选择

视他们为纯粹的他者，

必须计算、权衡、估量和强迫。

......

——W.H. 奥登《晨歌》1972 年 8 月

妈说，秦征啊，你号儿阿姨存下来了，你不用记着，到八月份阿姨给你打电话，你到时候帮阿姨问问。秦征说，没问题阿姨，到时候有消息我第一时间跟您说。三娜把纸箱放在后座下面，上车坐下，绑了安全带，摇下车窗跟妈说，妈那我走了啊，妈说，快溜儿走吧，我就手儿就去树林儿打太极了，秦征又说，那我们走了阿姨。他说着绕过车头，上车关门了，踩油门儿了，妈还在小区门口站着，微风吹拂她稀疏的头发，像个老人。三娜回头看见妈往树林走去，扬着头。

三娜说，我也不知道有这个茬儿啊，提前提醒你好了。你就说现在不招工了，都在收缩，就好了啊。到秋天你就说不招了、啊。秦征就笑，说，没事儿，到时候该问就问问，就正常地让他报上参加考试呗。三娜说，你不知道，我妈肯定得领着那孩子上你家去给你塞钱，我妈你不知道！可厉害了！秦征说，我还真长了一个心眼儿，我其实可能马上就要调到人力资源部了，正管这事儿，但是我没说。三娜说，你可以啊！幸好没说！秦征笑说，我是听你在旁边儿一直说联通现在不裁员就不错了什么的，我听这口风我就没往下说，是个什么亲戚啊。三娜说，说出来你都记不住，是我妈的堂弟的大姨子的孩子，在四平念的师范大专，说还是正经考上的呢谁知道现在还有正规大专么。说起来也可怜，说是毕业就给他们那乡上小学校长送了十万块钱，答应好好儿的，在家拖了两年也没整上，现在正往出要呢，说才要回来两万。三娜一边说一边有点后悔，如果妈真找秦征给安排工作，不拿这么多钱就不好了。秦征非常吃惊，说，十万？农村小学一个月挣多少啊！三娜说，都是这么说，但是他们认铁饭碗啊。秦征说，啊，就是有编制的那种。三娜说，可能吧，现在也都还是迷信吃皇粮。秦征说，我们这儿招这种工都属于合同工——。三娜说，我知道，就是像日剧里那种，但是也有转正的机会吧。秦征说，有，但是非常难。三娜说，我不跟我妈说你在联通工作就好了，今天早上才问起来的，也来不及提醒你。秦征说，没关系，能帮就帮一把，也要看这孩子的情况，提前说好了，可别给我送礼！三娜说，不行，不送礼成我欠你人情了，我还不干呢，送个火车站这人情我还欠得起，办这么大事儿可不行，而且我也没有资源可以与人交换啊！秦征说，你这也太看不起我了！

　　三娜也觉得说得有点过分了，以为是在开玩笑，顺嘴儿就出来了，当然心里也是有这些东西。在秦征眼里三娜是《南华都市报》前评论员、牛博网作者，也许尤其失望。他喜欢罗永浩，在长春简直是异类，三娜暗自想也许因为他高考失常，特别留心不要变得闭塞，对北京甚至外国那些"更进步更美好"的事非常敏感。本来他也喜欢跟其他男生比赛地理知识，下了课挤在世界地图前核对答案。回想起来确是纯真少年。年轻时候认为这种词非常可笑，是动机可疑的虚构，现在自然而然落网，不知不觉把回忆渲染了。这"果然如此"的中年之感令人欣喜，踏实，但是也许不久就会厌倦，——那也没什么。秦征可能真的曾经是个纯真少年。和很多男同学一样爱慕舒媛媛但是毫无希望、成绩不是顶好、长得也不漂亮、似乎也没什么钱无法时髦。但是整天高高兴兴的，踢球，跟人争看《体坛周报》，为遥远国度的体育比赛、为一道题的新奇解法兴奋很久。从小一起上竞赛辅导课，三娜知道他那数理化的头脑，发挥好一点足够考上北大，结果念了长春市金融专科学校。为什么没有复读？甚至、似乎、连研究生也没考。不能问。说起来不甘心，但是人生也许确实就是那样贫乏狭小，高考是一件大事，不仅改变命运，也是自我证明。

　　三娜说，我也不知道我妈是图啥，她认为自己这是善良你知道么，她说这些老农民哪哪找不上净让人糊弄，我说你给这人争取到了机会那不就是挤掉了另外一个人么，她就不乐意听。不都是亲戚，前两年有一个，就她以前手上有好几个办辅导班儿的执照，她租给别人用，有时候过去看看，赶上有人来打听，她说看着那老头儿怪老实的，就帮人家搞到十一高去念自费，具体的我也不知道，就是她说让那老头儿带着钱，她领着进去直接送给那个认识但是也根本不熟的校长，然后就特别自豪，说钱不过我手，我可不是图人家钱！

秦征说，阿姨就是热心人吧。

三娜说，可能是吧，我后来理解，平常大家说的"好人"也就是这样儿吧，但是其实这种行为跟道德无关。我妈就是喜欢办事儿。

秦征说，挺好。

又怕尴尬似的补充说，我看阿姨状态不错，看着很年轻，今年六十几了？

三娜说，六十七了。

她知道又说过了，展开程度超出了对方的预期。沉默了也许有三分钟。

三娜说，就把我放这儿吧。

秦征说，没事儿我给你送进去我看你那纸箱子挺沉的。还早呢你等我找找停车场这火车站修好了我就来过一次还是晚上——

火车站往北加建了一栋白色候车楼，门口大广场上几乎没有人，像走错了一样。汽车沿着无障碍车道一直开到大雨棚底下，三娜下了车，纸箱卸下来，等秦征去停车。春风粉尘尘，荡到阴影里是暖的。还是早上，阴影外的阳光就有点毛扎扎的，身体不由分说兴奋了一下，没能在肉体里透彻，就落下去了。这一身的官僚让人厌倦，但是好不容易才建成，这一辈子是舍不得颠覆了。一只半透明的塑料袋在阳光里缓缓地飘着，三娜由衷地感到满意，仿佛印证了自己对家乡的认识。

秦征说，你这箱子是什么，可真够沉的。

三娜说，鸡蛋！就是我跟你说的那个念十一高的人，他爸送了一些，还有这个要找工作的亲戚，也送了一些，我妈说实在吃不了，在北京又买不到。

一边说一边有点不安，是不是应该送他一点儿啊，妈还要求人办事儿，这又恰好是办事儿的人给的。

秦征笑说，你可够听话的。

三娜说，我不是听话，我是真的觉得这么好的鸡蛋吃不完浪费了！一过上日子就有了这种心情，你肯定是吃现成儿的不懂！

秦征说，我还真是。一到年前我们都上我妈那儿吃去，我闺女在那儿啊！今年过年我爸特严肃，找我谈话，说我妈太累了。我好几次说找个人他们都不同意。我说行我们自己起伙，但是我妈一做点儿啥好的就叫我们，一共我俩也没做几顿饭。

三娜说，你们住一个小区？

秦征说，楼上楼下。

三娜说，这样最理想了。

玻璃天顶遥不可及，宽敞的候车大厅几乎和室外一样明亮，座位排得很松，没有坐满，稀落得简直像外国。

秦征说，嗯，还行，在净月买了一套大点儿的，说搬过去一块儿住，我爸妈不乐意，说不方便。

三娜说，等小孩儿上学了还是得在城里吧。

秦征说，净月那边有附小分校，挺好的，你去过那边没有。

妈有一段经常说起，有个李芳玉那样的闺女就好了，考个长大啥的，留在长春——，要不我那学校能卖么，不就差这么个人么？连爸，最爱说儿孙自有儿孙福、孩子们有自己的生活你少管奚玉珠！——连爸听了也是有点遗憾。何况她们在外面也没什么"出息"，三娜买房子还是要家里拿钱。

三娜说，没去过，回来就是在家待着，顶多去下桂林路。

秦征说，长春这些年变化其实也挺大的。

三娜替他难受了一下，说，是，从火车站也看出来了。我就是懒。在广州七八年，也就是去过那么几个地方。没有探索精神。

秦征说，广州我前两年开会去过，真待不了，太热了。

三娜说，是，没有四季，就像没有节奏似的，一年年心里乱糟糟的。我现在想起那些年的事，都分不清是哪年哪月，全混作一团。

秦征说，你为啥辞职呢？

三娜感觉到模糊的期待，最好她是愤而辞职。

她说，是，南华报业肯定是不行了，本来就互联网冲击，听说南华周末南华都市报都赔钱了。但是我也不是因为这个，当然如果言论越放越开，工作起来特别有成就感，可能也就做下去了我不知道。我就是其实有点怀疑自己工作的意义了吧。我就总想起零八年奥运会火炬传递的时候，中午去上班，过街天桥上都是出来看火炬手的人民群众，全都喜笑颜开的，特别真实，特别由衷，我就想起来我妈说的，老百姓其实都非常幸福，然后我就觉得我们这些人完全就是一坨阑尾，自己发炎自己疼。

秦征说，那我不能同意，你就说我吧，既算是老百姓，也算是共产党员，我还是我们支部的书记也算是党的干部吧，但是我就觉得，至少以前啊，我还是愿意看《南华周末》，每期都买，包括牛博网那些，我觉得挺有启发的，而起我觉得这些人是真的想为咱们国家好。

三娜说，你又没啥代表性，你要是把你真实想法都说出来，周围的人也会觉得你是个怪人吧。

秦征笑说，那是那是，在长春肯定是这样。

三娜说，在哪儿都是，别有用心的一小撮儿。

秦征笑说，阑尾。

三娜说，我那么说也有点太极端了，我还特意问过一个政治学教授，就说民意支持是政治活动的唯一的合法性来源么，她说也不一定，民粹政治就并不正当，公平正义本身也是重要的根据。但是这样下去就很容易在辩论中迷失了。我不知道，我写了六七年的社论，真的都是先有立场、结论，然后找证据做论证，这事情本身说实话也不太正直，你还是得把它当作工具和策略去理解，但是作为工具和策略，你很快就被非预期后果的迷雾淹没了。而且还有更大的陷阱，就是我觉得这事儿吧在一个边界上，其实也根本没有受过什么迫害，但是做久了有些人就会有点烈士的感觉，反正觉得自己有所牺牲吧，毕竟还有机会成本这时代大潮是吧，我差不多是亲眼看见有人渐渐地就因为这种牺牲的感觉、期待更多群众的或者历史的敬意，变得怨恨起来——。

三娜看见秦征好像有点走神儿了。她说话太快了，因为是自问自答过许多遍的问题。

秦征说，那你回北京打算干嘛？

三娜笑说，煮鸡蛋吃——，先装修房子吧，然后搬家安顿下来，我不知道，还没想好，但是小范他们家迫切地等着我们生孩子，我也这么大岁数了。

秦征说，是得抓紧了。

三娜说，哎，不提这事儿了，烦。

沉默了一下。斜对面一对母女，女孩子应该也有二十多岁了，有点胖，穿件视觉膨胀的柠黄色毛衣，正在吃一包干脆面，仰着脖子把最后的碎渣倒进嘴里。她妈说，大儿啊，少吃点儿。女孩子说，我吃啥了一早上到现在。说着又去翻旁边座位上的塑料袋，拿出一盒酸奶，喃喃说，渴了，吃咸了。

三娜想这就是我后来反复发现的那种真相、那种永久，实在也谈不上什么美好。但是已经一步跨进来了，——根本也没有别的出路。

三娜笑说，我现在真是中年妇女，提着鸡蛋，想着婆家的烦恼，赶回去装修，刚才你来给我打电话不是占线么、那就是给工头儿打电话呢，显得特忙。

　　秦征就笑，说，你不正好是学这个的。

　　三娜说，嗯，而且我发现原来我并不怎么讨厌做设计，我现在不害怕做决定、负责任了。我好像都快要变成一个享受做决定的人了。

　　她意识到这个展开来讲又是让秦征头疼的话题。是自己盘算了太多遍，一开头就要脱口而出。

　　秦征说，现在去做建筑师还来不来得及？

　　三娜说，来不及了，没法儿做，就是我想从施工图画起人家也不愿意招，新毕业的小孩儿多好使啊。再说现在眼看着建筑行业在衰退，我刚回北京那会儿见了几个同学，坐一块儿直接都是说还能有几年，有说五年，其他人都觉得太乐观了。——咱们真是来得太早了，耽误你太多时间了，你要有事儿就回去吧。

　　秦征说，没事儿，老同学唠唠挺好的，难得有机会。

　　三娜有点失望，"老同学"三个字是伦理，不是感情。因此就觉得累了。——还不如让妈安排张永权或者董英男来送，都不会送进站来，只要强迫自己说话到火车站就行了。——妈为什么就是不肯让我们坐出租车？显得太孤寒？

　　三娜看见自己接着说，我本来以为建筑行业这些年这样儿，我同学得有多少超级土豪呢，其实好像至少我们这届根本一个也没有，不深入考察表面一看都是杂志版中产阶级，主要差距在谁结婚早买房早买得多——。

　　秦征笑说，早恋决定人生啊。

　　三娜说，可是呢，我最惨了你知道么，我读大学的时候我们仨都在北京我妈就在学校北边给我们买了一个三居室，然后我去广州了我姐搬出去了我妈觉得房子放那儿还得交暖气费什么的就卖了，七十万卖的你知道现在多少钱？

秦征说，得七百万了吧。

三娜说，竟然是个学区房，我们根本不知道！现在一千多万，十五倍！我在广州工作那么多年，加一块儿也没挣上一百万啊。太亏了。

秦征说，现在买这房子多少钱——我这么问合不合适啊？

三娜说，有啥不合适的，五百多万，还是我妈的钱。我反正也接受了自己作为社会生活失败者的角色了。

秦征说，你别谦虚——，你让我们这样儿的怎么办呢。

三娜赶紧说，你多行啊，你看我妈还想找你办事儿呢！——觉得还不够，连着说下去——，你不知道我妈有多看不上我，原来在报社写社论就觉得不太行，长春谁听说过《南华都市报》啊，而且好好的建筑师不做，但是反正也勉勉强强吧，至少有个工作，现在算完了，辞职在家，变成家庭妇女了。你知道我们仨小时候特有名儿，现在去菜市场啊或者在树林儿打扑克啥的还总是碰上人问，你那仨姑娘咋样啊，我妈说，我都可没脸儿了，咋说啊，仨姑娘有俩没工作的，我就得说姑爷呗，姑爷长脸啊，你说创业吧老年人其实不赞成你知道吧你也不能说挣多少多少钱啥的，说苹果公司有知道的，知道也恍恍惚惚不是那么佩服，主要得是说小范，清华大学老师，这帮老太太一听，全服！

秦征就一直笑。三娜模仿得非常像，妈妈那极富感染力的欢乐的语调。但是话一出口她就意识到自己又说坏了，嘲笑普通人崇拜清华大学，这种事当着秦征讲太不合适了。一时又想不出别的话，那个挽救掩盖的时刻一下就过去了。

秦征双肘支在膝盖上，身子整个俯下去，双手在前面握住，说，那时候还想过考研，去北京上考研班儿，住王锋宿舍——转过头来，接着说，清华不是有条河么，就在那河边儿上，天天从那桥上过。

三娜感激地看着他，说，我知道，我们系男生也住那边。

秦征坐直了，笑，说，我到现在我也没想明白，那是寒假，春节休三十儿初一两天，三十儿晚上我给家里打完电话我还上自习呢，初一早上寻思寻思我就不想考了就回来了。疯玩儿了一年就找工作了。

三娜心提上来、不敢看他，也不敢回味，像是拿到一本好书舍不得读。如此符合文学的预期简直像是假的。但是秦征也不像是那种用人生写剧本的人。

开始检票了，这一片乘客都站起来去排队。三娜说，没事儿，咱们最后上。

秦征说，我爸妈这方面挺好，都随我便。小时候还打我，但是我高考考成那样儿，啥也没说。

有点不敢听下去，像是接近了火焰赶紧缩手。

三娜说，一晃这都十八年了，又是一条好汉啊。

秦征笑说，真是的，正好十八年，太快了，都是上有老下有小了。

他们都看着检票的队伍缓缓地缩短。从高高的玻璃顶落下来的晨光照在一排排空荡荡的座位上，是明信片上的宁静，近在手边的超脱。三娜心有所动，看到爸妈四十来岁，在从前的站前广场上，大钟底下、与陌生的故人谈起中年之感，就此作别。应该都是差不多的心情——？中年和中年就像夏天和夏天，总之差不太多？这是为了安顿自己编造的新神话么——，这想法轻得抚不起一丝波澜。积重难返是多么地踏实啊。

秦征说，走吧，能这么唠唠嗑儿真不错，下回再回来吱声儿，啊呀说说都忘了，我应该买张站台票——。

三娜也真心地觉得这嗑儿唠的不错。她说，可不用了可不用了，我这么身强力壮的，行你帮我拎过去吧，哈哈客气来客气去太烦人了。

过了检票口，三娜停下来，隔着玻璃跟她的同学挥手作别，觉得自己就是爸爸，就是妈妈。转身走进人群，心里一阵轻松。

43

动车座位顺排，顶着前面的椅背很逼仄。不像从前的火车，对面的陌生人拿出一只装满浓茶的大号速溶咖啡玻璃瓶放在小桌上，聊着天，不时啜一口。保不准有人要说那是一个更有人情味的时代——，那些模棱两可的论述和感慨是多么让人厌倦啊。还有这新旧对比的小程序，三十几年了，像本能一样随时启动，不知不觉。这透明的牢笼啊，让人想要挣扎，想要把时代的颠簸对冲掉，洗出来人生的四季到底什么样啊。这种人生根本不曾存在过、人生根本就是要靠时代来显形、不、这里面隐含的对立关系不对、时代还不都是人创造出来的、根本就只能混作一谈——。这些想法总像是微风拂过，过去就没有了。三娜戴上降噪耳机，拿出《维特根斯坦传》，简直像是摆拍，但是低头就看进去了。

北方的田野也还是那样，小小的人儿赶着大牛在耕田，翻过的垄沟黑黝黝的，太阳照着那潮气升腾起来，就是春天的味道。有一年春节三娜陪爸妈看古装电视剧，汉武帝在狩猎场跟人说话，三娜看着他背后虚掉的树叶子忽然想到，汉代也有树木，汉代的树木跟现在的一样，汉代真的存在过。那是激动人心的时刻，第一次真正觉得此刻的一切都正在流变，自己的人生当然是轻飘得微不足道。任何一张照片都说谎，因为它让那一刻静止下来，——但是当然人们对这静止的渴望是真实的。这些想法以前也碎片似的经常出现，总是才一触动就回到飞速运算的智力游戏中去了。是要疲惫迟缓一些，要等风停了，种子才能一颗一颗落下来生根，带来改变。新目光宏大而无情，有时候看着人间悲苦竟然会想人类反正从来都是这样，以前还要更邪恶——，一阵不耐烦，她也有点不好意思，心虚似地、恶狠狠地补充一句，反正你也有自己的那份苦要吃逃不掉的。当然也还不至于在这种潦草敷衍的观点上固定下来。不过自从决心以渺小的自我的立场谦卑地自私，实在是对自己太温柔也太懒惰了，脏东西积下来总也不洗，渐渐地脏透了人就死掉了吧。这样看着自己堕落，有时候那个旁观者提心吊胆，像是被带进指南针失灵的森林深处。她喜欢那恐惧、兴奋和新奇之感。她可能已经放弃了追寻，变成一个空虚的游览者，但是她几乎是真的以为，只有在这狭隘的自我的实践中才能够接近人世的真实。有时候夜深人静，她看着自己的处境，那些具体的琐碎的烦恼，她跟自己说，这是一个不入虎穴焉得虎子的故事。其实也心虚，一眼掠过去就知道许多质疑许多辩解都在了。但是她不再像年轻时那样斗志高昂地为难自己了，因为疲惫，因为衰弱，也因为她以为自己已经无法颠覆了。——就让角色带着我深入吧！一旦真正入戏，自己就会被改变，她也不觉得害怕。只是遗憾那些全情投入的时刻总是无法细致地回忆，真实终究是抗拒监视、抗拒描述的。

车到北京三娜才醒过来。太阳落在轻霾里，又晒又闷，牛仔裤粘在腿上，格外觉得那纸箱沉重，而且太大太方正，硌在腿边别别扭扭的。三娜艰难地穿过站前广场，对自己的形象非常满意。一进姐家她就大声说，姐！我饿了！给我整点儿吃的！姐说，你咋回事儿啊，这么大声儿干啥呀！模仿奚宝友！三娜说，拎一大箱鸡蛋，捆个红塑料绳儿！能不有点像奚宝友！姐说，你没在车上吃么。三娜说，吃了，非常成熟地点了最贵的五十块钱盒饭，奇难吃无比。我像妈一样立刻认定是搞关系承包的然后心里骂了一大通！姐拿来一盒老婆饼，说，水烧上了，你自己搞，我得去接球球了。

初夏房间中有一种沉凉，三娜坐在桌旁，听见建国路上的车声，继而听见自己头脑中的嗡嗡声，脉搏跳动声。喝了茶，在地毯上躺倒。心里乱糟糟的，想回自己家，洗澡换上睡衣，像傻子一样玩儿手机。过了春节就是看房、买房、办手续、忙装修，整个是临时的生活，非常盼望冬天，搬好家，恢复秩序，——做正经事。但是也经常觉得此刻珍贵——这样被迫与人短兵相接，身上某个深藏的角色被激活了，带来许多新鲜的体验；而且其实经常有这样短暂的空闲，像都市里的小花园，自然舒适，又完全没有那一望无际的荒芜的恐怖。

听见开门声，球球跳上沙发，拿起ipad，姐说，下来下来先洗手。三娜坐起来，说，球球你不先吃个老婆饼吗，喝点茶怎么样？球球跑去洗手间冲了一下，又冲上沙发，姐说，二十五分钟啊！转过来跟三娜说，痴迷。

三娜说，我刚给妈打电话，打上扑克连鸡蛋也不问了。多亏有这茬儿，我中午给她打电话她还掉两滴小眼泪呢。

姐"哎"了一声，走去厨房，三娜跟过去，在门口蹲下拆鸡蛋箱，说，奚晶又怀孕了。

姐打开冰箱拿出一个小抽屉，腾空了递过来，说，放这里吧，能放多少放多少，剩的你拿去。

她洗了两个桃子在桌边削皮，说，我这么说有点对不起球球，球球当然很好，但是生孩子这事儿，也没那么好，也就是五五开，而且像你这样的神经病，带孩子不一定得造成啥样儿呢。

三娜说，我没想这事儿。就是装鸡蛋想起来的，我说奚晶怀孕了给奚晶吧，妈说，给她干啥呀，不稀罕她！

姐叹了口气。

三娜在火车上接到小嫂电话，说奚晶婆婆回大连有事，她顾不过来，才倒出空来要请"三妹妹"吃饭。热乎乎的非常亲。三娜觉得对不起她。

姐把切好的桃子放在餐桌上，挑出一小碗进屋去，听见她说，哎呀啥都顾不上了！

三娜蹲在地上感觉到窗外是初夏下午和傍晚之间那刺茫茫亮晃晃的淡金色，悬停的柳絮痒痒的，不知道为什么觉得像巴黎。巴黎当然也有这样的母子，——哎呀啥都顾不上了！像是最娴熟的家庭情景剧，又似乎可能这就是完全的真实，生活也不可能更具体、更结实了。有一个小孩儿在现场，就像是总有一束童年的目光照着，他看见的一切都是真的。

当然也不能为了这个生孩子。——我真的想要孩子么？小范家那边的压力太大了，三娜总怀疑自己是要妥协、或者刻意反抗。所谓顺其自然就是逃避追问自己。她站起来，举目四望，从矿泉水箱里拿出几个空瓶子，铺在半箱鸡蛋上面，再拿些报纸塞紧。

姐进来看见，说，挺会搞啊。

三娜也很得意，说，我去工地看他们干活儿，经常觉得他们干得笨，然后就觉得自己非常像爸爸。

大门开了，小廖进来笑着打招呼，在厨房门后拿了吸尘器就进屋去了。三娜跟姐坐在桌边吃桃子，看手机。晒得热乎乎的空气从纱窗透过来，像许多细不可见小手落在皮肤上。

给赵工打电话，果然瓷砖还没送到，工人已经走了。卖瓷砖的人不接电话，连着拨了三遍，三娜就发起火儿来了，——你们怎么回事儿啊！说话算不算话啊，说早上送到现在还没出发！你们咋想的！咋好意思说出口！你晚上送，晚上送谁过去收货啊！一天到晚不干别的了就等你们的货了！我没法收，你明天送吧，明天白天有人，后天不行，不能再拖了，拖来拖去我还得一直惦记着就明天！明天必须送啊！

大姐说，哎呀，挺凶啊！——球球！还有五分钟！

她说着进屋去了。

在装修这件事上三娜不觉得自己是强势一方。跟电工师傅好话说尽，电源还是留错，答应要改但是一动不动。工地暗黑的四壁下只有三娜跟他两个人，他矮墩墩的背光站着，明显不高兴，冷冷看三娜一眼，三娜就有点害怕，继而委屈、更加生气。出来看见门口停着他的摩托车，她想到他每天从大兴骑过来可能要两个小时，也觉得过意不去，但是这要怎么办呢，归根结底也只能自私，得认。

跟赵工确定了明天收货。进屋去，球球正在吃老婆饼，大姐拿出他的作业本，给他摆上。姐说，要是姥姥在这儿就会说，吃完歇会儿，让孩子松快松快，在外头小夹板儿夹了一天了！作业写不写能咋的！姥姥真是！

三娜站在球球旁边摸他的头。她说，球球这学校根本不给上小夹板儿，都是玩儿啊。

姐指指球球，小声跟三娜说，还在回味！

姐说完就笑，美滋滋的。她有时候也会自嘲，说，都是本能，一个女的爱自己的孩子，那能叫爱么，那就是爱自己！

电话响了。邹志鹏把三娜拉进微信群，都是在北京的前同事，明晚要一起吃饭，他新刊筹备会结束要回广州了。约在崇文门，三娜觉得太远，而且群里好几个人不熟，就说不去了。邹志鹏刚来北京的时候他们见过了，他也还是那样，对公共生活抱有质朴的愤怒，那怒气也只有在他身上，是纯金的美德。但是也有点顾不上了，生活本身的烦恼追上来，妻子怀了老二，要生下来就得先辞职。

姐说，你今天在这儿住吧，明天去吃个饭也不远。

三娜说，我还是回去，睡得好点儿，明天去下工地，一个礼拜没去，不放心。

姐说，小范是后天回来？——球球，回来，写作业了！

三娜拦腰抱住球球，她说，你寻思啥呢你啊。球球挣脱出来，说，破小姨！破姨子！破肥皂[1]！

姐说，你别跟他闹。

三娜说，我咋跟老叔似的！

又去抓球球，说，小姨数肋条！

姐说，快快快，快别疯闹了，过来写作业了。

球球说，老叔是谁？

姐说，老姥爷，胖姥家那个老姥爷。——他可能不记得了。

三娜说，是妈妈和小姨的叔叔，姥爷的弟弟。

球球想了想，说，他还活着么？

三娜看了姐一眼，姐说，活着。

沉默了一会儿。

小廖推着吸尘器从北屋出来。姐说，走咱俩上这屋来说话。球球你别东张西望的，好好写作业。

三娜说，以前写稿，张云新爱用"风云际会"，当时还不觉得，现在看还真是，好像一下就散了。

姐说，上次你说邹志鹏去哪了？

三娜说，我也没记住名儿，新杂志还在筹划呢，打算在香港出版，以书代刊。是哪个基金会出钱我也没记住，但是我看连他们自己也没有多大信心，反正就是要找个地方上班吧，又有孩子，又要供房，中年人呗。邹志鹏他们家就他一个人读书了，兄弟姐妹好多，外甥侄子的，总有人来。

姐说，哎，都是这样，李石家还不是一样。

1　东北老人管肥皂叫"胰子"。

三娜说，李石家才几个亲戚！

沉默了一会儿。三娜也觉得累了，就地躺下，说，好像忽然就没有人爱看那种、批判现实、要求改革的言论了。

姐故意轻飘地说，没希望了呗，就希望谁都别提，提了又搞不成闹心。

三娜也笑，说，南华报业的故事真应该有人好好写写，特别像红楼梦。

姐说，你写呗。

三娜说，我写不了，我一共就认识那么几个人。你知道有很多人对那些人事斗争什么的特别感兴趣，喜欢说"珠江大道一百九十六号"什么的。

那点美好被太多的自我感动腐蚀了，那尴尬让人不忍心。但是三娜知道自己是亲者痛的自私鬼，对任何组织都不交心。要认、以后孤独无援不许抱怨。

那题材写不好就是投机迎合，四面八方都是浪漫的期待的陷阱。本来也是斗争性太强，有革命文学的影子，自带黑白分明的纪律，写不成红楼梦。当然也许是因为他们这些人在革命文化的影响下长大，后来热情地拥抱自由主义、个人主义、其实也还是革命的热情、拿来当作革命的教义和目标——，连这人格层面的悲剧也像是写给美国人看的，投机，令三娜反感。弱者没有自由意志，因为分不清强者的期待（更不要说压迫）和自己的意愿。

姐说，是，也挺让人难为情的。

三娜说，但是我每次听小范讲他们学院那些污糟糟的事，都想起来南华报业真是太清新了。我那天还跟小范讲，有一次李雪峰让实习生下楼去帮他拿一个私人快递，语气不是特别客气，给我们评论部这几个人气得！觉得简直太丢脸了。当然也可能只有我们部门这样，除了李雪峰全都很纯洁，那时候觉得世界上最坏最差劲儿的人就是他了，但是现在想，李雪峰放在外面其实就是一个普通人啊。

姐笑着，带着她惯常的怜爱小朋友的语气说，都非常幼稚！南华报业的人可以说主要的特征就是非常幼稚！

三娜说，反正确实有很多怪人，许婧有一次说，坐公交车路过你们报社都觉得那边聚集了一大片牛鬼蛇神！

但是因为有了利益，混进来许多坏人，与政府官僚一样丑恶，标榜自己是理想主义，还跟人哭——三娜心里生气地想。

大姐又笑，低头看手机，说，夸张，你们这些人。

三娜看着天花板，有一下异常清楚地感觉到广州那霉味的潮热空气。三十岁前后那几年热火朝天，有一段几乎撑破意识，像没完没了的夏天，疲惫、熟透了、不能停止。偶尔清醒平静，根本不肯承认那就是自己，总想着有一天离开。现在想起来就真像是别人的事，扎实热烈的梦。

三娜说，我其实一直有点想写一下九十年代。

姐不上心地说，啊，是吗？

三娜说，就是觉得现在的一切都是从那时候开始的，九十年代初有一段感觉像价值真空，好像本来蕴涵了一切可能。

姐抬起头，说，我没听懂，或者说你说得太玄虚了，你到底想要搞清楚的问题是啥。

三娜坐起来，说，我想知道那时候的知识分子的选择吧。这也说得太大了。其实想得很具体，做个访谈录那种，就不仅是南华报业那些，还有很多，像田孟那种，还有后来拍《走向共和》那些人，还有些书商什么的，我不知道可能是瞎猜的，好像觉得这些人是想通过市场的新空间来完成启蒙，至少是创造新的话语吧。这事儿其实挺扭曲的。

姐认真地说，我不知道你说的这个能不能成立，但是我不觉得有多大意义，我觉得你夸大了知识分子对国家和社会的影响。

三娜说，哎，是，因为说到最后可能会发现都是政治机会决定的。我只是觉得有些人在这个过程中有点苦心孤诣的意思，当然也可能本来是燃烧的雄心，实践起来变成了苦心孤诣。不知道，这么多先入为主的设想可能也不行。像那时候搞农民调查似的。哎我就这么一说，我已经没信心不想搞了。

对"时代"的兴致总是非常短暂。写了那么多年社论，到后来非常麻木，知道是一条路走到尽头了，她才终于承认到自己的热情不在时代、也不在祖国和人民。她不过是想知道人要如何生活才是正当的。

姐说，农民调查挺好的！咱俩写得还不好！就是《春秋文艺》不识货！

三娜说，不是说结果，是说那个过程。你可能还行，我自己那时候太 twisted 了。

黑灰的泥沼，窒息里没有火焰的燃烧。那一段记忆上了封条，不能动。但是总以为什么都还在，等着有一天从容地打开。

姐轻简地说，啥，就是年轻。

三娜又躺下去，说，但是有时候我觉得年轻的时候其实也什么都看到了，跑马似的到处都跑了一遍，不过是用智力，而不是用经验，所以都轻飘一些。

在逃避幻想自我反驳中智力毫无意识地路过一切，以偏见和余光看到一切——在向真实坍塌以前达到自己的最虚幻最广阔。

姐说，我不知道，我年轻时候也没有你那么多想法，现在更没有。

姐有点黯然。球球小的时候，姐有两年失眠很严重，好了也总像是有点疲惫，没能彻底恢复过来。姐说，有时候我也想出去工作，但是能干嘛呢，我都在家八年了。我根本也不想当记者当编辑，说实话我对当个记者这事从来也没有多大的兴趣。

姐至少没有尽全力，不像三娜后来认识的那些记者焦虑亢奋，有强烈的荣誉感。姐出差回来就像普通下班一样，几乎不谈采访的事，第二天窝在沙发上大半天就写完了，偶尔还有闲心做晚饭。都夸她写得好，她也还是辞职三回，断续做了六七年。姐非常喜欢艾丽丝·门罗，三娜说，人家带好几个孩子呢！家庭主妇最适合搞写作了！姐说，我可不想写，写些二流甚至三流作品有何意义！对这个世界我看也是造成一些污染，影响读者直接找到最好的！姐笑嘻嘻这样说的时候，又像是根深蒂固的厌倦，又像是怀抱着强烈的热情，三娜想起小时候姐总也不愿意参加游戏。

三娜说，你知道么，许婧说看别人的书都是通过作者的眼睛看世界，看三娜的书是通过世界看三娜。

姐说，说得挺对啊。

三娜说，我不喜欢，我宁愿当"复眼娇"。

姐笑了一声，说，也说得挺对。

许婧以前还说她这个人是一部"滞销长篇小说"，三娜每次想起来都要笑。罗菲苹她们是姐的朋友，后来变成三娜的朋友，很自然都像姐姐一样有点纵容她。她也真是娇气，想了想还是不甘心地说，为什么要通过别人的眼睛看世界啊，我自己就总是想看看别人而已啊，我连看社会科学书我都在想象作者是个什么样的人。

姐有点不耐烦地说，各写各的吧。

三娜有点不好意思，说，也是。以前苹苹写非洲我也挺爱看的，但是我也不知道那是在看作者还是在看世界。

姐就叹了口气。

那还是博客时代，苹苹有一段写着玩儿。三娜总问她有什么（写作）计划，后来也有点觉得她不想回答。她现在连话都懒得说——还是只是跟我无话可说？三娜也有点心虚，事实是三娜只关心自己，按照十几年前的认识去期待苹苹。有一年苹苹从非洲回来，不知为什么先到广州，坐在许婧的客厅里，三个人沉默抽烟，苹苹忽然开口，说自己觉得受不了了就跑楼梯，"楼上楼下跑它一百遍"。新华社一栋二层小楼，苹苹一个人，工作生活都在里面。她妈妈去的时候在院子里种了两垄韭菜，三娜听了就担心雨季要长成浓绿色的妖怪，然后发现自己非常喜欢这个意象。这"喜欢"本身非常无情。她也非常喜欢跑楼梯这件事，完全文学化，春天的傍晚长长的桔粉色的小手从百叶窗的缝子里低低地摸进来。虽然似乎热带的光线并不是这样。孤独改变人，不孤独也一样，也许各自苦涩各自甘之如饴？苹苹显然不打算回国，非洲期满说是要去荷兰。

姐说，许婧夏天要去看苹苹。

三娜说，真去啊。

姐说，咋不真去，机票都订好了。

三娜说，不是说他们那边冬天是雨季么。

姐说，那我不知道。

三娜看见风吹过大草原，奔跑的羚羊若隐若现，苹苹和许婧头上披着薄围巾，戴大墨镜，从颠簸的吉普车探出来，刻意模仿着招手，像两个殖民国家来的心中狂野的夫人。都是通俗文艺灌输进来的画面，自娱自乐，不应该当真。苹苹说中国公司去投标，都是拎着现金去总统府，欧美日那些公司公关费用还没批下来呢。——北京奥运会，人们聚在街头看电视，都赞叹还得是中国！在非洲人民心中北京就是纽约。苹苹甚至都没有用感叹号。一切都变了，与之前设想大不相同。三娜感到一种迫切，必须奋起去设置新的坐标，定位这崭新的复杂。可是同时漫起一种彻底的灰心（解放？），既然总之是流变，也就没必要太认真。有一次说到移民，许婧说，我反正是不走的，我要与祖国共存亡！祖国即命运！电话两头笑死了。在广州头两年，三娜和许婧差不多每周见面，也还要经常煲电话，提起来苹苹又说，你们都是因为我才认识的！

三娜说，沈丹秋怎么不一起去。

姐说，她要去英国，那个人的女儿在英国，可能是要结婚了吧，先见一下家里人。

三娜说，你见着过么？

姐说，见着了，挺好的，看着也挺年轻的。哎，现在真是，过的跟以前看小说里写的外国似的，随便去非洲去欧洲的，搞出一些跨国婚姻。

三娜说，是，我今天在长春火车站还在想呢，中国的特殊性作为人生的借口已经不能成立了！

姐笑着站起来，说，你这都哪跟哪啊！

三娜说，是说得不太准确，你让我努力说清楚一下，我觉得中国的特殊性还是很强，但是跟外国的位置关系变了，就是外国人的生活，小说电影里呈现的那种人生，已经不能作为彼岸和理想来参考了。比方说我们有一个初始速度，比着美国去的那个加速度跟它有一个角度，然后以某条曲线逐渐接近目标，然后到一定距离之后，彼此的吸引力就没有排斥力大了，加速度就变成了反方向啊呀实际的情况当然比这还复杂一百倍——，算了你走吧，我精神病儿犯了。

姐说，没事儿我根本没听，我得看球球写作业去了。你别出来了，你可歇歇吧——。姐轻轻地把门带上，三娜重新躺下，觉得自己像一个风铃被吹了一天，非常疲惫但是风不停。——我真的理解自己被触发的那些回忆、联想和感受么？那奇异的失控之感非常快乐。

44

沿着建国路走去国贸吃饭。三娜有点觉得这也就是繁华的顶点了。那意识像微微的暮光，笼在虚晃犹疑的现场，三娜在警醒的护卫中享受了片刻的心满意足。像摇着一杯半满的酒——她跟自己说，几乎是不自然地，又往前漫了几步。累透了，左边胸口连着肩膀烧着了似的疼，精神袅袅的，倒轻盈清楚。到底是四月份，太阳落了就有点凉，回头正看见姐蹲下给球球穿小薄外套，在橘色无光的路灯下是现成的图画，掏出手机已经来不及了。

有家里的未接电话，回过去妈说，我给你讲个笑话啊——。说大姨带大姨父去南京旅游，打电话说，你放心吧，我不能走丢。妈说，那有啥不放心的。大姨说，那咋没有走丢的呢。就讲了一个走丢的故事。还是八十年代，水字井的张老美带他闺女去广州，谁知道是干啥去，路上换车，他就没挤上去，他姑娘上去了，坐一站下来，捋着马路往回找，咋也找不着，再就没找着。他闺女让派出所的管去了，谁知道咋个过程反正回到水字井了，这张老美一到现在也没回来，这人就没了。妈说，怎么样，逗不逗，只有你大姨能讲出这路笑话！三娜说，妈我大姨有古风啊！妈说，那可不古风咋的，看不到世界的变化。三娜几乎愣住了，正在试图运算世界变迁在妈妈人生上的投影，妈已经说，行了挂了就给你讲这个笑话。

妈总是高高兴兴的。傍晚从树林儿打扑克回来，打电话讲老头老太太们的笑话，像那时候二姐在晚饭时候讲她们班同学。妈说，我总得安排他们，要不凑够手儿了也打不上，干瞪眼没人张罗你知道不的，今天我给他们安排完了吧，备不住是有点儿得意的样子呗，我本来也扬个头儿走道儿飘轻儿的，这么一走一过儿，边儿上那老林大牙不点儿小声，你说说啥，他说的，奚校长你咋不戴个红胳膊箍儿呢！

不点儿不点儿小声，非常严肃的样子，非常可笑，像小孩儿你知道不的……老严婆子那是最最小抠儿的，一件儿像样儿衣服没穿过不说，春天晚儿净她带头儿打杏子，哪能等到变黄还没长成呢就都打下来拿回家给她外孙子吃，单说我今天跟她一伙儿呢，这人要小气吧她打扑克也小气，抓着张大牌就不放，我知道小王在她那儿呢，我说，你管上呗，说好几遍，她也不管，就搁手捏着，眼瞅着要出完了，我就看这老严婆子，铆足了劲儿啊，pia！往下一甩，自个儿说的，杂种操的我出了！这架势给我们这帮人乐的！……打扑克吧其实没啥意思，就是说笑胡闹有意思你知道吧……大崔你记不记着了就是我问她几个孩子她说我绝后其实她有俩儿子她说那不跟绝后一样吗就是那个虎家伙，从海南回来了，正好儿我站旁边儿歇着呢坐长了这腿不行，大虎崔就过来跟我俩唠嗑儿，你猜她说啥，她说的，原话儿啊，她说我看树林儿这些人哪你得数第一，原先你没来前儿，那得是我数第一，现在我是第二，那些谁也不行你看她们得瑟也没用……说得非常严肃，我也不能乐啊，我就憋着呗，我说，那哪能呢，还得是你，你看你还是处长呢！你说逗不逗，都六七十岁的家伙还比呢！

三娜很小的时候，晚上睡前妈给讲故事，姐总担心讲完没有了，妈说，妈的故事比火车还长。果然一辈子都在听妈讲故事。小范听三娜讲电话欢声笑语的，总是很羡慕。他都是关上门低声讲很久，有一次讲完开门出来，自己苦笑说，跟压力源说完了。他家里不同意他们结婚，别了好几年，那边还是父权文化，不容易反抗。生孩子的事倒是没怎么提，只是过年的时候小范妈妈指着一个生了四个儿子的表姐说，要像她这样就好。说完自己也笑，大概也是觉得美梦难圆。潮汕人都是至少三个，好像根本没有计划生育这回事。三娜有时候想想自己的处境，简直像是闯入了社会新闻，像是假的，但是因此有一种特别的实感。心情好的时候可以认为这些麻烦就是生活，连同那些心绪波动精神消耗，都像是一个礼物，因为竟然是真的。

每次进国贸三娜都觉得自己鞋上一层灰。出门前洗了脸，但是头发都贴在脑袋上。穿过一条奢侈品牌走廊，她只认得 LV 和 Prada，从来没有进去过。跟着姐好像也不觉得气短，但是能够感觉到那压迫。饭店的地毯绒很长，踏上去也觉得不是太自然。不像球球，自己跑去过厅歪在沙发上看漫画书，小脏鞋蹬在沙发扶手上，一点不觉得什么，穿淡金色旗袍的亭亭的女招待在旁边微笑地看着。三娜想自己这"不自然"的感觉其实很珍贵，再往前太自由也太空虚了。有酸葡萄之嫌，但是这温柔的自欺本身带着一种非如此不可的实在感。等到虚妄的无穷可能性消散了，人难免就会爱上自己的命运，是最彻底的斯德哥尔摩综合症，因为没有选择。

姐让三娜看另外一桌，一个年轻女的正微笑地看着她对面的男人。姐笑说，估计你又觉得是美女了。三娜说，我没有，我看这种物质女郎挺烦的。姐说，你是这个角度啊。三娜说，那你是说她是二奶么？姐说，反正是些不正当关系，那男的至少有六十！我倒不是管这个，我是想跟你说，国贸好多女的都戴这样一张假脸，反正整容，化妆，使劲儿捣扯，最后出来都差不多。

姐拿过菜单，又说，我现在也有点能理解物质女郎，尤其是那些天天在国贸上班的白领，可能真的要非常强大才能抵抗住这些、我觉得都不是诱惑、是压迫吧。而且可能渐渐也就真觉得有钱的男人更有魅力，反正就是交换呗，我也不知道，我喜欢聪明人，不也一样是势利么。

三娜说，你知不知道一个叫西西的女的——。

姐叫服务员过来点了菜，问三娜要杨枝甘露还是杏仁红豆沙，自问自答说，夏天了，要三个杨枝甘露——。

也有人说西西整过容，不常见的小圆脸有个小尖下巴，牙齿非常小，笑起来有点稚气。嫁了一个富豪，据说是红三代，夫妻俩做艺术收藏，她被杂志称为"新名媛"。在微博上写千盼万盼，一张柯罗的画送到了。那张画三娜非常喜欢，看了半天，没有丝毫怒气。真的一点都不羡慕她，根本不相信她幸福，为什么？

三娜说，我最受不了，怎么人人都喜欢自称是"吃货"。

姐说，我都不好意思说！

三娜说，咱们小时候，要是被人说一句馋，那真是奇耻大辱啊。

姐说，自从认识了李石，我也给洗脑了，也不敢这么想了。

三娜说，我看我跟李石的价值观分歧就出现在这里，就是要在多大程度上强调人的动物性。就是承认了也没必要强调它吧。

李石正好走进来。三娜说，事业宠物狗养得怎么样啊。

有一次他看见一个女的抱着一条扎蝴蝶结的小狗，自嘲说，我还笑人家，我自己还不是要养一条创业宠物狗！

也就是六七年前，股市正好，周末见面总是乐呵呵地估算，三十五岁就可以退休了！还没到三十五岁，就急着要出来创业，"人还是得有点事做"，自己苦笑。

李石嘻嘻笑，叹口气，说，还需要点时间。

服务员过来倒茶，姐说了一遍点的菜，李石竖起大拇指。姐说，今天又说多了？

李石说，没事儿。

他嗓子不好，白天说多，晚上就说不出话来。

姐说，何三娜正要呱呱大道理呢。

李石说，我这——，早就、三娜才是主力啊！

姐说，你别吹了，一会儿就呱呱说老大声儿。

端上来一盘烧鹅。三娜说，我去叫球球。

三娜也觉得累了。走在路上低头，好像也真有一股气沉下去了，想不如试试今天少说点话。自己也不信。

球球说，有肠粉么。

姐说，中午才有肠粉。

球球说，那点菠菜了么？

姐说，点了。

三娜说，是看了大力水手么，怎么小孩儿会爱吃菠菜。

姐说，不是，因为长了口腔溃疡，自己要求吃蔬菜。

李石说，球球的特点就是明智。

都大笑起来。李石又接着说，还不是说"优点"，说的是"特点"，哈哈——。

三娜说，你中年危机挺重啊。

李石嘿嘿笑，说，无可奈何啊。

说完又笑。又说，你们作家，是不是应该写写这事儿啊，中年男人的无奈，哈哈哈哈——。

姐说，有都是！你傻笑啥——，我跟你说，李石现在有点傻。

三娜说，这得是男作家的最爱吧。

李石说，但是好像都是男作家的中年危机，烦得很。是不是这样啊？

三娜说，不知道啊。但是我发现确实大家都在青春期和中年危机阶段对文学比较感兴趣。

李石说，为什么呢？

三娜说，一般的把文学理解为"人生学"吧。

李石说，但是我怎么看作家，作为人生学专家，好像都过得不怎么好啊。

三娜说，但是我打算过得好啊，我现在就觉得自己过得挺好的。

李石伸出一个大拇指，说，看好你！

三娜说，但是如果把写作当成对人生的解答，就等于对人生没有解答。就好像一个人北大毕业以后去高考补习班教人考上北大。好像逻辑不太对反正就那意思。

也根本没法推广，像是一种祈祷，以不停歇的怀疑表达某种忠贞。

姐说，球球吃这些可以了，还有炒牛河呢——，哎，牛河麻烦给催一下。

餐厅里不知不觉几乎坐满了，还是相当安静。三娜有点不自在，拿起手机来看。小范发来一张午餐照片，香肠边上一小堆酸菜，跟他们常去的咖啡厅卖得很像，阳光非常强烈，像贴在冰箱上的旅行照片。

三娜说，其实应该让小范给常坦捎点东西。

姐说，是，我也想到了，但是忙忙就忘了。游红说常坦在那边过得非常差。

三娜说，非常差也不至于吧。

姐说，钱也不太够，翠翠也不行，游红说她一个人连超市都不能去。

沉默了一会儿。

三娜说，张爱玲写她小时候家里请私塾，学到伯夷叔齐，说她看见他们在首阳山上找野菜吃，不肯吃周朝的粮食，而山下的人照样过日子，她就哭起来了。

姐说，那段我也看到了。

三娜说，我有一阵想过要送常坦一套《金瓶梅》，因为中国特有的东西就是书里的那种生活，但是又觉得像是讽刺，好像说他为了这样的人不值得。

姐跟李石说，怎么样何三娜，想得多吧！

两个人笑，三娜也跟着笑。

总是半夜交了稿，看 MSN 上常坦还亮着，上两层楼去找他。他总是拖着几篇稿没写完，在屏幕后面仰靠着椅背，听三娜倾诉夹杂着许多自我批判的恋爱的烦恼，他说，三娜你对自己太恶毒了，这样会吓跑小范的哦！又嘿嘿笑着说，三娜你是扮猪吃老虎啊！小范太幸福了，被我们三娜这样讲来讲去放在心上。总是说"我们三娜"，像对待一个惹人喜爱的小孩，那是三娜最舒适的角色。说起报社人事，某某太坏了！某某坏得很！也像是逗小孩，又是认真的，他认为报社引以为傲的春秋笔法很可怜，自己写那些东西当然也很可怜，而且事实上"也很坏"。

李石说，哎，当然总得有这样的人啊，也确实是有所牺牲，但是有时候你真的觉得，知识分子偏见太重，故意看不见中国现在形势一片大好。

姐半真半假笑嘻嘻地说，我也看好我们中国，你没看现在，真的好多外国人来中国打工，球球的足球教练，袁乐简的网球教练，都是欧洲人。外国我看不行了！

三娜觉得他们说的可能是真的，但是这种事情也没有那么容易见微知著，追究起来不过是情感和意愿。爱上自己的命运，那是多么轻松啊，想一想都觉得喜气洋洋的。为什么不呢，非要反过来，非要觉得中国没有那么好，也是一样的不过是一种意愿啊。她刻意活泼地说，上次老罗说二十一世纪是中国的世纪，刘峥跟他争论，简直太精彩了俩人儿几乎吵起来了，后来回家的路上刘峥跟我说，真是屁股决定脑袋，我自己——她说她自己、可能也是。

李石说，我这不是观点啊，这是事实啊。

说完都笑。

李石又说，就单说互联网啊，就对中国特别有利——互联网产品，它与传统产业有个本质区别，就是它的边际成本接近于零，就是说，规模效应在这里被无限放大，然后中国——，他说到这里，手比划了一下、忍不住又笑，说，中国、是吧。

三娜说，这倒是很有说服力。心情有点复杂啊！

姐说，那复杂啥呀，你还不希望中国好么！

三娜说，倒也不是，是一种自私的想法，觉得不是我想要的那种好。

李石就笑，看着姐，说，你看看，你看看，知识分子就是这样，把自己看得太重了。

三娜说完也后悔，但是也知道自己在这事上就是还没有完全过关、或者说没想好是不是要完全过关。热爱自己的命运是一回事，是非善恶是另一回事，系统性的恶依然真实——她有点恼羞成怒地这样想。她不喜欢自己跟李石争论这些，说到最后都是暴露立场，局限硬生生的。本来其实也没有多少分歧，有时候是谈话本身分配的角色，回头想想更觉得自己蠢而不值得。

上了三份杨枝甘露，球球是一碗冰激凌烤布丁。姐说，哎呀球球，这么大一份儿你能吃了么。

三娜低下头，几乎是刻意地感受酒店静谧柔光中恰到好处的阴凉，意识明确地落在甜品上。雕花玻璃碗，白色半透明西米露里铺满黄色芒果方丁，红色西柚果肉摆成一朵太阳菊。勺子搅下去简直残忍，本来过于精美的东西就令她感到紧张而且——，羞耻。似乎那是空虚的明证。又想起自己不相信西西的幸福生活。是的，她是轻浮的，但是那又有什么错？这个雕花玻璃碗、这西柚摆成的花儿又有什么错？更多的人享受着更多的物质满足、我们处在一个古往今来最人道的时代，这没什么可说的——三娜忽然羞愧起来——我不过是想要赢，想要证明他们错了只有我是对的。我以为自己已经坚实，不再需要被证明。也许还是需要、也许只是贪婪，也许没什么差别。她在反省中平静下来，带着对理性的自我嘉许清楚地想到：物质富足与精神严肃如果有关联，也是正向关联。从前人们在挨饿的边缘、没有被当作人来看待、人性可能从来都不是那么"严肃"、不过今天是大众时代、那欲望的声音太喧嚣太搅扰、但是这事实不能躲避、需要被严肃对待——，三娜忽然感到自己身处历史的大爆炸之中，墒增速度远远超出理解能力的追赶，此刻一切都是未知，不要说未来。

皱着眉头像要宣言似的，三娜看见自己忽然说，我以前觉得公共事务总是是非清楚，个人的事情想起来是无底洞，现在正好相反，我觉得在公共事务中我只配拥有我自己那一票，不想说服任何人，不想通过争取更多资源来为自己的观点加权，当然我可能本来也不善于竞争——。

李石看着大姐笑。姐也笑，说，三娜傻。

三娜有点缓过来了，只是说，我就是不那么喜欢人了。

李石就笑。

三娜说，这有那么可笑么。

李石像是憋着笑、为了听更大的笑话似的、故意地说，那你不喜欢人，那你能怎么办呢。

三娜说，不能怎么办啊，也不需要怎么办啊。就是你对你评价不高的东西有感情、这事情搁以前觉得太痛苦了、现在完全接受了，感情是感情、利益是利益、评价是评价。

姐故意捣乱似的说，谁不是觉得自己有感情的东西就是好的！

李石看着姐笑得不行。

三娜更加严肃地说，我其实是不喜欢人的无意识状态，无意识反正其实就还是大自然。大自然没有对立面按说，但是可以比作地球和城市吧，反正就是那意思吧。所以有时候超脱一点也觉得人性幽深奇诡，蔚为壮观。

姐说，球球，你这都吃了？这么大一块？能行么啊。

李石说，那你觉得意识是从哪来的？

三娜眉头皱得很紧，想了半天，说，我不知道，我不觉得意识是从无意识中长出来的，我从来也没有那么相信进化论，我不知道这是叫怀疑主义还是不可知论，我觉得有些事情其实是想不明白的，是超出人类智能范围的，就是想到一个地方你就会开始反过来观察观察本身，观察你所使用的语言，然后就会发现在那个地方你分不清楚语言是在分析还是在虚构，你永远看不到一个意识到达之前的"本来"，根本不能确定有没有一个等着你去寻找的坚固的"自我"，就都是在观察的时候呈现出来的简直就是那观察本身，有点像薛定锷的猫当然这只能是个比喻——。

李石说，也不一定是比喻，以前我也觉得这是个文学化的说法，我最近在看量子力学，它大概也是说，是意识、姑且用这个词啊，说观测也行，就是说是"意识"让量子从叠加态中脱离出来、成为我们通常所说的真实——，所以在宇宙形成的时候，就应该有一个意识的存在——。

姐说，那不就是上帝。

三娜说，那也不是基督教或者哪个宗教里的上帝。你真的觉得人类能够通过物理学或者数学解开上帝之谜？

李石笑说，谨慎乐观。

三娜说，真行，相当于相信人类是被上帝选中的。我不知道，我总觉得在这方面人类是被彻底屏蔽的。

姐说，我看你是就不想知道。

李石就笑，说，这么犀利？

三娜也笑，说，是那样，其实也是一种自我放弃。

没有勇气觉得自己是幸运的那个吧，归根结底是个懦弱的人——三娜心想。

姐说，结账——。

三娜几乎是看着自己忍了一下又决定算了不忍了，她说，我还有一个心得最后分享一下——。

姐看看李石，笑嘻嘻说，行你快说吧。

三娜尽量慢下来，说，是关于勇气的。我觉得人天生的勇气就是不一样的，可能是生理性的，这个其实是无法干预的，所以就先不讨论，我想说的是，我觉得竞争会导致勇气重新分配——她感到不耐烦、放开了说起来——算了太绕了，我的意思是我觉得社会生活中的勇气是用虚荣、或者说是竞争中的胜利累积起来的。

　　李石说，是，没问题，所以呢。

　　三娜说，所以启蒙是不可能的。启蒙的定义不就是说唤起人们按照自己的理性去行事的勇气么。那你至少要真心觉得你并不比其他人笨，但是竞争的结果事实上就是会让人渐渐地不相信自己的。其实看体育比赛的时候那种感觉特别明显，一个人的信心和勇气其实不是自己的意愿能够改变的，它是一个非常实在的东西，至少从长期看、它不是能唤醒的或者说它不是能够被煽动、被灌输的。当然以前，在启蒙出现的那个时代，可能说的是人被宗教或者等级社会之类的东西压抑了自己之类的。但是那个问题至少在表面上解决了之后，其实也还是没有办法实现所谓的每个人都拥有独立的人格和自由的意志，除了仍然明显存在的社会安排角色设置的因素之外，我觉得还有就是竞争的一个心理结果，但是显然我们也不可能反对竞争么。这其实是个很可怕很悲观的结论或者还是说假设吧，就是说大部分人都还是要从众、都还是非常容易受到各种权力意志的控制的，就是说不管是消费主义还是民粹政治都是永远存在的威胁，当然你也可以认为至少消费主义和它背后的资本主义是人类前进的美妙机制，但是你这样一想就觉得人被人造的社会机制控制然后这其中大部分甚至全部的人都无意识这些机制本身无意识就这么疯狂转动也还是有点吓人吧，当然你也完全可以认为一切都在变得越来越好、我明白我正常的时候也认为一切都在变得越来越好——

　　李石带着友善的嘲讽说，大部分人蒙昧不可教，这个结论需要这样论证么，这不是你稍微看看你周围的人是吧——。

三娜懵了一下，悻悻地想，我不好意思那么想啊——，也觉得这话说起来像是撒娇。但是也渐渐的回味过来，自己为这不好意思犯了多么大的蠢。

姐说，三娜傻！——球球你跟着笑啥呀！

球球笑嘻嘻说，小姨失态了。

笑了好久。三娜在笑声中想，球球不知道小姨以前为这些事有多么焦虑，现在虽然失态，但是其实几乎是在消遣了。思考本身成为生活的表象，这件事要怎么理解？

三娜说，你这跟谁学的啊？

姐说，谁知道，跟姥姥看了一冬天电视，学了很多词儿！

姐一边说一边签了字，都站起来。

李石说，但是有一点我觉得非常对，就是知识分子尤其是左派，最大的一个问题就是其实他们的同情心超出了界限，这个界限就像你说的，就是不能反对竞争。

三娜说，但是不是还是有竞争的规则公平么——，算了，不说了，都失态了，其实就是瞎聊天儿，我辞职以后也不怎么关心这些事儿了，最主要还是因为判断不了，没有现实判断，价值判断就显得非常轻浮。最简单的、房价这事儿我都想不明白——。

球球笑嘻嘻指着三娜说，小姨又说起来了。

三娜笑说，好了小姨闭嘴了。

李石说，房价确实，我看那些声儿特大的其实也都是瞎说，偶然性非常大，基本上就是赌。

三娜说，问题是你不买房，事实上也是在赌。

李石带球球去卫生间。姐说，你可歇歇吧，你刚才那样子我都怕你一口气上不来，吓人，眼睛铮亮的。

安静了一会儿。三娜也听见自己胸口扑扑跳。

姐又说，我现在年纪大了，也不怎么欣赏你的聪明才智了，当然也还是欣赏，但是啥最重要啊，健康啊，你看你，心脏有没有不舒服啊，可快去检查吧。

他们踏出中国大饭店柔软的地毯，哒哒哒走在光亮的大理石上，大过厅天花很高，辉煌的灯光遥遥地照下来，这时候也像时代的代言人。三娜不是完全自然、但是相当诚恳地想到，在任何国家任何世代到处都有许多像我们这样高谈阔论的人，就像永远有做着针线想心事的人。她感到轻松而安全，仿佛连那失态的喜剧也归入了一种永恒。自从明白了历史的伟大和狂野，分辨了它的浮浪和沉沙，我就更加心安理得地渺小而自私起来——三娜心里自语，看见玻璃门外青灰色的夜晚，疲倦而愉悦。

45

早晨起来想到煮鸡蛋，先就高兴起来，仿佛真的非常在意农家鸡蛋和超市鸡蛋的区别。那程序启动起来也可以非常庞大，三娜看见自己围着围裙在夕照中尝一口炖到差不多的汤。去年初春小范爸妈来北京那天，他们从菜市场回来，换了床单被罩，打扫卫生，插了花儿放在床头柜上，小范去机场，三娜独自在家把骨头焯水熬汤，菜肉切好备上，收拾停当，只听见洗衣机隆隆作响，炉火扑扑地烧，窗外异常明亮的淡金色的日光仿佛照在大河上。三娜非常喜欢这一幕，这么像电影，竟然是真的。半陶醉地出去买蛋糕，在小区侧门口抬头，正看见轻轨列车在空中驶过，简直像日本——在心里写了一个小说开头。

咖啡喝完才又想起鸡蛋。小范煮鸡蛋也计时，一定要恰好半熟，三娜跟着吃惯了，也有点觉得煮太过了干粉难咽。那程序可能已经悄悄地启动起来了，还以为自己是在表演——心里惊了一下，又想，随它去吧。又觉得自己简直像个老皇帝，只要不隐瞒我，什么事情都很好说话了。

短信响，有一百五十七万五千万到账。三娜看见自己非常明确地犹豫，像看见试卷上有一道选择题。这是广州房子卖了，银行终于放下尾款。妈之前嘱咐她把新房贷款还上，剩下钱愿意买股票再买。但是过年的时候听李石分析，说茅台股票因为反腐大跌，是个不常有的好机会。他说得雄辩缜密。当然股票这东西多缜密都绑不住，所有预测都是概率。三娜在心里跟自己说，李石的投资记录非常好，而且显然他极其聪明，又全心热爱股票，我不可能得到质量更高的建议——。理性只能走到这里，什么都不能保证，打开微信想要再问问，没有发出去，删掉了。能说的都说过了，再问就像是逼人打包票。这事只能是自己决定——并承担后果。当然钱都是爸妈的，但是妈也总是说以后陆续地把钱给你们自己管理吧。老天我是多么幸运啊，一定要珍惜——三娜最近经常这样想，自己笑自己说"常怀感恩的心"。

分五次下单，花掉三分之一，剩下的打算明天再买。按下"买入"的那一下，三娜感觉到强烈的意识照耀，自己默念了两遍：这只能是个决定、我可以承担它的后果。像一个微观的仪式。买完就跌了一点点。她看着自己的沮丧，几乎是更加骄傲地站起来，在窗前一字一字想，我没有被这波动轻浮的本能支配，我在确知理性的局限的前提下仍然选择了理性。股市真像个比喻。有一次李石说，股市是激励美德的。三娜也希望自己进入那个良性循环的世界、对人性、对秩序中包含的善意有一种基本的信心。窗外雾霾停滞，阳光一粒一粒悬浮着，她心情非常好，看见心里有一颗小石头，不透明，不融化。通常这确信的幸福只有一瞬，立即怀疑追上来。——但是股票买了就是买了，这个决定不会消失，这世界是多么结实啊，我一天到晚都在想些啥!

忐忑，但是那忐忑清清楚楚地凝聚在一起，不搅扰。好像身体都变得轻捷了。

把洗衣机按上，又做了一杯咖啡，给中介和帮忙代卖房子的广州朋友发微信再次致谢，打电话确认瓷砖下午两点送到，打开装修记事本重看一遍，没有什么急事——端着咖啡觉得自己非常麻利、非常娴熟，简直像个大公司的中高层。上淘宝看灯具，看起来一模一样的灯，有卖八千的，有卖六百的，八千那也是抄的外国著名设计，没什么道义优势。贵的不甘心，便宜的怕质量不好后悔。又去看销量和评价，头昏脑涨，很久才意识到，自己根本不相信这些数据，不过是在浪费时间。这同样只能是一个决定、推理推不到头。想起上次见到方容，她说，我其实建议你都买贵的——在不能决定的时候，实在不行，那些装上就不能动的一定买贵的，瓷砖儿地板橱柜什么的。其实你住进去就知道了，便宜的都会后悔的。

微信方容，她说不太好，约了中午吃饭。三娜有点不好意思地看见自己那略带雀跃的心情，等着美剧上新似的。回长春之前方容来，让三娜劝阻她，她已经失控了，要离婚。她们像大学生似的混了一整天。三娜倒是真的想要劝，有几次道理说得强有力，方容似乎也真的触动，但是即使在那样的时刻，她们俩也都明确地知道，这件事已经无法阻止。像托尔斯泰小说。

在阳台晾衣服的时候三娜想起那年去上海，住在方容家里。她一直想着要回北京，也还是装修得非常用心，客厅和阳台之间垂着浅灰的细珠帘子。那是对生活的诚意，没有犹疑——也还是非常脆弱。也许最好的时刻也都是在一个不知去向的过程中。方容不好意思展开讲，只是说，我那几年连我爸都看不下去了，工作实在是太顺了。三娜知道是做到 VP 辞职的，要出来单干——也有点像中年危机，她自己也说，能得到的都得到了——好像一张饼吃完了。

雾霾走进去就变薄了，热烘烘，隐隐已经有初夏的停滞的气味。盒子咖啡厅外面窄窄的过道摆了几张桌，伸脚就能够到铁栅栏，栅栏上挂着两盆矮牵牛，又难看又温馨。栅栏那边是小区入口的空地，驻着鲜艳的水果摊。自行车丁零零响，系红领巾的小孩坐在后座上，跟路上别的小孩打招呼。三娜心里晃过许多小时候，像一阵风，没有任何具体的内容。也只有清华还有人这样生活，家里想必是父母做好了饭——三娜怀着轻微的愉快的眷恋之情想到。

服务员非常自然地隔着栅栏喊卖水果的女人，要买四个橙子。两个人都笑嘻嘻的，在矮牵牛旁交接，太阳照着他们的头发白亮亮的。上次她们也是坐在这里。三娜心情愉快，因为总算角色倒过来自己变成那个强者。"大一暑假他在电视台实习，有个 bp 机，每次呼他都后悔。好像整个夏天都守在电话旁边，那时候我们家那电话机摆在沙发旁边儿一小几上，铺的那种镂空花儿的塑料布，上面儿还压了一块儿玻璃，在美国的时候，包括后来在上海，有时候我还会突然想起那个电话机，橘红色的那种你知道吧，我一想起来我就觉得好像心里有个洞，不我不躲开，我挺变态的，我每次都故意让自己难受一会儿，就像吸毒似的，好像还有点儿高兴，自己还是那么难受。"像假的。坚持让一个伤口不愈合，十七年，这怎么可能？像叙事的自我实现，实现了就是真的。三娜说，你这逻辑也太紧密了吧，你不觉得可疑么，你真的信了啊。方容就笑，眼睛特别亮，特别美，是燃烧的荷尔蒙，贾勇怎么会看不出来。当然贾勇要是有疑心他们早就不行了。前两年有一个年轻富豪，方荣说起来也忍不住有点得意，"他像疯了一样"她好像只喜欢看人为她发疯，三娜不觉得这是正常的。现在似乎都能解释了，她喜欢看人为她发疯，就是为了反复回到那年夏天电话机旁的自己、反复品尝那苦涩？——简直像《百年孤独》里的角色。三娜还是觉得这故事太整饬了，怎么竟然是真的。

方容迎着太阳走过来，早两年甲亢，吃药有点发胖了，姿态仍然非常女性化。举着书包挡在额头上，一张脸在阴影底下笑着。三娜说，疯出弹性范围了？方容笑得更大了，说，嗯，皮筋儿折的差不多了。三娜说，那我就不费劲了。方容说，别呀，你得救救我，你不救我我怎么办啊。

点了菜。三娜说，有啥要汇报的么？

方容说，没有，但是我好像要投降了。

三娜说，我就知道。《安娜卡列尼娜》看了没有？

方容说，哪儿看得进去啊，你放心我不会卧轨的。我就怕贾勇。他要跳个楼我后半辈子怎么办啊。

三娜说，应该不会吧，这得具体想办法。但是我觉得要为他着想就得跟他说实话，要不他肯定觉得是自己不好，你让他恨你他还好过一点。

方容说，那也不行吧，那他肯定会觉得我从来没爱过他之类的，他什么事儿都往坏里想。而且贾勇，这么说吧，他觉得他自己最成功的就是这个婚姻了。

贾勇抑郁症，大四时因此休学一年。后来他失业，是方容坚持要结婚。她对他有种不忍心，"你知道贾勇，他好的时候真的像天使一样"。有一次中午回来晚了，在宿舍走廊远远就看见贾勇在等她，应该等了一个多小时了，"但是他看见我就笑了，笑得特别高兴，什么别的都没说，根本就什么别的都没有"。她那时才跟初恋分手，看见贾勇在同样的处境里比自己纯真——可能也是觉得他不会伤害她。

三娜说，哎，连我都想保护贾勇，觉得这个世界应该派一个人对他好，轮到你了你就责无旁贷。

方容就笑，说，怎么就轮到我了呢，我差不多也该换换班儿了吧。

又说，你不知道贾勇他妈对我简直，这么说有点不太好，但是真的是感恩戴德的，我一开始特别不好意思，后来我觉得我也特别能理解，要是有人能从我手里接下班儿，我肯定也得总想谢谢他。

三娜遥遥地有点回避，久病床前——，心总是要硬下来。像一个桃子吃到了核儿。

三娜说，哎我只能建议你先拖一拖，你现在不正常，荷尔蒙这东西会掉下来的，掉下来你再做决定不行么。

方容说，我这不拖着呢。但是根本也冷静不下来啊，跟玩儿火儿似的。

洪睿几年前就离婚了。也抑郁症，在家待了一年，"都发胖了"。出来捣鼓一个小公司，也挣不多少钱，反正忙叨叨地。房子给前妻，就一辆车。方容自己也说，我这是图什么啊。说着笑得很幸福。

啤酒送来了，棕色的小玻璃瓶儿上挂着水珠。方容说，我也来一瓶儿吧。

三娜说，我刚才坐这儿反复提醒自己来着，现在先说给你，事先声明一下。我那会儿闹分手的时候到处找人聊天儿，我发现在这种事儿上人都特别尤其是自己的经验的囚徒。可能因为那种经验特别深刻，得出的结论对自己来说就是真理。然后就忍不住拿自己的模板往别人的故事里套，然后因为一般求助的人早都慌了神儿，一听说得那么确定就信了，至少信了好一会儿吧，造成新的摇摆和消耗。我的意思是说，不管我说什么说得多么肯定，你都要提高警惕，就单纯当成一种陪伴比较好。

方容笑着说，不行，你这也太不负责任了！

三娜表演出彻底放弃她的那种语气，说，哎，我还能把你捆起来。我大舅那时候耍钱，我妈和我小哥商量举报他，说得有鼻子有眼睛的，认识谁谁可以给他在监狱里整个单间儿什么的。

方容就笑，笑着笑着大笑起来。三娜看着她，觉得再看下去就会觉得她其实很伤心，立刻觉得这是俗套的联想，而且想了就是真的，不想就并不存在。

方容俯过身来喝了一口酒，说，说哪儿了，哎那你的模板是什么啊，你的爱情真理。

炒饭送来了。三娜拿起勺子，说，就是累。

方容就笑。

三娜接着说，当然回忆起来好像是一场历险，而且也解决了我的经验自卑，权当好事儿了，但是我绝对绝对绝对不想再卷入男女关系了。我根本就不想再当女的了。结婚这事儿带来了很多麻烦，但是就是再也没有男女关系的麻烦了，降解为人和人的关系就好办多了。

方容说，过久了都是那样吧，变成人和人的关系。好多人就是因为这个才过不下去的。

三娜说，你和贾勇不是吧。

方容笑说，我们是病人和家属。

三娜去拿辣椒酱。屋里开了空调，很阴凉，她在放调料和纸巾的小桌跟前刻意站了一下。

回来她说，我刚好像有点想明白了。我设想了一下如果我是贾勇，我肯定不想被当成病人，我还是希望被平等对待，受到的伤害我可以自己处理。

方容说，所以呢。

三娜说，所以还是要诚实——

方容接过来说，其实还不是为了自己心安，但是结果可能更糟。

三娜说，你这还是太自大了，怎么能试图控制整个事情、控制结果呢——算了，你不是也还没有最后决定么，先等等先等等，事情一直在变你也会变的。

吃饭。三娜意识到自己好像有点故意似的要逼她去跟贾勇说实话。这是为什么？这里面有恶意么？嫉妒？不至少现在一点儿都不了。所谓道德的激情是否其实是审判的快感？

　　方容说，其实只要是离婚，到最后他发现不能挽回了，就都是一样恨我。

　　三娜说，算了别说这个了。这种事儿别人都不是真的了解情况。你当我没说——，她放下勺子，抬起头继续说，我也是最近对"正直"这事儿特别来劲，就是一个人对自己新发现的道理特别有推销的热情你知道吧。跟你这事儿没关系啊，我就是觉得正直不是道德，而是一种智力。当然很多人认为道德就是一种智力这就先不说了。我就只想说正直这事儿，就是人大部分愚蠢的决定都是受到了意愿性思考的影响，怨恨、恐惧、贪婪，就说是贪嗔痴吧，我跟小范谈恋爱的时候这个情况特别严重，就是你发现你怨恨的时候就能想出好多事儿来激怒自己，要妥协的时候也能想出好多事儿来哄骗，通常说的那种智力那就是一雇佣军啊，你让他跟谁打仗他都行，天天在那儿选择性取证还振振有词的，所以正直就特别重要，正直才能对自己的处境有一个接近客观的判断，然后决策的成功率才比较高。其实就是相当于军队国家化。有时候我觉得男的和女的的区别，如果有这么回事儿姑且这么说，就是可能啊，我当然跟小范求证过他说可能差不多，就是可能他们男的青春期的时候有一个压倒性的欲望你必须去控制和克服，这个对抗的过程中他们就发展出了自己的政权，但是我们女的那些弥漫的隐秘的抓不住的情绪总像是非常合理的甚至还是被赞美的还以为那就事真诚呢对吧，当然我觉得一个人有了政府之后反而要珍视自己的情绪欲望因为毕竟那是最源头发动机，只要把情绪欲望放在整个处境中去考察——哎算了，主要的道理就是这样，后面再申发就有点虚了。

方容笑着说，你再说下去就特别像个理科生了。

三娜说，是，在严谨的逻辑中陶醉蒙蔽而无法认清不符合逻辑的现实是理科生的主要问题，只要能够观察逻辑之美带来的激情并且把那激情视作非理性就可以了。——你笑啥！

方容笑着说，我就觉得你真挺适合写社论的。

三娜说，是吧，一套一套的。你知道我妈跟小范说过好几次，她说，多谢你能接受三娜啊，她这呱呱起来啊一般人都受不了啊。

方容就笑，说，我也觉得小范挺强的，都不用听你讲道理啊，就是觉得整天被你那眼睛那么瞧着就觉着心虚。

三娜说，不要妖魔化我，我现在跟自己关系好，跟世界关系好，满心满脸都是爱与和平，而且我还知道这爱与和平也是暂时的，但是再次陷入战争我也并不惧怕你看我是不是已经终极爱与和平了。

方容一直笑着，欠起身子，碰了一下杯，说，来来来，爱与和平——。笑。笑够了各自靠回去，颓然坐着，两条腿支出去在小路上。正午煌煌，简直像巴黎的街边咖啡座，这么贫嘴又似乎只能是北京。

赶紧把腿收回来，几乎坐直了。四个工人拎着黄色的安全帽黑压压从桌边走过，几乎可以闻到汗臭味儿。前头有一家杭州小吃铺，四个人堵在玻璃拉门跟前，不知道在问什么，比较瘦小的一个没能挤进去，也只有他仍然穿着翠蓝色布外套，背后写着"河北建设"。三娜转过来，心里明确地自言自语，"这种时候只有忍受，是可以忍受的"。像上了一个封条。随即她又为自己那薄薄一层满意感到羞愧，但是也就打住了。

方容定定看着前方，脸上似乎仍有笑容。三娜觉得那面目非常陌生。仿佛一切意识都不过是道具。她想自己肯定也经常这样、当然自己不知道、正是因为不知道。

三娜说，我上次看一个什么电影，剧情需要特写一个孕妇的肚子，看得非常难受，我觉得我害怕怀孕，害怕自己是个动物、这件事儿平时都瞒得挺好的。

方容说，生我觉得倒没什么，主要是养，太可怕了。我们宿舍有时候一起吃饭，每次我听她们——，简直了。

三娜说，反正都是爱的教育，"原生家庭"，认为自己所有不幸都是因为童年被爱得不够——。

方容笑着抢着说，对对对。

三娜说，那套理论特别流行，你会发现人人都特别想认为自己是受害者。

方容说，就是都特别慌，不知道为什么。

三娜说，可能就是生活变化太大了吧，时代呗，还有惯性，要一直学习如何先进地生活。没有先进在前面就迷茫了。

方容就使劲儿笑。

三娜说，笑啥，还有啥疑问尽管提。

方容说，那你说她们为啥会认为小孩儿本来是完美的呢。

三娜说，你这是明知故问——。我最不服气的是，都挺聪明的人怎么会突然就那么头脑简单，因为 a 所以 b，就信了，拿个小公式到处套。

笑够了方容说，咱们这也是站着说话不腰疼。

三娜说，我并不觉得自己不幸、更不是"原生家庭"的受害者——。算了，还是不说大话了，听说当了妈妈人就又归荷尔蒙管了，说实话我非常害怕。

三娜的啤酒喝完了，又拿方容那瓶来倒，看着那液体流下去。此时此刻就是美好时光了。这话不能说。但是三娜觉得方容那火海似的心情其实也很珍贵、过后也就不会再有了。

上班那时候，下午选题会之前有一段空闲，三娜有几次跟一个年轻漂亮的女同事去 OK 店吃关东煮，女同事睫毛涂得翘翘的，手指甲涂得亮晶晶的，她们讲些屎尿屁的笑话，厚脸皮认为自己像日本女中学生。信誓旦旦说要每天都来，坚持了两天，放下再就没有了，都是自然而然。当时只道是平常啊——很多年之后有一天三娜想起这事，脱口而出，非常震动。自那以后她就经常把这眷恋感怀的心情挪到现场来。

方容闲闲地说，我有一段儿还测排卵期什么的，然后贾勇就说，要是有了孩子他在家带，那时候还在上海，两边儿家都过不来。

方容也宫外孕一次。要是有孩子可能现在这些事儿就都没有了。说起来也有点像是要推给命运，"特别奇怪，差不多每次排卵期都赶上他抑郁，就像是那个激素互相感应一样"。

病得这么频繁？三娜心里动了一下，说，我是想过，如果有了孩子，我就得找个工作去，或者豁出去了租个工作室，反正不能在家。

方容说，我有时候受不了贾勇了，实在是太累了，我就说我出差，拉着箱子去酒店住两天。

三娜感到陌生，又歉疚，为了她心里那批评她的声音——毕竟不能真的体会到另一个人的艰难。在上海那几天几乎是温馨的，贾勇亲切地提议"带三娜去陆家嘴看夜景"。临走那天方容请假，扎围裙做早午饭，送到路口坐出租车，真的站在烟雨迷蒙中挥手，异常孤单。三娜才有点觉得了。卧谈了两个晚上也没有一句怨言，两个人压着声音笑个没完。那是四五年前，现在应该是积得更重，上次轻巧巧地说，"这么多年真是托着他过来的"。像渡河，永远渡不完。三娜喜欢她的责任心，几乎是肃然起敬，她没有拿这件事为自己辩护。

三娜说，你真是用生命在写小说啊。

方容说，都送给你，你写吧。

这写出来都像是假的。也许真的是因为我们的生活被叙事影响得太深了。观察者引起被观察者量子态坍塌——这话什么意思。

三娜看着方容笑容落下去就像是有点疲惫。

三娜说，我以前矫情的时候，当然我现在也挺矫情的矫情以自娱，我是说我以前喜欢问人生活的乐趣之类的问题，有一个朋友的丈夫，公务员，说得特好，他说他最喜欢傍晚下了班车走路回家的那一段儿。就那一轱辘是自己呗。

方容笑，说，你这认识的都什么人。

三娜说，我觉得就是生命有摆脱一切角色的愿望，但是其实所谓的自我又可能只是一个想象，只能在一个一个的角色中不纯粹地呈现。

方容说，你上次还说你心里住了很多很多人，你要让他们轮流上台什么的。

三娜说，是啊，搞民主。

也是对那个非角色的自己有了点信心。可能本来就是自己虚构的，好像撒开手就散灭了，现在背熟了，绑定了。？

方容笑说，你现在是什么角色？

三娜说，现在是我自己这个小社会里的知识分子负责观察分析大伙儿的那个家伙在跟你说话，不过一会儿我就要变成装修业主"何姐"啦。我以前还在报社演过"才女"，才女这词太恶心了啊。我那时候主要是玩儿扮演女的的，穿个高跟鞋化个浓妆，在走廊里蹬蹬蹬走贼快，就是脑门子上写着我在表演女的你可别当真啊那种，要不然真是太不好意思了。

方容笑说，你什么时候化一个给我看看啊，太想看了。

三娜说，等我哪天有兴致的。哎你一会儿来看我演"何姐"吧，我演"何姐"一点都不难为情，特自然，特本色流露，心里真有那么一个。就这样儿，眼睛一挑，怎么样，很精明很难搞又很不得罪人的样子吧。我再演演就可以给人介绍对象儿了，我家政府打算扶持这个角色长期发展。

方容就一直无声地笑着。眼睛弯弯的。三娜总忍不住跟她说笑话儿。

三娜说，说真的，你下午有事儿么，跟我去工地啊，我那衣帽间的玻璃砖墙，门框那地儿还是没想好。

方容说，行啊，反正也是待着，我还不就是想杀时间，熬啊。

说完似乎轻轻叹了一口气，灰色的傍晚落下来。

三娜没看见似的，轻快地说，我们那瓦工可以，穿得干干净净来，换了衣服叠好了放在塑料袋里系好了省落灰，一双黑皮鞋擦得一点灰都没有摆在阳台上。

方容说，真不容易。

三娜说，不知道是不是因为瓦工挣得比较多，所以比较自尊。但是这也是看人。我这两个月打交道总有十几二十个了吧，每次我都觉得应该预设人家有责任心无罪推定么，但是很快就能发现这人在糊弄事儿。

方容说，你跟我说这个！我能跟你说上三天三夜！

三娜说，对啊，班门弄斧了。

方容说，有一回贾勇听我给监理打电话，他都吓着了，他说你怎么不好儿好儿跟人说话，说得特委屈，好像是我把他怎么着了似的，真是——。

三娜说，贾勇可爱。支持勇哥！

说着还举了一下拳头。

方容说，哎，你们。所以你还是得庆幸你是个女的，我觉得这方面男的压力就是比女的大。贾勇我怎么跟他说不用管成功不成功什么的，他也还是在意，而且他计算机系你想想，他同学在美国上市的都俩了。抑郁症这事儿，你说是生理性的吧，其实我觉得也不是。

三娜说，真是太残忍了。我说如果你跟他离婚的话。

方容往藤编圈儿椅的一侧歪下去，放赖说，哎呀我可怎么办啊。

三娜说，能咋办，我觉得你根本就脱缰了，那就别想了，就奔跑吧，摸黑一跃，爱咋咋地，得了。

方容说，我害怕啊我。

服务员路过，三娜非常像个成年人似的举起手，向前欠欠身，说，麻烦你结账。接着跟方容说，这要是港剧，我就应该说，我相信你能作出最好的决定，不论选择谁我都支持你。

方容说，我要是能这么对待我自己就好了，不论选什么都支持我自己。

三娜说，你先选一个，你是想认为在这事儿上你是拥有自由意志的还是命运的傀儡。

方容说，我现在就是一个想要拥有自由意志的傀儡。

三娜说，不是的，其实你的意志也可以站在你的激情这一边，你可以堂堂正正地跟自己说，我决定在这件事上伤害贾勇，因为我想要实现自己更强烈的渴望。我看过一个韩剧，一个女的对另一个女的做了不好的事，约她出来，坐在对面，深深地低下头，说，请绝对不要原谅我。

方容说，韩剧还有这个哪！

三娜说，上档次吧。

方容说，嗯，以前是觉得日本人那样儿，劲儿劲儿的。

三娜说，这哪能是劲儿劲儿的呢，这是严肃，是自尊心。我最近看那个《维特根斯坦传》，我发现我最爱的品质不是别的，就是严肃。

方容说，我觉得其实跟你刚才说的正直也差不多，人不严肃除了懒，还不都是为了浑水摸鱼。

三娜说，嗯，可能毕竟自欺欺人是回避痛苦或者说获得幸福感的捷径吧。

方容说，我不是说自欺好啊，但是其实真的是有用的，有时候弄弄就是真的了。

三娜说，是，这件事严肃的我也思考过了。因为我们说自欺这两个字的前提就是得有一个坚硬的事实，但是其实所有事实都是在流变中的。所以严肃啊，正直啊，在很多时候只是自尊心的需要。虽然总的来说我认为正直是会带来收益的。但是肯定要把自尊心也算成一种奢侈品、一种利益，正直严肃才能真的得到正面激励，才是划算的或者至少是打平的。当然自尊心是非常昂贵。所以有时候我觉得我所讨厌的一切都是某种贫穷，而所有的美好都是某种幸运。但是这接下来的问题就是，幸运的人应该内疚么？如果这内疚本身已经是幸运的一部分？啊呀这是说着说着想出来的好像逻辑有点乱，得以后回家再想想再跟你汇报你笑什么呀你是觉得两个中年女的这样走在杨树底下大声讨论道德问题很像法国电影吗？

　　方容笑了很久。停了一下，说，我是在想我可能是那时候跟洪睿分手以后就变穷了，就只能作恋爱中比较坏的那个人了。

　　简直不像她说的。承认任何意义上的贫乏，甚至只是说出"穷"这个字，都是多么困难啊。还是第一次，三娜觉得她其实被损害了。几乎有点伤心了，柔情一涌，随即关闭了，三娜才发现自己还是有点害怕她。

　　三娜说，你还真是跟自己没完没了啊白瞎我这么严肃这么有思想了！

　　方容笑着拉住三娜，一辆自行车倏地骑过去，几乎压到脚。像是给吓醒了，在一片车声中听见"火车就要开过来了……"。她们裹在人群和车流中走过轻轨桥下的阴影，走进那团光芒刺眼的噪音。一列绿皮火车轰隆隆开过去，没有想象中那么长。三娜看见车窗里的旅客向外望着。看见太阳照着她和方容的头顶、后背、手臂、书包，太阳照着她们身后密密茫茫的苍绿的玉米田。在人群和人生的深处，一切剧情都松动了，惊险也很安全。

46

二姐发了一条朋友圈：大约八十年代初，我的邻居朋友曾在长春七中短暂地作过插班生。她对长春知之甚微。几天前她告诉我她收到微信邀请，她插班时的初中同学动用了所有可能找到她，并且说："我们终于找到你了。"她说："我一个都不认识。为什么啊？"我上班路上想起来，一个人笑得止不住。

三娜拨了语音聊天。

姐说，你干啥一大早上。

三娜说，你太能讲笑话了！

姐说，是吧，咋想的你说！

三娜说，不知道！强迫症吧。我们班也有一个，据说是高三转过来的，我根本就不记得有这么个人，在群里数他活跃，来北京好几个男生跟他一起喝酒，也不知道是哪来的感情。

姐说，不知道啊我也不好意思这么想，但是你说是不是其实就是无聊！

三娜说，这有啥不好意思的，人无聊就跟人饿是一样的啊，天经地义的啊。我觉得现在得有超过一半的经济活动是为了解决无聊，巨大的引擎啊。

姐说，我也不知道啊，都四十来岁了一个个的，孩子上学啥的事儿有都是，咋这么有闲心呢。昨天刘瑛给我讲的，生物技术班一个女生供养上师，挪用了三百多万公款给上师买房，咋回事儿你懂么，啥是上师啊，是佛教吗？

三娜说，这是啥佛教，这不就是骗子么，搞精神控制。社会新闻有都是，还有人后来醒悟了羞愤跳楼的呢。

姐说，上师是咋骗他们的我就想知道，是会法术么。

三娜说，啥法术，你傻呀。都是自己想骗自己呗，想要获得心灵平静啥的，这种事儿能有这么容易的么。都是想要相信捷径，跟相信电视购物的减肥产品差不多——，我不知道我瞎说的。

姐说，不知道，我有时候觉得人其实就是还没进化好，就是生理上的进化配合不上社会发展。

三娜说，听着也挺有道理的，但是这种道理就是很难具体地落实下去。

姐说，就瞎说呗。这女生其实我还记得呢，长得特别黑，很老实的样子——，你等一下，点点出来了，我得送他去练跆拳道，到那儿我再打给你啊。

三娜在床上又躺了一会儿。那疯狂的故事，连同她自己不知不觉的恶毒的快意，都留在电话里了。忽然非常安静，隐约有不知谁家的脚步声。这两天太累，又睡得不好，前胸后背疼得厉害。正好要去医院，真的有问题也要赶上发病才能查出来。想起年轻时候那么盼着生病，心里像是给抓了一下，坐起来了。还是要打起精神才行啊，一边洗脸一边在心里模仿日本人，似乎也就不那么疼了。阴灰的雾霾天，日光灯映在玻璃上是一个惨淡的白点，胶囊咖啡机隆隆地响，非常香，像雪天的壁炉，有点侥幸的快乐，乘兴煎了一个鸡蛋，连红豆面包也摆了盘，端进屋里来吃。她不讨厌坏天气，因为没有春光不住的紧迫感，但是吃了一会儿也看见自己坐在沙发上嚼面包呆滞着像个傻子，那最初的画面真的有点像末日，或者监牢。影视语言对人的思维的影响无法评估，拍电影的人也根本掌控不了。本来在任何事上到处都是非预期后果，盲目是主要的——三娜不知不觉又被思维的漩涡和激流带走了。

姐说，上上课了，我现在出来了，刚才在里头，有一块儿专门给妈妈们准备的地方，免费喝咖啡，我听旁边儿那俩女的，也商量要创业！硅谷疯了我跟你说，前两年啊还有情可原，这都啥时候了还说要做 app ！人哪有那么多需求啊！

那边是明亮的暮春的傍晚，姐坐在宁静的阳光里，影子落在台阶上一折一折，手边花树悄静，蜂鸣蝶舞。在那永恒天堂的景色里，疯狂都是淡金色的，纯粹的人性、没有任何借口。那悲哀是多么锋利啊。

三娜说，创业也比供养上师强！

姐说，这边儿也有都是邪教，一个男的娶十几个老婆啥的你没看着么，还都贼乐。

三娜说，艾丽丝·门罗小说里有一个，那个人的女儿好像也是被人精神控制了。

姐说，其实没有！就是想摆脱她妈！你看懂了没有啊那个实在太惨了——，哎你等一下——。

三娜想去找那本《逃离》重新看看，姐又说，没事儿，我把纸杯扔了，哎我问你你看过《喧哗与骚动》么，我上周末差不多一口气就看完了，写得真是太好了，看完大哭一场。

三娜说，没看过啊，你可真是热情啊，像个年轻人啊！

姐说，不是，你看一下就知道了，我觉得福克纳太有劲儿太能控制了，就是他有特别大的能量才能驾驭那种特别激烈特别深入的感情，我不觉得变态，你好好想想，其实写的就是普通人，都挺能理解的，算了你没看我没法跟你说了。

三娜说，我好像有一本儿，等我把《维特根斯坦传》看完的。

姐说，好看么你那书？

三娜说，我觉得挺好的。挺鼓舞人的。就是这人特别特别严肃，然后你就觉得没有什么比严肃更美好的了。

姐说，你是不是觉得我不太严肃。

三娜说，我是觉得你比较容易被美催眠，被情绪卷走。

姐说，啊，那我不是没见过世面么，看啥都激动呗。

三娜说，不是那意思。谁读过几本书啊，——哈哈我想起黛玉说，不过是认得两个字，不是睁眼的瞎子罢了！

姐说，那是贾母说的。最逗的是薛宝钗说，你当我是谁，我也是个淘气的！

三娜说，哎我想说啥来着，啊，我就是说啊，我觉得有时候世面也是一种想象，是非得摆一个榜样在前头免得直面未知。

姐说，那难道一开头就认为自己写的天下第一么。

三娜说，不是那意思。我就是想说你不用拿世面吓唬自己。前两天读布罗茨基也激动得要命，再之前读谁啊也觉得特别特别好好得都不行了。我就想起来你以前说起你遇到的老师啊或者同学啊，也总是说得特别厉害，特别聪明或者特别漂亮什么的，反正挺容易激动的，我不是说你说谎啊，我只是说你那种热情，我不知道我觉得有点像是自己吓自己，像是一种退缩，相对的自我矮化。

姐说，哎呀真能说呀，你看我说啥了你就在那儿分析我。

三娜说，我就是觉得写作最重要的一点是接受自己，大部分坏作品都是因为作者在假装一个自己并不是的人，大部分讨厌的人也是这样。

姐说，你说得太绝对了，学习的过程都得是模仿。

三娜说，是那样，但是其实从那个角度我觉得你看得够多的了。自己写的东西多修改几遍，进步最快了。

姐说，是那样儿，但是改东西真累啊，比写还累。

三娜说，一分耕耘一分收获呗！

姐说，是，没想走捷径。但是我还是想多看看，这有啥不对么，这架势叫你说的。

三娜说，对不起啦，我这样揣着一肚子道理随时要掏出来教育人很烦人吧。

姐说，你还知道啊。

三娜说，自从变成这样我就可以写东西了。我觉得最美妙的时刻就应该是在什么都不能确定到忽然决定什么都就这么决定了的那一小段时间。我得抓紧了，再过一段儿就要在自己那些道理里面腐烂了。

姐说，你是说现在么，我怎么觉得这些都是发生在你自己的想象里。

三娜说，可能是吧，但是我决定维持这个想象一直到写完我想写的东西为止。

姐说，我看你也挺惨的，这么大张旗鼓的你咋收场啊，也没工作，也没孩子，写得不好都没啥说的，你看二姐多奸，混在这些理科生中，都以为我是才女哈哈哈——

三娜说，都谁夸你了快说我听听。

姐说，没谁。就朋友圈儿，哎呀都贼难为情不说了。哎石云舒参加游行你知道么。发老多朋友圈儿了，特别激动，我都没想到，她读书工作都很顺利，老板比你笨那不是很正常么——。

三娜说，就是有怒气吧。太聪明了容易觉得委屈。

三娜说完觉得有点对不起石云舒，这样残忍粗暴地建立因果。而且也有点心虚，归根结底也还是有点崇拜她的智力，觉得自己没有可能看穿。

姐说，我知道你那意思，石云舒是咋想的我不知道，但是她真的是太聪明了，就是现在，我们做的领域完全不相关，工作上遇到困难最后想不明白还是得找她，比谁都强！我有时候说点别的问问王雪松什么的，她就笑嘻嘻说，都挺好的你是有事儿要找我吧，贼烦人，戳穿我！

三娜说，哎，听着心里怪难受的。

姐说，是，有点难受。我以前一直觉得她挺不在乎的，总是笑眯

1076

眯不紧不慢的，我还以为她什么都想明白了呢——哎你等一下，等一下我打给你。

三娜觉得她们心里都有点石云舒的影子。她支持二姐写作，也是因为理解姐姐对人生的失望，也许对文学的热情可以帮她凝聚起来。去年冬天姐写了一篇长文很动情，有一个文学期刊的编辑非常喜欢，说到年底可以刊印。三娜偷偷想至少满足虚荣心，成为她那个圈子里有点特别的人。但是姐比她想象得严肃得多，每次打电话谈文学，简直招架不住，三娜自己根本也没有写出来什么。

姐这两年瘦得厉害，都说是太累了。三娜说你要不就在家写吧，写不好也没什么，不敢全力以赴才可耻呢。姐说，不是，不是害怕失败，我是不能跟这里毫无关系，你懂么，我在加州快十年了，每天上班，接送点点，认识那些家长，参加他们的活动，但是我还是经常觉得自己是个透明人，你懂么，跟你们在国内不一样。三娜说，那你总要有所舍弃啊，人一辈子能做好一件事就不错了。姐说，我不知道，但是反正现在我肯定不能辞职，发表了一篇文章我就辞职？我根本不知道这条路要走到哪里去。三娜说，你这还是害怕失败啊。姐说，我也不能确定写作就是唯一最重要的啊，你别劝我了，我觉得现在生活得很好，而且我对人生没有什么遗憾，不像你想得那样——。这车轱辘话说了很多遍，后来三娜也不提了。确认自己太难了，那个距离会近到什么都看不清楚、什么都晃动模糊。那一步非走不可，别人帮不上。

姐打过来，说，Jacob 妈妈，问我要不要一起去 Whole Foods。我说算了，待会儿带点点吃个 pizza 得了。我想跟你好好说说文学的事儿。

三娜说，啊，妈和大姐不让我跟你说这些，说我怂恿你。

姐说，我知道。但是周泽支持我，周泽想得非常简单，但是我觉得他的想法是对的，他认为我有天赋，不是说我觉得我有天赋——

三娜抢说，你就承认你认为你有天赋能咋的——

姐抢着说，不是这事儿你听我说完，我说周泽认为，有天赋的人非常少，一个人有天赋就不应该浪费。我觉得他说得挺对的，但是问题是啥人能认为自己有天赋啊。

三娜说，我也觉得周泽说得很对，而且我们殊途同归，第一件事就是希望你变成一个特别烦人真的特别确信自己的人。

姐说，我跟你讲你不许笑，冬天时候我写那个，不是后来修改么，改死我了，四万多字！你听我说啊，一到周六周泽就带点点出去打球儿，让我一个人在家写作！哈哈哈哈哈！

三娜说，周泽果然是情圣啊！我看你应该为了周泽写作啊！

姐不好意思地哈哈哈哈地大笑。他们现在是真的感情好，结结实实的。

姐说，我问你啊你不用不好意思啊你认为自己擅长写作吗？

三娜说，我是跟自己的其他天赋比，那就还顶数这个了呢。又不是唱歌跳舞打篮球，忘了是谁说的写作的动力就是写作的天赋，我觉得挺对的，然后那动力其实是人生经历带来的，就如鲠在喉呗，挺实在的。

姐说，你有啥经历啊，还没我经历多呢。

三娜说，我就内心戏多啊咋的！

姐笑嘻嘻说，我看你也是。

三娜说，但是我这也不是瞎编的，也不是说现在要写东西才回头扒拉出来的。说出来有点太冠冕堂皇了，可是你记得吧我大学时候还有后来那一段像精神病儿似的，我那时候觉得无法面对现实的时候都是爬到天上去往下看想着这个可以以后写出来这样糊弄着自己混过来的，这样想了好多年，就觉得像是欠了债一样，真的不是吹牛真有这么回事儿。

姐说，行吧，我知道你上次讲过了。我看你也是说着说着就成真的了。

三娜说，能说着说着说成真的那就是真的。

姐说，行——，这种事儿还不是你说啥就是啥。我可没你那么复杂。我就是觉得，我每天做的事都不是我想做的，每天说的话也不是我心里想的，我每天开车，做饭，看着点点睡觉，我想很多事儿，还有我认识的这些人，也经常都经历一些事让人在旁边看着都心里很难受，我觉得这些东西要是不写出来，就跟不存在、就跟没发生过一样，当然其实写了也没有几个人看，但是还是感觉不一样，我不知道，我有时候觉得我是给点点写的，希望点点长大了知道妈妈虽然一事无成但是是个有意思的人。

三娜说，前头那些不挺好么，不就够了么，多真实可信啊，为啥说着说着又要往人点点身上赖！点点还不知道你是个有意思的人！

姐说，是，点点很懂我的笑话。我给你讲啊我都忘了给你讲，昨天点点上中文课作业拿回来，我看着他对着"野兽"两个字大声念"妖怪"！哈哈哈哈哈，看《西游记》小人书看的！

大笑了一阵。《西游记》小人书是三娜送的。

三娜说，点点是得学中文啊，以后好阅读你的作品啊！

姐说，那倒不用，但是点点我跟你说，非常在意自己是个中国人的身份，在学校知道了长城就问我为什么回中国没有看见长城，咋整，下回还得带他上八达岭。

大姐有一次说，点点那搞不好以后也会来中国工作呢，那肯定还是中国机会多啊。妈就啧啧两声，说，在那地方待着干啥！回来多好——！突兀的一句，自己也知道不可能了。

三娜说，冬天吧，夏天人又多又热。

姐说，为啥年年冬天都雾霾？

三娜说，你真是外宾啊。

姐说，不是，我真问你，这事儿这么严重，为啥不能治理一下。

三娜说，因为那些工厂都觉得我不排放别人也排放啊。都上了设备不开，省钱。来检查就开一下，那谁能天天去检查啊。其实你想想长春咱们亲戚什么的，大部分人不都是这样的么，这些事情不骗白不骗。

姐说，咋整，闹不闹挺。

三娜说，所以你要珍惜，不要看我和大姐每周都见面就心里难受，有啥好难受的，都是有所得有所失，妈以前一到雾霾天就说，球球那小新肺啊！

姐说，是，没有不珍惜。但是那种感觉你懂么，就是好像给卡在中间儿了，脚不着地。我总以为北京、上地，或者长春、南湖是我家，加州不是，加州是我现在住的地方，但是我每次回北京，我不知道，就被大姐带着去一些高级场所儿，然后就在家里看俩小孩儿，我觉得我什么都不知道，什么都没看见，就回来了。北京太陌生了，比西雅图还陌生，我回西雅图我还觉得很多地方跟我有些关系。

三娜说，可能你们留学生反而看得重吧。其实谁都已经 physically 地失去了自己的过去，就是一直生活在一个地方的人比较不容易察觉。我不知道，但是我看有些留学生人家也在外国待得挺踏实的。

姐说，我不知道，人和人不一样，但是也可能人家就不跟你说，那别人看我没准儿也觉得是那样，我不也张罗买房换房，在门口种小杏树，我不知道我有时候也觉得自己可能就在加州过一辈子了，但是，哎我说不清，我前几天跑步，跑着跑着就冒出来一个想法，我觉得这儿就是我的家了，然后我就特别难受我就大哭一场我不骗你。

三娜说，哎，能理解，虽然没经历过肯定理解得不太充分。你就是那天写的那首诗吧，很长的那个。

姐说，不是，那是另外一天，失眠了，天还没亮就出门跑步，回来一口气写的。

三娜说，你真是疯了。可千万不要跟妈说，她每次提起来就很上火，说你虎，燃烧生命，妈妈原话。

姐说，我没有，我现在挺有规律的，比你和大姐都健康，每天晚上跑步一个小时，回来洗澡，写作一个小时。

三娜说，说你啥好啊，我看你疯得也挺重啊。

姐说，没事儿，我这样心里就平静了很多。而且我现在工作没那么累了，一阵一阵的，真的忙起来我就不写了。我跟你讲我上次跟Bill出差，没啥话说，我就跟他说我说我写的文章在中国被文学杂志接收了，他特别高兴，我故意说，我是利用工作时间写的，Bill小蓝眼睛一亮，说，你以为我在乎这个？他现在根本不想跟我谈工作，就想扯没用的，跟你们一样，想听二姐讲笑话——。

三娜说，妈电话，打好几遍了——。

切进来，妈说，起来了啊，我就提醒你啊，你是不是今天得去做检查啊。

三娜说，是，你咋记性这么好呢。

妈说，那不是寻思你懒么，我不得督促你么。

三娜说，我没事儿，就那几天可能是生气、再加上跟人发火儿气的。你看我回家我就一点儿感觉都没有了。

妈说，没事儿是肯定没事儿，你这么点儿岁数不能，我年轻的时候也跟你一样一样的，就前胸后背疼，去看就说是神经官能症，但是时间长了那不就变成心脏病了，你都得加小心哪！要说我也管不了你们，写啥呀写——。

三娜说，嗯，妈我昨天没打电话没跟你说，房子尾款收到了，我买股票了。

妈说，哎哈，咋不还房贷呢。

三娜说，我每个月卖一百股正好还房贷。

妈说，你要想好了那么的也行。反正这钱归你了，你乐意咋整咋整吧。妈慢慢儿岁数大了也不想管了——，但是我还想跟你说啥呢，你赶不赶趟儿啊——。

三娜松了一口气，感激妈妈。她说，下午呢！

妈说，小范啥时候回来啊，不今天下午么？

三娜说，出关什么的差不多得晚上吧。你想说啥。

妈说，我还想跟你说啥呢，我就想跟你说说老的感觉。你不是作家么，我给你提供点儿素材。老是什么感觉呢，昨天睡觉前我按摩的时候我感觉啊，这人老了啊，就像那苞米荄子干吧透了，你在外头瞅着还是一个苞米荄子，那里头都糠了，一碰就碎乎了你懂不懂。

三娜说，你哪就老那样儿了，我一点儿不撒谎你看起来就像六十出头儿！

妈说，这就是看自己妈呗，这都老啥样儿了。

三娜想起小姥儿那时候，她说姥你长得好看，姥就作势要打她，也是说，都老啥样儿了。妈当然也会老到那么老。

妈说，我并不是说伤心啊难过啊，那些都没有，就是有这么个感觉，觉得挺有意思的想讲给你。

三娜说，你现在这境界不一般啊妈妈。

妈说，那人不都得有生老病死么，自然规律。我再给你讲个笑话儿啊，昨天下午我看着一个男的一个女的，都老头儿老太太碢碜不像样儿了，完那女的让那男的，你上那棵桃树那儿你上那底下去，完了你把俩膀子打开，一跳，像飞似的，我给你照张相！多好！

三娜大笑起来，妈也一边讲一边笑。

三娜说，妈果然我搞写作全得靠你啊！

妈说，是不是，有意思吧。行了别扯淡了，你赶紧该干啥干啥去吧，早点儿去看堵车啊。

挂了电话，把手机塞进沙发缝儿，看着余音在头脑中徐徐落下，看着意识回到阴灰的房间里。好像坐了很久，也许只有片刻。又把手机掏出来，关掉，重新塞进沙发缝儿。真安静啊。三娜看着自己像一部电台，能量一丝丝散射出去如触电的头发悬停在空中。这两天说话太多，语言自己驱动，在高速的轨道上下不来，现在几乎是生理性地不想再发出任何声音。头脑中一片平静的灰暗，意识的手电筒照过，没有惹起任何波澜。也有点空虚感，享受太多快乐了。是不是太吹牛了，太笃定了，好像说了很多蠢话。这样想一想，也就松松放过去了，她早已知道自己不过如此。不像年轻时候，心里热烈地复盘，模拟对方的感想，在无止无休的自我反驳中继续燃烧。那时候真累啊。翻过身，把头埋在沙发的一角，不知不觉睡着了。

做了一个梦。在大学的专门教室里用细木条做模型，要做一个宇宙飞船，又似乎是一个牢笼，要去繁星浩渺的天上套住一颗最小最小的黑亮的星。木条很细，抹了胶水用手按着，按很久都不放心，又要去粘下一个。模型非常大，怎么都粘不完，又总担心做好的部分要坍塌，急得快要哭了，手不能停，外面闹吵吵的，好像是打更大爷上来撵人，同学们一边跑下楼去一边喊，何三娜熬夜——！浮现出几张大学男同学的脸。忽然就安静下来，拎着热水壶上楼，咚咚咚一步一步非常沉重，声控灯一层一层点亮，像是一种欢迎。但是怎么都上不完，每次灯亮抬头看都是二楼，一直咚咚咚踏楼梯，声控灯一层层亮，心里越来越急——可能翻了一个身，那空间又暗下来，摸黑推开专教门，迈进黑夜的旷野，那细木条粘成的牢笼竟然已经完成了！三娜被套在里面，想要出去，又不敢碰它，她知道它依然非常脆弱。一个亲密的人，看不清楚脸不知道是谁，但是感情很深，在笼子外面向三娜伸手，再看看又似乎外面那个人也是三娜自己。笼子里的自己非常痛苦，抬头看墨黑的天，一颗星也没有，不知道是这世界上根本没有星星还是今晚被阴云遮蔽了，很困惑但是顾不上了，低头看见自己正在一点一点变成流体并且重新凝聚成乌黑的石头，那画面非常惊悚，三娜喊了一声，醒过来。

一动不动躺了很久，想要在那痛苦的感觉中多待一会儿。她已经很少感到痛苦了，有时候糊涂久了，真的想要拿针扎自己一下。有几次试图列出所有支撑着自己的假说，在一个空白文档跟前坐了一会儿就关掉了。每天像洗澡一样，三娜提醒自己，这一切都只是我决定下来的，并不正确，也未必正当。但是这仪式太娴熟也渐渐失效，经常不知不觉放纵自大，仿佛掌握了真理。要做事难免就会这样，要用成见、用简单的自负，不可能凡事从宇宙爆炸说起，何况从头说起也未必说得通。三娜强硬地这样跟自己说，并且为那强硬鼓掌。她的良心不允许她怀念年轻的时候，那虚涨的云烟的内核是结结实实的逃避，说谎。但是作为事实，思想和情感上的云游划定了她的疆域。我现在是一个比自己小的人，以后只做比自己小的事，像一种告老归乡——这叙述太迷人了，三娜知道它不可靠，还是经常这样暗示自己，而且真的带了愉快的心情。这叙述本身就是坍缩的一部分。尽头是枯竭和死亡。但是要做事就非如此不可。三娜决心要写云烟之书，复活那些精神上的具体，放纵过度醒觉的意识和永不止息的怀疑，让语言不断重复、循环，像海浪推沙，撞击边界。局限即自我。这是可能的。冲积平原是可能的，建筑自我是可能的。写这样一本书是可能的。只是以这本书作为人生方案的支撑，令这一切沦为毫无意义的循环论证。但是非如此不可，不然年轻的时候就真的只是在说谎。欠了债多么好！除此以外，还有什么办法能够拥有"非如此不可"的幸福。三娜知道这从头到尾都像一个笑话，——但是我已经变成了一个可以任意选择观点的人了啊！我决定认为这就是我的英雄主义！在犹疑恍荡中细微一丝，但是是的，钢铁一样的英雄主义。这个词在心里跳了一下，三娜大喊了一声，坐起来。

又做了一杯咖啡。阳台门关了两天，灰土味儿里混合着茉莉花香，几乎是浓烈的，其实只开了五六朵。去年冬天出院的时候，看它叶子落光，以为死了。那天也是重霾，更渲染出寥败的气氛无边无际。其实三娜心情轻松，毕竟可以在家洗澡了。妈来给她炖鸡汤，临走说让她张罗看看买房子，——妈的钱留着干啥。

是啊，我是多么幸运啊，三娜在阳台的椅子上坐下，再一次由衷地这样想。这两间租来的房子老旧破败，装修家具惨不忍睹，但是妈没来的时候三娜也没有觉得委屈，甚至有点踏实，因为自己不挣钱。从前全国共享一套图纸，西王庄跟三娜小时候住过的电大宿舍楼非常像，有时候她坐在阳台窗下，恍惚间能感觉到童年的安稳，像个意外的馈赠。她不觉得成年生活可悲，事实是只有成年以后才能享受童年。有一次晚饭后扔垃圾，才知道下雪，在破烂的门洞口看了一会儿，好像比别处的雪都逼真。只遗憾风不够大，卷湖而来的风总是刮得脸疼。但是回长春就更觉得不像，走到住过的旧房子跟前，只觉得那透明的隔膜不可翻越，赶紧就走开了，因为那现场是对记忆的威胁。可能就像二姐说她回北京。

小范说三娜是因为没有在钱上受过委屈。其实也快要有点撑不住了。前几天去高碑店看家具，灰土扬尘走了一下午，什么都没看上。大姐说让她去华贸看 harbor house，竟然赶上打五折。三娜看着自己喜出望外，不确定是不是应该感到心酸，因为本来就真的只是高兴。后来他们在地下层吃饭，等菜的时候各自看手机，三娜很自然地把穿了一天的船鞋脱下来踩在脚底下，忽然看见这一幕很像电影，不能确定是小津还是杨德昌。就有点高兴起来了，因为竟然是真的，——真的在经历人生了。

她很高兴自己在如此具体的境遇中显形，拥有细细一丝但是无比结实的命运。甚至有点以之为傲的心情。有时候焦头烂额顾不上，过后就越发觉得像是石头垒起来了。当然她也疑心这些积极快乐的想法都是暂时的，过一段熟悉了就会感到逼仄憋闷。但是连那憋闷也是脚踏实地的啊——远远的还是满意。

喜鹊落在柳树细软的枝条上，沉甸甸，枝条微微荡了两下。真好啊，意识上来之前那一会儿，身心凝聚在那微荡的温柔中，真好啊。才知道天几乎蓝了，不过是阴天，屋里看不出来。站在玻璃后面，三娜清楚地想到，这一刻就这样过去了。意识透彻的那一下非常幸福。她不为流逝感到痛惜，从前挣扎难受的荒废之感，现在好像也不觉得了，不论做什么都能轻而易举（简直像是自欺）地确认，这就是生活。有时候在夜里，三娜试图把死亡的恐怖放出来，黑色的寒光一闪，立刻收进去了，按不住。她喜欢那纯粹的疼痛，熟练了也绝不褪色。像一种卧薪尝胆，提亮白日昏昏的错觉，不然本能里总以为会永生。

咖啡喝完，转身进屋。自我观看过了，又做了痛苦的梦，甚至也任凭思绪奔跑了，再待下去就只能是做作。总盼着小范出门，想象自己蜷成一块圆石，坚寂清明。结果只是到处跟人大声讲话，回家玩手机。从前一个人生活，也根本没有坚固过。上网、看电视、讲电话，分分秒秒都是散开的。只是偶尔，在关掉电视的瞬间，离开电脑去卫生间的路上看见夕阳照在东墙，或者早晨睁开眼睛而身体一动不动，只有在那些将醒未醒的时刻，感觉到完整强烈的自我的存在、几乎是惊恐的，高空一个淡红色的洞口、通向明亮未知的疯狂。但是这并不需要漫长的独处。跟另外一个人一起生活，淹没在琐碎具体的事务中，她也经常能在转身间看见那淡红色一闪而逝，可以选择认为此生此世是一个幻觉，一个牢笼，也可以不理它。

三娜后来知道自己怀念的那个东西她根本就没有经历过。一个与这世界毫无瓜葛的自我，一个抽象纯粹的自我，一个风雨不动安如山的自我，它在概念上在思考中如此频繁地出现，以至于在心里像故乡一样。但是在经验中不可能实现，就像那淡红色的光不能停留，就像没有人踩踏过的雪地不能到达。就像这世界上不存在数学意义上的点线面，就像一个人其实甚至都无法具象地描摹零和无限，经验有它的限度，理性是神秘的。

　　锁上门，转身下楼的时候三娜想到，这些语言随意地在自己的程序里运行，我可以监视它，也可以不理。都是写在水上的字，我的一生就要这么过去了。这想法本身略带陶醉性，让人几乎不能真的触碰到那内容的恐怖。这就是轻浮吧，但是那愉快也几乎就是真的。阴天，没有风但是凉涔涔的，三娜把手里的口罩放回书包，深深呼吸，觉得自己双腿有力，踩在路上结结实实，在心里几乎是昂着头。——是啊我行走在大地上、观看与表演合而为一、那强烈的坚定感明显不可靠、但是在这一片时光的涟漪中就是真实。几乎连招手打车的动作都变形了。学院路上月季花还没开，枝叶攀着低矮的网格藩篱，那一层刚刚展放的还是红褐色的叶子像是抹了一层油，在阴蓝的天色里微微闪光，是异常鲜明的崭新。三娜非常俗套、但是无比真诚地想到，我的人生已经旧了。也因此非常舒服。再旧一旧就要破败了——正是最好的时候。她愉快地忧愁地叹一口气，对那满意的情绪中轻微的恐慌再次感到满意。但是当出租车停在路口等红灯，她看见窗外开了唯一的一朵黄月季，花朵在尾气震动的微风里轻轻摇曳，生动得像是一种邀请，她又豁然感到这一切都是多么陌生啊！这朵花多么陌生！这世界、我自己，都是多么陌生！这陌生是多么好啊！神秘之物的拒绝、就是恩赐、就是祝福啊！它让每一刻都是全新的。天啊，活着是多么幸福。

　　北医三院门前的小路永远塞车，三娜在路口下来，将双手插在上衣口袋里，哒哒哒走在繁忙的街上不被注意的槐树底下。鲜花水果店，内衣店，牛肉面店，窄窄门脸的廉价计时旅馆和门口摆着轮椅拐杖的医疗器械店，让人想起那些外地来看病的人，很久没洗澡的陪床家属，从床边站起来跟着医生到走廊里反复问询，以为能争取到什么。他们从水房出来端着一小盆水淋淋的草莓的时候啊，病房的窗子开着，初夏的风吹进来。有一天在辅助生殖中心的彩超大厅等着叫号，听旁边两个女的聊天，她们也不认识，一个河南的，两侧输卵管积水，一个山东的，习惯性流产，流了八次，医生不让她再怀了，不甘心。三娜很自然地想着，输卵管积水或许可以做试管婴儿，习惯性流产怎么办。随即意识到自己丝毫没有动感情，因为她自己也坐在这里，处境并没有好多少。"成为人民，而不是聂赫留朵夫……，成为人民，就不会再爱人民，……我并不觉得自己是一个道德意义上的坏人"，那天她在日记里这样写道，"接受了自己的罪孽，像个人一样生活，再也不敢幻想自己是微服私访的上帝了。……我知道自己仍然空心儿的，对上帝的渴望不会离开，就像怀疑不会离开——但是谁知道呢。"写完也觉得像是在说大话，也可能是自我催眠，柔化的决心。医院门口照旧有一伙卖唱的，两伙乞讨的，连推板车卖小石头菩萨像的人也像是非常悲惨。垃圾桶旁有两个人以前没见过，一个男人就地坐着，女人枕在他腿上，棕色枯污的头发散在他的胯间。绿底儿紫花儿被卷儿下面垫着金黄的纸壳儿，在阴天里格外脏腻鲜艳，像摄影作品里的悲惨——这想法令三娜感到羞愧。她不敢聚焦，目光掠过立即缩回去了，蹲下放钱的时候还是瞥到，苍灰的浮肿的脸，竟然睁着眼睛，在看天么。她赶紧凝视脚下的灰色方砖，方砖上还有白粉笔写过字的痕迹，总有人在这里写下自己的悲剧。有两次看见一个女孩子，可能只有十五六岁，低垂着头，还是能看出两个脸蛋有点胖胖的，跪着，双手放在大腿上。即便是假的，也是真的。背后的残酷不敢细想，路过就像是给打了一拳——她知道自己不会真的去帮助她。她不厌恶这条路，甚至偶尔无缘无故想起来，仿佛那是人间真相展览馆。其实也非常偏颇。那年夏天姐都带孩子回长春，他们在露台上吃晚饭，爸在二楼阳台扔彩色气球下来，两个小宝宝仰着胖脸儿嘎嘎嘎乐不停，那淡橘色的傍晚也是对等的真相。当然在医院，她会想到健康壮年的这些好事都是赊账，要领情要珍惜——其实也还是只能那样过下去，不能改变什么。她有时刻意想到医院、想到疾病、绝望和死亡，可能只是想要享受勇气。本能里有恐惧也有自欺，它自有让人活下去的办法。但是人的尊严全在理性的增量上，定睛看着必然的结局，知道无法改变，知道真的无法改变，就不再慌张，一步一步走下去。那定力其实是可以习得的，并不一定是造假。

年轻时候的慌张也是一种热情，抓着完美无痛的幻景不放。有时候三娜想起那些曲折辗转的自我感动，那些自己制造的噪音的帘幕，觉得像更小时候看电视，遇到可怕的情景赶紧用手蒙住眼睛，还是在手指缝中看见了，简直是在加强那恐怖感。在一个超脱的距离回看，只觉得那小孩可爱，想要摸摸她的头，立即缩手，那时候的窒息颤抖像电流传到身体里来。她从来不想青春再来，盲目地翻了一座山，回看才更觉得疲惫。但是也不后悔，几乎有感恩的心情。命运的演化千丝万缕，不能分辨，只是她认定了，此时此地这一点坚固结实，是那时候填海生造出来的。这圆满的叙述不能深究，这圆满的一刻不会停留，新的困境可能正要到来，她不觉得害怕。